邱健晃

鄭啟東

流金歲月

邱健恩　鄭啟東——著

金庸小說的原始光譜

推薦序

追蹤金庸動態創作的文本軌跡

王榮文／遠流出版公司董事長

金庸的橫空出世，充滿傳奇。那是1954年轟動港澳的一場擂台比武，《新晚報》總編輯羅孚就地取材，一舉說服梁羽生和金庸開始寫武俠小說。從1955年2月8日《書劍恩仇錄》問世，至1972年9月23日《鹿鼎記》連載完畢，金庸共花了十七年半時間，原創十五部武俠小說，所謂「飛雪連天射白鹿，笑書神俠倚碧鴛」是也。金庸小說植基於歷史，雅俗共賞膾炙人口，影響力驚人，最終「有水井處有金庸」，成為「全球華人的共同語言」。如果說他一生事功都因小說而成就，並不為過。他創辦《明報》成為報老闆，一手寫小說，一手寫社評，名利雙收，近代文人罕見其匹。他曾以范蠡為典範，七十歲後自《明報》退休，從此美人相伴、財富不缺、周遊列國、讀書寫作、文章傳世，陶朱公庶幾矣！

我從1985年起取得《金庸作品集》台灣地區的出版權，從此與金庸先生展開長達三十三年的公誼私交歷程，學習頗多。

遠流也很認真經營金庸IP。授權之初為對抗盜版，先出高價典藏版、低價文庫版，再回到和香港明河社一樣的平裝版。之後因應電腦排版技術的變化，而有黃山版、富春山居（花皮）版、大字版和新修版等的推陳出新。另外，協助電視電影電玩的延伸授權，以及將武俠小說由成人童話層次提升至文學殿堂。1998年召開「金庸小說國際學術研討會」，同時舉辦的「射鵰英雄宴」請來馬英九、陳水扁、王建煊三位市長候選人與國內外學者齊聚西華飯店，更是轟動武林。事實上，金庸一生來過台灣十次，後七次（1994至2007年）都由遠流接待，我有幸陪著他見市長總統、老朋友新朋友，陪著他夜探金庸茶館，喜見金迷答客問，所到之處萬人空巷、媒體群集。我曾疑惑金庸回答金迷千奇百怪關於書中角色情節的問題，何以無所不知？雖知他讀書聽戲有過目、過耳不忘的本領，但他創作1427位（網路一說）人物，怎可能都記得？原來，「他們現在每天都還跟我生活在一起呀！」

這是何等令人震驚的答案。

不過，如果根據本書作者邱健恩和鄺啟東的研究，卻也不意外。因為金庸小說是動態創作，不管為了市場競爭，還是為了追求作品完整，他不斷創作、也不斷改寫修訂。十五部原創作品花了他十七年半時間，如果再加上修訂稿在《明報晚報》的第二次連載，一共花了二十五年。之後才正式出書，從1974至1981年的明河社修訂版，到2003至2006年的遠流世紀新修版，金庸小說的動態創作長達五十一年。

因此，不同時空的讀者會讀到不同的角色情節，金庸小說成為多義詞。這本《流金歲月——金庸小說的原始光譜》動人之處，是兩位作者以辛勤收集的文獻資料和珍稀文物為基礎，解答金庸先生五變六版中，自1955年至1980年，為時二十五年間前四次的文本改變，以及雲君的插圖變化，並推測金庸的創作原意和改寫理由。兩位作者像偵探一樣，又因為握有如東南亞報紙、《明報晚報》等珍貴微卷實據，有時候比金庸更了解金庸。

我的同事鄭祥琳和廖宏霖，細讀《流金歲月》，整理出六大內容特色，雖不免廣告用語，卻也與我的讀後心得契合，特摘述如下：

1）為未來世代留住朗朗俠影。金庸十五部小說從創作、修訂、改寫，文本歷經五變，至少有六種不同面貌，折射出多色光譜。這些珍貴史料的蒐集、爬梳，將和小說一樣，成為留給不同世代讀者最有價值的文學寶藏。

2）舊版金庸小說最完整的全知識與全紀錄。此書以 1980 年為分水嶺，聚焦舊版金庸小說的兩大來源：報刊連載和單行本，耗費數十年時間尋書、收藏、考證與研究，不放過任何與舊版有關的蛛絲馬跡，凝鍊而成最全面的介紹與剖析。

3）金庸的「動態創作」探源。本書以十萬多字篇幅，專篇舉析十五部小說的情節變遷，從金庸設置未用的伏筆，窺探每個舊版故事的創作原意。

4）金庸版本研究的七大疑案，逐一抽絲剝繭。金庸連載史上頭一遭，全世界讀者都沒看過的《笑傲江湖》第154續？《素心劍》為何改名《連城訣》？到底有沒有傳說中的三育版《雪山飛狐》第二集？《鴛鴦刀》的誕生地，為何讓一票金學專家都栽了跟斗？……此書重頭戲之一，就是「發現問題」，提出不為讀者所知的「秘聞」。

5）圖像引述豐富，真本實物為證。兩位作者難得身兼金庸藏家身分，在實有藏書基礎上的爬梳，佐以超過2000張罕見的剪報、書影等，讓第一手圖像說話，去偽存真。

6）熔研究、收藏、閱讀樂趣於一爐。力求所收錄的珍貴剪報、各版插畫，能讓讀者讀到當中的文字（繪畫），體驗那些年人人追看金庸、穿越時空般的捧讀興味。

總之，我非常崇拜有研究能力的主題收藏家。單看邱健恩博士以「自力輪迴、他力轉生」八字真言描述金庸現象，就令人印象深刻。希望本書之後，他能繼續研究後二十五年的金庸動態創作，特別是研究「金庸在台灣」：從個人被封鎖、作品被盜印，到1979年由遠景引進作品集、1986年轉由遠流經營，到迄今的出版與閱讀、版本與行銷……，我相信都有精彩的故事可以追蹤。

我的另一個未了心願，是在台灣設置「金庸博物館」，收藏文物版本外，也應收錄金庸的台灣情緣、台灣旅跡。在創作自由、閱讀自由、思想自由之島設館，也彰顯金庸小說是人類文明遺珍，是華人文化瑰寶。希望所有喜愛金庸小說的讀者都能共襄盛舉，一起見證「他力轉生」的金庸傳奇、見證文學不朽的生命力！

推薦序

金庸作品文本與版本的演進史詩

金宏宇／武漢大學文學院二級教授

春暖花開的一天，我為了休息眼睛、放鬆心情，正在收聽金庸小說的有聲書，巧啦，突然接到蘇州大學朱棟霖教授的電話，要我為一本金庸研究專著寫序。他告知說，其中一個作者邱健恩是他的學生，專著研究的是金庸作品的版本問題。朱先生是大陸現代文學研究界的前輩名師，他的信任，我不能辜負；他的囑託，我必得遵從。同時，這本專著探討的問題也是我所關注的學術問題之一，於是我欣然接受了這份雅差事。

我因長期研究中國現代文學名著的版本問題，對金庸小說的版本研究成果也略有所知，但一直覺得在大陸這部分的成果並不完善，其中最大的障礙是難能搜集其版本實物等相關史料。現在看到《流金歲月——金庸小說的原始光譜》這部書稿已成，當然十分期待。據出版社提供的資訊，書稿的兩位作者都是金庸小說的收藏家，邱先生更是一位金庸研究專家，已出版多部金庸研究專著，這就能保證書稿的學術品質。他們身在香港，得地利之便，有金迷之癡，更擁有眾多金著的版本實物。他們可能是金庸作品及相關書籍最多、最齊備的收藏家，因此也必能提供專著所需的文獻和史料保障。具備這些基本條件，書稿的品質和價值已可預估了。細讀書稿後，我更覺滿意和驚喜。

金庸小說自面世到定本，幾十年間歷經多次修改，存在文本演進和版本差異現象。但就其在大陸的傳播接受情況看，其小說的紙本書、有聲書和改編的影視劇等一般不會交代所據版本，廣大讀者、觀眾和聽眾因此也不會有所謂「版本意識」。這對普通受眾而言，當然不算問題。而對金迷和收藏者來說，就是一種知識欠缺。再對金庸小說研究者和中國現代文學研究者來說，則可能更成問題了，因為無視作品文本和版本差異，其研究成果的有效性和嚴謹性必大打折扣。即將出版的這部書稿，為我們呈現和解決了這些問題。它在說明各層次讀者樹立金庸作品的版本意識等方面，必將大有裨益。

從文本角度說，本書最核心的內容和價值，是對金庸小說文本演進的呈現和總結。金庸小說從最初的報刊連載到最後的定本之間的多次修改、甚至改寫，使小說文本有了大量異文（其中也包括手民的誤植等），使小說文本有了不同的面目，即產生了文本變異。嚴格說，就是使一部作品出現了不同的文本。按照此書作者的總結，可以認定金庸小說文本經歷了五變：從《新晚報》等的連載本，到三育或鄺拾記的初版本，再到《明報晚報》的連載本，再到明河社的三次修訂本，共形成了六種文本。作者具體梳理了金庸十五部小說的版（文）本譜系，呈現了小說正文本裡人物和情節的增刪、回目的修訂，以及其他內容的修改，如《素心劍》改名為《連城訣》、「九陰真經」首創者從「達摩」改為「黃裳」，「降龍十八掌」在不同版本中的掌數不一，等等。還展示了正文本周邊的副文本因素，如：前文述要、文後啟事、插圖、序跋等的差異，它們同樣是文本變異的構成因素。

作者對金庸小說具體作品的異本比對、異文校勘功夫，可謂細緻、詳備。這除了具有校勘學的價值外，更重要的是具有創作學和闡釋學的價值。金庸小說的修改，不像大陸現代文學作品那樣受制於政治形勢，而主要是基於小說藝術完善的目的，因此其文本修改其實就是作品的成長史。如果說其中有些已成小說經典，那麼修改就體現了小說的自我經典化過程。讀者自然能從中領略武俠小說經典的創作和修改藝術。其闡釋學價值，是指不同時期的金庸讀者（包括批評家）所讀到的文本其實是不同的文本，所以對一部小說的理解和闡釋自會不同。也就是說，金庸小說闡釋的歷史性可能受制於不同時代，但更受制於文本自身的演進。這就會促使人們去追問金庸小說闡釋的動態性、複雜性和精確性問題了。本書對金庸小說文本演進的呈現還具有文學史價值，這又涉及文學史著該如何敘述金庸小說的問題。是以作品初載本或定本為物件？抑或要掩埋過渡版（文）本中的人物、情節（如秦南琴、倪匡續寫部分）等？我的主張是敘眾本，就是要如本書作者那樣敘述一部作品的文本演進之史。

從版本學視域看，本書的重要特色是在提供了金庸小說版本的全知識。上述六種文本也可以說是金庸小說的最重要版本，本書介紹了這些版本的不同形態及其相關資訊，尤其是呈現了其封面、版權頁、連載版面等書影，它們是小說文本的文物性存在和實物性證據。文本研究須依據版本實物，書影正是一種很好的替代品。本書還介紹了金庸小說傳播過程中的各種版本形態，如普及本、合訂本、四回本、十六回本、出租書版以及在東南亞各國的連載本等。其中還彙聚了各種盜版本（如爬頭版等），並提供了大量書影。關於盜版本的資訊，也是重要的版本知識和辨偽知識，當然它也從一個特殊的角度提供了金庸小說的傳播史料。因此，本書的版本學、辨偽學、傳播學價值不言而喻。另外，從更實用的意義上說，本書豐富的版本知識使它可以成為收藏金庸作品的指南寶典。

本書多方面的價值顯示了其自身的學術性和有用性，它所提供的豐富而真切的史料也將提升金庸研究的學術性，所以它將是一部能推進金庸研究的專著。同時，就我個人而言，閱讀這本圖文並茂的專著，更加引發我對金庸小說閱讀和收聽的興趣，也將引發我對金庸研究的興趣，所以它又可能是使我成為金迷的導引之書。

推薦序

問世間「癡」是何物？直教生死相許

李志清／藝術工作者

有訪談問金庸先生：「人生到底是什麼？」先生答曰：「大鬧一場，飄然而去！」其實他所謂的「大鬧一場」，何其認真！不說他的報業經營，單就小說來看，一改再改，一修再修！因不同需要，一部小說竟然有五、六個版本之多，力臻完美的態度，說是「癡」也不為過。

金庸先生在不同時期修訂小說，簡單說，就是因身分心態而變動。第一個階段是報刊連載時期，可以稱之為舊版；估計當時先生的心態，是以促銷報紙（或雜誌）為主要目的，希望讀者每天（每期）追看。這時的先生，是一位很有創作能力的作家。

第二個階段要將小說正式出版（香港明河社修訂版），當然要重新修葺，減刪以前即日急就章的一些錯漏，增添潤飾、修正文字語言。這時的先生，身分是認真的出版人，也是精益求精的作者。此階段的小說稱之為修訂版。

第三個階段，金庸已成為學者，對其作品在學術上有更高的要求，此階段是為新修版。從創作到修訂，每一個階段都是十分認真、全力以赴地做人做事，看出金庸先生對生命的認真，又豈是大鬧一場而已？

癡的朋友有許多，其中兩位是佼佼者，都癡在金庸小說上。一位是邱健恩兄，另一位是鄺啟東兄。兩位對金庸小說的癡，如段譽之於王語嫣、郭靖之於國家民族、黃蓉之於家人兒女、東邪之於妻子、南帝之於佛理、北丐之於美食、西毒之於武功第一……，都是癡人。

邱健恩兄對金庸小說文本的研究早入「癡」境，已出版的巨構《漫筆金心》與小品

《何以金庸》足為例證，今年再下一城，成為第三部曲，對金庸小說不同的版本如數家珍。整理爬梳是其專長拿手功夫，要不是他，如此千頭萬緒的海量讀本，怎能梳理得枝幹分明？這本近二十五萬字的巨構，章節條理清晰如許！

亦早聞鄺啟東兄對金庸小說不同版本收藏的大名，我所認識的他，內斂寡言，然而一說到金庸相關事物，兩眼立時放光，看得出「癡」的程度極其嚴重，他的許多收藏品，我聞所未聞。這書最讓人驚喜的，竟然收錄了小說連載專欄後的「金庸答客問」，更讓讀者看到金庸當年回覆「金粉」時的妙文妙答。

今次健恩兄與啟東兄合作，圖文互補，有如楊過與小龍女的玉女劍法雙劍合璧，金輪法王也望塵莫及！喜歡金庸小說的，必不能繞過這一部大作。兩位癡得認真，為金學立言、立功，何止大鬧一場，將不朽於世矣！

謹祝兩位的大作洛陽紙貴，一紙風行！

作者序

初戀終成信仰，金庸小說版本探究之路

邱健恩

初戀

那一年，在朋友的介紹下，我帶著六頁紙到出版社，信心滿滿地向社長介紹我計畫出版的《舊版金庸小說圖錄》。六頁紙算是我人生寫的第一份出版計畫書，包含了兩頁簡介、一頁目錄，以及三頁樣稿。社長當面拒絕了我，說這種題材沒有市場。出版社位於台北市的民生東路，我步出大樓時，一時間竟然不知道該往哪裡走。一個多星期後，朋友帶來社長的訊息，說其實是可以出版的，請我寫好後把書稿拿過去再談。只是，我已經意興闌珊，更不想回去那個讓我迷路的地方了。六頁紙的計畫書後來逛夜市時扔了，而文件檔案就一直擱置在電腦的硬碟裡，不但沒有刪掉，我在前面加上編號「00」，讓檔案永遠置頂。每次點開硬碟，第一眼看到的，就是「00《舊版金庸小說圖錄》」。那是還沒開始就失敗的初戀，我畢生記得。

合作

我原本不認識鄺啟東，是經朋友介紹的。在香港文化博物館的「金庸館」於2017年開館後不久，我們兩人相約在炸雞店見面（我那天忽然很想吃炸雞），目的是談合作寫書。跟新朋友談事情，我要好好準備，於是把那置頂的檔案再列印一次。鄺兄在我吃炸雞時，從公文袋拿出一疊文稿，我以為那是他初擬的樣稿，哪知第一頁的標題赫然寫著「自力在輪迴：尋找金庸小說經典化的原始光譜」。啊，那是我寫的文章，發表在大陸的大學學報上。更讓我驚訝的是，文稿用繁體字列印出來。「我一個字一個字的輸入電腦裡，經常拿出來看。」鄺兄說。「這傢伙識貨，應該可以合作。」我心裡想。

雖然是初次見面，但已經落實規劃新書的內容。新書會有五章，第一章總論，第二章談連載，第三章談金庸小說舊版書冊，第四章談特別的主題，第五章談金庸其他著作。那次見面之後，我們用通訊軟體交流想法，充實各章節的內容。例如第四章要談特別的主題，但什麼叫「特別」呢？其實還沒有想清楚。後來，我們每想到一個主題，就發訊息給對方，慢慢累積了二十多個可以探討的題目，諸如「《笑傲江湖》失蹤的一天」、「鄺拾記十六回本到底是正版還是盜版」……，就是這樣想出來的。

2019年年初，在我寫《漫筆金心——金庸小說漫畫大系》的時候，鄺兄已經依據大綱開始寫稿了。一年之後，他已把整本書的稿子寫好，五個檔案加起來有二十二萬字，檔案的名稱赫然是「舊版金庸小說圖錄甲」、「舊版金庸小說圖錄乙」……。啊，我的初戀。不過，那個時候我並沒有認真細讀稿件，唯一的感覺是資料翔實，內容豐富。

遠流其實早已經給了我們新書《圖說金庸》的合約。由於我偏要在疫情猖獗時到英國旅居，出版的事情一再耽擱，數度延宕。我在英國時，用一個月的時間寫了另外一本書，叫《何以金庸：金學入門六大派》。人在外地，手邊沒有資料，引文需要核實，鄺兄就成了「人肉瑯嬛福地」，用手機拍下各版金庸小說的書頁給我作校對之用。只是，如果不是我主動提起，他從來沒查詢過我們合著新書的進度。

2022年年初，我決定要面對現實，著手「經營」新書。看過稿件後，我終於體會到骨灰級收藏家是怎樣的一種境界，與他相比，我只是夸父，永遠追不上太陽的那個狂奔者。我嘗試從中挑選一些凡夫俗子（我）能夠看懂的資料，用另外一種筆法來寫，向讀者介紹他們所不知道的那個金庸小說的版本世界。主編祥琳這個時候用很委婉的方式給我提了個醒，大意是：不是每個讀者對當年哪家出版社出版過哪些盜版金庸小說會感興趣，也不是每個讀者都會在意這些小說印刷上的一點小小差別。

文獻

我得承認，打從十五年前，金庸小說走進學術殿堂開始，我就心心念念想要寫一本書，談金庸小說的版本問題。1998年，美國科羅拉多大學與台灣漢學研究中心（和中國時報、遠流出版公司合辦），先後召開了金庸小說的國際學術研討會。在明河社任職的李以建，於美國發表〈以經典文學「改寫」的金庸小說〉，[1]指出金庸在1985年時再度全面修改《金庸作品集》（修訂版），目的是要告訴世人，金庸的修訂版有兩個文本。同年，台大學長林保淳教授則在台灣第一個金庸小說國際學術研討會上提出〈金庸小說版本學〉，指出舊版金庸小說有「連載版」與「書本版」兩種，更謂兩者的文本一樣。兩人都不約而同地談到版本問題，但都提供了錯誤訊息。

十三年之後，區肇龍在《香港故事：金庸小說的誕生》[2]中煞有介事地提醒讀者：「特別注意的是，金庸是按小說出版的先後順序而對作品進行修改的，易言之，先發表的小說先修改，反之亦然。」我不知道作者到底基於什麼資料而得出這個結論，因為無論是根據《明報晚報》上修訂版金庸小說的連載時間，還是香港明河社推出《金庸作品集》時各部小說的出版時間（例如1974年出版《雪山飛狐》，1975年出版《書劍恩仇錄》），都顯示出金庸創作與修訂小說的次序並不相同。今年年初，《香港武俠小說史》在台灣出版，作者是大陸作家陳墨。陳墨根據李以建的說法，指出金庸的小說共有四個版本。[3]以上海峽兩岸三地四人提出的看法都不甚正確，或至少不是事實的全部。

兩千多年前，強如孔子，即使能說夏禮與殷禮，仍為苦無證據而嘆息。因為任何不是建基於文獻證據上的論述，都只是想當然耳的猜想，都不能取信於人。兩年前我撰寫《何以金庸》的序言時曾說：「學院派對流行文學的研究，過於著重探索作品的深層意義，反而忽略了流行文學的社會流布現象，諸如各地異時的不同版本出版概況。」其實我錯了，研究當代流行文學，在沒有任何證據下空談小說的版本問題，比「過於著重探索作品的深層意義」更讓人擔憂。不過，四人言論不實，卻是非戰之罪，因為他們都同樣遇到當年孔子面對的困境：文獻不足徵。也因此，為讀者、金迷及以後的研究者提供正確的文獻訊息，成為我與鄺兄合作的共同信仰。

鄺兄有許多金庸小說珍稀版本，我有《明報晚報》修訂版檔案資料，如果不把這些材料彙集整理，重構當日情況，世人對於金庸小說的認知，就會像拼圖缺了很多小塊，永遠不能讓人看到全貌。有了這個共同信念，合作的目標就更一致，就是重現金庸小說的原始光譜。古代藏書家、目錄學家「辨章學術，考鏡源流」的優良傳統不應該只停留在過去，放諸現、當代文學，不論是嚴肅文學，還是通俗文學，理應同樣適用。古代著名藏書家如瞿紹基與陸心源，不但有自己的藏書樓，更編寫藏書目錄（《鐵琴銅劍樓藏書志》、《皕宋樓藏書志》），記下了一代藏書的盛況。至於鄺兄，也盡了作為當代藏書家的責任，二十二萬字初稿是金庸小說藏書目錄提要，為研究當代文學提供了另一可行且應該的路向。

價值

在經過深思熟慮之後，我將全書重新規劃為三個部分，上篇「金庸小說的原始光譜」，以我十三年前寫的那篇〈自力在輪迴：尋找金庸小說經典化的原始光譜〉為基礎，除了修正原稿明顯的錯誤，還把原本屬於第四章的部分主題挪到本篇，著重探討從1955年到1972年金庸創作與連載舊版小說的種種問題。經改寫增訂後的文稿，由原來的一萬二千字擴充至約三萬六千字，目的是要以文獻與文物來清晰交代：（1）舊版連

1 李以建這篇文章，收錄在《金庸小說與二十世紀中國文學國際學術研討會論文集》（香港：明河社，2000年），頁89-104。這是在美國科羅拉多大學召開的「金庸小說與二十世紀中國文學國際學術研討會」會後出版的論文集，由李以建擔任責任主編。

2 區肇龍：《香港故事：金庸小說的誕生（修訂版）》（香港：初文出版社，2022年），頁180。

3 陳墨：《香港武俠小說史（上冊）》（台北：風雲時代出版公司，2022年），頁442。

載版與書本版是否為同一文本；（2）梁羽生、張圭陽口中的盜版問題到底有多猖獗；（3）金庸如何用盜版商的手法來打擊盜版；（4）為什麼金庸最後放棄打擊盜版；以及（5）為什麼原本出版正版金庸小說的發行商會盜印金庸小說。

金迷都知道金庸小說有「舊版」、「修訂版」與「新修版」，我以李以建「修改即有新文本」的概念，比對了金庸不同年代、不同載體中的文本差異，將金庸的三版小說更精密地區分為「五變六版」。在當年連載金庸小說的一眾報章雜誌中，《明報晚報》百不存一，幾已失傳。幾十年過去，讀者無緣讀到上面連載的最初修訂版金庸小說，而想當然地以為與日後的《金庸作品集》屬同一文本。由於機緣巧合，以及各方好友幫助，當時長達十年、三千三百多天的連載文稿，我看到了其中的三千二百多天，當中約八成（二千五百多天）為《明報晚報》的剪報。本書中篇「那些年，人人天天看金庸」，其最有價值的地方，就是跟讀者分享這失傳已久的金庸小說文本。金庸小說自有新修版面世後，很多人都曾比對過三版金庸小說，探討不同文本的故事差異，當中又以王二指與辛先軍的《金庸武俠史記》系列分析得最是精微細緻。王二指專攻長篇，辛先軍專治中篇與短篇，兩人的努力勾勒出金庸小說改版雛形；而本書中篇提到的明晚版，則為金庸這長達五十年（1955-2006）的動態創作歷程，補上最後一塊拼圖。

祥琳主編的意見、骨灰級收藏家鄺兄的初稿，就像天秤的兩端，不能偏廢，必須並存。我把鄺兄二十二萬字的初稿分為四部分，最後一部分「另類金庸」是金庸小說以外的另一個天空，我對內容完全無涉，不能空佔合著之名，因此把這部分歸還給鄺兄，請他以個人名義獨立出書（預計今年七月出版）。另外兩部分，分別置於上篇與中篇。最後一部分專門探討金庸小說書本版的，又分為三小塊，第一塊改寫成本書下篇「金庸小說書本版的春秋戰國時代」正文，第二塊精簡為附錄，最後一塊是「乾貨」中的「乾貨」，最是枯燥乏味（卻是非常重要的版本資料），在得到主編的同意下，獨立為別冊，名為《尋金探本——流金歲月番外篇》，少量印刷，作為作者私藏或與金迷交流的小書。

訂版有何分別，自是毫不知情。況且，當時沒什麼好奇心，讀到讀不到，反正也無所謂，我反覆閱讀手上的《金庸作品集》，已經過足了癮。

不過，既然知道金庸小說曾有比修訂版更早的版本，不禁開始留意有什麼地方可以尋得。原來這是一個不會在書店或圖書館看到，甚至在舊書店也無法輕易覓到的版本。那時我想，找得到固然好，找不到也不覺得可惜，沒有非要讀到或買到不可的衝動，所以我壓根兒就沒刻意去找。

大約十多年前，見到網路上有書友拍賣舊版金庸小說，哇！原來價值不菲，絕非在舊書店隨手撿來數十元一本的貨色，只能心生感慨，為何自己當年不多逛舊書店尋書呢？隔了好一段時間，我才有了第一部收藏的舊版金庸小說，那是武功版《鹿鼎記》，因為品相欠佳，售價並非高不可攀，終於收下了。有了第一套舊版《鹿鼎記》，目標也變得明確：想把金庸十四部舊版小說收齊（《越女劍》沒有出過舊版書本版）。於是，開始了第三個歷程——蒐集舊版金庸小說。

十四部後來真的蒐齊了。可是，就跟收藏修訂版和新修版一樣，得隴望蜀，對舊版其他版本（不同出版社、不同冊數、不同封面）亦感興趣，逐漸每部舊版就有了第二套、第三套……。不止於此，就連最初連載時的報紙和雜誌，也歸入收藏清單之中。

舊版金庸小說收藏多了，縱然有眾多不同版本擺在眼前，但何以有如此多種版本？何謂正版與盜版？其實都不甚了解。幸而在收藏過程中，自然認識了不少有著相同嗜好的書友，其中跟邱健恩結識尤其重要。

跟邱兄相識，始於另一位書友的介紹。大家有著同樣的興趣，就很談得來。其實和邱兄見面之前，我早就認識他了。2009年時，邱兄就在香港舉辦過一個舊版金庸小說的展覽，我是事後才知悉的，可惜錯過了參觀。之後在網上看到他一篇名為〈自力在輪迴：尋找金庸小說經典化的原始光譜——兼論「金庸小說版本學」的理論架構〉的文章，那才叫我茅塞頓開，原來林林總總的舊版金庸小說，其間有著脈絡可循的關係，原來三育時期的版本已經由金庸稍稍修訂過，原來盜版商運用了某種策略……。於是，開

作者序

分享藏品，分享流轉其間的金庸故事

鄺啟東

寫這本書，由始至終，抱持著的是「分享」藏品的心態。

借這篇序言，再來「分享」一次，這次是成書的歷程。

倪匡在《我看金庸小說》書中，以「古今中外，空前絕後」八個字給金庸小說來個總評，雖是一番豪語，也體現金庸小說著實就是好看，有著無遠弗屆的魅力。金庸讀者以千萬計，金迷數字亦難以估量，我也只不過是一個普普通通的金迷。

成書的歷程，就由一個普通金迷開始。

據說金庸小說印量逾億冊，很多讀者都是捧著自購的《金庸作品集》來讀的。當年，我讀著讀著，覺得家中書櫃那套《金庸作品集》應當珍藏起來才是，但我又會不斷重溫，於是又多買一套。有了這多的一套，很容易就又再多來一套。在金庸書友群中，收藏個幾套《金庸作品集》的大有人在，也沒什麼好驚訝的。於是，我開始了第一個歷程——找不同版本的《金庸作品集》來收藏。

後來，老友曾昭俊偶然告知我，他家中藏有一套《神鵰俠侶》，以及大半部《射鵰英雄傳》和《倚天屠龍記》若干散本，都不是坊間所見的一般版本。這些書在他家藏了數十年，他還戲謔地說，可以稱之為「手痕版」（廣東話。他的舊版書頗為殘舊，拿在手上看的話，不期然覺得有書蟲爬上手，就自然地用手搔癢）。我們為這個「雅稱」捧腹好久。於是，又開始了第二個歷程——知道舊版金庸小說的存在。

知道有「手痕版」，才曉得原來自己收藏的那幾套《金庸作品集》，只是修訂版（當年還未推出新修版）。礙於是老友家中的珍藏，不便開口相借拜讀，內容究竟跟修版繪製的版本系統圖，就是受《新文學的版本批評》啟發而來。金教授眼睛不好，仍然在短時間內讀完全書二十五萬多字，為一個完全不認識的後輩寫序。我由衷感謝。

更要感謝遠流出版公司的王榮文董事長。今年二月初書展期間，我有幸能得見王董，為「金庸在台灣」交流意見。言談間他回憶以前與金庸相交的瑣事，那似是望著遠方回想的眼神，也牽動了我的記憶：當年與金庸先生共進晚宴的一幕，還有更早之前金庸指我拿翻版書給他簽名的那一幕。我很好奇，王董認識1980年以後的金庸，當讀到《流金歲月》裡所講的那個1980年以前的金庸時，他又是何感想？能得王董賜序，又焉能不感謝？

王董、李兄、金教授三人，懂金庸、懂我、懂版本，能得他們寫序，是對我與鄺兄最大的鼓勵。

最後，還得感謝兩位無形推手。好友許德成絕對是本書的催生者。他總是在適當時候給我溫馨提示：書寫好了嗎？書何時出？書快好了吧？……，溫馨到我想早日把事情「結清」。有時，他又會在社交媒體、通訊群組張貼消息，為我推廣新書，營造聲勢。初稿排出來後，又自告奮勇擔任校對，他無條件的付出，這聲「謝謝」，我絕不能省。

遠流企劃主任宏霖是新近認識的朋友，幾個月下來，才看清楚這個人的真面目（因為之前戴著口罩）。我發現宏霖的學習能力很高。他早期對金庸小說不熟（那是跟我們比），談問題推廣時他都靜靜聽著。後來我與祥琳一直不能決定《流金歲月》的贈品，他卻提出《金庸日報》，引得我們異口同聲說好。他是最忠實的讀者，比我更懂得《流金歲月》的價值與意義。於我來說，我更期待他一手開發的《金庸日報》，那是《九陰真經》的總綱，也就是本書的懶人包、精華版。能得宏霖用心而富創意的協助，餘下所有謝謝，我全送給他。

謝謝每個曾為本書提供協助的人，謝謝三位賜序的前輩。更謝謝各位讀者，相信我，《流金歲月》不會讓你失望。

是為序。

鳴謝

如果要我為本書評價，我深信，《流金歲月》絕對是金學發展四十年後重要的里程碑。這個里程碑有兩個主要「功臣」。第一個是祥琳主編，在新修版小說改版期間，她與金庸通信最多，可說是最了解金庸小說演變的，能得她當本書的編輯，作為本書的把關人，校正了很多我們觀念上的錯誤，實在重要。第二個是鄺兄，他海量的藏書與鉅細靡遺的觀察記錄，成就了本書重要的價值。對於我「筆則筆，削則削」，鄺兄都很包容與支持。對於他們兩人，我致以最深的謝意。

現居北京的于鵬，給了我很多東南亞報紙的掃描檔，那是金庸小說在南洋遍地開花最有力的證據，哪份報紙上曾連載金庸小說，起迄於何時，于鵬都無條件將資料提供給我。專為此書編印的《金庸日報》，上面的舊版《越女劍》全文，出自南越的《遠東日報》，這個版本最珍貴的地方是罕有地保留了雲君插圖。原首載於《明報晚報》上的《越女劍》已經散佚，《遠東日報》就成為碩果僅存的記錄，讓我們窺探得到金庸筆下最短篇的小說，是如何分章節、設鉤子，還有難得一見的雲君插圖。我衷心感激。

從《漫筆金心》開始，我每出一本書，李志清兄在我厚顏要求下，都答應提供畫作，或為封面，或作藏書票。李兄畫遍金庸每部小說的人物與故事，對於揣摩金庸小說的意境最是拿手，已是「信手拈來人物像，隨心繪出傳奇情」的境界。這次我增加難度，讓他畫舊版故事；他還特意拿小說來看，重新熟悉那個他不曾接觸過的金庸平行宇宙。我還請他為本書寫序。李兄的文章如他的人，也如他的畫，淡雅高潔。這次筆鋒一轉，將我與鄺兄比喻為小龍女與楊過，神來之筆地幽了一默，我喜歡。他說我「整理爬梳是專長拿手功夫」，真懂我，我更喜歡。我要說兩聲謝謝。

我不認識武漢大學的金宏宇教授，於是請老師朱棟霖教授襄助，輾轉找到金教授為本書寫序。金教授是大陸研究現當代文學版本與副文本的權威，幾年前無意中看到他寫的《新文學的版本批評》，我就一直視他為學習榜樣。本書下篇為十四部金庸小說書本始了第四個歷程——與書友交流。

金庸有別於其他作者，很難有一位作家是如此認真看待、並反覆修訂自己作品的。那年頭，報紙是最廉宜的消閒媒體，報紙副刊可說是百花齊放，很多小說都是先在報上刊載，然後才結集成書。而金庸在小說連載完畢後，花了偌大心血，耗上十年光陰重新修訂作品，而且不是小修小改，而是重訂故事情節，審視鋪排結構，甚至逐字逐句的用字斟酌，全都一絲不苟。有個傳聞，在修訂版《金庸作品集》面世後，金庸曾致力回收坊間可見的舊版，想將他覺得有瑕疵的舊版故事從此「淡出江湖」，務求傳世的是自己認為理想的版本。這個因由，對於如我這般的金迷來說，不啻多了一門值得研究的興趣所在，就是去了解版本差異。

不知不覺間，對金庸小說版本的變化與更迭，包括內容和出版過程，愈發地感到興趣。那已經是在窺看另一片天空，我竟對此樂不知疲。由於自己有不少舊版書在手，文獻較為齊備，便能從各個版本的差異，整理出舊版與舊版之間的演進關係。有時為了探討一個版本現象，往往耗上許多時間，卻有著揭秘的樂趣。例如，《鴛鴦刀》最初是在《武俠與歷史》還是《明報》上連載？又如，眾多盜版《射鵰英雄傳》中，何以偏偏第十五、十六集各有各的回目和插圖？連載《笑傲江湖》期間，金庸在某一天的連載前寫了一段致歉啟事，說前一天的稿件（第一五四續）遺失了，未能補上，最終如何善後？鄺拾記出版的合訂本，有不少自封面到插圖都有不同變化，何者是初版？初版與再版之間有什麼可供辨識的地方？再如，《飛狐外傳》合訂本有極多版本，各版本的封面設計、版面格式、插圖數目和回目等等都差異甚大，為什麼這部小說特別混亂？諸如此類的問題，自己花了很多心力去探索。我也做了很多別人眼中或許覺得十分無聊的事情，例如將所有報紙和雜誌上的連載小說追溯日期，做成筆記；將報紙連載、普及本、合訂本的插圖逐張比對，又做成筆記……。於是，開始了第五個歷程——版本探究。

介紹我和邱健恩認識的那位書友當時就戲言，如果將你倆的藏書合在一起，無疑是「雙劍合璧」，在舊版金庸小說的探究釐清上，可說「無敵」了。原來邱兄早有此意，於是我們便相約詳談。記得見面那天，我倆就真的開始談及「大計」，一談就幾個小時，還草擬了一份大綱，討論要寫些什麼。於是，開始了第六個歷程——合作寫書。

說實話，我倆都不勤快，大綱寫好後一段時日了，還不怎麼認真執筆。我先做了些整理功夫，將所有金庸版本記錄下基本資料，再參考邱兄那篇文章當作框架，嘗試寫下初稿，才算正式動工了。

我深信金庸小說的魅力，足以讓這些故事傳承下去。如此偉大的作家，如此嚴謹地一而再，再而三修訂自己的作品；而且時移世易，小說發表當時的過程造就的現象，現時已經難以想像。這些因素，讓金庸小說版本的種種，有很多故事可以訴說。

我的初稿，以闡述和分析資料為主，而邱兄對於文字的掌握與架構的處理，可說是神乎其技，他真的是在說故事。如果用小學生作文做比喻，那是老師吩咐下來一個題目，我寫成說明文，他可以寫成記敘文。

書成了，寫這篇序言時，想到要感謝的人不少。

邱兄是第一個要致謝的人。邱兄的文章打開了我的視野，我才知道不是將滿書櫃的舊版書鋪在地上，翻看著封面和內頁，就算是認識金庸小說。這本書的撰寫，他花的心血著實不少。他擅長文本研究，面對海量的文獻，總能爬梳整理，再到鋪陳描述，很見功力。加上他擁有接近完整的《明報晚報》修訂版，藉此探討金庸「動態創作」的演變，將舊版過渡至作品集版的歷程，娓娓道來，非常精彩。我衷心感謝。

我和邱兄合起來的藏書，絕不是書友所謂「雙劍合璧」就此「無敵」，那只是一句溢美。要寫成這本書，資料仍有不足的地方，例如最原始的首載香港報紙，莫說要收藏齊全，就是想要看到全部連載小說的書影，也近乎天方夜譚；退而求其次，用以彌補不足的東南亞報紙上的轉載，也不是輕易得見。這些剪報檔，之所以可以見到，都是居於北京的于鵬兄、上海的黃泳兄，以及其他書友的無私賜贈。黃泳兄對我寫成的初稿，也曾給予寶貴的意見。馬來西亞的蕭永龍兄，他也是一位書迷和藏書家，很多流落到東南亞的舊版，他都為我尋得或慷慨讓給我。寫這本書時要用到大量資料，例如《飛狐外傳》普及本，我和邱兄合起來仍不齊套，所缺的集數蕭兄都提供了素材。還有，如寫到傳世的三育版《雪山飛狐》是否為正版？由於這套書極為稀缺，我們手頭只有一套，好些疑點釐清不了，馮瑞正兄慷慨地傳來他那套珍稀的三育版書影和資料，居於蘇州的費仁海兄又提供這套書第一集封面圖的來源。幸得這些難能可貴的材料，對探索這套神秘版本又多了重要的佐證。謝謝這些好朋友們。

還有李志清兄，他的大名和繪作功力毋須我多加介紹，他為這本書提供封面畫作，並寫了一篇序，為本書大大增色。看到他在序中寫我和邱兄是「癡人」，我深有同感；再看到他說，我「一說到金庸相關事物，兩眼立時放光，看得出『癡』的程度極其嚴重」，忍不住當場笑翻。他是何等的觀察入微！賜序的還有武漢大學金宏宇教授、遠流出版公司王榮文董事長，我雖無緣識荊，但兩位慨然為本書寫序，對本書的評價得他們抬舉，我深感汗顏亦衷心感謝。

這段期間，雖然一向都是由邱兄跟遠流聯絡，鄭祥琳主編給予本書很多寶貴的意見，以及耗費的編輯心血，我都一一感受到。還有前面提到的老友曾昭俊兄，最後在我多番央求下，他那些「手痕版」都讓了給我，而我付出的只是一個數十年交情的「超級友誼價」，這件事我不敢或忘。

壓軸要感謝老婆大人。對喜愛收藏，又不是挺有錢，兼已婚的男人來說，老婆大人是最難繞過的一關，相信喜歡收藏各種物事的朋友必然知道我說的是什麼。她知道我迷上收藏金庸之後，從未過問任何一本書的價錢，那是何等的包容理解啊！我萬分感謝。

最後，如同開篇所說，我視這本書為分享藏品的一部書，其實不單分享藏品，更重要的是，想分享不同版本演變之間的故事，而這些背後秘辛，相信未必有太多金迷注意過。我和邱兄所說的這些「故事」，或許因文獻不足而有所疏漏，甚或推論錯誤。期能拋磚引玉，請廣大金迷指正。

目錄

下篇 金庸小說書本版的春秋戰國時代

上篇

金庸小說的原始光譜

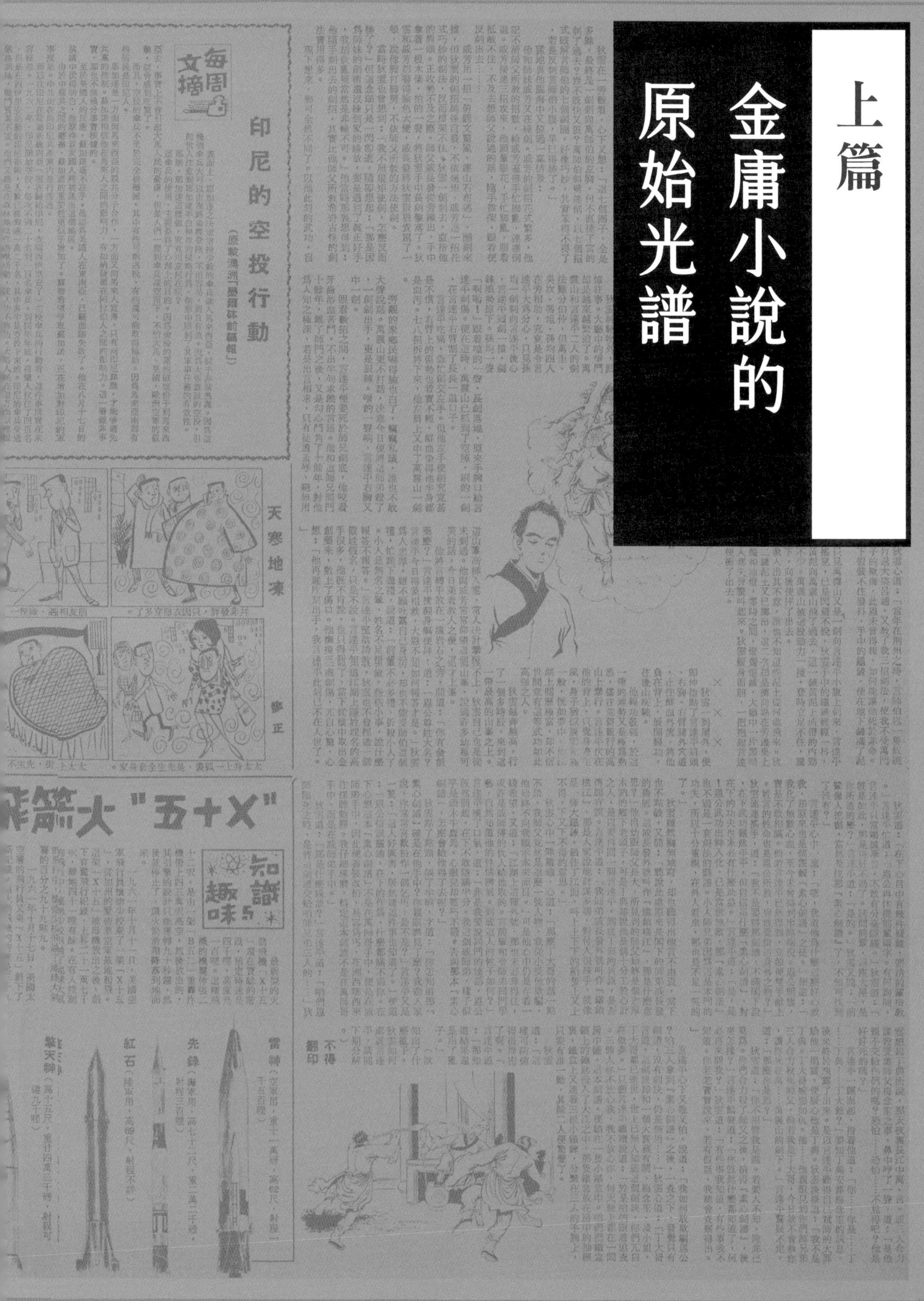

楔子

「金庸小說」是個多義詞

「金庸小說」的意義與內涵，會隨著時間流轉而有所改變。六十年前，如果有人說：「我喜歡看『金庸小說』。」可以指報上每天連載的小說文字，也可以指後來經過出版社重排印刷的小說單行本。如果有人說：「糟了，忘了買這個星期的『金庸小說』。」他錯過的就是當年每個星期都出版一冊的普及本金庸小說。

到了1975年時，如果有人問：「你看了今天連載的『金庸小說』嗎？」指的是當年在《明報晚報》上連載的修訂版《倚天屠龍記》與《俠客行》。再到1980年時，如果有人問：「你買了新出版的『金庸小說』嗎？」那就變成明河社發行的《金庸作品集》。

到了今天，要是有人說：「我喜歡看金庸小說。」聽的人記得要問清楚：「你口中的『金庸小說』，到底是指修訂版，還是新修版？」「有不同嗎？」「有，人物遭遇不同，結局或也有差異。」可以想像得到：一個二十歲的年輕人如果跟一個七十歲的老人家談《天龍八部》，聊到段譽和王語嫣時，年輕人或許會為了這二人不能終成眷屬而感到惋惜；老人家卻摸不著頭腦，因為印象中兩人最後是在一起的。

不同年代有不同形態的金庸小說，不同形態

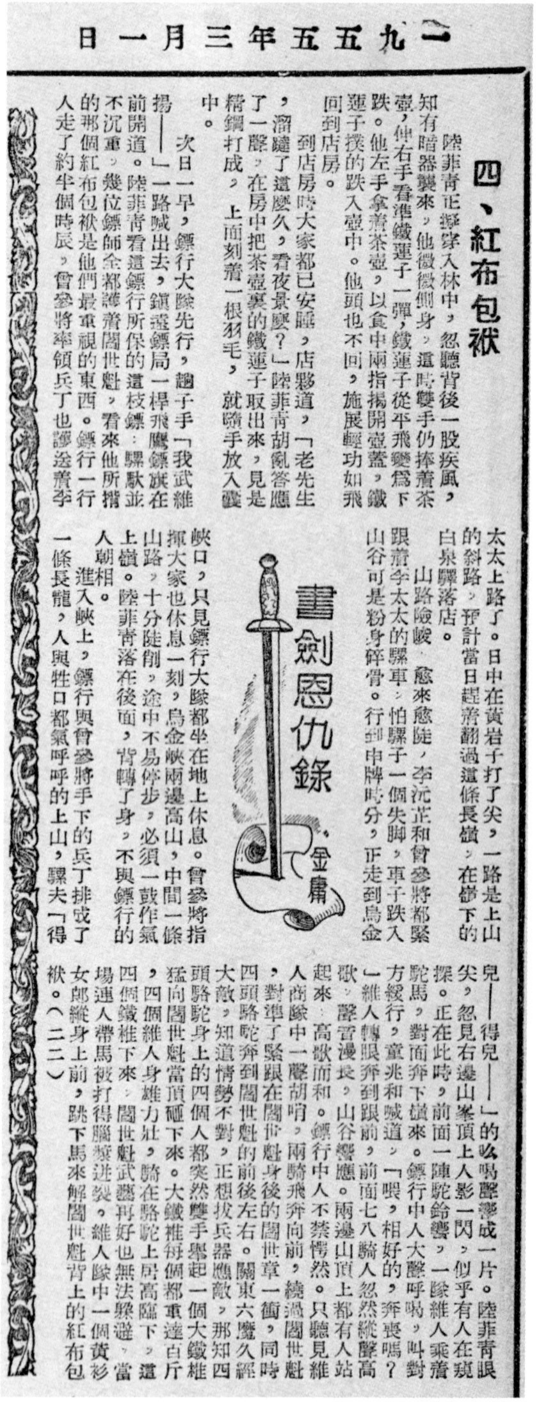

一九五五年三月一日

四、紅布包袱

陸菲青正擬穿入林中，忽聽背後一股疾風，知有暗器襲來，他微微側身，這時雙手仍捧着茶壺，伸右手看準鐵蓮子一彈，鐵蓮子從平飛變為下跌。他左手拿着茶壺，以食中兩指揭開壺蓋，鐵蓮子撲的跌入壺中。他頭也不回，施展輕功如飛回到店房。

到店房時大家都已安睡，店夥道，「老先生，溜躂了這麼久，看夜景麼？」陸菲青胡亂答應了一聲，在房中把茶壺裏的鐵蓮子取出來，見是精鋼打成，上面刻着一根羽毛，就隨手放入囊中。

次日一早，鏢行大隊先行，趟子手「我武維揚——」一路喊出去，鎮遠鏢局一桿飛鷹鏢旗在前開道。陸菲青看這鏢行所保的這枝鏢：騾䭾並不沉重，幾位鏢師全都護着閻世魁，看來他所揹的那個紅布包袱是他們最重視的東西。鏢行一行人走了約半個時辰，曾參將率領兵丁也護送着李太太上路了。日中在黃岩子打了尖，一路是上山的斜路，預計當日趕着翻過這條長嶺，在嶺下的白泉驛落店。

書劍恩仇錄 金庸

山路險峻，愈來愈陡，李沅芷和曾參將都緊跟着李太太的騾車，怕騾子一個失脚，車子跌入山谷可是粉身碎骨。行到申牌時分，正走到烏金峽口，只見鏢行大隊都坐在地上休息。曾參將指揮大家也休息一刻，烏金峽兩邊高山，中間一條山路，十分陡削，途中不易停步，必須一鼓作氣上嶺。陸菲青落在後面，背轉了身，不與鏢行的人朝相。

進入峽上，鏢行與曾參將手下的兵丁排成了一條長龍，人與牲口都氣呼呼的上山，騾夫「得兒——得兒——」的吆喝聲響成一片。陸菲青眼尖，忽見右邊山峯頂上人影一閃，似乎有人在窺探。正在此時，前面一陣駝鈴響，一隊維人乘着駝馬，對面奔下嶺來。鏢行中人大聲呼喝，叫對方緩行，童兆和喊道，「喂，相好的，奔喪嗎？」維人轉眼奔到跟前，前面七八騎人忽然縱聲高歌，聲音漫長，山谷響應。兩邊山頂上都有人站起來，高歌而和。鏢行中人不禁愕然。只聽見維人商隊中一聲胡哨，兩騎飛奔向前，繞過閻世魁，對準了緊跟在閻世魁身後的閻世章一衝，同時四頭駱駝奔到閻世魁的前後左右。關東六魔久經大敵，知道情勢不對，正想拔兵器應敵，那知四頭駱駝身上的四個人都突然雙手舉起一個大鐵椎，猛向閻世魁當頂砸下來。大鐵椎每個都重達百斤，四個維人身雄力壯，騎在駱駝上居高臨下，這四個鐵椎下來，閻世魁武藝再好也無法躲避，當場連人帶馬被打得腦漿迸裂。維人隊中一個黃衫女郎縱身上前，跳下馬來解閻世魁背上的紅布包袱。（二二）

《新晚報》連載的《書劍恩仇錄》（1955年）
是最早出現的連載版金庸小說。

書劍恩仇錄
△有增有刪 大段改寫▽
第一回 古道騰駒驚白髮 危巒快刀識青翎
三條黑影先後追來

上　《明報晚報》連載的修訂版《書劍恩仇錄》（1970年）是最早出現的修訂版金庸小說。
下左　三育圖書文具公司出版的《書劍恩仇錄》（1956年）是最早出現的書本版金庸小說。
下右　明河社的《書劍恩仇錄》（1975年）是繼《雪山飛狐》（1974年）、《飛狐外傳》（1975年）後出版的第三部《金庸作品集》（修訂版小說）。

的金庸小說有不同的故事情節。即便是不同地域與出版社的「金庸小說」，故事人物的行為也會不同。

《射鵰英雄傳》君山軒轅台上，黃蓉以打狗棒法對戰丐幫三大長老，郭靖擔心黃蓉不敵，決意幫忙。不過，台灣遠流出版公司（以下簡稱「遠流」）的那個郭靖比較勤快，一口氣打出了四招降龍掌：時乘六龍、密雲不雨、損則有孚、見龍在田；至於香港明河社的那個郭靖，就有點偷懶，雖然仍替黃蓉把事情「攬在自己身上」，卻只肯用牛皮索捲住鋼杖對付簡長老，連一招降龍掌都不曾使出過。[1]

1　金庸修訂這段情節時，其實還有一個最初的版本，刊登在《明報晚報》上，詳見【中篇】頁166。

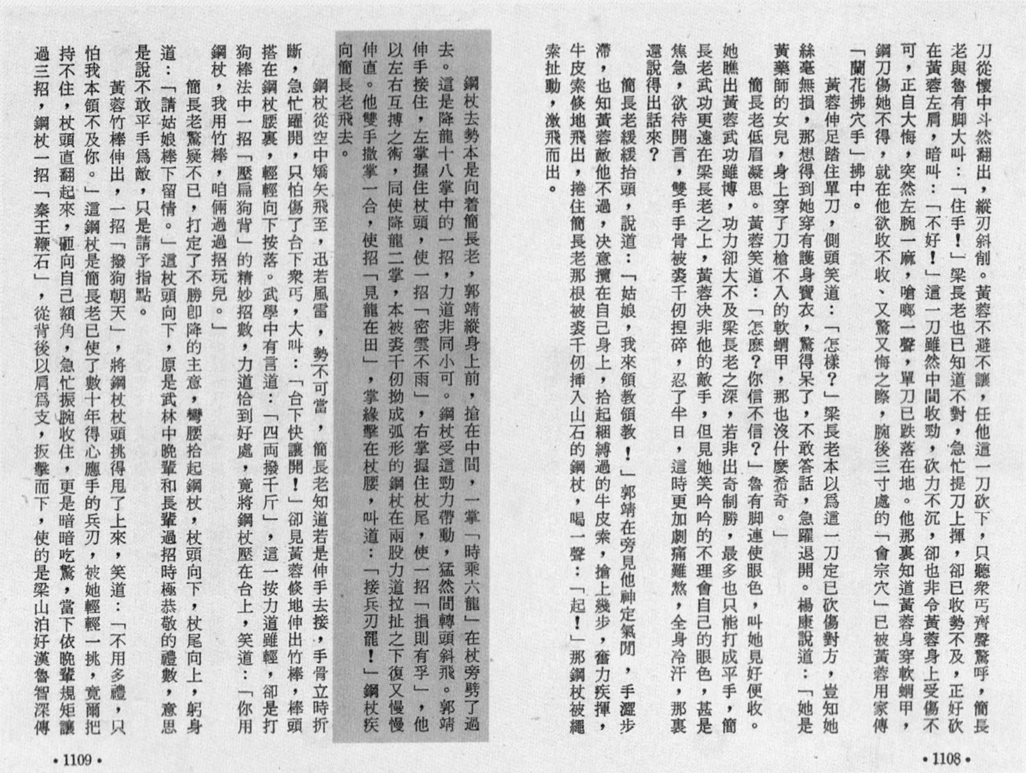

刀從懷中斗然翻出，縱刃斜削。黃蓉不避不讓，任他這一刀砍下，只聽衆丐齊聲驚呼，簡長老與魯有脚大叫：「住手！」梁長老也已知道不對，急忙提刀上揮，卻已收勢不及，正好砍在黃蓉左肩，暗叫：「不好！」這一刀雖然中間收勁，砍力不沉，卻也非令黃蓉身上受傷不可，正自大悔，突然左腕一麻，嗆啷一聲，單刀已跌落在地。他那裏知道黃蓉身穿軟蝟甲，鋼刀傷她不得，就在他欲收不收、又驚又悔之際，腕後三寸處的「會宗穴」已被黃蓉用家傳「蘭花拂穴手」拂中。

黃蓉伸足踏住單刀，側頭笑道：「怎樣？」梁長老本以爲這一刀定已砍傷對方，豈知她絲毫無損，那想得到她穿有護身寶衣，驚得呆了，不敢答話，急躍退開。楊康說道：「她是黃藥師的女兒，身上穿了刀槍不入的軟蝟甲，那也沒什麼希奇。」

簡長老低眉凝思。黃蓉笑道：「怎麼？你信不信？」魯有脚連使眼色，叫她見好便收。她瞧出黃蓉武功雖博，功力卻大不及梁長老之深，若非出奇制勝，最多也只能打成平手，簡長老武功更遠在梁長老之上，黃蓉決非他的敵手，但見她笑吟吟的不理會自己的眼色，甚是焦急，欲待開言，雙手手骨被裘千仞揑碎，忍了半日，這時更加劇痛難熬，全身冷汗，那裏還說得出話來？

簡長老緩緩抬頭，說道：「姑娘，我來領教領教！」郭靖在旁見他神定氣閒，手澀步滯，也知黃蓉敵他不過，決意攬在自己身上，拾起細縛過的牛皮索，搶上幾步，奮力疾揮，牛皮索倏地飛出，捲住簡長老那根被裘千仞揷入山石的鋼杖，喝一聲：「起！」那鋼杖被繩索扯動，激飛而出。

• 1108 •

鋼杖去勢本是向着簡長老，郭靖縱身上前，搶在中間，一掌「時乘六龍」在杖旁劈了過去。這是降龍十八掌中的一招，力道非同小可。鋼杖受這勁力帶動，猛然間轉頭斜飛。郭靖伸手接住，左掌握住杖頭，使一招「密雲不雨」，右掌握住杖尾，使一招「損則有孚」，他以左右互搏之術，同使降龍二掌，本被裘千仞拗成弧形的鋼杖在兩股力道拉扯之下復又慢慢伸直。他雙手撤掌一合，使招「見龍在田」，掌緣擊在杖腰，叫道：「接兵刃罷！」鋼杖疾向簡長老飛去。

鋼杖從空中矯矢飛至，迅若風雷，勢不可當，簡長老知道若是伸手去接，手骨立時折斷，急忙躍開，只怕傷了台下衆丐，大叫：「台下快讓開！」卻見黃蓉倏地伸出竹棒，棒頭搭在鋼杖腰裏，輕輕向下按落。武學中有言道：「四兩撥千斤」，這一按力道雖輕，卻是打狗棒法中一招「壓扁狗背」的精妙招數，力道恰到好處，竟將鋼杖壓在台上，笑道：「你用鋼杖，我用竹棒，咱倆過過招玩兒。」

簡長老驚疑不已，打定了不勝即降的主意，彎腰拾起鋼杖，杖頭向下，杖尾向上，躬身道：「請姑娘棒下留情。」這杖頭向下，原是武林中晚輩和長輩過招時極恭敬的禮數，意思是說不敢平手爲敵，只是請予指點。

黃蓉竹棒伸出，一招「撥狗朝天」，將鋼杖杖頭挑得甩了上來，笑道：「不用多禮，只怕我本領不及你。」這鋼杖是簡長老已使了數十年得心應手的兵刃，被她輕輕一挑，竟爾把持不住，杖頭直翻起來，砸向自己額角，急忙振腕收住，更是暗暗吃驚，當下依晚輩規矩讓過三招，鋼杖一招「秦王鞭石」，從背後以肩爲支，扳擊而下，使的是梁山泊好漢魯智深傳

• 1109 •

明河社1976年出版的《金庸作品集．射鵰英雄傳》第三冊頁1108-1109。大抵金庸後來考慮到黃蓉與丐幫三長老的比試是「幫主資格賽」，郭靖如果過分「投入」，會削弱黃蓉展示實力的機會，因此減少了郭靖在此戰的「參與度」，不讓郭靖使出降龍掌。圖中框出的一段，1985年明河社再版《射鵰英雄傳》時，金庸已經刪去。這一段雖已不見於明河社現今出版的修訂版《射鵰英雄傳》書中，卻保留在台灣的版本裡。遠流的《射鵰英雄傳》，無論是黃皮版、花皮版，還是新改版的映象版，所用的都是1976年明河社的原始版本。

小說五變

為什麼同樣是「金庸小說」，差別卻這麼大？這就得從金庸小說如何「面世」說起，關係到三個不同的層面：創作與修訂、發表與出版，以及發行與營銷。

從1955年金庸在《新晚報》上發表《書劍恩仇錄》開始，一直到2006年新修版《金庸作品集》最後一部小說《鹿鼎記》面世，整整五十年的時間裡，金庸小說正以「自力輪迴」方式，不斷推陳出新。「自力」指金庸，「輪迴」則指修訂、改寫、再版，不獨小說內容增刪改寫，小說語言一再更新，即便小說印刷與出版本身，或因時地的客觀需求，或

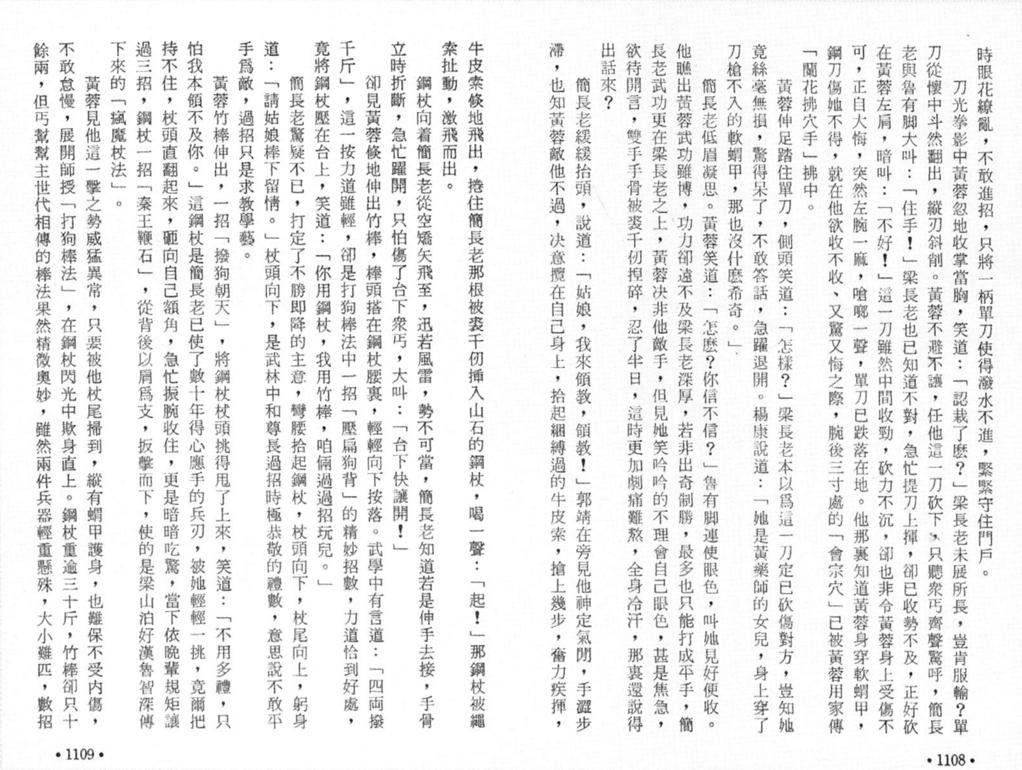

時眼花繚亂，不敢進招，只將一柄單刀使得潑水不進，緊緊守住門戶。

刀光拳影中黃蓉忽地收掌當胸，笑道：「認栽了麼？」梁長老未展所長，豈肯服輸？單刀從懷中斗然翻出，縱刃斜削。黃蓉不避不讓，任他這一刀砍下。只聽衆丐齊聲驚呼，簡長老與魯有脚大叫：「住手！」梁長老也已知道不對，急忙提刀上揮，卻已收勢不及，正好砍在黃蓉左肩，暗叫：「不好！」這一刀雖然中間收勁，砍力不沉，卻也非令黃蓉身上受傷不可，正自大悔，突然左腕一麻，嗆啷一聲，單刀已跌落在地。他那裏知道黃蓉身穿軟蝟甲，鋼刀傷她不得，就在他欲收不收、又驚又悔之際，腕後三寸處的「會宗穴」已被黃蓉用家傳「蘭花拂穴手」拂中。

黃蓉伸足踏住單刀，側頭笑道：「怎樣？」梁長老本以爲這一刀定已砍傷對方，豈知她竟絲毫無損，驚得呆了，不敢答話，急躍退開。楊康說道：「她是黃藥師的女兒，身上穿了刀槍不入的軟蝟甲，那也沒什麼希奇。」

簡長老低眉凝思。黃蓉笑道：「怎麼？你信不信？」魯有脚連使眼色，叫她見好便收。他瞧出黃蓉武功雖博，功力卻遠不及梁長老深厚，若非出奇制勝，最多也只能打成平手，簡長老武功更在梁長老之上，黃蓉决非他敵手，但見她笑吟吟的不理會自己眼色，甚是焦急，欲待開言，雙手手骨被裘千仞揑碎，忍了半日，這時更加劇痛難熬，全身冷汗，那裏還說得出話來？

簡長老緩緩抬頭，說道：「姑娘，我來領教，領教！」郭靖在旁見他神定氣閑，手澀步滯，也知黃蓉敵他不過，决意攬在自己身上，拾起綑縛過的牛皮索，搶上幾步，奮力疾揮，

• 1108 •

牛皮索倏地飛出，捲住簡長老那根被裘千仞插入山石的鋼杖，喝一聲：「起！」那鋼杖被繩索扯動，激飛而出。

鋼杖向着簡長老從空矯矢飛至，迅若風雷，勢不可當，簡長老知道若是伸手去接，手骨立時折斷，急忙躍開，只怕傷了台下衆丐，大叫：「台下快讓開！」

卻見黃蓉倏地伸出竹棒，棒頭搭在鋼杖腰裏，輕輕向下按落。武學中有言道：「四両撥千斤」，這一按力道雖輕，卻是打狗棒法中一招「壓扁狗背」的精妙招數，力道恰到好處，竟將鋼杖壓在台上，笑道：「你用鋼杖，我用竹棒，咱倆過過招玩兒。」

簡長老驚疑不已，打定了不勝即降的主意，彎腰拾起鋼杖，杖頭向下，杖尾向上，躬身道：「請姑娘棒下留情。」杖頭向下，是武林中和尊長過招時極恭敬的禮數，意思說不敢平手爲敵，過招只是求教學藝。

黃蓉竹棒伸出，一招「撥狗朝天」，將鋼杖杖頭挑得甩了上來，笑道：「不用多禮，只怕我本領不及你。」這鋼杖是簡長老已使了數十年得心應手的兵刃，被她輕輕一挑，竟爾把持不住，杖頭直翻起來，砸向自己額角，急忙振腕收住，更是暗暗吃驚，當下依晚輩規矩讓過三招，鋼杖一招「秦王鞭石」，從背後以肩爲支，扳擊而下，使的是梁山泊好漢魯智深傳下來的「瘋魔杖法」。

黃蓉見他這一擊之勢威猛異常，只要被他杖尾掃到，縱有蝟甲護身，也難保不受內傷，不敢怠慢，展開師授「打狗棒法」，在鋼杖閃光中欺身直上。鋼杖重逾三十斤，竹棒卻只十餘兩，但丐幫幫主世代相傳的棒法果然精微奧妙，雖然兩件兵器輕重懸殊，大小難匹，數招

• 1109 •

明河社1994年《射鵰英雄傳》第三冊頁1108-1109。

因作者的主觀意願而有所「改變」。每次改變，都為「金庸小說」添上難以磨滅、令人好奇的一筆。

如果每一改變都衍生新面貌，金庸小說歷經了五變，就有了六個版本。何來五變？《書劍恩仇錄》、《碧血劍》、《射鵰英雄傳》最初在報紙上連載，後來出版單行本，金庸稍作修改，是第一變。1970年開始，《明報晚報》連載經金庸改寫的各部小說，是第二變。1974年之後，《金庸作品集》出版，出版前金庸依據《明報晚報》上的連載又改一次，是第三變。1985-1986年，《金庸作品集》重印，金庸再改一次，是第四變。1999年後全面大修改，自2003年陸續出版新修版《金庸作品集》（25開本），成為最終定稿，是為第五變。連最原始的連載版本一起算，金庸小說就有了六個版本。

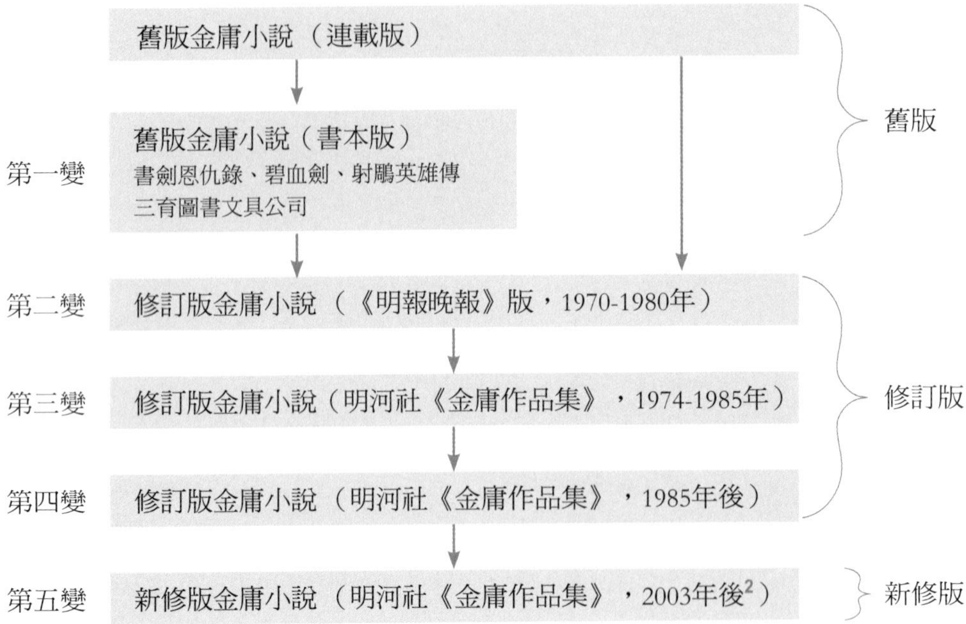

金庸小說五變中，第一變的三育版小說現在只在舊書市場販售，價格高昂，非藏家、金迷難以入手。第二變《明報晚報》上連載的修訂版金庸小說，與之後明河社發行的初版《金庸作品集》（第三變），很多地方都不相同，但《明報晚報》散佚，公共圖書館、大學圖書館不收，即使連明報集團本身也沒有保留下來。第三變是香港明河社1974年開始出版的《金庸作品集》，不足十年，即被第四變，也就是1985-86年間微幅修改的再修訂版本取代。任職明河社的李以建在〈以經典文學「改寫」的金庸小說〉一文中指出：

> 事實上，金庸修訂自己的小說遠不止於此，在這十年修訂後，於八十年代小說再版時，他還重新作了一番修訂。[3]

李以建說的「八十年代小說再版時」，就是指1985-86年間重印的《金庸作品集》，也就是本篇指出的第四變。而第三變的明河社初版《金庸作品集》，即使是舊書市場，現在也甚為稀少。

第四變修訂版《金庸作品集》與第五變新修版《金庸作品集》，由於在市場上仍然流通，世人最是熟悉。但第一、第二與第三變，由於只是曇花一現，當年的讀者即使讀過，也不一定能察覺到金庸已修改了文字內容。

時光流逝，文獻散佚，以前連載過小說的報紙百不存一，當年出版的小說也已成為珍稀版本，一般讀者難以看到。金庸小說的昔日痕跡逐漸消失，讀者只能從前輩留下的片言隻語中略知當日盛景的一鱗半爪。大部分讀者只能依據為數不多的資料（如剪報、報紙微縮卷片），或推敲，或臆測金庸小說轉變的種種可能，例如金庸為什麼會把《素心劍》改名為《連城訣》？有人推測金庸修訂小說時改了「初心」，也有人臆測是為了配合「飛雪連天射白鹿／笑書神俠倚碧鴛」的對聯。不過，所有看法都只是「說法」，難以取信於人。

要讓「說法」接近真相，一切還須從文獻開始。唯有透過搜集收藏與爬梳整理大量原始出版資料，才有可能勾勒出金庸小說的「原始光譜」，才能知道六個版本到底是如何形成與繁衍轉生。

尋找「金庸小說」的原始光譜正是本書目的，也就是透過了解金庸小說的「原來面貌」，從而整理出演變的軌跡，以及尋找那早已失落於時代洪流之中、不被人提起的「痕跡」。因此，諸如舊版小說的連載版、書本版（第一變）、明晚版修訂本（第二變），以及明河初版修訂本（第三變），都是本書討論的對象。

然而，什麼叫「連載版」、「書本版」呢？不只如此，什麼叫「舊版」？什麼又叫「新版」呢？許多學者、金迷或一般讀者口中常常提到的這些名詞，就像「金庸小說」一樣，其實都有不同含義，也往往因人而異。倪匡在1980年寫的《我看金庸小說》提到了新、舊版，新版指修訂版，舊版指修訂版以前的。不過，金庸在2003-2006年間又推出了全新修訂的小說，那麼新、舊二版的含義就變得有一點點複雜了。對於只看過新修版小說的讀者來說，之前兩版都屬舊版；但對於只看過修訂版《金庸作品集》的讀者，可不會承認自己看的是舊版小說。因此，如果要好好討論金庸小說，就必須先為這些術語下定義，而在下定義之前，也必須先對當年的情況有概括了解。

「金庸小說」不只是成品，還是「過程」——自力輪迴的過程。從1955年到2006年，金庸花了超過五十年時間來寫作小說。所謂「寫作」，包括兩個重要步驟：創作與修訂。從「小說成品」的角度來看，這五十年寫作時間又可分為三個階段：1955-1972年為第一階段，屬「創作階段」，這個時期的成品是舊版金庸小說；1970-1999年為第二階段，屬「修訂階段」，成品是修訂版金庸小說；1999-2006年為第三階段，也是「修訂階段」，成品則是新修版金庸小說。

2 新修版最早於2002年推出大字版，但只出版了《書劍恩仇錄》。2003年開始，港台兩地改為先出25開本（明河社為硬精裝，遠流為軟精裝），故本書以2003年為新修版正式啟動的日期。

3 出自《金庸小說與二十世紀中國文學國際學術研究會論文集》（香港：明河社，2000年），頁90。

鹿鼎記

金庸

雲君圖

廿二回：雲點旌旗秋出塞　風傳鼓角夜臨關

尼布楚城外開和議

兩名羅剎隊長對望了一眼，臉上均有尷尬之色。齊洛諾夫道：「這個……好像……」華伯斯基腦筋較蠻，說道：「大人閣下的主意極高，中國棉被、中國枕頭就由我們帶去，公主抱不到中國大人閣下，抱一抱中國棉被、中國枕頭也是好的。不過棉被、枕頭過得幾年就破爛了，不及石橋牢固，所以建造石橋的技師，還是請大人派去爲妙。」

韋小寶聽他二人口氣，對造橋技師需求甚切，料想必有陰謀詭計。他不知中國的造橋技術當時甲於天下，外國人來到中國，一見到建構宏偉的石橋，必定嘖嘖稱異，讚賞不止，何以拱橋能橫越江面，其下不需支柱，更覺神奇莫測。羅剎人盼望學到這門造橋方法，倒是出於艷羨中國科學技術之心，並無其他陰謀。（金庸按：康熙十五年，俄國派斯巴塔雷N.G. Spatinary爲欽差，率同寶石專家、藥材專家來北京，提出要求多項，其中一條爲：「中國准許俄國借用築橋技師。」該欽差因不肯向康熙磕頭，爲清廷驅逐回國。）韋小寶心想：「你們越是想要的東西，老子越是不能給你。」說道：「知道了，下去吧！」兩名隊長不敢再說，行禮下去。

大軍西行，不一日和尼布楚城已近。羅剎欽差大臣費要多羅得報清軍大至，大吃一驚，急忙寫信，請清軍在原地駐紮，他立即過來相會。韋小寶道：「不用客氣了，還是我們來拜客吧！」清軍浩浩蕩蕩的開抵尼布楚城下。朋春、薩布素、馬喇分統三標人馬，繞到尼布楚城北、城西、城南，把守住了要道，既截斷尼布楚羅剎軍的退路，又阻住西來援軍。韋小寶、索額圖、佟國綱等親統中軍屯駐城東。中軍流星炮射上天空，四面號炮齊響。尼布楚城中羅剎大臣、軍官、士卒望見清軍雲集，軍容壯盛，無不氣爲之奪。

費要多羅當即備了禮物，派人送到清軍軍中，並致書中國欽差大臣，說道兩國皇帝已決定罷兵議和，此次會晤，專爲簽訂和約，雙方軍隊不宜相距過近，以免引起衝突，有失兩國交好之意。韋小寶和象大臣商議了，都說中華上國不宜橫蠻，須當先禮後兵。韋小寶於是下令退兵數里，駐在什耳喀河以東；又令尼布楚城北、西、南三面的清軍退入山中候令。費要多羅見清軍後撤，略爲寬心，又再寫了一通文書，提出四點相會的條件：一、會見所設於尼布楚城與什耳喀河之間的中央；二、會見之日，兩國欽差各帶隨員四十人；三、兩國皆出兵五百，俄軍列於城下，清軍列於河岸；四、兩國使節之護衛兵各以二百六十人爲限，除刀劍外，一切武器不許携帶。

他所以提這四個條件，因清軍勢大，俄軍人少，若是雙方不限人數，俄軍必處下風。只是羅剎兵武器厲害，如雙方兵員相等，俄兵又佔優勢，料想對方不允，因此先行提出，規定衛兵只可携帶刀劍。韋小寶和象大臣商議後，認爲此議可行，當即接納，連夜派兵搭起篷帳，作爲會所。

次日清晨，韋小寶、索額圖、佟國綱等欽差帶同隨員，率了二百六十名藤牌手，來到會所。只見尼布楚城門開處，二百餘騎哥薩克騎兵手執長刀，擁簇着一羣羅剎官員馳來。這一隊騎兵人高馬大，威風凜凜，清軍的藤牌手都是步兵，相形之下，聲勢大爲不如。（九七一）

金庸最後一部完成的小說《鹿鼎記》，在《明報》連載，1972年結束。

第一階段的舊版金庸小說，也就是本書所說的「原始光譜」。了解金庸小說在這個階段的發展，還會經常碰到以下術語：舊版、連載版、書本版、正版、盜版、爬頭本（爬頭版）、三育版、鄺拾記版、普及本、合訂本、四回本、十六回本等等，後文會一一解說。

「創作」指從無到有的階段。金庸第一部作品《書劍恩仇錄》在香港《新晚報》上發表，起始時間是1955年2月8日。從此以後，展開了長達十七年半的創作歲月，到1972年9月23日《鹿鼎記》最終回而封筆。這個時期，金庸共創作了十五部小說，統稱為「舊版小說」。這也是本書要探討的重點。

第一階段又可分為三個時期：1955-1959年、1959-1967年，以及1967-1972年。以下分別描述各個時期金庸小說的連載與出版情況，並結合文獻與文物資料，重塑當日的發展盛況。

壹

1955 - 1959

《新晚報》、《香港商報》與三育版時期

《書劍恩仇錄》
《碧血劍》
《射鵰英雄傳》
《雪山飛狐》

在當時，作家寫完小說後，不是找出版社直接出版，而是先在報章雜誌上發表。金庸也一樣，每天寫約一千字，然後在報紙上連載。從1955年2月8日到1959年6月18日，金庸應邀先後在《新晚報》與《香港商報》發表了四部小說，分別是：《書劍恩仇錄》（共五百七十五續）[4]、《碧血劍》（共三百六十六續）、《射鵰英雄傳》（共八百六十二續）與《雪山飛狐》（共一百二十九續）。四年多時間合共約一千五百九十天，卻連載了一千九百三十二續，由此可知，至少有四分之一的時間金庸在同時創作兩部小說。

小說在報紙上連載，讀者要看就得買報紙。每天買，每天看。不難想像的是，在金庸小說漫長的連載長河裡，讀者總會有錯過的時候。原因有很多，諸如回鄉探親、出差離境，又或是遇上颱風天，報紙照樣出刊，但未必人人都會冒著風雨出門買報等等。讀者如果已經養成追看金庸小說的習慣，錯過無疑是遺憾。還有另一種情況，就是每天花錢買報紙，對於部分讀者也算是沉重的負擔。那個時候，香港經濟尚未騰飛，許多人收入不高，未必能夠承擔每天買報的支出。因為錢而錯過了這麼好的小說，也是遺憾。

為了填補讀者的遺憾，小說的單行本應運而生。自此以後，「舊版小說」以兩種「形態」存在：在報章雜誌上每天或每期連載的，可以叫做「連載版」；連載一段時間後，出版社就會重新排版，把小說印成書刊，稱為「書本版」。1959年5月20日以前，金庸選擇了三育圖書文具公司（以下簡稱「三育」）合作，在小說連載一段時間後，內容文字只要足夠排成一本一百多頁的書冊，便交付三育處理，由三育負責排版、印刷與銷售。

從連載到書本，金庸修改了什麼？

不過，舊版小說的「連載版」與「書本版」，雖然都來自同一個本源，人物、故事都一樣，但書本版並非只簡單地把連載文字重新排版印刷而已。兩者其實稍有不同，不能畫上等號。書本版相對於連載版來說，大致有四個不同的地方：

一、校正文字

書本版校正了連載時因排版而出現的錯誤。試看《雪山飛狐》以下兩段連載：

……見當先一人身形瘦削，漆黑一團，認得是北京**平鏢局**的總鏢頭熊元獻……（《新晚報》1959年2月15日）

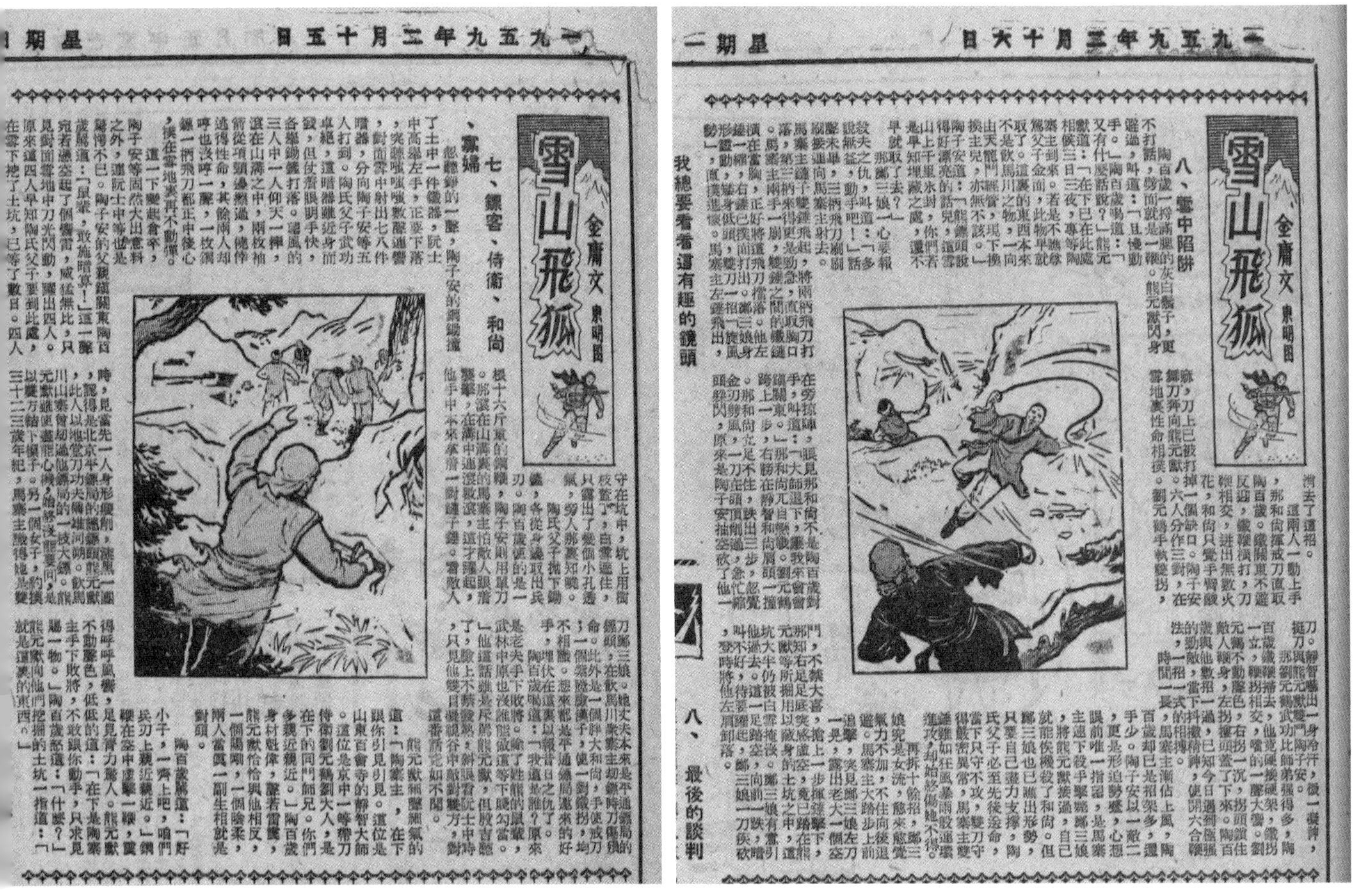

一九五九年二月十五日　星期日

雪山飛狐　金庸文　東明圖

七、鏢客、侍衛、和尚

一九五九年二月十六日　星期一

雪山飛狐　金庸文　東明圖

八、雪中陷阱

我總要看看還有趣的鏡頭

八、最後的談判

《新晚報》連載的《雪山飛狐》第七續與第八續，1959年2月15、16日。

……鐵關東不避反迎，鐵鞭橫打……（《新晚報》1959年2月16日）

熊元獻是「平通鏢局」總鏢頭，陶百歲的外號叫「鎮關東」，小說中其他地方隨處可見，「平鏢局」與「鐵關東」自然是連載時排字出錯，三育出版單行本時，就把錯誤改正過來。

二、修訂原文

書本版稍稍修整了連載文字，這又可以從兩方面來看。

4　報紙每天連載的小說，以「續」做單位。1967年9月21日，《明報》遺失了《笑傲江湖》的手稿，金庸（或報社編輯）在報上說：「『笑傲江湖』因後生（筆者案：指年輕的員工）取稿時不慎遺失第一五四續，因時間緊迫，未能補上。」這「第一五四續」的「續」，就是指第一五四（期、天、回）的連載文字。本書沿用這種舊稱。

（1）刪掉每天連載時用來銜接上下文的文字。試看《書劍恩仇錄》的連載：

……周綺不再理她，把單刀藏在馬鞍旁，騎馬往文光鎮奔去。（《新晚報》1955年7月5日連載最後一句）

周綺一口氣奔到文光鎮上……（《新晚報》1955 年7月6日連載第一句）

兩個句子分別在前後兩天出現，7月6日開首的那個句子如果刪掉「周綺」，只寫成「一口氣奔到文光鎮上」，讀者很可能因為忘掉前一天的內容而搞不清楚到底是誰奔到文光鎮了。由此可見，金庸每天創作小說，除了思考故事，還會考慮文字對讀者產生的閱讀觀感。當然，「周綺」二字也可能是報社編輯加上去的。

不過，把連載文字重排成單行本，又有另外一層考慮。以上兩個句子，到出版單行本時則變成：

周綺不再理她，把單刀藏在馬鞍旁，騎馬往文光鎮奔去。一口氣奔到文光鎮上……（三育版《書劍恩仇錄》[5]第三集，頁11）

如果連續兩個句子都以「周綺」開首，則顯累贅，金庸刪掉了第二個，讓行文更精簡流暢。又如：

陳家洛抓住孫克通，跳下牆頭，走進大殿，只見五開間的殿上堆滿了一袋袋的糧食，再到後殿看時，一車車的都是銀鞘子。（《新晚報》1955年7月24日連載最後一句）

這時石雙英把縣令王伯道揪到陳家洛面前來聽他發落……（《新晚報》1955年7月25日連載第一句）

到出版單行本時，則變成：

陳家洛抓住孫克通，跳下牆頭，走進大殿，只見五開間的殿上堆滿了一袋袋的糧食，再到裏殿看時，一車車的都是銀鞘子。石雙英把縣令王伯道揪到陳家洛面前來聽他發

落……（三育版《書劍恩仇錄》第三集，頁46）

在連載中，「這時」二字有承前啟後的功能，提醒讀者石雙英的行為（把王伯道揪到陳家洛面前）是發生在陳家洛進大殿的時候（有些讀者可能已經忘記前一天的劇情）。然而，如果把兩個句子並在一起，「這時」的意義可以由上下文看出，為了讓行文更精簡，金庸於是刪掉這個用來轉接上下文的詞。

（2）內容方面也經過金庸的初步審閱與訂正。例如：

陳家洛奔出了十多里地，問常氏雙俠道：「你們得到了四哥的消息？」（《新晚報》1955年7月26日連載第一句）

到出版單行本時，這個句子則改為「陳家洛奔出數里」（三育版《書劍恩仇錄》第三集，頁47）。後來金庸全面修訂小說，這個句子又改作「奔出里許，陳家洛問常氏雙俠道：『兩位得到了四哥的消息？』」（花皮版《書劍恩仇錄》[6]，頁261）。很顯然，金庸經過深思熟慮後，一再修改里數，從「十多里」改為「數里」再改為「里許」，目的不在於顯示腳程快慢，而是要突顯文泰來被擄一事在陳家洛心中的地位。陳家洛愈早問常氏兄弟，代表他愈記掛此事。

類似這種情況不獨見於《書劍恩仇錄》，《碧血劍》也有：

次日一早，侯朝宗和楊鵬舉隨著大眾上山。……第二日是八月十七，侯楊兩人起身後，用過早點……（《新晚報》1956年1月15日連載）

這個句子，到了書本版則改為：

次日正是中秋佳節，侯朝宗和楊鵬舉隨著大眾一早上山。……第二日是八月十六，侯楊兩人起身後，用過早點……（三育版《碧血劍》第一集，頁33-34）

---

5 坊間談及舊版書本版的金庸小說，喜以出版社或發行商來命名，如「光明版《碧血劍》」，就是指光明出版社出版的《碧血劍》。本書提及各種舊版書本版金庸小說，主要也依據這種方式稱引。

6 本書稱引的修訂版《金庸作品集》，所用版本為台灣遠流的「三版」平裝版；由於採用元朝黃公望的「富春山居圖」做封面圖，配上絢麗的色彩，因而又有「花皮版」的俗稱。

金庸在書本版中，把袁崇煥兩三千舊部上山的時間推前一日，應是考慮到佳節時候，即使人多走動，也不會過於引人注目。如果上山的時間是八月十六，佳節已過，就容易讓官府懷疑了。

從舊版的連載版到舊版的單行本，這些改動雖然微不足道，讀者甚至不一定會察覺，金庸卻非常重視。

三、重訂章節

重訂章節與重寫回目一直是金庸出版單行本時的重要工作。《書劍恩仇錄》、《碧血劍》、《射鵰英雄傳》這三部小說的三育書本版，每冊都有五回，每回字數相近，頁數相若。以《香港商報》連載的《碧血劍》為例，從1956年1月1日到12月31日，共連載了三百六十六天（農曆年假也沒有停刊），每天約一千字，共十八回；結集為單行本時，共出版了五集，每集五回（每回約二十六至三十頁），全書合共二十五回。也就是說，金庸把連載版的十八回《碧血劍》，重新規劃為二十五回，也重新擬寫回目。

下表分別列出連載版和三育版《碧血劍》的回目，透過比較，可以了解兩種版本章節分合情況。表格中連載版回目後括號的數字，是指這一回共連載了多少天（續），也代表了一回的長度。如「三尺託童稚，八方會俊英（23）」指連載了二十三續，「絕頂來怪客，密室讀奇文（6）」指連載了六續。

《香港商報》回目		三育版回目	
一	三尺託童稚，八方會俊英（23）	第一回	嘆息生民苦，跋涉世道艱
		第二回	三尺託童稚，八方會俊英
二	慷慨傳絕藝，患難見真心（15）		
		第三回	重重遭大難，赳赳護小友
三	深宵窺圖譜，長日迷楸枰（15）	第四回	窮年傳拳劍，長日迷楸枰
四	絕頂來怪客，密室讀奇文（6）	第五回	絕頂來怪客，密室讀奇文
五	水秀春寂寂，山幽草青青（23）		
		第六回	水秀花寂寂，山幽草青青
六	懷舊鬥五老，仗義奪千金（47）		
		第七回	懷舊鬥五老，仗義奪千金

	第八回　柔腸泯殺機，俠骨喪奸謀
	第九回　指撥算盤間，睡臥敵陣中
	第十回　猜妒情原切，嬌嗔愛始真
七　拔刀消仇氛，揮拳正門風（42）	
	第十一回　仗劍解仇紛，奪信見奸謀
	第十二回　瀟洒破兩儀，談笑發五招
八　無意逢舊侶，有心發藏珍（19）	
	第十三回　無意逢舊侶，有心覓奇珍
	第十四回　冀魯羣盜集，燕雲大豪爭
九　齊魯巨寇集，燕趙大豪爭（26）	
	第十五回　險峽收萬眾，泰山會羣英
十　鬧席擲異物，釋愆贈奇珍（13）	
	第十六回　鬧席擲異物，釋愆贈靈丹
十一　三美競芳華，羣豪劫紅衣（19）	第十七回　同氣結金蘭，助威奪紅衣
十二　竟見此怪屋，乃困於深宮（53）	
	第十八回　竟見此怪屋，乃入於深宮
	第十九回　虎虎施毒掌，盈盈出鐵手
	第二十回　深宵發棡棺，破曉試蛇劍
	第廿一回　怨憤說舊日，憔悴異當時
十三　心傷落花意，苦恨流水情（15）	
十四　凜凜丈夫意，切切兒女情（6）	第廿二回　心傷落花意，魂斷流水情
十五　積屍草木腥，流血川原丹（8）	第廿三回　碧血染寶劍，黃甲入名都
十六　碧血染寶劍，黃甲入名都（7）	
	第廿四回　兇險如斯乎，怨毒甚矣哉
十七　兇險如斯乎，怨毒甚矣哉（19）	
	第廿五回　羣彥聚西嶽，眾豪泛南海
十八　羣彥聚西嶽，眾豪泛南海（10）	

從上面回目對比可以看出，連載版與書本版至少有四個不同的地方：（1）回數不同，連載版十八回，書本版二十五回；（2）每回起迄處不同；（3）每回長度不同，連載版每回長度沒有限制，最長與最短的一回相差接近九倍；（4）回目不完全相同。

須知道，連載版是先有回目，再有內容，而書本版是先有內容，後有回目。金庸創作《碧血劍》，每開新一回時，即使擬寫了回目，也大抵只有故事輪廓，沒有完整的情節構想。拋出回目後開始登報，隨回目編故事，再隨故事發展編寫下一個回目，再寫下一段情節。這就是所謂「先有回目，再有內容」。到了書本版，情況則完全相反。故事已經寫完，金庸只須按照篇幅長短（字數）把故事分為若干章節（回），再根據內容創作回目。這就是所謂「先有內容，後有回目」。

連載版原本的回目有兩種「下場」：（1）保留或稍作修改；（2）直接刪掉而被新擬回目取代。金庸此舉無非是要讓小說的回目與內容一致。

《碧血劍》第一回連載了二十三天，回目是「三尺託童稚　八方會俊英」，上句指袁承志託付給袁崇煥部屬，下句指袁崇煥四散的舊部齊集老鴉山上的「忠烈祠」。不過，經金庸重訂章節後，三育版《碧血劍》第一回只收錄了連載版第一續到第十四續。這十四續的內容主要寫侯朝宗與楊鵬舉的經歷，袁承志雖然已經出場，卻還沒發展到「託童稚」的情節。第二句的「八方會俊英」，寫的是忠烈祠之會，那是連載版第十五續之後的內容，收入了書本版第二回。因此，重訂章節之後，原本的回目已經不能實際反映新劃分的章節內容，金庸必須根據內容重擬回目。連載版頭十四續以侯朝宗與楊鵬舉帶出明末地方之亂與民生困苦，金庸就以新回目「嘆息生民苦　跋涉世道艱」來概括這一回內容。至於原來的回目更適合書本版第二回的內容，故金庸把「三尺託童稚　八方會俊英」保留下來，用作書本版第二回回目。如此一來，回目與內容互相呼應，變得合理。又如連載版第十二回「竟見此怪屋　乃困於深宮」，情節以發現怪屋而有所行動為發端，卻寫了長達五十三天，內容遠遠超出回目的意義範圍。重編成書本版時，金庸自然會稍稍修改。

金庸修改回目，除了使回目與內容表裡一致、提高表達效果外，還在於追求美感。不過，所謂「美感」，金庸在不同時期有不同的追求。如《新晚報》連載的《書劍恩仇錄》共有二十三回，回目如下：

一、塞外古道上的奇遇	四、紅花會羣雄	七、渡口夜戰
二、紅布包袱	五、羣雄大鬧鐵膽莊	八、各有因緣莫羨人
三、鐵膽莊	六、經書與短劍	九、拔劍揚眉散黃金

十、　長嘯湖上碧水寒	十五、你既無心我便休	二十、恩怨到頭一筆勾
十一、萬馬奔騰海潮生	十六、冰河映日雪中蓮	廿一、魂斷長城縱極月
十二、窮智竭力三日夜	十七、黃衫鏖兵黑水營	廿二、深宮重重伏甲兵
十三、箕踞談笑折至尊	十八、白玉峯前翡翠池	廿三、歌終月缺浩浩愁
十四、不辭萬里苦隨君	十九、騎驢負鍋隱大俠	

不難發現，首七回回目都是長短句，從三字到八字不等，金庸寫得簡單直接，而且帶有白話詞語（如「塞外古道上的奇遇」中的「的」字）。自第八回開始，一直到最後一回，回目都是七個字的，金庸開始讓回目呈現「整齊美」。不只是字數整齊，即使句法，也整體朝向文言發展，語言更見精鍊。雖然仍有一些句子較接近口語（如「你既無心我便休」），但整體已逐漸接近古代七言詩句。

金庸追求回目的「整齊美」，更能從後來的書本版體現出來。三育版《書劍恩仇錄》全套八集，每集五回，全書合共四十回，所用回目全是七字句，使用更多文言詞。如頭十回：

第一回　古道駿馬驚白髮	第六回　尋仇豪傑誤交兵
第二回　險峽神駝飛翠翎	第七回　嚼餅置酒招薄怒
第三回　秋風野店書生笛	第八回　還經贈劍種夙因
第四回　夕照荒莊俠士心	第九回　烏鞘嶺頭鬥雙俠
第五回　避禍英雄悲失路	第十回　黃河渡口扼三軍

不單如此，重擬書本版回目時，金庸更提升了「整齊美」的標準，字數整齊（每句七個字）外，也逐漸朝「對偶」發展，即每兩回為一組對偶句。如第十三回回目「琴聲朗朗聞雁落」，與第十四回回目「劍氣沉沉發龍吟」形成對偶。名詞「琴聲」對名詞「劍氣」，疊字形容詞「朗朗」對疊字形容詞「沉沉」，動詞「聞」對動詞「發」，主謂式事件名詞「雁落」對主謂式事件名詞「龍吟」。

金庸對「整齊」美感的追求，可說與日俱增。十三、四年之後，金庸全面修訂小說，並在《明報晚報》上連載，回目已由七字單句變為七字對句，如「古道騰駒驚白髮　危巒快刃識青翎」。

《書劍恩仇錄》是金庸發表的第一部小說，他卻一直不滿意當年寫的回目。在《金庸作品集．書劍恩仇錄》的「後記」中，金庸這樣說：

> 本書初版中的回目，平仄完全不叶，現在也不過略有改善而已。（花皮版《書劍恩仇錄》，頁870）

所謂「初版中的回目」，就是指三育版《書劍恩仇錄》八集合共四十回的回目（見【中篇】頁118-119）。經改寫後的修訂版《書劍恩仇錄》只有兩冊，把舊版的四十回合併為二十回，也把原來兩回的單句回目合而為對句回目。不過，金庸並不是簡單地將兩個七字句子合在一起。既然是對句，就必須考慮對句的平仄要求。

舉例來說，如果只是把三育版第一、二回合併，回目應是「古道駿馬驚白髮（第一回回目）　險峽神駝飛翠翎（第二回回目）」。不過，三育版回目本就不是為對偶而設，合而為一時，不一定符合對句的平仄要求。像「古道駿馬驚白髮」的平仄是「仄仄仄仄平仄仄」，仄多平少，即使是單句回目，讀出來已不算好聽。如果把兩個回目合成對句回目，平仄要求更高，不符合平仄的情況就更嚴重，不得不改。1970年，金庸在《明報晚報》上連載修改後的《書劍恩仇錄》，經合併與修改後的第一回回目是「古道騰駒驚白髮　危巒快刃識青翎」[7]，以廣東話來讀，上下兩句「仄仄平平平仄仄　平平仄仄仄平平」，平仄完全相對。

四、配置插圖

除了原文與回目外，舊版書本版還有一個地方與連載版不同，就是插圖。《書劍恩仇錄》在《新晚報》連載時沒有插圖，出版單行本時，每回之前則都有一張插圖。第一集所收五張插圖，由任遜繪畫。[8]第二至八集的插圖，則改由雲君繪畫。[9]雲君從1956年1月1日開始，就為《香港商報》上連載的《碧血劍》畫插圖，與金庸已經有了合作的基礎。大抵，金庸不太滿意三育版《書劍恩仇錄》第一集的插畫，所以從第二集開始，就改由雲君來畫。《書劍恩仇錄》八冊四十回有四十張圖，雲君畫的只有三十五張。《書劍恩仇錄》之後的《碧血劍》、《射鵰英雄傳》與《雪山飛狐》（第一集），這些三育版單行本的插圖都由雲君繪畫，共計畫了一百四十七張插圖。[10]

從1955年2月8日，到1959年6月18日，《新晚報》與《香港商報》共連載了金庸四部小說，而三育則出版了其中三部半小說，分別是《書劍恩仇錄》（八冊）、《碧血劍》（五冊）、《射鵰英雄傳》（十六冊），以及《雪山飛狐》（第一集）。[11]

三育版《書劍恩仇錄》第一集收錄的五張插圖，由任遜所繪。

7 1970年10月1日，《明報晚報》開始連載經修訂後的金庸小說，第一部連載的是《書劍恩仇錄》。1974年12月，金庸結集《明報晚報》上的修訂版小說，再進一步改寫內容，出版《金庸作品集》，首部推出《雪山飛狐》。《書劍恩仇錄》則晚半年推出，其中第一回回目，金庸又改了一字，把「刃」改成「劍」，整句是：「古道騰駒驚白髮　危巒快劍識青翎」。

8 可參邱健恩：《漫筆金心——金庸小說漫畫大系》（台北：遠流出版公司，2019年），頁21。

9 三育版《書劍恩仇錄》第二、三集沒有標明插圖由誰來畫（觀其畫風，該是雲君）。從第四集開始，才在回目旁標示「插圖：雲君」。

10 雲君所繪一百四十七張插圖明細如下：《書劍恩仇錄》三十五張、《碧血劍》二十五張、《射鵰英雄傳》八十一張、《雪山飛狐》六張。

11 金庸曾提到沒有授權過任何出版社出版《雪山飛狐》，但傳世的舊版金庸小說中，確實有三育版《雪山飛狐》（只有第一集），因此這裡說「三育出版了其中三部半小說」。至於三育版《雪山飛狐》第一集是正版還是盜印？請參【下篇】頁497-500。

章進雙斧向周仲英砍去，一斧砍在桌角子上。

談笑之間，肩上三枚金針都拔了出來。

兩人雖然使盡全力，那鐵閘仍舊緩緩下落。

拔出短劍向上一架，錚的一聲，火星四濺，左手反擊敵人門面。

只見湖邊花樹下坐着一個白衣少女，長髮垂肩，正在拿着一把梳子慢慢梳理。

抓住一頭惡狼，向另一頭灰狼猛擲過去。

在眾人驚呼聲中，文泰來和余魚同雙雙躍下狼城。

三育版《書劍恩仇錄》第二至八集收錄的插圖（依次是第六回、第十一回、第十六回、第二十一回、第二十六回、第三十一回與第三十六回），由雲君所繪。

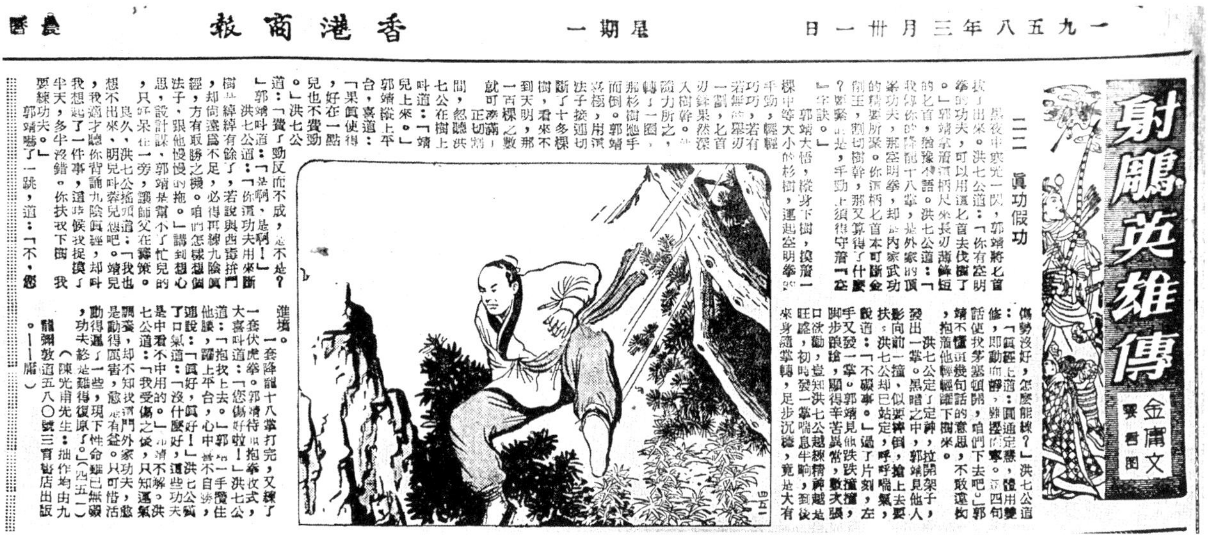

《香港商報》1958年3月31日連載的《射鵰英雄傳》。

綜合以上討論，1955-1959年這段時期，金庸小說的連載版與書本版共有四個不同地方：

（1）書本版訂正了連載版若干排版錯誤的地方，

（2）書本版「修改」了連載版的文字，[12]

（3）書本版重新釐定章節與回目，以及

（4）書本版重新配置插圖。

盜版與爬頭本的搶時現象

在出版與銷售金庸小說上，三育是獲得正式授權的。金庸說：

> 拙作均由九龍彌敦道五八〇號三育書店出版。

這是金庸在《香港商報》連載《射鵰英雄傳》正文之後的留言（見上圖），用來回覆

12 從連載版到書本版，金庸雖然稍稍「修改」了小說的文字，但與他自1970年開始全面「修訂」小說文字與內容，性質完全不同。為了避免與以後的「修訂」混淆，這裡只用上「修改」、「訂正」、「改動」等詞來描述金庸改動文字的行為。

讀者提問。這個時候，金庸只寫完《書劍恩仇錄》和《碧血劍》，《射鵰英雄傳》仍在連載中，文中的「均」專指這三部小說。

「三育書店」就是三育圖書文具公司，金庸把地址也說出來，目的是要告訴讀者可以到哪裡買書。「三育」不只是出版社，還有店面。讀者如果要買書本版的金庸小說，就要去指定地方，但這只限於「正版」，當時市場上除了正版，還有「盜版」。

「盜版」一般有兩種情況，一是在正版出來後，用正版內容照相複製，再製版而印刷成冊（就像今天的掃描與影印），「正版」與「盜版」的內容與版面行款（每頁行數、每行字數）完全一樣。另一種是經盜版商重排文字再印刷成書，而重排依據的文本，可以是報紙上的連載內容，也可以是正版單行本的連載內容。例如永明出版社的十冊本《碧血劍》，前半部分據報紙連載內容重排，後半部分則依據三育的正版單行本內容重排。

以當年的技術來說，依據原版圖書照像複製原稿，所花成本遠比檢字模重新排版為高，因此市場上充斥的多是第二種的盜版書。如果是第一種盜版書，對正版的打擊還不算太惡劣，至少得在正版書出來以後才會出現盜版。然而，當時的情況可不是這樣，張圭陽說：

……三育圖書公司結集的速度，遠遠落後於盜印的速度。[13]

前面提到，三育出版的單行本，須經金庸重分章節、新擬回目、訂正文字，以及配上新圖。這一連串的編輯過程導致單行本往往在連載發表多個月後才出版，以致讓盜版商有機可乘：當報紙上連載的文字累積到若干數量時，盜版商就依據報上的文字請排版工人重新檢字模排版，再配上插圖（或沒有插圖），出版盜印本。早期的盜印本書冊較厚，頁數較多，收錄的連載內容多達一個月。後來競爭愈來愈大，盜印本頁數就愈來愈少，收錄的內容也愈來愈短，到最後「發展」為薄薄的一冊，只收錄七天的內容。張圭陽說正版「遠遠落後於盜印的速度」就是這個情況。盜版的薄冊當時有一個專用名稱，叫做「爬頭本」，即搶在正版前頭出版的意思。

問題是：金庸與三育到底花了多少時間「整理」連載文字，以致讓正版小說「遠遠落後於盜印的速度」而出現爬頭本呢？

以三育版《書劍恩仇錄》第一集與第三集為例。第一集收錄了《新晚報》1955年2月8日到4月15日的連載內容，版權頁顯示初版的出版日期是1956年3月；換言之，第一集單行本竟然要在連載文字出來十一個月後才面世。至於第三集，收錄了《新晚報》1955年6月

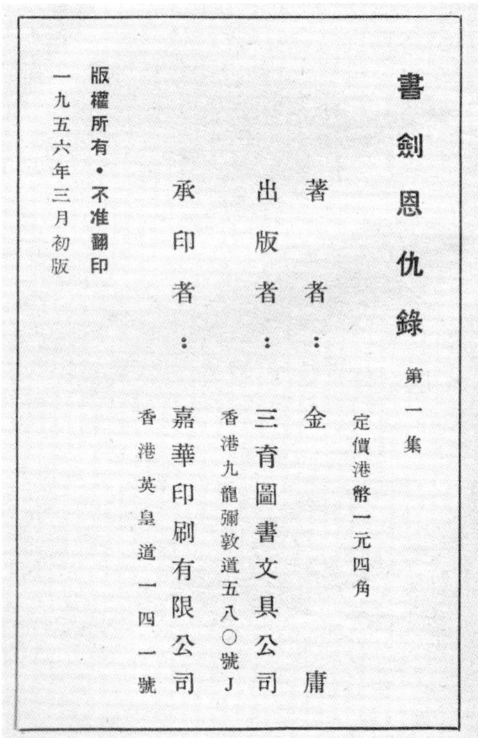

書劍恩仇錄　第一集

定價港幣一元四角

著者：金庸

出版者：三育圖書文具公司
香港九龍彌敦道五八〇號J

承印者：嘉華印刷有限公司
香港英皇道一四一號

版權所有・不准翻印

一九五六年三月初版

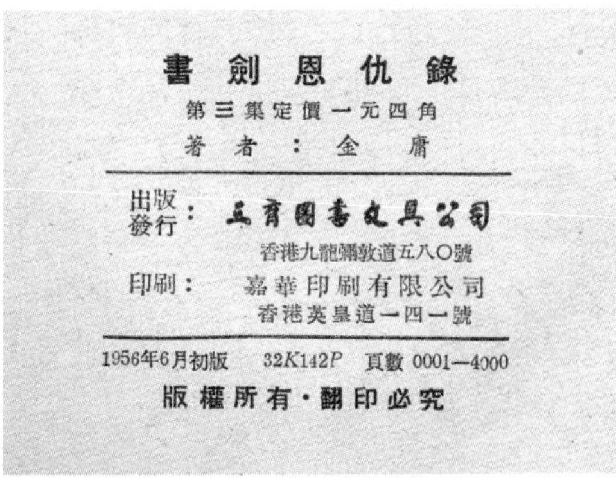

書劍恩仇錄

第三集定價一元四角

著者：金庸

出版發行：三育圖書文具公司
香港九龍彌敦道五八〇號

印刷：嘉華印刷有限公司
香港英皇道一四一號

1956年6月初版　32K142P　頁數 0001—4000

版權所有・翻印必究

三育版《書劍恩仇錄》第一集與第三集版權頁。

三劍樓隨筆

香港翻版書之怪現象

金庸和我都曾被讀者來信罵過，受罵得非常冤枉，原來他們在市面上看到「書劍」「碧血劍」「七劍」等翻版書，誤會是我們印行的，大為不滿。一位讀者罵金庸道：「刮龍雖好，奈名聲何！」又有一位罵我道：「印到這樣賣幾粒神的小冊子，太低品了！」他還補充道：「問題還不在乎只賣『幾粒神』，而是紙質之劣，印刷之差，簡直不堪入目！」

香港翻版書之風，那是早已有之，於今為烈！其實說「翻版」，那已經是「落伍」的做法了，現在那些偷印者的做法是：「正版未出我先出，正版一出我爬頭！」以百劍堂主的「風虎雲龍傳」為例，第一集的正版本現在還在印刷中，而市面上已經發現三種版本；我的「塞外奇俠傳」上集正在付印，但盜印本早已出了一個多月了！金庸的「碧血劍」正版本出至第三集，我的「七劍」出至第二集，但市面上卻已見到第七集了！

翻版之快，也令人吃驚，百劍堂主的「風虎雲龍傳」在報上發表至四十六續時，我買一本盜印本回來一對，已經印至四十三續。據說，他們是每天在報上剪下來付排的，校對極馬虎，或者根本沒有校對，到淡至三萬多四萬字，立刻印好裝釘，趕去應市。所以就算作者要和他「鬥快」，也不可能。因為比較正派的作者，都願意自己的書印得像樣一些，不願出那種低劣的小冊子的。

現在市面所見的翻版書，最普遍的是賣四毫一本，每本四十頁的。另外還有賣八毫的「版本」，和與正版書同價的版本。八毫一部的「版本」多數是「爬頭本」，什麼叫「爬頭本」呢？拿金庸的「書劍」來說，「三育圖書公司」出的正版本，每本約七萬五千字，定價一元四角。出到第六集時，市面上突然發現一種「三有圖書公司」出的「書劍」第七集，字數差不多，因為印的字是小字，排得又密，較正版本卻薄得多。這種「版本」一看就知是企圖「魚目混珠」的，因為它爬在正版本之頭，所以稱為「爬頭本」。最吹脹金庸的是：盜印本第七集之末還另用較大的字體標着：請看第八集大結局。這等於聲明，我又要動你的手了。

和正版書同價的，那是名符其實的「翻版書」了，這些翻版書又分兩種，一種是將正版本製電版印行，字迹較淡，「書劍」有一種翻版本就是這種「電版本」；另外一種是排字的，「七劍」第二集已發現有一模一樣的翻版書了。這種翻版書在本港大書局不能發售，多數是運到海外去騙讀者。

談了一些版本之後，再談一些關於翻版的怪現象。

還辦有一家書店，盜印了一部武俠小說（不是我們三人的），印了上冊，銷路大約不大好，有千多本賣不去，那時正版本尚未出，盜印者就寫一封信給已購得版權、正準備出正版書的出版社說：請你排印下冊時，在第幾頁印起，即接着我這個版本的上冊，這樣我們可以合作，我拿上冊來換你的下冊，省得我再翻，你也可以少印。當然這個「建議」是被拒絕了。

據說翻版商也是有秘密「公會」的，誰想翻那本書，就跑去「登記」，「先到先得」，某部書已有人「登記」了，其他的人就不許翻，但後來這種「江湖道義」也破壞了，大家搶着亂翻，因此每部暢銷書都出現許多「版本」。

因為搶着亂翻，於是又發生過「黑吃黑」的事。舉個例說：巴金的「家」「春」「秋」最初是由某翻版家「圈定」的，後來有人不顧「義氣」搶翻，於是乎「鬥平」，從定價一元直降至最低價四角！那麼厚的一部書，只賣四角，即算是翻版書也要蝕本的。為什麼翻版家肯蝕本呢，那便是以鬥平來「鬥果」，亦即資本主義那套「大魚吃小魚」，打倒了你我獨撈的手法也。

有人或許會問，翻版商如此猖獗，權益受損害者（作者和出版社）為什麼不「查究」呢？根據香港法規，翻版是觸犯法例的，但要「現場破獲」才能提出控訴，（所謂「現場破獲」如正當他翻印時，裝釘時，排字時等等。）而且即算破獲了，一般來說，罰款也不會很多。據說某大書店的英文字典給人翻印，破獲之後，只罰四百元了事。那位翻版家轉過身來又翻了，你吹得脹乎？

寫至此，我想起外國翻版商的一件趣事。「查泰萊夫人的情人」這本小說，翻版本很多。有一次該書作者接到一位翻版家的來信，內附支票一張，信說：「這是我從你這本書所獲利益的千分之一，寄來給你，聊作補償，敬希哂納！」把作者氣得要死！

其實，那位翻版商還算「好」的了，有一本「七劍」的翻版書，封底還印着「版權所有，不准翻印」八個大字呢！幸好我為人還「看得開」，要不然豈不給他弄得啼笑皆非！

梁羽生

梁羽生〈香港翻版書之怪現象〉原文。「三劍樓隨筆」是香港《大公報》的雜文專欄，由梁羽生、金庸與百劍堂主三人輪流執筆撰寫文章。專欄以「三劍」命名，因三人都曾寫武俠小說。三人關係良好，金庸出版《書劍恩仇錄》第一集時，扉頁後即收錄了百劍堂主的題辭。

13 見張圭陽：《金庸與報業》（香港：明窗出版社，2000年），頁41。

30日到9月6日的內容，出版日期卻是1956年6月。相比於第一集，第三集確實「快」了一點，但讀者也得等上九個月才看到單行本。正版如此「龜速」，難怪讓其他出版社蠢蠢欲動，要出版「爬頭本」了。

「爬頭本」的名稱，最早由梁羽生提出。1956年11月18日，梁羽生在《大公報》專欄「三劍樓隨筆」上發表〈香港翻版書之怪現象〉，文中這樣說：

> ……現在那些偷印者的做法是：「正版未出我先出，正版一出我爬頭！」
>
> ……八毫一部的「版本」多數是「爬頭本」，什麼叫「爬頭本」呢？拿金庸的「書劍」來說，「三育圖書公司」出的正版本，每本約七萬五千字，定價一元四角。出到第六集時，市面上突然發現一種「三有圖書公司」出的「書劍」第七集，字數差不多，因為印的字是小字，排得又密，較正版本卻薄得多。這種「版本」一看就知是企圖「魚目混珠」的，因為它爬在正版本之頭，所以稱為「爬頭本」。

梁羽生提到的三有版《書劍恩仇錄》是盜版書，共有八集，第一集到第六集的回目與三育版一模一樣，自然是在三育版出來之後才出版的。不過，第七、第八兩集都只有三回（三育版每冊有五回），回目也與三育版不同，取自《新晚報》，而不是三育版。

1956年9月，當三育出版《書劍恩仇錄》第六集時，《新晚報》上的《書劍恩仇錄》已經連載完畢。也就是說，當盜版商（三有出版社）要盜印《書劍恩仇錄》第六集時，已經看到小說餘下的所有內容，因此兵分兩路：一方面盜印三育版的第六集，一方面則把報紙上剩下的連載內容（1956年4月9日到1956年9月5日），直接重新排版。由於還沒有看到三育版的第七集與第八集，三有版第七集與第八集的回目只能取自報紙，而不是金庸為三育版重新擬寫的。報紙餘下的篇章共有六回，三有版便將第七集與第八集各分三回，但每回起迄處又與報紙完全不同。

正版《書劍恩仇錄》第七集出版日期與第六集一樣，同是1956年9月。那麼，到底是正版的第七集先出，還是盜版的第七集先出呢？幾十年後的今天，本來已經不得而知，但幸好有梁羽生的「現場」記載。〈香港翻版書之怪現象〉發表於1956年11月18日，距離第七集出版日期才兩個月，該是最可信的觀察記錄。梁羽生先看到三有版，並且給了「爬頭本」的「標籤」。也就是說，三育在同一個月出版了第六集與第七集的《書劍恩仇錄》單行本，而在這兩書中間（不到一個月），忽然給盜版商插了隊，出了盜版的第七集，也正式掀開了盜版商要搶佔先機的序幕。正版與盜版之間已經到了分秒必爭的地步。

第卅一回　白玉峯前翡翠池

顧金標等大喜，催馬過來。霍青桐掙扎着想爬起上馬，只覺手足酸軟，用力不出，人急智生，把水囊帶子往巨鷹頭頸中一纏，把鷹向上一丟，口中一聲忽哨。天山雙鷹最喜養鷹，把大漠中的巨鷹從小捉來訓練，以爲行獵傳訊之用，他們夫婦所以得了這個名號，也與他們愛鷹有關。霍青桐這頭鷹是她師父訓練好了的，一聽忽哨，就帶着水囊，振翅向天山雙鷹飛去。

滕一雷眼睛一晃，見他們倚爲性命的水囊被鷹帶起，一急非同小可，兜轉馬頭，向鷹疾追。顧金標和哈合台心想：「這丫頭反正逃不了，追回水囊要緊！」兩人也縱馬狂奔，顧金標手一翻拿了一柄小叉要向巨鷹射去，只聽見皮鞭劈啪一聲，自己手腕上一疼，準頭一偏，小叉打向旁邊，原來哈合台用馬鞭打了他一下。顧金標怒道：「老四你幹麼？」哈合台道：「你這一叉要是打中水囊，我們可完蛋了。」顧金標一想不錯，俯身馬鞍，向前急奔。他是遼東馬賊，騎術最精，轉眼間已追在滕一雷前面。那鷹帶了一個沉重的水囊，飛行不快，與三人始終是不即不離的相差那麼一程子路。

三人追出十多里路，見那鷹越飛越快，眼見追趕不上，心中十分焦急，突然間那鷹如長空墮石，筆直俯衝下去，只見前面塵頭起處，兩騎馬疾馳而來。那鷹在空中打了兩個旋子，落在其中一人的肩上。關東三魔大喜，催馬上前，只見那兩人一個是禿頭的紅臉老頭，另一個是滿頭白髮的老婦。那老頭厲聲問道：「霍青桐呢？」三人一楞，沒有回答，那老頭似乎十分焦急，把巨鷹頸上水囊解下，將鷹往空中一拋，兩聲胡哨，那鷹也是一聲唳鳴，往來路飛去，那兩個老人不再理睬關東三魔，跟在巨鷹後面追去。滕一雷知道他們隨巨鷹去救霍青桐，自恃武藝高強，也不把這兩個老人放在心上，而且下水囊已被他們拿去，非奪回不可，手一擺，三人隨後趕來。

那兩個老人正是天山雙鷹，十多里路晃眼即到，只見那鷹直撲下去，霍青桐仍舊臥在地下。雪鵰關明梅飛身下馬，霍青桐投身入懷，哭了出來。關明梅見愛徒落得這副樣子，十分駭異，忙問：「誰欺侮你啦？」這時關東三魔也已趕到，霍青桐向三人一指，又昏暈了過去。關明梅厲聲喝道：「老頭子還不動手？」左手抱着霍青桐，右手拔去水囊塞子，慢慢倒水到她口裏。

禿鷲陳正德聽妻子一喝，知道這三人是敵人，兜轉馬頭，向關東三魔衝去，奔到臨近，長臂一伸，向哈合台胸口抓來。哈合台擅於摔跤之技，手腕一翻，用力一摔，把陳正德這一抓擋了開去。

第三十一回　劍底戲沙憐寂寞

顧金標等見霍青桐跌倒，心中大喜，催馬過來。霍青桐掙扎着想爬起上馬，只覺手足酸軟，用力不出，人急智生，把水囊帶子往巨鷹頭頸中一纏，將鷹向上一丟，口中一聲忽哨。天山雙鷹最喜養鷹，把大漠中的巨鷹從小捉來訓練，以爲行獵傳訊之用，他們夫婦所以得了這個名號，也與他們愛鷹有關。霍青桐這頭鷹是她師父訓練好了的，一聽忽哨，就帶着水囊，振翅向天山雙鷹飛去。

滕一雷見他們倚爲性命的水囊被鷹帶起，一急非同小可，兜轉馬頭，向鷹疾追。顧金標和哈合台想：「這丫頭反正逃不了，追回水囊要緊！」兩人也縱馬狂奔。顧金標手一翻拿了一柄小叉要向巨鷹射去，只聽見皮鞭噼啪一聲，自己手腕上一疼，準頭一偏，小叉打向旁邊，原來是哈合台用馬鞭打了他一下。顧金標怒道：「老四你幹麼？」哈合台道：「你這一叉要是打中了水囊，咱們可完蛋了。」顧金標一想不錯，俯身馬鞍，向前急奔。他是遼東馬賊，騎術最精，轉眼間已追在滕一雷前面。那鷹帶了一個沉重的水囊，飛行不快，與三人始終是不即不離的相差那麼一程子路。

十八　白玉峯前翡翠池

顧金標等大喜，催馬過來。霍青桐掙扎着想爬起上馬，只覺手足酸軟，用力不出，人急智生，把水囊帶子往巨鷹頭頸中一纏，把鷹向上一丟，口中一聲忽哨。天山雙鷹最喜養鷹，把大漠中的巨鷹從小捉來訓練，以爲行獵傳訊之用，他們夫婦所以得了這個名號，也與他們愛鷹有關，霍青桐這頭鷹是她師父訓練好了的，一聽忽哨，就帶着水囊，振翅向天山雙鷹飛去。

滕一雷眼睛一晃，見他們倚爲性命的水囊被鷹帶起。一急非同小可。兜轉馬頭，向鷹疾追。顧金標和哈合台心想：「這丫頭反正逃不了，追回水囊要緊！」兩人也縱馬狂奔，顧金標手一翻拿了一柄小叉要向巨鷹射去，只聽見皮鞭劈啪一聲，自己手腕上一疼，準頭一偏，小叉打向旁邊，原來是哈合台用馬鞭打了他一下。顧金標怒道：「老四你幹麼？」哈合台道：「你這一叉要是打中了水囊，咱們可完蛋了。」顧金標一想不錯，俯身馬鞍，向前急奔。他是遼東馬賊，騎術最精，轉眼間已追在滕一雷前面。那鷹帶了一個沉重的水囊，飛行不快，與三人始終是不即不離的相差那麼一程子路。三人追出十多里路，見那鷹越飛越快，眼見追趕不上，心中十分焦急，突然間那鷹如長空墮石，筆直俯衝下去，只見前面塵頭起處，兩騎馬疾馳而來。那鷹在空中打了兩個旋子，落在其中一人的肩上。關東三魔大喜，催馬上前，只見那兩人一個是禿頭的紅臉老頭，另一個是滿頭白髮的老婦。那老頭厲聲問道：「霍青桐呢？」三人一楞，沒有回答，那老頭似乎十分焦急，把巨鷹頸上水囊解下，將鷹往空中一拋，兩聲胡哨，那鷹也是一聲唳鳴，往來路飛去，那兩個老人不再理睬關東三魔，跟在巨鷹後面追去。

滕一雷知道他們隨着巨鷹去救霍青桐，自恃武藝高強，也不把這兩個老人放在心上，而且水囊已被他們拿去，非奪回不可，手一擺，三人隨後趕來。

那兩個老人正是天山雙鷹，十多里路晃眼即到，只見那鷹直撲下去，霍青桐仍舊臥在地下。雪鵰關明梅飛身下馬，霍青桐投身入懷，哭了出來。關明梅見愛徒落得這副樣子，十分駭異，忙問：「誰欺侮你啦？」這時關東三魔也已趕到，霍青桐向三人一指，又昏暈了過去。關明梅厲聲喝道：「老頭子還不動手？」左手抱着霍青桐，右手拔去水囊塞子，慢慢倒水到她口裏。

禿鷲陳正德聽妻子一喝，知道這三人是敵人，兜轉馬頭，向關東三魔衝去，奔到臨近，長臂一伸，向哈合台胸口抓來。哈合台擅於摔跤之技，手腕一翻，用力一摔，把陳正德這一抓擋了開去。

•金庸•

（四二五）

三有盜版（左）與三育正版（右）《書劍恩仇錄》第七集內文首頁，以及《新晚報》1956年4月9日連載的《書劍恩仇錄》第四二五續（下）。正版書每頁十五行（每回開首回目佔三行），每行四十二字，一頁最多六百三十字。三有的爬頭本，每頁二十行（圖中的例子極為例外，有二十三行），每行五十字，一頁最多一千字，是三育版的一點六倍。要在一頁之中排入更多文字，除了用盡頁面空間，調整行距以增加行數外，還得用較小的字體增加每行的字數。每頁字數多了，每冊頁數自然變少。這也是為什麼梁羽生會說「印的字是小字，排得又密，較正版本卻薄得多」。頁數較少，不但減少紙張成本，更能加速印刷時間，以致能搶在正版之前出版。這一頁也可以看到盜版商如何爬正版的頭。三育正版第六集最後一回為第三十回，接下來的第七集，無論是正版還是盜版，都得從第三十一回開始。三育正版由金庸重擬回目「劍底戲沙憐寂寞」，而三有盜版只好使用報紙上的回目，1956年4月9日當天屬「十八　白玉峯前翡翠池」，盜版商便把「十八」換成「第卅一回」，成了第七集的回目。

從另一個角度看，三育在同一個月內出版了兩集單行本，顯示金庸已經意識到必須加快出版速度，才能取回市場主導權。初次交鋒的結果是，正版書依然不敵「道高一尺，魔高一丈」的盜版書。只是，金庸這時還不知道，殺傷力更「厲害」的盜版還沒有出世。

到了《射鵰英雄傳》時期，爬頭本的書已經變得比以前薄，通常是每十幾二十天就出版一本。張圭陽在《金庸與報業》（頁40）中說：

> 1958年，盜版翻印武俠小說的情況非常普遍。當年金庸每天寫一千字，由於當時沒有版權的意識和法例的保護，因此金庸的小說，每七天就被人結集盜印成單行本出版。

張圭陽所說的「每七天就被人結集盜印成單行本出版」，正值爬頭本最猖獗的時候，距離梁羽生發文已經相隔兩年。現存的爬頭本《射鵰英雄傳》共有四種，分別為「光明版」、「娛樂版」、「僑發版」、「宇光版」。這四種爬頭本都是四十頁以下的薄本，但並不都是每七天出一本。例如光明版《射鵰英雄傳》第一集共四十頁，收錄了《香港商報》上《射鵰英雄傳》第一續到第二六續的連載；娛樂版《射鵰英雄傳》第五集共四十頁，收錄了第九〇續到第一〇三續的連載（兩個星期）。

張圭陽所指七天一冊的爬頭本，其實是指宇光版《射鵰英雄傳》，這書的出版情況與出版週期經常改變：

第一，宇光版共一百一十九集，但不是一百一十九冊。從第一集到第四十三集，都是一集一冊。但從第四十四集開始，則每兩集一冊，如第四十四冊的封面印著「第四十四集　第四十五集（合訂本）」。因此，宇光版的一百一十九集，其實只有八十一冊。

第二，每冊頁數並不一樣，收錄的連載內容也不穩定。如第一集三十六頁，收錄第一續到第一九續的內容。又如第四十三集二十頁，收錄了十天的內容。有趣的是：接下來的「第四十四集　第四十五集（合訂本）」也是二十頁，也同樣收錄十天的內容，並沒有因為是「合集」而增加頁數與內容。

簡單一點說，所謂「合集」只是騙人的伎倆，打著「合集」旗號，讓讀者以為買一冊書有兩集內容。之後各冊合集，有十八頁的，有十六頁的（通常每兩頁相當於報紙上一天的內容）。一直到「第96．97集」的合集[14]，才開始每本十四頁，收錄七天的內容。張圭陽提到「七天一冊」的情況，只有宇光版的第96到117集，前後合共十一冊而已（第118與119的合集，只有八頁，收錄最後四天的內容）。

爬頭本的出現，使金庸小說出版的問題愈來愈嚴重，讀者最先買到的竟然是盜版書。

舊版《射鵰英雄傳》四大爬頭本，依次是：宇光版、僑發版、光明版與娛樂版。

盜版猖獗的情況無疑對金庸小說產生諸多影響，輕則影響正版小說銷路，更重要的是，由於爬頭本只求快而不求準確，在缺乏嚴謹校對的工序下錯漏百出，以致影響小說與作者的名聲。雖然三育已經加快了出版步伐，但盜版商出書的速度也不斷加快。金庸已意識到，三育「正版書」原來的出版模式完全無力遏止愈見嚴重的盜版風氣。要杜絕盜版，不只是「出版」要求變，就連市場運作也必須求變。

金庸於1959年創辦《明報》，同時也為打擊盜版小說迎來了轉變契機。

14 宇光版《射鵰英雄傳》封面上表示冊數的數目字，早期用中國數字，後來用阿拉伯數字，因此書中才會有「第四十四集　第四十五集」、「第96・97集」的表現方式。

貳

1959 - 1967

《明報》、《武俠與歷史》、《東南亞周刊》與鄺拾記版時期

《神鵰俠侶》
《飛狐外傳》
《鴛鴦刀》
《倚天屠龍記》
《白馬嘯西風》
《天龍八部》
《素心劍》
《俠客行》

1959年5月20日，《明報》創刊。這個時期，金庸要面對兩個問題：第一，如何提升《明報》知名度，吸引更多讀者；第二，如何解決盜版金庸小說愈見猖獗的情況。

《明報》創刊前一天，也就是5月19日，《香港商報》上演了兩年又五個月的《射鵰英雄傳》故事，以成吉思汗離世謝幕。在「全書完」三字後，金庸跟讀者說最近事務繁多，比較忙碌，還說等到比較空閒時，會再在《香港商報》與讀者相見。

一天之後，《神鵰俠侶》隨著《明報》創刊開始連載。《明報》作為新出版物，要能夠吸引讀者購買，就得有賣點。金庸以《神鵰俠侶》作為《明報》的開山創業作，意圖非常明顯，就是借助《射鵰英雄傳》的人氣，希望讀者為追看《神鵰俠侶》而買《明報》。金庸沒有在《香港商報》「搶」讀者，不曾提及《明報》與《神鵰俠侶》，但讀者自能從「江湖傳聞」以及其他管道，得知金庸的動向與新作的相關消息。

自從《明報》創刊後，金庸自家品牌的武俠小說，就不曾在其他本地報紙連載過。從1959年5月20日到1967年4月19日，前後八年時間，金庸在《明報》上連載的武俠小說就有六部，分別是《神鵰俠侶》、《倚天屠龍記》、《白馬嘯西風》、《鴛鴦刀》、《天龍八部》與《俠客行》。

上世紀50、60年代，版權法還沒有完備，知識產權尚未充分得到保障，以致盜版充斥市場。這個時候打擊盜版，不能靠「律法」，只能靠「方法」。金庸用了一個看似簡單卻又非常有效的方法，就是跟盜版商比「快」。《射鵰英雄傳》之所以盜版橫行，最大的原因就是：三育出版的正版《射鵰英雄傳》，由於須經金庸稍作修改，加上排版與校對需時，以致讓不講品質的盜版商有機可乘。盜版商抓準了讀者想趕快看到金庸小說的心理，

一九五九年五月十九日 星期二 香港商報

射鵰英雄傳 金庸文 雲君圖

四五 白骨黃沙

成吉思汗雙眉倒豎，舉起馬鞭就要往郭靖頭頂劈將下去，但見郭靖凜然不懼的望着自己，馬鞭揚在半空卻不落下，喝道：「你說什麼？」

郭靖心想：「自今而後，與大汗未必有再見之日，縱然惹他惱怒，心中言語終須說個明白。」當下昂然說道：「大汗，你養我教我，逼死我母，這些私人恩怨，此刻也不必說了。我只想問你一句：人死之後，葬在地下，佔得多少土地？」

成吉思汗一怔，馬鞭打個圈兒，道：「那也不過這般大小。」郭靖道：「是啊，那你殺這麼多人，流這麼多的血，佔了這麼多國土，到頭來又有何用？」成吉思汗默然不語。

郭靖又道：「古來英雄豪傑，為後世追思欽仰的，必是為民造福、愛護百姓之人。以我之見，殺得人多卻未能算是英雄。」成吉思汗道：「難道我一生就沒做過什麼好事？」郭靖道：「好事自然是有的，只是，你南征北伐，積屍如山，那功罪是非，可就難說得很了。」他生性戇直，心中想到什麼就說什麼，成吉思汗一生自負，臨死之際，被他這麼一頓數說，竟然難以辯駁，回首前塵，勒馬四顧，不禁茫然若失，過了半晌，哇的一聲，一大口鮮血噴在地下。

郭靖嚇了一跳，才知自己把話說重了，忙伸手扶住，說道：「大汗，你回去歇歇。我言語多有冒犯，請你恕罪。」成吉思汗淡淡一笑，一張臉全成蠟黃，嘆道：「我左右之人，沒一個如你大胆，敢跟我說真心話。」他隨即眉毛一揚，臉現傲色，朗聲道：「我一生縱橫天下，滅國無數，依你說竟算不得英雄？嘿，真是孩子話！」在馬臀上猛抽一鞭，急馳而回。

當晚成吉思汗崩於金帳之中，臨死之際，口裏喃喃念着：「英雄，英雄……」想是心中一直琢磨着郭靖的一番言語。

郭靖與黃蓉送葬已畢，即日南歸。兩人一路上但見骷髏白骨散處長草之間，不禁感慨不已，心想兩人鴛盟雖諧可稱無憾，但世人苦難方深，不知何日方得太平，教普天下百姓，人人得能安居樂業。

（全書完）

（各位親愛的讀者：我在本報撰寫「碧血劍」與「射鵰英雄傳」，前後已近三年半，承蒙各位讀者不斷的來信指教和討論，使我得到很大的鼓勵，心中自然是非常感激的。這兩部作品本來很不成熟，內容也有許多幼稚和不合理的地方，居然還引起一些讀者們的注意，實是非我始料所及。我和商報同仁以及商報的讀者們交情已不算淺，本來應該續撰新作，只因最近我其他的事務比較忙碌，實在抽不出時間，只好與各位讀者暫別，將來一俟有暇，當再在本報與各位相見。——金庸）

《香港商報》最後一天連載舊版《射鵰英雄傳》（1959年5月19日）。「全書完」後有金庸給讀者的留言。

每二到三個星期便搶先出版小說單行本。所以，要解決爬頭本的禍患，方法就是搶在爬頭本之前，出版更「爬頭」的正版單行本。

「以彼之道，還施彼身」的普及薄本與編排探秘

金庸在《明報》1959年7月19日連載的《神鵰俠侶》第六一續正文後面，回答讀者「寶宮先生」時這樣說：

> 「神鵰俠侶」之正版本即將由三育圖書公司出版，普及版之薄本及厚本，均已由鄺拾記報局出版。你欲補閱前文，可就近購閱。

以上一段文字有兩個重點：第一，出版書本版，不再只有三育圖書公司，還有「鄺拾記報局」。第二，金庸打算為《神鵰俠侶》推出三種書本版：正版本、普及版薄本，以及普及版厚本。

不過，金庸並沒有清楚交代什麼叫正版本、薄本與厚本。還有，金庸為什麼要弄出三個版本來呢？作者當日沒有說，現在只能從傳世的文獻實物找答案了。

從現存三育版《書劍恩仇錄》、《碧血劍》與《射鵰英雄傳》來看，三育版與連載版並不完全相同，金庸稍稍修改連載版的文字，重訂章節與回目，再配上全新的插圖。由此可見，「正版本」就是指三育一直以來出版的單行本。從《神鵰俠侶》開始，金庸在單行本以外，另出兩種普及版，因此給了單行本一個全新的名稱——正版本，取正式出版的意思。[15]這個版本，代表金庸一貫的想法：連載的文字到出版時，應該稍稍修改，才正式出版。

不過，金庸也深深知道，單靠三育的正版本，根本不足以「抵擋」當時如洪水猛獸般的盜版亂局。因此，從《神鵰俠侶》開始，便在正版本以外再推出「普及版」。普及版分為薄本與厚本兩種。「薄本」又叫「普及本」，每冊三十二頁，每七天出版一本，[16]合七天的內容為一冊。「厚本」每冊約一百頁，[17]每二十八天出版一本。「厚本」結合四本普

15 三育圖書公司到底有沒有出版過《神鵰俠侶》的「正版本」，至今仍然是個謎，【下篇】會有更進一步的探討。

16 《飛狐外傳》與《素心劍》由於不是在《明報》上連載，而《白馬嘯西風》每天連載的文字量不多，出版普及本時，並非每七天出版一冊。

17 普及版薄本的頁數通常是固定的，厚本雖然集合四冊而成一冊，但由於收錄的插圖與廣告稍有不同，頁數或會有些差異。

及本內容而成，所以又叫「合訂本」。[18]

事實證明，三育的「正版本」無論在時、空上，都徹底輸給了盜版，金庸唯有施展「斗轉星移」，用「以彼之道，還施彼身」的方法，仿照爬頭本模式，推出普及版來反擊。

第一，普及版的銷售方式取法爬頭本。

三育版金庸小說之所以敵不過盜版，其中一個主要原因在「空」。「空」即空間，也就是小說的銷售地點。須知道，三育版金庸小說只在書店才能買得到。這也是為什麼當有讀者問到《射鵰英雄傳》由哪家出版社出版時，金庸不只告訴讀者出版社名，還加上了地址。盜版卻不同，販售地點是報攤。香港當年幾乎每條街都有報攤（數量之多，如今天的便利商店），也就是說，盜版的金庸小說便利了讀者，真的可以做到「隨處可見，唾手可得」，而三育版只能在書店買到，銷售通路根本難以相比。

因此，金庸打擊盜版第一個要解決的問題是：如何擴充通路？這也是為什麼他選擇與鄺拾記報局合作的原因。鄺拾記本身就是報紙發行商（也負責發行《明報》），有龐大的團隊處理每天分秒必爭（趕在日出前完成）的送報工作，範圍更可以遍及全香港。

搞定了「空」（通路）的問題，接下來要處理的就是「時」的問題，也就是如何「爬」爬頭本的頭。

第二，普及本每七天出一冊的做法來自爬頭本。

最早的「爬頭本」要「爬」（超前）的「頭」，是指三育版的單行本（正版本），但三育以龜速出版金庸小說，爬頭其實不很趕（反正一定會比三育版更先出版）。不過，到了《射鵰英雄傳》時期，情況就變得不一樣了。這可以從不同盜版商的爬頭本看出。

舉例來說，光明出版社的爬頭本《射鵰英雄傳》，第一集四十頁收錄了二十六續的連載內容，加上排版、印刷的作業時間，每本相隔超過一個月。《射鵰英雄傳》連載初期，尚未出現張圭陽口中的每七天一本的情況。但隨著故事愈來愈受歡迎，盜版商之間的競爭也愈發加劇，彼此都想要搶佔頭籌，爬頭本的出版週期也就愈縮愈短。像前面提到的宇光版《射鵰英雄傳》，第一集到第八集，每冊收錄約二十續的連載，第九集開始調整，大幅減少到每冊只收錄約十續的內容。一年多以後（約在1959年3月），從「第96．97集」合集開始，每冊收錄的內容再往下調，只有七天的連載文字，[19]一直維持到《射鵰英雄傳》最終回（最後一集「第118．119集」合集只收錄四天內容）。爬頭本後來要「爬」的已經不是三育版的頭，而是其他盜版競爭對手的頭。

金庸深深知道，單憑三育的「正版本」，根本不足以滿足讀者想快點看到小說的願望，更應付不了分秒必爭的市場。要解決這個困境，方法只有一個，就是比快更快。前面提到，《射鵰英雄傳》連載的最後階段（1959年3月到5月），盜版商最快的速度是一個星期出版一本。如何比快更快呢？每六天一本？每五天一本？問題是：讀者真的會每五、六天就買一本金庸小說嗎？有了盜版商開路，金庸大致了解讀者能夠接受的範圍：每個星期買一本，因此並沒有更進一步縮短出版週期。於是金庸取法爬頭本，自5月下旬起，每七天出版一本《神鵰俠侶》普及版薄本。

然而，如果每七天出版一本，充其量只能和盜版一樣，如何能比快更快呢？金庸想到的方法是：比盜版商更早出書。從《神鵰俠侶》開始，金庸委託的出版社全力「配合」普及版薄本的出版時間：當《明報》連載到第七天時，當天同時出版普及本。也就是說，金庸除了把稿子交給自家報社，也同時交給出版社。出版社不是等到連載出來後，再根據報上的文字來排版，而是在這之前已經拿到稿子，早就排好版並把書印好，等到七天的最後一天，便隨報紙推出市場，放在報攤上發售。如此一來，那些沒有預先拿到稿子的盜版商，只能根據報上的連載來排版，便永遠比不上正版的快了。

事實可能還不止這樣：《神鵰俠侶》普及本頭幾集，很有可能比《明報》更先刊出《神鵰俠侶》的故事。之所以說「可能」，是因為沒有確實的證據，純是根據另一個現象臆測。《神鵰俠侶》的普及本與合訂本，版權頁上都沒有出版日期，無法確切知曉何年何月何日出版。然而，從《倚天屠龍記》開始，改由武史出版社負責出版普及本，版權頁上已清楚印上出版日期。《倚天屠龍記》第一集與第二集的出版時間分別為1961年7月11日和18日。第一集收錄了《明報》從1961年7月6日到7月12日七天的連載內容，比《明報》更早「公布」《倚天屠龍記》的故事。

普及本比《明報》更先刊出小說故事，自然比其他盜版來得更有吸引力。不過，《倚天屠龍記》普及本出到第三集，已經與《明報》看齊，不再超前，可見這只是金庸在普及本出版時間上的臨時「秘技」，旨在吸引一眾引頸期待新故事的讀者。至於在《倚天屠龍記》之前的《神鵰俠侶》，是不是也如《倚天屠龍記》一樣，頭幾期普及本都比報紙更早披露故事？由於出版日期資料闕如，幾十年後的今天，我們只能憑空推論「搶先出版」的可能性了。

---

18 普及版薄本與厚本的名稱出自《神鵰俠侶》連載時金庸的留言，用以回答讀者提問，但薄本與厚本的封底頁卻用了其他名稱，薄本叫作「普及本」，厚本叫作「合訂本」。

19 傳世的爬頭本沒有標明出版日期，但當時的爬頭本既然分秒必爭，必定不會延後太久。「第96・97集」合集收錄《香港商報》1959年2月27日到3月5日的連載文字，推測實際出版日期應也在3月之內。

總括而言，雖然普及本取法爬頭本的出版週期，維持一週一冊，但金庸協調各方（創作、報社、出版社、發行商），彼此互相配合，終讓普及本搶在爬頭本的前面。如此一來，壓力與危機又回到了盜版商身上。

第三，普及本排版方式來自爬頭本。

《明報》連載的《神鵰俠侶》每天約一千三百字，普及本收錄七天連載內容，不足一萬字，每頁十五行，每行三十八字。以每頁最多五百七十字計算，一萬字的內容，約可排十八頁，[20]連封面與封底，加起來是二十二頁。但二十二頁一本書，實在略嫌單薄；因此普及本還收錄了原本刊載於報紙上的雲君插圖，並在插圖下方以橫排模式節錄原文。一個星期七張圖，每圖一頁，就又多了七頁。

翻開封面，第一頁為扉頁，印上書名、作者名、集數、出版社（或發行公司）名稱，以及一張圖，背面第二頁是廣告，早期是《明報》的廣告，後來是《武俠與歷史》的廣

宇光版《射鵰英雄傳》（爬頭本）第五十、五十一合集最後兩張插圖。出版社另找畫師模仿雲君的插圖，並調整了畫框比例，由扁長方形改為高長方形。

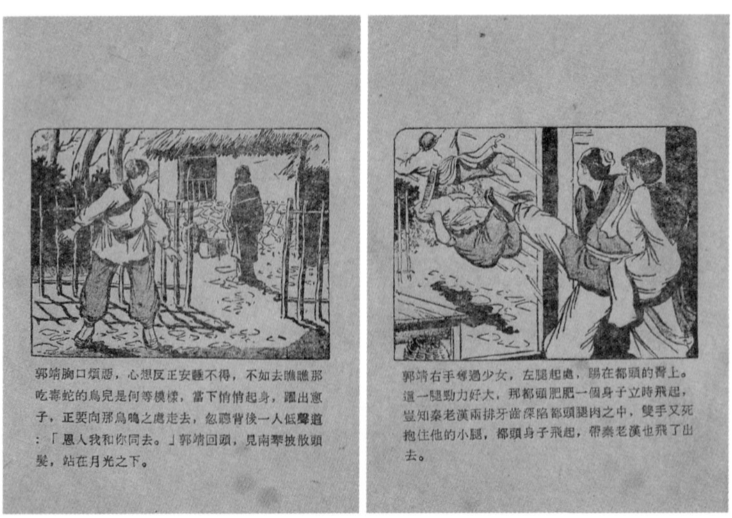

宇光版《射鵰英雄傳》（爬頭本）第五十二、五十三合集頭兩張插圖。從這一冊開始，出版社不再另找畫師繪圖，而是直接把報紙上的插圖移植過來，並在插圖下方加上圖片說明。（這一冊頭兩張插圖，其實上一冊已經使用過。）

告。然而，連正文、插圖、扉頁、扉頁背面的廣告，也只有二十七頁而已，於是又加入空白頁五頁，合共三十二頁拼成一冊（連封面與封面裡，封底與封底裡，就是三十六頁）。《神鵰俠侶》之後，金庸又籌辦了不同的刊物，這五頁空白頁就變成了廣告，推廣金庸及其他作家的武俠小說。

在內文加入插圖頁與空白頁的做法，並非源自金庸，而是來自盜版小說。三育的正版本有插圖，但每冊五回，每回一張，由雲君重新繪畫。到了普及本，金庸放棄了三育版的做法，而取法爬頭本。爬頭本的插圖大致有兩個來源：

（1）畫師仿作。盜版商請來畫師，根據雲君的原畫構圖重新繪製。《香港商報》連載的《射鵰英雄傳》，雲君畫的插圖都是扁長方形，畫師重繪的插圖卻有兩種情況，一是仿照原畫框比例作畫，二是更改畫框比例，由原來的扁長方形變成高長方形，畫框雖然調整，基本構圖仍然參照雲君原畫。雖說是仿作，畫師偶爾也會別出心裁，增添小動作，或更改細節，甚至衍畫出一些連載時沒有的插圖。

（2）直接移用雲君原畫。畫師模仿畫作，畢竟需要繪畫時間。《射鵰英雄傳》連載到中期以後，故事高潮迭起，爬頭本競爭轉趨加劇，為了縮短書刊製作時間，盜版商只好棄用仿作插圖，直接把雲君原畫放在書中。放置的方法是：獨立一頁放插圖，插圖佔半

（29）兩人躲了一剎間，後面的五個強盜相距更加近了，只聽得颼颼幾聲，三枚羽箭接連從身旁掠過。那些強盜想擒活口，並不想用箭射死她，這幾箭只是威嚇，要她停馬。但李文秀心念一轉：「橫豎我已決心和這五個惡賊同歸於盡，就讓這位伯伯獨自逃生吧！」當下一躍下地，在馬臀一拍，叫道：「白馬，白馬，快帶了伯伯先逃！」那書生一怔，沒料到李文秀心地如此仁善，竟會叫自己獨自逃開，稍一猶豫，當下催馬便行。五乘馬馳近身來，團團將李文秀圍在垓心。五個強人見到了這等年輕貌美的姑娘，誰也沒想到去追那書生。五個人紛紛跳下馬來，朝着李文秀獰笑。只聽得一人叫道：「好漂亮的妞兒！」便有兩人向她身上撲了過來。

（30）李文秀慌亂之中，將餵有劇毒之針在他最先的漢子右臂上一刺，那大漢呆了一呆，張大了口，呆呆的瞪着她。另一漢子伸出雙手，抱住李文秀的小腿，使勁一拖，將她拉倒在地。李文秀左手抗拒，右手一針刺入他的胸膛。那大漢又張大了口，也是身形僵住一動也不動了。

李文秀兩針奏功，不禁又驚又喜，但也知其餘三人必會發覺，只要有了準備，決不容自己再施毒針。縱馬正馳之間，忽聽得左首有人叫道：「到這兒來！」正是那書生的聲音。李文秀急忙下馬，聽那聲音是從一個山洞中傳出，當即奔進。那書生站在洞口，那書生道：「咱們進去躲一躲。」原來這山洞深，李文秀跟隨在書生之後，只覺那山洞越行越是狹窄。

鄺拾記版《白馬嘯西風》普及本的插圖。插圖頁的布局與宇光版第五十二、五十三合集相似，但圖片說明較多。

20 說一千三百字只是約數。連載專欄的版框可排約一千四百字，但扣除每段開首與結尾的空白處，實際上不足一千三百字，有時甚至會少於一千二百五十字。《明報》連載《神鵰俠侶》初期，第一天最短，約八百字，其後三天增至一千字，第五天至第七天，平均一千二百二十多字，到第八天以後，才開始約一千三百字。由於首七天只有約七千五百字，《神鵰俠侶》普及本第一集的正文內容只有十六頁，第二集以後，才開始排到十八頁。

1

2

3

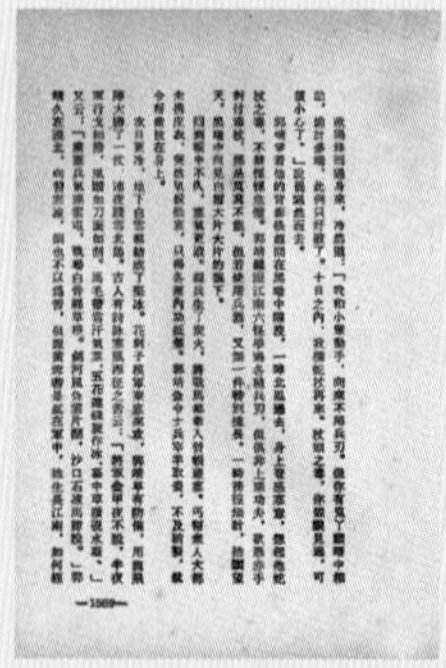

4

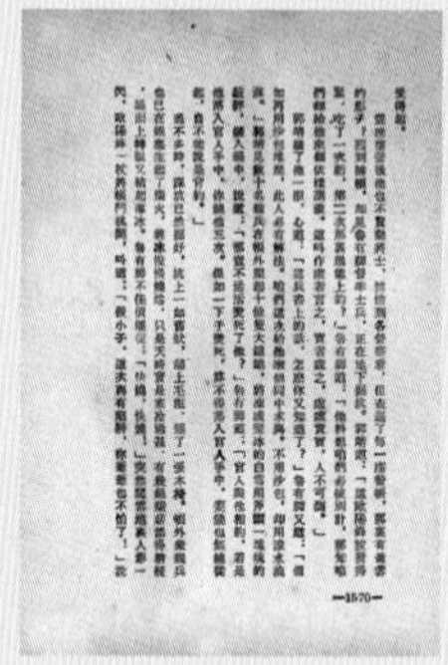

5

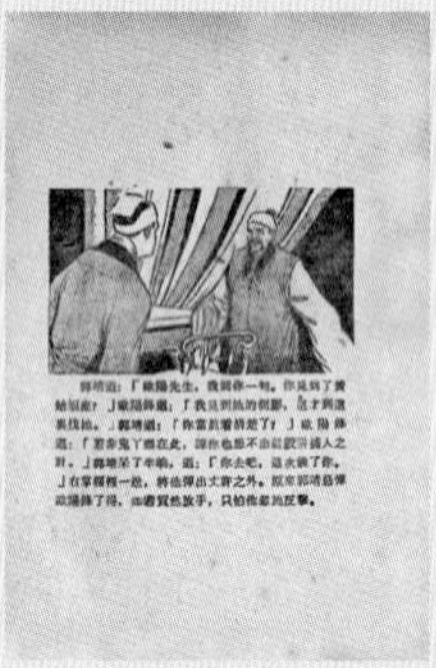

6

7

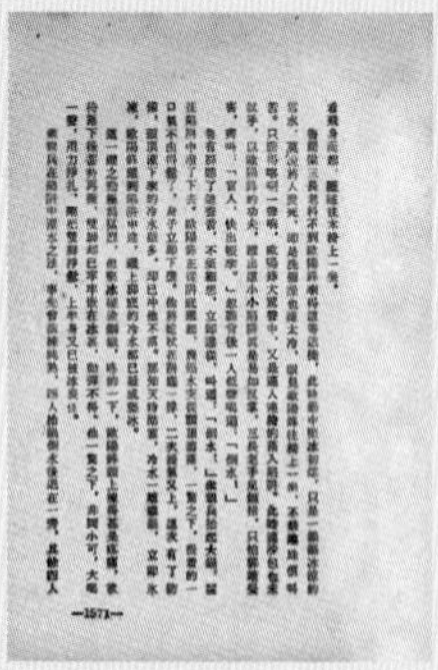

8

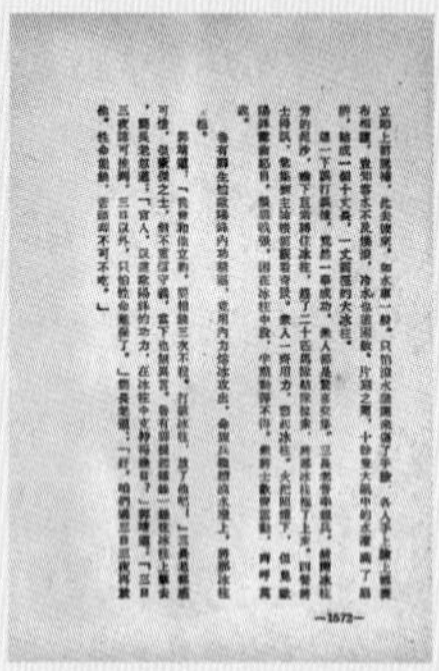

9

10

11

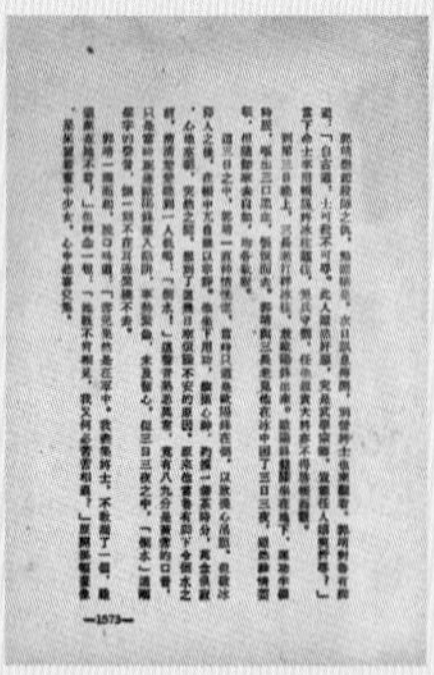

12

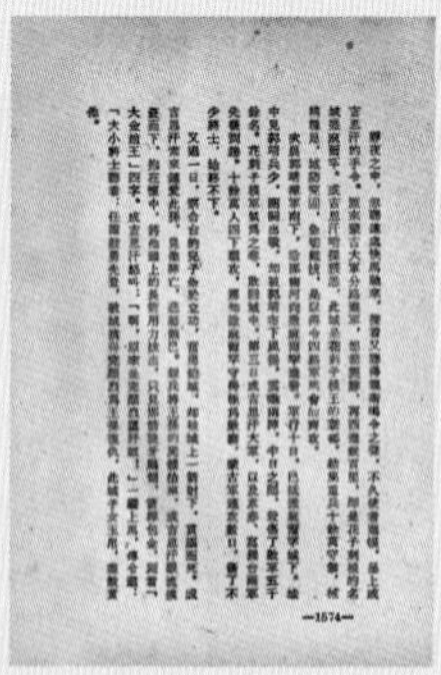

13

14

15

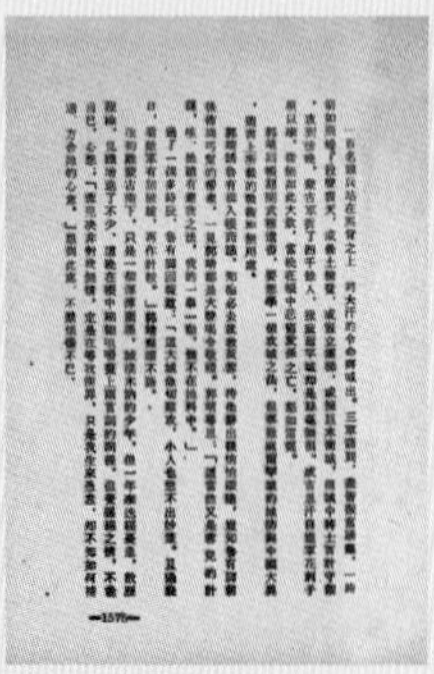

16

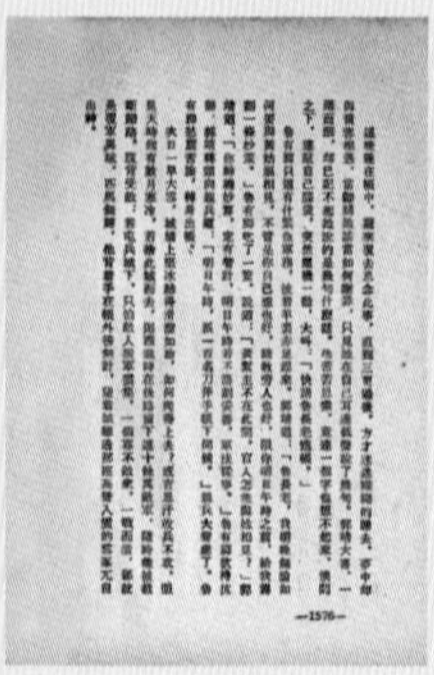

17

18

19

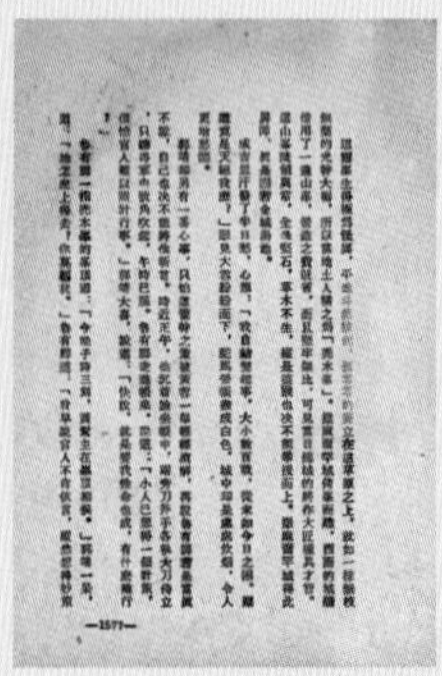

20

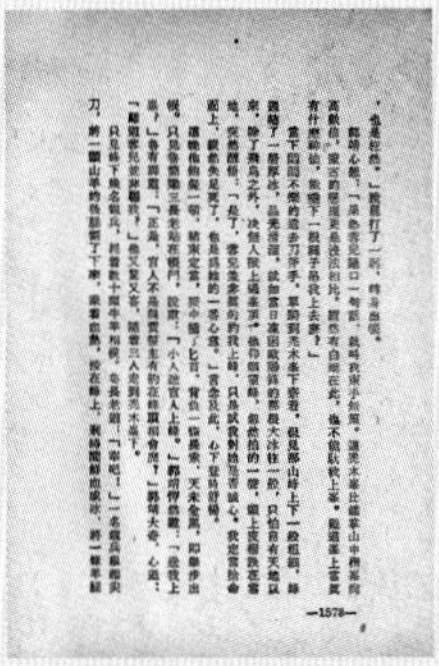
21

22

23
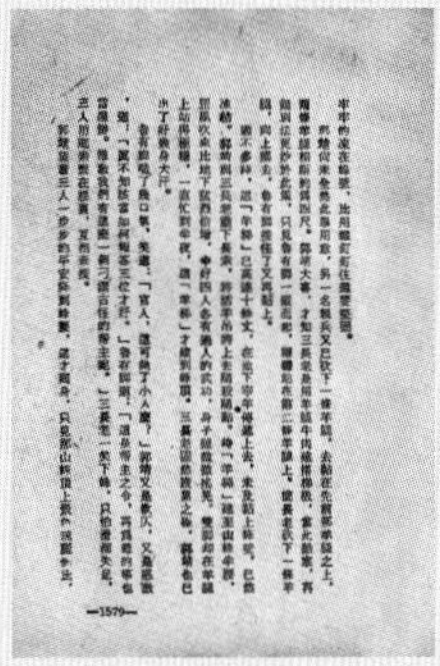
24
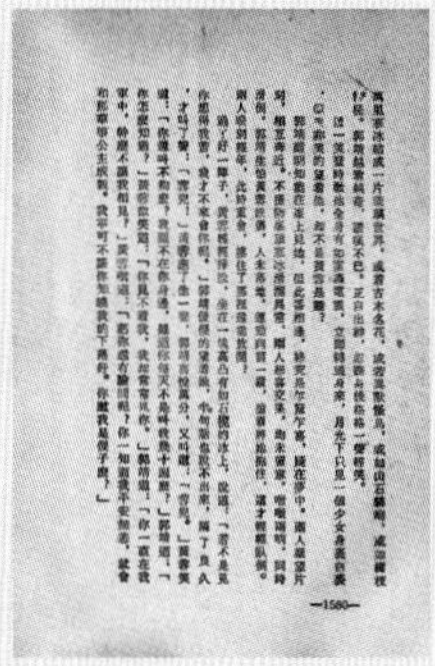
25

26

27
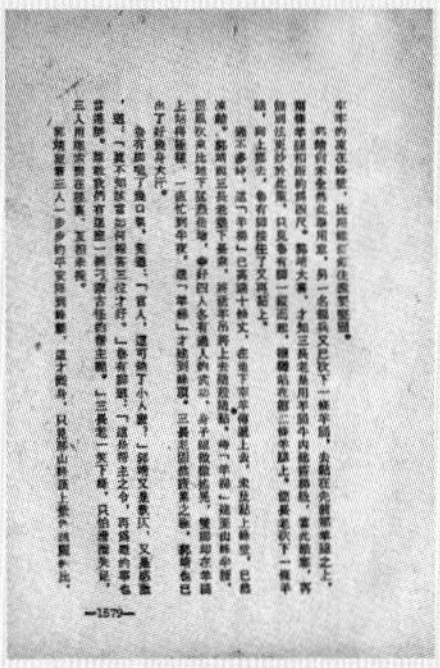
28
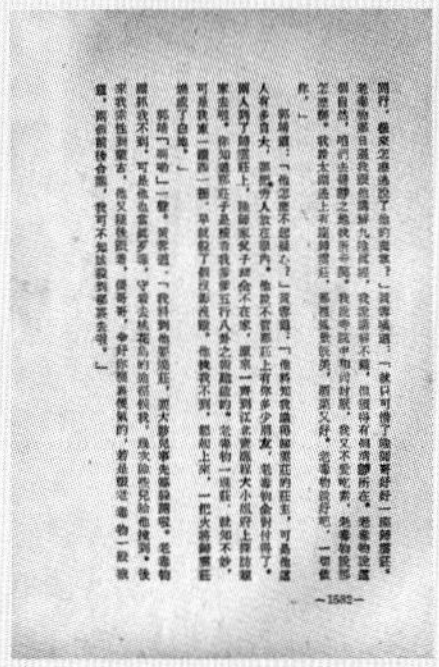
29

30

31

32
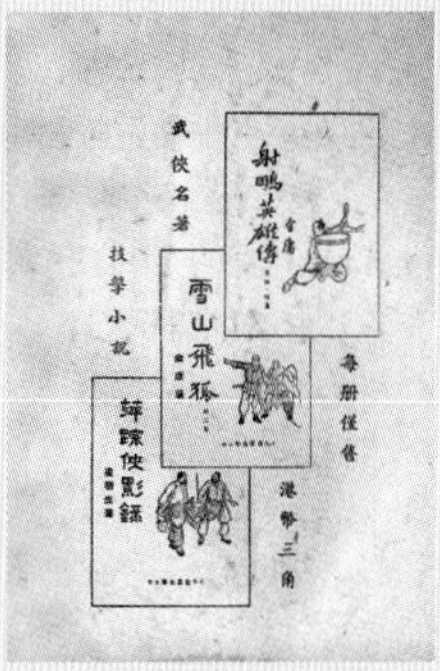
33
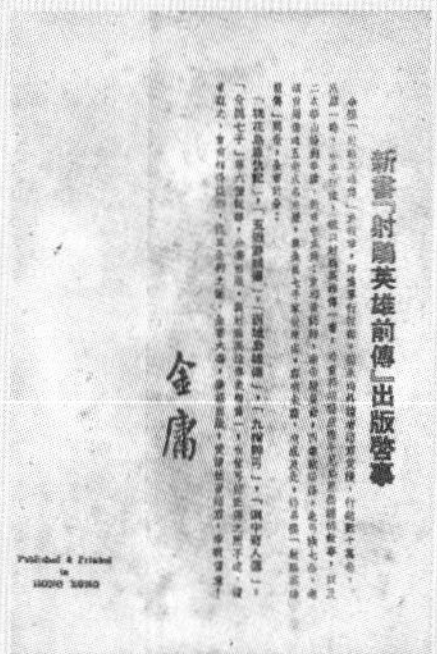
34

左頁與右頁　宇光版《射鵰英雄傳》第98、99集，收錄了《香港商報》1959年3月6日到3月12日的連載文字。除了封面與封底，全書共三十二頁。內頁的編排方法是：首兩頁為扉頁與空白頁，最後兩頁是廣告，其餘二十八頁分為七個單元，每個單元四頁，呈現報紙一天的內容，也就是兩頁內文+一頁插圖（插圖下方節錄小說原文作圖片說明）+一頁空白頁。出版社每天只須完成一個獨立單元的排版與照相工作，不用等到第七天的報紙出來後，才一次做排版工作，因而大幅提升了出版速度。

頁，位於頁面上方，圖的下方有幾行橫排文字，從正文截取而來，作為圖片說明。插圖的背面，則為空白頁。

金庸開發普及本時，仿照後期爬頭本這種放置插圖、插圖說明與空白頁的方式，使原來只有十八頁的內文，擴充至三十二頁的薄冊。

榮記書店經銷小說目錄 ①

塞外奇俠傳	梁羽生著（全2集）	二元三角
七劍下天山	梁羽生著（全5集）	全套九元
冰川天女傳	梁羽生著（全10集）	十二元正
散花女俠	梁羽生著（全9集）	七元二角
飛狐外傳	金　庸著（全13冊）	十元四角
書劍恩仇錄	金　庸著（全8集）	六元四角
碧血劍	金　庸著（全8集）	六元四角
射鵰英雄傳	金　庸著（全16集）	十二元八
神鵰俠侶	金　庸著（全28集）	廿二元四
雪山飛狐	金　庸著（全2集）	二元四角
鴛鴦刀	金　庸著（全　集）	每集八角
白馬嘯西風	金　庸著（全2集）	一元六角
龍虎鬥京華	梁羽生著（全2集）	三元六角
草莽龍蛇傳	梁羽生著（全2集）	三元二角
江湖三女俠	梁羽生著（全12集）	十四元四
白髮魔女傳	梁羽生著（全8集）	九元六角
還劍奇情錄	梁羽生著（全5集）	每套二元
冰魄寒光劍	梁羽生著（全3集）	一元二角
[illegible]	梁羽生著（全7集）	二元八角
[illegible]	梁羽生著（全7集）	二元八角
兒女英雄傳	梁羽生著（全8集）	三元二角
女帝奇英傳	梁羽生著（全11冊）	八元八角
[illegible]	梁羽生著（全3集）	二元四角
[illegible]	梁羽生著（全8集）	三元二角
[illegible]	梁羽生著（全9集）	七元二角
聯劍風雲錄	梁羽生著（全11冊）	八元八角
萍蹤俠影錄	梁羽生著（全8集）	六元四角
天魔女	[illegible]著（全8冊）	六元四角
[illegible]	[illegible]著（全8冊）	六元四角
大[illegible]傳	[illegible]著（全5冊）	全套四元

Wing Kee Book Store.G.P.O.Box No.13355.KongHong

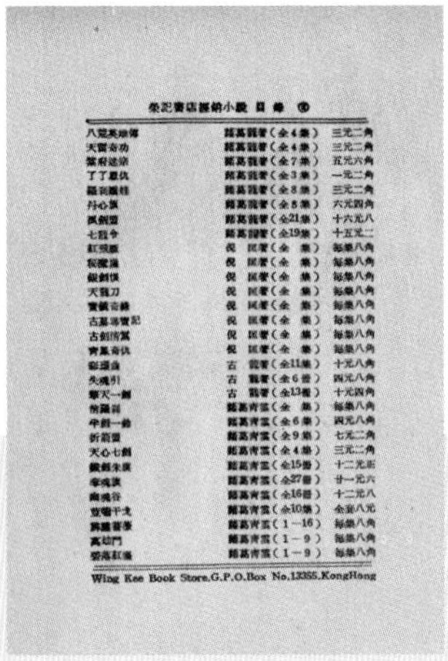

榮記書店經銷小說目錄 ③

八荒英雄傳	[illegible]著（全4集）	三元二角
天[illegible]	[illegible]著（全4集）	三元二角
[illegible]	[illegible]著（全7集）	五元六角
[illegible]	[illegible]著（全3集）	一元二角
[illegible]	[illegible]著（全8集）	三元二角
丹心旗	[illegible]著（全8集）	六元四角
[illegible]	[illegible]著（全21集）	十六元八
七殺令	[illegible]著（全19集）	十五元二
紅[illegible]	倪　匡著（全　集）	每集八角
[illegible]	倪　匡著（全　集）	每集八角
[illegible]	倪　匡著（全　集）	每集八角
天[illegible]刀	倪　匡著（全　集）	每集八角
[illegible]	倪　匡著（全　集）	每集八角
古墓[illegible]記	倪　匡著（全　集）	每集八角
古劍[illegible]	倪　匡著（全　集）	每集八角
[illegible]	倪　匡著（全　集）	每集八角
[illegible]	古　龍著（全11集）	十元八角
失魂引	古　龍著（全6冊）	四元八角
驚天一劍	古　龍著（全13冊）	十元四角
[illegible]	諸葛青雲（全　集）	每集八角
[illegible]	諸葛青雲（全6集）	四元八角
折箭盟	諸葛青雲（全9集）	七元二角
天心七劍	諸葛青雲（全4集）	三元二角
[illegible]	諸葛青雲（全15冊）	十二元正
[illegible]	諸葛青雲（全27冊）	廿一元六
[illegible]	諸葛青雲（全16冊）	十二元八
[illegible]	諸葛青雲（全10集）	全套八元
[illegible]	諸葛青雲（1－16）	每集八角
[illegible]	諸葛青雲（1－9）	每集八角
[illegible]	諸葛青雲（1－9）	每集八角

Wing Kee Book Store.G.P.O.Box No.13355.KongHong

鄺拾記版《天龍八部》普及本第一集內頁。普及本發展到後來，書中插圖背後的空白頁都轉為刊登其他武俠小說的廣告。

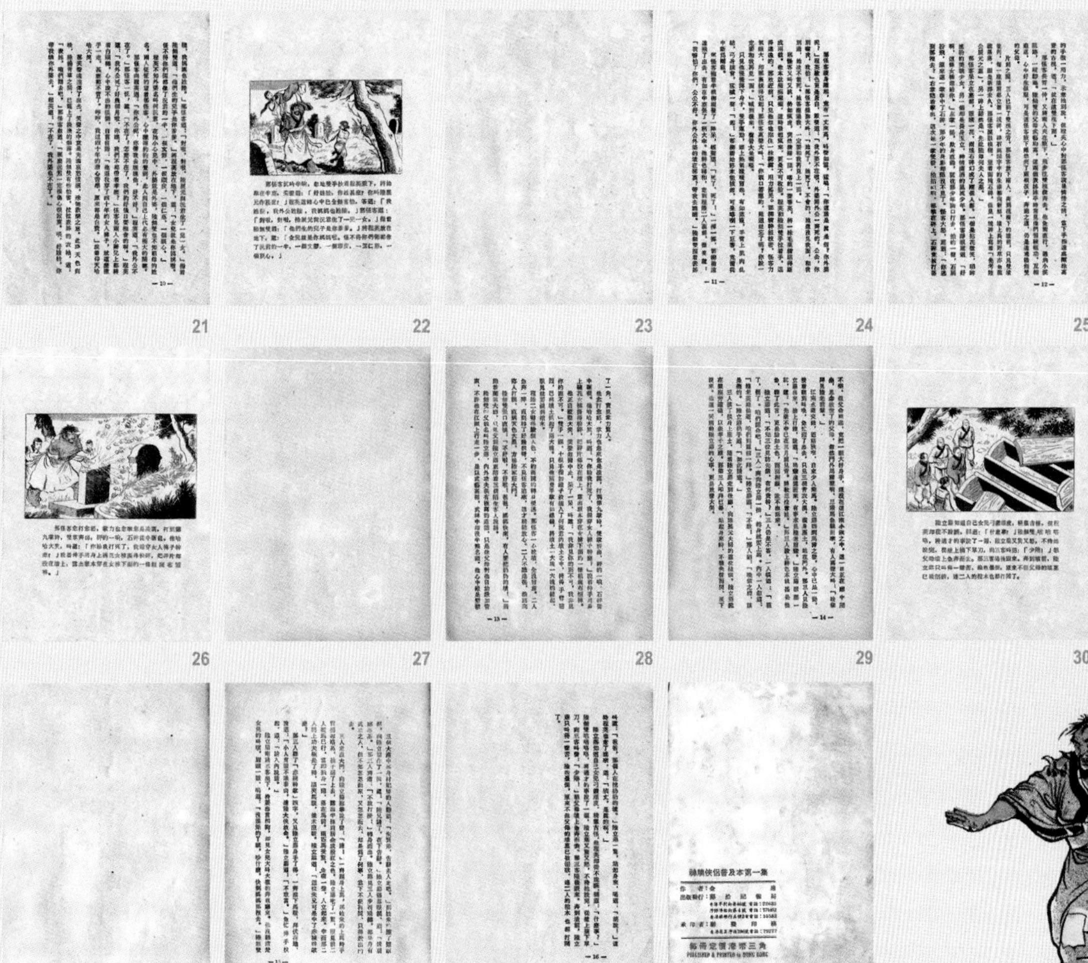

左頁與右頁　鄺拾記版《神鵰俠侶》普及本第一集，收錄了《明報》1959年5月20日到26日的連載文字。由於《神鵰俠侶》每天連載的字數比《射鵰英雄傳》多，因此不能做到「四頁為一單元，一天連載佔兩頁文字」的安排。不過，一頁一圖、背面空白頁的做法，則明顯取法於宇光爬頭本。《明報》上的《神鵰俠侶》連載頭幾天，字數比較少，排成普及本時只有十六頁。從第二集開始，才每冊十八頁。

合訂成厚本，以及「鄺拾記版」的定義

普及本每個星期出版，每本港幣三角，以香港人當時的消費能力來說，並非人人買得起。因此，金庸在構思推出普及版薄本同時，又構思推出「普及版厚本」。每冊厚本結集四冊普及本而成，所以又叫「合訂本」，定價八角。金庸也把合訂本叫作「單行本」，在《倚天屠龍記》普及本的廣告裡，介紹《鴛鴦刀》、《白馬嘯西風》時說：「單行本業經出版發行……每冊訂價八角……」這「單行本」，就是合訂本。

一般來說，每本單行本包含四冊普及本內容，但也有例外。如《笑傲江湖》，沒有出版過普及本，並非由普及本結集而來。又如《白馬嘯西風》，普及本有九冊，單行本只兩冊，第一集收錄四冊普及本，第二集收錄五冊普及本。

單行本除了結集內文，還結集普及本的插圖，但數量比較少。《神鵰俠侶》除單行本第一集收錄全部二十八張插圖外，其餘各集收錄的，少則二十張，最多只有二十六張，一般在二十四張左右。

至於《倚天屠龍記》，從第一集開始，就沒有收齊普及本所有插圖，第一集收錄二十七天內容的二十四張插圖，其後各集所收插圖，一般為二十二張。即使第二十八集（最後一集）為特厚本，也只有二十二張插圖（捨棄了十一張圖）。

從這個角度看，最能保持金庸小說原始面貌的是報紙連載，其次是普及本（普及本有時也會因為不同原因而少了插圖），最後才是單行本（有些單本行重印時刪去插圖，更不能保持報紙原貌）。1967年以後，鄺拾記推出了十六回本的盜印本，只收文字，不收插圖，封面與故事內容完全無關，則文獻價值又更低了。

鄺拾記版《神鵰俠侶》、《倚天屠龍記》普及本與合訂本書脊。合訂本拼合四冊普及本而來，頁數較多，本子較厚。

單行本與普及本一樣，全為對抗「爬頭本」而出現。普及本每七天一本，出版的那天與第七天連載同步。單行本也出版得很「快」，在每四本普及本最後一本出來後的兩天到三天就出版。如《倚天屠龍記》普及本第四十五集在1962年5月15日出版，第四十六集在 5月22日出版，第四十七集在5月29日出版，第四十八集在6月5日出版，而結合第四十五至四十八集的單行本第十二集，則在6月8日出版。[21]

坊間通常會用「鄺拾記版」來稱呼這個時期的正

版金庸小說。「鄺拾記」指「鄺拾記報局」。不過，「鄺拾記版」只是統稱，並非指全部小說都由鄺拾記報局出版。事實上，鄺拾記報局只出版了《神鵰俠侶》與《飛狐外傳》，其餘六部小說，《鴛鴦刀》由胡敏生書報社出版，另外五部則由武史出版社出版。

金庸在1960年年初推出新雜誌《武俠與歷史》，也同時成立武史出版社，創刊初期連載的《飛狐外傳》，也是由鄺拾記負責出版與發行。一直到1961年的《倚天屠龍記》，武史出版社才接手出版普及本與單行本的工作，鄺拾記只負責發行工作。

既然八部小說只有兩部由鄺拾記出版，那為什麼坊間又習慣把這時期的正版小說統稱為「鄺拾記版」，而不叫「武史版」？這就得由最早期的《神鵰俠侶》普及本說起。金庸舊版小說書本版從《神鵰俠侶》開始，由原來的三育圖書公司易手給鄺拾記報局，負責出版普及本與單行本。鄺拾記的《神鵰俠侶》普及本從第一集開始，就在封面印上「香港鄺拾記報局發行」字樣，打開扉頁，也是印著「香港鄺拾記報局發行」字樣。版權頁在封底，印著「出版發行：鄺拾記報局」。

《神鵰俠侶》連載兩年又一個半月，普及本出版了一百一十一冊，單行本出版了二十八冊，全部都用這種表達方法。《神鵰俠侶》之後的《倚天屠龍記》，雖然改由武史出版社出版，卻沿用《神鵰俠侶》、《飛狐外傳》的表達方法，即在封面與扉頁印著「香港鄺拾記報局發行」字樣，而「出版社：武史出版社」幾個字只印在封底，僅出現一次，而且是小字，並不起眼。從《神鵰俠侶》到《俠客行》，讀者看得最多的就是「香港鄺拾

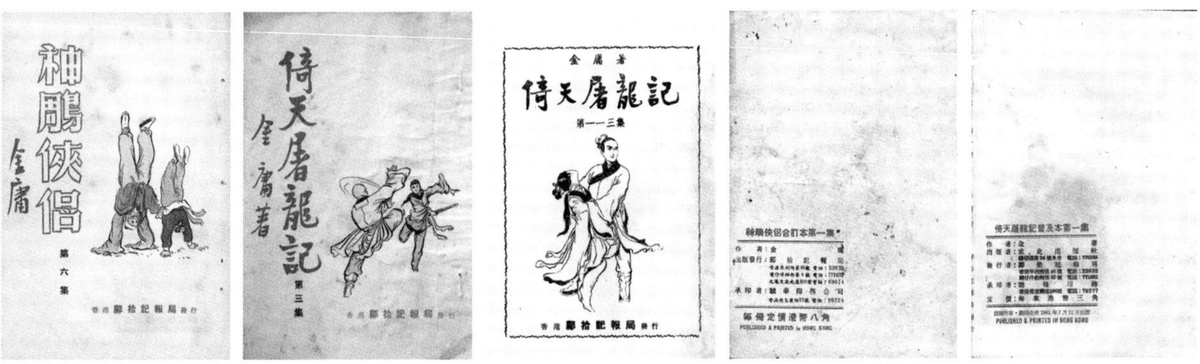

鄺拾記版《神鵰俠侶》與《倚天屠龍記》普及本封面、扉頁與封底。《倚天屠龍記》實際已改由武史出版社出版，但封面、扉頁仍沿用舊有模式，標示「香港鄺拾記報局發行」，只在封底標明出版社名稱。這種模式沿用長達八年多。

21《神鵰俠侶》普及本與單行本（合訂本），都沒有列明出版日期；而在封底版權頁印上出版日期的做法，始自《倚天屠龍記》。因此，文中提到的單行本出版時間，主要根據《倚天屠龍記》的資料，在這之前的《神鵰俠侶》到底是不是這樣，已無從稽考。

記報局發行」，也沒有再深究發行不等於出版，慢慢便習慣把這個時期的正版小說叫做「鄺拾記版」。

小說帶動的報業版圖，與東南亞的遍地開花

1959年5月20日《明報》創刊以前，金庸是報社編輯、電影編劇、影評人，也是小說作家。自從創辦《明報》後，他新增了「報業老闆」的身分，而這個身分讓他在小說創作與發表上，有了更多與之前不同的布局。

張圭陽在《金庸與報業》書中提到，[22]《明報》1969年12月1日有一篇社評，叫〈《明報》的小七妹誕生〉，揭示了《明報》從1959年到1969年間的發展規模。文章把《明報》比喻為大哥，《武俠與歷史》雜誌是二哥，《明報月刊》是三哥，四哥、五哥是孿生兄弟，四哥是新加坡《新明日報》，五哥是馬來西亞《新明日報》，六妹是《明報周刊》，七妹是《明報晚報》。短短十年間，金庸創辦了七種刊物，有報章，也有雜誌。除了《明報月刊》與《明報周刊》，其餘五種，加上《東南亞周刊》，都與金庸小說息息相關。金庸深知讀者愛看自己的小說，因而新創辦刊物時，就有了最佳的宣傳助力。

《武俠與歷史》雜誌

1960年1月11日，《明報》創刊後八個月，金庸再創辦《武俠與歷史》雜誌。與之前《明報》一樣，金庸用「續篇」方式作招徠，在《武俠與歷史》上連載《飛狐外傳》，一年之後，又連載全新創作的《鴛鴦刀》。

《武俠與歷史》創刊號封面、內頁，以及第三十七期封面、內頁，前者首載《飛狐外傳》，後者首載《鴛鴦刀》。

《武俠與歷史》之於金庸小說傳播，還有「二輪連載」的功能；從第四十五期開始（1961年7月21日出版），除了繼續連載全新創作的《飛狐外傳》外，還連載《倚天屠龍記》。第四十五期一口氣刊載了《明報》首十六天的「倚天」故事，之後每期通常約連載七天分量的內容。《武俠與歷史》是週刊（早期是十天刊，第四十五期起改為週刊），每期連載七天報紙的內容，也就相當於一本普及本的分量。

《武俠與歷史》二輪連載金庸六部小說

小說	首輪連載日期[23]		《武俠與歷史》二輪連載日期與期數		
	起	迄	起	迄	期數
倚天屠龍記	1961年7月6日	1963年9月2日	1961年7月21日	1963年9月13日	45-149
天龍八部	1963年9月3日	1966年5月27日	1963年9月20日	1966年6月3日	150-290
俠客行	1966年6月11日	1967年4月19日	1966年6月17日	1967年5月5日	292-330
笑傲江湖	1967年4月20日	1969年10月12日	1967年5月12日	1969年10月31日	331-460
鹿鼎記	1969年10月24日	1972年9月23日	1969年11月14日	1972年10月6日	462-613
越女劍	1969年12月1日	1969月12月31日	1970年1月16日		471

「二輪連載」的出現，象徵金庸已經完成布局，為打擊翻版小說，築起了一層又一層的防護結界。「普及版」與「二輪連載」可以滿足讀者的三種需要。報紙可以供讀者每天追看，想要累積到一定篇幅再一氣呵成看的，可以選《武俠與歷史》；想要收藏金庸小說，以供日後回味的，可以選普及本或合訂本（單行本）。買薄本可以更快讀到金庸小說，買厚本則便於收藏。

金庸小說這種一天、一週、一個月的出版方式，確實收到了功效，至少在此後的八年多時間裡（1959年到1967年），盜版幾近絕跡。

《東南亞周刊》與東南亞報紙

在修訂版《連城訣》後記中，金庸這麼說：

22 張圭陽：《金庸與報業》，頁168-169。
23 除《越女劍》在《明報晚報》上連載外，其餘五部小說都先在《明報》上連載。

倚天屠龍記

金庸

雲君插画

小東邪大鬧少林寺

「春遊浩蕩，是年年寒食，梨花時節。白錦無紋香爛漫，玉樹瓊苞堆雪。靜夜沉沉，浮光靄靄，冷浸溶溶月，人間天上，渾銀霞照通徹。　渾似姑射真人，天姿靈秀，意氣殊高潔。萬蕊參差誰信道，不與羣芳同列。浩氣清英，仙才卓犖，下土難分別。瑤天歸去，洞天方看清絕。」

看官，這一首「無俗念」詞，乃是南宋末年一位武學名家、有道之士所作。此人姓丘，名處機，道號長春子，名列全眞七子之一，是全眞教中出類拔萃的人物。「詞品」評論此詞道：「長春，世之所謂仙人也，而詞之清拔如此。」這首詞誦的似是梨花，其實詞中眞意，却是讚譽一位身穿白衣的美貌少女，說她「渾似姑射眞人，天姿靈秀，意氣殊高潔」，又說她「浩氣清英，仙才卓犖」，「不與羣芳同列」。詞中所誦這美女是誰？乃是古墓派傳人小龍女。她一生愛穿白衣，當眞如玉樹臨風，瓊苞堆雪，兼之生性清冷，實是當得起「冷浸溶溶月」的形容，以「無俗念」三字贈之，可說最妙不過。長春子丘處機和她在終南山上比隣而居，當年一見，便寫下這首詞來。

這時丘處機逝世已久，而小龍女也已嫁與神鵰大俠楊過為妻。可是在河南少室山的山道之上，却另有一位少女，正在低低念誦此詞。這少女約有十八九歲年紀，身穿淡黃衣衫，騎着一頭瘦瘦的青驢，正沿着山道緩緩而上。她心中默想：「也只有龍姊姊這樣的人物，才配得上他。」這一個「他」字，指的自然是神鵰大俠楊過了。她也不拉韁，任着那青驢信步而行，一路上山。過了良久，她又低聲吟道：「歡樂趣，離別苦，就中更有痴兒女。君應有語，渺萬里層雲，千山暮雪，隻影向誰去？」

這少女衣飾淡雅，腰間懸着一把短劍，臉上頗有風塵之色，顯是遠遊已久，她正當韶華如花，壽樂之年，原該無憂無慮，可是容色間却隱隱有一層懊悶之意，可見閒愁襲人，眉間心上，實是無計迴避。

這少女姓郭，單名一個襄字，乃是大俠郭靖和女俠黃蓉的次女，有一個外號叫作「小東邪」。她一驢一劍，隻身漫遊，原是想排遣心中愁悶，豈知酒入愁腸固然是愁上加愁，而名山獨遊，一樣的也是愁思徒增。這時她正沿着河南少室山的山道而上，山勢頗爲陡削，但山道却是一級級寬大的石級，規模宏偉，工程甚是不小。這山道是唐時高宗爲臨幸少林寺而開鑿，共長八里。郭襄騎着青驢委折四迴，只見對面山上五道瀑布飛濺而下，高與霽平，再俯覷羣山，已如蟻蛭，又轉過一個彎，遙遙望見黃牆碧瓦，好大一座寺院。

郭襄望着那連綿的屋宇，出了一會神，心想：「少林寺向來是天下武學之源，但是華山兩次論劍，怎地五絕之中並無少林寺的高僧？難道寺中的和尚自忖沒有把握，生怕墮了威名，索性便不去與會？又難道衆僧侶修為精湛，名心盡去，武功雖高，却不去和旁人爭強賭勝？」她下了青驢，緩步走到寺前，只見樹木森森，蔭蓋着一片碑林。這些石碑大半已經毀破

，字跡模糊，不知寫着些什麼。郭襄心想：「便是刻鑿在石碑上的字，年深月久之後也須磨滅，如何刻在我心上的字，却是時間越久反而越加清晰？」一瞥眼間，只見一塊大碑上刻的是唐太宗賜少林寺寺僧的御劄，劄中對少林寺僧的立功平亂，頗爲嘉許。

原來唐太宗爲秦王時，帶兵討伐王世光，少林寺的和尚投軍立功，最著者共有十三人。十三人中只有曇宗受封爲大將軍，其餘十二人不願爲官，唐太宗各賜紫羅袈裟一襲。郭襄神馳想像，心想：「當隋唐之際，少林寺的武功已名馳天下，數百年精益求精，這寺中臥虎藏龍，不知住着多少好手。」

便在此時，忽聽得碑林旁的樹叢之後，傳出一陣鐵鍊嚓嚓之聲，又聽得一人誦唸佛經道：「是時藥叉共王立要，即於無量百千萬億大衆之中，說勝妙伽他曰：由愛故生憂，由愛故生怖；若離於愛者，無憂亦無怖……」郭襄聽了這四句偈言，心念一動，不由得痴了，心中默默唸道：「由愛故生憂，由愛故生怖；若離於愛者，無憂亦無怖。」只聽得那鐵鍊拖地和念佛之聲，漸漸遠去。

郭襄低聲道：「我却要問他一問，如何能離於愛，如何能無憂無怖？」隨手將青驢的韁繩在樹上一繞，撥開樹叢，追了過去。只見樹後是一條上山的小徑，一個僧人挑了一對大桶，口中念佛，緩緩往山上走去。郭襄快步跟上，到和那僧人相距十餘丈遠處，不由得吃了一驚，只見那僧人挑的一對大鐵桶，每隻鐵桶都比平常的水桶大了三倍有餘，而那僧人頸中、手上、脚上，更是繞滿了粗大的鐵鍊，行走時鐵鍊拖地，不住發出聲響。這對大鐵桶本身便有數百斤，桶中裝滿了水，重量更是驚人。郭襄叫道：「大和尚，請留一步，小女子有一言請教。」

那僧人回過頭來，兩人相對，都是一愕。原來這僧人便是覺遠，三年以前，郭襄在華山絕頂曾和他有一面之緣。郭襄知他雖然生性迂腐，但內功深湛，不在當世任何一位最強的高手之下，當下說道：「我道是誰，原來是覺遠大師。你如何變成了這等模樣？」覺遠點了點頭，臉上微微一笑，雙手合什行禮，並不答話，轉身便走。郭襄叫道：「覺遠大師，你不認得我了麼？我是郭襄啊。」覺遠又是回首一笑，點了點頭，這次更是不停步。郭襄又道：「是誰用鐵鍊綁住了你？如何這般虐待你？」覺遠左掌伸到腦後搖了幾搖，示意她不必再問。

郭襄好奇心起，見了這等怪事，如何肯不弄個明白？當下飛步追趕，想搶在他面前攔住，豈知覺遠雖然全身帶了鐵鍊，又挑着一對大鐵桶，不論郭襄如何快步追趕，始終追不到他身前。郭襄童心大起，施展開家傳輕功，雙足一點，身子便如燕子般飛起，伸手往鐵桶邊上抓去。眼見這一抓必能抓中，不料落手之時，終究還是差了兩寸。郭襄叫道：「大和尚，這般好本事，我非追上你不可。」但見覺遠不疾不徐的邁步而行，鐵鍊聲嚓嚓嚓，有如樂音，越走越高，直至後山，郭襄直奔得氣喘漸急，仍是和他身子相距丈餘，不由得心中佩服：「爹爹媽媽在華山之上，便說這位大和尚武功極高，當時我還不大相信，今日這麼一試，這才知爹媽的話果然不錯。」

只見覺遠轉身走到一間小屋之後，將鐵桶中的兩桶水都倒進了一口井中。郭襄大奇，說道：「大和尚，你莫非瘋了，挑水倒在井中幹麼？」覺遠神色平和，只搖了搖頭。郭襄忽有所悟，笑道：「啊，你是在練一種高深的武功。」覺遠又搖了搖頭。郭襄心中着惱，道：「我剛才明明聽得你在唸經，又不是啞了，怎地不答我的話？」覺遠合什行禮，臉上似有歉意，可是仍舊一言不發，挑了兩隻鐵桶，便下山去。郭襄探頭到井口一望，只見井水清澈，隱隱冒上來一股寒氣，也無什麼特異之處，怔怔的望着覺遠的背影，心中充滿了疑雲。

她適才這一陣追趕，微感心浮氣躁，於是坐在井欄之上，觀看四下裏的風景，這時置身之處，已高於少林寺中所有的屋宇，但見少室山層崖刺天，橫若列屏，崖下風烟飄渺，只聽得寺中鐘聲自下面隨風送了上來，令人一洗煩俗之氣。郭襄心想：「這和尚的弟子不知在那裏，和尚既不肯說，我問那個少年便了。」當下信步落山，想找覺遠的弟子張君寶來一問。走了一程，忽聽得鐵鍊聲響，覺遠又挑了水走上山來。郭襄閃身在樹後一躲，心想：「他明着不肯說，我暗中瞧瞧他倒底在搗什麼鬼。」

但聽得鐵鍊之聲漸近，只見覺遠肩頭仍是挑着那一對鐵桶，手中却拿着一本書，一面走，一面看得津津有味，郭襄待他走到身邊，猛地裏一躍而出，叫道：「大和尚，你看什麼書？」覺遠失驚叫道：「啊喲，嚇了我一跳，原來是你。」郭襄笑道：「你裝啞巴裝不成了吧，怎麼說話了？」覺遠還未回答，突然樹林中轉出兩個黃衣僧人，當先一人喝道：「覺遠，不守戒法，擅自開口說話，何況又和廟外生人對答，更何況又和年輕女子說話？這便見戒律堂首座去。」覺遠垂頭喪氣，點了點頭，跟在那兩個僧人之後。

郭襄大為驚怒，喝道：「天下還有不許人說話的規矩麼？我自識得這位大師，我自跟他說話，干你們何事？」那身材較高的黃衣僧人白眼一翻

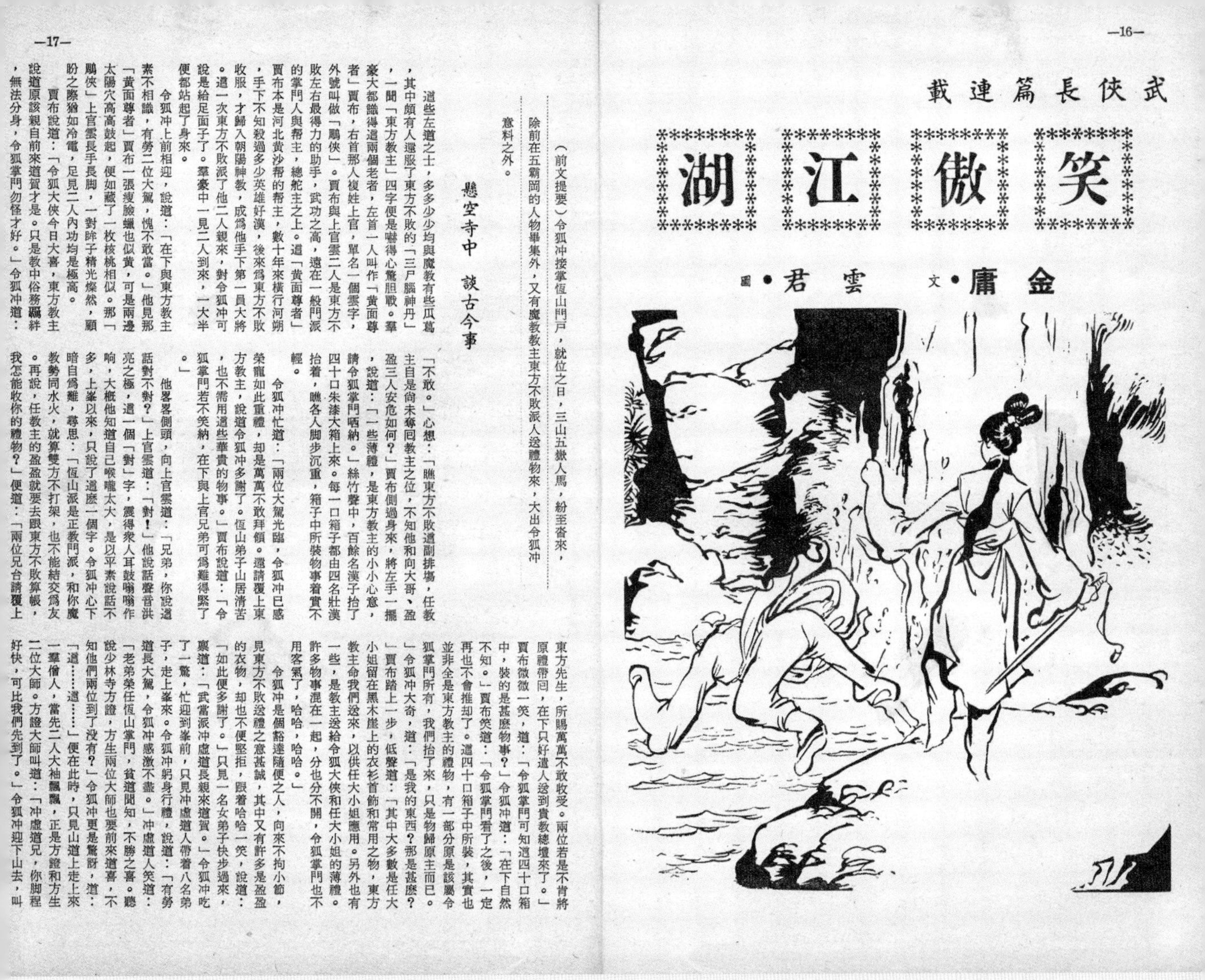
—16—

武俠長篇連載

笑傲江湖

金庸・文　雲君・圖

—17—

（前文提要）令狐冲接掌恆山門戶，就位之日，三山五嶽人馬，紛至沓來，除前在五霸岡的人物畢集外，又有魔教教主東方不敗派人送禮物來，大出令狐冲意料之外。

懸空寺中　談古今事

這些左道之士，多多少少均與魔教有些瓜葛，其中頗有人還服了東方不敗的「三尸腦神丹」，一聞「東方教主」四字便是嚇得心驚胆戰。羣豪大都識得這兩個老者，左首一人叫作「黃面尊者」賈布，右首那人複姓上官，單名一個雲字，外號叫做「鵰俠」。賈布與上官雲二人是東方不敗左右最得力的助手，武功之高，遠在一般門派的掌門人與幫主，總舵主之上。這「黃面尊者」賈布本是河北黃沙幫的幫主，數十年來橫行河朔，手下不知殺過多少英雄好漢，後來爲東方不敗收服，才歸入朝陽神教，成爲他手下第一員大將。這一次東方不敗派了他二人親來，對令狐冲可說是給足面子了。羣豪中一見二人到來，一大半便都站起了身來。

令狐冲上前相迎，說道：「在下與東方教主素不相識，有勞二位大駕，愧不敢當。」他見那「黃面尊者」賈布一張瘦臉蠟也似黃，可是兩邊太陽穴高高鼓起，便如藏了一枚核桃相似。那「鵰俠」上官雲長手長脚，一對眸子精光燦然，顧盼之際猶如冷電，足見二人內功均是極高。

賈布說道：「令狐大俠今日大喜，東方教主說道原該親自前來道賀才是。只是教中俗務羈絆，無法分身，令狐掌門勿怪才好。」令狐冲道：「不敢。」心想：「瞧東方不敗這副排場，任教主自是尚未奪回教主之位，不知他和向大哥、盈盈三人安危如何？」賈布側過身來，將左手一擺，說道：「一些薄禮，是東方教主的小小心意，請令狐掌門哂納。」絲竹聲中，百餘名漢子抬了四十口朱漆大箱上來。每一口箱子都由四名壯漢抬着，瞧各人脚步沉重，箱子中所裝物事着實不輕。

令狐冲忙道：「兩位大駕光臨，令狐冲已感榮寵如此重禮，却是萬萬不敢拜領。還請覆上東方教主，說道令狐冲多謝了。恆山弟子山居清苦，也不需用這些華貴的物事。」賈布說道：「令狐掌門若不笑納，在下與上官兄弟可爲難得緊了。」

他畧畧側頭，向上官雲道：「兄弟，你說這話對不對？」上官雲道：「對！」他說話聲音洪亮之極，這一個「對」字，震得衆人耳鼓嗡嗡作响，大概他知道自己喉嚨太大，是以平素說話不多，上峯以來，只說了這麼一個字。令狐冲心下暗自爲難，尋思：「恆山派是正教門派，和你魔教勢同水火，就算雙方不打架，也不能結交爲友。再說，任教主的盈盈就要去跟東方不敗算帳，我怎能收你的禮物？」便道：「兩位兄台請覆上東方先生，所賜萬萬不敢收受。兩位若是不肯將原禮帶回，在下只好遣人送到貴教總壇來了。」賈布微微一笑，道：「令狐掌門可知這四十口箱中，裝的是甚麽物事？」令狐冲道：「在下自然不知。」賈布笑道：「令狐掌門看了之後，一定再也不會推却了。這四十口箱子中所裝，其實也並非全是東方教主的禮物，有一部分原是該屬令狐掌門所有，我們抬了來，只是物歸原主而已。」令狐冲大奇，道：「是我的東西？那是甚麽？」賈布踏上一步，低聲道：「其中大多數是任大小姐留在黑木崖上的衣衫首飾和常用之物，東方教主命我們送來，以供任大小姐應用。另外也有一些，是教主送給令狐大俠和任大小姐的薄禮。許多物事混在一起，分也分不開，令狐掌門也不用客氣了，哈哈，哈哈。」

令狐冲是個豁達隨便之人，向來不拘小節，見東方不敗送禮之意甚誠，其中又有許多是盈盈的衣物，却也不便堅拒，跟着哈哈一笑，說道：「如此便多謝了。」只見一名女弟子快步過來，稟道：「武當派冲虛道長親來道賀。」令狐冲吃了一驚，忙迎到峯前，只見冲虛道人帶着八名弟子，走上峯來。令狐冲躬身行禮，說道：「有勞道長大駕，令狐冲感激不盡。」冲虛道人笑道：「老弟榮任恆山掌門，貧道聞知，不勝之喜。聽說少林寺方證，方生兩位大師也要前來道喜，不知他們兩位到了沒有？」令狐冲更是驚訝，道：「這……這……」便在此時，只見山道上走上來一羣僧人，當先二人大袖飄飄，正是方證和方生二位大師。方證大師叫道：「冲虛道兄，你脚程好快，可比我們先到了。」令狐冲迎下山去，叫

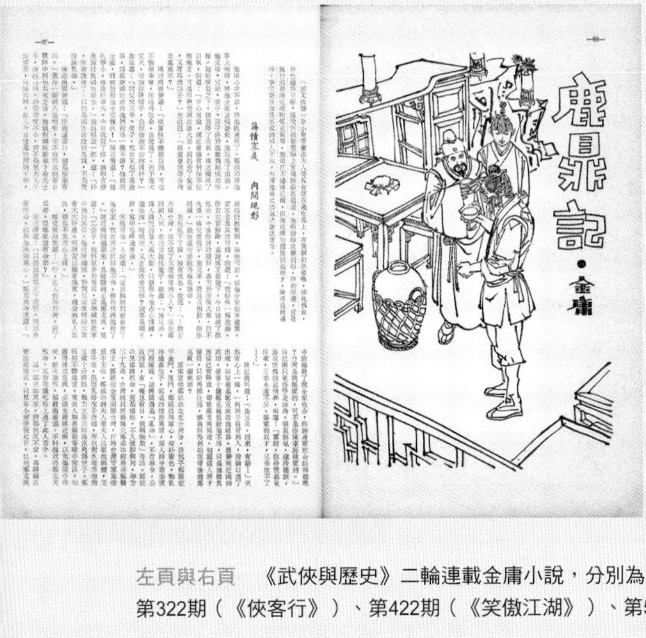

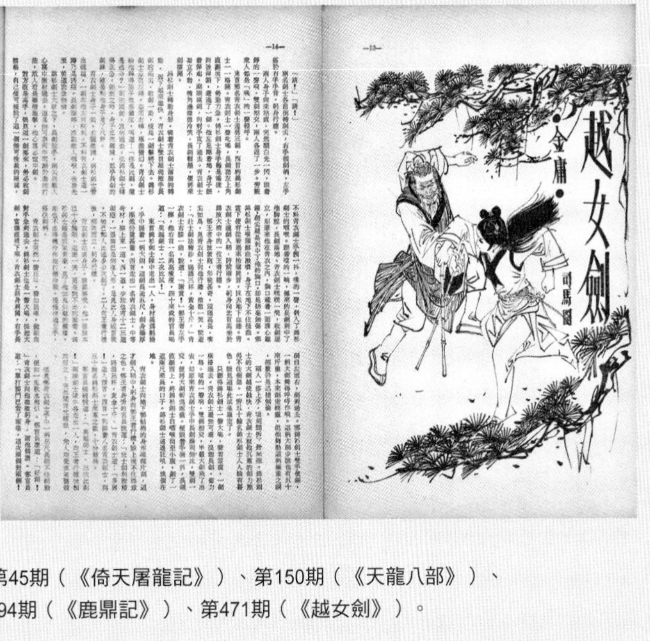

左頁與右頁　《武俠與歷史》二輪連載金庸小說，分別為第45期（《倚天屠龍記》）、第150期（《天龍八部》）、第322期（《俠客行》）、第422期（《笑傲江湖》）、第594期（《鹿鼎記》）、第471期（《越女劍》）。

> 這部小說寫於一九六三年，那時「明報」和新加坡「南洋商報」合辦一本隨報附送的「東南亞周刊」，這篇小說是為那周刊而寫的，書名本來叫做「素心劍」。（花皮版《連城訣》，頁420）

正因為金庸曾說「小說寫於一九六三年」，坊間有些人便認為《東南亞周刊》早於1963年已經出版。不過，小說的創作時間不等於雜誌的出版時間，《素心劍》最早寫於1963年應是事實，但遲至1964年才在《東南亞周刊》上發表。

《東南亞周刊》是娛樂雜誌，創刊於1964年1月12日，由世紀出版有限公司出版，金庸擔任總編輯，潘君儀任執行編輯，《明報》另一位老闆沈寶新任督印人。出版《東南亞周刊》是為了提高報紙銷量，沈寶新聯繫馬來西亞《南洋商報》，合作發行畫報雜誌，逢星期日同時在香港與馬來西亞兩地出版。

金庸說「隨報附送」，其實只說對了一半。《東南亞周刊》雖然同為香港《明報》與馬來西亞《南洋商報》的增刊，在香港的確是隨星期天出刊的《明報》附送，但在馬來西亞，則是每期賣「二角」，一直到第十七期，才「隨南洋商報附送，不另收費」。

早期的《東南亞周刊》，無論是刊物型態、開本，還是內容，香港版與南洋版都是一樣的：十六開本書刊雜誌，連封面、封底在內，每期十六頁。兩地版本只在封面有一個小小的地方不同：香港版標示「隨明報附送，不另收費」，南洋版則標示定價「二角」。《素心劍》皆刊載於第二、三頁。

兩地週刊的出版時間原本一樣，但從第十八期開始，南洋版時有脫期現象，以致落後於香港版。就以刊載《素心劍》最終回的《東南亞周刊》第六十期為例，香港版於1965年3月7日出刊，而南洋版則要到1965年4月4日才出刊。南洋的讀者比香港的讀者晚了四個星期才讀到《素心劍》結局。

從第二十一期開始，香港版《東南亞周刊》改為四開小報版式，每期出紙一張，正面彩色印刷，以圖片為主，背面黑白印刷，以小說或娛樂花邊消息為主。版面減少了，內容也隨之削減，兩地版本正式分家。香港版連載的《素心劍》雖然不減字數，卻減了插圖，由三張圖減為兩張圖。因此，自第二十一期以後，南洋版《東南亞周刊》的文獻價值，已遠較香港版為高，因為收錄了最完整的《素心劍》小說與插圖。

《東南亞周刊》創刊號封面，隨《南洋商報》發售，每冊二角。

《東南亞周刊》上的《素心劍》，共連載了五十八期，每期約三千九百字。從創刊到第六十期（第十七期與第二十四期停載），金庸共寫了一年又兩個月。

前面提到，金庸每推出新刊物，都會以連載新故事作招徠，期能「召喚」金迷購買新刊物，《東南亞周刊》連載《素心劍》用的依然是這一招。這揭示出金庸小說在當時的流行情況：不獨在香港，就連南洋一帶，金庸小說依然擁有超高人氣的號召力。事實上，當年南洋各地，很多報紙都刊載過金庸小說。1995年，明河社在星馬等地推出東南亞版《金庸作品集》（修訂版），金庸在序文中憶述舊版小說當年在東南亞連載的情況：

> 《射鵰英雄傳》在《香港商報》上連載不久，就引起泰國華人讀者的注意，首先是在曼谷，有人在咖啡館、茶棚和街頭講述《射鵰》的故事，得到聽眾歡迎，有人剪了香港報上發表的連載小說，印成小冊子發售，銷路居然很不錯。……跟著出現了一種有趣的現象，曼谷方面委託在香港的朋友每天早晨將報上連載的《射鵰》內容用電報拍到曼谷去，作種種使用。……
>
> 後來曼谷的《星暹日報》、《世界日報》正式連續轉載。《世界日報》總編輯饒迪華兄是我在重慶讀書時的大學前輩同學，他安排付給轉載稿酬，但要求提早幾天寄稿，以便搶在其他華文報紙之前發表……
>
> 在與南洋文化界、新聞界的交往中，結識了《南洋商報》總編輯兼總經理施祖賢先生，他要求轉載《神鵰俠侶》，同樣要求提早交稿，結果，新馬兩地的讀者比香港《明報》的讀者還更早一天讀到《神鵰》。因此《神鵰》的首載地是新加坡而不是香港。
>
> 《神鵰》寫完後，在馬來西亞柔佛新山出版《新生日報》的梁潤之先生和潘潔夫先生殷殷邀請，要求轉載續寫的《倚天屠龍記》。一來他們態度誠摯，二來中間有好友極力推介，於是《倚天》在《新生日報》連載。刊完後，此後的幾部長篇小說《俠客行》、《天龍八部》等又回到《南洋商報》刊載。……
>
> 這時候西貢、金邊的報紙開始轉載《笑傲江湖》，金邊的版權是魏智勇先生接洽的，也包括了寮國報紙的轉載……。《笑傲江湖》在西貢有一些轟動的效果，一時共有十三家華文報紙、兩家法文報紙、幾家越文報紙共同連載。……
>
> 在古晉方面，通過我大學的同班同學黄子平學兄的中介，我幾部小說在當地《詩華日報》連載。[24]

24 金庸：〈東南亞版序〉，收錄在明河社東南亞版《金庸作品集》內，1995年出版。序言沒有編配頁碼。

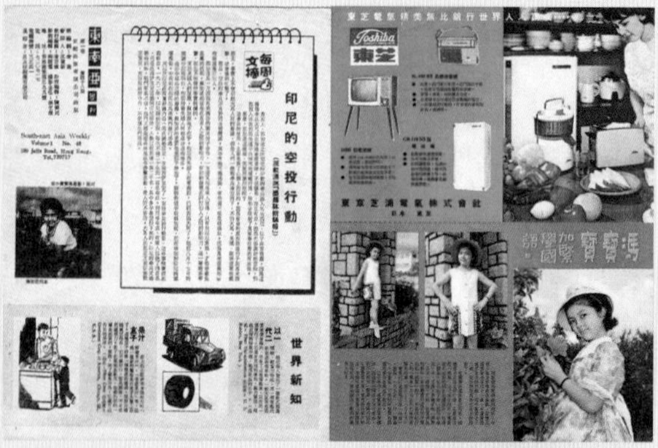

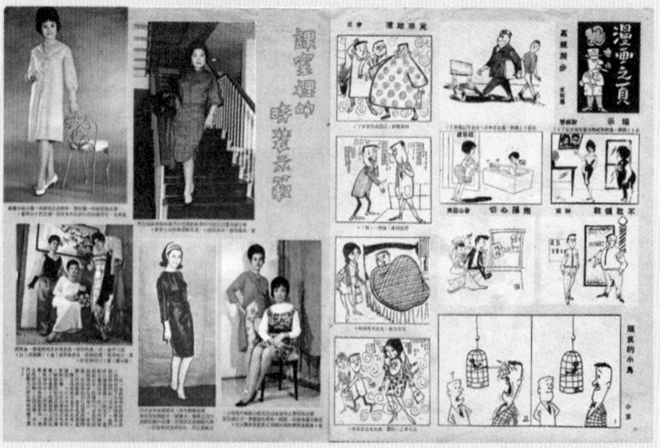

《東南亞周刊》第四十八期（南洋版），封面「二角」二字，改為「隨南洋商報附送／不另收費」。打開封面，內文第一頁為版權頁，除版權、出版資料外，還有類似「編者話」的〈每周漫談〉（有時候是〈每周文摘〉）。專為《東南亞周刊》而寫的《素心劍》，安排在第二、三頁，配上三張雲君插圖。

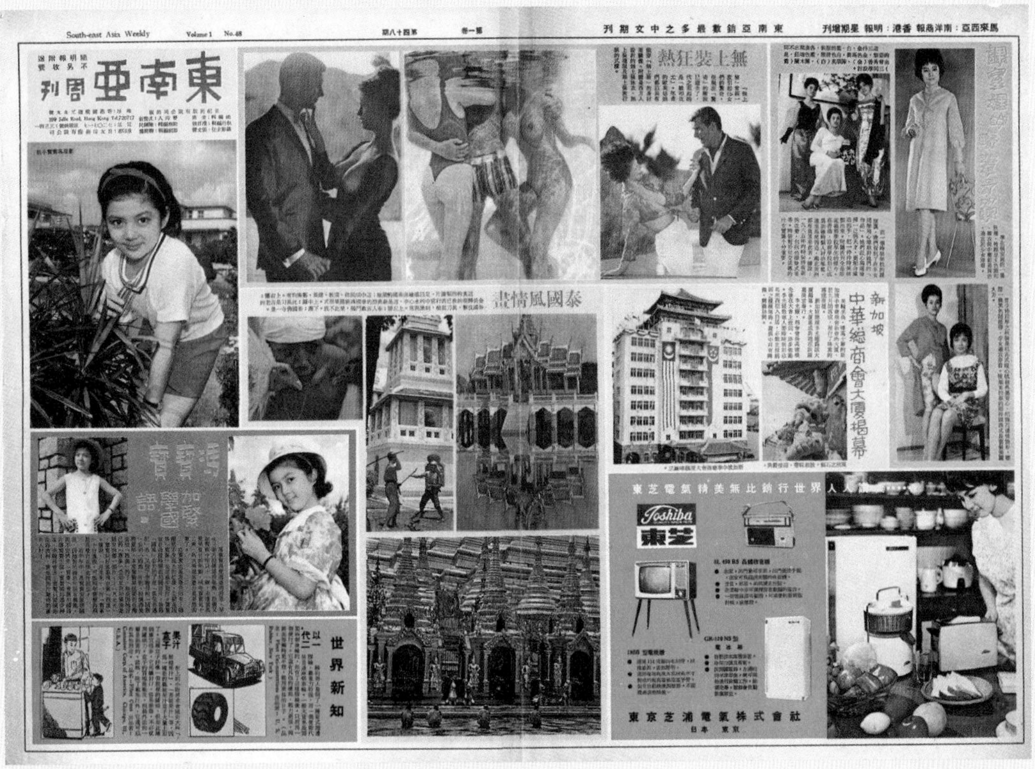

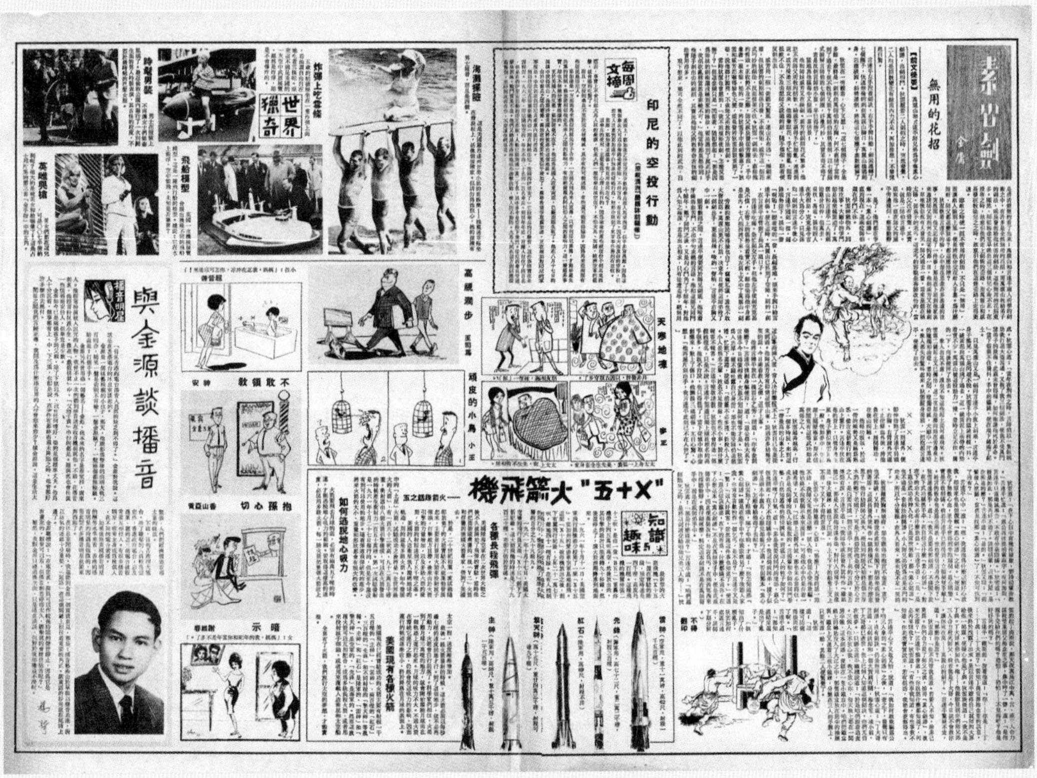

《東南亞周刊》四十八期（香港版），原來的書冊型態改為報紙型態（寬40公分，高54.5公分），內容比南洋版簡約，連雲君的插圖也只有兩張。

有街頭說書，有盜印成冊，以電報傳送文字，付稿酬轉載，甚至要求提早發稿，可見金庸小說當時已經風靡南洋一帶的華人。

位於北京的國家圖書館藏有大量東南亞報紙，當中不少華文報紙都曾連載過金庸小說，部分報紙金庸更不曾在序文中提及：

舊版	東南亞報紙
碧血劍	中華商報（緬甸）
射鵰英雄傳	世界日報（泰國）、星暹日報（泰國）、中華商報（緬甸）
神鵰俠侶	世界日報（泰國）、星暹日報（泰國）、民報（新加坡）、中國日報（緬甸）、中華商報（緬甸）
飛狐外傳	中國日報（緬甸）、中華商報（緬甸）
倚天屠龍記	民報（新加坡）、湄江日報（柬埔寨）、中華商報（緬甸）
鴛鴦刀	中國日報（緬甸）、湄江日報（柬埔寨）
白馬嘯西風	民報（新加坡）、中國日報（緬甸）、新生日報（新加坡）
俠客行	南洋商報（馬來西亞）、世界日報（泰國）、星暹日報（泰國）
天龍八部	南洋商報（新加坡）、中國日報（緬甸）、湄江日報（柬埔寨）、中華商報（緬甸）
笑傲江湖	世界日報（泰國）、星暹日報（泰國）、京華日報（泰國）、華僑新聞日報（寮國）、新明日報（新加坡）
鹿鼎記	世界日報（泰國）、建國日報（南越）[25]、遠東日報（南越）
越女劍	遠東日報（南越）

除了東南亞，金庸小說當時更廣傳至美洲。古巴與加拿大的華文報紙，也曾出現過金庸的蹤影。這種「多邊」同時連載的方式，正好解釋了金庸小說為什麼能夠在那麼短的時間內，由香港這個彈丸之地迅速傳遍華人社會。因為發展到後來，在多方「努力」下，金庸小說以各種各樣的方式，或搶先刊登（如《新明日報》的《笑傲江湖》），或正式授權（連載時間稍晚於香港），或盜版轉載（連載時間也是稍後於香港），在南洋各處遍地開花。各地讀者共看金庸，讓金庸小說逐漸建構成華人的共同話語。

25 《建國日報》等報紙主要在西貢出版，1975年以前，西貢屬於越南共和國，世稱「南越」，與北方的越南民主共和國（世稱「北越」）相對，1976年統一為今天的越南社會主義共和國。

上 新加坡《民報》1961年10月24日連載的舊版《白馬嘯西風》。

下 新加坡《南洋商報》1966年1月1日連載的舊版《天龍八部》。

上 新加坡《月報》第二十八期封面與內頁。《月報》為新加坡當地宗親會「保赤宮陳氏宗祠」出版的華文刊物，第二十八期於1957年農曆8月15日出刊。雜誌只有十六頁，十六開本，非賣品，僅供會員索取。內容蕪雜，有連載小說、民間故事、成語故事、民間藝術、詩歌、棋話等。第二十八期連載的舊版《書劍恩仇錄》，共兩頁，另請畫師繪製兩幀插圖。

下 馬來西亞《南洋商報》1966年9月23日連載的舊版《俠客行》。

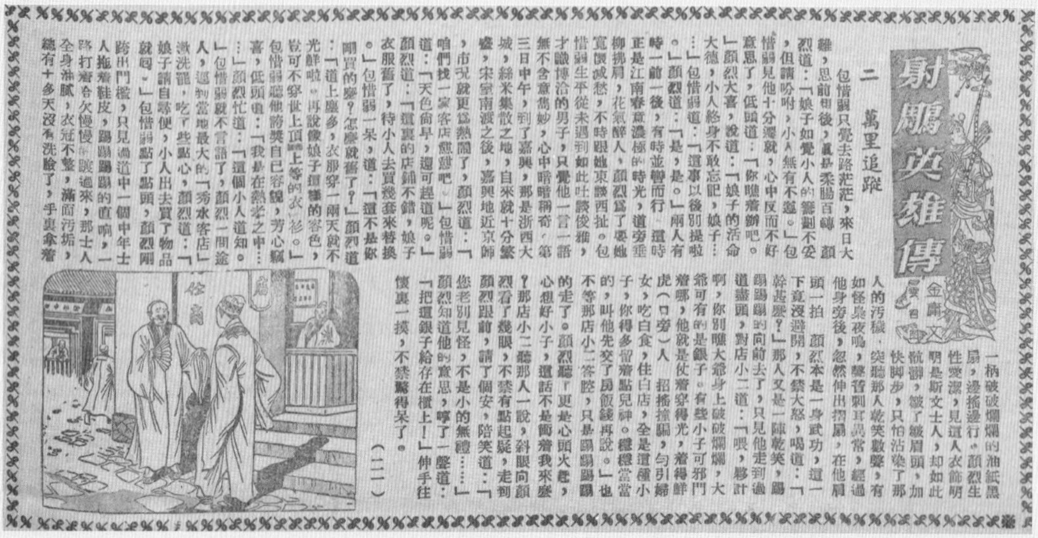

射鵰英雄傳

金庸文　雲君圖

二　萬里追蹤

包惜弱只覺去路茫茫，來日大難，思前想後，眞是柔腸百轉。顏烈道：「娘子如覺小人的籌劃不妥，但請吩咐，小人無有不遵。」包惜弱見他十分遷就，心中反而不好意思了，低頭道：「你瞧着辦吧。」顏烈大喜，說道：「娘子的活命大德，小人終身不敢忘記，娘子……」包惜弱道：「這事以後別提啦。」顏烈道：「是，是。」兩人有時一前一後，有時並轡而行，這時正是江南春意濃極的時光，道旁垂柳拂肩，花氣醉人，顏烈爲了要她寬懷減愁，不時跟她東談西扯。包惜弱生平從未遇到如此吐談俊雅，才識博洽的男子，只覺他一言一語無不含意雋妙，心中暗暗稱奇。第三日中午，到了嘉興，那是浙西大城，絲米集散之地，自來就十分繁盛，宋室南渡之後，嘉興地近京師，市況就更爲熱鬧了，顏烈道：「咱們找一家客店歇歇吧。」包惜弱道：「天色尚早，還可趕道呢。」顏烈道：「這裏的店鋪不錯，娘子衣服舊了，待小人去買幾套來替換。」包惜弱一呆，道：「還不是你剛買的麼？怎麼就舊了？」顏烈道：「道上塵多，衣服穿一兩天就不光鮮啦。再說像娘子這樣的容色，豈可不穿世上頂兒上等的衣衫。」包惜弱聽他誇獎自己容貌，芳心竊喜，低頭道：「我是在熱孝之中……」顏烈忙道：「這個小人知道。」包惜弱就不言語了，顏烈一問途人，這是當地最大的「秀水客店」。漱洗罷，吃了些點心，顏烈道：「娘子請自尋便，小人出去買了物品就回。」包惜弱點了點頭，顏烈剛跨出門檻，只見過道中一個中年士人拖着鞋皮，踢踢蹋蹋的直響，一路打着哈欠慢慢的踱過來，那士人全身油膩，衣冠不整，滿面污垢，總有十多天沒有洗臉了，手裏拿着一柄破破爛爛的油紙黑扇，邊搖邊行。顏烈生性愛潔，見這人衣飾明明是斯文士人，却如此骯髒，皺了皺眉頭，加快腳步，只怕沾染了那人的污穢，突聽那人乾笑數聲，有如梟夜鳴，聲音刺耳異常，經過他身旁後，忽然伸出摺扇，在他肩頭一拍。顏烈本是一身武功，這一下竟沒避開，不禁大怒，喝道：「幹甚麼？」那人又是一陣乾笑，踢踢蹋蹋的向前去了，只見他走到過道盡頭，對店小二道：「喂，夥計啊，你別瞧大爺身上破破爛爛，大爺可有的是銀子。有些小子可邪門着哪，他就是仗着穿得光，着得鮮虎（口旁）人，招搖撞騙，勾引婦女，吃白食，住白店，全是這種小子，你得多留着點兒神。穩穩當當的，叫他先交了房飯錢再說。」也不等那店小二答腔，只是踢踢蹋蹋的走了。顏烈聽了更是心頭火起，心想好小子，這話不是衝着我來麼？那店小二聽那人一說，斜眼向顏烈看了幾眼，不禁有點起疑，走到顏烈跟前，請了個安，陪笑道：「您老別見怪，不是小的無禮……」顏烈知道他的意思，哼了一聲道：「把這銀子給存在櫃上！」伸手往懷裏一摸，不禁驚得呆了。（二）

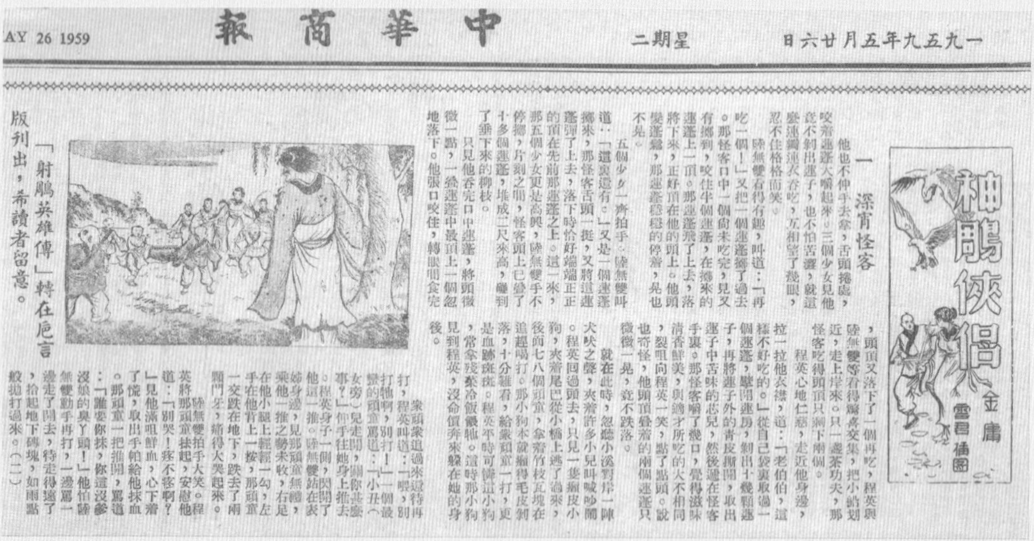

AY 26 1959　中華商報　星期二　一九五九年五月廿六日

神鵰俠侶

金庸　雲君插圖

一　深宵怪客

他也不伸手去拿，舌頭捲處，咬着蓮蓬大嚼起來。三個少女見他竟不剝出蓮子，也不怕苦澀，就這麼連瓣連衣吞吃，互相望了幾眼，忍不住格格而笑。

陸無雙看得有趣，叫道：「再吃一個！」又把一個蓮蓬擲了過去。那怪客口中一個尚未吃完，見又有擲到，咬住半個蓮蓬，在擲來的蓮蓬上一頂。那蓮蓬飛了上去，落將下來，正好頂在他的頭上。他頭髮蓬鬆，那蓮蓬穩穩的停着，晃也不晃。

五個少女一齊拍手。陸無雙叫道：「這裏還有。」又是一個蓮蓬擲來，那怪客舌頭一挺，又將這蓮蓬彈了上去，落下時恰好端端正正的頂在先前那蓮蓬之上。這一來，那五個少女更是高興，陸無雙手不停擲，片刻之間，怪客頭上已叠了十多個蓮蓬，堆成二尺來高，碰到了垂下來的柳枝。

只見他吞完口中蓮蓬，將頭微微一點，一叠蓮蓬中最頂上一個忽地落下。他張口咬住，轉眼間食完，頭頂又落下了一個再吃，程英與陸無雙看得驚喜交集，把小船划近，走上岸來。只一盞茶功夫，那怪客吃得頭頂只剩下兩個。

程英心地仁慈，走近他身邊，拉一拉他衣襟，道：「老伯伯，這樣不好吃的。」從自己袋裏取過一個蓮蓬，擘開蓮房，剝出十幾顆蓮子，再將蓮子外的青皮撕開，取出蓮子中苦味的芯兒，然後遞在怪客手裏。那怪客嚼了幾口，覺得滋味清香鮮美，與適才所吃的大不相同，裂嘴向程英一笑，點了點頭。說也奇怪，他頭頂疊着的兩個蓮蓬只微微一晃，竟不跌落。

就在此時，忽聽小溪對岸一陣犬吠之聲，夾着許多小兒叫喊吵鬧。程英回過頭去，只見一隻癩皮小狗，夾着尾巴從小橋上逃了過來，後面七八個頑童，拿着竹枝瓦塊在追趕喝打。那小狗本就癩得毛皮剝落，十分難看，給衆頑童一打，更是血跡斑斑。程英平時可憐這小狗，常拿殘羹冷飯餵牠。這時那小狗見到程英，沒命價奔來，躲在她的身後。

衆頑童追過來，待再打，程英叫道：「喂，別打牠啊，別打！」一個最蠻的頑童罵道：「小丑（女旁）兒走開，關你甚麼事？」伸手往她身上推去。程英身子一側，閃開了他這一推。陸無雙站在表姊身邊，見那頑童無禮，乘他一推之勢未收，右足在他小腿上輕輕一勾，左手在他背上一按，那頑童一交跌在地下，跌去了兩顆門牙，痛得大哭起來。

陸無雙拍手大笑。程英將那頑童扶起，安慰他道：「別哭！疼不疼啊？」見他滿嘴鮮血，心下着了慌，取出手帕給他抹血。那頑童一把推開，罵道：「誰要你抹，你這沒爹沒娘的臭丫頭！」他怕陸無雙動手再打，一邊罵一邊走了開去，待走得遠了，拾起地下磚塊，如雨點般拋打過來。（二）

「射鵰英雄傳」轉在危言版刊出，希讀者留意。

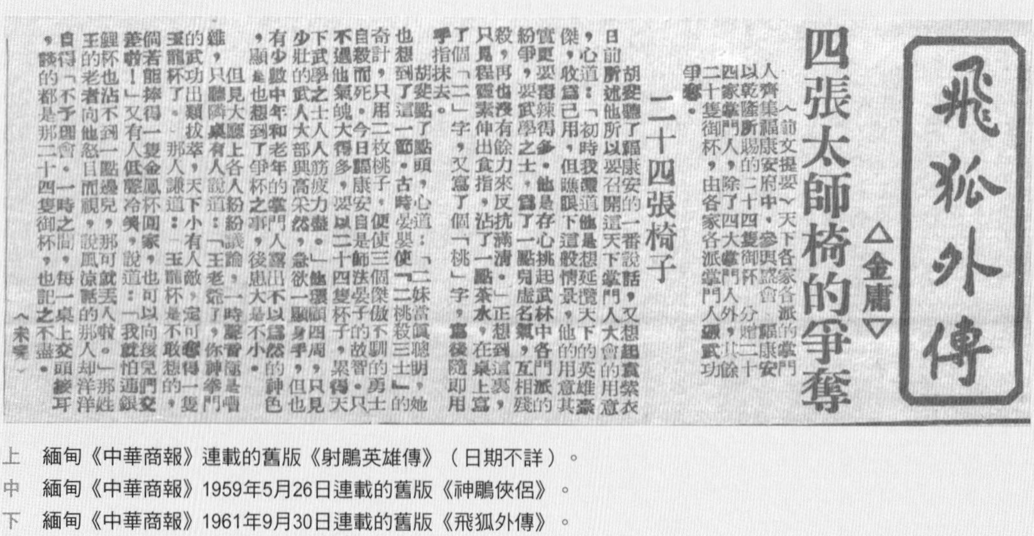

飛狐外傳

△金庸▽

四張太師椅的爭奪

〈前文提要〉天下各家各派的掌門人齊集福康安府中，參與盛會。福康安以乾隆所賜的二十四隻御杯分贈二十四家掌門人，除了四大掌門人外，其餘二十隻御杯，由各家各派掌門人顯武功爭奪。

二十四張椅子

胡斐聽了福康安的一番說話，又想起袁紫衣日前所述他所以要召開這天下掌門人大會的用意，心道：「初時我還道他是想延攬天下的英雄豪傑，收爲己用，但瞧眼下這般情景，他的用意其實更要毒辣得多。他是存心挑起武林中各門派的紛爭，要武學之士，爲了一點兒虛名氣，互相殘殺，再也沒有餘力來反抗滿清。」正想到這裏，只見程靈素伸出食指，沾了一點茶水，在桌上寫了個「二」字，又寫了個「桃」字，寫後隨即用手指抹去。

胡斐點了點頭，心道：「二妹當眞聰明」，她也想到了這一節。古時晏嬰使「二桃殺三士」的奇計，只用二枚桃子，便使三個傑做不馴的勇士自殺而死。今日福康安自是師法晏子的故智，只不過他氣魄大得多，要以二十四隻杯子，累得天下武學之士人人筋疲力盡。」他環顧四周，只見少壯的武人大部興高采烈，急欲一顯身手，但也有少數中年和老年的掌門人露出不以爲然的神色，顯是也想到了爭杯之事，後患大是不小。

但見大廳上各人紛紛議論，一時聲音極是嘈雜，只聽隣桌有人說道：「王老爺子，你神拳門的武功出類拔萃，天下少有人敵，定可奪得一隻玉龍杯了。」那人謙道：「玉龍杯是不敢想的，個若能捧得一隻金鳳杯回家，也可以向孩兒們交差啦！」又有一人低聲冷笑，說道：「我就怕通銀鯉杯也沾不到一點邊兒，那可就丟人啦。」那姓王的老者向他怒目而視，說風涼話的那人却洋洋自得，不予理會。一時之間，每一桌上交頭接耳，談的都是那二十四隻御杯，也記之不盡。

（未完）

上　緬甸《中華商報》連載的舊版《射鵰英雄傳》（日期不詳）。

中　緬甸《中華商報》1959年5月26日連載的舊版《神鵰俠侶》。

下　緬甸《中華商報》1961年9月30日連載的舊版《飛狐外傳》。

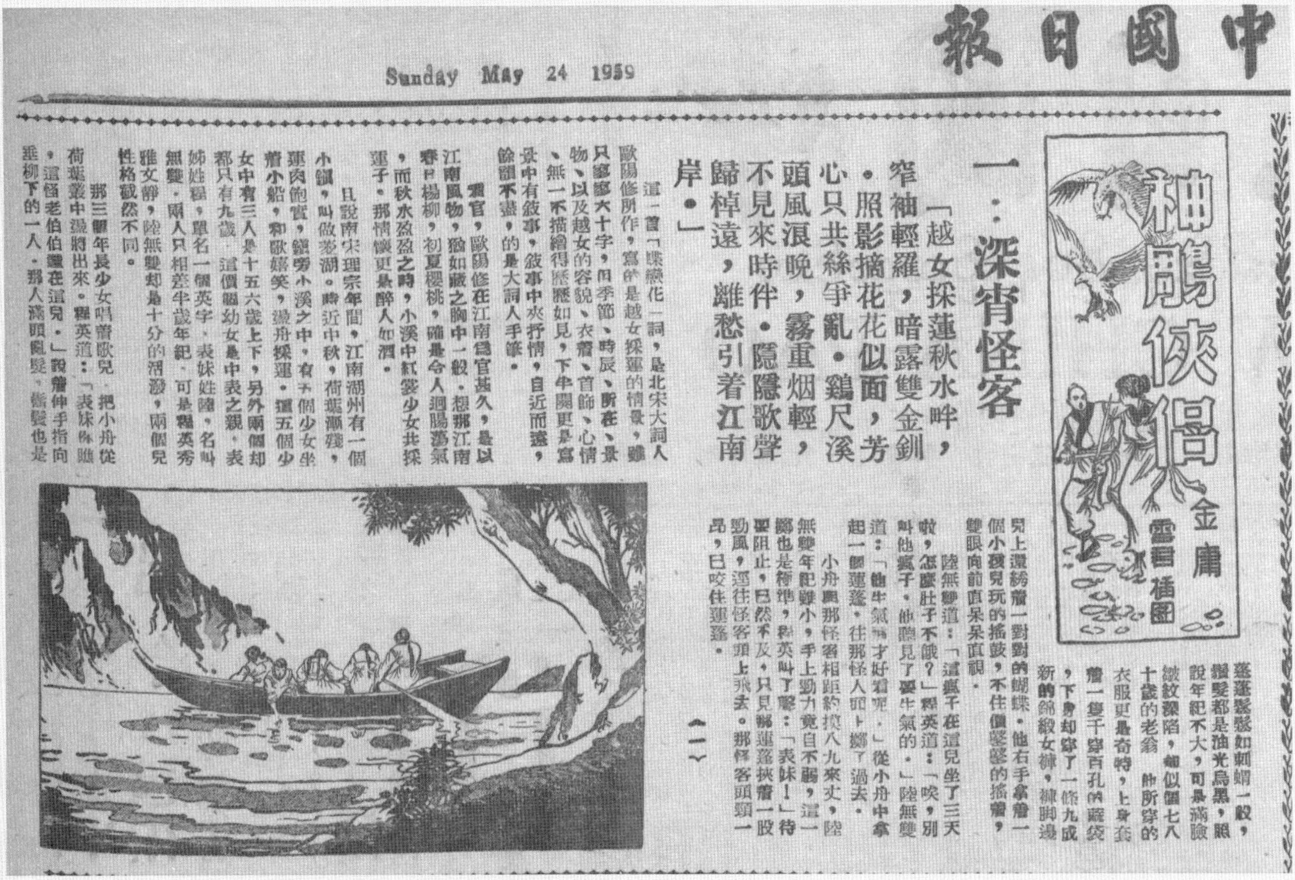

中國日報

Sunday May 24 1959

神鵰俠侶　金庸　雲君插圖

一：深宵怪客

「越女採蓮秋水畔，窄袖輕羅，暗露雙金釧。照影摘花花似面，芳心只共絲爭亂。雞尺溪頭風浪晚，霧重烟輕，不見來時伴。隱隱歌聲歸棹遠，離愁引着江南岸。」

這一首「蝶戀花」詞，是北宋大詞人歐陽修所作，寫的是越女採蓮的情景，雖只寥寥六十字，但季節、時辰、所在、景物、以及越女的容貌、衣着、首飾、心情，無一不描繪得歷歷如見，下半闋更是寫景中有敍事，敍事中夾抒情，自近而遠，餘韻不盡，的是大詞人手筆。

而歐陽修在江南爲官甚久，是以江南風物，猶如藏之胸中一般。想那江南春日楊柳，初夏櫻桃，確是令人迴腸蕩氣，而秋水盈盈之時，小溪中紅裳少女共採蓮子，那情懷更是醉人如酒。

且說南宋理宗年間，江南湖州有一個小鎮，叫做菱湖。時近中秋，荷葉漸殘，蓮肉飽實，鑑湖小溪之中，有五個少女坐着小船，和歌嬉笑，盪舟採蓮。這五個少女中有三人是十五六歲上下，另外兩個卻都只有九歲。這兩個幼女是中表之親，表姊姓程，單名一個英字，表妹姓陸，名叫無雙。兩人只相差半歲年紀，可是程英秀雅文靜，陸無雙卻是十分的活潑，兩個兒性格截然不同。

那三個年長少女唱着歌兒，把小舟從荷葉叢中盪將出來。程英道：「表妹你瞧，這怪老伯還在這兒。」說着伸手指向垂柳下的一人。那人滿頭亂髮，鬚髮也是蓬蓬鬆鬆如刺蝟一般，鬚髮都是油光烏黑，照說年紀不大，可是滿臉皺紋深陷，卻似個七八十歲的老翁。他所穿的衣服更是奇特，上身套着一隻千穿百孔的麻袋，下身卻穿了一條九成新的錦緞女褲，褲腳邊兒上還綉着一對對的蝴蝶。他右手拿着一個小孩兒玩的搖鼓，不住價鼕鼕的搖着，雙眼向前直呆呆直視。

陸無雙道：「這瘋子在這兒坐了三天啦，怎麼肚子不餓？」程英道：「唉，別叫他瘋子，他聽見了要生氣的。」陸無雙道：「他生氣才好看呢。」從小舟中拿起一個蓮蓬，往那怪人頭上擲了過去。

小舟與那怪客相距約摸八九丈，陸無雙年紀雖小，手上勁力竟自不弱，這一擲也是極準，程英叫了聲：「表妹！」待要阻止，已然不及，只見那蓮蓬挾着一股勁風，逕往怪客頭上飛去。那怪客頭頸一昂，已咬住蓮蓬。

（一）

（11）　夏曆丙午年五月初九日　星期一　世界日報　中華民國五十五年（佛曆二五〇九）六月廿七日

俠客行　金庸　雲君圖

一、汴梁小巧

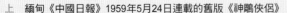

上　緬甸《中國日報》1959年5月24日連載的舊版《神鵰俠侶》。

下　泰國《世界日報》1966年6月27日連載的舊版《俠客行》。

左　泰國《世界日報》1967年12月30日連載的舊版《笑傲江湖》。

右上　泰國《京華日報》1968年1月19日連載的舊版《笑傲江湖》。

右下　緬甸《中國日報》1961年3月27日連載的舊版《鴛鴦刀》。

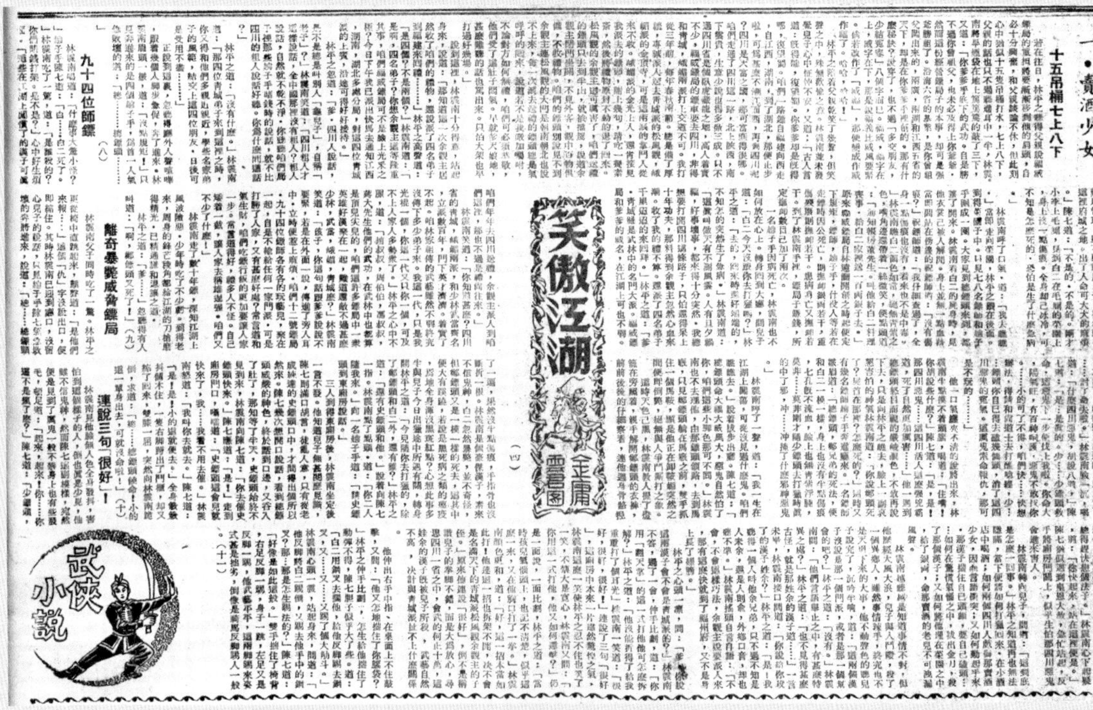

上與下　寮國（或譯作「老撾」）《華僑新聞日報》連載的舊版《笑傲江湖》（日期不詳）。

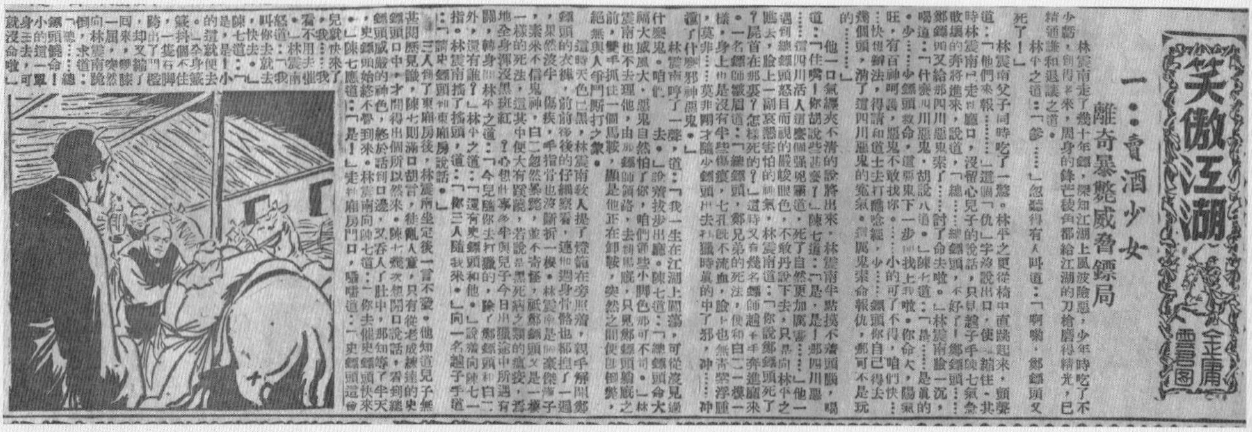

笑傲江湖 金庸 雲君圖

一：賣酒少女 離奇暴斃威魯鏢局

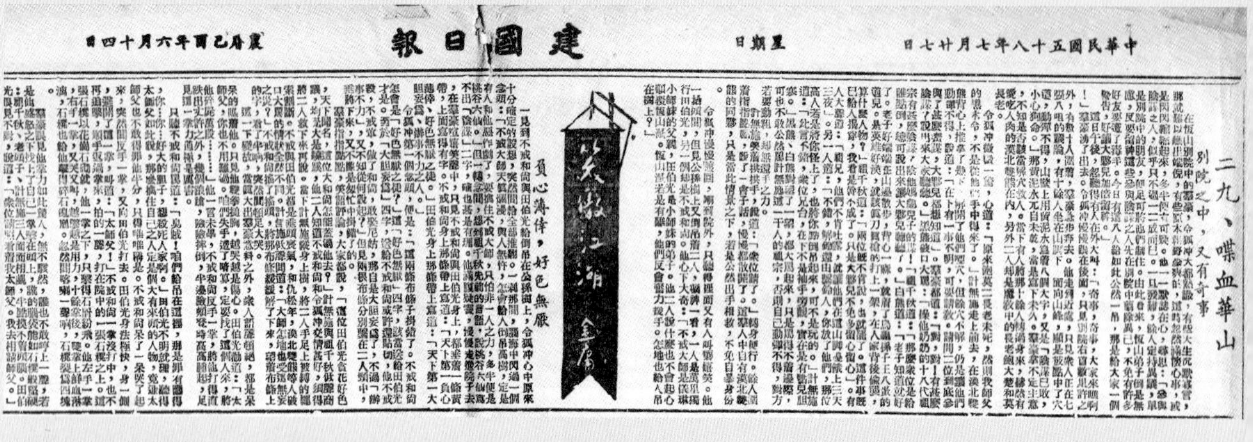

中華民國五十八年七月廿七日 星期日 建國日報 農曆己酉年六月十四日

二九、喋血華山

笑傲江湖 金庸

負心薄倖，好色無厭

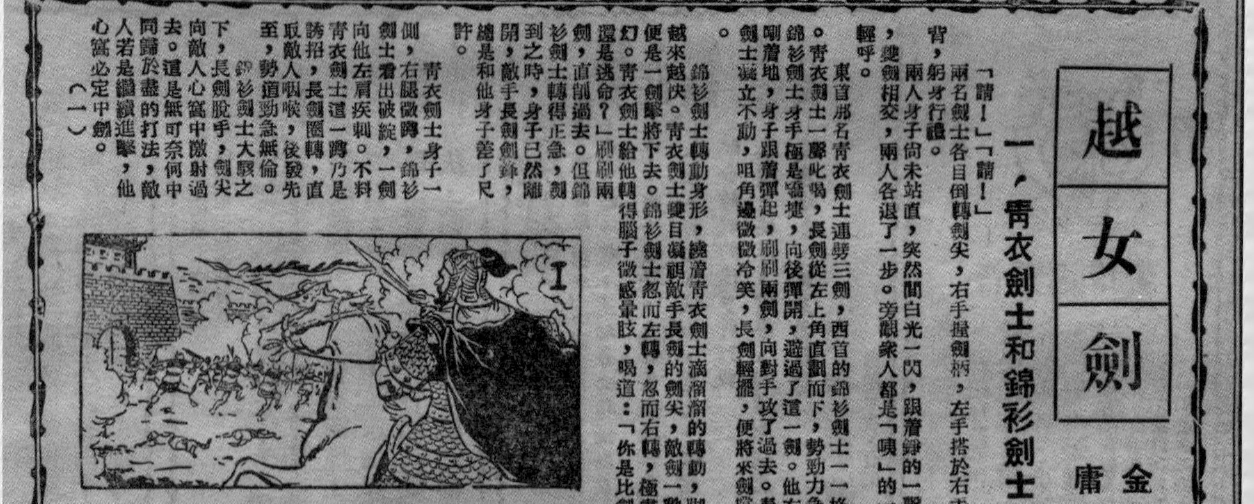

越女劍

金庸

一、青衣劍士和錦衫劍士

「請！」「請！」

兩名劍士各自倒轉劍尖，右手握劍柄，左手搭於右手手背，躬身行禮。

兩人身子尚未站直，突然間白光一閃，跟着鏘的一聲響，雙劍相交，兩人各退了一步。旁觀衆人都是「咦」的一聲輕呼。

東首那名青衣劍士連劈三劍，西首的錦衫劍士一一格開。青衣劍士一聲叱喝，長劍從左上角直劃而下，勢勁力急。錦衫劍士身手極是矯捷，向後彈開，避過了這一劍。他左足剛着地，身子跟着彈起，刷刷兩劍，向對手攻了過去。青衣劍士凝立不動，咀角邊微微冷笑，長劍輕擺，便將來劍擋開。

錦衫劍士轉動身形，繞着青衣劍士滴溜溜的轉動，脚下越來越快。青衣劍士雙目凝視敵手長劍的劍尖，敵劍一動，便是一劍擊將下去。錦衫劍士忽而左轉，忽而右轉，極盡變幻。青衣劍士給他轉得腦子微感暈眩，喝道：「你是比劍，還是逃命？」刷刷兩劍，直削過去。但錦衫劍士轉得正急，劍到之時，身子已然離開，敵手長劍劍鋒，總是和他身子差了尺許。

青衣劍士身子一側，右腿微蹲，錦衫劍士看出破綻，一劍向他左肩疾刺。不料青衣劍士這一蹲乃是誘招，長劍圈轉，直取敵人咽喉，後發先至，勢道勁急無倫。

錦衫劍士大駭之下，長劍脫手，劍尖向敵人心窩中激射過去。這是無可奈何中同歸於盡的打法，敵人若是繼續進擊，他心窩必定中劍。（一）

上　泰國《星暹日報》連載舊版《笑傲江湖》（日期不詳）。

中　南越《建國日報》1969年7月27日連載的舊版《笑傲江湖》。

下　南越《遠東日報》連載的舊版《越女劍》（日期不詳）。

遠東 （星期二） 日四月一十年八十五

鹿鼎記 金庸

升官發財 皆由此路

紹興師爺 名聞全國

鴛鴦刀 金庸

「仁者無敵」一

任飛鳳刀尖上帶着一塊狗肉，一刀送進了他的口中，喝道：「吃狗子肉。胡說八道什麼？」林玉龍待要反駁，却滿口是肉，說不出話來。

衆人正覺好笑，忽聽得林外守望的一個弟子喝道：「是誰？」跟着一人喝道：「太岳四俠！」楊中慧噗哧一笑，祇見太岳四俠滿身泥濘，用一根木棒抬着一大隻大漁網，漁網中黑黝地一件巨物，不知是什麼東西。楊中慧道：「太岳四俠，你們抬的是什麼寶貝啊？」

蓋一鳴得意揚揚的道：「袁公子、蕭姑娘，咱兄弟四個到那污泥河中去捉鐵血金蟬，想給兩位的喜事送一個禮。那知道金蟬還沒捉到，一個人闖了過來，這人腿上受了傷，口中哼哼唧唧，行路一跛一拐，太岳四俠一瞧，嘿，這不是卓天雄麼？咱們悄悄給他兜頭漁網一罩，將他老人家給拿了來啦。」

衆人驚喜交集。袁冠南伸手到卓天雄腰間一摸，抽出一柄短刀來，精光耀眼，泥污不染，自是真正的鴦刀了。

袁夫人將鴛鴦雙刀拿在手中，嘆道：「滿清皇帝聽說這雙刀之中，有一個可以無敵於天下的大秘密，這果然不錯。可是他便知道了這秘密，又能依着行麼？各位請看！」衆人湊近一看，祇見鴛刀的刀刃，刻着「仁者」兩字，鴦刀上刻着「無敵」兩字。

「仁者無敵」！這便是無敵於天下的大秘密！

（全書完）

左　南越《遠東日報》1969年11月4日連載的舊版《鹿鼎記》。

右　柬埔寨《湄江日報》1964年7月17日連載的舊版《鴛鴦刀》。

書劍恩仇錄 金庸

第三十五回：竟託古禮完夙願

古巴哈瓦那《光華報》1962年12月15日連載的舊版《書劍恩仇錄》。

Friday June 29

倚天屠龍記

金庸著

第六十四回　興師問罪　【八三二】

加拿大溫哥華《大漢公報》1973年6月29日連載的舊版《倚天屠龍記》。舊版故事創作於1961年，十二年後才「登陸」加拿大。《大漢公報》上的回目是「第六十四回　興師問罪」，並非來自《明報》，而是來自鄺拾記的普及本與合訂本。這天故事在《明報》連載時，屬於「一六、倚天寶劍」；在鄺拾記普及本、合訂本中，原應是第六十五回「興師問罪」。但普及本排版時出錯，誤植為「六四　興師問罪」，之後的合訂本也沿襲這個錯誤。多年後加拿大報社根據鄺拾記版排版時，也依樣畫葫蘆，沒有更正過來。

參

1967 - 1972

武史出版社、《明報晚報》與盜版再起

《笑傲江湖》

《鹿鼎記》

《越女劍》

金庸明白到自己的小說不只吸引香港讀者，還廣受海內外華人歡迎。與此同時，他也在海外辦報，新加坡的《新明日報》就是他有份發起的。在東南亞版《金庸作品集》的序文中，金庸說：

> ……我們決定合辦一份報紙，本來想叫做《新加坡明報》和《馬來西亞明報》，幾番商議之後，我們接受李炯才先生（當時他任新加坡文化部部長）的建議，將這份報紙命名為《新明日報》，最初是在新加坡出版，後來星馬分別獨立，《新明日報》也分為星、馬兩版，梁潤之先生擔任董事長，我任副董事長兼社長，請香港《明報》的總編輯潘粵生先生去新加坡任總編輯。

《新明日報》後來連載了舊版的《笑傲江湖》與《鹿鼎記》。1972年以後，也連載修訂版的金庸小說。

為什麼沒有《笑傲江湖》普及本？

從《神鵰俠侶》到《俠客行》，除了篇幅甚短的《鴛鴦刀》外，其餘七部小說都是先出普及本，再出單行本（合訂本）。然而，武史出版社並沒有先出版《笑傲江湖》的普及本，而是直接出版單行本。單行本雖然仍叫做「笑傲江湖合訂本」，卻不同於以前，不是結集四本普及本而來，而是結集報紙的連載內容而來。

普及本是金庸打擊爬頭本的重要手段，八年多來成效顯著，盜版絕跡。到底是什麼原因，讓金庸不再出版普及本，以致可能製造機會讓盜版商捲土重來？須知道，之所以會出現新常態，往往是因為維持舊常態的條件改變了。當時到底發生了什麼情況，有哪些條件改變了，使得金庸放棄《笑傲江湖》普及本呢？問題的答案，可能與《新明日報》有關。

前面提到，金庸每出版新刊物，都會創作新故事，以吸引老讀者為追看小說而購買新刊物。《笑傲江湖》也不例外，最先在新加坡的《新明日報》連載，一個多月之後（三十三天），香港的《明報》才開始連載這個故事。就是這一個月的時間差距，大大影響了普及本的出版條件。

在過去八年多的時間裡，普及本能夠杜絕盜版，完全是因為出版時間緊貼報紙連載時間，報紙連載到第七天同時出版包含當天故事的普及本，盜版商根本不可能「爬頭」。

武史版《笑傲江湖》合訂本第一集，封面設定跟以前鄺拾記版完全不同，再沒有「香港鄺拾記報局發行」等字。

以這個條件來看《笑傲江湖》，情況就有點尷尬了。如果以3月18日《新明日報》開始連載《笑傲江湖》為第一天，那麼普及本就應該在3月24日出版第一集，3月31日出版第二集，4月7日出版第三集，4月14日出版第四集。到《明報》結束《俠客行》，接續連載《笑傲江湖》時，照理說坊間已經出了四集普及本合共二十八天的故事內容，「劇透」條件已成，誰又會稀罕《明報》的連載呢？但如果以4月20日《明報》開始連載《笑傲江湖》為第一天，普及本也已失去了「搶佔先機」的條件，盜版商如果真要爬《明報》的頭，大可依照《新明日報》的連載，出版比《明報》連載更早的爬頭本。由此可見，從金庸決定《新明日報》先於《明報》連載《笑傲江湖》起，就已經注定普及本沒有活路了。

《笑傲江湖》在《明報》連載「一段時間」後，武史出版社便會出版合訂本。不過，武史這次出版的合訂本，也跟以前不同：

第一，自《神鵰俠侶》開始，封面上都沒有列明出版者，反而會印上「香港鄺拾記報局發行」。這種做法到了《笑傲江湖》就徹底改變過來，封面上不再有「香港鄺拾記報局發行」字樣，反而印上「香港武史出版社出版」。

第二，過去八部小說，除了《鴛鴦刀》由胡敏生出版與發行外，其餘七部小說，無論出版者是鄺拾記還是武史，都一律由鄺拾記發行（胡敏生書報社也曾發行過《飛狐外傳》）。不過，從武史版《笑傲江湖》合訂本開始，發行公司不再是鄺拾記，而是胡敏生。

第三，內頁插圖版式完全不同。金庸仿效《射鵰英雄傳》爬頭本的表達方式，在書內加入報紙連載時的插圖，頁面上方放置插圖，下方有一小段從正文節錄而來的橫排文字，作為圖片說明。[26]插圖頁圖文並茂，方便用來充撐頁數。這種做法從早期的爬頭本（盜版），一直沿用至後來的普及本和合訂本（正版）。武史版合訂本《笑傲江湖》卻一反「傳統」，雖然仍會加入報紙插圖，但圖的數量遠遠少於以前的合訂本，插圖時而放大至一整頁，時而只佔半頁，另外半頁則為正文，與上下文銜接。

26《飛狐外傳》、《鴛鴦刀》與《素心劍》最早於雜誌連載，插圖比報紙少，排成書本版時，或用「嵌入式」的方式，文字圍繞圖片，而且沒有圖片說明。

武史出版社此舉，目的非常明顯，就是要完全抹去一切與「鄺拾記版」有關的痕跡。但原因何在？幾十年後的今天，謎題並不容易解開。

金庸為何與鄺拾記終止合作？

事實上，「鄺拾記版」的舊版金庸小說，還有另外一個謎題。就是金庸明明說過，由鄺拾記報局出版發行的只有普及版的薄本（普及本）與厚本（合訂本，或叫單行本）兩種，但傳世的「鄺拾記版」舊版金庸小說，卻有三個版本。除了「普及本」（每七天出版一冊的一回本）與「單行本」（將四冊普及本合訂成一冊的「合訂本」，由於每集共有四回，故坊間又稱為「四回本」）外，還有把四本四回本合訂成冊的十六回「合訂本」（厚合訂本）。[27]

如果再比對傳世的各種鄺拾記版金庸小說，則會發現十六回本有更多不同於普及本、四回本的「有趣」現象。最明顯的莫過於：

第一，十六回本都沒有插圖，完全刪去了普及本與四回本的插圖；

第二，十六回本的封面用圖，往往與內容無關，而是用了其他故事的封面圖。如《天龍八部》十六回本第三冊，封面圖是滅絕師太用倚天劍削斷金花婆婆的拐杖，那是《倚天屠龍記》的故事；

第三，封面沒有作者「金庸」的名字。

「十六回本」無論哪一方面，都透露著與「眾」不同的「氣味」。不過，由於「鄺拾記版」經過金庸親口（親筆）認證，確認為正版，因此，以前從來不曾有人質疑過十六回本的「合法性」，一般只會把十六回本視作文獻價值較低的正版而已。

謎題的答案，最終由金庸親口公布。邱健恩（本書作者之一）在《何以金庸：金學入門六大派》的序文〈無心插柳的金庸路〉中，記述了一段經歷：

> 1999年……我報了名參加在北京大學召開的「金庸小說國際研討會」。……金庸出席了研討會頭兩天活動。……午餐時間，還沒有開席，大家都在等金庸，我一看到他進入餐廳，又使出了「神行百變」，再次迅速靠近金庸，請他替我在鄺拾記出版的舊版《天龍八部》第一冊（十六回本）上簽名。……金庸簽是簽了，但搭上一句：「這本是盜版的。」[28]

金庸連內頁與封底都沒有翻過，一看到十六回本就立刻指出是盜版，原因只有一個：所有十六回本都是盜版。如果用「十六回本是盜版」來重新檢視上面提到的各種與「眾」不同的現象，就變得容易解釋了：因為是盜版，所以金庸以前沒有提及；因為是盜版，所以沒有插圖；因為是盜版，所以封面胡亂用圖；因為是盜版，所以封面沒有印「金庸著」三字。

然而，一個謎題解開，其他謎題隨即出現：為什麼出版正版金庸小說的出版社，會出版盜版的金庸小說？出版社不怕開罪金庸嗎？謎題的答案，或許可從以下兩個「日期」看到端倪：

第一，武史版《笑傲江湖》第一集的封底版權頁上顯示：由「胡敏生記」發行，「一九六七年八月初版」。

第二，《武俠與歷史》最遲九月初換了總代理商。一直以來，《武俠與歷史》都由鄺拾記發行，1967年7月28日出版的第三四二期，版權頁上的總代理仍是「鄺拾記報局」，但到了1967年9月1日出版的第三四七期，總代理已經換成「胡敏生記」。

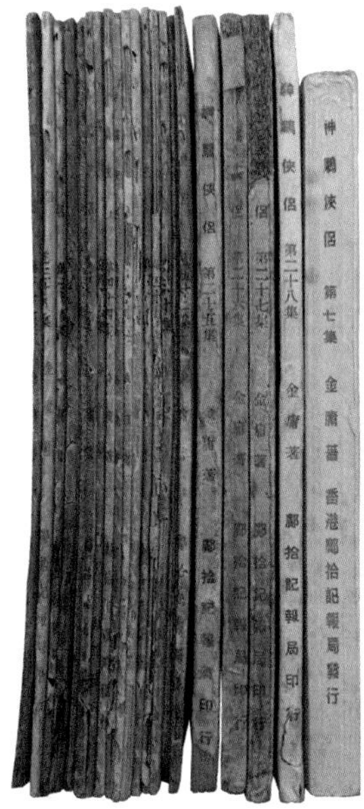

鄺拾記報局出版的普及本、合訂本與厚合訂本書脊與開本大小比較。厚合訂本雖然有十六回，但由於刪去了所有插圖，並非十六倍於普及本或四倍於合訂本，開本也略小。這是所有鄺拾記盜版金庸小說的特徵。

以上兩個日期合起來看，答案已經很明顯：「鄺拾記報局」與金庸，雙方合作了八年，最後分手收場，時間是1967年8月。

真相往往讓事情愈發耐人尋味，因為更多更深層而難解的謎題伴隨而來：第一，到底是因為鄺拾記盜印了金庸小說，以致激怒金庸，從而導致雙方合作破裂？還是因為雙方合作破裂，鄺拾記才不管金庸感受而盜印小說？第二，如果是鄺拾記先盜印金庸小說，另外一個問題便是：到底發生了什麼事，可以讓這家公司不惜犧牲多年的合作關係而「鋌而走險」，與金庸反目？如果是後者，到底什麼原因讓雙方合作關係破裂呢？

張圭陽的《金庸與報業》（頁240）提到了「六七暴動」：

27 由於鄺拾記版有兩種不同厚度的合訂本，為了討論方便，下文會把四回一冊的合訂本稱為「四回本」，而把合四冊「四回本」為一冊的合訂本稱為「十六回本」。

28 邱健恩：《何以金庸：金學入門六大派》（香港：中華書局，2021年），頁6。

《明報》自1959年創辦以來，一直沿用總代理人制。第一位總代理人是鄺拾記。鄺拾記同時也是香港左派報章的總代理。1967年騷亂時，鄺拾記受到左派的壓力，被迫放棄《明報》的發行代理權。

所謂「1967年騷亂」，在香港歷史上又叫「六七暴動」，肇始於香港左派發起的「工人運動」，為要對抗當時的香港政府，由示威、抗議，到後來的縱火、炸彈襲擊，逐漸波及平民百姓。這場暴亂從1967年5月6日開始，於同年12月結束，金庸與鄺拾記終止合作關係在1967年8月前後，與六七暴動的時間吻合。然而，為什麼「鄺拾記報局」會受到左派的壓力而要放棄代理金庸的《明報》呢？這又關係到「鄺拾記報局」的老闆鄺拾的身分。梁寶龍的網誌《香港的工人故事》2013年12月31日發表了網上文章，題為〈六七暴動鬥委的中共黨員〉，文章提到當時由「港九各界同胞反對港英迫害鬥爭委員會」負責領導六七暴動，鄺拾記報局的老闆鄺拾赫然榜上有名：

鄺拾（？）　報販代理商鄺拾記東主[29]

事實上，金庸與左派對許多問題的意見一向分歧。《明報》社論與代表左派的《大公報》社論互相筆戰已經屢見不鮮，金庸也經常受到左派抨擊。對於是次工潮，《明報》社論一直反對，因而成為左派的攻訐對象。傅國湧《金庸傳》這麼說：

他的立場招來左派一連串的攻擊，「漢奸」、「走狗」、「賣國賊」、「豺狼鏞」等帽子都向他飛來。在香港一間國貨公司的櫥窗顯著位置，展出「十大漢奸」，他被列為頭號「漢奸」，諢稱「豺狼鏞」，有照片，有文字，引起許多市民圍觀。[30]

事情愈演愈烈，金庸最後更成為暗殺對象。張圭陽說：

英文*China Mail*（《中國郵報》，又曾被譯為《德臣報》）在1967年8月28日出第二次版指根據「抗暴小報」的報道，左派擬出一份六人的黑名單，標明六人會像林彬般被謀殺。（張圭陽《金庸與報業》，頁165）

這份六人名單，《明報》社長查良鏞位列榜首。《中國郵報》8月28日的報導，顯示金庸這時已經在暗殺黑名單上，金庸與左派決裂已是不爭的事實。鄺拾與金庸既然成了陌路人，擁有出版正版金庸小說豐富經驗的鄺拾記，在沒有顧忌的情況下，基於市場需求，再推出成本較低（沒有了插圖，少了很多頁數）的十六回本（也出版沒有插圖、封面沒有金庸名字的四回本）。刊物由同一家出版社出版，讀者根本沒有能力分辨所買的是正版還是盜版的小說。

《明報晚報》創刊與重啟「正版本」計畫

《笑傲江湖》於1969年10月12日在《明報》連載結束，下一部小說《鹿鼎記》並沒有緊接其後，要到10月24日才粉墨登場。一個多月以後，也就是1969年12月1日，《明報》集團的新刊物《明報晚報》創刊，跟以往做法一樣，金庸創作了新故事在報上連載。這時，誰也沒有想到，《越女劍》成為金庸最後創作的小說，而《明報晚報》也是金庸發表武俠小說的最後一份刊物。

1970年是金庸小說創作史上轉變的一年，隨著《越女劍》於1969年年底連載結束，除了續寫《鹿鼎記》外，金庸沒有再創作新的故事，而逐漸把寫作工作從創作轉移至修訂上。《鹿鼎記》沒有出版過書本版，意味著金庸這時已經有意重啟自《神鵰俠侶》以來即被擱置的「正版本」計畫，並且會在不遠的將來實現，出版「正版本」。作為過渡時期，《鹿鼎記》的書本版就不一定要出版了。

1970年10月1日，《明報晚報》首次連載修訂後的《書劍恩仇錄》，故事開始前，金庸寫了小序「為什麼要增刪改寫？」，透露了自己對舊版的看法：

> 這樣一段一段的寫，印成書後，文氣當然不連貫，前後的呼應照顧，伏綫補筆，都感到粗疏。看到文學史上的記載，作家們怎樣一次又一次的修改作品，內心總是感到慚愧。當然，武俠小說只是娛樂讀者們的玩意，並不是什麼嚴肅的作品，但印成了書後，明明可以改得好些的，卻還是保留著當時的忽忽之意，草草之情，對讀者們實是

29「（？）」指生卒年不詳。梁寶龍：〈六七暴動鬥委的中共黨員〉，《香港工人的故事》網誌，2013年12月31日。瀏覽日期：2022年11月17日。

30 傅國湧：《金庸傳》（新北：INK印刻文學生活雜誌出版有限公司，2016年），頁221。

> 一種虧欠。這些單行本為了趕時間，都是跟著在報上發表的文字即排即印的，錯字誤句，一仍其舊，未及改正，就出版業而言，覺得自己是相當的不負責任。
>
> 在報上寫連載，有一種特殊的要求，在連載的結尾往往要安排一個「鈎子」，放一個懸擬（筆者案：為「疑」字之誤），以吸引讀者明天跟著再看，這些連續而有規律地出現的「鈎子」，放在整本書中，有時會顯得是不必要的庸俗趣味，也往往破壞了正常的節奏，使人覺得不大愉快。

舊版小說文氣不連貫，錯字誤句不負責任，經常出現的「鈎子」讓人不愉快，都讓金庸「下決心來修訂一下，希望減少一些自己想來會臉紅心跳的錯誤」（金庸小序）。於是，金庸計畫開始修訂小說。《明報晚報》的《越女劍》連載結束後，金庸沒有再發表新故事，而改為刊登介紹《卅三劍客圖》的文字。

1970年10月1日，《明報晚報》開始連載修訂版的《書劍恩仇錄》，每天約二千七百至八百字。只是這個時候的金庸，大抵還沒有意識到自己對修訂版有多大的要求，更沒有想到修訂的工作量到底有多龐大。

金庸到底如何修訂舊版小說呢？《明報晚報》上連載各篇小說時，版頭都有八字標語，先後出現過的標語共有三種：「有增有刪　大段改寫」、[31]「增刪潤飾　大段改寫」、[32]「增刪潤飾　改寫修訂」。[33] 對於金庸來說，修訂猶如再創造，因此在1972年《鹿鼎記》結束連載後，即全力投入修訂工作。然而，事情還有更進一步的發展：修訂工

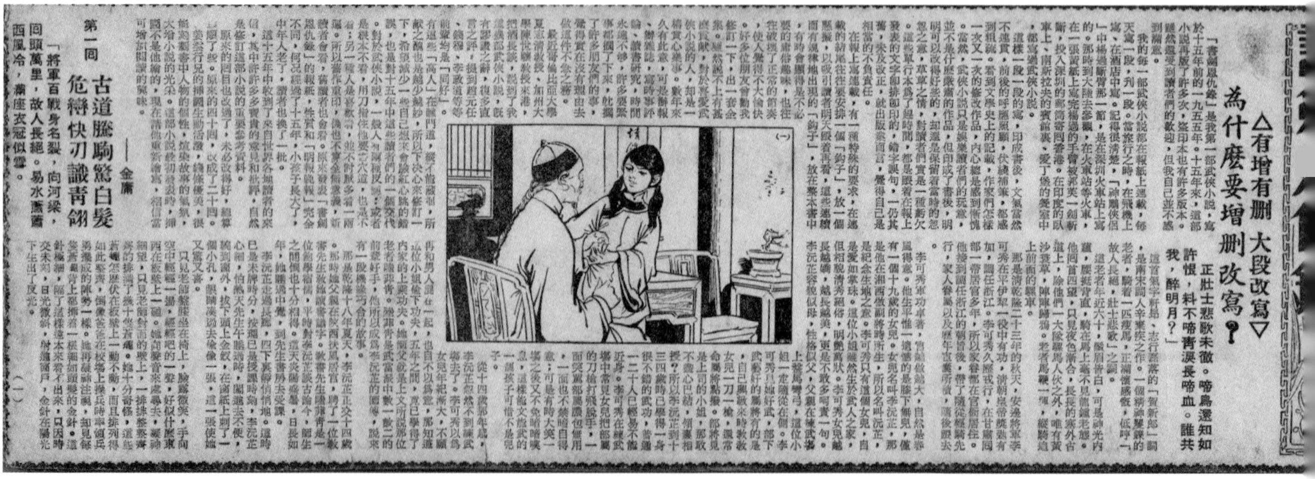

△有增有刪 大段改寫▽

為什麼要增刪改寫？

「書劍恩仇錄」是我第一部武俠小說，寫於十五年前的一九五五年。十五年來，這部小說再版了許多次，盜印本也有許多版本。雖然還受到讀者們的歡迎，但我自己並不感到滿意。

正壯士悲歌未徹。啼鳥還知如許恨，料不啼清淚長啼血。誰共我，醉明月？

第一回 古道騰駒驚白髮 危巒快刀識青翎

——金庸

「將軍百戰身名裂，向河梁，回頭萬里，故人長絕。易水蕭蕭西風冷，滿座衣冠似雪。

《明報晚報》從1970年10月1日開始，連載經修訂後的金庸小說，最早出現的是《書劍恩仇錄》。

作到了1974年，金庸又在《明報晚報》連載修訂版故事的基礎上再作修改，正式推出《金庸作品集》。因此，從舊版連載小說到《金庸作品集》（初版），共歷經了兩個階段的修訂工作，第一階段修訂的成果，發表在《明報晚報》上（以下簡稱「明晚版」），第二階段修訂的成果，出版了《金庸作品集》（以下簡稱「作品集版」）。

金庸因看到文學作家一次又一次修改作品而感到慚愧，《金庸作品集》則體現了金庸如何用行動來「彌補」這方面的不足。試看以下文字：

1

第一回　塞外古道上的奇遇

「將軍百戰身名裂，向河梁，回頭萬里，故人長絕。易水蕭蕭西風冷，滿座衣冠似雪。正壯士悲歌未徹。啼鳥還知如許恨，料不啼清淚長啼血。誰共我，醉明月。」

這首氣宇軒昂、志行磊落的「賀新郎」詞，是南宋愛國詞人辛棄疾的作品。一個精神矍鑠的老者，騎在馬上，滿懷感慨地低低哼著這首詞。

這老者已年近六十，鬚眉皆白，可是神光內蘊，精神充沛，騎在馬上一點不見龍鍾老態。他回首四望，只見夜色漸合，長長的塞外古道上除他們一大隊騾馬人伙之外，只有陣陣歸鴉，聽不見其他聲音。老者馬鞭一揮，縱騎追上前面的騾車，由於滿腹故國之思，意興十分闌珊。

那是清乾隆二十年的秋天，安邊將軍李可秀在平伊犂一役中有功，清朝皇帝慰勉有加，調任浙江。李可秀久歷行伍，在甘肅新疆一帶居官多年，所以家眷都在官衙居住。他接到調任浙江的命令後，帶了隨從輕騎先行，家眷以及他歷年來官囊所積，隨後跟去。李可秀軍功卓著，官越做越大，自然是春風得意。他生平惟一遺憾的是膝下無兒，僅有一位十九歲的女兒。女兒名叫李沅芷，那是李可秀在湘西做副將時所生，所以名叫沅芷，是紀念生地的意思。……

31《明報晚報》連載《書劍恩仇錄》時版頭所用的標語。
32《明報晚報》連載《碧血金蛇劍》時版頭所用的標語。
33《明報晚報》連載《雪山飛狐》時版頭所用的標語，之後各部小說繼續使用這八字真言，一直到最後一部《鹿鼎記》。

那是乾隆十五年夏天，李沅芷正交十四歲。那時她父親在陝西扶風居官，聘了一位教書先生教李沅芷讀書識字。教書先生陸菲青是一位飽學宿儒，平時對李沅芷談古論今，師生之間倒也十分相得。這天炎陽盛暑，日長如年，李沅芷睡過中覺，到先生書房裏去受課。

李沅芷走過長廊，四下裏靜悄悄的，書房門口的一個書僮正在打瞌睡，李沅芷也不去驚醒他。這時已是未牌時分，按理已是授課時刻，李沅芷心細，怕熱天先生午睡過時，闖進去不便，繞到窗外，拔下頭上金釵，在窗紙上刺了一個小孔，眼睛湊過去偷偷一張，這一張使李沅芷又驚又喜。（舊版《書劍恩仇錄》，《新晚報》1955年2月8日、9日）

2

第一回　古道騰駒驚白髮　危巒快刀識青翎

「將軍百戰身名裂，向河梁，回頭萬里，故人長絕。易水蕭蕭西風冷，滿座衣冠似雪。　正壯士悲歌未徹。啼鳥還知如許恨，料不啼青淚長啼血。誰共我，醉明月？」這首氣宇軒昂、志行磊落的「賀新郎」詞，是南宋詞人辛棄疾之作。一個精神矍鑠的老者，騎著一匹瘦馬，正滿懷感慨，低哼「故人長絕，壯士悲歌」之詞。

這老者年近六十，鬚眉皆白，可是神光內蘊，腰挺背直，騎在馬上毫不見龍鍾老態。他回首四望，只見夜色漸合，長長的塞外古道上，除他們一大隊騾馬人伙之外，唯有黃沙衰草，陣陣歸鴉。老者馬鞭一揮，縱騎追上前面的騾車。

那是清乾隆二十三年的秋天，安邊將軍李可秀在平伊犂一役中有功，清朝皇帝獎勉有加，調任浙江。李可秀久歷戎行，在甘肅回部一帶居官多年，所以家眷都在官衙居住。他接到調任浙江的朝旨後，帶了隨從輕騎先行，家人眷屬以及歷年宦囊所積，隨後跟去。

李可秀軍功卓著，官越做越大，自然是春風得意。他生平惟一遺憾的是膝下無兒，僅有一個十九歲的女兒。女兒名叫李沅芷，那是他在湘西做副將時所生，所以名叫沅芷，是紀念生地之意。……

那是乾隆十八年夏天，李沅芷正交十四歲。那時她父親在陝西扶風居官，聘了一位教書先生教她讀書識字。教書先生陸菲青是一位飽學宿儒，平時對李沅芷談古論今，師生之間倒也十分相得。這天炎陽盛暑，日長如年，她睡過中覺，到先生書房去受課。李沅芷走過長廊，四下裏靜悄悄地。這時已是未牌時分，按理已是授課時刻，李沅芷心細，怕熱天先生午睡過時，闖進去不便，繞到窗外，拔下頭上金釵，在窗紙上刺了一個小孔，眼睛湊過去偷偷一張，這一張使她又驚又喜。（修訂版《書劍恩仇錄》，《明報晚報》1970年10月1日）

3

第一回　古道騰駒驚白髮　危巒快劍識青翎

清乾隆十八年六月，陝西扶風延綏鎮總兵衙門內院，一個十四歲的女孩兒跳跳蹦蹦的走向教書先生書房。上午老師講完了「資治通鑑」上「赤壁之戰」的一段書，隨口講了些諸葛亮、周瑜的故事。午後本來沒功課，那女孩兒卻興猶未盡，要老師再講三國故事。這日炎陽盛暑，四下裏靜悄悄地，更沒一絲涼風。那女孩兒來到書房之外，怕老師午睡未醒，進去不便，於是輕手輕腳繞到窗外，拔下頭上金釵，在窗紙上刺了個小孔，湊眼過去張望。……

這女孩兒李沅芷是總兵李可秀的獨生女兒，是他在湘西做參將任內所生，給女兒取這名字，是紀念生地之意。

教書先生陸高止是位飽學宿儒，五十四五歲年紀，平日與李沅芷談古論今，師生間倒也甚是相得。……（花皮版《金庸作品集・書劍恩仇錄》，[34]頁7-8）

第一段是1955年時的原創連載，第二段是1970年時的修訂連載，第三段則出自1975年時出版的《金庸作品集》。比對以上三段，則不難發現，從舊版到明晚版，金庸主要把修改心思放在詞語、描述的效果上，修改或刪去了一些相對主觀的描述，強化語言文字的渲染力，也讓情節更為流暢。

34 前面提到，香港明河社出版的《金庸作品集》，1985年時再經金庸稍稍修訂，現在坊間販售的明河社修訂版《金庸作品集》已非初版原貌。然而，明河社1985年改動修訂版時，並沒有通知台灣，以致遠流出版公司在1986年接續遠景出版社出版金庸小說時，所據並非金庸二次修訂後的版本，而是明河社初版。本書引用修訂版故事時，用花皮版《金庸作品集》的文字，與當年明河社初版《金庸作品集》最是接近。（不過，所引這段文字，1975年與1985年的明河版並沒有不同。）

（1）修改主觀描述，如把「精神充沛」改為「腰挺背直」。「精神充沛」是從說書人（第三者）的角度直接告訴讀者，金庸改為相對客觀的描寫——「腰挺背直」，由讀者自己透過「腰挺背直」去感受坐在馬上的這個老者到底是何種「精神面貌」。又如刪掉主觀描述「由於滿腹故國之思，意興十分闌珊」，因為讀者只看到騎在馬上的老者，誰又會知道他心裡想些什麼，意興是否闌珊？

（2）強化語言文字的渲染力，如加入「黃沙衰草」，與原來的「陣陣歸鴉」配合，讓讀者透過客觀環境領略陸菲青眼下所見情境，從而更能體會陸的悲涼心境。

（3）讓情節更流暢，如刪掉陸菲青房前書僮打瞌睡。書僮在整個故事中毫無作用，給金庸刪去後，故事更能集中描寫李沅芷發現陸菲青金針之技的過程。

1970年《明報晚報》版與1975年《金庸作品集》版的《書劍恩仇錄》，雖然同樣是修訂版，但兩者相差甚大，金庸做了很大的修改，絕不是小修小改。1955年版與1970年版的開篇部分，主要寫陸菲青騎馬感懷，以及介紹李可秀的升官歷程。到了1975年版，金庸把更多修改的心思放在敘述故事的整體布局上，徹底修改了開篇的寫法，刪去辛棄疾〈賀新郎〉詞與陸菲青騎馬感懷開篇一大段，又把對李可秀與李沅芷的旁述挪後，純粹寫李沅芷如何發現陸菲青金針之技，諸如李沅芷名字的由來、陸菲青是什麼人，以及李可秀升官歷程，都放到後面，再一點一點透露出來。

以上比對旨在說明，即使在《鹿鼎記》連載結束後，金庸沒有再創作新故事，卻是付出雙倍時間來做修訂工作：一方面修訂「舊版」，並在《明報晚報》上連載，每天兩千七百字；另一方面又修訂「明晚版」。1972年9月23日，《明報》最後一天連載《鹿鼎記》，金庸以「小啟」告訴讀者「金庸新作在構思中」。但金庸這時的寫作工作已經從創作轉移至修訂，自然無暇再構思新故事。由此看來，金庸決定不出舊版《鹿鼎記》書本版的時候，大抵已經知道《鹿鼎記》是自己最後一部小說。

翻版再起

從《神鵰俠侶》開始，金庸推出普及本與合訂本，用「比快更快」方式徹底地痛擊盜版商，讓爬頭本絕跡。這段時期，雖然或偶有翻版書，但數量不多，已不能撼動「大一統」的正版金庸小說市場。然而，隨著鄺拾記與《明報》分手，金庸小說的盜版市場捲土重來，首當其衝的正是《笑傲江湖》。傳世的《笑傲江湖》書本版中，武功版與武俠版佔大多數，武史版的二十四冊本《笑傲江湖》反而最是稀少。武功、武俠出版社盜版的《笑傲江湖》，不但有不同冊數，也有不同封面，可見經常翻印，每印一次，更改冊數與封面，讓讀者以為又有新書出版。[35]

至於《鹿鼎記》，由於沒有出過任何正版書本版，坊間所見盡是翻版，盜版商有「武功」、「中原」和「武俠」三家，至少出版過五個版本，有六冊裝的，也有七冊裝的。然而，不論哪一家盜版商的哪一個版本，翻版《鹿鼎記》的版式都一模一樣，即每頁內文都分上下兩欄，應該是共用同一個版源，輾轉翻印。

武俠出版社《鹿鼎記》，封面雖然標註為「修訂本」，但內容實為舊版故事。

其中一種盜版最是有趣，內容是舊版《鹿鼎記》，封面卻印著「修訂本」三字。這時修訂版《金庸作品集》陸續出版，1976年以後，香港的佳藝電視台與無線電視台又把金庸故事拍成電視劇，從1976年到1978年，短短三年間共播出七部金庸戲劇作品。[36]金庸小說在金庸連續劇的牽動下，引起了極大關注。由於當時修訂版《金庸作品集．鹿鼎記》尚未出版，盜版商心生一計，盜印舊版《鹿鼎記》時，在封面印上「修訂本」三字，欺騙讀者，是在侵權之外，再犯欺詐。

前面提到，1967年以後，金庸與鄺拾記決裂，鄺拾記在沒有任何顧忌的情況下，大肆盜印金庸舊版小說，除了前面提到的厚合訂本（十六回本）外，還有四回本。因此，十六回本必為盜版書，而四回本則有正版，也有盜版。

正版的四回本與盜版的四回本，都屬32開本，但正版稍大，13公分寬，18.5公分高；盜版稍小，只有12.5公分寬，17公分高。除此之外，正版封面會印上「金庸著」三字，內頁通常有插圖（但也有例外，詳見【下篇】），封面圖與內文故事相關。盜版封面通常沒

35 武功版《笑傲江湖》共有兩個版本，一是刻意模仿武史版的二十四冊本，另一是六集的厚裝合訂版。武俠版《笑傲江湖》則屬特厚本，有三冊裝的，也有四冊裝的（都比武功版厚），封面有紅色的，也有黃色的。（詳見【下篇】《笑傲江湖》一節。）

36 1970年代佳藝電視台製作與播出的金庸電視劇有五部：《射鵰英雄傳》、《神鵰俠侶》、《雪山飛狐》、《碧血劍》與《鹿鼎記》。無線電視台製作與播出的則有兩部：《書劍恩仇錄》和《倚天屠龍記》。

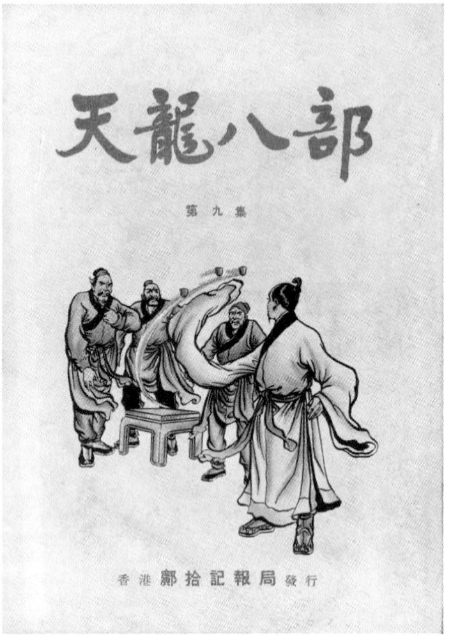

鄺拾記版《天龍八部》厚合訂本第九集封面，
用了《倚天屠龍記》第七集的封面圖。

有「金庸著」三字，內頁沒有插圖，封面圖取自其他金庸小說的故事，甚至來自非金庸創作的武俠小說，封面圖與內文故事都完全無關。[37]

總括來說，金庸小說的盜印情況，以前四種（《書劍恩仇錄》、《碧血劍》、《射鵰英雄傳》、《雪山飛狐》）與後兩種（《笑傲江湖》、《鹿鼎記》）最為混亂。而1959年到1967年間，由於有鄺拾記負責統籌發行，增加通路，更有比爬頭本更快的普及本，因此徹底打擊了盜版商的生存空間。從現存的翻版書來看，除了鄺拾記盜印的正版書外，這個時期其他的盜版書極少。所有盜版金庸小說中，《射鵰英雄傳》是大戶，翻版種類之多，難以估計。

37有關翻版的問題，本書【下篇】會有更詳細的討論。

中篇

那些年，人人天天看金庸

楔子

長達二十五年的連載歲月

金庸寫小說，都是先在報章雜誌上發表，然後出版單行本。舊版小說從1955年2月8日開始連載，到1972年9月23日為止，前後共連載了十七年半。

不只是舊版，就連修訂版，金庸修改完後，也是先在《明報晚報》上發表，每天約二千七百字。從1970年10月1日開始，到1980年1月25日《鹿鼎記》最終回，前後共連載了九年又四個月。[1]

如果連《明報晚報》上的修訂版一起算，金庸小說已經連載了四分之一個世紀。在這二十五年的時間裡，讀者幾乎天天可以讀到「新」的金庸小說，有全新創作的文字，全新修改的情節，也有雲君重新繪畫的插圖。

金庸認為連載時隨寫隨發表，由於時間緊迫，或會生出許多錯誤，因此到正式出版時就得修改，去除錯誤。金庸把單行本喚作「正版本」，就是取「正式」出版的意思。後來因為爬頭本出現，而且愈益猖獗，金庸不得已下變陣，改以「普及本」迎擊。因此，所謂正版本，從頭到尾其實只有三部半小說，三部是《書劍恩仇錄》、《碧血劍》、《射鵰英雄傳》，另外半部是《雪山飛狐》（詳參【下篇】）。

相比於連載版，早期的「正版本」其實只是小修小改。金庸一直等到1970年才正式開始認真修訂小說，大幅改寫，而正版本（也就是後來的《金庸作品集》）則要遲至1974年底才全面啟動。從1955年到1980年，金庸花了二十五年時間連載小說，花了十七年時間創作小說，花了十年時間二度修改小說。1981年8月，《鹿鼎記》第五集出版，代表《金庸作品集》大功告成。

被遺忘和忽略的十年連載

金庸從1955年到1972年這段時間創作與連載的小說，一般稱為「舊版」小說，而1974

年到1981年出版的《金庸作品集》則稱作「修訂版」小說。然而，在連載舊版與《金庸作品集》之間，事實上還有一個《明報晚報》連載版，也就是「修訂連載版」（以下簡稱「明晚版」）。修訂連載版一向為人忽略，因為：

第一，文獻不足。縱覽各種有關金庸修訂小說的描述，都會把「十年修訂」工作視為一個整體，鮮有人提到修訂工作其實分為兩個階段，在文獻不足徵的情況下，很多人都以為明晚版與後來出版的《金庸作品集》（以下簡稱「作品集版」）內文完全等同。即使金庸自己，也故意忽略明晚版。在《金庸作品集．書劍恩仇錄》的「後記」中，金庸這樣說：

> 本書最初在報紙上連載，後來出版單行本，現在修改校訂後重印……（花皮版《書劍恩仇錄》頁870）

「在報紙上連載」指《新晚報》上連載舊版故事，「出版單行本」指的是三育版《書劍恩仇錄》。三育版之後就直接跳到「現在修改校訂後重印」的《金庸作品集》了。「後記」寫於1975年5月，完全沒有提到1970年10月1日即已在《明報晚報》上連載的修訂本。

（版權所有）
第一章 大漠駿馬
六十三個敵人急馳追趕
△增刪潤飾 改寫修訂▽

明晚版《白馬嘯西風》第一續，《明報晚報》1972年9月7日。讀者當年剪報時或會在圖上蓋上日期，所以五十年後的今天，報紙雖然失傳，仍能稍稍知道連載的實際日期。

1 金庸早在1970年3月開始動工改寫，經修訂後的文字在《明報晚報》連載，到出版單行本時，又再改訂。因此，整個修訂時間比《明報晚報》上的連載時間長，《金庸作品集．鹿鼎記》「後記」說是從1970年3月到1980年年中（花皮版《鹿鼎記》，頁2121），前後共計十年。

任職明河社的李以建，在〈以經典文學「改寫」的金庸小說——兼談作為報紙連載體的武俠小說〉一文中，明確把香港明河社1974年出版的《金庸作品集》作為修訂版的起點。[2]

倪匡大抵是坊間評論中最早提到金庸小說有新、舊版之分的人，1980年出版的《我看金庸小說》對金庸修改小說表達了各種不同的看法，卻不曾對明晚版提過一字半語。

金庸、李以建、倪匡，可以視作官方與非官方的代表，大家都沒有提到1970年即已開始與讀者見面的明晚版。文獻沒有人提，自然不會有太多人留意。

第二，文物不足。明晚版刊登在《明報晚報》上，但由於明報集團、香港公共圖書館、大學圖書館不曾收藏《明報晚報》，這份刊物已經接近失傳，只有極少量散件在二手市場流轉，或為收藏家保有。在人人都沒有文物可以憑依的情況下，讀者自然難以辨別明晚版與作品集版的差異。

中華民國六十一年（佛曆二五一五）六月十三日

全新修訂本
連城訣
金庸

第一章 鄉下人進城

泰國《世界日報》1972年6月13日，首日連載明晚版的《連城訣》。

第三，基於文獻記載與文物保存不足，一般人也就想當然地以為明晚版與《金庸作品集》的內容大同小異。既然有修訂版《金庸作品集》，那大同小異的明晚版就一點都不重要了。

官方機構雖然沒有明晚版，但近年相關資料相繼出現，讓人能夠稍稍了解這個介於舊版與作品集版之間的版本到底是怎麼一回事。「相關資料」有兩層意思：

第一，明晚版剪報。愛好金庸小說的讀者，當年把《明報晚報》上的金庸小說一天一天剪存下來，裝釘成冊，幾十年後拿出來，或拍賣，或交換，或捐贈，雖然有些已是殘本缺頁，但至少能讓更多人讀到這個版本。

第二，修訂版金庸小說當年除了在《明報晚報》上連載外，還曾經在東南亞報紙連載。諸如泰國的《世界日報》、馬來西亞的《南洋商報》、新加坡的《新明日報》、越南的《建國日報》等，都曾連載過修訂版小說。東南亞報紙上的金庸小說，或因校對不嚴謹而經常出現錯誤，或受報紙版面規劃所限而每天刊登的文字量不同於《明報晚報》，甚至會刪掉雲君新繪的插圖，以致不能完全視作明晚版的替代品。但在文獻與文物皆嚴重不足的情況下，這些相關資料也足以描繪出輪廓，讓人從中略窺修訂連載版到底是何模樣。

明晚版的重要性：了解金庸「動態創作」不可或缺的部分

金庸小說與其他武俠小說最不同的地方，在於金庸運用了「動態創作」模式來寫小說。或許，金庸打從有推出「正版本」的想法開始，就「預見」會一次又一次改寫自己的小說。這種想法，在很早很早的時候已經醞釀，不獨是他自己，就連身邊的好友或讀者，都有這麼一個期望。1970年修訂《書劍恩仇錄》時，他曾說：

> 這樣一段一段的寫，印成書後，文氣當然不連貫，前後的呼應照顧，伏綫補筆，都感到粗疏。看到文學史上的記載，作家們怎樣一次又一次的修改作品，內心總是感到慚愧。當然，武俠小說只是娛樂讀者們的玩意，並不是什麼嚴肅的作品，但印成了書後，明明可以改得好些的，卻還是保留著當時的怱怱之意，草草之情，對讀者們實是一種虧欠。……好多位朋友曾勸我修訂一下，出一套全集。雖然說不上有甚麼貢獻，

2 收錄於《金庸小說與二十世紀中國文學國際學術研討會論文集》（香港：明河社，2000年），頁89-104。

對於喜愛武俠小說的人，卻是一樁賞心樂事。數年來久有此意……（明晚版《書劍恩仇錄》第一續，《明報晚報》1970年10月1日。）[3]

即使是「修訂之後再修訂」這種想法，也不是待所有修訂工作完成後才冒起的；早在修訂初期，已經萌生。《明報晚報》1972年10月3日，金庸在明晚版《白馬嘯西風》第二七續完結篇後，有一段「後記」：

這篇小說當時是為了拍攝電影而寫，寫好後自己很不滿意，朋友間的批評也極差。這次重新改寫過，刪去四萬餘字，新作二萬餘字，雖仍不感滿意，但已無能為力，**或許過得十年，再來改寫一次吧**。

金庸明確把修訂工作稱為「改寫」。四年半之後，到改寫《天龍八部》時，金庸更事先跟讀者說：

這次□改的結果還是很不滿意，總覺不必要的人與事仍是太多而必要的人與事卻□展得不充分。將來排印單行本，當再作重大的增荊改寫。（筆者案：「□」表示原文印刷不清，難以辨讀，前者疑為「修」字，後者疑為「發」字。「荊」，該是「刪」字。）[4]

這時《金庸作品集》已經陸續出版，金庸也清楚地知道自己會一再改寫已連載的明晚版，所以到了改寫《天龍八部》時，明言日後出版單行本時會再改寫。

每次修訂，都是改寫，每次改寫，都是創作。金庸「動態創作」小說的模式，幾十年來，一次又一次地顛覆讀者記憶中的小說人物與情節，也讓老讀者與新讀者產生奇妙的對話情境。大家每次聊到金庸小說時，都必先會問：「你看的是哪一版的金庸小說？」

在金庸「動態創作」出來的各個版本中，明晚版的定位最是難分，既有舊版的影子，也有修訂版的輪廓，既可以視作舊版1.9，也可以視作修訂版2.0。這個介於完全舊與完全新中間的過渡版本，頗能夠反映出金庸如何對待筆下的人物情節與敘事手法：

第一，過渡版本中出現的新版情節與人物，是小說從舊到新過程中率先蛻變的基本框架。

例如明晚版《射鵰英雄傳》已經刪掉了楊過生母秦南琴，把生育楊過這件大事交給了穆念慈，反映出金庸重看小說時，發現與秦南琴有關的大部分情節（除了生育楊過），都不是核心故事發展的必然要素。《射鵰英雄傳》中，秦南琴有四個功能：（1）引起黃蓉妒忌；（2）映襯楊康對情感的卑劣行徑；（3）帶出動物奇觀（血鳥、毒蛇、蛙蛤大戰）；（4）生育楊過。不過，秦南琴對郭黃關係的影響不及華箏公主，而單憑穆念慈一人已經可以完成映襯楊康卑劣與生育楊過，加上金庸修訂小說的大方向是刪減異獸等玄幻情節。因此，秦南琴在舊版連載時已經完成歷史任務，金庸修訂《射鵰英雄傳》時，首要刪去的就是這個看似非常重要（楊過生母）但又缺乏推動故事核心情節的人物（秦南琴幾乎與故事主線發展沒有任何關係）。

第二，在過渡版中保留的舊版人和事，最終在《金庸作品集》中被完全刪掉，則是金庸再三深思後讓作品昇華的砥礪與提煉過程。

例如金庸在1961年創作《倚天屠龍記》時，打著《神鵰俠侶》續篇的旗號來吸引讀者，以致每隔若干情節，便會出現《射鵰英雄傳》與《神鵰俠侶》的影子。張無忌在雪嶺碰到的「雙姝」，就是一燈大師座下弟子朱子柳、武三通的後人。武青嬰與父親武烈的祖上是郭靖的徒弟武修文，由於張無忌與衛璧對打時使出了降龍十八掌，給武青嬰認了出來：

> 原來她的祖上武修文雖拜郭靖為師，但限於資質，這路降龍十八掌並未練成，傳到武青嬰之父武烈的手上，那降龍十八掌的招式仍是全然知曉的，其中威力卻仍然一點也發揮不出。武青嬰常見父親在密室之中，比劃招式，苦苦思索，十餘年來從不間斷，但始終無甚收穫。須知自武修文至武青嬰，一百多年來已傳了五代，每一代都在潛心鑽研這套掌法的訣竅，可是百餘年無數心曲（筆者案：「曲」當作「血」），盡付流水。這倒不是武家這些子孫魯鈍愚笨，實在降龍十八掌的精要能否把握，和聰明智慧無關，說不定越是聰明之人，越是練不成。只看黃蓉聰明而郭靖魯鈍，反而郭靖練成而黃蓉始終學不會，便知其理。郭靖並非秘技自珍之人，但楊過、耶律齊、郭芙、郭襄、郭破虜、武氏兄弟諸小輩，無一能得其真傳，降龍十八掌所以失傳，原因便在於此。（舊版《倚天屠龍記》第二八九續，《明報》1962年4月23日）

3 為避免重複，本篇提到明晚版連載的小說時只會標明日期，不再標示「《明報晚報》」。

4 這段文字見於明晚版《天龍八部》首日連載。雖然傳世的明晚版《天龍八部》缺了首日剪報，但仍可在泰國的《世界日報》中找到。《世界日報》比《明報晚報》晚了約兩星期連載明晚版《天龍八部》，首日連載日期是1976年3月13日。（詳見本書頁331）

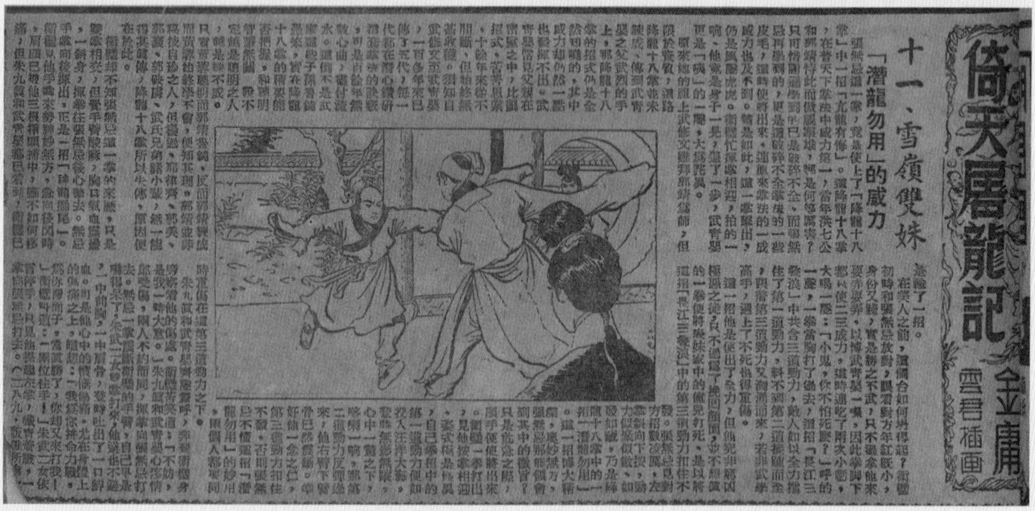

上　舊版《倚天屠龍記》第一五五續，《明報》1961年12月7日。張無忌隨父母回歸中土，向巫山幫賀老三打出了「神龍擺尾」（這是他第一次打出降龍掌，之後被玄冥二老所擄時，又使出過「神龍擺尾」）。

中　舊版《倚天屠龍記》第一九五續，《明報》1962年1月16日。張無忌身中玄冥神掌後，向張三丰展示所學武功。

下　舊版《倚天屠龍記》第二八九續，《明報》1962年4月23日。張無忌與衛璧對戰，第四次打出降龍十八掌。

舊版《倚天屠龍記》中與「降龍十八掌」相關的情節，分別由張無忌與丐幫幫主史火龍帶出。金庸1974年修訂時仍然保留這些情節，上述文字在明晚版中仍然看到。到了1976年出版《金庸作品集‧倚天屠龍記》時，金庸就完全抹去張無忌會使「降龍十八掌」的一應情節。原因可能是，金庸發現這些情節本身存在很大的紕漏。舊版與明晚版中，張無忌從義父謝遜那兒學到了「三招」不完整但仍甚巨威力的降龍十八掌，並曾多次使出，前後卻一共使出了四招：見龍在田、神龍擺尾、潛龍勿用與亢龍有悔。舊版這個錯誤延續到明晚版，金庸仍不曾發覺，再錯一次。又如，金庸清楚交代，自郭靖以後，一眾小輩「無一能得其真傳」，顯示降龍十八掌已經徹底失傳；但後來張無忌闖丐幫時，金庸又指出傳功長老與丐幫幫主史火龍都懂得十二式降龍掌，可見情節互相矛盾。這麼明顯的矛盾，1974年初次修改時金庸竟然沒有發現，一直到1976年才改過來，賦予「降龍十八掌」新的傳承歷史：

> 上代丐幫幫主所傳的那降龍十八掌，在耶律齊手中便已沒能學全，此後丐幫歷任幫主，最多也只學到十四掌為止。史火龍學到的共有十二掌……（花皮版《倚天屠龍記》，頁1357）

金庸原本只須把錯誤地方稍稍改寫，更正錯誤便已足夠，卻選擇把相關情節刪掉。由此可見，金庸是有意抹去《倚天屠龍記》中非必要的「續篇」痕跡：張無忌在小說中用不用降龍十八掌，與故事情節發展沒有必然關係，但史火龍是丐幫幫主，如果不會降龍十八掌，實在說不過去。（有關《倚天屠龍記》降龍十八掌的相關更動，後文會有更多討論。）

總括而言，明晚版對於了解金庸「動態創作」與人物故事發展進程，是不可或缺的部分，不應被忽視。

明晚版的重要性：顯示改寫進程異於創作進程

金庸創作小說，先在報章雜誌上發表，連載時間與次序，表列如下：

小說[5]	連載刊物	連載時間		連載天數與期數[6]	
		第一天	最後一天	實際	脫期
書劍恩仇錄	新晚報	1955-02-08	1956-09-05	575續	1日
碧血劍	香港商報	1956-01-01	1956-12-31	366續	/
射鵰英雄傳	香港商報	1957-01-01	1959-05-19	862續	7日
雪山飛狐	新晚報	1959-02-09	1959-06-18	129續	1日
神鵰俠侶	明報	1959-05-20	1961-07-08	777續	4日
飛狐外傳	武俠與歷史	1960-01-11	1962-04-06	65期	9期
鴛鴦刀	武俠與歷史	1961-01-11	1961-02-11[7]	4期	/
倚天屠龍記	明報	1961-07-06	1963-09-02	789續	/
白馬嘯西風	明報	1961-10-14	1962-01-14	93續	/
天龍八部	明報	1963-09-03	1966-05-27	971續	27日
素心劍	東南亞周刊	1964-01-12	1965-03-07	58期	2 期
俠客行	明報	1966-06-11	1967-04-19	297續	16日
笑傲江湖	新明日報	1967-03-18	1969-10-20	870續	44日
	明報	1967-04-20	1969-10-12	870續	37日
鹿鼎記	明報	1969-10-24	1972-09-23	1021續	45日
越女劍	明報晚報[8]	1969-12-01	1969-12-31	31續	/

香港明河社於1974年至1981年，陸續出版修訂版小說的單行本，如果沒有看過明晚版，則不會發現，原來金庸改寫小說，並非按照原來創作的先後次序。不過，由於現時能看到的明晚版殘缺不全，加上剪報資料並未完全標示報紙日期，要完全釐清各部修訂版小說的連載時間，重整金庸改寫小說的先後次序，並不容易。

本書參考各種有限度資料，排比日期，嘗試勾勒出明晚版的連載情況。所謂「有限度資料」，計有四種：（1）明晚版剪報上所蓋日期印；（2）明晚版每部小說後的「預告」（但有些小說沒有預告）；（3）各部小說實際連載續數；以及（4）南洋報紙，特別是泰國《世界日報》與新加坡《新明日報》。

下表所列各部修訂版小說的連載日期與先後次序，除非特別標明資料來源與推測理據，其餘主要都是依據剪報資料上所蓋的日期，那是最原始的記錄，是讀者當年一天復一天所加的印記，理論上最可信。不過，由於並不是所有剪報都蓋有日期印，因此還須配合其他輔助資料，才能稍稍釐清次序。

小說	發表與連載次序		修訂版連載時間		連載天數	說明
	明晚版	舊版	第一天	最後一天		
書劍恩仇錄	1	1	1970-10-01	1971-04-23	205	❶
碧血金蛇劍	2	2	1971-05-24	1971-10-13	143	
雪山飛狐	3	4	1971-10-14	1971-12-02	50	❷
飛狐外傳	4	6	1971-12-03	1972-05-23	173	
鴛鴦刀	5	7	1972-05-24	1972-06-05	13	
連城訣	6	11	1972-06-06	1972-09-06	93	❸
白馬嘯西風	7	9	1972-09-07	1972-10-03	27	
射鵰英雄傳	8	3	1972-10-04	1973-08-14	313	
神鵰俠侶	9	5	1973-08-15	1974-08-29	378	
倚天屠龍記	10	8	1974-08-30	1975-09-29	394	
俠客行	11	12	1975-09-30	1976-02-28	149	
天龍八部	12	10	1976-02-29	1977-06-25？	478	❹
笑傲江湖	13	13	1977-06-26？	1978-09-03？	430	❺
鹿鼎記	14	14	1978-09-04	1980-01-25	507	❻
越女劍	？	15	/			❼

5 小說的先後次序，以發表於刊物的最早時間為排序準則。

6 實際連載與脫期情況，後面會有更詳細的交代。

7 表中所列為《武俠與歷史》上的刊載日期，然而這些日期是否可信仍然存疑。詳見後文。

8 本篇之後提到各部舊版小說時，因有表格可對照，就只標示連載續數與日期，不再特別標示出處，如「舊版《書劍恩仇錄》第一續，1955年2月8日」。舊版《書劍恩仇錄》在《新晚報》連載，就不再標示「《新晚報》」。

❶ 《書劍恩仇錄》最終回有一段小啟事：「金庸啟：此後續刊修訂改寫之『碧血金蛇劍』，現正在修訂撰寫中，約一週後可開始刊登。」但《碧血金蛇劍》要到1971年5月24日才在《明報晚報》刊出，已經是《書劍恩仇錄》連載結束之後一個月。

❷ 《碧血金蛇劍》最後一天連載的預告是：「明天起續刊金庸重新修訂武俠小說『雪山飛狐』。」現在看到的《雪山飛狐》剪報沒有日期印，但《碧血金蛇劍》在1971年10月13日結束，而《飛狐外傳》從1971年12月3 日開始連載，兩書之間相隔五十天，剛好是明晚版《雪山飛狐》的連載天數，因此得出《雪山飛狐》的實際連載時間。

❸ 《鴛鴦刀》最後一天連載並沒有預告要「續刊」哪一部小說，而經修改後的《白馬嘯西風》自1972年9月7日開始在《明報晚報》連載。從1972年6月6日到9月6日，合共九十三天。基於以下三個原因，可以確定這個時候連載的是修訂版《連城訣》：（1）《世界日報》與《新明日報》都在明晚版《鴛鴦刀》之後，連載明晚版《連城訣》；（2）《世界日報》的明晚版《連城訣》全部合共九十三續；（3）現在傳世不多的《明報晚報》中，剛好有1972年7月12日這一天的報紙，報上刊載的正是修訂版《連城訣》第三七續，而從1972年6月6日開始算起，第三十七天正是7月12日，兩者完全吻合。

❹ 明晚版《天龍八部》的首載日期，根據剪報上所蓋日期印可以推算為1976年2月29日。《明報晚報》1977年2月4日刊載《天龍八部》第三三九續，之後還有一百三十九續。如果中間沒有脫期，則最早於1977年6月25日為最終回，但確切時間已不可考。[9]

❺ 明晚版《笑傲江湖》共四百三十續，若從1977年6月26日連載至1978年9月3日，共計四百三十三天（本為四百三十五天，但1978年2月7-8日為農曆新年，沒有連載金庸小說），中間有可能脫期三天。確切時間不可考。另有網誌貼出明晚版《笑傲江湖》剪報冊照片，收藏的人在自己裝訂的封面內頁寫上「由1977年6月28日開始連載，直至1978年9月30日止」，所記日期與現在可考的明晚版《鹿鼎記》連載時間（從1978年9月4日開始）並不相符。除非《明報晚報》在1978年9月時曾同時連載《笑傲江湖》與《鹿鼎記》，否則《笑傲江湖》的實際連載時間，仍有待進一步查核。

❻ 明晚版《鹿鼎記》剪報上沒有日期印，但剪報背後有當天電視節目表，可以用來計算實際連載時間。

❼ 明晚版《鹿鼎記》最終回之後沒有《越女劍》的預告，《世界日報》與《新明日報》也不曾連載明晚版《越女劍》，因此不能確定《明報晚報》是否曾連載過修訂後的《越女劍》（詳見本篇最後一章）。

雲君再次以圖像解讀金庸武俠世界

金庸十五部舊版小說連載時，除了《新晚報》上的《書劍恩仇錄》與《雪山飛狐》，其餘十三部都由雲君繪畫插圖。從1956年1月1日《碧血劍》開始，一直到1972年結束的《鹿鼎記》，雲君為舊版小說畫了超過六千張插圖。而從1970年10月1日開始，雲君一邊畫舊版《鹿鼎記》插圖，另一邊又打開「重啟」模式，為修訂連載版金庸小說再畫插圖。在已知的十四部小說中，除《天龍八部》與《鹿鼎記》重用舊圖外（但偶爾會增補新圖），其餘十二部小說的插圖都重新繪畫，全部加起來超過二千四百張新圖。

二十五年來，金庸小說的文字與雲君的插圖，就像孿生兄弟一樣，分別從語言與圖像，將讀者引領至現實生活以外的想像世界。《漫筆金心》這麼說：

> 雲君是第一個也是唯一把金庸小說全面「畫面化」的人……小說文字中人物的形貌衣著，場景場面，驚心動魄的情節、動作，都經由雲君心領神會後，捕捉最重要的一幕，而以畫面呈現人前。……雲君的插圖，是協助讀者進入文字廣漠無垠想像世界的鑰匙。[10]

雲君所繪舊版小說的插圖，向來深得金迷喜愛。《香港商報》與《明報》都已製作成微縮膠片，收藏於香港的大學圖書館與公共圖書館，讀者可以從中看到雲君繪畫的插圖。只是膠片中的《明報》殘缺不全，難以一窺全貌。然而，《明報晚報》百不存一，世上擁有剪報者更是寥寥可數，相比於舊版小說，讀者更難看到明晚版的文字與插圖。

舊版難求，明晚版更難求。本篇最大的任務，就是透過有限的文物資料，重構當年的連載模樣。勾勒的重點主要有兩方面：

第一，記錄失傳或已被修改的資料。舊版時代，三育版小說重訂回目，普及本小說每週一冊也新擬標題，都沒有記錄到報刊連載時所用回目。修訂版新擬回目，到出版《金庸

---

9 今存明晚版《天龍八部》剪報為殘本，只有第二續到第一七九續，第一八〇續以後，只有零星幾天的散本。第二續刊載於1976年3月1日，那第一續的首載時間就是1976年2月29日。

10 邱健恩：《漫筆金心——金庸小說漫畫大系》，頁25。

作品集》時，部分小說又改用新的回目。隨著連載版失傳，讀者已難見到當日舊貌。此外，金庸連載小說時，經常收到讀者來信，或向金庸查詢劇情，或就人物情節表達看法，當中不乏有趣的提問與意見。金庸往往會在連載正文之後，回覆讀者來信。雖然只是片言隻語，卻能從中看到作者如何看待自己一手創作出來的人物與情節，以及與讀者的互動情況。

第二，從舊版到《金庸作品集》，金庸改寫小說，增刪人物與情節，到底有哪些重要的改動？金庸的修改思路又是什麼？本篇透過扼要描述改版內容，配合雲君所繪插圖，期能帶引讀者進入當年的連載世界，一同重溫那早已被改頭換面的小說「原貌」。

以下就各部小說連載情況，分章論述。

壹

書劍恩仇錄

《書劍恩仇錄》連載於《新晚報》，自1955年2月8日至1956年9月5日，前後歷經五百七十六天，除去1956年2月12日為農曆正月初一，《新晚報》停刊一天，共計五百七十五續。全書分二十三回，每回連載續數不同，由十二續到六十七續不等。每天連載只有回目，沒有標題，也沒有插圖。

金庸創作《書劍恩仇錄》，連載到第三回時，有了新的嘗試：在每回開始前加入「前文提要」，概括前一回情節重點，為新一回要展開的故事做鋪排。不過，金庸只嘗試了九個月，從第三回到第十四回，前後共寫了十二段「提要文字」，字數從六十多字到九十多字不等。自第十五回開始，就沒有再寫。

> 維族某部的手抄聖經被清廷派人搶去，擬以此要脅順服。霍青桐得李沅芷之助，從鎮遠鏢局鏢師處奪回，豈知有所謂張大人者，武功驚人，又將可蘭經截去。（第三回「前文提要」，1955年3月14日）

> 紅花會重要人物文泰來無意中獲知清帝重大秘密，清帝欲得之而甘心，連續派遣武林高手緝捕。文泰來身受重傷，與妻子駱冰，會友余魚同避難鐵膽莊。武當派名宿陸菲青趕赴安西向紅花會求援。（第四回「前文提要」，1955年3月31日）

> 紅花會羣雄連續三日三夜窮智竭力，終於將文泰來救出。清帝乾隆失卻要犯，忽忽不

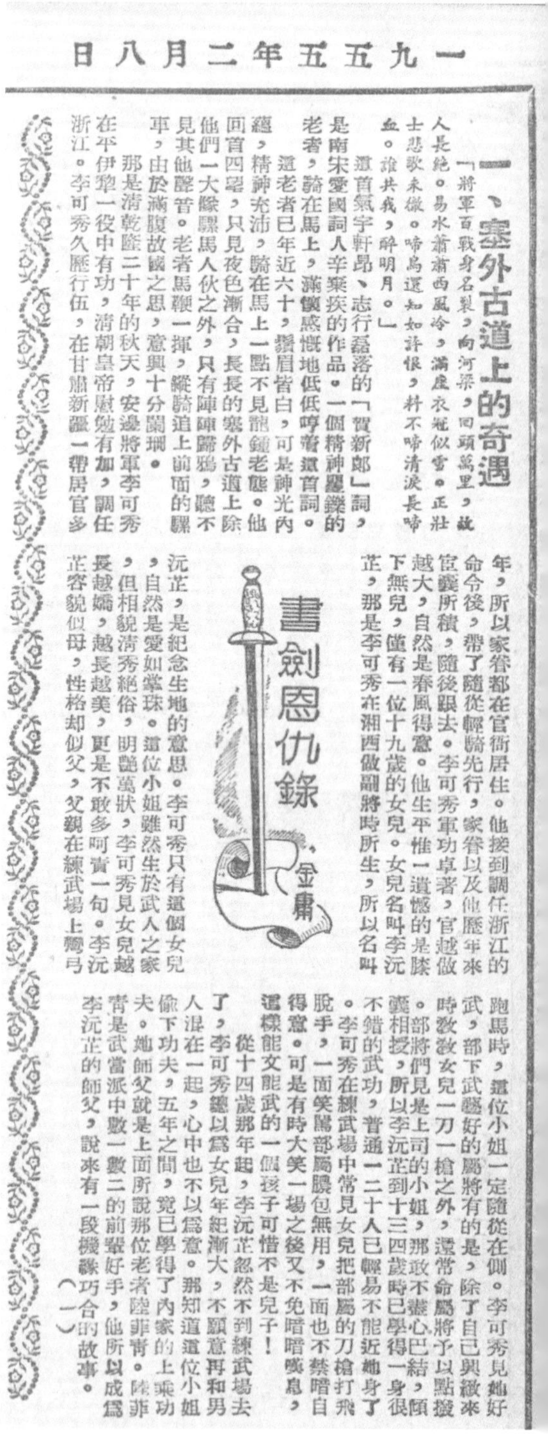

一九五五年二月八日

一、塞外古道上的奇遇

「將軍百戰身名裂，向河梁，回頭萬里，故人長絕。易水蕭蕭西風冷，滿座衣冠似雪。正壯士悲歌未徹。啼鳥還知如許恨，料不啼清淚長啼血。誰共我，醉明月。」

這首氣宇軒昂、志行磊落的「賀新郎」詞，是南宋愛國詞人辛棄疾的作品。一個精神矍鑠的老者，騎在馬上，滿懷感慨地低低哼着這首詞。

這老者已年近六十，鬚眉皆白，可是神光內蘊，精神充沛，騎在馬上一點不見龍鍾老態。他回首四望，只見夜色漸合，長長的塞外古道上除他們一大隊騾馬人伙之外，只有陣陣歸鴉，聽不見其他聲音。老者馬鞭一揮，縱騎追上前面的騾車，由於滿腹故國之思，意興十分闌珊。

那是清乾隆二十年的秋天，安邊將軍李可秀在平伊犁一役中有功，清朝皇帝慰勉有加，調任浙江。李可秀久歷行伍，在甘肅新疆一帶居官多年，所以家眷都在官衙居住。他接到調任浙江的命令後，帶了隨從輕騎先行，家眷以及他歷年來官囊所積，隨後跟去。李可秀軍功卓著，官越做越大，自然是春風得意。他生平惟一遺憾的是膝下無兒，僅有一位十九歲的女兒。女兒名叫李沅芷，那是李可秀在湘西做副將時所生，所以名叫沅芷，是紀念生地的意思。李可秀只有這個女兒，自然是愛如掌珠。這位小姐雖然生於武人之家，但相貌清秀絕俗，明艷萬狀，李可秀見女兒越長越嬌，越長越美，更是不敢多呵責一句。李沅芷容貌似母，性格卻似父，父親在練武場上彎弓跑馬時，這位小姐一定隨從在側。李可秀見她好武，部下武藝好的將有的是，除了自己興緻來時教教女兒一刀一槍之外，還常命屬將予以點撥。部將們見是上司的小姐，那敢不盡心巴結，傾囊相授，所以李沅芷到十三四歲時已學得一身很不錯的武功，普通一二十人已輕易不能近她身了。李可秀在練武場中常見女兒把部屬的刀槍打飛脫手，一面笑罵部屬膿包無用，一面也不禁暗自得意。可是有時大笑一場之後又不免暗暗嘆息，這樣能文能武的一個孩子可惜不是兒子！

從十四歲那年起，李沅芷忽然不到練武場去了，李可秀總以為女兒年紀漸大，不願意再和男人混在一起，心中也不以為意。那知道這位小姐偷下功夫，五年之間，竟已學得了內家的上乘功夫。她師父就是上面所說那位老者陸菲青。陸菲青是武當派中數一數二的前輩好手，他所以成為李沅芷的師父，說來有一段機緣巧合的故事。（一）

武俠小說史上的第一篇金庸小說，舊版《書劍恩仇錄》首日連載，《新晚報》1955年2月8日。

樂，至西湖上觀看風流名士遴選花國狀元，以三卷書畫使玉如意得獲首選，當夜嫖院，豈知竟為人擄去。（第十三回「前文提要」，1955年11月9日）

觀其寫法，人物身分與事件前因後果交代清晰，當是希望吸引新加入的讀者，以簡短說話交代情節發展，讓新讀者更容易投入故事。然而，《書劍恩仇錄》前半部分故事著重在營救文泰來這件事上，一切情節皆圍繞文泰來而展開，劇情發展過於單一，以致「前文提要」乏善足陳。試看第五、六、七回的「前文提要」：

紅花會四當家文泰來避難鐵膽莊，藏身之所為鐵膽周仲英之幼子向公差洩露，因而被捕。周仲英怒殺親子。紅花會羣雄分批赴援，設法劫救文泰來。（第五回「前文提要」，1955年4月16日）

紅花會四當家文泰來身受重傷，避難鐵膽莊，為清廷公差逮捕。紅花會羣雄得訊，星夜赴援，在鐵膽莊發生誤會，與老莊主周仲英激鬥，其時鐵膽莊忽然起

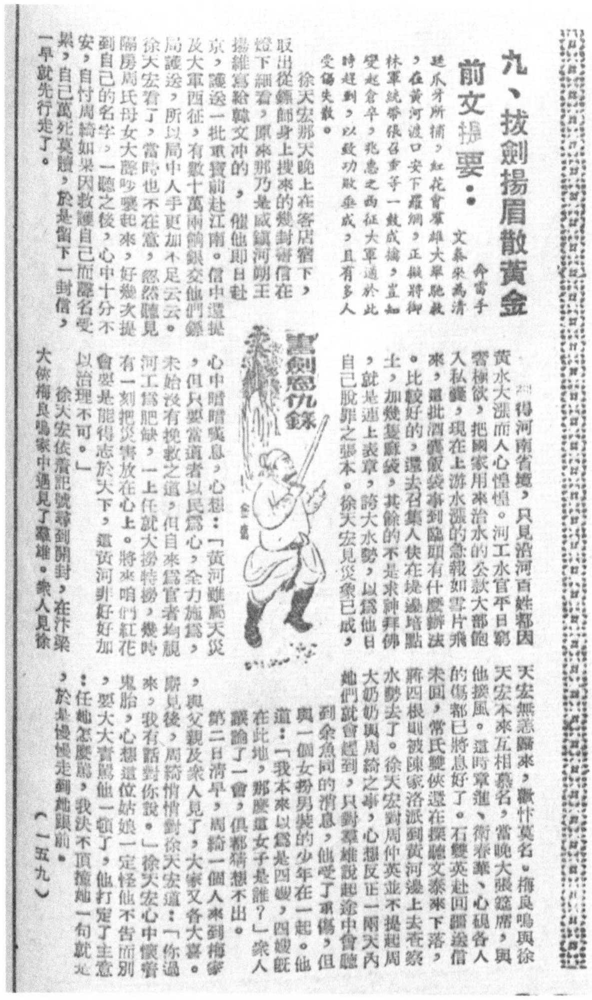

九、拔劍揚眉散黃金

前文提要：

奔雷手文泰來為清廷爪牙所捕，紅花會羣雄大舉馳救，在黃河渡口安下羅網，正擬將御林軍統帶張召重等一鼓成擒，豈知變起倉卒，兆惠之西征大軍適於此時趕到，以致功敗垂成，且有多人受傷失散。

徐天宏那天晚上在客店宿下，取出從鏢師身上搜來的幾封書信在燈下細看，原來那乃是威鎮河朔王揚維寫給韓文沖的，催他即日赴京，護送一批重寶前赴江南。信中還提及大軍西征，有數十萬兩餉銀交他們鏢局護送，所以局中人手更加不足云云。徐天宏看了，當時也不在意，忽然聽見隔房周氏母女大聲吵嚷起來，好幾次提到自己的名字，一聽之後，心中十分不安，自忖周綺如果因救護自己而聲名受累，自己萬死莫贖，於是留下一封信，一早就先行走了。

得河南省境，只見沿河百姓都因黃水大漲而人心惶惶。河工水官平日窮奢極欲，把國家用來治水的公款大部飽入私囊，現在上游水漲的急報如雪片飛來，這批酒囊飯袋事到臨頭有什麼辦法。比較好的，還去召集人伕在堤邊培點土，加幾隻麻袋，其餘的不是求神拜佛，就是連上表章，誇大水勢，以為他日自己脫罪之張本。徐天宏見災象已成，心中暗暗嘆息，心想：「黃河雖爲天災，但只要當道者以民爲心，全力施爲，未始沒有挽救之道，但自來爲官者均視河工爲肥缺，一上任就大撈特撈，幾時有一刻把災害放在心上。將來咱們紅花會要是能得志於天下，這黃河非好好加以治理不可。」

徐天宏依着記號尋到開封，在汴梁大俠梅良鳴家中遇見了羣雄。衆人見徐天宏無恙歸來，歡忭莫名。梅良鳴與徐天宏本來互相慕名，當晚大張筵席，與他接風。這時章進、衛春華、心硯各人的傷都已將息好了。石雙英赴回疆送信未回，常氏雙俠還在探聽文泰來下落，蔣四根則被陳家洛派到黃河邊上去查察水勢去了。徐天宏對周仲英並不提起周大奶奶與周綺之事，心想反正一兩天內她們就會趕到，只對羣雄說起途中曾聽到余魚同的消息，他受了重傷，但與一個女扮男裝的少年在一起。他道：「我本來以爲是四嫂，四嫂既在此地，那麼這女子是誰？」衆人議論了一會，俱都猜想不出。

第二日清早，周綺一個人來到梅家，與父親及衆人見了，大家又各大喜。廝見後，周綺悄悄對徐天宏道：「你過來，我有話對你說。」徐天宏心中懷着鬼胎，心想這位姑娘一定怪他不告而別，要大大責罵他一頓了，他打定了主意：任她怎麼罵，我決不頂撞她一句就是，於是慢慢走到她跟前。（一五九）

，又撒土把墳堆好，只見一隻玉色大蝴蝶在墳上翩躚飛舞，久久不去。

廿三、歌終月缺浩浩愁

陳家洛驚問：「香香公主葬在這裏麼？」那維人指着一個墳土未乾的新墳道：「就在這裏。」霍青桐流下淚來，道：「咱們不能讓妹子葬在這裏。」陳家洛道：「不錯，她最愛那神峯裏面的翡翠池，常說：『我能永遠住在那裏就高興了！』咱們把她的遺體運到回部去葬在那池邊。」那老年維人道：「兩位是誰？」霍青桐道：「我是香香公主的姊姊！」另一個維人叫了起來：「啊，您是翠羽黃衫，我在白旗第二隊裏，曾在您手下打過仗。」霍青桐道：「咱們把墳挖開來吧。」她與陳家洛，幾個維人、心硯、蔣四根等一齊動手，少林僧中用方便鏟作兵器的甚多，各人鏟土，片刻之間已把墳側開，搬起石塊，先聞到一陣幽香，衆人齊齊吃了一驚，原來墳中空無所有。陳家洛接過火把來墳中一照，只見一灘碧血，血旁卻是自己送給她的那塊溫玉。

衆人驚詫不已，那幾個維人道：「我們明明親手將香香公主的遺體葬在這裏，整天沒離開過，怎麼她遺體忽然不見了？」駱冰道：「這位妹妹這樣美麗，這樣神異，自然是仙子下凡的了。現在一定又回到天上去，青桐妹妹和總舵主不必傷心。」陳家洛拾起溫玉，藏在懷裏，心想喀絲麗手極清極，只怕眞是仙子。突然一陣微風過去，香氣更濃，大家感嘆了一會。

陳家洛對那年老維人道：「我寫幾個字，請你教高手石匠刻一塊碑，立在這裏。」那維人應了。心硯取出二兩黃金給他，作爲立碑之資，又從包袱中拿出文房四寶，把一張大紙鋪在墳頭。陳家洛提筆蘸墨，略一沉吟，寫了一首銘文：

「浩浩愁，茫茫劫，短歌終，明月缺。鬱鬱佳城，中有碧血。碧亦有時盡，血亦有時滅，一縷香魂無斷絕！是耶非耶？化爲蝴蝶。」羣雄佇立良久，直至東方大白，才連騎向西而去。

（全書完）

（各位讀者先生：「書劍恩仇錄」一共寫了五百七十四天，有許多讀者寫信給我，除附有地址的已陸續答覆外，未覆的也當於[illegible]覆。沒有地址的，日內當在「服務站」答覆。接着「書劍」刊登的武俠小說，將是百劍堂主的「風虎雲龍傳」。百劍堂主是一位著名作家的筆名，「書劍恩仇錄」單行本第一集上題的那闋「滿庭芳」詞，就出於他的手筆。堂主文采風流，寫風虎雲龍之會，奇麗變幻，請讀者拭目觀之。

——金庸）

上　舊版《書劍恩仇錄》第一五九續，1955年7月16日，正文之前有「前文提要」。舊版《書劍恩仇錄》沒有插圖，但每隔若干天，會用不同的圖做欄目的配圖。

下　舊版《書劍恩仇錄》最後一續，1956年9月5日。金庸在文末有小啟事給讀者，謂《書劍恩仇錄》「一共寫了五百七十四天」，但實際為五百七十五天，金庸少算了一天。

火，周仲英因關心分神，竟為紅花會總舵主陳家洛所敗。（第六回「前文提要」，1955年5月3日）

紅花會四當家文泰來為清廷所捕，紅花會羣雄在總舵主陳家洛率領下兼程赴救，一戰獲勝，然御林軍統帶張召重施金蟬脫殼之計，將文泰來挾走，羣雄僅將回疆維人某部奉為聖物之手抄可蘭經奪回。（第七回「前文提要」，1955年6月2日）

第四、五、六、七回，連續四回的「前文提要」都寫文泰來被擒，群雄赴援營救。事實上，「營救文泰來」的戲碼從第四回一直寫到第十一回，「前文提要」反映現實，反讓人覺得情節不夠吸引人。

金庸首度撰文談創作過程

《書劍恩仇錄》在《新晚報》連載約八個月後，金庸首度撰文，親身交代創作《書劍恩仇錄》的前因後果與過程，文章題為〈漫談「書劍恩仇錄」〉，原載1955年10月5日的《新晚報》。這篇文章後來沒有收錄在其他刊物中，原本已經湮沒。直到2018年金庸過世後，《大公報》輯錄了八篇文章，以顯示金庸曾使用過的筆名，〈漫談「書劍恩仇錄」〉正是八篇文章之一。節錄如下：

八個月之前的一天，新晚總編輯和「天方夜譚」的老總忽然向我緊急拉稿，說「草莽」已完，必須有「武俠」一篇頂上。……寫稿之責，非落在我的頭上不可。可是我從來沒寫過武俠小說啊，甚至任何小說都沒有寫過，所以遲遲不敢答應。但兩位老編都是老友，套用「書劍」中一個比喻，那簡直是章駝子和文四哥之間的交情，好吧，大丈夫說寫就寫，最多寫得不好捱罵，還能要了我的命麼？於是一個電話打到報館，說小說名叫「書劍恩仇錄」。至於故事和人物呢？自己心裏一點也不知道。老編很是辣手，馬上派了一位工友到我家裏來，說九點鐘之前無論如何要一千字稿子，否則明天報上有一大塊空白，就請這位工友坐著等我寫。那有什麼辦法呢？於是第一天我描寫一個老頭子在塞外古道上大發感慨，這個開頭下面接什麼全成，反正總得把那位工友先請出家門去。「書劍」的第一篇就是這樣寫的。

> 後來情節慢慢發展，假如第一天寫得豁邊，第二天馬上想法子補救，東拉西扯，居然讀者們看得還有點興趣。……
>
> 朋友們常問我，書中人物是否全部憑空捏造，還是心中以某人為模型？我的答案是：有的寫生，有的想像。如俏李逵周綺，那就是我認識的一位小姐的寫照，此人綽號「胡塗大國手」，天真直爽，活潑可愛。這位小姐常讀「書劍」，常讚周綺有趣，而不知其有趣乃從她身上提取出來者也。
>
> 有一位朋友尤為熱心，他把「書劍」逐句細批細評，什麼「草蛇灰線法」、「橫雲斷峯法」把這部小說詳加分析，說得作者滿腹經緯，成竹在胸。此書出單行本時準備附印他的評註，這是由於他的文思周密，筆調雅致，而不是由於他的「烏龍」——把我的胡思亂想說成了刻意經營。
>
> 有時文思忽告枯竭，接連數日寫得平淡乏味，此時最為難過。幸虧常接讀者來信，討論一場，鼓勵一番，寫武俠小說之樂，除了讓想像力自由發展之外，大概以此為最了。
>
> 日前遇張冰茜小姐，她說：「你再不讓文泰來救出來，就把你自己關進去。」這位小姐之刁蠻，尤勝李沅芷。文泰來要不要讓他被救出來，的確是大傷腦筋了。

文章最後一段，多少暗示了讀者當時看《書劍恩仇錄》的意見。從文泰來被張召重抓走當天開始（1955年4月9日《新晚報》），到1955年10月5日刊登〈漫談「書劍恩仇錄」〉，一共經過一百八十天，紅花會傾全幫會之力，仍救不了文泰來。張冰茜跟大部分讀者一樣，雖然覺得《書劍恩仇錄》好看，但「營救文泰來」一段實在拖得太長，讓人有點不耐煩了。讀者有微言，金庸不得不正視問題，為劇情傷腦筋。二十三天之後，也就是10月28日，群雄終於救出文泰來，金庸和讀者也終於鬆了一口氣。

新擬回目，金庸改寫小說的重點

1970年3月，金庸著手全面改寫小說。七個月之後，經改寫的《書劍恩仇錄》在《明報晚報》連載，從1970年10月1日開始，到1971年4月23日最終回，前後共計二百零五續。每天連載約二千七百字，由雲君繪畫插圖，共計二百零四張圖（最後一回沒有插圖）。

舊版連載時共分二十三回，三育單行本把整個故事重新規劃為四十回，明晚版又重構為二十回，作品集版沿用明晚版章節，但回目與每回起迄稍有不同。

回	舊版	三育版	回	明晚版	作品集版
1	塞外古道上的奇遇	古道駿馬驚白髮	1	古道騰駒驚白髮	古道騰駒驚白髮
2	紅布包袱	險峽神駝飛翠翎		危巒快刀識青翎	危巒快劍識青翎
3	鐵膽莊	秋風野店書生笛	2	金風野店書生笛	金風野店書生笛
4	紅花會羣雄	夕照荒莊俠士心		鐵胆荒莊俠士賓	鐵膽荒莊俠士心
5	羣雄大鬧鐵膽莊	避禍英雄悲失路	3	避禍英雄悲失路	
6	經書與短劍	尋仇豪傑誤交兵		尋仇好漢誤交兵	
7	渡口夜戰	嚼餅置酒招薄怒	4	置酒弄丸招薄怒	
8	各有因緣莫羨人	還經贈劍種夙因		還書貽劍種深情	
9	拔劍揚眉散黃金	烏鞘嶺頭鬥雙俠	5	烏鞘嶺口拚鬼俠	
10	長嘯湖上碧水寒	黃河渡口扼三軍		赤套渡頭扼官軍	
11	萬馬奔騰海潮生	操刀剜肩憐難侶	6	擒醫借藥憐難侶	有情有義憐難侶
12	窮智竭力三日夜	奮戈振臂恤饑民		劫將分糧振饑民	無法無天振饑民
13	箕踞談笑折至尊	琴韻朗朗聞雁落	7	琴音朗朗聞雁落	
14	不辭萬里苦隨君	劍氣沉沉發龍吟		劍氣沉沉作龍吟	
15	你既無心我便休[11]	異事疊見贈異寶	8	千軍嶽峙圍千頃	
16	冰河映日雪中蓮	奇計環生奪奇珍		萬馬潮洶動萬乘	
17	黃衫鏖兵黑水營	揮拳打穴開鐵銬	9	點穴揮拳開鐵銬	虎穴輕身開鐵銬
18	白玉峯前翡翠池	閉目換掌擲金針		遊身換掌擲金針	獅峯重氣擲金針
19	騎驢負鍋隱大俠	烈燄奔騰走大俠	10	火熾煙騰走豪俠	煙騰火熾走豪俠
20	恩怨到頭一筆勾	香澤微聞縛至尊		脂香粉膩羈至尊	粉膩脂香羈至尊
21	魂斷長城縱極目	六和塔頂囚獨夫	11	高塔入雲盟九鼎	
22	深宮重重伏甲兵	三分劍底顯雙鷹		快招如電顯雙鷹	
23	歌終月缺浩浩愁	盈盈紅燭三生約	12	盈盈紅燭三生約	盈盈彩燭三生約
24		霍霍青霜萬里行		霍霍青霜萬里行	霍霍青霜萬里行
25		威震古寺雷聲疾	13	吐氣揚眉雷掌疾	
26		情癡大漠雪意馨		驚才絕艷雪蓮馨	
27		牛刀小試伏四虎	14	密意柔情錦帶舞	蜜意柔情錦帶舞
28		馬步大集困羣英		長槍大戟鐵弓鳴	長槍大戟鐵弓鳴
29		奮殲鐵甲將軍苦	15	奇謀破敵將軍苦	奇謀破敵將軍苦
30		窮追金笛玉女瞋		惡劇困魔玉女瞋	兒戲降魔玉女瞋
31		劍底戲沙憐寂寞	16	我見猶憐二老意	
32		狼口賭命答深情		誰能遣此雙姝情	

33	談笑任俠見名士	17	為民除害方稱俠	
34	慷慨禦暴懷佳人		抗暴蒙污不愧貞	
35	竟託古禮完夙願	18	驅驢有術居奇貨	
36	還從遺書悟生平		除惡無方從佳人	
37	心傷殿隅天初曉	19	心傷殿隅星初落	
38	魂斷城頭日黃昏		魂斷城頭日已昏	
39	甘吻白刃墮火窟	20	忍見紅顏投火窟	忍見紅顏墮火窟
40	空餘碧血葬佳城		空餘碧血葬香魂	空餘碧血葬香魂

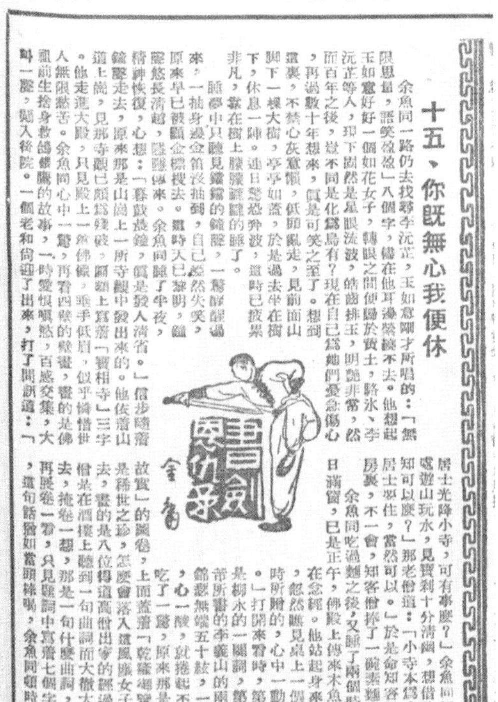

舊版《書劍恩仇錄》第三四一續（1956年1月15）與第三四三續（1956年1月17日）。第十五回回目「他既無心你便休」只用了兩天，金庸就修改為「你既無心我便休」。

11 第十五回回目原本是「他既無心你便休」，但只用了兩天（1956年1月15日與16日），便改換了視角，由第三人稱的旁觀者轉為第一人稱。大抵，金庸認為用「我」的角度，更能夠讓讀者直接代入余魚同與李沅芷的角色關係，深刻地體會「神女有心，襄王無夢」的失望感受。

重訂章節、新擬回目是金庸每次改寫小說的重點，特別是《書劍恩仇錄》，金庸花了很多心力在斟酌回目用字上，想要讓回目更靠近傳統章回小說的風格。上表並列各版回目，從中可以看出金庸創作回目時思路的改變，即：長短句回目→字數整齊回目→對句回目。而在對句上，更是再三思考，一改再改。如明晚版第二回回目第二句最後三字，金庸在「俠士心」與「俠士賓」間反覆推敲，以期達到預想的效果。

《書劍恩仇錄》蛻變舉隅

周仲英殺子

《金庸作品集．書劍恩仇錄》第三回寫文泰來等人到鐵膽莊避禍，藏身地窖，卻被莊主周仲英的獨子周英傑給揭穿了。周英傑只有十歲，不堪張召重的激將法，情急之下說出了地窖位置。周仲英知道後怒不可遏，把鐵膽擲向牆上，原只為發洩怒氣。周英傑突然衝前，想撲到父親懷中撒嬌求饒，卻撞上其中一枚鐵膽，給打得鮮血四濺，登時氣絕。

這段激將法與誤殺情節，在舊版故事中可完全不同：洩密原因不同，死因也不同。舊版故事中，周英傑因為想得到張召重的千里鏡，而以點頭或搖頭方式暗示地窖位置。周仲英得知後，認為兒子「年紀輕輕就見利忘義」，將來定會盡做傷天害地的事，故一掌打在周英傑的天靈蓋上，將兒子打死。這段情節，金庸1970年修訂時並沒有改過來，周英傑依然見利忘義，周仲英仍舊忍心殺子，只是稍稍修改了周仲英與周大奶奶的「反應」。

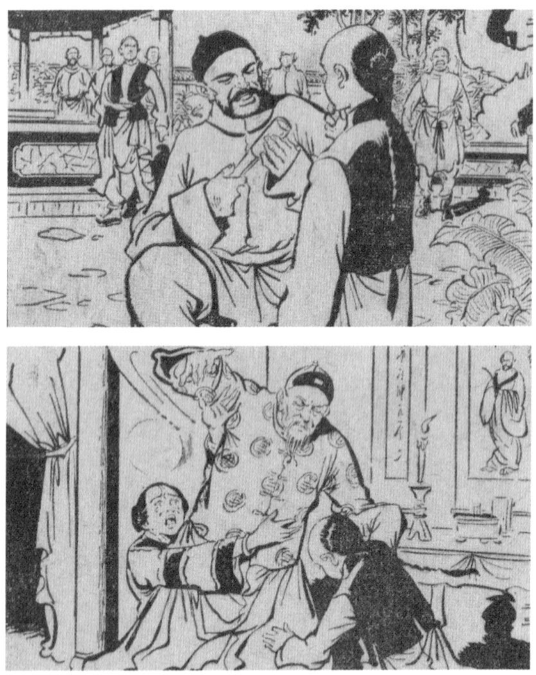

明晚版《書劍恩仇錄》插圖，1970年10月21日與23日。張召重以千里鏡引誘周英傑透露文泰來藏身位置（上），周仲英忍痛擊殺兒子（下）。

周仲英也不答話，暗暗運氣，在周英傑天靈蓋上一掌，「噗」的一聲，孩子雙目突出，頓時氣絕。周大奶奶見愛子斃命，猶如瘋虎般撲了上來。周仲英退了一步。周大奶奶奔到刀槍架前，搶起一柄單刀，縱上前來，一刀向丈夫迎頭砍去。（舊版《書劍恩仇錄》第六四續，1955年4月12日）

周仲英也不答話，長嘆一聲，在周英傑天靈蓋上一掌，「噗」的一聲，孩子雙目突出，登時氣絕。周大奶奶搶起兒子，叫道：「孩兒，孩兒！」見他沒了氣息，呆了一呆，向周仲英如瘋虎般撲了過來。周仲英退了一步。周大奶奶放下兒屍身，奔到刀槍架前，搶起一柄單刀，縱上前來，一刀向丈夫迎頭砍去。（明晚版《書劍恩仇錄》第二三續，1970年10月23日）

金庸初次修訂時，並沒有從情節的根本去改寫，只是加強了「周仲英無奈殺子」的悲情感染力，以「長嘆一聲」替代舊版的「暗暗運氣」，又在周大奶奶撲向丈夫之前，加入了「搶起兒子」、呼喚孩兒並放下屍身的連串動作，讓情節變得更「逼真」。

《新晚報》的《書劍恩仇錄》沒有插圖，所幸金庸在明晚版還沒有改掉這段情節，雲君把殺子一幕畫了出來，用「閉目」顯示周仲英的傷痛，用「淚眼」畫出周大奶奶的徬徨，畫中三人動作各異，讓整段情節活現紙上。

無塵道長、陳正德比快殺軍官

舊版第十三回「箕踞談笑折至尊」，寫紅花會將乾隆捉到六和塔後，天山雙鷹忽然來殺乾隆，禿鷲陳正德與無塵道長打了起來。陳家洛指出乾隆手下都是酒囊飯袋，乾隆反駁只因自己落在陳家洛手中，部下投鼠忌器，不敢用武。陳家洛為了證明乾隆手下無強者，請無塵道長與陳正德衝入清軍之中，比快殺軍官，誰先回而所殺軍官官階較高者勝。於是兩人闖入塔下清兵陣營，無塵道長先殺了兩個軍官，割下首級走回塔內，陳正德則活捉了一名參將上塔，卻因手勁過大，參將已被挾死。

這段舊版情節非常緊湊，《新晚報》連載了兩天半。到了修訂連載版，整段情節都保留下來，文字只略作修改。不過，乾隆是否答應陳家洛的要求，與陳家洛證明乾隆手下是否酒囊飯袋無必然關係。事實上，乾隆見到兩人殺軍官，也沒有因此而害怕，從而答應陳家洛的要求。到了1975年，金庸再次修改《書劍恩仇錄》，認為這段情節沒有必要，而且命人任意殺人也不符合陳家洛的人設，無塵道長為取勝而避與白振正面交鋒，也並非好漢行為，因此把整個「比快殺軍官」的過程全部刪去。

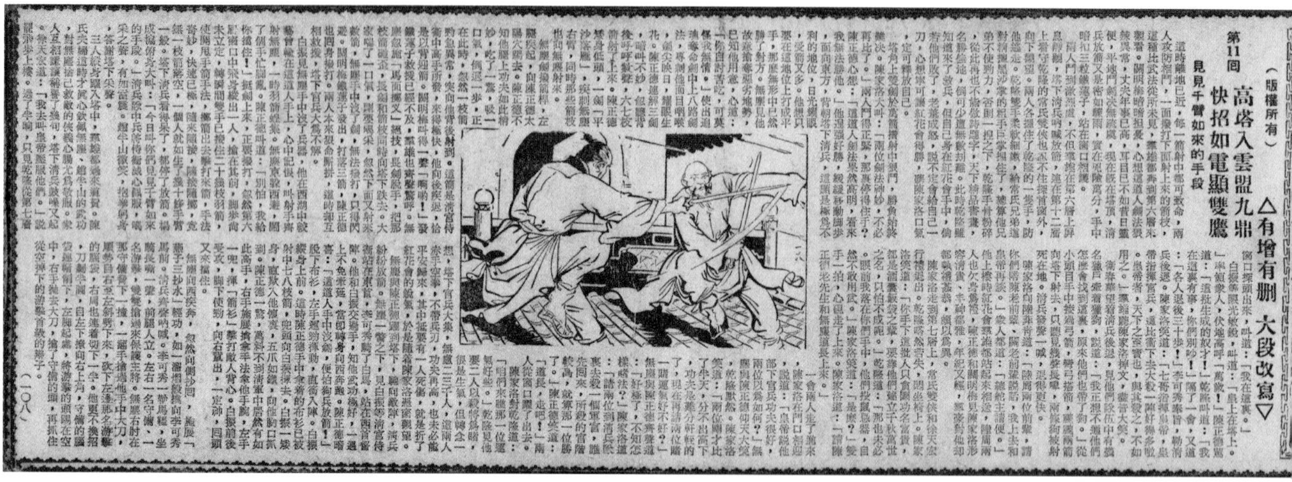

明晚版《書劍恩仇錄》第一〇八、一〇九續，1971年1月16-17日。這段「比快殺軍官」的情節，原見於《新晚報》1955年12月2-4日的第二九八至三〇〇續，現在已不見於《金庸作品集》。

陳家洛上少林

陳家洛為取得乾隆身世證明，到少林寺求取有關義父于萬亭的案卷。要進入戒持院，就須過五關。舊版指出由少林「天大元滅」四輩中的三大二天把守，依次是監寺大雄、戒持院首座大癲、藏經閣主座大痴、達摩院首座天鏡，以及少林寺方丈天虹。明晚版仍然沿用這個組合，作品集版則把大雄禪師改為「大苦大師」。舊版這段情節，金庸寫了七天，明晚版仍保留箇中細節。但到了作品集版時，金庸刪減了部分非必要或不合理的內容，整段情節雖然推進更快，卻反而失去了「亮點」。

金庸一共刪減了三段細節：排場、溯源、傳功。話說陳家洛向天虹方丈提出請求，天虹要與眾僧商議，商議後請陳家洛眾人到大雄寶殿相見，金庸讓少林寺擺出大排場：

> 只見千餘僧眾齊穿袈裟，站立兩旁，堂上香烟繚繞，氣象莊嚴。天虹禪師坐在東首，其下是達摩院首座天鏡禪師、戒持院首座大癲、監寺大雄、藏經閣主座大痴。大雄下座肅請羣雄在西首賓位就座……（明晚版《書劍恩仇錄》第一八六續，1971年4月4日）

舊版寫法與明晚版相若，作品集版卻把這段刪去。

陳家洛以短劍迎戰大癲的「瘋魔杖」，舊版與明晚版對於「瘋魔杖」的來歷發展描寫得相對詳細，作品集版卻刪去了部分描述（文字圈註處）：

> **要知少林寺中，這時當行的是「天大元滅」四輩，大癲是第二輩，元傷等雖是第三輩中高手，究竟功力遠遜。**「瘋魔杖」名稱的由來，是說它猛如瘋虎，驟若天魔，使展開來威不可當。**這杖法出於五台山清涼寺。清涼寺是少林旁枝，**杖法原脫胎於少林寺緊羅那王所傳的一百單八路棍法，又摘取大小「夜叉棍」（筆者案：「叉」，原文作「义」，今改之）、「取經棍法」等精華，端的厲害無比。**後來由支返源，少林寺的高僧再取來加以變化，自成家數。**（明晚版《書劍恩仇錄》第一八七續，1971年4月5日）

最值得留意的，是陳家洛與天鏡禪師一戰。舊版、明晚版、作品集版，三版三個寫法。舊版寫陳家洛以「百花錯拳」與學自回部玉峰的掌法迎戰天鏡禪師的掌法。二人對拆了二十餘招後，天鏡放行陳家洛，並問陳家洛有沒有把招式記下來，原來天鏡當年答應于萬亭，日後相見時傳授少林寺鎮山之寶「降龍十八掌」。于萬亭已死，天鏡守諾將掌法傳給陳家洛。金庸創作《書劍恩仇錄》時，還沒有為降龍十八掌做好設定，只以「少林寺鎮山之寶」突顯掌法威勢。

不過，一則由於「降龍十八掌」在《射鵰英雄傳》中大放異彩，二則由於只使出一遍，對方就能熟記且自行領略練習，無疑降低了降龍掌的威力，讓人覺得兒戲。因此，明晚版雖然仍保留天鏡傳功的情節，但傳的不是降龍十八掌，而是「伏虎十三掌」。一看名字，就知道金庸只是隨意聯想出來的，降龍變伏虎，十八變十三。不過，伏虎掌雖然只有十三式，變化卻有四十多種，於是天鏡與陳家洛打了四十餘招才收手。傳功的方法與舊版一樣，由天鏡示範，陳家洛邊拆招邊記住招式。

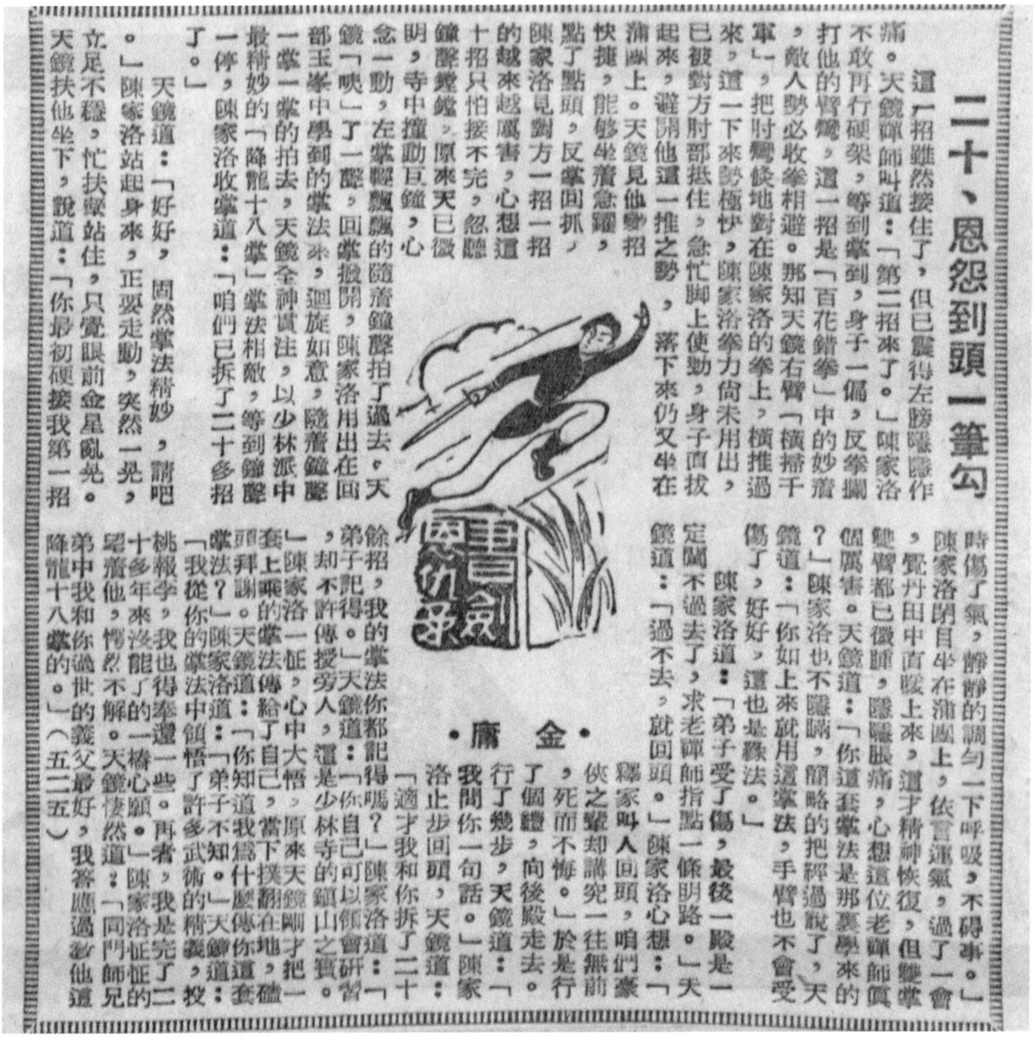

二十、恩怨到頭一筆勾

·金 庸·

這一招雖然接住了，但已震得左膀隱隱作痛。天鏡禪師叫道：「第二招來了。」陳家洛不敢再行硬架，等到掌到，身子一偏，反拳擱打他的臂彎，這一招是「百花錯拳」中的妙着，敵人勢必收拳相避。那知天鏡右臂「橫掃千軍」，把肘彎倏地對在陳家洛的拳上，橫推過來，這一下來勢極快，陳家洛拳力尚未用出，已被對方肘部抵住，急忙腳上使勁，身子直拔起來，避開他這一推之勢，落下來仍又坐在蒲團上。天鏡見他變招快捷，能夠坐着急躍，點了點頭，反掌回抓，陳家洛見對方一招一招的越來越厲害，心想這十招只怕接不完，忽聽鐘聲鏜鏜，原來天已微明，寺中撞動巨鐘，心念一動，左掌輕飄飄的隨着鐘聲拍了過去。天鏡「咦」了一聲，回掌撥開，陳家洛用出在回部玉峯中學到的掌法來，迴旋如意，隨着鐘聲一掌一掌的拍去，天鏡全神貫注，以少林派中最精妙的「降龍十八掌」掌法相敵，等到鐘聲一停，陳家洛收掌道：「咱們已拆了二十多招了。」

天鏡道：「好好，固然掌法精妙，請吧。」陳家洛站起身來，正要走動，突然一晃，立足不穩，忙扶壁站住，只覺眼前金星亂晃。天鏡扶他坐下，說道：「你最初硬接我第一招時傷了氣，靜靜的調勻一下呼吸，不礙事。」陳家洛閉目坐在蒲團上，依言運氣，過了一會，覺丹田中直暖上來，這才精神恢復，但雙掌雙臂都已微腫，隱隱脹痛，心想這位老禪師真個厲害。天鏡道：「你這套掌法是那裏學來的？」陳家洛也不隱瞞，簡略的把經過說了，天鏡道：「你如上來就用這掌法，手臂也不會受傷了，好好，這也是緣法。」

陳家洛道：「弟子受了傷，最後一殿是一定闖不過去了，求老禪師指點一條明路。」天鏡道：「過不去，就回頭。」陳家洛心想：「釋家叫人回頭，咱們豪俠之輩却講究一往無前，死而不悔。」於是行了個禮，向後殿走去。行了幾步，天鏡道：「我問你一句話。」陳家洛止步回頭，天鏡道：「適才我和你拆了二十餘招，我的掌法你都記得嗎？」陳家洛道：「弟子記得。」天鏡道：「你自己可以領會研習，却不許傳授旁人，還是少林寺的鎮山之寶。」陳家洛一怔，心中大悟，原來天鏡剛才把一套上乘的掌法傳給了自己，當下撲翻在地，磕頭拜謝。天鏡道：「你知道我為什麼傳你這套掌法？」陳家洛道：「弟子不知。」天鏡道：「我從你的掌法中領悟了許多武術的精義，投桃報李，我也得還一些。再者，我是完了二十多年來沒能了的一樁心願。」陳家洛怔怔的望着他，惘然不解。天鏡悽然道：「同門師兄弟中我和你過世的義父最好，我答應過教他這路降龍十八掌的。」（五二五）

舊版《書劍恩仇錄》第五二五續，1956年7月18日。史上第一次出現「降龍十八掌」的名稱。

天鏡道：「適才折了四十餘招，我的掌法都記得嗎？」陳家洛道：「弟子記得。」天鏡道：「你自己可以領會研習，卻不許傳授旁人，這是少林寺的鎮山之寶。其中精微變化雖然未盡，要旨已在這四十餘變之中，你慢慢參悟吧。」陳家洛一怔，隨即省悟，原來他剛才已把一套上乘的掌法傳給了自己，當下撲翻在地，磕頭拜謝。天鏡道：「你可知我為何傳你這套掌法？……我是完了二十餘年來沒能了的一樁心願。……同門師兄弟中，我和你過世的義父最好，我答應過教他這路伏虎十三掌的。」（明晚版《書劍恩仇錄》第一八八續，1971年4月6日）

明晚版《書劍恩仇錄》第一八六至一八八續插圖，1971年4月4-6日。「陳家洛……知他是用『醉拳』來和自己過招……當下雙手一拍，倏地分開……一開首就是『百花錯拳』的絕招。」（左）「陳家洛……當即隨機應變，左手抓住杖頭，右手短劍在杖身上一劃，禪杖登時分為兩截，兩人各執了一段。」（中）「陳家洛一怔，隨即省悟，原來他剛才已把一套上乘的掌法傳給了自己，當下撲翻在地，磕頭拜謝。」（右）

明晚版加入「精微變化未盡，要旨已在其中」的解釋，很顯然地，金庸自己也知道單憑對拆招式就足以把一套稱得上是「鎮山之寶」的掌法傳授他人，實在有欠說服力。到了作品集版時，金庸索性刪去傳功的講法，陳家洛與天鏡只是純粹對拆招式，沒有再提及傳功。

阿凡提買油

舊版第十九回「騎驢負鍋隱大俠」，引進了新角色維吾爾人納斯爾丁·阿凡提。阿凡提是否真有其人無法確認，但絕非金庸所創，許多故老相傳的故事中都有阿凡提的影子。金庸提取了原型人物的機智與滑稽特徵，並賦予高超武功，成為書中足以與天池怪俠袁士霄比肩的頂尖高手。阿凡提初登場時，金庸為了吸引讀者，一口氣寫了十天，既寫「騎驢」、「負鍋」等特徵，又寫「買油」、「死雞生蛋」、「鐵鍋生子」、「種麥吃麥」等時而犯渾、時而機智的事情，務求在最短時間內讓讀者留下印象。

然而，阿凡提在《書劍恩仇錄》中並非關鍵人物，即使身具絕世武功，但作用不大。書中與阿凡提最相關的重要情節是為李沅芷指引方法，去找能夠獲得余魚同認真對待的「胡蘿蔔」。作為滑稽人物，阿凡提能為故事「提味」，特別是在連載時，能夠增添許多閱讀趣味。金庸深知連載版與書本版的差別，改寫小說時，就刻意刪掉部分在連載時可能讓讀者覺得過癮、卻又會拖慢故事節奏的情節。例如，阿凡提的妻子叫阿凡提去買油，阿凡提拿著碗去油坊：

阿凡提一手端碗，一手拿錢，口裏卻不住嘮叨：「一隻母鷄生了許多蛋，蛋孵成小

明晚版《書劍恩仇錄》第一七三續，1971年3月22日。四年後出版《金庸作品集．書劍恩仇錄》時，整段情節挪後一回。

雞，小雞長大了又生蛋，這筆帳怎樣個算法？」到了油坊，阿凡提把錢往櫃上一放，伸出碗去，油坊掌櫃往碗裏倒油，一會兒就滿到了碗邊，掌櫃的見油提子裏還有一些油，可是碗裏倒不下去了，便道：「納斯爾丁大哥，這點兒倒在那裏呢？」阿凡提口中唸著：「……生了蛋，又孵成小雞。」伸手在身上一摸，什麼盛油的東西也沒有，隨手把油碗一翻，指著碗底道：「就倒在這碗坑裏吧。」蔴油瀉了一地，李沅芷不覺大笑，阿凡提絲毫不覺，仍道：「倒呀，倒呀！」油坑（筆者案：「坑」當為「坊」。油坑，三育版作「油坊」）掌櫃便把一點兒油倒在碗坑兒裏。阿凡提拿回家來，他妻子道：「怎麼三個錢只買了這一點兒油？咱們家裏今兒有客，要多烙幾斤餅哪。」阿凡提道：「不，這邊還有呢。」說著又把碗翻了過來，碗坑裏的一點點油登時倒在地下。（舊版《書劍恩仇錄》第四八四續，1956年6月7日）

「買油」情節來自與阿凡提有關的傳說故事，並非金庸所創。金庸改寫小說時，把不屬於原創的情節刪掉，一則讓故事節奏推進得更快，二則更能提高小說的原創「成色」。與阿凡提相關的情節，在明晚版中分別置於第十七和十八回，1971年明晚版金庸刪去了「買油」的情節；1975年出版作品集時再修改，金庸將阿凡提的一應情節往後挪，全部放到第十八回「驅驢有術居奇貨　除惡無方從佳人」。

雲君圖說《書劍恩仇錄》

《金庸作品集．鹿鼎記》「後記」中，金庸憶述多年來的寫作習慣：「我撰寫連載的習慣向來是每天寫一續，次日刊出。」（花皮版《鹿鼎記》，頁2119）曾為金庸送稿到報館的崔成安，也有相關回憶，謂金庸寫《倚天屠龍記》時，他就坐在金庸家裡等，稿件出來後，立刻送到報館交給編輯看，然後給「字房」檢字排版。如果金庸與崔成安的記憶為真，那麼雲君到底是何時為連載故事畫插圖呢？崔成安也曾為報館畫插圖，指出當時的習慣做法是畫師看今天的內容，推測明天的情節，再畫插圖，因此或會猜錯。雲君是不是也

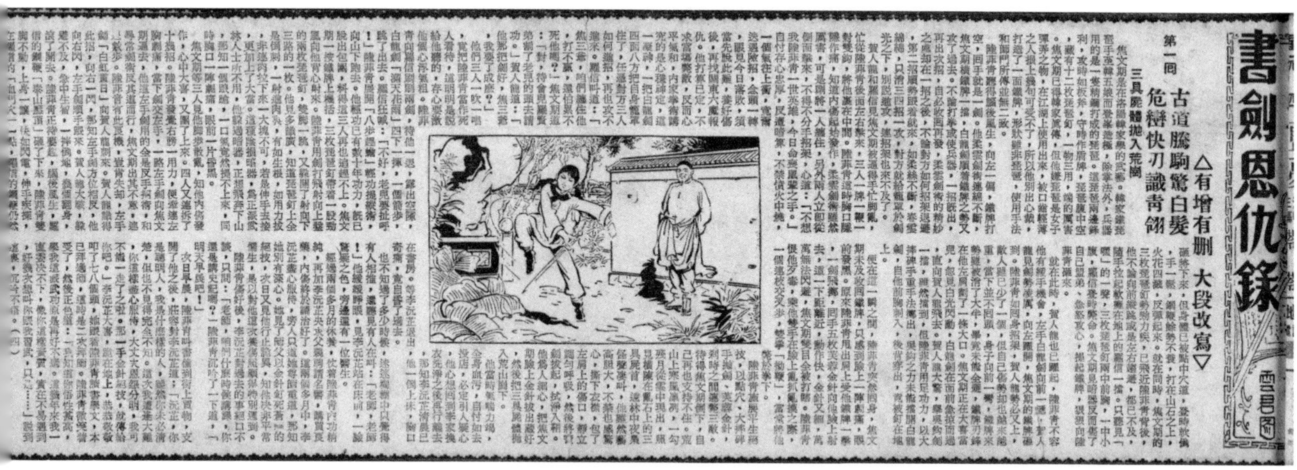

上　明晚版《書劍恩仇錄》第四續，1970年10月4日。插圖是陸菲青教李沅芷劍法，內文卻沒有提及。

下　明晚版《書劍恩仇錄》第三五續，1970年11月4日。插圖畫駱冰騎馬，內文卻沒有提及。

1

2

3

4

5

6

7

8

9

10

11

12

13

14

15

左頁　明晚版《書劍恩仇錄》插圖。
1　李沅芷的柔雲劍術不敵霍青桐的三分劍術，陸菲青出手協助。
2　（余魚同）「把長櫈搬到院子通道，從身後包裹裏抽出一根笛子，悠悠揚揚的吹了起來。」
3　「三丈外兩人坐在炕上，手拈棋子，向那豎立的棋局投去，一顆顆棋子都嵌在棋道之上。」
4　霍青桐贈陳家洛短劍，並指出劍裡藏著極大秘密。
5　紅花會第五、第六當家西川雙俠在山道上迎戰火手判官張召重。
6　陳家洛首次亮出奇形兵刃九鈎盾牌與五索鋼球。
7　紅花會二當家無塵道長衝入清兵隊伍中殺敵。
8　陳家洛在杭州的山上遇見化名東方耳的乾隆皇帝。
9　乾隆贈書畫三卷，助玉如意取得花國狀元，玉如意唱周美成的〈少年遊〉以表謝意。
10　紅花會七當家徐天宏在六和塔上與來刺殺乾隆的「雪鵰」關明梅對上。
11　陳家洛初遇香香公主喀絲麗。
12　「只聽得馬道長慘叫一聲，跳了起來，雙眼鮮血淋漓，兩顆眼珠已被那狼心狗肺的奸賊挖了出來！」
13　「石室中有玉床、玉桌、玉椅，都雕刻得十分精緻，床上斜倚著一具骸骨。」
14　三人在玉床骸骨旁發現寫滿古回文的羊皮冊子，香香公主邊翻譯邊讀給陳家洛聽。
15　「跪在香香公主右邊那名侍衛忽見地上一股殷紅的鮮血緩緩流動，吃了一驚，見鮮血正從香香公主身下流出，把她白衣染紅了一大塊」。

用推測法來畫插圖，已不可知。但觀乎每天連載的金庸小說，文字與插圖確實常有不配合的地方。

例如1971年10月4日明晚版《書劍恩仇錄》第四續，內文先寫陸菲青與焦文期、賀人龍、羅信對打，再寫陸菲青傷癒後要收李沅芷為徒。插圖畫的卻是陸菲青教李沅芷劍術。然而，傳授劍術是翌日的情節：「從那天起，陸菲青就以武當派的入門功夫相授，教她調神練氣，自最淺的十段錦練起，再學三十二勢長拳，既培力、亦練拳，……陸菲青把柔雲劍術和芙蓉金針也都教會了她。」10月4日那天的連載根本沒有提過傳授武功。

又如明晚版《書劍恩仇錄》第三五續，內文寫周仲英、周綺、駱冰與徐天宏的對話，插圖卻是駱冰冒雨騎馬。情節也是翌日連載才交代：「駱冰……去馬廐裏牽了馬，披了油布雨衣，向東疾馳。」

金庸答客問之《書劍恩仇錄》篇

《新晚報》上的《書劍恩仇錄》，金庸曾有二十次回覆讀者，當中不乏妙問妙答，現精選部分臚列於下（括號內數字為所載續數，不另外標示日期），從中或可稍稍了解當年金庸與讀者所重視的「話題」：

- 王仁義、沃心田兩位先生：「書劍恩仇錄」將出單行本。此是遊戲文字，承蒙獎掖，愧不敢當。敝人以前並無武俠作品。（137）

- 人韋先生：無塵道人所砍去的是左臂，第一章第十五節中誤左為右，承指正極感。先生閱讀如此仔細，至感榮寵。（167）

- 盧麗香先生：文泰來是否能夠救出，陳家洛對霍青桐之誤會將來能否冰釋，兩人會不會相愛，此是全書關鍵，不能先行奉告，請諒。（193）

- 馬揚基老先生：來函所提意見，極為中肯，謹受教言。據云先生在加拿大之親屬極喜此書，Edmonton之青年會每逢星期日必座無虛席，許多華僑遠道而來閱讀「書劍」，尤為感奮。自當用心撰作，庶不負老先生之期望也。（248）

- 霍芳雲先生：你不見了兩天的「書劍」剪報，在報上再登一遍是不方便的，請示知通訊處，我剪兩張寄給你吧。（311）

- 劉流先生：「書劍」背面常有填字圖表，已將尊函轉交「新樂園」編者，他如不肯移動地位，大概是希望你多買一份新晚報了。（316）

- 人韋先生：言伯乾「雙目如電」，應為「單目如電」，承指正甚感。（360）

- 一羣學生朋友：余魚同的結局現在不能先行奉告，你們既然打賭，請示通訊處，以便代決勝負。（367）

- 俊雲先生：來信敬悉，謝謝。娥皇女英之法雖能解決問題，但對女性太不尊重也。（389）（筆者案：所謂「問題」，指霍青桐與香香公主同時愛上陳家洛的三角戀，「娥皇女英之法」指一夫兩妻。）

- 楊紫卿、徐蕊初兩位：簽名冊請放在本報門市部，我可給你們寫。至於照片，因為一點不靚，還是免了吧。（440）

貳

碧血劍／碧血金蛇劍

《碧血劍》連載於《香港商報》，自1956年1月1日至1956年12月31日，共三百六十六續。全文分十八回，每回連載續數不一，最短六續，最長五十三續。自《碧血劍》開始，金庸的小說會配上插圖，除《書劍恩仇錄》與《雪山飛狐》，其餘小說的插圖都出自雲君手筆。

《碧血劍》的回數與回目，最是多變。舊版連載時只有十八回，幾個月後出版的三育版單行本（正版小說）共有五冊，金庸把原來的十八回重新分配為二十五回。1971年修訂時又重組內容，明晚版改為十二回；到了1975年出版《金庸作品集．碧血劍》時，又改為二十回，沿用至新修版。茲將各版《碧血劍》回目整理如下：

回	舊版	三育版	明晚版	作品集版
1	三尺託童稚 八方會俊英	嘆息生民苦 跋涉世道艱	三尺存童稚 八方會俊英	危邦行蜀道 亂世壞長城
2	慷慨傳絕藝 患難見真心	三尺託童稚 八方會俊英	經年親劍鋏 長日對楸枰	恩仇同患難 死生見交情
3	深宵窺圖譜 長日迷楸枰	重重遭大難 赳赳護小友	感恩驅五老 仗義護千金	經年親劍鋏 長日對楸枰
4	絕頂來怪客 密室讀奇文	窮年傳拳劍 長日迷楸枰	山幽花寂寂 水秀草青青	矯矯金蛇劍 翩翩美少年
5	水秀春寂寂[12] 山幽草青青	絕頂來怪客 密室讀奇文	破陣緣秘笈 尋寶有遺圖	山幽花寂寂 水秀草青青
6	懷舊鬥五老 仗義奪千金	水秀花寂寂 山幽草青青	雙姝贏巨宅 一劍解深仇	踰牆摟處子 結陣困郎君
7	拔刀消仇氛 揮拳正門風	懷舊鬥五老 仗義奪千金	冀魯羣豪集 燕雲大盜爭	破陣緣秘笈 藏珍有遺圖
8	無意逢舊侶 有心發藏珍	柔腸泯殺機 俠骨喪奸謀	慷慨同仇日 間關百戰時	易寒強敵膽 難解女兒心
9	齊魯巨寇集 燕趙大豪爭	指撥算盤間 睡臥敵陣中	纖纖出鐵手 矯矯飛金蛇	雙姝拚巨賭 一使解深怨
10	鬧席擲異物 釋愆贈奇珍	猜妒情原切 嬌嗔愛始真	險毒如斯也 仇怨甚矣哉	不傳傳百變 無敵敵千招
11	三美競芳華 羣豪劫紅衣	仗劍解仇紛 奪信見奸謀	朱顏殘寶劍 黑甲入名都	慷慨同仇日 間關百戰時

12	竟見此怪屋 乃困於深宮	瀟洒破兩儀 談笑發五招	嗟乎興聖主 亦復苦生民	王母桃中藥 頭陀席上珍
13	心傷落花意 苦恨流水情	無意逢舊侶 有心覓奇珍		揮椎師博浪 毀炮挫哥舒
14	凜凜丈夫意 切切兒女情	冀魯羣盜集 燕雲大豪爭		劍光崇政殿 燭影昭陽宮
15	積屍草木腥 流血川原丹	險峽收萬眾 泰山會羣英		纖纖出鐵手 矯矯舞金蛇[13]
16	碧血染寶劍 黃甲入名都	鬧席擲異物 釋愆贈靈丹		石岡凝冷月 鐵手拂曉風
17	兇險如斯乎 怨毒甚矣哉	同氣結金蘭 助威奪紅衣		青衿心上意 彩筆畫中人
18	羣彥聚西嶽 眾豪泛南海	竟見此怪屋 乃入於深宮		朱顏罹寶劍 黑甲入名都
19		虎虎施毒掌 盈盈出鐵手		嗟乎興聖主 亦復苦生民
20		深宵發桐棺 破曉試蛇劍		空負安邦志 遂吟去國行
21		怨憤說舊日 憔悴異當時		
22		心傷落花意 魂斷流水情		
23		碧血染寶劍 黃甲入名都		
24		兇險如斯乎 怨毒甚矣哉		
25		羣彥聚西嶽 眾豪泛南海		

12 第五回共連載了二十三續，頭十九續用回目「水秀春寂寂」五字，最後四續又改作「春秀水寂寂」。「水秀」二字在四個版本回目中都出現過，應是金庸原始想法，「春秀」二字可能是排版植字錯誤導致。

13 香港明河社的《金庸作品集·碧血劍》第十五、十六回回目至少有兩個版本。遠流花皮版中的「纖纖出鐵手 矯矯舞金蛇」、「石岡凝冷月 鐵手拂曉風」是最早的版本（依據明河社1975年初版）。金庸後來將這兩回回目分別改為「纖纖出鐵手 烈烈舞金蛇」、「荒岡凝冷月 鬧市御曉風」。把「矯矯」改為「烈烈」，應是避免與第四回「矯矯金蛇劍」重複用字；「石岡」改「荒岡」，「荒」字形象更鮮明，下聯不用「鐵手」，大抵也是避免重複，因為前一回已經用了「鐵手」。至於何時修改？仍不能完全確定。筆者藏有1981年時的「四版」明河版《碧血劍》，已經使用新回目。此後各版（包括大陸版），都用新回目。遠流花皮版（改版後叫「亮彩映象版」）是目前唯一用初版回目的版本。

一、三尺託童稚　八方會俊英

碧血劍　金庸撰文・雲君繪像

斜陽將墮，歸鴉陣陣，陝西秦嶺山道上一個少年書生騎了一匹白馬，正在逸興橫飛的觀賞風景。這個書生二十歲還不到，手執馬鞭，高聲吟哦：「夕陽無限好，只是近黃昏。」他身後隨着一名十多歲的書僮，騎着一匹瘦馬，馬臂上堆了一卷書，一卷行李，他見天色眼下就黑，公子還不加緊趕路，於是催道：「公子這條道上很不太平，要是今晚趕不到宿頭，遇上盜賊可不是玩的呢。」那書生笑了笑，馬鞭一揚，放開馬向前奔去。這公子姓侯名朝宗，表字方域，河南商邱人氏，是世代書香之後。這年正是明崇禎九年，侯公子稟明父母，出外遊學，其時道路不靖，盜賊如毛，侯公子的父母本來很不放心，但他堅持要去，說大丈夫當讀萬卷書行萬里路，胸中才有經緯學問，他父母強他不過，只索吧了。侯公子才氣縱橫，甚有胆略，帶了一名僮兒侯康，一路往西，沿途遊山玩水，到了終南山腳下。他一路遇到的儘是面黃肌瘦的農民，道路邊上常見餓斃的死屍，有的口中還塞滿了青草，模樣慘不忍覩。他起初還拿銀子出來周濟，但後來見路上都是如此，施不勝施，只好心中暗暗嘆息。這時見山邊景色奇佳，忘了眾民慘狀，揚鞭賞玩起來。他縱馬馳了一陣，天色越黑，心中也有點焦急，催馬急奔。一口氣奔出十多里地，到了一個小市鎮上，主僕兩人大喜，想找客店借宿，那知這市鎮上靜悄悄的一個人影也沒有。侯康下馬走到一家外面掛着「終南客棧」牌子的店外，高聲叫道：「喂，店家，店家！」店房靠山，山谷响應，只聽見：「喂，店家，店家」的回聲，店裏却絲毫沒有動靜。正在這時，一陣北風吹來，嚴嚴作响，兩人都有點毛骨悚然。侯朝宗拔出佩劍，闖進店去，只見院子內兩具屍首倒在地上，流了一大灘黑血。蒼蠅繞着屍首亂飛，腐臭撲鼻而來，看來死屍已死去多日，侯康大叫一聲，返身逃出店去。侯朝宗四下一瞧，到處箱籠散亂，門窗殘破，似乎經過盜匪洗劫過的。侯康見主人不出來，又回進店去。侯朝宗道：「咱們到別處看看。」那知這市鎮沒一家不是如此，有的女屍身上赤裸，顯然是遭了強暴而被殺的，好好一個市鎮中，到處陰風慘慘，屍臭陣陣。侯朝宗就算再大胆，這時也不敢停留了，急忙上馬向西。主僕兩人一言不發，又奔了十幾里地。兩人又餓又怕，正狼狽間，侯康忽道：「公子，你瞧！」侯朝宗順着他手指看去，只見遠處有一點火光，喜道：「咱們借宿去。」兩人離開大道，向那火光走去，越走路越狹窄崎嶇，侯朝宗忽道：「要是那是賊窟，咱們豈不是自投死路？」（一）

三、深宵窺圖譜　長日迷楸枰

碧血劍　金庸撰文　雲君繪像

木桑道人舉起棋盤一揮，只聽見「嗤」的一聲大响，數十顆棋子同時落在棋盤之上。袁承志伸出了舌頭，半晌說不出話來，原來數十顆棋子拋上天空，落下來必定有個先後，鐵棋子和鐵棋子碰到鐵棋盤，必定是「叮叮噹噹」的亂响一陣，那知數十顆棋子落下竟是不先不後，同時碰到棋盤，那麼拋擲上去時手的力平勻，實在到了驚人的地步。更奇怪的是，棋子落在棋盤上竟不彈開，只見木桑道人手微微一沉，巳把棋子下落之勢抵消，一顆顆棋子就像用手來擺那樣放在棋盤之上。木桑道人笑道：「打暗器要先練力，再練準頭，發出去的輕重有了把握之後，才談得到準不準。」於是把投擲棋子用力使勁的心法傳授了袁承志。話休絮煩，木桑在華山絕頂一住就是大半年，天天與這位小友對奕，流連忘返，樂而忘倦，而他一身輕身功夫和打圍棋子的心法，在這大半年中也毫不藏私的傳給了他。這天正是上午練了拳劍，下午和木桑在樹下對奕。這時袁承志棋力巳高出木桑一先，可是木桑好勝，每次還是要執白子，讓袁承志先行，那更是勝少敗多了。這天木桑教袁承志的仍是發暗器的「滿天花雨」手法，一撒出去十多顆棋子，要顆顆都打中敵人的穴道，這種上乘武功當然不是一朝一夕所能學會，袁承志在這一門上巳下了四個月苦功，可是同時發三四顆棋子，每次總只能有一二顆打中。木桑做了一個木牌，牌上畫了一個人形，叫啞巴舉了木牌奔跑，木桑喊道：「天宗、肩貞、玉枕！」袁承志三顆棋子發出，打中了天宗、玉枕兩穴，肩貞一穴却打偏了。木桑又喊：「關元、神封、太赫」啞巴一邊跑，一邊把木牌亂晃，袁承志展開輕身功夫，追趕上去，手一揮，木桑巳叫了起來：「關元穴沒中。」他正要再喊，忽然聽見袁承志驚叫一聲，搶上去把啞巴一把拉住，向後一扯，啞巴一呆，回過頭來，只見一頭猩猩站在身後，作勢要撲。啞巴舉起木牌劈頭向猩猩打下，突然感到手上有一股力量一托，巳被木桑拉了回來。木桑叫道：「承志，你對付他！」袁承志知道這是木桑試他本領，答應了一聲，雙掌一錯，輕飄飄站在猩猩面前。猩猩見了人，轉身想走，袁承志用重手「拍」的一聲，在牠背上重重一掌。猩猩痛得哇哇怪叫，轉身揮長臂來抓，袁承志托地跳開，正要乘隙迎擊，忽覺身後生風，似有敵人來襲，他不及回頭，左腳一點，躍在空中，人未落地，巳見襲擊他的原來是另一頭大猩猩。袁承志練了這些年武功，從未與人對過招，兩個猩猩雖然猙惡，他毫不畏懼，展開「伏虎掌」法與兩獸鬥了起來。（四七）

上　舊版《碧血劍》首日連載，1956年1月1日。

下　舊版《碧血劍》第四七續，1956年2月16日。《香港商報》連載《碧血劍》期間，經常改動版面，以致文字排列與插圖的位置都經常改變。這個版面壽命最短，只維持了短短七天，又再變更。

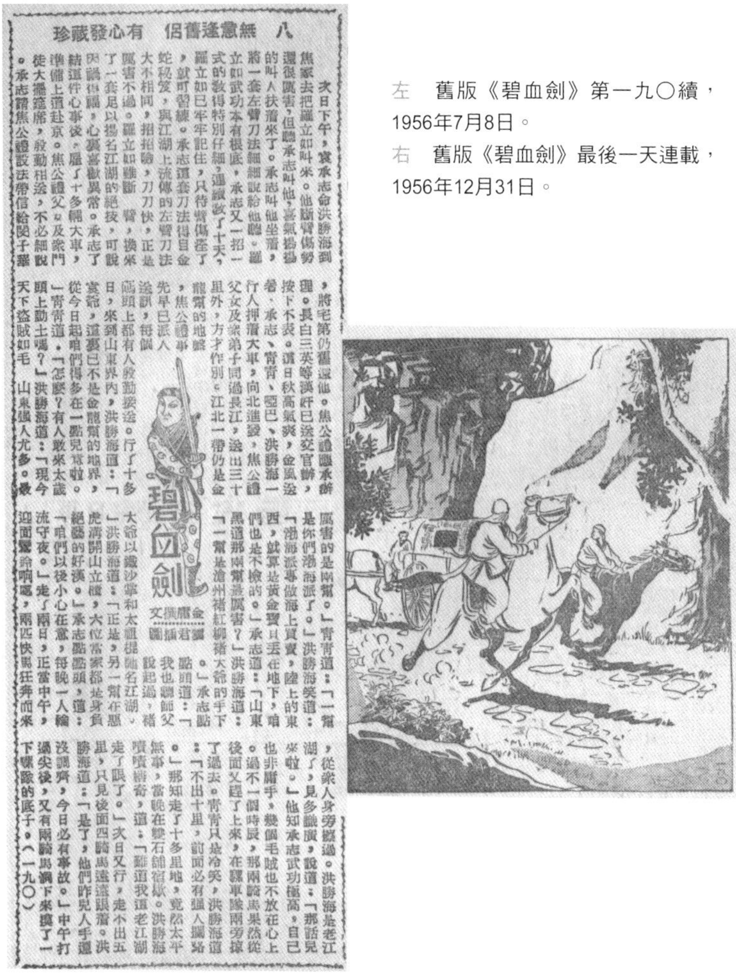

左　舊版《碧血劍》第一九〇續，1956年7月8日。
右　舊版《碧血劍》最後一天連載，1956年12月31日。

不難發現，有了《書劍恩仇錄》的經驗，金庸寫《碧血劍》的回目，已經朝「整齊」方向發展，一開始就用對偶方式來寫。之後即使章節重組，金庸因應新章節內容重擬回目，但基本表達方式沒變。創作與改寫《書劍恩仇錄》時，金庸用七言句做回目，到了《碧血劍》又有新嘗試，改為五言回目。字數少了，文字反映的內容必須更精練，才能以更少的字數呈現一回的內容。

曾經，它叫做《碧血金蛇劍》

1971年，金庸改寫《碧血劍》，不只是改內容和回目，還把書名改為《碧血金蛇劍》。首日連載時，他寫了「案語」解釋為什麼要改書名：

> 「碧血金蛇劍」即舊作「碧血劍」的修訂本。書中的金蛇郎君雖只在其他角色的回憶和敘述中出現，然而是一個關鍵性人物，而主角袁承志所用的武器，又叫作「金蛇劍」，所以書名中加上「金蛇」兩字。原作結尾太過草率，全部重新寫過。有一些次要角色如侯方域、祖大壽、祖仲壽等，都另行改換。原作中前後不相呼應、文字粗疏的地方，均加潤飾修改。原書共二十五回，現改為十二回，回目也有變動。（明晚版《碧血金蛇劍》首日連載，1971年5月24日）

後來出版單行本，金庸又刪掉「金蛇」二字，用回舊名。雖然少了「金蛇」二字，有關金蛇郎君的描寫卻沒有減少。金庸在《金庸作品集・碧血劍》「後記」中這樣說：

> 「碧血劍」曾作了兩次頗大修改，增加了五分之一左右的篇幅。修訂的心力，在這部書上付出最多。（花皮版《碧血劍》，頁864）

舊版全文約三十三萬字，初次修改的明晚版連載了一百四十三天，每天約二千七百字，總數約三十九萬字。作品集版字數又再增加，總數逾四十一萬字。兩次修改多了合共約八萬字，所以金庸說「增加了五分之一左右的篇幅」。

除了《碧血劍》正文，還有〈袁崇煥評傳〉，收錄在《金庸作品集・碧血劍》袁承志故事之後。金庸在「後記」中指出，由於故事中沒有把袁崇煥寫好，就來個新嘗試：寫歷史人物評傳，既能夠讓自己直接寫歷史文字，但又不想「完全站在冷眼旁觀的地位」（花皮版《碧血劍》，頁864）。

〈袁崇煥評傳〉原名〈廣東英雄袁蠻子——袁崇煥評傳〉，金庸原打算在《武俠與歷史》分期發表。全文分五期，1975年4月10日首發於第七四二期。然而，好景不常，雜誌嚴重脫期。金庸大概知道不可能在短期內復刊，只好變陣，選了《明報》重新刊登評傳，1975年5月23日開始在《明報》連載，到6月28日為止，共連載了三十七天，每天約一千七百字。至於《武俠與歷史》第七四三期，脫期了整整三個月，延至1975年7月16日才復刊，第二期的評傳就從首載變成了二輪連載，全文要到1975年9月1日的第七四六期才刊出最終回。

《碧血金蛇劍》1971年5月下旬在《明報晚報》開始連載，事隔四年，金庸才寫〈袁崇煥評傳〉，完全是因為其時已經著手再次改寫《碧血劍》。評傳首日連載時，金庸就在案語中說，近幾個月「為了修訂改寫武俠小說『碧血劍』」，再對照作品集「後記」裡提

廣東英雄袁蠻子

——袁崇煥評傳

● 金庸 ●

爲了修訂改寫武俠小說「碧血劍」，近幾個月來讀了一些與袁崇煥有關的資料。「明史」中有「袁崇煥傳」，那是清人站在滿清立場寫的。梁啟超有一篇「袁崇煥傳」，則是一面倒的頌揚，所用的方法與當代一般學者頗有不同。因此我試寫了這一篇文字。其實這不能說是一「評傳」，只是一篇「讀史感想」。這篇文字本有許多條附注，說明資料的出處，相信報紙的讀者不會感到興趣，所以在這裏都略去了。這些注解與有關圖片，將來發表在「碧血劍」的修訂本裏。「蠻子」兩字，是崇禎皇帝背後對袁崇煥的稱呼。

——金庸

貪婪懶惰　明神宗誤國殃民

在距離香港不到一百五十公里的地區之中，過去三百多年中出了兩位與中國歷史有重大關係的人物。第一位當然是孫中山先生。第二位是出生在廣東東莞的袁崇煥。

我在閱讀袁崇煥所寫的奏章、所作的詩句、以及與他有關的史料之時，時時覺得似乎是在讀古希臘劇作家依斯契勒斯、沙福克里斯等人的悲劇。袁崇煥真像是一個古希臘的悲劇英雄，他有巨大的勇氣，和敵人作戰的勇氣，道德上的勇氣。他沖天的幹勁，執拗的蠻勁，和剛烈的狠勁，在當時猥瑣委靡的明末朝廷中，加倍的顯得突出。袁崇煥，字元素，號自如。「煥」，是火光，是明亮燦爛、光采輝煌；「素」是直率的質樸，是自然的本性。他大火熊熊的一生，我行我素的性格，揮灑自如的作風，的確是人如其名。這樣的性格，和他所生長的那個不幸的時代，構成了强烈的矛盾衝突。古希臘英雄拚命掙扎奮鬥，終於敵不過命運的力量而垮了下來。打擊袁崇煥的不是命運，而是時勢。雖然，在某種意義上說來，時勢也就是命運。就像希臘史詩與悲劇中那些英雄們一樣，他轟轟烈烈的戰鬥了，卻終於一步步走向難以避免的悲劇結局。

希臘史詩「伊里亞特」記述赫克托和亞契力斯決戰大戰這一段中，描寫天神們拿了天平在秤這兩個英雄的命運，小時候我讀到赫克托這一端沉了下去，天神們決定他必須戰敗而死，感到非常難過，「那不公平！那不公平！」過了許多許多歲月，當我讀到滿清的皇太極怎樣設反間計，崇禎和他的大臣們怎樣商量要不要殺死袁崇煥，同樣有了劇烈的憤慨之感，那是一樣的不公平。

歷史家評論袁崇煥，着眼點在於他的功業，他對當時政爭謀的影響，他在明清兩個朝代興亡交替之際所起的作用。近二十年來，我幾乎每天都寫一段小說，又寫一段政治評論，因此對歷史政治與小說是同樣的感到興趣，然而在研究袁崇煥的一生之時，他多姿的性格比之他的功業更加吸引我的注意。

整體說來，清朝比明朝好得多。我以爲，清朝十二個皇帝（從清太祖算起）的總平均分數，和明朝十六個皇帝相比，在數學上簡直不能比，因爲前者的是相當高的正數，後者是相當高的負數。對於滿洲人入主中國一事，近代的評價與前人也頗有改變。所以袁崇煥的功業，不免隨着時代的進展而漸漸失卻光采。但他的英雄氣概，光采卻永遠不會泯滅。正如當年七國紛爭的是非成敗，在今天已完全不重要了，但荊軻、聶政、信陵君這些人物，卻仍是活在人們心頭。

「碧血劍」中的袁承志，在性格上只是一個平凡人物。他沒有抗拒艱難時世的勇氣，受到了挫折之後，就逃避到了海外，就像我們大多數在海外的人一樣。

袁崇煥卻是真正的英雄。他的才氣和豪氣籠蓋當世，即使他的缺點，也是英雄式的驚世駭俗。他比小說中虛構的英雄人物，有更多的英雄氣概。

像白居易詠古劍的詩句：「至寶有本性，性精剛無儔。可使寸寸折，不能繞指柔。」袁崇煥是一柄鋒銳無匹、鋼鐵無儔的寶劍，然而終於在一個不幸的時代中，寸寸斷折。

在明末那段不幸的歲月中，任何人都是不幸的。悲劇性的君主：崇禎，清太祖努爾哈赤，清太宗皇太極，蒙古人的首領林丹汗，朝鮮國王李倧；始終是死路一條的將軍大臣（奮勇抗敵的將軍與降敵做漢奸的將軍，忠耿正直的大臣與奸佞無恥的大臣，命運都沒甚麼分別，但在一個比較溫和的時代，奸臣卻常常能得善終，例如秦檜）；憤怒不平的知識份子，領不到糧餉的兵卒，生命朝不保夕的「流寇」，飢餓流離的百姓，以及有巨大才能與勇氣的英雄人物：楊漣、熊廷弼、孫承宗、李自成、袁崇煥。

在那個時代中，人人都遭到了在太平年月中所無法想像的苦難。在山東的大飢荒中，丈夫吃

明報　星期六　一九七五年六月二十八日

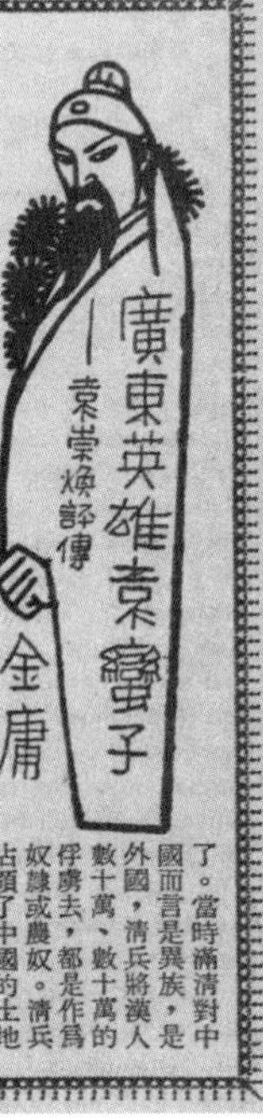

廣東英雄袁蠻子

——袁崇煥評傳

金庸

專制獨裁　禍國殃民

他隨手在御案上寫了「文臣個個可殺」六個字，給身邊的近侍太監看了，當即抹去。他在自殺之前，用血寫了一道詔書，留在宮中：「朕自登極十七年，上邀天罪，致虜陷地三次，逆賊直逼京師，皆諸臣誤朕也。任爾（指李自成）分裂朕屍，可將文武盡皆殺死，勿壞陵寢，勿傷我百姓一人。」（這道詔書與相傳留在他身上的遺書內容稍有不同）。可見他始終以爲一切過失都是在文武百官，痛恨所有爲他辦事的人。

他哥哥天啓從做木工中得到重大樂趣，依戀乳娘，相信魏忠賢一切都是對的，精神上倒很平安。崇禎卻只是煩躁、憂慮、疑惑、彷徨，做十七年皇帝，過了十七年痛苦的日子。拚命想辦好國家大事，卻完全不知道怎麼辦才是。

皇帝是不能辭職的！

他沒有一個眞正親信的人，他連魏忠賢都沒有。他沒有精神上的信仰，一度聽了徐光啓的勸告而信奉天主教，但他的愛子悼靈王生病，天主沒有救活孩子的性命，他便對天主失卻了信心。他沒有眞正的愛好。他不好色，連陳圓圓這樣的美女送進宮去，他都不感興趣而遣出宮來。

在中國幾千年歷史中，皇帝被敵人俘虜或殺死的很多，在政變中被殺的更多，但自殺殉難的卻只有崇禎一人。由於他的自殺，後人對他的評價便比他實際應得的好得多。只因他不好酒色，勤於政事，後人就以爲他本身是個好皇帝。甚至李自成的檄文中，也說他「君非甚闇，孤立而煬蔽恆多；臣盡行私，比黨而公忠絕少。」只因他遺詔中說「勿傷我百姓一人」，後人便以爲他眞的愛百姓（難道他十七年中所殺的百姓還少了？）只因他說過「朕非亡國之君，諸臣皆亡國之臣」，於是後人便以爲明朝所以亡，責任是在羣臣身上。其實，他說這樣的話，就表明他是合理的亡國之君。他擁有絕對的權力，卻將中興之臣、治國平天下之臣殺的殺、罷的罷，將一批亡國之臣走馬燈般換來換去，那便構成了亡國之君的條件。

明朝是中國歷史上最專制、最腐敗、統治最殘暴的朝代，到明末更成爲中國數千年中最黑暗的時期之一。明朝當然應該亡，對於中國人民，清朝比明朝好得多。

然而袁崇煥抗拒滿清入侵，卻不能說是錯了。當時滿清對中國而言是異族，是外國，清兵將漢人數十萬、數十萬的俘虜去，都是作爲奴隸或農奴。清兵佔領了中國的土地城市，總是燒殺劫掠、極殘酷的虐待漢人。不能由於後代滿清統治勝過了明朝，現在滿族又成爲中華民族中一個不可分離的部份，就抹煞了袁崇煥當時抗禦外族入侵的重大意義。正如將來世界大同之後，也不能否定目前各國保持獨立和領土主權完整的主張。清朝比明朝好，只不過是中國人運氣好，碰到了幾個中國歷史上最好的皇帝。然而袁崇煥當時是不會知道的。只要專制獨裁的制度存在一天，大家就只好碰運氣。袁崇煥和億萬中國人民運氣不好，遇上了崇禎。崇禎運氣不好，做上了皇帝。他倉皇出宮那一晚，提起劍來向女兒長平公主斬落時，淒然說道：「你爲甚麼生在我家？」正是說出了自己的心意。他的性格、才能、年齡，都不配做掌握全國軍政大權的皇帝。歸根結底，是專制制度害了他，也害了千千萬萬中國人民。

在離開袁崇煥家鄉不遠的地方，在袁崇煥死後二百三十六年（那時清朝也已腐爛不可收拾了），誕生了孫中山先生。他向中國人指明：必須由最有見識和才能、品格高尚的人來管理國家大事。一旦有才幹的人因身居高位而受了權力的腐化，變成專橫獨斷、欺壓人民時，人民立刻就須撤換他。

袁崇煥和崇禎的悲劇，明末中國億萬人民的悲劇，不會發生於一個具有眞正民主制度的國家中。把決定千千萬萬人民生死禍福的大權交在一個人手裏，是中國數千年來歷史中一切災難的基本根源。過去我們不知道如何避免這種災難，只盼望上天生下一位聖主賢君，而這種願望經常落空。那是歷史條件的限制，是中國人的不幸。孫中山先生不但說明了這個道理，更畢生爲了剷除這個災禍根源而努力。

在袁崇煥的時代，高貴勇敢的人去抗敵入侵，保衛人民；在孫中山先生的時代，高貴勇敢的人去反抗專制，爲人民爭取民主自由。在每一個時代中，我們總見到一些高貴的勇敢的人、爲了人羣而獻出自己的一生。他們的功業有大有小，孫中山先生的功業極大，袁崇煥當然小得多，然而他們都是奮不顧身，盡力而爲。時代不斷在變遷，道德觀念、歷史觀點、功過的評價也不斷改變，然而從高貴的人性中閃耀出來的瑰麗光采，那些大大小小的火花，即使最黑暗的時期之中，也照亮了人類歷史的道路。

（全文完）

〈廣東英雄袁蠻子——袁崇煥評傳〉首載，《武俠與歷史》第七四二期，1975年4月10日，頁90-91。

〈廣東英雄袁蠻子——袁崇煥評傳〉最終回，《明報》1975年6月28日。

到自己「曾作了兩次頗大修改」，都是指《金庸作品集．碧血劍》歷經兩次修改才完成的明證。

《金庸作品集》中的〈袁崇煥評傳〉，與《明報》、《武俠與歷史》上的評傳都稍有不同，金庸除了略微修改文字外，還加入大量注釋。這是金庸早已想好的事，因為他猜想，讀者未必有興趣。不過，比較奇怪的是，《武俠與歷史》第七四二期首發時，金庸說「說明資料的出處，相信報紙的讀者不會感到興趣」。或許，金庸最初屬意要在《明報晚報》上刊登評傳，後來才改發到《武俠與歷史》，哪知雜誌不爭氣，最後請出《明報》協助，完成「首載」任務。

《碧血劍》蛻變舉隅

作為故事的男主角，袁承志在《碧血劍》中有兩個身分，一個是江湖人身分：華山派弟子、金蛇郎君夏雪宜傳人、七省英雄推選的武林盟主；另一個是朝廷人身分：明末大將袁崇煥的兒子、闖王軍師李岩的義弟。不過，金庸創作《碧血劍》初期，並沒有集中寫袁承志的朝廷人身分，反而著重寫他習武、闖蕩江湖的過程。後來兩次修改，金庸一方面改寫《碧血劍》的江湖事，對於華山派的混元功、金蛇郎君的武林瓜葛，以及最大反派對手玉真子，都增加了許多篇幅；另一方面，又陸續補入大量與皇太極、李自成、袁崇煥等人有關的歷史事。金庸在修訂版「後記」中說：「『碧血劍』的真正主角其實是袁崇煥，其次是金蛇郎君。」舊版故事情節對二人著墨不多，金庸認為袁、夏二人才是真正主角的想法，歷經兩次改寫後才算完成。

金蛇劍與金蛇郎君

明晚版《碧血金蛇劍》連載首日，金庸開宗明義指出改書名的原因：（1）金蛇郎君是關鍵性人物；（2）袁承志用「金蛇劍」做武器。金庸改寫時也增加了對金蛇劍的描繪。事實上，作為全書最奇特且威力最強的兵器，舊版描寫金蛇劍的地方著實不多。袁承志在山洞初次看到金蛇劍時，金庸只提了一句：

> 骷髏前面橫七豎八的放著十幾把金蛇錐，骷髏身旁插著一柄劍，袁承志不敢去碰，再看壁上時……（舊版《碧血劍》第五一續，1956年2月20日）

讀者跟袁承志一樣，這個時候也一定不會留意骷髏身邊的那一把劍。之後袁承志因為練習金蛇劍法不得要領，重到山洞看壁上人形時，這才拔出金蛇劍。小說這樣描寫：

> 眼睛一瞥忽然見了那柄劍，心念一動，把劍從土中拔了起來，只見那劍身形狀甚為奇特，整柄劍就如蛇盤曲而成，蛇尾勾成劍柄，蛇頭就是劍尖，蛇舌伸出分叉，所以那劍尖頭卻有兩叉。（舊版《碧血劍》第五八續，1956年2月27日）

雲君的插圖也沒有配合內文，並未畫出金蛇劍模樣。

到了改寫時，情況就完全不同了。首先，金蛇劍換了位置，由原來的骷髏身旁改為插在石壁上，旁邊還有十六個字。袁承志看到壁上文字，自然留意到字旁的劍。

> 這十六字之旁，有個劍柄凸出在石壁之上，似是一把劍插入了石壁，直至劍柄。他好奇心起，握住劍柄向外一拔，卻是紋風不動，竟似鑄在石裏一般。（明晚版《碧血金蛇劍》第二〇續，1971年6月12日）

後來袁承志重回山洞找劍時，對金蛇劍的描述就更加細緻：

> 突然之間，全身涼颼颼地只感寒氣逼人，只見那劍形狀甚是奇特，與先前所見的金蛇錐依稀相似，整柄劍就如是一條蛇盤曲而成，蛇尾勾成劍柄，蛇頭則是劍尖，蛇舌伸出分叉（筆者案：原文作「义」，排版之誤，今改之），是以劍尖竟有兩叉。那劍金光燦爛，握在手中甚是沉重，看來竟是黃金混和了其他金屬所鑄，劍身上一道血痕，發出碧油油的暗光，極是詭異。（明晚版《碧血金蛇劍》第二二續，1971年6月14日）

除了描寫金蛇劍的外形，還加入了觸覺（寒氣逼人）、色彩（金光燦爛、血痕、碧油油的暗光）、重量、材質，以及特點（與金蛇錐如出一轍）。

至於金蛇郎君，明晚版只稍稍修改細節，並沒有補入大篇幅情節。金蛇郎君與袁崇煥對《碧血劍》故事的發展，前者具有關鍵性作用：袁承志因為發現金蛇秘笈，武功提升，因為要完成金蛇郎君遺願而與溫氏五老對上，闖蕩江湖時又遇上五毒教的何紅藥，「承擔」了「舊債」。金蛇郎君雖死，過去發生的事都在驅使著當下的袁承志去面對與解決。

碧血劍

三、深宵窺圖譜　長日迷機枰

穆人清見他一副毫不畏懼、躍躍欲試的神情，就點點頭道：「好吧，你點一個火把下去，讓火把在前，如果火熄，那千萬不可進去。」袁承志右手執劍，左手拿住火把，縋繩下去。他遵照師父吩咐，用火把先探進洞裏，因為小乖弄破洞外泥封，山頂風勁，吹了一晚，已把洞中穢氣吹得乾乾淨淨，所以火把並不熄滅。袁承志慢慢爬了進去，只見前面是一條僅可容身的甬道，大約爬了十多丈遠，甬道漸高，再前進丈餘，已可站起身來。他挺一挺腰，向前走去，甬道忽然轉彎。袁承志不敢大意，右手寶劍握得更緊，走了兩三丈遠，前面出現一個石室，他用火把一照，嚇出一身冷汗，只見一副骷髏盤膝坐在中間一塊岩石上。那骷髏全身骨格排列得整整齊齊，雙手平放在膝上。袁承志看到這副情形，心中突突亂跳，一看石室中再無其他可怖情形，於是用火把仔細照看。骷髏前面橫七豎八的放着十幾把金蛇錐，骷髏身旁擲着一柄劍，

說月

袁承志不敢去碰，再看壁上時，有幾百幅用利器刻成的人形，每個人身形都不相同，舉手踢足，似乎是在練武。他挨次看去，密密層層的都是圖形，心中大惑不解，不知道這些圖形有什麼用意。圖形盡處，石壁上出現了幾行字，也是用利器深深刻在石上，湊過身去一看，見那幾行字寫道：「重寶秘術，付與有緣，入我門來，遇禍莫怨。」袁承志正想再看，聽見洞口隱隱似有呼喚之聲，忙奔出去，轉了彎走到甬道口，聽見木桑在叫他名字，忙高聲答應，爬了出去。原來木桑和穆人清在山頂見繩子越扯越長，等了很久不見出來，心中焦急，木桑也縋下去查看。他爬不進去，只得在洞口叫喊。袁承志爬出來，扯動繩子，上面穆人清和啞巴忙把兩人拉上去，只見袁承志滿頭滿臉都是灰土青苔，臉現驚惶之色，知道他必有所見。袁承志定了定神，才把洞中的情形說了出來。穆人清道：「那骷髏一定是夏雪宜了，想不到一代怪俠，畢命於此，實在可歎。」木桑道：「他留的這十六個字是什麼意思呢？」穆人清微一沉吟，說道：「看這樣子，似乎金蛇郎君在洞中埋了什麼寶物，他的絕世武功，大概也用什麼法子留傳在內，以待有緣的人。只是這人生來脾氣古怪，好像誰要得到他的遺贈，就得算他門人，而且說不定有什麼禍患。」木桑道：「照字面上說來，應該這樣，但不知這怪人還有什麼奇特花樣。」穆人清歎了一口氣道：「咱們也不覬覦他的異寶武功，承志，明兒你爬進去把這位前輩的遺骨葬了，再點了香燭，在靈前叩拜一番，也就對得起他了。袁承志答應了。（五一）

金庸撰文　雲君繪像

上　舊版《碧血劍》第五一續，1956年2月20日。雲君畫袁承志在山洞發現骷髏，身旁那把劍由於金庸沒有描述，雲君也沒有畫成蛇形劍身。

下　明晚版《碧血金蛇劍》第二二續，1971年6月14日。袁承志從壁上拔出劍身，雲君清楚畫出金蛇劍劍身的奇特形狀。

（版權所有）

第二回：經年親劍鋏　長日對楸枰

照着秘笈　加以練習

（二二）

因此，金庸在舊版故事中對金蛇郎君的描寫已經相當足夠。袁崇煥卻不同，雖然他是袁承志的父親，但除了預留「報仇」戲碼讓袁承志完成外，其餘幾乎與袁承志的江湖事沒有任何關連。舊版對袁崇煥著墨不多，正好解釋了為什麼金庸認為金蛇郎君與袁崇煥同為書中兩大主角，但在修改《碧血劍》時，主要加了很多篇幅寫袁崇煥（詳見下節），改寫金蛇郎君的卻不多。

袁崇煥

金庸在1971年第一次改寫《碧血劍》時，已刻意增加篇幅描寫袁崇煥。比較重要的四個地方（第四點見下一節「皇太極與玉真子」）計有：

第一，袁、洪兩人比試，洪勝海如果能把寫字中的袁承志推得晃動，筆畫扭曲，就算勝出。舊版中，袁承志寫的是杜甫的〈兵車行〉。到了明晚版，金庸把〈兵車行〉換成袁崇煥當年守衛遼東時給皇帝寫的奏書，全文共一百多字。寫完之後，袁承志交給焦宛兒檢查是否有破筆塗汙的地方，焦宛兒邊看邊讀出來。金庸透過修改情節細微之處，將與袁崇煥事跡相關的一手資料（奏書）直接放在小說內。

第二，袁承志鎮懾前來搶劫的群盜後，又擊敗運送漕銀而想趁火打劫的官兵，救出袁崇煥舊部孫仲壽等人，青竹幫幫主程青竹給袁承志看兄長程本直撰寫的《漩聲記》手稿，側面記錄了袁崇煥的事跡，並且以案語方式，解釋袁崇煥冤獄的成因。這段文字，僅見於明晚版，1975年的作品集版已經刪去。

事實上，金庸雖然想在改寫《碧血劍》時加強描繪袁崇煥，但已經發生的歷史事件畢竟與當下故事沒有直接關係，補入太多史實會窒礙情節推進。金庸明白這個道理，故再次改寫時就換了方式：一方面，在《碧血劍》正文中加入能與當下故事結合的歷史情節；另一方面，則另外撰文抒發自己對袁崇煥以至明末明室清廷種種人與事的相關看法。他說：「不過袁崇煥也沒有寫好，所以在一九七五年五六月間又寫了一篇『袁崇煥評傳』作為補充。」正是這個意思。

第三，舊版故事中，袁承志曾問溫青青該怎樣使用寶藏，溫青青投其所好，說「取之於民，還之於民」，袁承志因此認為青青是知己。金庸改寫時，覺得原文不能完全顯示袁承志的立場與胸襟懷抱，故以旁白方式，交代袁承志因讀過父親自敘心境的文章，明白到要以保國衛民為己任。這段新增的旁述，等於也引進了袁崇煥的事跡。

左與右　舊版《碧血劍》第一七六、一七七續，1956年6月24-25日。袁承志邊寫〈兵車行〉，邊單手迎戰洪勝海。

下　明晚版《碧血金蛇劍》第六七、六八續，1971年7月29-30日。袁承志邊默寫父親袁崇煥呈給明帝的奏章，邊單手迎戰洪勝海，寫完後請焦宛兒檢查。

九 齊魯巨寇集 燕趙大豪爭

祖仲壽等見國事日非，天下大亂，在淮北魯南一帶會聚豪傑，準備大舉，那知事機不密，被鳳陽總督馬士英所破，首要人物一鼓成擒，被押赴京問斬。慶幸天緣巧合，竟會在此處與袁承志相遇。眾人思述別來情形，都是悲喜交集。祖仲壽聽說袁承志和闖王頗有淵源，說道：「袁公子，這裏又有盜幫，又有投降的大批官兵，他們對你都很敬服，正是難遇的良機，你何不暫緩赴京，把這批人手好好整頓一下？」承志喜道：「祖叔叔說的是，這一帶英雄豪傑很多，咱們索性大大的幹一下，找個地方會集群雄。」祖仲壽一拍大腿道：「好極了，何不就是泰山？」承志道：「泰山是五嶽之長，再好也沒有了。」當下令人收拾好鐵箱中散開的寶物，把漕運銀子取出二十萬兩，使分給青竹幫與山東各寨群盜，褚紅柳也得了五千兩，再取出二十萬兩賞給投降的官兵，一時峽谷前後歡聲雷動。承志派遣青竹幫，山東群盜及「山宗」所部的得力人員，分赴各地送信，約定中秋日在泰山頂上聚齊！又請祖仲壽，朱安國等人會同水鎮兵帶領投降官兵，到荒僻險峻之地起造山寨。這一役馬士英部下一萬名官兵全軍覆沒，二百餘萬兩漕銀被劫得沒留下半星一點，京師山東，無不震動。等到馬士英再調大軍前來追剿，早已影蹤全無，那裏還追尋得着。眼見月亮由暗而盈，丹桂飄香，中秋將屆。泰山各處廟宇道觀中陸陸續續到了數百個各幫各派的英雄豪傑。中秋日清晨絕早，群雄會聚在石經谷，那裏一片平廣，數畝石場，光潔異常，相傳是古時高僧講經之所，山上刻有八分書金剛經，字大如斗，筆力古勁。這天到會的，除袁承志、青青、啞巴、洪勝海等人外，有袁部舊將祖仲壽、朱安國、倪浩、羅大千等人；有江蘇金龍幫焦公禮、焦婉兒、羅小蛤等人；有直隸青竹幫程青竹等人；有山東群盜沙天廣、鄭文瀾等人；有浙江龍游幫的榮彩等人；有福建少林寺十力大師、海外七十二島島主鄭起龍等人；有袁承志從囚車中搭救出來的淮南飛虎寨主夏天風，贛北鄱陽湖的幫主梁銀龍等人；有投降了的明朝總兵官水鑒等人，還有許許多多江湖豪士，一時英賢畢至。這時山中忽吐白雲一縷，扶搖而升，在山谷中東西奔騰，良久，東邊染黑，中朱，倏炫光綵綴綴的，顏色變幻不定，一噴，或白或橙，降下太陽，如一個大赤般，殷奇瑰麗變幻而出。下面雲彩被太陽一照，白虹蜿蜒，群豪歡呼喝采。眼見日已昇，眾人團團坐下，陰陽扇沙天廣是山東當地的地主，這時他作勢早起，站起身來朗然說道：「各位前輩大哥賞臉，來到敝省，兄弟招待不週，請多多包涵。」說着團團作了一個四方揖。（二一二）

舊版《碧血劍》第二一二續，1956年7月30日。金庸1971年改寫時，在紅色箭頭處加入情節，透過程青竹交給袁承志《漩聲記》手稿，側面寫袁崇煥事跡。

碧血金蛇劍（版權所有）△增刪潤飾 大段改寫▽

第八回：慷慨同仇日 間關百戰時

（八一）

碧血金蛇劍（版權所有）△增刪潤飾 大段改寫▽

第八回：慷慨同仇日 間關百戰時

（八二）

明晚版《碧血金蛇劍》第八一、八二續，1971年8月13-14日。金庸加入《漩聲記》一段，並以案語方式評述歷史事件。這段文字，已不見於《金庸作品集．碧血劍》。

八　無意逢舊侶　有心發藏珍

碧血劍　金庸撰文　雲君插圖

徐達當年東征西戰，替明太祖打下江山，功居第一，封到王爵。他知道明太祖為人殘忍忌刻，所以戰戰兢兢，小心謹慎，不敢有絲毫逾越，那知明太祖在大殺功臣之後，對這元勛首功之人總還是放不過，天天想找藉口來害他。一日徐達生了背疽，明太祖知道害背疽之人，吃蒸鵝立死，於是派人拿了一隻蒸鵝去賜給他。徐達一面流淚，一面在床上把蒸鵝吃盡，當夜就毒發而死。這件事諸大臣一想到無不心寒膽戰。燕王篡位之後，徐達之子徐輝祖不肯歸順，燕王大怒，就要殺他，但燕王究是個雄才大略之人，初即帝位，想收拾人心，就說念在他是功臣之子，又是國舅，赦了他一條性命，只勒歸私第，削減祿米。

那知徐輝祖對建文帝忠心耿耿，始終在圖謀復辟，袁承志嘆了口氣，看第二張紙時，見是一首律詩，詩云：「牢落西南四十秋，蕭蕭白髮已盈頭，乾坤有恨家何在？江漢無情水自流。長樂宮中雲氣散，朝元閣上雨聲收。新蒲細柳年年綠，野老吞聲哭未休。」筆跡與另一信一模一樣，只是更見蒼勁挺拔，看詩中語氣，竟是建文帝在閩粵川滇各地漫遊四十年後，重還金陵所作。想來他經歷永樂（成祖）、洪熙（仁宗）、宣德（宣宗）、正統（英宗）各朝之後，已是六十餘歲，復位之想早已消盡，回來撫視故物，不禁感慨無已，從此飄然出世，不知所終，而這幅藏寶之物，不知如何輾轉落入金蛇郎君之手。袁承志當下取出鑰匙，將鐵箱打開，一揭箱蓋，只覺耀眼生花，一大箱滿滿的都是寶玉珍珠，又開一箱，卻是瑪瑙翡翠之屬，沒一件不是價值連城的珍品。承志走出屋去，把鑰匙交給青青，代她守望，青青走下地窖，不覺驚呆了。承志在屋外只聽鐵箱開動之聲，夾着青青的低低驚呼，等了一頓飯光景，青青又走出房來，只見她臉色蒼白，又驚又喜。承志道：「這些寶物是明太祖當年在天下搜刮而來，咱們用來幹什麼？」青青和他相處日久，已知他的心意，知道自己只要稍有自私的貪念，那麼他立即會對己輕視，一片柔情，不免付諸流水，這時正是重要關頭，於是說道：「取之於民，還之於民。」承志大喜，握住青青的手道：「青妹，你真是我的知己。」他接着又道：「有了這許多資財，咱們就可扮作巨官子弟，到北京城去大幹一番事業。明朝皇帝搜刮而來，咱們就用來相助闖王，推倒明朝皇帝。這叫做什麼？」青青笑道：「這叫做以子之矛，攻子之盾。又叫做即以其人之道，還治其人之身。」承志笑道：「不錯，不錯。咱們快收拾吧。」三人當下把十隻鐵箱一一抬到了承志房中，再填平地窖，各人累得一身大汗，忙到天明，方才完事。（一八九）

舊版《碧血劍》第一八九續，1956年7月7日。袁承志與溫青青有關寶藏的交談，原本無涉袁崇煥。

明晚版《碧血金蛇劍》第七二續，1971年8月4日。金庸加入旁白，指出袁承志面對財富時的態度，原是受父親影響。

（版權所有）

第七回：冀魯羣豪集　燕雲大盜爭

易求無價寶　難得有情郎

（七二）

碧血金蛇劍
（版權所有）△增刪潤飾 大段改寫▽
第九回：纖纖出鐵手 矯矯飛金蛇
五重圍牆 分漆五色

明晚版《碧血金蛇劍》第九六續，1971年8月28日。作品集版在紅色箭頭的位置加入了一萬六千多字的篇幅，寫袁承志到盛京刺殺皇太極。

皇太極與玉真子

《金庸作品集．碧血劍》第十三、十四回，寫袁承志在「摧毀」葡萄牙火炮後，原本要去北京，途中「但見焦土殘垣，野犬食屍，盡是清兵燒殺劫掠的遺跡」（花皮版《碧血劍》，頁487），因而萌生了到盛京刺殺滿清皇帝皇太極的念頭。這段情節，計有「刺殺、釋放、反擊、窺秘」四個階段，袁承志分別見到了皇太極、祖大壽、玉真子與多爾袞，金庸寫了二十五頁，逾一萬六千字（花皮版《碧血劍》，頁488-515）。

《碧血劍》寫明末事，其時明朝廷腹背受敵，內有闖王之亂，外有滿清壓境。不過，舊版甚少提到滿清一方。袁承志以江湖人參與朝廷事，也僅限於刺殺崇禎帝與協助闖王反崇禎。到了作品集版，金庸加入了與皇太極相關的大篇幅事跡，讓袁承志參與更多朝廷事，也從另一個角度塑造袁崇煥。同時，透過袁承志的眼睛窺看皇太極，從而與明朝皇帝做對比。作品集版這段新加的一萬多字，不見於明晚版，那是金庸第二次改寫《碧血劍》時才加進去的。

這二十五頁新稿，還讓玉真子出場。玉真子作為反派第一高手，舊版中只在故事末段才現身，金庸原本想以武功最高的反派角色單挑整個華山派，讓故事發展達到高潮。不過，玉真子在舊版的設定本來就有問題：其一，沒有任何鋪墊，甫一出現就是足以與華山掌門比肩的絕世高手；其二，金庸其實尚未完全想好玉真子的人設，以致前後出現矛盾。舊版故事初段，穆人清曾跟門人說：

第六回：雙姝贏巨宅 一劍解深仇

這位道長怎地風言風語的？

明晚版《碧血金蛇劍》第六六續，1971年7月28日。木桑與袁承志在南京下棋，但尚未跟袁承志說要到西藏。

> 木桑道兄幸虧不是外人，否則真叫他笑死啦。究竟是他聰明，吃了徒弟的虧，從此不再授徒，也免得丟臉嘔氣。（舊版《碧血劍》第一八五續，1956年7月3日）

金庸這時候只是鋪下伏線，謂木桑子有「師門問題」，吃過徒弟的虧，但還沒有想好「玉真子」的人設。到玉真子真正出場時，身分已經改了，不是伏線中的那個「徒弟」，而是「師弟」。華山上，玉真子對木桑說：

> 當年我爹爹也不管我，倒要師哥費起心來啦！（舊版《碧血劍》第三六〇續，1956年12月25日）

說法明顯前後矛盾。金庸改寫小說，就是要更正矛盾。明晚版中，金庸先做好玉真子的人設，又做了鋪墊，包括：（1）確定為木桑的師弟；（2）師兄弟二人曾動過手；（3）木桑因為金絲背心而沒有受傷。木桑初次登場，把金絲背心送給袁承志，穆人清就問木桑：「那人近來有消息沒有？」袁承志也因為聽到二人對話而知道「似乎木桑道人有一個師兄弟品行十分不端」。之後穆人清訓誡弟子時，就改口說「吃了本門中不肖子弟的虧」。[14]

明晚版比舊版雖然多了一點鋪墊，但依然不足，比如沒有交代玉真子為什麼要上華山。雖說是為了紅娘子，卻不知具體原因。玉真子與上山捉拿紅娘子的闖王三個部下相

左　舊版《碧血劍》第一八五續，1956年7月3日。玉真子原來的人設是木桑的徒弟。
右　舊版《碧血劍》第三六〇續，1956年12月25日。玉真子的人設已經改為木桑的師弟，可見前後出現矛盾。

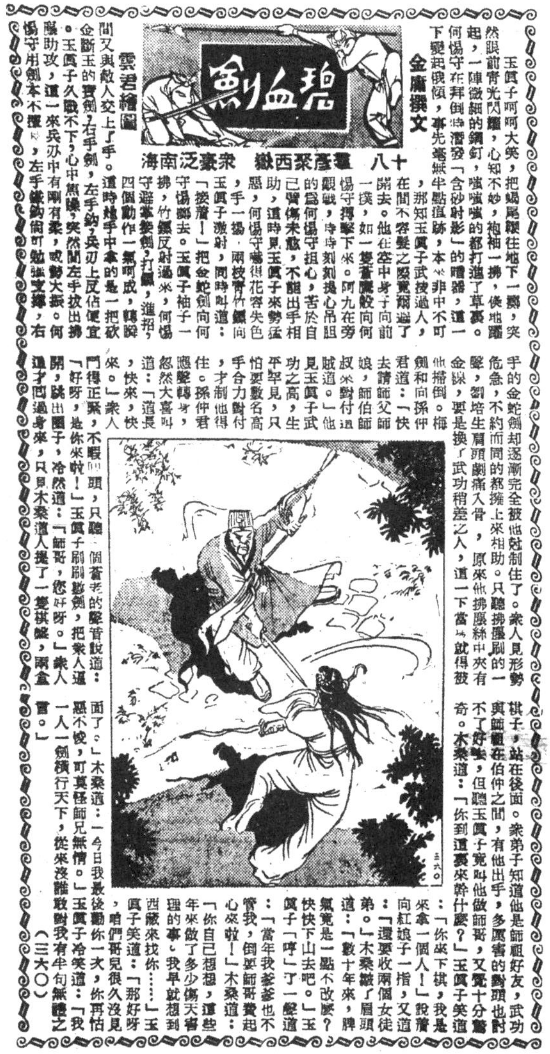

識，但這三人與玉真子又有何關係？明晚版都沒有說清楚。直到作品集版，終於對玉真子有了更多描寫：

（1）第九回寫木桑跟袁承志表達要遠赴西藏尋找先師遺物，並透露如果給別人找到就大大不妙（花皮版《碧血劍》，頁337）；

（2）第十三、十四兩回，玉真子首次登場，身分是皇太極的「護國真人」，擔任布

14 穆人清問木桑「那人消息」的情節，見明晚版《碧血金蛇劍》第一七續（1971年6月9日）。穆人清訓誡弟子，見第七一續（1971年8月2日）。

庫總教頭。玉真子現身，先後與袁承志打了兩次，第二次因衣服被偷，跑回牛皮大帳，驚擾皇太極雅興。皇太極其後到大屋接見嬪妃，卻意外發現屋內藏了男人，最終被多爾袞殺死；

（3）玉真子被多爾袞治罪，因而對袁承志懷恨在心。就因為這個原因，玉真子有了上華山的理由——為了報仇。玉真子說：

誰說華山派跟我河水不犯井水了？我又沒得罪穆老猴兒，他幹麼派人到盛京去跟我搗蛋？（花皮版《碧血劍》，頁720）

袁承志，我今日正來找你，快過來納命。（花皮版《碧血劍》，頁723）

（4）第九回曾提到木桑要到西藏尋師門遺物，金庸終於在最後一回回應了之前埋下的伏線：

木桑在南京與袁承志相見之時，已聽得訊息，說玉真子已在西藏找到了鐵劍，知道此事為禍不小，決意趕去，設法暗中奪將過來。那知他西行不久，便在黃山遇上一個圍棋好手，一弈之下，木桑全軍盡沒。他越輸越是不服，纏上了連弈數月，那高棋之人無可奈何，只得假意輸了兩局，木桑纔放他脫身。這麼一來，便將這件大事給耽擱了。（花皮版《碧血劍》，頁728）

雲君圖說《碧血劍》

雲君為《碧血劍》畫了四次插圖：第一次在《香港商報》，一畫就是三百六十六張；第二次為三育版《碧血劍》而畫，又畫了二十五張圖。到了明晚版，雲君再畫《碧血劍》插圖，共計一百四十三張。四年後又為《金庸作品集·碧血劍》畫插圖，二十回共二十張。

雲君與金庸一樣，多次「改寫」《碧血劍》故事，有時畫不同情節，有時也會重畫相同情節。比較兩版《碧血劍》的插圖，不難發現，雲君在進步，對金庸小說的理解也更透徹。

左　忠烈祠致祭袁崇煥。舊版（上）：祖仲壽讀出祭文。明晚版（下）：孫仲壽請張朝唐寫字頌讚袁崇煥。（明晚版中，金庸也改換了好些角色的姓名與人設，如祖仲壽改名孫仲壽，張朝唐在舊版中名叫侯朝宗。侯朝宗的父親是明朝退休大官司徒；張朝唐則是海外渤泥國那督張信的獨生兒子，張信祖上是漳洲人，讓張朝唐回中土應考科舉。）

右　崔秋山傳授伏虎掌，命袁承志空手與野豹搏鬥。

袁承志與木桑道人對弈，木桑答應如果輸了會傳授袁承志輕功與暗器。木桑在兩版中外號不同，舊版叫「鬼影子」，明晚版叫「千變萬化草上飛」。

左　舊版、明晚版：「他一把將我攔腰抱住，我只覺騰雲駕霧般的飛了出去。」
右　袁承志大破五行陣。舊版：「袁承志這邊一拳，那邊一腿，每一招下的都是重手……」明晚版：「溫氏五老見他逃出了五行陣，這是從所未有之事，不禁駭然。五人一齊退開，排成一行。」

舊版：「焦姑娘把信拆開，遞了過去，焦公禮只見信上畫了一柄寶劍，……這劍的劍尖很是古怪，卻是一個蛇頭，蛇舌伸了出來，分成兩叉。」明晚版：「焦姑娘拆開信封，抽出紙來，遞了過去。焦公禮一瞥之下，見紙上畫著一柄長劍，……這柄劍的劍尖很是古怪，卻是一個蛇頭，蛇舌伸了出來，分成兩叉。」雲君第一次畫金蛇劍時，還未完全明白這柄奇特的兵器，只根據文字畫出蛇頭，卻忘了金庸之前曾說「整柄劍就如是一條蛇盤曲而成」。

左　袁承志戲弄褚紅柳。群盜聯手劫寶藏，袁承志把裝滿寶藏的鐵箱堆高後，運用「百變鬼影」（明晚版叫「神行百變」）輕身功夫跳上箱頂。獨腳大盜褚紅柳叫陣，搖動下面的箱子，袁承志跳了下來，扣住褚紅柳的脈門，把對方肥大身軀揮了起來。雲君對「揮」這個動作，顯然前後有不同理解。舊版把「揮」字解作「拉」，明晚版則把「揮」字解作「拋」。

右　袁承志初會五毒教教主。

左　袁承志在皇宮的臥室發現阿九原來是公主。袁承志見完曹化淳後，換上太監衣服，以方便在宮中行走。小說中並沒有交代袁承志碰到公主前是否已脫去太監服，但在明晚版中，雲君已經替袁承志脫了太監服。

右　舊版：「崇禎道：『你把劍給我。』他接過阿九手中那柄金蛇寶劍，忽地手起劍落，烏光一閃，一劍向阿九頭頂直劈下去。」明晚版內容一樣，只是文字稍異。

金庸答客問之《碧血劍》篇

《香港商報》上的《碧血劍》，金庸只回覆了讀者六次，其中四次回覆都與盜版、冒名偽作有關，可見金庸小說在當時已經很受歡迎。

- 寫信給我的各位先生：來信請附地址，以便個別答覆。（金庸）（214）

- 蕭鴻先生：書攤所售之「碧血劍」及「書劍恩仇錄」第七集，均係不肖者之翻版，所以錯漏百出，印刷粗陋，正本即出，請向正式書店購買。（267）

- 包聰先生：袁承志救焦公禮事在「碧血劍」單行本第三集中，可請向各大書店購閱。（321）

- 張興先生：「書劍恩仇錄」八集已出齊，「碧血劍」已出至第四集，可請向正式書店購買，就不致誤購翻版劣本。（341）

- 梁士倬先生：何紅藥的左腕已經自行砍斷，所以她「雙手捧著」金蛇郎君的顱骨應為「右手托著」，這是我疏忽而擺的烏龍，承指正極感，當在單行本中改正。（350）

- 雨田、張欣等諸位先生：「天池怪俠」及「書劍恩仇錄續集」諸書，均係旁人冒名偽作，非我所撰。承關注甚感。（353）

參

射鵰英雄傳

《碧血劍》結束後翌日，金庸繼續在《香港商報》連載《射鵰英雄傳》，從1957年1月1日到1959年5月19日，其中脫期七天，共連載八百六十二續。全書四十五回，最短一回五續，最長一回八十八續。每回有回目，雲君繪畫插圖。

《射鵰英雄傳》是金庸創作的第三部小說，改寫次序則排在第八。金庸並非按照創作順序來修改小說，而是先處理短篇，超長篇放在較後位置。1972年10月4日，《明報晚

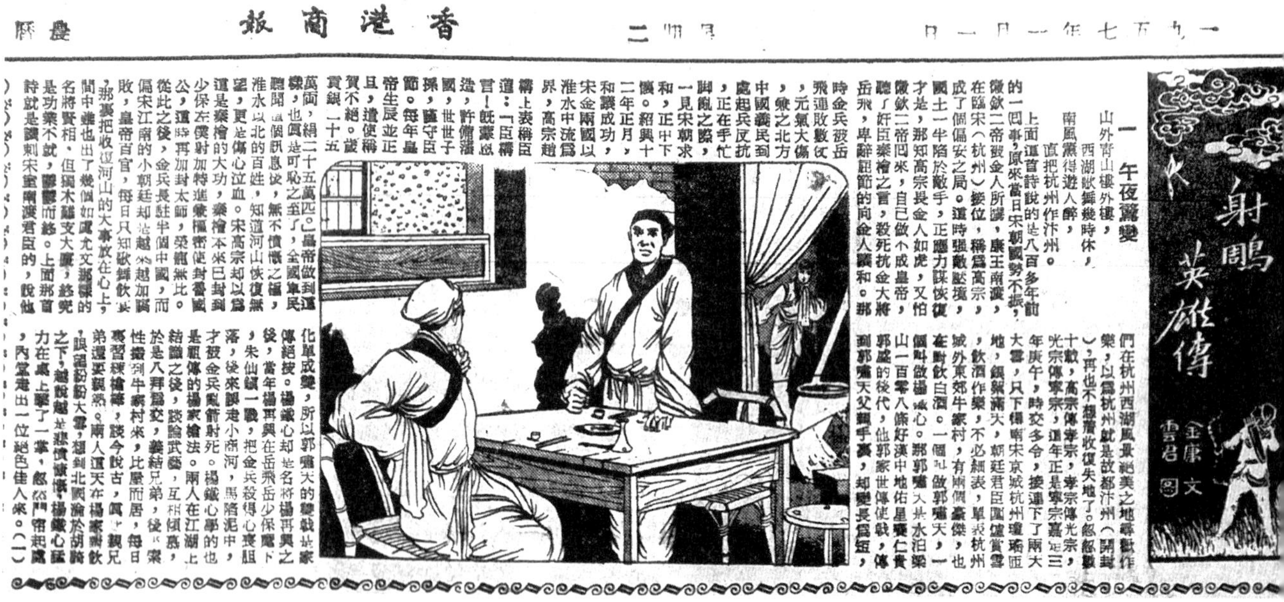

上　1957年1月1日，《香港商報》首日連載《射鵰英雄傳》。

下　《明報晚報》首日連載改寫後的《射鵰英雄傳》，1972年10月4日。

報》開始連載修訂後的《射鵰英雄傳》，共計三百一十三天，每天約二千七百字，仍然由雲君繪畫插圖。明晚版《射鵰英雄傳》連載第一天，金庸寫了一段「前記」：

> 「射鵰英雄傳」於一九五六年間在「香港商報」連載，距今已十六年。單行本出版前曾略作修訂，現在更作較大改動，許多章節另行重寫。這部小說與作者其餘作品相比，在讀者間似較有好評，但作者自己卻不怎麼喜歡，覺得所長者不過是情節熱鬧而已，主要角色缺乏內心的深度，反映了作者青年時代對人生看法的單純。這個基本缺點是很難修改的，只有技巧和文字上的粗疏則設法作相當補救。（明晚版《射鵰英雄傳》首日連載，1972年10月4日）

明晚版《射鵰英雄傳》共計四十回，用四字短語做回目，以最簡單方式來交代情節重點，或點出重要人物，或指出重要情節。有些回目如「三道試題」、「一燈大師」、「華山論劍」，都是故事重點，各版回目都曾使用。

第四十回・華山論劍

骷髏白骨 散處長草

全新修訂本 射鵰英雄傳 金庸

神鵰俠侶 金庸著

全新修訂本明天起刊出

泰國《世界日報》最後一天連載明晚版《射鵰英雄傳》，1973年8月22日。《世界日報》連載《射鵰英雄傳》的時間與《明報晚報》相若，只晚了約一個星期，連載時刪掉了雲君新繪的插圖。

回	舊版	回	三育版	回	明晚版	作品集版
1	午夜驚變	1, 2	雪地鋤奸 / 午夜驚變	1	風雪驚變	風雪驚變
2	萬里追蹤	3, 4	江南七怪 / 酒樓賭技	2	江南七怪	江南七怪
3	大漠產子	5, 6	古剎惡戰 / 萬里追蹤	3	古剎惡戰	大漠風沙
4	八師一徒	7, 8	雙雄鬥箭 / 青霜寒光	4	大漠雄兵	黑風雙煞
5	三髻道人	9, 10	黑風雙煞 / 荒山之夜	5	黑風雙煞	彎弓射鵰
6	崖頂屍蹤	11, 12	彎弓射鵰 / 三髻道人	6	彎弓射鵰	崖頂疑陣
7	初試身手	13, 14	崖頂疑陣 / 初試身手	7	崖頂疑陣	比武招親
8	汗血寶馬	15, 16	汗血寶馬 / 繡鞋錦袍	8	中土人物	各顯神通
9	喜逢新知	17, 18	邂逅揮拳 / 各顯神通	9	路見不平	鐵槍破犂
10	邂逅揮拳	19, 20	隔牆有耳 / 鐵槍故衣	10	銹槍破犂	冤家聚頭
11	冤家聚頭	21, 22	冤家聚頭 / 戰陣傳功	11	冤家聚頭	長春服輸
12	父母之命	23, 24	以毒攻毒 / 九指神丐	12	九指神丐	亢龍有悔
13	九指神丐	25, 26	亢龍有悔 / 刻骨相思	13	亢龍有悔	五湖廢人
14	千古遺恨	27, 28	五湖廢人 / 羣蛇亂舞	14	五湖廢人	桃花島主
15	洞中奇人	29, 30	頂缸渡水 / 青袍怪客	15	炫人耳目	神龍擺尾
16	雙手互搏	31, 32	桃花島主 / 神龍擺尾	16	桃花島主	九陰真經
17	九陰奇功	33, 34	富貴無極 / 洞中奇人	17	富貴無極	雙手互搏
18	三道試題	35, 36	雙手互搏 / 九陰奇功	18	九陰真經	三道試題
19	墓中密室	37, 38	簫箏鬥勝 / 三道試題	19	三道試題	洪濤羣鯊
20	海上拼鬥	39, 40	墓中密室 / 鯊群蛇陣	20	鯊群蛇陣	竄改經文
21	虎視眈眈	41, 42	海上拼鬥 / 打狗棒法	21	海上拚鬥	千鈞巨岩
22	真功假功	43, 44	萬鈞巨岩 / 真功假功	22	萬鈞巨岩[16]	騎鯊遨遊
23	荒村野店	45, 46	騎鯊遨遊 / 荒村野店	23	騎鯊遨遊	大鬧禁宮
24	大鬧杭城	47, 48	大鬧禁宮 / 密室療傷	24	大鬧禁宮	密室療傷
25	密室七日	49, 50	仗義傳訊 / 洞房花燭	25	密室療傷	荒村野店
26	天罡北斗	51, 52	鐵槍殺奸 / 天罡北斗	26	天罡北斗	新盟舊約
27	新盟舊約	53, 54	惡鬥東邪 / 新盟舊約	27	新盟舊約	軒轅台前
28	新盟舊約[15]	55, 56	蛙蛤大戰 / 岳陽樓頭	28	大戰君山	鐵掌峯頂
29	畫中秘密	57, 58	鐵掌神功 / 大戰君山	29	武穆遺書	黑沼隱女

30	蛙蛤大戰	59, 60	武穆遺書／黑沼隱女	30	漁樵耕讀	一燈大師
31	君山大會	61, 62	漁樵耕讀／一燈大師	31	一燈大師	鴛鴦錦帕
32	鐵掌峯下	63, 64	鴛鴦錦帕／深宮驚變	32	恩愛仇怨	湍江險灘
33	桃源避禍	65, 66	午夜尋仇／紅顏薄命	33	青龍險灘	來日大難
34	一燈大師	67, 68	青龍險灘／賭賽定力	34	心碎胆裂	島上巨變
35	恩怨愛憎	69, 70	深痛巨創／烟雨風雲	35	烟雨風雲	鐵槍廟中
36	青龍險灘	71, 72	問道於盲／古廟之夜	36	鐵槍古廟	大軍西征
37	終老是鄉	73, 74	流毒無窮／大軍西征	37	大軍西征	從天而降
38	深痛巨創	75, 76	沙坑冰柱／冰峯神機	38	冰峯神機	錦囊密令
39	烟雨風雲	77, 78	石屋悶戰／大是大非	39	大是大非	是非善惡
40	古廟之夜	79, 80	回頭是岸／華山論劍	40	華山論劍	華山論劍
41	撲朔迷離		尾聲			
42	沙中陷阱					
43	大是大非					
44	華山論劍					
45	白骨黃沙					

《射鵰英雄傳》蛻變舉隅

儘管金庸不怎麼喜歡《射鵰英雄傳》，[17]但這部作品為金庸小說打開了全新的局面，自此展開了長達十年的第一個創作高峰期：從1957年到1966年，金庸一氣呵成寫下「射鵰三部曲」與《天龍八部》，以天下五絕為領軍人物，《九陰真經》、「降龍十八掌」、「一陽指」作圖騰串連各個故事，建構出前所未見的宋元江湖與武俠天地。不過，金庸深

15 舊版第二十七、二十八回回目相同。「新盟舊約」指郭靖、黃蓉、華箏三人的關係。第二十七回連載了五天，寫六怪與黃藥師交手不敵，郭靖衝出密室解圍，之後黃蓉帶黃藥師進密室看曲靈風所藏珍寶，黃藥師又試探傻姑武功。這五天還沒有寫到郭靖三人的感情關係。因此，應是報館編輯或金庸錯把「二十七」寫成「二十八」，待到真要開新回時，就順著二十八而寫二十九。如此一來，雖然有四十五回，實際只有四十四個回目。

16 第二十二回只連載了八天，其中四天回目為「萬鈞巨石」。

17 金庸在明晚版《射鵰英雄傳》首日連載的「前記」中說：「這部小說與作者其餘作品相比，在讀者間似較有好評，但作者自己卻不怎麼喜歡，覺得所長者不過是情節熱鬧而已，主要角色缺乏內心的深度……」（1972年10月4日）。

深知道，當年為了吸引讀者，使盡一切板斧，雖然能夠塑造出讓人目眩神馳的想像世界，也同時布下了不少紕漏，不能自圓其說。改「寫」自新，是堵塞缺失的唯一出路。金庸說「因為篇幅甚長，書中人物眾多，頭緒紛繁，改寫費時較多」，[18]《射鵰英雄傳》作為金庸第一部超長篇小說，自然要花更多時間來準備、構思，而對《射鵰英雄傳》來說，金庸要解決的問題不只是堵塞原書漏洞，還要考量如何串連各書。

舊版《射鵰英雄傳》的故事情節，很多地方都改寫過了，但金庸最想要改的，其實只有三個地方：（1）貫徹郭靖人設；（2）重組武功設定；（3）刪掉秦南琴。三者之中，又以「刪掉秦南琴」為大宗，因為牽一髮而動全身。金庸在修訂版「後記」中說：

> 修訂時曾作了不少改動。刪去了一些與故事或人物並無必要聯繫的情節，如小紅鳥、蛙蛤大戰、鐵掌幫行兇等等，除去了秦南琴這個人物，將她與穆念慈合而為一。（花皮版《射鵰英雄傳》，頁1620）

其實，「小紅鳥、蛙蛤大戰、鐵掌幫行兇」等情節，都與秦南琴有關。因此，只要刪掉秦南琴，把秦南琴最重要的功能（生育楊過）交託給穆念慈，那秦南琴以及一切相關的情節，就變成「無必要聯繫」的人物與故事了。

貫徹郭靖人設

郭靖給人的印象是笨、資質不好，這是金庸賦予郭靖的人設，但在舊版《射鵰英雄傳》中，郭靖常有「不太笨」的表現，以致出現前後矛盾的情況。改寫故事時，金庸便抹去殘留在郭靖身上「不太笨」的痕跡。

郭靖六歲那年，金庸在《香港商報》上向讀者宣告，郭靖「生得筋骨強壯，聰明伶俐」（1957年2月27日）。二十多天後，金庸改口，透過朱聰嚴正申明「這孩子資質太差，不是學武的胚子」（1957年3月20日）。後來修訂小說，金庸把唯一直接稱讚郭靖聰明的地方都改了：

> 匆匆數年，孩子已經六歲了。……這孩子學話甚慢，有點兒獃頭獃腦……（明晚版《射鵰英雄傳》第一九續，1972年10月22日）

不過，光是改這個地方還不足夠，因為舊版故事中郭靖還能「自學」一陽指，而且一

香港商報　星期三　一九五八年十月十五日

射鵰英雄傳　金庸文　雲君图

三四　一燈大師

待點到陰維脈的一十四穴，手法又自不同，只見他龍行虎步，神威凜凜，雖然身披袈裟，但在郭靖眼中看來，那裏是個皈依三寶的僧人，直是一位君臨萬民的帝皇。陰維脈一完，一燈大師還不休息，直點陽維脈三十二穴，這一次是遙點，他身子遠離黃蓉一丈開外，倏忽之間，欺近身去點了她的頸中的「風池穴」，一中即離，快捷無倫。郭靖心道：「當與高手爭搏之時，近門兇險，若用這手法，既可克敵，又足保身，實是無上妙術。」當下凝神觀看，一趨一退，都悄悄記在心中，這搶攻雖然神妙，但尤難的卻是在一攻而退，魚逝兎脫，無比靈動。郭靖一面硬記，一面暗默，自已資質太差，縱然得其大要，但精微之處，卻是過目即忘。

再換兩枝線香，一燈大師已點完她陰蹻、陽蹻兩脈，當點至肩頭「巨骨穴」時，郭靖突然心中一動：「啊，九陰眞經中何嘗沒有？只不過我這蠢才一直不懂而已。」心中暗誦經文，但見一燈大師出招收式，無一不與經文相合，只是經文中但述要旨，一燈大師的點穴法卻更有無數變化。這樣一來，記憶再無難處，一燈點她衝脈之時，郭靖一招一式，照着模學，招式雖然精奧，卻已不是剛才那般妙不可解，一想到經文，每招盡有理路可通。

最後帶脈一通，即是大功告成。那奇經七脈都是上下交流，帶脈卻是環身一周，絡腰而過，狀如束帶，所以稱爲帶脈。這次一燈大師背向黃蓉，倒退而行，反手一指點

一燈出手極緩，似乎點得甚是艱難，口中呼呼喘氣，身子搖搖晃晃，大有支撐不住之態。郭靖吃了一驚，見他額上大汗淋漓，長眉梢頭汗水如雨而下，要待上前相扶，卻又怕誤事，看黃蓉時，她全身衣服也忽被汗水濕透，緊眉咬唇，想是在竭力忍住身上痛楚。

忽聽刷的一聲，背後竹簾捲起，幾個人齊聲大叫：「師父！」搶進門來，郭靖心中念頭尚未轉定，已用一燈大師的反手點穴法向後連點四下，咕咚數聲，幾個人栽倒在地。郭靖一驚轉身，只見那書生向後躍開，總算避開了他的反手點穴，漁人、樵子、農夫三人卻已躺在地下。郭靖剛才這一出手純然是勢在意先，心中並未想要傷人，卻不知這反手點穴法厲害至斯，不由得怔怔的望着四人，瞧一眼地下三人，又瞧一眼怒容滿臉的書生。

那書生怒道：「完啦，還阻攔什麼？」郭靖回過頭來，只見一燈大師已盤膝坐上蒲團，臉色慘白，僧袍盡濕，黃蓉卻已跌倒，一動也不動，不知生死。郭靖大驚，搶過去扶起，鼻中先聞到一陣腥臭，看她臉時，白中泛青，全無血色，但一片隱隱的黑氣卻已消逝，一探鼻息，呼吸得甚是沉穩，當下先放心

舊版《射鵰英雄傳》第六四九續，1958年10月15日。郭靖無師自通一陽指。

看就懂，一學就會。一燈大師為黃蓉療傷時，郭靖守在旁邊，看到一燈使出一陽指時，竟然想到可將指法用於克敵保身，於是邊學邊記，後來更發現一陽指的出招收式與《九陰真經》相合，如此一來，「記憶再無難處」，也就把一陽指學到了。

資質差的人可以一看就「得其大要」，與經文暗合就能「記憶再無難處」，郭靖的笨，實在勝過許多聰明人。後來，郭靖更向黃蓉提到自學一陽指的「成果」，認為「勝過裘鐵掌是有所不能，但和他對耗一時三刻，那是一定能成的。」（舊版《射鵰英雄傳》第六五二續，1958年10月18日）

一燈大師後來更開設超密集式課程，用七天時間親身教授郭靖一陽指、先天功與「達摩遺篇」（《九陰真經》總綱）的要旨。這三種當世最厲害的武功，一燈大師即使在有限時間內講得完內容，也要學習的人能夠聽得懂並且掌握得到，才算達到教學目標。郭靖上完課後還真的學會了：

> 郭靖一躍而起，叫道：「師父，一陽指的功夫我也學會了，我來給你通脈，就在這山洞之中，好麼？」洪七公搖頭道：「一燈大師傳你一陽指功夫，你可知是什麼用

18 這段話見於明晚版《天龍八部》首日連載，本是說明為什麼明晚版《天龍八部》會在《俠客行》之後才連載，但同樣可以用來解釋為什麼金庸的超長篇小說會在其他較短篇的小說之後發表。

意？」郭靖從未想到這一節，經洪七公一點破，不由得出了一身冷汗，驚叫：「啊喲！一燈大師是要尋死，那我可害了他啦！」（舊版《射鵰英雄傳》第七一六續，1958年12月21日）

短短幾個月，郭靖就學會一陽指與先天功，並有自信用一陽指為洪七公療傷；而當洪七公問郭靖為什麼一燈大師會傳授一陽指時，郭靖更能即時給出反應，聯想到一燈想要尋死。這些表現已經完全不符合「笨小子」的人設了。

上　舊版《射鵰英雄傳》第七八五續，1959年3月2日。郭靖與歐陽鋒對戰時曾用上一陽指，一時間嚇倒了歐陽鋒。

下　明晚版《射鵰英雄傳》第二三三續，1973年5月26日。經改寫後的郭靖，再看一燈大師施展一陽指時，已經「變笨」了一點。

金庸運用「化功大法」，分兩個階段把殘留在郭靖身上的聰明基因一點一滴地化掉，讓一陽指完全與郭靖脫勾。1972年的明晚版，郭靖仍然自學一陽指，但學不好，只學得幾招。至於一燈大師開設的密集式課程，由七天延長至十幾天，而且專門講授《九陰真經》總綱，沒有再傳授一陽指與先天功，日後郭靖再見到洪七公時，也無法自動請纓為洪七公療傷了。

> 郭靖一面硬記，一面暗罵自己資質太差，只能略得大要，種種精微之處，卻是過目即忘。（明晚版《射鵰英雄傳》第二三三續，1973年5月26日）

金庸雖然把「縱然得其大要」改為「只能略得大要」，調低了郭靖悟性，但郭靖仍然憑《九陰真經》與一陽指法暗合，所以記憶指法招式時依舊「再無難處」。

郭靖的聰明基因要到1976年時才徹底化掉：

> ……凝神觀看一燈的趨退轉折，搶攻固然神妙，尤難的卻是在一攻而退，魚逝兔脫，無比靈動，忽然心想：「那瑛姑和我拆招之時，身法滑溜之極，與大師這路點穴法有三分相像，倒似是跟大師學的一般，但高下卻是差得遠了。」
>
> 再換兩枝綫香，一燈大師已點完她陰蹻、陽蹻兩脈，當點至肩頭巨骨穴時，郭靖突然心中一動：「啊，九陰真經中何嘗沒有？只不過我這蠢才一直不懂而已。」心中暗誦經文，但見一燈大師出招收式，依稀與經文相合，只是經文中但述要旨，一燈大師的點穴法卻更有無數變化。一燈大師此時宛如現身說法，以神妙武術揭示九陰真經中的種種秘奧。郭靖未得允可，自是不敢去學他一陽指的指法，然於真經妙詣，卻已大有所悟。（花皮版《射鵰英雄傳》，頁1192-1193）

金庸不再提及「記憶」，那是因為學習慢的人看到新事物時根本不可能記得住。「聯想」倒是可以，郭靖這時已經學會降龍十八掌，又熟背《九陰真經》，武功見識已有一定水平。看到一陽指法時，郭靖腦袋或會跳出某些熟悉印象；而熟讀《九陰真經》後，受眼前事物啟發，逐漸領會經中精妙之處，純然是武者的學習過程，與是否聰明無關。如此一來，郭靖「笨」的人設，由是得以貫徹。

重訂武功設定

金庸創造了許多家傳戶曉的武功，倚仗的方法是「描寫細膩」：深入描寫武學神功的來源傳承，詳盡敘述武功招式的功法技巧，仔細刻畫武打場面的對戰過程。在金庸創造的「武功」中，最成功的莫過於《九陰真經》與「降龍十八掌」。

九陰真經

《九陰真經》名頭很大，但在舊版故事中，金庸對這部武學第一奇書的描寫其實不多，只為真經安排了一個無人不識的作者——達摩，借助「權威」來提升真經地位：

> 那九陰真經是武學中第一奇書，相傳是達摩祖師東來，與中土武士較技，互有勝負，面壁九年，這才參透了武學的精奧，寫下這部書來。（舊版《射鵰英雄傳》第三四三續，1957年12月11日）

有關《九陰真經》的來源，金庸的描寫不足六十字。名頭雖大，卻少了一點讓人津津樂道的傳奇談資。1972年初次改寫時，金庸並未動工改造《九陰真經》，明晚版裡《九陰真經》的作者依舊是達摩；一直到作品集版，金庸才把作者換成黃裳。由於黃裳受《道藏》（收錄道教典籍的叢書）啟發而寫成真經，金庸也名正言順地把真經的武學理念過戶，正式掛在「道家」、「道教」名下。

明晚版《射鵰英雄傳》第一二四續，1973年2月6日。老頑童跟郭靖說《九陰真經》故事，作者仍然是達摩。

降龍十八掌

《射鵰英雄傳》另一個有關武學的改動是「降龍十八掌」。舊版故事中，《書劍恩仇錄》最早提到「降龍十八掌」（見本書頁123）。一年之後（1957年8月），金庸創作《射鵰英雄傳》時，將降龍十八掌拿了過來，放在洪七公名下，說是由洪七公所創。《書劍恩仇錄》只有「降龍十八掌」的名稱，金庸還沒構想好招式；而在舊版《射鵰英雄傳》中，洪七公已向郭靖一招一式地打出降龍掌。雖說傳授了十八掌，但實際只有十七掌的名稱，不足十八之數。這十七掌名稱如下（括號中的數字表示在第幾續連載，不另標示日期）：

亢龍有悔（240）	飛龍在天（247）	龍戰於野（248）
六龍御天（293）	潛龍勿用（299）	利涉大川（300）
入於幽谷（300）	時乘六龍（301）	雷動萬物（302）
神龍擺尾（319）	魚躍於淵（321）	見龍在田（374）
六龍迴旋（564）	天蠖之屈（603）	龍蛇之蟄（603）
雙龍搶珠（624）	雲龍三現（743）	

從招式名稱來看，金庸這時已懂得從《易經》提煉元素，作為十八掌部分招式的命名依據。如「亢龍有悔」、「見龍在田」、「潛龍勿用」、「飛龍在天」來自《易經》乾卦的爻辭，而「時乘六龍」出自《易經・彖傳》。「龍戰於野」是坤卦上六爻辭。「利涉大川」經常出現在《易經》卦辭、爻辭中。「入於幽谷」則出自《易經》困卦初六爻辭。「天蠖之屈」本應作「尺蠖之屈」，與「龍蛇之蟄」同出《易經・繫辭下傳》，原句是「尺蠖之屈，以求信也。龍蛇之蟄，以存身也。」[19]至於「魚躍於淵」，或有人根據《金庸作品集・射鵰英雄傳》而指出金庸並沒有明言屬「降龍十八掌」。其實不然。在舊版故事中，金庸可是說得很清楚的：

> 郭靖從尾打到頭一遍打完，再從頭打到尾。第十五掌「魚躍於淵」打過，如接第一掌，那是「亢龍有悔」；若從尾倒打，那麼是再發一掌「魚躍於淵」。（舊版《射鵰英雄傳》第三二一續，1957年11月19日）

19 將「尺蠖」寫作「天蠖」，並非檢字排版工人的問題，而是金庸自己的用詞。因為之後的三育版《射鵰英雄傳》與十多年後的明晚版《射鵰英雄傳》，都依舊把「尺蠖」寫作「天蠖」。至於金庸為什麼不完全依據《易傳》原文，就不得而知了。

1972年改寫時，金庸進一步把降龍十八掌的招式名稱「易經化」，減了一些與《易經》無關的招式名，換入的新招式名都取自《易經》。只是，在實際改寫時不夠徹底，以致明晚版的「降龍十八掌」出現兩大錯誤：（1）舊版中一些與《易經》不相關的招式，仍然保留下來，以致（2）洪七公與郭靖兩人共打出了「二十掌」。這二十掌的招式如下：

亢龍有悔（87）	飛龍在天（90）	龍戰於野（90）
潛龍勿用（107）	利涉大川（107）	鴻漸於陸（107）
突如其來（108）	雷動萬物（108）	或躍在淵（111）
履虎尾（115）	見龍在田（116）	雙龍取水（154）
魚躍於淵（168）	震驚百里（180）	時乘六龍（215）
天蠖之屈（215）	龍蛇之蟄（215）	履霜冰至（223）
羝羊觸藩（267）	笑口啞啞（308）	

或有論者認為，「雙龍取水」、「羝羊觸藩」、「笑口啞啞」三招和「魚躍於淵」一樣，小說裡沒有明確指出是降龍十八掌。不過，依據招式出現的場合，即使故事中沒有明言，也必是十八掌無疑。遠流出版公司也曾向金庸求證，確認為降龍十八掌。[20]至於「魚躍於淵」，金庸在明晚版中刪去了「降龍十八掌中的第十五掌」之類的描寫，又有了新招「或躍在淵」，因為刪併得不夠徹底，以致類似的招式名仍同時出現。

其中值得一提的是「履虎尾」，也就是舊版故事中的「神龍擺尾」。金庸想要把降龍十八掌的招式名稱「易經化」，「履虎尾」三字是《易經・履卦》卦辭，這是最好的明證。只是，雖然「履虎尾」有經文典故作為後盾，但一則降龍掌以「虎」命名，有點不太合適；二則其餘各掌名稱都是四字，只有這一掌用三個字，有點突兀；三則原本的「神龍擺尾」對讀者來說印象深刻，因此到了作品集版時，金庸又改回了「神龍擺尾」。

三年之後，金庸出版《金庸作品集・射鵰英雄傳》，又把明晚版的「降龍二十掌」做了修訂：（1）將「履虎尾」改回「神龍擺尾」；（2）把「震驚百里」與「雷動萬物」合為而一，都叫「震驚百里」；（3）以「損則有孚」與「密雲不雨」替換「天蠖之屈」與「龍蛇之蟄」；加上（4）剔除「魚躍於淵」，「降龍十八掌」到底有哪些招式，自此定了下來。

除了招式名稱「易經化」，金庸修訂故事時，還考慮到「降龍十八掌」在十五部小說中的串連功能。金庸1963年創作《天龍八部》時，為了要顯示與「射鵰三部曲」有關連，共同構成有傳承關係的宋元江湖，特意從三部曲中挑選了打狗棒法、降龍十八掌與一陽指，作為連繫兩代江湖的元素。本來，丐幫代代相傳的只有打狗棒法，但為了要突顯「北喬峯」身分，光靠打狗棒法並不足夠，還得配置一項無人不識的武功。喬峯與洪七公同為丐幫幫主，而降龍十八掌又是舉世無雙的掌法，金庸於是就讓喬峯也會使降龍掌。但如此一來，舊版故事中「降龍十八掌」的設定就得修改，因為金庸原先告訴讀者，降龍十八掌乃由洪七公所創：

> 這降龍十八掌是洪七公生平絕學，**是他從易經之中參悟出來**，雖然招數有限，但每一招均具絕大威力。當他在華山絕頂與王重陽、黄藥師等五人論劍之時，他這套掌法尚未練成。（舊版《射鵰英雄傳》第二四八續，1957年9月7日）

如果兩代江湖連在一起，既然喬峯時代已有「降龍十八掌」，那降龍掌就絕非洪七公獨創了。因此，明晚版稍稍作了修改：

> 這降龍十八掌實乃洪七公平生絕學，**一半得自師授，一半是自行從易經之中參悟出來**……（明晚版《射鵰英雄傳》第九〇續，1973年1月1日）

作品集版又再微調：

> 這降龍十八掌乃洪七公生平絕學，**一半得自師授，一半是自行參悟出來**……（花皮版《射鵰英雄傳》，頁483）

刪掉「從易經之中」五個字，完全符合洪七公的人設。《易經》是儒、道經典，洪七公又有多少文化造詣，能夠讀懂《易經》？即便讀過，又真能從中悟出降龍掌的威力？降

20 遠流出版公司曾印製紀念筆記本《尋找傳說中的降龍十八掌》，收錄了「降龍十八掌」的招式名稱，分別為：亢龍有悔、飛龍在天、龍戰於野、潛龍勿用、利涉大川、鴻漸於陸、震驚百里、或躍在淵、雙龍取水、時乘六龍、突如其來、密雲不雨、損則有孚、羝羊觸藩、見龍在田、履霜冰至、神龍擺尾、笑言啞啞。2019年6月到9月，台北「華山1914文創園區」舉辦的「金庸武俠——華山論劍」特展，也以這十八掌名稱製作了一系列的紀念商品。當中即包括「雙龍取水」、「羝羊觸藩」與「笑口啞啞」（「笑口啞啞」即「笑言啞啞」）。

龍十八掌的招式取自《易經》是一回事，但整套武功從《易經》參悟而來又是另外一回事。

雖然金庸為了建構宋代江湖傳承，更改了降龍十八掌的原始設定，但所謂「一半得自師授，一半自行參悟」，又是另一個語焉不詳。「一半」到底是什麼意思，讓人更難明白。如果「一半」指九招，那就是說，「降龍十八掌」有九招來自上代江湖，有九招出於自創。如果是這樣，那上幾代的喬峯就只會「降龍九掌」？如果一半指的是降龍十八掌的

第十六回 桃花島主

只學得了一招「履虎尾」

第廿八回 大戰君山

（版權所有）△增刪潤飾 改寫修訂▽

打狗棒法 神妙莫測

上 明晚版《射鵰英雄傳》第一一五續，1973年1月26日。舊版故事中，黎生因對丐幫有功，獲洪七公傳授一招「神龍擺尾」，金庸初次修訂時，直接取《易經》履卦卦辭「履虎尾」三字，替代「神龍擺尾」。

下 明晚版《射鵰英雄傳》第二一五續，1973年5月8日。黃蓉以打狗棒法挑戰丐幫長老，簡長老用牛皮索拉出插在山石間的鋼杖，郭靖衝出去使出三招降龍掌。這三招降龍掌，明晚版與舊版一樣，都是「時乘六龍」、「天蠖之屈」與「龍蛇之蟄」。

威力，洪七公從上代學了一套不怎麼厲害的降龍掌，經過自行參悟改良，增加了掌法威力。如此一來，喬峯所學的降龍十八掌，反而不如洪七公了？雖然金庸明明知道降龍十八掌是串連兩代江湖的關鍵，卻由於未能大刀闊斧地修改降龍掌的設定，以致愈是修訂，愈有破綻。這也正好解釋了，為什麼日後會有新修版出現，因為還要再改一下，才能夠完成整個傳承過程。

一陽指

「一陽指」與「降龍十八掌」是兩種用以串連「射鵰三部曲」與《天龍八部》的武功。《天龍八部》與《射鵰英雄傳》同屬宋代，前後兩代江湖共同出現的元素是大理段氏與丐幫，因此，金庸將大理段氏（即南帝一燈大師）的一陽指，以及與丐幫有關的降龍十八掌、打狗棒法，也帶到了《天龍八部》。降龍十八掌成為丐幫幫主代代相傳的武功，一陽指也成為大理段氏的家傳絕學。

但在舊版《射鵰英雄傳》中，一陽指根本不是南帝的武功。第一次華山論劍時，南帝段智興之所以能與東邪、西毒、北丐打成平手，靠的是「先天功」。能夠剋制歐陽鋒蛤蟆功的一陽指，其實本屬於中神通王重陽。南帝之所以會一陽指，是因為王重陽臨死前，到大理求學先天功，並以一陽指作交換。這正好解釋了，當歐陽鋒闖上重陽宮欲奪取《九陰真經》時，為什麼假死的王重陽從棺材跳出、用以制服歐陽鋒的是一陽指而不是先天功。

金庸後來創作《天龍八部》，不知道是因為原屬於大理段氏的先天功沒得發揮，還是根本忘了一陽指不是段氏家學，就直接把「一陽指」神功歸到大理段氏一族名下，甚至創出一陽指的加強版「六脈神劍」。本來，如果將《天龍八部》視作獨立作品，不與「射鵰三部曲」拉上關係，「一陽指為段氏家傳絕學」的設定並無問題；但如果要把兩個江湖整合為有傳承關係的宋元武林，那問題就大了——沒有理由在早幾代的江湖，一陽指是段氏家學，而過了幾代後，就跑到王重陽身上。

金庸改寫《射鵰英雄傳》時，必須重設一陽指的武功設定，才能夠自圓其說，同時滿足「射鵰三部曲」與《天龍八部》的需要。金庸先把中神通與南帝的武功調換過來，中神通有先天功，南帝有一陽指，然後中神通與南帝再互教，把武功學「回來」。只是這樣改寫後，另一個問題同時出現：

> 我師哥一擊而中，「一陽指」正點中他的眉心，破了他多年苦練的「蛤蟆功」。（舊版《射鵰英雄傳》第三四六續，1957年12月14日）

舊版這段情節非常合理，王重陽閉住一口真氣，臨終前使出最後一擊。如果失敗，不但放走西毒，《九陰真經》也會被搶去。此刻要施展的應是他最有信心、最十拿九穩的武功，也就是一陽指。修訂版的情況就不同了。王重陽本來的武功是先天功，先天功明明可以壓制蛤蟆功，面對這唯一的機會，為什麼王重陽反而要用剛學不久的一陽指呢？這實在說不過去。由此，又衍生另一個問題：蛤蟆功的剋星，到底是先天功，還是一陽指？修訂版出現不同說法：

那書生道：「……只因他知先天功是他蛤蟆功的剋星，就千方百計的要想害死我師。」（花皮版《射鵰英雄傳》，頁1204）

（郭靖）右手食指伸出，猛向歐陽鋒太陽穴點去。這是他從一燈大師處見到的一陽指功夫……。一陽指正是蛤蟆功的剋星，歐陽鋒見到，如何不驚？（花皮版《射鵰英雄傳》，頁1434）

這應是調換武功後，口徑未能一致而產生的矛盾。金庸自然也知道，所以到了2003年的新修版，就改口說是「附有先天功的『一陽指』」（遠流新修版《射鵰英雄傳》，頁708）。也就是說，要在一陽指指法中帶上先天功，才足以破去蛤蟆功。再回到修訂版，調換武功後，為什麼金庸還是要王重陽破棺時使出一陽指呢？大抵，一陽指的名頭實在太大，動作形象豐富，王重陽出手時，讀者可以聯想到畫面。先天功只是內功真氣，沒有明確的「外在動作」，不利於畫面構成，帶領讀者想像。

刪掉秦南琴

舊版連載了八百六十二續，而與秦南琴有關的情節，只有約三十三、四續，不足全書二十五分之一的篇幅，金庸卻煞有介事地在修訂版「後記」中主動告訴讀者「除去了秦南琴這個人物」，並刪去「一些與故事或人物並無必要聯繫的情節」。秦南琴對於舊版故事的推進確實不怎麼重要。作為女角，既不能如黃蓉一樣幫助郭靖提升武功，又沒有影響到郭、黃二人的感情發展；雖然與楊康有所牽連，也不曾與楊康、穆念慈構成三角戀。

舊版故事中，秦南琴主要出演與「鐵掌幫」相關的情節。鐵掌幫幫主裘千仞原是足堪與天下五絕媲美的高手，武功雖不如五絕，仍有一爭長短的可能，歐陽鋒對這位「鐵掌水上飄」的功夫也忌憚三分。不過，或許由於歐陽鋒與裘千仞這兩人的反派形象過於接近，產生不出應有的效果，金庸後來改寫時，雖然不至於完全刪去裘千仞的戲份，也只保留了與重要人物相關的情節，如：（1）裘千丈假扮其弟招搖撞騙，致使黃蓉日後被鐵掌所傷；（2）裘千仞到丐幫招降；（3）瑛姑與周伯通的兒子多年前被裘千仞所傷，最後失救致死，結果造成南帝出家之事。其他如鐵掌幫的惡行，由於旁觀者是秦南琴，金庸改寫時就一併刪了。

秦南琴在書中雖然不重要，但由於失身楊康而有了楊過，金庸就不能只簡單地做刪減動作，還必須辦理「過戶」手續，把部分不能刪除的情節，移交給穆念慈。也因此，刪掉秦南琴這個舉動，又勢必牽連與穆念慈相關的情節，甚至牽動到接下來《神鵰俠侶》的情節。畢竟牽一髮而動全身，金庸恐防以前看過舊版《射鵰》故事的讀者拚命在作品集中找尋秦南琴身影，因此不得不事「後」張揚，在「後記」中認真向讀者交代此事。

秦南琴在舊版《射鵰英雄傳》中，共出現過三次：

第一次出現：黃蓉知道郭靖與華箏有婚盟又不肯背棄舊約後，就和郭靖分開。郭靖獨自一人去找黃蓉，在隆興府武寧縣遇上一戶人家，住著秦姓老漢與孫女秦南琴，祖孫倆在廣西捕蛇為生。縣官要他們每月上繳二十條毒蛇，但由於血鳥出現，蛇獲銳減。官差前來催繳，繳不出就抓秦南琴給縣太爺做妾侍。郭靖將官差打走，想替秦南琴抓血鳥，剛巧白駝山蛇奴正在驅蛇，血鳥啄瞎了一眾蛇奴的眼睛。郭靖即使打出降龍十八掌，終被血鳥飛遁。郭靖到縣衙找縣官，卻發現縣官因與人爭吵而被燒死，只好回到秦老漢家。黃蓉練功，真氣走錯穴道以致雙手不能動彈，便騎著小紅馬來找郭靖。黃蓉打通經脈後命雙鵰輪流追捕血鳥，血鳥終被收服，臣服於黃蓉。郭靖藏在懷中的字畫因被雨水浸濕而紙張破損，露出尋找《武穆遺書》的線索，郭黃二人於是別過秦南琴，往岳州出發。

這段與秦南琴相關的故事，其實與鐵掌幫有關，縣官就是鐵掌幫的人，索要毒蛇是為了練毒砂掌。郭黃二人在岳州境內田野間目睹了一場「人為」的自然界戰爭——「蛙蛤大戰」：成千上萬的青蛙與蛤蟆在田間相爭，最後青蛙大勝，鐵掌幫人卻放出毒蛇吃掉青蛙。由於青蛙會捕食田間害蟲，保護莊稼，農民見青蛙被襲，紛紛出手。鐵掌幫放出大批毒蛇，丐幫黎生等人相助農民，但仍然不敵，最後黃蓉出手，放出血鳥，追啄鐵掌幫人的眼睛，群蛇也因為遇上剋星而僵臥不動。最後農民以鋤頭、石塊「將毒蛇和蛤蟆搗得稀爛」，事情才告落幕。

從郭靖初遇秦南琴，到與黃蓉同赴岳州，以及郭黃二人參與蛙蛤大戰，金庸一共寫了二十一天，[21]合共約二萬一千字。前後兩段故事，看似沒有關連，但其實：（1）都與鐵

21 連載時間為1958年7月16日到1958年8月5日。

掌幫相關；（2）血鳥都有出現；（3）武寧縣被燒死的縣官與岳州境內鐵掌幫頭目喬太是親生兄弟。因此，雖然後半段故事沒有出現秦南琴，但從故事發展來看，可視為一個整體。

這段故事就是金庸在「後記」中說的「小紅鳥、蛙蛤大戰、鐵掌幫行兇」。一則由於與故事主軸「郭靖成長記」沒有直接關係，二則由於血鳥秉性、蛙蛤列隊成軍的「行為」過於「超自然」，與金庸盡量減少「異獸」的改寫原則背道而馳，因此索性將整段故事刪掉，不留痕跡。

第二次出現：郭黃二人拜別一燈大師，在桃源城遇到已出家為道姑的穆念慈與秦南琴。兩人先後跟郭靖黃蓉述說別後情事。楊康詭稱受洪七公所託，到君山接任丐幫幫主之位，穆念慈陪同。事敗後，穆念慈與楊康吵了起來，後來發現裘千仞將秦南琴獻給楊康，便憤然離去。鐵掌幫殺死秦老漢，擄走秦南琴來捉毒蛇。楊康汙辱了秦南琴，帶著她離開鐵掌幫，後來在鐵掌山谷底找到裘千丈屍體，搜出鐵掌幫第二十三代幫主上官劍南所記大事，裡面有《武穆遺書》的線索，以及破解鐵掌的方法。秦南琴設計讓毒蛇咬傷楊康，楊康神智迷糊，嚷著「歐陽公子」，剛巧之前被血鳥啄瞎眼睛的白駝山蛇奴出現，嚇得秦南琴趕緊逃跑，碰到了患病的穆念慈，兩人後來都做了道姑。穆念慈聽到秦南琴說楊康身故，傷心得獨自離開。郭靖傳授了一些全真教心法給秦南琴後，也和黃蓉離去。

這段故事金庸寫了十三天，超過一萬一千多字。整段情節只有一個地方最為重要，與後續故事可說息息相關，就是楊康汙辱了秦南琴，而後秦南琴懷了楊過。金庸後來改寫時，只須簡單地把與楊康「好上了」的責任交給穆念慈，秦南琴這個人物就可以完全抹去。

這十三天的情節，還有兩個地方頗為有趣。其一，鐵掌幫之所以要抓毒蛇、養蛤蟆，讓蛤蟆與青蛙打架，又放毒蛇去咬牠們，為的是讓裘千仞觀看蛤蟆如何躲閃。黃蓉一聽秦南琴轉述，就知道裘千仞是想從「蛤蟆打架」揣摩破解蛤蟆功的方法，他想要勝過歐陽鋒，甚至贏得天下第一與《九陰真經》。這就與之前蛙蛤大戰的情節遙相呼應。其二，穆念慈離開楊康後本想自殺，卻在道觀看到「活死人」畫像，打消了自殺念頭。小說中雖然沒有明言「活死人」就是王重陽，但兩年後金庸寫《神鵰俠侶》時，竟然重提此事：

> 其實還有一件重要情節，楊過卻從來不知。若不是有這幅王重陽的畫像和孫不二，世上壓根兒就沒有楊過這人。二十年前，當黃蓉在鐵掌峯上為裘千仞鐵掌所傷之時，楊過之父楊康行止不端，污辱了秦南琴。楊康的未婚妻子穆念慈為此和他反目。秦穆

射鵰英雄傳

金庸 文　雲君 图

二九　畫中秘密

這日是七月初九，距丐幫岳州之會，已只六日，好在汗血寶馬日行千里，郭靖縱轡西行，只一日，已到了江南西路界外。此時中國之半已屬金國，東劃淮水，西以散關為界，南宋所存者只兩浙、兩淮，江南東西路，荊湖南北路，西蜀、四路，福建、廣東、廣西，共十五路而已，正是國勢衰靡，版圖日蹙。

郭靖沿途留心黃蓉蹤跡，不時放出白鵰前後查察，這日來到臨與府武寧縣，眼見離岳州不遠，於是勒馬緩緩行去。黃昏時分，只見前面黑壓壓一片猛惡林子……

射鵰英雄傳

金庸 文　雲君 图

二九　畫中秘密

射鵰英雄傳

金庸 文　雲君 图

二九　畫中秘密

本頁與後六頁　舊版《射鵰英雄傳》第五五八至五七八續，1958年7月16日到1958年8月5日。秦南琴在舊版故事中首次現身與蛙蛤大戰始末。

二九　奮中秘密

郭靖見仙鶴副模樣，倒有三分和梅超風月下練功的情狀相似，心中微微一震。只是這少女膚色極白，想是自幼生在山畔密林之中，難見陽光之故，這時給白光一映，更增一種飄渺之氣。她雙手各拿着一個圓鼓鼓的黑物，慢慢走到郭靖身前，低聲道：「恩人可是要去瞧那神鳥麼？」郭靖道：「你千萬別再叫我恩人啦。」南琴臉上現出羞色，輕輕叫了聲：「郭大哥。」郭靖將手中弓箭一揚道：「我去射死那鳥，好讓你爺爺再捉毒蛇。」南琴忙道：「悄聲！」一面將手中黑物舉了起來，道：「罩在頭上，以防不測。」語聲顫動，顯得極是不安。郭靖一看，見是一隻鐵鑊，甚是不解。

南琴將左手中鐵鑊頂在自己頭頂，低聲道：「那神鳥來去如風，善啄人目，厲害得緊。牠耳朵極靈，一聽見人聲，立時飛到，郭大哥，您務須小心在意。」郭靖心想「大漠上那麼兇猛的大鵰，尚且被自己一箭射死，那貪蛇怪鳥，縱然靈異，也不過是隻扁毛畜生，又何懼之有？」但見南琴甚是關切，不忍拂她之意，也就將鐵鑊罩在頭頂。南琴當先領路，兩人走向樹林。

還未走到林邊，聽那怪鳥又是咕、咕、咕的叫了三聲，突然異聲大作，有似風撼長林，萬木齊振。南琴脫口叫道：「奇怪，奇怪，怎麼有這許多蛇兒？」郭靖一聽這聲，聲音似是白駝山的蛇陣，微一凝神，聽得遠處傳來數人吹哨呼斥，正是那些白駝山的蛇奴在驅趕蛇群，只是那些人聲音頗為焦急，似乎蛇群突然不聽號令，約束不住。郭靖拉着南琴手臂，飛步入林，見左首一株古槐枝幹挺拔，樹葉茂密，足可容身，當下手臂一長，攬在南琴腰間，躍上了那古槐一枝突出的粗幹。

剛好坐定，那怪鳥又叫了三聲，這次聲音近了，聽來更是銳利刺耳，片刻之間，林裏萬頭起伏，蛇群大至。郭靖曾數次遭過這蛇群的陣仗，倒也不覺怎樣，南琴卻從未見過如此聲勢，只驚得心跳足軟，牢牢抓住郭靖的衣袖，那敢放手，但見蛇群從西撲到，一入林中，立時四面八方的亂竄亂鑽，似乎地下忽熱異常，停身不住一般。月光之下，成千成萬的青蛇黑蛇躍起跌落，落了又躍起，竟無片刻安靜，有如一大鍋泡沫翻騰的沸水，漸成奇觀。

蛇群洶湧而來，無窮無盡，只聞時衆蛇奴的哨聲也是響成一片。見七八名白衣男子搶進林來，手持長桿拼命揮打，卻那裏還能將蛇群列成隊形。郭靖惱恨歐陽鋒歹毒，見他手下之人如此狼狽，不由得暗暗高興，心道：「只可惜蓉兒不在這兒，見不到這番情景。」

南琴偷眼相瞧郭靖，見他臉露微笑，好生佩服他的大膽，突然間耳鼓一震，全身毛髮直豎，原來那怪鳥忽發奇聲。說也奇怪，蛇群登時伏在地下，一動不動，剛才蛇群飛騰跳躍固然令人驚心動魄，而這時萬蛇齊僵的情景，卻更顯得怪異。（五六一）

二九　奮中秘密

那些白衣男子舞動長桿，口中哨子吹得愈急，羣蛇卻毫不理會。只見衆蛇奴中一人做個手勢，餘人挺桿而立，停哨不吹。那首領向空作了個揖，高聲叫道：「咱們是白駝山歐陽先生手下，這經貴地，有眼不識泰山，不曾拜訪英雄好漢，請瞧在歐陽先生臉上，高抬貴手。」

郭靖見他疑神疑鬼，暗暗好笑，卻不理會。那人見無人回答，隔了半晌，又說了一遍。這次說話兒得多了，隱隱含有懼怕之意，一面四下留神打量，一回頭，瞧見了地下樹影之中郭靖與南琴二人的影子。這人極是陰險，當下假作不知，反而背向古槐，低了頭打拱作揖，突然間一聲大喝，雙手向後齊揚，四枚銀梭激射而出，向槐樹上射去。

若是換作旁人，勢必要中他算計，但郭靖此時武功何等精湛，月光下見幾枚銀光閃閃的暗器飛來，順手除下頭頂鐵鑊，迴臂一抄，叮叮噹噹一陣响，將四枚銀梭都抄在鑊中。那人見暗算不成，大感氣餒，回身喝道：「樹上是何方高人，請通姓名。」郭靖不去理他，鐵鑊一揮，四道銀光飛出，嗤的一聲響，那人只感虎口一震，手中的長桿被四枚銀梭同時打中，斷成五截，這一來，那人更是害怕，知道若非對方手下留情，將銀梭對自己身上射來，那裏還有性命。

這時他決計不敢再行動手，但蛇群被人制住，倘不設法帶走，歐陽鋒懲罰起來可是慘酷萬端，思之心膽俱裂，但若出言苦苦哀求，失了白駝山身份，歐陽鋒也決計不饒；正自彷徨無計，鼻中突然聞到一陣芳香，胸口登時舒暢無比，只見群蛇忽爾抖動，昂起了頭向着空中。

那蛇奴的首領只道郭靖解了制蛇之法，急吹木哨，要驅蛇逃走，但覺香氣愈濃，來自上空，一抬頭，猛見一團火光從空撲至，迅速無倫，落在身前。那人嚇了一跳，急忙躍開，定神一看，那裏是火，竟是一隻全身血紅的鳥兒，這鳥身子只比烏鴉稍大，尖喙極長，約有半尺，站在地下，遊目四顧，雖只一隻小小鳥兒，卻似有極大威嚴。那股異香，就從鳥身上發出。

郭靖見那紅鳥模樣甚是可愛，通身殷紅，竟無一根雜毛，月光下見牠一雙眼珠就如珊瑚一般，也是紅的，衆之身上芳香無比，心想：「蓉兒若是見了，必定喜愛。」當下起了個捉鳥的念頭。

羣蛇見了血鳥，起初嚇得簌簌亂抖，但隨即又均僵臥不動。血鳥咕的叫了一聲，蛇陣中出來四條大蛇，遊到血鳥身前，翻過身子，肚腹朝上。血鳥長喙一劃，四條大蛇的肚子登時裂開，血鳥連啄四啄，將四枚蛇膽吞入了肚中。衆蛇奴又驚又怒，那為首的蛇奴手一揚，一枚銀梭向鳥打去。郭靖吃了一驚，只怕他傷了血鳥兒，順手在槐樹上抓下一根細枝，用手指彈了出去。（五六二）

二九　奮中秘密

這細枝雖然輕飄飄的，但在郭靖指力激送之下，去得比那銀梭更快，在血鳥身前五六尺處與那銀梭一碰，一齊落在地下。那血鳥極是靈異，一見銀梭和樹枝的來路，已知有人害牠，又有人從中相救，向着郭靖和南琴點了點頭，忽如一道火光，斗然間向那放射銀梭的蛇奴撲去。那蛇奴見牠來勢快速，雙手一揚，又是四枚銀梭飛出，兩前兩後，直向前射，這一次雙方湊攏，一瞬之間就已碰在一起，郭靖待要相救，已自不及，心中只叫得一聲：「可惜！」卻見那血鳥雙翅向下一撥，將兩枚銀梭打在地下，不等隨後兩枚銀梭飛到，反而迎上前去，下垂的雙翅向上一振，兩枚銀梭被彈入了半空。郭靖見牠身法迅捷美妙，宛似武學高手，情不自禁的高聲喝采：「妙極！」

采聲未畢，聽得那蛇奴一聲慘叫，雙手掩住額頭，向前奔了幾步，碎的一聲，撞在一棵大樹之上，跌下地來，原來雙目已被血鳥啄瞎。其餘蛇奴大吃一驚，暗器紛紛出手，四下圍攻，月色溶溶之中但見銀光閃閃，有似滿天流星。那鳥雙翅向前一推，身子倏地倒退，回勢竟絲毫不弱於前行之速，衆蛇奴驚叫喝罵聲中，又有兩人失了眼睛。

忽聽豁的一響，一道藍色火光向血鳥射去。郭靖識得是硫磺燄箭，心想這暗器比銀梭慢得多了，那裏射得着牠？那知血鳥咕的一聲歡叫，迎上前去伸爪一把抓住箭桿。那火燄箭燒得甚是熾烈，血鳥亦毫不在意，將箭桿放在地下，啣些枯枝敗葉，添在火上。郭靖愈看愈奇，連叫：「可惜，可惜！」

南琴問道：「可惜什麼？」郭靖道：「這樣好玩的事，蓉兒竟沒看到。」南琴道：「蓉兒？蓉兒？」郭靖道：「是啊，蓉兒！」南琴欲待再問，忽然聽見身後似乎有個女子輕嘆了一聲，回頭一望，卻不見什麼，不由得毛骨悚然，心想：「難道有鬼？」緊緊抓住郭靖手臂，上半身倚偎在他懷中，低聲道：「郭大哥，誰嘆氣啊？」郭靖全神注視血鳥，既沒聽見嘆息之聲，也沒聽見南琴的問話，一個溫香軟玉般的身子靠在他的胸前，微微顫動，他竟茫然不覺，只瞧着那血鳥在火焰中翻滾。

那鳥添了一會，火光漸弱，牠又去啣些枝葉添在火裏，待火旺了，再展翅在火上燒炙，羽翼非但絲毫無損，經火一炙，更是熠熠生光，燦爛華美。牠一邊燒，一邊用長喙在羽毛之中磨擦，竟如洗澡一般。這鳥羽翼遇火不燃，已自奇怪，而越燒香氣越濃，羣蛇聞到這股香氣，漸漸抵受不住，又亂鑽亂跳起來，再過一會，突然互相咬嚙吞噬，有的蛇兒似乎痛苦難當，竟然自咬腹尾。這千萬條毒蛇猶如中邪，翻蟠盤打，聲勢實是驚人，南琴聽得頭暈眼花，險險跌下樹去，急忙閉上眼睛，攀住郭靖身子（五六三）

射鵰英雄傳

金庸文　雲君图

二九　囊中秘密

　衆蛇奴見情勢不妙，相互打個招呼，一齊逃出林去。那血鳥認定這些白衣人是牠仇敵，如流星般掠過林隙，追上前去。衆蛇奴知道厲害，忙用雙手掩目。血鳥一飛近，長嘴猛啄手背，蛇奴吃痛不過，揮手去打，手一離面，眼珠立被啄瞎。片刻之間，衆蛇奴無一漏網，個個成了盲人。

　那血鳥大獲全勝，飛回林中，又待到火上燒炙，那火卻已熄滅。血鳥雙翅猛搧，想要將火重行燃起，卻只揚起一陣灰燼。郭靖拍了拍南琴肩膀，將她輕輕推開，低聲道：「你在這兒，抱住樹幹。」不等南琴回答，已繞身落樹，慢慢向血鳥走去。

　那血鳥知他是適才出手相救之人，並非仇敵，注目發覷。郭靖道：「鳥兒，來，來」血鳥昂首才雖。郭靖初下樹時，對毒蛇還心存顧忌，但見自己每跨出一步；毒蛇就紛紛讓道，知道是毒蛇怕他服過蟒蛇寶血之故，當下大了胆子，邁步向前，左手一探，向血鳥抓去。

　他出手奇快，那知血鳥是天生靈物，飛動更快，身子一晃，已然避開，不等郭靖再度出手，猛撲向前，來啄他的眼珠。南琴急呼：「郭大哥，留神。」郭靖右手揮起鐵鏟，向鳥兒罩去。血鳥知道厲害，居然能如武林高手般急發急收，一撲之勢未曾用足，立即倒退，背脊剛好從鏟邊上擦過，沒被罩中。

　郭靖叫了聲：「好！」身子躍起，鐵鏟橫裏抄來。血鳥振翅向上，只飛出一尺，發見郭靖左手正好候在頭頂，立知不妙，倏地一沉，

劃了一個圓圈，回身來啄他的眼珠。郭靖見這鳥兒身法如此敏捷，童心大起，叫道：「我手中現有兵刃，捉住你不算好漢，來來來，咱們空手拆幾招。」將鐵鏟往地下一拋，右手一掌推出。他怕傷了鳥兒，掌力只用了一成，去勢卻是極快。

　掌未到，勁先至，血鳥那裏抵受得住，被掌力一撞，跌下地來。郭靖大喜，伸手去拿，那鳥從地一個翻身，滾開半尺，立時飛起，牠已知郭靖厲害，迴非衆蛇奴可比，不敢再鬥，急向外逃，郭靖掌隨身起，一招「六龍迴旋」，拍了出去。

　這是降龍十八掌的精妙招數，一掌之中分兩股力道，一向外推，一往內收，形成一個急轉的漩渦。血鳥見他掌到，急向上飛，豈知一股力道從橫裏撞來，捲得牠在空中翻了幾個筋斗，筆直掉將下來。郭靖上前一把抓住，叫道：「姑娘，捉住鳥兒啦。」南琴大喜，從懷中取出兩顆蛇藥，在口裏含了一顆，遞下樹來，要將另一顆去交給郭靖。那知血鳥被郭靖這一掌轉得暈了過去，威力立失，羣蛇如逢大赦，有似萬箭齊發，四面八方的竄出林去，那裏還敢傷人？（五六四）

射鵰英雄傳

金庸文　雲君图

二九　囊中秘密

　郭靖見血鳥毫不動彈，怕牠死了，雙手輕輕籠住，走到林隙的月光之下細看。南琴跟着走近，將藥丸遞給他，道：「郭大哥，這藥能防毒蛇。」郭靖本覺用不着，但想她既一片好心，就伸手去接。他單在血鳥身上的右手剛一拿開，突覺手中一震，眼前一道紅光倏忽掠過，那鳥竟飛走了。郭靖連連跺脚，大呼：「唉，可惜，可惜！」

　南琴道：「這鳥極有靈性，吃你這麼一拿，多半不敢再來啦。」郭靖道：「是啊，所以可惜。」南琴道：「為什麼？」郭靖道：「我本想捉來給蓉兒玩的。」南琴聽他又提到「蓉兒」，語意之中充滿深情，問道：「蓉兒是你的兒子麼？」郭靖一怔，笑道：「不是的，是個女孩子，比你只小着一兩歲。」南琴道：「嗯，她很美，是不是？」郭靖道：「那自然，她不但美，而且又聰明，又好心眼兒。」

　這幾日來，他時時刻刻在思念黃蓉，這時聽南琴問起，情不自禁的將黃蓉誇了起來。黃蓉明艷秀美，原本不假，只怕她自幼受了父親薰陶，不免有些任性妄為，但在郭靖心中，她卻是個十全十美，無半點瑕疵之人。南琴和他並排坐在一棵橫倒在地的梓樹幹上，聽他不住口的說着黃蓉諸般好處，心中酸酸的有些異樣。郭靖說了一會，忽然醒覺，笑道：「你瞧，三更半夜的，卻要你在這裏聽我說些不打緊的話。咱們回去吧，你爺爺若是醒來，不見了你，可要掛念啦。」南琴道：「不，我愛聽你說話。」隔了一會，道：「這位黃小姐到那裏去

啦？你怎麼不跟她在一塊兒？」這兩句話觸動了郭靖心事，一時不知怎樣說好，想到自己日後不得不和華箏結親，按着黃蓉的性子，終生不再和自己相見也未可知，更說不定一時性起，竟然橫劍自刎，越想越是傷心，悲從中來，不禁放聲而哭。

　南琴見他正說得好好的，忽然哭了起來，只怕自己說錯了話，又驚又悔，又不知如何勸慰，見他橫袖在眼亂抹，從懷中取出一塊布帕，遞給了他。郭靖接過了，抹去眼淚，要想不哭，卻又忍不住，正狼狽間，忽聽身後似乎有人噗哧一笑，郭靖一躍而起，叫道：「蓉兒！」只見地下一片清光，樹影交橫，那裏有半個人影？

　南琴道：「郭大哥，你儘想着黃姑娘，咱們回家吧。」郭靖道：「正是。」兩人相偕出林，走出數十丈，只見前面七八個白衣人排成一列，左手扶着一條長桿，一步一步的摸索而行，正是那些被血鳥啄瞎了眼的蛇奴。

　郭靖見他們可憐，嘆息一聲，自與南琴回家。次日一早醒來，聽得窗外秦老漢正在責怪南琴，說她不該帶恩人去涉險捉鳥。（五六五）

射鵰英雄傳

金庸文　雲君图

二九　囊中秘密

　只聽得南琴笑道：「難道也是我帶他去了？他自己愛玩嘛。」秦老漢啐道：「他是咱們救命恩人，又不是孩子，什麼自己愛玩？」南琴笑道：「你不信就算啦。」秦老漢道：「唉，還不認錯？若是恩人給毒蛇神鳥傷了，那怎麼得了？」南琴道：「他本事大得緊，怎麼傷得了？」秦老漢道：「好好，我不跟你鬥口。快去收拾收拾，事到臨頭，又走不了啦。」南琴奇道：「爺爺，收拾什麼？」秦老漢道：「回廣東去啊，昨日那賊都頭吃了這個大虧，咱們還能在這裏就麼？恩人一上路，咱爺兒倆只要遲走一步，那就是大禍臨頭。」南琴呆了一呆，道：「爺爺，那麼這屋子，這些桌子椅子怎麼呢？」秦老漢喊道：「傻孩子，性命還顧不了，還顧椅兒桌兒呢！孩子，咱們生來命苦，你也別傷心。」

　郭靖心想救人救徹，一骨碌下床，出房說道：「老丈，你不用担心，我到衙門去跟你了結這回事。」秦老漢忙道：「恩人，你千萬別去，那衙門是狼虎之窟，可去不得。」郭靖道：「我不怕。」秦老漢待要再說，郭靖已牽過坐騎，上馬疾馳而去。

　只一頓飯功夫，已進了縣城，正欲打聽縣衙門的所在，但見前面火光觸人，行人亂奔，叫道：「縣衙門走了水啦，真是老天爺有眼。」郭靖心道：「可有這麼巧，遲不遲，早不早，偏偏這會子走水。」當下縱馬向火頭奔去。待到臨近，只感熱燄逼人，那縣衙已燒去了半邊；奇的是竟然無人施救。許多百姓站得遠遠的觀火，臉上都有欣喜之色。郭靖翻身下馬，見地下躺着

十多名都頭衙役，有的早已燒死，活着的是個個被火灸得鬚髮焦黑，卻是眼睜睜的動彈不得。郭靖抓起一人，一看他的神態，原來已被點了穴道。郭靖在他腰眼裏一捏一推，解了穴道，問道：「縣太爺呢？」

　那衙役往火窟裏一指道：「回您老：太爺在這裏面，多半已燒死啦。」郭靖道：「怎麼起的火？你是給誰打倒的？」那衙役苦着臉道：「回您老：小人也弄不明白。一早晨，小人還沒起身，只聽得縣太爺和人喝罵動手，接着就起了火，小人剛逃出來，不知怎的腿裏一麻，就這麼胡裏胡塗的爬[illegible]下啦。」郭靖道：「你們縣太爺和人動手？他會武功麼？」那衙役道：「回您老：太爺的功夫強得很，他一雙手硃砂般紅，誰給他打中了，誰晃眼兒就得去姥姥家。那知強中更有強中手。」郭靖心想：「瞧不出一個知縣還有毒砂掌功夫。」說道：「他要百姓繳納毒蛇，那就是練毒掌上功夫了？」那衙役道：「回您老：這個小人不明白。」

　郭靖心想：「多半是這個縣官的江湖仇家找上了他，那個乾淨爽快，免得我多費一番手腳。」也不再理會那名衙役，要回去找秦老漢和南琴說知，一轉身，那小紅馬卻已不知去向。他撮聲呼哨，隔了片刻，小紅馬仍[illegible]影蹤不見。（五六六）

射鵰英雄傳

金庸文 雲君图

二九 書中秘密

這小紅馬向來馴良，如無主人之命，決不致任意離開，兼之神駿異常，本領再高的馬賊也休想近得了身，突然失蹤，確令郭靖大為驚詫。火場之旁人衆雜沓，也無法尋找馬蹄足迹，他在城中到處走了一遍，毫無線索，心念一動：「回去帶白鵰來相助尋訪，必有端倪。」當下放開脚步，奔回秦老漢家。

秦老漢和南琴聽說縣衙被焚，縣官和都頭全被燒死，只樂得心花怒放。郭靖吹哨招呼雙鵰，那知過了良久，這對白鵰也是影蹤毫無。郭靖悶悶不樂，茶飯無心，當晚只得仍是宿在秦老漢家，要待明日再行找尋紅馬白鵰。此時暑熱難當，秦老漢搬了一張竹榻，兩張竹椅，泡了一壺濃茶，三人在門外豆棚下揮扇乘涼。秦老漢說些各種毒蛇的奇怪習性，郭靖聽得甚有興味，眼見斗轉星沉，已近午夜，三人身上均有涼意，秦老漢幾次說要睡了，南琴卻只是不肯。秦老漢笑道：「咱們這裏好難得有個客人來。這孩子日日夜夜陪着一個糟老頭子，也眞够她氣悶的。」南琴道：「明兒郭大哥走了，咱們又只兩個人啦。」語意甚是淒涼，郭靖默然不語。南琴道：「郭大哥，你去睡吧，我還要瞧那顆星。」秦老漢道：「傻丫頭，星有什麼好看？」南琴道：「我就是愛瞧！」秦老漢看了看天邊的烏雲，道：「就變天啦，你的星快沒得看了。」就在此時，遠處傳來一陣馬蹄之聲，郭靖一躍而起，叫道：「我的小紅馬。」月光下只見長嶺上那紅馬奮蹄揚鬣，疾馳而下，馬背上一人衣袂飄飄，正是黃蓉。郭靖大喜，叫道：「蓉兒，我在這兒。」南琴聽他呼叫蓉兒，心中一震。眨眼之間，黃蓉乘馬穿過林子，來到三人身前，那對白鵰正停在她身後馬背之上。郭靖大悟，心道：「我眞胡塗，若非蓉兒，又怎能將紅馬和雙鵰收去？」黃蓉一躍下馬，郭靖迎了上去，心中說不出的歡喜。黃蓉道：「我運氣練功走錯了穴道，雙手動不得啦。」郭靖道：「啊，咱們快來順氣。」兩人當即盤膝坐在竹榻之上，郭靖雙手按住黃蓉背心，助她通氣順脈。這時雷聲漸近，黑雲如墨，掩沒了半片天。

約摸過了半個時辰，黃蓉丹田之氣上升，緩緩通到胸口，同時身體左右微微擺動。南琴在旁打量黃蓉，見她閉目而坐，咀角微露笑容，臉上雪白的肌膚之中透出一層紅玉般的微暈，眞似朝露。新采奇花初胎，的皪不盡，清麗絕俗。她頸中掛着一串明珠，發出一片柔光，更映得人似美玉。南琴心道：「這仙女一般的人物，無怪郭大哥如此顚倒啦，只不知他們在幹些什麼？」正自出神，眼前一黑，一片烏雲移來，遮沒了月光，不多時，滿天全是黑雲。南琴道：「郭大哥，你與這位小姐進屋去吧，要下雨啦。」一語甫畢，臉上與頸中一涼，已有幾滴雨點落了下來。（五六七）

射鵰英雄傳

金庸文 雲君图

二九 書中秘密

那夏日陣雨，說來就來，南琴只叫得一聲「啊喲！」滂沱大雨已一瀉如注。郭靖與黃蓉正處於習練易筋鍛骨篇的要緊關頭，那把大雨放在心上？南琴見二人動也不動，心中大奇，還道二人中了邪，上前推郭靖的肩膀。他起初並不用力，一推之下，自己竟退了一步，隨即手上加勁，用力一推，叫道：「郭大哥，你怎麼啦？」

她那裏知道身負上乘武功之人，一受外力，立時生出反勁，她這一推，郭靖絲毫不動，自己却不由自主的一交摔倒，坐在水裏。當郭黃二人練功之時，秦老漢看得不耐，已先去睡了，這時聽得雷聲中夾着大雨，叫了幾聲：「琴兒！」不聽見答應，忙搶出屋來，只見孫女剛從泥污中站起，頭髮散亂，神情甚是狼狽，不禁吃了一驚。南琴叫道：「爺爺，這人中了邪啦！快想法子救他。」

秦老漢對郭靖異常感激，見他如此，忙上前拉他進屋，豈知輕輕一拉是紋絲不動，拉得重了，自己反摔一交，爬起身來，在大雨中怔怔發呆。南琴奔進屋去取了一把雨傘出來，打開了遮在郭黃二人頭頂，叫道：「爺爺，你去點些黃紙來薰他鼻管。」秦老漢跌跌撞撞的入內，慌亂中却又把油燈打翻了。

南琴雖對黃蓉甚是敬慕，但不免存着私心，一把雨傘遮不得二人，漸漸的向郭靖一邊偏去，黃蓉的頭上就如一盆盆水往下傾倒一般。好容易秦老漢摸索着又點起油燈，燃了一捲黃紙，用衣袖護着，拿到郭靖鼻孔下來薰。濃煙一陣陣往他鼻中冒進，郭靖本來調勻得極是順暢的呼吸，受這濃煙一逼，立時窒轉，反向丹田中衝去。郭靖大吃一驚，急忙閉住呼吸，全力施爲，才將腹中之氣重行理順。可是這呼吸究竟不能久閉，只要吸一口氣，濃煙就薰得他幾欲咳嗽。秦老漢祖孫全是一片好心，那知反而累得他死去活來。秦老漢見黃紙薰鼻無用，於是用指甲猛力掐揑郭靖上唇的人中。這人中是人身要穴，若是中暑暈倒，此處一受刺掐，立時能醒。正因這是人身要穴，郭靖這番苦頭可就吃得大了，只是練功正緊之際，不便開口說話，只好苦苦忍住。

此時霹靂一個接着一個，電光過去，霹靂立至，閃電與霹靂之間幾無間隔，只聽得震耳欲聾的一聲，樹林邊一棵大樹被雷擊中，燒了起來。南琴嚇得心膽欲裂，但仍是勉力撐住雨傘，給郭靖遮雨。奇形怪狀的閃電掠過烏黑的天空，或如樹枝，或如長蛇。大片白光忽隱忽現，時而照出郭靖神色嚴毅，黃蓉笑靨如花，時而照出秦老漢呆若木雞，南琴臉無人色。突然間衆人眼前一陣大亮，尚未聽到雷聲，秦老漢與南琴已雙雙跌倒。（五六八）

射鵰英雄傳

金庸文 雲君图

二九 書中秘密

這一個焦雷正好打在郭靖身畔，秦老漢祖孫被震得暈了過去。雷聲一響，郭靖體內氣息猛升，立時就通了一週，這時他已可走動，黃蓉却尚須片刻之時，眼見四周電光急閃，焦雷一個個打在身周，忙在黃蓉身上一伏，防她受傷。

過了一頓飯時分，雷電遠去大雨也漸漸止歇。黃蓉三脈俱通意與神會，遍體清涼，緩緩直起腰來，低聲道：「靖哥哥，你當眞是這生愛我麼？」郭靖將她抱在懷裏，歡喜無限，却不說話。黃蓉向那棵燒得正猛的大樹一指，道：「你瞧！」郭靖向前望去，只見火焰中那雙血鳥正在翻滾跳躍。黃蓉低聲道：「咱們掩過去捉。」郭靖點點頭，站起身來，見秦老漢已自醒轉，扶着孫女坐在竹椅之上。黃蓉左手一揮，直奔向血鳥奔去。

那血鳥昨日吃過虧，這時見有人來，不敢再鬥，咕的一聲，振翅而逃。黃蓉追趕不上，心念忽動，忙撮唇吹哨，召來雙鵰，叫道：「把這鳥兒捉來，可別傷牠。」北方富貴人家都蓄養獵鵰，用以打獵，蓋因獵鵰不但兇猛，而且養馴之後，善知人意。這對白鵰更是靈異，一聽主人之言，立時左右包抄，追了上去。

那血鳥身子甚小，全身大小只及白鵰一個頭顱，可是飛翔迅速，疾若流星，倏忽之間已飛出數里。雙鵰銜尾急趕，那血鳥見雙鵰追來，毫不懼怕，反而轉身來鬥。雙鵰一鳥，登時在空中大打起來。白鵰的鋼喙鐵爪何等厲害，就是虎豹猛獸，也能被牠用爪撕裂，但這小小血鳥靈活異常，轉身既快，又能迅速倒退，雙鵰非但抓牠不着，反而被牠用長喙啄下了好幾根白羽，若非以二敵一，白鵰幾乎要吃敗仗。

鬥了良久，雌鵰頸後又被血鳥啄了一口，雌鵰吃痛，突然發威，左翅用力一撲，從空中猛掠下來。血鳥急忙倒退，但那鵰翅伸展開來長達數尺，終於被翅尖掃到，這一擊力量奇大，血鳥抵受不住，一個筋斗跌下地來。那雄鵰急撲而下，雙爪如鈎往血鳥抓去，那血鳥橫裏竄出，再無戰志，急往前逃。雙鵰追不捨，三鳥飛入山後，不知去向。

郭靖本在觀戰，這時低下頭來，說道：「蓉兒，你功夫大進了，身旁雷轟電閃，竟然茫如不覺。」黃蓉笑道：「你也一樣。」郭靖想起秦老漢祖孫適才的好心驚擾，暗暗叫聲：「好險！」若是一個把持不定，又得以七日七夜之功來修缺補漏，當下替黃蓉和秦氏祖孫引見了。郭靖道：「蓉兒，縣衙門是你放的火，是麼？」黃蓉抿嘴一笑道：「不是我還有誰？」秦氏祖孫老大驚訝：「瞧不出這嬌滴滴的一個小姑娘，竟做出這等事來。」（五六九）

射鵰英雄傳

金庸文　雲君图

二九　舞中秘密

黃蓉向南琴望了一眼，微微一笑，道：「靖哥哥，你儘管找我，也不怕這位姊姊笑話。」郭靖道：「咧，昨晚你也在樹林子裏？」黃蓉抿嘴笑道：「你若不說來捉鳥兒給我，我寧可變鬢永遠躲了，也不來找你呢。你後來幹麼忽然哭了？也不害臊。」郭靖低聲道：「想想實在我待你太不好，又怕以後永遠見你不着。」黃蓉伸手給他理了理鬢邊散下來的頭髮，輕輕的道：「我本想不見你了，可是終究不能。好啦，不管以後的日子怎地，咱倆能多一天在一起，就多歡喜一天。」

南琴見兩人說得親熱，不覺怔怔的發起呆了。突然間天空一聲唳聲，三人一急，齊抬頭，只見雙鵰疾追血鳥而來。三隻鳥一先二後，飛得迅速異常。黃蓉見那血鳥身子雖小，但飛動迅速無比，雙鵰一時倒奈何牠不得。當下心生一計，撮唇吹哨，召那雌鵰下來停在自己肩頭休息，讓那雄鵰單獨追逐血鳥，待得雄鵰追逐一周，再放雌鵰上去接替。那血鳥一刻不停的飛翔，雙鵰卻以車輪戰之法耗牠氣力，如此來回追逐了六七次，血鳥果然無法支持，越飛越慢，被雄鵰疾飛趕上，一翅打下地來，雙翼緊土，卻已上昇不得。那雌鵰搶過去抓拾，送到黃蓉手中。

黃蓉大喜，雙手捧住。那血鳥累得筋疲力盡，眼中露出乞憐神色。黃蓉笑道：「你乖乖的聽話，我就不殺你。」秦老漢見血鳥被捕，大爲歡喜，道：「好了，姑娘捉了這神鳥，老漢和這孩子又有口苦飯吃啦。我編個籠子給姑娘裝牠。」

南琴知道血鳥愛吃蛇膽，拿出一瓶蛇膽酒來，血鳥喝了半瓶，體力稍復，對衆人頗現親善之態。黃蓉喜道：「我要養得牠聽我號令，專啄壞人的眼珠。」

四人累了大半晚，均感疲倦，南琴讓出自己床來給黃蓉睡，黃蓉卻要等秦老漢編好竹籠，將血鳥放入，才安心就枕。

次日醒來，已是紅日滿窗，黃蓉翻身下床，走到桌邊，「啊」的一聲驚叫，只見竹籠已被血鳥啄破，那鳥卻昂然站在桌上，並不逃走。黃蓉又驚又喜，招了招手，那鳥一跳跳入了她的掌心。黃蓉叫道：「牠服我啦，牠服我啦。」又見那竹籠的每根竹條都被咬成兩截，顯然是那血鳥逞威示武，意思說：「我自己不愛走就是，這小小竹籠豈能關得我住？」

正自歡喜，卻聽得隔室郭靖連珠價的叫苦，忙過去問道：「靖哥哥，怎麼啦？」只見他苦着臉，手中拿着黃藥師送他的那幅畫，原來昨晚雨中練功，兩人全身濕透，這幅畫可教雨水毀了。黃蓉跳叫：「可惜！」接過畫來一看，見紙張破損，墨跡模糊，已無法裝裱修補，正欲放下，忽見韓世忠所題那首詩旁，依稀似有幾行字跡。（五七〇）

射鵰英雄傳

金庸文　雲君图

二九　畫中秘密

湊近細看，原來這些字寫在裱畫襯底的夾層紙上，若非紙濕透，決計不會顯現，只是雨浸紙碎，字跡已殘缺難辨，但看那字跡排列情狀，認得出是一共四行字，每行四字。黃蓉一面細認，一面緩緩唸道：「……穆遺書，……鐵掌……，中……峯……，第二……節。」其餘殘損之字，卻無論如何辨認不出了。

郭靖叫道：「這說的是武穆遺書。」黃蓉道：「確然無疑。完顏烈那賊子推算武穆遺書在宮中石匣之內，但石匣雖得，遺書卻無影蹤，看來這四行字是遺書所在的重大關鍵。……鐵掌……，中……峯……」她沉吟了片刻道：「靖哥哥，你六位師父曾說起過什麼『鐵掌幫』麼？」郭靖道：「鐵掌幫？沒有啊，我只知道那個大騙子裘老頭兒叫什麼鐵掌水上飄。」黃蓉道：「那糟老頭兒也不會和這等大事有什麼干係。昨兒早晨我去放火燒那縣衙，卻聽得那姓喬的縣官和人說話，說咱們鐵掌幫怎樣怎樣，又說趕緊多找毒蛇給大香主送去。後來他和我一動手，武功居然不弱，毒砂掌的功夫很有幾下子。」郭靖道：「江湖幫會中的兄弟竟做起縣官來，倒有點奇怪。」

二人想了半天，推詳不出這四行字的關竅所在，黃蓉把殘畫收起，放在自己衣包中，道：「讓我慢慢兒想。」當下與秦老漢祖孫別過，二人共騎而去。秦老漢和南琴戀戀不捨，待要相送，那小紅馬跑得好快，轉眼之間，已穿林越嶺，奔得影蹤不見。

不一日，已到荊湖南路岳州境內。黃蓉掐指一算，這日是七月十四，岳州丐幫之會，尚在明日，說道：「左右無事，咱們沿路慢慢行玩去。」郭靖道好。兩人下馬携手而行，放眼遠望，盡是水田，田裏禾稻長得甚是壯茁。黃蓉道：「爹爹曾道：湖廣熟，天下足。看來今年的百姓是可以免於饑荒了。」又指着攀在柳樹上的蟬兒嘆道：「這蟬兒整天不停的大叫『知了，知了』，卻不知牠知些什麼，倒教我想起」一個人，好生記掛於他。」郭靖忙問：「誰啊？」黃蓉笑道：「那位大吹牛皮的裘老爺子。」郭靖大叫一聲：「啊！」

此時火傘高張，如烘似炙，田中農人不論男女，都在汗下如雨的車水。柳樹邊的一架水車之上，車水的是個婦人和一個十七八歲的男孩，人少車沉，踏得好不艱難，兩人上衣都已汗濕，那孩子一張小臉漲得通紅，兀自用力踏那水車。黃蓉停步望他，心中大生憐惜之情。那男孩見她美麗異常，回頭叫道：「媽，這姊姊在瞧咱們。」顯見對自己努力勞作，甚是得意。那婦女做一笑，向郭黃二人點頭招呼。

黃蓉伸手入懷，想拿塊碎銀給那男孩買糖吃，忽聽遠處雷聲隱隱，喜道：「有雨下，你們不必車水啦。」那婦人側耳一聽，神色卻甚是驚慌。（五七一）

射鵰英雄傳

金庸文　雲君图

三十　蛙蛤大戰

那小孩躍下水車，叫道：「媽，蛤蟆王又來吃青蛙了！」那婦人點了點頭。黃蓉正待相詢，忽聽得鑼聲鏜鏜響起，田塍上一個頭戴遮陽斗笠，赤了上身的男子猛敲銅鑼，向西急奔。過不多時，四面八方都有鑼聲響應，田畔男女都拋下水車，向西奔去。黃蓉一轉頭，見那婦人和男孩也已跑開。郭靖道：「咱們瞧熱鬧去。」兩人隨在衆人身後奔跑，轉過一個山坳，見前面又是好大一片水田，成千農民奔上一個土丘，神色緊張的望着前面，百餘面銅鑼齊聲敲打，震耳欲聾，那裏還聽得見說話之聲。

黃蓉見小丘旁一棵銀杏樹生得極是高大，一拉郭靖的手，一齊躍上，順着衆農民的眼光向前望去，但見晴天一碧，青禾如海，絲毫不見異狀。不多時，兩人耳朶中微微聽到有一陣閣閣巨聲，鑼聲雖響，卻也掩蓋不下，初時黃蓉當作雷聲，就是這聲音了。又過一會，只見遠處一片黃色之物奔騰跳躍而來，黃蓉驚叫：「啊，這許多蛤蟆！」郭靖凝神一看，成千成萬果然盡是癩蛤蟆，那怪聲原來是牠們的鳴叫。

衆農民見癩蛤蟆一現身，登時止聲不敲，人人變形於色。那些蛤蟆跳到小丘前一塊大方田的邊緣，齊齊停住，宛似列成隊形一般。羣蛤之後有數百大蛤擁衛着一隻特大蛤蟆，身子總有平常蛤蟆六七隻大。這蛤王閣的一聲叫，只聽得嘓嘓嘓嘓，萬蛤齊鳴。蛤王又是咕的一叫，羣蛤立時止聲。黃蓉笑道：「這又叫我記掛一個人啦。」郭靖搶着道：「歐陽鋒！」黃蓉笑了笑，大拇指一翹，讚他聰明。

羣蛤奉蛤王之命，連叫三次，然後鴉雀無聲的各自歸隊。只聽得東邊一塊大石後面清脆的叫了一聲，一隻小青蛙跳了出來，衆農民見到青蛙登時銅鑼齊鳴，高聲歡呼，爲牠喝采助威。郭黃二人看得有趣，卻全然不解，不知道小小青蛙所爲何來。

二人正全神貫注的瞧着，只聽腳步聲響，四下裏又湧來數百農民，黃蓉眼尖，見農民中混着若干衣飾異常之人，輕輕扯了扯郭靖的衣袖，小嘴歪了一歪。郭靖一看，見約有四五十人一色的黑衣，手中都提着極大的竹籠，衣外腰間突起，顯見各藏兵刃。這些黑衣人臉上均現強悍兇橫之色，決非尋常農夫，一到土丘旁邊，即聚在一起，與衆農民相距數十丈遠。

那小青蛙跳到田界邊三尺之地，停步叫了幾聲。蛤羣中出來一隻黃皮大蛤，躍過田界，與那小蛙面對面的叫了起來。大蛤聲粗音宏，有若牛鳴，那小蛙卻毫不屈服，雙方似在鬥口，到後來越叫越快，那小蛙連珠價叫將出來，緊音促節，抑揚頓挫，顯得神完氣足，那大蛤卻頗見聲嘶力竭，一味欲以響聲取勝。（五七二）

射鵰英雄傳

金庸 文　雲君 图

三十　蛙蛤大戰

又對叫一會，那大蛤鳴聲漸響，一個大白肚子愈鼓愈大，發出的聲音却是愈益低沉，只見牠雙眼突出，運用全力，全身似成一個圓球，忽聽拍的一响，那大蛤的肚子竟爆破，死在地下。衆農民齊聲歡呼，那些黑衣人却橫眉怒目，極是氣惱，看來衆農民雖護着蛙，而黑衣人却是與蛤蟆一夥了。

小青蛙得到勝利，閣閣閣叫了三聲，轉身欲走，突然蛤羣中躍出六隻大蛤，聲勢洶洶的急追過來。衆農民齊呼：「不要臉！」「不成料！」「這成什麼話？簡直死啦。」

只見大蛤分成兩邊，左右包抄。小青蛙一躍數尺，急速逃走，大蛤追了兩三丈路，聽得後面有大蛤呼叫，急忙停步，轉身。那知當時已然不及，田壟下突然躍出一隊大青蛙，約有二三十隻，截住六蛤去路，互相撕咬起來。片刻之間，六蛤盡羣蛙圍住咬死，後面雖有成千成萬隻蛤蟆，不知怎的，竟不上來救援。黃蓉心中不解，探頭一看，只見田壟旁一條小溪中，一片青色，原來有成千成萬隻青蛙列隊不動，蛤蟆所以不大舉過界，想是未明對方陣勢，不敢輕舉妄動之故。

只聽那蛤蟆羣閣閣閣叫了兩聲，一除百餘隻蛤蟆過界抵敵，小溪中立時也有一隊青蛙上前抵敵。那隊蛤蟆稍戰即向兩邊退去，青蛙似識破了對方奸計，只追出丈餘，即行停步，羣蛤回頭又戰。兩邊大石後果然有伏兵，見羣蛙並不中計，紛紛躍出。羣蛙衆寡不敵，溪中又開上援兵，只聽得蛙聲閣閣，蛤聲咕咕，亂成一片，過不多時，田壟上屍橫遍地，雙方都已有數十隻死亡。受傷的跳在一旁，自有本隊中的同伴救護回去。這時只是前哨小戰，雙方主力尚未接仗，但已殺得慘酷異常，蛙蛤進退，未分勝負。

又戰片刻，那蛤王似乎忍耐不住，咕咕兩聲大叫，大隊蛤蟆紛成方陣，齊殺過來。青蛙前哨退避不及，陷入敵陣。衆蛙見形勢不對，立即佈成一個圓形陣，[illegible]，沒了後顧之憂，蛤蟆雖衆，重重疊疊的圍在外面，却也奈何牠們不得。農民中有許多大叫[illegible]躍起，意欲躍入青蛙圓陣中心，但每一隻蛤蟆躍起，必然有一隻青蛙同時竄高，對準那蛤蟆在空中一撞，蛤蟆始終闖不進圓陣之內。

黃蓉忽然叫聲：「不好！」但見青蛙圓陣的東南西北四角，各以身子相疊，成了四個高約三尺的高台，十餘隻大蛤爬上高台，向圓陣中心躍下，青蛙也無法抵禦，大蛤一入圓陣，羣蛙首尾受敵，立時死亡枕藉。黃蓉忽道：「你瞧！」黃蓉順他手指看去，只見東北角上一條青線迅速向前移動，原來是青蛙派出伍隊，迂迴進襲後軍，向蛤蟆（五七三）

射鵰英雄傳

金庸 文　雲君 图

三十　蛙蛤大戰

蛤王隨即得報，派出隊伍攔截。半數迂迴進攻的青蛙當下在中途截戰，分兵戰鬥，其餘半數仍紛紛湧向蛤蟆後方。蛤蟆隊前後受敵，陣勢稍亂，但仍奮勇抵擋。那蛤王見接戰不利，咕咕大叫，率領大蛤親兵隊上前衝鋒。這些大蛤蟆身體特大，兇猛異常，那蛤王更是勇悍絕倫，一口一隻，轉眼之間咬死了十餘隻大蛙，真是當者披靡。青蛙隊抵敵不住，向後敗退。

羣蛤乘勝追逐，那蛤王一躍半丈，直陷敵陣，青蛙跟了上來，數百隻大蛤跟蹤接至，蛙隊陣勢大亂。

這時蛙蛤戰場移動，衆人隨着跟去觀看。靖蓉二人也躍下樹來，混在衆農民之中，但見這些農民都臉現憂愁之色。黃蓉忍不住，向一個白髮老農道：「老伯，這些青蛙和蛤蟆爭什麼？打架麼？」那老農仔細打量二人，知是過路客人，說道：「那蛤蟆是有人養來捕捉青蛙的。」黃蓉「啊」了一聲。那老農又道：「咱們莊稼人，就算這蛙兒養護禾稻。眼見青蛙要敗，這方圓數十里地的禾稻，給害虫一損，今年的收成可靠不住啦。」黃蓉道：「那大夥兒打蛤蟆啊，我幫你們。」探懷摸出一把金針，上前就要動手。那老農忙拉住她的衣襟，低聲道：「姑娘，這使不得！我說蛤蟆是人家養的。」說着向那些黑衣人一指，又道：「就是這批兇神惡煞般的人。你惹上他們，禍兒可就大啦。姑娘花朵一般的人，依老漢說，也別在這兒瞧熱鬧，快些上路吧。」黃蓉微微一笑，郭靖道：「咱們人多，不怕他們。」那老農嘆氣道：「爲了這事，前年去年都打過大架，傷過不少人。後來告到官裏，縣太爺判道，以後蛤蟆青蛙打架，虫蟻之事，誰也不許過問，若是有人惹事生非，那就重重懲辦。」郭靖怒道：「這狗官，那不是明明幫這批惡徒麼？」老農道：「誰說不是呢？縣官和他們本就是一夥，只知道捉了青蛙去餵蛇，那來理會老百姓的死活。」靖蓉二人聽他說到捉蛙餵蛇，心中微微一震，待要再問，却聽農民們大聲歡叫起來，原來蛙蛤大戰的情勢又已一變。只見蛙陣主力退在一口大池塘之邊，負隅力戰，另一部青蛙却躍入池塘，迅速游至蛤蟆的後方和側翼進攻。青蛙在水中游動極爲迅速，斗然間多了一條調兵遣將極爲方便的通道，蛤蟆不善游水，成千成萬隻擠在塘邊，施展不開，你推我擁，紛紛落入池塘。水上相鬥，蛤蟆必落下風，一隻隻白肚朝天，死在水中。

這時蛤蟆隊已潰不成軍，蛤王率領一批大蛤左衝右突，亦已無濟於事，衆農民紛紛歡叫：「今年的莊稼保得住啦。」郭靖、黃蓉注視黑衣人的動靜，只見他們個個怒容滿面，忽然一聲呼哨，十多人打開了手中所提竹簍的蓋子。（五七四）

射鵰英雄傳

金庸 文　雲君 图

三十　蛙蛤大戰

竹簍蓋一開，游出數百條大大小小的毒蛇，一齊衝入蛙陣，剎時之間吞食了無數青蛙。這毒蛇正是青蛙的剋星，蛇一出現，青蛙鬥志立失，有的躍入池塘逃遁，有的竟爾嚇得全身癱軟。衆農民見對方突然用此卑鄙手段，又驚又怒，齊聲鼓譟起來。

黑衣人中一個高大漢子大踏步走到衆農民身前，厲聲叫道：「縣太爺有令，虫蟻相鬥乃其本性，與人無涉，你們吵些什麼？」衆農民紛紛叫道：「蛤蟆和毒蛇都是你們家養的。」「青蛙怎能與蛇鬥，不要臉！」「這樣一年兒一年，咱們反正是餓死，他[illegible]」那大漢右手一揮，[illegible]衆黑衣人各從腰間拔出[illegible]兵刃，[illegible]走上數步，[illegible]「你們[illegible]造反麼？」衆農民[illegible]大叫：「[illegible]」[illegible]拾起石子泥塊[illegible]，[illegible]兩個公門裝束的人走了出來，[illegible]手持鐵鍊，齊聲喝道：「縣太爺吩咐下來，有誰肇事械鬥，均以叛逆論處。」衆農民面面相覷，低聲傳言：「這是縣衙裏的馬軍都頭和步軍都頭。」

既有官府相助對方，衆農民個個敢怒而不敢言，眼睜睜望着成千成萬隻青蛙被蛤蟆和毒蛇逼入竹簍之中。郭靖低聲道：「蓉兒，咱們動手了麼？」黃蓉道：「再等一忽兒。」忽聽得幾聲呼叱，七八個孩子奔上前去，拿起石塊，向毒蛇羣中猛擲，立時有幾條毒蛇被石塊打死。那黑衣大漢大怒，縱身上前，一掌將一個孩子打倒，其餘孩子回身就逃，那大漢提起跌在地下的孩子，獰笑道：「好啊，你們打死我辛辛苦苦養馴的蛇兒，我叫你知道厲害。」一個農婦從人羣中搶了出來，求道：「大爺，行行好，放了我的兒子。」這母子倆正是靖蓉二人剛才和他們說過話的。那大漢另一手抓住農婦的後領，順手往農民羣中擲了過去，那農婦跌倒在兩個農民身上，將兩人都撞倒了。那大漢伸手揮了兩揮，他手下人各挺兵刃走上前來。農民人數雖衆，但均赤手空拳，大半又是老弱婦孺，見他們來勢洶洶，齊向後退。那些黑衣漢子一聲吆喝，刀劍齊往農民頭上劈去，將要劈到，刃鋒一歪，却在他們面前劈了下來。衆農民大聲驚叫，退得更遠。黑衣漢子們哈哈大笑，揚刀而立，回頭瞧首領如何擺佈那個孩子。

只見他伸手打那孩子一記耳光，扯下他身上一片衣服，打一記，扯一下，接連打了十餘下，待得那孩子雙頰高腫，身上也已赤裸裸的沒了寸縷。那母親大聲哭叫，不顧性命的撲上去救護，但被兩個黑衣人扭住了，動彈不得。那大漢一聲呼哨，數百條毒蛇昂首吐舌，一齊望着那孩子光溜溜的身體。（五七五）

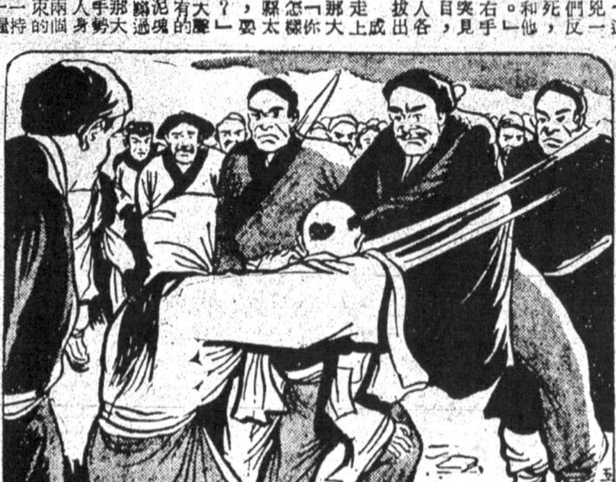

射鵰英雄傳

金庸文　雲君图

三十　蛙蛤大戰

那小孩早已嚇得臉無人色，雖然烈日之下，亦是全身簌簌發抖，望着母親，只是哭叫：「媽媽！」那大漢獰笑道：「小賊，你有本事就自己逃命吧。」手一鬆，將小孩擲在地下。那小孩爬起身來，急向母親奔去。數名黑衣漢子長刀一揚，往他頭頂虛劈下來，小孩大駭，急忙轉身，向前空曠處奔逃。那爲首的黑衣大漢待他奔出數丈，一聲呼哨，千百條毒蛇忽地如箭離弦，逶迤向小孩追去。那小孩聽得背後嗤嗤之聲大作，一回首，但見無數五色斑爛的毒蛇凸睛吐舌，如風而至，這一下嚇得他比過才更是驚懼百倍，沒命價向前飛逃。那些毒蛇遊動極快，片刻之間，離那小孩已只丈餘，他全身赤裸，一無掩蔽，眼見立時要遭千蛇噬身之慘。他母親大叫一聲：「兒啊！」暈了過去。眾農民瞧得目眥欲裂，紛紛湧出，要去打蛇，但眾黑衣漢子長刀亂揮，竟無半點空隙讓他們上前。黃蓉雙手都握滿金針，只待毒蛇再遊近數尺，易取準頭，立時要以洪七公所授「滿天花雨撒金針」絕技，將羣蛇一一釘在地下。突然間那小孩足下一滑，向前俯跌下去，羣蛇吱吱亂叫，竄了上來。黃蓉暗叫：「不好！」縱起身子，正要發出金針，只見兩條人影從農民羣中躍出，身法甚快，攔在小孩與羣蛇之間。兩人足未站定，各自雙手齊揚，撒出四條黃色粉末，在地下佈了四條黃線。眾人只聞到一陣硫磺藥氣，但見羣蛇紛紛後退，看來那些黃粉正是制蛇的藥料了。

中的熟人，是在寶應會過面的黎生和余兆興。那黑衣大漢見二人阻住蛇羣，臉上變色，說道：「咱們鐵掌幫和丐幫向來河水不犯井水，足下何苦強來爲人出頭？」黎生拱手道：「這小孩年幼無知，老丐求個人情，饒了他吧。」那大漢見黎生背上負了八隻麻袋，知他是丐幫中的要緊人物，冷笑道：「若是不饒呢，足下欲待怎樣？」余兆興年少氣盛，喝道：「你們幹這等事，天理不容，既叫俺們撞見了，豈能不管。」那大漢又冷笑一聲，說道：「聽說丐幫明日在岳州大聚會，天下各路的化子頭兒都到了洞庭湖邊，你這小叫化就恃勢欺人嗎？哼哼，只怕沒這麼容易！你丐幫中人號稱個個是捉蛇能手，你有本事就捉了我這些蛇兒。」余兆興被他一陣笑落，那裏容得，向前兩步，一彎腰，雙手各已抓住一條毒蛇的尾巴，用力一抖。蛇兒的骨骼本是如鍊條一般迴環套住，這樣自尾至首的一抖，全身骨骼鬆脫，雖不立斃，卻再也動彈不得，這是乞兒捉蛇的最上乘手法，可也大觸專養毒蛇的鐵掌幫之忌。那大漢不待他伸腰站直，一聲呼哨，千百條毒蛇一齊向他竄去。

射鵰英雄傳

金庸文　雲君图

三十　蛙蛤大戰

余兆興捉蛇本事雖高，這千蛇齊至，那能抵擋，急忙退到黃線之後，黎生高叫：「足下請示尊姓大名！」那大漢只是冷笑，但羣蛇沿着黃線搖頭擺腦，不敢遊近，又是忽哨一聲，這一聲叫，蛇羣中發現奇觀。只見一條蛇張口咬住另一蛇尾巴，而那蛇卻咬着又一蛇尾部，如此首尾相接，霎眼之間，連成了數丈條極長的蛇線。那大漢猛喝一聲，數十條蛇鍊斗然間從空中甩過黃線，落在二丐身周，圍了數圈，將那小孩也圍困在內。那大漢冷笑道：「臭叫化，捉蛇能手，怎麼不動手？」羣蛇蓄勢待發，只候號令。黎生與余兆興臉色慘白，都知道已無倖免。那大漢道：「我鐵掌幫也不無故傷人性命，你答允永遠不再插手，留下一個憑據，也可以饒了。」黎生道：「甚麼憑據？」那大漢道：「你們自毀雙手，低頭求告。」他是丐幫響噹噹的人物，縱然性命已在呼吸之間，仍昂然直立，毫無畏懼之色，說道：「我們身上就跪下求情了麼？」那大漢張開一雙手掌，一合，相距每人尺許，道：「幾百副毒蛇的牙齒，你們還不求情麼？」余兆興道：「師叔，咱們決不能丟人。」黎生哈哈一笑，道：「咱們決不能丟人，那還用說。」他提高聲音道：「多謝老兄盛情，咱們上西天之前，只是還沒請教萬兒。」那大漢道：「那果然是死不瞑目。我是裘鐵掌的第三弟子，人稱玄背蜂喬太的便是。」一語甫罷，只聽一個清脆的聲音笑道：「啊喲，失敬失敬，我道是誰，原來是裘老頭兒的徒子徒孫。」一人從人叢中走出，

東金蘭、頸垂明珠的文秀少女來，正是黃蓉。那玄背蜂喬太聽得聲音，已怔了一怔，萬料不到出來的竟是這樣一個妙齡女郎，尚未答言，黃蓉又道：「鐵掌水上飄裘老頭兒，叫我姑奶奶，你怎不叫我小姑奶奶？」喬太大喝道：「呸！小丫頭胡說八道。」心中卻暗暗生疑：「怎麼這樣一個怯生生的小姑娘兒知道鐵掌水上飄的名號？」黃蓉笑道：「孩子們在外面惹事生非，我做姑奶奶的，最是瞧不順眼。在武寧縣做官的那個孩子，是你姑奶奶路過順手收拾了，你說怎樣？」武寧縣那姓喬的知縣，正是喬太的兄弟，縣衙失火，知縣被殺的訊息恰於此日早晨傳到，喬太本來不信，她自己招認了，說黃蓉武功高強，悲怒交迸，下微一呼哨，幾百條毒蛇上去將她圍住。喬太喝道：「武寧縣那姓喬的知縣是誰害的，快快說來。」黃蓉笑道：「自然是我殺的了。他知縣拳跟我鬥，不出還招，他用『毒砂掌』、『聚火撩天』，還有幾下『蜂針』，後來我點他曲池穴，這毒砂掌也就破啦。我再點了他期門穴和肩貞穴，叫他端坐在公堂之上，一動也別動，就像審堂一般，然後，放火燒那縣衙，等那公堂燒成白地，不知怎地，他仍是沒出來。」

射鵰英雄傳

金庸文　雲君图

三一　君山大會

殺官放火這等叛逆大事，在她口中娓娓道來，宛似小兒女摘花鬥草一般，喬太驚疑不已，心想這女孩子極是邪門，須得擒回去細細拷問，喝道：「老三，老四，把這丫頭拿下了。」兩名黑衣漢子應聲而出，彎腰用刀背撥開毒蛇，走上數步，伸出四隻粗掌，齊往黃蓉肩上背上抓去。黃蓉笑道：「老三，老四，一齊給我下吧！」身子後縮，雙手在兩人背上一推。兩人齊往前衝，砰的一聲，腦門與腦門撞在一起，只碰得人事不知，胡裏胡塗的轉了幾個圈子，不約而同的躺下了。眾農民本來心中害怕，這時見兩人古怪，一直跌得大笑起來。喬太怒極，兩手大指放到唇邊，要吹哨指揮蛇羣，正要吹響，咕咕咕三聲怪叫，黃蓉手上已多了一隻血紅的鳥兒，原來她將血鳥放在衣袖之中，把喬太一番戲弄，才取出這鳥。那血鳥叫了三聲，野田滿都是羣蛇香，斗然間見到蛇，先是一陣大亂，隨即偃臥不動。那血鳥毫不客氣，翻轉肚子，靜候宰割。那血鳥長喙一劃一啄，吃了大七枚蛇膽，牠肚子甚小，可是這幾枚蛇膽一吃也就飽了，仍用長喙不住往羣蛇肚上劃去。喬太見此異狀，更是驚怒交集，取出三枚鋼鏢，鏢如連珠，兩枚直奔血鳥，一枚射向黃蓉。黃蓉自恃身披軟蝟甲，理也不理。那血鳥飛身而起，雙翅一撲，已將兩枚鋼鏢擊落在地，隨即如一道血光般飛追而上。長喙一挑，把射黃蓉的那枚鋼鏢也撥了開去。黃蓉見牠竟能

衣漢子說道：「這些都是歹人，啄他們的眼珠子。」但見一道紅光上下飛舞，眾黑衣漢子「啊喲！」「哎喲！」連聲慘叫，四散飛奔，逃得快的保全了眼珠，被啄瞎了的或連滾帶爬，或摸索亂行，片刻之間，散得無影無蹤。眾農民拿起鋤頭石塊，將毒蛇和蛤蟆搗得稀爛，待要向黃蓉拜謝，她早已與郭靖走得遠了。黎生和余兆興走出蛇羣，想與黃蓉敘禮，但那汗血寶馬腳程奇快，也已追趕不及。

黃蓉做了這件快事，大爲得意，晚間燒起火堆，讓那血鳥痛痛快快的在火中洗了個澡。次日午牌不到，兩人已到了岳州，牽馬縱轡，逕往岳陽樓來。上得樓去，二人叫了酒菜。觀看洞庭湖風景，放眼浩浩蕩蕩，一碧萬頃，四周羣山環列拱屹，眞是巍巍崢嶸，蔚乎大觀，比之太湖煙波，又是另一番光景。觀賞了一會風景，酒菜已到，湖南菜肴極辣，郭黃二人都覺口味不甚相合，只是碗極大，筷極長，倒頗有一番豪氣。二人吃了少些酒菜，環顧四壁題詠，郭靖默誦范仲淹所作的岳陽樓記，看到「先天下之憂而憂，後天下之樂而樂」兩句時，不禁高聲讀了出來。

二女傷痛之下，各懷死志，卻在鐵掌峯下的一所道院之中，先後見到這幅畫像。這道院正是孫不二所居，她習靜清修，慈悲為懷，一聽說二女都是為了男女之事而意圖自盡，於是也不追問詳情，將二女收留了下來（以上詳情可請參閱拙作「射鵰英雄傳」第六十六回）。秦南琴懷孕後生下楊過，而穆念慈卻為楊康殉情，死於嘉興鐵槍廟中。秦南琴當日如不是見到畫像上「活死人」三字而心有所悟，立即一死了之，那麼自不會生下楊過，更不會將他撫養長大了。（舊版《神鵰俠侶》普及本第七十七集，頁1361）

第三次出現：這時已接近故事尾聲，楊過已經出生。郭靖、黃蓉從華山下來後，又經過武寧縣，看到雙鵰正在攻擊丐幫的彭長老，血鳥從旁協助，啄瞎了彭長老左眼。二人救起草叢中遭綑綁的秦南琴，又為新生嬰孩取名楊過。這段情節事涉楊過，金庸改寫時沒有刪去，只是把「秦南琴」改為「穆念慈」。

貫徹郭靖人設、重訂武功設定，和刪除秦南琴，金庸分兩次執行。1972年初次修訂時，雖然只改寫或刪減了部分情節，已經完成整個故事的基本框架（郭靖與黃蓉、楊康與穆念慈兩對主角），以及宋代江湖傳承的建構工作。1976年出版作品集，金庸在原來基礎上，再修改如《九陰真經》、降龍十八掌等設定，讓《射鵰英雄傳》在細節鋪排上更顯精益求精。

雲君圖說《射鵰英雄傳》

舊版《射鵰英雄傳》連載了兩年多，雲君共畫了八百六十二張插圖。十三年之後，又為《明報晚報》的《射鵰英雄傳》畫插圖。兩相比較下，明晚版插圖顯示雲君對故事已有更細緻且透徹的了解。

已經人間蒸發的秦南琴

1

2

3

4

5

6

7

8

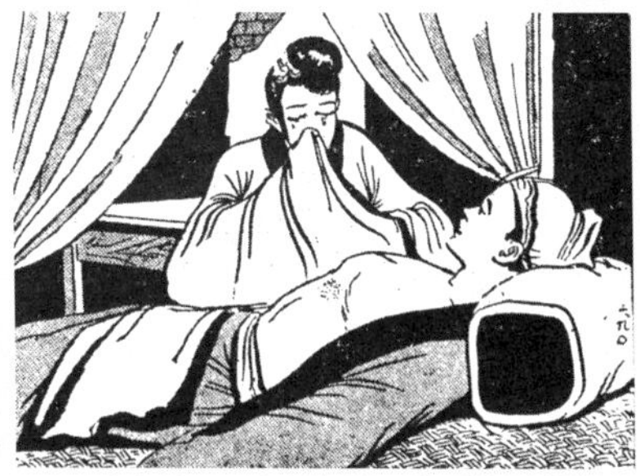
9

10

11

12

1-3 黃蓉發現秦南琴與穆念慈已出家做道姑，兩人向郭靖黃蓉憶述與楊康的事情。4 鐵掌幫人殺秦老漢並擄去秦南琴。5-6 秦南琴本想自殺，但最終被楊康制服。7 楊康與秦南琴離開鐵掌峰時跌下山去，在谷底發現裘千丈屍體。8 秦南琴設計讓楊康被毒蛇咬傷。9 秦南琴自傷身世，楊康誤以為秦南琴擔心自己，囑咐秦南琴拿著藏有《武穆遺書》下落的鐵掌幫書冊到大金國王府，並答應納秦南琴為妃。10 秦南琴確認楊康傷重後，拿著小書冊一頁一頁撕掉，要楊康「零零碎碎的受罪」。後來鐵掌幫人到來，秦南琴「怕他張口喊叫，把他的長袍蒙在他頭上，將破碗的碎片對準了他喉頭」。11 鐵掌幫人走後，又來了幾個白駝山的瞎眼蛇奴。12 郭靖傳授秦南琴全真教心法。

明晚版《射鵰英雄傳》故事經典場面

1

2

3

4

5

6

7

8

9

10

11

12

13

14

15

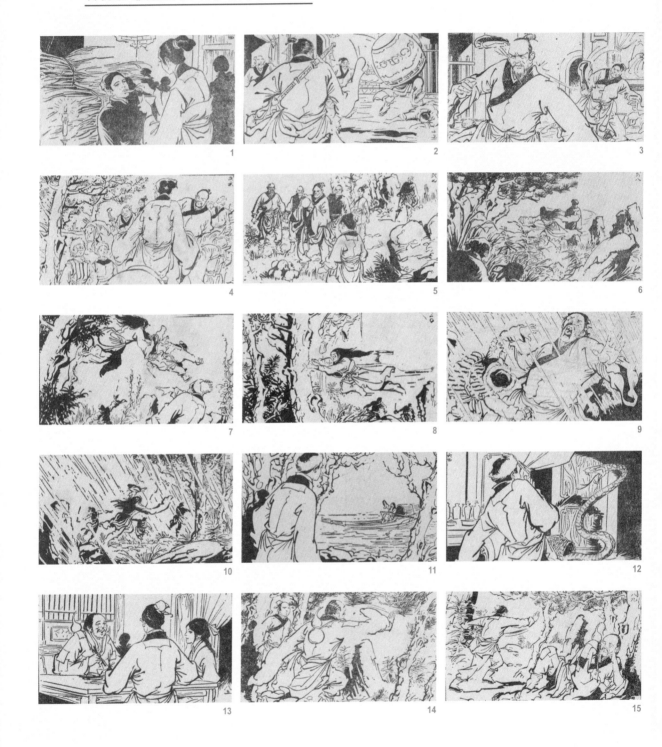

16

17

18

19

20

21

22

23

24

25

26

27

28

29

30

31

32

33

34

35

36

1 包惜弱救了金國六王子完顏洪烈。
2-3 長春子丘處機鬥江南七怪。
4-10 江南七怪在大漠找到郭靖，並決戰銅鐵雙屍，最後陳玄風被郭靖殺死，江南七怪變江南六怪。
11 郭靖初見女裝打扮的黃蓉。
12 「突然呼嚕一聲，竄出一條全身殷紅如血的大蛇，猛向他臉上撲來。」
13-15 郭靖黃蓉初遇洪七公，洪七公傳授郭靖降龍十八掌。
16 黃藥師與周伯比試打石彈。
17 周伯通教郭靖背誦《九陰真經》。
18-19 黃藥師開出三道試題，讓歐陽克與郭靖比試。
20 洪七公受傷，傳黃蓉打狗棒法與丐幫幫主之位。
21 牛家村曲三酒家內，黃藥師大戰全真七子。
22 軒轅台上，黃蓉以打狗棒法力壓丐幫三大長老。
23-25 郭靖黃蓉找南帝求醫，受漁樵耕讀四弟子阻礙，最後黃蓉獲一燈大師以一陽指治療。
26 郭靖黃蓉重遇已經出家為道姑的穆念慈，穆憶述別後始末。圖中共四人，這多出來的人就是秦南琴。雖然明晚版《射鵰英雄傳》已經刪掉秦南琴，但雲君繪圖時，並沒有看過修改後的《射鵰》故事，而以舊版故事作藍本，故仍然畫出了秦南琴。
27 郭靖黃蓉在小舟上看穆念慈轉交的鐵掌幫小冊子。雲君筆下的郭靖隨故事長大，顯得英氣。
28 煙雨樓外，黃藥師獨鬥全真教天罡北斗陣。
29 楊康中毒發狂，見人就咬。
30 黃蓉設計，讓歐陽鋒困於冰柱之內。
31-35 第二次華山論劍，歐陽鋒逆練《九陰真經》瘋了。
36 黃蓉郭靖發現雙鵰圍攻彭長老，解救了穆念慈。

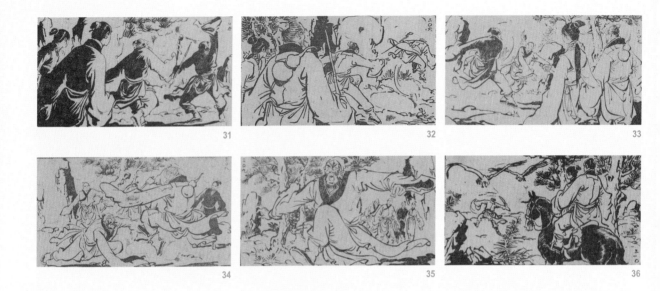

金庸答客問之《射鵰英雄傳》篇

《香港商報》連載《射鵰英雄傳》時，金庸回覆讀者來信的次數最多，為眾小說之冠。觀乎金庸的回答，來信內容主要可分三類，第一類是真偽求證，第二類是查詢故事情節或表達意見，第三類是閒聊，視金庸為朋友。幾十年後重看，可以從中了解當年冒名偽作的情況何其猖獗，而金庸回答讀者時，也不忘為三育版單行本打廣告。現精選部分臚列如下：

- 紅毛先生：你說「碧血劍」結束得太快，承教甚感。這部小說當加意經營，用酬雅眷。（12）
- 孟元等三位先生：蒙古兵問郭靖，應為「你」見到黑衣漢子麼，文中誤為「我」，承指正甚感。（68）
- 葉奈如先生：「鵰」音刁蠻的「刁」，國語與廣東語都音「刁」，歡迎你來信。（111）
- 伍林先生：「天池怪俠」是別人冒名偽作，不是我寫的，所以趙半山何以不救出來，我實在無從解釋。（168）
- 區鵬先生：書攤上的「江南七怪」非我所作，所署「金庸」名字是別人冒名。你說此書中把笑彌陀張阿生當作和尚，確是完全不對。（187）
- 好野先生：郭靖係用楊康之匕首殺陳玄風，讀本篇後想必明瞭，詳情可參閱單行本第二集。（204）
- 馬月券先生：「天池怪俠」與「武林神劍叟」都不是我的作品，那是別人冒名的。（218）
- 荒天等諸位先生：敝人所作武俠小說，只「書劍恩仇錄」、「碧血劍」、「射鵰英雄傳」三種，其餘署敝人姓名者均係冒名偽作。（233）
- 許鏡勳等幾位先生：黃藥師日常閒吟「羅綺堆裏埋神劍，簫鼓聲中老客星」兩句，意思是說雄心壯志都消磨了，日常只與女人音樂為伴而隱居。(246)

- 余全張先生：「麗的呼聲」廣播我的「書劍恩仇錄」事先曾得我的同意，承關注，甚感。（252）

- 一振華先生：「射鵰英雄傳」有單行本，出至第四集。三育、東南、百新、三聯等書店均有出售。（275）

- 一心急先生：我寫的武俠小說僅「書劍」、「碧血劍」、「射鵰」三種，其他的都是冒名偽作。「射鵰」單行本已出五集，共出幾集未定，且別心急吧。（315）

- 區錦明先生：「江南七怪」書中主角雖是柯鎮惡、朱聰等人，但此書非我所作。（328）

- 余其祥先生：金陵豪俠傳非我作品，是書商冒名出版的。「射鵰」第七集即出。看你來信，大約是初中畢業程度吧！（375）

- 黎瑞生先生：我的小說可從郵局寄給你的朋友。照片將來奉上。（388）

- 錦洪先生：歐陽鋒的蛤蟆功被破後，再隔十年，又可練回，此點文中曾有交代。郭靖武功將來如何，不久即有分曉。(391)

- 文清先生：洪七公、黃藥師、歐陽鋒三人的武功各有所長，難說到底是誰稍勝一籌。（396）

- 陳光甫先生：拙作均由九龍彌敦道五八〇號三育書店出版。（451）

- 曼谷許崇洲先生：你在曼谷報上撰寫連載長文，專論「射鵰」，至感歡迎。請多加批評。（455）

- 讀者黃藥師請了：九花玉露丸，是延年益壽的補藥，治不了洪七公的重傷，請參閱單行本第二集。（459）

- 洪七公：你既是洪七公，該知「射鵰前傳」並非我作。（476）

- 曼谷馬納、鄭晨先生：頃見報載所撰對「射鵰」的批評，甚感。盼時賜教言。（481）

- 少峯先生：南帝尚未出場。中神通已死，詳情可參閱單行本。（490）

- 小金庸迷先生：王重陽當日不欲傷西毒性命，而西毒卻存心害死洪七公，所以兩人受傷有輕重之別。（492）
- 放水之人：郭靖與黃蓉在密室中的小便問題，敝人難以解決，請代為設法為感。（504）
- 漢武小弟弟：郭靖等離開桃花島後被風遠遠的吹入東面大海，所以回大陸時候長了。（505）
- 玉鳴先生：郭黃是否能夠結婚，現在不便告訴你。（507）
- 新郭先生：你練氣功不固執、不勉強，順乎自然的呼吸，那是不會有害處的，不必放棄。（508）
- 小說迷先生：黃蓉背負郭靖時，你怕她軟蝟甲刺傷郭靖，想來隨便墊上些什麼東西就沒問題了。（511）
- 唐熙春醫師：「天之道⋯⋯」那兩句，是真經下卷中的話，因黃藥師夫人未曾見過上卷經文。（513）
- 袁士霄、穆人清兩位大英雄請了：郭靖的水性是黃蓉所授，橫渡長江等情節見「射鵰」單印本第五集。（520）
- 李家貴先生：號稱「碧血劍」續集的「八手仙猿」是別人冒名偽作。「射鵰」單行本共出若干集未定。（521）
- 放水之人：你建議以吃空之西瓜作便桶，此計大妙。（524）
- 余一明先生：你覺周伯通之個性過於頑皮，不合現實。其實這種老天真之人世界上是有的，不過小說中再加以誇張而已。（526）
- 老頑童先生：「射鵰前傳」、「金蛇劍」、「八手仙猿」等均非我所作，你可贏黑仔蘇五元。（527）
- 上海日報蘇引泉先生：「武當奇俠」非我所作，市上冒我署名出版別人著作者已有十餘種之多，凡有鑑別力之讀者，皆知真偽。（529）

- 張軒利先生：你們寫字樓中同人以南帝身份每人打賭五十元，恕我目前不能奉告，但不久就可分曉了。（530）
- 文清小姐：「九陰真經」、「降龍十八掌」、「射鵰前傳」等都是別人冒名偽作。（531）
- 崇金先生：「射鵰」拍攝影片，郭靖與黃蓉由誰扮演我無意見，請你自行選定，參加商報之投票。（542）
- YA先生：金刀問題是我疏忽，承指教甚感。（543）
- 陸子章小朋友：書中壞人，終會有應得懲罰，不過時候未到，請勿性急，若是歐陽鋒現在死了，故事就發展不下去了。（544）
- 射鵰迷先生：洪七公之安危，將來會有交代。「射鵰」加大篇幅不大方便，因每種作品都有許多讀者，你喜歡的，別人未必亦喜歡也。（546）
- 湘文小姐：「射鵰」單行本已出十集，各大書店均有出售，「射鵰」寫完後之新作尚未考慮到。（548）
- 寶雯女士：你要求必須讓華箏與郭靖結婚，否則永遠不看商報。郭靖將來與誰結婚目前還不能奉告，甚歉。（555）
- 黃銘恩先生：「女俠黃蓉」、「射鵰前傳」、「九陰真經」、「全真七子」、「九指神丐」、「江南七怪」各書全係別人冒名偽作。（558）
- 鄺根先生：「紅皮書」雜誌上的武俠小說不是我寫的，只是那位作者先生也喜用「金庸」的筆名而已。（699）
- 王國文先生：「射鵰」寫完後，接寫什麼尚未決定，請你也提供些意見。（703）
- 小龍先生：我的新作名叫「雪山飛狐」，九日起在新晚報開始連載，預告時題目還未想好，並非故弄玄虛。（765）

肆

雪山飛狐

《雪山飛狐》在《新晚報》上連載，每日約一千字，自1959年2月9日至1959年6月18日，前後一百三十天，4月17日脫期一次，共計一百二十九續。全文不分章節，沒有回目，但每天有小標題。小標題是金庸的新嘗試，前三部小說中，每天連載都會標記回目，但從《雪山飛狐》開始，金庸利用小標題，讓讀者在看小說之前能夠更快地掌握當天的內容重點。

《新晚報》連載《雪山飛狐》時，《香港商報》的《射鵰英雄傳》已經連載了一段時間，金庸這時已變得非常火紅。《雪山飛狐》連載之前，《新晚報》的預告即以「套紅」方式在報紙頭版最顯眼的地方寫著「新春期間推出金庸武俠最近力作」，甚至故作神秘，不告訴讀者新作之名：「金庸先生新著武俠小說，書名暫緩宣佈，內容緊張異常，高潮屢起，可與『書劍恩仇錄』、『碧血劍』、『射鵰英雄傳』媲美。」

《雪山飛狐》的插圖分別由「東明」與「小萍」負責，東明只畫了頭二十八天，自1959年3月9日開始，改由小萍接替，續畫《雪山飛狐》插圖。

舊版《雪山飛狐》雖然在1959年6月18日結束連載，但讀者對於故事結局的討論絡繹不絕，以致金庸很罕見

POST HONG KONG

新晚報

一九五九年二月小 5 星期四

下午四時出版

新春期間推出金庸武俠最新力作
另有新的五篇連載小說同時出籠

艾克杜勒斯贊成
麥美倫月內訪蘇
可能促成今春舉行四國會議

英相將在今天宣佈

THE NEW EVENING POST HONG KONG

新晚報

9

本報從今天起出紙兩大張半
金庸新著雪山飛狐開始刊出

上　《新晚報》連載《雪山飛狐》前四天，在頭版位置打廣告。

下　《雪山飛狐》開始連載當天，《新晚報》再以紅字標題吸引讀者。香港報攤擺放報紙，是一份疊著一份的，但會露出報紙名稱讓顧客挑選。「本報從今天起出紙兩大張半　金庸新著雪山飛狐開始刊出」就放在報紙版頭旁邊，一定不會被其他報紙擋到，可見報館十分看重金庸的小說。

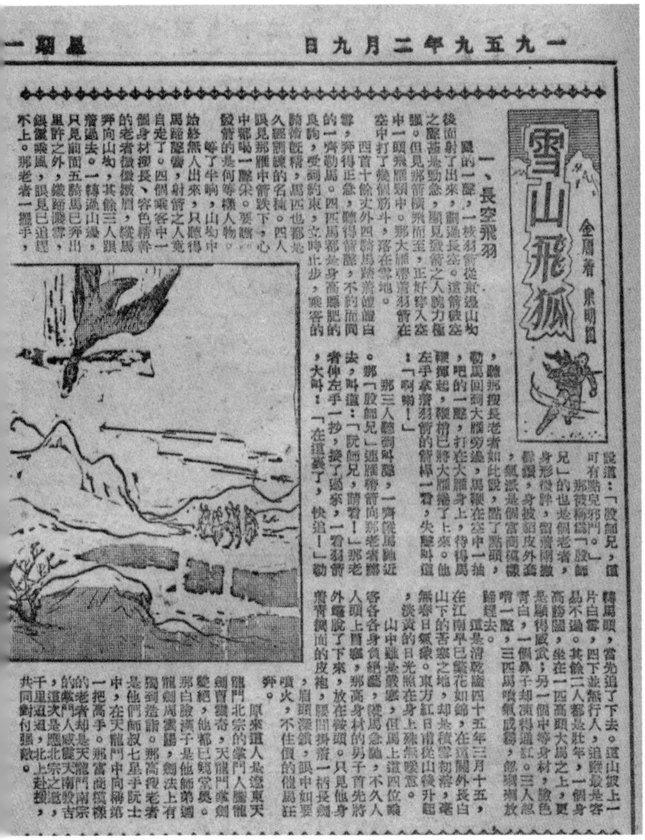

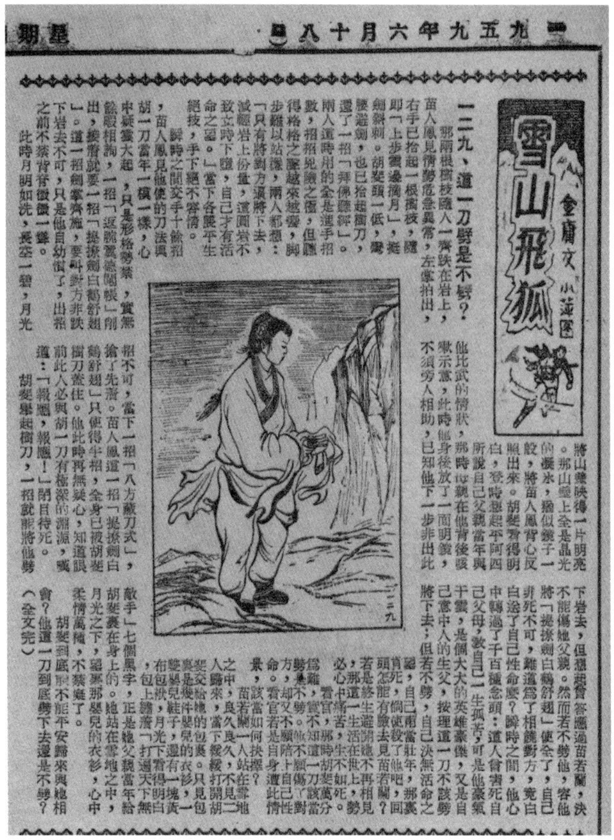

舊版《雪山飛狐》首日連載與最終回，插圖分別由東明與小萍繪畫。

地在故事結束以後一年多，撰文表達自己對《雪山飛狐》結局的看法。1960年10月5日，金庸應《新晚報》編輯邀請，撰文祝賀出版十週年，題為〈「雪山飛狐」有沒有寫完〉。在文章中，金庸清楚指出《雪山飛狐》「是寫完了的」，並明言現在這樣的安排，能夠讓讀者發揮自己的想像力，隨每天的心情去設計結局。[22]

金庸改寫小說並非按照原先創作次序，而是「先短後長」，首七部改寫的小說依次是：《書劍恩仇錄》→《碧血金蛇劍》→《雪山飛狐》→《飛狐外傳》→《鴛鴦刀》→《連城訣》→《白馬嘯西風》，[23]接下來才開始改寫「射鵰三部曲」等大部頭長篇鉅著。《雪山飛狐》是金庸創作的第四部小說，卻是第三部修訂的小說，緊接在《碧血金蛇劍》之後，從1971年10月14日開始在《明報晚報》上連載，到1971年12月2日結束，共連載了

22 這篇文章沒有收錄在任何金庸的作品或其他文集中，屬相當珍稀的資料，現在把文章放在隨書附贈的《金庸日報》中，跟廣大讀者分享。

23 雖然金庸將《書劍恩仇錄》、《碧血劍》、《雪山飛狐》、《飛狐外傳》、《連城訣》等視作長篇，《鴛鴦刀》與《白馬嘯西風》則屬中篇，但這些小說相對於動輒逾百萬字的《射鵰英雄傳》、《神鵰俠侶》等超長篇來說，仍算是金庸作品中比較「短」的小說。

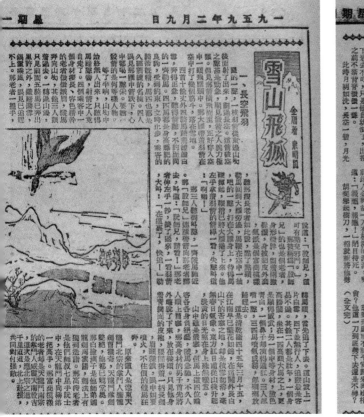

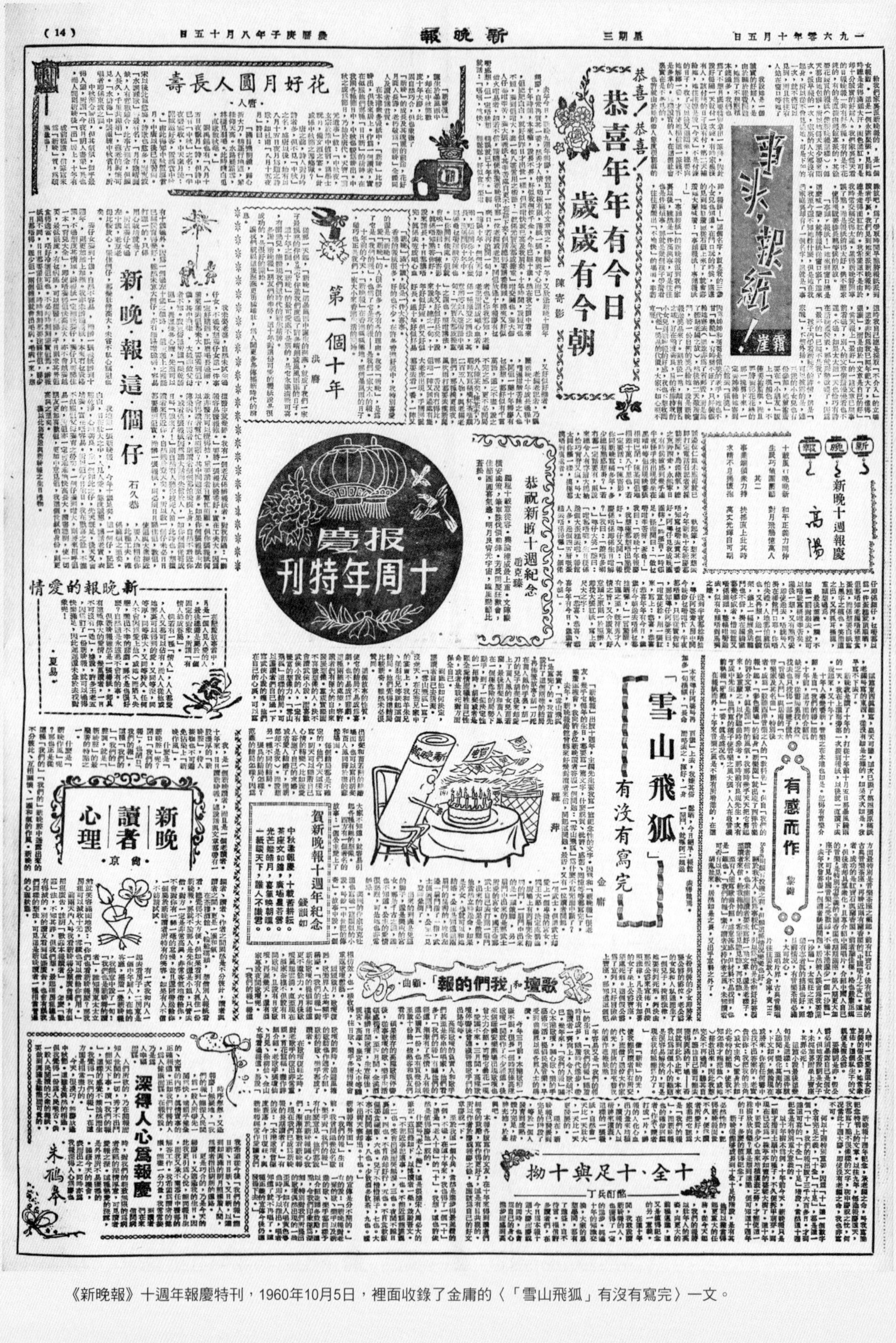

《新晚報》十週年報慶特刊，1960年10月5日，裡面收錄了金庸的〈「雪山飛狐」有沒有寫完〉一文。

雪山飛狐

（版權所有）

△增刪潤飾 改寫修訂▽

第一回 羣豪爭寶

雪地裏的一個少女

明晚版《雪山飛狐》首日連載，1971年10月14日。

五十天。由雲君畫插圖，共四十九張圖（最後一天沒有插圖）。

明晚版《雪山飛狐》共分十回，每回有回目，每天有小標題。1974年出版的《金庸作品集．雪山飛狐》雖然仍分作十回，卻不設回目，每回起迄處也與明晚版稍有不同。明晚版所載，是《雪山飛狐》有史以來唯一出現過回目的版本，從中大致可以了解各回重點：

1 羣豪爭寶	6 三個大秘密
2 「打遍天下無敵手」	7 田歸農父女
3 苗大俠的女兒	8 釵中地圖與刀上寶石
4 胡一刀和苗人鳳	9 杜家莊的陰謀
5 一代大俠之死	10 這一刀劈不劈？

改細節而不改情節

金庸在作品集版《雪山飛狐》的「後記」這麼說：

> 現在重行增刪改寫，先在「明報晚報」發表，出書時又作了幾次修改，約略估計，原書十分之六七的句子都已改寫過了。原書的脫漏粗疏之處，大致已作了一些改正。（花皮版《雪山飛狐》，頁247）

這段文字有三個重要訊息：（1）從舊版到明晚版再到作品集版，金庸改了很多次；（2）全書很多句子都改了；（3）全書有脫漏粗疏之處。驟眼看來，讓人覺得舊版無論是語句還是情節，都有很多問題，以致金庸花了許多心思與精力來改寫。不過，只要比對舊版與明晚版的文字，則不難發現，《雪山飛狐》經金庸修訂的地方，數量遠遠不如已改寫過的《書劍恩仇錄》與《碧血金蛇劍》。

金庸改寫《雪山飛狐》，除了讓胡斐人設更合理外，大致沒有改動敘事結構與情節。金庸所謂「脫漏粗疏」，主要著眼於細處，也就是事情發展的連動細節。例如：

1a　此時苗人鳳眼中如要噴出火來，這雙拳過去，實是畢生功力之所聚，勢道猶如排山倒海一般。胡斐吃了一驚，尚未明白自己救他，何以他反向自己動武，但見來勢厲害，急忙向左一避，但聽砰的一響，苗人鳳雙拳已擊中在杜殺狗邀來的一名劍客背上。這劍客所練的下盤功夫向稱武林第一手，一個馬步一紮，縱是十幾條壯漢一齊出力，也拖他不動。苗人鳳雙拳擊到之時，他正在胡斐背後欲施襲擊，不意一個打得快，一個避得快，這雙拳頭正好擊中他的背心。他牢牢紮穩馬步，雙腿動也不動，若是換作旁人，中了這兩拳內臟雖必震碎，一時三刻間卻也不致斃命，但這劍客下盤功夫太好，以硬碰硬，脊骨承受不起，喀的一響，脊骨竟爾折斷，一個身子軟軟的斷為兩截，雙腿仍釘在地下，上身卻彎了下去，額角碰地，再也挺不起來。（舊版《雪山飛狐》第一一七續，1959年6月6日）

1b　此時他眼中如要噴出火來，這雙拳**擊出**，實是畢生功力之所聚，勢道猶如排山倒海一般。胡斐吃了一驚，**他適才正與蔣老拳師凝神拆招，心無旁鶩（應作「騖」），沒見到苗人鳳如何去拉苗若蘭，心中只覺奇怪，明明自己救了他**，何以他反向自己動武，但見來勢厲害，**不及喝問**，急忙向左一避，但聽砰的一響，苗人鳳雙拳已擊中杜殺狗邀來的一名**拳師**背上。

這人所練下盤功夫**直如磐石之穩**，一個馬步一紮，縱是**幾條**壯漢一齊出力，也拖他不動。苗人鳳雙拳擊到之時，他正在胡斐背後欲施襲擊，不意一個打得**急**，一個避得快，這雙拳頭正好擊中他的背心。他牢牢紮穩馬步，雙腿動也不動，若是換作旁人，中了這兩拳內臟雖必震碎，一時三刻間卻也不致斃命，但這**拳師**下盤功夫**實在**太好，以硬碰硬，脊骨承受不起，喀的一響，脊骨竟爾折斷，一個身子軟軟的斷為兩截，雙腿仍**是牢牢的**釘在地下，上身卻彎了下去，額角碰地，再也

挺不起來。（明晚版《雪山飛狐》第四六續，1971年11月28日）

1c 此時他眼中如要噴出火來，這雙拳擊出，實是畢生功力之所聚，勢道猶如排山倒海一般。胡斐吃了一驚，他適才正與蔣老拳師凝神拆招，心無旁騖，沒見到苗人鳳如何去拉苗若蘭，心中只覺奇怪，明明自己救了他，何以他反向自己動武，但見來勢厲害，不及喝問，急忙向左**閃讓**，但聽砰的**一聲大**響，苗人鳳雙拳已擊中~~杜殺狗邀來的~~一名拳師背心。

這人所練下盤功夫直如磐石之穩，一個馬步一紮，縱是幾條壯漢一齊出力，也拖他不動。苗人鳳雙拳擊到之時，他**正背向胡斐**，不意一個打得急，一個避得快，這雙拳頭正好擊中他的背心。~~他牢牢紮穩馬步，雙腿動也不動，~~若是換作旁人，中了這兩拳**勢必撲地摔倒**，但這拳師下盤功夫實在太好，以硬碰硬，喀的一響，脊骨**從中斷絕**，一個身子軟軟的折為兩截，雙腿仍是牢釘在地，上身卻彎了下去，額角碰地，再也挺不起來。（花皮版《雪山飛狐》，頁219）

明晚版在「胡斐吃了一驚」與「尚未明白自己救他」之間，加入了「他適才正與蔣老拳師凝神拆招，心無旁騖，沒見到苗人鳳如何去拉苗若蘭，心中只覺奇怪」這幾句話。舊版只說胡斐「尚未明白」，明晚版則更清楚地解釋胡斐之所以不明白，是因為他沒有發現苗人鳳已經看到苗若蘭赤身露體，而之所以沒有發現，則是因為「正與蔣老拳師凝神拆招」。

除了加，還有減。舊版這一段的後半部分，主要描寫另一名拳師中了苗人鳳雙拳後的情況。金庸原本寫了很多細節，來稱頌拳師的「馬步」，如「下盤功夫向稱武林第一手」、「十幾條壯漢一齊出力，也拖他不動」、「牢牢紮穩馬步，雙腿動也不動」，又透過與常人的比較（「若是換作旁人，中了這兩拳內臟雖必震碎，一時三刻間卻也不致斃命」），希望能以襯托方式，突顯苗人鳳的拳勁。拳師愈厲害，苗人鳳的拳勁就顯得更厲害。但金庸後來發現，這種迂迴的襯托法效果不彰，反顯累贅，所以到了作品集版，就集中修改這一幕，以最直接的方式呈現，如：（1）用「直如磐石之穩」代替「武林第一手」；（2）刪掉「牢牢紮穩馬步，雙腿動也不動」，因為前面已經說過拳師馬步很穩，更何況馬步紮穩，雙腿當然不會動了；（3）刪掉「中了這兩拳內臟雖必震碎，一時三刻間卻也不致斃命」，前面說「必碎」，後面卻說一時死不了，想要襯托苗人鳳拳勁反而適得其反，倒不如換成更直接的「勢必撲地摔倒」。

《雪山飛狐》經常出現這種改細節而不改情節的地方，再如：

2a 原來這人是遼東天龍門北宗的掌門人騰龍劍曹雲奇，天龍門掌劍雙絕，他都已窺堂奧。那白臉漢子是他師弟迴龍劍周雲陽，劍法上有獨到造詣。那高瘦老者是他們師叔七星手阮士中，在天龍門中向稱第一把高手。那富商模樣的老者卻是天龍門南宗的掌門人威震天南殷吉，這次是應北宗之邀，千里迢迢，北上赴援，共同對付強敵。（舊版《雪山飛狐》首日連載，1959年2月9日）

2b 原來這人是遼東天龍門北宗**新接任**的掌門人「騰龍劍」曹雲奇。天龍門掌劍雙絕，他**所學都已頗有所成**。那白臉漢子是他師弟「迴龍劍」周雲陽，劍法上有獨到造詣。那高瘦老者是他們師叔「七星手」阮士中，在天龍**北宗算得是第一高手**。那富商模樣的老者**則**是天龍門南宗的掌門人「威震天南」殷吉，這次是應北宗之邀，千里迢迢，北上赴援，共同對付強敵。（明晚版《雪山飛狐》首日連載，1971年10月14日）

2c ~~原來~~這人是遼東天龍門北宗新接任的掌門人「騰龍劍」曹雲奇。天龍門掌劍雙絕，他所學都已頗有所成。~~那~~白臉漢子是他師弟「迴龍劍」周雲陽~~，劍法上有獨到造詣~~。~~那~~高瘦老者是他們師叔「七星手」阮士中，在天龍北宗算得是第一高手。那富商模樣的老者則是天龍門南宗的掌門人「威震天南」殷吉，**此次之事與天龍門南北兩宗俱有重大干係，是以他千里迢迢，遠來關外**。（花皮版《雪山飛狐》，頁4）

舊版初寫周雲陽時，金庸補了一句「劍法上有獨到造詣」，但後來連讀者也發現這周雲陽其實不怎麼厲害，修訂時正式「被降級」，其劍法造詣連提也懶得提了。又，殷吉出現在北宗天龍門的事件中，舊版原說是應邀而來，修訂時說成與南北兩宗相關。如果殷吉只是應邀前來助拳，就沒有理由過於介入北宗事件了。

3a 忽聽錚的一聲，陶子安的鋼鋤撞了土中一件鐵器，阮士中高舉左手，正要下落，突聽嗤嗤嗤數聲連響，對面雪中射出七八件暗器，分向陶子安等五人打到。陶氏父子武功卓絕，這暗器雖近身而發，但仗著眼明手快，各舉鋤鏟打落。望風的三人中一人仰天一摔，滾在山溝之中，兩枚袖箭從項頸邊擦過，僥倖逃得性命，其餘兩人卻哼也沒哼一聲，一枚鋼鏢一柄飛刀都正中後心，撲在雪地裏再不彈動。（舊版《雪山飛狐》第七續，1959年2月15日）

3b 錚的一聲，陶子安手中的鋼鋤撞到了土中一件鐵器。阮士中高舉左手，正要下落，猛聽得嗤嗤嗤數聲連响，旁邊雪地裏忽然射出七八件暗器，分向陶子安等五人打到。這些暗器突如其來的，從地底下鑽出，事先沒半分朕兆，真是匪夷所思，古怪之極。陶氏父子武功了得，這些暗器雖近身而發，來得奇特無比，但仗著眼明手快，還是各舉鋤鏟打落。望風的三人中一人仰天一摔，滾在山溝之中，兩枚袖箭分從頭頂頸邊擦過，僥倖逃得性命，其餘兩人卻哼也沒哼一聲，一枚鋼鏢一柄飛刀都正中後心，撲在雪地裏再不動彈。（明晚版《雪山飛狐》第三續，1971年10月16日）

3c 錚的一聲，陶子安手中的鋼鋤撞到了土中一件鐵器。阮士中高舉左手，正要下落，猛聽得嗤嗤嗤數聲連響，旁邊雪地裏忽然射出七八件暗器，分向陶子安等五人打去。

這些暗器突如其來的從地底下鑽出，事先沒半分朕兆，真是匪夷所思，古怪之極。陶氏父子武功了得，~~這些~~暗器雖近身而發，來得奇特無比，但仗著眼明手快，還是各舉鋤鏟打落。望風的三人中一人仰天一摔，滾入山溝之中，兩枚袖箭分從頭頂頸邊擦過，僥倖逃得性命。其餘兩人卻哼也沒哼一聲，一枚鋼鏢、一柄飛刀都正中後心，撲在雪地裏再不動彈。（花皮版《雪山飛狐》，頁13）

舊版「這暗器雖近身而發」只寫了距離，並沒有營造出突如其來的感覺，要避過並不太難。修訂時，金庸加強描寫暗器來得突然：「這些暗器突如其來的從地底下鑽出，事先沒半分朕兆，真是匪夷所思，古怪之極。」

如果一個停頓（一個標點符號）算一句，1a, 2a, 3a三段舊版文字合共六十五句，金庸兩次修改涉及當中四十二個句子，原文等於有超過六成地方都被改了，所以金庸才會說「原書十分之六七的句子都已改寫過了」。

除了修訂細節，很多改寫的地方看似相對簡單，包括增加或改換標點符號、刪減代詞，或改換詞語。這些修改之處，不一定與故事情節、敘述效果有關，而往往涉及「行文」習慣。比如將武林渾號加上引號（七星手→「七星手」、迴龍劍→「迴龍劍」），又如把「雙拳過去」改為「雙拳擊出」，把「武功卓絕」改為「武功了得」，把「滾在山溝之中」改為「滾入山溝之中」……，雖然不見得能產生更好的表達效果，卻純屬金庸自己的喜愛與習慣。

每寫一個字都是一個抉擇的過程

金庸之前改寫《書劍恩仇錄》和《碧血金蛇劍》，都在連載首日加入「小序」，到了《雪山飛狐》，卻沒有小序。金庸把對《雪山飛狐》的看法，寫在接下來要連載的第四個修改故事《飛狐外傳》的前言中。明晚版《飛狐外傳》首載當天，金庸寫了小序談「飛狐」兩書的修改工作。全文共九小段，前七小段文字談《雪山飛狐》，最後兩段則談《飛狐外傳》。[24]

前七段文字有三個重要訊息：

（1）再談《雪山飛狐》開放式結局（第一、三與第四段）。

（2）表示不求兩書統一（第五、六與第七段）。

以上兩個重點，金庸後來稍作改寫，放在1974年出版的《金庸作品集．雪山飛狐》的「後記」中。倒是第二段，金庸之後沒有再提及：

> 世界上的大大小小事情，每個人本來都是在經常不斷的進行抉擇。在寫作的人，每寫一個字都是一個抉擇的過程。例如在小說中，某一個人物可以「呼、喊、喝、叫、喚、嚷」等等，為甚麼用「呼」，為甚麼用「嚷」，有時是由於情景不同，但通常是出於作者的習慣或偏好。（明晚版《飛狐外傳》首日連載，1971年12月3日）

（3）申明行文用字習慣（第二段）。明晚版《雪山飛狐》連載結束之後，金庸無緣無故談起自己在寫作時如何運用詞句，純然是「出於作者的習慣或偏好」，顯得十分不尋常。比較可能的解釋是：金庸改寫故事時接近字字細改的方式，在當時或引起了一些看法，以致金庸要「站出來」表明心跡。金庸以前創作小說時，常收到讀者來信，舊版連載初期，金庸偶爾也會回覆讀者。後來修訂小說，讀者定也會寫信給金庸表達意見，只是金庸再沒有一一回覆讀者，轉而在「小序」中用公開方式申明自己對某些創作問題的看法。如：

> 這十五年中收到了來自世界各地讀者的來信，其中許許多多寶貴的意見和批評，自然是修訂這部小說的重要參考資料。（明晚版《書劍恩仇錄》首日連載，1970年10月1日）

> 「書劍恩仇錄」的修訂本在本報發表時，曾收到許多讀者的來信，提出了不少寶貴的意見。有些已加接受，作為修訂的根據，有些雖未能同意，但對作者仍有啟發作用。（明晚版《碧血金蛇劍》首日連載，1971年5月24日）

明晚版《飛狐外傳》「小序」中，與《雪山飛狐》寫作用詞抉擇有關的申明，正是在這樣的背景下出現的。金庸的用意非常清楚，就是要捍衛創作自由：小說用什麼詞語和句子，話要怎樣講，完全是作者自己的習慣，作者說了算。

《雪山飛狐》蛻變舉隅

胡斐雖然在《雪山飛狐》故事的後半部分才出場，但金庸對這個主角的描寫，一點都不馬虎：舊版時期為了要吸引讀者追看，金庸為胡斐所定的人設可說是有點誇張，不但武功高絕，更是文采出眾、才思敏捷；到了修訂版，胡斐的人設被金庸降級，也變得更合乎情理。

舊版故事中，胡斐初見苗若蘭時，有兩個地方顯示出他的文學造詣。其一是看到苗人鳳寫的對聯時，即用釘子在堅硬的紅木桌子上刻出和應詩句，一邊刻寫、一邊創作、一邊吟誦，將苗人鳳的對聯「九死時拚三尺劍，千金來自一聲盧」嵌在新創作的和應詩中。其二是苗若蘭撫琴低唱〈善哉行〉時，胡斐也舞劍低唱，同樣以〈善哉行〉相和。〈善哉行〉是三國時曹丕創作的樂府詩，金庸更說這詩「是古時宴會中主客贈答的歌辭，自漢魏以來，少有人奏」（舊版《雪山飛狐》第七九續，1959年4月29日），胡斐不但一聽就知道苗若蘭吟唱的是何詩，更懂得用同詩的其他詞句答贈回應，而且配合音樂持劍起舞，可見充滿文學風流。金庸借苗若蘭的心聲，告訴讀者「此人文武雙全」。

24 小序全文收錄在隨書附贈的《金庸日報》中。

這兩段情節，到明晚版時遭到一刪一改。金庸先刪掉拔釘刻字作詩一段，再修改和應〈善哉行〉的細節：保留胡斐吟唱歌辭，但不再隨樂曲持劍起舞。為什麼呢？金庸這樣說：「胡斐少年時多歷苦難，二十餘歲後頗曾讀書。」（明晚版《雪山飛狐》第三一續，1971年11月13日）既然只是「頗曾讀書」，文學造詣必不會如舊版時那般出眾，記得讀過的詩歌可以憑藉博聞強記，但能作詩起舞，就不是少年時多受苦難的經歷應有的能力了。

就連胡斐的武功膽識，金庸也做了修改。舊版故事裡，胡斐手執繩索攀援上山，曹雲奇因故墮下，胡斐改用雙足鈎住繩索，伸手抓住曹雲奇衣衫，但由於衣衫裂開，曹雲奇仍然往下跌，胡斐雙足放開繩索，加快飛撲，往下抓住曹雲奇足踝，並把曹雲奇甩去繩索一邊，讓曹死命抓住繩索，兩人才止跌勢。這段情節既寫胡斐武功高超、膽識過人，更寫胡斐的俠義精神，大有司馬遷筆下「不愛其軀，赴士之厄困」（《史記・游俠列傳》）的風範。不過，即使胡斐藝高人膽大，但完全放開雙足撲救素不認識的人，已經不合人情，把所有希望寄放在已經「神智迷糊」的曹雲奇身上，期望他能甫一碰到繩索就懂得死命抓住，更是超出常理。只是這段情節實在太好看，以致金庸第一次修訂，即在《明報晚報》上連載時，仍然保留下來。一直到作品集版，金庸才將最關鍵的情節改過來。胡斐不再「放脫繩索」，而是「長身伸手」，在電光石火之間抓住曹雲奇足踝。如此一來，把曹雲奇甩去抓住繩索，就由「唯一的機會」變成「合二人之力」的局面，一切也因此變得較合理。

舊版還有一個地方寫胡斐的武功「很神」。寶樹用數十顆念珠打胡斐穴道，胡斐不閃不避，只是「氣貫全身」，封閉各處穴道，任由念珠打在身上。這段情節，明晚版仍然保留，到作品集版才改過來：

> 但見胡斐雙手衣袖倏地揮出，已將數十顆來勢奇急的鐵念珠盡行捲住，衣袖振處，嗒嗒急響，如落冰雹，鐵念珠都飛向冰壁，只打得碎冰四濺。（花皮版《雪山飛狐》，頁230）

寶樹武功雖然遠比不上胡斐，但作為書中反派第一高手的拚命一擊，胡斐全不閃避，似乎太強了，所以金庸稍稍調低了胡斐武功的等級。

除了文學、武功，金庸也讓胡斐變得更有人情味。舊版寫胡斐離開寶藏後，把寶藏封閉，活埋眾人。修訂版中，雖然胡斐也是用巨岩堵死洞門，但在此之前，他給過眾人活命的機會：

胡斐和苗若蘭來到兩塊圓岩之外。胡斐道：「我們在這裏等上一會，瞧他們出不出來。那一個貪念稍輕的，我就饒了他性命。」（明晚版《雪山飛狐》第四八續，1971年11月30日）

胡斐和苗若蘭來到兩塊圓岩之外。胡斐道：「我們在這裏等上一會，瞧他們出不出來。那一個貪念稍輕，自行出來，就饒了他的性命。」（花皮版《雪山飛狐》，頁232）

明晚版只是訂了眾人能夠「活命」的原則，但如何釐定呢？作品集版說得更清楚，須「自行出來」。

東明、小萍、雲君圖說《雪山飛狐》

在金庸眾多小說中，最多人畫過《雪山飛狐》的插圖。舊版故事先後由東明、小萍負責，明晚版由雲君繪畫，作品集版則由王司馬繪畫。四人的畫風與技巧各有不同，所取故事的情節角度也有同有異。比較眾人所繪插圖，從畫家角度看金庸小說，也是有趣的閱讀體驗。

《新晚報》1959年2月13日的連載標題是「上山較勁」，東明畫的卻是天龍門眾人上山後窺視陶氏父子舉動（左）；反而是雲君，將曹雲奇提氣搶先的一幕畫了出來（右）。

舊版《雪山飛狐》第十六續：「只覺籃子一動，登時向峯頂昇了上去。曹田鄭三人就如憑虛御風，騰雲駕霧一般，心中空蕩蕩的甚不好受。」（左，東明繪）明晚版這段文字與舊版相若，只是把「只覺籃子一動」改為「只覺籃子幌動」（右，雲君繪）。

胡斐的一對孿生劍僮上玉筆山莊傳話（舊版稱為「雪峯山莊」），與天龍門眾人打了起來，這一仗，在舊版連載中打了整整六天（上排，東明繪）。到了明晚版，也打了兩天才打完（下排，雲君繪）。

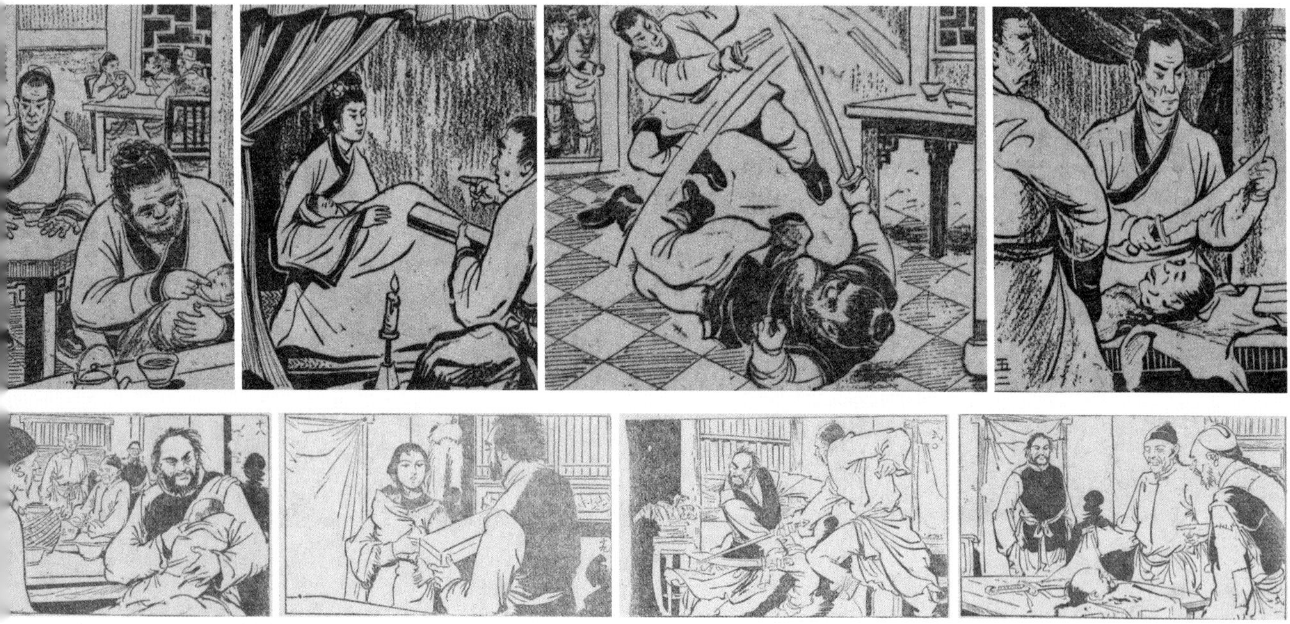

胡一刀與苗人鳳對決前後的經典場面：胡一刀以手指頭蘸酒給小孩吮；胡一刀拿出鐵盒交給胡夫人；胡苗二人對戰；胡一刀為苗人鳳前往山東殺了商家堡堡主八卦刀商劍鳴，並攜來人頭。（上排，小萍繪；下排，雲君繪）

胡斐上玉筆峯，途中救了下墮的曹雲奇。小萍與雲君都以這段情節畫插圖，但兩人都沒有畫出胡斐「雙足鈎住繩索」的細節。胡斐後來隨苗若蘭的琴聲起舞舞劍，雖然金庸在明晚版中已刪掉胡斐舞劍的情節，但雲君仍依照舊有情節，將胡斐舞劍一幕畫了出來。可見，雲君為明晚版畫插圖時，尚未看過金庸新改寫的故事。雲君甚至是根據舊版故事來為明晚版畫插圖，這種情況在其後各部小說中都可以看到。（上排，小萍繪；下排，雲君繪）

陶子安在房中發現田歸農屍體，身上插了羽箭。小萍只畫了田歸農的屍身（左），雲君連放在床上的軍刀與嬰兒屍體都畫了出來（右）。

眾人終於找到寶藏，魚貫走過隧道。（左，小萍繪；右，雲君繪）

金庸答客問之《雪山飛狐》篇

舊版《雪山飛狐》在《新晚報》發表時，金庸已然聲名大噪，卻沒有在《新晚報》回答過讀者問題。唯在第六五續（1959年4月14日）正文末，有一段案語：

「不到一盞茶功夫，他已抱著苗若蘭進了山洞。將棉被緊緊裹住她身子，讓她靠在洞壁。」（左，小萍繪；右，雲君繪）

胡斐與苗人鳳一戰。舊版《雪山飛狐》第一二六續：「胡斐原可跳出圈子，逃開數步，避了他拳風的籠罩，然後反身再鬥，全力施為，但在這巉崖峭壁之處，實是無地可退，只得咬緊牙關，使出『春蠶掌法』，密密護住全身各處要害。」（左，小萍繪；右，雲君繪）

金庸按：李闖王之死，共有四種說法。他出家為僧，至康熙甲辰坐化云云，是據「澧州志」所載，江賓谷「李自成墓誌」中曾詳加考證，近人阿英所作史劇「李闖王」即據此說。四種說法均無確證，作者以為「假死逃禪說」較有可能，亦最富傳奇性。明史稱李自成在九宮山為人擊斃，但又稱：「我兵遺識者驗其屍，朽莫辨」，可見這屍首到底是否李自成，當時即無法肯定。

明晚版保留了這段文字，但不是附在文末，而是插在正文之中。作品集版則把案語移至「後記」，重寫內容，扼要說解，又把原來的四種「死法」擴充至五種，並表達自己對各種「李自成之死」傳聞的看法：

> 關於李自成之死，有好幾種說法。第一種是「明史」說的，他在九宮山為村民擊斃，當時謠言又說是為神道所殛。第二種是「明紀」說他為村民所困，不能脫，自縊而死。第三種是「明季北略」說他在羅公山軍中病死。第四種是「澧州志」所載，他逃到夾山出家為僧，到七十歲才坐化。第五種是「吳三桂演義」小說的想像，說是為牛金星所毒殺。
>
> 歷史小說有想像的自由，可以不必討論。其他各種說法經後人考證，似乎都有疑點。何騰蛟的奏章中說：「為闖死確有證據、闖級未敢扶同、謹具實回奏事……道阻音絕，無復得其首級報驗。今日逆首已誤死於鄉兵，而鄉兵初不知也……」得不到李自成的首級，總之是含含糊糊。清將阿濟格的奏疏則說：「有降卒言，自成竄入九宮山，為村民所困，自縊死，屍朽莫辨。」屍首腐爛，也無法驗明正身。
>
> 江賓谷（名昱志）所撰「李自成墓誌」全文如下……
>
> 在小說中加插一些歷史背境，當然不必一切細節都完全符合史實，只要重大事件不違背就是了。至於沒有定論的歷史事件，小說作者自然更可選擇其中的一種說法來加以發揮。但舊小說「吳三桂演義」和「鐵冠圖」敘述李自成故事，和眾所公認的事實距離太遠，如「鐵冠圖」中描寫費宮娥所刺殺的闖軍大將竟是李岩，為免自由得過了份。（花皮版《雪山飛狐》，頁245-247）

連載時放在正文中或末尾處，可以權充注釋，向讀者顯示自己對於史事的選擇何其嚴謹。「後記」則在嚴謹之上，加入自己的文學觀，以同是歷史小說作者的身分，表明創作時將傳聞鎔鑄進小說的態度與尺度——可以自由，但不能過份。

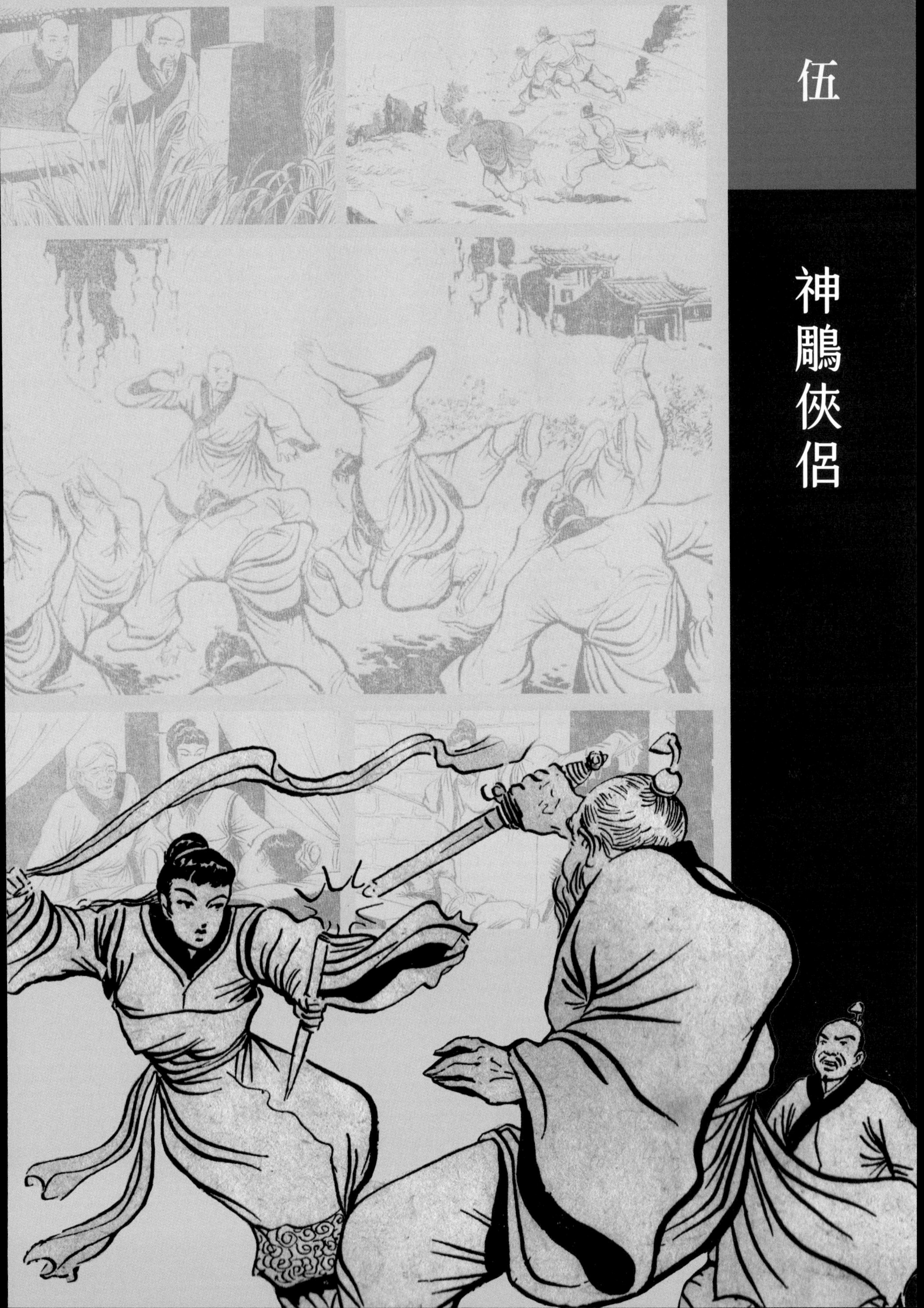

伍

神鵰俠侶

東南亞版《金庸作品集》的序言中，有一段文字與《神鵰俠侶》的連載情況有關：

……《南洋商報》總編輯兼總經理施祖賢先生，他要求轉載《神鵰俠侶》，同樣要求提早交稿，結果，新馬兩地的讀者比香港《明報》的讀者還更早一天讀到《神鵰》。因此《神鵰》的首載地是新加坡而不是香港。

這篇序言寫於1995年7月，是金庸憶述三十六年前的往事。金庸清楚指出，《神鵰俠侶》最早是在新加坡《南洋商報》連載，《明報》並非最早。然而，這個說法卻得不到文獻支持。

《明報》於1959年5月20日創刊，早一天就是5月19日。北京的國家圖書館藏有1959年5月19日的《南洋商報》，但這天卻沒有《神鵰俠侶》的蹤影（不只是5月19日這一天，現在看到的《南洋商報》，根本沒有連載過《神鵰俠侶》）。除非《南洋商報》當時有增刊、副刊而圖書館沒有收藏，否則金庸在1995年時候的記憶並沒有任何可信的證據，因此只能存疑，聊為一說。

《神鵰俠侶》1959年5月20日在《明報》創刊號上粉墨登場。作為《明報》的創業作品，《神鵰俠侶》「加量不加價」。之前在《新晚報》與《香港商報》上連載的四部小說，每天約一千字，《神鵰俠侶》卻大幅增加字數，每天約一千四百字。字數多了，每日

一九五九年七月二日 星期四 明報

神鵰俠侶

金庸 雲君圖

二·桃花島上

三個孩子打起來了

一九五九年七月三日　星期五　明報

神鵰俠侶　金庸　雲君圖

二：桃花島上

推巨石溪壓二人

（四五）

一九五九年七月四日　星期六　明報

神鵰俠侶　金庸　雲君圖

二：桃花島上

蛤蟆鬥蛇

（四六）

一九五九年七月五日　星期日　明報

神鵰俠侶　金庸　雲君圖

二：桃花島上

郭靖收了四個徒兒

（四七）

左頁與右頁　《明報》連載的《神鵰俠侶》，1959年7月2-5日。

一九五九年九月廿七日　　星期日

「神鵰俠侶」因作者有病暫停一天，謹向鵰迷致歉。

熊廷弼慧眼識英才

亞南

熊廷弼，明湖北省人，他在江南主持致政時，試卷都是親自批閱的，在批閱時，中堂上擺一排桌子，把試卷依次放在桌面，他的座位旁邊還放着一罎酒，一把劍。他手裏拿着筆，一目數行，要是遇到好文章，就喝一杯酒，表示心頭的愉快；碰到內容荒謬的卷子，他就站起身來，舞一會劍，借此發洩悶氣。凡是有真實學問的士子，他都加以提拔，一個也不會遺漏，蘇州的文人馮夢龍，也是在熊廷弼主政時候致中的。

馮夢龍平日愛寫游戲文章，有名的「挂枝兒小曲」和「葉子新斗譜」都是他的著作，他的作品很受一些浮游子弟的歡迎，有些人讀他的文章入了迷，甚至傾家蕩產。他們的父兄都起來攻擊馮夢龍，並且控告到地方官裡去，事情鬧得很大，沒法平息。這時正好熊廷弼請假回到故鄉，馮夢龍便船西上，要想請求老師替他想想辦法。他跟熊廷弼見面時，熊廷弼忽然問道：「現在各處都流傳着你所寫的挂枝兒小曲，你是否帶來一兩本送給我？」馮夢龍一聽，異常侷促，無話可答，連聲賠罪。接着又說出了請老師幫忙的意思。熊廷弼道：「這事容易，不必過慮，我先給你預備一頓便飯，慢慢替你想個辦法。」不久就開飯了，桌上擺下兩碗菜，一碗是咸魚，一碗是老豆腐，還有粗米飯一盂，馮夢龍拿起筷子，雙眉緊皺，面有難色。熊廷弼說：「蘇州的書生，每日三餐，都用新鮮菜和上等米，我今天用這些東西來招待你，很感不當。可是一個人活在世上，不應該僅在飲食方面考究，粗糙的東西能吃得飽，才是真正的英雄呢。」說着，他自己大嚼大嚥，吃得很香。馮夢龍只吃了幾口就算了。吃完，熊廷弼起身到屋裏去，隔了好久才走出來道：「我有一封信，請你順路給我送給一位老友，可別忘了。」至於馮夢龍請他幫忙的事，卻一字也不提起，他手裡還捧着一個大多瓜，算是送給馮夢龍的禮物。多瓜重約幾十斤，馮夢龍只得雙手捧過，恭敬地接受了。可是他的心裏很失望。他抱着多瓜走路，十分吃力，還不曾到得碼頭，就把多瓜丟在路上，登舟而去。

船行了幾天，在一個大市鎮上停泊，熊廷弼的老友就住在這鎮上，馮夢龍把熊廷弼的信送過去。不一會，那人親來拜見，約馮夢龍到他家去，設宴招待。宴席很豐盛，酒菜精美，還有妙齡少女唱歌勸酒。席散，主人恭敬地對馮夢龍說：「先生的文章才華，天下士子沒有一個不欽仰的，誰都想跟先生會一會面。今天承先生光臨寒舍，使我有機會領教，真是難得！可是這裏離蘇州很遠，寒舍又很簡陋，不敢請先生多留。我已經備了一些小東西，算不上是甚麼禮品，只能算給你侍從的搞賞，千萬不要推辭！」馮夢龍不知主人是甚麼意思，只好道謝告別。不料回到船上，早有人送來三百兩銀子。

馮夢龍回到家裏，熊廷弼已暗中把事情斡旋好了，訴訟完全撤消。原來熊廷弼很賞識馮夢龍，祇可惜他鋒芒太露，故意用菲薄的東西招待他。他知道馮夢龍旅費不夠，就轉託老友資助他；人們攻擊馮夢龍，他就寫信在暗中代為解釋。這種斡宏氣度，真令人難以猜測得到！

一九五九年九月廿八日

金庸先生不適　讀者函電紛馳
小說明天見報　神鵰迷請釋念

金庸先生病恙後，本報接到許多電話、讀者親自送來的函件，或詢問金庸先生的病狀，或詢問「神鵰」今天可否刊出，盛情十分可感。昨天當編者將這番消息告訴金庸先生時，他在病褟中也非常不安，本擬扶病續寫，但終因力不從心，未能成文。今迫得再將「神鵰俠侶」停一天，據金庸先生說，今天無論如何可以續寫，明天將見報了。那麼請「鵰迷」再犧牲一天吧。編者也是「鵰迷」之一，待金庸先生痊癒後，決令他大進補品，不許他再來一次對讀者「抱歉」了。

——編者謹啓

左　《明報》1959年9月27日《神鵰俠侶》脫期，由亞南的〈熊廷弼慧眼識英才〉頂上。

右　《明報》1959年9月28日《神鵰俠侶》仍脫期，由〈清官妙計捉貪官〉頂上。編輯先生更寫了長逾兩百字的啟事交代情由。

第四十回　華山絕頂

第四十回　華山絕頂

相思相見知何日？

（全書完）

（明日續刊金庸增删改寫後之「倚天屠龍記」，該書內容與「神鵰俠侶」有連續關係。）

明晚版《神鵰俠侶》最後兩天連載，各收錄了雲君兩張插圖。

連載的故事內容更豐富，情節推進也就更快，加上雲君所繪插圖，讀者自是看得更過癮。

故事連載到1961年7月8日，共計七百七十七續。連載期間，金庸有兩天生病，沒有創作故事，《明報》除了找替代文章外，還要登報道歉和致謝。

舊版《神鵰俠侶》共有三十回，寫到蒙哥被楊過擊殺。最短一回連載了七續，最長一回長達四十九續。第三十回之後是「尾聲」，也就是作品集版的第四十回「華山之巔」。「尾聲」連載了十六續，寫眾人到華山拜祭洪七公，重定天下五絕，以及引介新的故事人物與重要物事——張君寶與《九陽真經》。

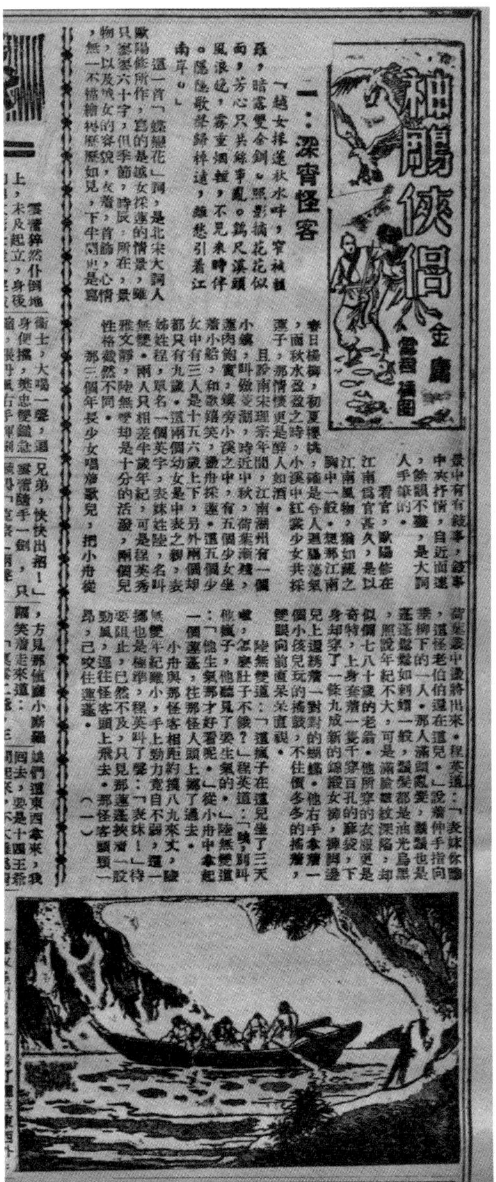

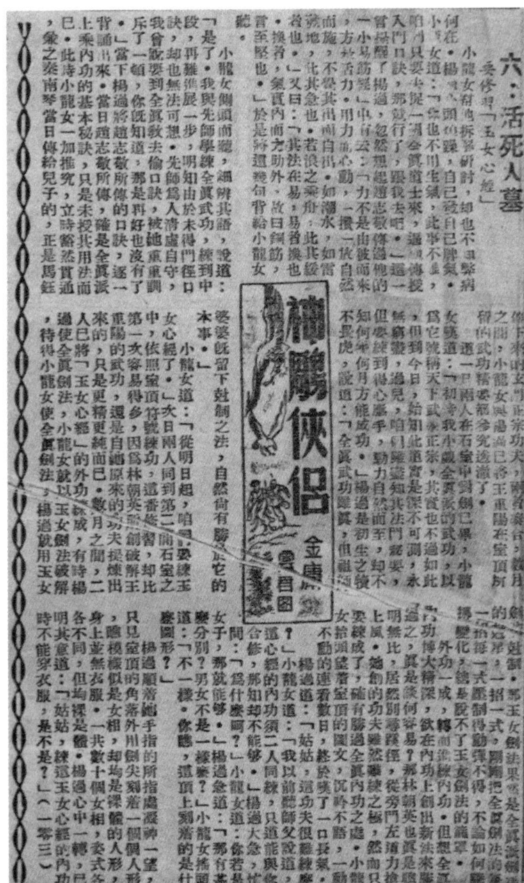

泰國《世界日報》連載的《神鵰俠侶》第一續（1959年5月21日）與第一〇三續（1959年8月31日）。《神鵰俠侶》雖然沒有在《南洋商報》連載，卻見於其他東南亞報紙中。泰國的《世界日報》與《星暹日報》只比《明報》晚一天開始連載《神鵰俠侶》。不過，這兩份報紙都沒有連載到最終回，只到1959年8月31日第一〇三續就無疾而終、遽然而止。報紙也沒有任何交代，原因為何，已不可考。

右與下　泰國《星暹日報》連載的《神鵰俠侶》第六、第七續（1959年5月26-27日）。

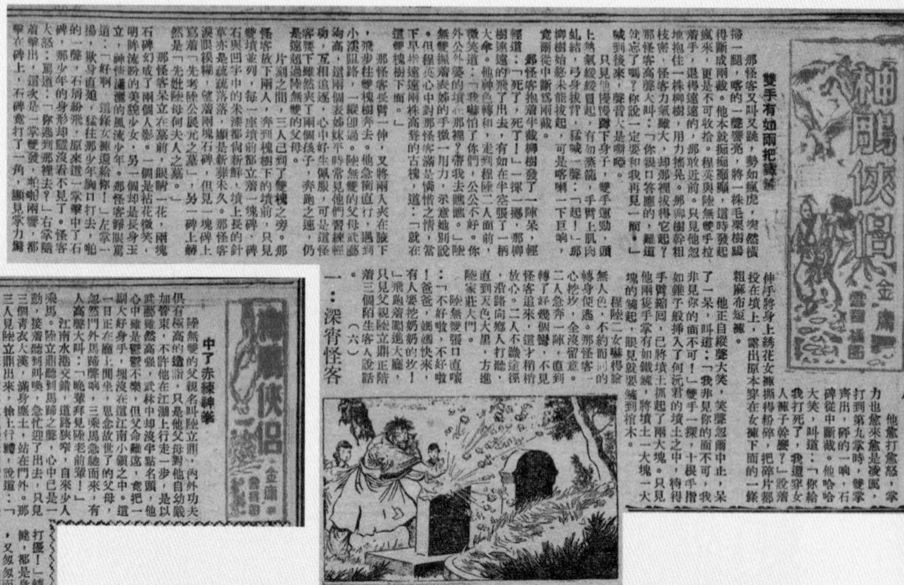
雙手有如兩把鐵鉗

神鵰俠侶

金庸

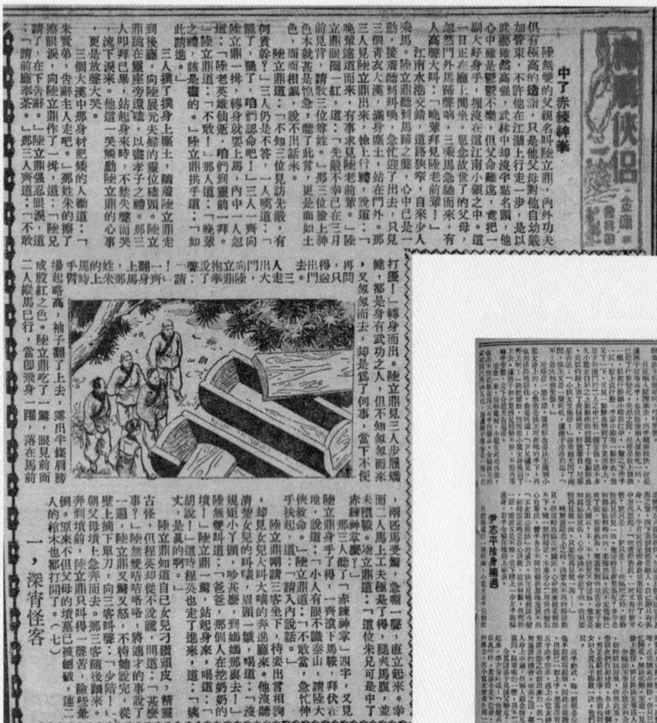
神鵰俠侶

金庸

中了赤練神掌

一、深宵怪客（七）

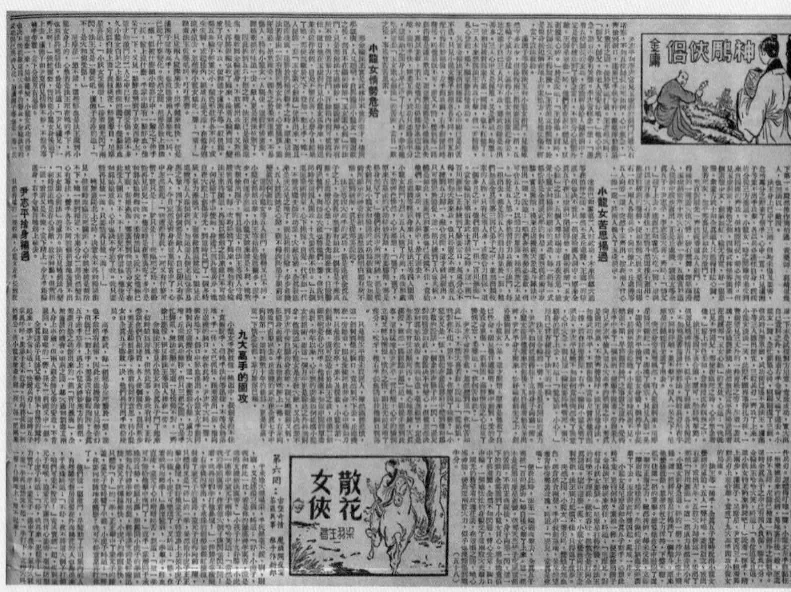
神鵰俠侶

金庸

中國日報

Sunday May 24 1959

神鵰俠侶

金庸

雲君插圖

一、深宵怪客

上　新加坡《民報》連載的《神鵰俠侶》第五八續，1960年10月5日。從有限資料來看，新加坡《民報》連載的《神鵰俠侶》每天字數都不相同，少的一天約二千八百字（相當於《明報》所載兩天的分量），多的一天可以逾五千字（接近《明報》四天的連載量）。

左　緬甸《中國日報》連載的《神鵰俠侶》第一續，1959年5月24日（比《明報》晚四天）。

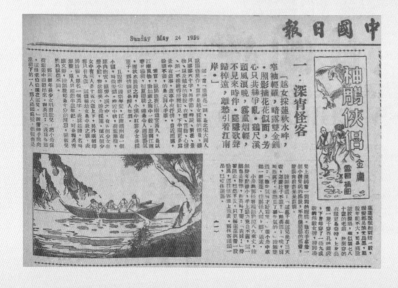

MAY 26 1959　中華商報　星期二　一九五九年五月廿六日

神鵰俠侶　金庸　雲君插圖

一　深宵怪客

他也不伸手去拿，舌頭捲處，咬着蓮蓬大嚼起來。三個少女見他竟不剝出蓮子，也不怕苦澀，就這麼連瓣連衣吞吃，互相望了幾眼，忍不住格格而笑。

陸無雙看得有趣，叫道：「再吃一個！」又把一個蓮蓬擲了過去。那怪客口中一個尚未吃完，見又有擲到，咬住半個蓮蓬，在擲來的蓮蓬上一頂。那蓮蓬飛了上去，落將下來，正好頂在他的頭上。他頭髮蓬鬆，那蓮蓬穩穩的停着，晃也不晃。

五個少女一齊拍手。陸無雙叫道：「還有，還有。」又是一個蓮蓬擲來，那怪客舌頭一挺，又將這蓮蓬彈了上去，落下時恰好端端正正的頂在先前那蓮蓬之上。這一來，那五個少女更是高興，陸無雙手不停擲，片刻之間，怪客頭上已疊了十多個蓮蓬，堆成二尺來高，觸到了垂下來的柳枝。

只見他吞完口中蓮蓬，將頭微微一點，一叠蓮蓬中最頂上一個忽地落下。他張口咬住，轉眼間食完，頭頂又落下了一個再吃，程英與陸無雙等看得驚喜交集，把小船划近，走上岸來。只一盞茶功夫，那怪客吃得頭頂只剩下兩個。

程英心地仁慈，走近他身邊，拉一拉他衣襟，道：「老伯伯，這樣不好吃的。」從自己袋裏取過一個蓮蓬，擘開蓮房，剝出十幾顆蓮子，再將蓮子外的青皮撕開，取出蓮子中苦味的芯兒，然後遞在怪客手裏。那怪客嚼了幾口，覺得滋味清香鮮美，與適才所吃的大不相同，裂咀向程英一笑，點了點頭。說也奇怪，他頭頂疊着的兩個蓮蓬只微微一晃，竟不跌落。

就在此時，忽聽小溪對岸一陣犬吠之聲，夾着許多小兒叫喊吵鬧。程英回過頭去，只見一隻癩皮小狗，夾着尾巴從小橋上逃了過來，後面七八個頑童，拿着竹枝瓦塊在追趕喝打。那小狗本就癩得毛皮剝落，十分難看，給衆頑童一打，更是血跡斑斑。程英平時可憐這小狗，常拿殘羹冷飯餵牠。這時那小狗見到程英，沒命價奔來躲在她的身後。

衆頑童追過來還待再打，程英叫道：「喂，別打牠啊，別打！」一個最蠻的頑童罵道：「小丑（女旁）兒走開，關你甚麼事？」伸手往她身上推去。程英身子一側，閃開了他這一推。陸無雙站在表姊身邊，見那頑童無禮，乘他一推之勢未收，右足在他小腿上輕輕一勾，左手在他背上一按，那頑童一交跌在地下，跌去了兩顆門牙，痛得大哭起來。

陸無雙拍手大笑。程英將那頑童扶起，安慰他道：「別哭！疼不疼啊？」見他滿咀鮮血，心下着了慌，取出手帕給他抹血。那頑童一把推開，罵道：「誰要你抹，你這沒爹沒娘的臭丫頭！」他怕陸無雙動手再打，一邊罵一邊走了開去，待走得遠了，拾起地下磚塊，如雨點般拋打過來。（二）

「射鵰英雄傳」轉在厄言版刊出，希讀者留意。

神鵰俠侶　金庸　雲君插圖

十八：大俠之女

紫薇寶劍與劍魔（四三五）

法王忽施偷襲（四三六）

荒野之中，有人夜哭（四三七）

兩個愛子，自相殘殺（四三八）

上　緬甸《中華商報》連載的《神鵰俠侶》第二續，1959年5月26日。如果第一續在前一天刊出，那麼《中華商報》只比《明報》晚五天。四百多續以後，不再附雲君插圖。

下　《中華商報》連載的《神鵰俠侶》第四三五至四三八續，確切時間不詳。《中華商報》在九十多續以後，或以合刊方式連載《神鵰俠侶》，一天刊出二續到四續不等，刊載時間也變得不定時。如第五五七、五五八續在1960年12月3日刊出，而第五五九續在12月7日刊出，第五六〇至五六二續在12月8日刊出。這種情況經常見於南洋的報紙。

舊版《神鵰俠侶》連載時，金庸又做新的嘗試：除了回目，每天還有小標題。《書劍恩仇錄》、《碧血劍》、《射鵰英雄傳》連載時，每天只有回目，沒有標題；《雪山飛狐》則只有標題，沒有回目。《神鵰俠侶》同時有回目與標題。自此以後，《明報》上連載的金庸小說，除了短篇的《白馬嘯西風》與《鴛鴦刀》外，其餘作品都沿用這種回目、標題雙軌並行的表達方法。

首次以「續集」方式寫小說，以及回目變遷

《神鵰俠侶》在金庸小說創作史上非常重要，金庸首次以「續集」方式來寫小說，嘗試為自己建立專屬的江湖世界，有自己的門派發展與武功傳承。《射鵰英雄傳》連載期間，市場上充斥大量冒名偽作，諸如《九指神丐》、《江南七怪》、《九陰真經》、《天池怪俠》、《金蛇劍》、《八手仙猿》等各種偽金庸著作，都在告訴金庸：金庸小說的續篇、外傳，有龐大的讀者需求。讀者不只喜愛金庸寫的小說，還希望自己喜歡的人物與故事能夠延續下去。

《射鵰英雄傳》為金庸積累了大量讀者，《神鵰俠侶》以續篇的身分，成功吸引《射鵰英雄傳》部分讀者購買《明報》。對於《明報》來說，《神鵰俠侶》作為金庸創業的開山作，實有定海神針的功用。

1973年8月15日，金庸開始在《明報晚報》上連載改寫後的《神鵰俠侶》，到1974年8月29日為止，前後三百八十天，共連載三百七十八續。[25]全書分為四十回。茲將兩版《神鵰俠侶》回目臚列如下：

<table>
<tr><th>回</th><th>舊版回目</th><th>明晚版回目</th><th>作品集版回目</th></tr>
<tr><td>1</td><td>深宵怪客</td><td>赤練神掌</td><td>風月無情</td></tr>
<tr><td>2</td><td>桃花島上</td><td colspan="2">故人之子</td></tr>
<tr><td>3</td><td>全真門人</td><td colspan="2">求師終南</td></tr>
<tr><td>4</td><td>終南舊侶</td><td colspan="2">全真門下</td></tr>
<tr><td>5</td><td>玄門習藝</td><td colspan="2">活死人墓</td></tr>
<tr><td>6</td><td>活死人墓</td><td colspan="2">玉女心經</td></tr>
<tr><td>7</td><td>玉女心經</td><td colspan="2">重陽遺篇</td></tr>
<tr><td>8</td><td>重陽遺篇</td><td colspan="2">白衣少女</td></tr>
<tr><td>9</td><td>浪跡天涯</td><td colspan="2">百計避敵</td></tr>
</table>

<table>
<tr><th></th><th></th><th></th><th></th></tr>
<tr><td>10</td><td>丐幫大會</td><td colspan="2">少年英俠</td></tr>
<tr><td>11</td><td>群英盛宴</td><td>一笑解仇</td><td>風塵困頓</td></tr>
<tr><td>12</td><td>武林盟主</td><td colspan="2">英雄大宴</td></tr>
<tr><td>13</td><td>恩仇波瀾</td><td>金輪法王</td><td>武林盟主</td></tr>
<tr><td>14</td><td>水仙幽谷</td><td>雙劍合璧</td><td>禮教大防</td></tr>
<tr><td>15</td><td>洞房花燭</td><td colspan="2">東邪門人</td></tr>
<tr><td>16</td><td>半枚丹藥</td><td>殺父之仇</td><td>殺父深仇</td></tr>
<tr><td>17</td><td>國難家仇</td><td>絕情谷中</td><td>絕情幽谷</td></tr>
<tr><td>18</td><td>大俠之女</td><td colspan="2">公孫谷主</td></tr>
<tr><td>19</td><td>天竺神僧</td><td colspan="2">地底老婦</td></tr>
<tr><td>20</td><td>終南尋仇</td><td colspan="2">俠之大者</td></tr>
<tr><td>21</td><td>神鵰劍魔</td><td colspan="2">襄陽鏖兵</td></tr>
<tr><td>22</td><td>今夕何夕</td><td colspan="2">危城女嬰</td></tr>
<tr><td>23</td><td>古墓石棺</td><td colspan="2">手足情仇</td></tr>
<tr><td>24</td><td>生死茫茫</td><td>尋仇終南</td><td>意亂情迷</td></tr>
<tr><td>25</td><td>七女奪丹</td><td>全真內鬨[26]</td><td>內憂外患</td></tr>
<tr><td>26</td><td>情是何物</td><td colspan="2">神鵰重劍</td></tr>
<tr><td>27</td><td>神鵰大俠</td><td colspan="2">鬥智鬥力</td></tr>
<tr><td>28</td><td>群豪獻壽</td><td colspan="2">洞房花燭</td></tr>
<tr><td>29</td><td>三世恩怨</td><td colspan="2">劫難重重</td></tr>
<tr><td>30</td><td>襄陽鏖兵</td><td colspan="2">離合無常</td></tr>
<tr><td>31</td><td>尾聲</td><td>半枚丹藥</td><td>半枚靈丹</td></tr>
<tr><td>32</td><td></td><td colspan="2">情是何物</td></tr>
<tr><td>33</td><td></td><td colspan="2">風陵夜話</td></tr>
<tr><td>34</td><td></td><td colspan="2">排難解紛</td></tr>
<tr><td>35</td><td></td><td colspan="2">三枚金針</td></tr>
<tr><td>36</td><td></td><td>羣豪祝壽</td><td>獻禮祝壽</td></tr>
<tr><td>37</td><td></td><td colspan="2">三世恩怨</td></tr>
<tr><td>38</td><td></td><td colspan="2">生死茫茫</td></tr>
<tr><td>39</td><td></td><td>襄陽鏖兵</td><td>大戰襄陽</td></tr>
<tr><td>40</td><td></td><td>華山絕頂</td><td>華山之巔</td></tr>
</table>

25 1974年1月23與24日為農曆正月初一、初二，這兩天沒有連載《神鵰俠侶》。不過，到底是《明報晚報》在大年初一、初二沒有出刊，還是只是沒有連載《神鵰俠侶》，暫時無從稽查。

26 明晚版第二十五回最初以「玉女素心」做回目，但只出現兩續，第三續開始改為「全真內鬨」。

《神鵰俠侶》蛻變舉隅

與《射鵰英雄傳》「連戲」

《神鵰俠侶》作為《射鵰英雄傳》的續篇，金庸在1973年改寫時，除了針對故事自身問題外，還要同時抹去舊版《射鵰英雄傳》部分痕跡，如楊過的生母秦南琴擅於捕蛇，如黃蓉使計以雙鵰降服、後來歸秦南琴所有的血鳥。舊版《神鵰俠侶》楊過出場時，秦南琴已死，血鳥伴著楊過。李莫愁追殺程英與陸無雙，楊過出手相助，血鳥見主人被打傷，奮起護主，啄瞎了李莫愁左眼。所以李莫愁出場不久，即成了單眼道姑。後來李莫愁在水仙幽谷（修訂版改名為「絕情谷」）碰到公孫止，公孫止這時已給裘千尺用棗核射瞎左眼，還幽默地說：「咱們在這裏相會，也可說是有緣，不但是『同病相憐』，而且還是『獨具隻眼』，不不，是『各具隻眼』。」（鄺拾記版《神鵰俠侶》普及本第八十六集，頁1534）

除此之外，舊版故事中的楊過是捕蛇女的兒子，對付毒蛇自有「天賦」。楊過兩歲時，就能夠空手捏死毒蛇：

> 只見一個嬰兒坐在地下，兩隻小手牢牢握住一條毒蛇，那蛇翻騰掙扎，卻脫不出嬰兒的手掌。……那嬰兒雙手一揮，已將毒蛇拋在地下，但見那蛇抖了幾抖，竟自不動，原來已被嬰兒捏死。（舊版《射鵰英雄傳》第八五三、八五四續，1959年5月10-11日）

到了《神鵰俠侶》，楊過對付毒蛇依然得心應手：

> 楊過……轉過身來，果見一條花紋斑斕的毒蛇，昂頭吐舌，盤在草中。楊過自幼是捉蛇好手，那將牠放在心上，右手一伸，已拿住毒蛇的七寸，用力往石上一摔，登時摔死。（舊版《神鵰俠侶》第四四續，1959年7月2日）

金庸改寫《神鵰俠侶》，楊過的捕蛇能力被抹去，沒有了「家學」淵源，碰到毒蛇時，就不能徒手殺蛇了。

果見一條花紋斑爛的毒蛇，昂頭吐舌，盤在草中。楊過拾起一塊石子，對準蛇身摔去，登時將蛇砸得稀爛。（明晚版《神鵰俠侶》第二〇續，1973年9月3日）

果見一條花紋斑斕的毒蛇，昂首吐舌的盤在草中。楊過拾起一塊石子，對準了摔去，正中蛇頭，那毒蛇扭曲了幾下，便即死了。（花皮版《神鵰俠侶》，頁85-86）

修補漏洞

金庸在作品集版《神鵰俠侶》「後記」中說：「『神鵰俠侶』修訂本的改動並不很大，主要是修補了原作中的一些漏洞。」（花皮版《神鵰俠侶》，頁1662）觀乎舊版、明晚版與作品集版，金庸所謂「改動並不很大」，其實專指全書結構情節而言。《神鵰俠侶》雖然書名為「俠侶」，卻是以楊過的成長歷程為推進主線：從李莫愁到嘉興血洗陸家莊帶出少年楊過；爾後楊過從嘉興到桃花島，再從桃花島到終南山全真教，直至入古墓派拜小龍女為師，人生才有了根本的改變；之後所有情節發展都被小龍女牽動，楊過每一階段的「際遇」都與小龍女離他而去有關。小龍女第一次離開，楊過上華山遇見洪七公與歐陽鋒，學到打狗棒法，然後在大勝關英雄大會中一展身手，又在酒樓營救黃蓉時領會玉女素心劍法。小龍女第二次離開，楊過遇見黃藥師，學到桃花島絕學，之後在絕情谷與小龍女重逢。小龍女第三次離開，楊過被郭芙斬去右臂，遇神鵰，練成獨孤求敗的重劍之術。小龍女第四次離開，致使兩人分離十六年，楊過成為神鵰俠，創出「黯然銷魂掌」。

楊過在什麼時候做過什麼事情、見過什麼人、學到什麼武功，金庸並沒有改動，舊版與修訂版的情節基本一致。雖然結構沒變，但「原作中的一些漏洞」卻要修改。事實上，明晚版每天連載的《神鵰俠侶》，都經過金庸改寫。何謂「漏洞」？又與兩條「線」有關，第一是故事的時間線，第二是故事的伏線。

武俠小說講究恩怨情仇，往往涉及上代江湖，甚至是更早的時間。金庸創作小說時，也常常用回憶、旁述方式，將前代江湖的往事與傳聞拉進當下的故事。例如，金庸會在話語中以「數十年……」作為開頭：

陸立鼎心想：「那魔頭數十年前即已名震江湖，絕不能如此年輕。」（舊版《神鵰俠侶》第一三續，1959年6月1日）

武三通一躍出洞，見李莫愁俏生生的站著，不由得一驚：「怎麼數十年不見，她仍是

這等年輕貌美？」（舊版《神鵰俠侶》第二三續，1959年6月11日）

本來，「數十年」只是虛數，武俠小說最是常用，小說家可以簡單地把往事統統扔到虛構的時間裡。但是當小說連載時間一長，甚至出現續集或續篇時，這「數十年」就很可能會引發「問題」。例如，郭靖帶著楊過上終南山，有這麼一段情節：

> 但聽身後眾道齊聲吶喊，蜂湧趕來，他心中明白：「這些道人定是將我當作敵人一路，現下主觀危急，他們更要和我拼命了。」當下也不理會，逕自向山上奔去。
> 當年馬鈺在蒙古懸崖上傳他輕身功夫，想不到數十年後，這功夫竟用以解救本教的危難。郭靖展開身法，一飄一晃，已縱出數十丈外，不到一頓飯功夫，奔到了重陽宮前，但見烈焰衝天，熱氣逼人，火勢極為熾烈，說也奇怪，重陽宮中數百名道士個個武功卓絕，竟無一個出來施救。（舊版《神鵰俠侶》第六〇續，1959年7月18日）

文中的「他」指郭靖。金庸說馬鈺「數十年前」教郭靖輕身功夫，便與事實不符。郭靖這時才三十四、五歲（明晚版改得更年輕，只有「三十來歲年紀」），而《射鵰英雄傳》中的郭靖當年獲馬鈺傳授輕身功夫時，已年滿十六歲。金庸用「數十年」來形容十幾年前的事，便讓情節出現前後矛盾。因此改寫時，金庸就直接刪掉這段旁白。

至於李莫愁，在舊版故事中，金庸說她「活了五十餘歲」。後來改寫時，金庸讓李莫愁變年輕了，與黃蓉一樣只有三十餘歲。

作家創作小說時，尤其是連載小說，為了吸引讀者繼續追看，總會故意埋下伏線，讓讀者循著伏線代入情節、慢慢推敲。隨著故事發展，原先埋下的伏線一一揭曉，讀者也會有豁然開朗的感覺。伏線本來不是漏洞，但如果最後完全用不上，或在之後的故事絕口不提，就成了「尚未解釋」的懸案，或「不能解決」的爛攤子。舊版《神鵰俠侶》是金庸創業的「鎮山之寶」，肩負重任，要為《明報》吸收讀者，金庸不斷為故事布下伏線。例如第一天連載，就用奇裝異服來寫武三通：

> 那人滿頭亂髮，鬍鬚也是蓬蓬鬆鬆如刺蝟一般，鬚髮都是油光烏黑，照說年紀不大，可是滿臉皺紋深陷，卻似個七八十歲的老翁。他所穿的衣服更是奇特，上身套著一隻千穿百孔的麻袋，下身卻穿了一條九成新的錦緞女褲，褲腳邊兒上還綉著一對對的蝴蝶。（舊版《神鵰俠侶》首日連載，1959年5月20日）

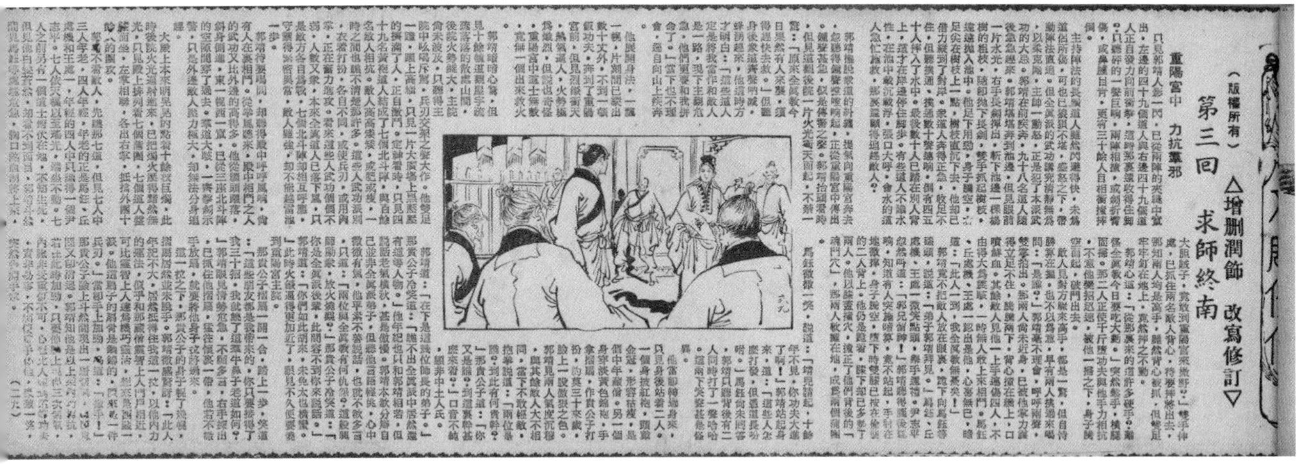
（版權所有）
第三回 求師終南
△增刪潤飾 改寫修訂▽
重陽宮中 力抗羣邪

明晚版《神鵰俠侶》第二九續，1973年9月12日。郭靖帶楊過上終南山，意外為全真教解圍。

武三通自言自語時進一步提到這女裝褲子：

> 他逼我穿了四十年的女人褲子，就這麼撒手一走，甚麼都不管了。哼哼，我這四十年的潛心苦學，原來都是白費。（舊版《神鵰俠侶》第五續，1959年5月24日）

武三通口中的「他」，指的是情敵陸展元。按照武三通所說，四十年前發生了一件事，與陸展元有關，最後結果是武三通自此以後要穿女人褲子，一穿就是四十年。這是伏線，讀者如果想要知道謎底，就得追看。不過，金庸最後只是透過武三娘交代了當年的三角戀，至於陸展元因何、如何讓武三通穿了四十年的女人褲子，金庸都沒有說清楚，這條伏線也就成了石沉大海的秘密。

又如：

> 原來她師父早料到她必定會來。遺書中寫道：某年某月某日，是她師妹滿二十歲的生辰，此後她要下山找尋生身父母，江湖上相逢，要她顧念師門之情，多多照顧，遺書中又囑她改過遷善，否則難獲善終。（舊版《神鵰俠侶》第六九續，1959年7月27日）

金庸透過丘處機之口，向郭靖轉述王處一從丐幫朋友那兒聽來的消息，事件的重點是：小龍女二十歲生日過後，會下山尋生身父母。丘處機轉述時，小龍女剛好滿二十歲，而李莫愁又殺人如麻。讀到這裡，讀者自然會對小龍女下山尋親、懲惡充滿期待，甚至可能幻想小龍女會有怎樣的身世傳奇。不過，小龍女四次離開楊過，金庸都沒有安排尋親之旅，一直到小龍女絕跡江湖，身世依舊是無解之謎，而伏線也就不了了之。金庸後來改寫時，乾脆抹去了上述兩條伏線。

重定楊過人設

楊過是《神鵰俠侶》的主人公，戲份最多。不過，金庸到底想寫楊過的什麼呢？「後記」說得很清楚：

> 「神鵰」企圖通過楊過這個角色，抒寫世間禮法習俗對人心靈和行為的拘束。禮法習俗都是暫時性的，但當其存在之時，卻有巨大的社會力量。師生不能結婚的觀念，在現代人心目中當然根本不存在，然而在郭靖、楊過時代卻是天經地義。（花皮版《神鵰俠侶》，頁1661）

金庸將楊、龍二人的「師生戀」視作「禮法習俗」的範例，透過書中各人對楊龍戀的態度與看法，從而引起讀者對「禮法習俗」必然性的反思與討論。金庸親自告訴讀者小說的主題；然而，從《神鵰俠侶》的人物角色與情節發展來看，讀者是否能夠從中體會、領略金庸所布置的主題呢？再進一步說，這段「後記」寫於1976年金庸再次改寫《神鵰俠侶》之後，這個時候，《神鵰俠侶》已經連載過兩次，也正式修改了兩次，那麼「楊龍師生戀」的意義，到底是作者創作小說時原有的想法，還是在改寫時才重新賦予的重點？

無可否認，「楊龍師生戀」是推進小說情節的催化劑，但實際上只有一次成效而已。推動故事情節發展，讓楊過增加江湖歷練、提升武功、不斷成長的關鍵，是「小龍女離他而去」。小龍女四次離開楊過，只有第二次離開與師生戀引起的衝突有關；其餘三次，兩次出於誤會（誤會楊過不想跟她在一起、誤會楊過與郭芙有婚盟），一次出於救楊過。楊龍二人的不幸與困惑，更多是來自小龍女本人與郭芙，前者自作主張，後者鹵莽衝動，兩個自以為是的人讓楊過嘗盡了苦頭。因此，儘管金庸親口說「楊龍師生戀」帶出了對傳統禮法習俗的反思，也實在難以讓人生出共鳴。

然而，金庸到底想寫什麼呢？其實，第三次華山論劍重定天下五絕時，金庸已經透過黃蓉之口說了出來：

> 黃蓉笑道：「……過兒呢，我封他一個『狂』字，你們說貼切不貼切？」黃藥師首先叫好，說道：「東邪西狂，一老一少，咱兩個正是一對兒。」……楊過也明白他父女

的心意，和小龍女相視一笑，心想：「這個『狂』字，果然說得好。」（舊版《神鵰俠侶》第七六三續，1961年6月24日）

重定天下五絕「東邪西狂南僧北俠中頑童」，可以說是《神鵰俠侶》故事走到尾聲的「蓋棺論定」。「五絕」稱號雖然重新釐定，但其中四人都是《射鵰》舊人，稱號中所反映的人物特徵與個性，都是舊有形象，只有楊過才是真正在《神鵰俠侶》的舞台中，上演一段又一段狂放不羈的戲碼。

金庸寫楊過的「狂」，比「楊龍師生戀」更全面地挑戰傳統禮法，可見楊過在小說中的重要性。楊過是《神鵰俠侶》成敗的關鍵，金庸深知如果把楊過寫壞了，《神鵰俠侶》就不算成功。因此，金庸在1973年改寫《神鵰俠侶》時，便將其中一個改寫重點放在楊過身上，為楊過去蕪存菁，刪掉舊版故事中「效果不佳」的寫法。

《射鵰英雄傳》的成功讓金庸意識到，武俠小說如果想吸引讀者，除了要有超乎想像又合乎現實的武學脈絡，最重要的還是要有討喜的主角。郭靖「淳厚」貼地、黃蓉「聰穎」出眾，已經為武俠小說的成功模式做了最佳示範。在《明報》草創時期，金庸更需要一個能夠同時讓男性接受、女性愛慕的角色，才能讓小說熱度延續，甚至再創佳績。楊過無疑是個萬人迷：英俊的外表、狂放的性格、聰穎的資質、俠義的心腸、重諾的言行……，除了沒有顯赫的出身與順利的際遇，金庸看來把所有能夠吸引人、讓人欣羡的客觀條件，全部給了楊過，甚至還有「秘密武器」。試看：

李莫愁……沒提防這少年竟會張臂相抱，但覺脅下忽然多了一雙手臂，心中一凜，不知怎的，忽然全身發軟。……她活了五十餘歲，仍是個冰清玉潔的處女之身，……一生從未與男人肌膚相接。……這少年雖是小小年紀，身上自有一股蕩人心魄的男子氣息，李莫愁斗然間遇到，竟如痴似呆，心餳骨軟。（舊版《神鵰俠侶》第二七續，1959年6月15日）

黃蓉搶過去拿起他手掌一看，急忙捋高他的衣袖，取出一柄小刀，割破他的下臂，推擠毒血。

推了幾下，鼻中又是聞到一股氣息，這氣味奇特異常，說它香不是香，說臭更不是臭，從那少年腋下發出，不覺心中一蕩。黃蓉不自禁的臉上微現紅暈，向郭靖斜目望了一眼，心想：「這時候竟會想起咱們新婚之情，當真好笑。」（舊版《神鵰俠侶》第三一、三二續，1959年6月19-20日）

舊版《神鵰俠侶》江湖中武功最高的兩大女角，一個五十多歲，一個三十多歲，但一接觸到只有十四、五歲的楊過身上的氣息，都不約而同「心中一凜」、「心中一蕩」。原來，金庸還為楊過設置了獨特的Pheromones（費洛蒙），天生就能夠吸引雌性。不止如此，舊版故事中的少年楊過，狂放行為可不限於打破師生的禮教大防，還有面對異性時完全不加約束的輕浮舉動與情感投入：

> 楊過一覺醒來，天已發白，……陸無雙鼻息細微，雙頰暈紅，兩片薄薄紅唇略見上翹，不由得心中大動，暗道：「我若是輕輕的親她一親，她決不知道。」少年人情竇初開，從未親近過女子，此刻朝陽初升，正是情慾最盛之時，想起與她接骨時她胸脯之美，更是按捺不住，伸過頭去，要親她口唇。
> 尚未觸到，已聞到一陣甜香，不由得心中一蕩，熱血直湧上來……（舊版《神鵰俠侶》第一六四續，1959年11月1日）

> 他一見完顏萍的眼波與小龍女相似，一縷情絲竟莫名其妙的纏到了她身上。（舊版《神鵰俠侶》第一七九續，1959年11月16日）

為了讓楊過成為萬人迷，但凡能夠讓異性留下印象的言語與行為，甚至人格特徵或與生俱來的本錢，金庸似乎什麼招數都用上了。只是，隨著情節推進，金庸發現，原來只需「情深」一招，就足以讓《神鵰俠侶》成為武俠小說中的經典。有了這種體認，1973年改寫時，金庸就刪掉其他「花招」，「獨沽一味」地寫楊過至死不渝的深情。於是，黃蓉為楊過推擠毒血，不再聞到發散自楊過腋下的氣息；李莫愁下不了手，不是因為楊過的男子氣息，而是一時心軟。楊過想親陸無雙時，就會想到姑姑，之後想親完顏萍眼皮，只是因為跟姑姑很像，而不是出於「情絲」轉移。

金庸在修訂時刪掉的，還有楊過年輕時「研發」的劍招。楊過看到朱子柳以書法融入武功，就自己琢磨，想著以四言詩句化為劍招。後來與公孫止的黑劍金刀對戰，就使了出來，一時間讓公孩止難以破解。最後是金輪法王出言提示，預先背出詩句，公孫止憑詩知道劍意，提早防避，新創劍招也就無功而還。楊過這套劍法對《神鵰俠侶》整個故事來說毫無意義，卻能在連載時增添閱讀趣味。當小說走過「快閃」的連載歲月，邁向足以傳世的經典鍛造年代時，像四言詩劍法這種只提供一時趣味的情節，只能在金庸小說創作史上曇花一現，最終被金庸捨棄、淘汰。

雲君圖說《神鵰俠侶》

舊版《神鵰俠侶》連環畫之「郭靖上全真」

1

2

3

4

5

6

7

8

9

10

11

12

13

14

1　郭靖帶楊過上終南山，到了樊川，看到丘處機當年寫詩的石碑，郭靖提起了楊康。

2　全真教兩名道人見郭靖擊碑，就動起手來。

3　二道人不敵，邊罵郭靖「淫賊」邊離開，郭靖氣不過來，挾著楊過縱身追上兩人。

4　郭靖到了重陽宮，四個道人出來阻攔，要郭靖下山。郭靖以「彈指神通」將眾人長劍彈得脫手。

5-7　七名道人擺出天罡北斗陣，阻攔郭靖。郭靖佔了北極星位，又施展輕身功夫令七道人長劍脫手。

8-10　九十八名道人組成十四個天罡北斗陣，每七個天罡北斗陣組成天罡北斗大陣，郭靖不得已使出降龍十八掌，將道人一一打入水中。郭靖知道全真教有危難，縱身躍過水面搶上重陽宮。

11　郭靖趕到重陽宮，與一貴公子（霍都）動起手來。

12　霍都離開，郭靖暫解眼前險境，原來馬鈺道長已中掌受傷。

13　重陽宮失火，王處一徒孫淨光被楊過綁在柱上。

14　重陽宮被大火燒毀，但丘處機等人不以為意。

舊版《神鵰俠侶》連環畫之「楊過入古墓」

1 孫婆婆把楊過帶進古墓，小龍女不許楊過留在墓中。

2-4 孫婆婆只好帶楊過回全真教，但眼見楊過被打，又與全真教道人起了爭執，尹志平等人擺出天罡北斗陣，孫婆婆不敵，邊驅使玉蜂邊抱著楊過離開。

5-8 孫婆婆入重陽宮遇上郝大通，被打成重傷，小龍女現身。孫婆婆臨死前要求小龍女收留楊過。

9-10 小龍女打敗了郝大通，卻不敵丘處機，帶著楊過離開。

11 小龍女帶楊過到古墓石室，室內放了五具石棺。

明晚版《神鵰俠侶》插圖的舊版「痕跡」

雲君繪畫明晚版《神鵰俠侶》的插圖，應是尚未看過金庸的修訂文字，因為經常出現新修訂文字配舊故事插圖的情況。圖是雲君新畫的，畫的卻是舊版故事內容。

9

10

11

12

13

14

15

16

17

18

19

20

12-15　小龍女讓楊過睡寒玉床，楊過覺得冷，想下床，被小龍女懲罰。小龍女睡在繩子上，楊過則運起歐陽鋒所授內功驅寒。

16　楊過拜小龍女為師，小龍女拿出王重陽畫像，要楊過向畫像吐口水。

17-18　小龍女捉麻雀給楊過在石室捕捉，又要楊過捉自己，以練習古墓派入門武功「天羅地網勢」。

19-20　小龍女帶楊過到另一間石室，室頂刻了《玉女心經》心法，兩人開始修習，楊過練玉女劍法與全真劍法。

左　舊版故事中，武三通以掌擊打陸展元石碑，「打到第九掌時，雙掌齊出，砰的一响，石碑從中斷截。」（《明報》1959年5月25日）而明晚版中，金庸降低了武三通的掌力，以致「打得十餘掌時，手掌上已是鮮血淋漓」（《明報晚報》1973年8月17日），石碑最終沒有斷開。

中　舊版楊過有捉蛇家學，可以徒手捉毒蛇。明晚版中，楊過在桃花島見到毒蛇，只能用石頭丟向毒蛇，把蛇摔死。

右　舊版楊過睡寒玉床時，擺出頭下腳上的姿勢，運起歐陽鋒所授內功驅寒。明晚版中，已改由小龍女傳授古墓派的入門內功，讓楊過邊修習邊驅寒。雲君1973年重畫《神鵰俠侶》插圖時，金庸明明已改了情節，卻仍然畫舊故事：以掌斷碑、徒手捉蛇、頭下腳上。

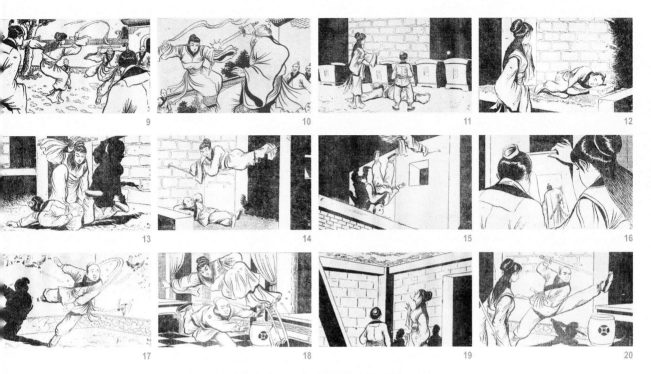

明晚版《神鵰俠侶》連環畫之「楊過名揚英雄大會」

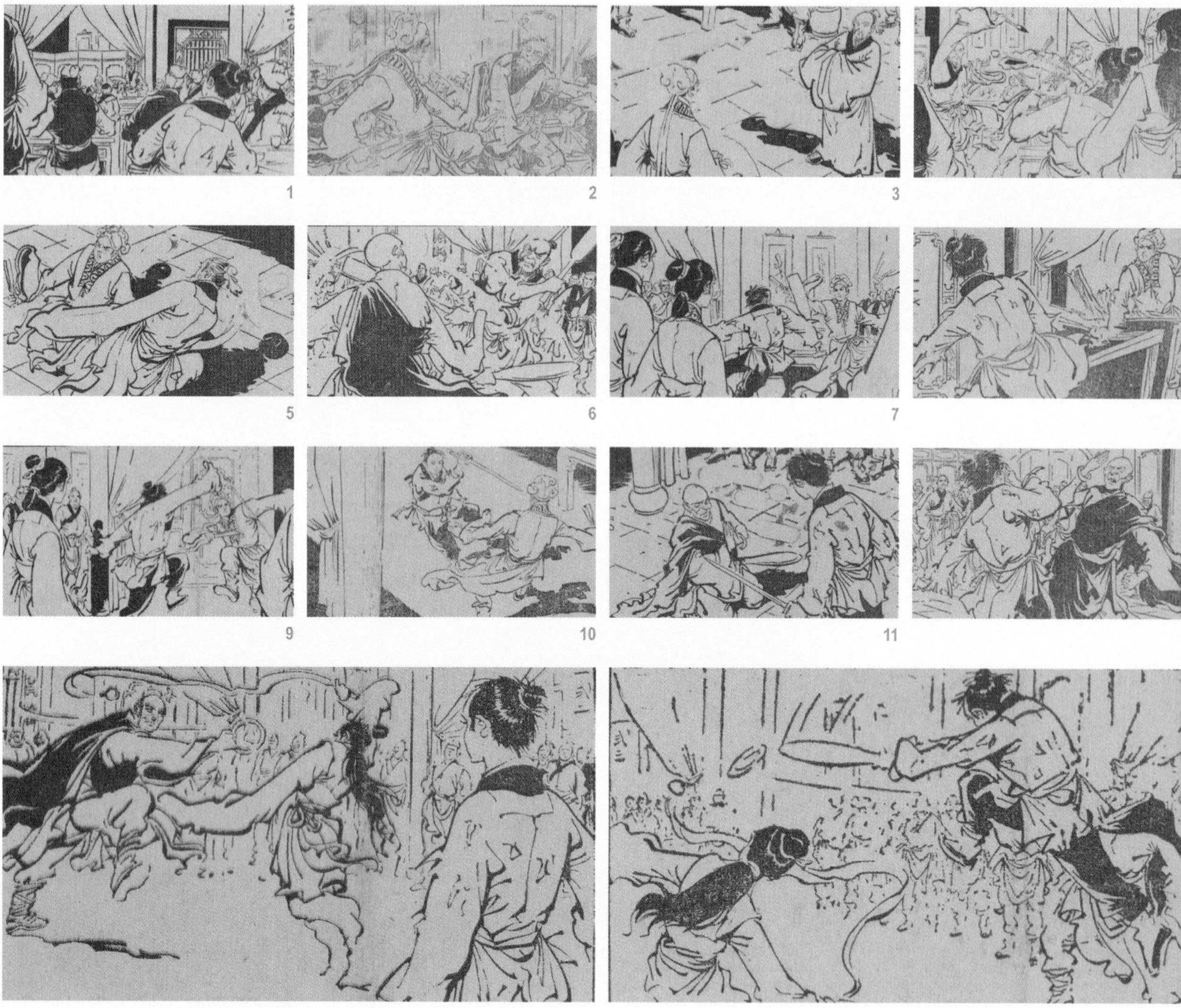

1 楊過坐在末席，遙看蒙古王子霍都侃侃而談。
2 魯有腳率先與霍都打起來。
3 三場比試開始，第一戰是朱子柳對霍都。
4 朱、霍二人對打時，小龍女忽然出現。
5 朱子柳以一陽指鬥霍都，最後被暗算中了毒釘。
6 第二場是點蒼漁隱以鐵槳對達爾巴的金剛降魔杵。
7 楊過手執漁隱的斷槳，與霍都打了起來。
8 三場比試重新開始，第一戰是楊過對霍都。
9-10 楊過先後以打狗棒法和玉女劍法迎戰霍都。
11 第二場是楊過對戰達爾巴，達爾巴誤以為楊過是已過世的大師兄轉世，跪地下拜。
12 楊過使出美女拳法的「曹令割鼻」，達爾巴中了《九陰真經》的「移魂大法」，模仿楊過以手掌擊面。
13 第三場比試，金輪法王要與小龍女比試十招。
14 楊過拾起達爾巴的金杵助小龍女，擊飛法王的金輪。

明晚版《神鵰俠侶》連環畫之「小龍女尋仇終南」

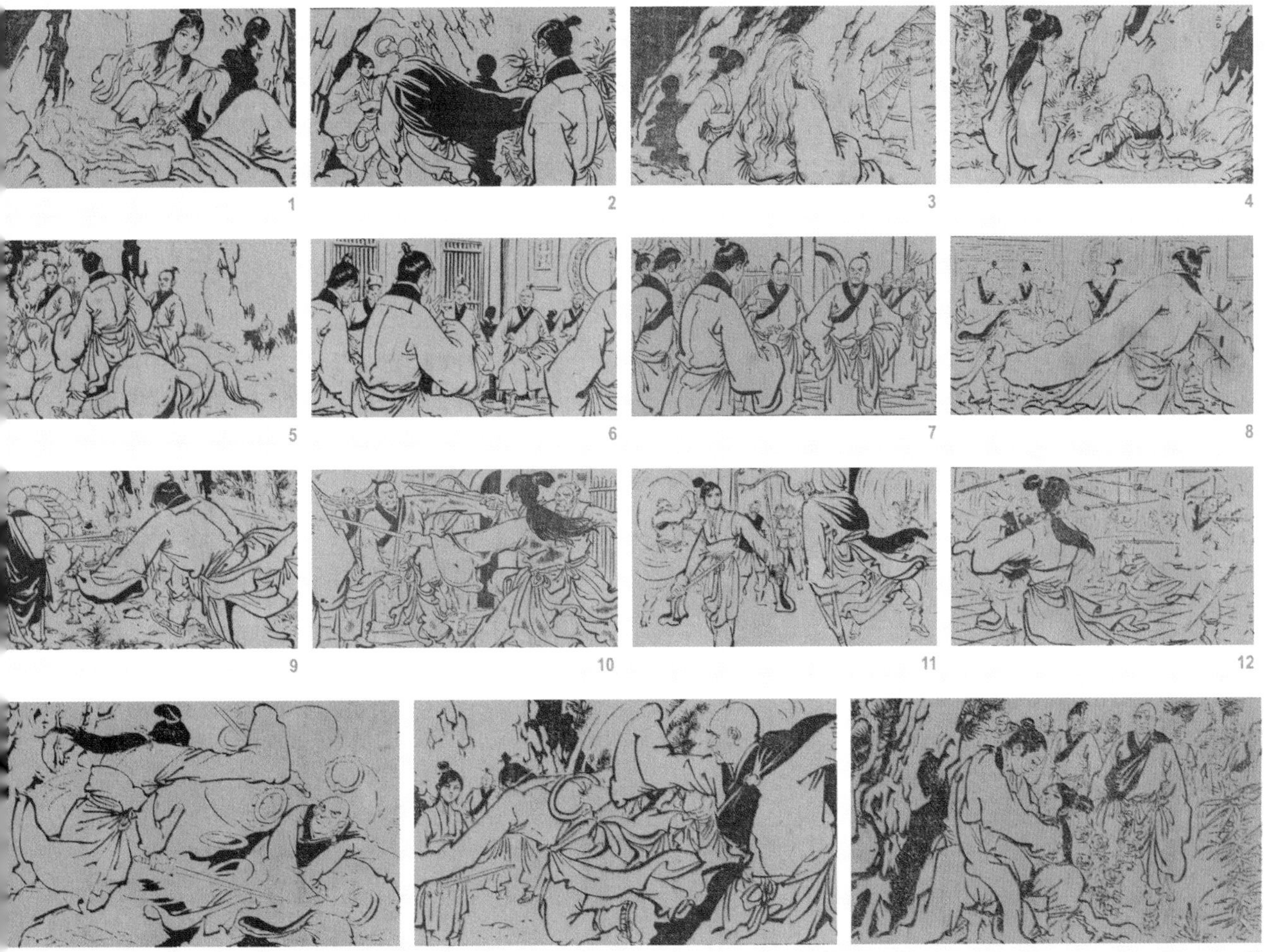

1 周伯通中了彩雪蛛的毒。
2 小龍女苦鬥金輪法王，但不敵。
3 法王在洞口布滿彩雪蛛，周伯通教小龍女左右互搏之術。
4 小龍女意外發現野蜂能剋毒蛛，驅使野蜂刺周伯通，解了周體肉的毒。
5 小龍女一路尾隨尹志平等人上終南山。
6 尹志平接任掌教後，蒙古官員前來宣旨敕封，尹志平與同輩十六位師兄弟到別苑商討對策。
7 受封與不受封，全真教三代弟子分成兩派。
8 尹志平交出掌教之職，趙志敬一當上掌教，即接受敕封。全真弟子內鬥起來。
9 金輪法王要堵住玉虛洞，困死丘處機等人，三代弟子宋德方挺劍刺向法王背後。
10 小龍女要殺尹志平，最後反而持雙劍與全真道士打了起來。
11 小龍女與瀟湘子、尼摩星、尹克西打起來。
12 小龍女以左右互搏之術，雙手分別使出「天羅地網勢」，接劍拋劍，一時間漫天劍影。
13 小龍女雙手使出玉女素心劍，與金輪法王對打。
14 金輪法王使詐偷襲小龍女，尹志平冒死以身抵擋。
15 楊過忽然現身，救了受傷的小龍女。

明晚版《神鵰俠侶》連環畫之「十六年後神鵰俠的珍貴時刻」

1 楊過初遇郭襄。
2 楊過與郭襄到黑龍潭追逐九尾靈狐。
3 楊過以「黯然銷魂掌」與周伯通比試。
4 楊過為郭襄賀壽，巧遇黃藥師。
5 十六年後不見小龍女，楊過跳崖殉情。
6 楊過重遇小龍女。
7 楊過瀕臨戰死之際，發揮出「黯然銷魂掌」威力，擊殺金輪法王。
8 楊過以長矛擲向蒙古大汗蒙哥背心，不中。
9 楊過等人在華山遇到少林寺覺遠和尚與張君寶。

陸

飛狐外傳

《武俠與歷史》是金庸創辦的第二種刊物，內容就如書名一樣，以「武俠」、「歷史」為主題，刊登相關的創作小說與專題文章。《神鵰俠侶》作為《射鵰英雄傳》的續篇，在《明報》草創初期發揮了「穩定基本盤」的功效。到了創辦《武俠與歷史》，金庸依樣畫葫蘆，以自己的小說作招徠，寫續篇故事。《明報》1959年12月16日頭版有一則廣告，清楚指出新小說與新雜誌的銷售對象，就是金庸小說的「擁躉」（廣東話，也就是支持者）。

> 金庸新作《飛狐外傳》將在不日出版之《武俠與歷史》小說雜誌刊載。金庸擁躉密切注意！

不過，金庸這時才創作了五部小說，撇除《射鵰英雄傳》與《神鵰俠侶》，如果要寫續篇，就只剩三部小說可以選擇。《書劍恩仇錄》與《碧血劍》結局一樣，陳家洛與袁承志都失意於中原，各帶著大批人馬遠走他方，金庸沒想讓二人「復出」，最後選了《雪山飛狐》。

《飛狐外傳》首次連載，編輯寫了一小段介紹文字：

> 讀者們想必都看過金庸的「雪山飛狐」一書，那種全新的技巧對金庸本身說來是邁進了一大步。飛狐在那本書中突然而來，書末也未點明他結局如何，這就惹起了無數讀者的關心，函電交馳，要金庸對飛狐其人作一個明白的交代。
>
> 金庸以眾意難違，決心寫作「飛狐外傳」一書，交本刊連載發表，以補前書的不足。飛狐究竟怎樣練成武功，怎樣橫行天下，與苗人鳳的生死決鬥怎樣了結，與苗若蘭的兒女柔情又怎樣展開；這種種情節都在本書有詳盡的交代。（舊版《飛狐外傳》，《武俠與歷史》第一期「胡一刀和苗人鳳」，1960年1月11日，頁50）[27]

編輯這時還沒看過整部《飛狐外傳》故事，之所以能說出「與苗人鳳的生死決鬥怎樣了結，與苗若蘭的兒女柔情又怎樣展開；這種種情節都在本書有詳盡的交代」，應該不是憑空捏造，而是金庸告知（或根本就是金庸寫的）。由此可見，金庸創作《飛狐外傳》的「初心」，確實想過給胡斐一個明確的結局。不過，這種想法撐不了九個月，因為在《新晚報》1960年10月5日「十周年特刊」上，金庸寫了〈「雪山飛狐」有沒有寫完〉這篇文章，正式向讀者宣告，胡斐那一刀到底會不會劈下去，永遠不會有人知道。當然，還有另外一個可能：《武俠與歷史》創刊號這段引言，根本不是金庸的意思，只是編輯一廂情願的想法。真相到底為何？已經無從稽考。

不觸碰《雪山飛狐》結局，卻建構了清初武林

金庸創作《飛狐外傳》，覷準了胡斐尚有二十多年的空檔歲月可以發揮，更把《書劍恩仇錄》的人物帶進故事中。如此一來，《書劍恩仇錄》、《雪山飛狐》、《飛狐外傳》這三部小說就連在一起，金庸又在宋代江湖之外，成功地建構了清初武林。《飛狐外傳》就是在這種背景下「應運而生」，只是後來金庸改變心意，回到更早的「初心」，不想觸碰《雪山飛狐》的結局，以免讓一手苦心經營的開放式結尾破功。

1960年1月11日，《武俠與歷史》創刊，《飛狐外傳》即從第一期開始連載，每期約八千字，沒有章節回目，但每期都有一個大標題與若干段落標題。如創刊號的大標題是「胡一刀與苗人鳳」，曾看過《雪山飛狐》的讀者，自然不會感到陌生。小標題有八個，依次是：「金鏢打穴」、「百勝神拳馬行空」、「絕美的麗人」、「練武廳上打架」、「查拳對太極拳」、「空手入白刃之法」、「請教『弓步劈打』」、「獨臂人和男孩」。小標題的功能旨在顯示接下來幾個段落的內容重點，讓讀者更能掌握故事情節的發展方向。不過，《飛狐外傳》每期的小標題數目都不相同，一般由三個到八個不等。

《飛狐外傳》從《武俠與歷史》第一期開始連載，到1962年4月6日第七十四期結束，前後歷時逾兩年。不過，七十四期實際只連載了六十五次，其中九期停載。[28]

除第二期外，其餘各期插圖註明為雲君繪畫。《飛狐外傳》的插圖形式與之前幾部小說完全不同：報紙上連載的小說，每日欄框的位置、大小基本相同，插圖自然受到版面規範，通常為扁長方形；《飛狐外傳》則不同。《武俠與歷史》為十六開本雜誌，高約25.5公分，寬約17.5公分，版面遠比報紙的欄位大，加上《飛狐外傳》所佔頁面並非不變，由四到十二頁不等，編輯可以更靈活地放置插圖。圖可放大或縮小，時而整版，時而跨頁，這也為雲君繪畫插圖提供了更多變的構圖條件。不但構圖靈活，就連每期的插圖數量也不

27 本書以《武俠與歷史》期數為舊版《飛狐外傳》期數，如「舊版《飛狐外傳》第二十五期」，指「《武俠與歷史》第二十五期的舊版《雪山飛狐》」。首次出現，會列明標題、日期與頁碼，再次出現，則只標示頁碼。

28 《武俠與歷史》第一期到第七十四期之間，停載《飛狐外傳》的期數計有九期，分別是第三十五、三十七、三十九、四十七、五十、五十六、六十四、七十二、七十三期。

— 7 —

— 6 —

爲被逼死的鍾小三出氣伸冤。鳳一華給他踏住一足，揑住一手，已是全身無法動彈。

只見人叢中轉出一個老者，手中拿着一根短煙袋，正是英雄當舖的大掌櫃。他給胡斐逼去了九千兩銀子，那裏便肯罷休？一面命人急報鳳人英，一面悄悄跟到英雄會館來

黃金棍捲地掃來，胡斐凌空飛躍。

瞧着他的動靜，這時見小主人被擒，忙上前陪笑道：「好漢爺，這是咱們鳳老爺的獨生愛子，鳳老爺當他猶如性命一般，好漢爺要銀子使用儘管吩咐，可請快放了咱們少主人。」胡斐道：「誰叫他偷吃了我的鳳凰肉？是鳳老爺的獨生愛子，便能偷吃人家東西麼？」大掌櫃笑道：「好漢爺說笑話了，天下那有什麼鳳凰肉？便算有，咱們小主人也決不會偷吃。」

北帝廟中評理

胡斐喝道：「這鳳凰肉乃大補之物，眞是無價之寶，一吃下肚，立時滿面通紅，肥胖起來。你們大家看，他的臉是否比平時紅了胖了？還說沒偷吃我的鳳凰肉麼？」大掌櫃陪笑道：「這是好漢爺下手打腫的，不與鳳凰肉相干。」胡斐道：「大家來評個理，這小子可偷吃了我的鳳凰肉麼？」

在賭場中胡混之人，一小半是鳳人英的手下，另一半不是地痞流氓，便是破落戶子弟，人人畏懼鳳人英的威勢，聽胡斐如此詢問，七咀八舌的說道：「沒見到你有什麼鳳凰肉。」「鳳大爺決不能偷你東西吃。」「鳳老爺府上的東西還怕少了麼？怎能偷人東西？」「笑話笑話！」「好漢快放了他，別鬧出大事來。」

胡斐道：「好，你們大家說他沒偷吃，我難道賴了他？咱們到北帝廟判個理去。」

衆人一怔，立時想起鍾四嫂在北帝廟中剖開兒腹之事。那大掌櫃暗暗吃驚，心想：「一到北帝廟，那可要鬧得不可收拾。」不住向胡斐打躬作揖，道：「好漢爺說的對，咱們都錯了。少主人吃了好漢爺的鳳凰肉，好漢爺要怎麼賠，便怎麼賠就是。」胡斐冷笑道：「你倒說得容易，這裏人人不服，不到北帝廟評個明白，我今後還有臉見人麼？」說着將鳳一華挾在脅下，大踏步走出賭場，向途人問了道路，逕向北帝廟而來。

那北帝廟果然建構宏偉，好一座神祠，進門院子中一個大水塘，塘中石龜石蛇，昂然盤踞。胡斐拉着鳳一華來到大殿，只見神像石板上血跡殷然，想起鍾四嫂被逼切剖兒腹的慘事，胸間熱血上衝，將鳳一華往地下一推，抬頭向着北帝神像說道：「北帝爺，北帝爺，你神靈明，替小民有冤伸冤，有仇報仇。這賊廝鳥偷吃了我的鳳凰肉，但旁人都說他沒吃……」他話未說完，猛覺背後風聲颯然，左右有人雙雙來襲。他頭一低，身子一縮，那二人已然撲空，胡斐雙手分別在二人背上一推，砰的一响，二人頭碰頭猛地一撞，登時暈去。只聽得一人高聲怒吼，又撲了上來。

胡斐聽他腳步沉重，來勢威猛，心想：「佛山鎭上居然還有這等好手。」身子微斜，乘勢一帶，只見刀光閃動，一個肥水牯似的粗壯大漢從身旁掠過，一刀逕向鳳一華頭頂砍落。總算他武功不弱，忙在危急之際手臂一斜，一刀砍在地下石板之上，火花四濺。胡斐叫道：「妙極！」左足伸出，踏在他臂後手肘之處。那大漢狂吼一聲，放手撒刀。胡斐右足一挑，那單刀飛了起來，順手接過，笑道：「我正愁沒刀剖他肚子，你巴巴的趕來送刀，當眞是有勞了。」

鳳人英到了

那大漢怒極，使力一掙。胡斐左臂微微一麻，竟被他翻身躍起，

原來這大漢膂力過人。他右足一撑，雙手十指如鈎，在空中逕向胡斐撲到。胡斐一轉身，已繞到他的身後，左手搭在他肥臀之上，借力一送，喝道：「上天吧！」這一送有八成倒是借了那大漢自己縱躍之勢，那大漢身不由主的向上疾飛，旁觀衆人大叫聲中，眼見要穿破廟頂而出。他急忙伸出雙手，抱住了大殿正中的橫樑，總算沒撞破腦門，但就這麼掛在半空，向下一望，離地七八丈，他沒練過輕功，身子又重，外家硬功雖然了得，却不敢躍下。這大漢在五虎門中位居第三，乃是鳳人英的得力助手，佛山鎭上人人懼怕，這時掛在樑上，上不得，下不來，極是狼狽。

胡斐拉住鳳一華的衣襟，向下一扯，嗤的一响，露出肚腹肌膚，橫過刀鋒，向擠在殿上的衆人叫道：「他是否吃了鳳凰肉，大家睜大眼睛瞧個明白，別說我冤枉了好人。」旁邊四五個鄉紳模樣的人一齊來勸，齊道：「好漢爺高抬貴手，若是剖了肚子，人死不能復生，那可不得了。」胡斐心想：「這些人鬼鬼祟祟，定與鳳人英一鼻孔出氣。」回頭怒喝：「那鍾四嫂剖孩子肚子，你們何以便不勸？有錢子弟的性命值錢，窮人的孩子便不是性命？你們快回家去，每人把自己的兒子送一個來，若不送到，我自行上門找尋。」這幾句話只把那幾個鄉紳嚇得魂不附體，縮身在人叢之中，再也不敢開口。

正亂間，廟門外一陣喧嘩，搶進一羣人來，當先一人身材高大，穿一件古銅子緞袍，雙手一分，大殿上已有七八人向兩旁跌出數尺。胡斐見了他這等氣派威勢，又是如此橫法，心道：「啊哈，正點子終於到了。」眼光向他從頭上瞧到腳下，又從腳下看到頭上。只見他上唇留着兩撇花白小鬍，約摸五十來歲年紀，右腕上戴一隻漢玉鐲，左手拿着一個翡翠鼻烟壺，宛然是個養尊處優的大鄉紳模樣，實不似個坐地分贓的武林惡霸。

這人正是五虎門掌門人南霸天鳳人英，他陪着京裏來的兩位侍衞在府內飲宴，聽得下人一連串的來報，有人混鬧酒樓、當舖、賭場，他不願在御前侍衞跟前失了氣派，一直置之不理，心想這些小事，手下人定能打發，直聽到兒子遭擒，被拿到北帝廟中要開膛剖腹，這才怱怱趕來。他遠遠道是極厲害的對頭到來尋仇，那知一看胡斐，竟是個素不相識的鄉下少年。當下更不打話，俯身便要扶起兒子。

上　舊版《飛狐外傳》第十五期「南霸天的黃金棍」，1960年6月1日，頁6-7。

下　舊版《飛狐外傳》第十九期「袁紫衣震斷八仙劍」，1960年7月11日，頁8-9。

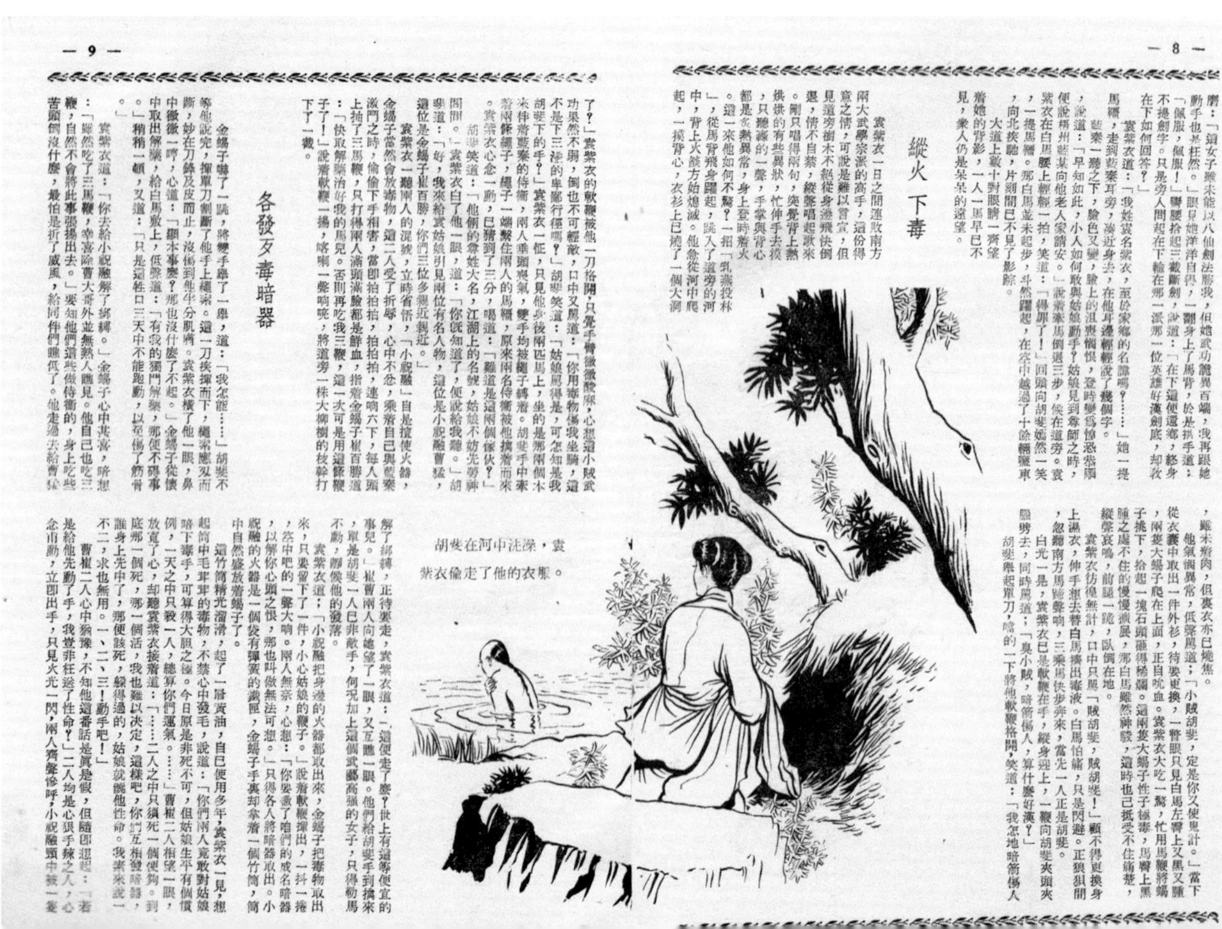

— 9 —

— 8 —

磨：「這女子雖未能以八仙劍法勝我，但她武功詭異百端，我再跟她動手也是枉然。」眼見她洋洋自得，一翻身上了馬背，於是拱手道：「佩服，佩服！」彎腰拾起三截斷劍，說道：「在下這便還鄉，終身不提劍字。只是旁人問起在下輸在那一派那一位英雄好漢劍底，却敎在下如何回答？」

袁紫衣道：「我姓袁名紫衣，至於家鄉的名諱嗎？……」她一提馬韁，走到藍秦耳旁，湊近身去，在他耳邊輕輕說了幾個字。

藍秦一聽之下，臉色又變，臉上的沮喪惆悵，登時變爲惶恐恭順，說道：「早知如此，小人如何敢與姑娘動手？姑娘見到尊師之時，便說梧州藍某向他老人家請安。」說着牽馬倒退三步，候在道旁。袁紫衣在白馬腰上輕輕一拍，笑道：「得罪了！」回頭向胡斐嫣然一笑，一提馬韁，斗然躍起，在空中越過了十餘輛騾車，向北疾馳，片刻間已不見了影踪。

大道上數十對眼睛一齊望着她的背影，一人一馬早已不見，衆人仍是呆呆的遠望。

縱火下毒

袁紫衣一日之間連敗南方兩大武學宗派的高手，這份得意之情，可說是難以言宣，但見道旁樹木不絕從身邊飛快倒退，情不自禁，縱聲唱起歌來。剛只唱得兩句，突覺背上熱烘烘的有些異狀，忙伸手去摸，只聽嗤的一聲，手掌與背心都是炙熱異常，身上登時着火。這一來他如何不驚？一招「乳燕投林」，從馬背飛身躍起，跳入了道旁的河中，背上火燄方始熄滅。他急從河中爬起，一摸背心，衣衫上已燒了一個大洞，雖未着肉，但裏衣亦已燒焦。

他氣惱異常，低聲罵道：「小賊胡斐，定是你又使鬼計。」當下從衣囊中取出一件外衫，待要更換，一瞥眼只見白馬左臀上又黑又腫，兩隻大蝎子爬在上面，正自吮血。袁紫衣大吃一驚，忙用馬鞭將蝎子挑下，拾起一塊石頭砸得稀爛。這兩隻大蝎子性子極毒，馬臀上黑腫之處不住的慢慢擴展，那白馬雖然神駿，這時也已抵受不住痛楚，縱聲哀鳴，前腿一跪，臥倒在地。

袁紫衣彷徨無計，口中只罵「賊胡斐，賊胡斐！」顧不得更換身上濕衣，伸手想去替白馬擠出毒液。白馬怕痛，只是閃避。正狼狽間，忽聽南方馬蹄聲响，三乘馬快步奔來，當先一人正是胡斐。白光一晃，袁紫衣已是軟鞭在手，縱身迎上，一鞭向胡斐夾頭夾臉劈去，同時罵道：「臭小賊，暗箭傷人，算什麼好漢？」

胡斐舉起單刀，噹的一下將他軟鞭格開，笑道：「我怎地暗箭傷人了？」袁紫衣的軟鞭被他一刀格開，只覺手臂微微酸麻，心想這小賊武功果然不弱，倒也不可輕敵，口中又罵道：「你用毒物傷我坐騎，這不是下三濫的卑鄙行徑嗎？」胡斐笑道：「姑娘罵得是，可怎知是我胡斐下的手？」袁紫衣一怔，只見他身後兩匹馬上，坐的是那兩個本來伴着藍秦的侍衞，兩人垂頭喪氣，雙手均被繩子縛着。胡斐手中牽着兩條繩子，繩子一端繫住兩人的馬韁，原來兩名侍衞被他擒着而來。袁紫衣心念一動，已猜到了三分，喝道：「難道是這兩個傢伙？」

胡斐笑道：「他倆的尊姓大名，江湖上的名號，姑娘不妨先勞神問問。」袁紫衣白了他一眼，道：「你既知道了，便說給我聽。」胡斐道：「好，我來給袁姑娘引見兩位有名人物，這位是小祝融曹猛，這位是金蝎子崔百勝，你們三位多親近親近。」

袁紫衣一聽兩人的混號，立時省悟，「小祝融」自是擅使火器，金蝎子當然會放毒物，這二人受了折辱，心中不忿，乘着自己與藍秦激鬥之時，偷偷下手相害，當即拍拍拍，拍拍拍，連响六下，每人頭上抽了三馬鞭，只打得兩人滿頭滿臉都是鮮血，指着金蝎子崔百勝道：「快取解藥治好我的馬兒。否則再吃我三鞭，這一次可是用這條鞭子了！」說着軟鞭一揚，咯喇一聲响喨，將道旁一株大柳樹的枝幹打下了一截。

各發歹毒暗器

金蝎子嚇了一跳，將雙手舉了一舉，道：「我怎能……」胡斐不等他說完，揮單刀割斷了他手上繩索。這一刀疾揮而下，繩索應刃而斷，妙在刀鋒及皮而止，沒傷到他半分肌膚。袁紫衣橫了他一眼，鼻中微微一哼，心道：「顯本事麼？那也沒什麼了不起。」金蝎子從懷中取出解藥，給白馬敷上，低聲道：「有我的獨門解藥，那便不礙事。」稍稍一頓，又道：「只是這牲口三天中不能跑動，以免傷了筋骨。」

袁紫衣道：「你去給小祝融解了綁縛。」金蝎子心中甚喜，暗想：「雖然吃了三馬鞭，幸喜除曹大哥外並無熟人瞧見。」要知他們這些做侍衞的，身上吃些鞭，自然不會將此事張揚出去，最怕是折了威風，給同伴們瞧低了。他走過去給曹猛解了綁縛，正待要走，袁紫衣道：「這便走了麼？世上有這等便宜的事兒。」崔曹兩人向她望了一眼，又互瞧一眼。他們給胡斐手到擒來，單是胡斐一人已非敵手，何況加上這個武藝高强的女子，只得勒馬不動，靜候他的發落。

袁紫衣道：「小祝融把身邊的火器都取出來，金蝎子把毒物取出來，只要留下了一件，小心姑娘的鞭子。」說着軟鞭揮出，一抖一捲，在空中吧的一聲大响。兩人無奈，心想：「你要毀了咱們的成名暗器，以解你心頭之恨，那也叫做無法可想。」只得各人將暗器取出。小祝融的火器是一個裝有彈簧的鐵匣，金蝎子手裏却拿着一個竹筒，筒中自然盛放着蝎子了。

這竹筒精光溜滑，起了一層黃油，自己使用多年，袁紫衣一見，想起筒中毛茸茸的毒物，不禁心中發毛，說道：「你們兩人竟敢對姑娘暗下毒手，可算得大膽之極。今日原是非死不可，但姑娘生平有個慣例，一天之中只殺一人，總算你們運氣。……」曹崔二人相望一眼，放寬了心，却聽袁紫衣接着道：「……二人之中只須死一個便夠。到底那一個死，那一個活，我也難以決定，這樣吧，你們互相發暗器，誰身上先中了，那便該死，躲得過的，姑娘就饒他性命。我素來說一不二，求也無用。一、二、三！動手吧！」

曹崔二人心中猶豫，不知她這番話是眞是假，但隨即想起：「若是給他先動了手，我豈非枉送了性命？」二人均是心狠手辣之人，心念甫動，立即出手，只見火光一閃，兩人齊聲慘呼，小祝融頸中被一隻

胡斐在河中洗澡，袁紫衣偷走了他的衣服。

— 5 —

苦惱拳對柳葉掌

袁紫衣實不知這天罡梅花樁是如何練法，但仗着輕功造詣極高，心下並不畏懼，左足一點，也躍上了一隻酒碗的碗底。她還自站在上首，雙手微起，却不發招，要瞧對方如何出手，這才依樣葫蘆，見了他擲酒碗這番巧勁，知他與孫伏虎等不可同日而語，已無分輕敵之意。

劉鶴眞右足踏上一步，右拳臂前一拳向袁紫衣打到，正是六合拳的「三環套月」。當他拳離面門尺許，但見他自食指以至小指，四指攏得參差不齊，生出三片稜角。這三角拳法專用以擊打人身穴道，袁紫衣見他出此拳法，已知他是打穴好手，當下左足斜退一步，還了一招六合拳中的「栽錘」，右手握的也是三角拳。劉鶴眞見她身法、拳法無一不是本門的正宗功夫，心中暗自驚異，踏上左步，擊出一招「三環套月」，這一拳以手背擊人，在六合拳中稱爲苦惱拳，因練習之際苦惱異常，故有此名。

這苦惱拳練至具有極大威力，非十年以上之功力不辦，那少女避難我易，還了一招「摔掌穿掌」，左手出的是柳叶掌，那也是六合拳中的正宗功夫。兩人在三十六隻酒碗底之上盤旋來去，使的都是二十

劉鶴眞與袁紫衣在天罡梅花樁上比拳。

— 8 —

右腕，一抖一扭，鍾兆英的鐵牌竟險些兒給他奪去。

兆文，兆能齊吃一驚，分別自左右攻到。胡斐一聲長笑，向後躍開兩丈，順勢在道旁一株松樹上折了一根樹枝，說道：「若是有種，便試試我的刀法。」

鍾兆英適一下雖沒被他奪去鐵牌，但手腕給抓得隱隱生疼，心中更是加了三分疑懼，暗想：「這少年實非尋常之輩，我若孤身去追劉鶴眞，留下二弟三弟在此，實是放心不下，須得合兄弟三人之力，先料理了他。縱有耽擱，也說不得了。」鍾兆文見他手中拿了一根四尺來長的松枝，不知搗什麼鬼，眼望大哥，聽他的主意。

鍾兆英沉住了氣，說道：「閣下要比刀法，可惜咱們也沒携得單刀，否則倒可奉借。」胡斐道：「咱們素不相識，自無深仇大怨，比武只求點到爲止，是也不是？」鍾兆英道：「不錯！」胡斐用左手折去松枝上的椏叉細條，只賸下光秃秃的一根枝條，說道：「這松枝便算是一柄刀，三位請一齊上來，咱們話說在先頭，這松枝砍在何處，便算是鋼刀砍中。鍾氏三兄弟說話算不算數？」鍾兆英見他如此托大，心中更是有氣，大聲道：「鍾氏三雄信義之名爭遍江湖，那時你這位小兄弟還沒出世呢。」

苗人鳳大怒，把信撕碎，突然一陣黃烟從信紙裏冒出，把苗人鳳雙眼迷瞎。

左　舊版《飛狐外傳》第十八期「天罡梅花樁」，1960年7月1日，頁5。
右　舊版《飛狐外傳》第二十三期「江湖風波惡」，1960年8月21日，頁8。

相同，最少一張，最多五張。整個《飛狐外傳》故事，共畫了一百九十九張插圖。

《飛狐外傳》是金庸第四部修訂的小說，1971年12月3日開始在《明報晚報》上連載，到1972年5月23日為止，共一百七十三續。小說分為十九回，每回有回目，每天有小標題。由雲君繪圖，共計一百七十二張圖（最後一天沒有插圖）。回目臚列如下：

第一章　大雨商家堡	第十一章　古怪的盜黨
第二章　寶刀與柔情	第十二章　北京眾武官
第三章　英雄年少	第十三章　紫羅衫動紅燭移
第四章　鐵廳烈火	第十四章　華拳四十八
第五章　北帝廟的悲劇	第十五章　龍潭虎穴
第六章　紫衣女郎	第十六章　天下掌門人大會
第七章　風雨深宵古廟	第十七章　寶刀銀針
第八章　江湖風波惡	第十八章　相見歡
第九章　毒手藥王	第十九章　恨無常
第十章　恩仇之際	

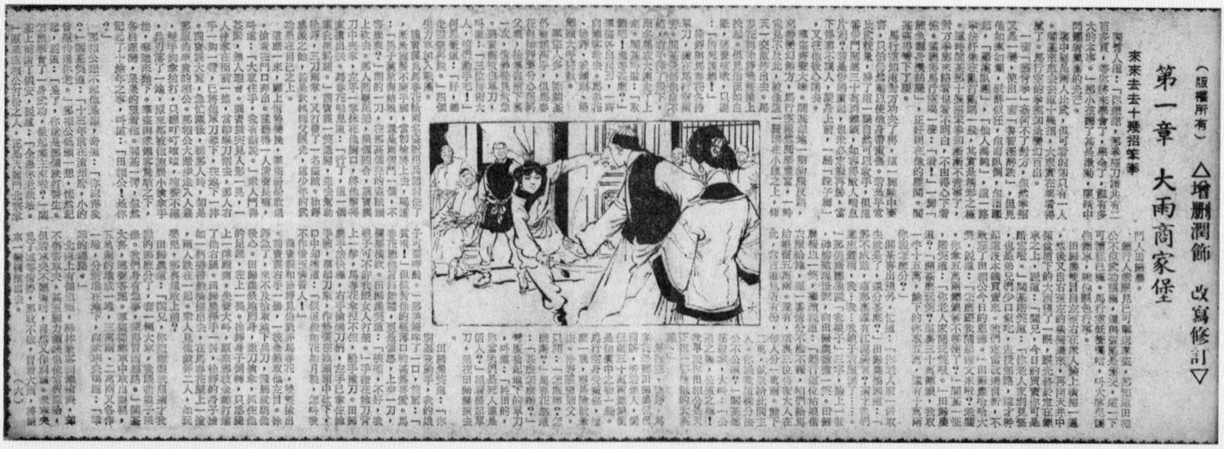
（版權所有）△增刪潤飾　改寫修訂▽

第一章　大雨商家堡

來來去去十幾招笨拳

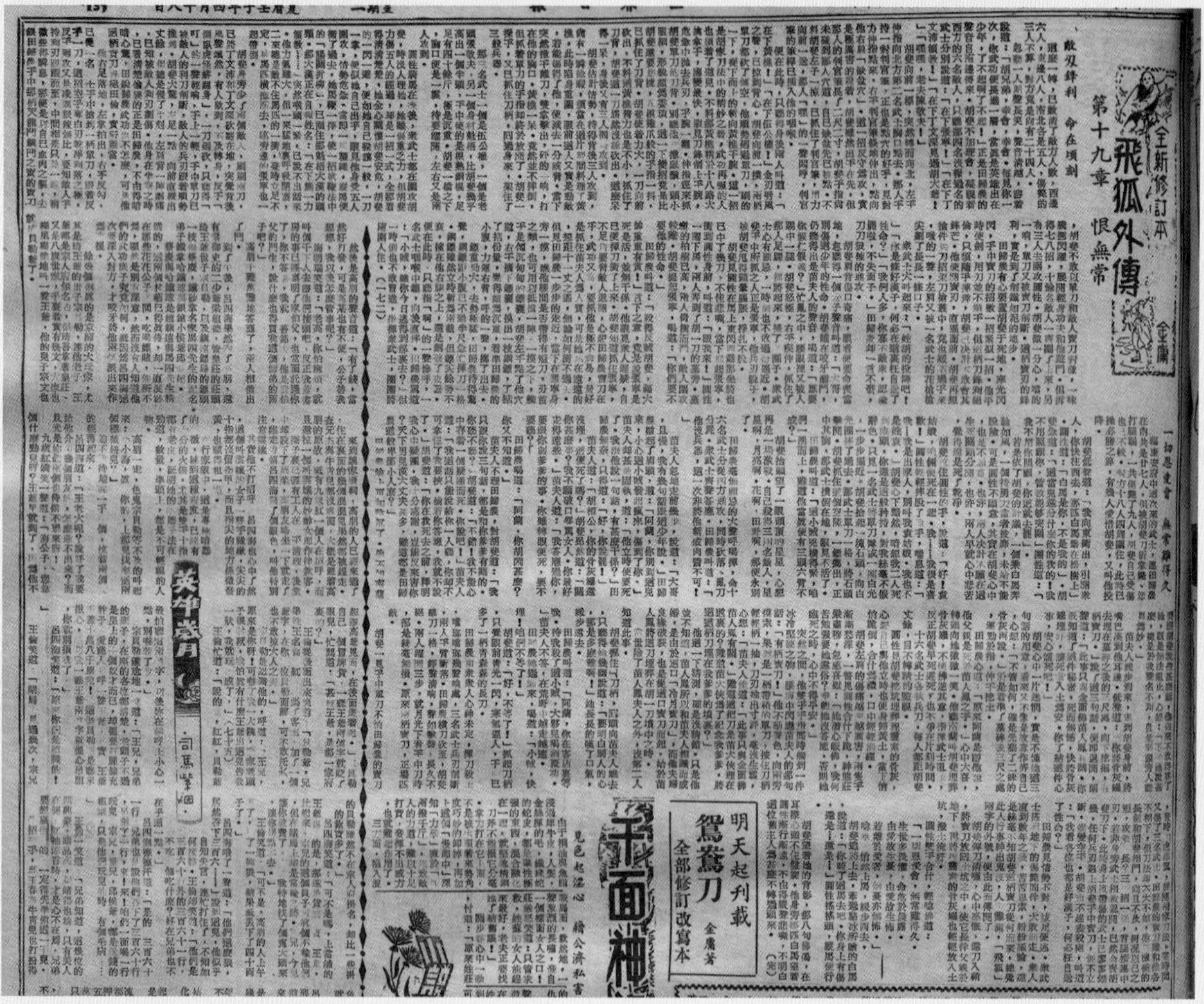
全新修訂本

飛狐外傳

金庸

第十九章　恨無常

一切恩愛會　無常難得久

明天起刊載

鴛鴦刀

金庸著

全部修訂改寫本

千面神

英雄歲月

司馬紫煙

上　明晚版《飛狐外傳》第六續，1971年12月8日。

下　泰國《世界日報》1972年5月30日連載明晚版《飛狐外傳》最終回，分量相當於明晚版《飛狐外傳》第一七二、一七三續合刊。《世界日報》連載《飛狐外傳》，時間只比《明報晚報》晚一個星期。

1975年出版的《金庸作品集・飛狐外傳》共有二十回，基本上沿用明晚版架構，只是把第二回的「寶刀與柔情」改為「寶刀和柔情」，第五回的「北帝廟的悲劇」改為「血印石」，又在第九回「毒手藥王」之後加入一回「七心海棠」。

《飛狐外傳》蛻變舉隅

明晚版《飛狐外傳》首日連載前的「小序」，前七段與《雪山飛狐》有關，最後兩段才提到《飛狐外傳》的修訂工作，包括：（1）當年在《武俠與歷史》連載時，每次八千字，自成段落，改寫時盡量抹去分割痕跡；（2）改寫的另一個重點是修改小說語言，刪除舊版中帶有現代氣息的字眼和觀念，以及改寫帶有外國語文法的句子。「小序」的後半部分，後來經金庸稍稍修改文字，放在作品集版的「後記」中。

刪去自成段落痕跡

金庸在「小序」中說「每八千字自成一個段落，這次修訂，設法消除了這些自成段落的分割痕跡」，其實是指每期連載接近結尾處的寫法，不在於交代劇情，而在於設下吸引讀者繼續追看的「鉤子」。如：

> 有一次他偶然把話題帶到這件事上，商老太微微一笑，顧而言他。馬行空何等精明，知道主人不肯吐露，從此絕口不提。
> **從外表看來，商家堡賓主師徒，相處得融洽無間，那知道暗底裏兒女情牽，卻惹起一場極大的風波。**
> **這件事的起因很細微，只因為陰差陽錯，讓胡斐撞見了一件尷尬之事，終於動武，終於胡斐忍不住而抖出了自身的武功。**（舊版《飛狐外傳》第五期「豪傑雖逝寶刀在」，1960年2月21日，頁18）

> 有一次他偶然把話題帶到這件事上，商老太微微一笑，顧而言他。馬行空何等精明，知道主人不肯吐露，從此絕口不提。
> **商家堡賓主師徒，相處得融洽無間，那知道暗底裏兒女情牽，卻惹起一場極大的風波。**（明晚版《飛狐外傳》第一六續，1971年12月18日）

明晚版《飛狐外傳》第一六續，1971年12月18日。

有一次他偶然把話題帶到這件事上，商老太微微一笑，顧而言他。馬行空知道主人不肯吐露，從此絕口不提。（花皮版《飛狐外傳》，頁73）

畫著圈號的文字就是金庸在連載末段布下的鉤子，改寫時，金庸分兩次刪去。

又如：

……陳禹見趙半山後心門戶大開，全無防備，……運勁右臂，奮全身之力，一招「進步搬攔捶」往趙半山背心擊去。**這一拳乃是他情急拚命，去勢非同小可，眼見趙半山閃避不及，這一拳擊中了，登時便得嘔血重傷**。（舊版《飛狐外傳》第十期「亂環訣與陰陽訣」，1960年4月11日，頁11）

……陳禹見趙半山後心門戶大開，全無防備，……運勁右臂，奮起全身之力，一招「進步搬攔捶」，往趙半山背心擊去。（花皮版《飛狐外傳》，頁137）

舊版這段鉤子營造出趙半山的危急情況，文末預告也以「欲知趙半山性命如何，這位紅花會大俠是否喪生商家堡中」吸引讀者，在連載時確實能產生效用。到了明晚版，這段文字放在一天連載開頭處，接下來的段落已經告訴讀者是否打中，實際上早就失去「鉤子」的功能，只是金庸並沒有刪掉。一直到作品集版，金庸才清理掉殘留的鉤子。

舊版《飛狐外傳》連載了六十五次，等於金庸有六十四次設置鉤子的「機會」，但事實並非每次都有鉤子。結尾處如果是對話，又或者剛好有新人物出現或發生新事件，本身已經是天然「鉤子」，自能吸引讀者追看，金庸就沒有「下鉤」的必要。如：

> 袁紫衣道：「我叫你不用上北京去啦，由我代你去便是。」藍秦更是摸不著頭腦，道：「此話怎講？」袁紫衣道：「哼，蠢才，這還不明白？我叫你把八仙劍的掌門之位讓了給我！」（舊版《飛狐外傳》第十八期，頁11）

> 說話之間，曲曲折折又轉了幾個彎，只見離大路數十丈處有一個大花圃，一個穿嫩綠衫子的村姑，彎著腰在花圃中料理花卉。（舊版《飛狐外傳》第二十五期「毒手藥王」，1960年9月11日，頁8）

第十八期末尾處，袁紫衣叫藍秦讓出八仙劍掌門之位。第二十五期結尾，胡斐忽然看到村姑（程靈素）出現。這兩段情節本身就足以讓讀者好奇：到底藍秦有沒有答應？那村姑又是誰？金庸就不用再放鉤子了。

此外，舊版連載時，「自成段落」還表達在「前文述要」與「文末預告」上。

金庸之前創作《書劍恩仇錄》時，曾嘗試用「前文提要」方式，在新一回開首處，用一小段文字介紹前回內容。不過，此舉實非必要，因《書劍恩仇錄》每天連載，讀者如果每日追看，不見得會忘記前一天的內容，加上章節與章節之間沒有明顯須要提醒讀者的地方。因此，金庸只在第三回到第十五回嘗試使用過，之後在報紙上連載的小說，都不曾設置「前文提要」。

真正需要「前文提要」的，是在雜誌上連載的小說，如《飛狐外傳》、《鴛鴦刀》與《素心劍》（但《鴛鴦刀》不設「前文提要」）。《武俠與歷史》初期為十日刊，後來改為週刊，與《東南亞周刊》一樣，每隔七天出版一期，讀者再次讀到新一回小說時，或許已經忘記十天（或一週）前的劇情，「前文提要」能讓讀者更快速地進入情節世界中。金庸說：

> 《飛狐外傳》則是每八千字成一個段落，所以寫作的方式略有不同。我每十天寫一段，一個通宵寫完，一般是半夜十二點鐘開始，到第二天早晨七八點鐘工作結束。（花皮版《飛狐外傳．後記》，頁791）

看來，「前文提要」不只是提醒讀者，還能夠讓金庸重溫上週寫過的內容，這正好解釋了為什麼同樣是在雜誌上首發的小說，《武俠與歷史》第三十七期到第四十期連載的《鴛鴦刀》並沒有「前文提要」，因為金庸是寫完一整個《鴛鴦刀》故事後，才放在雜誌上連載的。

《飛狐外傳》連載了六十五次，共有六十四段「前文提要」（初時叫「前文述要」），每段提要約在百字之內。與《書劍恩仇錄》相比，《飛狐外傳》的提要寫得更精簡扼要，也能突出前次重點：

> 【前文述要】太極門高手趙半山乘陳禹向其討教之機，以「亂環訣」與「陰陽訣」兩大拳經要訣傳於胡斐，並指點武學精要與為人之道，突然陳禹暗施偷襲，以「進步搬攔錘」向趙半山背心擊去。（舊版《飛狐外傳》第十一期「火燒商家堡」，1960年4月21日，頁4）

> 【前文提要】胡斐和程靈素治愈苗人鳳後，兩人連袂同行，在一鎮上遇到一個商人。胡程與其素不相識，卻受其殷勤接待，在酒樓用過豐盛酒饌後，該商人引導二人至一大莊院。（舊版《飛狐外傳》第三十一期「金蘭兄妹」，60 11 11，頁4）[29]

> 【前文提要】福康安府中召開天下各家各派掌門人大會，羣豪爭奪二十四隻御杯，以定各門派武功高低。一少年書生出手劫奪玉龍杯，為甘霖惠七省湯沛所擒，混亂中忽有紅花會英雄趙半山及石雙英到來赴援。（舊版《飛狐外傳》第五十七期「天龍門鎮門之寶」，1961年10月27日，頁4）

> 【前文提要】胡斐為救護程靈素，在神農古廟中身中碧蠶毒蠱、鶴頂紅、孔雀膽三大劇毒，程靈素轉而相救，吮吸劇毒，因而逝世。但在臨死之時佈下機關，以七心海棠製成之蠟燭，毒斃慕容景岳和薛鵲，毒盲石萬嗔雙目。胡斐雖得活命，卻已悲痛萬分。（舊版《飛狐外傳》第七十一期「風露中宵　女兒心事」，1962年3月16日，頁4）

每段提要都用上「六何法」，也就是從「何時、何地、何人、何事、因何、如何」六個方面，清楚交代前次劇情，作為本回故事的背景。

至於「文末預告」，金庸有時寫得簡單，只說「欲知後事如何，請閱下期分解」，但有些也寫得頗能引起讀者追看的興趣，以「問題」向讀者預告下回內容：

欲知鍾小二母子性命如何，胡斐如何大鬧佛山，請閱下期分解。（舊版《飛狐外傳》第十三期「北帝廟中的悲劇」，1960年5月11日，頁11）

欲知那慕容師兄，姜師弟，薛師妹三人之間有何糾葛，到底誰是毒手藥王，程靈素和三人有何關連，請閱下期分解。（舊版《飛狐外傳》第二十六期「惡狼和奇花」，1960年9月21日，頁15）

欲知胡斐是否出手干預，是否與程靈素衝突而另生變故，鐵屋中人性命如何，請閱下期分解。（舊版《飛狐外傳》第二十七期「藥王的四個弟子」，1960年10月1日，頁11）

欲知倪氏昆仲出身的秘密到底如何？[30]桑飛虹是否能擋住他二人的十指金爪，胡斐是否出手干預，請閱下期分解。（舊版《飛狐外傳》第五十二期「倪不大和倪不小」，1961年9月22日，頁10）

像這些前文述要、文末預告，金庸改寫時全部删去。

修訂小說語言

金庸說修訂時删除「含有現代氣息的字眼和觀念」，以及改寫「太新文藝腔的、類似外國語文法的句子」，舊版中類似的字句並不多，金庸改寫的地方其實也不算太多。如：

商家堡少主人商寶震聽到馬蹄聲响，早已暗藏金鏢，腰携利刃，來到廳前。只見那盜魁手戴碧玉戒指，袍上閃耀著幾個黄金扣子，左手拿著一個翡翠鼻煙壺，不帶兵器，神情打扮，就如一個暴發富商。（舊版《飛狐外傳》第二期「苗人鳳風雨追踪」，1960年1月21日，頁4-5）

29 大概從1960年11月到1961年年中，《武俠與歷史》出刊時間非常不穩定，經常脫期。這段時間出版的雜誌，版權頁所示日期並非真正的出版日期，而是原應計畫出版的日期。所以，雜誌社就以另一種方式顯示：只寫年月日的阿拉伯數字，不標明年月日。第三十三期到第四十五期，就是用「XX XX XX」方法顯示日期。這十三期雜誌的真實出版日期已經難以稽考。本篇引用到這十三期時，會用雜誌上所示方法，不標示年月日，以誌識別。有關《武俠與歷史》的脫期始末與日期標示方式，下一章「鴛鴦刀」會有更詳細的討論。

30「欲知倪氏昆仲出身的秘密到底如何」一句，原文作「欲倪知氏昆仲出身的秘密到底如何」，「知」、「倪」二字明顯錯置，故予更正。

商家堡少主人商寶震聽到馬蹄聲响，**當即**暗藏金鏢，腰**懸**利**刀**，來到廳前。祗見那盜魁手戴碧玉戒指，**長**袍上閃耀著**幾粒**黃金扣子，左手拿著一個翡翠鼻烟壺，不帶兵器，神情打扮，就如**是**個暴發**戶**富商。（明晚版《飛狐外傳》第四續，1971年12月6日）

第五天的晚上，南小姐端了一碗藥給苗人鳳喝，……他不動聲色，接過藥碗來安安靜靜的喝了下去。他知道窗外有人窺探，但震於自己的威名，卻不敢貿然動手。他暗自盤算：「這多半是那奪刀五人的後援，再過五六日，那就不足為懼，苦於這幾日兩腿難以移動，若有勁敵到來，那可不易對付。」（舊版《飛狐外傳》第四期「寶刀與柔情」，1960年2月11日，頁7）

第五天晚上，南小姐端了一碗藥給苗人鳳喝，……他不動聲色，接過藥碗來**慢慢喝了下去**。**他知窗外有人窺探**，但震於自己的威名，**不敢貿然動手**。**暗自盤算**：「**這多半是奪刀五人的後援**，再過五六日，那就不足為懼，苦於這幾日兩腿**兀自酸軟無力**，若有**強**敵到來，**倒是**不易對付。」（明晚版《飛狐外傳》第一〇續，1971年12月12日）

現代白話文受英語影響，多用「了、著、過」等字表示動作動態，常用「的」字來連接修飾語（如「第五天」）與被修飾語（如「晚上」），也喜用代詞（他、他們）等，這原是白話文的特色，隨處可見。金庸創作時也不例外，信手拈來，都會用上白話文表達方式。到了改寫時，金庸力求語言表達扼要精練，在不影響理解原文的前提下，經常會刪去「的、得、地、了、著、過」等詞，讓句子更簡潔。

改變與《書劍恩仇錄》、《雪山飛狐》的連繫方式

金庸以《飛狐外傳》將《書劍恩仇錄》與《雪山飛狐》串連起來，在宋代江湖以外，再建構清代江湖。不過，金庸用以串連兩個江湖的方法並不完全相同。宋代江湖主要以「武功」和幫派傳承來串連，靠的是降龍十八掌、一陽指、《九陰真經》、丐幫等等。清代江湖則是以人物和事件來串連。金庸創作《飛狐外傳》時，刻意提醒讀者其他部小說的情節：

……眼前此人竟是紅花會的大頭領千手如來趙半山，一齊驚動。七年前紅花會英雄會合少林寺僧眾火燒雍和宮，大鬧紫禁城，乃是轟動武林的大事，天下皆知（詳請參閱

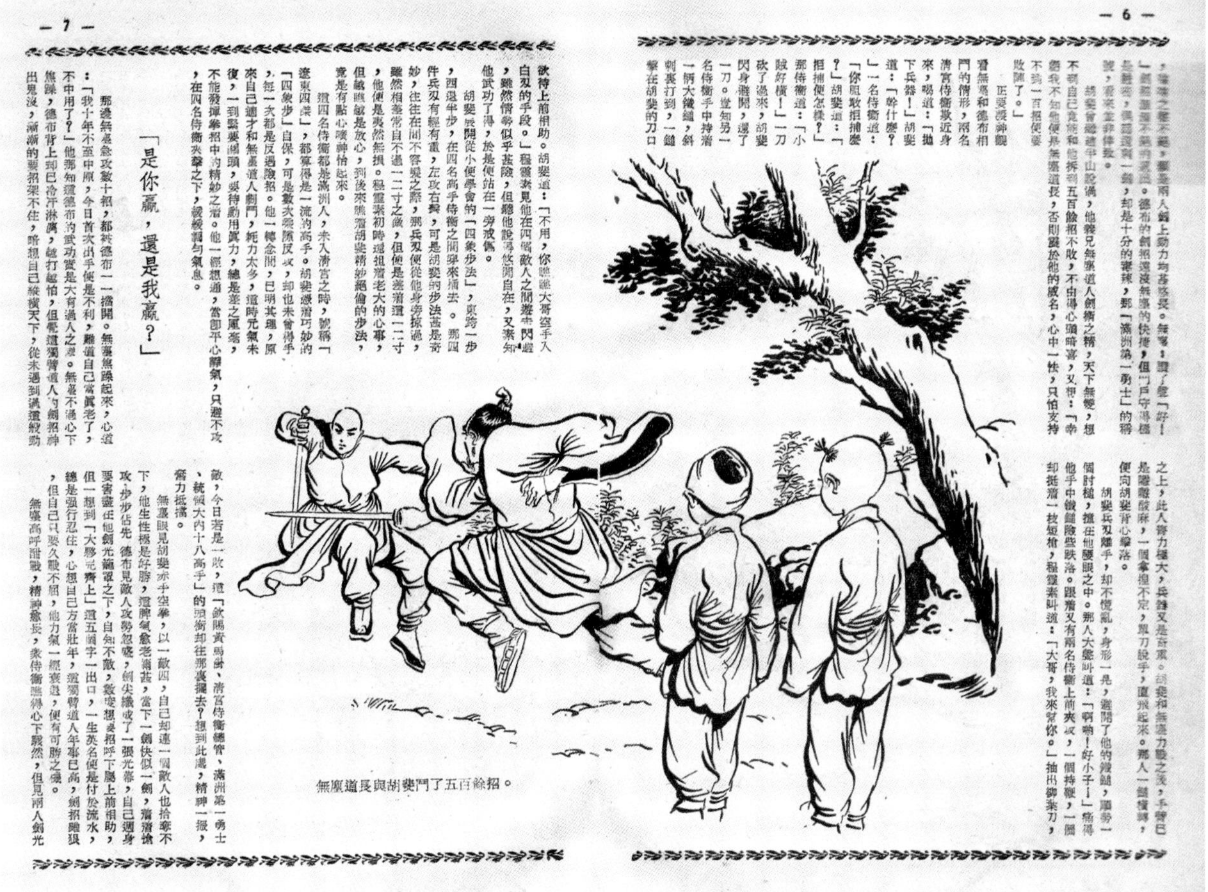

— 6 —

，[illegible]，[illegible]兩人掌上勁力均甚悠長。無[illegible]讚了聲「好！」[illegible]。德布的劍招還沒無塵的快捷，但門戶守得極[illegible]，[illegible]一劍，卻是十分的辛辣，那「滿洲第一勇士」的稱號，[illegible]倖致。

胡斐曾聽趙半山說過，他義兄無塵道人劍術之精，天下無雙，想不到自己竟能和他拆到五百餘招不敗，不由得心頭暗喜，又想：「幸虧我不知他便是無塵道長，否則懾於他的威名，心中一怯，只怕支持不到一百招便要敗陣了。」

正要凝神觀看無塵和德布相鬥的情形，兩名清宮侍衛欺近身來，喝道：「拋下兵器！」胡斐道：「幹什麼？」一名侍衛道：「你膽敢拒捕麼？」胡斐道：「拒捕便怎樣？」那侍衛道：「小賊好橫！」一刀砍了過來，胡斐閃身避開，還了一刀。豈知另一名侍衛手中持着一柄大鐵鎚，斜刺裏打到，一鎚擊在胡斐的刀口之上，此人膂力極大，兵器又是[illegible]。胡斐和無塵力戰之後，手臂已是隱隱酸麻，一個拿捏不定，單刀脫手，直飛起來。那人一聲獰笑，便向胡斐背心擊落。

胡斐兵刃離手，卻不慌亂，身形一晃，避開了他的鐵鎚，順勢一個肘槌，撞在他腰眼之中。那人大聲叫道：「啊喲！好小子！」痛得他手中鐵鎚險些跌落。跟着又有兩名侍衛上前夾攻，一個持鞭，一個卻挺着一枝短槍，程靈素叫道：「大哥，我來幫你。」抽出柳葉刀，

無塵道長與胡斐鬥了五百餘招。

— 7 —

欲待上前相助。胡斐道：「不用，你瞧瞧大哥空手入白刃的手段。」程靈素見他在四個敵人之間遊走閃避，雖然情勢似乎甚險，但聽他說得悠閒自在，又素知他武功了得，於是便站在一旁戒備。

胡斐展開從小便學會的「四象步法」，東跨一步，西退半步，在四名高手侍衛之間穿來插去。那四件兵刃有輕有重，左攻右擊，可是胡斐的步法甚是奇妙，往往在間不容髮之際，那兵刃便從他身旁掠過，雖然相差常自不過一二寸之微，但便是差着這一二寸，他便是爽然無損。程靈素初時還捏着老大的心事，但越瞧越是放心，到後來瞧着胡斐精妙絕倫的步法，竟是有點心曠神怡起來。

這四名侍衛都是滿洲人，未入清宮之時，號稱「遼東四傑」，都算得是一流的高手。胡斐憑着巧妙的「四象步」自保，可是數次乘隙反攻，卻也未曾得手，每一次都是反遇險招。他一轉念間，已明其理，原來自己適才和無塵道人劇鬥，耗力太多，這時元氣未復，一到緊要關頭，要待動用真力，總是差之厘毫，不能發揮拳招中的精妙之處。他一經想通，當即平心靜氣，只避不攻，在四名侍衛夾擊之下，緩緩調勻氣息。

「是你贏，還是我贏？」

那邊無塵急攻數十招，都被德布一一擋開。無塵焦躁起來，心道：「我十年不至中原，今日首次出手便是不利，難道自己當真老了，不中用了？」他那知道德布的武功實是大有過人之處。無塵不過心下焦躁，德布背上卻已冷汗淋漓，越打越怕，但覺這獨臂道人的劍招神出鬼沒，漸漸的要招架不住，暗想自己縱橫天下，從未遇到過這般勁敵，今日若是一敗，這「欽賜黃馬褂、清宮侍衛總管、滿洲第一勇士、統領大內十八高手」的頭銜卻往那裏擱去？想到此處，精神一振，奮力抵擋。

無塵眼見胡斐赤手空拳，以一敵四，自己卻連一個敵人也拾奪不下，他生性極是好勝，這脾氣愈老彌甚，當下一劍快似一劍，着着搶攻，步步佔先。德布見敵人攻勢忽盛，劍尖織成了一張光幕，自己週身要害盡在他劍光籠罩之下，自知不敵，數度想要招呼下屬上前相助，但一想到「大夥兒齊上」這五個字一出口，一生英名便是付於流水，總是強行忍住，心想自己方當壯年，這獨臂道人年事已高，劍招雖狠，但自己只要久戰不屈，他力氣一經衰退，便有可勝之機。

無塵高呼酣戰，精神愈長，衆侍衛瞧得心下駭然，但見兩人劍光

上　舊版《飛狐外傳》第六十六期「力鬥十八高手」，1962年1月26日，頁6-7。

下　舊版《飛狐外傳》第七十期「埋骨成灰恨未休」，1962年3月2日，頁4-5。

— 4 —

飛狐外傳　金庸

埋骨成灰恨未休　雲君圖

【前文提要】石萬嗔率領慕容景岳、薛鵲二弟子，追踪程靈素，擬搶奪無嗔大師的遺著「藥王神篇」。一場交手後，慕容景岳與胡斐均中碧蠶毒蠱、鶴頂紅、孔雀膽三大劇毒，石萬嗔則被削去三指後逃去。

程靈素捨命吸毒

胡斐見程靈素臉色蒼白，柔聲道：「二妹，你累啦，快歇一歇吧！」程靈素聽到他溫柔體貼的說話，更是說不出的傷心，哽咽道：「我……我……」胡斐微覺右手手背上略感麻癢，正要伸左手去搔，程靈素一把抓住了他左手手腕，顫聲道：「別動！」胡斐覺得她手掌冰涼，奇道：「怎麼？」突然間眼前一黑，咕咚一聲，仰天摔倒。

他這一交倒在地下，再也動彈不得，可是神智卻極為清明，只覺右手手背上一陣麻，一陣癢，越來越是厲害，驚問：「我可也中了那三大劇毒麼？」程靈素的淚水如珍珠斷線一般，順着面頰流下，一點點的滴在胡斐衣上，緩緩點了點頭。胡斐見她這般悲傷，心下不禁涼了半截，暗想：「她如此難過，我身上所中劇毒，定是無法救治了。」剎時之間，心頭湧上了許多往事：商家堡中和趙半山的結拜、佛山北帝廟中的慘劇、瀟湘道上和袁紫衣的結識、洞庭湖畔和程靈素的相遇，以及掌門人大會、紅花會羣雄、石萬嗔……這一切都是過去了，

— 5 —

過去了……

他只覺全身漸漸僵硬，手指尖和腳指尖寒冷徹骨，說道：「二妹，生死有命，你也不必難過。只可惜你一個人孤苦伶仃，做大哥的再也不能照料你了。那金面佛苗人鳳雖是我的殺父之仇，但我看他慷慨豪邁，是個鐵錚錚的好漢子。我……我死之後，你去投奔他吧，要不然……」說到這裏，舌頭大了起來，言語模糊不清，終於連話也說不出來了。

程靈素跪在他的身旁，低聲道：「大哥，你別害怕，你雖中三種劇毒，但我有解救之法。你不會動彈，不會說話，那是服了我那顆麻藥藥丸的

程靈素吸吮胡斐手背毒血。

拙作「書劍恩仇錄」）。（舊版《飛狐外傳》第八期「千手如來趙半山」，1960年3月21日，頁10）

那知找上門來的不是苗人鳳而是胡一刀（詳情請參閱「雪山飛狐」），商劍鳴一向自負，全不將胡一刀放在眼裏，一戰之下，不及使用鐵廳，首級已被胡一刀割去。（舊版《飛狐外傳》第十一期，頁9）

原來這福公子，……曾被紅花會羣雄擒住，逼得乾隆重修少林寺，不敢與紅花會為難（詳情請參閱「書劍恩仇錄」）。（舊版《飛狐外傳》第十三期，頁5-6）

胡斐當年在商家堡中，曾與苗人鳳有一面之緣，雖沒聽他說一個字，只覺他神威凜凜，當時一個幼小的心靈，對他大為折服，每次想到此人，總是有一股難以形容的心情。（關於苗人鳳與胡斐之父胡一刀的恩怨，請參閱「雪山飛狐」。）（舊版《飛狐外傳》第二十二期「道是無情卻有情」，1960年8月11日，頁11）

袁紫衣道：「此事說來話長，非一時能盡。大略而言，文四叔他們知道福大帥甚得當今皇上乾隆的寵愛，故此將他捉去，脅迫皇帝重建福建少林寺，又答應不害文四叔他們散在各省的好漢朋友，這才放了他出來。」（按：福康安乃乾隆皇帝的私生兒子。趙半山、文泰來諸英雄捉拿福康安等情節，詳見拙作「書劍恩仇錄」）（舊版《飛狐外傳》第四十二期「茜窗紅燭夜雨時」，61 3 1，頁8）

金庸後來修訂小說時，只保留了上述第一段中的提示，其餘四段的提示則完全刪去。大抵，朝廷、福康安與紅花會的糾葛，只提一次「參閱拙作」即可，之後兩次就不用再提了。至於完全刪去與《雪山飛狐》有關的提示，純因當年的事與當下的事沒有直接關係，讀者即使沒看過《雪山飛狐》，也不會影響對當下情節的理解。這也符合金庸所說「這是兩部小說」的原則，雖有關連，但不須完全一致。

金庸雖然刪去直接的提示，卻用情節加強各書之間的連繫，讓讀者透過事件來聯想。《金庸作品集．飛狐外傳》二十回中，提到《書劍恩仇錄》人和事的，共有九回，分別在第三、四、六、十一、十四、十七到二十回。當中不乏修訂時才加進去的情節：

要知王氏八卦門的「八卦遊身掌」天下馳名，接戰時繞敵奔跑，待得敵人轉過身來，又早已繞到他的背後，自己腳下按著八卦方位，前後來去，不加思索，敵人卻給他轉得頭暈眼花。倘若敵人不跟著轉動，則他在敵人背後發招，如何能夠抵擋？（舊版《飛狐外傳》第八期，頁6）

要知王氏八卦門的「八卦遊身」功夫，向是武林中的一絕，**當年王維揚曾以此迎門「火手判官」張召重**，這一發足奔行，當真是「瞻之在前，忽焉在後」，待得敵人轉過身來，又早已繞到他的背後，自己腳下按著八卦方位，或前或後，忽左繞、忽右旋，不加思索，敵人卻給他轉得頭暈眼花。但若敵人不跟著轉動，他立即攻敵背心，數（疑為「敵」字之誤）人如何抵擋？（明晚版《飛狐外傳》第二二續，1971年12月24日）

金庸改寫時也增加了與《雪山飛狐》的連繫：

胡斐攬鏡一照，不由得啞然失笑，只見自己臉上一部絡顋鬍子，虬髯戟張，不但是面目全非，而且大增威武……（舊版《飛狐外傳》第四十六期「卻以生死作豪賭」，1961年7月28日，頁4）

胡斐攬鏡一照，不由得啞然失笑，只見自己臉上一部絡顋鬍子，虬髯戟張，不但面目全非，而且大增威武，……**十年之後，胡斐念著此日之情，果真留了一部絡顋大鬍子，那自不是程靈素這時所能料到了。**（明晚版《飛狐外傳》第一二五續，1972年4月5日）

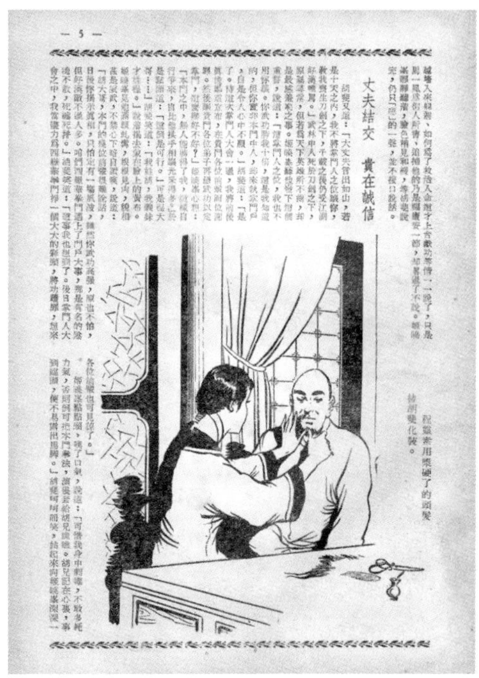

舊版《飛狐外傳》，第四十六期，頁5。

不過，像這類添加情節連繫各書的寫法，金庸改寫故事時只是偶一為之，修訂版《飛狐外傳》中並不多見。

補充人物形象描寫：胡斐與毒手藥王

金庸改寫《飛狐外傳》，並沒有更改胡斐原來的人設，而是增添相關描寫，更細緻且全面地塑造胡斐。不過，補進去的部分比較零碎，通常只有三、四句。如胡斐習武、與人比試的過程，舊版描寫得簡單，改寫時則加入細節：

胡斐一拳平伸，砰的一聲，擊中他的右胸，跟著起腳，又踢中他的小腹。（舊版《飛狐外傳》第六期「大俠胡一刀的兒子」，1960年3月1日，頁20）

胡斐一拳平伸，砰的一聲，擊中他的右胸，跟著起腳，又踢中他的小腹。**胡斐習練父親所遺拳經，此時初試身手，竟然大獲全勝**。（明晚版《飛狐外傳》第一九續，1971年12月21日）

王劍傑……當下一路急砍猛斫，胡斐被迫硬接，五六刀過後，手臂震得漸感酸麻。（舊版《飛狐外傳》第八期，頁7）

王劍傑……當下一路急砍猛斫，胡斐被迫硬接，五六刀過後，手臂震得漸感酸麻。**商劍鳴的紫金刀頗為沉重，胡斐力小，使動時本已不大順手，這時更感吃力**。（明晚版《飛狐外傳》第二二續，1971年12月24日）

……但趙半山知己知彼，料定對方功力與自己相差太遠，是以故行險著，要將平生所悟到最精奧的拳理，指點給胡斐知曉。（舊版《飛狐外傳》第十一期，頁6）

……但趙半山知己知彼，料定對方功力與自己相差太遠，是以故行險著，要將平生所悟到最精奧的拳理，指點給胡斐知曉，**要教他臨敵時不可拘泥一格，用正為根基，用奇為變著，免得如王劍英、王劍傑兄弟一般，不懂「出奇制勝」的道理**。（明晚版《飛狐外傳》第三一續，1972年1月2日）

胡斐……自己卻遨遊天下，每日裏習拳練刀。（舊版《飛狐外傳》第十三期，頁6）

> 胡斐……自己卻遨遊天下，每日裏習拳練刀，**參照趙半山所授的武學要訣，鑽研拳經刀譜上的家傳武功**。（明晚版《飛狐外傳》第三八續，1972年1月9日）

> 胡斐……自己卻遨遊天下，每日裏習拳練刀，**打熬氣力，參照趙半山所授的武學要訣，鑽研拳經刀譜上的家傳武功**。（花皮版《飛狐外傳》，頁165）

金庸增刪改寫《飛狐外傳》，內容變動最大的不是活人，而是故事中早已過世的毒手藥王：

> 胡斐心想：「……卻不知孟家的人是那一路英雄好漢，連這對用毒的高手也一籌莫展，只有困守在鐵屋之中。」**只見薛鵲從懷中取出一個小藥瓶，交給程靈素，道：「斷腸草的解藥。」頓了一頓，又冷冷的道：「師妹自然也會配製，只不過多費時日，一時趕不及罷了。」胡斐聽到「斷腸草的解藥」六字，不由得大喜。**
> 程靈素**拔開瓶塞，離鼻子遠遠的聞了一下氣息，道：「多謝師姊。」向胡斐瞧了一眼，蓋上瓶蓋，隨手便遞給了他**，說道：「小鐵，你怎麼把斷腸草送給外人？」……她想起先師無嗔大師諄諄告誡，**說道：「你自己使毒，便算誤傷好人，立時施救，尚有補過的餘地。若是把本門毒藥送給外人，他拿去傷害無辜，要救也無從救起，這罪孽比本人下毒更重十倍。」**（舊版《飛狐外傳》第二十八期「任是無情也動人」，1960年10月11日，頁9）

舊版這段文字的重點，是透過與薛鵲、小鐵之間的互動，帶出程靈素的用毒能力與使毒原則，也為「胡斐求斷腸草解藥」的情節做鋪墊。不過，既然程靈素有解斷腸草毒的能力，薛鵲的解藥在故事中就變得可有可無。金庸改寫時，刪了薛鵲主動給解藥這一段，並將程靈素的說話，轉而由師父毒手藥王說出。毒手藥王是用毒宗師，對於用毒的看法自然高於程靈素。改寫後的文字既重構毒手藥王一脈的江湖形象，也間接保留了程靈素的用毒原則：

> 胡斐心想：「……卻不知孟家的人是那一路英雄好漢，連這對用毒的高手也一籌莫展，只有困守在鐵屋之中。」
> 程靈素說道：「**小鐵，中了鬼蝙蝠劇毒那兩人，都是孟家的吧？你下手好狠**

啊！」……她想起先師無嗔大師的諄諄告誡：「本門擅於使毒，旁人深惡痛絕，其實下毒傷人，比之兵刃拳腳卻多了一層慈悲心腸。下毒之後，如果對方悔悟求饒，立誓改過，又或是發覺傷錯了人，都可解救。但若一刀將人殺了，卻是人死不能復生。因此凡是無藥可解的劇毒，本門弟子決計不可用以傷人，對方就是大奸大惡，總也要給他留一條回頭自新之路。」（花皮版《飛狐外傳》，頁377）

雲君圖說《飛狐外傳》

舊版《飛狐外傳》在《武俠與歷史》連載了六十五次，每次都有插圖。除第二期外，其餘各期都標明由雲君所繪。第二期共四張插圖，並沒有明確指出由何人繪畫，但看畫風不像雲君，應非出於雲君之手。

《武俠與歷史》第二期所載舊版《飛狐外傳》插圖。

1

2

3

4

5

6

7

8

9

10

11

12

13

14

15

16

17

18

19

20

21

22

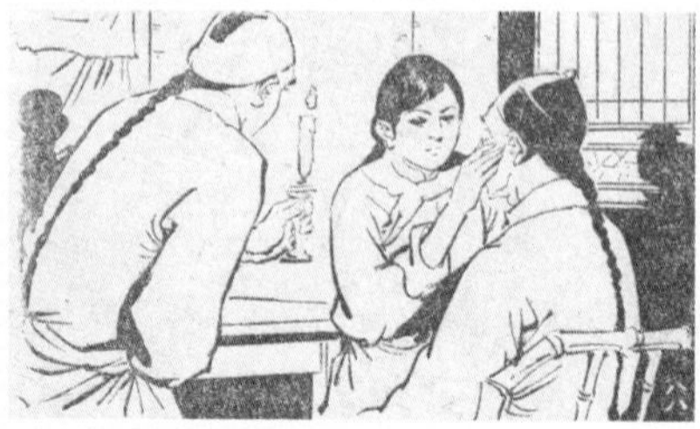
23

24

25

26

27

28

29

30

31

32

33

34

35

36

37

38

39

40

1　商老太在紙板上貼上胡一刀與苗人鳳的圖像，給商寶震練飛鏢、打穴道。

2　苗人鳳看見妻子南蘭深情地望著田歸農，心沉了下去，不再盼望，抱緊女兒，大步走出廳去。

3　平四「從懷中掏出那油紙小包，雙手恭恭敬敬的遞給平斐。」小包裡是閻基當年撕掉的胡家刀譜頭兩頁。（舊版與修訂版都說平四用「雙手」將刀譜恭敬地遞給胡斐，但平四明明是獨臂人，如何雙手奉上？金庸沒有留意，雲君倒是注意到了，筆下的平四只用單手遞給胡斐。）

4　「胡斐跟著起腳一鈎，商寶震急忙躍起兩丈，那知對手連環腳踢出，乘他人在半空，下盤無據，跟著一腳，將他踢了一個觔斗。」

5　商老太用金鏢打胡斐，趙半山幫忙解圍。

6　大廳的鐵門已被燒得熾熱，陳禹黏在門上，即被活活燙死。

7　商氏母子持刀圍攻胡斐，胡斐徒手與二人搏鬥。

8　鳳天南使出「驅雲掃月」（舊版作「凌空掃月」），橫掃胡斐頭頸。

9　北帝廟大殿上鍾阿四一家三口的屍身，每人身上盡是刀傷，血肉模糊。

10-16　袁紫衣沿途邊走邊向各大門派挑戰，奪下了韋陀門、八仙劍、九龍派的掌門人位子。

17　胡斐在河中洗澡，袁紫衣偷去胡斐衣衫，騎馬遠去。

18　書信一破，一團黃色濃煙直襲苗人鳳雙眼。

19-22　胡斐前去找毒手藥王為苗人鳳醫治眼睛，遇到程靈素。程靈素約了師門眾人，交代師父毒手藥王已死，並布局化解師兄姊之間的仇怨，合眾人之力救治師侄小鐵。

23-24　程靈素醫好苗人鳳雙眼，並與胡斐結拜。

25-26　袁紫衣說出身世：母親銀姑被鳳天南沾汙，後來下嫁他人，鳳天南知道後，竟把銀姑的丈夫殺了。

27　胡斐重遇馬春花（舊版叫「馬一鳳」），馬春花請胡斐教她的孿生兒子武功。

28　程靈素為胡斐裝扮成大鬍子。

29-32　天下掌門人大會上，主持人福康安命各大掌門人比武，爭奪二十四隻御賜杯子，紅花會常赫志、常伯志率先前來攪局。後來袁紫衣回復女尼身分現身，再救鳳天南，鳳天南最後中了湯沛所發銀針而死。

33-34　胡斐誤會無塵道長是福康安手下，打了起來，快刀對快劍，最終平手。

35　馬春花臨死前託孤，胡斐答應收了她的孿生孩兒做義兒。

36-38　薛鵲與慕容景岳殺了姜鐵山父子，拜毒手藥王的師弟石萬嗔為師，去找程靈素奪《藥王神篇》。程靈素設計要石萬嗔用慕容景岳試毒，最後胡斐也中了三大劇毒。程靈素為救胡斐，親自吸出毒血，臨死前布局，以七心海棠製成的蠟燭將慕容景岳與薛鵲毒死，石萬嗔也被毒瞎。

39-40　胡斐在雙親墓前遇到圓性，田歸農率領一眾好手埋伏，伺機捉拿胡斐。胡斐最後憑南蘭提醒，挖出埋於地下的冷月寶刀，擊退田歸農等人。

金庸答客問之《飛狐外傳》篇

金庸雖然沒有在每期《飛狐外傳》篇末回答讀者問題，但第四十二期與第七十一期，分別有兩段小啟事。

- 更正：上期「飛狐外傳」所附龍爪形、鷹爪形、虎爪形插圖，印刷時電版倒置，致龍爪形誤為鷹爪形，鷹爪形誤為龍爪形，謹此更正，並向讀者致歉。（第四十二期）

- 「飛狐外傳」至下期結束，金庸先生將集中全力，致力於本刊之編輯事務。本刊此後將決不脫期，內容亦將有大革新，除廣約名家力作外，其他編排、取材，和讀者連繫方面，均將有全面推進，歡迎讀者提供寶貴意見。（第七十一期）

《武俠與歷史》第四十一期連載的《飛狐外傳》「錯骨手夜奪三掌門」（61 2 21），寫袁紫衣跟鷹爪雁行門眾人比試，提到爪法可分為龍爪、鷹爪和虎爪三大類。除了文字描述，還輔以插圖說明。

> 原來拳術中之爪法，大路分為龍爪、虎爪、鷹爪三種。龍爪是四指併攏，拇指伸展，腕節儘量屈向手心；虎爪是五指各自分開，第二、第三指骨向手心彎曲；鷹爪是四指併攏，拇指張開，五指的第二、第三指骨向手心彎曲。三種爪法各有所長，以龍爪功最為深奧難練。（舊版《飛狐外傳》第四十一期，頁11）

原文謂龍爪「拇指伸展」，鷹爪「拇指張開」，但「伸展」與「張開」意義過於籠統，讀者即使憑所附插圖，也只能稍稍分辨差異。哪知第四十二期竟刊出更正啟事，謂龍爪實為鷹爪，而鷹爪實為龍爪，則又於印象模糊之上再添混亂。

第七十一期的啟事應該是《武俠與歷史》執行編輯所寫，原意在告訴讀者，第七十二期的《飛狐外傳》為最後一期連載，更信誓旦旦說此後不再脫期。然而，言猶在「耳」，這一期過後，《武俠與歷史》即連續兩期停載《飛狐外傳》。由此可見，《武俠與歷史》當時的編務工作與作家稿量相當不穩定，「脫期」與「停載」實已嚴重影響一份雜誌的健康發展。

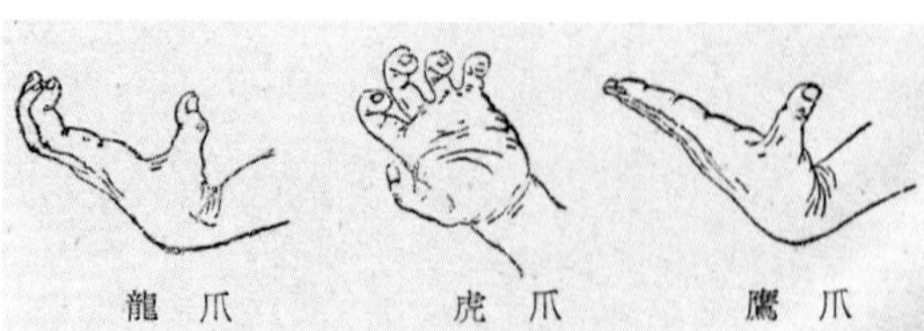

《武俠與歷史》第四十一期，以圖顯示三種爪法的手形。

柒

鴛鴦刀

電影《鴛鴦刀》與小說《鴛鴦刀》是孿生子，血緣相同，卻有著不同的命運。1960年12月18日，香港電影界發生了大事，峨嵋影片公司的文藝武俠片《鴛鴦刀》正式開拍。說是大事，因為電影根據金庸原著改編，而男女主角則從其他電影公司「外借」過來，在當時可是相當罕見的事。新聞這樣說：

電影《鴛鴦刀》廣告。

> 峨嵋公司醞釀了很久的又一部武俠片——「鴛鴦刀」，十八日那天開鏡了。……「鴛鴦刀」是金庸的新作，將由「武俠與歷史」雜誌刊載，電影版權則由峨嵋購得。（《大公報》1960年12月22日）

> 「鴛鴦刀」……根據金庸原著改編，李亨編劇、李化導演，由邵氏玉女林鳳和新聯小生周驄破例攜手主演，配以武旦任燕，硬漢李清，陣容堪稱堂皇之極。（《中聯畫報》第57期，1961年4月，頁12）

《鴛鴦刀》電影拍成上、下兩集，翌年的元宵節（1961年3月1日）上映上集，影期七天。3月8日上映下集《鴛鴦刀大結局》，映期也是七天，3月14日下片。

電影《鴛鴦刀》的孿生兄弟是小說《鴛鴦刀》。電影的編劇是李亨，根據金庸原著小說改編。理論上，小說是哥哥，電影是弟弟。然而，報紙的娛樂新聞指出《鴛鴦刀》「將由『武俠與歷史』雜誌刊載」，也就是說，一直到電影劇本出來後，小說《鴛鴦刀》還沒有正式發表。如此一來，小說又好像是弟弟，電影反而是哥哥了。

《明報》不是《鴛鴦刀》最早的首載地？

小說《鴛鴦刀》到底什麼時候發表？至今仍然是個謎。不只出生日期不能確定，就連出生地也有不同說法。「出生地」指的是「在什麼地方發表」。本來，文獻資料（報紙新聞）已經說得很清楚，出生地在《武俠與歷史》。不過，既然說「將」，就是發稿時事情尚未發生，自然不能百分百相信。更何況，幾十年之後又有另外一種說法，如香港文化博物館的「金庸館」、出版《金庸作品集》的遠流官方網站，都說《鴛鴦刀》的出生地在《明報》。事情就變得有點撲朔迷離了。

《鴛鴦刀》在金庸眾多小說中連載情況最是奇特，分別在《明報》和《武俠與歷史》上連載過，而且前後連載了三次。《明報》連載過兩次，第一次從1961年5月1日到31日，[31]共三十一天，每天約一千字，由鳳簫繪畫插圖（鳳簫原名黃鳳簫，曾參與繪製《武俠與歷史》封面）。第二次連載在三年之後，也就是1964年。這時《明報》正在連載《天龍八部》，由於金庸要到土耳其出席國際新聞協會全體大會，《天龍八部》須暫停連載，《明報》於是再次搬出《鴛鴦刀》。重載首日，正文之後有一段小啟事：

> 金庸先生赴土耳其伊士坦布爾出席國際新聞協會全體大會，「天龍八部」續稿因郵寄需時，暫停數天。「鴛鴦刀」為金庸先生舊作，乃其得意短篇之一，過去刊於「武俠與歷史」周刊。我報讀者中，未看過的相信不少，現在趁此期內刊出，以稍慰「金庸迷」之憶念，並謹向讀者致萬分歉意。[32]

柬埔寨的《湄江日報》1964年6月13日也開始連載《鴛鴦刀》，首日連載也有這段小啟事。《湄江日報》連載的《天龍八部》比《明報》晚一星期，由此推斷，《明報》重載《鴛鴦刀》，不會晚於6月13日。由於文物資料不足，如今已不能確定連載了多久。《明報》這次重載《鴛鴦刀》，改由雲君畫插圖。

除了《明報》，《鴛鴦刀》也曾在《武俠與歷史》連載，從第三十七期到四十期，前後共連載了四期，分別是上、中、下篇與尾聲。除了第四十期「尾聲」約五千五百字外，其餘三期，每期約一萬字。這四期《武俠與歷史》，根據版權頁資料，分別在 61 1 11、61 1 21、61 2 1和61 2 11出版。如果61 1 11指1961年1月11日，那麼《鴛鴦刀》應該是先在《武俠與歷史》連載，《明報》兩次都是重載。

首先可以肯定的是，《明報》不是《鴛鴦刀》最早的出生地，因為緬甸的《中國日

31 現存的《明報》微縮膠卷並沒有5月1日、2日、29-31日這五天的報紙資料，但5月3日刊載的《鴛鴦刀》屬第三續，因此推算自5月1日開始連載。5月28日刊載的《鴛鴦刀》屬第二八續（報紙上的編號為「二六」，打錯編號所致）。第二八續之後的內容約有二千八百字，剛好是三天的文字量，因此推算在5月31日結束。

32 這段文字出自《明報》1964年重載《鴛鴦刀》的剪報影本，由於影本沒有寫上日期，所以不能確定實際日期。剪報影本可參看林保淳：《解構金庸》（台北：遠流，2000年），彩頁4。

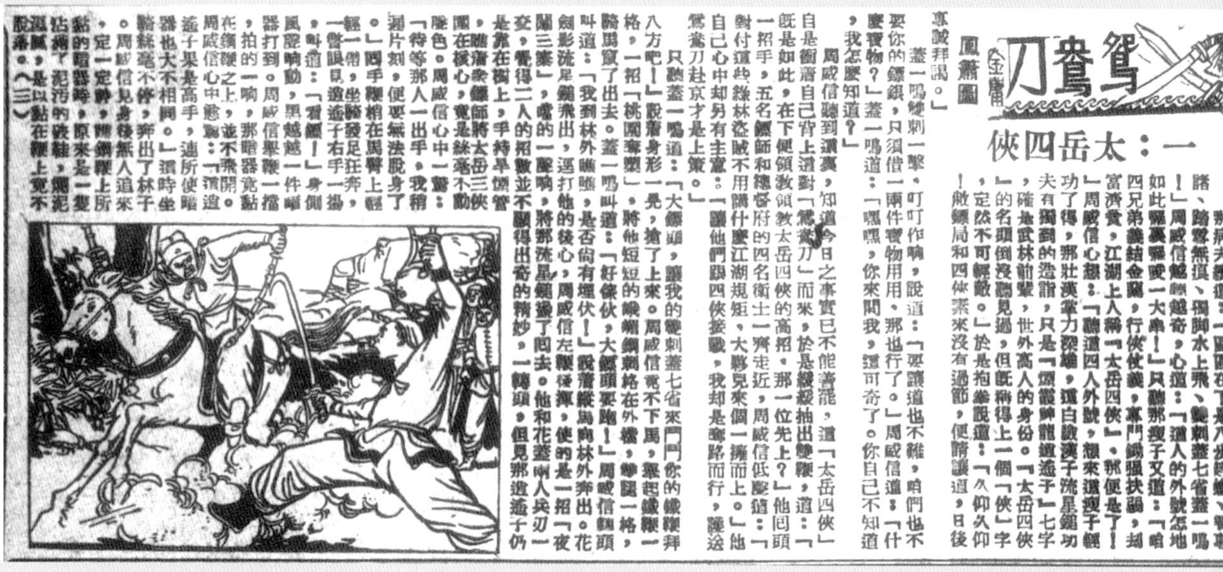

舊版《鴛鴦刀》第三續與第二二續（實為第二四續），《明報》1961年5月3日及24日。

報》早在1961年3月25日就開始連載《鴛鴦刀》。不過，就算不是《明報》，理論上也不應是《中國日報》。如果《中國日報》首載《鴛鴦刀》，那就是首次先在境外連載的金庸小說。在金庸小說史上，這可是大事，何以沒有任何文獻記載？由此推測，《中國日報》不是《鴛鴦刀》的出生地。不是《明報》，不是《中國日報》，就應該是《武俠與歷史》了。如果是《武俠與歷史》，又是什麼時候呢？本來，《武俠與歷史》的出版日期清清楚楚印在版權頁上，理應沒有任何討論空間。問題是第三十七期《武俠與歷史》連載的《鴛鴦刀》，在正文之後有一段小啟事：

「鴛鴦刀」已拍成電影，共分上下兩集，由林鳳，李清，任燕，林蛟，石堅等主演，

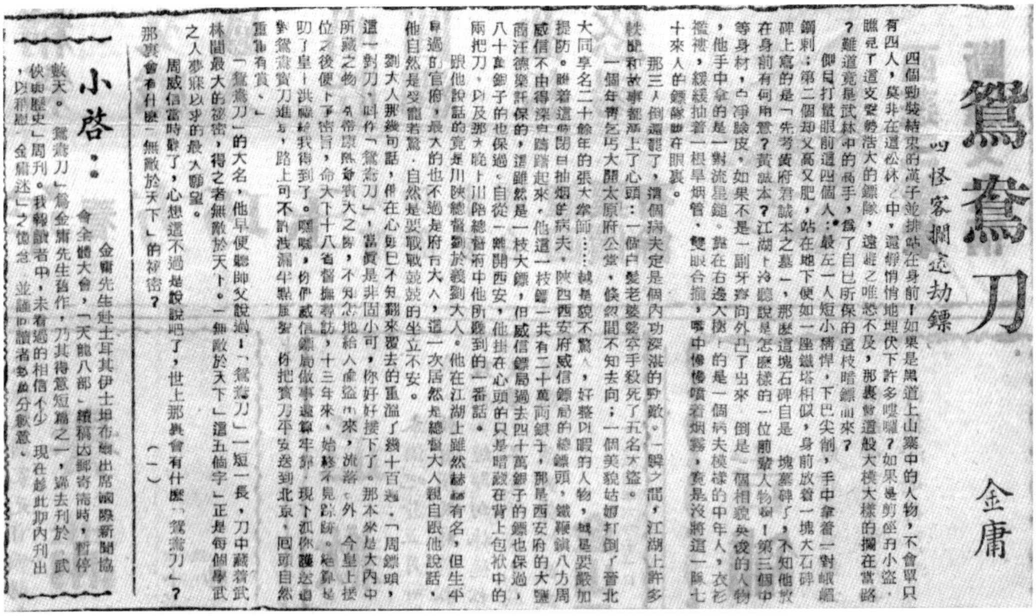

鴛鴦刀

四怪客攔途劫鏢

金庸

四個勁裝結束的漢子並排站在身前！如果是黑道上山寨中的人物，不會單只有四人，莫非在這松林之中，還靜悄悄地埋伏下許多嘍囉？如果是剪徑的小盜，瞧見了這支聲勢浩大的鏢隊，遠避之唯恐不及，那裏會這般大模大樣的攔在當路？難道竟是武林中的高手，為了自己所保的這枝暗鏢而來？

但見打量眼前這四個人：最左一人短小精悍，下巴尖削，手中拿着一對峨嵋鋼刺；第二個卻又高又肥，站在地下便如一座鐵塔相似，身前放着一塊大石碑，碑上寫的是「先考黃府君誠本之墓」，那麼這塊石碑自是一塊墓碑了，不知他放在身前有何用意？黃誠本？江湖上沒聽說是怎麼樣的一位前輩人物啊！第三個中等身材，白淨臉皮，如果不是一副牙齒向外凸了出來，倒是一個相貌英俊的人物，他手中拿的是一對流星錘。靠在右邊大樹上的是一個病夫模樣的中年人，衣衫襤褸，緩緩抽着一根旱烟管，雙眼合攏，嘴中慢慢噴着烟霧，竟是沒將這一隊七十來人的鏢隊瞧在眼裏。

那三人倒還罷了，這個病夫定是個內功深湛的勁敵。一瞬之間，江湖上許多鐵腳和故事都湧上了心頭：一個白髮老婆婆空手殺死了五名大盜。一個年青乞丐大鬧太原府公堂，倏忽間不知去向；一個美貌姑娘打倒了晉北大同享名二十餘年的張大拳師……越是貌不驚人，好整以暇的人物，越是要嚴加提防。瞧着這個閉目抽烟的病夫，陝西西安府威信鏢局的總鏢頭，鐵鞭鎮八方周威信不由得深自躊躇起來，他這一枝鏢一共有二十萬兩銀子，那是西安府的大鹽商汪德樂託保的，這雖然是一枝大鏢，但威信鏢局過去四十萬銀子的鏢也保過，八十萬銀子的也保過。自從一離開西安，他掛在心頭的只是暗藏在背上包袱中的兩把刀，以及那天晚上川陝總督府中他所聽到的一番話。

跟他說話的竟是川陝總督劉於義劉大人。他在江湖上雖然赫赫有名，但生平見過的官府，最大的也不過是府台大人，這一次居然是總督大人親自跟他說話，他自然是受寵若驚，自然是要戰戰兢兢的坐立不安。

劉大人那幾句話，他在心頭已不知翻來覆去的重溫了幾十百遍：「周鏢頭，這一對刀，叫作『鴛鴦刀』，當真是非同小可，你好好接下了。那本來是大內中所藏之物，先帝康熙爺賓天之際，不知怎地給人偷盜出來，流落在外。今皇上接位之後便下密旨，命天下十八省督撫尋訪，十三年來，始終不見蹤跡。總算是叨了皇上洪福給我得到了。嘿嘿，你伊威信鏢局做事還算牢靠，現下派你護送這對鴛鴦寶刀進京，路上可不許洩漏半點風聲，你把寶刀平安送到北京，回頭自然重重有賞。」

「鴛鴦刀」的大名，他早便聽師父說過：「鴛鴦刀」一短一長，刀中藏着武林間最大的秘密，得之者無敵於天下。「無敵於天下」這五個字，正是每個學武之人夢寐以求的最大願望。

周威信當時聽了，心想這不過是說說吧了，世上那裏會有什麼「鴛鴦刀」？那裏會有什麼「無敵於天下」的祕密？

（一）

小啓：

金庸先生赴土耳其伊士坦布爾出席國際新聞協會全體大會，「天龍八部」續稿因郵寄需時，暫停數天。「鴛鴦刀」為金庸先生舊作，乃其得意短篇之一，歸去刊於「武俠與歷史」周刊。我報讀者中，未看過的相信不少，現在趁此期內刊出，以稍慰「金庸迷」之懷念，並請讀者多多分歉意。

上與下　舊版《鴛鴦刀》，柬埔寨《湄江日報》1964年6月13日與7月8日。

一九六四年七月八日

鴛鴦刀

金庸

蕭半天晉陽開壽筵

袁冠南瞧出廳門，但見蕭中慧的背影在一排柳樹邊一晃，隨即消失。忽聽得身後有人叫道：「相公！」袁冠南回過頭來，只見自己的書僮笑嘻嘻的站着，打開了的書籤中睡着一個嬰兒，正是林任夫婦的兒子，籃中書籍上濕了一大片，那自是嬰兒撒的尿了。

三月初十，這一天是晉陽大俠蕭半天的五十壽誕。

蕭府中賀客盈門，羣英濟濟。

蕭半天長衫馬褂，在大廳上接待各處來賀的各路英雄，白道上的俠士，黑道上的豪客、前輩名宿、少年新進……還有許多和蕭半天本不相識，卻是慕名來致景仰之意的生客。

在後堂，袁夫人、楊夫人、蕭中慧也是各自喜氣洋洋，穿戴一新。兩位夫人在收拾外面不斷送進來的各式各樣壽禮。中慧正對着鏡子簪花，突然之間，紅暈滿臉，口中低聲唸道：「清風引珮下瑤台，明月照妝成金屋。」

袁夫人和楊夫人對望了一眼，心中均想：「這小妮子自從搶了那把鴛鴦刀回家，一忽兒喜，一忽兒愁，滿懷心事，她今年二十歲啦，定是在外邊遇上了一個合他心意的少年郎君。」楊夫人見她簪花老不如意，忽然發覺她頭上少了一件物事，問道：「慧兒，大媽給你的那枝金釵呢？」中慧格格一笑，道：「我給了人啦。」袁夫人和楊夫人又對望一眼，心想：「果然，這小妮子連定情之物也給了人家。」楊夫人道：「給了誰啦？」中慧笑道：「他……他……他麼？今兒多半會來跟爹拜壽，那是大名鼎鼎的人物。」

楊夫人還待再問，只見傭婦張媽捧了一隻錦緞盒子進來，說道：「這份壽禮可真奇怪，怎地送一枝金釵給老爺？」袁楊二夫人一齊走近，只見盒中所盛之物珠光璨爛，赫然是中慧的那枝金釵。楊夫人一轉頭，見女兒歡容滿臉，笑得甚美，忙問：「送禮來的人呢？」張媽道：「正在廳上陪老爺說話呢。」

袁楊二夫人心急着要瞧瞧到底是怎麼樣的人物，居然能使女兒如此顛魂顛倒，相互一領首，一同走到大廳的屏風背後，只聽得一人結結巴巴的道：「小人名叫蓋一鳴，外號八稱八步趕蟾、賽專諸、踏雪無痕、獨腳水上飛、雙刺蓋七省，今日特地來向蕭老英雄拜壽。」

李化先生導演。（《武俠與歷史》第三十七期，頁13）

香港50年代到70年代的「粵語長片」（電影），拍攝期一般都只有七天，當時甚至有「七日鮮」（指七天就拍完一部電影）的說法。電影《鴛鴦刀》1960年12月18日才開拍，二十四天之後，也就是1961年1月11日，那時就已經拍完，從時間上來說，未必不可行。不過，《武俠與歷史》版權頁上的61 1 11，真的指1961年1月11日嗎？這就得從《武俠與歷史》標示出刊日期的方法說起。以下臚列出第一期至第五十八期的出版日期：

期數	出版日期	期數	出版日期
第一期	一九六〇年一月十一日	第三十期	60 11 01
第二期	一九六〇年一月廿一日	第三十一期	60 11 11
第三期	一九六〇年二月一日	第三十二期	60 11 21
第四期	一九六〇年二月十一日	第三十三期	60 12 1
第五期	一九六〇年二月廿一日	第三十四期	60 12 11
第六期	一九六〇年三月一日	第三十五期	60 12 21
第七期	一九六〇年三月十一日	第三十六期	61 1 1
第八期	一九六〇年三月廿一日	第三十七期	61 1 11
第九期	一九六〇年四月一日	第三十八期	61 1 21
第十期	一九六〇年四月十一日	第三十九期	61 2 1
第十一期	一九六〇年四月廿一日	第四十期	61 2 11
第十二期	一九六〇年五月一日	第四十一期	61 2 21
第十三期	一九六〇年五月十一日	第四十二期	61 3 1
第十四期	一九六〇年五月廿一日	第四十三期	61 3 11
第十五期	一九六〇年六月一日	第四十四期	61 3 21
第十六期	一九六〇年六月十一日	第四十五期	一九六一年七月廿一日
第十七期	一九六〇年六月廿一日	第四十六期	1961年7月28日
第十八期	一九六〇年七月一日	第四十七期	1961年8月4日
第十九期	一九六〇年七月十一日	第四十八期	1961年8月11日
第二十期	一九六〇年七月廿一日	第四十九期	1961年8月18日
第二十一期	一九六〇年八月一日	第五十期	1961年8月25日
第二十二期	一九六〇年八月十一日	第五十一期	1961年9月15日
第二十三期	一九六〇年八月廿一日	第五十二期	1961年9月22日
第二十四期	一九六〇年九月一日	第五十三期	1961年9月29日
第二十五期	一九六〇年九月十一日	第五十四期	1961年10月6日
第二十六期	一九六〇年九月廿一日	第五十五期	1961年10月13日
第二十七期	一九六〇年十月一日	第五十六期	1961年10月20日
第二十八期	一九六〇年十月十一日	第五十七期	1961年10月27日
第二十九期	一九六〇年十月廿一日	第五十八期	1961年11月3日

從上表可以看出，《武俠與歷史》版權頁上顯示的出刊日期，共有兩類三種表達形式。第一類是把「年、月、日」三字都寫出來，又可分為兩種，全用中文字的（以下簡稱「純中」），以及混合使用阿拉伯數字與中文字的（以下簡稱「混合」），前者如「一九六〇年八月廿一日」，後者如「1961年9月22日」。第二類則只有阿拉伯數字而沒有「年、月、日」三字（以下簡稱「純數」），如「60 12 21」。

《武俠與歷史》「出版日期」暗藏的秘密符碼

識別《武俠與歷史》出版日期的表達方式，並非無的放矢，因為刊物編輯或許是想透過改變日期表達方式來做「記號」。第四十六期的寫法正是最佳明證。第四十五期用「純中」，而自第四十六期開始用「混合」。那麼，第四十六期又有什麼特別之處，以致刊物要更改日期表達方式，以作區分呢？原來《武俠與歷史》從創刊號到第四十五期，都是十日刊，即每個月的一日、十一日、廿一日出刊。自第四十六期開始，則改為週刊，每週出一本。出版週期改了，刊物便用另一種方式來表達日期。

如果這個推測符合真相，那麼第三十期到第四十四期都用「純數」來表達，又有什麼玄機呢？第四十五期頁19有一則啟事，其中幾句或許可以提供線索：

> 本刊過去時有脫期事情，引起讀者諸君不滿，本刊深為歉仄。最近雖已無脫期現象，但自出版以來累計脫落之期數已達十一期。茲於本期起急起直追，自每月三期改為每星期一期，逐步補足以前所脫落之期數。

這段文字有兩個重點：（1）在第四十五期以前，刊物經常脫期，已經累積了多達十一期（即少出了十一期）；（2）從第四十五期開始，「最近」已不會再脫期。

《武俠與歷史》創刊日期是1960年1月11日，第四十五期在1961年7月21日出版，兩書相距十八個月又十天，以每十天出版一期計算，理應可以出版五十六期，但現在只有四十五期，也就是少了十一期。這完全符合啟事所說的「自出版以來累計脫落之期數已達十一期」。

然而，最讓人不解的是：如果版權頁上所有的日期都正確無誤，那真正脫期的，其實只有第四十五期。因為第四十四期在1961年3月21日出版，第四十四期與第四十五期

中篇武俠小說（連載）

鴛鴦刀（上）

金庸

雲君・圖

一　太岳四俠

四個勁裝結束的漢子並排站在身前！

如果是黑道上山寨中的人物，不會單只有四人，莫非在這松林之中，還靜悄悄地埋伏下許多嘍囉？如果是剪徑的小盜，瞧見了這支聲勢浩大的鏢隊，遠避之唯恐不及，那裏會這般大模大樣的攔在當路？難道竟是武林中的高手，爲了自己所保的這枝暗鏢而來？

側目打量眼前這四個人：最左一人短小精悍，下巴尖削，手中拿着一對峨嵋鋼刺；第二個却又高又肥，站在地下便如一座鐵塔相似，身前放着一塊大石碑，碑上寫的是「先考黃府君諱本之墓」，那麼這塊石碑自是一塊墓碑了，不知他放在身前有何用意？黃諱本？江湖上沒聽說是怎麼樣的一位前輩人物啊！第三個中等身材，白淨臉皮，如果不是一副牙齒向外凸了出來，倒是一個相貌英俊的人物，他手中拿的是一對流星鎚；靠在右邊大樹上的是一個病夫模樣的中年人，衣衫襤褸，緩緩抽着一根旱煙管，雙眼合攏，嘴中慢慢噴着烟霧，竟是沒將這一隊七十來人的鏢隊瞧在眼裏。

那三人倒還罷了，這個病夫定是個內功深湛的勁敵。一霎之間，江湖上許多軼聞和故事都湧上了心頭：一個白髮老婆婆空手殺死了五名大盜；一個年青乞丐大鬧太原府公堂，倏然間不知去向；一個美貌姑娘打倒了晉北大同享名二十餘年的張大拳師……越是貌不驚人，爲整以暇的人物，越是要嚴加提防。

瞧着這個閉目抽煙的病夫，陝西西安府威信鏢局的總鏢頭，鐵鞭鎮八方周威信不由得深自躊躇起來。他這一枝鏢一共有二十萬兩銀子，那是西安府的大鹽商汪德榮托保的，這雖然是一枝大鏢，但威信鏢局過去四十萬兩銀子的鏢也保過，八十萬兩銀子的也保過。自從一離開西安，他掛在心頭的只是暗藏在背上包袱中的兩把刀，只是那天晚上川陝總督府中他所聽到的一番話。

跟他說話的竟是川陝總督劉於義劉大人。他在江湖上雖然赫赫有名，但生平見過的官府，最大的也不過是府台大人，這一次居然是總督大人親自跟他說話，他自然是受寵若驚，自然是要戰戰兢兢的坐立不安。

劉大人那幾句話，他在心頭已不知翻來覆去的重溫了幾十百遍：「周鏢頭，這一對刀，叫作『鴛鴦刀』，當真是非同小可，你好好接下了。那本來是大內中所藏之物，先帝康熙爺賓天之際，不知怎地給人偷盜出去，流落在外。今上接位之後便下了密旨，命天下十八省督撫躊防，十三年來，始終不見踪迹。總算是叨了皇上洪福，給我得到了。嘿嘿，你們威信鏢局做事還算牢靠，現下派你護送這對鴛鴦寶刀進京，路上可不許洩漏半點風聲。你把寶刀平安送到北京，回頭自然重重有賞。」

「鴛鴦刀」的大名，他早便聽師父說過！「鴛鴦刀一短一長，刀中藏着武林間最大的秘密，得之者無敵於天下。」「無敵於天下」這五個字，正是每個學武之人夢寐以求的最大願望。周威信當時聽了，心想這不過是說說罷了，世上那裏會有什麼「鴛鴦刀」？那裏會有什麼「無敵於天下」的秘密？那知道川陝總督劉大人竟是真的得到了「鴛鴦刀」，而且差他護送進京，呈獻皇上。這對刀外面用黃布密密包住，蓋上了總督大人的火漆印信。他當然極想見識見識，但總督大人

的印信誰敢拆破？」

劉總督派了四名親信衞士，改扮作鏢師和趟子手，隨在他鏢隊之中，可以說是相助，也可以說是監視。而在鏢隊啓程的前一天，總督府的衞士長又派人來將他一家老小十二口，全都請到了衞士長的府中，說道怕周總鏢頭赴京之後，家中乏人照料，因此接去安置。周威信久在江湖上行走，其中的過節豈有不知，那是劉總督將他高堂老母和妻室兒女一齊扣了去爲質，這對「鴛鴦刀」倘若在道中有甚失閃，不但他自己有了殺頭的罪名，全家老小也都不用活了，周威信一生經歷過不少大風大浪，但從未像這一次走鏢那樣又驚又喜，心神不寧。如果護送寶刀平安抵京，劉大人曾親口許下重賞，那是不用說了，說不定皇上一喜歡，竟然賞下一官半職，從此光宗耀祖，飛黃騰達，再也不用幹這在刀尖子上拼命的江湖生涯。

從西安到北京，路程可不近，一路上大山小寨，少說也有三四十處。尋常黑道上的人物，他鐵鞭鎮八方也未必便放在心上，但「一得鴛鴦刀，無敵於天下」這兩句話，要引起多少武林高手的覬覦？於是他明保二十萬銀子的鹽鏢，身上暗藏一對寶刀。縱然鹽鏢有甚失閃，只要寶刀抵京，仍

— 10 —

玉龍，你還不給我站住？」林玉龍對阻在身前的常長風喝道：「閃開！」頭一低，讓開從身後射來的一枚彈丸，只聽得「哎喲」一聲，那彈丸恰好打在常長風鼻上。常長風大怒，罵道：「臭婆娘！你打中我啦！」任飛鳳道：「打你便又如何？」吧吧兩響，兩枚彈丸對準了他射出，一中胸口，一中手臂。常長風手中舉着那塊墓碑，本來當作兵刃使，這時手臂一酸，砰的一響，掉在地下。

蓋一鳴和花劍影見二哥吃虧，一齊向任飛鳳撲去。任飛鳳拉開彈弓，一陣連珠彈打出，蓋一鳴眉心中了一彈，花劍影却被打落了一顆門牙。蓋一鳴大叫：「風緊，風緊！」

任飛鳳被四人這麼一阻，眼見林玉龍已頭也不回的奔出林子，悲怒愈甚，急步搶出，回首吧的一響，一彈打出，將逍遙子手中的煙管打落在地。這一彈手勁既強，準頭更是奇佳，乃是彈弓術中出名的「回馬彈」。任飛鳳微微一笑，轉頭罵道：「林玉龍你這臭賊，還不給我站住。」只聽林玉龍遙遙罵道：「有種的便跟你大爺真刀真槍戰三百合，用彈弓提人，算是什麼英雄？」

耳聽得兩人越罵越遠，向北追逐而去，花劍影道：「大哥，這林玉龍和任飛鳳是什麼人物？」逍遙子沉吟道：「林玉龍是使單刀的好手，那婦人任飛鳳定是用彈弓的名家。」蓋一鳴心道：「咱們親身吃了苦頭！那還用你說。」花劍影道：「這少婦相貌不壞，想是那姓林的瞧上了她，意圖非禮。」逍遙子道：「正是，想咱們太岳四俠行俠仗義，最愛打抱不平，日後撞上了林玉龍這淫棍，定要好好叫他吃點苦頭。」蓋一鳴道：「

— 11 —

說不定那林任二人有殺父之仇，咱們沒弄清是非曲直之前，不能貿然插手。」逍遙子正色道：「那姓林的滿臉橫肉，一見便可知他不是善類。那姓任的女子雖然出手魯莽，但瞧她武功，確是名門正宗。」

蓋一鳴還待辯駁，忽聽得林外一人縱聲吟道：「古劍寒黯黯，鑄來幾千秋。白光納日月，紫氣排斗牛，有客借一觀，愛之不敢求。湛然玉匣中，秋水澄不流。至寶有本性，性精剛無儔。可使寸寸折，不能繞指柔。願快直士心，將斷佞臣頭；不願報小怨，夜半刺私讎。勸臣慎所用，無鑒神兵羞。」隨着吟聲，一個少年書生手中輕搖摺扇，緩步入林。

花劍影手指間拈着一枚掉下的門牙，心中正沒好氣，見那書生自得其樂的漫步而至，口裏還在吟哦不知什麼詩書，後面跟着一個書僮，挑着一擔行李，當下向蓋一鳴使個眼色，一躍而前，喝道：「兀那書生，你在這裏嘰哩咕嚕的嚕囌什麼？吵得大爺們頭昏腦脹，快快賠來。」那書生見了四人情狀，吃了一驚，問道：「請問仁兄，要賠什麼？」蓋一鳴道：「賠咱們四個的頭昏腦脹啊，每個人一百兩銀子，一共是四百兩！」那書生舌頭一伸，道：「這麼貴？便是當今皇上頭疼，也不用這許多銀子醫治。」蓋一鳴道：「皇帝老兒算什麼東西？你拿咱們比作皇帝，當眞大胆，這一次不成了，四百兩得翻上一翻，共是八百兩。」那書生道：「仁兄比皇上還要尊貴？此理欠通。請問仁兄尊姓大名，是什麼來頭。」蓋一鳴道：「嘿嘿，在下姓蓋名一鳴，江湖上人稱八步趕蟾、賽專諸、踏雪無痕、獨脚水上飛、雙刺蓋七省。太岳四俠中排行第三。」那書生拱手道：「久仰，久仰。」向花劍影道：「這一位仁兄呢？」

花劍影眉頭一皺道：「誰有空跟你這酸丁稱兄道弟？」掀過那個書僮，提起他所挑的那隻籃子一掂，覺得重甸甸的，心頭一喜，打開籃子一看，不由得倒抽一口涼氣，原來滿籃都是舊書籍。常長風喝道：「呸！都是廢物。」那書生忙道：「仁兄此言差矣！聖賢之書，如何能說是廢物？」這時蓋一鳴已打開了另一端的行李，除了布被布衣之外，竟無絲毫值錢之物。太岳四俠面面相覷，心中都是好生失望。那書生道：「在下遊學尋母，得見四位仁兄，幸如何之？四位號稱太岳四俠，想必是平素濟危扶困，行俠仗義，江湖上大大有名的了。」逍遙子道：「你這幾句話倒還說得不錯。」那書生道：「在下今日得見英俠，當眞是三生有幸。在下有一件爲難之事，要請四位大俠拔刀相助，賜予援手。」逍遙子道：「這個容易，咱們做俠客的，倘若見到旁人有難而不伸手，那可空負俠義之名。」那書生連連作揖道謝。蓋一鳴道：「到底是誰欺侮了你？」那書生道：「這件事說來慚愧，只怕四位兄台見笑。」

花劍影恍然大悟，道：「啊，原來是你妹子生得美貌，給惡霸強佔去了。」那書生搖頭道：「不是，我沒有妹子。」蓋一鳴道：「嗯，那一定是什麼土豪還是贓官強佔了你的老婆。」那書生搖頭道：「也不是。我還沒有娶親，何來妻室？」常長風焦躁起來，大聲道：「到底是什麼事？快給我爽爽快快的說了吧。」那書生道：「說便說了，四位大俠可別見怪。」

太岳四俠雖然自稱「四俠」，但武藝低微，行事古怪，只有給人作爲笑柄，從來沒被人這麼大俠前，大俠後的恭敬稱呼，這時聽那書生言語之中對自己如此尊重，各人都是胸脯一挺，齊道：「快說快說，有什麼爲難之事，太岳四俠定當爲你擔代。」那書生團團一揖，說道：「在下江湖飄泊，道經貴地，阮囊羞澀，床頭金盡，只有求懇太

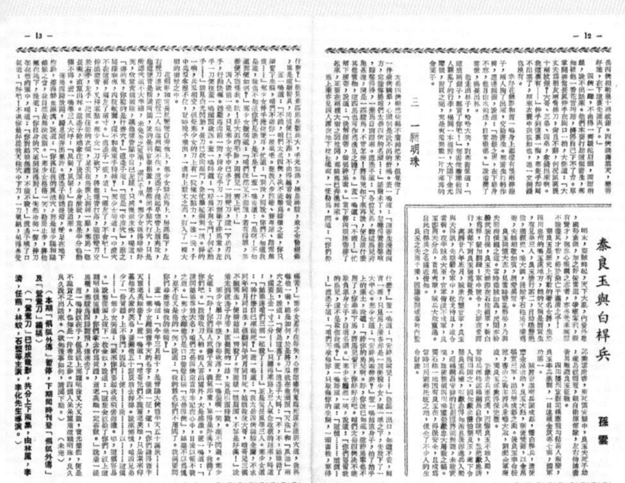

左頁與右頁　舊版《鴛鴦刀》（上），《武俠與歷史》第三十七期，61 1 11，頁4-13。

之間，剛好相差了十一期（四、五、六月各三期，七月兩期）。可是，如果真的只有第四十五期才脫期，那就不符合啟事所說的「過去時有脫期事情」與「最近雖已無脫期現象」。「時有脫期」即「脫期不止一次」；「最近已無脫期」，就是指第四十五期之前幾期，都不曾脫期。如果第四十五期沒有脫期，反而是之前有脫期（而且不止一次），則版權頁上的出刊日期，至少有一部分不能作準，根本不能反映實際的出版日期。由此可見，啟事陳述的內容與版權頁上的日期互相矛盾，不能同真，必有一假。

然而，到底該相信啟事，還是版權頁呢？答案或許可以在第二十七期看到端倪。該期版權頁上的日期是「一九六〇年十月一日」，不過《明報》1960年11月1日有一則廣告：

武俠與歷史小說雜誌／第二十七期經已出版／每冊八角到處有售。

十月一日出版的雜誌，十一月一日才打廣告？須知道，《武俠與歷史》是十日刊，十一月一日出版的應該是第三十期。《明報》沒有理由為一本已經在報攤消失的雜誌打廣告，由此可見，《武俠與歷史》第二十七期版權頁上的日期一定不真確。如果《明報》廣告顯示出「真相」，也就是說，《武俠與歷史》第二十七期晚了整整一個月才出版，雜誌已經脫期三次了。

第四十五期的啟事指出，雜誌共脫期十一次（少出了十一期），其中三次如果在前二十七期發生，那剩下的八次就是在1960年11月11日到1961年7月11日之間發生。八個月共應出版二十五期，但實際只出版了十七期（第二十八期到第四十四期），原本每十天出版一期，實際卻是平均每十五天才出版一期。由此可見，這幾期版權頁上顯示的，也並非真實的出版日期。

這也是為什麼從第三十期開始，編輯改換了日期的表達方式，從「純中」改為「純數」。比較可信的推測是：到了第三十期時，雜誌編輯意識到，脫期情況短期內無法解決，而且會愈來愈嚴重，於是就改用另外一種表達方式，日期顯示的是雜誌原該出版的日期，而不是真實出版的日期。為什麼要這樣做呢？因為雜誌編輯一直都有個「心願」，就是「逐步補足以前所脫落之期數」。日後稿量如果充足，一步一步把脫落的十一期追回來，到那個時候，版權頁上才用回「純中」的表達方式。到了1961年7月21日，雜誌經過長期努力，稿量穩定，徹底解決了脫期的問題，就把日期的表達方式改換回來。一期之後，索性把十日刊改為週刊，因此又用了新的表達方式（「混合」）來顯示日期。

當然，這一切只是根據有限的資料推測得來，無法驗證，但《武俠與歷史》版權頁上的日期並非真實的出刊日期，已經毋庸置疑。剩下的問題是：第三十七期到第四十期，到底是何時出版的？

《鴛鴦刀》撲朔迷離的身世，真相之鑰是？

現藏於北京國家圖書館的《中國日報》也許有助於破解謎題。《中國日報》是緬甸的華文報紙，連載的《鴛鴦刀》始於1961年3月25日，終於1961年6月18日，前後歷經八十六天，但只有四十一天刊載《鴛鴦刀》小說。《中國日報》連載的《鴛鴦刀》，有兩個地方值得注意：（1）分三個階段連載，第一階段與第二階段之間相隔二十九天，第二階段與第三階段之間相隔十四天；（2）第一階段連載的內容相當於《武俠與歷史》第三十七期的內容，第二階段連載的內容相當於《武俠與歷史》第三十八至三十九期的內容，而且，也會依照雜誌的做法，在書名「鴛鴦刀」三字下面，標示「中」和「下」。第三階段相當於《武俠與歷史》第四十期的內容，卻沒有標示「尾聲」。

階段	續	連載或停載日期
第一階段	01-13	1961年3月25日至1961年4月8日
停載29天		1961年4月9日至1961年5月7日
第二階段	14-33	1961年5月8日至1961年5月27日
停載14天		1961年5月28日至1961年6月10日
第三階段	34-41	1961年6月11日至1961年6月18日

電影《鴛鴦刀》根據小說改編而來，早在電影開始拍攝之前，金庸就已經把小說寫完。如果《中國日報》是首載《鴛鴦刀》的地方，就絕對沒有停載的理由。不是首載，便是轉載了。《中國日報》既然比《明報》更早連載《鴛鴦刀》，文本底稿理應不會來自《明報》，而比《明報》更早的，就只有《武俠與歷史》了。如果真的取自《武俠與歷史》，正好解釋了為什麼《中國日報》會有兩段那麼長的停載時間——正是受《武俠與歷史》脫期所影響。

既然《中國日報》的《鴛鴦刀》取自《武俠與歷史》，那麼《武俠與歷史》第三十七期的出版時間，不會晚於1961年3月21日。當時跨國訊息流通不比今天迅速，雜誌稿件郵寄需時，如果第三十七期在3月21日出版，理應沒有足夠時間讓報社完成相關排印工作。由此看來，第三十七期的出版時間應該更早，有可能是3月1日或3月11日。[33]

《中國日報》第二階段連載的《鴛鴦刀》取自《武俠與歷史》的第三十八、三十九期，也依據雜誌內容標示「中篇」、「下篇」以及回目。第三階段卻有點「詭異」，包括：（1）回數不同於雜誌，卻與《明報》相同；（2）沒有如雜誌一樣標示「尾聲」。現將三種刊物的回目與回數臚列如下：

《武俠與歷史》	《中國日報》	《明報》
一　太岳四俠	一　太岳四俠	一　太岳四俠
二　「風緊！風緊！」	二　「風緊！風緊！」	二　「風緊！風緊！」
三　一顆明珠	三　一顆明珠	三　一顆明珠
四　歡喜冤家	四　歡喜冤家	四　歡喜冤家
五　一鞭斷十槍	五　一鞭斷十槍	五　腐骨穿心膏
六　腐骨穿心膏	六　腐骨穿心膏	六　母子相逢
七　夫妻刀法	七　夫妻刀法	七　蕭半天是誰
八　母子相逢	八　母子相逢	
	六　母子相逢	
九　蕭半天是誰	七　蕭半天是誰	

《中國日報》第二階段最後一天（1961年5月27日）的《鴛鴦刀》（第三三續），回目是「八　母子相逢」，與《武俠與歷史》第三十九期一模一樣。然而，十四天之後，也就是第三階段首日（1961年6月11日）復載《鴛鴦刀》時，第三四續卻包含了兩個回目：「六　母子相逢」與「七　蕭半天是誰」。十四天前的「母子相逢」明明是第八回，為何十四天之後反而變成了第六回？比較可能的情況是：《中國日報》第三階段《鴛鴦刀》的稿源，並非來自《武俠與歷史》，而是取自《明報》，因為「六　母子相逢」、「七　蕭半天是誰」正是《明報》所用的回數。

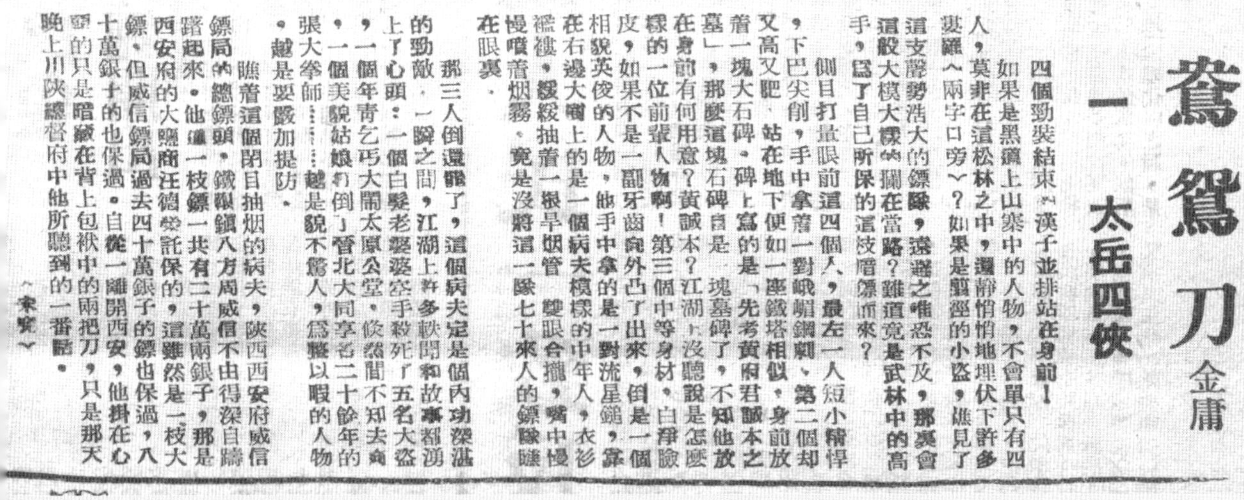

鴛鴦刀 金庸

一 太岳四俠

四個勁裝結束的漢子並排站在身前！

如果是黑道上山寨中的人物，不會單只有四人，莫非在這松林之中，還靜悄悄地埋伏下許多嘍羅（兩字口旁）？如果是獨腳的小盜，瞧見了這支聲勢浩大的鏢隊，遠避之唯恐不及，那裏會這般大模大樣的攔在當路？難道竟是武林中的高手，為了自己所保的這枝暗鏢而來？

側目打量眼前這四個人，最左一人短小精悍，下巴尖削，手中拿着一對峨嵋鋼刺，第二個却又高又肥，站在地下便如一座鐵塔相似，身前放着一塊大石碑，碑上寫的是「先考黃府君誠本之墓」，那麼這塊石碑自是一塊墓碑了，不知他放在身前有何用意？黃誠本？江湖上沒聽說是怎樣的一位前輩人物啊！第三個中等身材，白淨臉皮，如果不是一副牙齒向外凸了出來，倒是一個相貌英俊的人物，他手中拿的是一對流星鎚，靠在右邊大碑上的是一個病夫模樣的中年人，衣衫襤褸，緩緩抽着一根旱烟管，雙眼合攏，嘴中慢慢噴着烟霧，竟是沒將這一隊七十來人的鏢隊瞧在眼裏。

那三人倒還罷了，這個病夫定是個內功深湛的勁敵，一瞬之間，江湖上許多軼聞和故事都湧上了心頭：一個白髮老婆婆空手殺死了五名大盜，一個年青乞丐大鬧太原公堂，倏然間不知去向，一個美貌姑娘「打倒」晉北大同享名二十餘年的張大拳師……越是貌不驚人，爲豫以暇的人物，越是要嚴加提防。

瞧着這個閉目抽烟的病夫，陝西西安府威信鏢局的總鏢頭，鐵鞭鎮八方周威信不由得深自躊躇起來。他這一枝鏢一共有二十萬兩銀子，那是西安府的大鹽商汪德榮託保的，這雖然是一枝大鏢，但威信鏢局過去四十萬銀子的鏢也保過，八十萬銀子的也保過。自從一離開西安，他掛在心頭的只是暗藏在背上包袱中的兩把刀，只是那天晚上川陝總督府中他所聽到的一番話。

〈未完〉

舊版《鴛鴦刀》，緬甸《中國日報》首日連載，1961年3月25日。

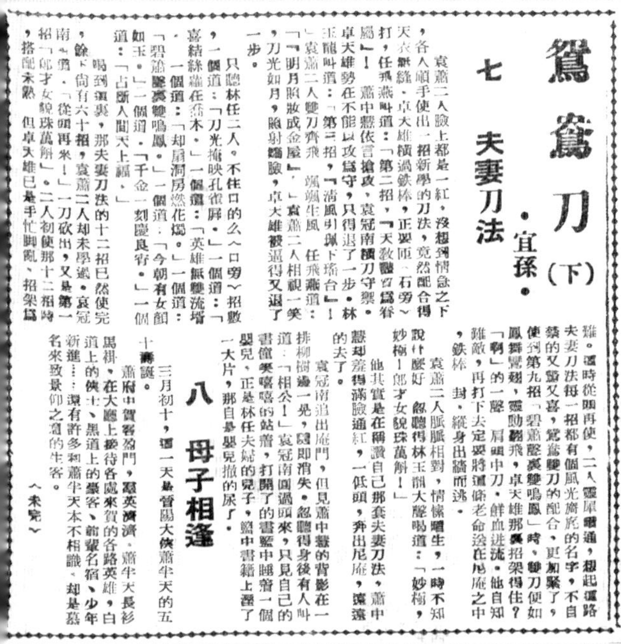

鴛鴦刀（下）·宜孫·

七 夫妻刀法

八 母子相逢

鴛鴦刀（下）·宜孫·

六 母子相逢

七 蕭半天是誰

舊版《鴛鴦刀》，《中國日報》1961年5月24日（左）與6月11日（右）。

33 說《武俠與歷史》第三十七期如果不是3月21日出版，就可能是3月1日或11日出版，那是以雜誌「每月1、11、21日出刊」為前提。不過，有證據顯示，《武俠與歷史》的實際出版日期，很可能是在這三天以外。例如《明報》1960年12月21日的廣告是「武俠與歷史小說雜誌／第三十期經已出版」，四天之後，也就是12月25日當天，《明報》上的廣告卻寫著「武俠與歷史小說雜誌／第卅一期今天出版」。

唯一的合理解釋是：《中國日報》等了兩個星期，還沒有等到《武俠與歷史》第四十期出版，而這個時候《明報》已經結束整個故事的連載，於是就選擇以《明報》連載的《鴛鴦刀》為底本，繼續連載下去。既然文字以《明報》為底本，回目與回數也自然依據《明報》的。也因此，《中國日報》第三階段的連載，並沒有在書名「鴛鴦刀」三字下方加上「尾聲」二字，因為《明報》上的《鴛鴦刀》根本沒有這兩個字。

綜合各種文獻與文物資料，把眾多線索串連在一起，或許可以重構出《鴛鴦刀》當年的連載情況：

（1）金庸在1960年12月之前已經寫完小說《鴛鴦刀》的文稿，電影版權賣給了峨嵋影片公司，電影《鴛鴦刀》12月18日開拍，並於1961年3月1日上映。小說則計畫在《武俠與歷史》連載。

（2）《鴛鴦刀》分上、中、下、尾聲四篇，連載於《武俠與歷史》第三十七期到第四十期。不過，由於經常脫期，《武俠與歷史》版權頁上的出版日期，並不是真正的出刊日期。基於緬甸《中國日報》1961年3月25日開始轉載《武俠與歷史》的《鴛鴦刀》，因此，《武俠與歷史》第三十七期實際的出版日期，應該是3月1日或3月11日。如果與電影《鴛鴦刀》配合，最有可能就是3月1日前後。

（3）《中國日報》的《鴛鴦刀》連載兩個多星期後，由於《武俠與歷史》脫期，連帶影響《中國日報》停載《鴛鴦刀》，停載期長達一個月。金庸意識到《武俠與歷史》的脫期情況，嚴重影響《鴛鴦刀》的連載，因此自1961年5月1日開始，讓《明報》連載《鴛鴦刀》。也就是說，《鴛鴦刀》是同一時間在《武俠與歷史》第三十八、三十九期，以及《明報》上連載的。《中國日報》5月8日復載《鴛鴦刀》時，仍然依據《武俠與歷史》，只是沒有想到，《武俠與歷史》「正常」了兩期，又再脫期。

（4）《明報》從5月1日開始連載《鴛鴦刀》，到5月31日結束。《中國日報》等到6月，仍未見《武俠與歷史》第四十期，因此剩下的部分就用《明報》上的文稿，繼續連載《鴛鴦刀》。《明報》的回目與《武俠與歷史》的回目稍有不同，《中國日報》後期採用了《明報》的文稿，因此出現兩種刊物的回目。

（5）《武俠與歷史》第四十期在1961年5月之後才出版，這時《明報》的《鴛鴦刀》已經連載完畢。《武俠與歷史》雖然早於《明報》連載《鴛鴦刀》，結束連載時間又在《明報》之後。

1972年5月24日，金庸改寫《鴛鴦刀》，並於《明報晚報》上發表，由雲君重新繪畫插圖。明晚版《鴛鴦刀》共連載十三天，到1972年6月5日結束。改寫後的《鴛鴦刀》不分

一 （版權所有） △增刪潤飾 改寫修訂▽

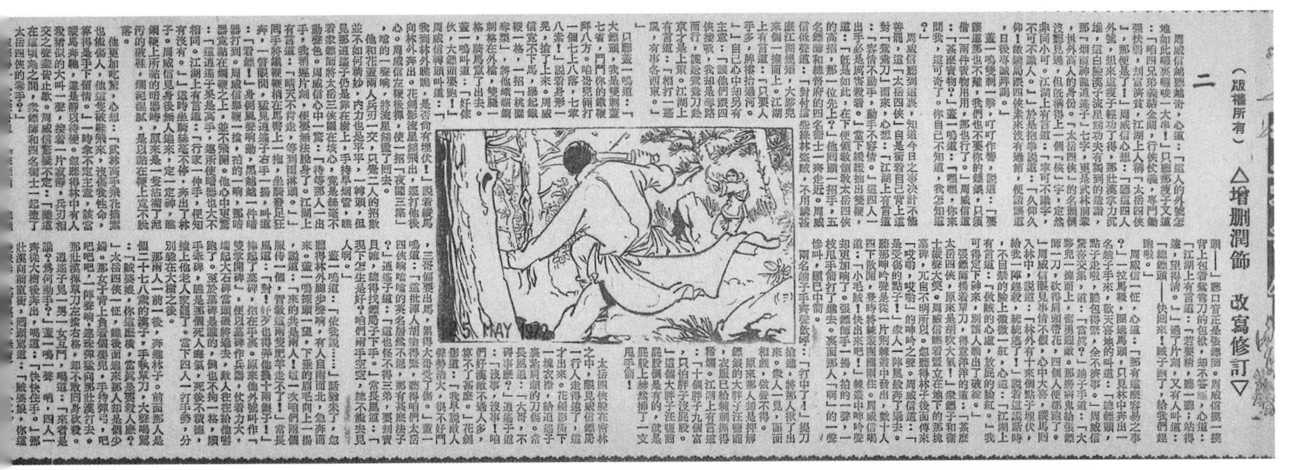
二 （版權所有） △增刪潤飾 改寫修訂▽

十三 （版權所有） △增刪潤飾 改寫修訂▽

明晚版《鴛鴦刀》第一、二與一三續，《明報晚報》1972年5月24-25日與6月5日。

明晚版《鴛鴦刀》第三、四續，泰國《世界日報》1972年6月1日。《世界日報》從1972年5月31日開始連載經改寫後的《鴛鴦刀》，1972年6月11日為最終回。每天連載字數不等，有時會連載兩續（共四次），有時會停載（共三天）。只連載文字，刪掉了雲君新畫的插圖。以前報紙副刊會連載很多不同種類的小說，武俠、奇情、偵探、神秘等都是讀者最愛的題材，作為消閒娛樂與茶餘飯後的談資。像《世界日報》這一頁，匯集了四篇武俠小說：《鴛鴦刀》、《千面神龍》、《金筆點龍記》和《飛鈴》，在當時是常見的事。

鴛鴦刀

十七 △增刪潤飾 改寫修訂▽

版權所有 翻印必究

新加坡《新明日報》連載的明晚版《鴛鴦刀》（第一七續），1974年8月27日。《新明日報》從1974年8月11日開始連載明晚版《鴛鴦刀》，全部共十九續，至8月29日為最終回。由於每天連載字數與《明報晚報》不同，編號也由原來的「十三」擴展至「十九」。明晚版雲君新繪的十三張插圖，也會重複使用。

章節，每天連載時也不加小標題，只加上「一」、「二」、「三」等編號，最後一天就是第「十三」。

《鴛鴦刀》蛻變舉隅

《鴛鴦刀》的主題淺易，故事結構相對簡單，由六個場景組成，每個場景幾乎由同一批人上演不同的戲碼，推動情節發展。由此可以看出，金庸寫《鴛鴦刀》時，腦袋想的是如何把故事拍成電影。可以說，《鴛鴦刀》是電影的原著故事，即使不是劇本，也是專為電影而寫的。舊版《鴛鴦刀》建構了故事的框架，包括情節發展進程、人物性格與關係。金庸1972年改寫時，則在保留原來故事的基調上，透過改寫周威信這個人物，大幅增加反諷式「幽默感」，讓相對平淡的小說增添「使人愉悅」的閱讀效果，在會心微笑中對「何謂自作聰明」作進一步的反思。

周威信

舊版故事中，威信鏢局的總鏢頭周威信是個老江湖，行走武林多年，見多識廣。每碰到一件事情，經驗總是讓他看得通透，懂得如何做反應。修訂版中，金庸加強描寫周威信這個特點，透過加入大量「江湖上有言道」等老江湖諺語，以及更細膩地刻畫周威信的內心世界，讓角色更加鮮明，也製造更多的幽默效果。

> 一瞬之間，江湖上許多軼聞和故事都湧上了心頭：……一個美貌姑娘打倒了晉北大同享名二十餘年的張大拳師……越是貌不驚人，為（筆者案：疑為「好」字）整以暇的

人物，越是要嚴加提防。（舊版《鴛鴦刀》（上），《武俠與歷史》第三十七期，61 1 11，頁4）

頃刻之間，江湖上許多軼聞往事湧上了心頭：……一個美貌大姑娘打倒了晉北大同府享名二十餘年的張大拳師……越是貌不驚人、漫不在乎的人物，越是武功了得，**江湖上有言道：「真人不露相，露相不真人。」**（明晚版《鴛鴦刀》第一續，1972年5月24日）

周威信心想：「聽這四人外號，想來這瘦子輕功了得，那壯漢掌力深雄，這白臉漢子流星鎚功夫有獨到的造詣，只是『煙霞神龍逍遙子』七字，確是武林前輩，世外高人的身份。『太岳四俠』的名頭倒沒聽見過，但既稱得上一個『俠』字，定然不可輕敵。」（舊版《鴛鴦刀》（上），頁7）

周威信心想：「聽這四人外號，想來這瘦子輕功了得，那壯漢掌力沉雄，這白臉漢子流星鎚功夫有獨到的造詣，那『烟霞神龍逍遙子』七字，更是武林前輩，世外高人的身份。『太岳四俠』的名頭倒沒聽見過，但既稱得上一個『俠』字，定然非同小可。**江湖上有言道：『寧可不識字，不可不識人。』**」（明晚版《鴛鴦刀》第二續，1972年5月25日）

周威信低聲道：「對付這些綠林盜賊不用講什麼江湖規矩，大夥兒來個一擁而上。」他自己心中卻另有主意：「讓他們跟四俠接戰，我卻是奪路而行，護送鴛鴦刀赴京才是上策。」（舊版《鴛鴦刀》（上），頁7）

周威信低聲道：「對付這些綠林盜賊，不用講甚麼江湖規矩，大夥兒來個一擁而上。**江湖上有言道：『只要人手多，牌樓抬過河。』**」自己心中卻另有主意：「讓他們跟四俠接戰，我卻是奪路而行，護送鴛鴦刀赴京才是上策。**江湖上有言道：『相打一蓬風，有事各西東。』**」（明晚版《鴛鴦刀》第二續，1972年5月25日）

兩版文字與內容相若，明晚版卻加了二十二次「江湖上有言道」的警語，其中十六次都是周威信的心理活動，如「周威信心想」、「心道」、「自己心中卻另有主意」、「周威信心中一驚」、「他心中更驚」等。心理活動舊版已有，金庸只是在此基礎上增加江湖警語，側寫周威信的江湖閱歷，反諷許多的江湖事其實只是「想多了」所導致。

除了加入江湖警語，金庸也進一步把周威信的「自說自話」描寫得更生動：

> 這對「鴛鴦刀」倘若在道中有甚失閃，不但他自己有了殺頭的罪名，全家老小也都不用活了，周威信一生經歷過不少大風大浪，但從未像這一次走鏢那樣又驚又喜，心神不寧。如果護送寶刀平安抵京，劉大人曾親口許下重賞，那是不用說了，說不定皇上一喜歡，竟然賞下一官半職，從此光宗耀祖，飛黃騰達，再也不用幹這在刀尖子上捱命的江湖生涯。（舊版《鴛鴦刀》（上），頁5）

> 這對「鴛鴦刀」倘若在道中有甚失閃，**自己腦袋要跟身子分家，那是不用客氣了**，全家老小也都不必活了。他一生經過不少大風大浪，**風頭出過，釘板滾過，英雄充過，狗熊做過，砍過別人的腦袋，就差自己的腦袋沒給人砍下來過，算得是見多識廣的老江湖了**，但從未像這一次走鏢那樣又驚又喜，心神不寧。如果護送寶刀平安抵京，劉大人曾親口許下重賞，**自然是「君子一言，快馬一鞭」**，說不定皇上一喜歡，竟然賞下一官半職，從此光宗耀祖，飛黃騰達，**周大鏢頭變成了周大老爺周大人**。（明晚版《鴛鴦刀》第一續，1972年5月24日）

> 尋常黑道上的人物，他鐵鞭鎮八方也未必便放在心上……（舊版《鴛鴦刀》（上），頁5）

> 尋常黑道上的人物，他鐵鞭鎮八方也未必便放在心上，**八方鎮不了，鎮他媽的一兩方總也還將就對付著**……（明晚版《鴛鴦刀》第一續，1972年5月24日）

> 原來是一隻沾滿了泥污的破鞋，爛泥濕膩，是以黏在鞭上竟不脫落。他又是吃驚……（舊版《鴛鴦刀》（上），頁8）

> 原來是一隻沾滿了泥污的破鞋，爛泥濕膩，是以黏在鞭上竟不脫落。他更加吃驚，**心想：「武林高手飛花摘葉也能傷人，他這隻破鞋飛來，沒傷我性命，算得是手下留情。」**（明晚版《鴛鴦刀》第二續，1972年5月25日）

改寫後的文字延長了百分之七十。金庸運用多種手法，從不同角度描寫周威信沉醉在幻想世界裡，有委婉（自己腦袋要跟身子分家，那是不用客氣了）、排比（風頭出過，釘板滾過，英雄充過，狗熊做過）、引用（自然是「君子一言，快馬一鞭」）、反復與借喻（周大鏢頭變成了周大老爺周大人）、方言俗語（鎮他媽的一兩方總也還將就對付著），甚至幻想（他這隻破鞋飛來，沒傷我性命，算得是手下留情）。金庸描寫得愈仔細，周威信的想像愈豐富（而無稽），就愈能產生幽默效果。

雲君、鳳簫圖說《鴛鴦刀》

《武俠與歷史》中的《鴛鴦刀》由雲君繪畫插圖，四期合共畫了十張圖，有跨頁的也有單頁的，變化幅度比報紙插圖更大。

1

2

3

4

《明報》首次連載《鴛鴦刀》，插圖由鳳簫繪畫。

1-2 蕭中慧不知林玉龍、任飛燕是夫婦，見男子抱起孩兒便走，以為對方要搶孩子，提刀追趕在後，最後與兩人打了起來。

3 卓天雄現身，周威信知道對方是師叔後，拜服在地。

4 袁冠南、蕭中慧等四人不敵卓天雄，躲在神壇佛像之後。

晉陽大俠蕭半天五十大慶，賀客盈門。

朝一夕之功。」蕭中慧道：「學得多少，便是多少，總勝於白白在這裏等死。」任飛燕道：「好，我便敎你。」蕭中慧本來携有雙刀，於是將自己的短刀借給任飛燕，將長刀借給林玉龍。林任夫婦口講刀舞一招一式的演將起來，袁蕭二人在各瞧各的用心默記。

袁蕭二人武功雖均不弱，但這套夫妻刀法招數極是繁複，一時實不易記得許多。兩個人敎，兩個人學，還只敎到第十二招，忽聽得門外大喝一聲：「賊小子，你躲到那裏去？」人影一閃，卓天雄手持鐵棒，搶進庵來，一棒往袁冠南頭頂砸落。

原來他手背上被黑墨抹中之後，忙奔到溪水中去洗滌，那墨漬一洗即去，不留絲毫痕跡。他放心不下，拼命用力擦洗，這用力一擦，皮膚破損，眞的隱隱作疼起來。卓天雄大驚，呆了良久，不再見有何異狀，才知是上了袁冠南的當，於是率領了周威信等一干人，隨後追來。他雖輕功了得，奔馳如飛，但這麼一耽擱，却給袁冠南等躲到了紫竹庵中。

林玉龍見卓天雄重來，不驚反怒，喝道：「咱們刀法尙未敎完，你便來了，多等一刻也不成麼？」提刀向卓天雄砍去。卓天雄擧鐵棒一擋，任飛燕也已從右側攻到。林玉龍叫道：「使夫妻刀法！」他意欲在袁蕭兩人跟前一獻身手，長刀斜揮，向卓天雄腰間削了下去。這時任飛燕本當散舞刀花，護住丈夫，那知她不使夫妻刀法中的第一招，却是使了第二招中的搶攻，變成雙刀齊進的局面。卓天雄的眼力何等犀利，一見對方刀法中露出老大破綻，鐵棒一招「偷天換日」，架開雙刀，左手手指從棒底伸出，咄咄無聲，林任夫婦同時被點中了穴道。他二人倘若不使這夫妻刀法，尙可支持得一時，十餘合中未必便敗，但一使將出來，只因配合失誤，僅一招便被敵人制住。

林玉龍大怒，罵道：「臭婆娘，咱們這是第一招，你該散舞刀花，護住我腰脅才是。」任飛燕怒道：「你幹麼不跟着我使第二招？非得我跟着你不可？」二人雙刀僵在半空，口中却兀自怒罵不休。

袁冠南知道今日之事，已然無倖，低聲道：「蕭姑娘，你快逃走，讓我來纏住他。」蕭中慧沒料到他竟有這等俠義心腸，一呆之下，胸口一熱，說道：「不，咱們齊心合力鬥他。」袁冠南急道：「你聽我話，快走，若是我今日逃得性命，再和姑娘相見。」蕭中慧道：「不成……」話未說完，卓天雄已揮鐵棒搶上。袁冠南刷的一刀砍去，蕭中慧見他這一刀左肩處露出了空隙，不待卓天雄對攻，搶着揮刀護住他的肩頭，兩人事先並未練習，只因適才一個要對方先走，另一個却又定要留下相伴，雙方一動俠義之心，臨敵時自然而然的互相眷顧。林玉龍看得分明，叫道：「好，『女貌郎才珠萬斛』，這夫妻刀法的第一招，用得妙極！」

舊版《鴛鴦刀》（下），《武俠與歷史》第三十九期，61 2 1，頁54。《鴛鴦刀》第一次連載時，插圖由雲君繪畫。

明晚版《鴛鴦刀》連環畫

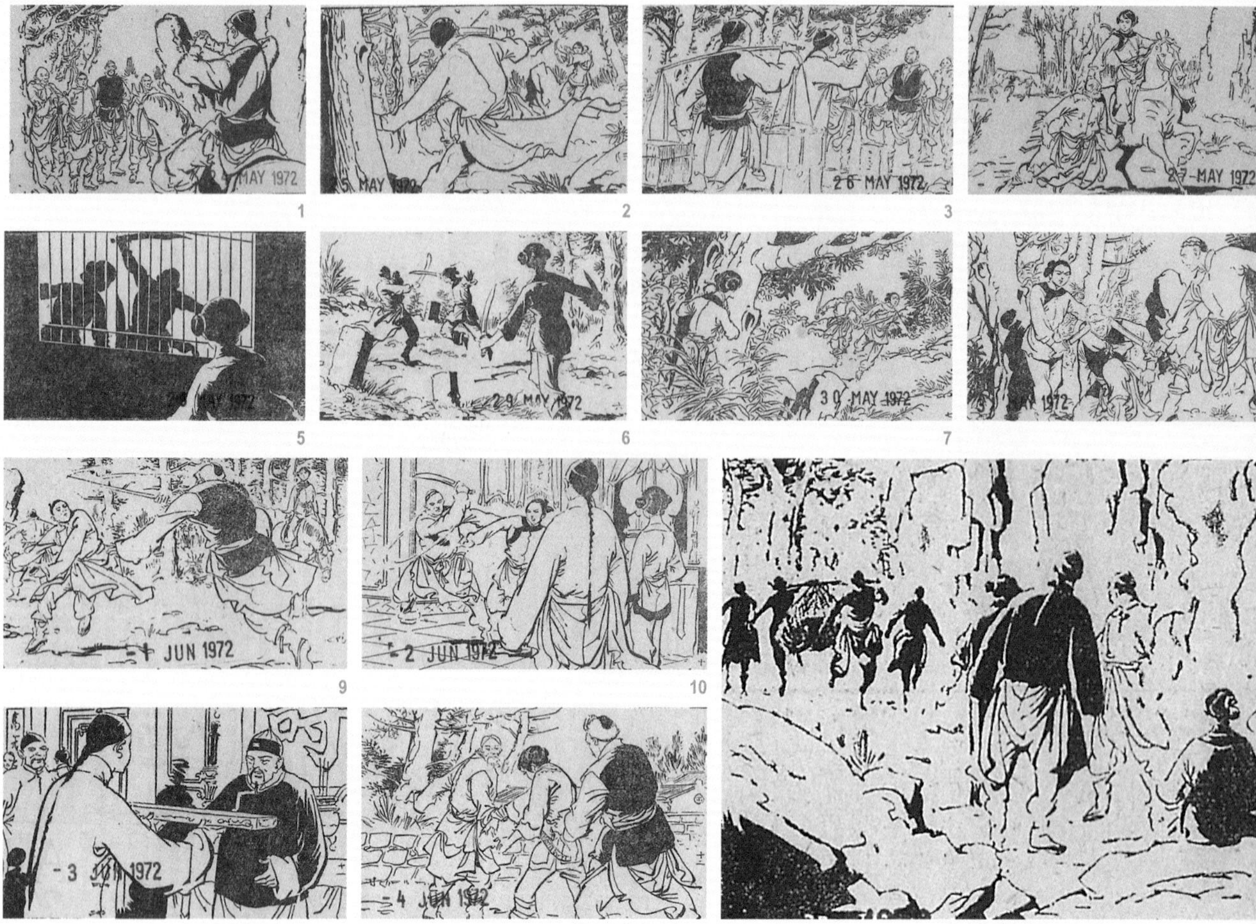

1 2 3 5 6 7 9 10 11 12

1 鐵鞭鎮八方周威信護送鴛鴦刀上京，途中遇見太岳四俠，因不知對方底細，先抱拳行禮示好。

2 林中忽然出現一男一女，少婦背上負著嬰兒，向壯漢發射彈珠，壯漢持刀擋格彈珠。

3 太岳四俠後來在林中道上遇見年輕書生袁冠南主僕二人，想向對方討買路錢。

4 太岳四俠本想使計絆倒蕭中慧的馬兒，被蕭發現，與蕭打了起來，卻不敵。逍遙子還被蕭中慧捉住後項頸策馬拖行。

5 蕭中慧在客棧隔牆偷聽，想打探鴛鴦刀的下落，卻見另一邊廂房中有一男一女持刀打了起來。

6 持刀壯漢抱著少婦的孩兒離去，少婦從後追趕，兩人邊走邊打，蕭中慧趕來幫忙。

7 蕭中慧偷了孩兒躲了起來，壯漢與少婦四處找尋。

8 林玉龍和任飛燕找尋蕭中慧期間，制服了周威信，雙人雙刀架在周的頸上。

9 眾人想搶奪鴛鴦刀，都給卓天雄制服，後來袁冠南現身，與卓天雄打了起來，但被打得節節敗退。

10 林玉龍、任飛燕傳授「夫妻刀法」給袁冠南、蕭中慧二人。

11 蕭半和壽辰，袁冠南獻上鴛鴦刀的長刀，作為賀禮。

12 蕭中慧出走，遇上卓天雄與周威信，被卓天雄制服，收去鴛鴦刀的短刃。

13 蕭府被燒，蕭半和與家眷離開，眾人在山道上遇見太岳四俠抬著一個人來，正是敗走的卓天雄。蕭半和取回鴛鴦刀的短刃。

捌

《神鵰俠侶》之後，金庸再次用「續篇」方式創作《倚天屠龍記》。為了強調兩部小說有關連，希望喜歡《神鵰俠侶》的讀者同樣支持《倚天屠龍記》，繼續每天買《明報》追看小說，金庸做了一些小安排。第一，在連載《倚天屠龍記》之前幾天，每天強打廣告，預告劇情：

> 「神鵰」尾聲中現身的張君寶，即武當派創派祖師張三丰。金庸先生新作「倚天屠龍記」，故事接續「神鵰」。張三丰及其眾徒為書中重要人物，而楊過、小龍女、郭襄等亦將出現。（《明報》1961年7月1日）

> 金庸先生新作「倚天屠龍記」，定七月四日開始在本報刊登，頭一段精采熱鬧節目為：「小東邪大鬧少林寺」。（《明報》1961年7月2日）

> 金庸先生新作「倚天屠龍記」明日起在本報刊登，與「神鵰俠侶」未完部份同時刊載，俾讀者諸君先覩為快。（《明報》1961年7月3日）

> 金庸新作「倚天屠龍記」中，首段寫張三丰創立武當派，少林寺十八羅漢齊上武當山索還「九陽真經」，自此引出無數奇幻變故，六日起開始連載。（《明報》1961年7月4日）

第二，安排《倚天屠龍記》與《神鵰俠侶》同時連載。1961年7月6日至8日，《明報》同時刊載《神鵰俠侶》最後三續（第七七五、七七六、七七七續），以及《倚天屠龍記》首三續。郭襄挑大樑，這三天自己一個人來回穿梭於兩個故事間。

第三，1961年7月8日《神鵰俠侶》最終回，金庸在小說正文中安插了「植入式廣告」，盡最後努力告訴讀者，在《倚天屠龍記》中可以看到《神鵰俠侶》未完的故事：

> 那蒼猿一跳一跳的過來，先扶起尹克西，又扶起瀟湘子，竟似是他二人養馴了的一般。兩人夾著一猿，腳步蹣跚，慢慢的走下山去。眾人見了這等情景，心下惻然生憫，也沒再想到去跟尹瀟二人為難。（至於九陽真經下落如何，將來當在「倚天屠龍記」中交代。）

正集、續集劃分理由？傻傻摸不著頭腦

《倚天屠龍記》從1961年7月6日開始連載，至1963年9月2日完結，前後共計七百八十九續。《明報》連載到1962年12月31日時，忽然在故事末尾處標上「正集全書完」五字。接下來有一段小啟事：

> 「倚天屠龍記」正集，至此結束。明日起接載續集，張無忌和金花婆婆及四女同赴海外，各種驚心動魄情節，均在續集中交代。（舊版《倚天屠龍記》正集最後一續，1962年12月31日）

這一續的故事寫萬法寺事件後，趙明（修訂版改名為「趙敏」）要張無忌帶她去找金毛獅王謝遜，想要看看屠龍刀，卻碰到金花婆婆挾持峨嵋派新任掌門，一同登上了船：

> 船上水手早受趙明之囑，諸多推託，直到金花婆婆取出一錠錠黃金作為船資，船老大方始勉強答應。金花婆婆等三人一上船，便命揚帆向東。（同上）

《倚天屠龍記》故事由三個張姓人物構成：張三丰、張翠山、張無忌。張無忌的故

倚天屠龍記　金庸

一七、千金之諾

明明郡主　料事如神

趙明明郡主料事如神，果然等到傍晚，一輛大車來到海濱，金花婆婆攜著蛛兒和周芷若，前來僱船。船上水手早受趙明之囑，諸多推託，直到金花婆婆取出一錠錠黃金作為船資，船老大方始勉強答應。金花婆婆等三人一上船，便命揚帆向東。（正集全書完）

（「倚天屠龍記」正集，至此結束。明日起接載續集，張無忌和金花婆婆及四女同赴海外，各種驚心動魄情節，均在續集中交代。）

舊版《倚天屠龍記》正集最後一續，1962年12月31日。

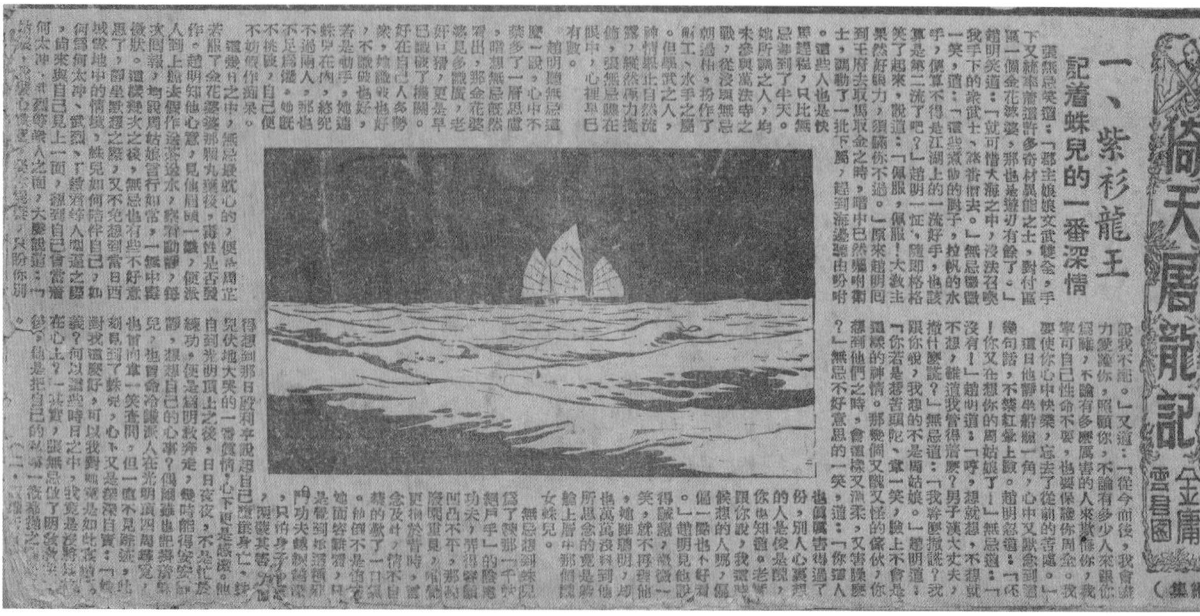
倚天屠龍記（續集）

金庸 雲君圖

一、紫衫龍王

記着蛛兒的一番深情

舊版《倚天屠龍記》續集第二續，1963年1月2日。《明報》沿用之前的版頭，只在下方加上「續集」二字，回目編號、續數重新計算。

事，以練成九陽神功為分水嶺，可分為童年篇與成長篇。成年後的張無忌，金庸為他安排了幾件大事，用幾個場景串連起來：（1）光明頂、（2）武當山、（3）萬安寺（舊版與明晚版稱為「萬法寺」）、（4）靈蛇島、（5）少林寺。從發生在他身上的幾件事情，包括學武、身分（當上明教教主）、愛情、事業（抗元）來看，沒有一件事情是以靈蛇島為分水嶺。金庸這時突然將故事分為「正集」與「續集」，實在讓人摸不著頭腦。

當然，金庸將故事分為前、後兩部分，也有可能與主角張無忌的遭遇無關，而是從倚天劍、屠龍刀的「命運」來衡量。書名「倚天屠龍記」，但兩件兵器在之前的情節中發揮得實在有限，趙明帶著倚天劍隨張無忌尋訪謝遜，正代表著兩件神兵相見有期；而滅絕師太臨死前跟周芷若提到刀劍互砍即斷的秘密也終要揭開，上代江湖的《九陰真經》、降龍十八掌與《武穆遺書》，重見天日有期。從故事發展來看，往後劇情確實與倚天劍、屠龍刀密切相關。不過，如果金庸這時真想將故事的重心放在兩件神兵上，並以此作為宣傳重點，又為什麼不在正集最後一天的啟事中提及？真相到底是什麼？幾十年後已經沒有人知道。金庸後來改寫《倚天屠龍記》，在《明報晚報》連載時，已經不再劃分正集與續集。

舊版《倚天屠龍記》正集連載了五百四十四續，以「引子」作為開首，之後共十七回，全部合共十八回；續集連載了兩百四十五續，共十六回，最後一天為「尾聲」。除引子與尾聲外，每回都有四字回目，每天有小標題。插圖由雲君繪畫，扣除最後一天「尾聲」沒有插圖，七百八十九續合共畫了七百八十八張圖。

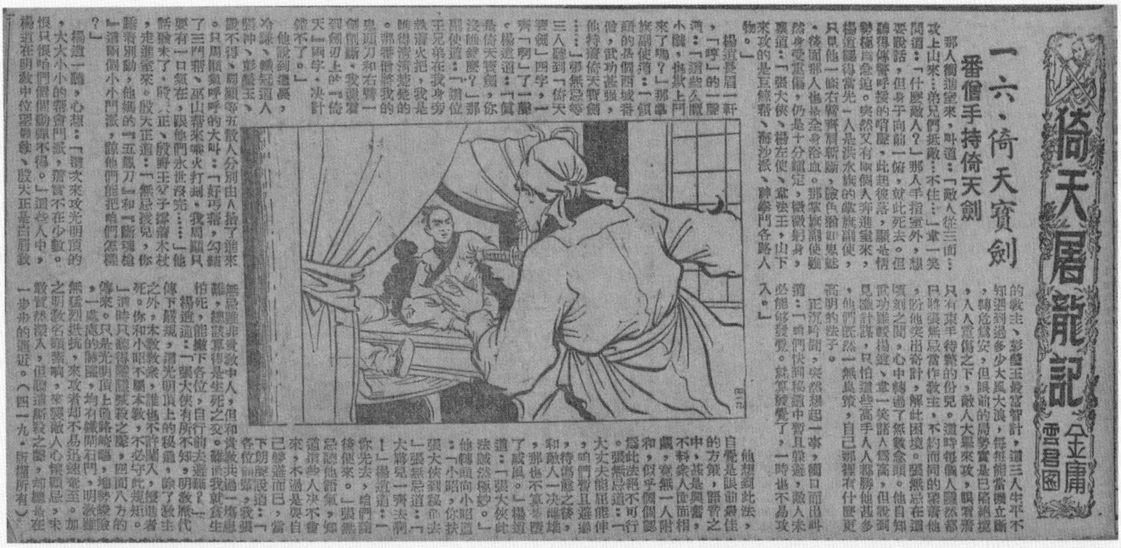
倚天屠龍記 金庸 雲君圖

一六、倚天寶劍

番僧手持倚天劍

（四一九，版權所有）

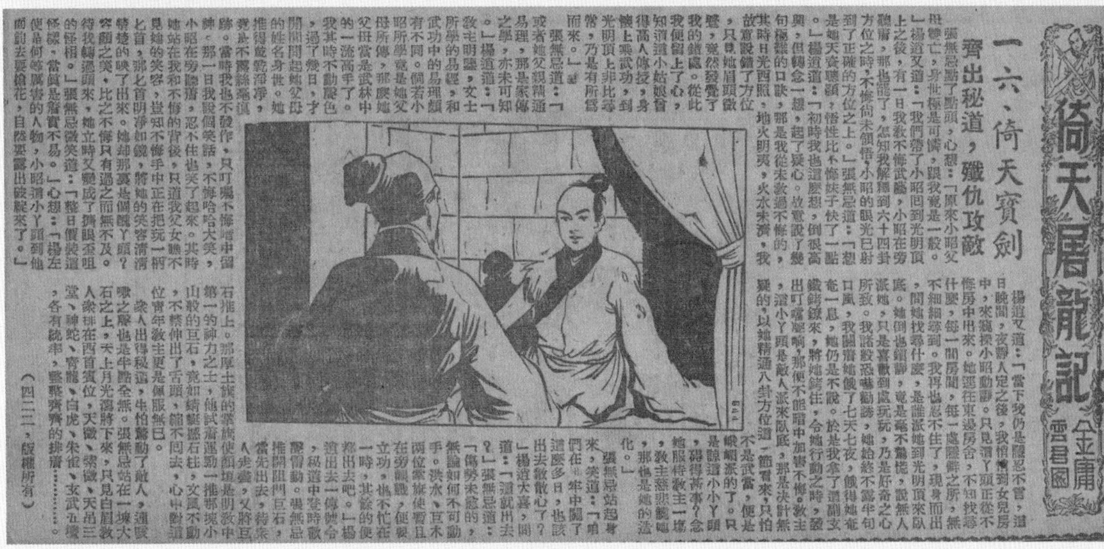
倚天屠龍記 金庸 雲君圖

一六、倚天寶劍

齊出秘道，殲仇攻敵

（四二二，版權所有）

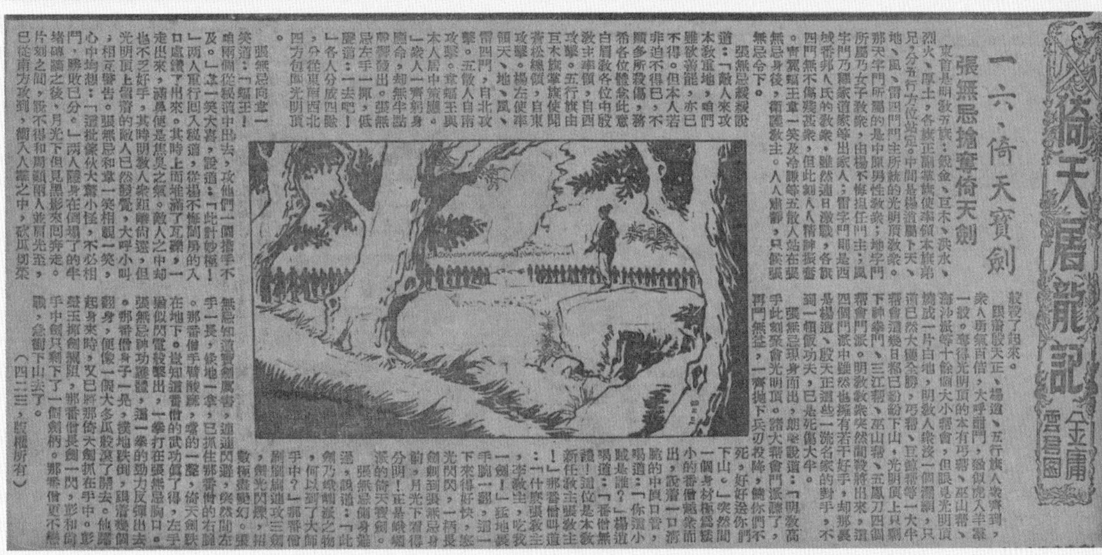
倚天屠龍記 金庸 雲君圖

一六、倚天寶劍

張無忌搶奪倚天劍

（四二三，版權所有）

本頁與下頁　舊版《倚天屠龍記》第四一九、第四二二至四二六續，1962年9月12日與15-19日。這一段寫光明頂上，張無忌擊退六大派後，有一番僧持倚天劍率領巨鯨幫、神拳門等人前來偷擊，明教教眾躲在秘道中，傷癒後才出秘道痛擊敵人。舊版故事寫一眾幫派並非自發偷襲，而是背後有人策劃。事敗後雖被明教俘虜，但恐連累被脅持的家人，所以發難搶奪兵器自殺。金庸改寫時，只保留了部分情節，番僧持倚天劍、幕後有人策劃的部分，則全部刪去。（六大派圍攻光明頂，可參頁298-300）

倚天屠龍記

金庸　雲君圖

一六、倚天寶劍

白眉教和明教分而復合

張無忌心中掛念着周芷若，不知她手中的倚天劍何以會給那番僧奪去，決意要將那番僧擒住，問個明白，當下縱身躍起，疾追而下，忽聽得左首山坳中「啊」的一聲尖叫，似是楊不悔的聲音，跟着一柄明晃晃的長劍直飛而上，顯是被人擊落了兵刃。張無忌救人要緊，急向聲音來處奔去。那山坳中長滿了濃密的小樹，無法瞧得見樹枝樹葉後面的情形，張無忌更不理會，一躍而入，猛地裏勁風撲面，一柄鋼刀迎面砍將過來。張無忌身形略側，抓住那人手臂、將那人擲出數丈之外。只聽得樹叢中有喝罵鬥毆之聲，當即搶步進去，但見一條大漢由上直下的揮着兩柄板斧，風聲呼呼，砍得枝葉紛飛。楊不悔空着雙手，只有閃躍而避。

張無忌身形一晃，已站在這條大漢身前，喝道：「住手！」那大漢給他威嚴所懾，爲之一怔，隨即雙斧猛劈過去。張無忌左手一拂，使出乾坤大挪移的心法，將他斧頭的去勢撥得偏了，只聽得噹的一聲巨響，火光飛濺，雙斧一齊斫在山石之上，石屑紛飛，斧頭的刃口都捲了起來。那大漢雙臂酸麻，無力再行舉斧。楊不悔一拳打中他的太陽穴，那大漢眼珠突出，登時斃命。張無忌道：「不悔妹子，你沒受傷麼？」楊不悔道：「沒有。多謝你來救我。」張無忌微微一笑，道：「我們同上去吧！」

這麼一耽擱，料知那番僧已無法追上，兩人剛回到山頂，忽聽得遠處一個陰惻惻的聲音尖厲異常的叫道：「有誰貪生怕死，下手決不容情！有誰貪生怕死，下手決不容情。」巫山幫等人衆本已一敗塗地，正自逃竄躲避，聽到這鬼哭一般的聲音一叫，突然間精神大振，轉身死鬥，頃刻之間，倒將明教教衆殺傷了多人。但一來技不如人，二來寡不敵衆，縱然拚死惡鬥，總是一個個的倒翻下去。

張無忌朗聲說道：「再鬥更有何益，一齊投降吧！」諸幫衆紅了眼睛，竟不罷手，月光下瞧他們的臉色時，卻個個有恐懼之情，便似每個人身後跟着一個惡鬼，督促他們非戰鬥至死不可。張無忌起了不忍之心，身形晃動，猶如一陣風般轉過每個幫衆身邊，手指過伸，人人都給點中了穴道，一一抛去兵刃，摔倒在地。只有三名高手及時避開，不能一招點中，但片刻之間，已給楊逍、韋一笑、殷野王三人分別擊死。

明教這一仗大獲全勝，敵人中除了極少數人逃走之外，三百餘人非死即擒，光明頂上登時燃起熊熊大火，感謝明尊佑護。這十餘日中，巫山幫等人衆已在山頂搭了若干茅棚，暫行棲身，當下五行旗下教衆又再砍伐樹木，搭蓋茅舍，地字門下的女教衆則忙着燒水煮飯。衆人大勝之餘，雖然一夜不睡，也不疲累，只見白眉鷹王殷天正站起身來，大聲說道：

「白眉教下各人聽了：本教和明教同氣連枝，本是一脈。二十餘年之前，本人和明教的賢仲們不和，這才遠赴東南，自立門戶。眼下明教由張大俠出任教主，人人指望着想，齊策羣力。白眉教這個名字，從今日起再也沒有了，大夥兒都是明教的教衆，咱們人人聽張教主的分派號令。張是那個不服，快快給我滾下山去吧！」

白眉教教衆歡聲雷動，都道：「咱們大夥兒都入明教，那是何等的美事。殷教主和張教主是至親的家人，聽那一位教主的號令都是一樣。」殷天正大聲道：「從今日起只有張教主，那個再叫我一聲『殷教主』，那是大大的犯上叛逆。」張無忌拱手道：「白眉教和明教分而復合，眞是天大的喜事。只是在下迫於情勢，暫爲教主之位。此刻大敵已除，咱們正該寶推教主。明教和白眉教中有這許多英雄豪傑，小子年輕識淺，何敢居長？」（四二四．版權所有）

倚天屠龍記

金庸　雲君圖

一六、倚天寶劍

張無忌結誓約三事

周顛單刀直入，爽爽快快的道：「張教主，你倒代咱們想一想，咱們爲了這教主之位，鬧得四分五裂，好容易個個都服了你。你若再推辭，那麼你另派一個人出來當教主吧。哼哼！不論是誰，我周顛首先不服。若是要我周顛當吧，別個兒可又不服。」彭瑩玉也站起身來說道：「張教主，倘若你不肯担此重任，明教又回到了自相殘殺、大起內鬨的老路上，難道你那時又來求你搭救。」張無忌心想：「這干人說的話也是實情，當此情形之下，我實不能袖手不顧。」於是朗聲說道：「各位既是垂愛，小子不敢推辭，暫攝教主重任，只是有三件事要請各位允可，否則小子寧死不肯担當。」

衆人紛紛說道：「教主有令，莫說三事，便是三十件也允得。不知是那三件，便請教主示下。」張無忌道：「本教被人目爲邪魔外道，雖說是教外之人心地偏狹，不明本教眞相，但本教之中，人數多了，難免良莠不齊，亦有不肖之徒行爲放縱，殘害無辜。這第一件事，是自今而後，從本人以下，人人須得嚴守教規，爲善去惡、行俠仗義。本人請冷謙冷先生担任刑堂執法香主，凡是違犯教規，和本教弟兄爭鬥修怨者，一律處以重刑，即令是本人的外公、舅父等尊長，亦無例外。」衆人躬身說道：「正該如此。」彭瑩玉道：「當年楊教主在世之時，本教教規何等嚴峻，近年來逐漸敗壞。張教主和冷兄好好整頓一番，乃是本教第一件要緊事。」冷謙踏上一步，說道：「奉令！」他不喜多話，簡簡單單的兩個字，等於是答應自當竭盡所能，奉行無忌所吩咐的命令。

張無忌道：「這第二件事，說來比較爲難。本教和中原六大派結怨已深，雙方門人弟子、親戚知友，都是互有殺傷。咱們既往不咎，前怨盡釋，不再去和六大派尋仇。」衆人聽了，心頭都是氣忿不平，良久無人答話。周顛道：「倘若六大派再來惹事生非呢？」張無忌道：「那時隨機應變，倘若對方一意進逼，咱們自也不能束手待斃。」鐵冠道人道：「好吧！反正咱們的命都是教主救的，教主要咱們怎樣，那便怎樣。」彭瑩玉大聲道：「各位兄弟：六大派殺了咱們不少人，咱們也殺了六大派不少人，如果雙方仇怨糾纏，循環報復，只有越死越多。教主命咱們不再尋仇，也正是爲咱們好。」衆人心想這話原也不錯，終於都答應了。

張無忌抱拳道：「各位寬洪大量，實是武林之福，蒼生之幸。這第三件事，乃是依據楊前教主的遺命而來。楊前教主遺書中說道：凡是覓回聖火令、能赴丐幫譯回第三十一代教主遺物者，接任第三十四代教主之位。在他逝世以後，教主之位由金毛獅王謝法王暫攝。咱們即當前赴海外，迎歸謝法王尊，由他攝行教主之位。然後設法尋覓聖火令和前代教主的遺物。那時小子退位讓賢，各位不得再有異議。」

衆人聽了這番話，不由得面面相覷，心想：「羣龍無首數十年，好容易得了一位智勇雙全、才德並備的教主。日後若是本教一個無能之徒，無意中拾得聖火令，難道竟由他出任教主？」

楊逍道：「楊前教主的遺書寫於二十餘年之前，其時世局，與今大不相同，金毛獅王自是要去迎接的，聖火令自是要尋，但若由旁人担任教主，實難令大衆心服。」張無忌堅執[illegible]衆人拗他不過，只得依了，但想：「金毛獅王只怕早已死了？聖火令失落將近百年，那裏找得着？且聽他的，將來若是有變，再作道理。」

當下張無忌命人燃起聖火，率和衆人歃血爲盟，不可違了這三件約誓。行誓已畢，天色已然大亮，忽聽得樹林中一人大聲呼叫起來，聲音極是驚惶。（四二五．版權所有）

倚天屠龍記

金庸　雲君圖

一六、倚天寶劍

衆俘虜自殺身亡

鐵冠道人喝道：「什麼人無事驚慌？」只見林中兩個人急奔而出，正是洪水旗下的弟兄，奔到洪水旗掌旗使唐洋跟前，稟報了幾句。唐洋奇道：「有這等事？」指指點點發了幾句號令，洪水旗下三十餘名弟兄，四面八方的撲了下去，餘下的各佔方位，佈成防敵的陣勢。唐洋親自率領數人，到樹林中去查察。洪水旗苦戰之餘，剩下來的已不足百人，但唐洋指揮分派，凜然若不可犯，單是洪水旗一旗，便足與江湖一般幫會門派分庭抗禮。張無忌瞧在眼中，暗想明教中人才濟濟，前途不可限量，心下甚是欣慰。

過不多時，唐洋從林中快步出來，向張無忌躬身行禮，臉上頗有惶愧之色，說道：「啓稟教主。」「唐旗使何事？」唐洋道：「屬下派人看管俘虜，不料衆俘虜突起發難，搶了看管人員的刀刃，人人自殺而死，看守者阻止不及，大爲慚愧。」張無忌道：「此事甚奇。」與衆人同到林中，只見巫山幫、五鳳刀各幫俘虜人衆，一齊橫屍地下。洪水旗下的奉命看管的八名教衆，倒有六人受了傷。張無忌道：「這些人確是自殺，並非爲人所害？」領頭的看守者稟道：「啓稟教主，這些俘虜忽地一聲唿哨，一齊跳將起來，擊倒了屬下，搶去刀劍，人人自殺，自始至終沒出一句聲。」張無忌點點頭道：「事出意外，並非你們過失，起來吧！」那人道：「謝教主恕罪之恩！」

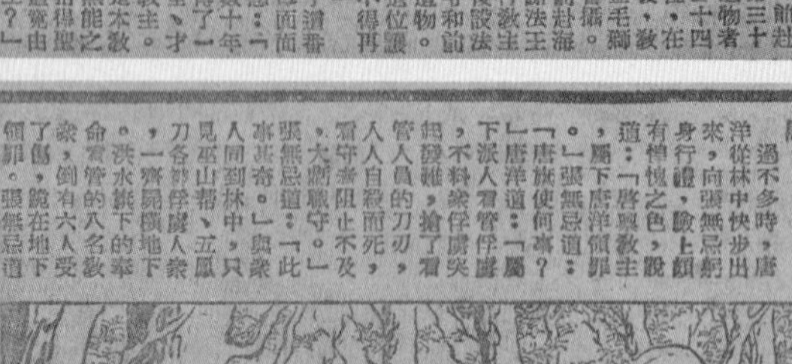

張無忌一看衆俘虜的傷痕，確是個個自殺斃命，只見屍堆中一人的手臂微微一動，倘未斷氣，當即俯身，伸掌貼住那人的靈台要穴，一股九陽眞氣送了過去。那人睜開眼來，神色茫然。張無忌道：「你爲什麼自殺？」那人斷斷續續的道：「有誰貪生……怕死……下手……下手決不……容情……」張無忌一怔，記起適才激戰之時，山腰間有人如此呼喝，對方立即拚死惡鬥，知道其中定是大有蹊蹺，又問：「是誰下手決不容情？」那人道：「我一家老少……妻子幼兒……都在人家手中……」張無忌道：「在誰的手中？咱們給你去救出來。」那人搖了搖頭，嘴角邊露出一絲苦笑，頭一低，就此氣絕。

楊逍等聽了那人之言，都是面面相覷，猜不透其中含意。張無忌命洪水旗將屍體搬到山腰裏掩埋，和楊逍、殷天正、韋一笑等人回入茅棚，商議此事。「這些人的家眷落入旁人手中，受人挾制，若不死戰，只怕家中老小便難以活命。江湖上有誰有這等大的威勢，能驅策這許多幫會門派？[illegible]

大派圍攻本教，擺在必勝，[illegible]人自負得緊，決不會想到一個「敗」字，不致事先伏下這着棋子。」衆人點頭稱是。周顛道：[illegible]若成見在先，[illegible]可就難猜得很了。」[illegible]得要領。[illegible]本教眼前第一大事，是去海外迎接金毛獅王謝法王。[illegible]位願與本人同去？」衆人一齊[illegible]說道：「願追隨教主，同赴海外。」（四二六．版權所有）

— 20 —

倚天屠龍記

金庸

雲君插画

小東邪大鬧少林寺

— 21 —

倚天屠龍記 金庸

七 百歲壽誕

無忌一掌，沉重難救

奇情短篇 妙計捉姦 餘生

說地

上　1961年7月21日出版的《武俠與歷史》第四十五期，轉載了《明報》從1961年7月6日到7月21日的《倚天屠龍記》內容，圖為頁20-21。

下　舊版《倚天屠龍記》第一五四續，緬甸《中華商報》1961年12月12日。

舊版《倚天屠龍記》除了在《明報》連載外，也在《武俠與歷史》連載。1961年7月21日的《武俠與歷史》第四十五期，開始連載《倚天屠龍記》。《武俠與歷史》首次連載即已追上《明報》，因為第四十五期收錄了《明報》自7月6日至7月21日前後共十六天的總連載量，逾二萬字。金庸此舉的目的非常明顯，就是希望吸引《武俠與歷史》的讀者，如果覺得好看，可以買報紙每天追看，雜誌與報紙也可以無縫銜接。當然，《武俠與歷史》一口氣刊載兩萬多字的《倚天屠龍記》，也是僅此一次；之後各期，每期約一萬字，相當於《明報》一個星期的連載量。不過，《武俠與歷史》如果遇到脫期，為了避免與報紙時間相差太遠，也會連載更多篇幅。

— 53 —

倚天屠龍記

金庸

雲君插畫

六、重返中土

苦海無邊，回頭是岸

上　《武俠與歷史》第五十九期收錄了《明報》從1961年11月4日到11月14日，前後共十一天連載的《倚天屠龍記》（第一二二至一三二續）。第五十九期在1961年11月10日出版，如果這個日期正確無誤，則是罕有地比《明報》還要更早刊載。頁53最後一句「身法之快，步武之輕，實是匪夷所思」，是《明報》1961年11月14日第一三二續的內容。

下　舊版《倚天屠龍記》第一三二續，《明報》1961年11月14日（「一三三」是檢字排版錯誤，實為「一三二」）。

回目的嬗變：從四字到七言古體詩

1974年8月30日，《明報晚報》開始連載經金庸改寫後的《倚天屠龍記》，每天約二千七百字，配上雲君重新繪畫的插圖，到1975年9月29日結束，前後三百九十六天，扣除1975年2月11及12日為春節假期停載兩天，共計三百九十四續。雲君每天繪畫一圖，理應有三百九十四張，但其中有七張插圖重複使用，故實際不足三百九十張。

明晚版《倚天屠龍記》不再分正集與續集，金庸把原來的三十三回，重新規劃為四十回，每回配上四字回目。一年之後（1976年）出版《金庸作品集·倚天屠龍記》時，雖然仍舊為四十回，卻改用七言古詩體做回目。金庸修改回目，並沒有在修訂版的後記中提及，反而是在三十年後（2005年）的新修版「後記」中才說：

> 本書的回目是模倣柏梁體一韻到底的七言詩四十句。古體詩的平仄與近體詩不同，不可入律。我不擅詩詞，古體詩寫起來加倍困難，就當作是一次對詩詞的學習了。困難之點在於沒有「古氣」。（新修版《倚天屠龍記》，頁1724）

茲將各版回目臚列如下，以作比較：

回	舊版	回	明晚版	作品集版
0	引子	0		
1	花落花開	1	崑崙三聖	天涯思君不可忘
2	屠龍寶刀	2	花落花開	武當山頂松柏長
3	六俠尋仇	3	銀鈎鐵劃	寶刀百鍊生玄光
4	揚刀立威	4	江上少女	字作喪亂意彷徨
5	玄冰火窟	5	金毛獅王	皓臂似玉梅花妝
6	重返中土	6	海上仙山	浮槎北溟海茫茫
7	百歲壽誕	7	師徒恩仇	誰送冰舸來仙鄉
8	玄冥神掌	8	回歸中土	窮髮十載泛歸航
9	蝶谷醫仙	9	百歲壽誕	七俠聚會樂未央
10	間關萬里	10	血濺武當	百歲壽宴摧肝腸
11	雪嶺雙姝	11	林中夜鬥	有女長舌利如槍

12	金在油中	12	見死不救	鍼其膏兮藥其肓
13	荊釵村女	13	蝶谷奇變	不悔仲子踰我牆
14	圍剿魔教	14	恩將仇報	當道時見中山狼
15	挪移乾坤	15	雪嶺雙姝	奇謀秘計夢一場
16	倚天寶劍	16	九陽真經	剝極而復參九陽
17	千金之諾	17	圍剿魔教	青翼出沒一笑颺
1	紫衫龍王	18	醜女蛛兒	倚天長劍飛寒鋩
2	聖火六令	19	祕道偷襲	禍起蕭牆破金湯
3	一往情深	20	挪移乾坤	與子共穴相扶將
4	聖女教主	21	排難解紛	排難解紛當六強
5	鴻飛冥冥	22	利劍穿胸	羣雄歸心約三章
6	冤家路狹	23	綠柳山莊	靈芙醉客綠柳莊
7	梟獍之心	24	太極初傳	太極初傳柔克剛
8	獅王行踪	25	續骨靈膏	舉火燎天何煌煌
9	花燭春宵	26	光明右使	俊貌玉面甘毀傷
10	千里赴難	27	萬法寺中	百尺高塔任回翔
11	屠獅大會	28	靈蛇島上	恩斷義絕紫衫王
12	技震群雄	29	紫衫龍王	四女同舟何所望
13	黃衫女子	30	聖女教主	東西永隔如參商
14	恩怨了了	31	丐幫聚會	刀劍齊失人云亡
15	共襄義旗	32	不白之冤	冤蒙不白愁欲狂
16	是耶非耶	33	大遊皇城	簫長琴短衣流黃
0	尾聲	34	血濺華堂	新婦素手裂紅裳
		35	屠獅大會	屠獅有會孰為殃
		36	松間三僧	夭矯三松鬱青蒼
		37	英雄大會	天下英雄莫能當
		38	藝蓋羣雄	君子可欺之以方
		39	刀斷劍折	秘笈兵書此中藏
		40	不了深情	不識張郎是張郎

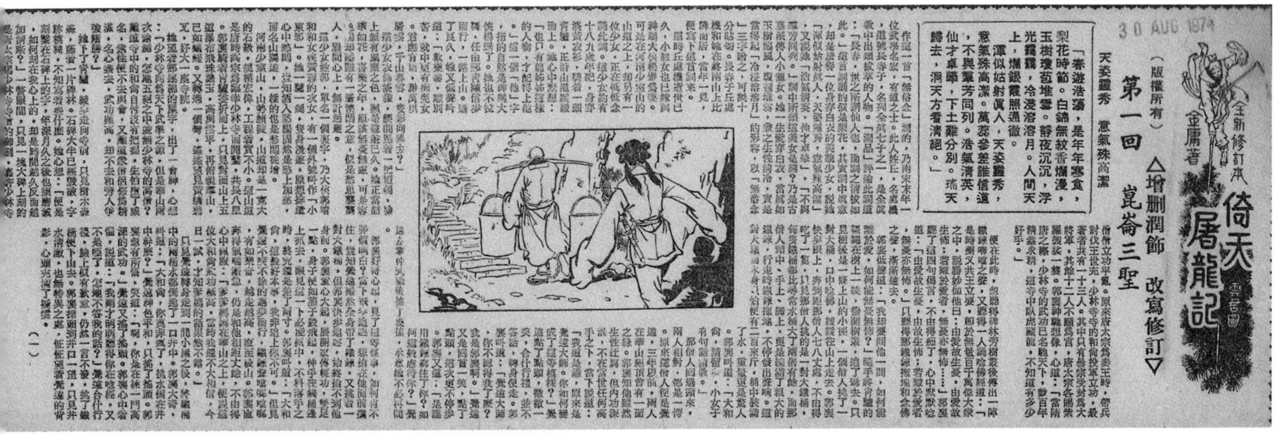

30 AUG 1974

全新修訂本 金庸著 倚天屠龍記

（版權所有）△增刪潤飾 改寫修訂▽

第一回 崑崙三聖

29 SEP 1975

全新修訂本 金庸著 倚天屠龍記

（版權所有）△增刪潤飾 改寫修訂▽

第四十回 不了深情

酒話 由甲

金庸撰作，增刪修訂：俠客行 明起刊出敬請垂注

明晚版《倚天屠龍記》首日與最後一日連載，《明報晚報》1974年8月30日與1975年9月29日。由於最後一續只有約一千字，而欄位的「地盤」大小已經固定，另一半空位只好請「外援」，找由甲寫的〈酒話〉頂上。

《倚天屠龍記》蛻變舉隅

《倚天屠龍記》是金庸第十部改寫的小說，之前九部，除了《神鵰俠侶》與《鴛鴦刀》，其餘七部金庸都寫了小序、前言或後記，稍稍交代改寫重點。《鴛鴦刀》金庸沒說，可以理解，因為改寫的地方實在不多。至於《神鵰俠侶》，明晚版沒說，出版作品集時，金庸倒是在「後記」中簡單說了一句「『神鵰俠侶』修訂本的改動並不很大，主要是修補了原作中的一些漏洞。」反倒是《倚天屠龍記》，從舊版到修訂版，金庸從來不提修訂改寫的重點。到了新修版，金庸卻說了：

> 《倚天屠龍記》一書，因為結構複雜，情節紛繁，漏洞和缺點也多，因之第三次修改中大動手術。最主要的更動是：張無忌最後沒有選定自己的配偶。（新修版《倚天屠龍記》，頁1724）

但也只提到新修版的改動，並沒有提及修訂版。金庸為什麼不提呢？縱觀明晚版的所有修訂，金庸其實已經提了，只是沒有明說而已。在《金庸作品集・倚天屠龍記》的「後記」中，金庸寫了一大段文字談張無忌的個性特質：

> ……張無忌的個性卻比較複雜，也是比較軟弱。他較少英雄氣概，個性中固然頗有優點，缺點也很多，或許，和我們普通人更加相似些。……張無忌卻始終拖泥帶水，對於周芷若、趙敏、殷離、小昭這四個姑娘，似乎他對趙敏愛得最深，最後對周芷若也這般說了，但在他內心深處，到底愛那一個姑娘更加多些？恐怕他自己也不知道。作者也不知道，既然他的個性已寫成了這樣子，一切發展全得憑他的性格而定，作者也無法干預了。（花皮版《倚天屠龍記》，頁1661）

金庸說自己「無法干預」張無忌的個性，其實只說對了一半。張無忌的個性「比較複雜」是真，但所謂「複雜」，並不完全來自人格特徵，而是來自金庸在創作《倚天屠龍記》的過程中，隨著故事發展修改了張無忌原來的人設，以致出現前後不一的情況。金庸改寫《倚天屠龍記》時，其中一個修改的大方向，就是重新釐定張無忌的人設，把他寫成「比較軟弱」、「拖泥帶水」，以及與人為善。因此，舊版情節中凡是不符合這個新人設的相關描寫，都會被刪去或修改。「後記」中提及的張無忌個性，其實就是告訴讀者修改的重點。

金庸另外一個不明說的原因，就是《倚天屠龍記》幾乎每個地方都經過改寫，已經改到找不到重點。只要比對舊版與明晚版，不難發現，金庸改寫《倚天屠龍記》的地方實在太多太多了。除了幾個改動大方向，其他諸如門派名稱、招式名稱、動作、情節等微末小節，都經一一修改。

《倚天屠龍記》與「雙鵰」故事

作為「射鵰三部曲」最後一部，金庸創作《倚天屠龍記》最大的難題是：在《射鵰英雄傳》與《神鵰俠侶》空前成功後，要怎樣寫才能突破？《倚天屠龍記》的基本設定是

《神鵰俠侶》續篇，以郭襄和張君寶作為引子，將天下五絕的宋代江湖帶到以明教、丐幫與六大派為主的元代江湖。金庸原本的構思從書名「倚天屠龍記」五字就可以看出，故事圍繞著倚天劍、屠龍刀發生，而伴隨兵器的，還有流傳了接近百年的幾句話：「武林至尊，寶刀屠龍。號令天下，莫敢不從。倚天不出，誰與爭鋒。」在金庸原來的設定中，倚天劍與屠龍刀之所以迷人，是因為收藏在兵刃中的《九陰真經》、降龍十八掌要訣與《武穆遺書》。

《射鵰英雄傳》與《神鵰俠侶》的成功，讓金庸意識到自己寫的俠客成長故事最受讀者歡迎，而武俠小說要寫得成功，還須創造出能撼動人心、有神妙想像的絕世武功，《九陰真經》之於《射鵰英雄傳》，《玉女心經》之於《神鵰俠侶》就是明證。此外就是：「續篇」省功夫。以舊的帶新的故事，除了吸引老讀者追看，也能吸引新讀者找「前傳」來看。基於這三個要素，金庸構思出《倚天屠龍記》的故事框架：（1）《九陰真經》之外還有《九陽真經》，同為達摩所創，兩者互補；（2）上代江湖的武功秘笈收藏在兩把兵器之中，新故事的人不斷爭奪；（3）新江湖的主角同時得到《九陽真經》與《九陰真經》，繼承上代江湖的武學遺產。

有了這個基本構想，還要有執行構想的人，也就是誰來當新故事的主角？前面提到，《倚天屠龍記》由三個張姓人物的故事組成：張三丰、張翠山和張無忌。然而，到底金庸一開始就屬意由張無忌出演主角（前兩人的功能只是帶出張無忌），還是在創作過程中發現前兩人難當重任，最後才倚重張無忌呢？金庸並沒有清楚說明。但從1961年《明報》連載的《倚天屠龍記》來看，主角應該不是張君寶或張翠山。

《倚天屠龍記》開篇寫郭襄上少林，重遇張君寶和覺遠大師，金庸標明是「引子」。這個引子，一寫就是二十七天，到第二十八天才進入全書第一回「花落花開」。顧名思義，就是一個時代終結，另一個時代開始。「花落花開」只寫了十天，頭四天是「花落」，寫覺遠大師如何殞落，到第五天（第三二續）才寫「花開」。不過，所謂「花開」也只寫了一天。一天之中，張三丰就從十四、五歲的青少年長大成為九十歲的高齡老人，而且還收了七個徒弟。這七個人「年紀輕輕，在江湖上卻已闖出極大的萬兒」，等於同時宣判：張翠山已經不是童星，不符合俠客成長的條件。當然，金庸不曾明言《倚天屠龍記》寫的是俠客成長故事，張翠山也有可能是《倚天屠龍記》故事的候選主角，只是金庸後來把張翠山給定型了，一旦與殷素素結成夫婦，就再難有發揮空間，只好交棒給張無忌。

在金庸原創構思中，張無忌同時承擔「傳承」與「開創」兩個任務：其一，作為橋梁、媒介，將上代江湖的元素帶到元代江湖；其二，透過參與元代江湖兩件神兵的爭奪戰，成為新一代江湖的「武林神話」。也因此，舊版《倚天屠龍記》的元代江湖距離新舊「五絕」江湖雖然已接近一世紀，金庸在故事中卻經常提到上代江湖，時刻提醒讀者：《倚天屠龍記》是《射鵰英雄傳》與《神鵰俠侶》的續篇。然而，隨著故事向前開展，憑著張無忌出演的情節戲份與個人魅力，以及金庸成功塑造的新武學「九陽神功」、「乾坤大挪移」等，又活化了「太極拳劍」，讓《倚天屠龍記》逐漸擺脫降龍十八掌、《九陰真經》的「蔭庇」。

舊版故事中隨處可見「雙鵰」故事身影，不過金庸隨寫隨修改原來設定的路線，以致故事有時或會出現前後矛盾的情況。例如，張翠山一家三口重回中土時遇見武當二俠俞蓮舟，巫山幫賀老三假扮丐幫中人擄去張無忌，俞蓮舟看見對方身負六只布袋，心想：

> 這是丐幫中的六袋弟子，地位已算不低，如何竟幹出這種卑污行逕來？何況丐幫素來行事仁義，他們幫主耶律淵如又和大師哥宋遠橋是極好的朋友……（舊版《倚天屠龍記》第一五三續，1961年12月5日）

金庸將丐幫幫主喚作「耶律淵如」，自然是希望讀者想起《神鵰俠侶》中的新任幫主「耶律齊」。不過，約五百天後，金庸寫張無忌從靈蛇島回來，在彌勒廟丐幫大會中看到的丐幫幫主，卻是姓史名火龍。這時距離張無忌被賀老三擄走已經過了幾年，丐幫是有可能改立新幫主，但這個可能性後來金庸自己否定了：

> 原來史火龍在二十餘年之前，便因苦練降龍十八掌，內力不濟，得了上半身癱瘓之症，雙臂不能動彈，自此携同妻子，到各處深山尋覓靈藥治病，將丐幫幫務，交與傳功、執法二長老，掌棒、掌缽二龍頭分工處理。（舊版《倚天屠龍記》續集第一〇二續，1963年4月12日）

也就是說，史火龍至少當了丐幫幫主二十多年。如此一來，耶律淵如到底是誰，就成了無頭公案。

《倚天屠龍記》的「去『雙鵰二書』工程」，金庸是分期實施的，1974年只修改了若干部分，1976年出版作品集時，才把「雙鵰二書」的痕跡徹底清洗掉，只保留必要的成分（如丐幫幫主會使降龍十八掌），讓《倚天屠龍記》由《神鵰俠侶》的「兒子」變成了

「遠房親戚」——雖有連繫，卻非直接相關。

在《倚天屠龍記》中，與「雙鵰二書」最相關的，就是降龍十八掌、《九陰真經》與上代江湖的人物。

降龍十八掌

舊版《倚天屠龍記》中，共有三「組」人馬會使降龍掌。第一組是謝遜與張無忌，第二組是武家父女，第三組是丐幫傳功長老與幫主史火龍。謝遜會使三招降龍掌，學自某江湖隱士，後來傳給張無忌。張無忌從冰火島回歸中土後，被賀老三擄走，信手一招「神龍擺尾」就把賀老三打到重傷。金庸插入旁述，交代「降龍十八掌」來歷時，又重提洪七公、郭靖、楊過等人：

> 原來這「降龍十八掌」，乃是南宋末年丐幫幫主洪七公的成名絕技，洪七公以此一套掌法和「打狗棒法」威震天下，江湖宵小聞名喪膽，成為武林五奇之一。那「打狗棒法」丐幫幫主代代相傳，至今尚有存留，但「降龍十八掌」自洪七公傳了弟子郭靖之後，郭靖弟子中並無傑出人材，沒人學到這路神妙無方的武功。「神鵰大俠」楊過雖是郭靖的子侄輩，但他斷了一臂，已不能學這路必須雙手齊使的掌法。近百年來，武林中前輩已只聞「降龍十八掌」之名，誰也沒有見過，想不到無忌竟自從謝遜處學會了。（舊版《倚天屠龍記》第一五五續，1961年12月7日）

後來在雪嶺上，張無忌對戰衛壁，打出了降龍十八掌，金庸這時又再交代武家後人傳承降龍掌的情況。到了1974年改寫《倚天屠龍記》時，金庸仍然保留了「張無忌會使降龍十八掌」一節，並未完全刪去。

張無忌從靈蛇島回來後，丐幫「高管」正式登場。傳功長老懂得十二招降龍掌，足以與玄冥二老的鶴筆翁抵抗一時。幫主史火龍也同樣懂十二招，但練功時內力不濟導致上半身癱瘓。明晚版《倚天屠龍記》中，或許金庸認為下屬不能「功高蓋主」，大幅削減了傳功長老的武功，由十二招刪減至只會六招降龍掌。後來出版作品集時，更徹底取回傳功長老的降龍掌。

六、寃家路狹

假冒無忌，趙明現身

（六七・版權所有）

六、寃家路狹

張無忌為趙明担心

（六八・版權所有）

舊版《倚天屠龍記》續集第六七、六八續，傳功長老打出降龍十八掌，1963年3月8-9日。

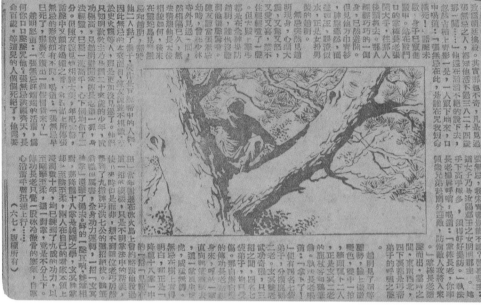

第三十一回 丐幫聚會

趙敏現身 大鬧丐幫

明晚版《倚天屠龍記》第三〇六續，傳功長老的功力被降級了，只會六招降龍掌，1975年7月3日。

● 九陰真經

舊版《倚天屠龍記》多次提到《九陰真經》，又可分為三個階段。第一階段與張三丰有關。先是俞岱岩（修訂版改為「俞岱巖」）救出懷有屠龍刀的德成，德成竟然知道屠龍刀中藏著武功秘笈，俞岱岩想起恩師張三丰曾提過《九陰真經》。又，張翠山一家回歸中土後，俞蓮舟提到張三丰閉關，從《九陽真經》領悟到世間應該還有一本《九陰真經》與《九陽真經》相配。不過，張三丰對《九陰真經》的想法純屬個人猜測。

> 他說到這裏，突然放低聲音，說道：「俞老弟，這屠龍寶刀之中，藏著一部武學秘笈，有人說是九陽真經，有人說是九陰真經。……」九陰九陽兩部寶笈秘錄的名字，俞岱岩也曾聽師父說過，只是當年覺遠大師圓寂之後，少林、武當、峨嵋三派分得九陽真經中的若干章節，全書早已失傳，至於九陰真經，更是數十年來少人提起，空餘想像，當作是武林中一個可信可不信的傳說而已。（舊版《倚天屠龍記》第四一續，1961年8月15日）

> 俞蓮舟道：「……這『九陽真經』傳自達摩老祖，恩師言道，他越是深思，越覺其中漏洞甚多，似乎這只是半部，該當另有一部『九陰真經』，方能相輔相成。可是『九陽真經』他已學得不全，卻又到那裏找這部『九陰真經』去？何況世上是否真有『九陰真經』，誰也不知。達摩老祖是天竺國不世出的奇人，我恩師的聰明才智，未必

在達摩老祖之下，真經既不可得，難道自己便創制不出？他每年閉關苦思，便是意欲光前裕後，與達摩老祖東西輝映，集天下武學之大成。」（舊版《倚天屠龍記》第一五七續，1961年12月9日）

第二階段在張無忌從白猿身上取出《九陽真經》時。金庸正式宣告兩者關係：

當年達摩祖師手著九陰真經、九陽真經兩部武學奇書，一陰一陽，兩部書中的武功相輔相成，相生相剋，不分高下。只是九陽真經中的功夫偏重養氣保命，九陰真經則偏重致勝克敵。從內功純真言，是「九陽」較勝，說到招數的奇幻變化，則是「九陰」為優。當年銅屍陳玄風、鐵屍梅超風偷得九陰真經下卷後，所修習的各種奇妙武功（見「射鵰英雄傳」），九陽真經中均付缺如，但九陽神功如能練到大成之境，卻也非世間任何奇怪奇妙的武功所能傷。（舊版《倚天屠龍記》第三〇九續，1962年5月13日）

第三階段從滅絕師太在萬法寺向周芷若透露倚天劍、屠龍刀的秘密開始，後來周芷若取出刀劍中的秘笈，偷練了「九陰白骨爪」等武功。

第一和第二階段提及的《九陰真經》，都是為了與《九陽真經》配對。金庸原本打算由張無忌一人獨得達摩傳下來的兩大神功，先是從白猿腹中取得《九陽真經》，之後再奪得倚天劍與屠龍刀，練成裡面所藏的《九陰真經》與降龍十八掌精要，讓張無忌成為「射鵰三部曲」中武功最高的強者。但隨著先後練成九陽神功、乾坤大挪移，又兼修太極拳劍與聖火令神功，張無忌不用等到《九陰真經》出世，已經成為當世武林神話。因此，金庸改寫時就刪去第一、第二階段的《九陰真經》訊息。

重定張無忌的童年性格

舊版張無忌有兩種迥然不同的性格。童年張無忌在義父、母親的耳濡目染下，變得善於揣摩人心，明瞭成年人世界的心計，而且不忘仇恨。謝遜憶述當年如何使詐打死空見神僧時，張無忌第一個給出反應：

「我心灰意懶之下，惡念陡生，說道：『罷了！罷了！此仇難報，我謝遜又何必活於天地之間？』提起手掌，一掌便往自己天靈蓋拍下。」

無忌叫道：「妙計，妙計！可是義父，這一下不是太狠毒了麼？」張翠山道：「為什麼？」無忌道：「義父拍擊自己的天靈蓋，那位老和尚自然出聲喝止，過來救你。義父乘他不防，便可下手了。不過老和尚對你這麼好，你決不能傷他，是不是？」
張翠山和殷素素盡皆駭異，他們雖知自己的兒子聰明伶俐之極，那料到他在這頃刻之間，便能識破謝遜的奸計。他夫婦也都是一等一的機伶人物，江湖上閱歷又多，但見事卻比無忌還慢了一步。（舊版《倚天屠龍記》第一三六續，1961年11月18日）

言談之間，張無忌又因為一些蛛絲馬跡，推理出謝遜雙眼是給殷素素射瞎的：

「……五弟，那日在船中你跟我比拼掌力，我所以沒傷你性命，就是因為忽然間想起了空見大師。」
張翠山萬想不到自己的性命竟是空見大師救的，對這位高僧更增景慕之心。無忌道：……「義父，那時你的眼睛已瞎了沒有？」殷素素急忙喝阻：「無忌，別胡說八道。」謝遜道：「沒有瞎啊，你為什麼要問？」無忌道：「一定是爹爹打你不過，媽媽幫著爹爹，便把你眼睛射瞎……」張翠山和殷素素齊聲喝道：「無忌！」兩人語聲十分嚴峻，無忌嚇了一跳，不敢再說下去了。
謝遜道：「你們別嚇壞了我好孩兒，無忌，你說好啦，你怎樣猜到的？」無忌向爹媽望了一眼，道：「我……我……」謝遜道：「你說得不錯，那時你爹爹打我不過，你媽媽幫你爹爹，便將我眼睛射瞎了。那是很久很久以前的事了。這件事起因是我自己不好，我也沒怪他們。是你媽媽跟你說的麼？」他明知此事殷素素決不會跟兒子說，但這麼一問，兩人便不會出言阻止。無忌道：「不！前幾天媽說要教我打金針，但第二天卻又說不教了。我想一定是爹爹叫媽別教我，怕你知道之後心裏不高興。」謝遜哈哈大笑，道：「五弟，素妹，這孩子比我聰明五倍，比你們聰明十倍，你們說將來如何得了？」（舊版《倚天屠龍記》第一三七續，1961年11月19日）

後來常遇春帶張無忌到蝴蝶谷，張無忌為阻止常遇春救彭瑩玉，也使了詐：

無忌知他熱腸過人，雖是自己身負重傷仍要衝出去救人，……心念一動。低聲道：「常大哥，你想去救彭和尚，……我教你個法兒，可使你恢復原來神力支持得半個時辰，……你找塊尖角石子來。……你在自己腰下兩旁，雙腿之側的一個地方，用尖角石子猛力擊一下。」……常遇春有些遲疑，……心想武當名震天下，打穴之法決計差不了，於是又在左腿上用石子猛力一擊。
不料擊了這兩下之後，下半身登時麻痺，雙腿再也作不了半分主，……驚道：「張兄弟，怎……怎麼了？」無忌心下暗笑：「我騙得你自己打了『環跳』雙穴，這『環跳穴』一下，自是動不得了。」口中卻假作驚惶：「啊喲，你不會打穴，只怕力道使得不對。再等一會兒，多半便行。」常遇春並非蠢笨之人，一轉念間，已知著了這刁鑽古怪的小兄弟的道兒，但想他也是一番好意，不由得又驚又急，又是好氣，又是好笑。（舊版《倚天屠龍記》第二一四續，1962年2月6日）

不僅如此，童年張無忌的腦袋充斥著快意恩仇的想法：

無忌突然道：「義父，你眼睛看不見，等我大了，練好了武功，去替你報仇！」……只聽無忌昂然道：「義父，害你全家之人叫做混元霹靂手成崑，無忌記在心中，將來一定代你報仇，也將他全家殺死，殺得一個不留！」（舊版《倚天屠龍記》第一三〇續，1961年11月12日）

無忌悲痛之下，竟不哭泣，從母親身上拔出匕首，血淋淋的握在手裏，瞪視著空聞大師，冷冷的道：「是你殺死我媽媽的，是不是？」空聞陡然間見此人倫慘變，雖是當今第一武學宗派的掌門，也是大為震動，經無忌這麼一問，不自禁的退了一步，忙道：「不，不是我。是她自盡的。」
無忌眼中淚水滾來滾去，但他拚命忍住，說道：「我不哭，我一定不哭，不哭給這些惡人看。」他拿著匕首，從廳左慢慢走到廳右，將這三百餘人的面貌長相，一一的記在心裏，腦海中响著母親的那兩句話：「要慢慢的等著，只是一個人也不要放過。」上得武當山來之人，不是武學大派的高手，便是獨霸一方的首腦人物，既敢來向張三丰和武當七俠惹事生非，自是膽量氣魄在在高人一等，但被無忌這般滿腔怨毒的一瞪，人人心中竟是不禁發毛。（舊版《倚天屠龍記》第一九二續，1962年1月13日）

面對雙親慘死，舊版張無忌的反應，連張三丰都認為「此兒剛強如斯，又是至情至性之人」（舊版《倚天屠龍記》第一九三續，1962年1月14日）。後來，張無忌隨常遇春尋訪蝶谷醫仙，胡青牛拒絕醫治，張無忌的反應是：

> 胡青牛，你若不將常大哥治好，終有一天，教你死在我的手裡。（舊版《倚天屠龍記》第二二二續，1962年2月14日）

然而，青年張無忌則充滿恕道，金庸給的評價是「有點軟弱」。這種前後不同的個性，張無忌自己也知道：

> 我爹爹媽媽是給人逼死的。那日在武當山上，我向著爹爹媽媽的屍體立誓，日後我長大成人，定要替他們復仇。我把少林派、峨嵋派、崑崙派、崆峒派這些人的面貌，牢牢記在心中。當時我年紀小，心裏充滿了仇恨。可是後來年紀大了，事情懂得多了，我仇恨之心一點點的淡了下來。我實在弄不清楚，到底是誰害死了我爹爹媽媽。不應該說是空智大師、鐵琴先生這些人，也不應該說是我的外公舅父，甚至於，也不該是你手下的那阿大、阿二、玄冥二老之類的人物。趙姑娘，我這幾天心裏只是想，倘若大家不殺人，和和氣氣，親親愛愛的都做朋友，豈不是好？（舊版《倚天屠龍記》第五〇六續，1962年12月6日）

舊版故事後期，金庸慢慢摸索出張無忌的「終極」個性，而前期鋪墊的個性就變得沒有必要了。因此，1974年改寫時，金庸便刪掉張無忌這些心計、記恨的表現。

張三丰上少林

《倚天屠龍記》有一段情節，寫張三丰帶著張無忌前往少林寺，請求傳授少林九陽功。少林僧人先是拒絕讓張三丰入寺，又話中帶刺，最後仍不答允，張三丰無奈下山。不過，這段情節當年在《明報》連載時，從1962年1月18日到1月28日，一共寫了十一天，逾一萬五千字。1974年修訂時刪掉大部分情節，連載了三天，保留了七千字。兩年之後出版作品集時又進一步刪削，只剩不足四千字。綜觀這段情節，約可分為六個部分：

第一部分　張三丰到少林寺求見方丈，被拒於門外，更被三大神僧出言譏諷。（1, 2, 3）

第二部分　張三丰願意以武當九陽功與新近練成的「太極功」，跟少林寺交換少林九陽功。少林寺拒絕。（1, 2, 3）

第三部分　巫山幫幫主梅石堅到少林寺求謝遜下落，以報殺子之仇。空智大師透露張無忌就在現場，梅石堅向張無忌出掌，張三丰以隔體傳功方式助張無

忌擊退梅石堅。（1, 2）

第四部分　三大神僧眼見張三丰武功厲害，就答應所求，命空見神僧關門弟子圓真傳授張無忌九陽功。全少林寺只有圓真會少林九陽功。（1）

第五部分　圓真本意不想傳授，最後答應只講一遍，張無忌只聽一次，就把少林九陽功十二式背起來。圓真還為張無忌打通奇經八脈。（1）

第六部分　張三丰寫下「太極十三式」和「武當九陽功」要旨給少林寺，空智的弟子陳友諒當場暗記下來，並訛稱這些武功本屬於少林派。張三丰取回紙箋，運功震碎。（1）

括號中的數字表示哪個版本保留了情節，1是舊版（1962年），2是明晚版（1974年），3是作品集版（1976年）。

舊版《倚天屠龍記》張三丰上少林一段，現存的剪報缺了第二〇〇續，現據鄺拾記版《倚天屠龍記》普及本第二十九集補回內容：

張三丰一怔，心知他於父母之慘死，心中一直耿耿，雖然自己於道上曾多方開導，但這孩子性子極是倔強，寧可性命不在，卻不肯向仇人求救，於是將他拉出亭外，遠離少林眾僧，低聲道：「孩子，我帶你來時，你已答應向少林派學練九陽真經，怎地

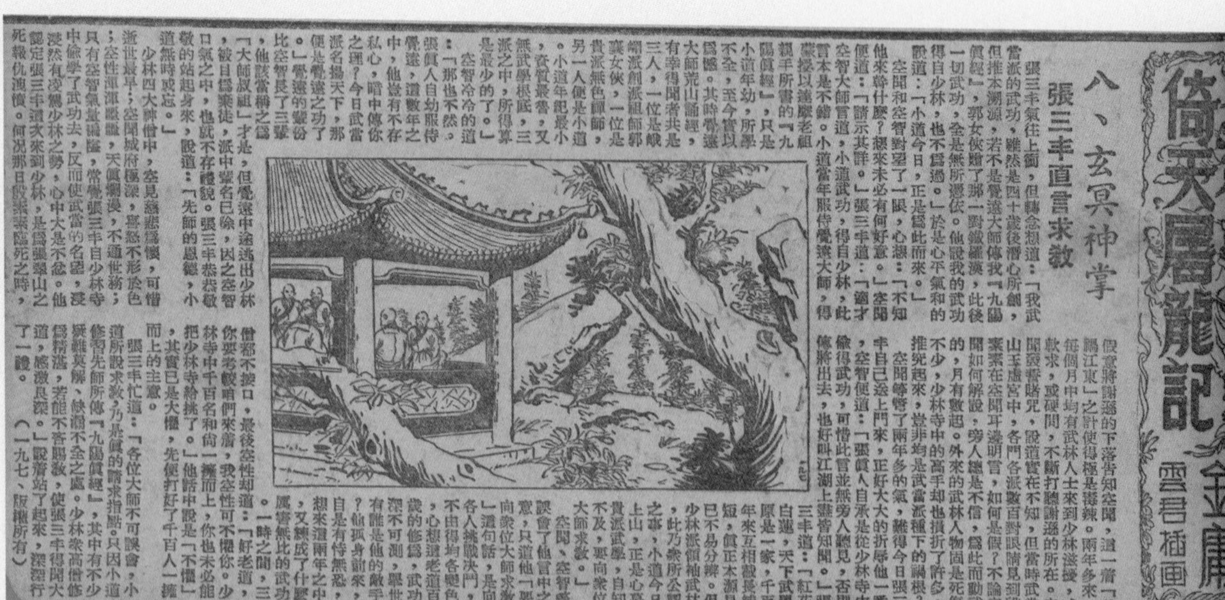

倚天屠龍記　金庸　雲君插畫

八、玄冥神掌

張三丰直言求教

張三丰氣往上衝，但轉念想道：「我武當派的武功，雖然是四十歲後潛心所創，但推本溯源，若不是覺遠大師傳我『九陽眞經』，郭女俠贈了那一對鐵羅漢，此後一切武功，全是無所憑依。他說我的武功得自少林，也不為過。」於是心平氣和的說道：「小道今日，正是為此而來。」

空聞和空智對望了一眼，心想：「不知他來幹什麼？想來未必有何好意。」空聞便道：「請示其詳。」張三丰道：「適才空智大師言道，小道武功，得自少林，此言本是不錯。小道當年服侍覺遠大師，得蒙授以達摩老祖親手所書的『九陽眞經』，只是小道年幼，所學不全，至今實以為憾。其時覺遠大師荒山誦經，有幸得聞者共是三人，一位是峨嵋派創派祖師郭襄女俠，一位是貴派無色禪師，另一人便是小道。小道年紀最小，資質最魯，又無武學根底，三派之中，所得算是最少的了。」

空智冷冷的道：「那也不然。張眞人自幼服侍覺遠，這數年之中，他豈有不存私心，暗中傳你之理？今日武當派名揚天下，那便是覺遠之功了。」覺遠的輩份比空智長了三輩，他該當稱之為「大師叔祖」才是，但覺遠中途逃出少林，被目為棄徒，派中輩名已除，因之空智口氣之中，也就不存禮貌。張三丰恭恭敬敬的站起身來，說道：「先師的恩德，小道無時或忘。」

少林四大神僧中，空見慈悲為懷，可惜逝世最早；空聞城府極深，喜怒不形於色；空性渾渾噩噩，天眞爛漫，不通世務；只有空智氣量褊隘，常覺張三丰自少林寺中偷學了武功去，反而使武當的名望，浸浸然有凌駕少林之勢，心中大是不忿。他認定張三丰這次來到少林，是為張翠山之死，報仇洩憤。何況那日殷素素臨死之時，假意將謝遜的下落告知空聞，這一着「移禍江東」之計使得極是毒辣。兩年多來，每個月中均有武林人士來到少林滋擾，或軟求，或硬問，不斷打聽謝遜的所在。空聞發誓賭咒，說道實在不知，但當時武當山玉虛宮中，各門各派數百對眼睛見到殷素素在空聞耳邊明言，如何是假？不論空聞如何解說，旁人總是不信，為此而動武的，月有數起。外來的武林人物固是死傷不少，少林寺中的高手卻也損折了許多。推究起來，豈非均是武當派種下的禍根？

空聞等憋了兩年多的氣，難得今日張三丰自己送上門來，正好大大的折辱他一番，空智便道：「張眞人自承是從少林寺中偷得武功，可惜此言並無旁人聽見，否則傳將出去，也好叫江湖上盡皆知聞。」張三丰道：「紅花白蓮，天下武學原是一家，千百年來互相截長補短，眞正本源早已不易分辨。但少林派領袖武林，此乃衆所公認之事，小道今日上山，正是心慕貴派武學，自知不及，要向衆位大師求教。」

空聞、空智等誤會了他言中之意，只道他「要向衆位大師求教」這句話，是向各人挑戰決鬥，不由得均各變色，心想這老道百歲的修為，武功深不可測，舉世有誰是他的敵手？他孤身前來，自是有恃無恐，想來這兩年之中，又練成了什麼厲害無比的武功。一時之間，三僧都不接口，最後空性卻道：「好老道，你要考較咱們來着，我空性可不懼你。少林寺中千百名和尚一擁而上，你也未必能把少林寺給挑了。」他話中說是「不懼」，其實已是大懼，先便打好了千百人一擁而上的主意。

張三丰忙道：「各位大師不可誤會，小道所說求教，乃是眞的請求指點。只因小道修習先師所傳『九陽眞經』，其中有不少疑難莫解、缺漏不全之處。少林衆高僧修為精湛，若能不吝賜教，使張三丰得聞大道，感激良深。」說着站了起來，深深行了一禮。

（一九七、版權所有）

這時又反口了？」無忌道：「他們要我發誓，將來不得用九陽神功向少林弟子動手，那麼殺父殺母之仇，如何報法？」張三丰道：「你若是此刻學不全九陽神功，一年之內，性命不保，又如何報那殺父之仇？你只須養好身子，天下厲害的武功甚多，只須學得精湛，那一種不足以制服仇人？又何必非用少林九陽神功不可？」無忌一想甚是，便道：「好，我聽太師父的吩咐。」當下兩人回到立雪亭中，無忌雙膝跪地，朗聲道：「弟子張無忌，今蒙少林派高僧授以九陽神功，療傷治病，日後決定不將少林九陽功轉授他人，亦決不以此功對付少林弟子，如違此誓，教我自刎身亡，和爹爹媽媽一樣。」原來當年他父母命他拜謝遜為義父，名為謝無忌，準擬生下次子，方命其姓張，但張翠山夫婦一死，張門斷了香烟，是以俞蓮舟、殷利亨（修訂版改名為「殷梨亭」）等要他復姓歸宗。

無忌立誓之後，站起身來，心中暗道：「難道我將來不用九陽神功，便殺不得你們這些和尚？」空聞大師合什道：「善哉，善哉！小施主言重了。」向張三丰道：「咱們便帶小施主進寺，傳授神功。但張真人的太極十三式……」張三丰道：「相煩借一副紙墨筆硯，小道便在這立雪亭中，將太極十三式及武當九陽功的精義要旨，盡數書寫出來。」空聞道：「如此有勞了。」說著行了一禮，帶回眾僧及無忌回進寺中。

無忌心中暗自不忿：「武當九陽功未必便輸於少林九陽功，太師父和你們公平交換，

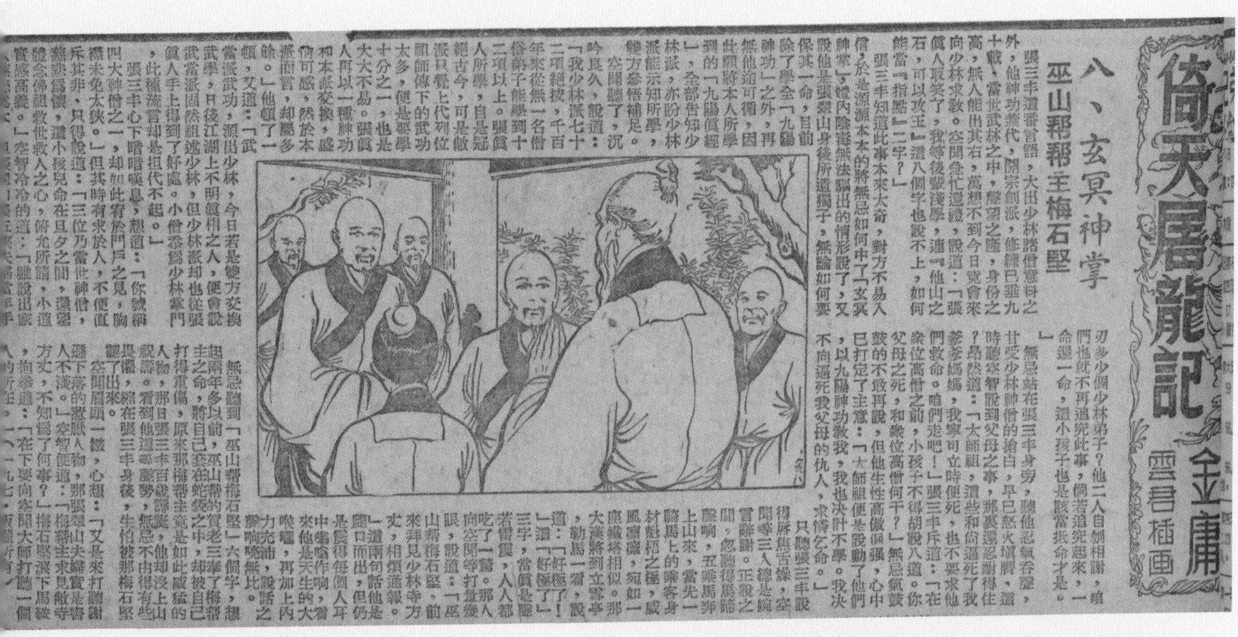
倚天屠龍記
金庸
雲君插畫
八、玄冥神掌
巫山幫幫主梅石堅

左頁、右頁與後二頁　舊版《倚天屠龍記》第一九七至二〇四續（因編號錯誤而看似有兩個第一九七續，另缺第二〇〇續），1962年1月19-27日，寫張三丰帶張無忌上少林，求教少林九陽功。

倚天屠龍記

金庸　雲君插畫

八、玄冥神掌

梅石堅掌擊無忌

空智說道：「出家人但知誦經禮佛，不問外事，梅幫主來少林寺打聽旁人下落，可說是問道於盲了。」梅石堅道：「請問這位大師法名？」空智道：「姓名爲身外之物，張三李四，都是一般。」梅石堅濃眉上豎，厲聲說道：「大師連法名也不肯見告，那麼在下這一趟遠上嵩山，註定是一番徒勞了？」空智心念一動，道：「那又不然。梅幫主是要打聽金毛獅王謝遜的所在，是也不是？」梅石堅道：「不錯。在下的長子爲謝遜所殺，要找到他問他一問。大師若肯見告，巫山幫上下，盡感大德。」空智說：「梅幫主今日上山，也算有緣，若是早到一日，固然無法知曉，遲到一日，也是打聽不着。」梅石堅聽他這麼說，喜動顏色，連稱：「多謝指點。」

空智緩緩道：「當今之世，只有一人知道金毛獅王謝遜的下落，那便是這一位小兄弟，他是武當派張翠山張五俠的公子。」說着伸手向無忌一指。

無忌本來躲在張三丰的身後，但事到臨頭，又聽到空智提起他父親的名字，心想我豈能畏懼於他，弱了「張五俠」的威名？當即站了出來，說道：「梅幫主，你好不要臉！」

他這七個字一說，衆人無不爲之一驚，料不到如此面黃肌瘦的一個小兒，一開口便是破口傷人。梅石堅大怒道：「小小孩童，出口傷人，你不想活了？」無忌聽了他這幾句話，心中忍不住害怕，但強提精神，說道：「兩年多以前，你叫一個叫做賀老三的人，假扮丐幫弟子，想將我擒去，此事可是有的？你明明是巫山幫的，爲什麼要冒丐幫的名頭，這不是不要臉麼？」梅石堅滿臉通紅，大喝一聲，一掌便往無忌臉上打去。他生怕落手太重，打死了他，這一掌只使了一成力，但他天生的膂力，雖只輕輕一掌，但也非將無忌打得半邊臉頰高腫不可。

無忌待要退避，但覺對方一掌之力早已將自己全身罩住，氣息閉塞，只得隨手舉掌一格，突然背心上一股柔和溫暖的力道傳了過來，雙掌相交，拍的一聲輕響，梅石堅身不由主的登登登接連退出了三步。退到第三步時，已在立雪亭的台階之上，他一步踏空，身形一晃，急使千斤墜之力，方始站穩身子。這一下情勢大是狼狽，本已通紅的臉孔，更是脹得豬肝一般。他怒目瞪着無忌，心下好生奇怪：「賀老三說被他一掌擊傷，我初時還不甚信。原來這小鬼果眞甚是邪門。可是他十一二歲的年紀，便算在娘胎裏就開始練功，也不能有這等渾厚深沉的掌力？」

但空聞、空智等少林高僧卻心中都是明明白白，知道乃是張三丰站在無忌背後，以「隔體傳功」之法，接了梅石堅的一掌。無忌這一手臂只不過似一根木棒，張三丰用手掌來向梅石堅輕輕一推，那「隔體傳功」之法，雖不甚難，可是要如此這般、絲毫不露痕跡、瀟灑自如的退敵，少林三大神僧均是自愧不如。

梅石堅出了這個醜，心中好生不甘，暗想：「我是生怕傷了你這小鬼，以致只使一成力氣，那料到你竟全力相擊？在少林寺之前丟這個大人，以後巫山幫如何再能在江湖上立足？就算一掌將你擊斃，也是無可奈何的了。」於是冷笑一聲，喝道：「張小鬼，再接我一掌！」呼的一聲，一口氣從丹田中運將上來，勁貫右臂，一掌直擊無忌的前胸。他掌力未到，手掌去勢時所挾疾風，已將亭中諸人的袍角衣袖都激得飛揚起來，連空聞、空智這些武學高手，他掌風勢所及，也不由得胸口有一陣閉塞鬱悶之感，當即各自運氣抵禦。（一九八）

倚天屠龍記

金庸　雲君插畫

八、玄冥神掌

太極拳十三式

張三丰近數年來閉關潛修，所創的「太極功」與任何武學中的內功均是截然相反，講究以柔克剛、以靜制動、以弱勝強、以簡禦繁、以逸待勞、以小敵大，其中「借力打力」四字，尤爲精義之所在。他眼見梅石堅這一掌打向無忌，掌力沉猛之極，不禁心下惱怒：「無忌小小孩童，你竟下如此重手打他，若非我在其側，豈不是給你一掌打得腦漿迸裂？」當下左掌在無忌背心上一按，一股修爲將近百年的渾厚內力，傳進了他體內。

無忌見梅石堅掌勢來得厲害，右掌上托，左掌從右臂之下穿出，使一招「降龍十八掌」的「見龍在田」。雙掌相交，兩股大力相互激盪，梅石堅「啊」的一聲大叫，身子向後飛起數丈，越過了立雪亭的屋角。衆人眼前一花，但見沙石泥灰紛紛揚飛，那梅石堅已跌在立雪亭外四五丈的一株大松樹頂上，啊啊大叫。張三丰那一托之力是柔勁，他雖未受絲毫損傷，但根底甚淺，怕摔下來便斷了手骨，只得牢牢抓住樹枝，一動也不敢動。

衆人看得又是驚奇，又是好笑。梅石堅所帶來的巫山幫幫衆中，有兩個輕功佳妙之人，便欲躍上樹，相救幫主。張三丰在無忌耳邊輕輕說了幾句話，無忌點了點頭，從地下拾起一粒石子，扣在中指和拇指之間，向着大樹彈去。這小小一粒石子飛去時破空之聲甚響，擊在梅石堅處身所在的枝幹之上，但聽得喀喇一聲響喨，那枝幹帶着梅石堅一齊摔了下來。這一着又是大出衆人意料之外，那想得到他手指上彈出一粒石子，力道之強，竟足以擊斷一根粗大的樹枝。

無忌搶上幾步，伸左掌在梅石堅的背上輕輕一拍。梅石堅這一摔下來，心想定是非受重傷不可，不料無忌這麼一拍，將他身子彈起數尺，再落下時，力道已消。他本想在空中使個「鯉魚翻身」，雙足落地，免得出醜，但無忌這一拍響在他的背心，登時四肢百骸，都是暖融融地說不出的受用，可是半點力道也使不出來，只有直挺挺的在地下拍的摔了一交，這才爬起。

他那知道這些對掌擲身、彈石斷樹、托背卸力的功夫，全是張三丰借着無忌之手而行，祇覺這小孩的武功深不可測，自己生平從所未見，他對自己已是手下留情，若不快走，不知要出多大的醜，當下抱拳道：「少年英雄，佩服佩服。」連「三年後再見」那些找場面的話也不說，翻身上了馬背，率領從人，忽忽下山而去。

空聞、空智等都是大爲驚異，空聞道：「武林中傳言道：張眞人神功無敵，今日一見，他眞實的本領，只有更在傳聞之上。」空聞本來不願跟他交換內功，但見他施展了這等身手，心想：「我便是再練五十歲，也決不能練到他這般的境地，可見他所學確是有獨到之處。他功夫比我高得多，跟他交換，並不吃虧。」於是說道：「張眞人這隨傳的功夫，可也是得自『九陽眞經』麼？」張三丰道：「小道所創的功夫，叫作一套拳術，叫作『太極拳十三式』，卻和達摩老祖所傳的『九陽眞經』無關。大師若能救得我這徒孫之命，小道不敢自秘，願將太極拳十三式和對『九陽眞經』的膚淺心得，和各位高僧一同研討。」

空聞向空智望去，空智緩緩點了點頭。空聞便道：「既是如此，咱們可將『九陽眞經』中的內功修練秘訣，傳與張公子。但祇許張公子一人修習治病，將來卻不得持此而與少林弟子對敵。這兩節須請張公子發下重誓。」張三丰大喜，道：「這兩節都可允得。無忌，你便發一個誓吧！」那知無忌搖頭道：「我不發誓，我也不學他們的功夫。」（一九九．版權所有）

倚天屠龍記

雲君插畫

八、玄冥神掌

怪僧圓眞，隔帳傳功

但無忌認定逼死自己父母的兇手之中，這些少林寺的和尚也在其內，因此一心只道他們盡是邪惡奸猾之輩。

只聽空聞說道：「他肯給咱們的太極十三式和武當九陽功，自不會假，但少林九陽功咱們都未練過，難道爲了外人，反而去碰圓眞的釘子？」無忌聽了，心中一動：「原來他們都不會少林九陽功，卻騙了太師父的眞功夫。」只聽空智說：「師兄，你是掌門方丈，你下法旨，諒那圓眞焉敢不遵？這是本門武學的盛衰，又不是爲了一己之私。」空聞嘆了口氣道：「空見師兄若是在世，咱們便不用爲難了。」空智沉吟半晌，道：「三師弟，便請你去示[illegible]……命他將少林九陽功傳於這姓張的少年。」[illegible]道：「[illegible]。」

原來當年覺遠大師荒郊傳經，[illegible]……少林派的九陽功，[illegible]……少林僧俗弟子均認爲這是本派絕學，縱然精妙，大家都不屑鑽研，反正本派絕技甚多，何必去走這條說來不夠響喨的路子？只是每一代均有一名弟子修習，庶免失傳，便算已足。

此時少林寺中，祇有空見的關門弟子圓眞，會此少林九陽功。但這人生性極是怪僻，終年閉關不出，除了對三大神僧稍有禮貌之外，合寺僧侶，他誰也不加理睬。到了每年達摩老祖一葦渡江之日，寺中例行考較武功，由三大神僧評定高下，[illegible]臥床不起[illegible]。雖也不知他是[illegible]……他功夫到底如何。因此空聞[illegible]……都不由得[illegible]。

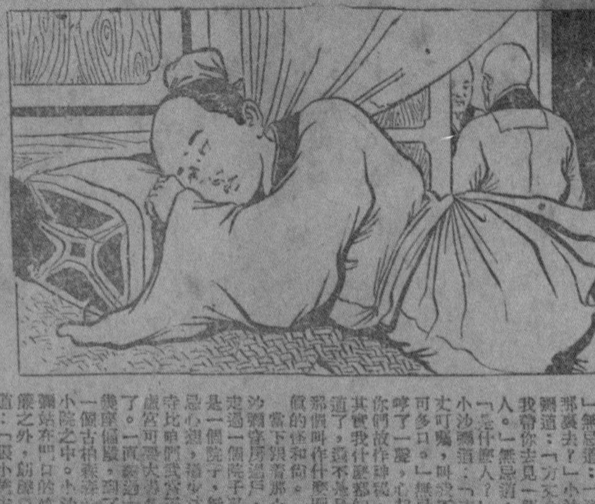

過了一會，空智回來覆命，說道：「圓眞果然古怪。他說[illegible]，說除不見外人，既是方丈法旨，他只允隔帳傳授。」空聞道：「那也由得他。師弟，待張三丰寫完經文，你去取來，查過無誤，便帶這少年去命圓眞隔帳傳授。再吩咐香積廚送一席上等素齋去立雪亭，款待張三丰，他究是一派之尊，咱們豈不可失。」三人又議論了些別事，便出房去了。

無忌睡在禪床之上，等了良久良久，才聽到有人進房，卻是一個小沙彌來了，[illegible]……來。無忌[illegible]，那小沙彌道：「[illegible]主，請隨我來。」無忌道：「到那裏去？」小沙彌道：「方丈命[illegible]……」[illegible]道：「張小施主，[illegible]……到！」門內一個低沉的聲音說道：「[illegible]吧！」無忌推門進去，那小沙彌便縮手帶上了門自去。

無忌左右一看，只見室內空空洞洞，除了地下一個蒲團之外，四壁蕭然，什麼東西也沒有。無忌本想，他既說「隔帳傳授」，那麼室中定有一個布帳，那知室中竟然無人，連布帳也沒一塊，室中門戶緊閉，卻不知道那個低沉的人聲從何而來。[illegible]你坐下了！[illegible]我說少林九陽功的[illegible]，我只說一遍，能記得多少，全憑你[illegible]。本寺方丈命我傳功，我便傳了，你[illegible]不須會，我可不管。」（二〇一）

八、玄冥神掌

圓眞助無忌打通經脈

雲君插畫

無忌從聲音來處凝神瞧去，原來那話聲是隔着一堵牆壁傳來，那圓眞和尚身在鄰室。本來隔牆透過聲音，原是毫不爲奇，人人均能辦到，但圓眞的說話聲音卻是十分的淸晰明白，和相對而談絕無分別。無忌忍不住暗自驚異：「這人果是內力驚人。」只聽他緩緩說道：「立身期正直，環拱手當胸。氣定神皆斂，心澄貌亦恭。這是第一式，叫作『韋馱獻杵』，你記住了。」他稍停片刻，又道：「足趾拄地，兩手平開，心平氣靜，目瞪口呆。這是第二式，叫作『橫担降魔杵』，你記住了。」第三式「掌托天門」、第四式「摘星換斗」、第五式「倒曳九牛尾」，圓眞一說了，接着又道：「挺身觀努目，推窗望月來。排山還海後，綫息七徘徊。這是第六式，叫作『出爪亮翅』，你記住了。」

他越說越快，一直說到第十二式「掉尾搖頭」，那歌訣是「膝直，膀伸，推手及地，瞪目，搖頭，躬身凝神，一志，舒眩，長臂，頓足，左右，七次，神功，已畢。九陽筋，那「天下無敵」，「天下無敵」」四字剛說完，突然棍聲喝道：「誰在外面偷聽，進屋來！」砰的一響，室門擋開，跌進一個人來，正是適才帶領無忌前來的小沙彌。他一交摔倒，蜷成一團，雙目緊閉，臉上神情極是痛苦。無忌吃了一驚，忙問：「你怎麼了？」伸手要去相扶時，聽得那聲音冷冷的道：「你還是顧自己的好，這當口專心凝志，記憶口訣尚自不及，怎能再分心去理會旁人？」無忌：「這十二式我都記住了。」圓眞似乎大吃一驚，頗不信他記心如此了得，說道：「你背給我聽聽。」無忌當下便從第一式「韋馱獻杵」背起，一直背到第十二式「掉尾搖頭」，果然是一字不錯，半句不漏。

圓眞半晌做聲不得，他奉方丈之命傳授九陽神功，當眞心中大是不願，但方丈只命他傳授，卻沒說「傳會」，因此他一口氣的念將下來，料想這小小孩童能記得一句兩句，已是不易了，那知他過耳不忘，盡數記在心裏，當眞是天下罕見的奇才。

無忌見那小沙彌躺在地下手足抽動，甚是不忍，問道：「禪師，這位小師父怎麼啦？」圓眞冷冷的道：「他在門外偷聽我傳你功夫，我用『金剛禪唱』，叫他吃了些苦頭，稍待片刻，便會好的。」他微一沉吟，說道：「我不知方丈何以命我傳你九陽神功，你叫什麼名字我固然不知，我法名如何你也不用問。我不知你以往學過什麼功夫，但你如此聰明，將來前途不可限量，我索性成全你一番，助你打通周身奇經八脈。你修練這九陽神功時進境便快上數倍。」

無忌還沒回答，忽見他雙掌中伸了兩隻手掌迎來。無忌大吃一驚，跳起身來，叫道：「這……這……」只見這兩隻手掌穿壁而過，牆上留下了兩個掌印的窟洞，十指指印宛然，這磚頭砌的牆壁在他掌力之下，竟似豆腐一般柔軟，雙掌無阻無礙，說過便過，無石灰磚粉，簌簌跌落。只聽圓眞說道：「你手掌和我雙掌相接。記住了，我不知你姓甚名誰，不知你是何門何派的弟子，今日一會，終當於此。」

無忌聽他言語雖然怪僻冷冷，但對自己卻實在不錯，先前心中對他所存敵意登時消減，說道：「多謝禪師成全。」伸出雙手，貼在他的掌上。圓眞道：「你四肢百骸，盡皆放鬆，心中不可有絲毫雜念。」無忌道：「是。」只覺對方掌心之中，有一條暖烘烘的熱綫，透過自己掌心，分從雙臂逆上，這條熱綫雖細，卻是感覺得清清楚楚，緩緩的遊走全身經脈，遇到關竅之處，若是微有不通，對方掌心中傳來的熱力迅即加強，總要衝關，便即破關而過。八脈盡通之後，那熱綫越走越快，無忌但覺天旋地轉，登然栽倒。（二〇二・版權所有）

八、玄冥神掌

少林寺的俗家弟子

但圓眞的雙掌之上，有一股極強韌的吸力將無忌的手掌牢牢黏住，使他不致跌倒。無忌只覺周身火燙，恨不得將全身衣服全都扯去，再在冰火島上冰冷徹骨的海水中浸上一浸，方才痛快。過了良久良久，才覺得那條火綫離開自己身子，從掌心回到對方手掌之中。

圓眞縮回手掌，冷冷的道：「你去吧！」無忌從牆壁上的兩個掌印孔中一望，黑洞洞的瞧不見什麼，心想：「這位禪師傳我神功，又助我打通奇經八脈，雖說是太師父以武當派的奇功跟他們少林派交換，但我總得謝他一謝。」於是跪倒在蒲團之上，說道：「小子叩謝禪師傳功通脈的恩德。」俯身拜將下去，牆壁孔中突又伸進一隻手掌，向着自己一揮，無忌只覺一股疾風吹在身上，登時立足不定，不由自主的飄身出了室門，原來圓眞竟是不受他的叩謝。

無忌心道：「這位禪師的脾氣確是甚爲古怪。」只聽圓眞的聲音在室中響道：「你去稟告方丈，說傳功已畢，小施主記性驚人，一一已盡數記住。」聽那小沙彌道：「是。」只見小沙彌退了出來，臉如死灰，神色不定。

無忌跟着他走出寺去，一路上遇到不少僧人，但見人人均是緊靠牆壁，低首緩緩而行，寺中雖有千百名僧人，竟是不聞有絲毫喧嘩笑語之聲，寺中僧俗弟子個個習武，卻無一人挺胸凸肚、昂然闊步。無忌經過他們身旁之時，雖然是視若無睹，沒人向他瞧上一眼。無忌暗暗佩服：「少林寺爲天下武林首領，寺中戒律，果然是精嚴無比。」相較之下，武當派的玉虛觀中便隨便得多，你便是叫嚷奔走，也無人來管。這一來因道家注重任心率性，二來張三丰自己便是個馬馬虎虎、不修邊幅之人，上行下效，各人喜歡如何便如何了。

兩人來到立雪亭下，只見張三丰已書寫了三十多張玉版紙，尚未寫完。無忌心中感激，淚盈於眶，叫了聲：「太師父。」又道：「寺中的禪師已將少林九陽功十二式傳於孩兒。」張三丰甚喜，笑道：「很好，很好。」又寫了一會，便也寫完了。站在一旁傳遞茶水的僧人進寺稟報，空聞、空智、空性三僧又來到亭中，這一次三僧身後，卻跟着一個二十五六歲的青年，穿着一件藍布長衫，當是寺中的俗家弟子。

張三丰微覺奇怪，他知少林寺數百年來的規矩，俗家弟子若非藝成下山，決不許走出寺門一步，俗人進少林寺山門固然不易，出寺門更加艱難。這時掌門方丈帶着這個弟子走出寺門，不知是何用意，不由得便向他多瞧了兩眼。只見這人身形瘦削，顴骨高聳，臂長腿短，一對眸子晶光燦然，顯得極是精明能幹。

空聞走到亭中，合什說道：「張眞人辛苦了。」張三丰微微一笑，道：「多謝方丈師兄慈悲，令這孩子得窺貴派神功秘奧，當可救得他一條小命。」說着將寫成的三十餘張玉版紙遞了過去，說道：「太極十三式和武當九陽功的精要，已寫在內，還請三位師兄不吝指點。只是內容過於艱難繁冗，未能自博返約之致，班門弄斧，可讓三位見笑了。」空聞接了過來，看也不看，隨手遞給了身後的青年。那青年卻一頁一頁的翻閱下去。張三丰道：「天色不早，就此告辭。」空聞道：「張眞人駕臨少林，未得盤桓數日，老衲心中甚是不安，只得恭敬三杯水酒，聊表寸心。」服侍茶水的僧侶捧酒上來，張三丰和空聞對飲了三杯。跟着空智和空性也各敬酒三杯，張三丰也都喝了。

他命無忌向三位高僧行禮告別，兩人正要轉身，空聞身後那青年忽道：「師伯，師父，張眞人所寫的武學，未出少林他道，師父那教我學過的。」張三丰吃了一驚，心道：「那有此事？」不由得臉色微變。（二〇三・版權所有）

倚天屠龍記

八、玄冥神掌

陳友諒過目成誦

雲君插畫

空聞也怒道：「胡說！這是張眞人畢生心血之所寄，武當派鎮門之寶的太極十三式，你怎能學過？」那青年將一叠玉版箋遞給空聞，說道：「師伯請看便知。」空聞隨手翻閱，跟着遞給空智、空性。二僧也是隨手翻閱，每一頁瞧了幾個字便翻過不看。空智低聲道：「師兄，果然便是我少林派的武功。」

張三丰又驚又怒，心想：「這太極十三式是我三十餘載鑽研，去年方得大成，講究以弱勝強，後發制人，和少林武學截然相反，怎說是你少林派武功？便是我那武當九陽功，雖然源自達摩祖師的九陽眞經，但八十年來，我加了不少變化，及一點不是別出心裁，你少林派如何知道？」空智將一叠玉版箋遞給張三丰，說道：「武當派武學源出少林，原來並沒什麼變化。」張三丰心念一轉，已知其意：「你少林派是從我手中偷到的武當心法，江湖上傳出去不難，是以硬說這些功夫早就知曉。」當下抬頭一笑，說道：「張某一言既出，再無反悔，這些功夫，本來粗淺，不足當方家一笑，三位既瞧不上眼，便隨手拋棄了吧。」卻不去接空智遞過來的一叠紙箋。

空智道：「聽張眞人的說話，言下似有不信之意。」轉頭向那青年說道：「友諒，我傳你的太極十三式，以及九陽功的訣要，你背給張眞人聽聽，且瞧有什麼不同。」那青年道：「是。」朗聲誦道：「一舉動，週身要輕靈，尤須貫串。氣宜鼓盪，神宜內斂，無使有缺陷處，無使有凹凸處，無使有斷續處。其根在腳，發於腿，主宰於腰，總須完整一氣，向前退後，乃能得機得勢……」一路背將下來，竟無一句一字錯漏，背完總論，接着便背十三式的訣要。

無忌插口道：「太師父，這人看了你所寫的經文，記在心中，便說是少林派原有的，好不識羞。」張三丰這時也早明其理，原來空智這個徒兒記性驚人，過目成誦，空智命他將經文記在心中，却將原件當時還給張三丰，以示少林派得到武當派的好處。他哈哈一笑，說道：「三大神僧敬我九杯白酒，閣下便將我兩套武學記在心中，如此聰明才智，張三丰自愧不如。請教閣下尊姓大名。」那青年道：「不敢，晚輩姓陳，名友諒。」張三丰正色道：「陳兄弟，以你才智，他日無事不成，但盼不可誤入歧途才好。老道贈你八字：『誠以待人，謙以律己。』」陳友諒和他冷電般的目光一觸，不禁渾身怜怜的打個冷戰，心想：「你上了我的當，便老羞成怒了。」冷冷的道：「多謝張眞人指點，但晚輩是少林子弟，自有師伯、師父和師叔教誨。」張三丰笑道：「不錯，算老道越俎代庖，多口的不是了。」見空智又將那叠紙箋遞來，當即在紙箋上傳了一股內勁過去，空智猛地一驚，往後便倒。陳友諒站在他的身旁，忙伸手相扶。那知空智這一倒勁力甚猛，陳友諒人雖聰明，武功却淺，給師父這麼一撞，身子急飛出去，砰的一聲，摔跌在地。

空智究竟多年修爲，雖給張三丰不過是略施神功，並非眞要他出醜露乖，這紙上傳勁，未盡全力，因此他在將倒未倒之際，腳下一使勁，身子已然站直。張三丰微笑道：「這便是太極十三式的功夫，無暇修習，告辭了！」手一揮，一團紙屑有如大雪漫天而下，原來他運起神功，將十餘張玉版箋一齊成了細細的碎片。紙屑隨風四散之際，張三丰已攜了無忌之手，飄然而去。

空聞、空智、空性相顧茫然，對張三丰所顯神功，實不禁又驚又佩，三人心中有些懊悔：「這功夫如此厲害，不知友諒是否確能盡數記住，若有錯漏，弄巧成拙了。」（二〇四・版權所有）

本來大家都不吃虧，可是你們硬要他添上個太極十三式。再者，你們學了武當九陽功之後，可以互相傳授，可以用來對付武當子弟。這麼一來，武當派只好永遠向少林派低頭了。因我一人之故，使得宋師伯、俞師伯他們一生抬不起頭來，這便如何是好？」他雖然聰明，究竟年紀太小，一時也想不出善法，既是太師父之命，只得聽從。

空聞將無忌帶入一間小小禪房，說道：「小施主路上辛苦，且歇息一會，老衲便即派人傳你功夫。」說著袍袖展動，在他胸前背後拂了幾拂，已拂中了他的睡穴。

空聞大師是少林三大神僧之一，「見聞智性」，名列第二，他的點穴、打穴、拂穴之技，當世罕有其匹。別說無忌是個小小孩童，便是一等一的高手，除非不讓他拂中，只要他衣角袍袖帶到了一點穴道，勁力立時便透了進去，當死則死，當昏則昏，實是厲害無比。豈知無忌跟著謝遜，學的內功甚是怪異，身上穴道常自移位，那日他被假扮元兵的高手所擒，帶到武當山上，明明啞穴被點，他還是叫了幾聲「爹爹」出口，便是這個緣故。此時他睡穴一被拂中，登時昏睡了過去，本來要睡足四個時辰才醒，但只過了一頓飯時分，他身上血行流動，穴道易位，便醒了過來。神智甫復，便聽得空智的聲音說道：「那張邋遢是一代宗師，既是答應交換，所書的神功秘訣當不會有假，便算他寫得不十分明白，咱們總也能參悟出來。」無忌心想：「他們何以要點我睡穴？莫非要商量什麼不可告人的陰謀麼？」當下閉住眼睛，假裝睡熟，卻在凝神傾聽。

其實少林和武當之間雖有嫌隙，空聞、空智、空性三人究是一代高僧，如何能對張三丰使什麼陰謀詭計，墮了少林寺千百年來領袖武林正大門派的清名令譽？（頁518-520）

舊版《倚天屠龍記》第二〇〇續雲君所繪插圖（收錄在鄺拾記版《倚天屠龍記》普及本第二十九集中，沒有頁碼）。

-6 DEC
（版權所有）
第十回　血濺武當
△增刪潤飾　改寫修訂▽
張三丰上少林寺求教

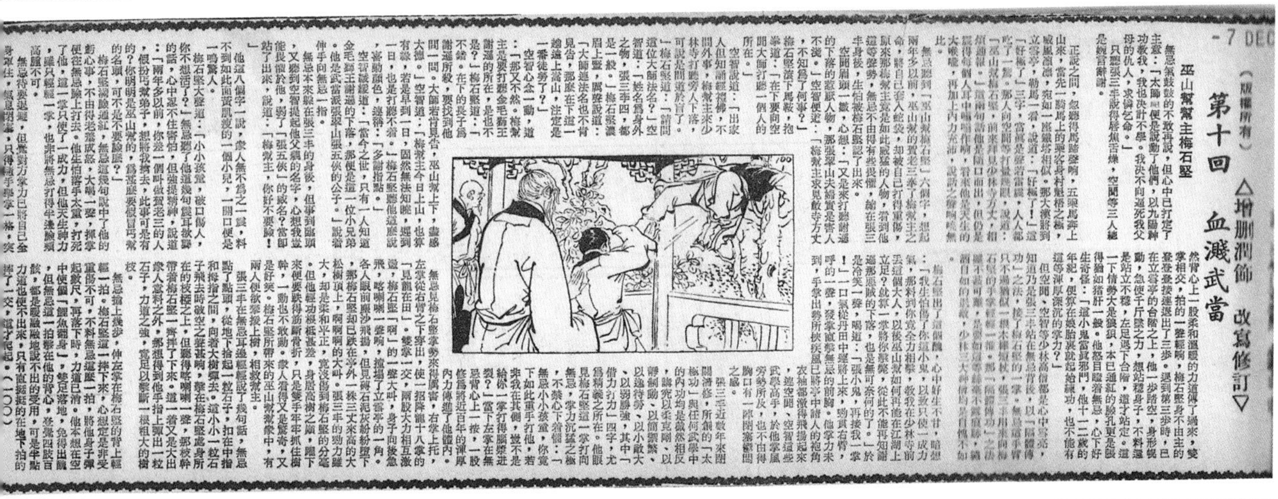
-7 DEC
（版權所有）
第十回　血濺武當
△增刪潤飾　改寫修訂▽
巫山幫幫主梅石堅

-8
（版權所有）
第十一回　林中夜鬥
△增刪潤飾　改寫修訂▽
張三丰漢水救人

明晚版《倚天屠龍記》第九九至一〇一續，1974年12月6-8日。從舊版到明晚版到作品集版，可以看到金庸如何一步步修改故事。

雲君圖說《倚天屠龍記》

舊版《倚天屠龍記》連環畫之「六大派圍攻光明頂」

1

2

3

4

5

6

7

8

9

10

11

12

13

14

15

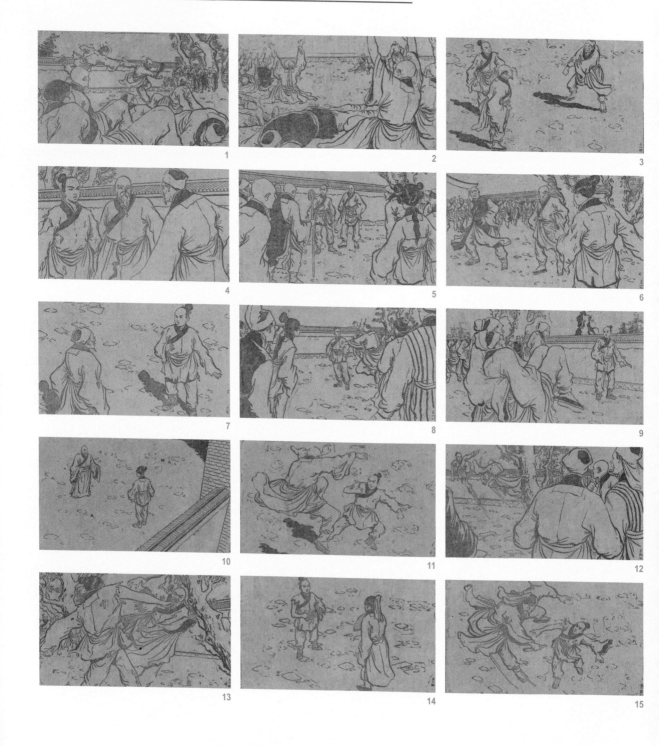

16

17

18

19

20

21

22

23

24

25

26

27

28

29

30

31

32

33

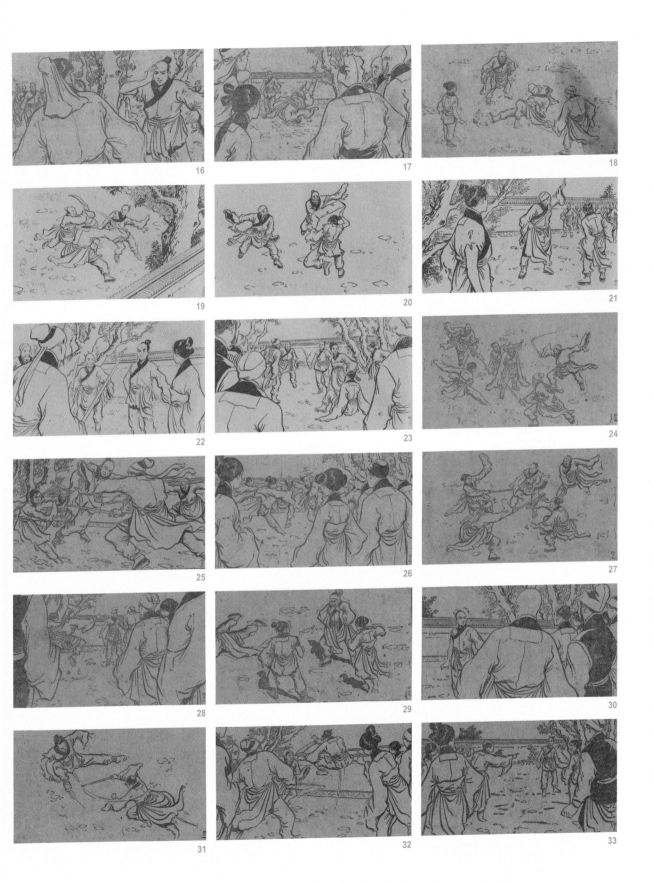

34

35

36

37

38

1 白眉鷹王殷天正跌坐地上，崆峒五老的唐文亮縱身凌空下擊，張無忌飛身過去救助外公。

2 明教眾人眼見殷天正身受重傷，知滅教在即，都掙扎著爬起，雙手十指張開，舉在胸前（但雲君畫成「雙手高舉」），跟楊逍一齊唸誦明教經文：「熊熊聖火⋯⋯」

3 殷天正接受張無忌輸送九陽真氣後，迎戰崆峒五老的宗維俠。

4 張無忌質問宗維俠，空見神僧當年乃死於七傷拳，是否親眼瞧見是謝遜下的手。

5 張無忌提到六大派受圓真挑撥，以致與明教結仇，圓音反唇相譏，辱及張翠山。

6-7 張無忌控制住怒氣，放過圓音，繼而向宗維俠評述七傷拳的優點與缺點。

8 宗維俠施展七傷拳打張無忌，反獲張無忌輸送真氣療傷。

9 張無忌以七傷拳斷樹，卻遭崆峒五老質問謝遜身在何處。

10 張無忌訛稱當日是混元霹靂手成崑偷去七傷拳譜，成崑就是少林寺的圓真。空性和尚見張無忌一再提及，指出圓真已死，並向張無忌發招，施展龍爪手。

11-13 張無忌一邊閃避、一邊觀察與學習龍爪手招式，最後反以龍爪手迎戰空性，並將空性擊敗。

14 華山派掌門鮮于通緩步走出，張無忌想起蝶谷醫仙胡青牛的妹子就是被鮮于通始亂終棄。

15-17 鮮于通一邊和張無忌對打，一邊以摺扇施放金蠶蠱毒，最後自己反中了蠱毒。

18-20 鮮于通中毒後說出當年所做壞事，華山高矮二老感到面目無光，聯手對付張無忌。張無忌以大石迎戰，二老不敵。

21 華山二老敗陣，提出要與崑崙派掌門何太冲夫婦聯手對付張無忌。

22-27 何太冲夫婦用正兩儀劍法，華山二老使反兩儀刀法，組成「正反兩儀刀劍陣」。激鬥間，崑崙派的西華子偷襲張無忌，反被點穴，困在陣中，反成了張無忌躲避刀劍的助力。周芷若擔心張無忌，假借跟滅絕師太表達自己對刀劍陣法的理解，暗示張無忌破陣之法，張無忌最後打敗四人。

28-29 何太冲夫婦錯手刺死鮮于通，突向張無忌施襲。張無忌假裝餵二人吞下金蠶蠱毒。

30 滅絕師太持倚天劍出列挑戰，張無忌向明教眾人借劍。

31-32 倚天劍鋒利，張無忌遊走以避其鋒，峨嵋一眾弟子出手，圍住各個方位，迫張無忌與滅絕師太正面交鋒。

33 張無忌奪去滅絕師太手上的倚天劍，並歸還給周芷若，滅絕師太要周芷若刺死張無忌。

34-36 張無忌受傷後迎戰武當派，宋青書自動請纓出手，張無忌坐在地上迎戰，宋青書敗陣。

37 殷利亨持劍要殺楊逍，楊不悔以身擋在前面。

38 武當四俠輸送真氣助張無忌療傷，張無忌反向四人輸去九陽真氣。

舊版《倚天屠龍記》連環畫之「明教救武當」

1

2

3

4

5

6

7

8

9

10

11

12

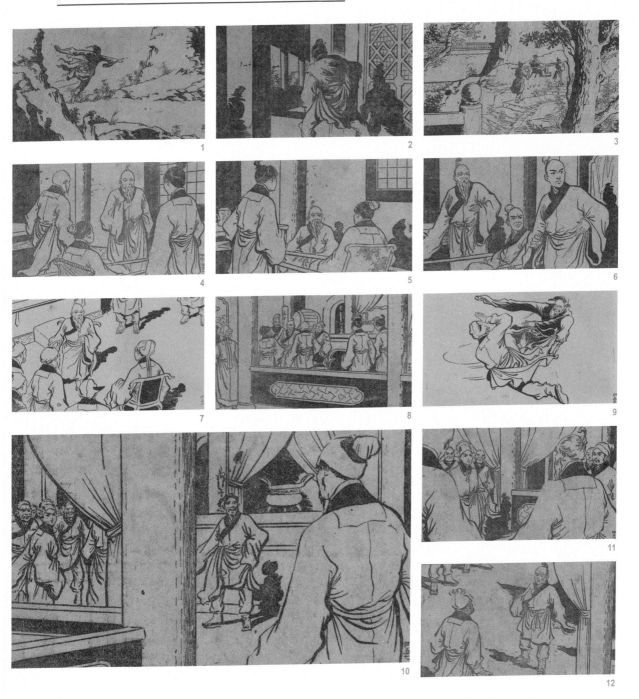

13

14

15

16

17

18

19

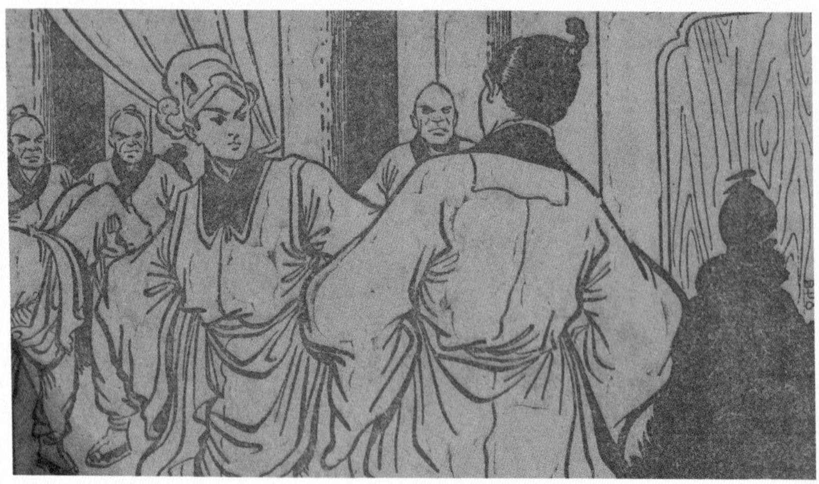

21

20

1 張無忌擔心武當派受襲，等不及大夥一齊動身，便獨個兒上路，從少林奔往武當。

2-5 張無忌化身小道童，潛入武當，卻見張三丰遭偷襲受重傷。張三丰將新近悟出的太極拳傳給俞岱岩。

6-7 趙明假扮明教教主叫陣，張三丰等人出迎。

8-10 張三丰得知徒兒被擄後吐血，顯出傷勢，趙明命人擒下張三丰，韋一笑趕至，跟其中一人打了起來。這時楊逍與明教眾人也已趕至武當。

11-15 趙明給識破身分後，向武當派叫陣，派出阿大、阿二、阿三，要與武當中人比試。張無忌用新學的太極拳向阿三過招，不但贏了對方，更揭開當年俞岱岩受傷之謎。

16-17 禿頂阿二上場，內功雄渾，但最後也被張無忌打敗。

18-20 阿大原是丐幫長老，外號「八臂神劍」。張三丰當場教張無忌太極劍，張無忌領悟劍意、忘掉劍招，以太極劍法削下對方右臂。趙明生氣，八臂神劍將左手揮向倚天劍，自行削下左臂。（這段自砍左臂的情節，明晚版已經刪掉。）

21 張無忌向趙明討要黑玉斷續膏，以治俞岱岩的大力金剛指傷。

明晚版《倚天屠龍記》連環畫之「靈蛇島之行」

1

2

3

4

5

6

7

8

9

10

11

12

13

14

15

16

17

18

19

20

21

22

23

24

25

26

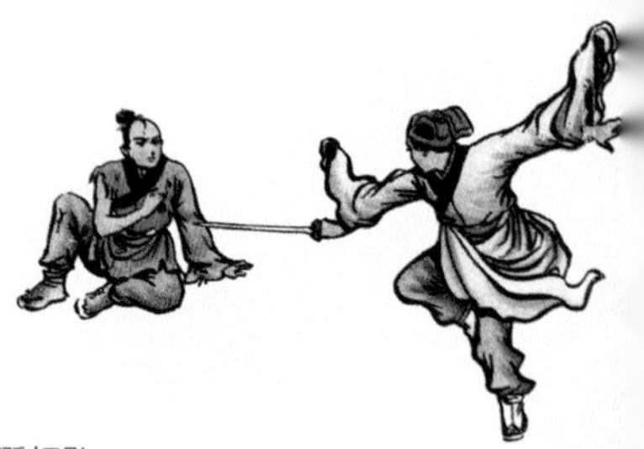

1-2 張無忌等人坐上金花婆婆的船到了靈蛇島，見丐幫長老在圍攻謝遜，但最後被謝遜打敗。

3-4 謝遜向金花婆婆詢問義子張無忌下落，趙敏仿照張無忌當年在殷離手背留下齒痕，也咬了張無忌手背一口，並塗上「去腐消肌膏」，張無忌到船尾用清水將膏藥洗掉。

5-8 金花婆婆要強搶屠龍刀，謝遜叫殷離用千蛛萬毒手戳他，殷離反被謝遜震傷，金花婆婆與謝遜打了起來。

9 波斯三使來到靈蛇島，迅即將金花婆婆擊倒在地。

10-12 張無忌與波斯三使周旋，但為對方三人的奇怪陣法掣肘，暫時擊退三使後，眾人倉皇逃走。

13-15 金花婆婆中途離隊，眾人上船，卻被波斯人乘坐的大船開炮攻擊，眾人最後乘上小舟離開。謝遜在舟上憶述當年往事。

16 波斯聖女黛綺絲到光明頂，遇上韓千葉找陽頂天尋仇，最後成為護教法王之首「紫衫龍王」。

17 陽頂天失蹤後，黛綺絲偷偷潛入明教秘道，被謝遜發覺。

18-20 眾人划小舟去找波斯人，要救回紫衫龍王。在與波斯三使、十二寶樹王交手過程中意外發現聖火令武功的秘密，張無忌奪回聖火令交給小昭翻譯。

21-23 眾人救回黛綺絲，坐船卻被鑿沉，小昭答應交出乾坤大挪移心法並擔任波斯明教教主。

24-26 一覺醒來，不見了倚天劍、屠龍刀和趙敏，殷離慘死。張無忌與周芷若在島上許了婚盟，最後有船來到，謝遜等三人乘船回航。

明晚版《倚天屠龍記》連環畫之「少林屠獅大會」

1

2

3

4

5

6

7

8

9

10

11

12

13

14

15

16

17

18

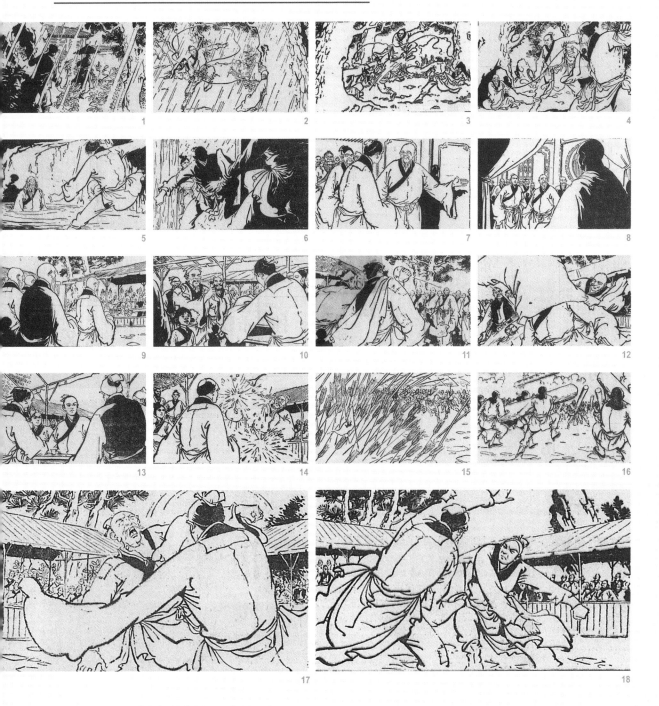

19

20

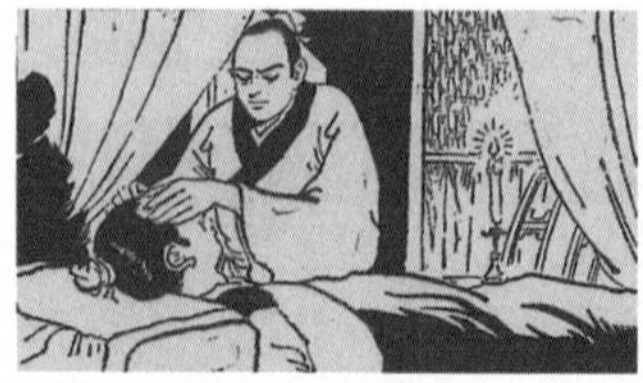

21

23

24

25

27

1 張無忌冒雨夜闖少林，尾隨圓真，尋謝遜下落。

2 圓真去找渡厄等三僧，張無忌墮進「金剛伏魔圈」的攻擊範圍。

3-5 八大高手忽然出現，與張無忌合攻金剛伏魔圈，張無忌最後反助三僧，並到地牢見謝遜。

6 張無忌回鄉間小屋找趙敏，二人遭偷襲，趙敏受爪傷。

7 張無忌率領明教眾人，正式到少林寺拜會空聞方丈。

8 羅漢堂十六尊被刻上「先滅少林……」等字的羅漢像已經完好如初。（之後張無忌、楊逍、殷天正三人力戰金剛伏魔圈，白眉鷹王油盡燈枯，雲君並沒有畫出來。）

9 端陽正日，群雄陸續抵達少林，空聞方丈急病，大會由空智主持。

10 丐幫長老帶著新任幫主史紅石上少林，與張無忌碰面。

11 丐幫傳功長老被人用毒針射死，有人再發毒針射向掌棒龍頭，掌缽龍頭以缽擋住毒針。

12 屠獅大會上，夏胄辱罵明教，被說不得用布袋困住。

13 明教「高管」商議如何應對屠獅大會。

14 峨嵋派靜迦師太與司徒千鍾爭執，更打出三顆藏有「霹靂雷火彈」的念珠，司徒千鍾當場被炸死。

15-16 眾人不齒峨嵋派所為，楊逍使五行旗操練陣法，力壓峨嵋派氣勢。

17-18 丐幫向宋青書叫陣，宋青書以陰毒爪功先後殺了掌缽龍頭與執法長老。

19-20 周芷若打敗俞蓮舟，再敗張無忌。

21 張無忌以黑玉斷續膏醫治宋青書。

22-24 周芷若和張無忌一起闖金剛伏魔圈，張無忌牽制住三僧，周芷若將謝遜救出地牢後，卻作勢要殺謝遜以報張無忌悔婚之恨，最後由黃衫女子出手救了謝遜。

25-26 謝遜憑聲音發現圓真（成崑）也在現場，與成崑纏鬥，最終廢了成崑武功。

27 謝遜大澈大悟，願死在仇家之手。峨嵋派靜照奉周芷若之命向謝遜吐棗核鋼釘，給黃衫女子阻止惡行。

28 謝遜最終皈依，拜在渡厄門下。

玖

白馬嘯西風

《明報》連載《白馬嘯西風》，每天約九百字，連載時只有回目，沒有小標題，由雲君繪畫插圖。

現存《明報》資料不完整，只能看到《白馬嘯西風》從1961年11月1日到1961年11月30日的連載（第一九續到第四九續），[34]不能確認全部連載時間。然而，可以靠緬甸《中國日報》與鄺拾記版《白馬嘯西風》普及本（全九集）來推算。

《中國日報》從1961年10月28日開始連載《白馬嘯西風》，到1962年2月10日完結，其中十二天脫期，合共連載九十四天。第一天至第九十一天的連載，每天約九百字，末尾處有編號，表示連載天數（偶爾會出現錯號）。這九十一天的內容，應該與《明報》一樣。第九十二與九十三兩天，每天只連載約七百二十字，末尾處沒有編號，只標示「未完」二字。最後一天（第九十四天）約六百六十字，三天字數總和不足二千一百字，比《明報》兩天連載字數多約三百字。如果《明報》最後一天的連載沒有插圖，[35]就有足夠空間安放多出來的三百字。由此推測，《明報》連載的實際續數，應該為九十三續。

「九十三續」這個推測，也可以在鄺拾記普及本中得到印證。普及本通常收錄《明報》連載時的所有插圖（偶爾會有錯貼、缺漏情況），《白馬嘯西風》一套九集共收錄了八十九張插圖。不過，由於《明報》連載時的第一六、一七與一八續共用一張插圖，普及本只收錄一次，總數因而少了兩張。《明報》第四一續的插圖，普及本遺漏，又少收一張。八十九之數再加上少收的三圖，合共九十二圖。[36]九十二張插圖代表連載了九十二天，加上最後一天沒有插圖，所以共連載九十三天，與《中國日報》的資料相符合。

以九十三天為基準，1961年11月1日往上推十八天，11月30日往下推四十五天，如果連載中途不曾脫期，則《明報》自1961年10月14日開始連載《白馬嘯西風》，[37]至1962年1月14日結束。這段期間，《明報》還同時連載《倚天屠龍記》。

《中國日報》的《白馬嘯西風》只有十一回，回目多為名詞或簡明扼要的名詞詞組，用以表達一回重點，字數不限。回目臚列如下：

一　大漠、西風、駿馬	八　高昌古國[38]
二　駝背老人	九　陰謀
三　草原上的夜鶯	十　小玉鐲
四　會走路的花	十一　種族的歧見
五　哈布迷宮	十二　師父和瘋子
六　大風雪之夜	

舊版《白馬嘯西風》第三一續，1961年11月12日。

舊版《白馬嘯西風》第七五續（錯號，實際應為第七六續），緬甸《中國日報》1962年1月17日。

舊版《白馬嘯西風》第六續，新加坡《新生日報》（時間不詳）。

舊版《白馬嘯西風》第二續，新加坡《民報》1961年10月24日。

34 從第一九續到第四九續，理應有三十一續，但由於第二二續之後為第二四續（編號錯誤），因此實際只有三十續。

35《明報》共連載過八部金庸小說，《神鵰俠侶》、《倚天屠龍記》、《鹿鼎記》這三部最後一天的連載都沒有插圖。因此，「最後一天沒有插圖」絕非偶然現象。

36 普及本最後一張插圖的編號為「九一」，是因為編號五十一、六十五的插圖各有兩張。雲君的插圖也經常出現編號錯誤的情況。

37《明報》1961年10月13日並未刊載《白馬嘯西風》，但刊登了一則預告：「本報明日（十四）加出半張新增……金庸新作武俠中篇連載『白馬嘯西風』，與『倚天屠龍記』同時刊出。」

38 第六回「大風雪之夜」之後，就是第八回「高昌古國」，並沒有第七回，應是回目編號出錯。因此，雖然最後一回「師父和瘋子」標示為第十二回，但全書實際只有十一回。

捨棄一半篇幅，《白馬嘯西風》的大幅度改寫

金庸在修訂完《連城訣》後，就著手改寫《白馬嘯西風》，並於1972年9月7日開始在《明報晚報》連載，到1972年10月3日為止，共計二十七續。明晚版共分五回，每天都有小標題。回目如下：

一　大漠駿馬　　二　天鈴鳥與狼皮　　三　一指震天南

四　大風雪　　　五　哈布迷宮

明晚版《白馬嘯西風》也是由雲君繪畫插圖，二十七天連載，插圖有二十九張，最後兩天是每天兩張插圖。

金庸在明晚版《白馬嘯西風》最終回（1972年10月3日）正文之後，寫了一小段後記，表達自己對創作與改寫這個故事的「心聲」：

> 這篇小說當時是為了拍攝電影而寫，寫好後自己很不滿意，朋友間的批評也極差。這次重新改寫過，刪去四萬餘字，新作二萬餘字，雖仍不感滿意，但已無能為力，或許過得十年，再來改寫一次吧。

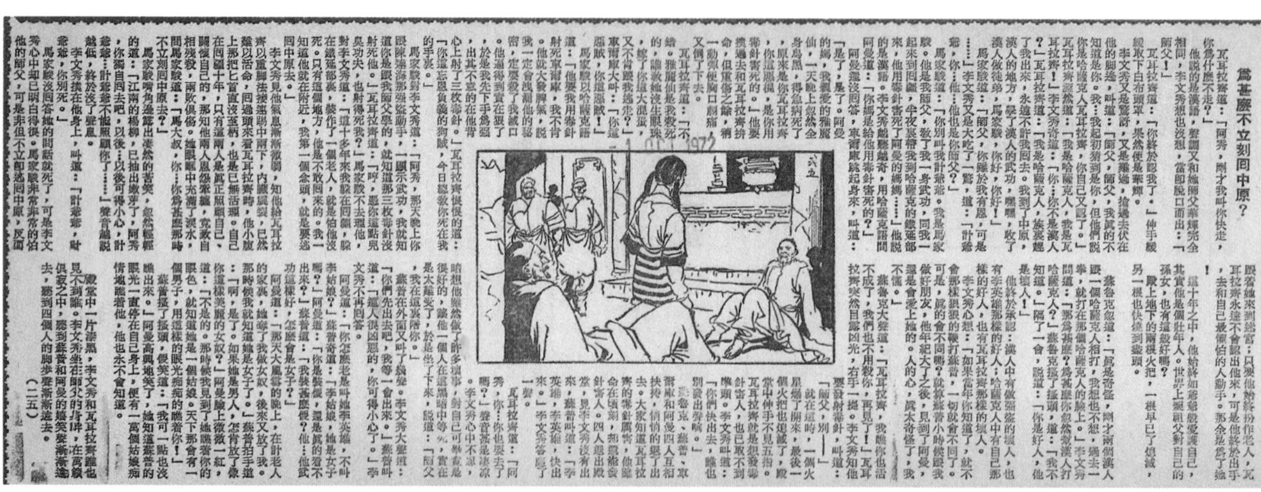

明晚版《白馬嘯西風》第二五續，1972年10月1日。

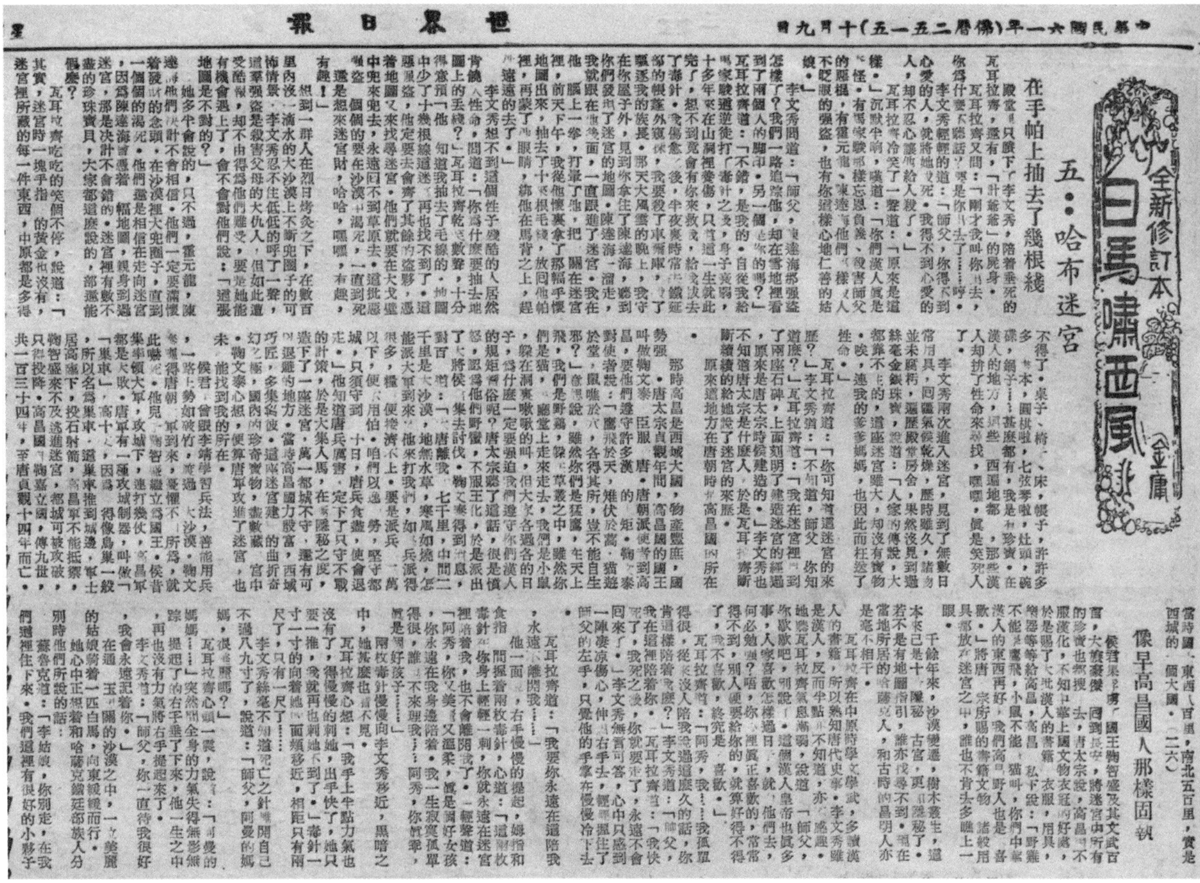

明晚版《白馬嘯西風》第二六續，泰國《世界日報》1972年10月9日（只比《明報晚報》晚一星期連載）。

從舊版到明晚版，改動確實很大。金庸說「刪去四萬餘字」，是從《明報》1961年11月29日第四八續開始：計老人（馬家駿）的人設，在舊版與修訂版中完全不同。舊版中，計老人很早就顯示出會武功：

> 那知他出手快，計老人更快。陳達玄右手離手帕尚有兩三寸，計老人手一縮，已將手帕抽離桌面，跟著白光一閃，陳達玄「啊」的一聲慘呼，一柄匕首已釘在他右手手背上，插入桌面，直沒至柄。計老人出手如電，左手一翻，已搶過陳達玄左手中握著的長刀，刀尖抵住他的咽喉。這幾下出手兔起鶻落，迅疾無比，誰也想不到這個衰邁龍鍾的駝背老人，竟有這麼厲害的武功，但見陳達玄滿臉痛楚之色，全身微微顫抖，手足卻不敢絲毫動彈。（舊版《白馬嘯西風》第四八續，1961年11月29日）

從第四八續的「那知他出手快」開始，一直到最後一續「那可是一個比迷宮兇險百倍，難走百倍的地方……」（小說結尾最後一句），約四萬六千多字，金庸刪掉了約四萬一千字，只保留若干情節（約五千字），重新分布在新改寫的故事中。換句話說，舊版故事約有一半的篇幅被金庸捨棄掉，可見金庸對原來的故事真的「很不滿意」。改寫後金庸「仍不感滿意」，故在1974年出版作品集時，又稍稍修改了幾個人設與部分情節。

《白馬嘯西風》蛻變舉隅

故事情節線

《白馬嘯西風》是金庸所有小說中改動得最多的一部，同一群人物，同一個時空場景，但由於人設不一樣了，呈現出完全不同的情節與主題，效果也完全不同。

舊版《白馬嘯西風》以「哈布迷宮」寶藏為主題，透過主角李文秀把所有相關人物串連起來，每一個人都與寶藏有關，故事情節也圍繞「尋找寶藏」而展開。為了要營造電影效果，故事也帶有若干揭秘情節，末段更一次性解密，來個大了斷。

舊版故事情節時間線：（1）十多年前，洛陽鄭九思大俠八十大壽，賓客到賀。徒弟「瘋子」（第一次出場時人已經瘋癲，因而得名）滿手珠寶向師父賀壽，不停唸著「哈布迷宮」但又語焉不詳。→（2）當天晚上，「獨指震天南」華輝潛入房中探查寶藏消息，殺了鄭九思，帶著瘋子與徒弟馬家駿離開，最後從瘋子手上取得迷宮地圖。→（3）馬家駿財迷心竅，用毒針射殺華輝，瘋子乘機拿著地圖逃走。三人留在回疆，馬家駿扮作老人等待寶藏消息，華輝受傷，瘋子失蹤。→（4）白馬李三夫婦得到地圖，卻被呂梁三傑追殺。上官虹臨死前將地圖交給女兒李文秀。李文秀騎著白馬逃到回疆，給馬家駿收留並撫養長大。→（5）李文秀喜歡哈薩克男兒蘇普，蘇普父親不喜歡漢人。李文秀斷絕與蘇普來往，蘇普後來另結識回族少女阿曼。→（6）李文秀救了華輝，獲華輝傳授武功。→（7）呂梁三傑的陳達玄來到回疆，在計老人家中發現地圖，計老人施展武功制服陳達玄。陳達玄逃脫，並偷走地圖，隨即帶著人馬去找寶藏。→（8）李文秀等人跟著雪地足印找到寶藏迷城。進入迷城後，計老人失蹤。車爾博與蘇魯克在迷城被殺，阿曼指證蘇普殺了車爾博，蘇普被族人驅逐。→（9）蘇普與陳達玄等人打起來，李文秀前來相救。哈薩克族人到迷城取寶藏，中了陷阱埋伏，蘇普出手相救。→（10）族人搬走寶藏，並透過比試選出勇士與阿曼婚配。女扮男裝的李文秀故意輸給蘇普，讓蘇普奪得美人歸。→（11）計老人殺死陳達玄，又假扮惡鬼殺族人，要族人交還寶藏，獻上美女，並捉去阿曼。→（12）李文秀陪蘇普往迷城找阿曼，遇上鄭九思的徒弟瘋子，蘇魯克與車爾博原來是瘋子殺的。→（13）瘋子要殺李文秀，計老人與華輝同時出手相救，瘋子受傷，最後被華輝施放毒針致死。→（14）馬家駿身分被識破，向師父道歉，提出「華輝得寶藏，馬家駿得阿曼，李文秀得蘇普」的建議，師徒二人忽向對方施重手，最終同歸於盡。→（15）地圖留在馬家駿身上，李文秀獨自回中原。

舊版故事以呂梁三傑為奪藏寶地圖追殺白馬李三夫婦開始，小說尾聲以寶藏「下場」作結，尋找寶藏可說是故事基本脈絡。不過，由於哈薩克族人被馬家駿欺騙，以為寶藏有惡鬼守護，以後都不敢到迷城取寶，寶藏從此失傳。

> 因此數百年來哈布迷宮中無窮盡的寶物，仍是好好的存放著，只要誰找到了那張地圖，便能尋到。不過那張地圖是在馬家駿身上，也就是在迷宮之中。你要找地圖，便得到迷宮中一堆白骨之間去找。不過你既然到得了迷宮，那張地圖便沒用了，可是沒有地圖，卻又是誰也走不進迷宮。（舊版《白馬嘯西風》，鄺拾記普及本第九集，頁168）

在尋寶過程中，金庸設計了許多懸疑處，製造「誰想得到」的效果，再在故事結尾來個大揭秘。就情節而言，雖然有很多地方值得商榷，但尋寶與「誰想得到」的懸疑與揭秘，都讓故事充滿娛樂性。金庸修訂故事，並非從堵塞情節漏洞著手，而是重塑人物，讓同一群人以不同的人設重新演繹同中有異的情節，為讀者帶來全新的閱讀經驗。

明晚版《白馬嘯西風》的故事線是這樣的：（1）多年前，哈薩克人瓦耳拉齊砍傷蘇魯克而被驅逐，到中原後改名華輝，學得一身好武功。→（2）華輝帶徒弟馬家駿回到家鄉報仇，馬家駿因不想下毒殺害全族人而放毒針打傷瓦耳拉齊。→（3）兩人都躲在回疆，馬家駿扮作計老人，瓦耳拉齊躲在山洞裡，飽受毒針折磨。→（4）白馬李三夫婦得到寶藏地圖，給呂梁三傑追殺。上官虹臨死前將地圖給了女兒李文秀。李文秀逃到回疆，被扮成計老人的馬家駿收留並撫養長大。→（5）李文秀喜歡哈薩克男兒蘇普，但蘇普父親不喜歡漢人。李文秀斷絕與蘇普來往，蘇普後來另結識回族少女阿曼。→（6）李文秀救了華輝，獲華輝傳授武功。→（7）呂梁三傑的陳達海來到回疆，在計老人家中發現地圖，拿走地圖並尋找寶藏。→（8）華輝跟著陳達海找到迷城，雖然沒有殺陳達海，但暗地裡抽出地圖絲線，陳達海因而迷失於沙漠之中。→（9）哈薩克族人與李文秀跟著雪地足印找到迷城，發現迷城內沒有寶藏。→（10）華輝在迷城內假扮惡鬼殺害哈薩克族人，又捉去阿曼。→（11）族人尋回阿曼，華輝再扮惡鬼與族人打了起來。→（12）李文秀協助族人對上瓦耳拉齊但不敵，計老人出手相助，計、瓦二人同受重傷。→（13）計老人臨死前指出瓦耳拉齊惡行，並表示因為李文秀才不回中原。→（14）瓦耳拉齊臨死前講出事情始末，並想用毒針刺死李文秀，最後因真氣無以為繼而亡。→（15）李文秀求教鐵延部精通《可蘭經》的老人，詢問漢回二族能不能通婚，之後騎著白馬回歸中原。

兩版的故事線，只有（3）（4）（5）（6）一樣，其餘不盡相同，可見金庸改動之大。明晚版《白馬嘯西風》總字數約六萬七千字，當中只有三分之二的篇幅與舊版相同。加上主題亦不同，基本上可以視作兩個相似但實質相異的故事。

馬家駿與華輝

舊版中，馬家駿雖然對李文秀有恩，十分照顧李文秀，但沒有產生情愫，也不能算是個好人——看似並無惡行，但其實心狠手辣，更是貪得無厭。他為了寶藏留在回疆，當年為獨吞寶藏而殺害師父，後來又殺死陳達玄而奪取迷宮地圖，不但假扮惡鬼殺哈薩克族人，逼嚇他們歸還寶藏，更擄走阿曼，原因是「我有了這許多財寶，怎能沒有美人相伴？」（舊版《白馬嘯西風》，鄺拾記普及本第九集，頁162）李文秀在馬家駿臨死前說：「馬大叔，你做錯了很多事。可是你待我一直是很好的。」（同上，頁167）可以視作舊版馬家駿的蓋棺論定。

舊版的惡人有兩組，第一組是呂梁三傑，在故事開篇殺了白馬李三夫婦；第二組是「寶藏三人組」，分別是獨指震天南華輝、華輝的徒弟馬家駿，以及洛陽大俠鄭九思的徒弟「瘋子」。與「尋寶」故事相關的惡行就是由這三人「分工合作」，華輝殺了鄭九思與瘋子，馬家駿殺了陳達玄與搬走寶藏的哈薩克族人，瘋子殺了闖入迷城的哈薩克人（蘇魯克與車爾庫）。與馬家駿、瘋子相比，舊版中的華輝並沒有太多惡行。

金庸改寫《白馬嘯西風》，修改了人設，更動了人物關係，更重新釐定故事發展的主題：「尋寶」退位，「多角戀」進場。金庸將李文秀的人生體驗「不是你的東西，你就是想一輩子，也終是得不到的」（舊版《白馬嘯西風》，鄺拾記普及本第九集，頁163）、「本來不是你的東西，何必苦苦的去搶奪？」（同上，頁167-168）進一步悲情化，為小說注入新的主題：「你心裡真正喜歡的，常常得不到。別人硬要給你的，就算好得不得了，我不喜歡，終究是不喜歡。」（明晚版《白馬嘯西風》第二七續，1972年10月3日）不只是「得不到想要的」，還加上「得到不想要的」，大大強化了人生的無奈感。主題改變了，由人物構成的故事線也得重組，金庸把所有情節重新規劃為三條多角戀的故事線，而改變的關鍵，就落在馬家駿與華輝的人設上。

兩條副線都是三角戀，史仲俊愛上官虹，而上官虹與白馬李三是恩愛夫婦；瓦耳拉齊

（華輝）愛雅麗仙，而雅麗仙與車爾庫是恩愛夫妻。主線則是以主角李文秀為主的四角戀：蘇普愛阿曼，李文秀愛蘇普，馬家駿愛李文秀。馬家駿與華輝人設的改變，讓新故事、新主題得以貫徹，而改變的方向就是——美化馬家駿，魔化華輝。

金庸似乎想把所有惡行全由華輝來承擔，新故事雖然沒有了殺害鄭九思與瘋子的情節，但其餘原本死在馬家駿與瘋子手上的人，都改由華輝來執行。華輝假扮惡鬼殺死走進迷城的哈薩克族人，也間接害死陳達海（舊版叫「陳達玄」）。不只如此，他多年前就因得不到雅麗仙而用毒針刺死對方，更想毒死全族人。華輝「魔化」並非一蹴而就，而是分兩階段完成。1972年的明晚版，華輝無論在形象上還是惡行上，都未蛻變至終極階段，外形仍然保留舊版的書生模樣：

那知眼前這人卻是個老翁，身形瘦弱，形容枯槁，愁眉苦臉，身穿書生衣巾，衣帽都已破爛不堪。（明晚版《白馬嘯西風》第九續，1972年9月15日）

華輝僻處回疆一十二年，他本是學文不就，轉而學武，雖在荒漠，仍作書生打扮。（明晚版《白馬嘯西風》第一三續，1972年9月19日）

華輝初出場時，金庸喚他作「老書生」，如「老書生低聲道」、「老書生身子幌了幌」、「老書生伸手欲接」（舊版只叫「那書生」，明晚版改用「老」字，讓形象更明顯）。至於惡行，雖然金庸為華輝加了「想用毒針刺死李文秀」一場戲，但明晚版的華輝尚未惡毒到想殺害全族人。

馬家駿以哈薩克語道：「他要我用毒針射死車爾庫，我不肯。他就大發脾氣，說我一定會洩漏他的秘密，定要殺了我滅口。他逼得到實在狠了，於是我先下手為強，出其不意的在他背心上射了三枚毒針。」（明晚版《白馬嘯西風》第二五續，1972年10月1日）

只是「馬家駿不肯殺車爾庫」，顯然達不到金庸預期中的效果。一則，如果馬家駿只是因為這個理由要殺華輝，頂多是「自保」，尚不算「正義」；二則，華輝尚未到「喪心病狂」的地步。因此，1974年出版作品集時，金庸再次修改華輝的人設，讓華輝終極惡魔化，先是去掉「老書生」的代稱（抹去儒雅的形象），只叫「那老人」，再來就是為華輝套上足以顯示其泯滅人性的行為：

馬家駿以哈薩克語道：「他本來要想殺死車爾庫，但這天晚上車爾庫不知到那裏去了，到處找他不到，我師父自己去找尋車爾庫，要我在水井裏下毒，把全族的人一起毒死。可是我們在一家哈薩克人家裏借宿，主人待我很好，盡他們所有的款待，我想來想去，總是下不了手。我師父回來，說找不到車爾庫，一問之下，知道我沒聽命在水井裏下毒，他就大發脾氣，說我一定會洩漏他的秘密，定要殺了我滅口。他逼得實在狠了，於是我先下手為強，出其不意的在他背心上射了三枚毒針。」（花皮版《雪山飛狐》，頁413-414）

明晚版只是「想殺車爾庫」，作品集版就變成「要殺全族人」來洩憤。

馬家駿也有了新的人設，與魔化華輝一樣，金庸也分兩階段來完成「美化」馬家駿的工程。第一階段是化掉馬家駿身上的「惡氣」，讓他不再兇狠與貪婪（不再為了寶藏而殺害師父與哈薩克族人）；金庸更加入「為愛犧牲」的情節，讓馬家駿留在回疆的理由，從為了寶藏（舊版）變成為了守護所愛（明晚版）。如此一來，馬家駿就變得「有情」。第二階段更在「有情」之上添加「有義」形象，也就是前面說的，馬家駿因為感恩，沒有聽從師命在哈薩克族人的水井中下毒，同時美化了馬家駿「放毒針殺華輝」的行為。從舊版的「貪婪」，到明晚版的「自保」，再到作品集版的「善行」，馬家駿徹底變成一個有情有義的角色。

李文秀與迷城寶藏

《白馬嘯西風》的書名來自故事最後一幕，白馬帶著主角李文秀一步一步離開回疆到中原去，充滿了元人馬致遠〈天淨沙〉筆下「古道西風瘦馬」的蕭瑟落魄意境。不過，這一幕的成敗關鍵全在李文秀的心境，以及如何讓讀者感同身受。讀者愈能體會李文秀的心情，就愈能細味一人一瘦馬在西風中緩緩前行的悲涼與孤寂。

舊版共有三組人和主角李文秀產生互動：（1）呂梁三傑與白馬李三夫婦；（2）華輝、計老人馬家駿與瘋子；（3）哈薩克族人。雖然中間也有兒女情長的情節，但基本上所有人都與寶藏產生關係，最後也是朝著謀奪迷城寶藏進發，感情方面的描寫並不深入。小說最後一幕，金庸這樣寫：

在通向玉門關的沙漠之中，一位美麗的姑娘腰懸長劍，騎著一匹白馬，自西而東而行。她心中在想：「迷宮是容易捉摸得多了。誰想得到，駝背的計爺爺只不過三十來歲？誰又想得到，一對本來情若父子的師徒，竟會翻臉成仇，大家受了無窮盡的苦楚，到頭來終於一無所得，一齊喪身於迷宮之中！可是馬大叔卻是待我很好的啊。我師父也是個壞人，可是他待我也很好。蘇普是很好的好人，但他只想到阿曼。」

白馬的駿足帶著她一步步的回到中原。那可是一個比迷宮兇險百倍，難走百倍的地方……（舊版《白馬嘯西風》，鄺拾記普及本第九集，頁168）

這是金庸對故事做的總結。如果《白馬嘯西風》拍成電影或連續劇，而且會拍續集或第二季，那麼最後一句「比迷宮兇險百倍，難走百倍的地方」，確實令人充滿想像與期待：李文秀在下一個旅程中，到底會碰到什麼兇險的事情？能不能死裡逃生、化險為夷？然而，這個結尾卻難以讓人體會到「嘯西風」是怎樣淒清的景象。

因此，金庸改寫時，就把故事拉回到如何塑造「白馬嘯西風」這一幕。金庸大致從三個方面來修改：

第一，徹底「架空」寶藏的功能。

從舊版到修訂版，「迷宮寶藏」有了很大的變化。金庸不但改了迷宮的名字，甚至改了「內涵」。舊版與明晚版都把迷宮喚作「哈布迷宮」，作品集版則改為「高昌迷宮」。名稱雖然不同，但都與高昌古國有關。只是，舊版中的哈布迷宮真的藏有許多珍寶財物，而明晚版和作品集版的迷宮裡只有中土餽贈給高昌國的書籍器物。單看迷宮入口，兩版已經迥然不同：

……突然間金光閃耀，雙眼竟是睜不開來。蘇魯克閉了閉眼睛，再睜開來，仍是光強刺眼，他側過身子，這才瞧清，原來對面一座石山上，嵌著兩扇黃金鑄的大門。陽光照射在黃金門上，閃耀出萬道金光。（舊版《白馬嘯西風》，鄺拾記普及本第六集，頁101）

……只見對面一座石山上嵌著兩扇鐵鑄的大門。門上鐵銹斑駁，顯是歷時已久的舊物。（明晚版《白馬嘯西風》第二一續，1972年9月27日）

至於裡面所藏，舊版是：

只見裏面是一間殿堂模樣，四壁供給了神像，有的黃塑，有的玉彫，神像的眼珠或是寶石，或是翡翠，閃閃發光。五個人見到這等景象，都驚得呆了，從這殿堂進去，連綿不斷竟都是一列房舍。每一間房中大都供有神像。單是一座小殿中的珍寶便是難計其數。偶然在壁上見到幾個漢文，寫的是「高昌國國主」，「文泰」「大唐貞觀十三年」等等字樣。（舊版《白馬嘯西風》，鄺拾記普及本第六集，頁103）

改寫時，金庸清空了所有珠玉寶石，只留下佛像：

只見裏面是一間殿堂，四壁供的都是泥塑木彫的佛像，從這殿堂進去，連綿不斷的是一列房舍。每一間房中大都供有佛像。（明晚版《白馬嘯西風》第二一續，1972年9月27日）

雖然故事依舊以「寶藏」作為推進情節的引子，但由於迷宮中已經沒有任何珍寶，瘋子拿著財物祝禱一幕就不能成立，馬家駿為了寶藏殺哈薩克人的情節也無由發生。瘋子既沒有出現的必要，也就沒有了瘋子殺蘇魯克與車爾庫等情節。

第二，重構三條多角戀故事線，讓李文秀的「失戀」產生最大效果。父母與史仲俊、車爾庫夫婦與瓦耳拉齊兩條三角戀故事線只是襯托，真正的感情線是李文秀愛蘇普卻得不到，馬家駿愛李文秀也得不到。由此可見，「美化馬家駿」在修訂版故事中何其重要，金庸必須為失戀的李文秀找一個「好的」愛慕者，才能夠符合新故事主題——「想要的得不到，卻得到不想要的」。這個主題在改寫後的《白馬嘯西風》已明確宣示出來，故事結尾末兩段的最後一句，金庸這樣寫：

……如果你深深愛著的人，卻深深的愛上了別人，有甚麼法子。

……「那都是很好很好的，可是我偏不喜歡。」（明晚版《白馬嘯西風》第二七續，1972年10月3日）

第三，深化李文秀的內心世界。改寫時，金庸為李文秀加入了很多心理獨白。例如蘇魯克痛打蘇普時，李文秀在門外聽著，金庸在「每一鞭都如打在她的身上一般痛楚」後面，加上一句「蘇普的爹爹一定恨極了我，自己親生的兒子都打得這麼兇狠，會不會打死了他呢？」之後李文秀聽到蘇普的哭聲，金庸又加了大段文字：

「他打得這樣狠，一定永遠不愛蘇普了。他沒有兒子了，蘇普也沒有爹爹了。都是我不好，都是我這個真主降罰的漢人姑娘不好！」忽然之間，她也可憐起自己來。……「如果我要了這張狼皮，蘇普會給他爹爹打死的。只有哈薩克的女孩子，他們伊斯蘭的女孩子才能要了這張大狼皮。哈薩克那許多女孩子中，哪一個最美麗？我很喜歡這張狼皮，是蘇普打死的狼，他為了救我才不顧自己性命去打死的狼。蘇普送了給我，可是……可是他爹爹要打死他的……」（明晚版《白馬嘯西風》第七續，1972年9月13日）

即使是新增添的情節，金庸也會用旁述或獨白的方式為李文秀加了不少心理活動，讓讀者適時洞悉主角的內心世界：

如果不是你們這些強盜作了這許多壞事，蘇魯克也不會這樣憎恨我們漢人。（明晚版《白馬嘯西風》第一八續，1972年9月24日）

李文秀見蘇普緊緊摟著阿曼，心中本來充溢著的勝利喜悅霎時間化為烏有，只覺得自己也在發抖，……原來自己的手掌也變成了冰涼。（同上）

李文秀卻在想：「不論哈布迷宮中有多少珍奇的寶物，也決不能讓我的日子過得快活。」（明晚版《白馬嘯西風》第二〇續，1972年9月26日）

李文秀心想：「你這樣感激我，只不過是為了阿曼。」（明晚版《白馬嘯西風》第二三續，1972年9月29日）

李文秀慢慢搖了搖頭，心裏在說：「不管江南多麼好，我還是喜歡住在這裏，可是……這件事就要完結了，蘇普就會和阿曼結婚，那時候他們會有盛大的刁羊大會、摔角比賽、火堆旁的歌舞……」（明晚版《白馬嘯西風》第二四續，1972年9月30日）

……可是李文秀心中卻已明白得很。馬家駿非常非常的怕他的師父，可是非但不立即逃回中原，反而跟著她來到迷宮；只要他始終扮作老人，瓦耳拉齊永遠不會認出他來，可是他終於出手，去和自己最懼怕的人動手。那全是為了她！這十年之中，他始終如爺爺般愛護自己，其實他是個壯年人。世界上親祖父對自己的孫女，也有這般好嗎？（明晚版《白馬嘯西風》第二五續，1972年10月1日）

李文秀心想：「如果當年你知道了，就不會那樣狠狠的鞭打蘇普，一切就會不同了。可是，真的會不同嗎？就算蘇普小時候跟我做好朋友，他年紀大了之後，見到了阿曼，還是會愛上她的。人的心，真太奇怪了，我不懂。」（同上）

如此一來，讀者閱讀故事時，就能與李文秀同時經歷與感受。當身邊三個最親愛的人都有了結局時，李文秀再次變得孑然一身，不得不懷著傷心落寞的心情，帶著白馬離開回疆，也讓最後一幕充滿「白馬嘯西風」的蕭瑟氛圍。

雲君圖說《白馬嘯西風》

舊版插圖：被抹去的《白馬嘯西風》情節

1

2

3

5

6

7

8

10

11

12

13

14

15

16

1　「灰狼也察覺了危險，放開了李文秀，張開血盆大口，突然縱起，雙足在蘇普的肩頭一搭，便往他臉上咬了下去。」

2　華輝俯臥地上，李文秀為他拔出背上毒針。（修訂版中，華輝拔針時盤膝而坐。）

3-5　華輝傳授李文秀武功，李文秀擊退敵人。

6-7　蘇普、阿曼、陳達玄到計老人家躲避風雪，陳達玄偷走地圖，眾人沿著陳達玄的雪中足印找到迷城。當時還有一個啞巴到計老人家，陳達玄偷走地圖後，那啞巴也消失了。舊版故事中，金庸並沒有清楚交代啞巴是誰，但留下三處描述讓讀者聯想：（1）陳達玄被綁時，計老人曾擲出匕首要殺陳達玄，但被李文秀發出的飛刀打了下來。當時「計老人……沒料到她竟然身負飛刀神技，更是驚得開大了口，合不攏來。只有那啞巴『啊，啊，啊』的拍手嘻笑，表示喝采。」（2）李文秀發現陳達玄的足印之上有另一個足印，懷疑是啞巴留下的。（3）華輝在迷城中對馬家駿說：「你殺死陳達玄，也算乾手淨腳，可是你不知道，你師父一直跟在你的身後。」原來是華輝扮作啞巴。但這個安排沒有任何效果，華輝也不一定要扮成啞巴到計老人屋裡，才知道發生什麼事，因此，金庸改寫時就直接刪掉這段情節。第6圖圖中共有六人，從右數來第二個人頭（看不到五官），就是啞巴。

8-9　蘇普等人進到迷宮後，發現宮殿內有很多財寶。由於瘋子嫁禍，蘇普誤會父親蘇魯克為車爾庫所殺，兩人持刀對峙。

10-11　哈布迷宮內機關重重，先是由陳達玄一幫人觸動機關，落入深坑，後來陳達玄等人又用機關陷害前來取寶的哈薩克族人。「只見地下露出一丈見方的一個大洞，拿火把到洞裏去一探，黑黝黝的深不見底。」「砰的一聲，鐵柵落地，將七十餘名哈薩克人盡數關在鐵柵之內。」

12　蘇普與李文秀刨開白雪和黃沙，挖了兩個坑，每人睡一個。

13-14　哈薩克族人得到迷宮寶藏後，選出勇士與阿曼婚配。比試共四場，計有賽馬、鬥箭、刁羊（搶五頭羊）、比武。

15-16　李文秀與蘇普引得敵人出手，與敵人在黑暗中打了起來。又有兩人前來相助，之後又互鬥起來，李文秀點亮火把一看，相鬥的兩人竟是計老人與華輝。

修訂版插圖：揉合新舊故事的另類《白馬嘯西風》

雲君所繪明晚版插圖，畫的都是舊版故事情節，可見雲君繪圖時根本沒有看過金庸改寫後的小說。單是看李文秀穿女裝就能確認是舊版情節，改寫後的李文秀重遇蘇普時已喬裝為男子。第26-28三張圖，則明顯與其他圖不同，李文秀的衣服與之前「不連戲」：本來沒有戴帽子，忽然戴了帽子。

1

2

3

4

5

6

7

8

1 上官虹整了整衣衫，轉瞬間數十騎馬先後馳到，當先一人是呂梁三傑中的老二史仲俊。
2 霍元龍與陳達海一提馬韁，追趕早已遠去的李文秀。
3 丁同走進計老人屋內，李文秀從後堂捧茶出來，一見到丁同，茶碗失手掉在地上。
4 李文秀半夜從睡夢中哭醒，計爺爺在床邊安慰。
5 李文秀用玉鐲與蘇普交換天鈴鳥，然後張開雙掌，放走鳥兒。
6 蘇魯克抱起兒子翻身上馬，甩出繩圈，套在死狼頭頸，縱馬便行。
7 蘇普到計老人家，李文秀開門，一見是蘇普，就把板門關上。
8 馬上乘客握著長刀，一人叫道：「白馬，白馬！」縱馬衝了過去。李文秀只得催馬往西疾馳。
9 李文秀慢慢轉身，眼前人是個老翁，身形瘦弱，形容枯槁，愁眉苦臉，身穿書生衣巾，衣帽都已破爛不堪。

9

10

11

12

13

14

15

16

17

10 山洞入口處伸進一柄長刀，李文秀縮在一旁。華輝引開來人注意力，李文秀手起杖落，杖頭毒針刺入來人肌膚。

11 華輝解開衣衫，但見背上點點斑斑，有很多傷疤。李文秀以長刀刀尖在背上輕輕一割。

12 敵人見李文秀提著兩個枯槁的葫蘆，不由得失笑。

13 蘇普和阿曼並肩坐在小丘上，情話綿綿，李文秀隔著幾株大樹聽到。

14 計老人開門，門口站著一個高大漢子，身穿羊皮襖，虬髯滿顋，腰間掛著長劍。

15 陳達海拔出腰間長劍（雲君畫的是短劍），蘇普也從腰間拔出短刀，一時間氣氛緊張。舊版情節是：李文秀不想讓蘇普認出，假扮成哈薩克女子，謊稱是二百多里外牧場場主的女兒，叫康珊麗。明晚版的李文秀則喬裝為男兒，是二百多里外另一個部落的牧人。雲君根據舊版情節繪圖，所以圖中有兩個女子（另一個是阿曼）。

16 舊版情節：「陳達玄右手離手帕尚有兩寸，計老人手一縮，已將手帕抽離桌面，跟著白光一閃，陳達玄『啊』的一聲慘呼，一柄匕首已釘在他右手手背上，插入桌面，直沒至柄。計老人出手如電，左手一翻，已搶過陳達玄左手中握著的長刀，刀尖抵住他的咽喉。」明晚版的計老人這時還沒有顯示武功。

17 舊版情節：「只見計老人手一揚，白光一閃，一柄匕首直往他心上射去。陳達玄雙手雙腳被牢牢縛住，見匕首飛到，只是盡力身子一側，但仍是閃避不開」，「卻見李文秀右手一揚，金柄小劍飛出，在計老人擲出的匕首下一碰，那匕首的準頭登時歪了，拍拍兩响，齊齊插在牆上。」明晚版中，李文秀一樣擲出東西，顯示了武功，但拔劍砍人的是陳達海，砍的對象是蘇魯克，李文秀用茶碗擲向陳達海，陳達海為了閃避而顧不了傷人。

18

19

20

21

22

23

24

25

26

27

28

29

18 陳達海被綁，眾人向他問話。（舊版情節：李文秀並沒有喬裝為男子。）

19 舊版情節：陳達玄帶著地圖逃走後，蘇魯克父子一行六人循著雪地足跡尋找迷宮。後來計老人獨自離開，只剩五人。明晚版中，尋找迷宮的先鋒隊有七人，除了以上五人，還有車爾庫的兩個徒弟：「駱駝」與桑斯兒。雲君插圖只有五人，且有兩個女性，屬舊版情節。

20 舊版情節：五人找到哈布迷宮的黃金大門。

21 舊版情節：鄭九思的徒弟「瘋子」在迷城殺了蘇魯克又嫁禍給車爾庫，蘇普從牆洞中看到躺在地下的父親。改寫後沒有這段情節。

22 舊版情節：有人觸動哈布迷宮的機關，地下露出一個深不見底的大洞。改寫後沒有這段情節。

23 舊版情節：蘇普與李文秀在沙漠中剷開白雪與黃沙，挖了兩個坑，點起一把火，聊起天來。修訂版沒有這段情節。（李文秀作女性打扮是舊版情節。）

24 舊版情節：瘋子假扮惡鬼殺人。

25 舊版故事裡，華輝背上被馬家駿砍了一刀，當場氣絕。明晚版故事裡，馬家駿的匕首插入華輝腹部。圖中的書生腹部插著匕首，屬於修訂版情節，但李文秀以女裝示人，又屬舊版情節。或許雲君後來稍稍知道改寫後的情節，但沒有留意李文秀已經喬裝為男子，報社編輯也沒有糾正。

26-27 華輝死前告訴李文秀陳達海的下場與迷宮的來歷。

28 瓦耳拉齊希望李文秀永遠不要離開，永遠陪伴自己，一邊與她輕聲說話，一邊提著毒針慢慢向她移近。

29 李文秀騎著白馬，一步一步往中原方向而去。

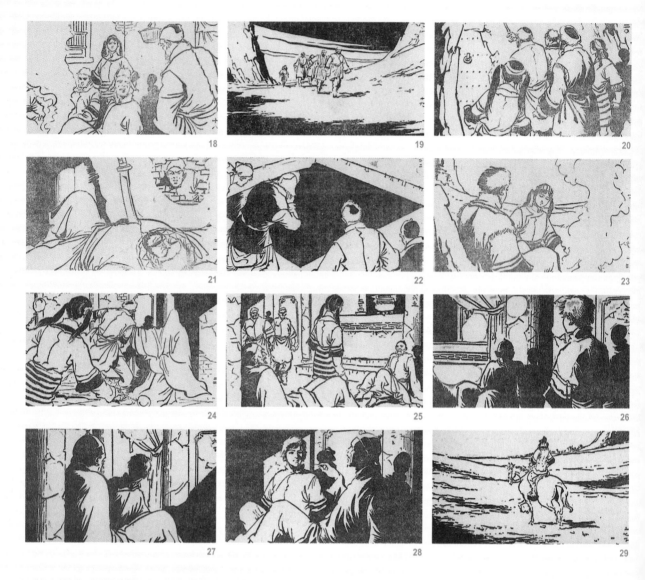

拾

天龍八部

《倚天屠龍記》於1963年9月2日甫一完結，緊接其後的《天龍八部》即從1963年9月3日開始在《明報》連載，一直到1966年5月27日最終回，共計九百九十八天，扣除脫期二十七天，共連載九百七十一續；[39]插圖由雲君繪畫。《天龍八部》的章節劃分與其餘各書不同，首日連載為「釋名」，介紹何謂「天龍八部」，並交代故事的創作原意：

> 這武俠小說以「天龍八部」為名，它寫的是宋時雲南大理國的故事。大理國是一個佛教國家，它的皇帝往往放棄皇位，出家為僧，是我國歷史上一種十分奇特的現象。「射鵰英雄傳」中所寫的南帝段皇爺，就是大理國的皇爺之一。
>
> 天龍八部這八種神道鬼怪，都將成為小說中的主要角色。當然，他們是人而不是怪，只是用這些怪物作綽號，就像水滸傳中的母夜叉孫二娘、摩雲金翅歐鵬。
>
> 這部小說將包括八個故事，每個故事為一部。但八個故事互相有連繫，組成一個大故事。（舊版《天龍八部》首日連載，1963年9月3日）

三段文字共有三個重點：（1）故事的舞台為宋時雲南大理國；（2）共有八個主要人物；（3）八個故事，一個故事一部。

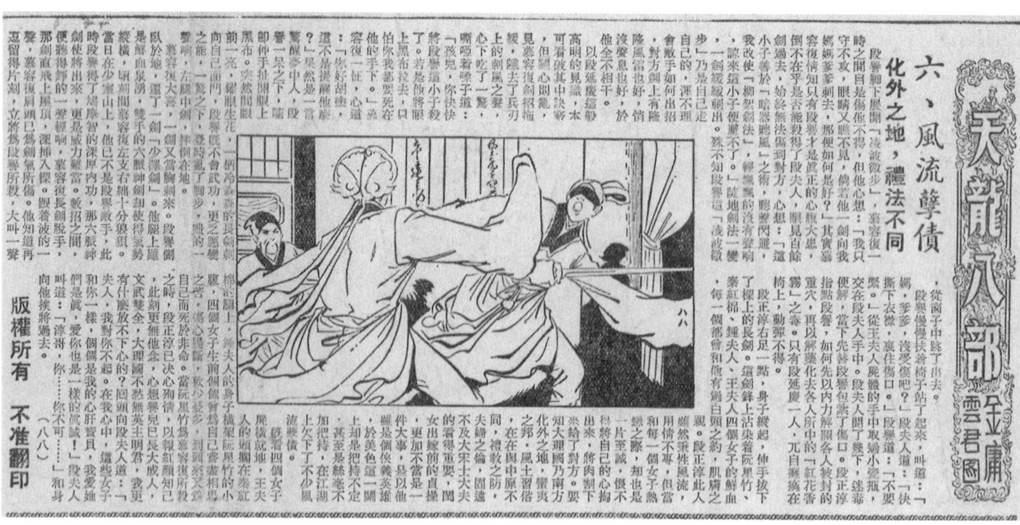
天龍八部
金庸
雲君圖
六、風流孽債
化外之地，禮法不同
（八八）
版權所有 不准翻印

舊版《天龍八部》第八部第八八續，1966年4月15日。

39 現存1963年至1966年的《明報》（微卷）殘缺不全，無法從中看到《天龍八部》連載的完整情況。「九百七十一續」這個數字是據新加坡《南洋商報》統計而來。北京國家圖書館保存了這個時期全部的《南洋商報》。《南洋商報》從1963年9月12日開始連載《天龍八部》，一直到1966年6月11日為止，連載時間只比《明報》稍晚。《南洋商報》上的《天龍八部》每天連載的篇幅與《明報》一樣，共計九百七十一續，由此相信《明報》上的《天龍八部》也應為九百七十一續。

天龍八部
金庸

釋名

「天龍八部」這名詞出於佛經。「法華經：提婆達多品」中說：「天龍八部人與非人，皆遙見彼龍女成佛」。「天龍八部」包括八種神道怪物，因為以「天」及「龍」為首，所以稱為「天龍八部」。八部者，一是天、二是龍、三是夜叉、四是乾闥婆、五是阿修羅、六是迦樓羅、七是緊那羅、八是摩呼羅迦。

「天」是指天神。

「龍」是指龍神。佛經中的龍，和中國傳說中的龍大致差不多，不過是沒有腳的。佛經中有五龍王、七龍王、八龍王等等名稱。佛教對龍很是尊敬，認為水中生物以龍的力氣最大，陸上生物以象的力氣最大，所以對憚師尊稱為「龍象」，如「西來龍象」，即是指從西方來的高僧。八龍王之中，有一位叫做沙謁羅龍王，他的幼女八歲時到釋迦牟尼所居的靈鷲山，現成佛之相。她成佛之時，為天龍八部所見。

「夜叉」是佛經中的一種鬼神，有「夜叉八大將」、「十六大夜叉將」等名詞，「夜叉」的本義是指能吃鬼的神，又有捷疾、勇健、輕靈、秘密等意思。「維摩經」注：「什曰：『夜叉有三種，一、在地，二、在虛空，三、天夜叉也。』」現在我們說到「夜叉」，都是指惡鬼，但在佛經中，夜叉往往是好的。夜叉八大將的任務是「維護眾生界」。

「乾闥婆」是一種不吃酒肉，只尋香氣作為滋養的神，是服侍帝釋的樂神之一，身上發出濃烈的香氣。「乾闥婆」在梵語中又是「變幻莫測」的意思，魔術師也叫做「乾闥婆」，海市蜃樓叫做「乾闥婆城」。

「阿修羅」這種神道非常特別，男的極醜陋而女的極美麗。阿修羅王常常和帝釋戰鬥，因為阿修羅有美女而無美好的食物，帝釋有美食而無美女，互相妒忌搶奪，每有惡戰，往往打得天翻地覆。我們常稱慘遭轟炸，屍橫遍地的大戰場為「修羅場」，出典就是由此而來。大戰的結果，阿修羅王往往打敗，有一次他大敗之後，上天下地，無處可逃，於是化身潛入藕的絲孔之中。阿修羅王性子執拗，喜歡妒忌。釋迦牟尼說法，說「四念處」，阿修羅也說法，說「五念處」。釋迦牟尼說「三十七品」，這阿修羅偏偏又多他一品，說「三十八品」。

「迦樓羅」是一種大鳥，鳥翅有種種莊嚴寶色，頭上有一個大瘤，據說此鳥兩翅相距三百三十六萬里，地上只能容牠一隻腳，鳴聲悲苦，以龍為食。舊說一部中說岳飛是「大鵬金翅鳥」投胎轉世，迦樓羅就是這大鵬金翅鳥了。牠每天要吃一個龍王及五百條小龍。到牠命終時，諸龍吐毒，無法再吃，於是上下翻飛七次，飛到金剛輪山頂上命終。因為牠一生以龍（大毒蛇）為食物，身體內積蓄毒素極多，臨死時毒發，化火自焚。肉身燒去後只餘一心，純青琉璃色。

「緊那羅」在梵語中為「人非人」之意，他形狀和人一樣，只是頭上生角，所以稱為「人非人」，善於歌舞，是帝釋的樂神。

「摩呼羅迦」是大蟒神，人身而蛇頭。

這部武俠小說以「天龍八部」為名，因為它寫的是雲南大理國的故事，大理國是一個佛教國家，它的皇帝往往放棄皇位，出家為僧，是中國歷史上一種十分奇特的現象。「射鵰英雄傳」中所寫的南帝段皇爺，就是大理國的皇帝之一。

天龍八部這一種神道鬼怪，都將成為小說中的主要角色。當然，我們是人而不是怪，只是用這些怪物作綽號，就像水滸傳中的母夜叉孫二娘、摩雲金翅歐鵬。

這部小說將包括八個故事，每個故事為一部。但八個故事互相有連繫，組成一個大故事。

（一・版權所有）

上　舊版《天龍八部》第一部第一續，新加坡《南洋商報》1963年9月12日。

下左　舊版《天龍八部》第五部第一續，緬甸《中國日報》1965年2月10日。

下右　舊版《天龍八部》第二部第一〇七續，緬甸《中華商報》1964年5月17日。

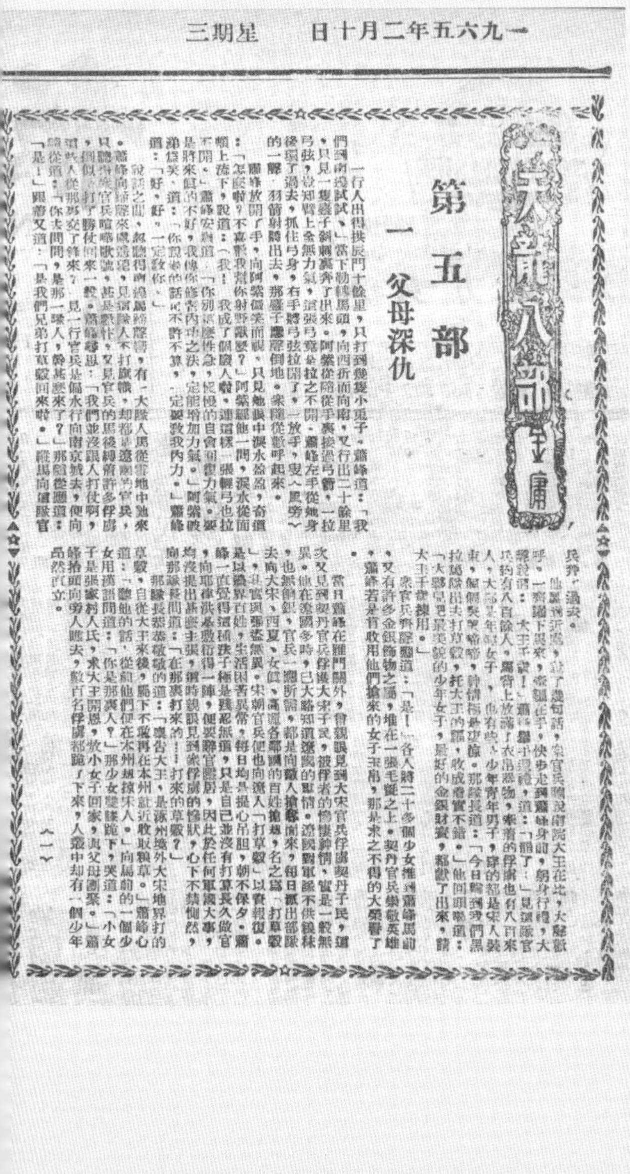
一九六五年二月十日　星期三

天龍八部　金庸

第五部

一　父母深仇

中

一九六四年五月十七日　星期日

天龍八部　金庸

八，非也非也

一招「張果老倒騎驢」

天龍八部　金庸

八、非也非也　賭飲烈酒　勝敗難決

那烈酒從他小指的穴道中流了出來，初時段譽尚未察覺，跟着無名指的「關衝穴」中，也有酒水流出，片刻之間，他頭腦中便感清醒。他左手垂向地下，那大漢并沒留心，只見段譽本來醉眼朦朧，霎時之間，臉上又是神采奕奕，不禁頗爲奇怪，笑道：「兄台文質彬彬，酒量倒是不弱。」又斟了兩大碗酒。

段譽笑道：「我這酒量是因人而異。常言道：酒逢知己千杯少。這一大碗嘛、我瞧也不過二十杯光景，一千杯須得裝上五十大碗才成。兄弟恐怕是喝不了五十大碗啦。」一面說，一面將跟前這一大碗酒喝了下去。他左手搭在酒樓臨窗的欄干之上，從小指與無名指中流出來的酒水，順着欄干流到了下面牆腳邊，當眞是神不知，鬼不覺，沒半分破綻可尋。過「不多時，他喝下去的四大碗酒，已全從穴道中通了出來，身體內沒留下半分酒性。

那大漢本來自以爲酒量天下無敵，這時見段譽如此一個身材瘦弱的書生，居然連盡四碗烈酒而殊不經意，心下暗暗稱奇，說道：「很好，很好，酒逢知己千杯少，我先乾爲敬。」斟了兩大碗酒，自己連乾兩碗，再給段譽斟了兩碗。段譽賣弄酒量，輕描談寫，談笑風生的喝了下去。喝這烈酒　直是比喝水喝茶還更瀟灑。他二人這一賭酒，登時驚動了松鶴樓頭，上上下下的酒客，連灶上的廚子，灶下的火伕，都圍在他二人的桌旁觀看　那大漢道：「酒保，再取二十斤酒來。」那酒保伸了伸舌頭，這時起「觀看好戲之心，更不勸阻，便去抱了一大罎酒來。

話休絮煩，段譽和那大漢你一碗，我一碗，喝「個旗鼓相當，不到一頓飯時分，各人都已喝了三十來碗，段譽自知手指上玩弄玄虛，這烈酒只不過在自己體內流轉一週，轉即瀉出，這酒量可說是無窮無盡，但那大漢卻是全憑眞實本領，眼見他連盡三十餘碗，兀自面不改色略無半分酒意，心下也是好生欽佩。他見大漢舉止豪邁，英氣勃勃，初時尚因他辱慕容公子一夥而懷有敵意，但一碗一碗烈酒喝入肚中，不由得對他起「愛惜之心，尋思「如此比拼下去，我自是有勝無敗，但這漢子飲酒過量，未免傷身。」堪堪喝到四十大碗時，說道：「仁兄，咱們都已喝「四十大碗吧？」那大漢笑道：「兄台的腦子倒還清醒得很，數目算得明白。」段譽笑道：「你我棋逢敵手，將遇良材，要分出勝敗，只怕很不容易。這樣喝將下去，兄弟身邊的酒錢卻是不夠了。」他伸手懷中，取出一個繡花荷包來，往桌上一擲，只聽得的一聲響，顯然荷包中沒有什麼金銀。

要知段譽被鳩摩智從大理擒將出來，身邊原沒攜帶財物。他是鎮南王世子，在大理之時，若要甚錢，自有旁人替他支付。這隻繡花荷包雖是精緻，繡了金絲銀線，一眼便便知是名貴之物，但囊中羞澀，卻也是一望而知。那大漢見了大笑，向身旁一個肥肥胖胖的中年富商說道　一張大爺，這里的酒帳，你給咱們結了吧。」那富商笑道　一當得，當得，難得衛大哥賞面，讓兄弟作個小東　」說着便從囊中取出一大錠銀子出來，那大漢拱拱手，道：「多謝」！攜「段譽的手，道　「好朋友，咱們走吧！」段譽心中喜歡　他在大理之時，身爲皇子貴族，難以交結甚麼眞心朋友，今自被人以文才，又不以武功，卻以無中生有的酒量結交了這條漢子，實是生平未有之奇。那大漢拉着他手，到了樓下，越走越快，片刻間便出了城。那大漢更是邁開大步，順着城外的大路疾趨而前，段譽提一口氣，和他并肩而行，他雖是不會武功，但內力充沛之極，這般快步急走，竟是絲毫不感心跳氣喘。那大漢向他瞧了一眼，微微一笑，道：「好朋友，咱們比比腳力。」（一二一）（第二部完，明天續登第三部）

舊版《天龍八部》第二部第一二一續，柬埔寨《湄江日報》（確切時間不詳）。

在金庸原本的構思裡，整個故事分為八個部分，故事「章節」也與之前的小說不同：先分「部」，再分回。整個故事有八部，每部有八回，每回都用四字短語作回目。然而，何謂「部」呢？答案可以在第二續找到。《明報》1963年9月4日連載的《天龍八部》，在正文之前標示「第一部　摩呼羅迦之部」、「一　無量玉壁」，前者為「部目」，後者為「回目」。由於這天的連載已經有兩個「大標題」，就沒有再列與當日內容有關的「小標題」，小標題從第三天開始。之後各日不再列出「部目」，只有回目與當天的小標題。

不過，雖然《天龍八部》確實分為「八部」，但第二部至第八部，都不再有「某某之部」，而只是簡單地標明「第二部」、「第三部」等。事實上，金庸「每個故事為一部」的原意，到了創作後期也已經改變，既找不到八個主要人物，也沒有八個明顯可以獨立區分的故事，可見金庸已經放棄了原來「每部一個故事」的想法。「部」與「回」，只是按照連載日數來劃分，每隔若干天就換新回，累積了八回就換新部。每部連載續數非常接近，第三部最長，共一百二十八續，第四部最短，共一百一十三續，其餘各部連載續數在一百一十九至一百二十四續之間。

「倪匡代筆」始末，追索代筆文字的遺痕

金庸在1978年出版的《金庸作品集・天龍八部》「後記」中說：

「天龍八部」於一九六三年開始在「明報」及新加坡「南洋商報」同時連載，前後寫了四年，中間在離港外遊期間，曾請倪匡兄代寫了四萬多字。倪匡兄代寫那一段是一個獨立的故事，和全書並無必要連繫，這次改寫修正，徵得倪匡兄的同意而刪去了。所以要請他代寫，是為了報上連載不便長期斷稿。但出版單行本，沒有理由將別人的作品長期據為己有。在這裏附帶說明，並對倪匡兄當年代筆的盛情表示謝意。（花皮版《天龍八部》，頁2126）

倪匡在《我看金庸小說》中，也交代了這件事：

那是金庸在寫「天龍八部」期間，忽有長期遊歐洲計劃。而香港報紙的長篇連載，一般來說，不能斷稿，於是找我，代寫三四十天，當時在場的還有名作家董千里（項莊）先生。

金庸說得很技巧：倪匡，請你代寫三四十天，不必照原來的情節，你可以去自由發展。……

商議定當之後，就開始撰寫，思想負擔之重，一時無兩，戰戰兢兢，寫了大約六萬字左右，到金庸歐遊回來，才算鬆了一口氣。

金庸在事前的擔心，倒不是白擔心。因為他深知我的脾氣，喜歡胡作非為，所以才事先特別叮囑「你只管寫你自己的」。然而當他回來之後，見面第一句話，我就說：「對不起，我將阿紫的眼睛弄瞎了！」……

我所寫的那一段，在舊版出版時，收進單行本中。金庸將全部作品修訂改正之際，曾特地來商量：「想將你寫的一段刪去，不知是否會見怪？」

當時的回答很妙，先大聲說：「見怪，會見怪，大大見怪！」

金庸是正誠君子，不像我那樣，放誕不經，聞言神情躊躇，大感為難。於是我哈哈大笑，道：「我見怪的是你來問我會不會見怪，枉你我交友十數載，你明知我不會見怪，不但不見怪，而且一定衷心贊成，還要來問我！」

金庸有點忸怩，說：「禮貌上總要問一聲。」

我說：「去他媽的禮貌！我有點擔心，阿紫的眼睛瞎了，你怎麼辦？」

金庸說：「我自有辦法！」

金庸果然有辦法，他改動了一些，結果就是如今各位看到的情形。……

經此一事之後，自然更逢人便說，而且還自撰一聯，上聯是：「屢替張徹寫劇本」，下聯是：「曾代金庸寫小說」。[40]

「後記」中，金庸只是簡單交代了曾請倪匡代寫《天龍八部》，而在修改時刪掉這代寫的部分。倪匡則更詳實地描述互動細節，還把董千里拉了進來。其實早在1976年2月，金庸已經為修訂的《天龍八部》寫了一篇長達一千六百字的前言，就「倪匡代筆」一事說得更仔細，諸如為什麼董千里（項莊）會出現在「金倪代筆會議」中。原來金庸原意是由兩人參與代筆，倪匡負責創作，董千里負責稍稍「調整」倪匡的稿件，使文稿更接近原來的文體。[41]

倪匡「代筆」是金庸舊版小說連載中的大事，雖然修訂版已經刪去代筆部分，但幾十年後的今天，讀者仍想知道得更真切：

第一，到底代寫的是四萬字還是六萬字？金庸與倪匡的說法不能完全合攏，明晚版與作品集版都只說倪匡代筆了「四萬字」，倪匡自己卻說寫了「大約六萬字」，兩者相差甚遠。

第二，舊版《天龍八部》中，到底哪些地方由倪匡所寫？當年連載時，報紙並沒有標明由倪匡代筆，要把這段「代稿」找出來，就得靠金庸與倪匡留下的線索。金庸給的線索是「這次改寫修訂，徵得倪匡兄的同意而刪去了」，而倪匡給的線索則是「我將阿紫的眼睛弄瞎了」。

舊版《天龍八部》中，阿紫雙眼是這樣被弄瞎的：

阿紫只覺得雙眼之中陡地一涼，一陣攻心劇痛過處，眼前一片漆黑，面頰上有兩道似淚非淚的液汁流了下來。丁春秋內勁貫於袖角，竟已在電光石火之間，將阿紫的雙眼生生戳瞎！（舊版《天龍八部》第六部第八續，1965年5月26日）

阿紫是在1965年5月26日被倪匡弄瞎的，也就是說，倪匡代筆的故事，最晚從這一天開始。但在這一天前的連載，當中至少有一半內容，金庸改寫後仍然保留下來：

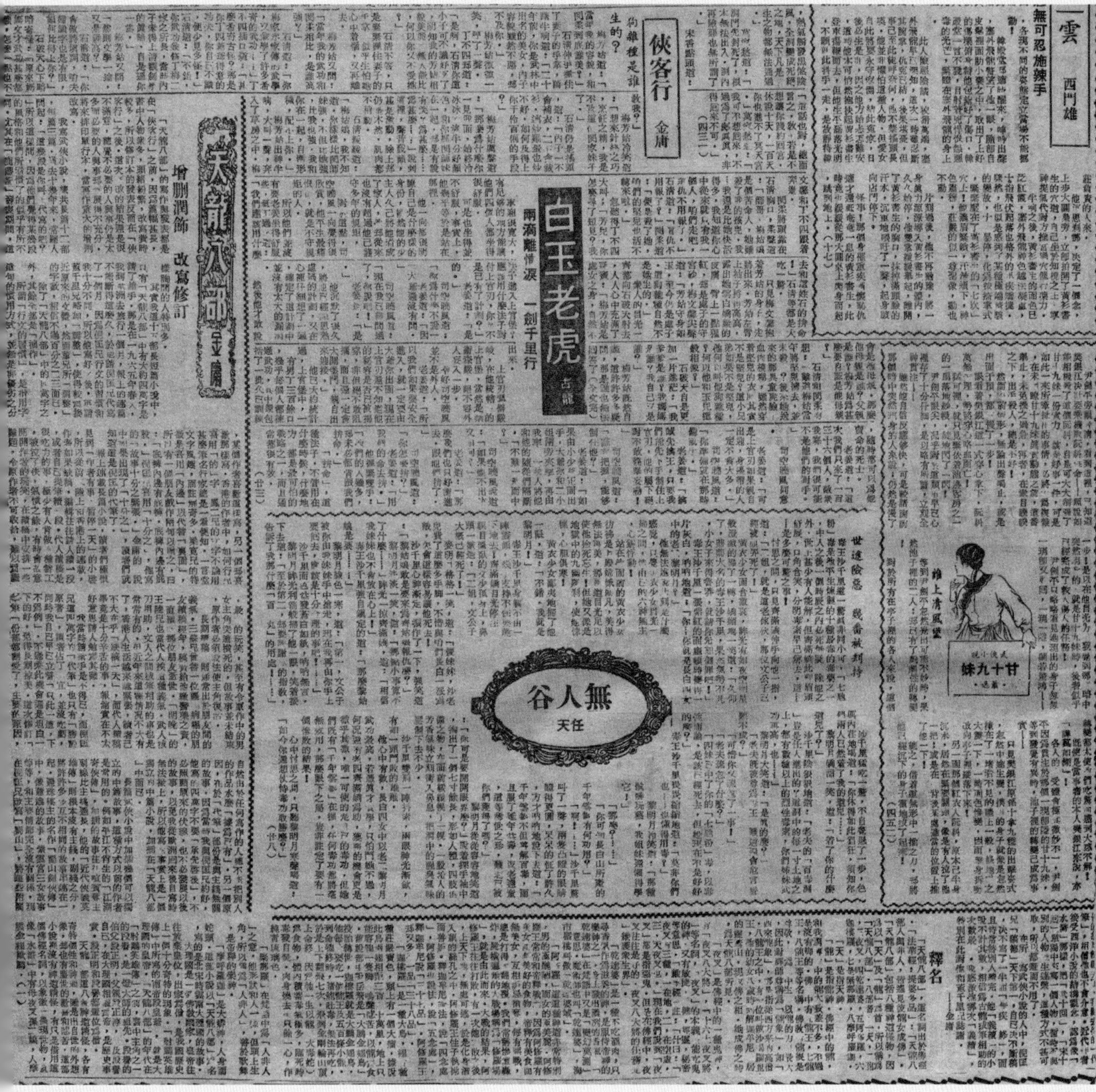

雲 西門雄

無可忍施辣手

俠客行 金庸

白玉老虎 古龍

兩滴離情淚 一劍千里行

天龍八部 金庸

增刪潤飾 改寫修訂

無人谷 天任

釋名

明晚版《天龍八部》首日連載，泰國《世界日報》1976年3月13日。當天除了首載經改寫後的《天龍八部》外，還連載了明晚版《俠客行》最終回。

---

40 倪匡：《我看金庸小說》（台北：遠景出版公司，1980年），頁137-140。

41 這段序言原刊載於《明報晚報》1976年2月29日，《天龍八部》的首日連載。不過，如今看到的明晚版《天龍八部》剪報只有第二續至第一七九續，缺了第一天的。今據泰國《世界日報》1976年3月13日所載明晚版《天龍八部》補闕。《明報晚報》散佚，《世界日報》傳世稀少，這段文字清楚交代了當年代筆一事從創作到刪除的始末，以及金庸對代筆的看法，是非常難得的文獻資料。唯《世界日報》的排版印刷常有失誤情況，這篇序言也多有缺漏。如「金庸的□說中如果出現……」、「極少有人肯做□種替工」、「讀者佔了□宜」，「□」代表空白位，沒有任何文字。《世界日報》連載明晚版《天龍八部》，從1976年3月13日開始，一直到1977年9月19日最終回（間或有脫期情況），前後共計五百三十八續。（明晚版《天龍八部》只有四百七十八續，《世界日報》多了六十續，原因後文會說明。）

> 慕容復手臂一振，三名黏在一起的星宿弟子身子飛了起來，正好撞中了另一人，那人驚呼未畢，身子便已軟癱，四人像一串魚般連在一起。……丁春秋游目四顧，見眾弟子之中只有兩個人並未隨眾躲避，一個是游坦之，蹲在屋角，將鐵頭埋在雙臂之間，看他的情形像是十分害怕，又像是在躲避著甚麼。另一個便是阿紫，面色蒼白，縮在另一個角落中，卻是不斷地望向慕容復。（舊版《天龍八部》第六部第七續，1965年5月25日）

從「慕容復手臂一振」到「卻是不斷地望向慕容復」，原文共計七百七十多字。這段文字經過修訂之後，變成了：

> 慕容復手臂一振，三名黏在一起的星宿弟子身子飛了起來，第三人又撞中了另一人。那人驚呼未畢，身子便已軟癱，四人像一串魚般連在一起。……丁春秋一時無計可施，游目四顧，見眾弟子之中只有兩人並未隨眾躲避。一是游坦之，蹲在屋角，將鐵頭埋在雙臂之間，顯是十分害怕。另一個便是阿紫，面色蒼白，縮在另一個角落中觀鬥。[42]（明晚版《天龍八部》第三七〇續，泰國《世界日報》1977年3月30日）

文字能夠保留下來，就代表不是倪匡寫的，而是金庸自己寫的。金庸每天創作小說，不可能只寫半篇，而把另外一半留給他人續作，因此，1965年5月25日當天的《天龍八部》可以確信為金庸所寫，倪匡則是從5月26日開始代筆。代筆的第一天，倪匡即弄瞎阿紫的眼睛。

至於代筆到何時結束，卻又不容易分辨。如果從金庸刪去的情節來看，舊版《天龍八部》第六部第六一續連載的最後一段，後半部分文字也在修訂版出現。也就是說，從阿紫瞎眼（第六部第八續）到第六部第六〇續，金庸共刪去了五十三天的內容。

> 當下六個人曉行夜宿，取道向南。王玉燕（修訂版改名為「王語嫣」）想到表哥公然接自己到家中居住，欣喜之情，無法隱藏，她雖覺慕容復和鄧百川等對自己情狀有些特異，但她素無機心，不起半點疑竇。**這一日六個人急於趕道，錯過了宿頭，行到天黑，仍是在山道之中，越走道旁的草叢越深。風波惡罵道：「他奶奶的，咱們只怕走錯了路，前邊這個彎多半轉得不對。」**（舊版《天龍八部》，鄺拾記合訂本第二十四集，1965年7月23日，頁97-98）

在洛陽不得絲毫消息，於是又向西查去。這一日六人急於趕道，錯過了宿頭，行到天黑，仍是在山道之中，越走道旁的亂草越長。風波惡罵道：「他奶奶的，咱們只怕走錯了路，前邊這個彎多半轉得不對。」（明晚版《天龍八部》第三七三續，泰國《世界日報》1977年4月2日）

五十三天的文字合共七萬四千多字，無論從連載續數還是從總字數來看，都不符合金庸「一個月，四萬多字」和倪匡「三四十天，大約六萬字」的記錄。

金庸在《明報晚報》1976年2月29日刊載的「小序」，是在剛修訂《天龍八部》後撰寫的，文中三次提到「四萬字」，理應最可信。不過，這數字也有可能不是根據統計而來，而是因為他記得當年「到歐洲去旅行一個月」，《明報》每天連載一千四百字，一個月剛好就是四萬多字。以第六部第八續阿紫瞎眼為起點，往下推一個月，故事主要寫游坦之與阿紫的經歷，大致可分為六段情節，現表列如下（括號中數字為累計連載續數）：

情節片段	續數起迄	內容大要	出場人物
情節一	8-13（6）	丁春秋大戰慕容復。這段是承接之前的劇情而寫，當中涉及到段譽、虛竹，最後段延慶來到，段譽等人離開。	丁春秋、慕容復、游坦之、段譽、虛竹、阿紫
情節二	14-17（10）	游坦之從丁春秋手中救出阿紫，並詭稱自己是極樂派掌門，阿紫以為游坦之是慕容復的朋友，俊朗不凡。	游坦之、阿紫
情節三	18-21（14）	游坦之因為身上的毒性而被丁春秋發現。丁春秋先後發出閻王化骨丸與毒燄搜形，但都傷不了游坦之。丁春秋用盡一切方法哄游坦之供出阿紫下落，但游堅決說自己不知道，丁、葉二人離開。游坦之後來碰到風波惡與包不同。	丁春秋、葉二娘、游坦之、阿紫、風波惡、包不同

42《世界日報》的明晚版《天龍八部》排版時常有漏字、別字的情況，如「那人驚呼未舉」的「舉」字，當為「畢」字，又如「縮在另一個角角中觀鬥」的「角角」，當為「角落」。為方便閱讀，悉據上下文理和作品集版內容更正錯誤。以後類似情況，做法也一樣，不另行注明原文錯誤。

情節四	22-24（17）	風波惡贈匕首給游坦之，讓游坦之取下鐵罩。	風波惡、包不同、游坦之
情節五	25-31（24）	游坦之打倒前來偷襲的葉二娘，阿紫引丁春秋前來，要游坦之爭奪星宿派掌門之位。丁春秋輸給易筋經武功，被阿紫奚落，無奈離去。	游坦之、葉二娘、阿紫、丁春秋
情節六	32-38（31）	游坦之與阿紫遇到胡僧，胡僧吹簫驅使大蛇咬死二人的馬匹，但因游身上的毒性，大蛇不敢咬游，胡僧敗走。哲羅星驅使兩條更大的蛇到來，游坦之不敵，答應對方前往少林找波羅星，條件是讓阿紫相信游坦之勝出。	年輕胡僧、哲羅星、游坦之、阿紫

除了「情節一」乃承上而來，由「情節二」至「情節六」，故事涉及的人物並不多，以游坦之和阿紫為主，其他舊人如丁春秋、葉二娘、包不同與風波惡則客串演出，再加上新登場的哲羅星與年輕胡僧，完全符合金庸在明晚版《天龍八部》首日連載小序中說的「他（倪匡）寫的事實上是一個獨立的中篇小說」。

不過，新登場人物哲羅星的故事其實還沒有結束，從第三九續到第四三續（情節七），寫游坦之遇上大輪明王鳩摩智。鳩摩智本與哲羅星認識，使出無相劫指從哲羅星手中搶走《易筋經》，更幫助游坦之向阿紫隱瞞不敵哲羅星一事，結果把哲羅星氣走。如果連這五天算在內，前後合共三十六天（符合倪匡說的「三四十天」之數），約五萬字。哲羅星走後，故事向前邁進，之前離場的人物（如慕容復、王玉燕等人）再次出現，又不符合倪匡代筆的原則。倪匡說寫了「大約六萬字」，有兩個可能：（1）他寫得很快，真的寫了六萬字，只是金庸回來後自己接著寫，用不到這多出來的稿子；（2）事隔十五年，倪匡也記不清楚了。真相到底如何，已經無從證實。

總括來說，如果從故事的完整性來看，倪匡代筆寫《天龍八部》，有可能寫了三十一天，也有可能寫了三十六天。如果倪匡只寫三十一天，那哲羅星被鳩摩智搶去《易筋經》一段，就是金庸從歐洲回來後所寫的過渡劇情，哲羅星與鳩摩智認識，卻被鳩摩智氣走，之後劇情重新回到原來的人物上。

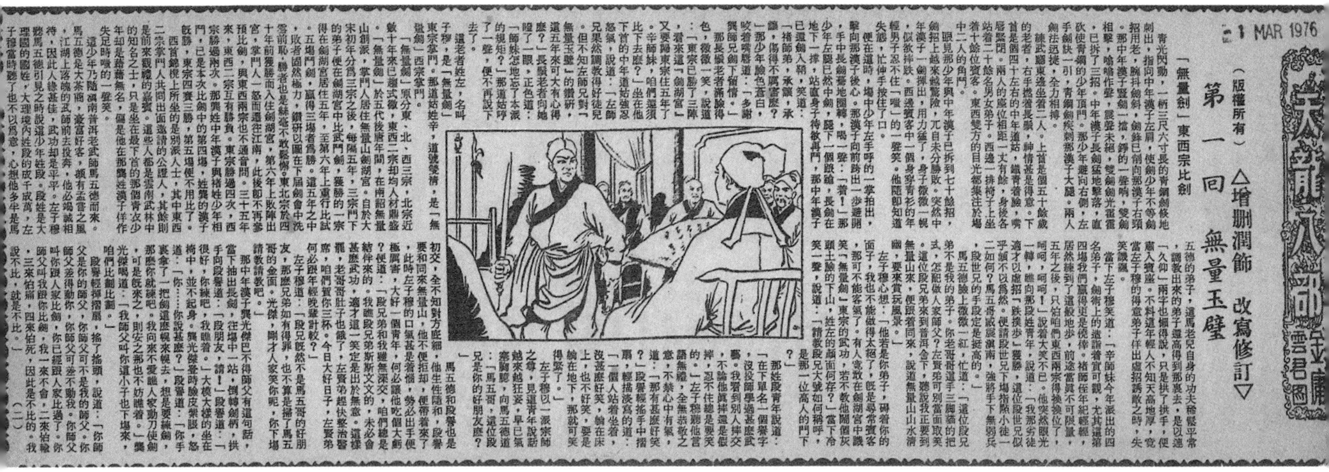
1 MAR 1976

天龍八部 金庸 雲君圖

(版權所有) △增刪潤飾 改寫修訂▽

第一回 無量玉璧

「無量劍」東西宗比劍

明晚版《天龍八部》第二續，1976年3月1日。

回目變遷，以及《天龍八部》武功「真實性」的剖白

1976年2月29日，經金庸改寫後的《天龍八部》開始在《明報晚報》連載，每天約二千七百字。由於現存明晚版《天龍八部》剪報為殘本，只有第二續到第一七九續，無法從中了解連載時的全部情況。不過，《天龍八部》在《明報晚報》開始連載後兩星期，泰國《世界日報》也從1976年3月13日開始連載，一直到1977年9月19日為止。在缺乏全本的明晚版《天龍八部》情況下，《世界日報》或可作為對照版本，從旁推算出明晚版《天龍八部》的總連載續數，全部合共四百七十八續。

《世界日報》共有五百三十八續，但從1976年11月8日到1977年3月15日，每天只刊登約一千三百多字，每兩天共用一個小標題，實際上就是把《明報晚報》每日刊載的分量一分為二。如《明報晚報》的第二九三續（1976年12月20日），相當於《世界日報》的第三四八、三四九續。這種一分為二的情況持續了一百二十天，也就是說，《世界日報》用一百二十天時間，只連載了明晚版《天龍八部》合共六十續的內容。由此推斷，五百三十八續減掉一分為二的六十續，則明晚版《天龍八部》共有四百七十八續。明晚版《天龍八部》從1976年2月29日開始連載，脫期情況並不嚴重，最終回該在1977年6月之間。

舊版《天龍八部》共分八部，每部都有八回，合共六十四回，每回以四字短語作回目。經修訂改寫後不再分部，全書合共五十回，每回以四字短語作回目。1978年出版的《金庸作品集．天龍八部》，也是五十回，但金庸又有了新嘗試，以宋代詞牌創作回目，讓文字更添雅趣。茲將各版回目臚列如下，透過比對，了解《天龍八部》情節的演變：

舊版		明晚版[43]		作品集版	
1-1	無量玉壁	01	無量玉壁	01	青衫磊落險峯行
1-2	神馳目炫	02	美人玉像	02	玉壁月華明
1-3	黑衣女子	03	有女同行	03	馬疾香幽
1-4	羣雄圍攻	04	見面即嫁	04	崖高人遠
1-5	南海鱷神	05	大理段氏	05	微步縠紋生
1-6	望穿秋水	06	君臣父子	06	誰家子弟誰家院
1-7	夜襲王府	07	御駕親征	07	無計悔多情
1-8	兩代孽緣	08	黃眉賭棋	08	虎嘯龍吟
2-1	御駕親征	09	姑蘇慕容	09	換巢鸞鳳
2-2	朱蛤神功	10	六脈神劍	10	劍氣碧煙橫
2-3	姑蘇慕容	11	曼陀山莊	11	向來痴
2-4	六脈神劍	12	聽香小築	12	從此醉
2-5	朱碧雙姝	13	非也非也	13	水榭聽香　指點羣豪戲
2-6	曼陀山莊	14	丐幫幫主	14	劇飲千杯男兒事
2-7	易容神術	15	身世隱秘	15	杏子林中　商略平生義
2-8	非也非也	16	漢歟胡歟	16	昔時因
3-1	塞外英雄	17	碾坊拒敵	17	今日意
3-2	非我族類	18	不白之冤	18	胡漢恩仇　須傾英雄淚
3-3	雁門關外	19	獨戰羣雄	19	雖萬千人吾往矣
3-4	圍攻丐幫	20	雁門關外	20	悄立雁門　絕壁無餘字
3-5	西夏武士	21	吐露機密	21	千里茫茫若夢
3-6	身世之謎	22	大錯鑄成	22	雙眸粲粲如星
3-7	石壁遺文	23	心如蛇蠍	23	塞上牛羊空許約
3-8	著著爭先	24	星宿門人	24	燭畔鬢雲有舊盟
4-1	吐露機密	25	命懸一綫	25	莽蒼踏雪行
4-2	小鏡湖畔	26	南院大王	26	赤手屠熊搏虎
4-3	血海深仇	27	鐵面冰蠶	27	金戈盪寇鏖兵
4-4	風流冤孽	28	星宿老怪	28	草木殘生顱鑄鐵
4-5	蛇蝎美人	29	函谷八友	29	蟲豸凝寒掌作冰
4-6	碧玉王鼎	30	珍瓏棋會	30	揮洒縛豪英
4-7	生死一綫	31	同門相殘	31	輸贏成敗　又爭由人算

4-8	南院大王	32	斗轉星移	32	且自逍遙沒誰管
5-1	父母深仇	33	萬仙大會	33	奈天昏地暗　斗轉星移
5-2	玉鼎奇毒	34	歃血為盟	34	風驟緊　縹緲峯頭雲亂
5-3	天竺梵文	35	天山童姥	35	紅顏彈指老　剎那芳華
5-4	左道旁門	36	西夏皇宮	36	夢裏真真語真幻
5-5	函谷八友	37	鷲宮新主	37	同一笑　到頭萬事俱空
5-6	門戶之羞	38	化敵為友	38	胡塗醉　情長計短
5-7	棋局秘奧	40	羣豪大至[44]	39	解不了　名韁繫嗔貪
5-8	天山童姥	41	豪情勝慨	40	卻試問　幾時把痴心斷
6-1	慕容揚威	42	父子相會	41	燕雲十八飛騎　奔騰如虎風烟舉
6-2	永不分離	43	無名老僧	42	老魔小醜　豈堪一擊　勝之不武
6-3	胡僧奪經	44	應選駙馬	43	王霸雄圖　血海深恨　盡歸塵土
6-4	善惡不分	45	泥井世界	44	念枉求美眷　良緣安在
6-5	萬邪聚會	46	西夏皇宮	45	枯井底　汚泥處
6-6	拔刀相助	47	茶花滿路	46	酒罷問君三語
6-7	雪峯絕頂	48	風流孽債	47	為誰開　茶花滿路
6-8	身入險地	49	發兵南征	48	王孫落魄　怎生消得　楊枝玉露
7-1	啼笑皆非	50	雁門關外[45]	49	敝屣榮華　浮雲生死　此身何懼
7-2	鷲宮新主			50	教單于折箭　六軍辟易　奮英雄怒
7-3	重回少林				
7-4	少林絕技				
7-5	六件大事				
7-6	黑白二僧				
7-7	當眾揭秘				
7-8	藏經閣中				
8-1	異國金蘭				

43 第一至十九回的回目乃根據《明報晚報》，第二十至五十回的回目則根據《世界日報》。

44《世界日報》的明晚版《天龍八部》沒有第三十九回。第三十八回「化敵為友」連載了十九天（從1977年5月22日到6月10日，6月1日停載一次）。1977年6月11日則為第四十回「羣豪大至」的首日連載。導致缺少一回的原因，有兩種可能：其一，《明報晚報》上原本有第三十九回，只是《世界日報》的員工排版時沒有更改回目；其二，《明報晚報》連載時，本身就沒有第三十九回。由於文獻資料不足，只能存疑。

45 第三十六回與第四十六回的回目相同，同為「西夏皇宮」。第二十回與第五十回的回目相同，同為「雁門關外」。

8-2	招婿大會
8-3	枯井生波
8-4	青鳳閣中
8-5	情天難補
8-6	風流孽債
8-7	佳兵不祥
8-8	雁門關外

金庸在明晚版「序言」中交代了三件事情：（1）修訂版《天龍八部》晚於《俠客行》的原因；（2）初次改寫並不滿意，日後出版單行本時會再進一步修訂；（3）交代刪去倪匡代筆一段的始末。除此以外，文中並沒有提及修改了哪些地方。1978年出版《金庸作品集．天龍八部》時，金庸也沒有在「後記」中提及。2005年的新修版「後記」中倒是有一句：「《天龍八部》的再版本在一九七八年十月出版時，曾作了大幅度修改。」（遠流新修版《天龍八部》，頁2211）但「大幅度」是大到多少呢？金庸也沒有明說。

但其實，金庸早已經說了，只是台灣與香港兩地的讀者沒有看到，因為他是在新加坡說的。新加坡《南洋商報》從1978年11月1日開始連載經修訂後的《天龍八部》。首日連載時，金庸寫了「小序」：

> 「天龍八部」小說於十六年前開始在新加坡「南洋商報」刊載。
>
> 當時是每天撰寫一段，由於篇幅很長，撰寫的時日很久，其中頗有不少漏洞，缺點也很多。現在重行花了大約兩年時間全部修訂改寫，可以說每一句句子都改過了。大約有五分之一的篇幅刪去了，新增的也大約有五分之一左右，人物和重要情節也有重大的改動。如果有人拿十六年前的「南洋商報」來對照一下，可以發覺，這幾乎是一部新的作品，雖然，基本結構和人物仍然相同。
>
> 「天龍八部」中有一些比較神奇的武功，這在現世是根本不可能的。所有讀武俠小說的讀者們，通常都能容忍一些誇張。但武功和打鬥只是比較不重要的穿插與趣味，我寫作時著力的所在，始終是人性，是人世間的悲歡，是兒女的深情，以及男兒漢的骨氣。我希望情節的曲折離奇，不致掩蓋了華人社會中一向所珍視的道德價值。（《南洋商報》1978年11月1日）

小說天地　第三十版　南洋商報　星期五　一九七九年五月四日

天龙八部　金庸　增删润饰・全新修订・版权所有

（一八〇）

1979年8月21日　星期二　南洋商報　⑲　小说天地

天龙八部　金庸　增删润饰・全新修订・版权所有

（二八九）

1979年10月25日　星期四　南洋商報　⑲　小说天地

天龙八部　金庸　增删润饰・全新修订・版权所有

（三五四）

新加坡《南洋商報》的修訂版《天龍八部》。

這段序言有三個重點：（1）舊版《天龍八部》刪了五分之一，金庸又增寫了五分之一；（2）《天龍八部》的武功比較「神奇」誇張，請讀者包容忍耐；（3）表明自己寫小說致力於刻劃人性與情感，而非武功與打鬥。

關於第二點，金庸早在兩年多前已經提過。明晚版《天龍八部》第九二續（1976年5月30日）正文之後，金庸有一段「案語」：

> 金庸按：「天龍八部」中所敘的武功內功，有時過於神奇怪誕，非人世所能真有。拙作其他武俠小說中的武功雖有誇張，大體上或有可能。「天龍八部」關於武功內功部份的「超現實性」，則遠為強烈，年輕讀者不必信以為真。但書中的人物性格和情節卻不是「超現實」的。

2005年新修版《天龍八部》的「後記」中，金庸再次「舊事重提」，並把問題從「武俠小說容許有更多誇張元素」，提升到小說是否要遵守現實主義原則的創作藝術層面來討論，從火燄刀、六脈神劍、童姥返老還童，談到《莊子・逍遙遊》，又援引看似不合情理的中國古典詩詞名句，以及《水滸傳》、《三國演義》等情節，旨在指出「不能以事實上是否可能判其優劣」。雖然事隔多年，但金庸念念不忘，想來當時讀者對於《天龍八部》中武功的「真實性」頗有意見，金庸不得不一再站出來回應讀者，交代創作想法。

關於第一點，《天龍八部》全文約一百二十萬字，刪掉五分之一，就是刪掉二十四萬字。相比之下，倪匡的四萬多字只佔少數。

明晚版《天龍八部》雖然有雲君插圖，但不像其他修訂版小說，雲君並沒有重新繪畫，而是重用十三年前《明報》上的舊圖。《世界日報》的明晚版《天龍八部》則不附插圖。倒是新加坡《南洋商報》的《天龍八部》，一共連載了五百二十九續（1980年4月11日為最終回），本來沒有插圖，但從1979年2月10日第九八續開始，每天附一張插圖，由「銀俗」繪畫，一共畫了四百三十二張圖。

《天龍八部》蛻變舉隅

金庸謂《天龍八部》「可以說每一句句子都改過了」，更說修訂版幾乎是全新的作品。更何況，金庸刪掉了整整二十四萬字，又補寫了二十四萬字，因此，要介紹《天龍八部》有哪些地方改了，看似不可能。不過，金庸其實給了提示。明晚版《天龍八部》第五一續（1976年4月19日）正文之後，金庸有一小段「案語」：

> 金庸按：自第五回後，刪改者多，增寫者少。倪匡兄建議斟加吳語蘇白，以增阿朱、阿碧輩小兒女情態，此意大佳，自當遵行。

金庸當年創作《天龍八部》時，前期與後期想法不一，如金庸原本想以大理國為背景，寫八個不同人物的故事。基於這個「初心」，舊版《天龍八部》連載初期，金庸對雲南大理的江湖門派描寫得相當詳細，一些二、三線角色如木婉清、鍾萬仇，金庸都把他們寫得相當厲害，更構思「武林七尊，三善四惡」為江湖中無人不知的泰山北斗。此外，即使湖底石室有神仙姊姊的玉像，但金庸腦袋裡這時根本沒有逍遙派，更沒有無崖子、天山童姥與李秋水，以及牽涉這三人的相關人和事（如李秋水的女兒阿蘿嫁到姑蘇王家，更派人去找木婉清尋仇）。寫到後來，鳩摩智擄走段譽，輾轉帶出了姑蘇王家與「北喬峯、南慕容」，書中要描寫的江湖忽然變大了，而之前提及的「武林七尊」，「三善」卻始終不曾出場，連是何許人金庸也沒有再提及。在逍遙派三大宗師和「北喬峯、南慕容」等厲害人物大軍壓境的情況下，「四大惡人」最終也淪為三線角色。

寫到後來，金庸創造了逍遙派，三大宗師各有牽連的人與事，金庸運用巧思，將之前曾經提過但未必有關的小說情節，全都納入逍遙派的「體系」之內。如劍湖宮無量玉壁石室中的神仙姊姊，是無崖子師妹李秋水的妹妹，段譽最初跪拜的蒲團，設局的正是李秋水；故事初期出現的神農幫，改寫後成為縹緲峯轄下三十六洞、七十二島的一員等等。因此，金庸改寫《天龍八部》，其中一個修訂重點便是讓情節前後一致，除了刪除矛盾的段落外，還加強情節與情節間的關連，甚至在前段故事中鋪排若干情節，能夠與後面出現的人、發生的事遙相呼應。

無量玉壁與神仙姊姊

《天龍八部》初段的故事架構，寫段譽因不想學武，逃出宮外，機緣巧合下來到無量劍派觀摩兩宗比試，因得罪門人而遭打罵，幸得鍾靈出手相救。段、鍾二人離開時，撞上了神農幫。鍾靈被擒，段譽受鍾靈所託前去找救兵，後來跌到湖底，發現了玉壁的秘密，又見到神仙姊姊玉像，學到了「凌波微步」。段譽離開深谷急忙去找鍾萬仇，鍾夫人請段譽找木婉清協助救人。木婉清為逃避仇家追殺，帶著段譽一同離開，兩人碰到「四大惡人」。逃跑間段譽向正在道觀修行的母親刀白鳳求救，眾人帶著段、木二人回宮。

舊版與修訂版的故事皆依循以上架構，只是金庸幾乎修改了每一個細節處，兩版故事就像多元完宙一樣，由同一群人扮演相同的角色，卻演出不同的戲碼。

「無量玉壁」是舊版故事開端的重要主題：無量劍派東西二宗每五年比試一次，爭著入主劍湖宮當主人，為的就是「無量玉壁」；神農幫想去無量山後山採藥而與無量劍派起衝突，要殺盡該派所有人，為的也是「無量玉壁」。與玉壁連在一起的，還有劍湖宮湖底的石室與神仙姊姊玉像。修訂版的「無量玉壁」同等重要，只是玉壁的「內容」不同、「意義」不同，段譽發現玉壁的「過程」不同，以致顯露的「反應」也完全不同。

先看舊版的無量玉壁：

> 只見石壁上赫然畫得有兩件物事。段譽一怔，揉了揉眼睛，仔細看時，原來是兩個黑影，一條彎彎之物，倒像是日間所見的彩虹，另一個卻是一把劍影。這柄劍的影子清晰異常，劍柄、護手、劍身、劍尖，無一不是似到了十足。……但見這劍影的尖頭指著彎物的一端，段譽看那彎物，越看越似彩虹，不一會月上微雲被風吹開，月光大盛，劍影更黑，那彎物的影子中竟發出班斕七色，一條一條，層次分明，和那彩虹一模一樣。
>
> 段譽……眼光從石壁移到對面，只見峭壁之中，隱隱有光彩流動。他登時省悟：「是了，原來這峭壁中嵌有一劍，更有一件彩虹般的寶石，寶石上原有七色，月光將這顏色映到玉壁之上，無怪如此艷麗不可方物！」（舊版《天龍八部》第一部第二三續，1963年9月25日）

到了修訂版，無量玉壁被賦予更重要的任務——預告逍遙派。先是由干光豪（舊版叫「甘人豪」，明晚版叫「甘光豪」）與西宗師妹轉述，幾十年前東西兩宗掌門分別見過男仙人和女仙人使出精妙劍法；接著由段譽發現，原來所謂「仙人舞劍」，只是有人在小石壁前練劍，小石壁再將身影投射到大石壁上。到得後來，就由李秋水親口交代，這壁上舞劍的仙人，就是無崖子與李秋水本人。李秋水這樣說：

> 當年我和你師父住在大理無量山劍湖之畔的石洞中，逍遙快活，勝過神仙。我給他生了一個可愛的女兒。（花皮版《天龍八部》，頁1574）

無崖子還為李秋水刻了玉像，沒想到竟時時對著玉像出神，反而忽略了眼前活生生的李秋水。

從故事開場出現的無量秘境，到了後半段由李秋水述及既往，除了讓逍遙派更早登場外，還能透過「埋下伏線」與「揭開謎底」，產生遙相呼應的效果，使原本看似無關的情節連繫起來，讀來更有趣味。不過，這段遙相呼應的改寫情節並非一步到位。金庸在1976年修改《天龍八部》時，只完成「埋下伏線」，卻「忘了」揭開謎底。

明晚版《天龍八部》中，金庸可能受到王夫人、王語嫣母女影響，認為李秋水該姓王，於是將李秋水改了姓，叫「王秋水」。不過，王秋水在死之前，都跟舊版的李秋水一樣，只告訴虛竹畫像中人是她的妹妹，卻沒有回想起當年在無量山劍湖畔與無崖子共度的神仙眷侶般的生活：

> 王秋水向畫中的美女凝神半响，道：「你看，這人嘴角邊有個酒窩，右眼旁有顆黑痣，是不是？」虛竹看了看畫中美女，點頭道：「是！」王秋水黯然道：「她是我的小妹子！」虛竹更是奇怪，道：「是你的小妹子？」李秋水道：「我小妹容貌和我十分相似，只是她有酒窩，我沒有，她右眼旁有顆小小黑痣，我也沒有。」虛竹「嗯」了一聲。王秋水又道：「師姐本來說道：師哥替她繪了一幅肖像，朝夕不離，我早就不信，卻……卻……卻料不到竟是小妹。到底……到底……這幅畫是怎麼來的？」虛竹當下將無崖子如何臨死時將這幅畫交給自己，如何命自己到大理無量劍山去尋人傳授武藝，童姥見了這畫後如何發怒等情，一一說了。
>
> 王秋水長長嘆了口氣，說道：「師姐初見此畫，祇道畫中人是我，一來相貌甚像，二來師哥，一直和我很好，何況……何況師姐和我相爭之時，我小妹子還只十五歲，師姐說甚麼也不會疑心到是她，全沒留心到畫中人的酒窩和黑痣。唉，小妹子，你好，你好！」跟著便怔怔的流下淚來。
>
> 虛竹心想：「原來師伯和師叔都對我師父一往情深，我師父心目之中卻另有其人。卻不知師叔這個小妹子是不是尚在人間？師父命我持此圖像去尋師學藝，難道這個小妹子是住在大理無量劍山中嗎？」忽聽得王秋水尖聲叫道：「師姊，你我兩個都是可憐虫，都……都……教這沒良心的給騙了，哈哈，哈哈，哈哈！」她大笑三聲，身子一仰，翻倒在地。虛竹俯身去看時，但見她口鼻流血氣絕身亡，看來這一次再也不會是假的了。虛竹瞧著兩具屍首，不知如何是好。（明晚版《天龍八部》，泰國《世界日報》第三五五續，1977年5月15日）

這段修訂版的情節，基本上與舊版一樣。一年之後，明河社出版《金庸作品集・天龍八部》，金庸履行當初承諾（「將來排印單行本，當再作重大的增刪改寫」），不但為李秋水恢復舊姓，更增加了一大段情節，讓李秋水回憶起劍湖畔跟無崖子如何從情侶變怨侶的過程。

再看舊版中段譽發現湖底石室的過程：

段譽一算日子，墮入這谷中已是第三日，再過四天，就算不餓死，肚中的斷腸散劇毒也必發作，……左右是個死，不如跳入這旋渦之中，且看有何古怪。……當下更不細想，湧身便躍入旋渦。身子被一股巨力一捲，登時轉了下去。他閉住呼吸，卻睜著眼睛，望出來只是白茫茫的一片，隨著瀑布化成的急流，直衝向湖底。（舊版《天龍八部》第一部第二三續，1963年9月25日）

段譽發現湖底石室的契機，竟然是「左右是個死」。而跳進湖裡之後：

段譽……身子在水中急劇旋轉，片刻間口中進水，登時迷迷糊糊，只覺順著激流，不知流出了多少遠。突然間身子被水力一拋，出了水面，段譽雙手亂抓，竟然抓著了一根籐枝，……他右腳伸出，足底踏到有物，當下左腳跟著跨了出去，雙手仍是不敢放脫抓住的籐枝。向前爬行了一段，只覺水僅及脛，水流也已不十分湍急，於是站起身來。砰的一聲，頭頂在硬物上一撞，痛得險些暈了過去，……伸手往上摸去，著手冰冷堅硬，都是岩石。

段譽……當下跪在地下，慢慢向前爬行。聽那流水轟轟有聲，時急時緩的在左首流動，他爬了一會，頭頂岩石漸高，已可彎腰行走。走了小半個時辰，伸腰也得行走了，只是足底偶爾出現一個窟窿，一踏下去便是水深齊腰，頭頂又忽然會懸下一塊岩石，若非雙手前伸，慢慢摸索，不知有多少次已撞得頭崩額裂。……

走不多時，果然身周都是空蕩蕩地，再也碰不到岩石。段譽……一步一步的向前走去，腳下也覺坦然無阻，突然之間，右手碰到一件涼冰冰的圓物，一觸之下，那圓物噹的一下發出响聲，聲音極是清亮。他伸手再摸，原來便是尋常人家裝在大門上的門環。既有門環，必有大門，段譽雙手摸索，當即摸到十餘枚茶碗大的門釘。（舊版《天龍八部》第一部第二四續，1963年9月26日）

到了1976年，段譽重演這段情節，少了冒進衝動與驚險過程，卻多了細心與好奇：

次日在湖畔周圍漫步遊蕩，墮入谷中已是第三日，再過得四天，肚中的斷腸散劇毒發作，再找到出路也是無用了。

當晚睡到半夜，便即醒轉，等候月亮西沉。到四更時分，月亮透過峭壁洞孔，又將那彩色繽紛的劍影映到小石壁上。只見壁上的劍影斜指向北，劍尖對準了一塊大巖石，段譽心中一動：「難道這塊巖石有甚麼道理。」走到巖邊伸手推去，手掌沾到巖上青苔，但覺滑膩膩地，那塊巖石竟似微微搖幌。他雙手出力狠推，搖幌之感更甚，巖高齊胸，沒二千斤也有一千斤，按理決計推之不動，伸手到巖石底下摸去，原來巨巖是凌空置於一塊小巖石之頂，也不知是天生還是人力所安。他心中怦的一跳：「這裏有古怪！」

雙手齊推巖石右側，巖石又幌了一下，但一幌即回，石底發出藤蘿之類斷絕聲音，知道大小巖石之間藤草纏結，其時月光漸隱，瞧出來一切都已模模糊糊。

段譽於是躺在巖邊又小睡片刻，直至天色大明，站起身來察看那大巖周遭情景，俯身將大小巖石之間的蔓草葛藤盡數拉去，撥淨了泥沙，然後伸手再推，果然那巖石緩緩轉動，便如一扇大門相似，只轉到一半，便見巖後露出一個三尺來高的洞穴。

大喜之下，也沒去多想洞中有無危險，便彎腰走進洞去，走得十餘步，洞中已無絲毫光亮。他雙手伸出，每一步跨出都先行試過虛實，但覺腳下平整，便似走在石板路上一般，料想洞中道路必是經過人工修整，欣喜之意更盛，突然之間，右手碰到一件涼冰冰的圓物，一觸之下，那圓物噹的一下發出响聲，聲音清亮，伸手再摸，原來是個門環。（明晚版《天龍八部》第一三、一四續，1976年3月12-13日）

不過，改動得最大的，還是段譽看到神仙姊姊玉像後，如何獲得武功的過程。舊版《天龍八部》中，無論是段譽向玉像磕頭，還是磕頭後的「成果」，都不同於修訂版。舊版這樣寫：

又見壁上也是鑲滿了明珠鑽石，寶光交相輝映，西邊壁上赫然有八個大字，乃是用細粒鑽石鑲嵌而成。那八個字寫道：「無量秘奧，解衣乃見。」……只見石室牆腳之下，也是放滿了銅鏡，重重疊疊，無慮數百面，於是拾起一面銅鏡，敲打壁上鑽石，將這八個字都鏟了下來，……

做畢這件事後，似是替玉像已稍效微勞，心中說不出的快慰，回到玉像面前，痴痴的呆著，心中著魔，鼻端竟似隱隱聞到蘭麝馥郁的馨香，由愛生敬，由敬成痴，……突然雙膝跪倒，拜了下去。他這一跪下，這才發覺，原來玉像前原有兩個蒲團，似是供人跪拜之用，他雙膝所跪的是一個較大蒲團，玉像足前另有一較小蒲團，想是讓人磕頭用的。段譽一個頭磕下去，只見玉像雙腳的鞋子內側，似乎綉得有字。段譽凝神看去，認出左足鞋上綉的是「叩首千遍，供我驅策」八字，右足鞋上綉的是「必遭奇禍，身敗名裂」八個字。

這十六個字比蠅頭還小，那玉像所穿鞋子是湖綠色，十六個字用葱綠細絲綉成，只比底色略深，若非磕下頭去，決不會見到。縱然見到了，常人看到「叩首千遍，供我驅策」八字已是老大不願意，性子高傲，脾氣暴躁的，說不定已是一腳向玉像踢了過去，那「必遭奇禍，身敗名裂」這八字，更是任何人所不願見。但段譽已為這玉像的絕世容光所迷，只覺叩首千遍，原是出於本性，若能供其驅策，更是求之不得，至於為這美人而遭逢奇禍，身敗名裂，亦是極所甘願，百死無悔。倘若換作一個老成持重，多見世面之人，即使不忌諱這種不祥字句，也不過一笑了之，決不會認真，不料段譽神魂顛倒之下，竟是一五、一十、十五、二十……口中數著，恭恭敬敬的向玉像叩起頭來。

他磕到五六百個頭時，已覺腰酸骨痛，頭頸漸漸僵硬，但想無論如何必須支持到底，要磕到一千個頭才罷。待磕到八百餘了，那個小蒲團竟慢慢低陷下去，每磕一個頭，小蒲團便陷下少許……。

又磕了幾十個頭，忽見地下陷入之處，露出三個小箭頭，斜斜向上，對準了他的額角，箭頭上隱隱閃著藍光，箭桿上一圈圈的都是鋼絲彈簧。段譽微一沉吟，已明其理，暗道：「好險，好險，原來這裏裝著毒箭，幸虧我是恭恭敬敬的磕頭，這蒲團慢慢陷下，毒箭才不發射。倘若我用力在蒲團上踹得幾腳，帶動機括，毒箭便射入我小腹了。我磕足一千個頭，且看有何變故。」當下又磕了數十個頭，那蒲團越陷越深，露出一塊銅片，上面刻得有字。段譽也不去看，直至足足一千個頭磕完，這才慢慢伸出手去，輕輕拿起銅片，倒也並無其他機括。祇見這銅片也是銅綠斑爛，上面用細針刻得有幾行字道：「汝既磕足千頭，便已為我弟子，此後遭遇，慘不堪言，汝其無悔。本門蓋世武功，盡在各處石室之中，望靜心參悟。」

段譽一看之下，好生失望，……當下將銅片小心放歸原處，站起身來，雙腿麻得幾乎摔倒，自知三日不食，體力已是疲憊之極，心想：「我須得急覓出路，免誤性命。」

但對這玉像終是戀戀不捨，回頭又看了一眼。

這一眼不看那便罷了，只與玉像的雙眸一對，心下便又痴痴的顛倒起來，又呆看了半晌，這才一揖到地，說道：「神仙姊姊，我不做你弟子，你的蓋世武功我也是不學的。今日我身有要事，只得暫且別過，救出鍾家姑娘之後，再來和姊姊相聚。」（舊版《天龍八部》第一部第二六、二七續，1963年9月28-29日）

舊版的玉像布置有四個重點：（1）牆上嵌著「無量秘奧，解衣乃見」八字；（2）玉像左右鞋子上的繡字是「叩首千遍，供我驅策」、「必遭奇禍，身敗名裂」；（3）蒲團下有毒箭，用來測試是否為有誠心的人；（4）磕頭後可到其他石室取本門武功。段譽沒有興趣學武功，也就離開了。後來由於想再看玉像，再次回到石室，室中沒有武功秘笈，段譽卻留意到牆上鏡子有圖形文字，拿下其中一面來看，鏡子上寫的正是「凌波微步」，就依著圖文修習起來。此外，舊版段譽之所以能夠吸人功力，化為己用，不是因為練了「北冥神功」，而是因為吞了「莽牯朱蛤」，朱蛤和體內的「陰陽和合散」發生作用，從而生出吸人內力的異能：

原來段譽所服食的「莽牯朱蛤」，天生有一種吸食毒蛇毒虫的異能，乃是機緣巧合，數種蛇虫幾代交配而生。鍾萬仇夫婦和鍾靈但知這對朱蛤一叫，萬蛇便聞聲而集，卻不知食在體內，竟會生出這等怪象。要知這對朱蛤本身已是千年難見的奇物，若不是段譽甘心求死，又有誰敢去吞吃這種能制毒蛇的惡虫？段譽將這對莽牯朱蛤吃在肚裏，和那「陰陽和合散」的毒性起了生剋變化，不但陽氣之盛，沛然莫可或禦，並且生出一種吸取別人真氣的特性來。（舊版《天龍八部》第二部第一六續，1964年1月16日）

舊版這段故事有幾個問題：（1）段譽先是看到牆上的字，再看到鞋子上的字，過程有點複雜，但連載時只出現在一天之內，問題並不明顯。不過「無量秘奧，解衣乃見」八字，對於整個情節發展並沒有任何實際功能；（2）看到玉像就要人「叩首千遍，供我驅策」，已經是不太可能達標的要求，再加上右足鞋上「必遭奇禍，身敗名裂」八字，就更是匪夷所思；（3）在蒲團下設置毒箭，測試叩首者的誠意，更不一定能夠達成。毒箭射出的條件是「用力在蒲團上踹得幾腳，帶動機括」，但看到玉像的人只要不予理會，轉身離開到其他石室，毒箭就無從射出；（4）如果武功秘笈放在其他石室，那麼來人即使不叩首，也可以直接走到別間石室找到這些秘笈。

舊版是連載故事，讀者每天只會讀到一千多字，金庸只要每日寫得精彩，在有限的篇幅鋪滿豐富內容，就足以吸引讀者。改寫時則須從整體故事考量，就得堵上「漏洞」。金庸在1976年改寫這段情節時，不單堵漏洞，還結合「預告逍遙派」的安排，同時「貫徹」調整奇獸神異能力的改寫準則，一次達到三個目標。改寫後的情節，金庸（1）刪掉「解衣見秘奧」的無意義標語，改為逍遙子（無崖子）的墨寶，讓「逍遙子」與「秋水妹」的名字登場，讀者得以初步「接觸」逍遙派；（2）修改「必遭奇禍，身敗名裂」的恐嚇性提示，而以「遵行我命，百死無悔」代替，語氣稍緩；（3）移除蒲團藏毒箭的無功能設置；（4）減弱「莽牯朱蛤」的奇異功能，讓「朱蛤神功」變成「北冥神功」；（5）在段譽叩首千遍後，正式授予逍遙派武學「北冥神功」與「凌波微步」，以及（6）更改石室布置。在舊版中，壁上銅鏡除了具備照明功能，還刻了逍遙派最上層的武功心法「天鑑神功」：

> 李秋水道：「你練你的功夫，難道我這幾十年是白過的麼？我跟你說，三百六十面青銅鏡上所載的『天鑑神功』，小妹是揣摩出來了。⋯⋯」（舊版《天龍八部》第七部第一一續，《南洋商報》1965年10月10日）

明晚版改寫之後，這些銅鏡不再承載武功秘訣，只剩引進光線的功能。

胡僧：波羅星、哲羅星與十六胡僧

除了倪匡代筆一段，舊版《天龍八部》中還有一段逾三萬字的情節，在金庸改寫時遭刪除。這段情節也跟游坦之有關。前面提到，倪匡代筆的後半段，有兩個新登場的人物：年輕胡僧與年老胡僧哲羅星。胡僧出現並非無緣無故，而吹笛子驅蛇的情節也非倪匡新創。金庸早在倪匡代筆的三個多月前，就創造了波羅星與十六胡僧這批人物，而這些胡僧與游坦之又有直接或間接的關連。故事是這樣的：

（1）少林寺三淨和尚得到了「寒玉虫」，私自逃離少林。游坦之替阿紫盜走寒玉虫，三淨找阿紫算帳，卻被蕭峯所傷，雙腿折斷。游坦之被三淨脅持，背著三淨逃走。

（2）少林寺僧最終找到游坦之與三淨，不但懲罰三淨，因游坦之是「幫兇」，又犯惡行，罰游坦之在菜園做苦役。

（3）戒律院後來得知游坦之的惡行原是三淨誣告，改判較輕刑罰，罰他送飯給胡僧波羅星。波羅星因為記性好，被師父派來少林寺背誦經書回天竺。游坦之後來發現波羅星偷挖秘道，潛入藏經閣觀看梵文武功秘笈。

（4）波羅星默記了三十多部經書後才被發現。少林寺允許波羅星出入藏經閣，但必須終身留在寺中，不能回歸故土。

（5）波羅星自覺有辱師命，便強迫游坦之背誦梵文經書，但游的背誦能力差，波羅星感到將經書內容帶回天竺的希望幻滅。游坦之卻無意間練成達摩傳下來的《易筋經》。

（6）少林寺被群蛇包圍，波羅星吹笛引蛇，在蛇腹中找到同門書信。波羅星以同樣方法回信，要同門在月圓之夜來寺接人，但被少林僧人發現蛇腹內的書信。

（7）游坦之逃出少林，遇見十六名胡僧口唸梵咒，與星宿老怪比試對陣，其中十一名胡僧不敵而亡。

（8）丁春秋來找阿紫，要取回碧玉王鼎。十六胡僧從天竺沿途驅蛇到中原，要以毒蛇攻少林。星宿老怪與胡僧起衝突，胡僧驅使數條大蟒蛇攻擊星宿老怪與一眾門人。

（9）星宿老怪不敵，被大蟒蛇纏住，胡僧卻因出掌打星宿老怪而被毒死。大蟒蛇失去笛聲驅使，因飢餓吞食眾人。游坦之出手，用火把驅趕群蛇。

這段情節金庸一寫就是二十三天，超過三萬二千字。從連載角度看，確實每天都精彩紛呈，只是當中細節還是有些不合情理，包括：（1）游坦之並非少林中人，不應受少林寺戒律規範，又如何受罰？（2）三淨和尚誣告游坦之，查清後還游坦之清白，卻仍然要他在少林寺服役？（3）戒律院要三淨入石室思過，石室像個豎起來的石棺，僅夠一人站立在內。三淨極肥胖，擠不進石室，戒律院一眾和尚硬把三淨塞入石室中，以致三淨斷了肋骨。如此殘忍行為，非出家人所為。（4）少林寺認為如果經典傳自天竺，不但可以讓波羅星翻閱，甚至可以手抄副本。然而，波羅星偷入藏經閣看的正是梵文典籍，少林寺卻認為那是中土僧人所作。波羅星曾反問：「我讀的都是天竺梵文，你們中土僧人，那有用梵文來書寫之理？」金庸並沒有進一步解釋，只是透過少林僧人說了一句：「事情就奇在這裡……」「這裡」到底是「哪裡」？雖然雙方繼續爭辯，但金庸看來不打算告訴讀者，只以「……」帶過，而留下謎團。

金庸改寫時，決定減少聘請外籍演員，將十六胡僧一段完全刪去，改以丐幫和星宿派對陣，也刪減了波羅星、哲羅星與游坦之的互動戲碼。這兩位「星」級胡僧只在後段鳩摩智上少林寺時短暫出現，稍稍交代波羅星偷看少林典籍的始末。金庸刪去這兩大段的情節，都與游坦之有關。修訂版中的游坦之，少了遭三淨和波羅星脅持、逼迫、只能逆來順受的遭遇，「戲份」雖然減少，卻也更集中地表現他對阿紫的迷戀。

天龍八部

金庸

二、玉鼎奇毒

痛哭水蠶，三淨傷心

這話聲清脆之中帶着三分自然的嬌媚，卻不是阿紫是誰？游坦之大吃一驚：「怎麼她又追了來啦？聽她說話，似乎和蕭大王在一起。」跟着聽得蹄聲得得，兩騎馬遠遠馳來，游坦之見四下裏無處可以躲避，只得縮身在樹後的草叢之中。

他只這麼一動，蕭峯眼快，遠遠便見到草動有異，說道：「阿紫，那邊樹後草叢中有一隻野獸，不是豺狼便是獐子。」阿紫笑道：「你眼光這麼好？這樣遠便瞧見了。」說着縱馬馳近，生怕草叢中野物逃走，颼的一箭射了過來。游坦之不敢動彈，只有聽天由命，幸好蕭峯和阿紫都沒見到他的身形，這一箭從他頭頂罩旁擦過，釘在樹上，若是射中鐵罩，雖然不致受傷，但噹的一下聲響，游坦之的形迹非露了出來不可。也是湊巧之極，草叢中伏得有兩隻野兔，阿紫這一箭射去，驚得那兩隻野兔竄了出來，向前飛奔。阿紫笑道：「啊喲！你這次可走了眼啦！只是兩隻小兔子，什麼豺、狼、獐子的！」催馬而前，颼颼兩箭，將兩隻野兔都射倒了。

阿紫從馬上俯身去拾，忽然小溪對岸一個人說道：「小姑娘，你看到我的塞玉蟲沒有？」阿紫抬起頭來，只見說話的是個奇形怪狀的和尚。這和尚極矮極胖，便像是個極大的皮球。游坦之在草叢中看得分明，說話的便是偶忠寺荼園中的三淨和尚，那冰蠶便是他所養，他說道叫做「塞玉蟲」，想必是那冰蠶的正式名字。他想：「這冰蠶是給姑娘所殺，這一找，可找到正主兒啦！」只見阿紫呆了一呆，便即格格嬌笑，彎了腰，伏在馬鞍上，抬不起身來。三淨怒道：「我有一條白玉蠶兒，所過之處，草木為焦，你看到沒有？你看到就說看到，沒看到就說沒看到，有什麼好笑？」

阿紫笑着向蕭峯道：「姊夫，你聽這胖皮球古怪不古怪？」蕭峯正色道：「小孩子說話不分輕重，別得罪了大師父。」他見三淨生就異相，說話時聲音洪亮，顯是個身負武功之人，又聽他在找尋什麼「塞玉蟲」，料想不是尋常的物事了。阿紫笑道：「大和尚，那條蠶兒是你養的麼？」三淨急道：「是啊！是啊！我從崑崙山巔萬里迢迢的帶了來，姑娘既然看見，便請指示一條明路。」

阿紫道：「這條蠶兒遊過的地方，便有一條焦線，是不是？她身子旁邊冷得不得了，什麼東西都會結冰，是不是？」她問一句，三淨便道：「是啊，是啊，半點兒也不錯。」阿紫笑道：「我昨天看見這條冰蠶和一條蜈蚣打架，給那蜈蚣咬死了。」三淨怒道：「放屁，放屁，放你娘的臭狗屁！我這條塞玉蟲是天下毒物之王，任何毒蛇毒蟲見了，都是嚇得不敢動彈，豈有被什麼烏龜兒子的蜈蚣咬死之理？」阿紫聽他口出粗言，更要激他一激，道：「你不相信，也就是了！昨天我看見地下有一條透明得像水晶般的大蠶，透着古怪，一腳便踏死了。」

三淨跳起身來，一躍丈餘，當真便如一個大皮球彈在空中一般，大聲道：「放你祖宗十八代的臭屁！我這塞玉蟲靈活如風，你若無法制它的猛物，如何制它得住？你若是踏它一腳，它先就將你咬死了。」阿紫伸手入懷，取出一個小包，打了開來，裏面赫然便是那冰蠶的屍體，這冰蠶身子已被木棍搗爛，汁液擠出，變成癟癟的一片。原來阿紫知道這冰蠶十分靈異，料想它的屍體也會有什麼用處，因此收在身邊。

三淨見到冰蠶果真已死，霎時間臉色慘白，更無半點血色，身子搖了幾搖，突然伏在地下，放聲大哭，猛地裏一伸手，將死冰蠶搶了過去，抱在懷中，哭道：「我的乖心肝，好兒子，我千辛萬苦的從崑崙山將你帶下來，你就是不肯聽話，自己要偷出去玩耍，卻給這死丫頭一腳踏死了。」只聽他越哭越是傷心，哭到後來，竟得聲音也發不出來了。阿紫拍手大笑，連稱：「有趣！」

（二五・版權所有）

天龍八部

金庸

矮僧化球，凌空撞人

蕭峯見多識廣，知道那矮僧決計不肯干休，一提馬韁，要擋在阿紫身前，先護住了她，然後出言向那矮僧致歉，那知三淨和尚哭聲未停，突然身子又如一個大皮球般躍了起來，猛向阿紫身上撞去。這一下發難來得好快，蕭峯的坐騎還沒走到阿紫身前，三淨已然撞到。蕭峯聽得風聲勁急，叫聲：「休得傷人。」左手急探，抓住阿紫後心，將她提了過來，擋在身前。

只聽得波的一聲巨響，三淨大肉球般的身子撞在阿紫的坐騎之上，那馬彈了出去，橫摔倒地，登時斃命。阿紫嚇得臉色蒼白，沒想到這狀貌滑稽的矮和尚一撞之威，竟是如此厲害。三淨一撞撞死了阿紫的坐騎，身子

，大叫：「還我的蠶兒來，還我的蠶兒來！」這一路身法，和武林中常見的地堂拳大不相同，只見他雙手雙腳縮攏，成為一個大球，滴溜溜的直滾過來。

蕭峯心想這和尚也真懂癲，與人打架那有這樣打法的，向旁躍開兩步，一瞥眼間，只見地下撒着一大片黃色粉末。他見機奇快，雖不知這些黃粉有何古怪，但顯然不是地下原來所有，是這矮和尚滾動時做下的手腳，

蕭峯在他身上一撐，本意是避開地下的毒粉，決計料不到這矮和尚所練的內功竟是如此怪異，內力行錯經脈，身子在半空中便不聽使喚。他見三淨雙腿斷折，心下老大過意不去，說道：「大師，你躺着別動，我去叫人來送你回歸本寺。你是那一座寺院中的？」

（二六・版權所有）

馬乘坐，豈不是比我背負你行走快得多了？」三淨喝道：「少胡說八道！乘坐騾馬，那有叫人背負方便？馬兒能負着我入屋上床麼？能負我到廁所出恭麼？」游坦之一想不錯，嘆了口氣，只好不言語了。

三淨為了讓他行走時迅速有力，倒讓他將饅頭吃得飽飽的，下午折而向南，一路上三淨忽然向他大談佛理，說道天生萬物，貴賤禍福，原是前生註定的，一個人前世作了孽，今生變牛變馬，供人乘坐。像游坦之這樣，雖然不變牛馬，但作人奴隸，那也是前生孽重，只有今世好好的服侍旁人，多積福德，來世才能享福。游坦之聽得將信將疑，尋思：「你出手便連殺兩個僧人，如此殘忍，已往殺過的人一定不少，卻還說什麼積德修行？」只是在他脅制之下，不敢將

三淨拖得緊緊地，顧不得理會旁人，發足便往西北角衝去。只見兩名黃衣僧人手執禪杖，攔在身前。游坦之一斜身，欲往左側衝出，又被兩名黃衣僧人攔住。跟着右側和身後各有兩名僧人逼上，八個和尚手中各挺兵刃，指住了三淨。

三淨說道：「罷了，罷了！眾位師弟、師侄，算你們本事大，終於找上我啦，咱們這就去吧！小賊，你跟着大夥兒一起走。」游坦之心想：「原來是偶忠寺中大批和尚追下來，這一次，三淨可不見得能將這八個僧人都殺了。」果然一路上三淨絕無動靜，那八名僧人也不跟他說一句話。但游坦之災難不脫，每日仍是負了三淨行走，只是一路向南，卻不回到偶忠寺去。

一行人朝行夜宿，長途跋涉，在

天龍八部

金庸

二、玉鼎奇毒

手段毒辣，連殺二人

游坦之在他催迫之下，無可奈何，只得勉力拖着腳步，一步步的向前挨去。又行出了五六里，實在是再也走不動，身子向前一撲，口吐白沫，只是喘氣。三淨連叫：「快走，快走！」揮拳打他背脊。游坦之道：「你便是打死我，也走不動了。」三淨道：「你不走，我便殺了你！」一言甫畢，忽聽得身後有人喝道：「三淨，好大膽子，逃到了這裏，方丈傳下法旨，命我等擒你回去。」

游坦之側頭一看，只見身後大路上兩個灰袍僧人如飛的趕來，當先一人正是那日在荼園中見過的中年和尚。三淨求道：「師兄，我雙腿給敵人打斷了，這時難以行動，待我續上雙腿之後，自當來寺向方丈請罪。」那中年僧人喝道：「有人負着你逃到了這裏，自有人負你回寺，嘿！這……這……這人好生古怪。」他見到游坦之的鐵頭，不禁大是詫異。另一個年青僧人道：「這等邪魔外道，古裏古怪，一起擒回寺中去吧！」

三淨道：「兩位師兄既是非要我回去不可，只得從命。」向游坦之喝道：「小賊，跟着這兩位師兄前去。」游坦之道：「我……我走不動啦，須得歇一會。」三淨道：「不成！咱們得在天黑前趕回偶忠寺。」那中年僧人道：「是啊，快走，還歇些什麼？」說着順手道旁拾了一根樹枝，一棍便向游坦之肩頭打來。游坦之吃痛，心想：「出家之人也是這般暴躁，不可理喻。」只得掙扎着站了起來，負着三淨一跌一撞的向原路回去。

兩個僧人在游坦之身後監視，見三淨一雙小腿的腿骨果已折斷，兩隻腳飄飄盪盪的凌空懸掛，便不加提防。那知四個人行到一處旁臨深谷的山嶺之上，三淨突然左手在游坦之背上一撥，身子飛起，向那中年僧人撞了過去。那人罵道：「你作死嗎？」不及抽出戒刀，一掌便向他拍去。三淨右掌對準他掌心擊出，雙掌相交，拍的一聲響，三淨身子飛了起來，借勢向那青年僧人撞去。那青年僧人退了一步，雙拳併攏，向三淨胸口打到。三淨左掌在他拳上一借力，身子向上一提，右掌一記打中他的天靈蓋，跟着一個觔斗，又回到了游坦之的背上。

游坦之當他飛身而出踢敵之際，背上本是一輕，還沒來得及決定乘機逃走還是留在原地不動，三淨又已飛快的躍回，左手扣住了他的咽喉。只見那中年和青年的兩個僧人雙膝軟倒，身子慢慢坐下去，蜷成一團，不住的抽搐。游坦之又驚又奇，心想：「這三淨和尚用的是什麼厲害功夫，只是輕輕一掌，便打得他們重傷如此？」只聽得兩個和尚口中荷荷而呼，抽搐得幾下，便即死了。

三淨伸出右掌，拿到游坦之眼前，得意洋洋的道：「你瞧清楚了！」游坦之向他掌心一看，只見他右手中指戴着一枚精鋼戒指，戒指上突出了一枚極細的金針，針上有一點點的鮮血滴下來。游坦之一想，便即恍然：「原來他掌心中暗藏金針，針上還餵有劇毒的藥物，是以兩掌之間，便擊斃了兩人。」三淨將那金針向他鐵罩的眼孔一下一下的虛刺，喝道：「你若不聽話，我便給你一針。」說着左手逐一提起那兩個僧人屍身，拋入山谷之中，說道：「向東，向東！」

游坦之不敢違拗，想到他殺死二僧的手段之毒，不由得心膽俱寒，也不知從那裏來的一股力氣，雙腿雖是嚇得發顫，卻是移動極快，大步向東方行去。

眼見天色漸漸黑了下來，游坦之心想：「你雙腿斷了，一時未能接續，等你睡着了，我總有脫身逃走的機會。」那知道天黑之後，三淨命游坦之走進草叢，叫他躺了下來，自己縮成一個肉球，坐在游坦之的鐵罩之上，不多時便即鼾聲大作，竟然睡熟了。游坦之氣苦之極，知道自己只須一動，立時便會將他驚醒，勢須挨一頓飽打……

（二八・版權所有）

天龍八部

金庸

二、玉鼎奇毒

游坦之好心反受制

三淨強忍疼痛，半聲也不哼，說道：「你爺爺天下為家，你管我是那一座寺院中的和尚？我斷了腿自己會治，誰要你假惺惺的來討好？」蕭峯道：「你自己會治，那是再好也沒有了。在下姓蕭名峯，你要報仇，到南京城來找我便了。阿紫，咱們走。」阿紫向三淨伸伸舌頭，用手刮了刮臉，說道：「在下姓段名紫，你要報仇，到南京城來找我便了！」說着攜了蕭峯的手，揚長而去。

游坦之躲在草叢之中，見到適才這一幕，心下十分驚駭，見阿紫離去，雖感寬慰但不知怎地，竟是忽忽如有所失，尤其是她與蕭峯手攜着手的親密神情，更是胸頭鬱悶，只聽得三淨叫道：「水，水，我要喝水！」游坦之心想：「那冰蠶是我偷了去給姑娘的。累得這和尚如此傷心，腿又折斷，好生過意不去！」聽他苦求飲水，便從草叢中走了出來，說道：「大師少待，我拿水給你。」

三淨轉過臉來，見到他奇形怪狀的鐵頭，嚇了一跳，道：「你……你……是甚麼東西？」游坦之苦笑不答，道：「我去取水。」走到溪邊，雙手掬了兩掌水，快步走到他身前，僂僂灌入他口內，三淨道：「不夠，還要！」游坦之道：「好！」又去掬了一把水來給他飲了，說道：「大師，你行走不得，這裏離憫忠寺不遠，我負了你去吧！」三淨睜着一雙鋼鈴般的怪眼，骨溜溜的向着他轉動，只是

游坦之的臉蛋藏在鐵罩之內，臉上神情無法見到，大聲問道：「你怎麼知道我是憫忠寺的和尚？」

游坦之一驚，心道：「糟糕！別要露出馬腳來！」說道：「這裏附近只有憫忠寺一座大廟，想來大師自是那廟的僧人了。」三淨道：「嗯，你倒很聰明，我也不用你揹負，我在憫忠寺的藥園中有個葫蘆，葫蘆中有上好的治傷藥酒，煩你給我去取了來。」游坦之奇道：「藥園中還有一個葫蘆，那葫蘆，……」這「那葫蘆」三字一出口，立即知道不妙，登時縮口，不知再說什麼好。

三淨道：「啊，我胡塗啦，那葫蘆不見了。只好請你揹負我去。」游坦之道：「很好！」從溪畔望得見憫忠寺的屋角，背着他過去，也不過里許之地，於是蹲下身來，讓三淨伏在背上，拔步便行。

只走出七八步，突覺三淨十根手指如鋼抓般扼住了自己頭頸，越收越緊，幾乎扼得他氣也透不過來。游坦之大驚，用力想將他摔下地來，那知三淨的兩個膝蓋緊緊扣在他的腰間。他用力一摔，腰間便是一陣劇烈的酸痛，只聽三淨道：「好啊，我那葫蘆酒是你這小子偷去的，是不是？小賊，你偷了我酒喝，連我的葫蘆也偷去了！」游坦之在他掌握之中，只得抵賴：「沒有，我沒偷你的葫蘆。」三淨道：「你幾說我藥園中，還有個葫蘆，便覺奇怪，那麼我這葫蘆不是你偷的，更會是誰？」游坦之聽他沒提冰蠶，心想：「偷個葫蘆，也不是什麼大不了的事。」反正這時已然無法再賴，便道：「好吧，就算是我偷的，我去拿來還你便是了。」

三淨哈哈大笑，突然間却又哭了起來，抽抽噎噎的道：「小賊，你偷我葫蘆之時，有沒看見我寶貝孩子莽玉虫？」游坦之道：「沒有啊，我只見地下有個圓圈，沒見到什麼虫兒。」三淨道：「唉，他就不守本份，終於給人家打死了。小賊，向東走。」游坦之道：「向東去那裏？」三淨雙手使勁，在他喉頭重重的一扼，道：「我叫你向東，便向東，多問什麼？」游坦之給他扼得好生疼痛，只得負了他向東行走。

這和尚雖矮，但十分肥胖，份量着實不輕，游坦之走出數里後，已是氣喘噓噓，十分辛苦，道：「我走不動了，得坐下歇歇！」三淨怒道：「我又沒叫你歇！快走快走！」一面說，一面雙膝運勁，用力夾他腰間，竟如催逼坐騎一般。

（二七・版權所有）

跟着彈起，又向阿紫衝了過來。蕭峯雙足一挾，要待縱馬而避，但三淨來得極快，馬匹起步已遲。蕭峯見勢頭不好，[illegible]若要抵擋，非出掌不可，但明明是阿紫弄死了他所養的冰蠶，[illegible]着阿紫飛身離鞍，飄出二丈以外。[illegible]坐騎擋了出去，這一次勢道更是猛烈，波的一聲巨響，三淨又將蕭峯的[illegible]穿入他肚中，鮮血激迸而出。三淨毫不理會，又向蕭峯和阿紫衝了過來，蕭峯頗感詫異，[illegible]是這般以肉身去撞人的武功，[illegible]如此以血肉之軀，倘若對方持有兵器，[illegible]刃？」[illegible]說道：「大和尚，[illegible]

[illegible]

（三〇・版權所有）

天龍八部

金庸

二、玉鼎奇毒

游坦之戒律院受棍

這時突然之間來到了少林寺，他心中不免一震，但隨即便處之淡然，他如此大受折磨之餘，即使進入皇宮內院，只怕也引不起什麼興奮之情。

一行人進入一座大殿，殿內一名僧人說道：「送戒律院！」那八名僧人答應了，引着游坦之從側門出去，沿着一條小徑一路上山，來到一座陰森森的院落之中。院裏出來一名老僧，聲音乾枯的說道：「奉戒律院首座法諭：三淨未得許可，擅自下山，先打三百棍法棍，分十天責打。再行嚴查下山後之劣跡，按情治罪。」兩名僧人抓住三淨，將他提了起來，伏在地上，游坦之背上陡然間一鬆，大感暢快。

只見一名擒拿三淨前來的僧人走到老僧身旁，低聲說了幾句話，又向游坦之指了幾指，那老僧點了點頭，說道：「游姓小賊相助三淨逃走作惡，敗壞佛法，先打一百法棍，再按情治罪。」一名僧人在游坦之背上一推，說道：「低頭伏罪！」游坦之毫不抗拒，便即伏下，心想：「你們要我怎樣，便怎樣好了，你們說我有罪，我總是有罪的。」

那老僧說了這幾句話後，轉身入內，戒律院中走出四名僧人來，將三淨和游坦之橫拖倒曳，拖入了一間大廳之中。幾名僧人按住三淨，大棍便打了下來，打滿三十棍後，按住游坦之又打，游坦之覺得擊打自己這三十棍，比之打三淨的要重得多了，想是他們同門相護，下手之際大有輕重的分別。

這三十棍打得他皮開肉綻，下半身盡是鮮血。過得七日，棒瘡尚未痊可，又被拖來第二次再打，直打了一百棍才罷。一名僧人向他宣示戒律院首座法諭：「游姓小賊着罰入菜園挑糞，痛自懺悔過往罪愆。」游坦之茫茫然的跟着那僧人來到菜園之中，向管理菜園的僧人叩見。管菜園的僧人法名叫作緣根，身形瘦小，容貌枯槁，落了兩隻門牙，說話關不住風。他見了游坦之頭戴鐵罩的怪狀，大感興趣，坐在長櫈上架起一雙二郎腿，盤問他的來歷。

游坦之心想伯父和父親是武林中大有名望的人物，自己今日折墮至此，說出來豈不是辱沒了游氏雙雄和聚賢莊的威名？當下只說自己是個尋常的鄉民，不幸被契丹官兵打草穀時擄去，以至着受折磨。那緣根極愛說話，什麼細節都要問得清清楚楚，決不許游坦之含糊過去，但游坦之決意不吐露自己的身世遭際，除了說自己是個農家少年之外，什麼也不提及。這一番盤問，直到天黑方罷，足足問了三個多時辰。

緣根反來覆去的問了一次又一次，想要在游坦之的言語中找到什麼破綻。游坦之並非十分聰明之人，若是說謊，早就給緣根捉到了岔子，但他只是將身世瞞到了極度的簡單平淡。「你父親呢？」「死了！」「怎麼死的？」「生病！」「生什麼病？」「我不知道！」「為什麼你帮助三淨？」「他提到我的。」「你為什麼不逃？」「他提住了我，逃不脫。」

到了晚飯時分，緣根捧着一大碗飯，一邊吃，一邊盤問，直到實在想不出什麼了，才道：「你去挑二十桶糞澆菜。咱們這裏不能偷懶，剛才跟你說了半天話，功夫都躭擱了。」游坦之應道：「是！」他已然不會抗辯，說：「是你叫我說話，又不是我想說話，他肚子餓，棒瘡痛，但還是去挑糞澆菜。

少林寺這菜園地面甚是廣闊，幾近二百畝地，在菜園中做工的僧人和長工、短工共有三四十人。游坦之既是新來，頭上這鐵罩又令他顯得古怪詭異，人人都將他來欺侮取笑，最骯髒粗笨的功夫都推給他做。游坦之越來越不會思想，是非之心固是日漸淡泊，連喜歡悲傷之別也是模模糊糊，逆來順受，渾渾噩噩的打發着日子，只有在睡夢之中，才偶爾想起了阿紫。

（三〇・版權所有）

天龍八部

金庸

二、玉鼎奇毒

三淨被擒，押解同寺

游坦之給這團肉球壓在頭上，真是苦不堪言，這鐵罩熱時戴在他的頭上，已與他頭皮臉面黏在一起，無法分開，三淨坐在鐵罩之上，只要一動，便扯得游坦之頭臉劇痛。

好容易捱到次日清晨，三淨命他負了自己起身又行。三淨雖將自己斷[illegible]心中言語說了出來。

[illegible]

道上一月有餘，游坦之走得慣了，漸漸的[illegible]

[illegible]

天龍八部

金庸

三、天竺梵文

一個不吃飯的胡僧

這日黃昏，他洗罷了菜，已累得全身筋骨酸痛，耳聽得飯鐘聲響，當即站起身來，到小飯堂中去吃飯，忽聽得緣根叫道：「阿游，這碗飯你送到那邊竹林小屋中去，給一位師父吃，他生了病，起不了身。」游坦之應道：「是。」接過那碗白米飯，沿着小徑走向竹林之中。

那竹林極大，走了好一會仍未出林，只見綠蔭深處有一座小小的石屋，游坦之走到屋前，叫道：「師父，給你送飯來啦。」屋裏有個低沉的聲音應了一聲。游坦之伸手推門，那板門應手而開。他捧着這大碗飯走了進去，見屋裏地下的席上一人向裏而臥，屋中無床、無桌、無櫈，便只一張草席，席邊放着一隻瓦砵，砵中有半砵清水。

游坦之又道：「師父，給你送飯來啦！」那人道：「我不餓，不吃飯，你拿回去吧。」說話的口音含混不清，始終不轉過身來。游坦之聽他說不餓，不要吃飯，便將這碗飯捧回小飯廳中，回報了緣根。次日午間，緣根又叫他送飯去，那人仍是不吃。一連四日，游坦之每日送兩次飯去，那人一直不轉過身來，也始終不吃飯。游坦之已無好奇之心，此事雖然頗不尋常，他却也漠不關心。這人到底是誰？為什麼不要吃飯？一直不吃飯會不會餓死？他全不放在心上。緣根叫他送飯，他便送去，那人不吃，他就拿了回來。

到得第五日中午，他又送了一碗飯去。那人仍是說道：「我不餓，不吃飯，你拿回去吧。」游坦之平平淡淡的道：「好！」轉身便走。那人突然從床上一躍而起，一把抓住游坦之的手臂，罵道：「你這人全無心肝：」剛說得這幾個字，不禁「啊」的一聲驚呼，見到他頭上的鐵罩，大感詫異。游坦之見這僧人又瘦又黑，凹眼高鼻，模樣不是中土的和尚，臉上一條條的都是皺紋，也不知他已有多大年紀。

那僧人問道：「你頭上罩的是什麼東西？」游坦之道：「鐵罩。」那僧人問道：「誰給你戴的？」游坦之道：「契丹人。」那僧人又問：「幹麼不除下來？」游坦之道：「除不下來。」那僧人道：「我接連四天不吃飯，你置之不理，也不叫寺裏的知客來看我一次，不叫人監藥醫治，是何道理？」他雖是西域胡僧，華語却說得甚是流利。游坦之道：「你死也好，活也好，關我什麼事？」那胡僧大怒，手一伸，抓住了他的肩頭。游坦之只覺肩頭劇痛，有如刀割，但他忍痛忍慣了，既不掙扎，也不呻吟，處之泰然。

那胡僧奇道：「你痛不痛？」游坦之淡然道：「痛也好，不痛也好，有什麼相干？」那胡僧更是奇了，道：「怎叫作『有什麼相干』？難道肩頭不是你的？我再使些力氣，將你的肩頭捏碎了？」他一面說，一面手上運勁。游坦之只覺痛徹心肺，這肩頭眞是便要給他捏得粉碎，但他身上雖痛，心情却已麻木，既不抗辯，更不討饒，心想：「我若是命中註定肩骨要給人捏碎，那也是無法可想之事。」那胡僧見他耐力如此之强，倒也十分佩服，說道：「很好，少林寺中，連一個小小的火工，也有這般修為。你去吧！」

游坦之端了那碗飯出來，沒走出竹林，忽然撞到緣根守在路旁。緣根陰惻惻的走到他身前，冷笑道：「阿游，遼國國忠寺的事發了，到戒律院去吧。」游坦之聽到「國忠寺的事發了」幾個字，心想：「想必是三淨查到我偷了他的米酒，這種事終究瞞不掉，那就聽天由命吧。」當下跟着緣根來到戒律院中。

他第一日來到戒律院時遇到的那個老僧，這時仍是站在院前，淡淡的道：「游坦之，三淨說道，遼國國忠寺中那些罪大惡極之事，是你幹的，是也不是？」游坦之應道：「是，是我幹的。」

（三一・版權所有）

游坦之心道：「我有什麼事好思量？有什麼東西可懺悔的？」便在此時，只聽得一個人殺豬也似的大聲叫喊，那聲音從石室頂上的小孔中傳了進來，正是三淨的口音。只聽得叫道：「不行，不行，我這身僧，怎麼進得了懺悔室？」戒律院的老僧道：「本寺千年的規矩，僧徒犯了大罪，須得入懺悔室反省，你進去吧。」三淨急道：「我這樣胖，說什麼也擠不進去。」

游坦之雖在牢中，聽了這句話後，想起三淨那大皮球一般的身子，却也忍不住好笑。只聽那老僧冷冷的道：「將他推進去，把石門關上了！」隨即聽到有好幾個人推擠之聲，三淨大聲呼喊，但那老僧毫不寬容，非執行寺規不可。三淨叫道：「我去稟告方丈，……」

……殺了三條狗，又殺了七個和尚，四個俗家人……我……我在遼國有個女子相好……又去賭場賭錢。」那老僧道：「你說這些事都是那個鐵頭人幹的？」三淨道：「是，是！都是他幹的。我忘記了。」老僧道：「你沒想得清楚，在這裏上一天一夜，多半便可想清楚了。」三淨大叫：「再過一個時辰，就把我擠死了。我一切招認，都是我幹的。」那老僧道：「那麼那個鐵頭人幹了甚麼壞事？」三淨道：「他……他……他偷我的葫蘆的酒喝。」老僧道：「還有呢？」三淨道：「我……我……我不知道，快快放我出來。」

那老僧冷笑道：「……」去把那鐵頭人放出來。」……應了，打開石室的石門，將游坦之拉了出來。……

天龍八部

金庸

三、天竺梵文

波羅星私入藏經樓

游坦之尋思：「這個波羅星忽也古怪，却不知到那裏去了？」他好奇心不可抑制，又走到竹林之中，順着波羅星的去路走去。他隱約覺得，這胡僧鬼鬼祟祟的勾當，其中必有重大圖謀，自己去窺探他的隱私，若是教他知覺，必有性命之憂。他遠遠望見波羅星縮在一株竹子之上，便伏在草叢中慢慢爬行。爬到離那竹子十丈左右，不敢再向前行。

過得良久，西面一塊浮雲飄過來，遮住了月亮，四下裏登時黑了下來，只聽得颼的一聲輕響，那棵竹子一沉，隨即彈起，波羅星借勢飛出，躍入了前面的樹叢之中。游坦之見他輕功如此高強，伸了伸舌頭，也不敢跟去察看，[illegible]中睡倒。[illegible]波羅星房中發出輕響，知他已經回來，心想：「好險，好險！幸虧我沒跟去，否則定然給他知覺了。」

次晨游坦之起來，見波羅星仍是面壁而臥，裝得病勢十分沉重，他也不說甚麼，拿了一把鋤頭，到竹林中去挖筍，一直走到昨晚波羅星躍入的樹叢之中，行出數丈，忽然樹後轉出一名僧人，厲聲道：「你到藏經樓來幹什麼？」游坦之道：「我……我挖竹筍。」那僧人揮手道：「快去，快去！」游坦之道：「是，是！」退回竹林中去挖筍，心想：「原來那樹叢中是藏經樓的所在，非奉方丈法牒，不得近前。昨晚波羅星私入藏經樓，難道去偷經看麼？做和尚便要唸經，原是天經地義之事，南無阿彌陀佛，南無阿彌陀佛，這些經有什麼唸頭？」

他查到波羅星裝假病、挖地道，只不過為了私入藏經樓，就無心再加理會，挖了一大堆竹筍，抱到菜園中，交給了緣根。緣根讚道：「好小子，做事倒也勤懇，不枉了我提拔你一場。送到廚房中去吧！」游坦之答應了，將這堆竹筍送入廚房。廚房中熱騰騰的正煮開了一大鍋菜湯，火工僧舀了一碗給他喝了，又舀一碗命他送去給波羅星。

游坦之端了菜湯，來到波羅星房中。波羅星仍道：「不喝！」但這碗湯係以香菇、金針、白菜、竹筍所煮，香氣甚濃，波羅星禁不住香氣引誘，道：「好，給我喝兩口也好！」反手接過，裝作無法起身，仍是臉向壁，橫臥着喝湯。游坦之一瞥之間，只見那碗湯中映出了半本書來，書上彎彎曲曲的寫滿了奇異文字，似乎和心念一動：「這些外國文字，倒似跟我那本書上的文字一模一樣。原來波羅星每天面壁而臥，却是在偷偷看些古怪文字。嘿，他半夜三更去偷到藏經樓去，就是為了取這種外國書來讀。」

當他從前大受折磨之時，於身外的任何事物全不關心。這些日子來，在少林寺中不再受人無理虐待，對波羅星的詭異行徑起了好奇之心，但這時見他只不過是偷看外國經書，心想：「做和尚的當然要唸經，外國和尚當然唸外國經，一點也不希奇。想來外國人喜歡偷偷摸摸。」從此對波羅星不再留意。

如此又過月餘，一晚半夜之中，游坦之睡得正沉，突覺亮光刺眼，他睜開眼睛，見那亮光發自隔壁波羅星房中，從板壁縫中透了過來。這亮光耀人眼目，比之波羅星平時所點的燭強了十倍也尚不止。游坦之大感奇怪，側身從壁縫中張眼望去，一看之下，不禁大吃一驚，原來那房中盤膝坐着五個老僧，都是身披大紅袈裟，閉目入定。那五個老僧中有三個曾來探望波羅星病況，游坦之曾經見過，知道均是本寺輩份甚尊，職司甚重的高僧。

這五位高僧圍着草蓆而坐，草蓆掀開，露出了地下的洞孔，波羅星已不在。游坦之心中第一個念頭便是：「波羅星又去偷書去啦，這一次可給當場捉住了。」

（三四・版權所有）

三、天竺梵文

移身監禁，不許回國

游坦之再留神看那五位老僧時，見每個人都是右手當胸，拿着一串唸珠，但唸珠却並不移動，每人掌心翻而向外，正對準了波羅星的那個洞口。游坦之對這胡僧並無情誼，不過自從被派服侍他之後，不再受什麼艱難折磨，只盼長久的服侍他下去，這時見到如此陣仗，不由得暗暗為他着急，但隱隱又有一番瞧熱鬧的心情。

突然之間，五位老僧左手袍袖同時一拂，室中燭火被風逼住，登時暗了下來，但火燄隨即一吐，更顯光明。游坦之眼睛一花，只見室中已多了一人，正是波羅星從地洞鑽了上來。他手中捧着三本書，一見到五個老僧，……

天龍八部

金庸

那瘦小老僧道：「永無期限，直到師兄圓寂。」波羅星問道：「你們要逼我即時自焚，是也不是？」那瘦僧道：「阿彌陀佛，師兄何出此言？師兄來自天竺上國，駕臨中土下院，吾等全心敬崇，尚自不及，豈敢無禮？」

波羅星道：「吾輩均是佛門子弟，無事不可明言。寶刹藏經之中，有不少得自敝國，數百載來，敝國多經戰亂，藏經散失甚衆，是以反來貴國訪求。佛門廣大，貴寺何苦量窄若此……

……禁在少林寺中，任由他取閱各種經，只是不許他回歸天竺故國，那麼使他將少林寺藏經樓中全部秘笈都背誦如流，又有何用？」他喃喃說道：「虛偽，虛偽！明明將我監禁於此，却說甚麼懇切挽留，要我俯允所請。我答允，又成麼？」他越想越是難受，不由得伸拳猛打自己頭殼。

（三五・版權所有）

三、天竺梵文

地底下鑽出個人頭

游坦之心想：「看來三淨身上的肋骨已斷了許多根。」只聽三淨又叫：「我一切都已招認了，怎麼還不放我出來？這不是騙人麼？」緣根向游坦之道：「快拜謝執法大師的慈悲，委派了你一件輕巧的工夫。」游坦之自從在遼國大吃苦頭之後，對任何外國人都無好感，不以爲服侍那胡僧波羅星有什麼好處，但緣根既這麼說，他也就跪地拜謝。

緣根帶着他來到竹林中波羅星的屋中，波羅星向牆而臥，對二人毫不理睬，到得用膳時分，游坦之送飯去給他，波羅星道：「不吃飯！」再也不去睬他。如此兩日，波羅星說話的聲音越來越是衰弱。寺中知客得到訊息，前來探望，那知客探病之後，十餘位老僧絡繹前來慰問，游坦之站在一旁，聽到那知客向波羅星傳報各老僧的身份，都是甚麼羅漢堂首座、達摩院副座、戒律院首座等等職司甚高之人。他心想：「這胡僧似是頗有來頭的人物，一生病，竟有這許多人來探望。」

波羅星病了數日，始終不痊，偶然也吃些稀粥，但仍是不能起身，每日裏總是面壁而臥。幸好這人性子溫和，並沒如何支使折磨游坦之，倒令他日子過得甚是清靜。

又過了兩日，波羅星突然半夜裏大聲呻吟，大叫：「頭痛啊，頭痛啊！」在地下滾來滾去，難以忍耐。游坦之點起燈燭，只見他滿臉通紅，伸手在他額頭一摸，着手滾燙。波羅星跳上躍下，道：「我要死了，我要死了，快叫人來給我醫治。」游坦之道：「是，是！」不知去跟誰說好，只得奔到菜園中去叫醒了緣根，由緣根到律院中去請了治病的僧人來給他診治，針灸服藥，忙碌了半夜，直到天明，這才安靜了下來。

如此發作了數次，連清涼寺中的醫僧也不住搖頭，出得門來，便道：「這胡僧得的是天竺怪病，爲中土所無，看來難以治好。」波羅星越來越是衰弱，有一日起床便溺，腳下一軟，摔了一交，額頭跌破了一個大洞，流了不少鮮血。衆老僧知道了，又都來慰問看視。如此纏綿了一月有餘，波羅星的病越來越重，這一晚合當有事，游坦之白天受了冷，半夜裏肚痛起來，忙到竹林中去出恭，正在結束褲子，月光下突然見到丈餘之外的地中鑽上一個人頭。游坦之大吃一驚，正要失聲而呼：「妖怪！」只見一個黑影的上半身都鑽了出來，跟着全身現出，赫然便是波羅星。

日間所見到的波羅星氣若遊絲，要坐起身來喝一口湯水也是十分的艱難，但這時竟然變得猶如生龍活虎一般，從地底一鑽上來，嗖的一聲輕響，便竄上了竹樹，敏捷有如狸貓。游坦之大奇：「原來他這些日子中都是裝病，他怎麼會從地底下鑽出來？這時候卻又到那裏去？」但見竹樹輕搖，波羅星已從一株竹樹躍到了三丈外的另一株竹樹上。竹桿彈性極強，一彈之下，身子便已遠去。若不是游坦之親眼見到他竄上竹子，定不知樹上有人，只道是清風動竹，月下搖曳而已。

眼見得搖動的竹子一路指向西北去，去得極快。游坦之雖對世事漠不關心，但終究年紀甚輕，好奇之心未全失，走到波羅星鑽出來的地方一看，只見地下有一個圓洞，一塊木板放在一旁，木板上堆滿了泥土竹葉。顯然當波羅星鑽入洞中之後，便將這塊木板掩上洞口。竹林中本來少有人至，就算有人一腳踏在木板之上，也不會覺得有何異狀。

游坦之心道：「這地道通向何處，倒要去瞧瞧。」伸足踏入地洞，便鑽了下去。不料這地道甚短，爬行不到數丈，便向上升。游坦之鑽了上來，忍不住嗤然失笑，原來便是在波羅星的睡臥之地，出口處給那張草席蓋住了，平日波羅星就睡在其上，誰也不會發覺。

（三三．版權所有）

天龍八部　金庸

三、天竺梵文

胖三淨塞入小石室

那老僧聽他一口認罪，倒是頗感詫異，說道：「你既自己認罪，我也不來難爲你，那五百記殺威棍，便給你免了。你到懺悔房中去，自己好好的思量，再來跟我說話。」緣根帶着游坦之，來到戒律院之後一塊空地上

……，怎能將我這胖和尚硬塞進這……這間……咳嗨……不得了……不成……不成！」那老僧道：「大家再加一把勁，用力，用力！」另一名僧人道：「好臭，他的屎尿也擠出來了！」老僧道：「嗯，塞進了一大半，還有一小半，用力推啊！」

擠了半天，終於將三淨一個肥大如球的身子，硬塞進了這座窄小的石室。三淨早已沒了抗辯的力氣，嗚嗚……

縫中，三淨的肥肉迸了出來，倘若這不是石室而是木房，那勢非脹裂不可。

那老僧向游坦之道：「憫忠寺中的事，三淨自己已經招認了，怎麼你不言明眞相？」游坦之道：「我不知道。」那老僧道：「到底你有沒有做過壞事？」游坦之道：「我這一生多災多難，想必是前世造的孽很重，前世一定做了許多壞事。」那老僧聽他這般說，很是喜歡，適才冤枉了他，也覺有些過意不去，向緣根道：「這鐵頭人本性倒很純良，那胡僧波羅星有病，你叫鐵頭人專門服侍他，這幾天不用在菜園子中做工了。」緣根道：「是！」

三淨叫道：「我不成啦，快放我出來！」只聽得格格之聲不絕，猶似……綠豆一般，原來三淨全身骨骼受到擠……

天龍八部　金庸

三、天竺梵文

強逼游坦之背書

波羅星所以要裝病，乃是使得一衆少林僧對他不加提防，然後偷入藏經樓取閱經書。他生來記憶力遠過常人，這才奉了師父之命，到少林寺來閱經。師命是要他記誦之後，回到天竺背將出來，倒不是要他偷盜經書，落了痕跡。這些日子之中，他每日面壁讀經，苦苦記誦，已背出了三十餘部經書，那知道功虧一簣，終於被少林僧發覺。這些少林僧卻也不加爲難，察知了他的用意之後，只是禁他回國。波羅星一來思念故國，二來有辱師命，心中懊喪之極，這一晚直到天光，只是唉聲嘆氣，自怨自艾，吵得游坦之也不能安睡。

如此過了數日，波羅星倒眞的生起病來，常常兩眼發直，怔怔的向西凝視，令游坦之見之生懼。這日游坦之送飯給他，波羅星伸手抓了一個飯團，正要送入口中，突然臉上掠過一絲喜色，低聲道：「有了，有了！」匆匆吃罷了飯，拉着游坦之的手，說道：「我教你一段話，你去背了出來，不過千萬不能讓廟裏的和尚們知道，你做得到麼？」

游坦之不明他的用意，茫茫的道：「一段什麼話？」波羅星道：「你須得先答應我，決計不跟別人說起。」游坦之自從在遼國大受一番折磨之後，旁人說什麼，他就什麼，從來也不敢違逆，波羅星既這麼說，他也就點頭答應，道：「師父如此吩咐，我就不跟旁人說起便是。」波羅星沉吟了一會，道：「還有，我每天要打你一頓，打得你皮開肉綻，那是苦肉計，做給旁人瞧的，你可不得向旁人訴寃。」游坦之道：「我又沒做什麼錯事，你爲甚麼打我？」

波羅星目露兇光，道：「你不聽話，也由得你！」伸掌在地下一拍，砰的一響，磚屑四濺，青磚的地上竟給他拍出了一個深深的手印，說道：「伸頭過來，我要在你頭上打他三掌。」游坦之大驚，道：「頭上這三掌可經受不起，你……你要打我，打旁的地方吧。」波羅星一笑，道：「你記住了：希羅哈薩特，瓦斯諾特郎波去神，印地，坦立禿西類斯馬類諾森，馬尼非森摩尼山夫兒……」他讀了長長一段，道：「好吧，你背給我聽聽。」

游坦之聽了這麼莫名其妙的一段外國話，半句也記不到，張大了口，道：「希……希……希……」只說了一「希」字，再也「希」不下去了。波羅星大怒，當胸一拳，砰的一聲，游坦之仰天一交摔了出去，背脊撞在牆壁之上，痛得他險些暈了過去。

波羅星怒罵：「小賊，我教了你半天，你學進去了沒有？」游坦之撫着背脊，道：「我……我不知師父說些甚麼，嘰哩咕嚕，希里花拉的，我一點也不懂。」波羅星一想，道：「嗯，那也有些道理。你不懂我講甚麼，自然記不得，我來教你。」拿了一堆乾泥過來，鑿得粉碎，鋪在地下，用手指在泥粉上彎彎曲曲的寫了三個字，說道：「阿貝爾，你跟着唸，阿貝爾，阿貝爾。」

游坦之跟着唸道：「阿貝爾。」波羅星甚喜，又教了他三個字，游坦之又唸了，問道：「那是甚麼意思？」波羅星道：「這是字母，沒意思的。你再唸！」又教了他三個字母，可是回頭問他「阿貝爾」時，游坦之卻又忘了。波羅星大怒，將他倒提起來，風搖一陣，幾乎將他吃下的飯都抖了出來，怒道：「憑你這大蠢材，也算是我倒霉！你如此笨法，要你背得出那三十六部經書，卻又到何年何月？」砰的一聲，將他擲出了門外。

游坦之躺在地上，索性不起來了。波羅星以爲摔死了他，驚惶起來，將他扶進屋內，好言安慰了一番，又教他認字。只是游坦之怕他毆打，只得用心苦記。只是那些天竺梵文既如蝌蚪，又似蚯蚓，總而言之不像文字，游坦之識得了上面，忘記了下面，記熟了結尾，偏又忘卻了開端，一教一學，盡是叫苦連天。

（三六．版權所有）

天龍八部　金庸

守在洞側，自是大吃了一驚。五僧齊聲口宣佛號：「阿彌陀佛！」右掌緩緩伸了出去，但見五僧袈裟的袍袖都脹了起來，猶如五張紅色的小小風帆。

波羅星一個觔斗，倒轉身子，頭下腳上的倒立起來，雙腳在空中不住絞動，越絞越快，便如一個胡蘆，驀地裡五僧齊聲喝道：「咄！」五掌一齊向他擊了出去。砰的一聲巨響，氣息鼓盪，只震得游坦之透不過氣來，登時便暈了過去。

過了好一陣，他迷迷糊糊之中，只聽得一陣陣唸佛之聲，傳入耳中。他慢慢睜開眼來，定了定神，再向板壁縫中張去，只見波羅星盤膝而坐，形貌甚是莊嚴，五僧坐在他的周圍，六個人齊聲唸佛。這些誦經之聲希奇古怪，游坦之一句不懂，卻似……

」那瘦僧道：「阿彌陀佛，不敢不敢。師兄所求者若是渡人救世的佛家寶典，敝寺決計不敢自秘，取於上國，還歸上國，原是天經地義之事，可是師兄所取閱的，卻是本寺武學秘本，雖然這些武技淵源出自上國，但數百年來，頗由敝寺歷代高僧推演增飾，按情按理，師兄是不該取閱的了。」

波羅星道：「你適才卻說自今而後，任由我出入藏經樓，任意取閱經書，那麼這是譏刺於我了？」

那瘦小老僧彎腰說道：「不敢，此是敝寺本意。」波羅星道：「你們不用繞着圈子說話，要我如何，儘可直言。」那瘦僧道：「敝寺上下敬仰師兄佛法高深，意欲請師兄駐錫中華，在敝寺宏宣佛義，普渡衆生。」波羅星身子一顫，臉如死灰，道：「你……

天龍八部
金庸
三、天竺梵文
無心插柳柳成蔭
（三七．版權所有）

一九六五年三月六日
天龍八部
金庸
三、天竺梵文
（三八．版權所有）

南洋商報星期刊
一九六五年三月七日
第十六版　星期日
天龍八部
金庸
三、天竺梵文
天竺胡僧，蛇腹藏信
（三九．版權所有）
（四〇．版權所有）
商餘

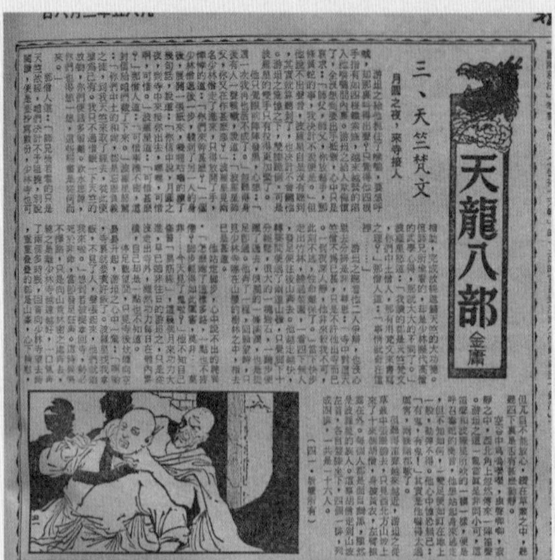
天龍八部
金庸
三、天竺梵文
月黑之夜，來寺擄人
（四一．版權所有）

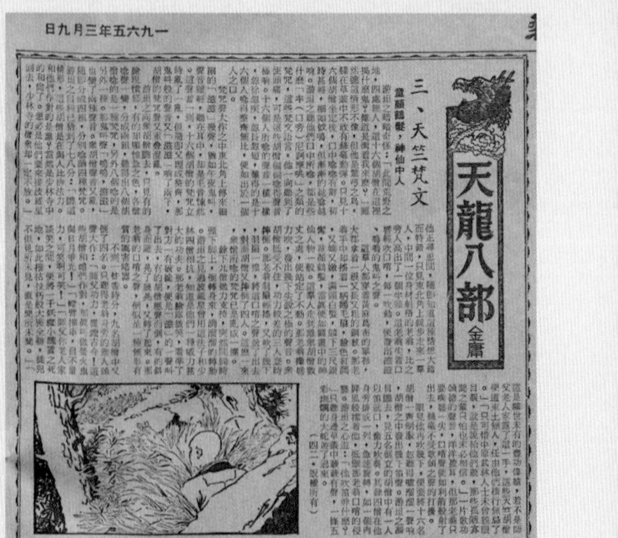
一九六五年三月九日
天龍八部
金庸
三、天竺梵文
（四二．版權所有）

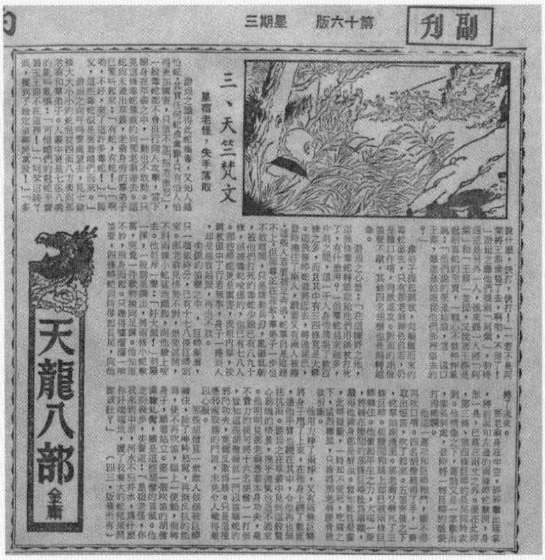

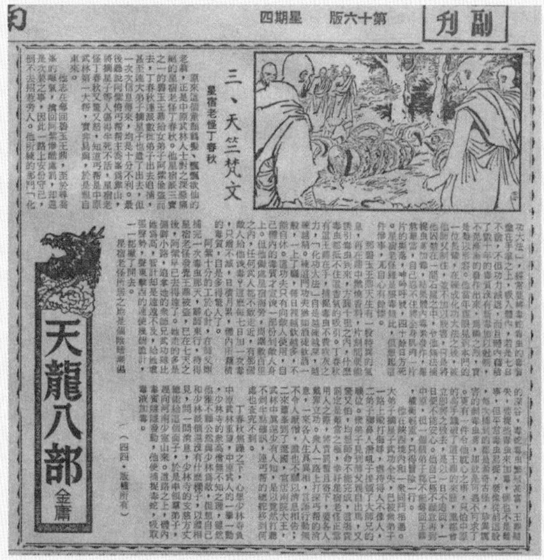

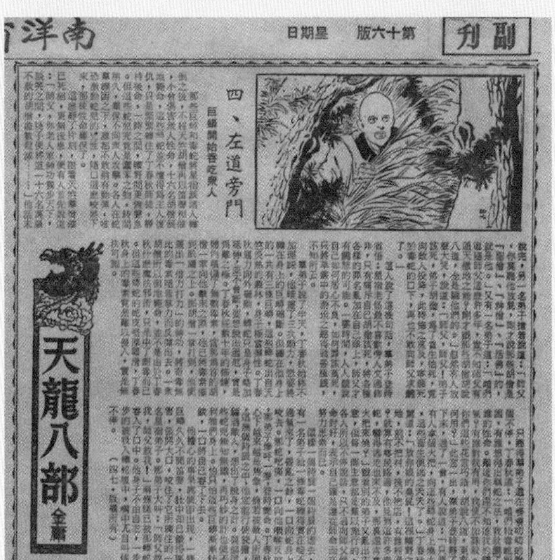

本頁與前五頁　舊版《天龍八部》第五部第二五至四七續，新加坡《南洋商報》1965年2月21日至3月14日。《南洋商報》連載的舊版《天龍八部》，只移植了文字，卻沒有收錄全部的插圖。八部中，第二、三、四、五（前半部分）部有插圖，第一、五（後半部分）、六、七、八部，則都沒有插圖。

舊版《天龍八部》連環畫之「六脈神劍」

1

2

3

4

5

6

7

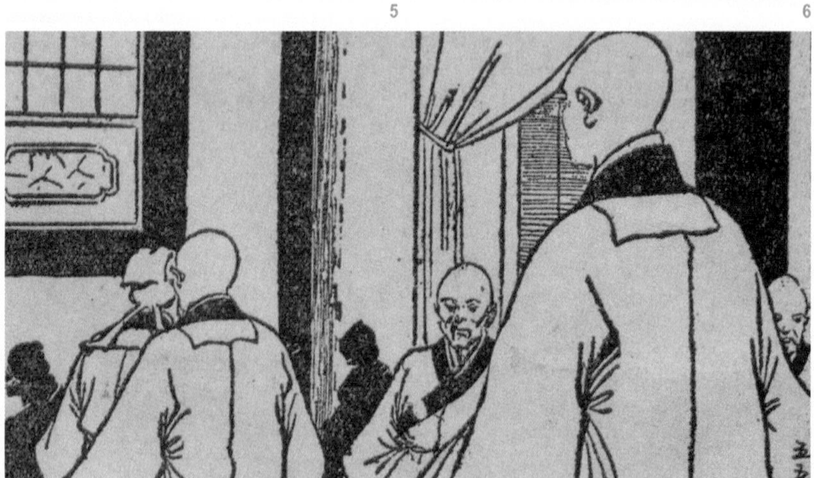
9

8

10

12

11

13

14

15

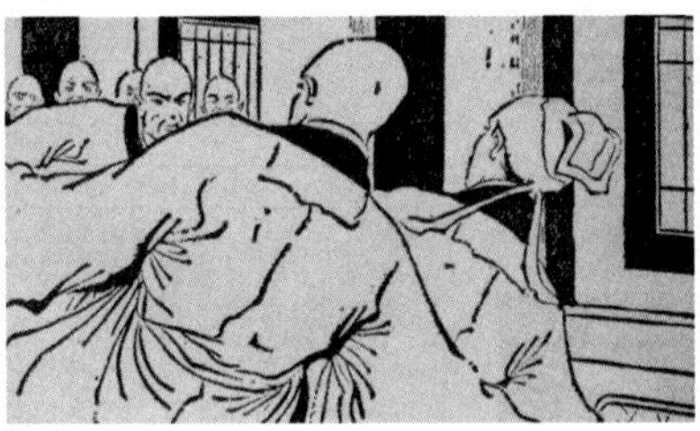

16

17

1　天龍寺天因、天觀、天相、天參四位大師與保定帝同時施展一陽指，為段譽驅治邪毒，但最終以大局為重，放棄治療。

2　天因方丈取出大輪明王的信交給保定帝。信用梵文寫就，說要來討《六脈神劍經》。

3　眾人商討，以一陽指為根基，一人練習一劍。

4　各人練劍，段譽無聊看圖，體內真氣隨圖上所繪的經脈路線運行。

5　不消一日功夫，段譽已經將手經六脈各處穴道盡都通過。

6　大輪明王鳩摩智到來，交代當年與慕容博的約定，誓取《六脈神劍經》。

7　鳩摩智取出慕容博所書的少林七十二絕技要旨，希望能夠交換《六脈神劍經》。

8　鳩摩智示範多羅葉指與無相劫指。

9　枯榮問鳩摩智，為何慕容博會知道天龍寺藏有《六脈神劍經》。

10-12　鳩摩智以火燄刀掌力驅動白煙，與天龍寺眾僧的六脈神劍一較高下。

13　鳩摩智擒住了剛出家的保定帝。

14-15　段譽見伯父被擒，情急下發出六脈神劍，卻時而失靈。

16-17　鳩摩智趁著段譽劍招失靈之際，擄走段譽，說要帶到慕容博墓前燒了段譽這活圖譜。

舊版《天龍八部》連環畫之「靈鷲新主」

1

2

3

4

5

6

7

8

9

10

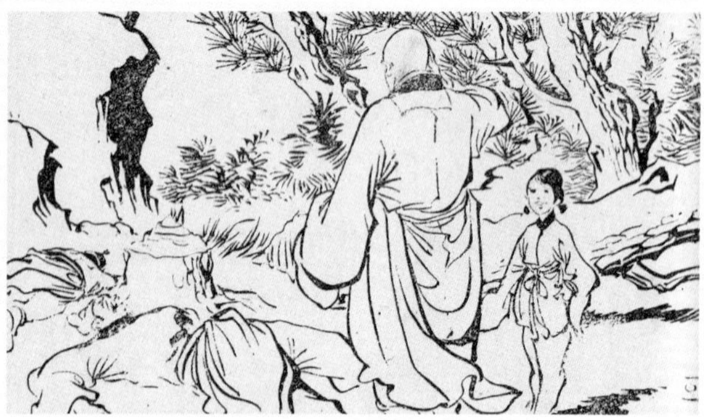
11

1　虛竹生怕烏老大殺死小女孩，一時熱血，衝將出來，搶了布袋便走。
2　虛竹聽到聲音，回頭卻不見人影，猜想對方身法快捷。
3-4　虛竹放出布袋中人，見是一女童，但女童手掌甚大，滿是皺紋，像是八、九十歲人的肌膚。
5　女童教虛竹提氣運勁法門，躍上樹頂離開，躲避追捕的人。
6-7　虛竹向女童交代破解「珍瓏棋局」與無崖子傳功的經過。
8　女童教虛竹運用無崖子真氣的法門，對付烏老大與不平道人。
9　烏老大持刀砍殺，虛竹帶著女童再躍上樹頂。
10　矮子持斧砍樹，虛竹發射松球，力道雖勁卻失準頭。
11　虛竹運使北冥真氣發出松球，打死了眾人。

12

13

14

15

16

17

18

19

20

21

23

22

24

25

26

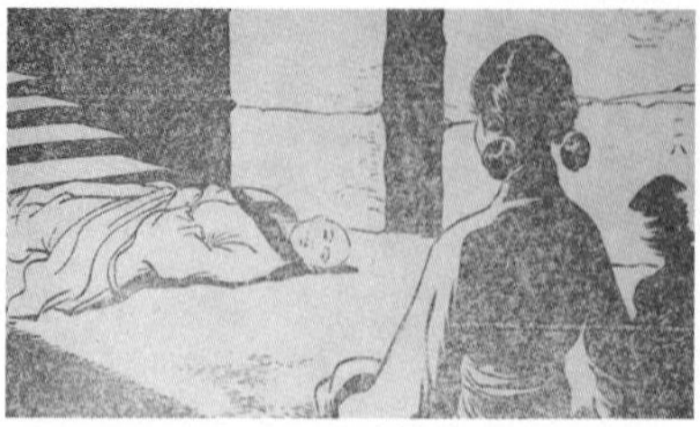

27

28

29

30

31

32

33

34

35

36

37

38

12-13　女童再教虛竹運氣法門，虛竹提起女童與烏老大跳上高樹，然後上峰。
14　烏老大為女童捉羊，女童喝過生羊血後再烤羊而食。
15　虛竹想要離開，女童表明身分，說自己乃是天山童姥，正為仇家追殺。
16　童姥說要多殺畜生出氣，要虛竹留下。
17　仇家出現，童姥要虛竹背負上峰。
18-19　白衫女子趕至，正是童姥師妹李秋水，她斷去童姥小指與一腿。
20　李秋水一掌將虛竹與童姥打下百丈深谷。
21　虛竹墮下，卻先後被慕容復、丁春秋等人消解了下墮之力。
22-24　童姥要虛竹背負逃走，並傳授虛竹天山折梅手的運氣法門。
25-28　虛竹帶著童姥一直往西逃，最後到了西夏皇宮的地底冰窖。童姥點了虛竹穴道，不肯放行。
29-31　虛竹醒來，有一個少女勾住他的頭頸，吹氣如蘭，於是犯了色戒。
32-34　童姥在虛竹身上種下生死符，不讓他走，又教虛竹破解之法。
35　童姥練功到緊要關頭，忽有聲音傳來，擾人心神。
36-37　有人進入冰窖，與童姥纏鬥。
38　虛竹出手，使出天山六陽掌。

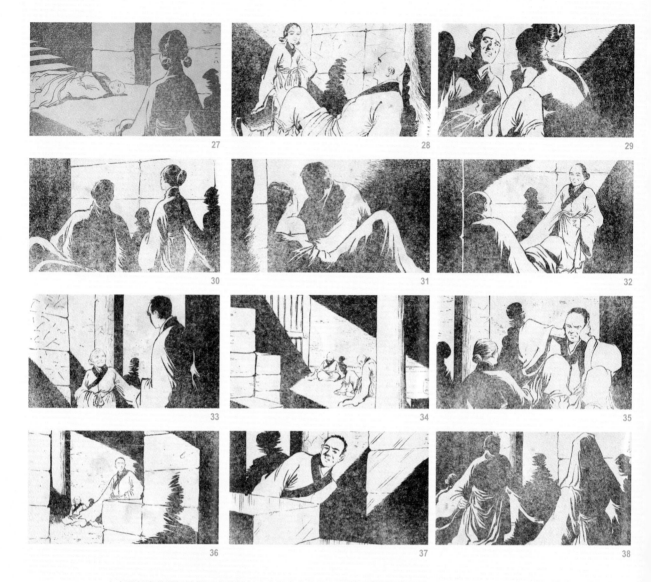

39

40

41

42

43

44

45

46

47

48

49

39-40 李秋水要向童姥屍身施以重手，被虛竹擋住，童姥突然出手，擊傷李秋水。

41-42 冰窖融冰成積水，三人泡在水中，童姥與李秋水將真氣透過虛竹身體繼續纏鬥，冰封住三人，真氣也鎖在虛竹體內。

43 虛竹把兩人抱到外面，衣衫中不小心跌出無崖子所贈畫軸。

44-46 童姥與李秋水分別教虛竹武功，由虛竹演練，要對方破解。兩人又鬥了二十餘天。

47 靈鷲宮眾人趕至，李秋水佯裝死去，童姥最後身故，死前將宮主之位傳給虛竹。

48-49 李秋水「復生」，看了畫卷後，跟虛竹解釋事情始末，最後也死去。虛竹成為靈鷲宮新主。

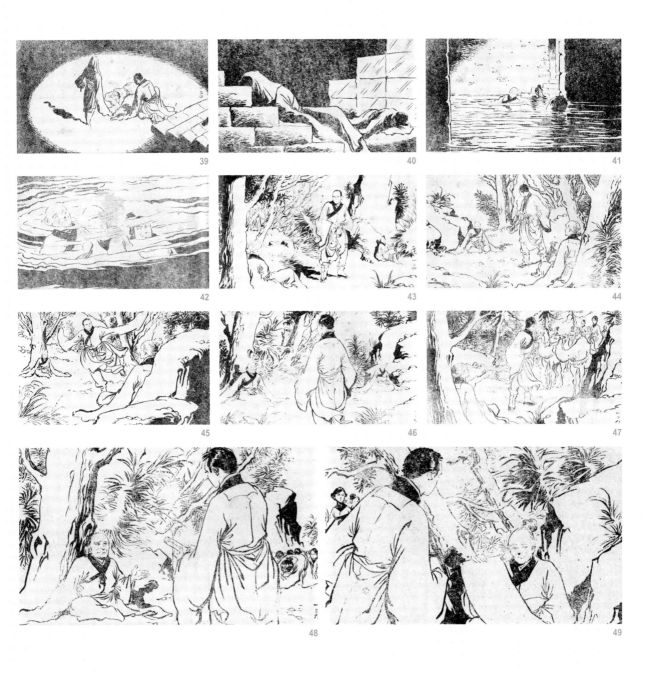

拾壹

素心劍／連城訣

《素心劍》連載於《東南亞周刊》，是金庸第三部在雜誌首次連載的小說。《素心劍》從《東南亞周刊》創刊號（1964年1月12日）即開始連載，到第六十期最終回為止（1965年3月7日），第十七期與第二十四期曾經停載，前後連載了一年兩個月，全部合共五十八期，每期約四千五百字。不分章節，開首處有小標題總結內容重點，長短字數不定。每期共有三張插圖，雖然沒有標明由雲君繪畫，但觀其畫風，當出自雲君手筆。由於

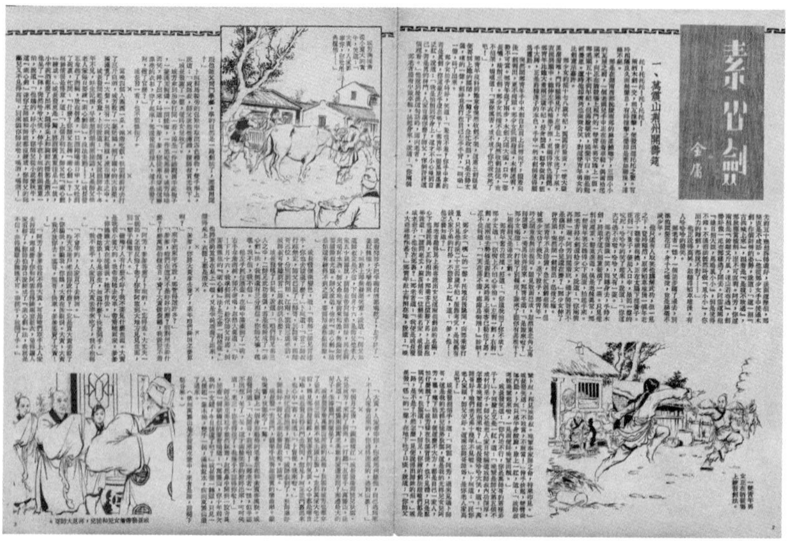
素心劍

金庸

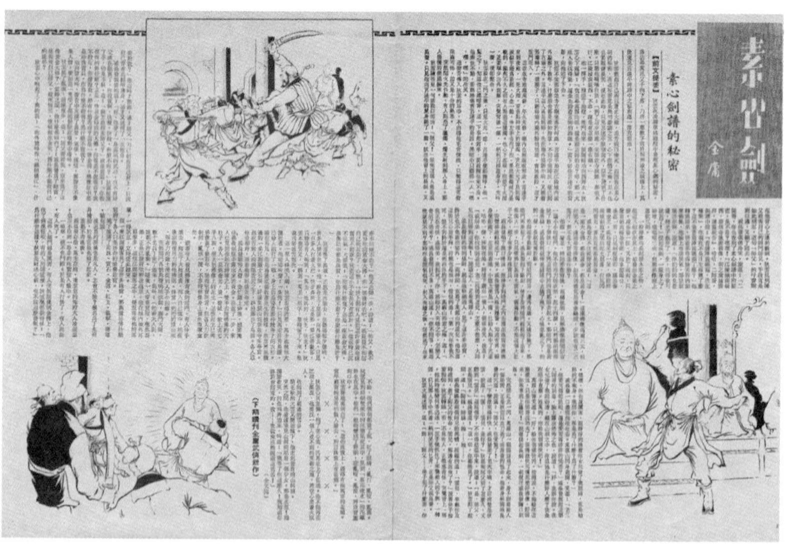
素心劍

金庸

素心劍譜的秘密

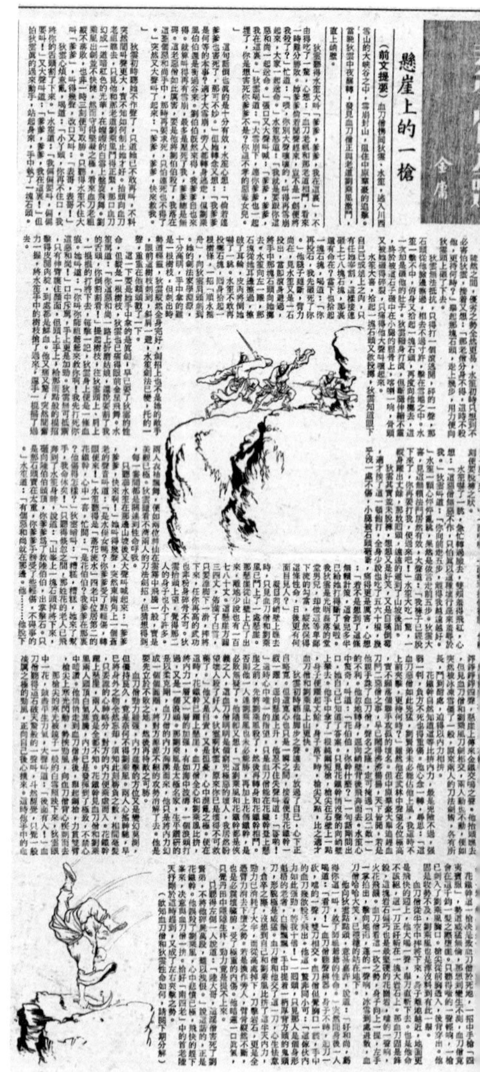
懸崖上的一槍

金庸

左上　舊版《素心劍》第一期，港版《東南亞周刊》第一期，1964年1月12日。

左下　舊版《素心劍》第六十期，南洋版《東南亞周刊》第六十期，1965年4月4日。

右　舊版《素心劍》第三十三期，港版《東南亞周刊》第三十三期，1964年8月30日。港版《東南亞周刊》自第二十一期開始，改為報紙形式，總版面變少了，刊載內容也比南洋版《東南亞周刊》為少。就連重頭戲《素心劍》，每期連載字數雖然沒有減少，卻少收錄了一張插圖，每期只有兩張圖。

是週刊，讀者每隔一週才讀到小說，因此從第二期開始，正文之前都有「前文提要」，讓讀者重溫劇情。

金庸為什麼要把《素心劍》改名《連城訣》？

《素心劍》是金庸創作的第十一部小說，卻是金庸第六部修改的小說。經改寫後的《素心劍》換了個書名，叫做《連城訣》，從1972年6月6日開始在《明報晚報》連載，一直到1972年9月6日最終回為止，共計九十三續。明晚版《連城訣》共分十二回，每回有回目。1977年出版的《金庸作品集．連城訣》，沿用《明報晚報》大部分回目，只有第九回不同，明晚版的回目是「彩蝶雙飛」，作品集版則改為「梁山伯．祝英台」。

一直以來，金庸為什麼要把《素心劍》改名為《連城訣》，論者有不同意見。有人認為金庸改小說名稱，是為了遷就他後來創作的那副對聯。陳鎮輝說：

> 《素心劍》給改成《連城訣》。潘國森在《解析金庸小說》一書中，說：「我忽然懷疑，金庸將《素心劍》易名為《連城訣》正是為了遷就這兩句詩（按：指「飛雪連天射白鹿　笑書神俠倚碧鴛」這副對聯）。」潘氏的解釋實在很有道理。[46]

「改書名作對聯」的說法，早在陳鎮輝之前，潘國森已經提出。潘國森的理據是，許多人都認為金庸的古詩詞能力不如當時另一位著名武俠小說家梁羽生，因此金庸想要在詩詞創作上有一番表現。不過，「彰顯創作詩詞能力」、「創作對聯」，以及「更改書名」，三者之間根本沒有必然性。潘國森將三件原無關連的事情，硬要用因果關係來解釋，實在欠缺有力的證明。

潘國森的想法其實完全脫離現實，不符合金庸改寫小說的「時間軸」。金庸以書名第一個字作對聯，理論上必須等到所有書名都坐實後才能創作。明河社《金庸作品集．鹿鼎記》於1981年出版，而明晚版《鹿鼎記》則是從1978年開始連載，可見金庸即使以書名首字來創作對聯，不能早於1978年。不過，有鑑於明晚版《碧血金蛇劍》到出版作品集時又改回原來的名字《碧血劍》，可見單行本一天不推出，金庸無法保證自己一定不會更改小說書名。《金庸作品集．鹿鼎記》「後記」中這樣說：

46 陳鎮輝：《金庸小說版本追昔》（香港：匯智出版公司，2003年），頁25。

> 我寫的武俠小說長篇共十二部，中篇二部，短篇一部。曾用書名首字的十四個字作了一副對聯：「飛雪連天射白鹿，笑書神俠倚碧鴛」。最後一個不重要的短篇《越女劍》沒有包括在內。（花皮版《鹿鼎記》，頁2120）

這段文字寫於1981年6月22日，對聯就是在這之前創作出來的。然而，《素心劍》改名不是在1981年，而是在1972年。《明報晚報》1972年6月開始連載《連城訣》，如果潘國森的「奇想」為真，則金庸早在九年前，也就是1972年改寫《素心劍》時，已經想到要創作對聯了。這個時候，金庸才改寫了六部小說，又怎能保證往後的九部小說改寫後不會更名呢？

除了潘國森，還有羅賢淑。羅賢淑的《金庸武俠小說研究》是台灣第一篇以金庸小說為研究對象的博士論文，寫於1998年。羅賢淑根據《素心劍》故事的發展脈絡，推測金庸為小說改名的原因：

> 《連城訣》原名《素心劍》，書中所述之「連城訣」原名「素心劍譜」，改名之因，據筆者推測，是在於「素心」之名並未伏出（筆者案：「伏出」疑為「突出」）其中牽涉有價值連城之寶藏的含意，故而改以語含其意的「連城」為名。[47]

與潘國森相比，羅賢淑根據小說內容來推測改名原因，看似更合理，卻未能舉證。2015年，當時台灣師範大學的博士生陳俊宏，比較金庸各版小說，撰寫《金庸小說三大版本比較研究》，是台灣第一篇全面且有系統地探討金庸各版小說的博士論文。陳俊宏根據《素心劍》的連載內容，細心分析金庸在小說中留下的線索，從而推斷金庸在創作《素心劍》時「計畫趕不上變化」：

> 金庸一開始只是要把「素心劍法」寫成一套神奇的武功，如同《射鵰英雄傳》的《九陰真經》與《笑傲江湖》的「辟邪劍法」一般，成為縮合人物與情節的物件，但在連載十三期後，金庸改變初衷，賦予「素心劍」高度的經濟價值，讓它不僅只是一套單純的劍法，其劍訣中更暗藏一個大寶藏的秘密。[48]

《素心劍》故事中，「素心劍」是一套厲害劍法，共有三十三招，招式名稱都來自一句唐詩。三十三招便涉及三十三首唐詩。「素心劍」除了劍法外，還有劍訣。劍訣是一組數字，由三十三個數字組成。懂得素心劍法，又掌握了劍訣，就能找到寶藏。破解方法是：每個數字所指的，是劍招所屬詩歌的第幾個字。例如，劍法第一招來自杜甫的〈春歸〉，劍訣第一個數字是「四」，杜甫〈春歸〉詩第四個字是「苔徑臨江竹」的「江」字；劍法第二招來自杜甫的〈重經昭陵〉，劍訣第二個數字是「五十一」，〈重經昭陵〉一詩第五十一字是「陵」字。[49]按照這種方法，首先得知道「素心劍法」劍招的先後次序，再來必須取得劍訣。根據劍訣指示，在所屬詩歌中找出相應文字，再把所有文字按先後次序排列成句子，從而得知寶藏所在：「江陵城南偏西崇效寺後殿佛像向之虔誠膜拜通靈祝告菩薩降靈賜福往生極樂。」

陳俊宏認為，金庸一開始創作《素心劍》時，腦袋中如果已經有「素心劍訣」的想法，那麼小說中提及劍招時，劍招所屬詩歌必然包含「寶藏三十三字」中的其中一字，否則就代表「素心劍訣」是金庸後來才出現的想法。經比對詩歌與三十三字後，陳俊宏發現，在《素心劍》頭十三期的連載中，金庸一共提及過九招「素心劍法」。但這九招中，有五招劍法所屬詩歌，根本沒有「寶藏三十三字」的任何一字。

例如《素心劍》第三期，言達平用「舉頭望明月，低頭思故鄉」的劍法拳招摔飛狄雲。這劍招出自李白的〈靜夜思〉：「床前明白光，疑是地上霜，舉頭望明月，低頭思故鄉。」但看這二十個字，沒有一字見於「寶藏三十三字」。此外，張九齡〈感遇〉、杜甫〈後出塞〉、李白〈子夜吳歌〉與王維〈使至塞上〉，這四首分別在頭十三期連載時提到的劍招詩歌，詩句中也完全無一字見於「寶藏三十三字」。陳俊宏以第十三期作為分水嶺，那是因為這一期連載中，金庸透過丁典，轉述鐵骨墨萼梅念笙的話：「這套劍譜是給他們奪去了，可是沒有劍訣，那又有什麼用？」也就是說，直到這個時候，金庸腦袋裡終於有了「素心劍訣」的概念。

羅賢淑從小說內容指出，書名因為反映不了「價值連城」的寶藏，因而改名。陳俊宏在這推測上，以「素心劍法」劍招反映不了「寶藏三十三字」的秘密，指出金庸在創作《素心劍》初期，並沒有想過寶藏的事情。一旦想到寶藏，就把故事重點從絕世劍法轉移到爭奪寶藏的陰謀上去。只是，「素心」二字與「價值連城」的意思簡直背道而馳，以致

47 羅賢淑：《金庸武俠小說研究》（台北：中國文化大學中文系博士論文，1998年），頁202。

48 陳俊宏：《金庸小說三大版本比較研究》（台北：國立台灣師範大學國文學系博士論文，2015年），頁52。

49 杜甫〈重經昭陵〉全詩為：「草昧英雄起，謳歌歷數歸。風塵三尺劍，社稷一戎衣。翼亮貞文德，丕承戢武威。聖圖天廣大，宗祀日光輝。陵寢盤空曲，熊羆守翠微。再窺松柏路，還見五雲飛。」詩中的「陵」字，是第四十一字，而非第五十一字。金庸一開始就算錯了，舊版和修訂版都寫「五十一」，直到新修版才改正過來。

全新修訂本 連城訣 金庸 雲君圖

（版權所有）△增刪潤飾 改寫修訂▽

第五章 老鼠湯

明晚版《連城訣》第三七續，1972年7月12日。

金庸後來改寫小說時，內容沒有什麼修改，卻反而改了書名，讓小說的名稱與內容「名實相副」。陳俊宏用「以子之矛，攻子之盾」的方法，透過分析小說原文，驗證金庸創作原意的改變，為羅賢淑對改書名的看法補充了有力佐證。

其實，金庸早在1972年6月6日，已經清楚告訴讀者為什麼要更換書名。《明報晚報》連載《連城訣》的首日，金庸寫了「前記」交代改名原因。[50]「前記」共有兩段，第一段提到「故事的發展和原來的計劃改寫很大」，就是陳俊宏說的「計畫趕不上變化」；第二段更明確提出「連城」就是取「價值連城」的意思，羅賢淑的臆測也猜對了。這段文字當年只在報上曇花一現，金庸後來出版單行本時，也沒有在「後記」中說清楚。羅賢淑與陳俊宏既是遠在台灣，更是「吾生也晚」，在缺乏原始文獻資料的情況下，提出獨到且精闢的見解，論證入微有據，實在難得。

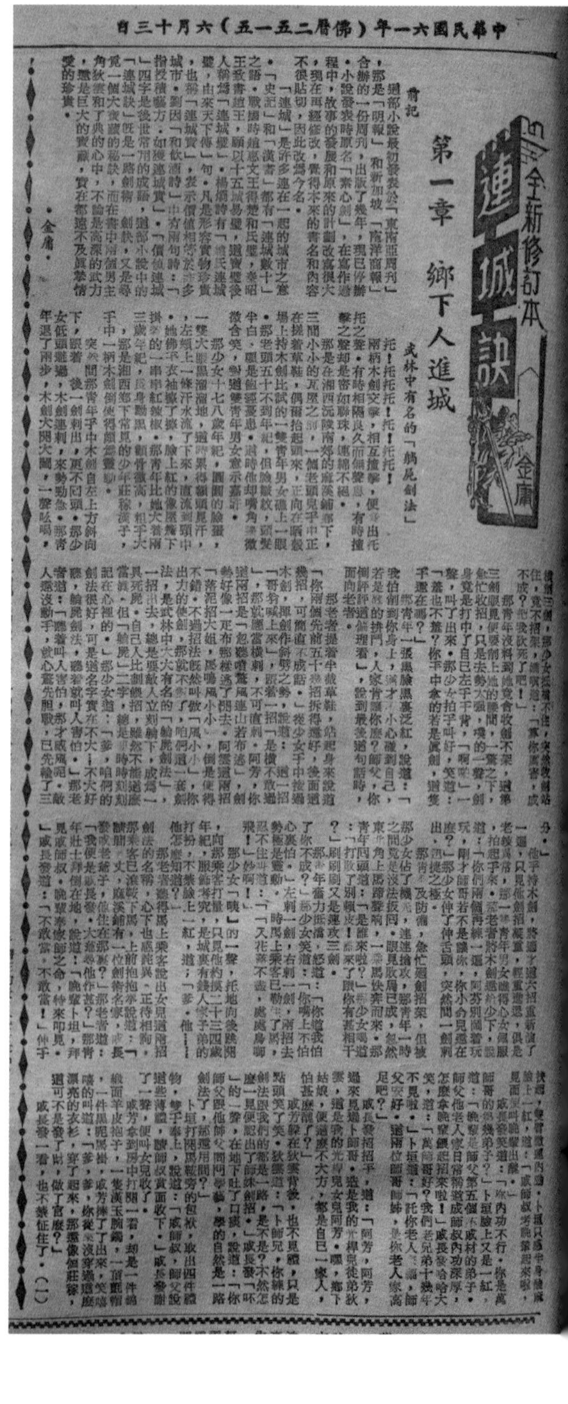
中華民國六十一年（佛曆二五一五）六月十三日

全新修訂本 連城訣 金庸

前記

金庸

第一章 鄉下人進城

武林中有名的「躺屍劍法」

明晚版《連城訣》首日連載，泰國《世界日報》1972年6月13日。正文前有篇約四百字的「前記」，交代更名原因。

《素心劍》蛻變舉隅

從舊版與修訂版的差別來看，《鴛鴦刀》與《素心劍》兩書金庸修改得較少，無論是人物個性、情節鋪排，以至故事架構與主題內容上，金庸都沒有大改動，大體上只是修改了若干細節。金庸把這兩部較短篇的小說放在修改次序的第五部和第六部，應是爭取更多時間去修改之後的「射鵰三部曲」。

在金庸的創作原意中，「素心劍」應是一套絕世劍法。從故事人設來看，狄雲質樸真誠、毫無機心的性格正暗合了「素心」二字的意思。反觀他的師父與兩位師伯，機關算盡，就算得到劍譜，由於性格不合，也不可能練成偉大的劍術。這也是為什麼在小說首回，卜垣到鄉下找戚長發，閒談間提及師父萬震山已經練成素心劍法時，戚長發做出「更是一驚」的反應，呆了一會後想通了，才說：「這『素心劍』連你太師祖和師祖都沒練成，你師父的玩藝兒又不見得高明，別來騙你師叔啦……」金庸修改《素心劍》時仍然循著原來架構，只是讓狄雲的純樸與其他人的狡詐對比得更加明顯、直接，以及刪除一些作用不大的伏筆，讓情節推進得更加明快。

躺屍劍法

鐵鎖橫江戚長發不安好心，沒有認真教徒弟與女兒劍法。舊版故事開首，戚芳和狄雲所使的劍招，盡是古怪名稱，如「綠日招大姐，馬鳴風小小」、「古洪喊上來，是橫不敢過」。雖然卜垣突然造訪，喊出「天花落不盡，處處鳥啣飛」的正常句子，兩者形成對比，但讀者這時候也只以為是鄉音問題，尚不知戚長發是故意改了劍招名稱。一直到第三期，才借言達平之口，說出戚長發將劍招教錯了。不過，即使戚長發教錯，讀者看到這裡，仍不能確定是否故意教錯，因為言達平還說了一句：「戚長發啊戚長發，這一番苦心孤詣，委實也算得難能，只是你讀書太少，都會錯了意。」戚長發教錯狄雲，也有可能只是「會錯了意」，而非故意誤導。也就是說，金庸原想寫戚長發的狡猾與城府，卻收不到效果。改寫時，比較明顯的就是加入對「躺屍劍法」的描述。

咱們這一套劍法，是武林中大大有名的「躺屍劍法」，一招出去，總是要敵人立刻躺

50 這段文字原載於1972年6月6日的《明報晚報》。原報已經散佚，不容易看到。泰國《世界日報》在《明報晚報》連載一星期後，也就是1972年6月13日，開始連載明晚版《連城訣》，一直到1972年9月12日第九三續最終回為止。

下，成為一具死屍。……聽著叫人害怕，那才威風呢。敵人還沒動手，就先心驚膽戰，已先輸了三分。」（明晚版《連城訣》第一續，《世界日報》1972年6月13日）

狄雲道：「甚麼『唐詩劍法』？師父說是『躺屍劍法』，幾劍出去，敵人便躺下變成了屍首。」（明晚版《連城訣》第六續，《世界日報》1972年6月17日）

把劍招名稱讀錯，還可以說是鄉音問題。但明知道是「唐詩劍法」，卻說成「躺屍劍法」，而且還解釋「敵人便躺下變成了屍首」，就是有心不說真話，故意誤導了。金庸改寫時只是加了幾句描述，就將戚長發的奸詐虛偽完全突顯出來。

刪掉伏筆

《素心劍》首日連載，當狄雲與戚芳對拆劍招時，戚長發忽然發現草叢中有人：

他正說得高興，忽聽得稻草堆後，有人哈哈哈的發笑。

那老者一怔，一個箭步躍了過去，別瞧他頭髮花白，身手之矯捷，竟是絲毫不減少年。

他只道有人取笑他講解武功，但一見之下，登時釋然，原來稻草堆後一個年老花子，翻著破棉襖，正在太陽下捉蚤子。捉到一個蚤子，便拋入口中，畢剝一聲的咬死，哈哈哈的笑了起來，說道：「你這次可逃不去啦，哈哈，又有一隻。」（舊版《素心劍》第一期「萬震山荊州開壽筵」，1964年1月12日）[51]

後來戚長發師徒三人到荊州找萬震山，狄雲因故與太行山的呂通打了起來，卻打不過對方。恰巧這時來了個討飯的老乞丐，不經意間丟出破碗與竹棒，誤打誤撞下打中了呂通的穴道，才讓狄雲反敗為勝。到了第三期與第四期，老叫化又出現教狄雲武功。第五期老乞丐沒出現，但由於狄雲使出老乞丐所教功夫，讓萬、戚兩人起了爭執。連續五期情節都與老乞丐扯上關係。不過，金庸並沒有交代第一期出現的老花子，與第二、三、四期出現的老化子，到底是不是同一個人，只是要讀者去聯想與猜測。一直到第四十八期，金庸才為伏線揭開謎底。狄雲再次遇到老乞丐，見他正在與萬震山對劍，原來是二師伯言達平。狄雲看清楚言達平後：

……心中卻在思索許多遙遠的往事，突然間，他又記起了一件事：那是在卜垣到他家裏來邀請師父到荊州去赴宴的那一日，他與戚芳又在練劍，草堆後忽然有人發笑。師父過去一看，原來是個在晒太陽、捉虱子的老丐。這老丐的容貌是喬裝改扮的，當時師父沒有發覺，其實，就是二師伯言達平。原來他一直在師父的屋子旁邊窺伺，察看動靜。（舊版《素心劍》第四十八期「無用的花招」，1964年12月13日）

金庸在1964年年初布置的伏線，一直到年底才揭曉。由於時間太久，讀者可能早就忘記這條不經意的伏線，所以金庸重提時，幾乎要把整件事情重新再講一次。不過，一條連讀者都差不多忘記的伏線，又不是情節發展的關鍵，已經接近失去功效，因此，金庸改寫時索性將整段情節刪掉。

空心菜

「空心菜」的稱謂在故事中有兩個意義：（1）那是狄雲的綽號，代表他為人「老實得一點心思也沒有」；（2）那是戚芳女兒的小名，代表戚芳對師哥的念想。這個能夠反映狄雲為人個性（又與「素心」暗合）的稱謂，在故事中一直沒有出現，戚芳從來沒有這樣叫過狄雲。一直到狄雲從獄中出來見到戚芳，戚芳這時已經與萬圭生下女兒，並把女兒喚作「空心菜」，金庸才說：

因為「空心菜」是他的綽號，這世界上只有他和戚芳兩人知道，連師父也不知。戚芳說他沒有腦筋，老實得一點心思也沒有，除了練武之外，什麼事情也不想，什麼事情也不懂，說他的心就像空心菜一般是空的。（舊版《素心劍》第十八期「空心菜，空心菜！」，1964年5月17日）

如此重要的線索，金庸改寫時就提前把「空心菜」搬出來：

戚芳哼了一聲，見他衣衫破損甚多，心下痛惜，從懷中取出針線包，就在他身上縫補。她頭髮擦在狄雲下巴，狄雲只覺癢癢的，鼻中聞到她少女的淡淡肌膚之香，不

51 本書以《東南亞周刊》期數為《素心劍》期數，如「《素心劍》第一期」，即指「《東南亞周刊》第一期」。引用《素心劍》時，只標示期數、該期主要標題與出版日期，不再標示「《東南亞周刊》第XX期」。

由得心神蕩漾，低聲道：「師妹！」戚芳道：「空心菜，別說話！別讓人冤枉你作賊。」
江南三湘一帶民間迷信，穿著衣衫讓人縫補或釘綴鈕扣之時，若是說了話，就會給人冤賴偷東西。「空心菜」卻是戚芳給狄雲取的綽號，笑他直肚直腸，沒半點機心。（花皮版《連城訣》，頁32）

1972年的明晚版，金庸並沒有改寫這一段，要到1977年作品集版，金庸才把「空心菜」加進去。明晚版就簡單得多了：

（狄雲）……不由得心神蕩漾，低聲道：「師妹！」戚芳道：「別說話，別讓人冤枉你作賊。」原來江南三湘一帶，民間迷信，若是穿著衣衫讓人縫補或釘綴鈕扣，張口說了話，就會給旁人疑心偷東西。這傳說不知從何而來，但眾人向來信之不疑。（明晚版《連城訣》第七續，《世界日報》1972年8月18日）

題外話：無根據的臆測

舊版《天龍八部》中，金庸指出游坦之所以能夠練成《易筋經》，原因不外是：

原來少林寺中過去數百年來，修習「易筋經」的高僧著實不少，但窮年累月的用功，卻往往不見甚麼大用，於是眾僧以為此經並無靈效，當日被阿朱偷盜了去，寺中眾高僧雖然恚怒，卻也不當是一件大事。豈知眾高僧所以修習無效，全在於勘不破「著意」二字，越是想功力大進，功力越是累積不起來。正所謂「有意栽花花不發，無心插柳柳成蔭」，凡是修習此經之人，那一個不想從修習之中得到好處？要捨卻「著意」二字，實是千難萬難。（舊版《天龍八部》第五部第三七續，《南洋商報》1965年3月5日）

或許，「捨卻著意」正是《素心劍》中「素心」二字的創作原意。金庸1964年寫《素心劍》時，原本想寫狄雲有著「素心」的特質，不經意間練成了師門三代以來（從太師祖、師祖到師父）都無法練成的「素心劍法」。不過，這個想法後來改變了，故事發展到中期，「素心劍」成了寶藏通關密語。如此一來，便白白浪費了「素心」這個想法。一年之後，金庸創作《天龍八部》時就「環保回收」，重用當日放棄的橋段，將「素心」改為

「捨卻著意」，由游坦之演繹出來。當然，這只是無任何根據的臆測，而「素心」、「捨卻著意」等情節，也並非只出現在《素心劍》與《天龍八部》中。《天龍八部》之後的《俠客行》，主角石破天最終參悟「俠客行」神功，正是「素心」、「捨卻著意」最完美的示範。

雲君圖說《素心劍》

舊版《素心劍》連環畫之「狄雲成長記」

1

2

3

4

5

6

1　湖南西部沅陵南郊麻溪舖鄉下，狄雲與戚芳正在練劍。
2　狄雲因呂通向萬震山潑糞水，弄髒了戚長發的新衣，因而與呂通打了起來。
3　萬圭惱恨狄雲強出頭，導致萬家面目無光，便倚多勝少，打敗了狄雲。
4　不相識的老丐以竹代劍，教狄雲三招劍法。
5　狄雲再鬥萬圭師兄弟，仗著新學劍招勝出，打了萬圭耳光。
6　狄雲夜裡聽得有女子驚呼，奔入房中擊退兩名持刀蒙面男子，床上女子衣衫不整。

7

8

9

10

11

12

13

14

15

16

17

18

19

20

21

22

23

24

25

7 狄雲被女子誣告下獄。戚芳到牢房探望，狄雲轉身向著牆壁，不敢見戚芳。
8 牢內有另一男子（丁典），月圓之夜被拉出牢房，回來時滿身是傷，沾滿鮮血。
9 狄雲知道戚芳嫁人，萬念俱灰下自殺，丁典卻把他救活過來。
10 丁典與來犯的道人比拚內力，狄雲向道人後腦潑冰水。
11 丁典料到敵人會再來，要狄雲扮作自己，分散敵人注意，再下手突襲。
12 牢房來了五名僧人，以為狄雲是丁典。
13 丁典與狄雲逃出牢房，往凌知府家探望凌霜華，丁典被下毒不敵，狄雲為救丁典，抓住凌知府。
14 丁典中毒不治，死前傳狄雲「素心劍訣」。
15 狄雲再鬥萬圭。
16 狄雲與萬圭雙雙暈去，醒來時，狄雲發現自己在小舟上。
17 寶象發現狄雲，想追上打探丁典下落。
18 狄雲帶著丁典屍身逃到破廟，最後給寶象遇上。為了讓寶象充飢，狄雲煮老鼠湯給寶象吃。
19 寶象被老鼠湯毒死，狄雲從寶象遺物中發現小冊子，依照冊子上的圖形運功練氣。
20 狄雲遇到「鈴劍雙俠」，被誤認是血刀門的惡僧。
21 血刀老祖救了狄雲，又擄去了水笙。
22 南四奇「落花流水」四大高手追殺血刀僧，狄雲為保命而脅持水笙。
23 狄雲為救水笙給血刀老祖扼住咽喉，危急關頭《神照經》內功大成，狄雲打通任督二脈，一腳將血刀老祖踢飛。
24 花鐵幹欲殺狄雲滅口。
25 老鷹想吃躺在地下的狄雲，狄雲運起《神照經》內力擊殺老鷹。水笙把老鷹烤熟給狄雲吃。

26

27

28

29

30

31

32

33

34

35

36

26 水笙用老鷹羽毛製成衣服，送給狄雲。

27 狄雲修練《血刀經》上的功夫，練習刀法。

28 花鐵幹持刀劍，欲殺狄雲。

29 春暖融雪後，汪嘯風等人來找水笙，狄雲看著兩人離開。

30 狄雲回到故鄉，來到往日與戚芳同處的山洞，在洞內一本書中看到戚芳以前剪的蝴蝶紙樣，想起從前的事。

31 狄雲回想過去，終於知道師父是故意教自己無用的武功。

32-33 狄雲帶走空心菜，又發現戚芳已給萬圭刺傷，戚芳最後死在狄雲懷中。

34 狄雲把丁典的骨灰與淩霜華合葬，在棺蓋上發現素心劍訣。

35 狄雲把素心劍訣寫在牆頭上，想引來萬震山父子。

36 眾人找到寶藏，卻紛紛沾染了寶藏上的毒藥。狄雲不理會，帶著空心菜回到雪谷。

拾貳

俠客行

《明報》連載完《天龍八部》，並沒有立刻接上新的金庸小說。兩個星期以後，也就是1966年6月11日，《俠客行》才開始連載，一直到1967年4月19日最終回，前後共計三百一十三天，扣除脫期十六天，共二百九十七續。小說共分二十回，設四字回目（最後一回除外），每天有小標題，由雲君繪畫插圖。

《明報》連載《俠客行》時做了一點小改變，將版框由原來的扁長方形改為高長方形。《俠客行》每天只連載約一千二百字，比《神鵰俠侶》、《天龍八部》等小說少了約二百字。也就是說，金庸因為某些原因「減產」了。《明報》更改版框，或可讓忠實讀者減低「警覺性」，不易察覺每天看的小說實際字量變少了。

改版框這件事，第二個受影響的人是雲君，因為插圖須由原來的扁長方形改為正方形。對於繪圖的人來說，正方形比扁長方形更難表達景物的空間感，以致雲君在布置人物、場景上也變得較為平實，少了左右延伸的靈活性。

1975年9月30日，經改寫後的《俠客行》開始在《明報晚報》連載，一直到1976年2月28日最終回，共計一百四十九續。《俠客行》的故事結構與人物關係相對簡單，不及《天龍八部》複雜，因此金庸選擇先修訂《俠客行》，以爭取更多時間來處理較龐雜的《天龍八部》。明晚版《俠客行》插圖仍由雲君繪畫，理應有一百四十九張圖，但部分插圖重複使用，雲君實際只畫了一百二十一張圖。

舊版《俠客行》分為二十回，明晚版則有二十一回，一年之後出版的《金庸作品集・俠客行》也是二十一回，但回目與明晚版稍有不同：

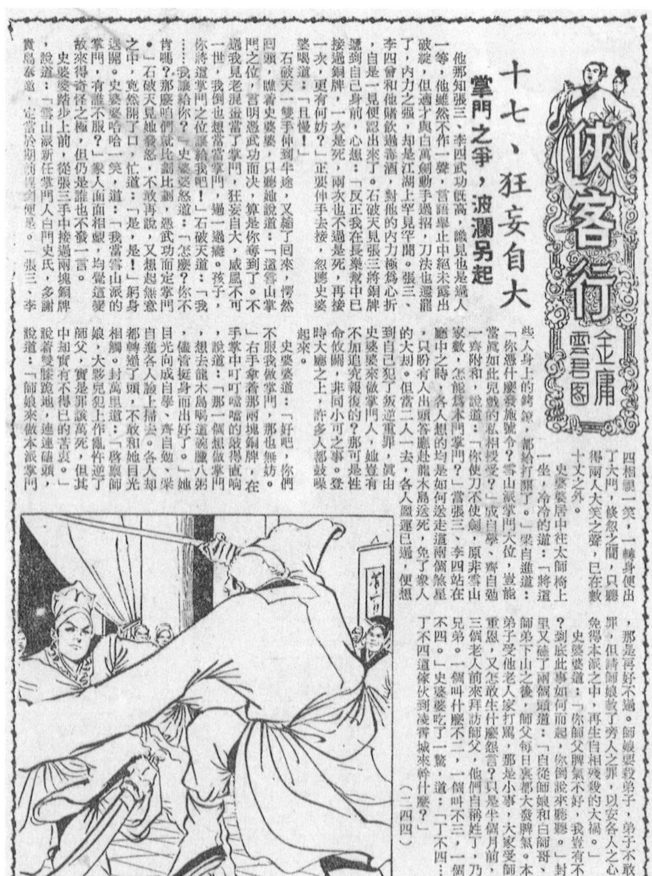

俠客行　金庸　雲君圖

十七、狂妄自大

掌門之爭，波瀾另起

他那知張三、李四武功既高，識見也是過人一等，他雖然不作一聲，言語舉止中絕未露出破綻，但適才與白萬劍動手過招，刀法也還罷了，內力之強，卻是江湖上罕見罕聞。張三、李四曾和他賭飲過毒酒，對他的內力極為心折，自是一見便認出來了。石破天見張三將銅牌遞到自己身前，心想：「反正我在長樂幫中已接過銅牌，一次是死，兩次也不過是死，再接一次，更有何妨？」正要伸手去接，忽聽史婆婆喝道：「且慢！」

石破天一雙手伸到半途，又縮了回來，愕然回頭，瞧著史婆婆，只聽她說道：「這雪山掌門之位，言明憑武功而決，算是你奪到了。不過我見老混蛋當了掌門，狂妄自大，威風不可一世，我倒也想當當掌門，過一過癮。孩子，你將這掌門之位讓給我吧！」石破天道：「我……我讓給你？」史婆婆怒道：「怎麼？你不肯嗎？那麼咱們就比劃比劃，憑武功而定掌門。」石破天見她發怒，不敢再說，又想起無意之中，竟然開了口，忙道：「是，是！」躬身退開。史婆婆哈哈一笑，道：「我當雪山派的掌門，有誰不服？」眾人面面相覷，均覺這變故來得奇怪之極，但仍是誰也不發一言。

史婆婆踏步上前，從張三手中接過兩塊銅牌，說道：「雪山派新任掌門人白門史氏，多謝貴島奉邀，定當於期前到便是。」張三、李四相覷一笑，一轉身便出了大門，倏忽之間，只聽得兩人大笑之聲，已在數十丈之外。

史婆婆居中往太師椅上一坐，冷冷的道：「將這些人身上的銬鐐，都給打開了。」梁自進道：「你憑什麼發施號令？雪山派掌門大位，豈能當眾如此兒戲的私相授受？」成自學、齊自勉一齊附和，說道：「你使刀不使劍，原非雪山家數，怎能為本門掌門？」當張三、李四站在廳中之時，各人想的均是如何送走這兩個煞星，只盼有人出頭答應赴龍木島送死，免了眾人的大劫。但當二人一去，各人噩運已過，便想到自己犯了叛逆重罪，眞由史婆婆來做掌門人，她豈有不加追究報復的？那可是性命攸關，非同小可之事。登時大廳之上，許多人都鼓噪起來。

史婆婆道：「好吧，你們不服我做掌門，那也無妨。」右手拿著那兩塊銅牌，在手掌中叮叮噹噹的敲得直響，說道：「那一個想做掌門，想去龍木島喝這碗臘八粥，儘管挺身而出好了。」她目光向成自學、齊自勉、梁自進各人臉上掃去。各人都轉過了頭，不敢和她目光相觸。封萬里道：「啟稟師娘，大膽兒犯上作亂，忤逆了師父，實是罪該萬死，但其中卻實有不得已的苦衷。」說著雙膝跪地，連連磕頭，說道：「師娘來做本派掌門，那是再好不過。師娘要殺弟子，弟子不敢逃罪，但請師娘赦了旁人之罪，以安各人之心，免得本派之中，再生自相殘殺的大禍。」

史婆婆道：「你師父脾氣不好，我豈有不知？到底此事如何而起，你倒說來聽聽。」封萬里又磕了兩個頭，道：「自從師娘和白師哥、眾師弟下山之後，師父每日裏都大發脾氣。本門弟子受他老人家打罵，那是小事，大家受師門重恩，又怎敢生什麼怨言？只是半個月前，有三個老人前來拜訪師父，他們自稱姓丁，乃是兄弟。一個叫什麼不二，一個叫不三，一個叫不四。」史婆婆吃了一驚，道：「丁不四……丁不四這傢伙到凌霄城來幹什麼？」

（二四四）

舊版《俠客行》第二四四續，1967年2月24日。

小說版・小說版・小說版・小說版・小說版

俠客行 金庸 雲君圖

俠客行 金庸 雲君圖

二十，「俠客行」

許許多多的疑問

（全書完）

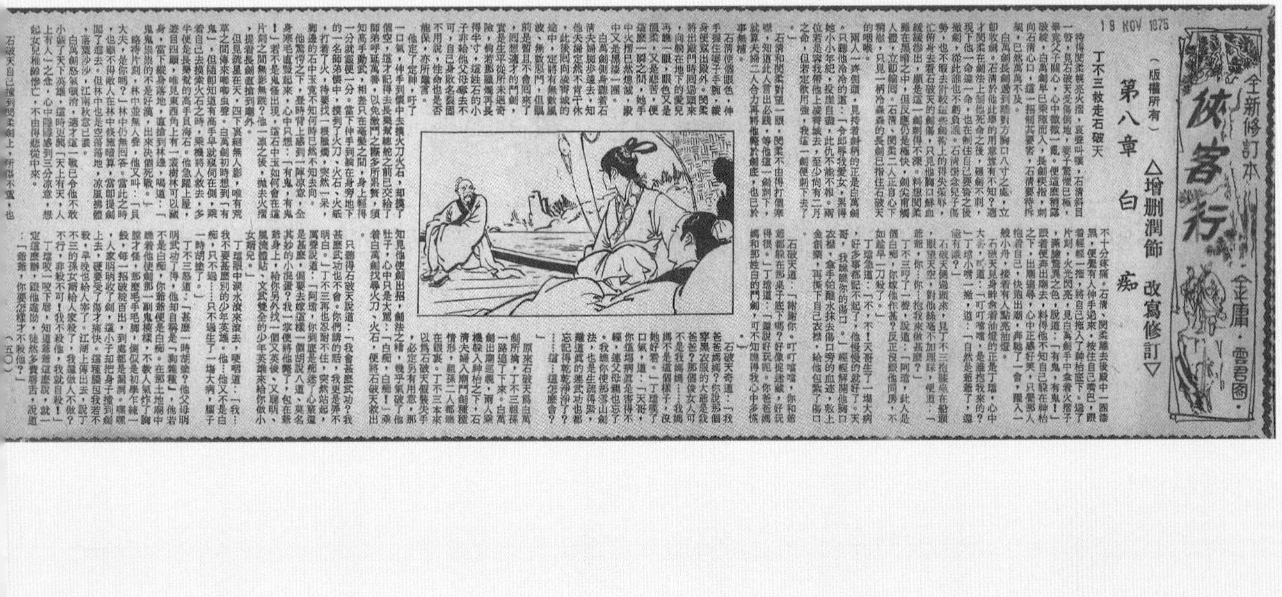

19 NOV 1975

全新修訂本 俠客行 金庸・雲君圖

（版權所有）

△增删潤飾 改寫修訂▽

第八章 白痴

丁不三教走石破天

上左　舊版《俠客行》首日連載，新加坡《南洋商報》1966年6月26日。

上右　舊版《俠客行》最後一天連載，泰國《世界日報》1967年4月24日。

下　明晚版《俠客行》第五〇續，1975年11月19日。

回	舊版	明晚版	作品集版
1	汴梁小丐	汴梁小丐	玄鐵令
2	玄鐵之令	小孩子闖大禍	少年闖大禍
3	蛇蝎心腸	摩天崖	
4	長樂幫主	長樂幫幫主	
5	天作之合	叮叮噹噹	
6	雪山師徒	傷疤	
7	舟中傳拳	雪山劍法	
8	江上奇逢	白痴	
9	碧螺紫煙	大粽子	
10	金烏刀法	金烏刀法	
11	賞善罰惡	藥酒	
12	舐犢之情	兩塊銅牌	
13	千里赴難	舐犢之情	
14	幫主之謎	大陰謀	關東四大門派
15	真假善惡	長樂幫幫主	真相
16	雪山之變	真假幫主	凌霄城
17	狂妄自大	雪山巨變	自大成狂
18	玄鐵之令[52]	自大成狂	有所求
19	臘八之宴	有所求	臘八粥
20	「俠客行」	臘八粥	「俠客行」
21		「俠客行」	「我是誰？」

《俠客行》蛻變舉隅

金庸雖然調動《俠客行》與《天龍八部》的修訂次序，先行改寫《俠客行》，但不代表改寫的地方不多，相反地，金庸花了很多功夫在重塑石破天學武的經歷上。《何以金庸》中指出：

> 金庸的武俠小說，以俠客成長為敘述模式，以締造武林神話為終極目標，武功練至頂峰，神話完成，小說也達到了終局。[53]

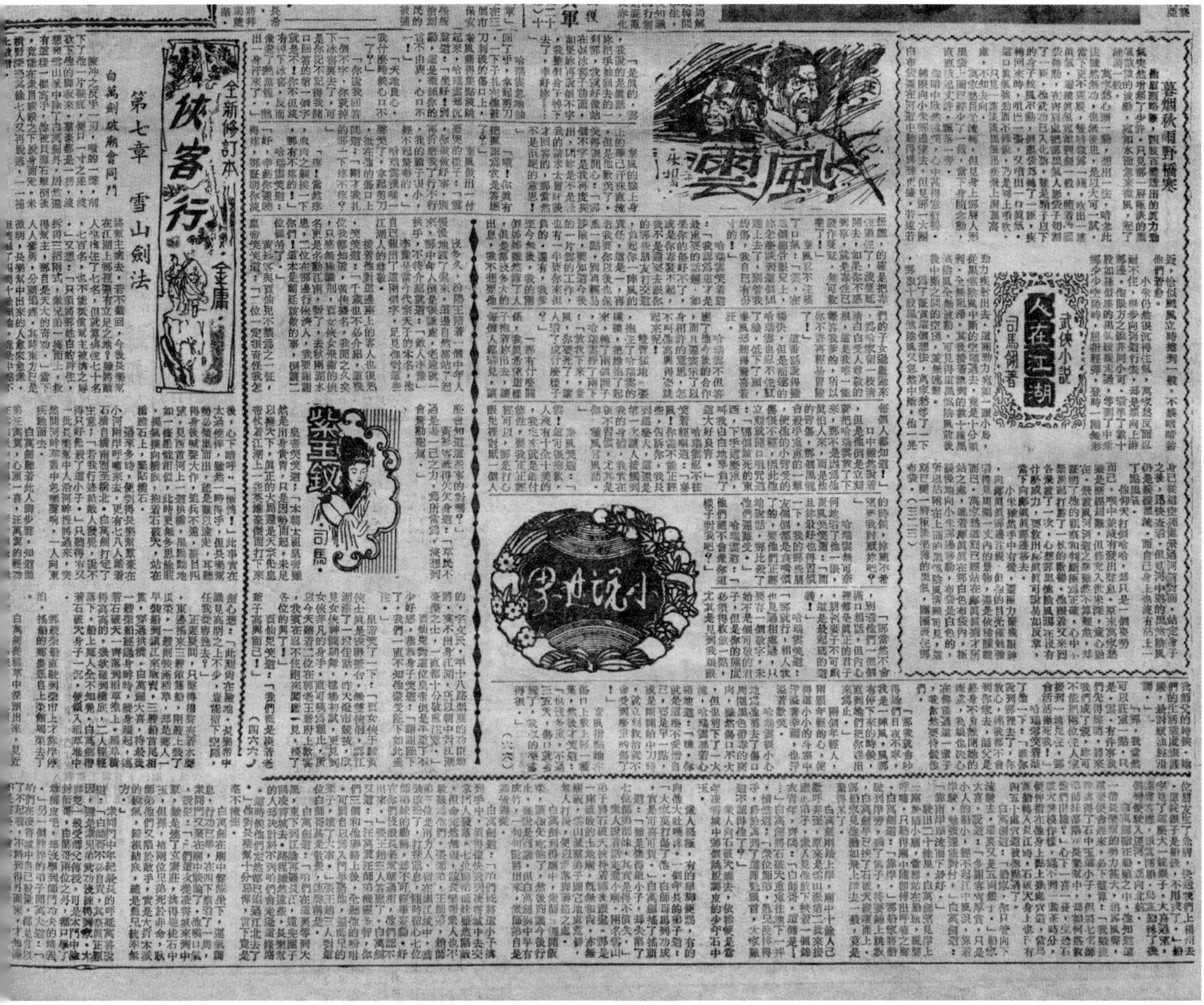
全新修訂本
俠客行
金庸
第七章 雪山劍法
白萬劍破廟會同門
風雲
暮烟秋雨野橋寒
武俠小說
人在江湖
司馬翎著
紫釵
司馬
小說世界

明晚版《俠客行》第四四續，泰國《世界日報》1975年（確切日期不詳）。

《俠客行》中，金庸雖然設置了兩個謎團（石破天身世之謎與俠客島之謎），但主要想寫的，無非是石破天如何從目不識丁、不會武功的小子，一步一步成為天下武林第一人。舊版與修訂版的情節雖然朝同一個方向展開，過程卻不盡相同。舊版石破天在學習武

52 舊版《俠客行》第二回與第十八回的回目相同，都是「玄鐵之令」；明晚版《俠客行》第四回與第十五回的回目相同，都是「長樂幫幫主」。這種情況在金庸小說二十五年連載史中並不陌生。

53 邱健恩：《何以金庸：金學入門六大派》，頁63。

功上有更多自覺意識，能夠反思所學並加以應用，甚至在領悟「俠客行」神功之前，已經懂得自創新招。

不過，舊版石破天這條學武路徑其實不太合理，因為要領悟俠客行神功，須先滿足兩個條件：（1）不識得文字，能夠認字就不免受文義注解影響；（2）心智必須單純，對武學沒有任何執著與成見，才能在不經意間受圖形牽引，讓真氣隨圖形筆勢運走。舊版石破天看到俠客島石室中的圖形前，已經能夠自創武功，雖非一代宗師，但武學智慧已經達到俠客島邀請賓客的標準（對武功有獨到見解），就與其他人沒有差別了。但為了讓石破天無意間破解俠客行武學之謎，金庸又讓石破天忽然變「笨」。如此一來，就顯得有點矛盾。

因此，金庸修訂時，著力於重新規劃石破天的學武路徑，包括兩方面：（1）調整石破天學習羅漢伏魔神功的過程，以及謝煙客在石破天初次接觸武學時擔任的角色；（2）刪減石破天對武學的「自覺意識」。

石破天練炎炎功

舊版石破天的人設其實相當混亂。金庸原本計畫在石破天身上設置若干謎題、伏線，並由這些謎題牽動身邊的人和事，推動情節發展，吸引讀者追看。只是金庸後來改變心意，故事改朝其他方向發展，早期的伏線就變得毫無用處。1975年改寫時，第一要務自然是刪掉這些已無用處的伏線。不過，明晚版《俠客行》去「毒」未盡，仍殘留少許不合時宜的描述，使得讀者以為自己錯失或忘記了某些情節。

石破天隨謝煙客回摩天崖途中，碰到長樂幫行兇，大悲老人身受重傷，臨死前送了十八個泥人給石破天。謝煙客原打算誤導石破天練習泥人上的內功，為展示內力，他讓麻雀在手掌中振翼，卻難以飛出掌心。石破天試著演練，卻不經意弄死了麻雀。謝煙客大驚，以為石破天是丁不四的傳人，學過「寒意綿掌」。謝煙客起了殺心，於是教他「炎炎功」。原文這樣說：

> 謝煙客……拿起一個上繪「手太陽小腸經」的泥人，說道：「這功夫並不難練，可比你學的『寒意綿掌』容易得多了，我教了你口訣，你只須依這泥人身上的經脈修習便是。」當下將一套「炎炎功」的口訣，一句句的傳了給他。不料這少年看似聰明，「寒意綿掌」又已練到了三四成功夫，什麼經脈、穴道、運氣、呼吸等等，也不知是裝假還是當真，竟是一竅不通。（舊版《俠客行》第四〇續，《南洋商報》

1966年8月4日）

謝煙客歹毒的心思這樣盤算：先讓「炎炎功」消去石破天體內「寒意綿掌」的功力，再讓石破天內力走入經脈岔道，以致體內陰陽二氣不能相濟反而相剋，最終死於非命。後來石破天快要練成炎炎功之際，忽然給長樂幫的貝海石帶走，又被豹捷堂香主展飛以鐵沙掌打在膻中穴上，誤打誤撞地將石破天體內純陰、純陽兩種內功打成一片，「反而化成了一種亙古以來從所未有的古怪內力」（舊版《俠客行》第五七續，《南洋商報》1966年8月23日）。

舊版《俠客行》這段情節本身有兩個「問題」：

第一，「炎炎功」的口訣是由謝煙客口傳，石破天卻是依據泥人身上的經脈運行線路修習，那麼「炎炎功」到底是泥人身上的武功，還是謝煙客自己的武功？如果是後者，為什麼石破天只要依據泥人身上的線路，就能練成炎炎功呢？如果是前者，問題更大。因為在不久之前，金庸才告訴讀者，這泥人身上的武功「雖是練內功的正途法門，但各大門派的入門功夫都和此大同小異，何足為貴？」（舊版《俠客行》第三八續，《南洋商報》1966年8月2日）一種各大門派「大同小異」的入門內功心法，就能夠化解掉「寒意綿掌」，謝煙客又何以如此忌憚？而且，謝煙客又如何得知泥人上的武功口訣？

第二，謝煙客發現被石破天弄死的麻雀有小部分內臟結成冰塊，才以為石破天會使「寒意綿掌」，而且已有三、四成功力。讀者其實與謝煙客同感驚訝，因為故事自石破天出場開始，一直到兩人上了摩天崖，金庸從來沒有描述或暗示過石破天會武功。石破天會丁不四的武功，除了為謝煙客提供設下奸計的理由外，更為故事埋下伏線，預告日後會有厲害的腳色登場。只是，金庸後來改了想法，丁不四的武功與「寒意綿掌」完全沾不上邊。金庸甚至解釋：石破天其實不會「寒意綿掌」，只是具有與「寒意綿掌」異曲同工的功夫而已。

> 原來他自幼便以特殊機緣，練成了一種極厲害極陰寒的毒掌功夫，本來練到二十歲左右時，若無成形人參、千年首烏等至寶藥物相解，那是非毒發斃命不可，當時授他這門功夫之人，也是沒安著好心。殊不知陰錯陽差，摩天居士謝煙客卻又授他「炎炎功」。摩天居士心想他既是高人弟子，他師父當然傳了他散發寒毒的法門，萬料不到傳授他這寒掌功夫之人，居心竟是和謝煙客一般無二，也是要他自己練功練死。只是那少年所學毒掌，發出來的勁力似與「一日不過四」丁不四的「寒意綿掌」一模一

樣，其實卻又不是「寒意綿掌」。但這毒掌同是極陰極寒的一類，再練純陽內功，若無高人指點化解，一般要陰陽交攻，死得慘酷無比。（舊版《俠客行》第五七續，《南洋商報》1966年8月23日）

金庸的解釋其實讓事情變得更複雜。兩個多星期前，金庸明明由謝煙客認證過石破天對於經脈、穴道、運氣等，完全一竅不通；但兩個多星期後，又改口說石破天「練成了一種極厲害極陰寒的毒掌功夫」。如果石破天在遇見謝煙客之前已經練過功夫，而且有若干火候，又怎會不懂運氣法門？

從石破天的人設來看，這個「傳他寒掌功夫之人」很可能是梅芳姑，但金庸安排梅芳姑在故事終章才出現，死前也沒有揭開謎團，這條伏線就這樣永遠埋在地下，讓人淡忘。由此可見，從謝煙客以為石破天會寒意綿掌開始，金庸布置的各條伏線都沒有發揮效用，甚至讓故事變得前後矛盾、無法銜接，自然必須重寫。

金庸在1975年改寫這段情節時，便刪掉所有與「寒意綿掌」相關的描寫。石破天體內沒有陰寒內力，謝煙客也不用再傳授炎炎功，改為將泥人身上的內功顛倒傳授次序，故意誤導石破天，讓他體內的陰陽二氣無法調和反而相互攻擊。

不過，金庸「除惡不盡」，以致修訂版中仍然殘留舊版的影子。在明晚版與作品集版中，石破天明明只練一種內功，金庸卻說「這兩門純陰純陽的內功非但不再損及他身子，反而化成了一門亙古以來從未有的古怪內力」。[54]說「兩門內功」而不是「兩道真氣」，可見金庸腦袋裡仍然殘留著「炎炎功」與「寒意綿掌」。

說金庸抹不去「炎炎功」，並不是單憑一兩個詞彙推測，而是有真憑實據。後來謝煙客再度出場，重遇石破天時，劈頭就問石破天：「你那『炎炎功』練得怎樣了？」心裡又在想「自己授他『炎炎功』原是意在取他性命」。[55]沒有看過舊版故事的讀者讀到這裡，心中必定會有疑問：什麼是「炎炎功」？謝煙客何時傳授過「炎炎功」給石破天？卻沒有想到，原來那是從舊版繼承下來的「遺產」。

此外，金庸改寫泥人身上的武功時，稍一不慎，又製造了矛盾。1975年10月29日《明報晚報》上的《俠客行》第二九續，金庸這樣說：

謝煙客居心險毒，將上乘內功顛倒了次序傳授……

這才在木羅漢外敷以泥粉，塗以油彩，繪上了少林正宗的內功入門法道……

而九天以前，也就是1975年10月20日，金庸也曾透過謝煙客來評述泥人身上的圖繪內功：

> 這雖是練內功的正途法門，但各大門派的入門功夫都和此大同小異，何足為貴？……這些粗淺學問，只須找內家門中一個尋常弟子指教數月……（明晚版《俠客行》第二〇續，1975年10月20日）

對這些小泥人，金庸一下說是「上乘內功」，一下又說是「入門法道」、「粗淺學問」，兩種描述顯然矛盾。究其原因，金庸改寫時將原本對炎炎功、寒意綿掌的描述，概括為「上乘內功」，並用來定義泥人的運功法門；卻沒有留意，自己早就在其他地方將泥人身上的內功評價為「入門法道」、「粗淺學問」，以致出現前後不一的情況。

石破天「自創武功」三部曲

關於石破天領悟並自創武功的過程，舊版是這樣寫的：（1）石破天跟隨師父史婆婆學習金烏刀法，後來碰到丁不三、丁不四兩兄弟夾攻「氣寒西北」白萬劍，丁氏兄弟還殺了五個雪山派弟子。石破天覺得不公平，先是出手擊退了丁氏兄弟，之後又與白萬劍對上，以金烏刀法破雪山劍法，最後卻因不知道如何解拆基本劍招而敗下陣來。白萬劍有感於石破天相助之情，便不下殺手，帶領雪山弟子離開。（2）眾人離開後，石破天用柴刀捕殺野兔充飢，忽然間對武學有所領悟。之前從來沒有人認真教他武功，而他從捕殺野兔的行動中，懂得了如何根據眼前情況使用武功。（3）石破天盡情地使出招式，牽動起土中石塊，他又從擊開石塊的過程中，領悟到同時使金烏刀法和雪山劍法會有更大的威力，最後更任意揮灑，「居然自己創了一套左劍右刀的功夫出來」，當中夾雜了謝煙客、丁璫、丁不四、石清夫婦等人的武功。

（4）之後，石破天在晚間登上一艘船，發現船中所有人已經死去。他躲在船艙內不敢發聲，腦袋裡卻又不斷回想之前刀劍齊使的招數，繼續創招。（5）後來他到了上清觀，就用這套刀法對戰觀主冲虛道長，雖然招式還不成熟，卻憑著內功深厚而把冲虛持劍

---

54 舊版、明晚版、作品集版《俠客行》中都有這個句子，只是文字稍有不同。這裡所引出自花皮版《俠客行》，頁126。

55 兩句與「炎炎功」有關的描述，見明晚版《俠客行》第一二九、一三一續，1976年2月8日與10日。1977年出版作品集時仍然保留下來，見花皮版《俠客行》，頁569、579。

俠客行

金庸　雲君圖

十，金烏刀法

殺野兔，領悟武功訣

一到江邊，但見波濤洶湧，岸邊更無一艘船隻，石破天沿岸尋去，那紫烟島並不甚大，他發足狂奔，只一個多時辰，已環行小島一周，不見有船隻的蹤跡，舉目向江中望去，連帆船也沒見到一隻，原來這紫烟島是在長江的一個小分叉處，不但水流湍急，而且江面狹窄，向無船隻駛近・石破天站在岸邊尋思：「我只好在這裏多等幾日，且看有無船隻經過，要不然，我在江中學游水也是好的，下次若再被人推入江中，也不致心慌意亂，喝了一肚子・」又想：「其實我又何必急急離去？那些人丁三爺啦，丁四爺啦，叮叮噹噹，白師傅啦，個個都想打死我，我又打不過，他們倒還是躲在這裏平安些・」正自出神，突然間腳邊簌簌一聲，一隻野兔從草中竄了出來，他忙了半天，肚子餓得很了，這些日子不敢舉火，日日以柿子充飢，一見這隻野兔，心下大喜，提起柴刀便刺了過去・那隻兔子敏捷之極，斜身一閃，便躍了開去，石破天迴刀一揮，登時將之斬為兩截・他俯身正要去拾死兔，腦中突然閃過一個念頭：「我剛才這麼迴刀一揮，不是史婆婆師傅教我的那一招「長者折枝」中的第三式麼？正是，一點兒也不錯，正是這一招的第三式，那麼這一招不一定是用來對付雪山劍法中那「老枝橫斜」，也還有別的用處・」忽然又想到：「我剛才用柴刀去刺這野兔，隨手伸出，却和白師傅用來制住我的那一招劍法相同・這兔兒又沒學過什麼刀法劍法，身子一閃，便避開了，是了，人家要來打我，我或是閃避，或是招架，也不一定非用那一招那一式不可・」

原來石破天一生之中，從未有那一人好好的教過他武功・謝煙客和丁不四教他武藝，並非安着好心・丁璫和史婆婆傳他擒拿法和刀法，雖無歹意，却也有特定的用意，一個只求他脫身逃命，一個只是要他以金烏刀法勝過雪山劍法，至於臨敵變招，攻守趨避等等最基本的武術原則，反而誰也沒教過他・以致白萬劍繁複的雪山劍法他盡能應付，那一招平平無奇的「朝天勢」，反而令他不知所措・這時刀殺野兔，體會到武功之道，在於隨機應變，未必一定須用那一招來破那一招・這道理其實甚為淺顯，石破天所以不懂，倒不是他生性蠢笨，只是一上來便走上岔道，丁璫，丁不四，史婆婆三人傳他武功，每個人都硬生生規定在以那一種招式來拆解對方的招式・那晚土地廟中，石夫人閔柔雖會和他拆解，但兩人不交一語，閔柔只是助他領會雪山劍法招式的使用，這個「變」字訣，自也未能傳授於他・

此刻他自己領悟到這一節，不由得心中狂喜，尋思：「那一日在江中小船之上，師父教我見丁不四爺爺使什麼招，便跟着他使什麼招・可是他使「天王托塔」，我也來一招「天王托塔」，那便變成鬧着玩了・要是丁不三爺爺也在旁邊，他乘機一掌向我打來，那便如何是好？我只好不使「天王托塔」，還是揮掌去切他腕脈的好・」當下從前學過的那些拳法、掌法、擒拿手，一招招的在腦海中流過，不由得手舞足蹈，自行揮灑起來，心中再也不去想那是什麼招式，該當如何使用，只是任意所之，舉手投足，越使越是起勁，內力發揮出來，但見勁風撼樹，樹葉紛紛跌落，地下一塊塊碗大石子也被他挑起無數，飛在空中・

（一四五）

俠客行

金庸　雲君圖

十一，賞善罰惡

無意之中，自創武術

待得那些石子再向他頭頂落下，石破天或是使掌推開，或是縱身閃避，倒似是與人動手過招一般・他越打興致越高，手下挑起的石頭也更加多了，到得後來，不論石子從那個方向飛至，他都能毫不費力的推擋避讓・忽然間喀喇一聲，一根樹枝為石子撞斷，和那石子同時落將下來・石破天伸左手接住樹枝，橫左一揮，恰好將那石子挑開，遠遠飛了出去・石破天一怔，心道：「這不是白師傅剛才使的左手招麼？」隨手拾起柴刀，左手使出雪山劍法「老枝橫斜」，右手使金烏刀法「長者折枝」，一劍一刀，招數本來相剋，但雙手同時使將出來，竟然是風聲大作，威力無窮，右手一刀，將一株碗口來粗的柏樹砍為兩截，左手樹枝揮在一枝松樹上，居然也將樹皮刮去了老大一片・

石破天使得興發，童心大起，好在明知島上無人，不論出招如何怪誕荒謬，也無人恥笑，於是將一柄柴刀，一根樹枝，越舞越快，到得後來，也無暇去理會這是什麼刀招，什麼劍式，那是全然由不合章法・殊不知天下各門各派的武術，最初都是無中生有，憑着各人的聰明智慧，創制而成，原無一定的法規與式・石破天無意中練成了上乘內功，再經好幾位高手的陶冶，一旦豁然貫通，居然自己獨了一套左劍右刀的功夫出來・這套武功中既有雪山劍法和金烏刀法，却也夾了謝煙客，丁當，丁不四，石清夫婦等人的武功在內，只是並無一定招數，威力雖顯，破綻却也不少・石破天並非有心創制武功，當然也沒想到給這些招式安上一個名字，他一字不識，真要他取名，那取也不上來・

他愈練內功愈強，竟是絲毫不感疲累，直到餓得肚中咕咕作響，這才住手，看那隻死兔時，却已被自己踐得稀爛，再也不能吃了，祇得又去摘些柿子充飢・他還盼史婆婆阿綉去而復回，又到山洞中去探視，却那裏再見二人的踪迹？眼見天色昏黑，便在洞中睡了・

睡到中夜，忽聽得江邊豁喇一聲，似是撕裂了一幅布帛一般，他內功既強，聽覺自極靈敏，一躍而起，循聲奔到江邊，稀淡的星光下只見有一艘大船靠在岸旁，不住晃動・石破天又驚又喜，但生怕是丁不三或是丁不四的坐船・不致貿然上前，身子一縮，躲在樹後，只聽得又是豁啦一下巨響，這次看得明白，却是船上張的風帆斜纏在一起，被強風一吹，撕了開來，但船上竟是無人理會・眼見那船一晃一晃，又要離島而去，石破天快步奔近，叫道：「船上有人麼？」却無人答應・他一個箭步，躍上船頭，舉目向艙內望去，黑沉沉地什麼也看不見・

只覺船身晃動，順着水流緩緩向江心駛去・石破天又叫：「不……不是丁三爺爺在這兒吧？」仍是聽不見有人答應・他走進船去，脚下一絆，碰到一人，那人躺在艙板之上・石破天忙道：「對不起！」伸手要扶他起來，那知觸手冰冷，竟是一具死屍・石破天大吃一驚，「啊」的一聲，叫了出來，左手一轉，又碰到一人的手臂，冷冰冰的，也是早已死了・他摸索着向後艙，脚下踏到的是死屍，伸手出去碰到的也是死屍・後艙中也都是死屍，有的坐在椅上・石破天驚叫：「船……船中有人嗎？」他驚惶過甚，但聽得自己聲音也全變了・跌跌撞撞的來到後梢，星光下只見甲板上橫七豎八的躺着十來人，個個盡伏，顯然也都是死屍・

（一四六）

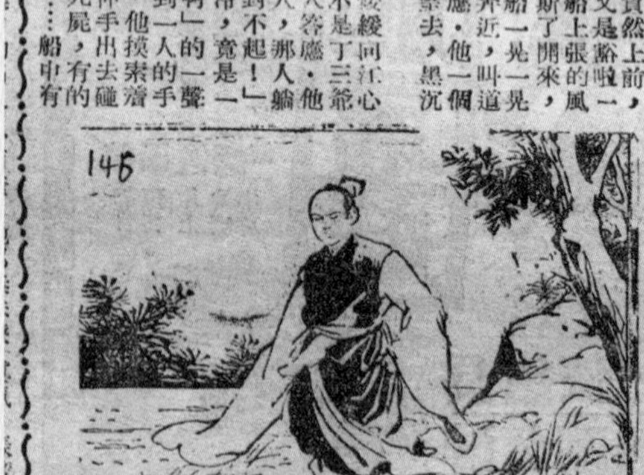

俠客行

金庸 雲君圖

十一・賞善罰惡

艙底思潛，武學大成

是兇猛，頭雖落地，仍是向前衝出十餘步，這才倒地而死。石破天大喜，在山邊覓到一塊黑色燧石，用刀背打出火星，生了個火。（一四九）

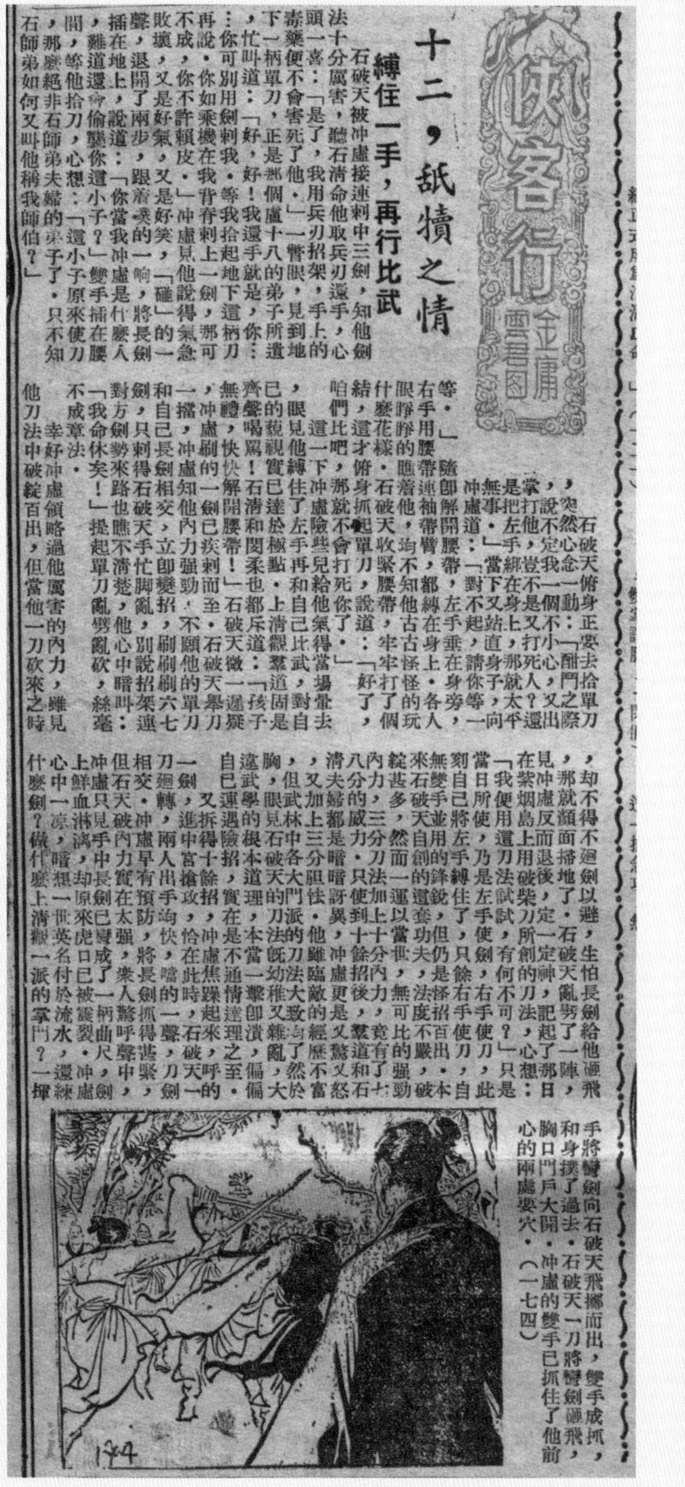

俠客行

金庸 雲君圖

十二，舐犢之情

縛住一手，再行比武

手將彎劍向石破天飛擲而出，雙手成抓，和身撲了過去。石破天一刀將彎劍砸飛，胸口門戶大開。冲虛的雙手已抓住了他前心的兩處要穴。（一七四）

左頁與右頁　石破天自創武功三部曲：悟道、創招、試功。舊版《俠客行》第一四五、一四六、一四九與第一七四續，泰國《世界日報》1966年（確切日期不詳）。

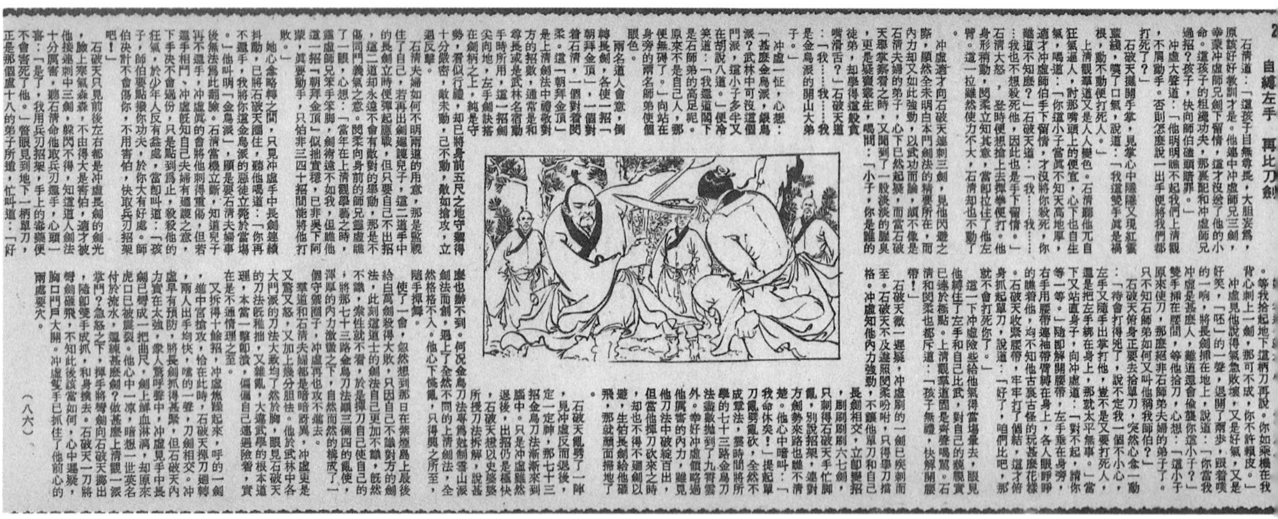

金庸刪掉悟道與創招兩段，又把試功改為試金烏刀法。明晚版《俠客行》第七二、八六續，1975年12月11日與25日。

的虎口震裂。

石破天這「島上悟道、艙底創招、觀中試功」自創武功的三部曲，對於整個故事的發展來說，不但沒有實質幫助，反而有礙日後在俠客島上「破解」石室武功的關竅說法。1975年重寫時，金庸大刀闊斧地或刪減、或改寫這些情節，比如刪去「島上悟道」一段，而且和冲虛道人對戰時，也改以七十三招金烏刀法代替自創新招。

雲君圖說《俠客行》

舊版《俠客行》連環畫之「狗雜種上摩天崖」

1

2

3

4

5

6

7

8

9

10

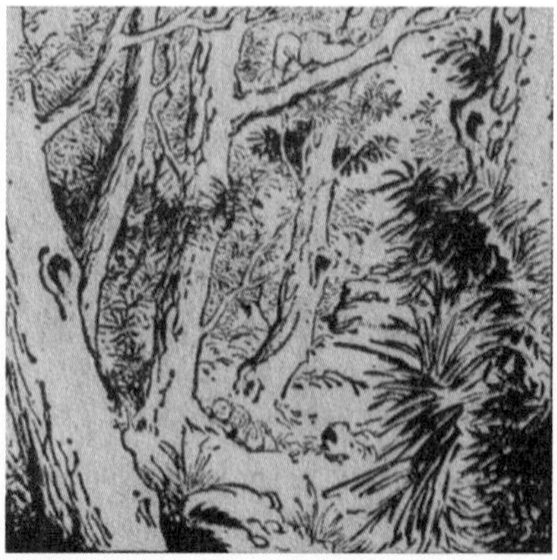
11

12

13

14

15

16

1 謝煙客初遇狗雜種，詢問如何得到玄鐵令。

2 謝煙客故意不給狗雜種吃，想要對方開口乞求，哪知身上的銀子早花光了，最後由狗雜種付帳。

3-6 兩人走在路上，謝煙客想問清楚狗雜種的底細，最後上飯館吃個飽。

7-10 兩人走在路上，忽聽得打鬥聲音，只見三個高手圍攻一個老人（白鯨島主大悲老人）。狗雜種挺身而出（謝煙客藏身遠處），要對方放過老人。其中一人連揮三十二刀，削落了狗雜種的頭髮。三人最後佩服狗雜種膽識，放過老人。老人臨死前，贈狗雜種十八個小泥人。

11 謝煙客帶狗雜種回摩天崖，沿途都由狗雜種煮飯。

12 兩人上摩天崖，謝煙客教狗雜種泥人身上的內功。

13 謝煙客施展內力，讓麻雀飛不出手掌心。

14 謝煙客抓住狗雜種手腕，問狗雜種與丁不四的關係。

15-16 謝煙客教狗雜種炎炎功，過了幾年，狗雜種即將功成。

明晚版《俠客行》連環畫之「石破天闖俠客島」

1

2

3

4

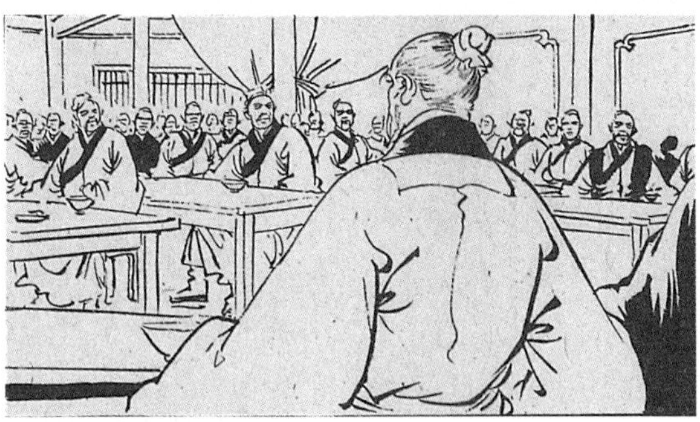
5

6

1 石破天根據銅牌背面的指示到了漁村，一名黃衫漢子來迎接，舟子很小，寬不過三尺，長不過六尺。

2 各人來到俠客島上一個很大的山洞內，鐘鼓聲大作，龍島主與木島主走在兩列賞善罰惡使者之後，緩步而出。

3 俠客島僕人端出臘八粥，關西解文豹發難，端起熱粥擲向龍島主，他的知交鄭光芝揮出袍袖把粥擋下。

4 解文豹誤解了鄭光芝，信手拿起旁邊席上的粥，也喝了半碗來賠罪。（雲君並沒有為這一幕畫新圖，編輯重用第三一續的插圖。原圖中人是石破天與長樂幫好手陳冲之。）

5 龍、木二島主向新來的人解釋為什麼要請眾人來島上。

6-7 龍島主著令兩弟子分別以丁不四的金龍鞭法與蒙面女子（梅女俠）新創的劍法對打。雲君新繪插圖中兩名弟子都使劍，那是舊版情節：一個弟子使梅女俠新創劍法，另一個弟子使雪山派劍法。如此一來，舊版故事中就有兩個女人自研新招（另一個是史小翠創金烏刀法）來破解白自在的雪山劍法。金庸改寫時，就請丁不四「分擔」被女人針對的責任。

7

8

9

10

11

12

8-10 石破天來到不同石室中，看到眾人在討論、比試、參詳武功。石破天悟出「太玄經」，並不自覺地一口氣打出二十三套武功，龍木兩位島主聯手仍敵他不過，終至元氣大傷。

11 龍、木二島主請客人離開俠客島（編輯重用之前已出現過的插圖）。

12 俠客島用了五、六艘大船載眾人離去，每船載得一百餘人。

拾參

笑傲江湖

香港文化博物館的「金庸館」在介紹《笑傲江湖》時，有這麼一段描述：

> 1967年金庸在新加坡與商人梁潤之合資創辦《新明日報》，同時安排《笑傲江湖》在3月18日該報的創刊號上發表。《明報》則遲至同年4月20日才開始連載。當年金庸曾短暫在新加坡寓居，期間他每天下午二、三時便回到報館寫稿，每次寫滿三張原稿紙，約有1,200字，剛好應付《笑傲江湖》一天的稿量。由於新加坡的華文報章每逢公眾假期都不出版，因此在1968年中旬，《明報》刊登《笑傲江湖》的進度已超越《新明日報》。

《新明日報》創刊於1967年3月18日，創刊當天即開始連載《笑傲江湖》。這個時候，《明報》還在連載《俠客行》（一直到1967年4月19日），《笑傲江湖》自1967年4月20日開始連載。《新明日報》上的《笑傲江湖》，比《明報》要早了三十三天。

由於《新明日報》當時每逢國定假日（週休二日不算）都會停刊，因此，連載的進度給《明報》逐漸追上。《明報》上的《笑傲江湖》最終回在1969年10月12日，而《新明日報》則要到1969年10月20日才迎來終章。

笑傲江湖 金庸

三，五嶽劍派

清麗絕俗的小美人

前文提要

舊版《笑傲江湖》第七〇續，新加坡《新明日報》1967年5月29日。所用插圖來自舊版《俠客行》（白自在在牢中打了石破天二十餘下）。《新明日報》自第八續開始（1967年3月26日），於每天的小標題之後、正文開始之前，置有「前文提要」（約六十字內），一直到第五二七續（1968年10月13日）為止。第五二八續開始不設「前文提要」。

笑傲江湖
金庸 雲君圖
一、賣酒少女
林家祖傳三絕技

笑傲江湖
金庸 雲君圖
一、賣酒少女
三杯毒酒，一口喝乾

笑傲江湖
金庸 雲君圖
四、五嶽盟主
莫非有逆謀大舉？

笑傲江湖
金庸 雲君圖
七、劍手氣手
華山前輩風清揚

笑傲江湖
金庸 雲君圖
十、河上怪客
五寶花蜜酒

舊版《笑傲江湖》第二、三五、一三一、二〇八、三四二續，1967年4月21日、5月24日、8月28日、11月13日，和1968年3月30日。

金庸館這段描述，有兩個細節並不完全符合事實。第一，不用等到1968年中，早在1967年12月27日，《明報》就已經趕上《新明日報》，當天刊登了第二五二續，而《新明日報》是在一天之後才刊載。第二，《新明日報》之所以被趕上進度，也不完全是因為國定假日不出報紙，還因為脫期。從1967年3月18日創刊到1969年10月20日《笑傲江湖》最終回，《新明日報》停載《笑傲江湖》共七十八天，扣除國定假日不出報紙三十四天，共脫期四十四次（天）。

《新明日報》的連載逐漸落後於《明報》，最大的原因是「續稿未到」，以致有時連續停刊多達五天。如1967年7月18日《笑傲江湖》脫期，原小說位置改以二則「幽默短篇」頂替，並在文末附註：「『笑傲江湖』續稿未到，暫停一天，敬請讀者鑒諒。」所謂「續稿未到」，應是指金庸離開新加坡後，每天須得從香港將寫好的稿件寄回新加坡。那時候通訊方式不若現在便利，只能靠寄信（而且不是快遞）或打電報，郵遞失誤導致「續稿未到」的情況往往屢見不鮮。

消失的一天，全世界讀者都沒看到的連載

《新明日報》有「續稿未到」的情況，《明報》則出現「續稿遺失」。全世界的讀者都沒有看到過這續的連載，這是金庸小說連載史上僅有的一次。《明報》1967年9月19日刊登《笑傲江湖》第一五三續，最後一段是：

> 又瞧了一陣，只見余滄海越轉越快，變成一圈青影，繞著岳不羣轉動，雙劍相交之聲，只因實在太快，也是上一聲和下一聲連成一片，再不是叮叮噹噹，而是化成了連綿的長聲。令狐冲心道：「倘若這幾十劍都是向我身上招呼，只怕我一劍也擋不掉，全身要給他刺上幾十個透明窟窿了。」眼見師父仍然不轉攻勢，不由得暗暗擔憂：「這矮道士出劍如此迅捷，我生平從所未見，師父不要一個疏神，敗在他的劍下。」猛聽得錚的一聲大响，余滄海如一枝箭般向後平飛丈餘，隨即站立，不知何時已將長劍入鞘，一聲不响的站著。令狐冲吃了一驚，看師父時，只見他長劍也已入鞘，也是一聲不响的站著。他眼力雖然銳敏，卻也沒瞧出這場劇鬥到底誰勝誰敗，不知有否那一人受了內傷。

9月20日則刊登第一五四續，第一段這樣寫：

> 令狐冲立即停了腳步，閃身在旁，只聽得廟中一個蒼老而尖銳的聲音說道：「你只須將那辟邪劍譜的所在告知於我，我便替你誅滅青城派全派，為你夫婦報仇。」令狐冲在羣玉院床上，曾聽到過這人說話，知道是塞北明駝木高峰，心下暗自驚訝：「此事大為不妥，給木高峰搶先了一步，林氏夫婦落入了他的手中，那又麻煩得緊。」只聽

一個男子聲音說道：「我不知有什麼辟邪劍譜，我林家的辟邪劍法世代相傳，乃是口授，並無劍譜。」說這話的，自是福威鏢局的總鏢師林震南了，他頓了一頓，又道：「前輩願為在下報仇，我自是感激不盡，只是青城派余滄海多行不義，日後必無好報，就算不為前輩所誅，也必死於另一位英雄好漢的刀劍之下的。」[56]

第一五三續末段寫令狐冲觀看余滄海和岳不羣對戰，還沒有搞清楚誰勝誰負誰受傷，到了第一五四續甫一開首，令狐冲已經身處廟前，聽到木高峯與林震南對話。前後兩續情節根本接不上。為什麼呢？一天之後（9月21日），第一五五續正文前有一段「小啟」：

「笑傲江湖」因後生取稿時不慎遺失第一五四續，因時間緊迫，未能補上。以後再請金庸先生補寫中斷之情節。謹向讀者致歉。（舊版《笑傲江湖》第一五五續，1967年9月21日）

前一天明明是第一五四續，到第一五五續時，又說第一五四續因遺失而未能補上，那麼9月20日讀者看的到底是第幾續？

《明報》的問題可以從《新明日報》找答案：《明報》第一五四續的內容即為《新明日報》第一五五續的內容，而《明報》第一五五續為《新明日報》第一五六續。也就是說，《明報》第一五三與一五四續之間，確實少了一續。

《明報》「遺失」稿件是真，但時間是否緊迫卻有待商榷，因為這篇遺失的第一五四續稿件，金庸三個多星期前已經寫了（《新明日報》比《明報》早三個星期刊載）。《新明日報》1967年8月25日刊登了《笑傲江湖》第一五三續之後停載兩天，[57]到8月28日時直接刊載第一五五續，並在正文開始之前，用「小啟」交代第一五四續去向：

金庸先生所著「笑傲江湖」原稿每天自香港郵寄本報編輯部，今第「一五四」續稿因郵寄遺失，本報除急電港方補寄外，為慰讀者渴望，現先將第「一五五」、

56《明報》微卷沒有1967年9月20日這一天的內容，文中所引，乃據泰國《世界日報》連載的《笑傲江湖》第一五四續。《世界日報》跟《明報》一樣，同樣把本應是第一五五續改為第一五四續。

57 1967年8月26日，由於稿件還沒有寄到，報社以廖迅的短篇小說〈狂人頭〉補上，文末則向讀者道歉：「『笑傲江湖』續稿未到，暫停一天，敬請讀者鑒諒。」8月27日，報社依然沒有收到第一五四續，只好補上西林的幽默短篇小說〈柔術〉，文末再次道歉：「『笑傲江湖』續稿未到，迫不得已再停一天，敬請讀者鑒諒。」

「一五六」續依次刊出，一俟第「一五四」續稿收到，即行補刊。情非得已，尚希讀者垂察。

《新明日報》謂第一五四續「郵寄遺失」，但實際是因為《明報》工作人員「取稿時不慎遺失」。三個多星期之後，到《明報》要連載第一五四續時，遺失的問題仍未解決。報社編輯理應有足夠時間來處理問題，根本不算緊迫。不過，這失落的一續，金庸最終都沒有補上。後來武史出版社出版單行本時，由於前後兩段內容不能銜接，金庸只好另外補寫了兩段文字：

> ……不知有否那一人受了內傷。
>
> 二人凝立半晌，余滄海冷哼一聲，道：「好，後會有期！」身形飄動，便向右側馳去。岳不羣大聲喝道：「姓余的，你想一走了之麼？那林震南夫婦怎麼樣了？」說話時身形一幌，便也追了下去，餘音未了，兩人身影皆已杳然。
>
> 令狐冲從語意中知道師父武功勝過余滄海，心中暗喜，他傷病之軀，站得久了，不免感到吃力，心忖：「師父追趕余滄海去了，這兩位絕世高人，展開輕功，一追一逃，這一怔間，怕不已在數十里外！」他拄著樹枝，向前走去。樹隙中隱隱現出一堵紅牆，看來是座頹廢的廟宇，他正想找處地方歇息，便向那紅牆處行去。離廟尚有數丈，便聽破廟中有話聲傳出。
>
> 令狐冲立即停了腳步……（武史版《笑傲江湖》第五集，1967年9月，頁370）

兩段合共二百五十九字，從不見於任何報章，只在書本版的《笑傲江湖》中出現。

四字變二字，重擬回目的心思與效果

1977年年中，金庸改寫的《笑傲江湖》在《明報晚報》連載，歷時十四個月，到1978年9月初，前後共計四百三十續。舊版《笑傲江湖》原為三十回，金庸考慮到日後會出版單行本，按照文字總量，重新規劃為四十回，每回設四字回目，形式與舊版一樣。一年之後出版《金庸作品集．笑傲江湖》時，修改了回目寫法，每回二字。茲將各版回目臚列如下：

回	舊版	明晚版	作品集版
1	賣酒少女	福威鏢局	滅門
2	金盆洗手	青城弟子	聆秘
3	五嶽劍派	華山弟子	救難
4	五嶽盟主	迴雁樓頭	坐鬥
5	邪魔外道	衡山劉家	治傷
6	面壁思過	羣玉院中	洗手
7	劍乎氣乎	金盆洗手	授譜
8	獨孤九劍	笑傲江湖	面壁
9	葵花寶經	情海波瀾	邀客
10	河上怪客	兩宗內鬨	傳劍
11	五霸岡上	獨孤九劍	聚氣
12	琴韻心聲	華山驚變	圍攻
13	大地之力	八道真氣	學琴
14	孤山梅莊	不白之冤	論杯
15	吸星大法	贈曲傳琴	灌藥
16	黑木令牌	黃河老祖	注血
17	辟邪劍譜	五仙教主	傾心
18	月下荒山	五霸岡上[58]	聯手
19	大張旗鼓	情意綿綿	打賭
20	柳暗花明	天王老子	入獄
21	雪地驚變	孤山梅莊	囚居
22	恆山掌門	湖底黑獄	脫困
23	東方教主	魔教教主	伏擊
24	嵩山之會	義助恒山	蒙冤
25	比武奪帥	祖宅遺物	聞訊
26	血海深仇	火燒劍谷	圍寺

58 現在已很難找到《明報晚報》上的修訂版《笑傲江湖》，要知道明晚版的「真相」，只能從曾連載這個故事的泰國《世界日報》與新加坡《新明日報》著手。然而，第十八回回目「五霸岡上」，《世界日報》與《新明日報》用字不同，前者用「岡」，後者只在該回的第一天用「岡」（第一七三續），其後都用「崗」字。由於看不到《明報晚報》，很難判斷是用「岡」還是「崗」。不過，舊版《笑傲江湖》金庸用的是「岡」，似有前例，大抵明晚版仍是說「五霸岡」。何以見得是《新明日報》擅自改換？因為它的回目雖然用「崗」，內文仍是用「岡」，沒有改過來。

27	另有隱情	大張旗鼓	三戰
28	翠谷恩仇	少林寺中	積雪
29	喋血華山	比門三場	掌門
30	千秋萬載	恒山掌門	密議
31		權位之爭	繡花
32		東方不敗	併派
33		嵩山大會	比劍
34		比武奪帥	奪帥
35		辟邪劍法	復仇
36		良夜驚變	傷逝
37		聾啞婆婆	迫娶
38		迫娶愛女	聚殲
39		喋血華山	拒盟
40		神教教主	曲諧

從明晚版到作品集版，金庸刻意求新，改用二字回目。回目旨在以最精簡的語言點出全章主旨，相較之下，用二字比用四字更難。文字傳遞訊息，如果訊息量不變，字數愈少，每個文字所要承載的意思就愈多，訊息就要愈精練。如明晚版第三十八回回目，「迫」、「娶」、「愛」、「女」四個字都傳達出重要意義，後來改為二字，金庸考慮到「娶」字已經包含被娶的對象「女」，而令狐冲斷然拒絕啞婆婆，是因為對方用了強迫與威脅的方式，且令狐冲對儀琳並無情意，與是否啞婆婆的「愛女」沒有關係。因此重擬回目時，金庸便放棄「愛」、「女」兩個訊息。

作品集版四十個回目中，除了第四十回「曲諧」，其餘全部是動詞或動詞短語（最後一回「曲諧」也有動作成分，但並非動詞）。三十九個動詞，代表三十九個帶動故事向前推進的動作與變化。反觀舊版與明晚版回目，主要為名詞短語，內容通常是人物（賣酒少女、恆山掌門、東方教主）、物事（獨孤九劍、葵花寶經、辟邪劍法）、地方（五霸岡上、孤山梅莊、月下荒山、少林寺中）與情境（嵩山之會、良夜驚變、兩宗內鬨），除偏向靜態外，也少了一點能帶動讀者投入故事的動力。可見金庸相當重視回目，在重擬回目上花了很多心思。

新勝於舊，《新明日報》的文獻價值

《明報》創辦後，《新明日報》是第一份於《明報》以外首載金庸小說的報紙，金庸更遠赴新加坡主理，自然不能馬虎其事。不過，《新明日報》的《笑傲江湖》碰到一個難題，就是插圖何來？一直以來，《明報》（或雜誌）上每天（或每期）連載的金庸小說，都會配上雲君繪畫的插圖，十三年來，金庸已經養成這種「習慣」（這是金庸的習慣，卻不一定是南洋讀者的習慣，因為南洋報章刊載金庸小說時經常刪去插圖）。金庸這時候人在新加坡，雲君卻不在。小說稿件在新加坡寫，不用郵寄，但如果要用雲君的畫，報館就得每天從香港把插圖寄到新加坡。無論從傳遞技術、郵寄成本與時間等各方面來看，「每天寄插圖」這種做法幾乎不太可能。

因此，《新明日報》當時採用了折衷做法，就是「舊圖新用」：依舊用雲君插圖，但並非為《笑傲江湖》新畫的，而是取用《俠客行》的。為什麼是《俠客行》呢？大抵因為「就地取材」，《俠客行》的普及本與合訂本新近出版，最容易獲得。不過，《新明日報》也並非照用《俠客行》所有插圖，而是挑選部分合適的，即使用在《笑傲江湖》故事中也不至於「圖不對文」。

大約兩個多月以後，《新明日報》「挪用插圖」的情況有了轉變，也就是「偶爾」會使用《明報》上剛用過的《笑傲江湖》插圖。如《新明日報》第七七續（1967年6月5日），就用了《明報》第三四續（1967年5月23日）的圖，但大部分時間還是重用《俠客行》舊圖。一直到第二五七續（1968年1月1日），《明報》更改小說連載的版框（這個時候，《明報》的《笑傲江湖》已經趕上《新明日報》），由原來的高長方形改為扁長方形，雲君的插圖也由正方形變成扁長方形。從這一天開始，《新明日報》就全用雲君專為《笑傲江湖》而畫的新圖，不再使用《俠客行》的舊圖，但偶爾會連續兩天使用同一圖。《笑傲江湖》共八百七十續，扣除前期使用的《俠客行》插圖，後期一圖重用，《新明日報》實際上只收錄了五百多張雲君所繪的《笑傲江湖》插圖，不足六百之數。[59]

相較之下，現存能夠看到《明報》上的《笑傲江湖》插圖逾七百五十張，在眾多不同版本中，保存了最多舊版小說的資料，文獻價值最高。

至於明晚版，由於《明報晚報》難尋，讀者已很難見到明晚版的原版內容。北京國家

59 現在看到的《新明日報》偶有缺期情況，舊版《笑傲江湖》共連載了八百七十續，但現存的《新明日報》只有其中七百八十續。說雲君插圖不足六百之數，是基於能看到的七百八十續來計算。

圖書館所藏泰國《世界日報》，收錄了全部的明晚版《笑傲江湖》，但因《世界日報》漏掉了一段稿件，說是要請作者補寄，但最終都沒有補回所漏的故事。這漏掉的一段，相當於《明報晚報》兩天的連載分量。因此，《世界日報》的明晚版《笑傲江湖》實際只有四百二十八續（從1977年9月20日到1978年12月初），同時還有一個缺點，就是沒有插圖。

金庸改寫的小說在《明報晚報》刊載，雲君都重新繪畫插圖，從《書劍恩仇錄》到《連城訣》，一共重繪了十一部。最後三部小說《天龍八部》、《笑傲江湖》與《鹿鼎記》，舊圖還在，本應毋須繪製，但最後只有《天龍八部》和《鹿鼎記》重用舊圖，《笑傲江湖》的插圖則重新繪畫。大抵因為舊版《笑傲江湖》連載時，初期為了配合高長方形欄框，插圖為正方形，這種形狀的插圖難以用在明晚版中，只得重繪。

笑傲江湖 金庸 雲君圖
▲增刪潤飾 改寫修訂▼
有所權版
第一回 福威鏢局
少鏢頭出城打獵

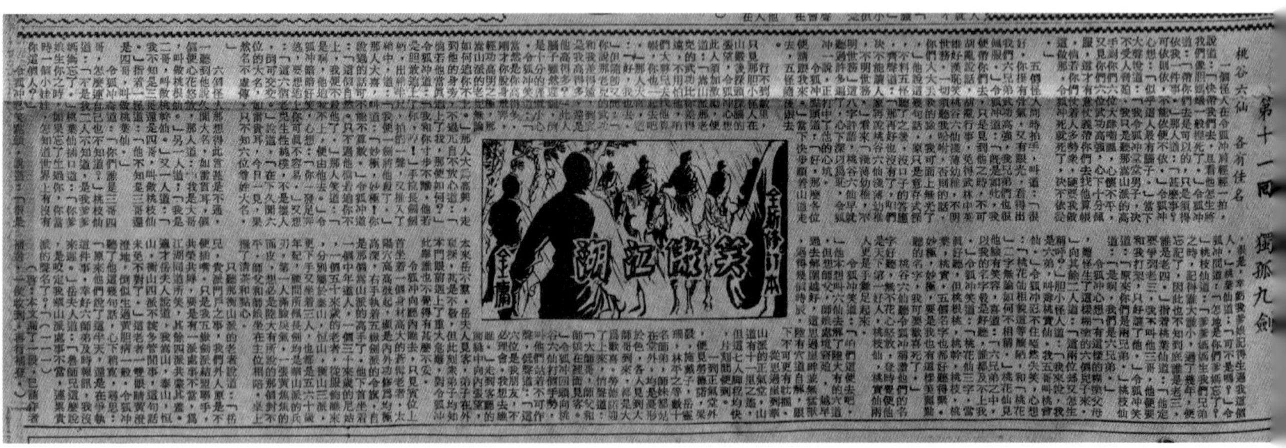
笑傲江湖 全新修訂本 金庸
第十一回 獨孤九劍

上　明晚版《笑傲江湖》首日連載，《新明日報》1979年3月27日。
下　明晚版《笑傲江湖》第一一一續，《世界日報》（確切時間不詳）。文末啟事「本文漏了一段，已請作者補送，一俟收到，再行補登。」漏掉的一段指第一一〇續。

《新明日報》從1978年3月27日開始連載明晚版《笑傲江湖》，雖然比《明報晚報》與《世界日報》晚逾半年，但《明報晚報》難尋，《世界日報》又不全（也不收插圖），而《新明日報》連載了全部的四百三十續，連雲君新繪插圖也收錄在內，頓時成為最有文獻價值的明晚版《笑傲江湖》。

《笑傲江湖》蛻變舉隅

一直以來，金庸創作小說是每天（每週）隨寫隨發表，在故事開始時候，往往只有梗概，細節與劇情都是隨想隨寫的；而在創作過程中，也會被故事與人物帶著走，逐漸偏離原來想法，如前面提到的《倚天屠龍記》、《天龍八部》、《素心劍》等。如果想要窺探舊版故事的創作原意，只要比對舊版與修訂版的內容，看看金庸在舊版故事中設置了哪些伏線，但後來又沒用上（當作沒事發生），再留意舊版前期故事中有哪些描述不符合後面故事的發展，就可能得到答案。

像是《倚天屠龍記》中，金庸曾說《九陰真經》與《九陽真經》同為達摩所創，而且從沒有接觸過《九陰真經》的張三丰，即使只得到部分《九陽真經》，也能從中想像到世上應有另一本與之相輔相成的《九陰真經》。這條伏線一直到舊版故事終結，金庸都沒有交代清楚兩書之間的關係，更冷待《九陰真經》。後來改寫時，金庸索性切斷兩書關連，把創作《九陰真經》的責任交給了黃裳。

《葵花寶典》演變過程

舊版《笑傲江湖》寫「辟邪劍法」、「紫霞神功」與「葵花寶典」的關係，金庸一直舉旗未定，直到東方不敗出場，所有相關書寫立時急轉彎，之前埋下的伏線完全用不上，金庸也絕口不再提起。又如，舊版故事中，金庸原意只寫五嶽劍派與朝陽神教（修訂後改稱「日月神教」），前者正而後者邪。至於少林與武當，在小說創作初期，金庸其實未曾想讓兩派參與。劉正風金盆洗手時，金庸就透過前來觀禮的群雄，指出當今武林的格局：

> 更有人想：「五嶽劍派近年來領袖武林，到處行俠仗義，好生得人欽仰，劉正風卻做出這種事來。人家當面不敢說什麼，背後卻不免齒冷。」（舊版《笑傲江湖》第一三二續，1967年8月29日）

這「領袖武林」四個字，明晚版仍然保留。[60]到了作品集版，金庸才發覺不妥而正式刪去（參花皮版《笑傲江湖》，頁235-236）。

金庸用「領袖武林」四字來描述五嶽劍派地位，可知這個時候尚未把少林、武當兩派計算在內。不過，舊版故事設定的最大轉折還是《葵花寶典》。金庸原來的構想是：辟邪劍法、紫霞神功、葵花寶典三者一脈相承，互有關連。例如，令狐冲向林平之轉述林震南遺言時，提到「葵花巷老宅中的物事」，在場的岳不羣「聽到『葵花』二字，不由得心頭一震」，之後跟妻子寧中則回房時便拿出紫霞秘笈，翻到最後一頁，赫然寫著十六個字：「紫霞神功，入門初基。葵花寶典，登峰造極。」這段情節見於舊版《笑傲江湖》第九回「葵花寶經」。[61]第九回寫了差不多兩個月，共五十八續，當中提到「葵花寶典」六次，集中在第二四五、二四六續，而且是從辟邪劍法說起，從而連結到紫霞秘笈。

金庸透過岳不羣的猜測，暗示讀者林家除了辟邪劍法外，還有其他「物事」，寧中則在靈光一閃間說出最有可能的答案——葵花寶典，之後再由紫霞秘笈上的十六個字，明確告訴大家葵花寶典與紫霞神功的關係。如此一來，三種武功就串連起來，紫霞、葵花、辟邪三者，似乎有了聯繫。不過，金庸這時還沒想清楚《葵花寶典》到底是何模樣。

一年之後，金庸又重提辟邪劍法，這次輪到五嶽劍派盟

笑傲江湖 金庸 雲君圖

九、葵花寶經

紫霞秘笈，入門初基

岳不羣自練成紫霞神功以來，每天行功，身上從未滲過一點汗水，這時一抹額頭，竟是濕透了半塊手帕，連岳夫人也是大爲駭然。岳不羣問林平之道：「福州沒有葵花巷？可有桂花巷，或是甚麼聲音相似的地名？」林平之想了一會，道：「沒有。」岳夫人道：「那麼你家老宅在甚麼地方？」林平之道：「我曾祖從前住在向日坊，後來……」岳不羣插口道：「向日坊，向日坊。向日葵，那便是葵花了，看來向日坊又名葵花巷。」林平之道：「是，多半是弟子年紀小，不知道向日坊的別名。打從我祖父手上，鏢局子翻建大了，我家就一直住在鏢局子裏。」岳不羣道：「這就是了。」岳夫人道：「你爹爹說老宅中的物事，那是甚麼？」岳不羣道：「這事慢慢再說。」向林平之和岳靈珊道：「你們陪着大師哥，他病情若是有變，立即稟告。」林岳二人答應了。

岳不羣向夫人使個眼色，回入自己房中，掩上了門，低聲道：「師妹，你想那是甚麼物事？」岳夫人道：「他老宅中物事成千上萬，碗碗碟碟，我怎知是甚麼東西？」岳不羣道：「他說的是『翻閱』二字。」岳夫人立時省悟，道：「啊，是了，是他家的『辟邪劍譜』。」岳不羣道：「如果說的是『辟邪劍譜』，爲甚麼林震南總鏢頭臨死時諄諄叮囑，千萬不可翻閱，否則禍患無窮？」岳夫人微笑道：「這個就算學成了，那也是克敵不足，徒召殺身之禍，林震南所以只教他兒子保有題物，卻不可學，他自身的經歷便是明證。」岳不羣沉吟不語。岳夫人知道丈夫比自己見事明白得多，見他不置可否，多半是自己的想法錯了，道：「那麼到底是甚麼道理？他便是喜歡賣關子。」

岳不羣道：「到底是甚麼道理，我可也想不通，當年平之的曾祖林遠圖前輩以七十二路辟邪劍法縱橫江湖，罕逢敵手，故老相傳，決非虛僞。連青城派余滄海的師父長青子也敗在他的手下，則真正的辟邪劍法，決非平之所演的這等凡俗。而且我疑心林震南總鏢頭所說的物事，恐怕倘不是指辟邪劍譜而言。」岳夫人道：「這事奇了，不是指辟邪劍譜，又是指甚麼？」岳不羣翻開枕頭，取出一隻鐵盒，打開鐵盒，拿出一本錦面冊子來。岳夫人更是奇怪，道：「難道他林家也有『紫霞秘笈』？」岳不羣微笑道：「這『紫霞秘笈』是我派不傳之秘，他林家怎麼會有？」翻開「紫霞秘笈」最後一頁，指着最後的十六個字道：「你看。」

岳夫人順着他手指看去，見那十六個字寫的是：「紫霞秘笈，入門初基。葵花寶典，登峯造極。」岳夫人和他同門學藝，師父雖未以這

只是練這「紫霞神功」時禁忌既多，進境又是極緩，岳夫人於這種水磨功夫極不耐煩，練了幾個月後毫無成績，便拋下不練了。這十六個字，她也早已見到過的，其時心想，連練「入門初基」的「紫霞秘笈」也練不成，還談甚麼「登峯造極」的「葵花寶典」？她素來粗枝大葉，當時看了之後，也不放在心上，此刻見丈夫說了出來，心念一動，脫口而出的道：「葵花寶典？福州城中的葵花巷，難道與葵花寶典有甚麼干係？這世上當眞有一部葵花寶典麼？」

（二四五）

主左冷禪。少林寺三場比鬥的第二戰，左冷禪在與任我行對打時，忽然以掌使出劍招，招式卻給向問天看了出來，猜想「辟邪劍譜已落到了嵩山派手中」。

然而，為什麼左冷禪會使辟邪劍法呢？原來是岳不羣把林平之的祖傳袈裟獻了出去，這件事寧中則是知曉的：

> 岳夫人……道：「就算咱們暫且不揭破左冷禪的陰謀，待機而動，那你為什麼將平兒家傳的『辟邪劍譜』給了左冷禪？那不是紂助為虐，令他如虎添翼嗎？」岳不羣道：「這也是我的權宜之計，若不送他這部武林之士夢寐以求的劍譜，難以令他相信我誠心和他攜手。他越是對我沒加疑心防範，咱們行事越是方便，一旦時機成熟，便可揭露他的陰謀，與天下英雄一同撲殺此獠了。」（舊版《笑傲江湖》第六一一續，1969年1月7日）

笑傲江湖　金庸

九、葵花寶經

未必便輸，談何容易

岳不羣神色肅然，道：「這部『紫霞秘笈』，字字皆是本派第十四代祖師及師祖親筆所書，我一句一句的練將下來，其中確有無窮的妙境。最後這十六個字和秘笈其餘的字迹一模一樣，決非虛假。」岳夫人嘆了口氣，道：「當世就算眞有『葵花寶典』，定然艱深無比，只怕也是無人能夠練得成了。」岳不羣道：「這個……」說了這兩字，便不往下說了。

岳夫人道：「師哥，這六怪既是伏下這條毒計，定然去而復來，你若和他們硬拼，雖然未必便輸，但若有個失閃，豈不是……豈不是……」岳不羣搖頭道：「『未必便輸』四字，談何容易？以我夫婦敵他二人，不過打個平手，敵他三人，便已輸定了。他五人齊上，咱夫婦實無半分招架之力。」岳夫人本來也知自己夫婦非這五怪的敵手，但知道丈夫近年來練成紫霞神功後，功力大進，總還存着個僥倖之心，這時聽他如此說，登時大爲焦急，道：「那……那怎麼辦？難道咱們便束手待斃不成？」岳不羣道：「師妹，你可別喪氣，大丈夫能屈能伸，勝負之數，並非決於一時。」岳夫人道：「你說咱們逃走？」岳不羣道：「不是逃走，是暫時避上一避。敵衆我寡，咱夫婦只有二人，如何敵得過他五人聯手？何況你已殺了一怪

外人也未必知道此事。」岳夫人道：「我關救了一個，冲兒性命難保，也只……也只扯了個直。冲兒……冲兒……」令狐冲自幼由她撫養長大，便如親生兒子一般，想到他性命不保，不由得心中大為酸楚，嗄咽着道：「師哥，就依你的話，咱們帶了冲兒一同走，慢慢設法替他治傷。」

岳不羣沉吟不語。岳夫人急道：「你說不肯帶了冲兒一起走？」岳不羣道：「冲兒身上傷勢極重，帶了他體程急行，不到半個時辰便送了性命。」岳夫人道：「那……那怎麼辦？當眞沒法子救他性命了麼？」岳不羣嘆了口氣，道：「唉，當日我一片誠心，要將紫霞神功傳授於他，豈知陰差陽錯，他竟會胡思亂想，使出古裏古怪的劍法來，誤入劍宗的魔道，才令我打消了傳授神功之意。當日他若是習了這部秘笈，即使只練得一二頁，此刻也已能自行調氣療傷，不致爲這六道旁門眞氣所困了。」

岳夫人立即站起，道：「事不宜遲，師哥，你立即去將紫霞神功傳他，就算他在重傷之下，無法全然領悟，總也勝於不練。」岳不羣拉住她手，柔聲道：「師妹，我愛惜冲兒，和你並無二致。可是你想，我若是此刻將紫霞秘笈交了給他，這桃谷五怪轉眼便找上山來，冲兒一轉手便落入五怪手中？這些旁門左道之士得了我派的正宗內功心法，那還不如虎添翼，爲禍天下，再也不可復制。我岳不羣可眞成爲千古罪人了。」岳夫人心想丈夫之言無可辯駁，不禁怔怔的流下淚來。

岳不羣道：「這五怪行事飄忽，人所難測，當眞是事不宜遲，咱們立即動身。」說着將「紫霞秘笈」從懷中一掏，推門而出。只見岳靈珊便就在門外，說道：「爹爹，大師哥似乎……似乎不成了。」岳不羣驚道：「怎麼？」岳靈珊道：「他口中胡言亂語，神智越來越是不清了。」岳不羣問道：「他胡言亂語些什麼？」

（二四六）

這裡金庸雖然沒有交代劍法、寶典與神功的關係，但紫霞神功顯然已經被踢出局。之前岳不羣聽到「葵花巷」三字就聯想到紫霞秘笈，如今既已

左頁與右頁　舊版《笑傲江湖》第二四五、二四六續，《明報》1967年12月21-22日。

60 明晚版《笑傲江湖》第六四續，《世界日報》1977年11月20日。

61 第九回先後使用了兩個回目，從第二四二續到二四九續，回目是「葵花寶經」；從第二五〇續到二九九續，則改用「葵花寶典」。

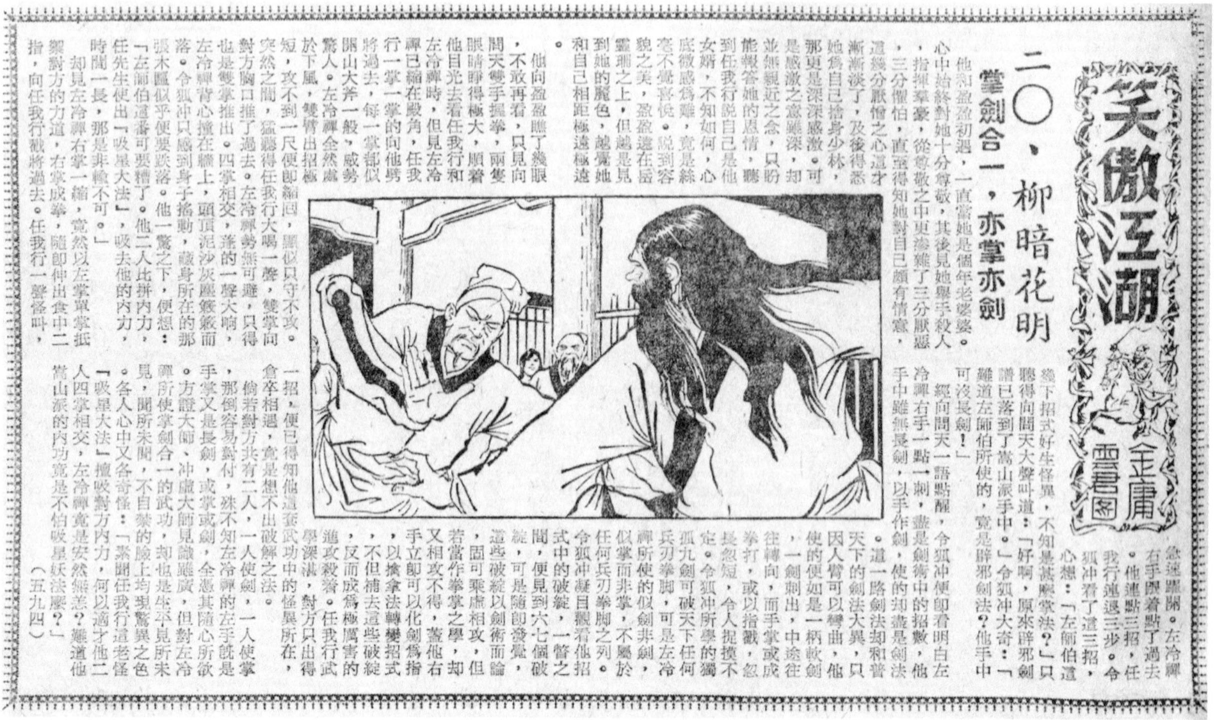

笑傲江湖

金庸 雲君圖

二〇、柳暗花明

掌劍合一，亦掌亦劍

他和盈盈初遇，一直當她是個年老婆婆。心中始終對她十分尊敬，其後見她舉手殺人，指揮羣豪，從尊敬之中更摻雜了三分厭惡，三分懼怕，直至得知她對自己頗有情意，這幾分厭憎之心這才漸漸淡了，及後得悉她為自己捨身少林，那更是深深感激。可是感激之意雖深，卻並無親近之念，只盼能報答她的恩情，聽到任我行說自己是他女婿，不知如何，心底微感為難，竟是絲毫不覺喜悅。說到容貌之美，盈盈遠在岳靈珊之上，但越是見到她的麗色，越覺她和自己相距極遠極遠。

他向盈盈瞧了幾眼，不敢再看，只見向問天雙手握拳，兩隻眼睛睜得極大，順着他目光去看任我行和左冷禪時，但見左冷禪已縮在殿角，任我行一掌一掌的向他劈將過去，每一掌都似開山大斧一般，威勢驚人。左冷禪全然處於下風，雙臂出招極短，攻不到一尺便即縮回，顯似只守不攻。突然之間，猛聽得任我行大喝一聲，雙掌向對方胸口推了過去。左冷禪勢無可避，只得也是雙掌推出。四掌相交，蓬的一聲大響，左冷禪背心撞在牆上，頭頂泥沙灰塵簌簌而落。令狐冲只感到身子搖動，藏身所在的那張木匾似乎便要跌落。他一驚之下，便想：「左師伯這番可要糟了。他二人比拼內力，任先生使出『吸星大法』，吸去他的內力，時間一長，那是非輸不可。」

卻見左冷禪右掌一縮，竟然以左掌單掌抵禦對方的力道，右掌成拳，隨即伸出食中二指，向任我行戳將過去。任我行一聲怪叫，急速躍開。左冷禪右手跟着點了過去。他連點三招，任我行連退三步。令狐冲看了這三招，心想：「左師伯這幾下招式好生怪異，不知是甚麼掌法？」只聽得向問天大聲叫道：「好啊，原來辟邪劍譜已落到了嵩山派手中。」令狐冲大奇：「難道左師伯所使的，竟是辟邪劍法？他手中可沒長劍！」

經向問天一語點醒，令狐冲便即看明白左冷禪右手一點一刺，盡是劍術中的招數，他手中雖無長劍，以手作劍，使的卻盡是劍法。這一路劍法卻和普天下的劍法大異，只因人臂可以彎曲，他使的便如是一柄軟劍，一劍刺出，中途往往轉向，而手掌或成拳打，或以指戳，忽長忽短，令人捉摸不定。令狐冲所學的獨孤九劍可破天下任何兵刃拳腳，可是左冷禪所使的似劍非劍，似掌而非掌，不屬於任何兵刃拳腳之列。令狐冲凝目觀看他招式中的破綻，一瞥之間，便見到六七個破綻，可是隨即發覺，這些破綻以劍術而論，固可乘虛相攻，但若當作拳掌之學，卻又相攻不得。蓋他右手立即可以化劍為指，以擒拿法轉變招式，不但補去這些破綻，反而成為極厲害的進攻殺着。任我行武學深湛，對方只出得一招，便已得知他這套武功中的怪異所在，倉卒相遇，竟是想不出破解之法。

倘若對方共有二人，一人使劍，一人使掌，那倒容易對付，殊不知左冷禪的左手既是手掌又是長劍，或掌或劍，全憑其隨心所欲。方證大師、冲虛大師見識廣，但對左冷禪所使掌劍合一的武功，卻也是生平見所未見，聞所未聞，不自禁的臉上均現驚異之色。各人心中又各奇怪：「素聞任我行這老怪『吸星大法』擅吸對方內力，何以適才他二人四掌相交，左冷禪竟是安然無恙？難道他嵩山派的內功竟是不怕吸星妖法麼？」

（五九四）

舊版《笑傲江湖》第五九四續，1968年12月21日。向問天發現左冷禪使出了辟邪劍法。

看過林家祖傳的袈裟，如果劍法與寶典是二而一，那他必定明瞭此物與紫霞秘笈的關係，但金庸卻一點都沒有提及，可見金庸這時候已經把紫霞秘笈最後一頁十六個字忘得一乾二淨，又或是裝作看不見。

二十多天之後，為了迎接東方不敗出場，金庸開始嘗試解釋《葵花寶典》的由來。就在令狐冲就職恆山派掌門那一天，少林方證大師和武當冲虛道長前來道賀，並在懸空寺交心，談及華山派劍宗、氣宗之分，一併交代了《葵花寶典》原來是由一對夫婦撰作，分為乾坤二經（或稱「天書、地書」、「陽錄、陰錄」）。華山派兩位前輩閔肅與朱子風到莆田少林寺偷看經書，由於時間不足，一人分讀一經，回去以後各自修練，就成了華山派的氣、劍二宗。

本來，紫霞神功屬氣宗功夫，由偷看過《葵花寶典》的華山派前輩所創，就能夠解釋為什麼紫霞秘笈最後一頁有「紫霞秘笈，入門初基。葵花寶典，登峰造極」這十六字。不過，金庸偏偏透過方證之口說出來，方證不曾看過紫霞秘笈，講不出「紫霞初基、葵花造極」的關係，葵花寶典只能夠偏向辟邪劍法。一個多月以後，隨著東方不敗出場，金庸一方面要給這位當世武林第一人布置能讓人印象深刻的人設，一方面又要解謎，交代林家後人為什麼不能翻閱家傳寶典，於是「欲練真功，引刀自宮」八字真言，就成了葵花寶典的

「定讞」。自此之後，一切與《葵花寶典》有關的情節都得依照這八個字了。

只是，後來金庸又忘了之前寫過的劇情，以致林平之跟岳靈珊坦白，交代辟邪劍譜的來龍去脈時，又說了另一個不完全相同的版本：

> 這辟邪劍譜，為甚麼抄錄在一件袈裟之上？只因為他是一座廟中的和尚，見到劍譜之後，偷偷的抄在袈裟之上，然後盜了出來。……他在劍譜之末註明，他原在寺中為僧，無意間得見此譜，抄於袈裟之上而攜出。（舊版《笑傲江湖》第七五二續，1969年6月10日）

根據方證的說法，渡元大師當年是從華山派閔、朱二人轉述求問時，默記了部分寶典內容；林平之卻說渡元是親見寶典，而把讀到的內容默寫在袈裟上的。

金庸當年創作《笑傲江湖》，從初次提到《葵花寶典》，到林平之提及渡元大師，前後相隔了十七個月。金庸每天隨想隨寫，對寶典所做的鋪墊與設定出現嚴重紕漏，原可以

笑傲江湖

金庸

雲君圖

二二、恆山掌門

三月十五，齊集嵩山

冲虛說道：「那日你率領羣豪，赴少林寺迎接任大小姐，不損少林寺一草一木，方丈大師很承你的情。」令狐冲臉上微微一紅，道：「晚輩胡鬧，甚是惶恐。」冲虛道：「你走了之後，左冷禪等人也分別告辭，我卻又在少林寺中住了七日，和方丈大師日夜長談，深以左冷禪的野心勃勃為憂。後來咱們分別接到你老弟出任恆山派掌門的訊息，決定親自上恆山來，一來是向老弟道賀，二來是商議這件大事。」令狐冲道：「兩位如此抬舉，晚輩確不敢當。」冲虛道：「那姓林的傳來左冷禪的號令，說道三月十五清晨，五嶽劍派上下人衆，齊集嵩山，推選五嶽派的掌門人。此舉原早在方丈大師的意料之中，只是咱們沒想到左冷禪會如此性急而已。他說推選五嶽派掌門人，倒似五嶽劍派合而為一之事已成定局。本來照我們推想，衡山莫大先生脾氣怪僻，是不會附和左冷禪的。泰山天門道兄性子剛烈，也決計不肯屈居人下。令師岳先生外圓內方，對華山一派的道統看得極重，左冷禪要他取消華山派的名頭，岳先生應該是據理力爭。只有恆山一派，三位前輩師太先後圓寂，一衆女弟子無力和左冷禪抗爭，說不定會就此屈服。不料定閒師太當真是位女中英傑，她臨死之時，胸中已有成算，交託在老弟手中。只要泰山、衡山、華山、恆山四派聯手，不允併成五嶽派，左冷禪為禍江湖的陰謀便不能得逞了。」令狐冲道：「然而瞧着林厚今日來傳令的聲勢，似乎泰山、衡山、華山三派均已受了左冷禪的挾制。」冲虛點頭道：「正是。而令師岳先生的動向，也令方丈大師和貧道大惑不解。聽說福州林家有一名子弟，拜在令師門下，是不是？」令狐冲道：「正是。這林師弟名叫林平之。」冲虛道：「他祖傳有一部辟邪劍譜，江湖上傳言已久，均說譜中所載劍法，威力極大，老弟想來必有所聞。」令狐冲道：「是。」當下將如何在福州向陽巷中尋到一件袈裟，如何嵩山派有人謀奪，自己如何受傷暈倒等情說了。

冲虛沉吟半晌，道：「按情理說，令師見到了這件袈裟，自會交給你林師弟。」令狐冲道：「可是後來我師妹又向我追討辟邪劍譜。那日在少林寺中，左冷禪和任教主比劍，較量之時，以指作劍，向問天向大哥擊刺，任大哥聲稱這是辟邪劍法。晚輩是井蛙之見，實不知左冷禪所使是否真是辟邪劍法，要向二位前輩請教。」冲虛向方證瞧了一眼，道：「方丈大師，其中原委，請你向令狐老弟解說吧。」方證點了點頭，道：「令狐掌門，你可聽到過『葵花寶典』的名字？」令狐冲道：「我師父提起過。他老人家說道：『葵花寶典』是武學中至高無上的秘笈。可是失傳已久，不知下落。後來晚輩又聽任教主說道，他曾將『葵花寶典』傳給了東方不敗，然則這部『葵花寶典』，目前是在朝陽神教手中了。」方證搖頭道：「這只是半部，而不是一部。」令狐冲應道：「是。」他心想武林中如果有什麼重大的隱秘之事，這兩位前輩若是不知，旁人更不會知道了，料知即將有一件武林中的大事，從方證大師口中透露出來。方證抬起頭來，望着悠悠從天空飄過的白雲，說道：「華山派有氣宗、劍宗之分，一派分為兩宗，那是什麼緣故？」令狐冲道：「晚輩不明，請前輩指點。」（六三三）

本頁與後二頁 舊版《笑傲江湖》第六三三到六三九續，1969年1月29日至2月4日。少林方證、武當冲虛與新任恆山派掌門令狐冲在後山談華山當年舊事，述及《葵花寶典》的來歷。

笑傲江湖

金庸 雲君圖

二二、恆山掌門

葵花寶典，一分為二

方證道：「華山派前輩，曾因氣宗、劍宗之分，大動干戈，自相殘殺，這一節你是知道的了？」令狐冲道：「是。只是我師父亦未詳加教誨。」方證點頭道：「本派中師兄弟同室操戈，實非美事，是以岳先生不願多談。華山派所以有氣宗、劍宗之分，據說也是因那部『葵花寶典』而起。」他頓了一頓，緩緩說道：「這部『葵花寶典』，武林中向來都說，是一雙夫妻所合著。至於這一對前輩高人姓甚名誰，已是無可查考，有人說，男的名字中有一『葵』字，女的名字中有一『花』字，所以合稱『葵花寶典』，但這多半也只是猜測之詞。大家只知道，這對夫妻初時恩愛甚篤，後來卻因故反目。這對夫妻撰作『葵花寶典』之時，年方壯盛，武功如日中天，反目之後，從此避不見面，而一部武功秘笈，也就分為兩部。原來將那男子所著的秘笈稱為乾經，女子所著的稱為坤經。」

令狐冲道：「原來『葵花寶典』分為乾坤二部，晚輩今日是首次得聞。」方證道：「經分乾坤，那也只是武林中某一些人的說法，也有人稱之為『天書、地書』，『陽錄、陰錄』的，總之原書上並無標識，任由後人隨意稱呼了。二百餘年來，事情也十分湊巧，始終並無一人能同時讀通了乾坤二經，將寶典中的武功融會貫通，若說沒有機緣，卻也不然。百餘年前，乾坤二經都曾歸福建莆田少林寺下院所有，其時莆田少林寺方丈紅葉禪師，乃是一位大智大慧的了不起人物，依照他老人家的武功悟性，該當通解乾坤二經才是，但據他老人家的弟子說道，紅葉禪師並未通解全書。」

令狐冲道：「看來這部寶典內部深奧無比，即是紅葉禪師這樣的聰明智慧之士，也難以全部領悟。」方證大師點頭道：「是啊。老衲和冲虛道兄都無這等緣法，無福見到寶典，否則雖不敢說修習寶典中的功夫，看上一看，知道其中所載到底是些什麼高深莫測的秘訣，也是好的。」冲虛微微一笑，道：「大師卻動塵心了。咱們學武之人，不見到寶典即已，若是見到，定然會廢寢忘食的研習參悟，結果不但誤了清修，反而空惹一身煩惱。咱們沒有緣份見到，其實倒是福氣呢。」

方證哈哈一笑，道：「道兄說得是，老衲塵心不除，好生慚愧。」他轉頭又向令狐冲道：「故老相傳，乾經與坤經中所載武功的基本法門，所走路子，不但大異其趣，而且是截然相反。據說華山派有兩位師兄弟，曾有一個機緣到莆田少林寺作客，不知如何，竟然看到了這部『葵花寶典』。」令狐冲心想：「『葵花寶典』既為莆田少林寺所有，自是秘不示人。華山派這兩名師兄弟能夠見到，定是偷看。方證大師說得客氣，不提這個『偷』字而已。」方證又道：「其時匆匆之中，二人不及同時遍閱全書，當下二人分讀，一個人讀一部，後來回到華山，共同參悟研討。不料二人將書中功夫一加印證，竟然是牛頭不對馬嘴，越說越是鑿枘，二人又深信對方讀錯了書，只有自己見到的才是真經。既然越說越難得通，二人就分別自練，這樣一來，華山派就分為氣宗、劍宗，兩個本來親逾同胞骨肉的師兄弟，到後來竟然變成了對頭冤家。」令狐冲道：「這兩位華山前輩師兄弟，想來便是閔肅和朱子鳳兩位華山前輩了？」

（六三四）

笑傲江湖

金庸 雲君圖

二二、恆山掌門

魔教十長老攻華山

原來閔肅是華山氣宗之祖，朱子鳳則是劍宗之祖。華山一派分為二宗，那也是許多年前之事了。」方證道：「正是。閔朱二位不得紅葉禪師允可，私閱『葵花寶典』之事，紅葉禪師不久便即發覺。他老人家知道這部寶典中所載武學，太過博大精深，他自己以數十年之功，尚且難以通曉，閔朱二人囫圇吞棗的趕讀，一知半解，定然後患無窮，當下派遣他的得意弟子渡元禪師，前往華山，勸諭閔朱二位，不可修習寶典中的武學。」

令狐冲道：「想來閔朱二位前輩並未聽從。」方證道：「仔細想來，那也怪不得閔朱二人。想我輩學武之人，一旦得窺精深武學的秘奧，如何肯不修習？老衲潛靜數十載，一旦想到寶典中的武學，也不免起了慕念，冲虛道兄適才以此見笑，何況是尋常武師了？不料渡元禪師此一去，卻又生出一番事來。」

令狐冲道：「難道閔朱二位，對渡元禪師有所不敬嗎？」方證搖頭道：「那倒不是。渡元禪師上得華山，閔朱二人對他好生相敬，承認偷看了『葵花寶典』，一面深致歉意，一面卻以經中所載武學，向他請教。殊不知渡元禪師雖是紅葉禪師的得意弟子，寶典中的武學卻是未蒙傳授。閔朱二人只道他定然精通寶典中所載的學問，那想得到紅葉禪師另有深意？當下渡元禪師並不點明，聽他們背誦經文，隨口解釋，心下卻是暗自記憶。那渡元禪師武功本極高明，又是絕頂機智之人，聽到一句經文，便以己意演繹幾句，居然也說來頭頭是道。」

令狐冲道：「這樣一來，渡元禪師反從閔朱二位那裏，得悉了寶典中的經文？」方證點頭道：「不錯。不過閔朱二人所記得的，本已不多，經過這麼一轉述，不免又打了些折扣。據說渡元禪師在華山之上住了八日，這才作別，但從此卻也沒再回莆田少林寺去。」令狐冲奇道：「他不再回去？卻到了何處？」方證道：「當時就無人得知了。不久紅葉禪師就收到渡元禪師的一通書信，說道他凡心難抑，決意還俗，無面目再見師父云云。」令狐冲大為奇怪，心想此事當真出乎意料之外。

方證道：「由於這一件事，紅葉禪師和華山派之間，生了許多嫌隙，而華山弟子得窺『葵花寶典』之事，也流傳於外，又隔數十年，遂有魔教十長老攻華山之舉。」令狐冲道：「魔教十長老攻華山，弟子可沒聽見過。」方證道：「算來那時候連你師父也還沒出世呢。魔教十長老攻華山，為的是這部『葵花寶典』，其時華山一派勢孤力弱，無力與魔教相抗，當下與泰山、嵩山、恆山、衡山四派結盟，五嶽劍派之名，便由此而起。第一次在華山腳下大戰，魔教十長老鎩羽而去，但五年之後，十長老精研了五嶽劍派的劍法之後，捲土重來……」令狐冲聽到這裏，突然想起在思過崖後洞所見的骷髏，以及石壁上所刻的武功劍法，不禁「啊」的一聲，叫了出來。方證道：「怎麼？」令狐冲臉上一紅，道：「打斷了方丈的話頭，須罪則個。」方證點了點頭，道：「這一次十長老有備而來，對五嶽劍派劍術中的精妙之着，都想好了破解之法。二次決鬥，五嶽劍派着實吃了虧，聽說有一部傳抄的『葵花寶典』，就此落入了魔教之手，只是那魔教十長老，卻也不得生離華山，想像那一場惡戰，定是慘烈非凡。」

（六三五）

笑傲江湖

金庸 雲君圖

二二、恆山掌門

五嶽劍派，無恥下流

令狐冲聽方證大師這般說，立時想起華山思過崖後洞中的那些骷髏來，心想：「難道這些骷髏，便是魔教十長老的遺骸麼？否則他們為什麼在洞壁上題字，痛罵我五嶽劍派？」冲虛見他呆呆出神，問道：「你曾聽岳先生說過這件事嗎？」令狐冲道：「沒有。不過晚輩曾在華山思過崖的一個石洞之中，見到許多具骷髏，又見到石壁上刻下的若干題字。」冲虛道：「有這等事？題字中寫些什麼？」令狐冲道：「有十六個大字，寫的是『五嶽劍派，無恥下流，比武不勝，暗算害人』。此外還有許多小字，都是咒罵五嶽劍派卑鄙無賴，不要臉等等。」冲虛道：「華山派怎地容得這些譏罵誹謗的字迹留在石壁之上，這倒奇了。」令狐冲道：「這石洞是晚輩無意中發見的，旁人均不知道。」當下將如何發見這石洞的經過說了，又說那使斧之人以利斧開山數百丈，卻只相差不到一尺，力盡而死，毅力可佩，而命運之蹇，着實令人可嘆。方證大師道：「使斧頭的？難道是十長老中的『大力神魔』范松？」令狐冲道：「正是，正是！石壁上刻有一行字，說『范松趙鶴破恆山劍法於此』。」方證道：「趙鶴？他是十長老中的『飛天神魔』！他是不是使雷震擋的？」令狐冲道：「這個晚輩卻不知道，但石洞中地下，確有一具雷震擋。我記得石壁上題字記道，破了華山劍法的，是兩個姓張的，叫什麼張乘風，張乘雲。」方證道：「果然不錯，『金猴神魔』張乘風，『白猿神魔』張乘雲，乃是兄弟二人，據說所使兵刃乃是熟銅棍和鑌鐵棍。」令狐冲道：「正是。石壁上圖形，確是以棍棒破了我華山派的劍法，設想之奇，令人嘆服。」

方證道：「從你所見者推想，似乎魔教十長老中了五嶽劍派的埋伏，被誘入山洞之中，囚禁了起來，無法脫身。」令狐冲道：「晚輩也這麼想，因此上這些人心懷不平，既在石壁上刻字痛罵五嶽劍派，又刻下破解五派劍法的法門，好使後人得知，他們並非戰敗，只是誤中機關而已。不過骷髏之旁，倘有好幾柄長劍，卻是五嶽劍派的兵刃。」方證出了一會神，道：「那就難以推想了，說不定是十長老從五嶽劍派門下的手中奪來的。你在後洞中所見，一直沒跟人說起過？」令狐冲道：「晚輩發見了後洞中的奇事之後，變故迭生，一直沒機緣向師父、師娘提起此事。」冲虛道：「你劍法如此精妙，便是從石壁的那些圖形中學來的了？」令狐冲道：「那倒不是。晚輩的劍法，除了師父岳先生啟蒙教導之外，是風太師叔祖傳授。」方證和冲虛點了點頭，三個人說了半天話，太陽快下山了，照映得半天皆紅。方證道：「魔教十長老雖在華山送命，但華山派閔肅，朱子鳳二人手錄的『葵花寶典』，還是給魔教中人奪了去。任教主說傳給東方不敗的，便是那部手錄本了。這部手錄本是不齊全的，本上所錄，只怕還不及林遠圖之所悟。」令狐冲問道：「林遠圖？那是誰？」方證道：「嗯，林遠圖便是你林師弟的曾祖，福威鏢局的創辦人，以七十二路辟邪劍法鎮懾群小的便是他了。」令狐冲道：「這位林前輩，也曾得見『葵花寶典』嗎？」方證道：「他……他……他便是渡元禪師，便是紅葉禪師的弟子！」令狐冲身子一震，道：「原來如此。這可……這可……」方證道：「渡元禪師本來姓林，還俗之後，便復了本姓。」

（六三六）

笑傲江湖

金庸 雲君圖

二二、恆山掌門

不動聲色，深謀遠慮

令狐冲道：「原來林師弟的曾祖父，以七十二路辟邪劍法威震江湖的林前輩，便是這位渡元禪師，那眞是……那眞是料想不到。」那天晚上在衡山城外破廟之中林震南臨死時的情景，驀地裏湧上心頭。方證道：「渡元，遠圖這位前輩還俗之後，復了原姓，卻將他法名顛倒過來，取名爲遠圖，後來娶妻生子，創立鏢局，在江湖上轟轟烈烈的幹了一番事業。這位林前輩立身甚正，吃的雖是鏢局子飯，但行俠仗義，急人之難，他不在佛門，行的却是佛門之事，一個人只要心地好，心即是佛，是否出家，那也沒多大分別。紅葉禪師當然不久便知道這位林鏢頭便是他的得意弟子，但聽說師徒之間，以後也沒來往。」

令狐冲道：「這位林前輩從華山派的兩位前輩口中，獲知『葵花寶典』的祕要，不知那『辟邪劍譜』又從何而來？而他傳下來的辟邪劍法，卻又不見高明？」方證向冲虛道：「道兄，劍術之道，你是大行家，比我懂得多了，這中間的道理，你向令狐少俠說說。」冲虛笑道：「你這麼說，若非多年知己，老道可要生氣，怪你取笑我了。當今劍術之精，又有誰及得上令狐少俠？」方證道：「令狐少俠劍術雖精，劍道上的學問，卻遠不及你。大家是自己人，無話不說，那也不用客氣。」冲虛嘆道：「其實以老道之所知，與劍道中浩如烟海的學問相比，那只是太倉一粟而已」。他向令狐冲道：「今日林家的辟邪劍法平平無奇，而當年林遠圖前輩以此劍法威震江湖，卻又是確定不移之事實。當年青城派掌門長青子，號稱三峽以西，劍法第一，卻也敗在林前輩手下。那是衆所周知的。今日青城派的劍法，可就比福威鏢局的辟邪劍法強得太多，其中一定別有原因。這個道理，老道已想了很久，其實，學劍之士，人人都想過這個道理。」

令狐冲道：「林師弟家破人亡，父母雙慘死，便是由於這個劍譜而起。」冲虛道：「正是。辟邪劍法的威名太甚，而林震南的武功太低，這中間的差別，自然而然令人推想，定然是林震南太蠢，學不到家傳武功。進一步便想，倘若這劍譜落在我手中，定然可以學到當年林遠圖那輝煌顯赫的劍法。老弟，百餘年來以劍法馳名的，原不只林遠圖一人。但少林、武當、峨嵋、崑崙、青城以及五嶽劍派諸派，後代各有傳人，旁人決計不會去打他們的主意，只因林震南武功低微，那好比一個三歲娃娃，手持黃金，在鬧市之中行走，誰都會起心搶奪了。」

令狐冲道：「這位林前輩既是紅葉禪師的高足，然則他在莆田少林寺中，早已學到了一身驚人武功，說不定只是他將少林派劍法略加變化而已，未必眞的另有劍譜。」

冲虛道：「這麼想的人，本來也是不少。不過辟邪劍法確與少林派武功截然不同，任何學劍之士，一見便知。嘿嘿，起心的人雖多，終究還是青城矮子臉皮最老，他先下手爲強，居然是第一個動手。可是余矮子臉皮雖厚，腦筋却笨，那裏及得上你師父岳先生不動聲色，坐收巨利。」

令狐冲臉上變色，道：「道長，你……你說什麼？」冲虛微微一笑，道：「那林平之拜入了你華山門下，辟邪劍譜自然跟着帶進來了。聽說岳先生有個獨生愛女，也要許配你那林師弟，是不是？果然是深謀遠慮。」

（六三七）

笑傲江湖

金庸 雲君圖

二二、恆山掌門

以「無窮禍患」嚇人

冲虛道人初時說到岳不羣不動聲色「坐收巨利」之時，令狐冲聽他辱及師尊，心下頗爲忿怒，但及後又聽他說到師父「深謀遠慮」，突然想起，那日師父派遣二師弟勞德諾化裝成一老翁，攜帶小師妹到福州城外開設酒店，當時不知師父的用意，此刻想來，自是爲了針對福威鏢局。又想林震南武功平平，師父如此處心積慮，若說不是爲了辟邪劍譜，又爲了什麼？只是師父所用的策略乃是巧取，不像余滄海和木高峯那樣豪奪罷了。

他隨即又想：「小師妹是個年青閨女，師父爲什麼要她拋頭露面，長期在福州城外開設酒店？」想到這裏，不由得心頭湧起一陣寒意，突然之間省悟：「師父要將小師妹許配給林師弟，其實是在他二人相見之前，早就有這個安排了。」

方證和冲虛見他臉上陰晴不定，神氣甚是難看，知他向來尊敬師父，這番話頗傷他臉面。方證道：「這些言語，也只是老衲與冲虛道兄閒談之時，妄加推測。尊師爲人方正，武林中向有君子之稱。只怕我們是以小人之心，度君子之腹了。」冲虛微微一笑。

令狐冲心下一片混亂，只盼冲虛所言非實，但內心深處，却知道他每一句話都說的是實情，過了一會，問道：「那日在少林寺中，左盟主和任教主相鬥之時，以指作劍，向問天大哥說道這是辟邪劍法。其中緣由，還請道長賜教。」冲虛道人搖了搖頭，道：「這道理我也推想不出，說不定左冷禪威逼令師，將劍譜强奪了去，也或許令師以劍譜與左冷禪共同參悟。左冷禪武功見識，俱比令師爲高，二人若是共參，與令師也是大有益處。再說，左冷禪以指作劍所使的劍法，是否就是辟邪劍法，我們也難以確定。」令狐冲道：「林師弟家傳的辟邪劍法，我們華山門下，是人人見過的。那日左盟主所使，有幾招似乎相同，有幾招卻又大異。」他想到那日林震南在破廟中臨死時的言語，道：「林師弟的父親林家世伯，胸襟不廣，他要我傳話，卻又怕我偷看他家的劍譜。」

冲虛道：「他要你傳什麼話了？」令狐冲道：「林家世伯受了青城派的虐待，又受塞北明駝木高峯的逼供，弟子見到他時，已是氣息奄奄。他要弟子傳話給林師弟，說道福州向陽巷老宅地窖中的物事，是他家祖傳之物，要他好好保管。這物事便是那件上載辟邪劍譜的袈裟……啊是了，原來林遠圖前輩本是和尙，所以他向陽巷老宅之中，有一佛堂，而那劍譜，又書寫在一件袈裟之上。」

冲虛道：「猜想起來，他在華山與閔肅、朱子風兩位前輩探討葵花寶典，一字一句，記在心裏，當時他尙是禪師，到得晚上，便筆錄在袈裟之上。」令狐冲道：「說也好笑，那林世伯卻又加上一句，說道遠圖公留有遺訓，凡我子孫，不得啓看，否則有無窮禍患，要他好好記住了。他顯然是放心不下，怕我霸佔了他家祖傳的物事，以『無窮禍患』來嚇人。」

冲虛道：「他這句話，後來跟你林師弟說了沒有？」令狐冲道：「我答應把話傳到，自是照辦。」方證道：「時至今日，這部葵花寶典上所載的武學秘奧，魔教手中有一些，令師岳先生手上有一些，似乎嵩山派左盟主手中也有一些。怕只怕左冷禪心有不足，得知所見並非全豹，要想滅了魔教，吞併少林，將整部葵花寶典都收歸嵩山，武林中就此多事了。」

（六三八）

笑傲江湖

金庸 雲君圖

二二、恆山掌門

孤掌難鳴，也是枉然

令狐冲道：「兩位前輩識見非凡，就那日少林寺中之所見，左冷禪出招的手法之中，當眞已雜有『葵花寶典』的武功了嗎？」方證沉吟片刻，向冲虛道：「道兄高見如何？」冲虛道：「你們僧道之人，都未見識過『葵花寶典』，但若憑常理推斷，嵩山派劍法中固然無法化出這等招式，而左冷禪自己，憑空也創想不出。」方證道：「正是。只不過左冷禪縱然看到了『葵花寶典』，或是『辟邪劍法』，所領悟者也屬有限，是以也對付不了任教主。下月十五他召集五嶽劍派齊集嵩山，推選掌門，令狐少俠有何高見？」

令狐冲微笑道：「那有甚麼推選的？掌門人之位，自然是非左冷禪莫屬了。」方證道：「令狐少俠便不加反對嗎？」令狐冲道：「他嵩山、泰山、衡山、華山四派早已商會，我恆山派孤掌難鳴，縱然反對，只恐也是枉然。」方證道：「以老衲之見，少俠一上來該當反對五派合併，理正辭嚴，他嵩山派未必說得人心盡服。倘若五派合併之議已成定局，掌門人一席，便當以武功決定。少俠若是全力施爲，劍法上當可勝得過左冷禪，索性便將這掌門人之位搶在手中。」令狐冲呆了一呆，道：「我……我……」冲虛道：「老道和方丈大師曾商議良久，均覺老弟是個直性子人，又於名利一關，看得甚淡，你倘若做了五嶽派的掌門人，老實說，五嶽派不免門規鬆弛，衆弟子行爲放縱，未必是武林之福……」令狐冲哈哈一笑，道：「道長說得眞對，要我去管束別人，那如何能夠？上樑不正下樑歪，我令狐冲自己便是個好酒貪杯的無行浪子。」冲虛道：「浮滑無行，爲害不大，野心勃勃，可害得人多了。老弟若做五嶽派掌門，第一，不會大動干戈，想去滅了魔教；第二，不會來吞併我少林、武當；第三，大概吞併峨嵋、崑崙諸派的興緻，老弟也不會太高。」方證微笑道：「老衲和冲虛道兄如此打算，雖說是江湖同道造福，一半也是自私自利。」冲虛道：「打開天窗說亮話，老和尙老道士來到恆山，一來是爲老弟捧塲，二來是爲正邪雙方萬千同道請命。」方證合什道：「阿彌陀佛，這殺刦一起，可不知伊於胡底了。」

令狐冲沉吟道：「兩位前輩如此吩咐，令狐冲本來不敢推辭，但兩位明鑒，晚輩後生小子，做這恆山掌門，已是狂妄之極，再做五嶽派掌門，只怕給天下英雄笑掉了牙齒。這麼看，做五嶽派掌門，晚輩萬萬不敢，但三月十五這一天，晚輩一定到嵩山去大鬧一塲，說甚麼要左冷禪做不成五嶽派掌門。令狐冲成事不足，搗搗亂或許還行。」冲虛道：「一味搗亂，也不成話，倘若事勢所逼，你非做掌門不可，那時卻不能推辭。」令狐冲只是搖頭。

冲虛道：「你若不跟左冷禪搶，當然是他做了掌門，那時五派歸一，左掌門手操生殺之權，第一個自然來對付你。」令狐冲默然，嘆了口氣，道：「那也無可奈何。」冲虛道：「就算你一走了之，他捉你不到，左冷禪對付你門下的恆山弟子，卻也不會客氣。定閒師太交在你手上的這許多弟子，你任由她們聽憑左冷禪宰割麼？」令狐冲伸手在欄干上一拍，大聲道：「不能！」冲虛又道：「那時你華山派的師父、師娘、師弟、師妹，左冷禪奸詐深刻，一定也容他們不得。數年之間，他們一個個大禍臨頭，你也忍心不理嗎？」

（六三九）

理解。1977年金庸修訂小說時，並沒有堵塞所有漏洞，僅刪掉紫霞秘笈上那十六個字，徹底切斷紫霞神功與葵花寶典的關係（也讓岳不羣對葵花寶典的執著，由原來的「尋根」變成不折不扣的覬覦，從而強化其偽君子的形象）。至於《葵花寶典》的來歷，明晚版依然說是由一男一女合著，但強調「在許多要緊關頭都是寫得模稜兩可，或列舉不同練法，而兩種方法偏又互相矛盾」（明晚版《笑傲江湖》第三一三續）。金庸企圖以男女練法不同，為日後解釋《葵花寶典》驚人的練功法門找理由。

方證還提到，收藏在莆田少林寺的《葵花寶典》真本，早已被該寺方丈紅葉禪師燒毀了。金庸修改時又加了一小段，再次申明寶典的練法即使連撰作人也搞不清楚。紅葉禪師是這麼說的：

> 這部武學秘笈精微奧妙，任其中許多關鍵之處，當年的撰作人並未能妥為參通解透，留下的難題太多，流傳後世，實非武林之福。（明晚版《笑傲江湖》第三一六續，《世界日報》1978年8月，確切日期不詳）

金庸初次改寫這段情節時，可能有兩個想法：（1）想用夫妻二人對武學看法的分歧，為華山派分出劍、氣二宗找合理的源頭；（2）想為「欲練真功，引刀自宮」的法門也找到更合適的理由。只是，如果寶典由葵、花二人所創，理應不會生出「自宮練功」的要求，男人沒有理由要「發明」自殘身體的練功之法，女人更沒有宮可「自」。只有在一種情況下，才有可能要「自宮」，就是練功的是男人，而且不依從「葵」的練法而遵循

明晚版《笑傲江湖》第三一四續，《世界日報》1978年8月（確切日期不詳）。對於寶典的設定，已有所修改。

「花」的練法（但有必要這樣選擇嗎？）。因此，儘管金庸嘗試修改《葵花寶典》的「練法」，以求讓情節發展更合理，但後面「欲練真功，引刀自宮」的定讞判決實在過於震撼，且林平之與任我行都清楚指出，那是練功的第一法門。也就是說，無論是對閔、朱二人（明晚版改為岳、蔡二人），還是對渡元大師而言，其他練法的可能性都被排除了。

此外，金庸改寫林平之轉述祖上遠圖公（即渡元）事跡一段時，並沒有發現自己當日曾寫了兩個版本，以致沒有更正過來。明晚版中的渡元大師依然「分別」一從岳肅、蔡子峯二人，一從寺中所藏而獲得寶典內容。

這兩個重大破綻，唯有靜待第二次修改。兩年後出版作品集，金庸終於認清真相：小修小補不足以堵塞所有因葵花寶典的描述而來的漏洞，因此大刀闊斧地更換寶典作者，由一雙夫妻改為「前朝皇宮中一位宦官」（花皮版《笑傲江湖》，頁1223），確認寶典「欲練神功，引刀自宮」的合理性，更在紅葉禪師焚經時又補充幾句，把事情說得更明白：

> ……尤其是第一關難過，不但難過，簡直是不能過、不可過……（花皮版《笑傲江湖》，頁1233）

及後寫林平之的轉述時，也改口說林遠圖「原在寺中為僧，以特殊機緣，從旁人口中聞此劍譜，錄於袈裟之上。」（花皮版《笑傲江湖》，頁1457）金庸努力堵塞當初的漏洞，但還有一個小地方沒說清楚：林遠圖從岳蔡二人口中獲知《葵花寶典》殘卷，因此，抄在袈裟上的辟邪劍法第一道法訣，便是八字真言：「武林稱雄，揮劍自宮」。也就是說，當日在莆田少林寺偷看《葵花寶典》正本的岳蔡二人，其中一人也必然看過這一句。但兩人後來開創華山派的氣宗和劍宗，金庸卻沒有交代這兩人是否「揮劍自宮」？以及氣宗或劍宗的哪一宗是否也用了「揮劍自宮」的練習法門？

舊版遭刪掉的劇情：令狐冲獨鬥武當八卦劍陣

舊版有一些情節，連載時能夠吸引讀者，但對故事發展來說卻不一定有正面作用。金庸改寫時，從大局考量，或許會刪掉這些情節。

例如，舊版中令狐冲帶領五霸岡群雄上少林寺營救聖姑，途經武當山，金庸原本設置了一段情節，讓令狐冲連打四場。四場比鬥分兩次執行，每次兩戰，令狐冲先鬥八人劍陣，再鬥四人聯手，過幾天又打兩場，最後一場是單對單與武當掌門過招。原來令狐冲等人遇上一批道人，與其中兩組人馬打了起來。對方先推出「八卦劍陣」，劍陣由八人組

一九、大張旗鼓

華山棄徒，聞之心傷

令狐冲本是個桀傲不馴，肆無忌憚之士，若在平日，聽這長鬚道士說話如此無禮，立即反唇相稽。但當在黃保坪月下荒山之間，得羣豪擁為盟主之時，便已深自警惕：「眼前大事是去少林寺救了盈盈出來，我自身的一己好惡榮辱，全當置之度外，千萬不可一時性之所至，任意胡為，以至害了盈盈。」是以聽了這道人之言，心下雖是大怒，還是淡淡一笑，說道：「在下令狐冲，確是華山棄徒！」說到這「華山棄徒」四字之時，心中不禁一痛，心想：「原來江湖之上說到我令狐冲時，早已稱之為華山棄徒了。」接着又道：「但『改投魔教』四字，卻非事實。」

那長鬚道人道：「你既非改投魔教，何以甘為黑木崖的鷹犬，率領了這批魔教麾下的淫邪之徒，要去少林寺搗亂？」令狐冲尚未答話，桃根仙忽道：「你說我們是魔教麾下的淫邪之徒，難道你們便是魔教麾下的好人嗎？我看你鬍子太長，好也好不到那裏去？」他這個「去」字剛出口，桃幹、桃枝、桃葉、桃花四仙已飛身而起，將那長鬚道人手足抓起，提了起來。便在電光石火的同一瞬間，羣道中飛出八柄長劍，六柄劍的劍尖分別抵住桃谷六仙的後心，另外兩柄劍一指令狐冲咽喉，一指他的小腹。這八名道人，八柄長劍來得快極，出劍之時也是互補破綻，八人便如一人。令狐冲一瞥他們出劍之勢，便知並無傷人之心，當下也不抵禦，任由兩劍虛指自身要害，心想只要二人真有害己之意，長劍略向前遞，便可拔劍破解。只聽八道齊聲喝道：「放下！」桃根仙等後心要害被劍尖抵住，情知已然討不了好去，桃花仙笑道：「放下便放下，那有甚麼希奇？小心，站好了！」四個人手上同時使勁，將那長鬚道人向上一拋。那道人只覺一股大力將自己身子托起，這一拋不知要拋向何處，說不定會將自身拋到了十餘丈外的樹巔，這個人可丟得大了，當即使個「千斤墜」，竭力向下一沉，與上拋之力相抗。不料桃谷四仙這一下運勁極是刁鑽古怪，初勁向上，後勁卻變而向下，其實乃是以四人合力，將他重重往下摔去。桃谷四仙合力，勁道已在千斤以上，再加上那道人自身所使的「千斤墜」，五人合力，無慮以一千五六百斤的力道，將他往地下直摜。那道人察覺不妙，「啊喲」一聲大叫，已被重重的摔在山石之上，骨節折斷之聲格格可聞，口中鮮血狂噴。

令狐冲長劍出鞘，只聽得叮叮之聲連響，一劍將八劍格開。原來他一見那長鬚道人摔得如此狼狽，說不定當場便即斃命，那八名道人只怕便下毒手。桃谷六仙應變也是極快，敵劍離身，立即縱身逃開。桃實仙叫道：「好險，好險，好險！」桃枝仙道：「幸虧令狐公子從前跟我學過劍，學得了我的劍法。」桃根仙道：「胡說八道，他幾時跟你學過劍了？」桃枝仙道：「就算沒跟我學過，難道又跟你學過了？你也沒甚麼神氣！」桃葉仙道：「你瞧瞧，這劍法你使得出麼？」

令狐冲一劍架開八劍，那八名道人立即迅速遊走，東穿西拆，在令狐冲身周快捷異常的奔跑起來，一奔到他的背心，便即出劍遞招，不管是否刺中，腳下絲毫不停，你來我往，瞧得羣豪眼也花了。

戚高叫道：「盟主小心，這是武當派的八卦劍陣！」

（五五五）

一九、大張旗鼓

相輔相成，補淨破綻

令狐冲以前在華山之時，曾聽師父說起過當世各家各派的劍法，武當派的「八卦劍法」八人齊使，與恒山派的「七星劍法」有異曲同工之妙。他提劍隨手揮舞，將八名道人刺來的劍招一一格開，只見八人的劍招相輔相成，劍法之中竟是不現分毫空隙。令狐冲所習「獨孤九劍」的精要，是在一瞥之間便瞧出敵人招數中的破綻，以無招破有招，隨手一劍，即能克敵制勝。須知武林中人不論武功如何高明，招法如何精妙，出招收招之際，定然有空隙可尋，因之天下決無破不得的招數。但這八道的劍法聯成一氣，每人的招數中雖然各有瑕疵，互相衛護之後，種種瑕疵便已一一補淨，一時之間，竟然是破解不得。

幸好這八道武功並不甚高，這套「八卦劍法」顯然是從師父手中習得，使出來時只是依樣葫蘆，並無多大創見，八人互補之後，攻擊之力便即大減，劍招與劍招之間，少了一種靈氣。令狐冲一時雖破不得八人的劍法，但八道每一招刺出，也傷不了令狐冲。眼見八道越奔越快，旁觀的羣豪有的頭暈眼花，有的暗暗為令狐冲担心。戚高叫道：「他們八個人打一個，咱們也派七個人上去啊。」計無施叫道：「且慢，這八人徒仗腳下步法見長，劍法決不是令狐公子的對手。」

這一句話登時提醒了令狐冲，心想：「他八人的劍法互相補救，腳下的步法可不能互相補救了。」當即朗聲叫道：「今日拜見武當派八卦劍法，果然是名不虛傳，在下佩服得緊。八位道長演劍已畢，便請退開。」他說一句話，手中格格兩劍，叮叮之聲，不絕於耳。但那八道鬥得興發，如何肯停？仍是一劍緊似一劍的向他刺去。令狐冲微微一笑，左手解下腰間劍鞘，向下斜伸出去，劍鞘之端點在地下。一名道人急奔過來，收足不住，便在劍鞘上一絆，一個踉蹌，向前直衝了出去，總算他下盤功夫練得甚穩，衝了幾步，便即凝住，沒有摔倒，但一人脫離了戰圈，那「八卦劍陣」便即破了。令狐冲晃動劍鞘，豎在餘下七人腳步必至之所，只聽得「啊喲」、「咦」、「噢」，呼聲不絕，七名道人中倒有五人在劍鞘上絆跌，或向東衝，或朝西奔，一剎那間，只賸下兩名道人，和令狐冲面對面的站着，手中長劍仍是作勢欲刺，卻不知是刺好還是不刺的好。旁觀羣豪縱聲大笑。

那長鬚道人叫道：「師弟們且退！」他左手一揮，羣道中又有三名道人緩步而出，和那長鬚道人分站東北、東南、西北、西南四個方位，將令狐冲圍在中間。那長鬚道人說道：「閣下近日來名震江湖，果然有幾下子邪魔外道的古怪功夫，只是比劍之時，使那絆馬索的下三濫手段，卻不夠光明磊落。」令狐冲笑道：「這不是絆馬索，乃是絆人索。」桃花仙大笑道：「這長鬚老兒自居為馬，那又好笑了。」桃幹仙道：「牛鼻子，牛鼻子！令狐冲使的這一招，乃是絆牛索。」

長鬚道人長劍一舉，說道：「閣下徒逞口舌之能，算什麼英雄，只須勝得我四人手中長劍，武當派便不致再行攔道。」令狐冲道：「請問道長道號上下和冲虛道長又如何稱呼？」長鬚道人道：「你勝得我四人，便可過去，又何必多問？」一聲呼叱，四柄長劍從四個方位同時刺將過來。劍刃劈風之聲甚響，顯得四人手上勁力，比之適才八道是厲害得多了。

（五五六）

笑傲江湖　金庸　雲君圖

一九、大張旗鼓

腰帶褲帶，同時割斷

只拆得數招，令狐冲心下暗暗納罕：「曾聽師父言道，武當派武功素以陰柔見長，以柔尅剛，以圓制方。但這四個道人的劍法却純是陽剛一路，足見外界所傳，未必與實情相符。武當劍法之中，也有陽剛的路子。」這四名道人的劍法遠較適才八道爲高，只是相互配合之際，却又不及八道的圓轉純熟。過不多時，令狐冲便看到了四人劍法中破綻的所在，嗤的一聲響，他長劍將一名道人的衣袖劃破。

那道人一怔，令狐冲第二劍將另一名道人道袍的下擺割了下來，跟着長劍翻轉，第三名道人的頭髻中劍，頭髮散亂。他氣惱那長鬚道人出言不遜，有心要他出醜，刷刷兩劍，一刺小腹，一刺面門。那長鬚道人提劍急擋，那知令狐冲這兩下都是虛招，待他沉劍下格，一劍割斷了他尺來長的鬍鬚，等那道人手忙足亂的舉劍護住面門時，嗤的一聲輕響，道袍的腰帶和褲帶同時割斷。

令狐冲刷刷刷刷連刺四劍，那道人左格右擋，明知褲子溜下腳面，却是騰不出手去拉住褲子，左手雖是閒着，但令狐冲每一劍均攻向他左側，劍鋒距他左手不逾數寸，令他一隻手不住向後退縮。旁觀羣豪哈哈大笑。其餘三道均知令狐冲手下留情，不敢再戰，都即退開。那長鬚道人給落在腳面上的褲子絆了幾絆，險些摔倒，神情狼狽不堪，幸好他道袍甚長，遮住了下體，不致赤身出醜。令狐冲笑道：「得罪了。」還劍入鞘，緩步退開。那長鬚道人怒極，一劍向令狐冲當胸刺去。令狐冲微笑不動，那道人的劍尖和他胸口相距尺許之時，一怔住手，心想對方武功和自已相去太遠，這一劍眞是刺去，說不定對方不再容情，一怒之下，出劍反擊，便即取了自己的性命，呆了一呆，拋去長劍，俯身去拾褲子。羣豪笑聲更響，站在山隘口的羣道有的憤怒，有的大感羞慚。那長鬚道人轉過身來，左手拉住褲子，右手一揮，羣道一言不發的便即退去。

羣豪在大笑聲中紛讚令狐冲劍法了得。令狐冲此時却已好生後悔，尋思：「我做事便是率性而行，不好好去想一想後果。今日雖然贏得痛快，可是武當派的顏面却也給我掃得乾乾淨淨」這一下樹下了強敵，却是何苦？」但他性子甚是豁達，後悔之情在心中一閃，便即消失。祖千秋笑道：「令狐公子劍術通神，今日大開眼界，可惜手邊無酒，否則，須得喝上三大碗。」令狐冲聽他一說，酒癮大起，說道：「好，咱們到前面鎮上去喝個痛快。」

羣豪人數既衆，大小城鎮之中均無偌大客店可供住宿，到得晚間，便在曠野露宿。次日衆人啓程向北，行得二十餘里後，前哨快馬來報：「啓稟盟主，前面山道上有三十餘具道士的屍身，好像就是昨天攔路的那些道人。」令狐冲吃了一驚，催馬前行，果見一道陡側的岔路之上，橫七豎八的躺着數十具屍首，那個被令狐冲割去了半部長鬚的道人也在其內。計無施道：「咦，盟主請看。」指着一株大樹。只見那樹的樹幹上削去了一片樹皮，用劍尖寫着八個大字：「奸徒冒名，罪不容誅。」筆致極是蒼勁。

祖千秋道：「原來這些道人不是武當派的。看來都是給武當派殺死的了。」老頭子道：「爲甚麼要冒充武當派？不知他們又是甚麼來歷。當眞是奇哉怪也！」（五五七）

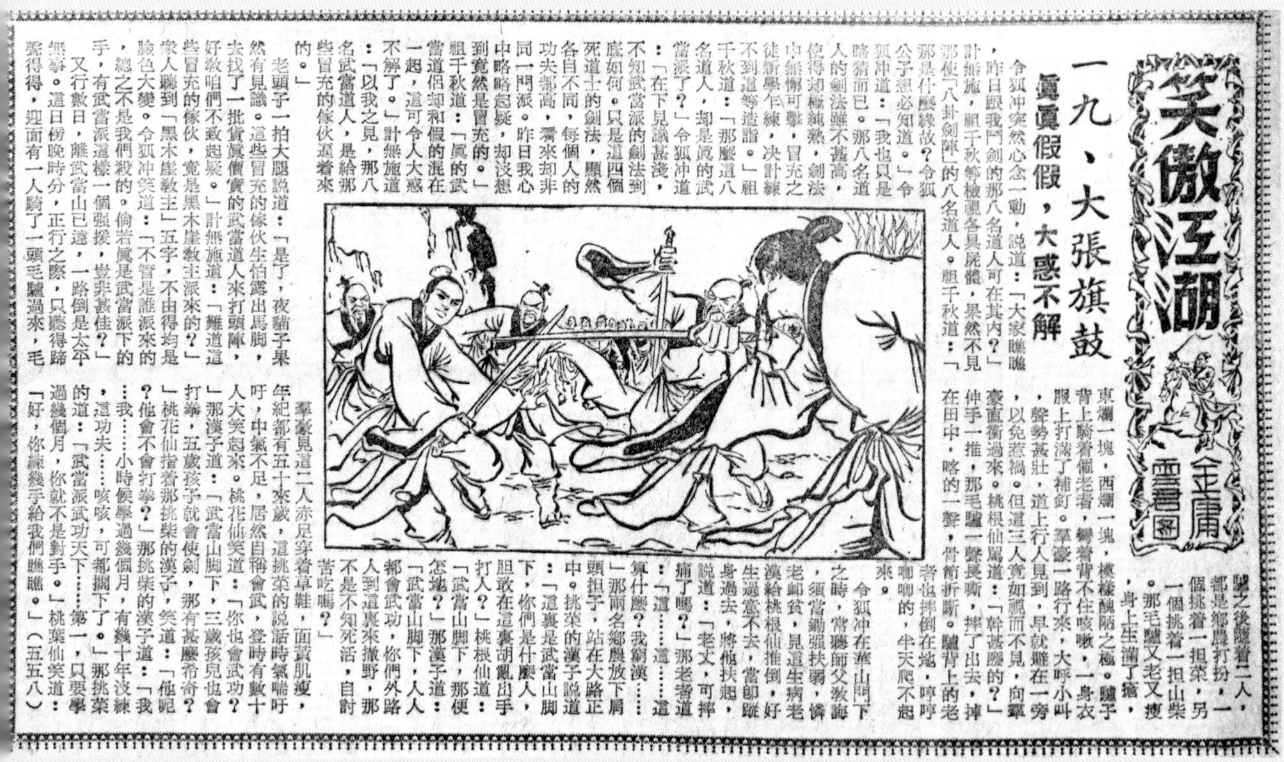

笑傲江湖　金庸　雲君圖

一九、大張旗鼓

眞眞假假，大惑不解

令狐冲突然心念一動，說道：「大家瞧瞧，昨日跟我鬥劍的那八名道人可在其內？」計無施，祖千秋等檢視各具屍體，果然不見那使「八卦劍陣」的八名道人。祖千秋道：「那是什麼緣故？令狐公子想必知道。」令狐冲道：「我也只是瞎猜而已。那八名道人的劍法雖不甚高，使得却極純熟，劍法中無懈可擊。冒充之徒新學乍練，決計練不到這等造詣。」祖千秋道：「那麼這八名道人，却是眞的武當派了？」令狐冲道：「在下見識甚淺，不知武當派的劍法到底如何。只是這四個死道士的劍法，顯然各自不同，每個人的功夫都高，看來却非同一門派。昨日我心中略略起疑，却沒想到竟然是冒充的。」祖千秋道：「眞的武當道侶却和假的混在一起，這可令人大惑不解了。」計無施道：「以我之見，那八名武當道人，是給那些冒充的傢伙逼着來的。」

老頭子一拍大腿說道：「是了，夜貓子果然有見識。這些冒充的傢伙生怕露出馬腳，去找了一批貨眞價實的武當道人來打頭陣，好敎咱們不致起疑。」計無施道：「難道這些冒充的傢伙，竟是黑木崖教主派來的？」衆人聽到「黑木崖教主」五字，不由得均是臉色大變。令狐冲笑道：「不管是誰派來的，總之不是我們殺的。倘若眞是武當派下的手，有武當派這樣一個強援，豈非甚佳？」

又行數日，離武當山已遠，一路倒是太平無事。這日傍晚時分，正行之際，只聽得蹄聲得得，迎面有一人騎了一頭毛驢過來，毛驢之後隨着二人，都是鄉農打扮，一個挑着一担菜，另一個挑着一担山柴。那毛驢又老又瘦，身上生滿了瘡，東爛一塊，西爛一塊，模樣醜陋之極。驢子背上騎着個老者，彎着背不住咳嗽，一身衣服上打滿了補釘。羣豪一路行來，大呼小叫，聲勢甚壯，道上行人見到，早就避在一旁，以免惹禍。但這三人竟如視而不見，向羣豪直衝過來。桃根仙罵道：「幹甚麼的？」伸手一推，那毛驢一聲長嘶，摔了出去，摔在田中，喀的一聲，骨節折斷。驢背上的老者也摔倒在地，哼哼唧唧的，半天爬不起來。

令狐冲在華山門下之時，常聽師父教誨，須當鋤強扶弱，憐老卹貧，見這生病老漢給桃根仙推倒，好生過意不去，當即縱身過去，將他扶起，說道：「老丈，可摔痛了嗎？」那老者道：「這……這……這算什麼？我窮漢……」那兩名鄉農放下肩頭担子，站在大路正中。挑菜的漢子說道：「這裏是武當山腳下，你們是什麼人，胆敢在這裏胡亂出手打人？」桃根仙道：「武當山腳下，那便怎地？」那漢子道：「武當山腳下，人人都會武功，你們外路人到這裏來撒野，那不是不知死活，自討苦吃嗎？」

羣豪見這二人赤足穿着草鞋，面黃肌瘦，年紀都有五十來歲，這挑菜的說話時氣喘吁吁，中氣不足，居然自稱會武，登時有數十人大笑起來。桃花仙笑道：「你也會武功？」那漢子道：「武當山腳下，三歲孩兒也會打拳，五歲孩子就會使劍，那有甚麼希奇？」桃花仙指着那挑柴的漢子，笑道：「他呢？他會不會打拳？」那挑柴的漢子道：「我……我……小時候學過幾個月，有幾十年沒練，這功夫……咳咳，可都擱下了。」那挑菜的道：「武當派武功天下……第一，只要學過幾個月，你就不是對手。」桃葉仙笑道：「好，你練幾手給我們瞧瞧。」（五五八）

左頁與右頁　舊版《笑傲江湖》第五五五至五五八續，1968年11月12-15日。令狐冲獨鬥八卦劍陣與四人聯手。

成，八人武功雖不高，卻能互補。令狐冲一時間破不了，後來聽到計無施和戚高（改寫後以「白髮老者」稱呼）提及這八人只是「仗腳下步法見長」，就發現關竅，破了八卦劍陣（有點像張無忌在光明頂上破華山、崑崙派的正反兩儀刀劍陣）。第二場由四個道人聯手。四道武功比八道高，但走陽剛一路，彼此之間配合不夠純熟，被令狐冲輕易擊敗。

一天之後，營救聖姑的大隊人馬在山路上發現三十多具屍首，就是前一天碰到的道人，但當中沒有使八卦劍陣的那八名道人。樹幹上寫著「奸徒冒名，罪不容誅」八個大字，眾人才知道之前對陣的並不是武當派的人。至於使八卦劍陣的八道，計無施猜測，該是「給那些冒充的傢伙逼著來的」。數天之後，盟軍又在山道上遇見冲虛道長師徒三人（當日盟軍並不知道對方身分），又打了兩場。

到底誰是奸徒？誰冒名頂替？這條伏線金庸沒有說破，也沒有透過令狐冲的腦袋思考箇中線索，後來碰到冲虛師徒時，武當派明明知曉冒名頂替一事，卻也不曾解釋。整條伏線就

全新修訂本　增刪潤飾．改寫修訂

笑傲江湖　金庸　云君图　版權所有

第廿七回　大張旗鼓

八道人合使「八卦剑法」

便在电光石火的同一瞬间，群道中飞出八柄长剑，六剑的剑尖分别抵住桃谷六仙后心，另外两剑一指令狐冲咽喉，一指他小腹。这八名道人的八柄长剑来得快极，出剑之时也是互补破绽，八人便如一人。

令狐冲一看他们出剑之势，便知並无伤人之心，当下也不抵御，任由两剑虚指自身要害，心想只要二人真有害己之意，长剑略再前递，便可拔剑破解。只听八道齐声喝道：「放下！」

桃根仙等后心要害被剑尖抵住，情知已然讨不了好去，桃花仙笑道：「放下便放下，那有什么希奇？小心，站好了！」四个人手上同时使劲，将那胖大道人向上一抛。

那道人只觉一股大力将自己身子托起，这一抛不知要抛向何处，说不定会将自身抛到了十馀丈外的树巅，这个人可丢得大了。当即使个「千斤墮」，竭力向下一沉，与上抛之力相抗。不料桃谷四仙这一下运劲极是刁钻古怪，初劲向上，后劲却变而向下，其实乃是以四人合力，将他重重往下摔去。桃谷四仙合力，劲道已在千斤以上，再加上那道人自身所使的「千斤墮」，五人合力，无虞以一千五六百斤的力道，将他往下直摔。那道人察觉不妙，「啊哟」一声大叫，已被重重的摔在山石之上，骨节折断之声格格可闻，口中鲜血狂喷。

令狐冲长剑出鞘，只听得叮叮之声连响，一剑将八剑格开。原来他一见那胖大道人摔得如此狼狈，说不定当场便即毙命，那八名道人只怕便下毒手。

桃谷六仙应变也是极快，敌剑离身，立即纵身逃开。桃实仙叫道：「好险，好险，好险！」桃枝仙道：「幸亏令狐公子跟我学过剑，学得了我的剑法。」桃根仙道：「他几时跟你学过剑了？」桃枝仙道：「就算没跟我学过，难道又跟你学过了？你也没什么神气！」桃叶仙道：「你瞧瞧，这剑法你使得出么？」

令狐冲一剑架开八剑，那八名道人立即迅速游走，东穿西拆，在令狐冲身周快捷异常的奔跑起来，一奔到他的背心，便即出剑递招，不管是否刺中，脚下丝毫不停，你来我往，瞧得群豪眼也花了。

计无施叫道：「盟主小心，这是武当派的八卦剑阵！」

令狐冲以前在华山之时，曾听师父说起过当世各家各派的剑法，武当派的「八卦剑法」，与恒山派的「七星剑法」都是剑阵，有异曲同工之妙。他提剑随手挥舞，将八名道人刺来的剑招一一格开，只见八人的剑招相辅相成，剑法之中竟不现分毫空隙。八道人的剑法联成一气，每人的招数中虽然各有瑕疵，互相卫护之后，便已一一补净，一时之间，竟然破解不得。

幸好这八道武功並不甚高，八人互补之后，攻击之力便即大减，这套「八卦剑法」显是从师父手中死板板的习得，使出来时只是依样葫芦，並无多大特异变化，比之恒山剑阵颇有不如。令狐冲一时虽破解不得，但八道人每一招刺出，也伤不了他。

眼见八道人越奔越快，旁观的群豪有的头晕眼花，有的暗暗为令狐冲担心。老头子叫道：「他们八个人打一个，咱们也派七个人上去啊。」计无施叫道：「且慢，这八人徒仗脚下步法见长，剑法决不是令狐公子的对手。」

这一句话登时提醒了令狐冲，心想：「他八人的剑法互相补救，脚下的步法可不能互相补救了。」当即朗声叫道：「今日拜见武当派八卦剑法，果然名不虚传，在下佩服得紧。八位道长演剑已毕，便请退开。」他说一句话，手中格开两剑，铮铮之声，不绝於耳。但那八道斗得兴发，如何肯休？仍是脚下急奔，挺剑疾刺。

令狐冲微微一笑，左手解下腰间剑鞘，向下斜伸出去，剑鞘头点在地下。一名道人急奔过来，收足不住，在剑鞘上一绊，一个踉跄，向前直冲了出去，总算他下盘功夫练得甚稳，冲了几步，便即凝住，没有摔倒，但一人脱离战团，那「八卦剑阵」便即破了。令狐冲挑动剑鞘，竖在馀下七人脚步必至之处，只听「啊哟」、「咦」、「噢」、呼声不绝，七名道人中倒有五人在剑鞘上绊跌，或向东冲，或朝西奔。一刹那间，只剩下两名道人，和令狐冲面对面的站着，手中长剑仍是作势欲刺，却不知是刺好还是不刺的好。旁观群豪纵声大笑。

那长须道人叫道：「师弟们且退！」他左手一挥，群道中又有三名道人缓步而出，和那长须道人分站东北、东南、西北、西南四个方位，将令狐冲围在中间。那长须道人说道：「阁下近日来名震江湖，果然有几下子邪魔外道的古怪功夫，只是比剑之时，使那绊马索的下三滥手段，却不够光明磊落。」令狐冲笑道：「这不是绊马索，乃是绊人索。」桃花仙大笑道：「这长须老儿自居为马，那又好笑了。」桃干仙道：「牛鼻子，牛鼻子！令狐冲使的这一招，乃是绊牛索。」

长须道人长剑一举，说道：「阁下徒逞口舌之能，算什么英雄，只须胜得我四人手中长剑，武当派便不敢再行拦道。」令狐冲道：「请问道长道号，跟冲虚道长又如何称呼？」长须道人道：「你胜得我四人，便可过去，又何必多问？」一声呼叱，四柄长剑从四个方位同时刺将过来。剑刃劈风之声甚响，显得四人手上劲力，比之适才八道厉害得多了。

只拆得数招，令狐冲心下暗暗纳罕：「曾听师父言道，武当派武功以阴柔见长，以柔克刚，以圆制方。但这四个道人的剑法却纯是阳刚一路，足见外界所传，未必与实情相符。武当剑法之中，也有阳刚的路子。」

这四名道人的剑法远较适才八道为高，只是相互配合之际，却又不及八道的圆转纯熟。过不多时，令狐冲便看到了四人剑法中的破绽所在，嗤的一声响，挥剑将一名道人的衣袖划破。那道人一怔，令狐冲第二剑将另一名道人道袍的下摆割下，跟着长剑翻转，第三名道人的头髻中剑，头发散乱。

他气恼那长须道人出言不逊，有心要他出丑，刷刷两剑，一刺小腹，一刺面门。长须道人提剑急挡，那知令狐冲这两下都是虚招，待他沉剑下格，横剑削下了他尺来长的胡须，等那道人急忙举剑护住面门，嗤的一声轻响，道袍的腰带和裤带同时割断。

令狐冲刷刷刷刷连刺四剑，那道人左格右挡，明知裤子溜下脚面，却松不出手拉住裤子，左手虽是闲着，但令狐冲每一剑均攻向他左侧，剑锋距他左手不逾数寸，令他左手不住退缩闪避。

旁观群豪哈哈大笑。其馀三道均知令狐冲手下留情，不敢再战，都即退开。那长须道人给落在脚面的裤子绊了几下，险些摔倒，神情狼狈不堪，幸好道袍甚长，遮住了下体，不致赤身出丑。

（二七四）

成了無頭公案。

這段情節共連載了四天，從1968年11月12日連載到11月15日（第五五五續到第五五八續）。到了1978年的明晚版，金庸仍想保留八卦劍陣，但武當派八道被人挾持，眼見他人冒充本派卻不發一聲，實在說不過去。因此，金庸乾脆將八名道人撥進冒名頂替之列，最後全部被殺。由於八道不再屬於武當派，金庸對八卦劍陣的評價也不再客氣，直指不如恆山派的七星劍陣。但這樣改，依然沒有解釋為什麼幾日後冲虛三師徒絕口不提自己一派遭人冒名頂替，加上這條伏線與之前嵩山派冒充魔教對付恆山派過於類似，左冷禪與嵩山派已經夠聲名狼藉，不用再多一樁罪。因此，1980年出版作品集時，金庸正式刪掉前兩場對戰，讀者也就無緣得見這可與恆山派七星劍陣相媲美的八卦劍陣了。

个所修订本　增删润饰·改写修订

笑傲江湖　金庸　云君图　版权所有

第廿七回　大張旗鼓

「奸徒冒名，罪不容誅」

令狐冲笑道：「得罪了。」还剑入鞘，缓步退开。长须道人怒极，挺剑向令狐冲当胸刺去。令狐冲微笑不动，那道人的剑尖和他胸口相距尺许之时，一怔住手，心想对方武功和自己相去太远，这一剑当真刺出，说不定对方不再容情，出剑反击，便即取了自己的性命，呆了一呆，抛去长剑，俯身去拾裤子。群豪笑声更响。站在山隘口的群道有的愤怒，有的大感羞惭。长须道人转过身来，左手拉住裤子，右手一挥，群道一言不发，负了那身受重伤的胖大道人，便即退去。

群豪在大笑声中纷赞令狐冲剑法了得。令狐冲此时却已好生后悔，寻思：「我做事便是率性而行，不好好想一想后果。今日虽然赢得痛快，可是武当派的颜面却给我扫得干干净净。这一下树下了强敌，却是何苦？」但后悔之情在心中一闪，便即消失。祖千秋笑道：「令狐公子剑术通神，今日大开眼界，可惜手边无酒，否则须得喝上三大碗。」令狐冲听他一说，酒瘾大起，说道：「好，咱们到前面镇上去喝个痛快。」

群豪人数既众，大小城镇之中均无偌大客店可供住宿，到得晚间，便在旷野露宿。

次日众人启程向北，行得二十余里后，前哨快马来报：「启禀盟主，前面山坡上有三十余具道士的尸身，好像就是昨天拦路的那些道人。」令狐冲吃了一惊，催马前行，果见一处山坡上躺着数十具尸首，那胖大道人、长须道人、与令狐冲斗过剑的其余十一名道人均在其内。

计无施道：「咦！盟主请看。」指着一株大树，只见树干上削去了一片树皮，用黑炭写着八个大字：「奸徒冒名，罪不容诛。」笔迹甚是苍劲。

祖千秋道：「原来这些道人不是武当派的，看来都是给武当派杀死的了。」老头子道：「为什么要冒充武当派？不知他们又是什么来历，当真是奇哉怪也。」

令狐冲点头道：「这组成剑阵的八名道人，剑法与步法虽然纯熟，但变化呆板，武当剑阵享大名於天下，不该这般徒然只守不攻。至於这四个死道士的剑法，显然各自不同，每人的功夫都高，却非同一门派。昨日我心中略略起疑，却没想到竟然是冒充的。」

祖千秋道：「那么这批傢伙究竟是谁？干么要冒充武当派？」老头子道：「咱们这般大张旗鼓的前去，少林派自然早已得知讯息，难道是少林寺派人前来阻拦？」计无施摇头道：「少林寺前来阻拦，当然有理，但不必冒充武当派。少林、武当向来交好，武当派就算明知少林派冒充，也决不会如此下手不容情，尽数杀了。派这批傢伙来的人，既与咱们为敌，又对武当派不怀好意。」众人点头称是。

令狐冲道：「不管是谁暗中捣鬼，这批假货总之不是我们杀的。倘若真是武当派下的手，那么武当派並不想跟咱们作对，岂不好得很么？」

又行一日，离武当山不远，一路太平无事。这日傍晚时分，正行之际，只听得蹄声得得，迎面有人骑了一头毛驴过来，驴之后随着两名乡农，一个挑担着一担菜，另一个挑着一担山柴。那毛驴又老又瘦，身上生满了疮，东烂一块，西烂一块。驴背上骑着个老者，弯着背不住咳嗽，一身衣服上打满了补钉。群豪一路行来，大呼小叫，声势甚壮，道上行人见到，早就避在一旁。但这三人竟如视而不见，向群豪直冲过来。

桃根仙骂道：「干什么的？」伸手一推，那毛驴一声长嘶，摔了出去，喀的一声，腿骨折断。驴背上老者也摔倒在地，哼哼唧唧的半天爬不起来。

令狐冲在华山门下之时，常听师父教诲，须当锄强扶弱，怜老恤贫，见这生病老汉给桃根仙推倒，好生过意不去。当即纵身过去，将他扶起，说道：「老丈，可摔痛了吗？」那老者哼哼唧唧，说道：「这……这……这算什么？我穷汉……」

两名乡农放下肩头担子，站在大路正中，双手叉腰，满脸怒色。挑菜的汉子气喘吁吁的道：「这里是武当山脚下。你们是什么人？胆敢在这里出手打人？」桃根仙道：「武当山脚下，那便怎地？」那汉子道：「武当山脚下，人人都会武功，你们外路人到这里来撒野，当真是不知死活，自讨苦吃。」

群豪见这两人足穿草鞋，面黄肌瘦，年纪都有五十来岁，这挑菜的说话时中气不足，居然自称会武，登时有数十人大笑起来。

桃花仙笑道：「你也会武功？」那汉子道：「武当山脚下，三岁孩儿也会打拳，五岁孩子就会使剑，那有什么希奇？」桃花仙指着那挑柴的汉子，笑道：「他呢？他会不会使剑？」挑柴的汉子道：「我……我……小时候学过几个月，有几十年没练，这功夫……咳咳，可都搁下了。」挑菜的道：「武当派武功天下……第一，只要学过几个月，你……你就不是对手。」桃叶仙笑道：「你，你练几手给我们瞧瞧。」

挑柴汉子道：「练什么？练出来你们又不懂。」群豪轰然大笑，都道：「不懂也得瞧瞧。」挑柴汉子道：「唉，既然如此，我便练几手，只不知是否还记得全？那一位大爷借把剑来？」

当下便有一人笑着递了把剑过去，那汉子接了过来，走到乾硬的稻田中，东刺一剑，西劈一剑的练了起来，使得三四下，忽然忘记了，搔头凝思，又使了几招。群豪见他使得全然不成章法，身子又笨拙之极，无不捧腹大笑。

那挑菜汉子道：「有什么好笑？我来练练，借把剑来。」接了长剑在手，便即乱劈乱刺，动作极快，犹如发疯一般，更引人狂笑不已。

令狐冲初时也是负手微笑，但看到十几招时，不由得一惊，这两个汉子的剑招，一个迟缓，一个迅捷，可是剑法之中竟无半分破绽可寻。二人的姿式固是难看之极，但一攻一守，令人实不知如何对付才好，尤其那挑柴汉子的剑法古朴浑厚，剑上的威力似乎只发挥得一成，其余九成却是蓄势以待，后力无穷，耳听得群豪哈哈大笑，当即跨上几步，拱手说道：「今日拜见两位前辈，得睹高招，实是不胜荣幸。这样的高招，当真走遍天下也是不易见到的。」这几句话语气诚恳，浑不同群豪那么都是讥刺的反话。

两名汉子收起长剑，那挑柴的瞪眼道：「你这小子，你看得懂我们的剑法么？」令狐冲道：「不敢说懂。两位剑法博大精深，这个『懂』字，那里说得上？武当派剑法驰名天下，果然令人叹为观止。」那挑菜汉子道：「你这小子，叫什么名字？」

令狐冲还未答言，群豪中已有人叫了起来：「什么小子不小子的，这位是我们的盟主，令狐公子。」

（二七五）

明晚版《笑傲江湖》第二七四、二七五續，《新明日報》1978年12月27-28日。

雲君圖說《笑傲江湖》

舊版、明晚版《笑傲江湖》連環畫之「五嶽派比武奪帥」

1

2

3

4

5

6

7

8

9

10

11

12

13

14

15

16

17

18

19

20

21

22

23

24

25

1 眾人決議比武奪帥，玉音子與玉磬子爭奪由誰代表泰山派出戰，再起爭執。

2 令狐冲仗劍叫陣，以話套住左冷禪，指出須以劍法比武奪帥。

3-4 林平之和岳靈珊插口，暗示岳不羣精通五嶽各派劍招，岳不羣雖指斥二人無禮，卻不否認。

5-6 岳靈珊先是擺出「岱宗如何」，再施展「五大夫劍」，都是泰山派失傳的劍招，先後打敗了玉音子與玉磬子。田伯光曾見過這些劍招，問劍招是否由令狐冲傳授。

7-9 莫大先生出戰，岳靈珊使出衡山派失傳劍法，但仍不敵莫大，只好突施魔教長老破劍之法，莫大不察，最後重傷敗陣。

10-14 岳靈珊和令狐冲對劍，兩人先是施展恆山劍法，後來不經意使出合創的冲靈劍法，最後令狐冲為哄師妹開心，故意被刺傷而敗下陣來。

15-17 岳靈珊戰左冷禪，使出十三招失傳的嵩山派劍招，最終落敗，功成身退。

18 左冷禪與岳不羣針鋒相對，互相試探對方底細。

19-23 左、岳二人最後上封禪台比劍，先是各自使出本派武功，最後劍法突變，令狐冲認得是辟邪劍法。

24-25 左冷禪劍招又變，只出招守禦，原來已給岳不羣刺瞎了雙眼。岳不羣成為五嶽派盟主。

傳世的明晚版《笑傲江湖》缺稀，只能從《新明日報》的
連載看到雲君新繪製的插圖，惜畫質不高。

拾肆

鹿鼎記

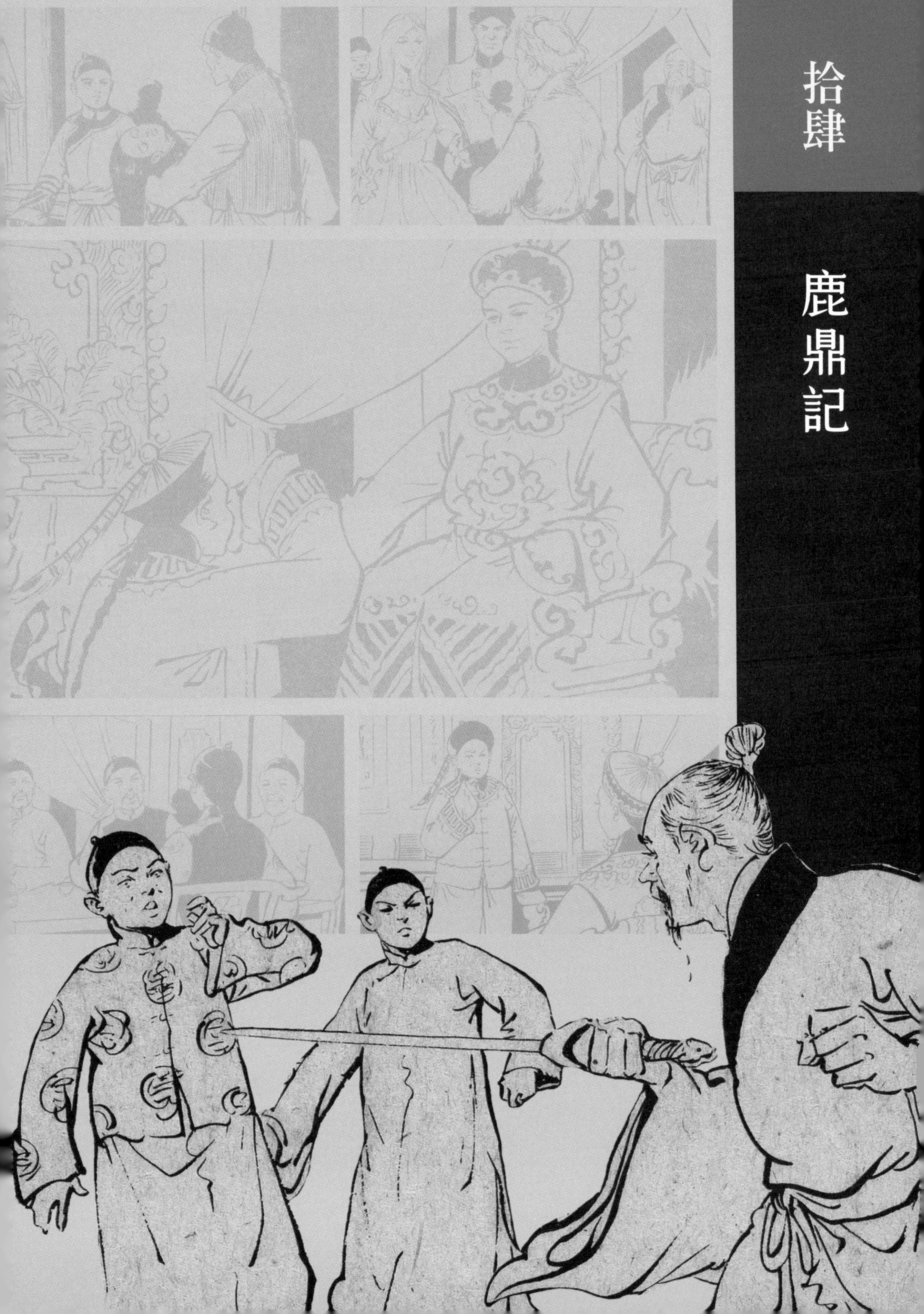

從1969年10月24日開始，《明報》連載《鹿鼎記》，到1972年9月23日最終回為止，前後共一千零六十六天，扣除脫期四十五天，合共一千零二十一續。金庸十五部小說中，《鹿鼎記》連載時間最長，但全書只分二十二回，每回設七字對句回目。第一回之前為「楔子」，連載了十八天。各回連載續數差距很大，最短的第十六回只連載了十五續，最

上　舊版《鹿鼎記》第一七二續，1970年4月17日。
下　舊版《鹿鼎記》第一五〇續，《遠東日報》1970年5月24日。

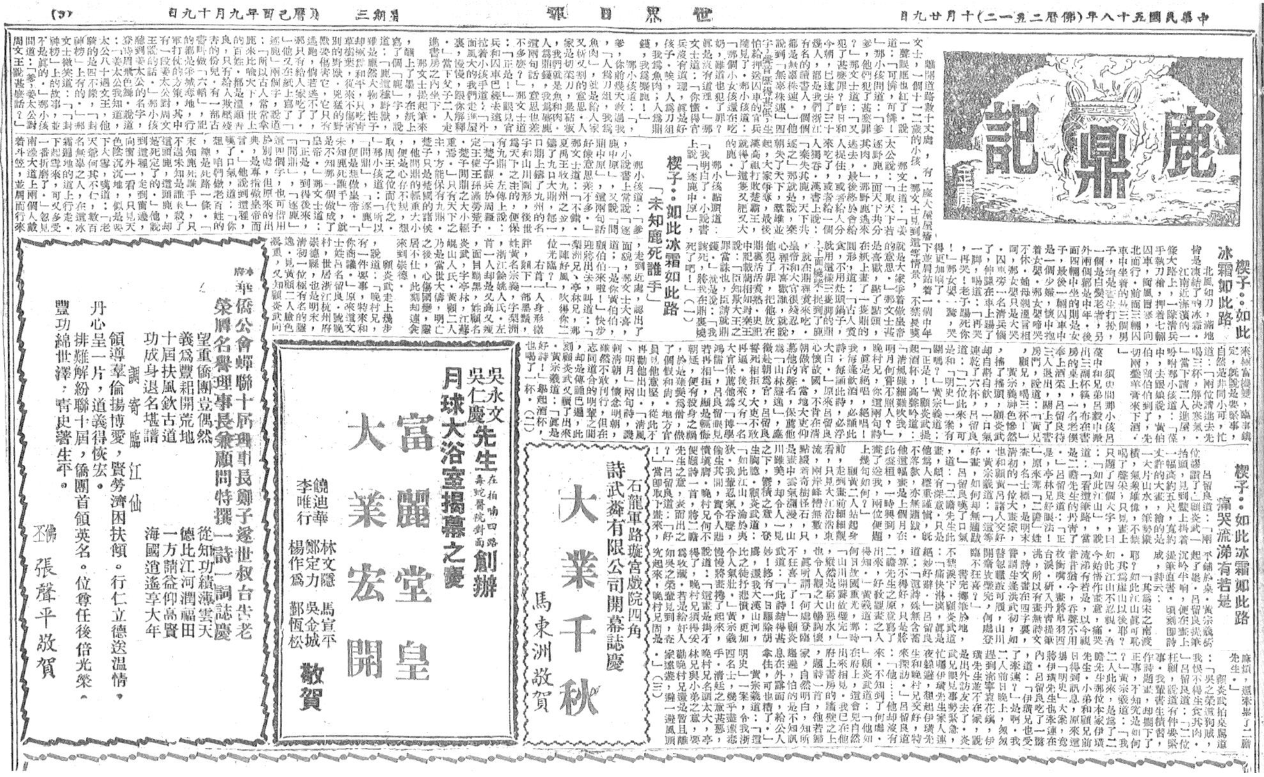

鹿鼎記

冰霜如此路

楔子：如此冰霜如此路

「未知鹿死誰手」

富麗堂皇

大業宏開

月球大浴室揭幕之慶

大業千秋

詩武齋有限公司開幕誌慶

舊版《鹿鼎記》第一至三續，泰國《世界日報》1969年10月29日。

長的第四回連載多達一百一十七續。《鹿鼎記》每天連載約一千二百字，設回目與每日標題，由雲君繪畫插圖，共畫了一千零二十張圖（最後一日沒有插圖）。

《鹿鼎記》回目演變的玄機

1978年9月4日，經改寫後的《鹿鼎記》開始在《明報晚報》連載，到1980年1月25日最終回，歷經五百零九天，扣除1979年1月28、29日為農曆春節初一、初二，停刊兩天，共計五百零七續。金庸曾在《金庸作品集．鹿鼎記》的「後記」中提及修訂十五部小說的時間，謂「修訂的工作開始於一九七〇年三月，到一九八〇年年中結束」（花皮版《鹿鼎記》，頁2121），可見金庸在明晚版一月下旬連載結束後，又花了好幾個月時間來做最後修改。

明晚版《鹿鼎記》則分為五十回，回目一反舊版七言對句做法，改用二字至七字短語。明晚版《鹿鼎記》重用舊版插圖（有時同一張插圖連用兩天），但第四六四續到四七一續插圖效果不佳，大抵舊圖損毀，難以再用，所以從第四七二續開始，又請雲君重新繪畫插圖，一直到故事終結，大概重畫了三十來張。

1981年，《金庸作品集・鹿鼎記》出版，雖然仍分為五十回，但金庸又改用七字對句重塑回目。先來看看各版回目：

回	舊版	明晚版	作品集版
楔子	如此冰霜如此路		
1	紅巾方見劇賊走 白鬚又報官軍過[62]	如此冰霜如此路	縱橫鈎黨清流禍 峭蒨風期月旦評
2	琢磨頗望成全璧 激烈何須到碎琴	揚州小無賴	絕世奇事傳聞裏 最好交情見面初
3	佳客偶逢如有約 盛名長恐見無因	老太監和小太監	符來袖裏圍方解 椎脫囊中事竟成
4	關心風雨經聯榻 輕命江山博壯遊	小玄子	無迹可尋羚掛角 忘機相對鶴梳翎
5	金剛寶杵衛帝釋 彫篆石碣敲頭陀	權臣鰲拜	金戈運啟驅除會 玉匣書留想像間
6	萬事到頭難逆料 獨行無地不相思	皇太后	可知今日憐才意 即是當時種樹心
7	神焦鬼爛逃后羿 石破天驚愁皇媧	天地會總舵主	古來成敗原關數 天下英雄大可知
8	一笑原來無價買 萬緣何必有心求	沐王府羣英	佳客偶逢如有約 盛名長恐見無因
9	頗聞西上攀躋苦 却笑南遊性命輕	沐王府小郡主	琢磨頗望成全璧 激烈何須到碎琴
10	笑能傾國時方妒 曲到知音調始哀	王府大宴	盡有狂言容數子 每從高會厠諸公
11	英雄混跡疑無賴 風雨高歌覺有神	陷害吳三桂	春辭小院離離影 夜受輕衫漠漠香
12	曾隨南北東西路 獨結冰霜雨雪緣	救人賠命	語帶滑稽吾是戲 弊清摘發爾如神

13	犵鳥蠻花天萬里 朔雲邊雪路千盤	三擊掌	翻覆兩家天假手 興衰一刦局更新
14	翻覆兩家天假手 興衰一劫局更新	夜鬥慈寧宮	放逐肯消亡國恨 歲時猶動楚人哀
15	孤蹤汗漫三年外 萬事荒唐一笑前	八部經書	關心風雨經聯榻 輕命江山博壯遊
16	石火光中亡國恨 鐵函井底後人猜	鬼屋	粉蘼餘香唧語燕 珮環新鬼泣啼烏
17	雨腥雙袖弓刀血 風靜諸山草木兵	五台山上	法門猛叩無方便 疑網重開有譬如
18	古來成敗原關數 天下英雄大可知	石碣遺文	金剛寶杵衛帝釋 彫篆石碣敲頭陀
19	自信我為當去客 劇憐君是未歸人	神龍教教主	九州聚鐵鑄一字 百金立木招羣魔
20	星埃路脫千重險 冰雪書來一笑溫	建寧公主	殘碑日月看仍在 前輩風流許再攀
21	身在夢中誰獨覺 事當局外每長嘆	賭頭	金剪無聲雲委地 寶釵有夢燕依人
22	雲點旌旗秋出塞 風傳鼓角夜臨關	綠衫女郎	老衲山中移漏處 佳人世外改粧時
23		小方丈	天生才士定多癖 君與此圖皆可傳
24		白衣尼	愛河縱涸須千刦 苦海難量為一慈
25		智鬥惡喇嘛	烏飛白頭竄帝子 馬挾紅粉啼宮娥

62 舊版《鹿鼎記》第一回共有三十一續，回目是「紅巾方見劇賊走　白鬚又報官軍過」。「官軍」二字，又作「軍官」。三十一續回目中，作「軍官」二十次，作「官軍」十一次，但並非多的就是正確，因為原詩作「官軍」。此聯出自查慎行《敬業堂詩集》卷一的〈荊州護國寺古鼎歌〉：「……鼻毛東浮蔽大海，轅塵南下驚纖蘿。紅巾方見劇賊走，白鬚又報官軍過。紅蓮幕乏庾長史，碧油幢引楊沙哥。……」

26		殺龜大會	草木連天人骨白 關山滿眼夕陽紅
27		做戲	滇海有人聞鬼哭 棘門此外盡兒嬉
28		賜婚	未免情多絲宛轉 為誰心苦竅玲瓏
29		送婚雲南	捲幔微風香忽到 瞰牀新月雨初收
30		公主與駙馬	鎮將南朝偏跋扈 部兵西楚最輕剽
31		天下第一美人	羅甸一軍深壁壘 滇池千頃沸波濤
32		大鬧賭場	歌喉欲斷從絃續 舞袖能長聽客誇
33		藏寶圖	誰無痼疾難相笑 各有風流兩不如
34		攻打神龍島	一紙興亡看覆鹿 千年灰劫付冥鴻
35		羅剎國公主	曾隨東西南北路 獨結冰霜雨雪緣
36		撤藩	犵鳥蠻花天萬里 朔雲邊雪路千盤
37		衣錦榮歸	轅門誰上平蠻策 朝議先頒諭蜀文
38		大鬧麗春院	縱橫野馬羣飛路 跋扈風箏一綫天
39		胡天胡帝	先生樂事行如櫛 小子浮蹤寄若萍
40		病漢	待兔祗疑株可守 求魚方悔木難緣
41		行刺皇帝	漁陽鼓動天方醉 督亢圖窮悔已遲

42	機密洩漏	九重城闕微茫外 一氣風雲吐納間
43	眾叛親離	身作紅雲長傍日 心隨碧草又迎風
44	通吃島	人來絕域原拚命 事到傷心每怕真
45	施琅宣旨	尚餘截竹為竿手 可有臨淵結網心
46	回朝出征	千里帆檣來域外 九霄風雨過城頭
47	攻城	雲點旌旗秋出塞 風傳鼓角夜臨關
48	議和劃界	都護玉門關不設 將軍銅柱界重標
49	討債	好官氣色車裘壯 獨客心情故舊疑
50	不幹了	鶚立雲端原矯矯 鴻飛天外又冥冥

《金庸作品集．鹿鼎記》第一回正文之後，金庸加了一段長達四頁的注釋，說明回目來源。節錄文字如下：

本書初在「明報」發表時，第一回稱為「楔子」，回目是查慎行的一句詩「如此冰霜如此路」。……查慎行在清朝算得是第一流詩人，置之唐人宋人間大概只能算第二流了。……有「敬業堂詩集」五十卷，續集六卷。……

本書五十回的回目都是集查慎行詩中的對句。「敬業堂詩集」篇什雖富，要選五十聯七言句來標題每一回的故事內容，倒也不大容易。這裏所用的方法，不是像一般集句那樣從不同詩篇中選錄單句，甚至是從不同作者的詩中選集單句，而是選用一個人詩作的整個聯句。有時上一句對了，下一句無關，或者下一句很合用，上一句卻用不著，只好全部放棄。……（花皮版《鹿鼎記》，頁42-44）

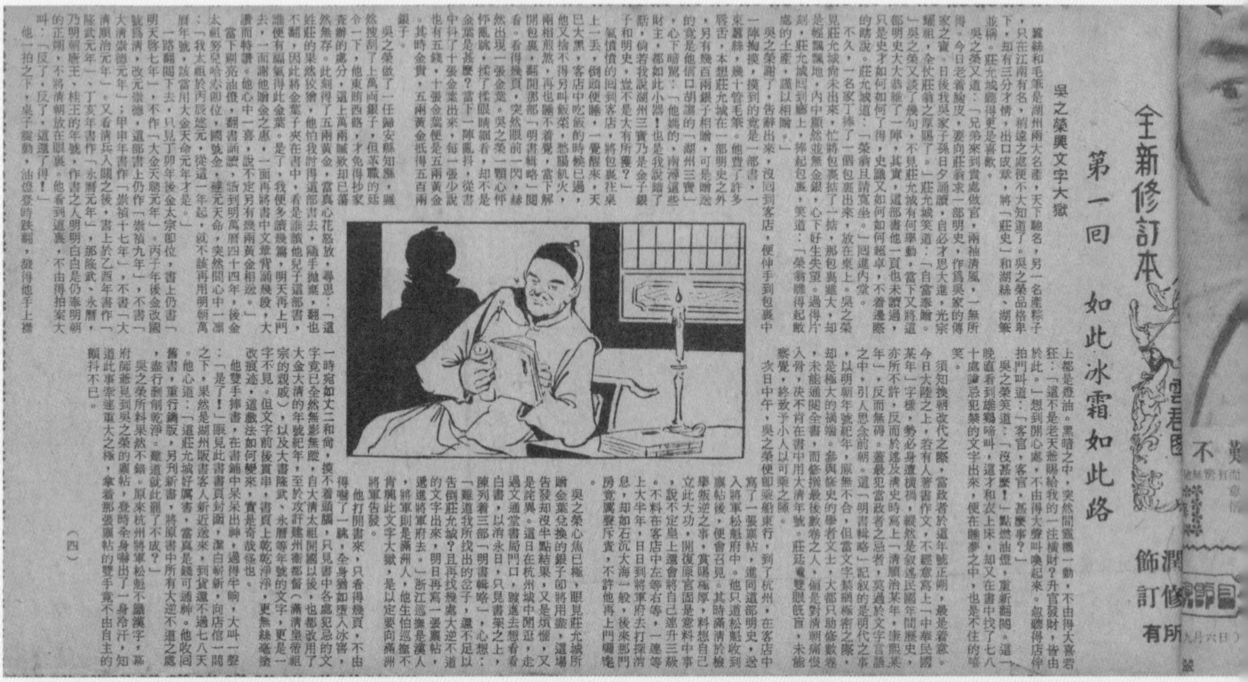

全新修訂本

第一回 如此冰霜如此路

吳之榮與文字大獄

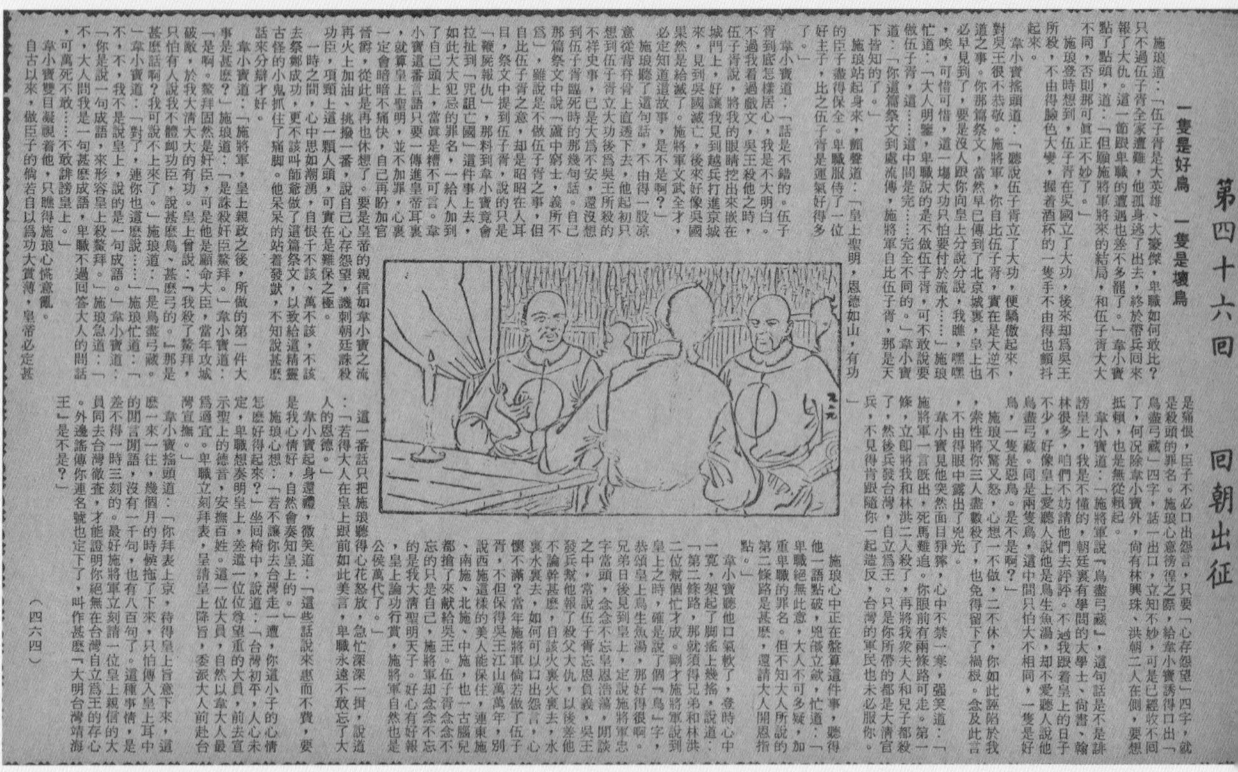

第四十六回 回朝出征

一隻是好鳥 一隻是壞鳥

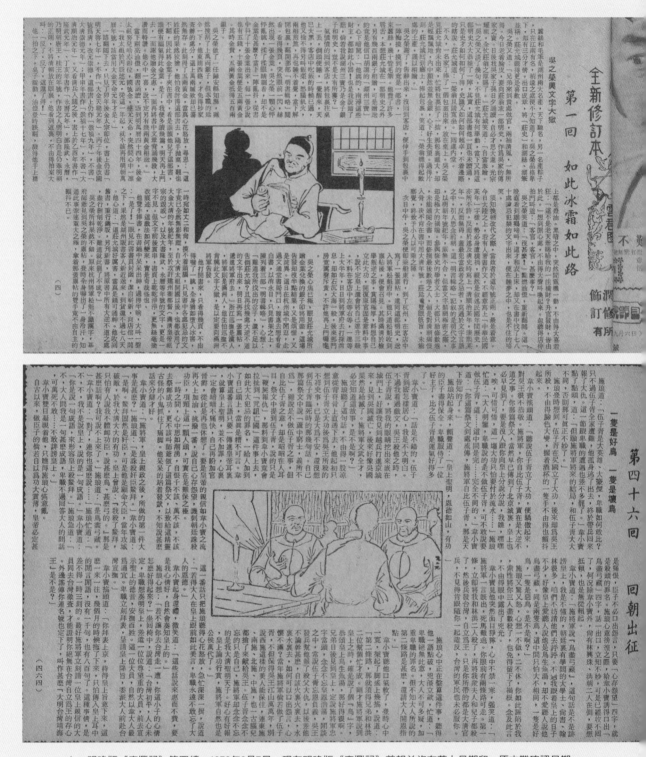

上　明晚版《鹿鼎記》第四續，1978年9月7日。現存明晚版《鹿鼎記》剪報並沒有蓋上日期印，原本難確認日期，幸而剪報背面有電視節目表，印上了當天日期。（參看圖的右下方，9月6日電視節目表為第三續的背面。）

下　明晚版《鹿鼎記》第四六四續，1979年12月13日。《明報晚報》連續八天重用的插圖都出現問題，八天過後，雲君新繪的插圖登場。

金庸說，舊版「楔子」的回目用了祖先查慎行所作詩句，而作品集版所有回目也取自查慎行《敬業堂詩集》的七言聯句。但其實，早在1969年創作《鹿鼎記》時，金庸就已經取用查慎行的七言聯句做回目。舊版共有二十二組七言聯句回目，當中有九聯保留在作品集版中，其餘十三聯只在舊版出現。舊版《鹿鼎記》沒有出過正版的單行本，盜版書本版則有一百四十六回，回目由盜版商取自《武俠與歷史》二輪連載所用的標題。

舊版回目皆取自查慎行詩聯，但其中三聯稍經金庸修改，如：第七回回目「神焦鬼爛逃后羿　石破天驚愁皇媧」，下句原詩為「天驚石破愁皇媧」；第八回回目「一笑原來無價買　萬緣何必有心求」，上句原詩為「一笑可知無價買」；第十一回「英雄混跡疑無賴　風雨高歌覺有神」，上句的「無」字，查慎行詩原作「亡」字。

至於明晚版，金庸又再反璞歸真，用最簡單與自由的語言來寫回目，可以是名詞、動詞，乃至各種不同短語，字數不限、內容不限、格式不限，最後一回「不幹了」更以口語入文。大抵，金庸仍想使用查慎行的詩聯入回目，只是《鹿鼎記》體制宏偉，長達一百二十多萬字，按照字數總量最少須分為五十回，那就得在《敬業堂詩集》中找出五十組七言聯句。即使全部重用舊版回目，也還要多找二十八聯。而且，金庸訂了高標準，以致找詩工作「不大容易」。

對照表格可知，金庸把舊版第二回回目改用在作品集版第九回，舊版第十八回回目又移至作品集版第七回，多少能夠反映出當時面對的難處：（1）詩句難找，即使找到看似合適的聯句，還要衡量該用在哪一回；（2）如果前一回用了某一組聯句，又發表了，修改到往後章節時，又發現之後的內容更適合之前用過的，就更兩難了。因此，必須等到全部章節與內容確定後，才能一次性處理，細心斟酌。明晚版作為過渡版本，金庸就用較簡單的方式暫時擬寫回目，以換取更多時間在祖先的詩集中爬羅剔抉。

《鹿鼎記》蛻變舉隅

金庸寫《鹿鼎記》時，在多年的經驗累積下，創作力與表達力已達頂峰。相較於之前的小說，金庸改寫《鹿鼎記》已經不像以前「原書十分之六七的句子都已改寫過」，改句換詞的情況非常少。以明晚版第三五六續為例（隨意挑選的），內容相當於舊版第七〇二續（最後幾段）、第七〇三和七〇四續。二千七百字中，金庸只改了十六個地方，改字、加字、減文，合起來不超過五十字。

從舊版到明晚版，金庸把改寫的重點放在人物的刻劃上，特別是重塑韋小寶的形象。舊版初期，金庸寫的主角韋小寶仍然不脫固有思維，至少不曾讓韋小寶遠離武功，這可以從兩個地方看出：

第一，海大富教韋小寶武功，韋小寶先是用心苦練少林派的大擒拿手，又學了一千多招的「大慈大悲千葉手」，後來小玄子習得「八卦遊龍掌」，也教給韋小寶，韋小寶等於一人兼得兩派武功。舊版故事裡，韋小寶並不是完全不想學武。海大富教韋小寶「大擒拿手」時不再打罵，反而用心傳授：

> 韋小寶少吃了許多苦頭，又明白了每一手擒拿拆解的道理，學得津津有味，……一直學到吃晚飯時，韋小寶居然將第一路擒拿手的一十八式變化都學全了。……
> 午飯後學習武功，直至夜深方休。那擒拿法越是學到後來越是艱難，一路手法須分四五日方能學完，而演習拆解，更須七八日方才稍見純熟。……時日忽忽，韋小寶來

鹿鼎記

金庸

第三回：佳客偶逢如有約　盛名長恐見無因

變聲生鬚，再出宮來

韋小寶大感有趣，笑道：「人家討價三兩，你卻還價五兩，天下那有這樣的事？」陳近南微笑道：「這是唯恐誤打誤撞，眞有人向他去買「清毒復明膏藥」。他一聽你還價白銀五兩，黃金五兩，便問：「為什麼價錢這樣貴？」你道：「不貴，不貴，只要復得了明，便給你做牛做馬，也是不貴。」他道：「地振高岡，一派溪山千古秀。」你道：「門朝大海，三河合水萬年流。」他又問：「紅花亭畔那一堂？」你道：「青木堂。」他問：「堂上燒幾柱香？」你道：「五柱香！」燒五柱香的便是香主，他在本會會中，職位比你低得多，你有什麼事，可以交他去辦。」韋小寶一一記在心中。陳近南和他演習一遍，一字無訛。陳近南又道：「這徐老頭在本會職位雖然不高，武功却極強，你對他不可無禮。」韋小寶答應了。當下陳近南又傳授了若干武功訣竅，說道：「小寶，你我俱有大事在身，不能久聚，今日你就回到宮中，向人說是給一幫強人擄了去，夜裏用計殺了看守你的強人，逃回宮中。若有人要你領兵來捉拿，你可以帶兵到這裏來，我們把鰲拜的首級埋在後面的菜園子中，你領人來掘了去，就沒人懷疑。」韋小寶道：「大夥當然都不在這裏了，是不是？」陳近南道：「你一走之後，大夥兒便散，不用担心。」他撫撫韋小寶的頭，溫言道：「小寶，盼你做個好孩子。我一有空閑，便到京城來傳你武藝。」韋小寶應道：「是。」陳近南道：「好，你

明，畢竟年紀小，要事事小心。」韋小寶道：「師父，我在宮裏很氣悶，什麼時候才可以跟着你行走江湖？」陳近南凝視他臉，道：「你且忍耐幾年，為本會立幾件大功。等到……等到再過幾年，你聲音變了，鬍子也長出來時，不能再冒充太監，那時再出宮來。」韋小寶初時頗有些鬱鬱，但轉念一想：「我在宮裏做好事還是做壞事，你們誰也不知，想廢去我的香主，可沒那麼容易。將來我年紀大了，武功練好了，或許你們便不廢了。」想到此處，便開心起來。

當下進去和茅十八道別。茅十八不知他已入了天地會，做了香主，問長問短，極是關心。韋小寶也不說穿。這時他被奪去的匕首等物早已取回。陳近南命人替他備了坐騎，親自送出門外。李力世、關安基等青木堂中弟兄，更直送到三里之外。韋小寶已問明回北京的路徑，備馬直馳，回到北京城中，抵宮時已是傍晚，即去叩見皇帝。

康熙早已得知鰲拜在囚室中為韋小寶所殺的訊息，心想他為鰲拜的黨徒所擄，定然是凶多吉少，事情一發，清廷便派了將軍四下緝捕鰲拜的餘黨拷問，人是捉了不少，卻查不出端倪。康熙忽聽得韋小寶回來，又驚又喜，急忙傳見，一見韋小寶進房，忙問：「小桂子，你……你怎麼逃了出來。」韋小寶一路之上，早已想好了一大片謊話，如何給強人捉去，如何給裝在棗子箱中運去等情，倒是不必撒謊，跟着說眾奸黨如何設了靈位祭奠，為了等一個首腦人物，暫不殺他，將他綁在一間黑房之中，他又如何在半夜裏磨斷手上的綁繩，殺了看守之人，逃了出來，如何在草叢中躲避追騎，如何搶得馬匹，繞道而歸，說得繪聲繪影，生動無比。（一四六）

本頁與後三頁　舊版《鹿鼎記》第一四六至一四九續，1970年3月22-25日。舊版故事中的韋小寶用心練功，與修訂版完全不同。

到皇宮不覺已近二月，他親眼見到海老公制住茅十八時武功的厲害，知道得能受他指點，那是終身受用不盡，是以學藝時十分用心。……韋小寶最是好勝，這一來，習武之心更是熱切了。（舊版《鹿鼎記》第六五至六七續，1969年12月28-30日）

後來學習「大慈大悲千葉手」：

海老公……道：「你想不想學上乘武功？」韋小寶喜道：「你肯教我上乘武功，那真是求之不得了。……」

……海老公道：「不過這功夫十分難學，共有一千招，你若是記性好，每天學得十招，也須三個多月才能學全。」韋小寶道：「我用心學就是了。」（舊版《鹿鼎記》第七七至七九續，1970年1月9-11日）

還沒有學完千葉手，小玄子亮出「八卦遊龍掌」，海大富知道後，用激將法刺激韋小寶去學：

> 海老公……道：「我少林派的千葉手，原只武當派這路八卦遊龍掌敵得住。你若夠聰明，何不將他這路功夫也學了來？只是皇上不給你細細講解，你看了之後未必記得。」韋小寶出身微賤，生平所恃的便只聰明機警，海老公說他恐怕不夠聰明，卻是犯了他的大忌，心道：「老烏龜說我不夠聰明，我偏將他這路掌法都學全了。」
>
> 此後他每天去和康熙比武，對康熙這路掌法細細請問，卻絲毫不露也要學練之意。康熙絕不藏私，韋小寶所問的，只要自己知道，便都說給他聽。兩人的武功所學漸深，拆解時只是比擬手法，印證招術，不像從前摔角那麼扭頭扳頸，韋小寶自不須有何顧忌。數月之後，韋小寶已將「千葉手」的一千式招數學全，康熙的「八卦遊龍掌」更比他早了一個多月就已學會。兩人一動上手，成千種招式反覆運使，日日各有新穎變

鹿鼎記

金庸

第三回：佳客偶逢如有約　盛名長恐見無因

[illegible]武功，混而爲一

韋小寶只練了九日，便已將海老公遺經上的第一圖練完，只是所用的方法，卻是陳近南所授。每次照着圖中紅線所示，將紅線在全身遊走一周，跟着便出一身臭汗，被褥上淋淋漓漓盡是汗水，卻是說不出舒服受用，身子輕飄飄地，幾乎便欲飛起來一般，他這道上乘內功確須如此修習，其實卻是無意之間，已將兩門截不相同的武功揉合在一起。本來這兩門武功都是極爲精微奧妙，初學之人必有明師指點，至不濟修練數年，一無所成，決無互相摻雜之理。但韋小寶一個假師父已死，一位眞師父不在身邊，陳近南又沒想到他竟會不識冊子上的說明文字，陰差陽錯，居然會搞得亂七八糟，成爲武學中從所未有之奇。

要知海老公所遺的武功走的是陰柔怪異之途，一來上手甚易，二來合於韋小寶的天性，三來韋小寶多多少少跟海老公學過不少日子武功，雖然所學的錯多於對，畢竟是這一門路子，因此上一拍即合。

一個人讀書識字，始終不識，那也罷了。識得之後，若是要他盡數忘卻，連個「一」字「二」字也不再認得，那幾乎是決不可能。有些人腦子受傷，前事忘得乾乾淨淨，但識得的字卻不會忘記，一樣的會讀書寫字。武學之道也是一般，韋小寶既已練了這門古怪武功，那也是和他身子血肉相連，九牛倒曳不去。第一圖練成後，第二圖練得更加津津有味，第三圖、第四圖，馬不停蹄的練將下去。好在他日間只在御書房中侍候康熙幾個[illegible]自有手下太監料理，每逢初二、十六，管事太監便送二千兩銀子到他屋子裏來。

這時索額圖早已替他將幾萬兩銀子分送了宮中嬪妃和有權勢的太監、侍衛，韋小寶嘴上既來得，康熙又正對他十分寵幸，這幾個月中，在宮中當眞是衆口交譽，人人見了他都是笑顏相迎。眼見秋盡冬來，天氣日冷一日，這一日，韋小寶從御書房中下來，忽然想起：「師父吩咐，若是有事，便去天橋找賣膏藥的徐老頭聯絡，雖然左右沒什麼事，也不妨去瞧瞧他，說不定師父到了北京，別錯過了傳授武功的良機。」

他走出宮門，在大街上轉了幾轉，見一家茶館中有個說書先生在說書，便踱進去泡了壺茶坐下。說書先生說的正是「英烈傳」，說到朱元璋和陳友諒在鄱陽湖大戰，周顛如何抱了朱元璋換船，如何陳友諒將戰船上一炮轟來，將朱元璋原來的坐船轟得粉碎。這些情節韋小寶早已知道，那說書的穿插也不甚佳，但他一坐下來，便聽了大半個時辰，直到天黑，這天竟沒到天橋去。第二天、第三天也始終沒去。每晚臨睡，他總是說明天該去瞧瞧那徐老頭了，可是第二天不是去擲骰子賭錢，便是去聽說書，要不然到街市之中亂花銀子。原來他內心深處，實在對陳近南很是懼怕，既不想練他所傳的武功，更不想見他的面，料知一見到師父之後，一定被他狠狠斥責一頓，說不定就此給廢去了[illegible]。這些日子中在皇宮裏逍遙快樂，實在做太監比做什麼香主要[illegible]得多，只是自知這種念頭十分沒出息，連自己也不敢多想，偶爾念及，便自己安慰：「反正我又沒事，去找徐老頭兒幹麼？洩漏了機密，送了我小命不打緊，反而耽誤了天地會的大事。」

（一四八）

化，實是興味無窮。（舊版《鹿鼎記》第八〇續，1970年1月12日）

韋小寶學武功「直至夜深方休」，「習武之心更是熱切」，學武時覺得「興味無窮」，都與金庸過去描述郭靖、楊過、張無忌、石破天等人沒有兩樣。可見金庸這時即使未必想讓韋小寶成為當世武功最高之人，但仍然希望韋小寶保留「學武」這個元素。

第二，海大富死後，韋小寶從海老公的遺物中找到武功秘笈，後來陳近南又給了他武功冊子。在沒有外力強逼下，由於他看不懂陳近南留下的秘笈，就主動去練海大富的秘笈，而且只花了一個多月時間，就把七十二張練功圖中的二十一圖練成了。

等到金庸改寫《鹿鼎記》，就把韋小寶身上所有「願意認真學武」的因子全部拿走，不但在海大富傳授他武功時虛與委蛇、含糊練習，更拿走海大富的武功秘笈，讓韋小寶不再能看圖練功。

鹿鼎記

金庸

第三回：佯客偶逢如有約　盛名長恐見無因

有人來賣膏藥

如此又過了一月有餘，韋小寶在海老公遺經的七十二幅圖畫之中，已練成了二十一幅，自覺身輕體健，步履迅捷。這一日又在茶館中聽「英烈傳」。茶博士見他是宮中太監，給的賞錢又多，每日給他留下了最好的座頭，泡的是上好香茶，桂公公長，桂公公短的，叫不住口。韋小寶這些日子來給人奉承慣了，對茶博士的恭謹巴結不怎麼希罕，聽在耳裏卻也是着實受用。塲上說書說的是大將軍徐達掛帥出征，將韃子兵趕往蒙古，京師之地，茶館裏聽書的旗人並不在少，說書先生不敢公然提「韃子」二字，但也說得口沫橫飛，精神十足。韋小寶正聽得出神，忽有一人說道：「借光！」在他的茶桌邊坐下。韋小寶眉頭一皺，有些不耐煩，那人輕輕說道：「小人有張上好膏藥，想賣與公公，公公請看。」韋小寶一轉頭，祇見桌上放着一張膏藥，一半青，一半紅，他心中一動，道：「這是甚麼膏藥？」那人道：「這是除清惡毒，令雙目復明的膏藥。」壓低了聲音，道：「有個名目，叫作『去清復明膏藥』。」韋小寶看那人時，見他三十來歲年紀，英氣勃勃，並不是師父所說的那個徐老頭，心下起疑，道：「這張膏藥多少銀？」那人道：「三兩白銀，三兩黃金。」韋小寶道：「五兩白銀，五兩黃金賣不賣？」那人道：「那不是太貴了嗎？」韋小寶道：「不貴，不貴，只要

推，低聲道：「公公，請借一步說話。」說着站起身來，走出茶館。韋小寶將二百文錢丟在桌上，也走了出去。那人候在茶館之外，向東便走，轉入一條小胡同中，站定了腳步，說道：「地振高岡，一派溪山千古秀。」韋小寶道：「門朝大海，三河合水萬年流。」那人不等他問，先行問道：「閣下紅花亭畔那一堂？」韋小寶道：「堂上燒幾柱香？」那人道：「三柱香！」韋小寶點了點頭，心想：「你比我的職位可低了兩級。」那人叉手躬身，低聲道：「哥哥是青木堂燒五柱香的韋香主？」韋小寶道：「正是。」心想：「你年紀比我大得多，卻叫我哥哥，真要叫得好聽，又如何不叫爺爺，阿叔？」那人道：「兄弟姓高，名叫彥超，隸屬宏化堂李香主座下，久仰韋香主的英名，今日得見，實是大幸。」韋小寶心中一喜，笑道：「高大哥好說，大家是自己人，何必客氣。」高彥超道：「貴堂有一位姓徐的徐大哥，向在天橋賣膏藥，今日給人打得重傷，特來報知韋香主。」韋小寶吃了一驚，道：「我連日宮中有事，沒去會他。他如何受傷，是給誰打的？」高彥超道：「此處不便詳告，請韋香主與我來。」韋小寶點了點頭。高彥超大步而行，韋小寶遠遠跟着。過了七八條街，來到一條小街之上，高彥超走進了一家藥店之中。韋小寶見招牌上寫着三個字，卻是一個也不識，料想是藥店的名字，便跟着進去。櫃台內坐着一個肥肥的掌櫃，高彥超走上前去，在他耳畔低聲說了幾句。那胖掌櫃連聲道：「是，是！」站起身來，向韋小寶點了點頭道：「客官要買上好藥材，請進來吧！」引着韋小寶和高彥超走進內室，反手帶上了門，俯身掀開一塊地

雲君圖說《鹿鼎記》

舊版《鹿鼎記》連環畫之「韋小寶三戲沐劍屏」

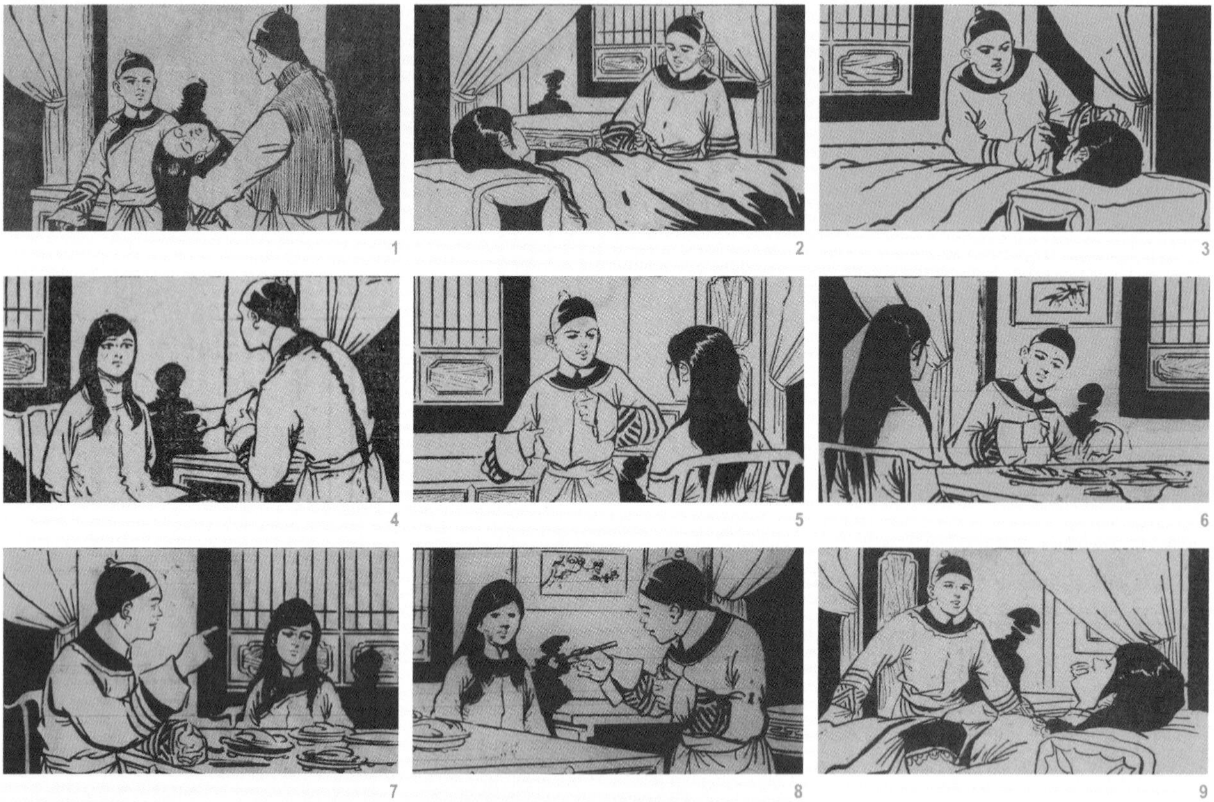

1 天地會青木堂錢老闆把沐王府的小郡主沐劍屏偷偷運到宮內，給韋小寶看管。

2-3 第一戲：沐劍屏閉目不張開眼，韋小寶騙她要在臉上刻花。

4-5 第二戲：沐劍屏不肯吃東西，韋小寶拿著火腿在她的嘴巴上擦來擦去，擦得滿嘴是油。

第三戲：沐劍屏以為臉蛋已被韋小寶劃花，韋小寶想要她吃東西，詭稱可以用上好的珍珠粉抹在臉上，容貌便會恢復舊觀。韋小寶離開房間前，在她的嘴巴上放了糕點，讓她可以吃到。

10-11 韋小寶回房時，沐劍屏穴道已解，反點了韋小寶穴道，但又被韋小寶欺騙而被制服。

明晚版《鹿鼎記》連環畫之「韋小寶建功尼布楚」

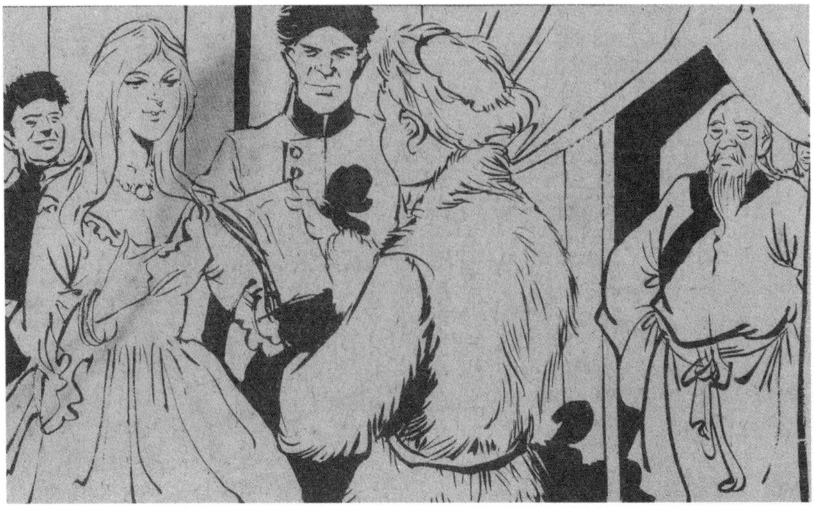
1

2

3

4

5

6

7

8

9

1　韋小寶在洪教主跟前拿出一疊銀票，分成三份，其中兩疊分別給了蘇菲亞公主和高里津。

2　韋小寶帶兵攻打羅剎國，告訴林興珠等人康熙的想法。

3　康熙以聖旨指示韋小寶退兵，與羅剎國議和。

4　韋小寶與眾人商議如何打造水槍。（雲君所繪新圖，卻是韋小寶與蘇菲亞公主討論事情。雲君根據記憶中的舊版故事繪畫新圖，編輯就拿來用在與羅剎國有關的情節中，圖與文實際並不配合。）

5　韋小寶與索額圖等人商議事情。

6　韋小寶與雙兒在總督府房中，床邊大木箱裡有槍械，雙兒笑說韋小寶盼望箱子裡鑽出羅剎公主來。（這圖原是雲君為韋小寶送嫁的情節而繪，圖中人實為建寧公主。）

7　韋小寶與索額圖討論如何打仗。

8　康熙派鑲黃旗漢軍都統佟國綱前來交代事情。

9　韋小寶與眾和議大臣商量事情。

10

11

12

13

14

15

16

17

10-11 華伯斯基帶來蘇菲亞公主的訊息。

12 韋小寶帶領眾人前往議和之地。（雲君新繪插圖與此事無關，但由於有眾人騎馬上路，編輯便拿來表達情節。）

13-15 韋小寶與羅刹國議和大臣費要多羅商議邊界，韋小寶先是提出要分俄羅斯一半土地，後來又提議擲骰子決定，東拉西扯胡說一通，最後更抓了費要多羅。

16 韋小寶與佟國綱等人討論事情。

17 兩國簽訂尼布楚條約。（雲君新繪圖為蘇菲亞公主與韋小寶。當天情節蘇菲亞公主並沒有出現，圖與文並不配合。）

明晚版《鹿鼎記》連環畫之「韋小寶決定不幹了」

1　韋小寶回京，茅十八前來興師問罪。（圖文不符，圖為建寧公主燒韋小寶辮子。）
2-3　韋小寶入宮見康熙皇帝。
4　韋小寶在海澄公府找鄭克塽與馮錫範麻煩，胡亂栽贓。
5　韋小寶與多隆對話，多隆為韋小寶捉拿馮錫範。（圖中人為費要多羅，此圖之前已經使用過。）
6　韋小寶監斬茅十八。
7　韋小寶重遇天地會青木堂眾人，玄貞道人拔劍要殺韋小寶，以為陳近南為他所害。
8　青木堂眾人勸韋小寶行刺康熙。
9　順天府知府謁見韋小寶，討論馮錫範失蹤案件。

10

11

12

13

14

15

10-12 韋小寶拿著順天府破案公文去見康熙，卻被康熙識破此為韋小寶移花接木之計，最後韋小寶捐出一百五十萬兩給台灣賑災。

13 青木堂眾人勸韋小寶自己當皇帝。

14 天地會眾以為韋小寶叛會，追到河邊，要朝船隻射火箭，船上的顧炎武向宏化堂等人解釋陳近南並非韋小寶殺害。

15 韋小寶回到揚州，向母親韋春芳（小說裡有時也寫作「韋春花」）詢問自己的父親是誰。韋春芳說自己接過的客人有滿漢蒙回藏人，不可能記得。

拾伍

越女劍

1969年，金庸首次創辦晚報，名為《明報晚報》。為了吸引讀者，金庸沿用老方法刺激新刊物銷量——在新刊物上連載全新創作的小說。《明報晚報》於1969年12月1日創刊，《越女劍》同日開始連載，每天約五百五十字，由雲君繪畫插圖，同月31日為最終回。全部三十一續，不分章節，每天連載時有標題，字數不拘，用字淺白。

金庸寫《越女劍》，原是受任渭長的版畫集《卅三劍客圖》啟發，想要為書中三十三個劍客各寫一篇小說；只是寫完《越女劍》後無以為繼，便由原來的小說創作改為撰寫文章，綜合各種資料，介紹劍客圖中各人物。這些文章也在《明報晚報》上發表，時間是1970年年初。金庸說：

> 這些短文寫於一九七〇年一月和二月，是為「明報晚報」創刊最初兩個月所作。（花皮版《俠客行》，頁728）[63]

很顯然地，金庸記錯了《明報晚報》的創刊時間，他以為是創刊於1970年，但《明報晚報》其實早在1969年12月1日已經面世，《越女劍》就是從12月1日連載到12月31日。金

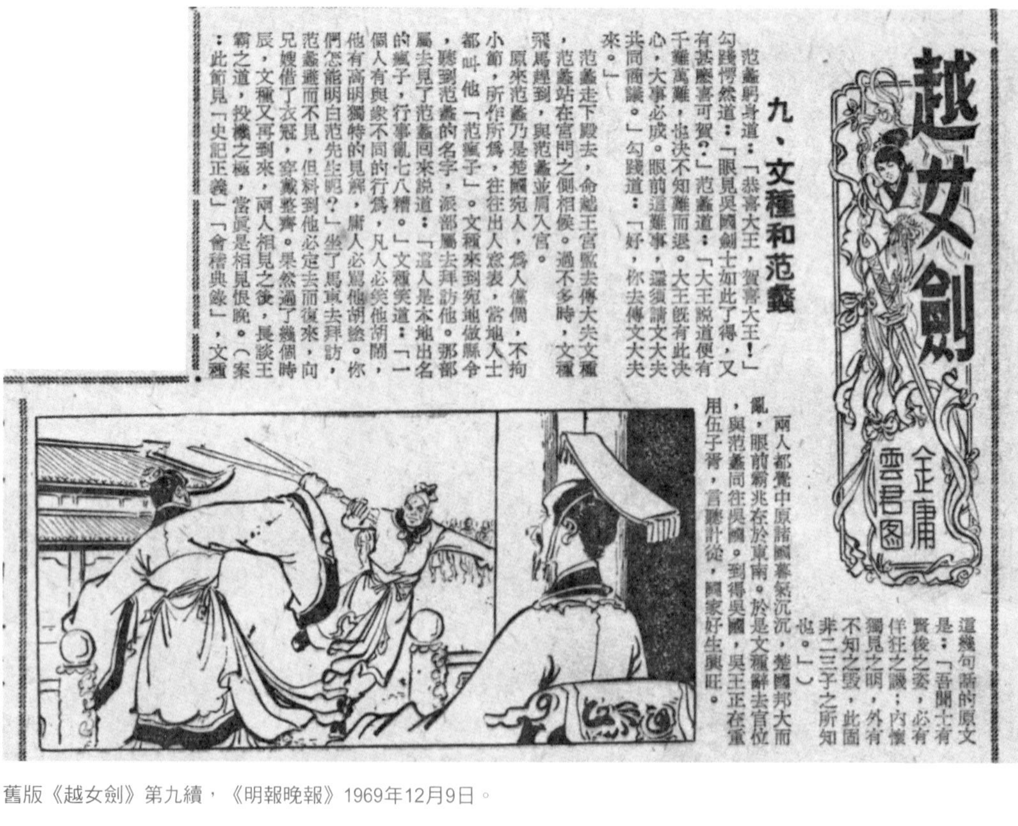

越女劍

金庸

雲君圖

九、文種和范蠡

范蠡躬身道：「恭喜大王，賀喜大王！」勾踐愕然道：「眼見吳國劍士如此了得，又有甚麼喜可賀？」范蠡道：「大王說道便有千難萬難，也決不知難而退。大王既有此決心，大事必成。眼前這難事，還須請文大夫共同商議。」勾踐道：「好，你去傳文大夫來。」

范蠡走下殿去，命越王宮監去傳大夫文種，范蠡站在宮門之側相候。過不多時，文種飛馬趕到，與范蠡並肩入宮。

原來范蠡乃是楚國宛人，為人倜儻，不拘小節，所作所為，往往出人意表，當地人士都叫他「范瘋子」。文種來到宛地做縣令，聽到范蠡的名字，派部屬去拜訪他。那部屬去見了范蠡，回來說道：「這人是本地出名的瘋子，行事亂七八糟。」文種笑道：「一個人有與眾不同的行為，凡人必笑他胡鬧，他有高明獨特的見解，庸人必罵他胡塗。你們怎能明白范先生呢？」坐了馬車去拜訪，范蠡避而不見，但料到他必定去而復來，向兄嫂借了衣冠，穿戴整齊。果然過了幾個時辰，文種又再到來，兩人相見之後，長談王霸之道，投機之極，當真是相見恨晚。（案：此節見「史記正義」「會稽典錄」，文種這幾句話的原文是：「吾聞士有賢俊之姿，必有佯狂之譏；內懷獨見之明，外有不知之毀，此固非二三子之所知也。」）

兩人都覺中原諸國暮氣沉沉，楚國邦大而亂，眼前霸兆存於東南。於是文種辭去官位，與范蠡同往吳國。到得吳國，吳王正在重用伍子胥，言聽計從，國家好生興旺。

舊版《越女劍》第九續，《明報晚報》1969年12月9日。

庸這段前言不會晚於1977年，四年之後，也就是1981年他寫《鹿鼎記》「後記」時，仍然搞錯了時間：

> 最早的「書劍恩仇錄」開始寫於一九五五年，最後的「越女劍」作於一九七〇年一月。十五部長短小說寫了十五年。（花皮版《鹿鼎記》，頁2120-2121）[64]

正因為金庸自己說《越女劍》創作於1970年1月，坊間一直以來都深信不疑；直到《明報晚報》的創刊號「出土」，新證據推翻舊記憶，《越女劍》的連載時間才得以撥亂反正，推前一個月。1970年1月開始連載的，僅指介紹《卅三劍客圖》這三十三個傳奇人物的文字，而非《越女劍》。

《明報晚報》連載修訂版小說，獨缺《越女劍》？

現存《明報晚報》資料有限，加上東南亞諸報中也不曾發現經改寫後的《越女劍》，因此，到底有沒有明晚版《越女劍》，至今仍是謎團。不過，從連載所需時間來計算，修訂版《越女劍》或許不曾在《明報晚報》上連載。理由如下：

（1）《越女劍》小說收錄在1977年11月出版的《金庸作品集．俠客行》中，也就是說，《越女劍》如果曾在《明報晚報》連載，時間不會晚於1977年11月。

（2）經改寫後的《越女劍》約一萬五千字，須用五至六天時間來連載。從1977年6月26日到1978年9月3日（《天龍八部》之後，《鹿鼎記》之前），扣除1978年農曆新年初一、初二兩天假期不連載小說，實際只有四百三十三天，根本不足以刊載《笑傲江湖》（四百三十續）與《越女劍》（五或六續）兩部小說。

因此，最有可能的情況是：經改寫後的《越女劍》根本不曾連載，就直接出版，依附在《金庸作品集．俠客行》故事之後。當然，以上推論都是建基在有限的資料上，結論與真相也會隨新出現的證據而改寫。

63 小說《越女劍》和《卅三劍客圖》的故事介紹，收錄在作品集版《俠客行》故事之後。金庸寫了一篇短文，作為《越女劍》的後記兼《卅三劍客圖》的序言，交代事情始末。

64 這段文字有兩個錯誤的訊息，一是《越女劍》的創作時間，二是十五部小說的總創作時間，應是十七年而非十五年，因為《鹿鼎記》連載到1972年9月才寫完。此篇「後記」寫於1981年。一直到2006年，金庸才修改了當年寫的「後記」：「最早的《書劍恩仇錄》開始寫於一九五五年，最後的《鹿鼎記》於一九七二年九月寫完。十五部長短小說寫了十七年。」（新修版《鹿鼎記》，頁2199）

下篇

金庸小說書本版的春秋戰國時代

楔子

金庸從1970年3月開始修改小說，同年10月修訂版《書劍恩仇錄》開始在《明報晚報》上連載。四年之後，也就是1974年年底，《金庸作品集》單行本面世，由《雪山飛狐》打頭陣。之後，金庸修訂小說的工作一分為二，一方面繼續將修訂過的小說在《明報晚報》上發表，另一方面則持續將修訂稿再做修改，待得定稿就出版單行本。一直到1981年8月，全套三十六冊的《金庸作品集》終告完成。

《金庸作品集》的推出有兩個象徵意義：其一，金庸筆下的人物與故事，以及小說的刊行與發售，進入了新紀元；其二，舊版人物與故事退場，與此同時，舊版小說書本版也逐漸淡出「市場」。

事實上，早在上世紀70年代初，獲授權的舊版金庸小說就已經完全停止印刷出版。[1]這可以從四方面得知：

第一，三育版《書劍恩仇錄》、《碧血劍》與《射鵰英雄傳》三部小說，即使再版，也不會晚於1966年7月。這是在三育版本中所能找到最晚的出版日期。

第二，金庸自1967年即已斷絕與鄺拾記報局的合作關係；也就是說，即使是1967年以後出版的鄺拾記版，也已經屬於盜印。

第三，武史出版社推出過二十四冊合訂本《笑傲江湖》，第二十四集在1969年11月出版。一刷出來後，雖然曾經再版，但理應不會超過《鹿鼎記》連載結束的時候。

第四，金庸自己說沒有出版過獲授權的《雪山飛狐》，而傳世的舊版《鹿鼎記》只有盜印本，兩書都沒有出過正版書本版。

「不准翻印」也無法杜絕的盜版小說

上世紀70年代是金庸小說新舊交替的年代。一方面，《明報晚報》用了十年時間連載修訂版小說，明河社則用了七年時間出版全套三十六冊的《金庸作品集》，用作宣示主權。但另一方面，諸如鄺拾記報局、武功出版社、武俠出版社，以及其他盜版商，仍盡最後努力，幾番刷印舊版金庸小說。

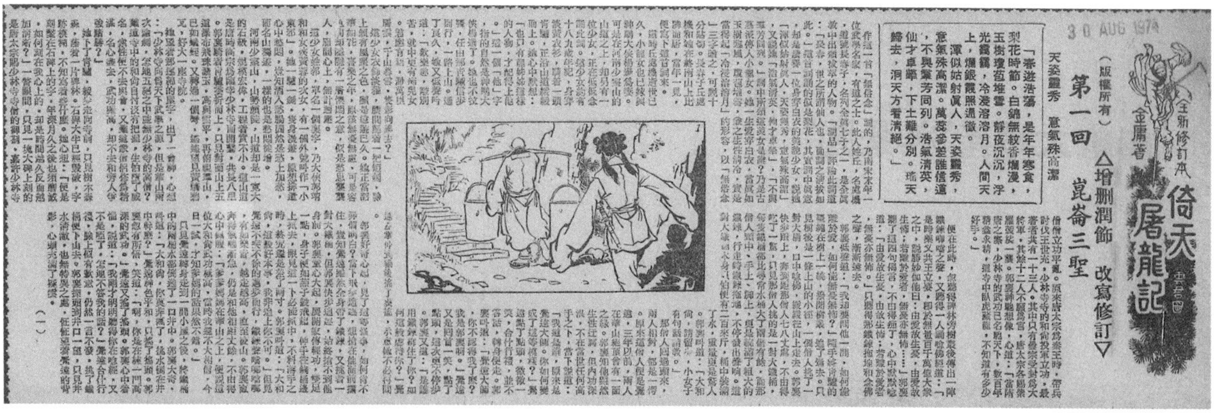

3 0 AUG 1974

金庸著

全新修訂本

倚天屠龍記

（版權所有）

△增刪潤飾 改寫修訂▽

第一回 崑崙三聖

天姿靈秀 意氣殊高潔

「春遊浩蕩，是年年寒食，梨花時節。白錦無紋香爛漫，玉樹瓊苞堆雪。靜夜沉沉，浮光靄靄，冷浸溶溶月。人間天上，爛銀霞照通徹。渾似姑射眞人，天姿靈秀，意氣殊高潔。萬蕊參差誰信道，不與羣芳同列。浩氣清英，仙才卓犖，下土難分別。瑤天歸去，洞天方看清絕。」

倚僧立功平亂。原來唐太宗為秦王時，帶兵討伐王世充，少林寺的和尚投軍立功，最著者共有一十三人。其中只有曇宗受封為大將軍，其餘十二人不願為官，唐太宗各賜紫羅袈裟一襲。郭襄神馳想像，心道：「當隋唐之際，少林寺的武功已名馳天下，數百年精益求精，這寺中臥虎藏龍，不知道有多少好手。」

便在此時，忽聽得碑林旁樹叢後傳出一陣鐵鍊嗆啷之聲，又聽得一人誦唸佛經道：「是時藥叉共王立誓，即於無量百千萬億大衆之中，說勝妙伽他曰：由愛故生憂，由愛故生怖；若離於愛者，無憂亦無怖……」郭襄聽了這四句偈言，不由得痴了，心中默默唸道：「由愛故生憂，由愛故生怖；若離於愛者，無憂亦無怖。」只聽得那鐵鍊拖地和念佛之聲，漸漸遠去。

上　《明報晚報》自1974年8月30日開始連載經修訂後的《倚天屠龍記》。

下左　白金龍根據舊版《倚天屠龍記》故事繪畫漫畫《天劍龍刀》，自1976年3-4月間，在漫畫報《金報》上連載。

下右　明河社1976年出版的《金庸作品集．倚天屠龍記》第一集封面。

1 此說法只是推論而來，推論的前提乃是根據有限的文獻資料，以及仍在流通、數量與種類不算多的舊版書本版。只要這兩個前提有所改變（比如發現了一本時間更後期的三育版），推論就得改變。

整整十年間，「讀者」往往被新、舊兩版的故事人物交替更迭地包圍著。例如《射鵰英雄傳》，《明報晚報》1972年10月4日開始連載修訂版，到1973年8月14日結束。修訂版故事中楊過的生母秦南琴已經消失。不過，如果以為讀者再也看不到秦南琴，那就錯了。因為史上第一部金庸電視劇《射鵰英雄傳》於1976年4月2日首播，編劇所依據的小說底本正是舊版故事，楊過的生母又變回秦南琴。電視劇開播後一個月，也就是1976年3至5月，明河社推出一套四冊的《金庸作品集．射鵰英雄傳》。讀者看完電視劇，如果想買本小說來重溫與回味，又會發現沒有了秦南琴。

又如《倚天屠龍記》，《明報晚報》約在1974年8月下旬連載修訂版故事。兩年之後，也就是1976年，香港漫畫家白金龍在《金報》（漫畫報）上開始連載《天劍龍刀》漫畫，所依據的就是舊版《倚天屠龍記》故事。同年12月，明河社出版修訂版《倚天屠龍記》第一至三集（至1977年3月出版第四集）。

除了新、舊版交替外，一直困擾金庸的盜版小說仍然揮之不去。1970年10月5日，《明報晚報》上的《書劍恩仇錄》連載到第五天，這一天小說專欄的版頭多了四個小字——「版權所有」，這是過去十五年來不曾在報紙連載時出現的字眼。到了1974年12月，率先出版的《金庸作品集．雪山飛狐》版權頁上，金庸用了新的宣示用語：「版權所有不准翻印」。然而，光靠「版權所有」幾個字，真的可以杜絕盜版嗎？事實上當然不可能。

不只是舊版故事有盜版小說，即使在《金庸作品集》推出後，盜版商也照盜不誤。1981年8月才出版的最後一部《鹿鼎記》，武俠出版社就曾經出過盜印本，一部五冊，每個封面都一樣，書脊雖然印有「金庸作品集」五字，但沒有序號（明河版的序號為32-36）。內文排版、插圖都跟明河版一樣，但扉頁沒有金庸挑選的印章，扉頁之後沒有古物文獻的彩圖（這兩者是明河版《金庸作品集》的特色），版權頁也沒有標明出版日期。由此可見，一直到80年代初，金庸小說盜印情況仍然猖獗。

舊版金庸小說的三種價值

相較於修訂版的盜印本來說，舊版書本版的盜印情況更值得讓人關注。幾十年後的今天，金庸小說所有舊版故事的單行本，無論是正版還是盜版，都屬難得。然而，到底哪一個版本較優勝？哪一個版本更有價值呢？要回答這些問題，得先了解舊版金庸小說的三種價值，即閱讀價值、文獻價值與收藏價值。

一、閱讀價值

「閱讀價值」來自金庸小說的語言文字，包括三方面：（1）故事內文；（2）回數與回目；（3）概括一日內容重點的「標題」（報紙每天一個標題，雜誌每期數個標題）。

報紙和雜誌保留了舊版故事的最原始面貌，但舊版金庸小說連載了十七年，要完整重現讀報、讀雜誌的樂趣，獲取最原始的閱讀效果幾乎不可能。沒有連載版，退而求其次的是書本版。書本版分為正版與盜版兩種。正版又有四種：三育版、鄺拾記普及本、鄺拾記合訂本，與武史合訂本。盜版一般也可分為四種：爬頭本、正版書翻印本、「爬頭+翻印」的混合版，以及任意改動版。

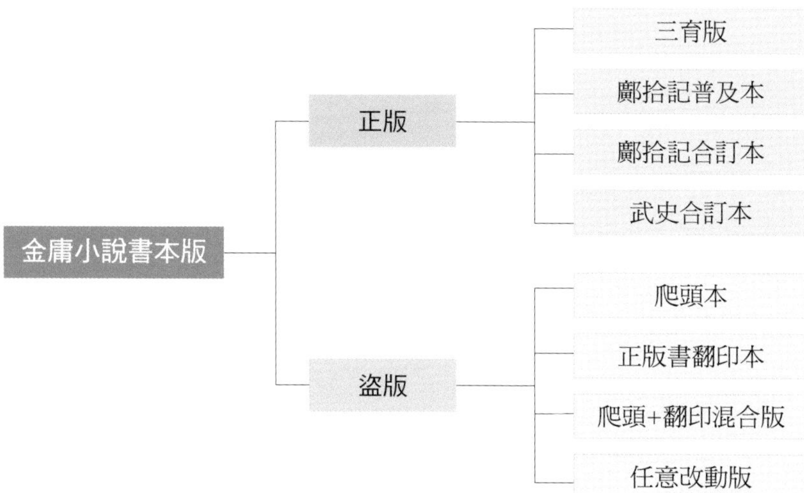

無論正版還是盜版，愈貼近連載版的，閱讀價值也就愈高；愈遠離連載版的，閱讀價值相對愈低。

- **三育版**：由於經金庸稍微修改，重新劃分章節與重擬回目，因此，即使內文絕大部分與連載版相同，章節與回目的閱讀價值又不同於連載版。
- **鄺拾記版（正版）**：鄺拾記普及本沒有收錄連載版的回目，讀者根本不知道原文有幾回，有什麼回目名，這是比較可惜的。每冊普及本的內容視為一回，在內文開始前有該集（回）的回目，用以概括內容，普及本的回目雖然不同於連載版回目，卻有另一種閱讀價值。鄺拾記合訂本結合四冊（或五冊）普及本而成，書前設置目錄，列出每冊普及本的回目。因此，鄺拾記普及本與合訂本的閱讀價值完全一樣。

- **武史版**：武史版一冊四回，每回有新設置的回目。與鄺拾記版一樣，武史版未能顯示連載版的章節與回目，但又有另一種原創的閱讀價值。
- **盜版**：如果是正版書翻印本，閱讀價值與正版書無異。如果是爬頭本，盜版商不一定收錄連載版的標題與回目，甚至任意竄改標題，大大降低了閱讀價值。如果是混合本，閱讀價值也是兩者的組合，但由於讀者分不清楚何處為翻印、何處為爬頭，以致影響對金庸小說的正確認識。「任意改動版」指的是盜版商隨意分章節與擬回目，故事內容雖然為金庸所撰，章節劃分與回目卻非金庸手筆。

二、文獻價值

「文獻價值」與舊版小說當年連載或出版時的各種文獻元素有關。連載版上出現過的「內容」，是最原始的文獻元素，包含以下四種：（1）小說文字、（2）回目、（3）標題、（4）插圖。

插圖雖非金庸親繪，比不上金庸的文字，卻十分重要。插圖能夠讓讀者更容易進入金庸小說的想像世界：

> 小說文字中人物的形貌衣著、場景場面、驚心動魄的情節、動作，都經由雲君心領神會後，捕捉最重要的一幕，而以畫面呈現人前。……雲君的插圖是協助讀者進入文字廣漠無垠想像世界的鑰匙。[2]

雲君（姜雲行）自1956年開始，即為金庸小說繪畫插圖。從舊版連載版、書本版（三育版、鄺拾記版），到經修訂改寫的明晚版、作品集版，絕大部分插圖都由雲君繪畫。[3] 雲君的插圖是金庸小說不可或缺的重要文獻資料。

有時金庸會在故事正文之後，（5）以小啟事方式回答讀者提問，也可視為非經常出現的文獻元素。別小看這種「信箱」，能夠引起金庸「親身」回答的，必然是重要的事情。例如連載《書劍恩仇錄》時，金庸曾兩度回答人韋先生的提問：

> 人韋先生：無塵道人所砍去的是左臂，第一章第十五節中誤左為右，承指正極感。先生閱讀如此仔細，至感榮寵。（《新晚報》1955年7月24日）

> 人韋先生：言伯乾「雙目如電」，應為「單目如電」，承指正甚感。（《新晚報》1956年2月3日）

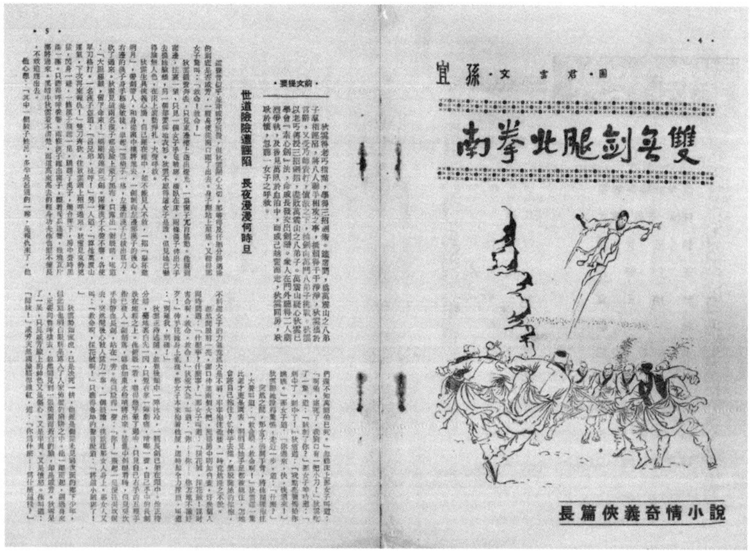

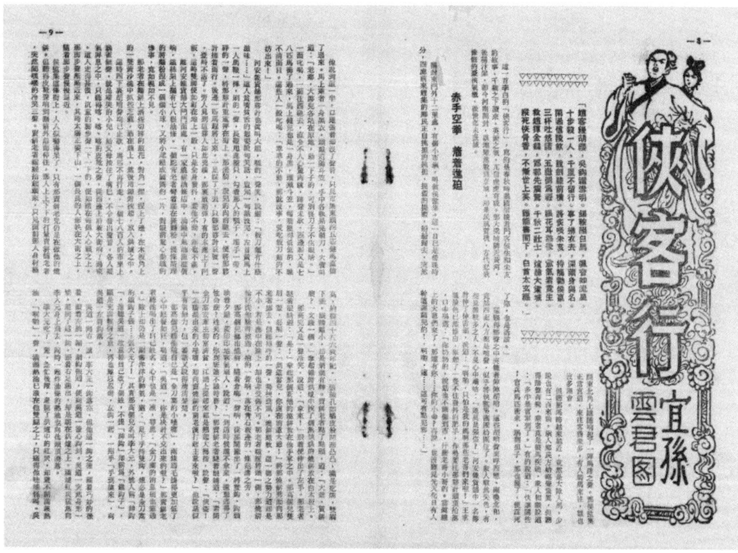

《武俠與文藝》也曾以金庸的筆名「宜孫」連載小說。1964年11月26日出版的第四期，連載了《南拳北腿劍無雙》，其實就是《素心劍》。《武俠與文藝》雖然同為雜誌，但每期連載文字量比《東南亞周刊》多。《東南亞周刊》上的《素心劍》共連載了五十八期，《武俠與文藝》上的《南拳北腿劍無雙》只連載了二十二期（1965年4月1日）就到最終回。除了《素心劍》，《武俠與文藝》可能也連載了其他金庸小說，已知的有第九十二期（1966年8月4日），開始連載《俠客行》。根據版權頁資料，《武俠與文藝》是由「小說文庫雜誌社」出版（地址位於台北市昆明街二〇一巷三號），在內政部登記，是「小說文庫雜誌副刊武藝小說海外版」。正由於是海外版，定價以港幣計算，第四期賣港幣一元，第九十二期賣港幣一元二角。雖然以港幣定價，但估計並非在香港發售，而是賣到東南亞一帶。也就是說，這本連載了金庸小說的雜誌由台灣出版，以港幣定價，而銷售對象則是南洋讀者。

2　邱健恩：《漫筆金心——金庸小說漫畫大系》，頁25。

3　舊版小說中，《新晚報》連載的《書劍恩仇錄》與《雪山飛狐》兩部，插圖不是由雲君所繪。前者沒有插圖，後者的繪圖者是東明、小萍。其餘各部的連載版，都由雲君畫插圖。至於三育版各書，每冊五回，每回之前都有一張插圖。除《書劍恩仇錄》第一集外，其餘七冊，以及《碧血劍》五冊二十五張圖、《射鵰英雄傳》十六冊八十一張圖、《雪山飛狐》第一集六張圖，都由雲君繪畫。鄺拾記版與武史版各書，插圖取自連載版，封面則由雲君繪畫。

金庸小說隨寫隨發表，錯誤在所難免，讀者有疑問或指正，金庸都認真回覆，甚至公開承認錯誤。1970年他著手修訂《書劍恩仇錄》，曾指出自己的作品出現「錯字誤句」，「就出版業而言，覺得自己是相當的不負責任」。[4]從金庸回覆「人韋先生」，到發表小序「為什麼要增刪改寫？」，前後相距十五年。把這些文獻資料放在一起，不僅是金庸重視自己作品的旁證，也可從中窺探一位作家的創作心路。

舊版金庸小說在報章雜誌連載後，會有兩種情況：一是出版書本版，一是二次（或N次）連載。金庸小說在報紙連載後，其中六部小說曾在《武俠與歷史》做二次連載，而在東南亞地區，轉載的情況更多。每一次出版與連載，都可以用上述五種元素來檢測其文獻價值。保留的元素愈多，文獻價值也就愈高。

就以三育版為例，雖然經過金庸親自修改，並配上全新插圖，但文獻價值相對較低。因為上述五種文獻資料中，三育版只保留了（1）小說文字（但稍經修改）一項而已。不過，正由於三育版經過金庸修改，出版時間與報紙連載時間也不同，因此，又產生了另外三種連載版沒有的文獻資料：（6）三育版回目、（7）三育版插圖（封面圖與內文插圖）、（8）三育版出版資料（通常見於版權頁）。

再看鄺拾記普及本，保留了較多連載版文獻資料，如（1）小說文字、（3）插圖。此外，又有連載版、三育版沒有的文獻資料，如（9）普及本封面圖、（10）每冊回目、（11）普及本出版資料（通常見於封底，也就是版權頁）。

至於鄺拾記合訂本，差不多完全保留了連載版的（1）小說文字，以及普及本的（10）每冊回目。所有正版合訂本（有插圖版）都只保留若干（4）連載時的插圖。封面方面，《神鵰俠侶》的普及本與合訂本共用封面圖，因此合訂本保留了普及本部分的（9）封面圖。同時，《倚天屠龍記》以後（包括武史版），金庸請雲君再為合訂本畫封面，所以又衍生出（12）合訂本封面圖與（13）合訂本出版資料。

總的來說，舊版金庸小說共有以下十三種文獻資料：

（1） 小說文字

（2） 連載版回目

（3） 連載版標題

（4） 連載版插圖

（5） 金庸在連載版的留言

（6） 三育版回目

（7） 三育版插圖

（8） 三育版出版資料

（9） 普及本封面圖

（10） 普及本回目

（11） 普及本出版資料

（12） 合訂本封面圖

（13） 合訂本出版資料

初期的盜版小說並非簡單地翻印正版單行本，而是檢字重排，校對比較粗糙，經常出錯。然而，部分盜版小說也頗有文獻價值。例如宇光版薄本《射鵰英雄傳》，雖然早期另找畫師模仿雲君的畫，但後來為了要搶在其他盜版前頭出刊，來不及請畫師重繪，就直接用照相方式複製報上插圖，放在爬頭本中。如此一來，又陰差陽錯地保留了《射鵰英雄傳》部分插圖，而具備了保存「（4）連載版插圖」的文獻價值。

二次連載方面，《武俠與歷史》轉載《倚天屠龍記》時，只保留了部分插圖，則《武俠與歷史》上的《倚天屠龍記》，文獻價值遠遠不如《明報》的連載版。又如，泰國《世界日報》二次連載舊版《笑傲江湖》時，刪去所有插圖，文獻價值更低。其他二次連載也可以用以上標準來衡量：保留文獻元素愈多，文獻價值也愈高。

「（1）小說文字」還有一個很特別的地方，只在連載版中發生效用，因為書本版即使保留下來，讀者讀到了，也不會產生任何閱讀效果。由於小說每天連載，為了吸引讀者追看，金庸往往會在結尾地方「安排一個『鉤子』，放一個懸疑」。不過，當把每天連載的文字合併在一起時，鉤子產生的效果就會減弱，反而「破壞了正常的節奏」，阻礙了閱讀故事的流暢性。同樣是小說文字，連載版的鉤子放到書本版時，就會失去效用。

從這一點看，連載版與書本版雖然共有「（1）小說文字」的文獻元素，但兩者其實並不完全一樣。如果真要嚴格區分，又可再細分為「（1.1）連載版小說文字」與「（1.2）書本版小說文字」兩種。根據「（1.1）連載版小說文字」歸納、分析金庸所布置的「鉤子」，則能研究出金庸創作小說時是用什麼方法來「吸引」讀者。只是，一來由於連載文字難尋，二來讀者不一定有興趣分析小說的創作特點，兩種文獻資料其實相差無幾，可以視為一種。

4 《明報晚報》1970年10月1日連載修訂版《書劍恩仇錄》正文之前的幾段文字，標題為「為什麼要增刪改寫？」。

三、收藏價值

閱讀價值、文獻價值都與文字、圖像有關，屬於資料性的，可以無限複製。「收藏價值」則與實物本身（報紙實物、雜誌實物、書冊實物）有關，而且建基於實物的稀有程度，以及與收藏的人肯花多少金額來購置的意願有關。

閱讀價值與文獻價值是客觀的。如前面提到，鄺拾記報局在1967年與金庸終止合作關係後，曾盜印出版沒有插圖的合訂本。雖然同樣是鄺拾記版，但1967年以後出的合訂本，由於沒了插圖，又亂改封面用圖，就自然少了「（4）連載版插圖」與「（12）合訂本封面圖」兩種文獻價值。

收藏價值卻不同，有一定的主觀性。舉例來說，三冑版《雪山飛狐》二冊本的第二集，[5]回目與結構混亂不清，所收插圖只是從其他小說挪用而來，完全與故事無關，即使在盜版中，也屬於劣等製作，文獻價值非常低。不過，這書甚為稀少，已知傳世的僅有兩三冊，根本不足以滿足舊版金庸小說收藏市場的需求。由於求書的人多，願意花重金購得的人也多，這書的收藏價值自然提高。因此，舊版金庸小說的收藏價值，與閱讀價值、文獻價值沒有必然性——文獻價值較高的，收藏價值不一定較高；同理，文獻價值較低的，收藏價值也不一定較低。

基於以上三種不同的價值，選擇舊版金庸小說的「讀者」，必須先理解自己的需求（與能力），才能恰宜地選擇合適的「小說」來閱讀、研究、收藏。

舊版金庸小說的書本版，牽動了整個出版與販售市場，盜版商為了取得龐大利潤，既與周天子（金庸）爭利，彼此之間也互相競爭，使得整個市場猶如春秋戰國時代。諸候從坐享其成（翻印正版金庸小說）到各出奇謀（出版爬頭本），頻頻出招，而周天子為捍衛正宗，也一再變陣；大家各自針對市場與形勢，出版各式各樣的書本版。幾十年後的今天，這林林總總的書本版，又共同構成了撲朔迷離、真偽難辨的舊版書本版世界。

以下各章，將分別臚列金庸各部小說傳世可見版本，簡錄基本資料，比對並分析各版特色，探討坊間種種與版本相關的疑團，期能從紛繁多樣的群書中，稍稍勾勒出各版之間的系統脈絡，分享有趣的現象。

5 此書曾經疑是類三育版《雪山飛狐》第二集，詳見【下篇】《雪山飛狐》一節。

壹

書劍恩仇錄

《書劍恩仇錄》是金庸的第一部小說創作，甫一面世，即已備受各界關注，盜版商更是虎視眈眈，等待時機。自三育圖書文具公司出版第一集《書劍恩仇錄》開始，盜版商即如狂蜂浪蝶，如影隨形。三育版出到第幾集，盜版書隨後跟上。當時至少有六家出版社曾盜印《書劍恩仇錄》，但盜版商並非拿三育版原書照相複製，而是檢字重排，挑選插圖，所以每本盜版書雖然內容與正版相同，圖文編排卻不一樣。從傳本來看，六家出版社可以歸納為四個體系，連三育正版一起算，便有五個體系。

舊版《書劍恩仇錄》版本系統

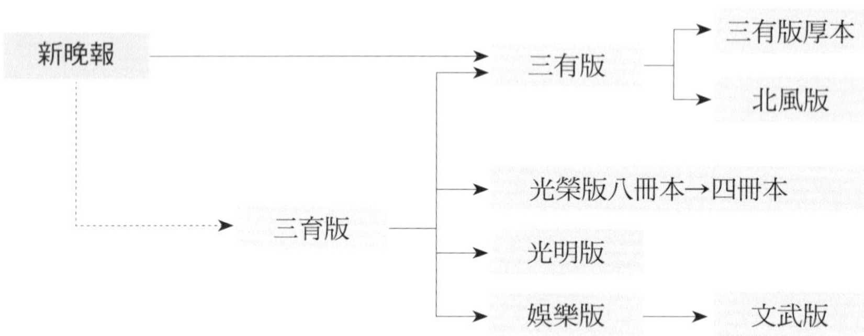

三育版（正版）

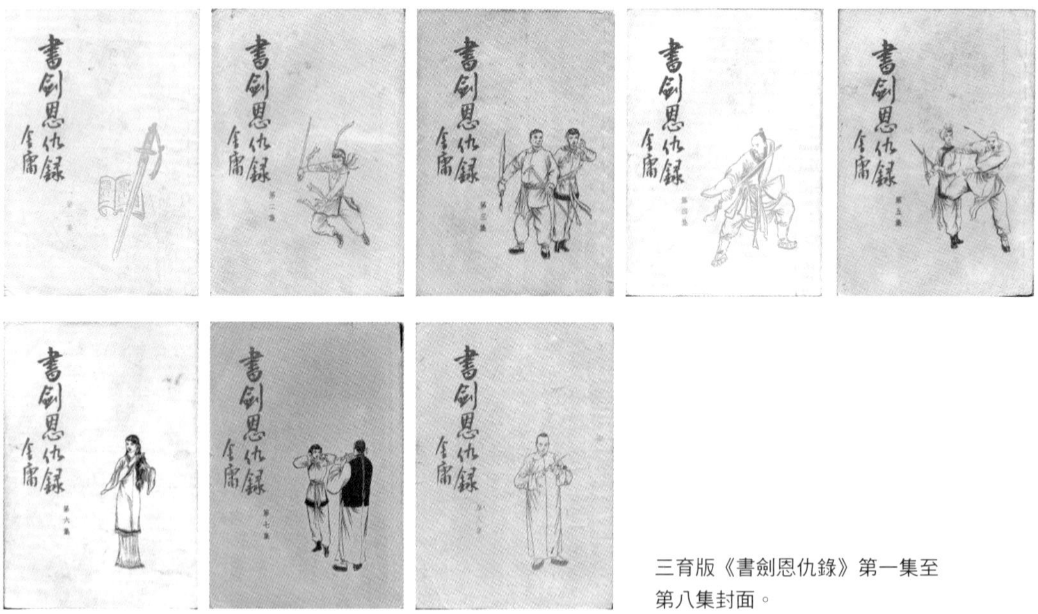

三育版《書劍恩仇錄》第一集至第八集封面。

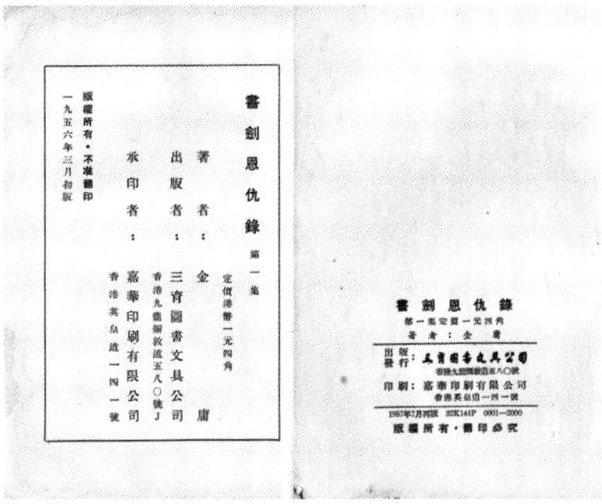

書劍恩仇錄 第一集
定價港幣一元四角
著者：金庸
出版者：三育圖書文具公司 香港九龍彌敦道五八〇號J
承印者：嘉華印刷有限公司 香港英皇道一四一號
版權所有・不准翻印
一九五六年三月初版

書劍恩仇錄
第一集定價一元四角
著者：金庸
出版發行：三育圖書文具公司 香港九龍彌敦道五八〇號
印刷：嘉華印刷有限公司 香港英皇道一四一號
1957年2月再版 32K144P 0001—2000
版權所有・翻印必究

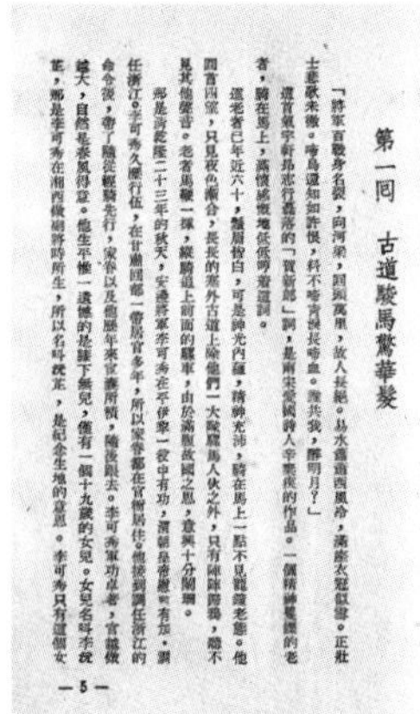

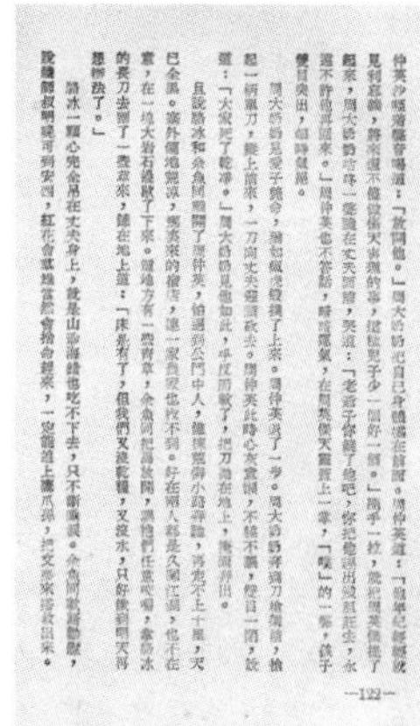

左　三育版《書劍恩仇錄》第一集版權頁（左初版，右再版）。
中　三育版《書劍恩仇錄》內文書影，第一集頁5。
右　三育版《書劍恩仇錄》內文書影，第一集頁122。

作為金庸第一部小說，三育版《書劍恩仇錄》有兩個地方是之後的小說所沒有的。第一是「題辭」。第一集扉頁後、目錄前有「看劍廔主」的題辭「題金庸弟書劍恩仇錄　調寄滿庭芳」，共兩頁。「看劍廔主」也就是「百劍堂主」陳凡。[6]

第二是「『書劍恩仇錄』百人表」，即從書中選出一百個人物，分門別戶，扼要介紹人物的身分與特色。

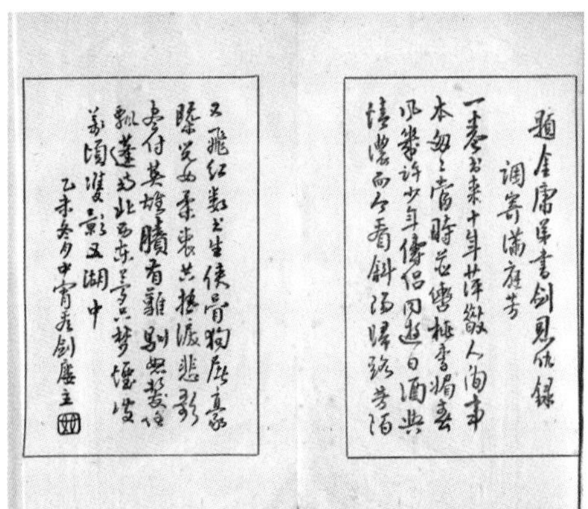

左　第一集第一回任遜所繪插圖（左）、第二集第六回雲君所繪插圖（右）。三育版《書劍恩仇錄》每冊五回，每回前置一幅插圖，八冊四十回共四十幅插圖。第一集的插圖由任遜繪畫（共五張），第二至八集的插圖由雲君繪畫（共三十五張）。
右　三育版《書劍恩仇錄》第一集扉頁之後、目錄之前的題辭。

6　1956至1957年間，陳凡、梁羽生與金庸曾在香港《大公報》開設專欄，名為「三劍樓隨筆」，三人輪流寫文章。前後約三個月，共寫了八十五篇，後來輯錄成《三劍樓隨筆》文集。本書【上篇】提到梁羽生曾撰文〈香港翻版書之怪現象〉，提出「爬頭本」的名稱，就是「三劍樓隨筆」專欄的文章。

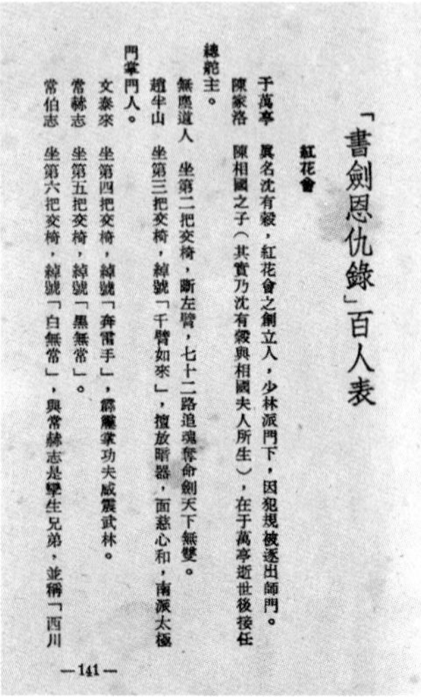

「書劍恩仇錄」百人表

紅花會

于萬亭　原名沈有穀，紅花會之創立人，少林派門下，因犯規被逐出師門。
陳家洛　陳相國之子（其實乃沈有穀與相國夫人所生），在于萬亭逝世後接任總舵主。
無塵道人　坐第二把交椅，斷左臂，七十二路追魂奪命劍天下無雙。
趙半山　坐第三把交椅，綽號「千臂如來」，擅放暗器，面慈心和，南派太極門掌門人。
文泰來　坐第四把交椅，綽號「奔雷手」，霹靂掌功夫威震武林。
常赫志　坐第五把交椅，綽號「黑無常」。
常伯志　坐第六把交椅，綽號「白無常」，與常赫志是孿生兄弟，並稱「西川

—141—

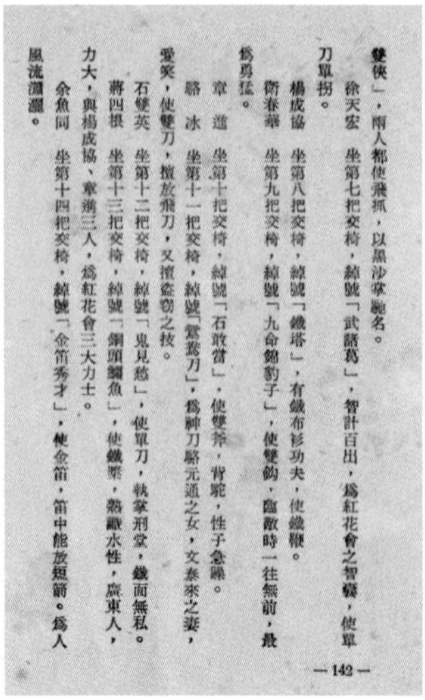

雙俠」，兩人都使飛抓，以黑沙掌馳名。
徐天宏　坐第七把交椅，綽號「武諸葛」，智計百出，爲紅花會之智囊，使單刀單拐。
楊成協　坐第八把交椅，綽號「鐵塔」，有鐵布衫功夫，使鐵鞭。
衛春華　坐第九把交椅，綽號「九命錦豹子」，使雙鈎，臨敵時一往無前，最爲勇猛。
章　進　坐第十把交椅，綽號「石敢當」，使雙斧，背駝，性子急躁。
駱　冰　坐第十一把交椅，綽號「鴛鴦刀」，爲神刀駱元通之女，文泰來之妻，愛笑，使雙刀，擅放飛刀，又擅盜竊之技。
石雙英　坐第十二把交椅，綽號「鬼見愁」，使單刀，執掌刑堂，鐵面無私。
蔣四根　坐第十三把交椅，綽號「銅頭鱷魚」，使鐵槳，熟諳水性，廣東人，力大，與楊成協、章進三人，爲紅花會三大力士。
余魚同　坐第十四把交椅，綽號「金笛秀才」，使金笛，笛中能放短箭。爲人風流瀟灑。

—142—

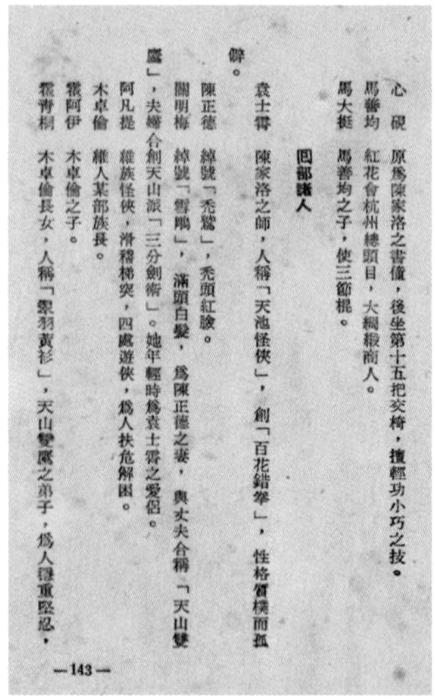

心　硯　原爲陳家洛之書僮，後坐第十五把交椅，擅輕功小巧之技。
馬善均　紅花會杭州總頭目，大綢緞商人。
馬大挺　馬善均之子，使三節棍。

回部諸人

袁士霄　陳家洛之師，人稱「天池怪俠」，創「百花錯拳」，性格質樸而孤僻。
陳正德　綽號「禿鷲」，禿頭紅臉。
關明梅　綽號「雪鵰」，滿頭白髮，爲陳正德之妻，與丈夫合稱「天山雙鷹」，夫婦合創天山派「三分劍術」。她年輕時爲袁士霄之愛侶。
阿凡提　維族怪俠，滑稽梯突，四處遊俠，爲人扶危解困。
木卓倫　維人某部族長。
霍阿伊　木卓倫之子。
霍青桐　木卓倫長女，人稱「翠羽黃衫」，天山雙鷹之弟子，爲人穩重堅忍，

—143—

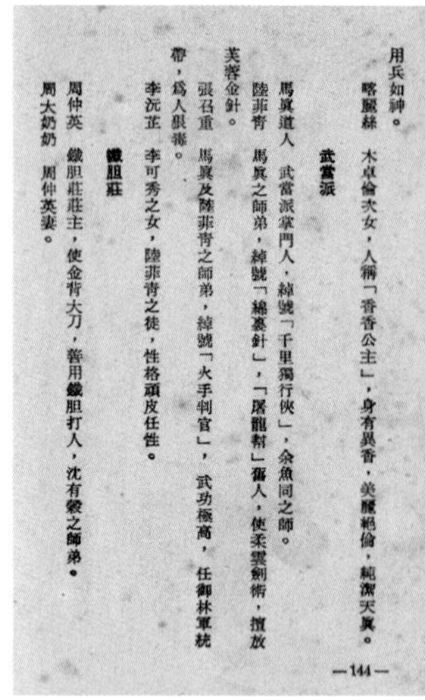

用兵如神。
喀麗絲　木卓倫次女，人稱「香香公主」，身有異香，美麗絕倫，純潔天真。

武當派

馬眞道人　武當派掌門人，綽號「千里獨行俠」，余魚同之師。
陸菲青　馬眞之師弟，綽號「綿裏針」，「屠龍幫」舊人，使柔雲劍術，擅放芙蓉金針。
張召重　馬眞及陸菲青之師弟，綽號「火手判官」，武功極高，任御林軍統帶，爲人狠毒。
李沅芷　李可秀之女，陸菲青之徒，性格頑皮任性。

鐵胆莊

周仲英　鐵胆莊莊主，使金背大刀，善用鐵胆打人，沈有穀之師弟。
周大奶奶　周仲英妻。

—144—

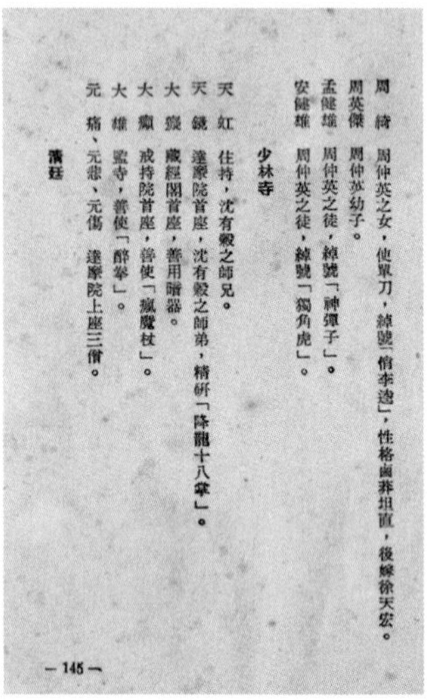

周　綺　周仲英之女，使單刀，綽號「俏李逵」，性格鹵莽坦直，後嫁徐天宏。
周英傑　周仲英幼子。
孟健雄　周仲英之徒，綽號「神彈子」。
安健雄　周仲英之徒，綽號「獨角虎」。

少林寺

天　虹　住持，沈有穀之師兄。
天　鏡　達摩院首座，沈有穀之師弟，精研「降龍十八掌」。
大　癡　藏經閣首座，善用暗器。
大　顚　戒持院首座，善使「瘋魔杖」。
大　雄　監寺，善使「醉拳」。
元　痛、元悲、元傷　達摩院上座三僧。

清廷

— 145 —

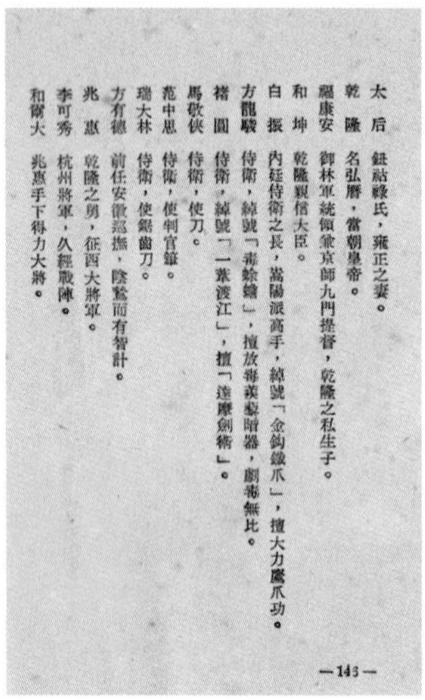

太　后　鈕祜祿氏，雍正之妻。
乾　隆　名弘曆，當朝皇帝。
福康安　御林軍統領兼京師九門提督，乾隆之私生子。
和　坤　乾隆親信大臣。
白　振　內廷侍衛之長，嵩陽派高手，綽號「金鈎鐵爪」，擅大力鷹爪功。
方龍駿　侍衛，綽號「毒蜍蜍」，擅放毒蒺藜暗器，劇毒無比。
褚　圓　侍衛，綽號「一葦渡江」，擅「達摩劍術」。
馬敬俠　侍衛，使刀。
范中恩　侍衛，使判官筆。
瑞大林　侍衛，使鋸齒刀。
方有德　前任安徽巡撫，陰鷙而有智計。
兆　惠　乾隆之舅，征西大將軍。
李可秀　杭州將軍，久經戰陣。
和爾大　兆惠手下得力大將。

—146—

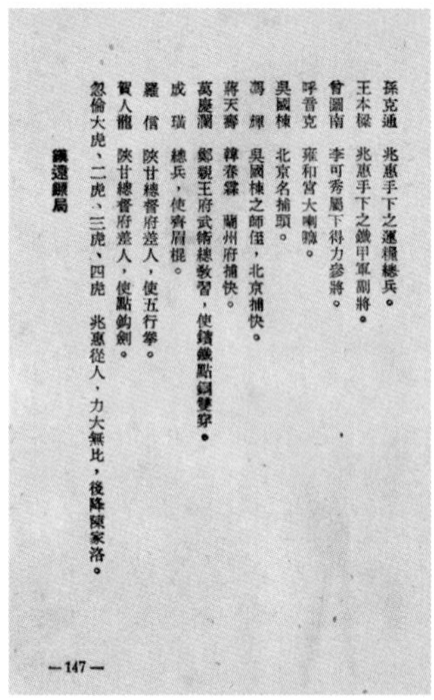

孫克通　兆惠手下之運糧總兵。
王木樑　兆惠手下之鐵甲軍副將。
曾圖南　李可秀屬下得力參將。
呼音克　雍和宮大喇嘛。
吳國棟　北京名捕頭。
馮　輝　吳國棟之師侄，北京捕快。
蔣天壽　韓春霖　蘭州府捕快。
萬慶瀾　鄭親王府武術總教習，使鑌鐵點鋼雙穿。
成　璜　總兵，使齊眉棍。
羅　信　陝甘總督府差人，使五行拳。
賀人龍　陝甘總督府差人，使點鈎劍。
忽倫大虎、二虎、三虎、四虎　兆惠從人，力大無比，後降陳家洛。

鎮遠鏢局

—147—

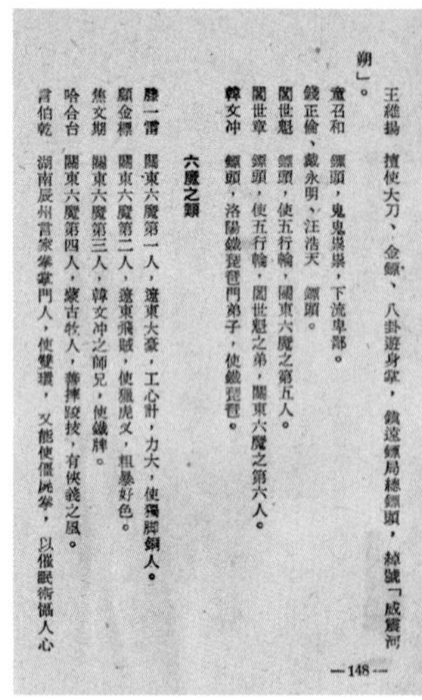

王維揚　擅使大刀、金鏢、八卦遊身掌，鎮遠鏢局總鏢頭，綽號「威震河朔」。
童召和　鏢頭，鬼鬼祟祟，下流卑鄙。
錢正倫、戴永明、汪浩天　鏢頭。
閻世魁　鏢頭，使五行輪，關東六魔之第五人。
閻世章　鏢頭，使五行輪，閻世魁之弟，關東六魔之第六人。
韓文冲　鏢頭，洛陽鐵琵琶門弟子，使鐵琵琶。

六魔之類

滕一雷　關東六魔第一人，遼東大豪，工心計，力大，使獨脚銅人。
顧金標　關東六魔第二人，遼東飛賊，使獵虎叉，粗暴好色。
焦文期　關東六魔第三人，韓文冲之師兄，使鐵牌。
哈合台　關東六魔第四人，蒙古牧人，善摔跤技，有俠義之風。
言伯乾　湖南辰州言家拳掌門人，使雙環，又能使僵屍拳，以催眠術懾人心

—148—

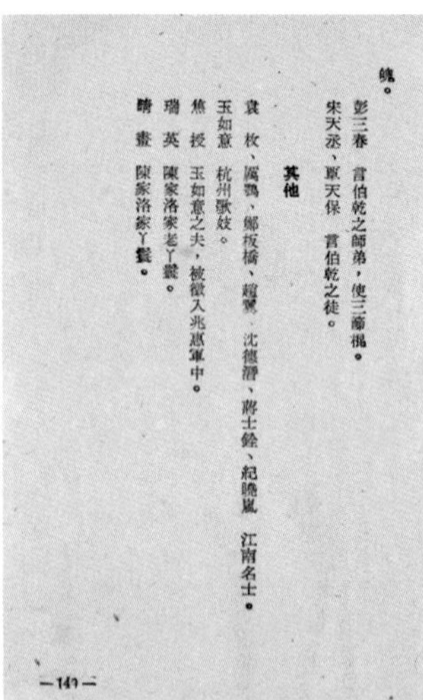

魄。
彭三春　言伯乾之師弟，使三節棍。
宋天丞、夏天保　言伯乾之徒。

其他

袁　枚、厲鶚、鄭板橋、趙翼、沈德潛、蔣士銓、紀曉嵐　江南名士。
玉如意　杭州歌妓。
蔣　授　玉如意之夫，被徵入兆惠軍中。
瑞　英　陳家洛家老丫鬟。
晴　畫　陳家洛家丫鬟。

—149—

「『書劍恩仇錄』百人表」，置於第八集正文之後，共九頁。

金庸出版三育版單行本，重訂章節乃以字數、篇幅為考量標準，預先規劃了每冊回數（五回）與頁數（各回頁數相若），再根據每回內容找出重點，創作回目。重新創作回目是金庸出版正版本時的重點工作，從他對《書劍恩仇錄》的回目一改再改來看，足見相當重視。三育版《書劍恩仇錄》第一集在1956年3月面世後，曾多次再版（已知至少再版五次），有趣的是，第一、二回的回目，五次印行就有四個版本，每次都稍有不同。改到最後，金庸又用回最原始的那個模樣。

出版年月	版次	第一回回目	第二回回目
1956年3月	初版	古道駿馬驚**白**髮	險峽神駝**飛**翠翎
1957年2月	再版	**邊郊白**馬驚**華**髮	險峽神駝**飛**翠翎
1958年5月	再版	古道駿馬驚**白**髮	險峽神駝**躍**翠翎
1959年9月	再版	古道駿馬驚**華**髮	險峽神駝**飛**翠翎
1965年8月	再版	古道駿馬驚**白**髮	險峽神駝**飛**翠翎

就平仄而言，「邊郊白馬驚華髮」（平平仄仄平平仄）符合聲律要求，平仄相間，抑揚頓挫。對比「古道駿馬驚白髮」（仄仄仄仄平仄仄）或「古道駿馬驚華髮」（仄仄仄仄平平仄），開首連用四個仄聲字，一句之中仄聲有五個或以上，確是不符聲律需求。不過，「邊郊」二字缺乏文言氣息，不太適合用在以古風為主的回目中，所以金庸又改了回來。「險峽神駝飛翠翎」（仄仄平平平仄平）的第五、第六字也不合平仄，金庸就改為「險峽神駝躍翠翎」（仄仄平平仄仄平）。雖然符合平仄，但「躍」字的騰起意象又不及「飛」字，金庸最後又用回原來的「險峽神駝飛翠翎」。

後來金庸初次修訂《書劍恩仇錄》，把三育版每兩回合成一回，回目也由兩個獨立的七字句變成對聯。為了平仄協律，金庸又將這兩個句子做了改動，而且也是一改再版。明晚版、作品集版初版，以及後來的新修版，都不相同。

出版年月	版次	第一回回目
1970年10月	明晚版	古道騰駒驚白髮　危巒**快刃**識青翎
1975年6月	作品集版	古道騰駒驚白髮　危巒**快劍**識青翎
2003年8月	新修版	古道騰駒驚白髮　危巒**擊劍**識青翎

三個版本，對句的平仄都是「仄仄平平平仄仄，平平仄仄仄平平」。金庸把三育版第一回兩個仄聲字「駿馬」，改為兩個平聲字「騰駒」，又把第二回的「翠翎」（仄平）改為「青翎」（平平），加上其他改動，讓上下兩句平仄相協。特別是第二句的「翠翎」，三育版四個版本沒有任何改動，應是希望用「翠」字緊扣第二回出場的女主角翠羽黃衫霍青桐。不過，「翠」字放在句中第六字，與第七字「翎」組成「仄平」的詞語，確是原句敗筆。金庸在修訂版中終於放棄「翠」字，改用與「翠」字顏色相若的「青」字，整個句子的平仄音律就變得更通順了。

金庸對於自己多次修改回目，有如下的心聲：

原來的回目也改過了，未必改得好，總算通順了些。（〈為什麼要增刪改寫？〉，《明報晚報》1970年10月1日）

本書的回目也做得不好。本書初版中的回目，平仄完全不叶，現在也不過略有改善而已。（花皮版《書劍恩仇錄》，頁870）

文中的「原來的回目」、「初版」應是指三育版的回目，而不是報紙上的連載。不過，舊版的回目只是七言單句而不是七言對句，對於平仄的要求本就相對不高，金庸卻念茲在茲，可見他一絲不苟的寫作態度。

三有版（盜版）

三有版《書劍恩仇錄》共八冊，屬於混合重排盜印版。說是「混合」，指內容（小說文字）來源有兩個。前六冊回目與三育版相同，出版日期應是在三育版推出後，內容也取材自三育版。第七與第八集的回目取自《新晚報》，應是想要搶在三育正版之前，因此出版日期也應該在1956年9月。（梁羽生提到的爬頭本就是三有版的第七集。）

第七集只有三回，分別是「三一、白玉峯前翡翠池」、「三二、騎騾負鍋隱大俠」、「三三、恩怨到頭一筆勾」。第八集也只有三回，分別是「三四、魂斷長城縱極目」、

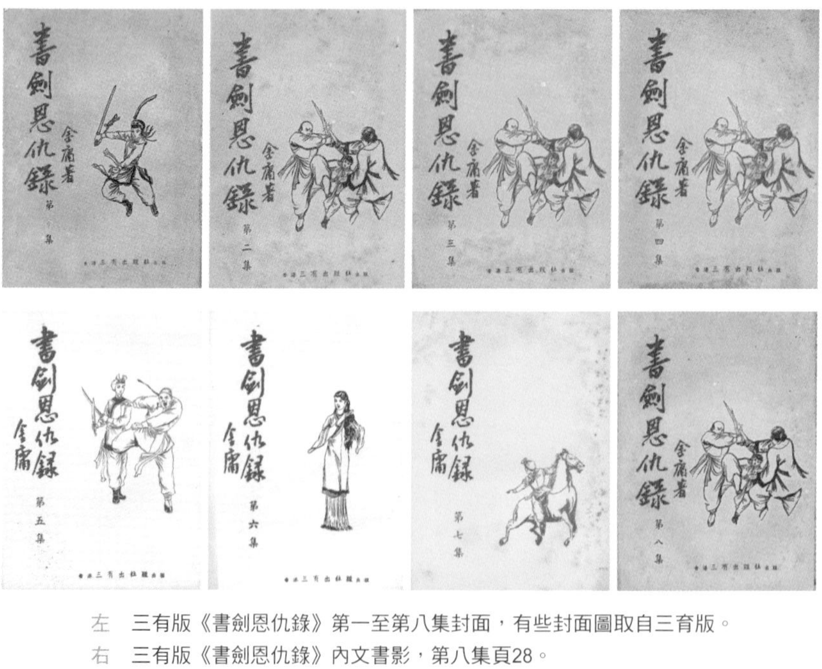

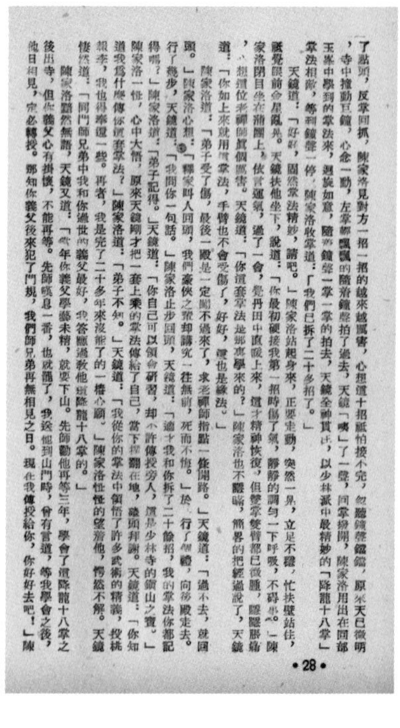

了點頭，反掌回抓，陳家洛見對方一招一招的越來越厲害，心想這十招祇怕接不完，忽聽鐘聲鐺鐺，原來天已微明，寺中撞動巨鐘，心念一動，左掌輕飄飄的隨着鐘聲拍了過去，天鏡「咦」了一聲，回掌撥開，陳家洛用出在回部玉峯中學到的掌法來，迴旋如意，隨着鐘聲一掌一掌的拍去，天鏡全神貫注，以少林派中最精妙的「降龍十八掌」掌法相敵，等到鐘聲一停，陳家洛收掌道：「我們已拆了二十多招了。」

天鏡道：「好好，固然掌法精妙，請吧。」陳家洛站起身來，正要走動，突然一晃，立足不穩，忙扶壁站住，祇覺眼前金星亂冒。天鏡扶他坐下，說道：「你最初硬接我第一招時傷了氣，靜靜的調勻一下呼吸，不礙事。」陳家洛閉目坐在蒲團上，依言運氣，過了一會，覺丹田中直暖上來，這才精神恢復，但雙掌雙臂都已微腫，隱隱脹痛，心想這位老禪師真個厲害。天鏡道：「你這套掌法是那裏學來的？」陳家洛也不隱瞞，簡略的把經過說了，天鏡道：「你如上來就用這掌法，手臂也不會受傷了，好好，這也是緣法。」

陳家洛道：「弟子受了傷，最後一殿是一定闖不過來了，求老禪師指點一條門路。」天鏡道：「過不去，就回頭。」陳家洛心想：「釋家叫人回頭，我們豪俠之輩却講究一往無前，死而不悔。」於是行了個禮，向後殿走去。行了幾步，天鏡道：「我問你一句話。」陳家洛止步回頭，天鏡道：「適才我和你拆了二十餘招，我的掌法你都記得嗎？」陳家洛道：「弟子記得。」天鏡道：「你自己可以領會研習，却不許傳授旁人，這是少林寺的鎮山之寶。」陳家洛一怔，心中大悟，原來天鏡剛才把一套上乘的掌法傳給了自己，當下拜翻在地，磕頭拜謝。天鏡道：「你知道我為什麼傳你這套掌法？」陳家洛道：「弟子不知。」天鏡道：「我從你的掌法中領悟了許多武術的精義，投桃報李，我也得奉還一些。再者，我是完了二十多年來沒能了的一樁心願。」陳家洛怔怔的望着他，愕然不解。天鏡悽然道：「同門師兄弟中我和你過世的義父最好，我答應過教他這降龍十八掌的。」

陳家洛黯然無語，天鏡又道：「當年你義父學藝未精，就要下山。先師勸他再等三年，學會了這降龍十八掌之後出寺，但你義父心有掛懷，不能再等。先師嘆息一番，也就罷了，我送他到山門時，曾有言道，等我學會之後，他日相見，定必轉授。那知你義父後來犯了門規，我們師兄弟再無相見之日。現在我傳授給你，你好好去吧！」陳

• 28 •

左　三有版《書劍恩仇錄》第一至第八集封面，有些封面圖取自三育版。
右　三有版《書劍恩仇錄》內文書影，第八集頁28。

「三五、深宮重重伏甲兵」、「三六、歌終月缺浩浩愁」。六個回目與《新晚報》第十八回到第二十三回完全一樣。一書混合兩個來源，所以叫「混合版」。

頭六冊雖然在三育版推出後才製作印刷，卻不是依據三育版照相複製，而是重排文字，因此每頁行數、每行字數都與三育版不同。

北風版（盜版）

北風版《書劍恩仇錄》共十六冊，封面採用三育版第一集封面圖，各集封面圖相同，但底色不同。北風版是照相複製版，版面內容源自三有版，把一冊分拆成兩冊，單數集佔三回，雙數集佔兩回。

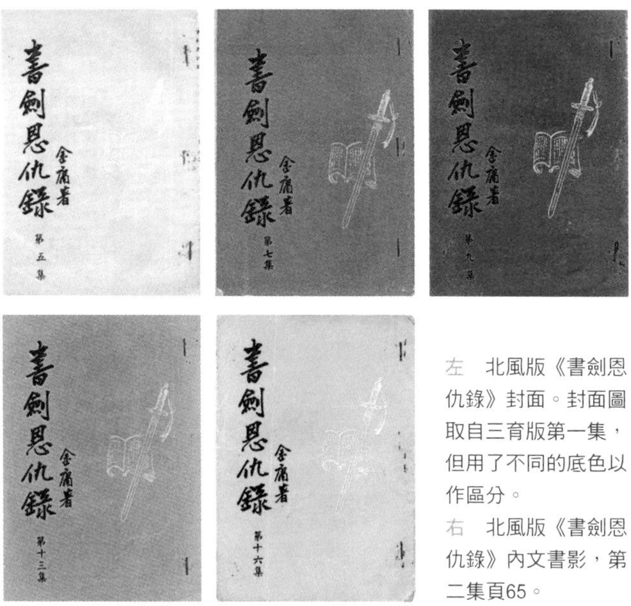

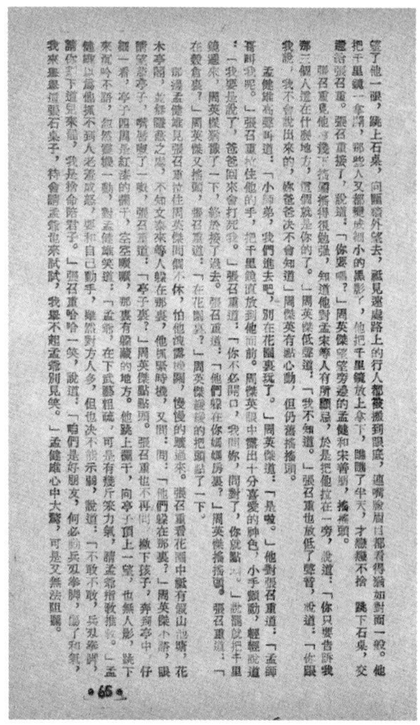

左　北風版《書劍恩仇錄》封面。封面圖取自三育版第一集，但用了不同的底色以作區分。
右　北風版《書劍恩仇錄》內文書影，第二集頁65。

光榮版（盜版）

八冊本、四冊本

光榮版《書劍恩仇錄》共有八冊，屬重排盜印版。回數、回目、插圖，以及扉頁後的「看劍廔主」題辭、第八集正文之後的「『書劍恩仇錄』百人表」，全都從三育版移植過來。唯獨每頁的行款（行數與字數）不同，光榮版的小說內文並非用三育版原版複製，而是檢字重排。

光榮版另有四冊本，只是簡單地把兩冊合而為一，其餘不變。封面製作更是粗糙，選

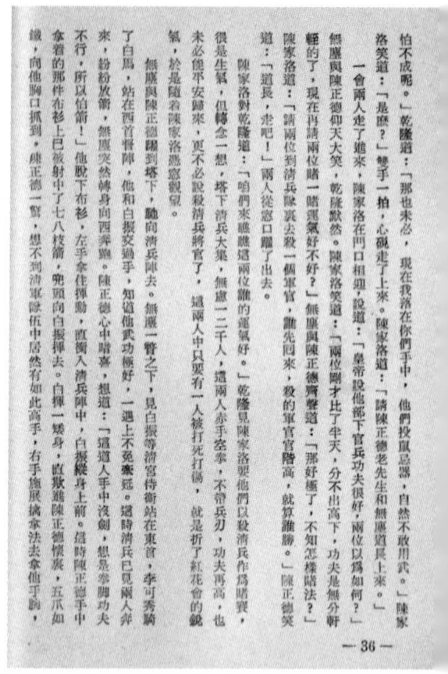

左　光榮版八冊本《書劍恩仇錄》第一集與第八集封面。封面構圖與三育版一樣，但底色不同，也調整了圖的位置。

中　光榮版四冊本《書劍恩仇錄》第七集合訂本封面，乃結合八冊本的第七、八集而成。

右　光榮版《書劍恩仇錄》內文書影，第五集頁36。

用第一、三、五、七集封面，再加上「合訂本」三字。四冊封面分別寫著：第一集合訂本、第三集合訂本、第五集合訂本、第七集合訂本。不知就裡的人，還會以為少了第二、四、六、八集的合訂本。

光明版（盜版）

光明版《書劍恩仇錄》共有八冊，屬重排盜印版。回數、回目與三育版相同，沒有插圖、題辭與「百人表」。小說內文並非用三育版原版複製，而是檢字重排。

由於第二回回目是「險峽神駝躍翠翎」，這是三育版《書劍恩仇錄》1958年5月再版時所用的回目，可見是根據1958年版重排盜印而來。

左　光明版《書劍恩仇錄》第一集與第八集封面。封面構圖與三育版一樣，但底色不同。

右　光明版《書劍恩仇錄》內文書影，第七集頁548。

娛樂版（盜版）

娛樂版《書劍恩仇錄》共四冊，回數、回目與三育版相同，第一回之前有題辭，正文之後有「百人表」，屬重排盜印版。四冊使用同一張彩圖做封面，標注不同數字以表示集數。小說內文並非用三育版原版複製，而是檢字重排。

娛樂版只收錄雲君所繪的三十五張插圖。第一回回目是「古道駿馬驚華髮」，這是三育版《書劍恩仇錄》1959年9月再版時所用的回目，可見重排所據底本為1959年時的再版書。

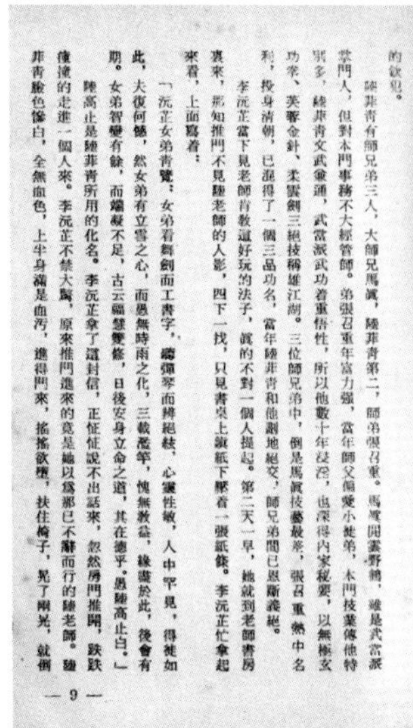

的欽犯。

陸菲青有師兄弟三人，大師兄馬眞，陸菲青第二，師弟張召重。馬眞閒雲野鶴，雖是武當派掌門人，但對本門事務不大經管師。弟張召重年富力强，當年師父偏愛小徒弟，本門技業傳他特別多，陸菲青文武全通，武當派武功着重悟性，所以他數十年浸淫，也深得內家秘要，以無極玄功拳、芙蓉金針、柔雲劍三絕技稱雄江湖。三位師兄弟中，倒是馬眞技藝最差，張召重熱中名利，投身清朝，已混得了一個三品功名，當年陸菲青和他割地絕交，師兄弟間已恩斷義絕。

李沅芷當下見老師肯教這好玩的法子，眞的不對一個人提起。第二天一早，她就到老師書房裏來，那知推門不見陸老師的人影，四下一找，只見書桌上鎮紙下壓着一張紙條。李沅芷忙拿起來看，上面寫着：

「沅芷女弟青覽：女弟看舞劍而工書字，竊彈琴而擅絕技，心靈性敏，人中罕見，得徒如此，大復何憾，然女弟有立雪之心，而愚無時雨之化，三載叢竿，愧無教益，緣盡於此，後會有期。女弟智變有餘，而端凝不足，古云福慧雙修，日後安身立命之道，其在德乎。愚陸高止白。」

陸高止是陸菲青所用的化名。李沅芷拿了這封信，正怔怔說不出話來，忽然房門推開，跌跌撞撞的走進一個人來。李沅芷不禁大驚，原來推門進來的竟是她以爲那已不辭而行的陸老師。陸菲青臉色慘白，全無血色，上半身滿是血汚，進得門來，搖搖欲墮，扶住椅子，晃了兩晃，就倒

— 9 —

左　娛樂版《書劍恩仇錄》第一集與第四集封面。

右　娛樂版《書劍恩仇錄》內文書影，第一集頁9。

文武版（盜版）

文武版《書劍恩仇錄》共有四冊，使用同一張彩圖做封面，來源不詳。第一集有題辭，最後一集有「百人表」，乃根據光榮版原版翻印。

文武版全書使用三育版插圖，共有四十一張，但其中三張重複使用，故只用了三十八張圖。三育版插圖放在每回前面，文武版則沒有一定，有時放在一回之前，有時也會放在該回內文中。

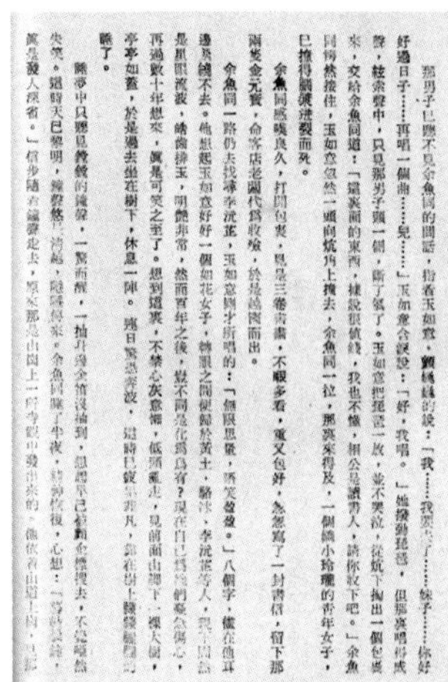

— 110 —

左　文武版《書劍恩仇錄》第一集與第四集封面。

右　文武版《書劍恩仇錄》內文書影，第三集頁110。

三有版厚本（盜版）

三有出版社在1956年出版《書劍恩仇錄》後，又推出合四集為一冊的厚本，共兩冊。此厚本用1956年時的原版複製，但原版每集的頁碼是從頭計算的，合四集為一冊後，沒有重新編排頁碼。

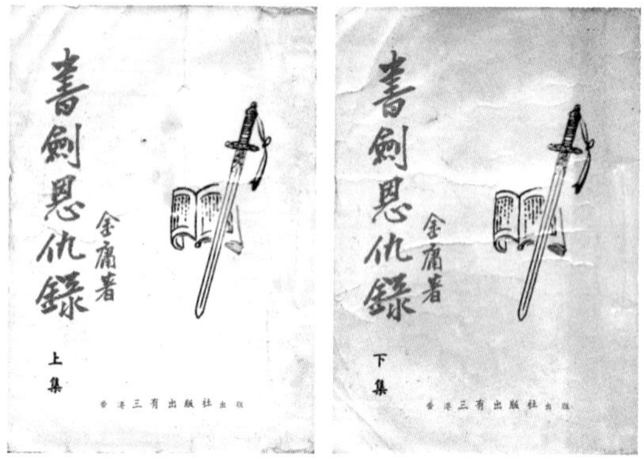

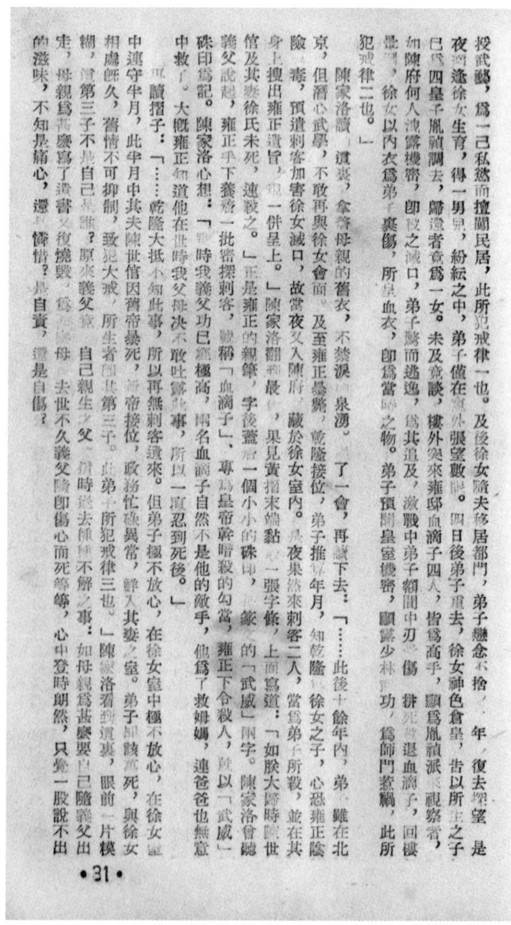
授武藝，爲一己私慾而擅闖民居，此所犯戒律一也。及後徐女隨夫移居都門，弟子戀念不捨，□年，復去探望，是夜適逢徐女生育，得一男兒，紛紜之中，弟子僅在窗外張望數眼。四日後弟子重去，徐女神色倉皇，告以所生之子已爲四皇子胤禎調去，歸還者竟爲一女。未及竟談，樓外突來雍邸血滴子四人，皆爲高手，顯爲胤禎派來視察者，如陳府何人洩露機密，即殺之滅口，弟子驚而逃逸，爲其追及，激戰中弟子額間中刃受傷，拼死方退血滴子，回樓邊望，徐女以內衣爲弟子裹傷，所染血衣，即爲當時之物。弟子預聞皇室機密，顯露少林武功，爲師門惹禍，此所犯戒律二也。」

陳家洛讀到這裏，拿着母親的舊衣，不禁淚如泉湧。過了一會，再讀下去：「……此後十餘年內，弟子雖在北京，但潛心武學，不敢再與徐女會面。及至雍正暴斃，乾隆接位，弟子推算年月，知乾隆□徐女之子，心恐雍正陰險毒，預遣刺客加害徐女滅口，故當夜又入陳府，藏於徐女室內。是夜果然來刺客二人，當爲弟子所殺，並在其身上搜出雍正遺旨，□一併呈上。」陳家洛翻到最後，果見黃摺末端黏□一張字條，上面寫道：「如朕大薨時陳世倌及其妻徐氏未死，速殺之。」正是雍正的親筆，字後蓋着一個小小的硃印，是篆文的「武威」兩字。陳家洛曾聽義父說起，雍正手下養着一批密探刺客，號稱「血滴子」，專爲皇帝幹暗殺的勾當，雍正下令殺人，就以「武威」硃印爲記。陳家洛心想：「那時我義父功已經極高，兩名血滴子自然不是他的敵手，他爲了救娘媽，連爸爸也無意中救了。大概雍正知道他在世時我父母決不敢吐露此事，所以一直忍到死後。」

再讀摺子：「……乾隆大抵不知此事，所以再無刺客遺來。但弟子極不放心，在徐女窗中極不放心，在徐女窗中連守半月，此半月中其夫陳世倌因雍帝暴死，新帝接位，政務忙碌異常，鮮入其妻之室。弟子卻該萬死，與徐女相處既久，舊情不可抑制，致犯大戒，所生者即其第三子。此弟子所犯戒律三也。」陳家洛看到這裏，眼前一片模糊，這第三子不是自己是誰？原來義父竟□自己親生之父，□時幾去捕捉不解之事：如母親爲甚麼要自己隨義父出走，母親爲甚麼寫了遺書又復撕毀，爲甚麼母□去世不久義父隨即傷心而死等等，心中登時朗然，只覺一股說不出的滋味，不知是痛心，還是憐惜？是自責，還是自傷？

•31•

上　三有版厚本《書劍恩仇錄》上、下集封面。三有版厚本至少有兩個版本，早期的每冊港幣三元，上下兩冊封面不同（左）；後期的每冊港幣五元，上下兩冊封面一樣（右）。從三元到五元，定價高了三分之二，可見兩個版本跨越的時間甚遠。

下左　早期的三有版厚本，打開封面，封面內頁印上其他集數的封面圖。由於厚本只有上下兩集，只能收錄兩張封面圖，厚本這樣做，能讓讀者看到三育版全部八冊的封面圖。後期的厚本卻沒有這個安排。

下右　三有版厚本《書劍恩仇錄》書影，下集頁31。

貳

碧血劍

從《書劍恩仇錄》到《碧血劍》，金庸小說的書本版有了明顯的「改變」：盜版商更積極進取，想要搶在三育版前頭，直接從《香港商報》取材後檢字重排，出版爬頭本。《書劍恩仇錄》時期，如三有版是混合版，前四分之三來自三育版，後四分之一取自《新晚報》。到了《碧血劍》，從《香港商報》取材的盜印版就多達四家半。

不過，能夠真正成為爬頭本的只有新成版。其餘各書，內容雖然都直接取自《香港商報》，卻又同時有著三育版的影子（如使用三育版的封面、插圖）。究其原因，應是出版社原想趕在三育版推出之前出版，但三育同時也加快了出版步伐，以致打亂了盜版商的節奏。在付梓印刷之前，三育版已經面世，於是盜版商只得「變陣」，將三育版的元素（封面、插圖）移植過來，放在書中。

總體來說，《碧血劍》的盜版書比之前增加了，一方面顯示市場有龐大的需求，一方面也顯示金庸的小說愈來愈受歡迎。

舊版《碧血劍》版本系統

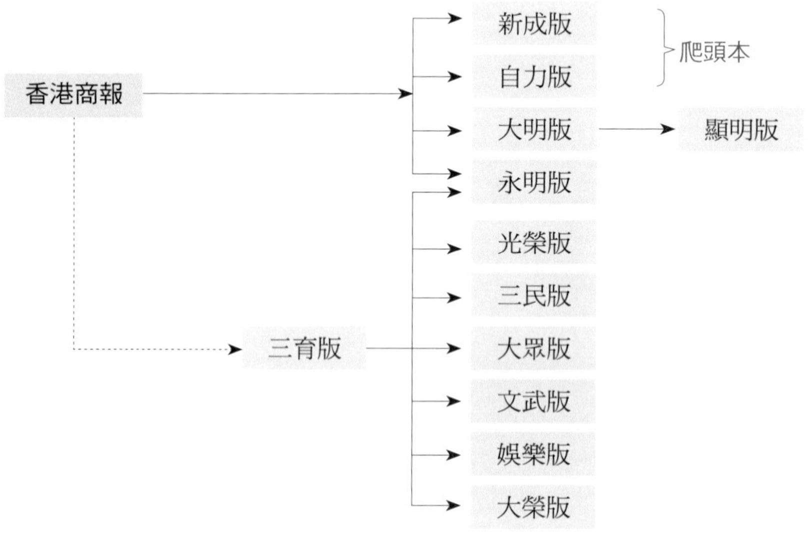

三育版（正版）

由於盜版商步步進逼，三育更加快出版步伐。從1956年9月開始，一個月內出版三冊單行本，9月份是《書劍恩仇錄》第六、第七集和《碧血劍》第一集，10月份則是《書劍恩仇錄》第八集（完結篇）和《碧血劍》第二、第三集。之後兩集，已經完全緊貼連載版。第四集在11月出版，收錄到10月17日的內容。《碧血劍》在1956年12月31日連載結束，第五集就在1957年1月出版。

《碧血劍》單行本沿用《書劍恩仇錄》的編輯規格：每集五回，請雲君畫封面圖與內文插圖（每回一圖），排版行款也和《書劍恩仇錄》一樣，每頁十五行，每行三十八字。

有了創作與重擬《書劍恩仇錄》回目的經驗，金庸創作《碧血劍》時，已經有清晰的想法，在出版單行本時不至於覆地翻天地大幅修改回目，原回目能夠適用於新章節的就盡量重用，只是稍稍修改文字而已。例如把「鬧席擲異物　釋忿贈奇珍」（連載版第十回）改為「鬧席擲異物　釋忿贈靈丹」（三育版第十六回），「奇珍」與「靈丹」同為平聲字。可見，金庸在創作《碧血劍》回目時，已經盡量考慮到對句平仄的問題，出版單行本時改動回目，更多是思量詞義是否配合小說內容。

三育版《碧血劍》第一集至第五集封面。

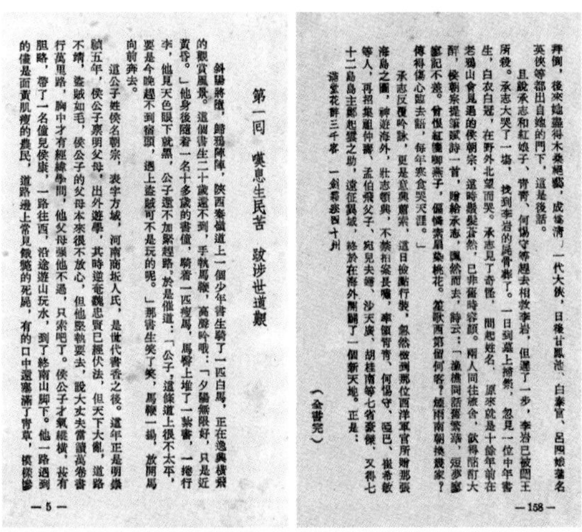

第一回　嘆息生民苦　跋涉世道艱

斜陽將墮，歸鴉陣陣，陝西秦嶺道上一個少年書生騎了一匹白馬，正在逸興橫飛的觀賞風景。這個書生二十歲還不到，手執馬鞭，高聲吟哦：「夕陽無限好，只是近黃昏。」他身後隨着一名十多歲的書僮，騎着一匹瘦馬，馬臀上堆了一紮書，一捲行李，他見天色眼下就黑，公子還不加緊趕路，於是催道：「公子，這條道上很不太平，要是今晚趕不到宿頭，遇上盜賊可不是玩的呢。」那書生笑了笑，馬鞭一揚，放開馬向前奔去。

這公子姓侯名朝宗，表字方城，河南商邱人氏，是世代書香之後。這年正是明崇禎五年，侯公子稟明父母，出外遊學，其時逆奄魏忠賢已經伏法，但天下大亂，道路不靖，盜賊如毛，侯公子的父母本來很不放心，但他堅執要去，說大丈夫當讀萬卷書行萬里路，胸中才有經緯學問，他父母强他不過，只索吧了。侯公子才氣縱橫，甚有胆略，帶了一名僮兒侯康，一路往西，沿途遊山玩水，到了終南山脚下。他一路遇到的儘是面黃肌瘦的農民，道路邊上常見餓斃的死屍，有的口中還塞滿了青草，模樣慘

—5—

拜倒，後來她盡得木桑絕藝，成爲清」一代大俠，日後甘鳳池、白泰官、呂四娘著名英俠等都出自她的門下，這是後話。

且說承志和紅娘子、青青、何惕守等趕去相救李岩，但遲了一步，李岩已被闖王所殺。承志大哭了一場，找到李岩的屍骨葬了。一日到墓上掃祭，忽見一位中年書生，白衣白冠，在野外北望而哭。承志見了奇怪，問起姓名，原來就是十餘年前在老鴉山會見過的侯朝宗，這時鬚髮蒼然，已非舊時容顏。兩人同往旅舍，飲得酩酊大醉，侯朝宗提筆賦詩一首，贈給承志，飄然而去，詩云：「漁樵同話舊繁華，短夢寥寥記不差。曾恨紅牙啣燕子，偏憐素扇染桃花。笙歌西第留何客？煙雨南朝換幾家？傳得傷心臨去語，每年寒食哭天涯。」

承志反覆吟詠，更是[illegible]。這日檢點行裝，忽然[illegible]到那位西洋軍官所贈那張海島之圖，神遊海外，壯志頓興，不禁拍案長嘯，率領青青、何惕守、啞巴、崔希敏等人，再招集[illegible]、孟伯飛父子、宛兒夫婦、沙天廣、胡桂南等七省豪傑，又得七十二島島主鄭起雲之助，遠征異域，終於在海外開闢了一個新天地。正是：

滿堂花醉三千客　一劍霜寒四十州

（全書完）

—158—

左　三育版《碧血劍》第一集內頁版權頁（左初版，右再版）。

中　三育版《碧血劍》第一集第一回前的插圖。

右　三育版《碧血劍》書影，第一集頁5（左）、第五集頁158（右）。

文字修訂方面，也依原來的方式，即原本分屬於前後兩日連載的文字，重排之後成為同一篇章，由於有上下文呼應，部分重複的文字就可以刪掉。如：

……袁承志奔到內室，果然不見崔秋山和啞巴的蹤影。（舊版《碧血劍》第三四續，1956年2月3日最後一句）

袁承志見崔秋山忽然不見，「哇」的一聲哭了出來……（舊版《碧血劍》第三五續，1956年2月4日第一句）

排成三育版時，變成了「袁承志奔到內室，果然不見崔秋山和啞巴的蹤影。袁承志『哇』的一聲哭了出來……」（三育版《碧血劍》第一集，頁72），省去了「見崔秋山忽然不見」，因為與前一句意思重複了。

新成版（盜版）

三育加快出版速度，盜版商也有對策。新成版《碧血劍》是爬頭本進化後的里程碑，特點包括：冊數增加、每集頁數減少、每頁字數增加，以及定價調低。

新成版《碧血劍》是爬頭本，根據《香港商報》上連載的《碧血劍》重新檢字排版印刷而成，全書共十冊，沒有插圖。連載版有十八回，新成版也有十八回。為了吸引讀者，出版社調低了定價，但每集只有四十頁（三育正版每集有一百四十至一百五十多頁）。新成版每頁字數也比三育版多，三育版一頁最多五百七十字，新成版一頁可以高達一千字，與報紙一天的連載量相若。不過，第六集至第十集每頁的行數持續減少，大概是出版時間逐漸追上連載時間，唯有減少每集的文字量。到了第十集，情況急轉直下。第十集只收錄了《香港商報》1956年12月4日到12月31日前後合共二十八天的連載，只有約二萬八千字。出版社在不減少頁數的前提下，不得不再調整行距，每頁只能收錄十四、十五行。

新成版《碧血劍》每集固定四十頁，但並非每集結束時都是一回的終結，因為報紙連載每回的長度不同，致使有時一集會有二到三回，有時一回會分到前後兩集。例如第六回「懷舊鬥五老　仗義奪千金」，《香港商報》連載了四十七天，已經超出新成版第三集的承載量，剩下的就全部搬到第四集中。不獨如此，新城版雖然用了報紙的回目，但每回起迄又跟連載時未必相同，只是隨意地加插相同的回目。例如新成版第八集只有第十三回「心傷落花意　苦恨流水情」一回，但這集前面三十三頁的內容屬於原第十二回，只有後

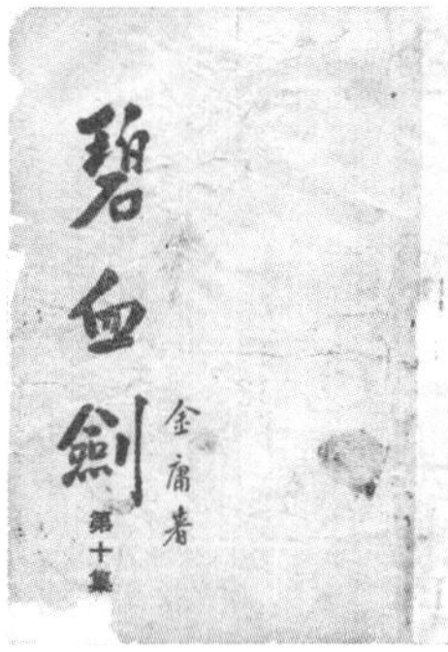

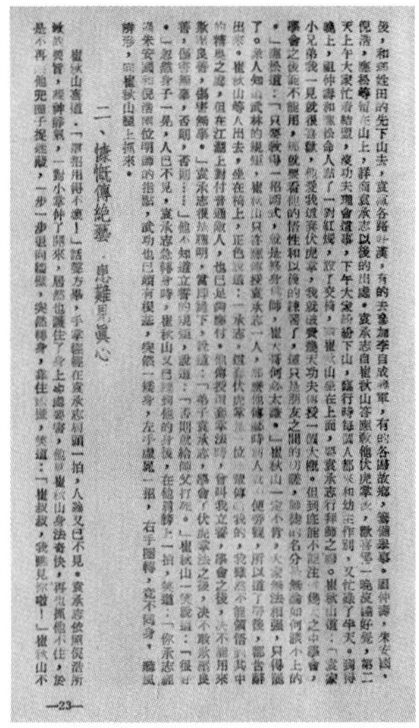

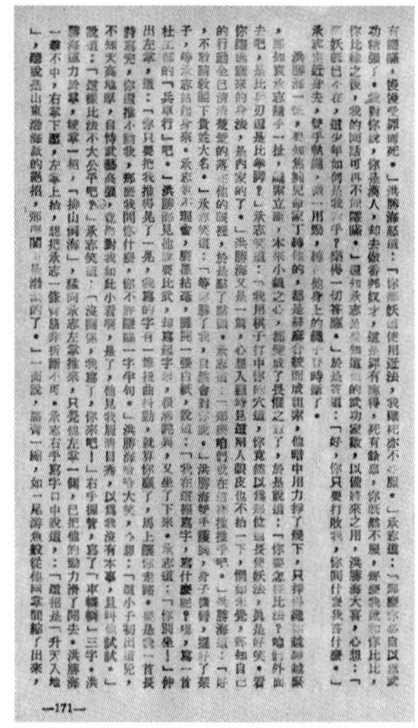

左　新成版《碧血劍》第一集與第十集封面。各集封面圖一樣，只是底色不同。
右　新成版《碧血劍》書影，第一集頁23（左）、第五集頁171（右）。每頁接近一千字，跟報紙每天連載分量相若。

面七頁的內容屬於原第十三回。

以上反覆描述新成版的每集頁數、行數，以及每回起迄不同於報紙連載，旨在說明兩件事：（1）盜版商用什麼方法來應對三育愈出愈快的單行本；（2）盜版的文獻價值遠遠不及正版。新成版以報紙連載內容為底本，卻因粗製濫造而與報紙相差甚遠，讀者如果想當然地以為新成版比之三育版，會跟報紙連載情況更為接近，就大錯特錯了。

永明版（盜版）

永明出版社的《碧血劍》有兩個版本，都是一套十冊，每冊約四十頁。封面都有書名、作者名、集數、出版社名稱和封面圖。兩種版本中，一種採用了三育版的封面圖，另外一種則十冊共用一張封面圖（袁承志手執金蛇劍橫胸的架式），這圖不見於三育版，大抵是出版社另請畫師繪製。

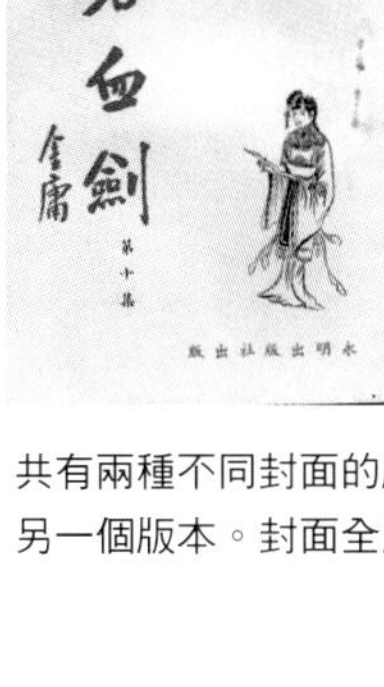

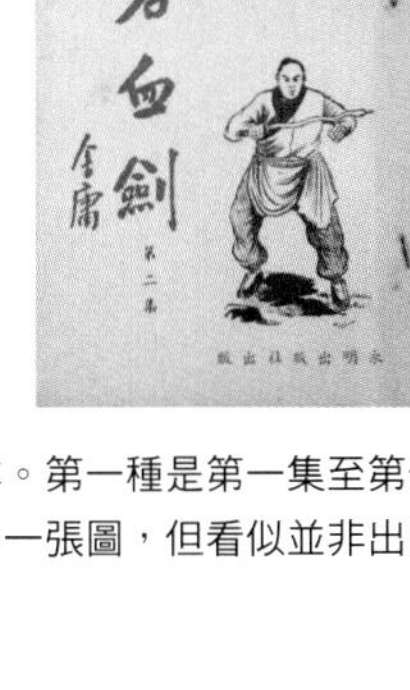

左　永明版《碧血劍》共有兩種不同封面的版本。第一種是第一集至第十集都仿用三育版封面。
右　永明版《碧血劍》另一個版本。封面全用同一張圖，但看似並非出自雲君之手。

永明版《碧血劍》是混合重排的盜印本。之前的三有版《書劍恩仇錄》也是混合版，但兩者不同。三有版《書劍恩仇錄》是先仿三育書本版後取報紙連載版，屬爬頭本；永明版《碧血劍》卻是先抄報紙後取書本。這可以從回目看出。永明版全書共二十四回（不是連載版的十八回，也不是三育版的二十五回），頭五回用報紙的回目，第六至二十四回用三育書本版的回目（但編號不同）。或許盜版商初時想出爬頭本，但眼見三育正版書加快了出版速度，就放棄搶佔「先機」的想法。不過，無論回目來自連載版還是來自三育版，永明版每回的起迄處都與兩版不同。

永明版回目有兩個來源，其內文也一樣，分別來自兩個版本：

1a 這年正是明崇禎九年，侯公子稟明父母，出外遊學，其時道路不靖，盜賊如毛……（舊版《碧血劍》第一續，《香港商報》1956年1月1日）

1b 這年正是明崇禎**五**年，侯公子稟明父母，出外遊學，其時**逆奄魏忠賢已經伏法，但天下大亂**，道路不靖，盜賊如毛……（三育版《碧血劍》第一集，頁5）

1c 這年正是明崇禎九年，侯公子稟明父母，出外遊學，其時道路不靖，盜賊如毛……（永明版《碧血劍》第一集，頁3）

2a 承志大哭了一場，找到李岩的屍骨葬了，忽見一位中年書生，白衣白冠……（舊版《碧血劍》第三六六續，《香港商報》1956年12月31日）

2b 承志大哭了一場，找到李岩的屍骨葬了。**一日到墓上掃祭**，忽見一位中年書生，白衣白冠……（三育版《碧血劍》第五集，頁158）

2c 承志哭了一場，找到李岩的屍骨葬了。**一日到墓上掃祭**，忽見一位中年書生，白衣白冠……（永明版《碧血劍》第十集，頁401）

以上兩段連載版文字，金庸在出版三育版單行本時都稍稍修改了字句，分別加入描述。這兩段文字分別見於永明版第一集與第十集，前者跟報紙連載版一樣，後者則跟三育書本版一樣。可見一書前後兩個底稿。這種混合版，雖然都是《碧血劍》的文字，但已

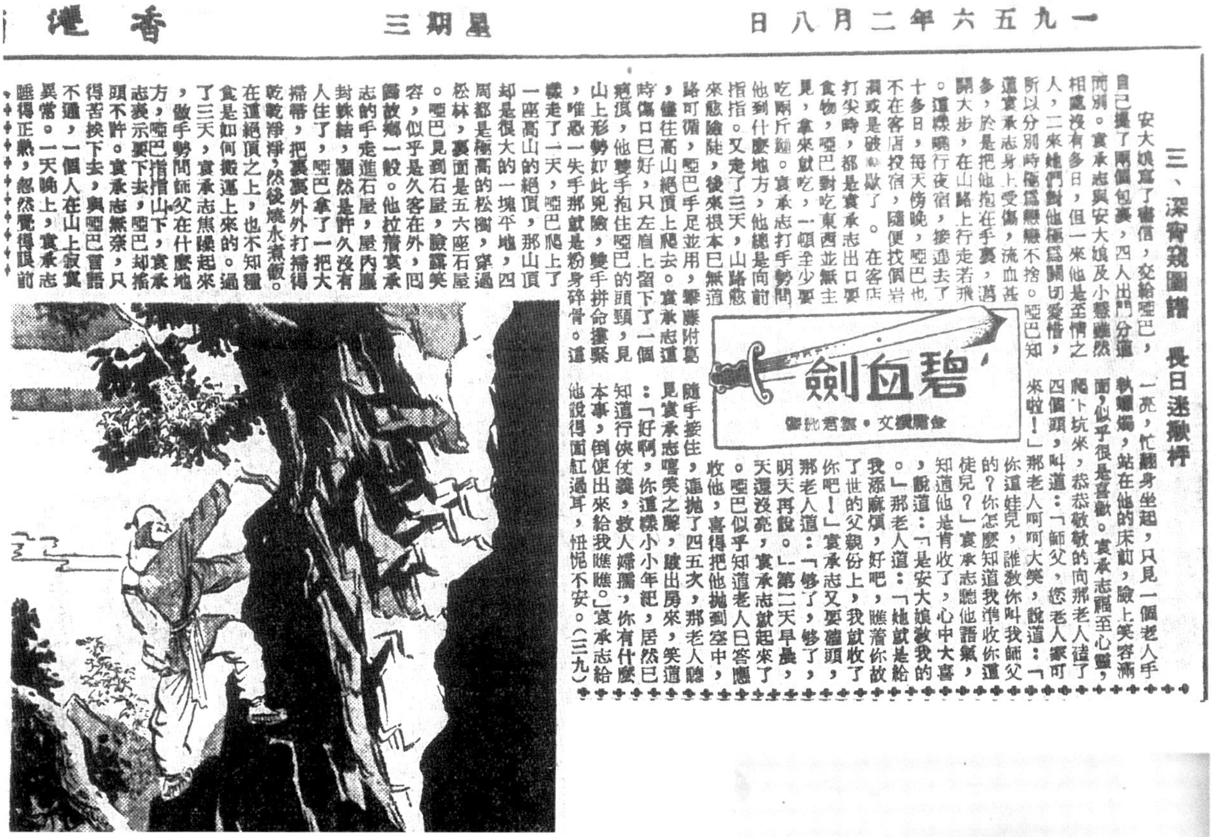

香港　　星期三　　一九五六年二月八日

三、深宵窺圖譜　長日迷揪枰

安大娘寫了書信，交給啞巴，自己提了兩個包裹，四人出門分道而別。袁承志與安大娘及小慧黯然相處沒有多日，但一來他是至情之人，二來她們對他極爲關切愛惜，所以分別時極爲戀戀不捨。啞巴知道袁承志身上受傷，流血甚多，於是把他抱在手裏，邁開大步，在山路上行走若飛。這樣曉行夜宿，接連去了十多日，每天傍晚，啞巴也不在客店投宿，隨便找個岩洞或是破廟歇了。在客店打尖時，都是袁承志出口要食物，啞巴對吃東西並無主見，拿來就吃，一頓全少要吃兩斤麵。袁承志打手勢問他到什麼地方，他總是向前指指。又走了三天，山路愈來愈險陡，後來根本已無道路可循，啞巴手足並用，攀藤附葛，儘往高山絕頂上爬去。袁承志這時傷口已好，只左肩上留下了一個疤痕，他雙手抱住啞巴的頭頸，見山上形勢如此兇險，雙手拼命摟緊，唯恐一失手那就是粉身碎骨。這樣走了一天，啞巴爬上了一座高山的絕頂，那山頂卻是很大的一塊平地，四周都是極高的松樹，穿過松林，裏面是五六座石屋。啞巴見到石屋，臉露笑容，似乎是久客在外，回歸故鄉一般。他拉着袁承志的手走進石屋，屋內塵封蛛結，顯然是許久沒有人住了，啞巴拿了一把大掃帚，把裏裏外外打掃得乾乾淨淨，然後燒水煮飯。在這絕頂之上，也不知糧食是如何搬運上來的。過了三天，袁承志焦躁起來，做手勢問師父在什麼地方，啞巴指指山下，袁承志表示要下去，啞巴卻搖頭不許。袁承志無奈，只得苦挨下去，與啞巴言語不通，一個人在山上寂寞異常。一天晚上，袁承志睡得正熟，忽然覺得眼前一亮，忙翻身坐起，只見一個老人手執蠟燭，站在他的床前，臉上笑容滿面，似乎很是喜歡。袁承志福至心靈，爬下坑來，恭恭敬敬的向那老人磕了四個頭，叫道：「師父，您老人家可來啦！」那老人呵呵大笑，說道：「你這娃兒，誰教你叫我師父的？你怎麼知道我準收你這徒兒？」袁承志聽他語氣，知道他是肯收了，心中大喜，說道：「是安大娘教我的。」那老人道：「她就是給我添麻煩，好吧，瞧着你故了世的父親份上，我就收了你吧！」袁承志又要磕頭，那老人道：「够了，够了，明天再說。」第二天早晨，天還沒亮，袁承志就起來了。啞巴似乎知道老人已答應收他，喜得把他抛到空中，隨手接住，連抛了四五次，那老人聽見袁承志嘻笑之聲，踱出房來，笑道：「好啊，你這樣小小年紀，居然已知道行俠仗義，救人婦孺，你有什麼本事，倒使出來給我瞧瞧。」袁承志給他說得面紅過耳，忸怩不安。（三九）

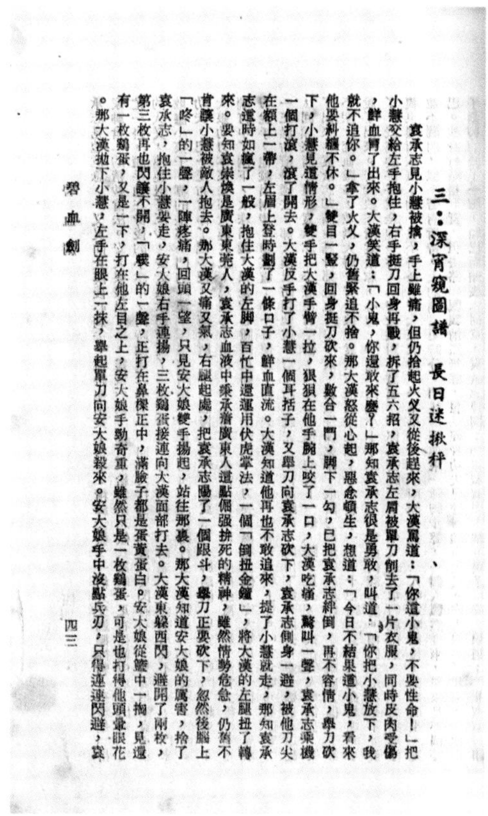

三、深宵窺圖譜　長日迷揪枰

袁承志見小慧被擒，手上雖痛，但仍拾起火叉又從後趕來，大漢罵道：「你這小鬼，不要性命！」把小慧交給左手抱住，右手挺刀回身再戰，拆了五六招，袁承志左肩被單刀削去了一片衣服，同時皮肉受傷，鮮血冒了出來。大漢笑道：「小鬼，你還敢來麼？」那知袁承志很是勇敢，叫道：「你把小慧放下，我就不追你。」拿了火叉，仍舊緊追不捨。那大漢怒從心起，惡念頓生，想道：「今日不結果這小鬼，看來他要糾纏不休。」雙目一豎，回身挺刀砍來，數合一鬥，脚下一勾，已把袁承志絆倒，再不容情，舉刀砍下，小慧見這情形，雙手把大漢手臂一拉，狠狠在他手腕上咬了一口，大漢吃痛，驚叫一聲，袁承志乘機一個打滾，滾了開去。大漢反手打了小慧一個耳括子，又舉刀向袁承志砍下，袁承志側身一避，被他刀尖在額上一帶，左眉上登時劃了一條口子，鮮血直流。大漢知道他再也不敢追來，提了小慧就走，那知袁承志這時如瘋了一般，抱住大漢的左脚，百忙中還運用伏虎掌法，一個「倒扭金鐘」，將大漢的左腿扭了轉來。要知袁崇煥是廣東東莞人，袁承志血液中秉承着廣東人這點倔強拚死的精神，雖然情勢危急，仍然不肯讓小慧被敵人抱去。那大漢又痛又氣，右腿起處，把袁承志踢了一個跟斗，舉刀正要砍下，忽然後腦上「咚」的一聲，一陣疼痛，回頭一望，只見安大娘雙手揚起，站在那裏。那大漢知道安大娘的厲害，捨了袁承志，抱住小慧要走，安大娘右手連揚，三枚鷄蛋接連向大漢面部打去。大漢東躲西閃，避開了兩枚，第三枚再也閃讓不開，「噗」的一聲，正打在鼻樑正中，滿臉子都是蛋黃蛋白。安大娘從籃中一掏，見還有一枚鷄蛋，又是一下，打在他左目之上，安大娘手勁奇重，雖然只是一枚鷄蛋，可是也打得他頭暈眼花。那大漢抛下小慧，左手在眼上一抹，舉起單刀向安大娘殺來。安大娘手中沒點兵刃，只得連連閃避，袁

碧血劍　　四三

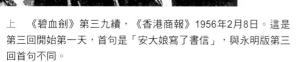

上　《碧血劍》第三九續，《香港商報》1956年2月8日。這是第三回開始第一天，首句是「安大娘寫了書信」，與永明版第三回首句不同。

右　永明版《碧血劍》第二集首頁（頁43）。永明版頭兩集不分段，一段到底。第二集是第三回開始，但第一句「袁承志見小慧被擒」，與《香港商報》第三回第一句「安大娘寫了書信」不同（見上圖），可見回目雖然取自報紙，章節劃分又自不同。

經大大減低了文獻價值，讀者無法從永明版了解《碧血劍》的真實原貌。

永明版每頁二十行，每行四十六字。不只字數多，而且第一、二集一回只有一個段落。

大明版（盜版）

大明版《碧血劍》是重排盜印本，全套十冊。大明版內文用的是報紙連載版，而封面則用三育版，每冊正文之前都有一張三育版的雲君插圖（十冊共十張插圖）。由此可見，其出版日期當在三育版之後。

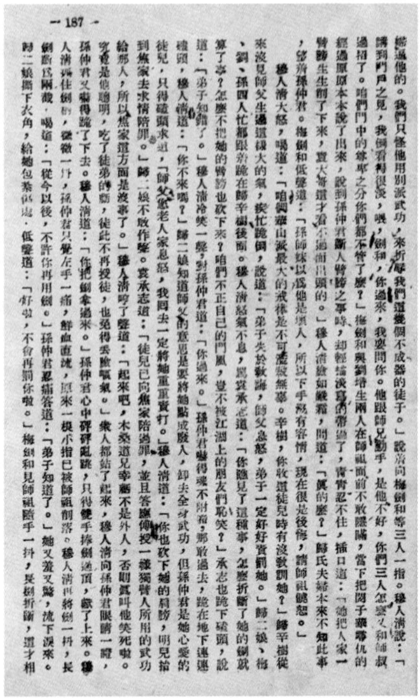

左　大明版《碧血劍》第六集封面，取自三育版封面圖，但底色不同。

右　大明版《碧血劍》書影，第六集頁187、192（162為錯誤頁碼）。

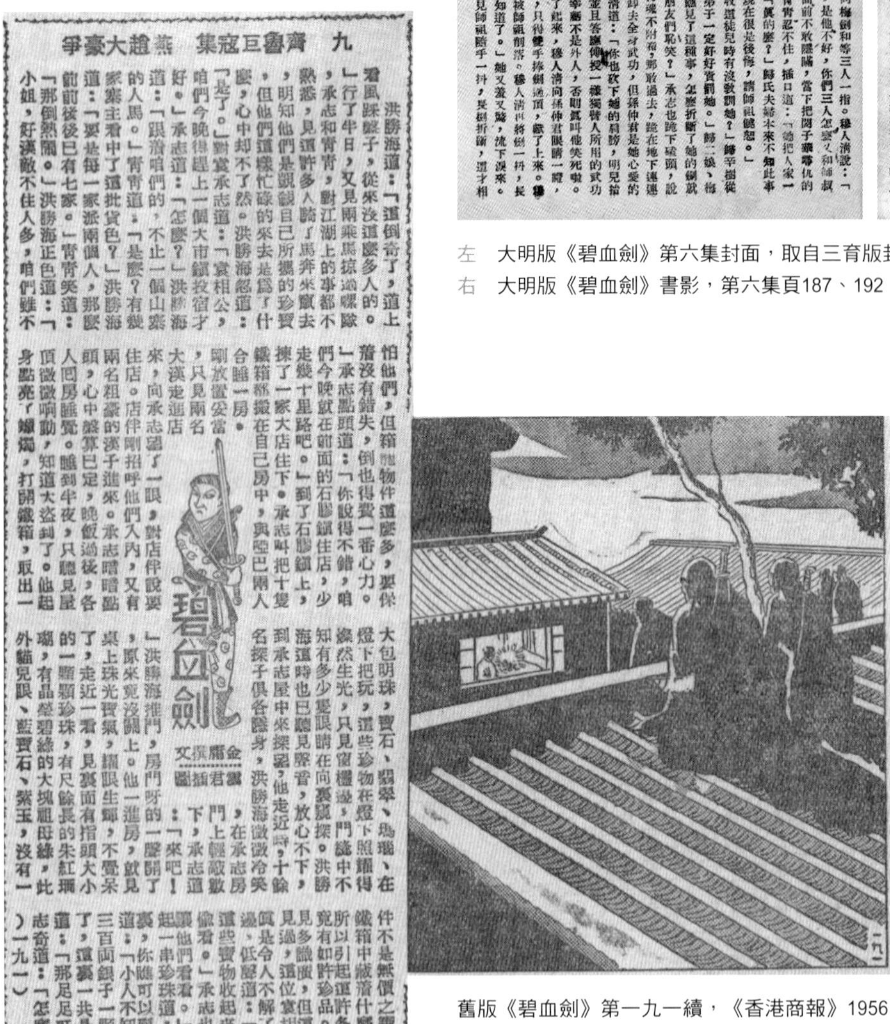

九　齊魯巨寇集燕趙大豪爭

碧血劍　金庸撰文　雲君插圖

洪勝海道：「這倒奇了，這上看風踩盤子，從來沒這麼多人的。」行了半日，又見兩乘馬掠過[illegible]蹤，承志和青青，對江湖上的事都不熟悉，見這許多人騎了馬奔來竄去，明知他們是覬覦自己所攜的珍寶，但他們這樣忙碌的來去是爲了什麼，心中卻不了然。洪勝海忽道：「是了。」對袁承志道：「袁相公，咱們今晚得趕上一個大市鎮投宿才好。」承志道：「怎麼？」洪勝海道：「跟着咱們的，不止一個山寨的人馬。」青青道：「是麼？有幾家寨主看中了這批貨色？」洪勝海道：「要是每一家派兩個人，那麼前前後後已有七家。」青青笑道：「那倒熱鬧。」洪勝海正色道：「小姐，好漢敵不住人多，咱們雖不怕他們，但箱籠物件這麼多，要保着沒有錯失，倒也得費一番心力。」承志點頭道：「你說得不錯，咱們今晚就在前面的石膠鎮住店，少走幾十里路吧。」到了石膠鎮上，揀了一家大店住下。承志叫把十隻鐵箱都搬在自己房中，與啞巴兩人合睡一房。剛放置妥當，只見兩名大漢走進店來，向承志望了一眼，對店伴說要住店。店伴剛招呼他們入內，又有兩名粗豪的漢子進來。承志暗暗點頭，心中盤算已定，晚飯過後，各人回房睡覺。睡到半夜，只聽見屋頂微微響動，知道大盜到了。他起身點亮了蠟燭，打開鐵箱，取出一大包明珠，寶石、翡翠、瑪瑙，在燈下把玩，這些珍物在燈下照耀得燦然生光，只見窗櫺邊，門縫中不知有多少隻眼睛在向裏窺探。洪勝海這時也已聽見聲音，放心不下，到承志屋中來探望，他走近時，十餘名探子俱各隱身，洪勝海微微冷笑，在承志房門上輕敲數下，承志道：「來吧！」洪勝海推門，房門呀的一聲開了，原來竟沒關上。他一進房，就見桌上珠光寶氣，耀眼生輝，不覺呆了，走近一看，見裏面有指頭大小的一顆顆珍珠，有尺餘長的朱紅珊瑚，有晶瑩碧綠的大塊祖母綠，此外貓兒眼、藍寶石、紫玉，沒有一件不是無價之寶。洪勝海不知十隻鐵箱中藏着什麼，只道都是銀兩，所以引起這許多巨盜的貪心，那知竟有如許珍品。他在江湖上多年，見多識廣，但這樣的寶物卻從沒有見過，這位袁相公從那裏得來？倒眞是令人不解了。他走到袁承志身邊，低聲道：「袁相公，我給你把這些寶物收起來好麼？外面有人在偸看。」承志也低聲道：「我正要讓他們看看。」於是走到桌邊，拿起一串珍珠道：「這串珠子拿到京裏，你瞧可以賣多少錢？」洪勝海道：「小人不知。」承志道：「這三百兩銀子一顆，那是再也不能少了，這裏一共是二十四顆。」洪勝海道：「那足足可以賣一萬兩。」承志奇道：「怎麼是一萬兩？」

（一九一）

舊版《碧血劍》第一九一續，《香港商報》1956年7月9日。第一九一續為《碧血劍》第九回首日連載。大明版雖然用了《香港商報》的回目，章節劃分卻完全不同。

與其他重排盜印本《碧血劍》一樣，大明版即使以報紙連載版為底本，但每回起迄處都不同於報紙。例如，大明版第九回首句是「這日秋高氣爽」，《香港商報》第九回首句卻是「洪勝海道：『這倒奇了……』」（舊版《碧血劍》第一九一續，1956年7月9日），兩者並不相同。「這日秋高氣爽」一句實際上來自前一天（1956年7月8日）的連載內容，出版社任意改動原文，實在毫無理由。

大明版的內文與回目都以報紙為底本，但又用上三育版封面與插圖。可能是出版社預備出版《碧血劍》時，三育正版還沒有出現，後來卻在短短三個月內出版了頭四集，盜版商預備功夫已做了一大半，只好仍然沿用報紙連載的內容，卻使用三育版封面，希望魚目混珠，讓讀者以為是另一種正版，加上售價較低，或許真能奏效。真相如何，不得而知。

永明版與大明版都透露了兩個不爭的事實：第一，三育因應盜版猖獗而加快出版步伐，對打擊盜版市場有一些作用，盜版商不得不調整策略；第二，盜版粗製濫造，隨意劃分章節、刪減圖片，閱讀價值與文獻價值都遠不如正版。

顯明版（盜版）

顯明版《碧血劍》是大明版的合訂本。大明版全套十冊，顯明版則合大明版兩冊為一集，全套五冊。顯明版沒有修改過大明版的內容，大明版所有「特徵」（包括錯誤頁碼、插圖數量、章節劃分等），都可以在顯明版中找到。

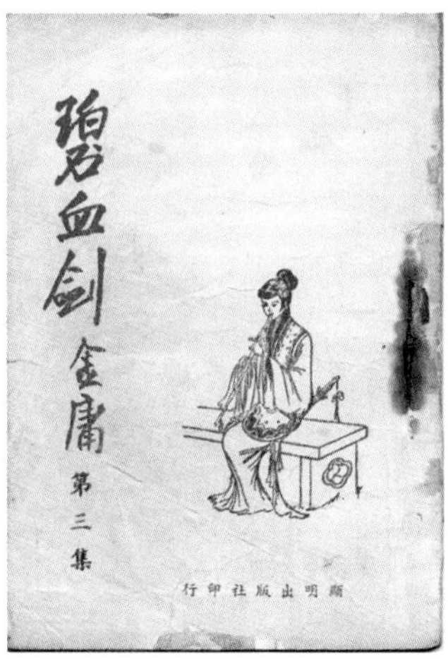

—159—

白臉少年所學的倒就沒人相信了。」袁承志坐了下來，端起酒[illegible]，又伸筷夾了一個肉丸吃了，笑道：「要贏你手中之劍，又何必得了金蛇郎君的眞傳？你自己受人利用，尙且不悟，可嘆可嘆。」閔子華怒道：「我受什麼人利用？你這小子，敢比就比，不敢的快給我滾出去！」承志又喝了一口酒道：「久聞武當派劍法獨步江湖，那麼我今日就來見識見識。不過咱們話說在前頭，要是我勝了，你與焦爺的過節可得從此不提，你再尋仇找怨，這裏武林中的前輩們可都得說一句公道話。」閔子華怒道：「這個自然，這裏十力大師、鄭島主等，各位都可作証，要是你贏不了我呢？」承志道：「那麼我向你叩頭賠罪，這裏的事咱們袖手不管。」閔子華道：「好，來吧！」他長劍一振，劍身嗡嗡作響，這一記抖動，顯得功力甚深，他心想非給你身上做一個記號，顯不了我武當派的厲害。承志道：「金蛇大俠曾囑咐我，說武當派別的也就罷了，最厲害的兩儀劍法，他說：『你這次去，要是姓閔的不聽好話，動起手來，那得留神他們這一路劍法，我現在教你幾招破法！』……」他話未完，人叢中縱出來一個中年道人，叫道：「好哇！我倒要見識見識金蛇郎君怎樣破咱們的兩儀劍法？」刷的一劍，向袁承志臉上刺來，承志頭向左一退，躍到大廳中間，左手拿着酒杯，右手筷子中夾着一條雞腿，說道：「請教道長法號？」那道人叫道：「貧道是洞玄道人，武當派的第二十三代弟子，閔子華是我師弟。」承志道：「那再好也沒有，金蛇大俠與令師黃木道長當年在武當絕頂較劍，黃木道人自稱他獨創的兩儀劍法無敵於天下，金蛇大俠一笑了之，也不與他置辯，今日有幸，咱們後一輩的來考較考較。」洞玄道人向閔子華打一個招呼，雙劍齊向承志刺來。

袁承志身形一晃，從雙劍夾縫中鑽了過去，兩人揮劍一攻一守，快捷異常，只聽見青青高聲叫道：「三位住手，讓我說句話，」閔子華和洞玄道人豎劍當胸，閔子華右手執劍，洞玄左手執劍，兩人已站成「兩儀劍法」中的起手式。青青道：「袁大哥只答應與閔爺一人比，怎麼又多了一位道爺出來？」洞玄怪眼一翻道：「你這位小哥明明是個冒牌，誰不知道兩儀劍法是兩人同使的？你不知道，難道金蛇郎君這樣大的威名，他也不知道麼？」承志道：「你這兩儀劍法陰陽相生相尅，本領差的雖然是兩人同使才成，功夫到家的，當然是一個人使的了。」原來青青並不懂得兩儀劍法是什麼東西，隨口一問，露出了馬腳，承志連忙給她彌縫，閔子華與洞玄對望了一眼，心想：「師父

左　顯明版《碧血劍》第三集封面（使用了三育版封面）。
右　顯明版《碧血劍》書影，第三集頁159。

光榮版（盜版）

光榮版《碧血劍》是重排盜印本，以三育版為底本，插圖、回目與文字內容皆取自三育版。第五集第二十一回前沒有插圖，跑到第二十五回去了，第二十二與二十三回的兩張插圖又對調了；第

二十五回由於被鳩佔鵲巢，原來的插圖就沒有了。五回之中，只有第二十四回的插圖是對的。

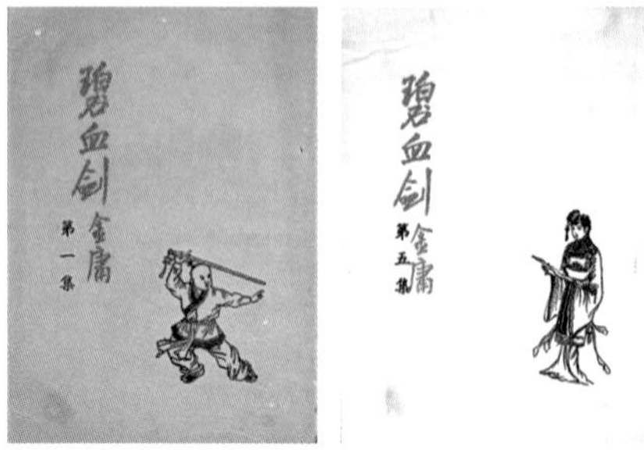

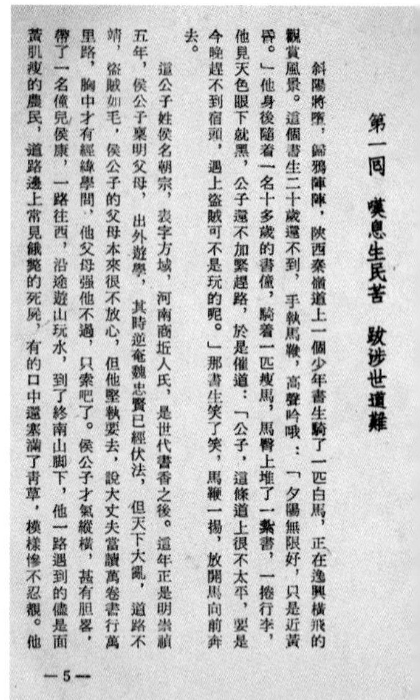

第一回　嘆息生民苦　跋涉世道難

斜陽將墮，歸鴉陣陣，陝西秦嶺道上一個少年書生騎了一匹白馬，正在逸興橫飛的觀賞風景。這個書生二十歲還不到，手執馬鞭，高聲吟哦：「夕陽無限好，只是近黃昏。」他身後隨着一名十多歲的書僮，騎着一匹瘦馬，馬臀上堆了一綑書，一捲行李，他見天色眼下就黑，公子還不加緊趕路，於是催道：「公子，這條道上很不太平，要是今晚趕不到宿頭，遇上盜賊可不是玩的呢。」那書生笑了笑，馬鞭一揚，放開馬向前奔去。

這公子姓侯名朝宗，表字方域，河南商丘人氏，是世代書香之後。這年正是明崇禎五年，侯公子稟明父母，出外遊學，其時逆奄魏忠賢已經伏法，但天下大亂，道路不靖，盜賊如毛，侯公子的父母本來很不放心，但他堅執要去，說大丈夫當讀萬卷書行萬里路，胸中才有經緯學問，他父母強他不過，只索吧了。侯公子才氣縱橫，甚有胆畧，帶了一名僮兒侯康，一路往西，沿途遊山玩水，到了終南山脚下，他一路遇到的儘是面黃肌瘦的農民，道路邊上常見餓斃的死屍，有的口中還塞滿了青草，模樣慘不忍覩。他

—5—

左　光榮版《碧血劍》第一集與第五集封面，也使用了三育版封面。
右　光榮版《碧血劍》書影，第一集頁5。

三民版（盜版）

三民版《碧血劍》與光榮版一樣，都是重排盜印本，插圖、回目與文字內容皆取自三育版。行款方面，每頁十五行，每行三十七字（比三育版少一個字）。總體來說，三民版無論是封面、冊數、回目、插圖、定價安排都與三育版相同，而行款與出版社名稱，又與三育版非常接近，像是要讓讀者產生錯覺，以為是正版。

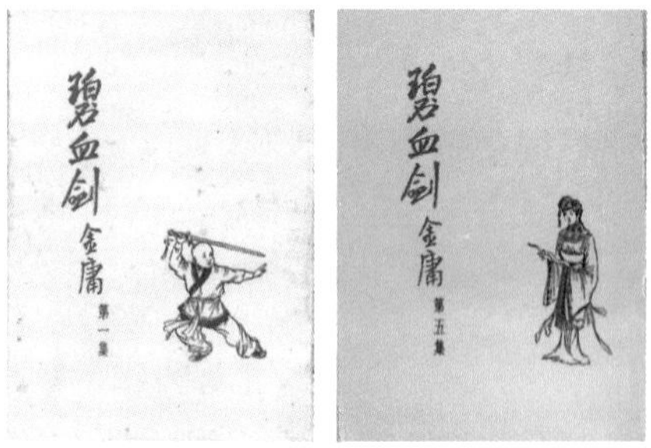

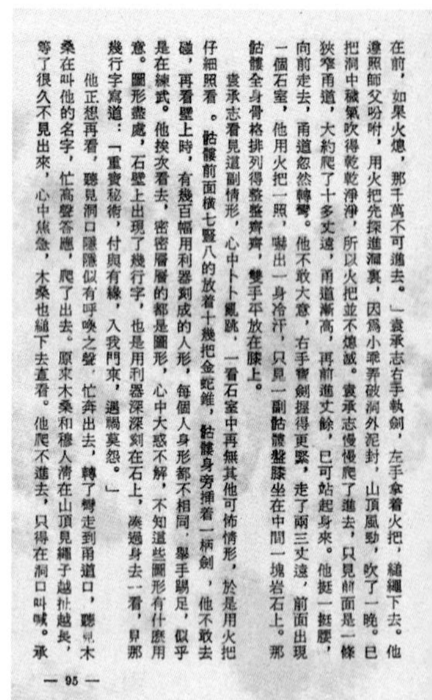

在前，如果火熄，那千萬不可進去。」袁承志右手執劍，左手拿着火把，縋繩下去。他遵照師父吩咐，用火把先探進洞裏，因爲小乖弄破洞外泥封，山頂風勁，吹了一晚。巳把洞中穢氣吹得乾乾淨淨，所以火把並不熄滅。袁承志慢慢爬了進去，只見前面是一條狹窄甬道，大約爬了十多丈遠，甬道漸高，再前進丈餘，已可站起身來。他挺一挺腰，向前走去，甬道忽然轉彎。他不敢大意，右手寶劍握得更緊，走了兩三丈遠，前面出現一個石室，他用火把一照，嚇出一身冷汗，只見一副骷髏盤膝坐在中間一塊岩石上。那骷髏全身骨格排列得整整齊齊，雙手平放在膝上。

袁承志看見這副情形，心中卜卜亂跳，一看石室中再無其他可怖情形，於是用火把仔細照看。骷髏前面橫七豎八的放着十幾把金蛇錐，骷髏身旁插着一柄劍，他不敢去碰，再看壁上時，有幾百幅用利器刻成的人形，每個人身形都不相同，舉手踢足，似乎是在練武。他挨次看去，密密層層的都是圖形，心中大惑不解，不知這些圖形有什麼用意。圖形盡處，石壁上出現了幾行字，也是用利器深深刻在石上，湊過身去一看，見那幾行字寫道：「重寶秘術，付與有緣，入我門來，遇禍莫怨。」

他正想再看，聽見洞口隱隱似有呼喚之聲，忙奔出去，轉了彎走到甬道口，聽見木桑在叫他的名字，忙高聲答應，爬了出去。原來木桑和穆人清在山頂見繩子越扯越長，等了很久不見出來，心中焦急，木桑也縋下去直看。他爬不進去，只得在洞口叫喊。承

— 95 —

左　三民版《碧血劍》第一集與第五集封面。
右　三民版《碧血劍》書影，第一集頁95。

大眾版（盜版）

大眾版《碧血劍》全套八冊，屬原版盜印本，也就是複製三育版而成。雖然小說的章節劃分、回目、插圖安排都與三育版一樣，但出版社顯然努力要營造新鮮感，吸引讀者購買，便做了些改變：（1）改變冊數。將三育版五冊二十五回重新分配為八冊，第一集四回，其餘七集各有三回（由於每冊頁數改變，大眾版也重新編置頁碼，每冊重新計算）。（2）改用彩色封面。出版社棄用原來的封面人物圖，改從內文二十五張插圖中選出八張，配上顏色，印製彩色封面。

從封面用色與構圖，以至封底版權資料的顯示方式來看，比對其他金庸小說的製作特徵，大眾版《碧血劍》肯定不是50年代的產物。封底用兩種底色，版權資料以豎排顯示，

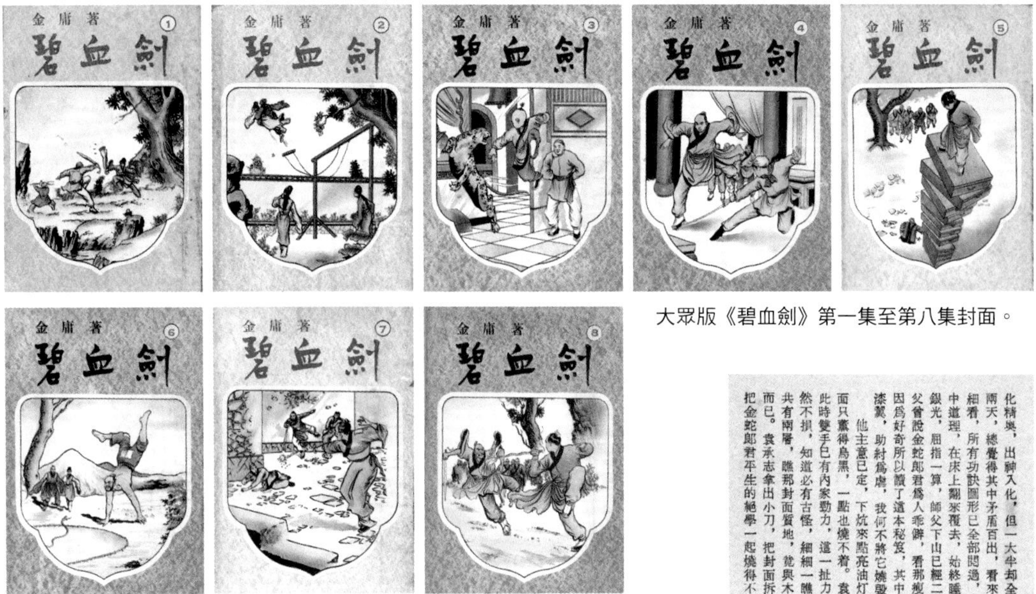

大眾版《碧血劍》第一集至第八集封面。

並放在封底左下方，這種設計最早見於鄺拾記版《倚天屠龍記》的合訂本，那已經是60年代初了。由此可見，大眾版《碧血劍》屬後期製作，最早也要到60年代才出現。

化精奥，出神入化，但一大半却全不可解。袁承志對着這三頁口訣埋頭細讀，苦思了兩天，總覺得其中矛盾百出，看來另外必定還有一些關鍵，但把一本秘笈翻來覆去的細看，所有功訣圖形已全部閱過，再無其他遺漏之處。這天晚上，他因爲參究不出其中道理，在床上翻來覆去，始終睡不安穩，只見窻外一輪明月，射進室來，照得滿地銀光，屈指一算，師父下山已經二十八天，再過兩天便是自己下山之期。心想：「師父曾說金蛇郎君爲人乖僻，看那瘦子張春九的神情，他們處心積慮要得這本書。自己因爲好奇所以讀了這本秘笈，其中所載武功果然十分精妙，如被壞人得去，那是如虎添翼，助紂爲虐，我何不將它燒毀？」

他主意已定，下炕來點亮油灯，拿起秘笈放在灯上焚燒。但燒了良久，那書的封面只熏得烏黑，一點也燒不着。袁承志大奇，用力一扯，那書絲毫不動，要知袁承志此時雙手已有內家勁力，這一扯力道非同小可，就是鐵片也要給他拉長，那知這書居然不損，知道必有古怪，細細一瞧，原來封面是烏金絲和不知什麼細毛織成的，而且共有兩層，瞧那封面質地，竟與木桑道人送給他的那件護身背心相同，只是比較單薄而已。袁承志拿出小刀，把封面拆下，再把秘笈在火上焚燒，這一下登時火光熊熊，把金蛇郎君平生的絕學一起燒得不留遺跡。袁承志再看那書封面，夾層之中似乎另有

— 9 —

左　大眾版《碧血劍》第二集封底。版權資料以豎排方式置於封底左下方，與60年代初才出現的《倚天屠龍記》合訂本相類似。

右　大眾版《碧血劍》書影，第二集頁9。

文武版（盜版）

文武版《碧血劍》共三冊。三冊封面相同，選用了三育版第三集封面圖「溫青青吹笛」，後面加上兩個女子來豐富畫面，配上顏色，並印上不同集數，以作區別。

三育版五冊共二十五回，文武版重組為三冊，每冊所收回數與頁數並不相同。第一集、第二集各收八回，約二百四十頁；第三集有九回，約二百七十頁。文武版雖然也收錄三育版的插圖，但數量與放置位置皆不相同。三育版插圖置於每回之前，一回一張，文武版則把所有插圖放在扉頁之後，但並非盡數收錄，如第一集只有五張插圖，第三集只有四張插圖。

文武版《碧血劍》第二集。

娛樂版（盜版）

娛樂出版社的《碧血劍》是套裝書，外面有塑膠函套包著。五集的封面與開本，都和三育版一樣（但顏色不同）。再翻開內頁，版式又不相同，娛樂版每頁十六行，每行三十七字。

左　娛樂版《碧血劍》套裝。
右　娛樂版《碧血劍》內頁書影。

自力版（盜版）

自力版取材自《香港商報》，每頁二十一行，每行五十字，屬早期版本。第一集版權頁仿照三育版，標示出版日期與版次，如「1956年9月初版　印數0001-3000」，出版時間與三育版第一集相若，但收錄了六回內容。

每集封面不同，封面圖取自報紙連載時的插圖，經過加工，刪除背景。如第一集封面圖取自舊版《碧血劍》第一八六續（《香港商報》1956年7月4日）的插圖。

此外，又有「大榮版」《碧血劍》共五冊，由大榮圖書公司出版與發行，封面與三育版相同。[7]版權頁上顯示為「一九七四年一月出版」，屬非常後期的版本。每集港幣四元，售價也遠高於其他版本。

八　無意逢舊侶　有心發藏珍

碧血劍

金庸作文
雲君插圖

（一八六）

左　舊版《碧血劍》第一八六續，《香港商報》1956年7月4日。插圖經加工後，成了自力版第一集的封面圖。
右　自力版《碧血劍》第一集。

7　筆者只在老書拍賣網中看過大榮版，並未見過真本，行款與插圖情況無從知曉。

參

射鵰英雄傳

有了《書劍恩仇錄》與《碧血劍》的出版經驗，金庸與盜版商同時都明白到：在出版金庸小說這件事上，必須要「快」。金庸加快了修改小說語言文字與重訂章節、新擬回目的速度，出版社在檢字排版上也加快了速度。不過，三育版每集收錄約五十天的連載內容，最快也要相隔五十天才能出版一冊單行本。這五十天就是三育版的罩門。盜版商祭出殺手鐧，以2.0版「爬頭本」直攻三育版罩門——出版薄冊。由於每冊收錄篇幅不長，大大縮短了檢字排版印刷的作業時間，出版週期緊密，讀者可以更快買到、看到新出版的金庸小說。

在眾多傳世的舊版金庸小說書本版中，《射鵰英雄傳》的薄冊爬頭本多達四種，盜版商不單要爬三育版的頭，還要爬其他盜版者的頭。隨著《射鵰英雄傳》愈來愈受讀者喜愛，盜版情況愈戰愈烈，冊子愈出愈薄，出版週期愈縮愈短，從一個月縮到兩個星期，再縮到一個星期出版一冊。

不獨如此，盜版商不但以「薄冊」出征，更想搶佔正版的單行本市場，於是冒名頂替，出版「仿三育版」以魚目混珠，流進正版市場。由此可見，《射鵰英雄傳》在當時何其受讀者歡迎，而讀者又何其想買到金庸小說。

舊版《射鵰英雄傳》版本系統

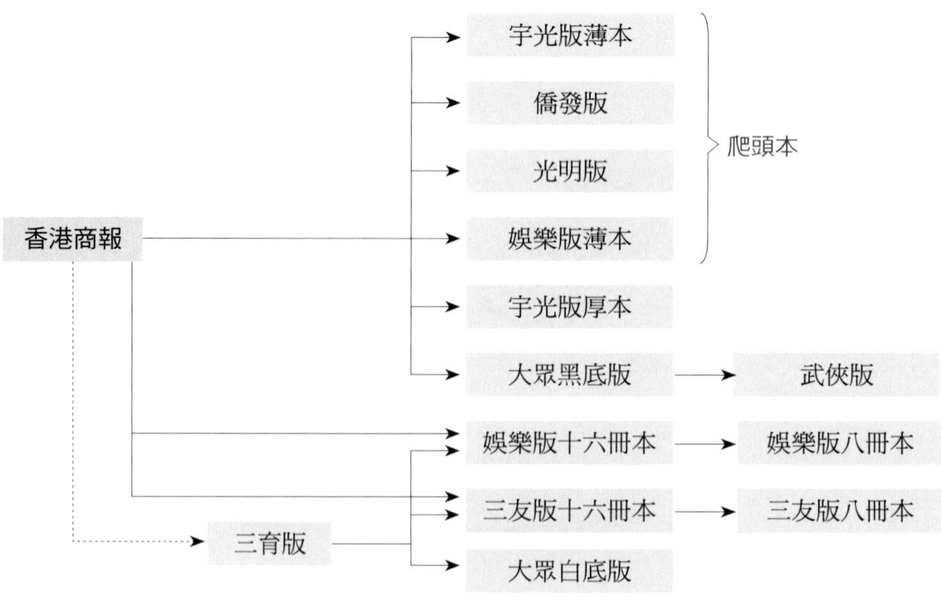

三育版（正版）

射鵰英雄傳
第一集定價一元二角
著者：金庸
出版發行：三育圖書文具公司
香港九龍彌敦道五八〇號
印刷：僑光印務有限公司
香港英皇道九五一號
1957年3月版　32K　124P.
版權所有・翻印必究

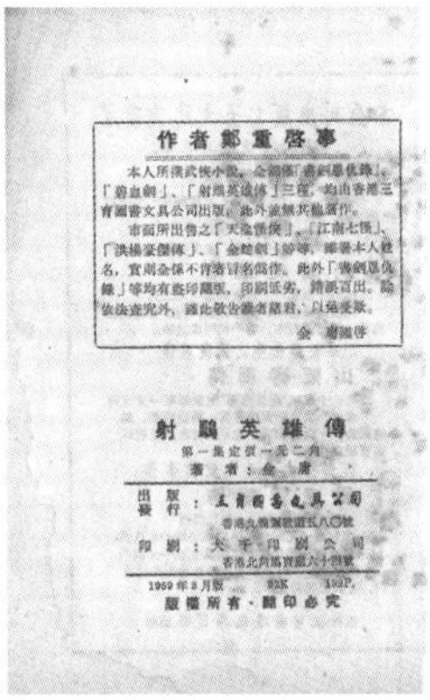

作者鄭重啓事

本人所撰武俠小說，全部係「書劍恩仇錄」、「碧血劍」、「射鵰英雄傳」三種，均由香港三育圖書文具公司出版，此外並無其他著作。

市面所出售之「天龍俠侠」、「江南七俠」、「洪楊豪傑傳」、「金蛇劍」等等，雖署本人姓名，實則全係不肖書賈冒名僞作，此外「書劍恩仇錄」等均有盜印翻版，印刷低劣，錯誤百出，除依法查究外，謹此敬告讀者諸君，以免受欺。

金庸謹啓

射鵰英雄傳
第一集定價一元二角
著者：金庸
出版發行：三育圖書文具公司
香港九龍彌敦道五八〇號
印刷：大平印刷公司
香港北角馬寶道六十四號
1959年3月版　32K　1[illegible]P.
版權所有・翻印必究

槍尖被他雙掌挾住，再也掙扎不脫。

叫：「爺爺！爺爺，」方才放開牙齒，滿嘴鮮血，抬起頭來。郭靖左手向外一揮，將那都頭擲得在地下連翻幾個筋斗。那都頭只怕郭靖上前追打，賴着不敢起身。兩名士兵見郭靖不再過來，這才上前將他扶起，三人馬也不敢騎，一蹺一跛的去了。

郭靖放下少女，扶起秦老漢。那少女向郭靖望了幾眼，心中好生感激，只是怕羞，却不說話，取出手帕給爺爺抹去臉上血漬。秦老漢雖然受傷不輕，但見孫女未被搶去，精神大振，突然爬在地下，向郭靖連連磕頭，那少女跟着跪下。郭靖急忙扶起，說道：「老丈不須多禮，小人生受不起。」

秦老漢請郭靖回入茅屋，那少女捧出一碗茶來，放在郭靖面前，低聲道：「恩人請用茶。」郭靖起身謝過。秦老漢道：「不敢請問恩人尊姓大名。」郭靖說了。秦老漢道：「若非恩人相救，老漢祖孫二人今日是活不成了。」當下說出一番話來。

原來秦老漢本是廣東人，因在故鄉受土豪欺壓，存身不住，携家逃來江西，見這林邊有些無主荒地，就與兩個兒子開墾起來。

豈知那森林是個毒蛇出沒之處，不到兩年，他兩個兒子、一個兒媳全被毒蛇咬死，只賸下秦老漢和一個孫女南琴。秦老漢氣憤不過，回到廣東去學了捕蛇之法，在林中大殺毒蛇，給兒子媳婦報仇。不久他開墾的荒地又被縣中豪紳佔了，沒了生業，

— 95 —

左　三育版《射鵰英雄傳》第一集版權頁（左初版，右再版）。
中　三育版《射鵰英雄傳》雲君插圖，第一集第一回。
右　三育版《射鵰英雄傳》書影，第十一集頁95。

三育版《射鵰英雄傳》第一集至第十六集封面。

宇光版薄本（盜版）

宇光版薄本《射鵰英雄傳》全套共八十一冊，一百一十九集，每冊封面相同。

在眾多舊版書本版中，宇光版薄本《射鵰英雄傳》最能反映當時金庸小說市場的競爭何等激烈。先看下表：

冊數	集數	連載續數	頁數	插圖數目
第1-8冊	每冊一集	19-22	32-42	0-4
第9-43冊	每冊一集	10-12[8]	20[9]	9-10
第44-69冊		10-12[8]	20[9]	9-10
第70-80冊	每冊兩集	7	14	7
第81冊		4	8	5

《香港商報》上的《射鵰英雄傳》共連載了八百多天。在這兩年多的時間裡，宇光圖書公司絞盡腦汁，在「集數編排」、「收錄內容」、「每冊頁數」，以至「出版週期」上不斷求變，誓要在《射鵰英雄傳》的龐大市場分一杯羹，佔一席位。集數編排的變化如下：

（1）第一冊到第八冊，每冊一集，收錄報紙上十九天到二十二天的連載內容。第一冊與第三冊更收有三育版《射鵰英雄傳》第一集的插圖，可見宇光版頭三冊雖然取材自《香港商報》，但仍爬不了三育版的頭。三育版第一集在1957年3月出版（收錄1957年1月1日至2月17日的連載），第二集在4月出版（收錄1957年2月18日至4月6日的連載），第三集在5月出版（收錄1957年4月7日至5月24日的連載），這種連載完後半個月或同月出版的速度，讓宇光根本嚐不到任何甜頭。不過，三育版每集收錄約報紙四十多天的內容，[10]根本不可能長期每月出版一冊。第三集出版後，三育終於無以為繼。三育版第三集收錄《香港商報》1957年4月7日到1957年5月24日（第九五至一四二續）的連載內容，版權頁上標示的出版日期是1957年5月。假設版權頁的資料真確，三育只用七天時間就能夠完成一本書的排版印刷工作。但下一冊呢？以一冊五十天內容計算，三育也要等到1957年7月13日才能動工，七天之後出版。也就是說，三育版第四集最快也要到1957年7月下旬才能面世（結果是1957年8月才出版）。

宇光終於等到時機，立刻變陣。從第九冊開始，做了兩個改變：其一，調整每冊頁

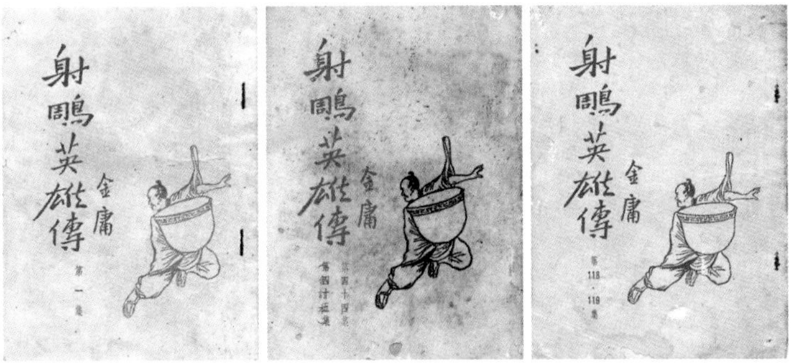

左　宇光版薄本《射鵰英雄傳》封面，封面圖來源不詳。最後一冊（右）雖說是第118與119的合集，實際上只有八頁，收錄報紙四天連載的內容，約四千字。

右　宇光版薄本《射鵰英雄傳》書影，第一集頁7。

「不錯，我正要這個東西！」左手在他手腕上一擊，楊鐵心手上一酸，把揑不定，一柄
匕首已被他夾手奪去。郭嘯天在一旁看得大驚，心想義弟是名將之後，家傳的武藝，平
日較量時自己尚稍遜他一籌，但這道人當他竟如無物，剛才這一手顯然是江湖上相傳的
「空手奪白刃」絕技，這功夫自己曾聽人說起，可從來沒有見過，心中一驚之下，惟恐
義弟受傷，俯身舉起板櫈，只待道人匕首刺來，就舉櫈去擋。那知那道人並不理會，拿
起匕首一陣亂剁把人心人肝切成碎塊，左手提壺喝酒，右手不住把心肝送入口中，片刻
之間，吃得乾乾淨淨。楊郭兩人相顧駭然，不禁瞧得呆了，那道人仰天一聲長嘯，聲震
屋瓦，突然提起右手，一掌劈將下來，騰的一聲，桌上的酒肉菜餚都震得跳了起來，看
人頭時，已被他手掌擊得骨骼碎裂，連桌子中間也裂開了一條大縫，楊郭二人更是驚
訝，那道人臉色悲憤，忽然淚珠滾滾，號啕痛哭起來。郭嘯天一扯義弟衣袖，低聲道：
「原來是個瘋子，他武功太高，莫要理他。」楊鐵心點了點頭，見他哭得悽慘，一來敬
他武藝高强，二來惜他心智胡塗，惡感頓去，憐念漸生，奔進內堂又捧了一大碗熱湯出
來，放在桌上道：「道長，你喝一碗湯吧！」那道人飛起一腿，連桌帶湯都踢了開去，
喝道：「鼠輩，道爺今日大開殺戒了！」楊鐵心怒極，那裏還忍耐得住，抄起擱在屋角
裏的鐵槍，搶到門外雪地裏，叫道：「來來來，教你楊家槍法的厲害。」那道人微微一笑，
— 7 —

數，由原來的平均三十八頁大幅減少到每冊二十頁；其二，調整每冊收錄的內容，由原來的平均二十天下調到每冊只收錄報紙約十天的分量。就以第九冊為例，宇光版收錄了《香港商報》1957年6月11日到22日的連載內容（第一六〇至一七一續），如果用七天時間排版印刷，最快6月下旬就可以出版。第十冊收錄《香港商報》1957年6月22日到7月2日的連載內容（第一七一至一八一續），7月10日前就可以出版。也就是說，等到兩個多月後三育版第四集出版時，這段期間宇光已經至少出版了三冊，成為真正的「爬頭本」。宇光只要按照大約每十天出版一本的節奏，三育版是永遠追不上的。

（2）宇光版薄本到了第四十四冊（大概是1958年6月）又有新點子，就是一冊兩集，如第四十四冊封面上印著「第四十四集　第四十五集（合訂本）」。雖然說一冊之中有兩集，但所收錄的內容量與頁數依然如故。也就是說，相同的內容在第四十三冊只算一集，下一冊就變成兩集。宇光這個名不副實的舉動當然不是為了三育版，而是為了其他的爬頭本，在封面印上「合訂本」、合集之類的文字，旨在吸引讀者。一冊價錢，兩集內容，讀者看到封面的一瞬間，馬上感覺比其他書更划得來，誰還會去數算裡面的頁數與文字量？

（3）九個月以後，也就是1959年3月，宇光再次調整薄本收錄的內容量，直接把頁數

8　只有三冊例外：第十七冊八續，第十八與六十七冊各九續。

9　只有三冊例外：第六十六和六十八冊各21頁，第六十七冊18頁。

10　第一集收錄四十六續，第二、第三集收錄四十八續，以後各集收錄不少於五十續。

左與右　宇光版薄本《射鵰英雄傳》第四十七冊（50, 51合集）插圖，畫師模仿《香港商報》1958年7月17日《射鵰英雄傳》上的雲君插圖。

下調至十四頁，每冊只收錄報紙七天的內容。張圭陽說的「每七天就被人結集盜印成單行本出版」，就是指這個時期，可見盜版之間的競爭已經到了白熱化。

插圖方面，宇光版八十一冊共計有插圖六百八十八張。全書插圖有三種處理方式：

（1）重用三育版插圖。頭六冊薄本中，只有第一冊與第三冊有插圖，來自三育版第一集第二、三、五回前的插圖。

（2）第七冊到第四十七冊（50, 51合集），共收錄三百九十五張圖，由出版社邀請畫師模仿《香港商報》上的雲君插圖繪製而成。

（3）第四十八冊（52, 53合集）至最後一冊（118, 119合集），每冊收錄《香港商報》七到十張插圖不等（最後一冊收錄五張插圖），全部從報上插圖複製而來，共二百九十張。《香港商報》上的插圖只在報紙出現，後來出版的三育正版單行本，插圖是雲君重新畫的。當初連載時的插圖，讀者再難看到。盜版書的文獻價值向來比正版書低，但爬頭本由於收錄了連載時的回目與插圖，其文獻價值又遠高於三育版。

宇光版薄本初時每冊賣「港幣四角」，第七十冊（96, 97合集）以後，薄本減至十四頁，固定收錄報紙七天的連載內容與七張插圖，定價港幣三角。這個規模啟發了金庸。兩個半月後（1959年5月下旬），金庸「以彼之道，還施彼身」，以同樣的規格出版《神鵰俠侶》普及本，一樣七天出一本，一樣收錄七天內容、七張插圖，一樣賣港幣三角。

爬頭本根據報紙連載內容重新檢字排版，只要排到足夠的頁數，就會把餘下內容撥到下一冊，因此，每冊結束的地方，很多時候並非報紙連載一續的終結。如此會出現一種怪現象：同一天的連載內容，往往會分在前後兩冊。例如宇光版第九集，最後一句是

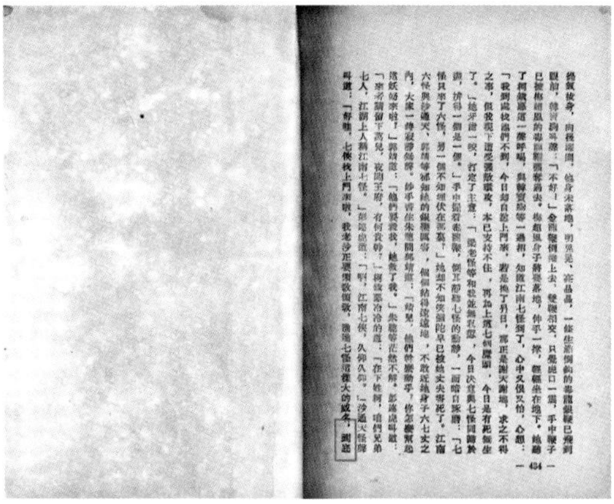

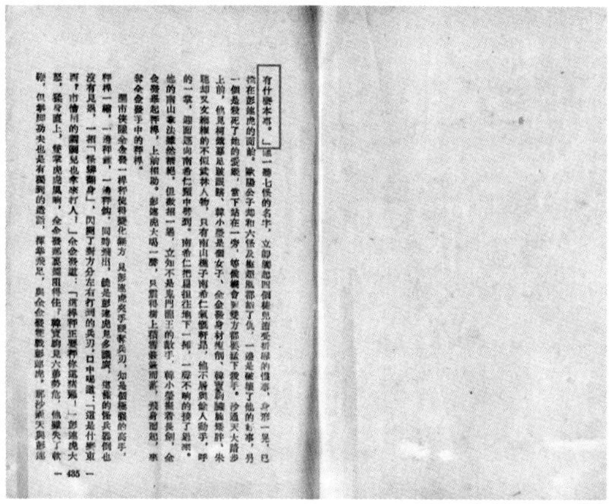

左　宇光版薄本《射鵰英雄傳》第十三冊最後一頁。最後兩字是「到底」，但到底什麼呢？小說戛然而止。下文則要到下一冊去找。
右　宇光版薄本《射鵰英雄傳》第十四冊第一頁。首句「有什麼本事。』」正是接續前一冊最後兩個字「到底」。

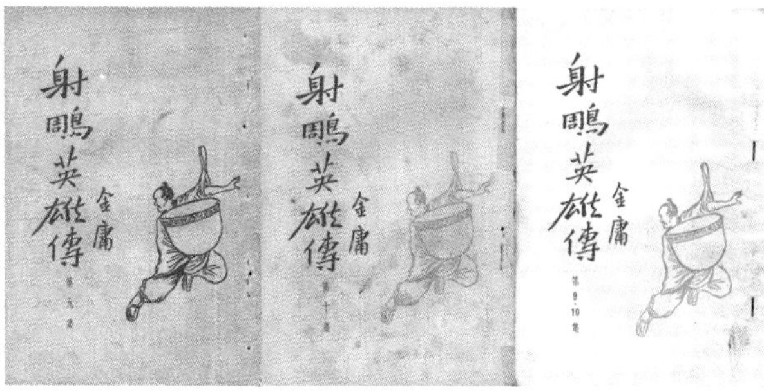

右邊一本結合左、中兩本而來，合併多達四十頁，是名副其實的「合集」。

「……他不識道路，儘往人少屋陋的地方走去。」而第十冊首句則是「果然越走越是偏僻……」，前後兩句屬同一天連載內容，讀者卻要在幾天之後才看到。更有甚者，是一個句子還沒有排完，由於到了最後一頁最後一字，出版社也沒有開新頁，直接把句子剩下的部分撥至下一冊。

宇光版薄本不止一個版本，不同版本的差別也不少，包括：（1）真正合兩集內容而來的合訂本；（2）扉頁不同；（3）收錄的插圖不同。但真相如何，由於另一版本的傳本不多，難以一窺全豹。

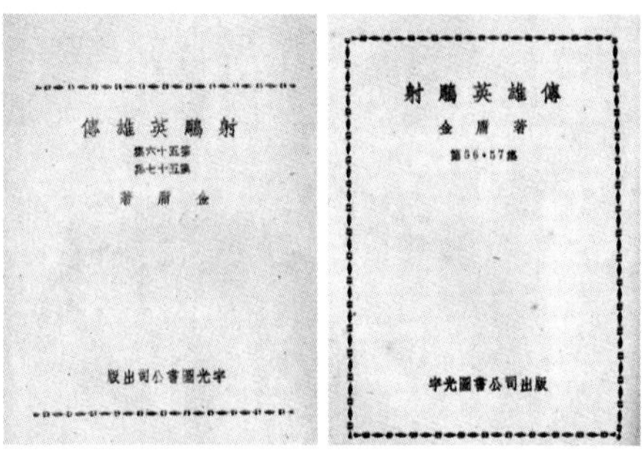

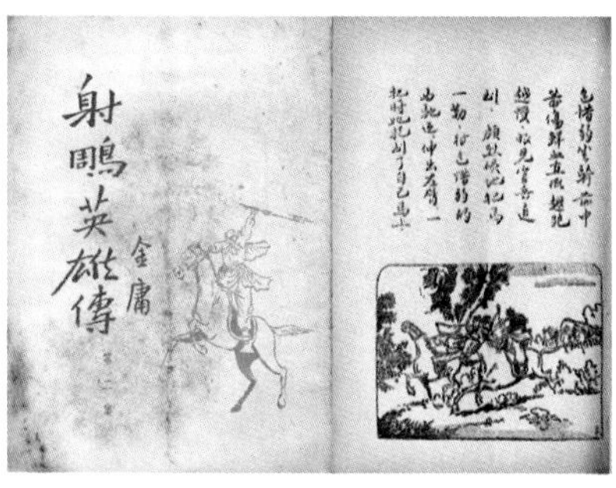

左　宇光版薄本《射鵰英雄傳》第五十冊（56, 57合集）兩個版本的扉頁。
右　另一個版本的宇光版薄本《射鵰英雄傳》第二冊封面與內頁。兩版第二冊的封面圖不同，且一本有插圖，一本沒有。

僑發版（盜版）

僑發版是薄本、爬頭本。由於傳本不多，只能對僑發版做部分分析，如從第六集到第三十六集，每集收錄約十四天到十六天的報紙連載內容。第六集收錄《香港商報》1957年4月16日到1957年4月29日的連載文字（第一〇四至一一七續），也就是說，第一集至第五集，每集平均收錄約二十一續的連載內容。可見僑發版與宇光版薄本一樣，剛開始時並非就設定約兩星期出版一集。

插圖方面，僑發版的插圖來源有兩個，一是收錄《香港商報》連載時雲君所繪插圖，二是請畫師另行繪畫。

僑發版《射鵰英雄傳》封面。

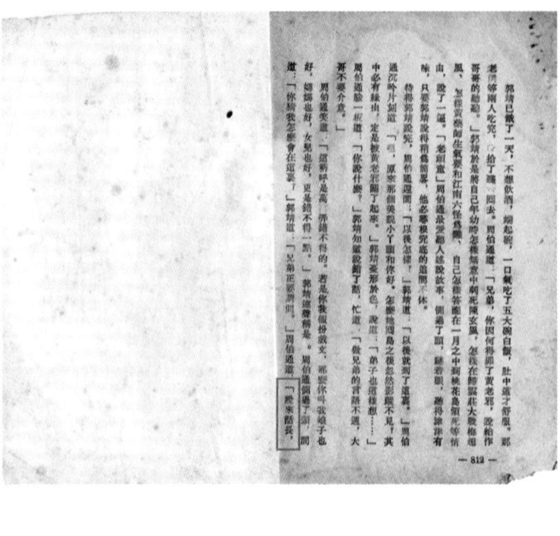

上左　僑發版《射鵰英雄傳》每集收錄插圖數量並不相同，可以連一張都沒有，也可以多達十張。第七集頁249的插圖（左），取自《香港商報》（詳見上右圖）；第六集頁214的插圖（右），則是出版社另請畫師繪製。

上右　《香港商報》1957年5月2日連載的舊版《射鵰英雄傳》第一二〇續。

下　僑發版《射鵰英雄傳》第二十七集最後一頁（頁812），最後一句為「說來話長，」。出版社已經把整頁排滿，即使句子未完，也絕不另開新頁，讀者如果要看下半句，就只好買下一集。這種「一句分拆兩冊」的情況，在宇光版薄本中僅有一例，僑發版卻比比皆是。

光明版（盜版）

光明版《射鵰英雄傳》是爬頭本。頭二十三冊一冊一集，從第二十四冊（24, 25合集）開始，一冊兩集，但內容與頁數不變。

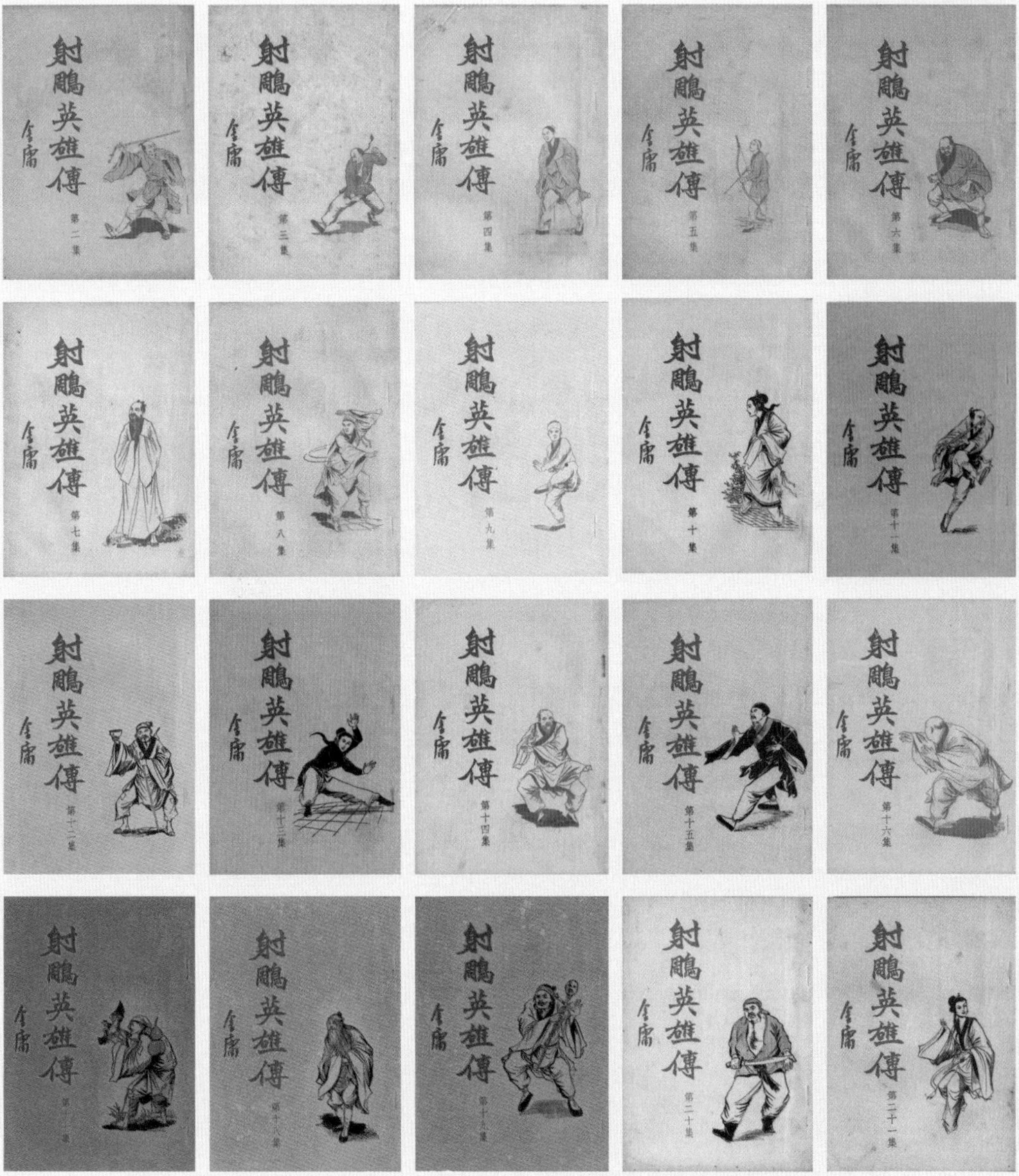

本頁與後二頁　光明版《射鵰英雄傳》全八十一冊封面，出版社另請畫師繪圖，以書中人與事為題材。

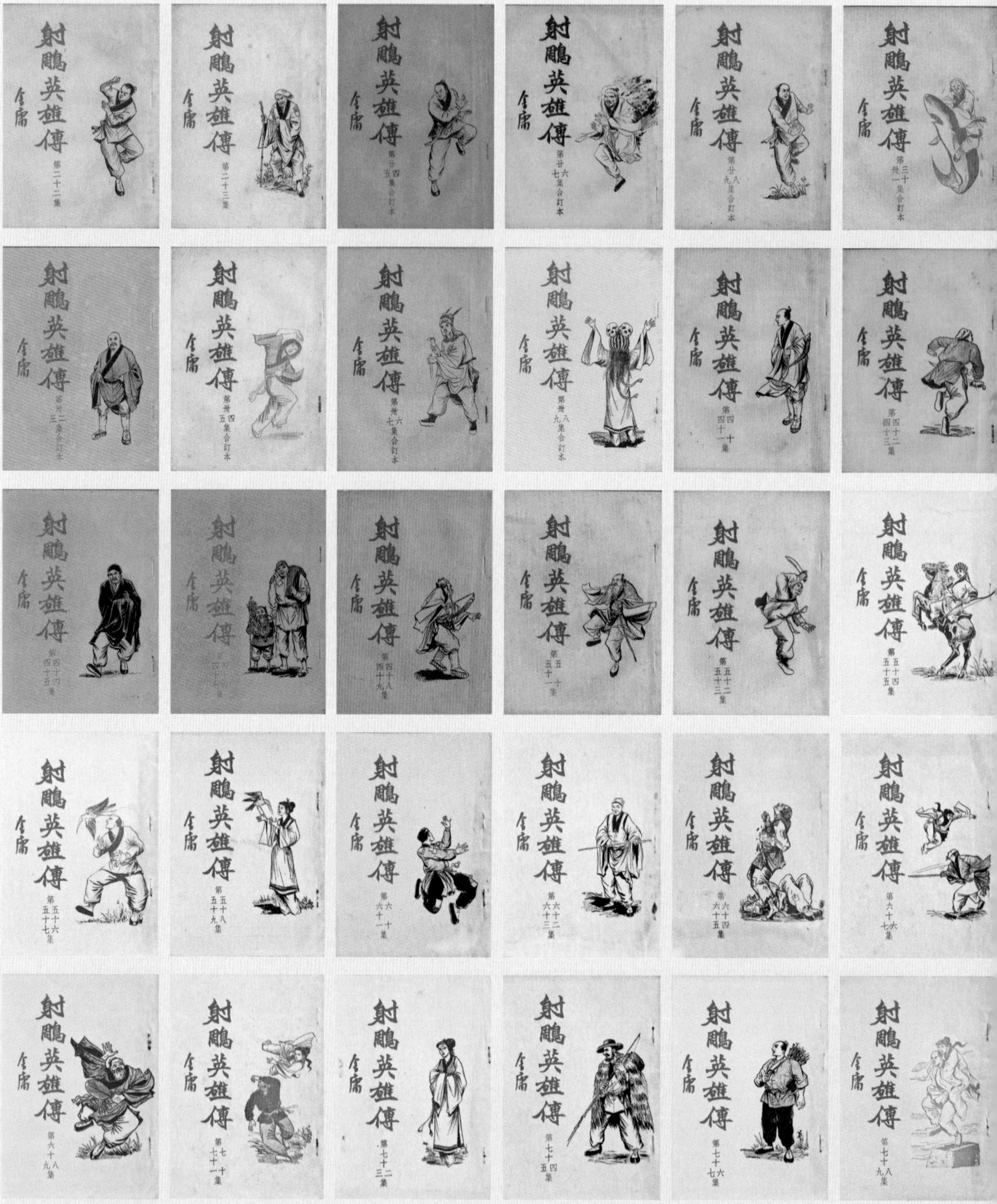
射鵰英雄傳 金庸 第二十二集
射鵰英雄傳 金庸 第二十三集
射鵰英雄傳 金庸 第廿四五集合訂本
射鵰英雄傳 金庸 第廿六七集合訂本
射鵰英雄傳 金庸 第廿八九集合訂本
射鵰英雄傳 金庸 第三十卅一集合訂本
射鵰英雄傳 金庸 第卅二三集合訂本
射鵰英雄傳 金庸 第卅四五集合訂本
射鵰英雄傳 金庸 第卅六七集合訂本
射鵰英雄傳 金庸 第卅八九集合訂本
射鵰英雄傳 金庸 第四十四十一集
射鵰英雄傳 金庸 第四十二四十三集
射鵰英雄傳 金庸 第四十四四十五集
射鵰英雄傳 金庸
射鵰英雄傳 金庸 第四十八四十九集
射鵰英雄傳 金庸 第五十五十一集
射鵰英雄傳 金庸 第五十二五十三集
射鵰英雄傳 金庸 第五十四五十五集
射鵰英雄傳 金庸 第五十六五十七集
射鵰英雄傳 金庸 第五十八五十九集
射鵰英雄傳 金庸 第六十六十一集
射鵰英雄傳 金庸 第六十二六十三集
射鵰英雄傳 金庸 第六十四六十五集
射鵰英雄傳 金庸 第六十六七集
射鵰英雄傳 金庸 第六十八九集
射鵰英雄傳 金庸 第七十七十一集
射鵰英雄傳 金庸 第七十二三集
射鵰英雄傳 金庸 第七十四五集
射鵰英雄傳 金庸 第七十六七集
射鵰英雄傳 金庸 第七十八九集

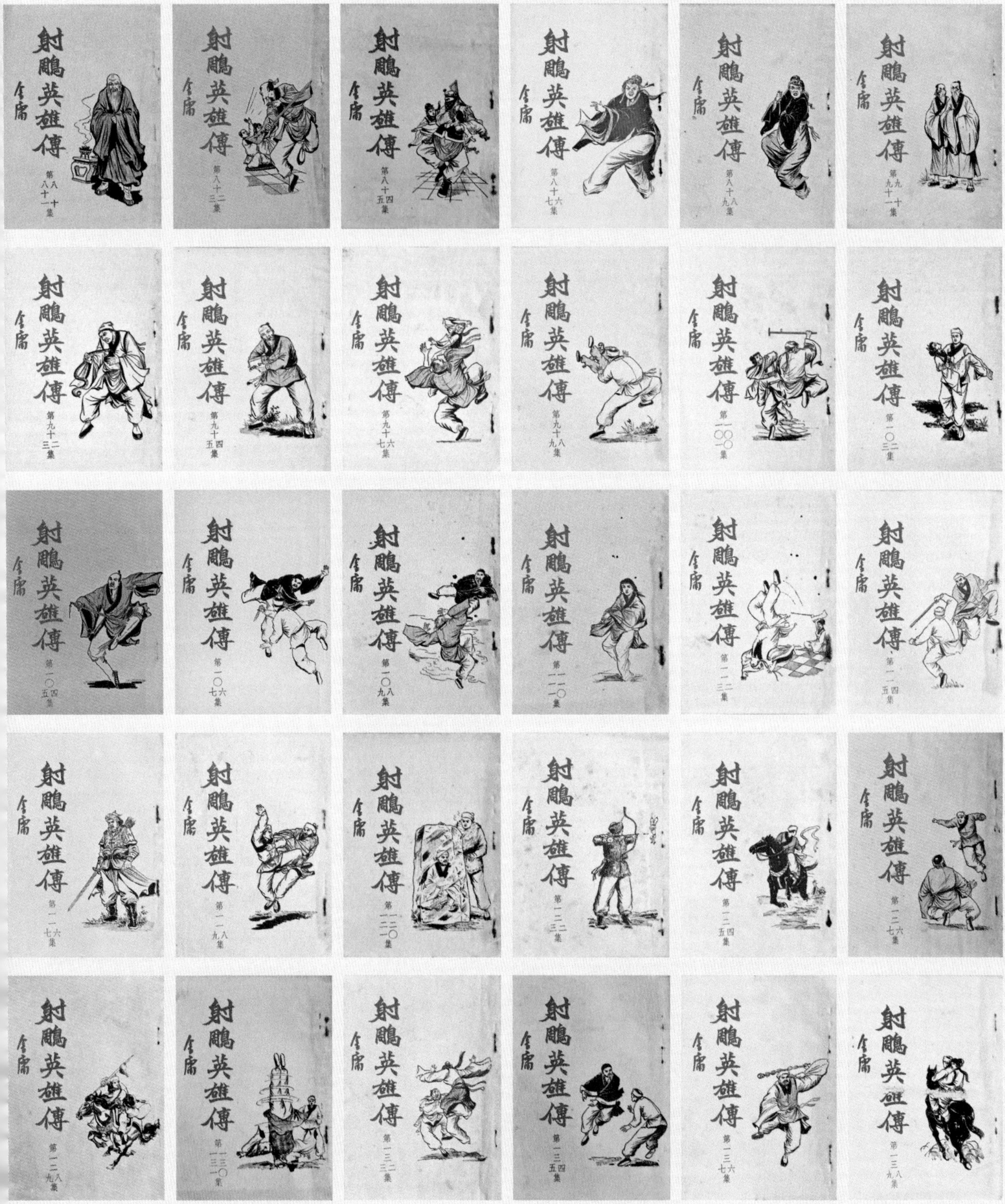
射鵰英雄傳
金庸

• 48 •

街去，只怕酒樓被他壓坍，砸下來打死人。一木和倘冷然道：「道兄果然找到這裏來了。我給你引見引見江南七怪！」丘處機稽首道：「適才貧道到寶剎奉訪，寺裏師傅言道，大師邀貧道來醉仙樓相會。貧道心下琢磨，大師必定是請下好朋友來了，果然如此。久聞江南七俠威名，今日有幸相見，足慰平生之願。」焦木向七怪道：「這位長春子丘道長，各位都是久仰的了。」他轉過來向丘處機道：「這位是七俠之首，飛天蝙蝠柯鎮惡。」說着向那瞎子一指，他一面說，丘處機就向引見的人稽首爲禮，完顏烈在旁邊留神傾聽，暗自記憶。第二個就是偷他銀兩的那個骯髒窮酸，聽焦木說，名叫妙手書生朱聰。最先到酒樓來的騎馬矮胖子馬王神韓寶駒，排行第三。那挑柴担的鄉下佬排行第四，名叫南山樵南希仁。第五是那個身材粗壯，屠夫模樣的大漢，名叫笑彌陀阿生，那小販模樣的後生姓全名風

長春子疾將巨銅缸向焦木和倘處擲去。

• 49 •

金發，綽號鬧市俠隱。那漁女則名叫越女劍謝小瑩，是江南七俠中年紀最小的一個。焦木一一引見了。丘處機一直把銅缸托在手裏，竟然不感疲累，酒樓下衆人見一時無事，有幾個大胆的悄悄蹩上樓梯來瞧熱鬧。柯鎮惡道：「咱們七兄弟久聞道長武功蓋世，拳劍天下無雙，向來仰慕得緊。這位焦木大師爲人也最是古道熱腸，雖然釋道異途，但大家都是武林一脈，不知何事無意中得罪了道長？道長要是瞧得起咱們七兄弟，咱們來做個和事老，大家盡釋前愆，一起來喝一杯如何？」丘處機道：「貧道和焦木大師素不相識，無仇無寃，只要他交出兩個人來，改日貧道自會到法華禪寺負荆請罪。」柯鎮惡道：「什麼人？」丘處機道：「貧道有兩個朋友，受了官府和金兵的陷害，不幸死於非命，他們遺下的寡婦，孤苦無依。柯大俠，你們說貧道該不該理？」柯鎮惡道：「別說是道長朋友的遺寡，就是素不相識之人，咱們既然知道了，自然要量力照顧，那是義不容辭的了。」丘處機大聲說道：「對呀，我就是要焦木和倘交出這兩位身世可憐的女人來！」他此言一出，不但焦木與江南七怪大吃一驚，完顏烈在一旁也暗暗稱奇，心想：「難道他說的不是楊郭二人的妻子，另有旁人？」焦木氣得臉色焦黃，一時說不出話來，結結巴巴的道：「你……你……你……胡言亂道……胡言……」丘處機大怒，喝道：「你也是武林中知名人物，竟敢如此爲非作歹！」右手一送，一口數百斤的銅缸連酒帶缸，往焦木頭頂飛來。瞧熱鬧的人嚇得魂飛天外，你推我擁，角碌碌的，一連串的滾下了樓去。笑彌陀張阿生在江南七俠中力氣最大，估量這銅缸雖重，自己力氣儘自接得住，當下搶上一步，運氣雙臂，叫一聲：「好！」待銅缸飛到，雙臂一沉，托住缸底，肩背肌肉墳起，竟自把銅缸接住了。但他脚下用力太巨

一九五七年二月二日　星期六　香港商報　農曆「

射鵰英雄傳

金庸著　雲君插圖

二　萬里追蹤

丘處機稽首道：「適才貧道到寶剎奉訪，寺裏師傅言道，大師邀貧道來醉仙樓相會。貧道心下琢磨，大師必定是請下好朋友來了，果然如此。久聞江南七俠威名，今日有幸相見，足慰平生之願。」焦木向七怪道：「這位是長春子丘道長，各位都是久仰的了。」他轉過來向丘處機道：「這位是七俠之首，飛天蝙蝠柯鎮惡。」說着向那瞎子一指，他一面說，丘處機就向引見的人稽首爲禮，完顏烈在旁邊留神傾聽，暗自記憶。第二個就是偷他銀兩的那個骯髒窮酸，聽焦木說，名叫妙手書生朱聰。最先到酒樓來的騎馬矮胖子是馬王神韓寶駒，排行第三。那挑柴担的鄉下佬排行第四，名叫南山樵南希仁。第五是那個身材粗壯，屠夫模樣的大漢，名叫笑彌陀張阿生。那小商販模樣的後生姓全名金發，綽號鬧市俠隱。那漁女則名叫越女劍謝小瑩，是江南七俠中年紀最小的一個。焦木一一引見了。丘處機一直把銅缸托在手裏，竟然不感疲累，酒樓下衆人見一時無事，有幾個大胆的悄悄蹩上樓梯來瞧熱鬧。柯鎮惡道：「咱們七兄弟久聞道長武功蓋世，拳劍天下無雙，向來仰慕得緊。這位焦木大師爲人也最是古道熱腸，雖然釋道異途，但大家都是武林一脈，不知何事無意中得罪了道長？道長要是瞧得起咱們七兄弟，咱們來做個和事老，大家盡釋前愆，一起來喝一杯如何？」丘處機道：「貧道和焦木大師素不相識，無寃無仇，只要他交出兩個人來，改日貧道自會到法華禪寺負荆請罪。」柯鎮惡道：「什麼人？」丘處機道：「貧道有兩個朋友，受了官府和金兵的陷害，不幸死於非命，他們遺下的寡婦，孤苦無依。柯大俠，你們說貧道該不該理？」柯鎮惡道：「別說是道長朋友的遺寡，就是素不相識之人，咱們既然知道了，自然要量力照顧，那是義不容辭的了。」丘處機大聲說道：「照呀，我就是要焦木和尚交出這兩位身世可憐的女人來！」他此言一出，不但焦木與江南七怪大吃一驚，完顏烈在一旁也暗暗稱奇，心想：「難道他說的不是楊郭二人的妻子，另有旁人？」焦木氣得臉色焦黃，一時說不出話來，結結巴巴的道：「你……你……胡言亂道……胡言……」丘處機大怒，喝道：「你也是武林中知名人物，竟敢如此爲非作歹！」右手一送，一口數百斤重的銅缸連酒帶缸，往焦木頭頂飛來。瞧熱鬧的人嚇得魂飛天外，你推我擁，角碌碌的，一連串的滾下了樓去。笑彌陀張阿生在江南七俠中力氣最大，估量這銅缸雖重，自己力氣儘自接得住，當下搶上一步，運氣雙臂，叫一聲：「好！」待銅缸飛到，雙臂一沉，托住缸底，肩背肌肉墳起，竟自把銅缸接住了。（三一）

上　光明版《射鵰英雄傳》書影，第二冊（第二集）頁48-49。插圖由畫師另繪。

下　《香港商報》1957年2月2日《射鵰英雄傳》第三一續，插圖由雲君繪畫。

上　《香港商報》連載時雲君所繪插圖。
下　光明版《射鵰英雄傳》第一、二冊插圖，畫師模仿雲君的圖。

·1442·

全眞七子也是全力施爲，互相吆喝招呼，七人頭上均冒出騰騰熱氣，身上道袍盡被大汗浸透，遠非戰梅超風時那麼安閒。

歐陽鋒袖手旁觀，眼見七子的天罡北斗陣極爲了得，只盼黃藥師耗勁眞氣，身受重傷，那麼二次華山論劍時就少了一個強敵。

那知黃藥師武功層出不窮，七子雖然不致落敗，但要取勝卻也着實不易。歐陽鋒心思毒辣，沉思半晌，惡計已生，但見雙方招數越來越慢，情勢越是險惡，不到一盞茶時分，這場惡戰就要終結，只見黃藥師向孫不二、譚處端齊發兩掌，孫譚二人舉手招架，劉處玄，馬鈺發招相助，他長嘯一聲，叫道：「藥兄，我來助你。」蹲下身子猛地向譚處端身後雙掌推出。

長眞子譚處端正在全力與黃藥師拚鬥，突覺身後一股排山倒海般的力道推來，不但同門不及相救，他自己也無法閃避，砰的一聲，俯身跌倒。

黃藥師怒喝道：「誰要你來相助？」見丘處機、王處一雙劍齊到，拂袖擋開，右掌卻與馬鈺、郝大通二人掌力相抵。

·1443·

黃藥師緩步而行，腳踏八卦方位，一掌掌的慢慢發出，使出其最上乘武功，全眞七子也全力施爲，互相吆喝招呼，七人頭上均冒出騰騰熱氣，身上道袍盡被大汗浸透。

·1444·

長眞子譚處端正在全力與黃藥師拚鬥，突覺身後一股排山倒海的力道推來，不但同門不及相救，他自己也無法閃避，砰的一聲，俯身跌倒，原來是歐陽鋒用蛤蟆功擊來。

·1445·

歐陽鋒道：「那我就助他們！」雙掌倏向黃藥師背後推出。他下手攻擊譚處端只用了三成力，現下這一推，却是他畢生功力之所聚，乘着黃藥師力敵四子，分手不暇之際，一舉就要將他斃於掌下。

他算定先將七子打死一人，再行算計黃藥師，那麼天罡北斗陣已破，七子縱使翻臉尋仇，他也毫不畏懼。

這一下毒招變起俄頃，黃藥師功夫再高，也不能前擋四子，後敵西毒，只得氣凝後背，拚着身受重傷，硬接他蛤蟆功的這一擊。歐陽鋒這一推勁力極大，去勢却慢，眼見毒計得逞，心中正自暗喜，忽然黑影一晃，一人從旁飛起，撲正在黃藥師的背上，代接了這一招。

黃藥師與馬鈺等同時收招，一齊躍開，但見捨命護師的原來是梅超風。

黃藥師轉過頭來，冷笑道：「老毒物果然是名不虛傳！」

歐陽鋒這一擊誤中了旁人，心中連呼：「可惜！」知道若是黃藥師與全眞六道聯手，自己性命難保，哈哈一聲長笑，飛步出門。

光明版《射鵰英雄傳》第三十八冊（52, 53合集）書影，頁1442-1445。後期的插圖由原來的扁長方形改為正方形，構圖則只取雲君所採主題與布局之大概，畫師有更多發揮空間。

與其他爬頭本一樣，光明版也在不斷進化。行款方面，第一冊每頁十七行，每行四十四字，一頁最多可容納約七百五十字。到了第三十八冊，每頁十三行，每行三十八字，一頁最多只能容納約五百字，是原來的三分之二。至於每冊收錄的連載內容量，從第一冊到第十三冊，每冊約四十頁，平均收錄約二十一天的連載內容，之後逐漸減少。到了第三十八冊，全書三十八頁，扣除十八張插圖，文字內容只佔二十頁，收錄共七天的連載內容。由此可見，為了與其他爬頭本競爭，除了「一冊兩集」之外，光明出版社更縮減行款，各冊容納的內容減少，出版週期就可以縮短，以便搶佔先機。

娛樂版薄本（盜版）

娛樂版薄本是爬頭本，傳本不多。就以現存的第五集來說，收錄《香港商報》1957年4月2日至4月15日（第九〇至一〇三續）共十四天的內容，插圖卻有十六張（多出來的兩張取自3月14日第七一續與4月16日第一〇四續）。想要在一眾爬頭本中佔一席位，娛樂出版社把心思花在插圖上。雖然一樣找畫師模仿雲君插圖，但畫師也會別出心裁，重組人與事的布局。

娛樂版薄本《射鵰英雄傳》第五集封面。

上左　娛樂版薄本《射鵰英雄傳》書影，第五集頁189。

上右四圖　娛樂版薄本《射鵰英雄傳》第五集插圖。出版社在處理插圖上花了心思：改變原來的扁長方形，將圖套在不同的形狀中。

下二圖　《香港商報》連載《射鵰英雄傳》第九七續與第一〇四續。

宇光版厚本（盜版）

宇光版厚本並非簡單地複製薄本，而是重新檢字排版印製，一套十六冊。厚本雖然使用了三育版封面，但光看第十六集首句，就能夠判斷並非取材自三育版。舊版《射鵰英雄傳》第七九四續（1959年3月11日）首句是「郭靖尚未全然此舉用意」，句子中缺少動詞，應是排版錯誤。出版三育版時，金庸已把句子改為「郭靖尚未明白此舉用意」；而宇光版厚本第十六集首句，卻仍是《香港商報》的「郭靖尚未全然此舉用意」。

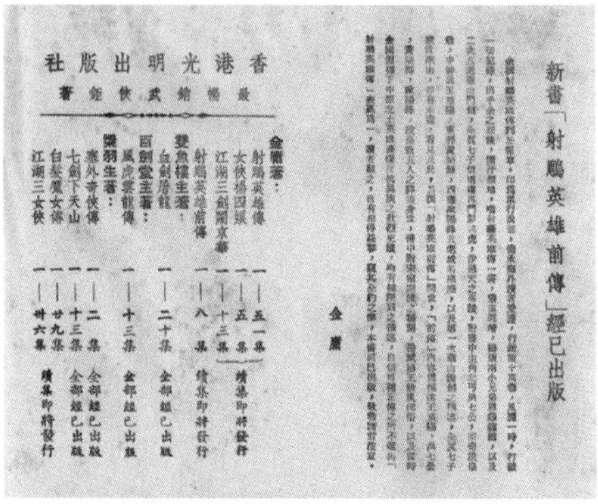
新書「射鵰英雄前傳」經已出版

金庸

香港光明出版社
最暢銷武俠鉅著

金庸著：
射鵰英雄傳　一——五十一集　續集即將發行
女俠楊四娘　一——五集
江湖三劍鬧京華　一——十三集
射鵰英雄前傳　一——八集　續集即將發行
雙魚樓主著：
白劍屠龍　一——二十集　全部經已出版
百劍堂主著：
風虎雲龍傳　一——十三集　全部經已出版
梁羽生著：
塞外奇俠傳　一——二集　全部經已出版
七劍下天山　一——十三集　全部經已出版
白髮魔女傳　一——廿九集
江湖三女俠　一——卅六集　續集即將發行

左　宇光版厚本《射鵰英雄傳》第十六集封面，封面圖取自三育版第十集。

右　宇光版厚本書末有偽金庸小說的廣告。讀者不明就裡，就會誤買了假冒的小說，可見金庸當時要面對與解決的不只是盜版的嚴峻狀況，還有冒名偽作的問題。前者影響收入，後者影響名聲。

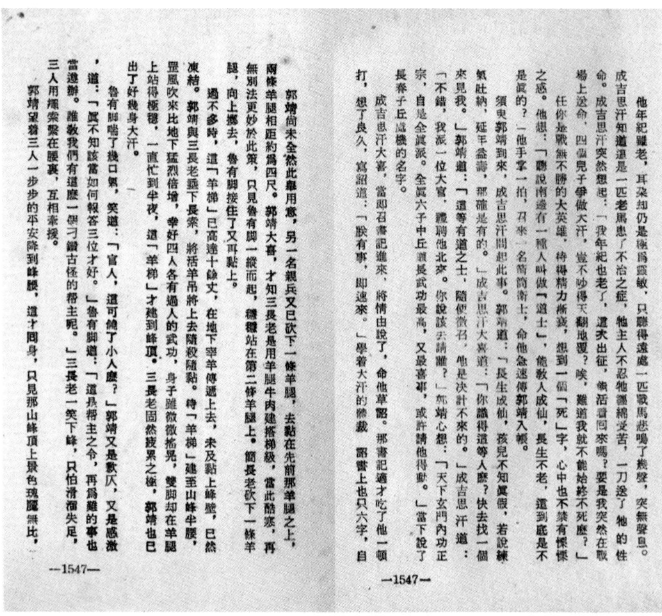
他年紀雖老，耳朵却仍是極爲靈敏，只聽得遠處一匹戰馬悲鳴了幾聲，突無聲息。成吉思汗知道這是一匹老馬患了不治之症，牠主人不忍牠纏綿受苦，一刀送了牠的性命。成吉思汗突然想起：「我年紀也老了，這次出征，爲活着回來嗎？要是我突然在戰場上送命，四個兒子爭做大汗，豈不吵得天翻地覆？唉，難道我就不能始終不死麼？」

任你是戰無不勝的大英雄，待得精力漸衰，想到一個「死」字，心中也不禁有慄慄之感。他想：「聽說南邊有一種人叫做『道士』，能教人成仙，長生不老，這到底是不是眞的？」他手掌一拍，召來一名箭筒衛士，命他急速傳郭靖入帳。

須臾郭靖到來，成吉思汗問起此事。郭靖道：「長生成仙，孩兒不知眞假，若說練氣吐納，延年益壽，那確是有的。」成吉思汗大喜道：「你識得這等人麼？快去找一個來見我。」郭靖道：「這等有道之士，隨便徵召，他是决計不來的。」成吉思汗道：「不錯，我派一位大官，禮聘他北來。你說該去請誰？」郭靖心想：「天下玄門內功正宗，自是全眞派。全眞六子中丘道長武功最高，又最喜事，或許請他得動。」當下說了長春子丘處機的名字。

成吉思汗大喜，當即召書記進來，將情由說了，命他草詔。那書記適才吃了他一頓打，想了良久，寫詔道：「朕有事，即速來。」學着大汗的體裁，詔書上也只六字，自

—1547—

郭靖尚未全然此舉用意，另一名親兵又已砍下一條羊腿，去黏在先前那羊腿之上，兩條羊腿相距約爲四尺。郭靖大喜，才知三長老是用羊腿牛肉建搭梯級，當此酷寒，再無別法更妙於此策，只見魯有脚一縱而起，穩穩站在第二條羊腿上。簡長老砍下一條羊腿，向上擲去，魯有脚接住了又再黏上。

過不多時，這「羊梯」已高達十餘丈，在地下宰羊傳遞上去，未及黏上峰壁，已然凍結。郭靖與三長老垂下長索，將活羊吊將上去隨殺隨黏。待「羊梯」建至山峰半腰，罡風吹來比地下猛烈倍增，幸好四人各有過人的武功，身子雖微微搖晃，雙脚却在羊腿上站得極穩，一直忙到半夜，這「羊梯」才建到峰頂。三長老固然疲累之極，郭靖也已出了好幾身大汗。

魯有脚喘了幾口氣，笑道：「官人，這可饒了小人麼？」郭靖又是歡仄，又是感激，道：「眞不知該當如何報答三位才好。」魯有脚道：「這是幫主之令，再爲難的事也當遵辦。誰教我們有這麼一個刁鑽古怪的幫主呢。」三長老一笑下峰，只怕滑溜失足，三人用繩索繫在腰裏，互相牽援。

郭靖望着三人一步步的平安降到峰腰，這才回身，只見那山峰頂上景色瑰麗無比，

—1547—

第七十六回　冰峰神機

郭靖尚未明白此舉用意，另一名親兵又已砍下一條羊腿，去黏在先前那羊腿之上，兩條羊腿相距約爲四尺。郭靖大喜，才知三長老是用羊腿建搭梯級，當此酷寒，再無別法更妙於此策，只見魯有脚一縱而起，穩穩站在第二條羊腿之上。簡長老砍下一條羊腿，向上擲去，魯有脚接住了又再黏上。

過不多時，這「羊梯」已高達十餘丈，，在地下宰羊傳遞上去，未及黏上峯壁，已然凍結。郭靖與三長老垂下長索，將活羊吊將上去，隨殺隨黏。待「羊梯」建至山峯半腰，罡風吹來比地下猛烈倍增，幸好四人各有過人的武功，身子雖微微搖晃，雙脚却在羊腿上站得極穩，一直忙到半夜，這「羊梯」才建到峯頂。三長老固然疲累之極，郭靖也已出了好幾身大汗。

魯有脚喘了幾口氣，笑道：「官人，這可饒了小人麼？」郭靖又是歡仄，又是感激，道：「眞不知該當如何報答三位才好。」魯有脚道：「這是幫主之令，再爲難的

— 3 —

左　宇光出版社兩種版本的《射鵰英雄傳》書影，同是頁1547，但厚本（左）與薄本（右）不同，可見兩版小說都經過出版社重新檢字排版而成。宇光版厚本首句「郭靖尚未全然此舉用意」，不同於三育版第十六集首句（見右圖）。

右　三育版《射鵰英雄傳》書影，第十六集頁3，金庸已經把連載原文改為「郭靖尚未明白此舉用意」。

大眾黑底版、大眾白底版（盜版）

大眾出版社推出了兩種《射鵰英雄傳》，都是彩色封面，一黑底一白底。從回目來看，黑底封面版的內容取自《香港商報》，而白底封面版的內容取自三育版。不過，白底版即使根據三育版而來，也不是直接以原版複製，而是重新檢字排版。

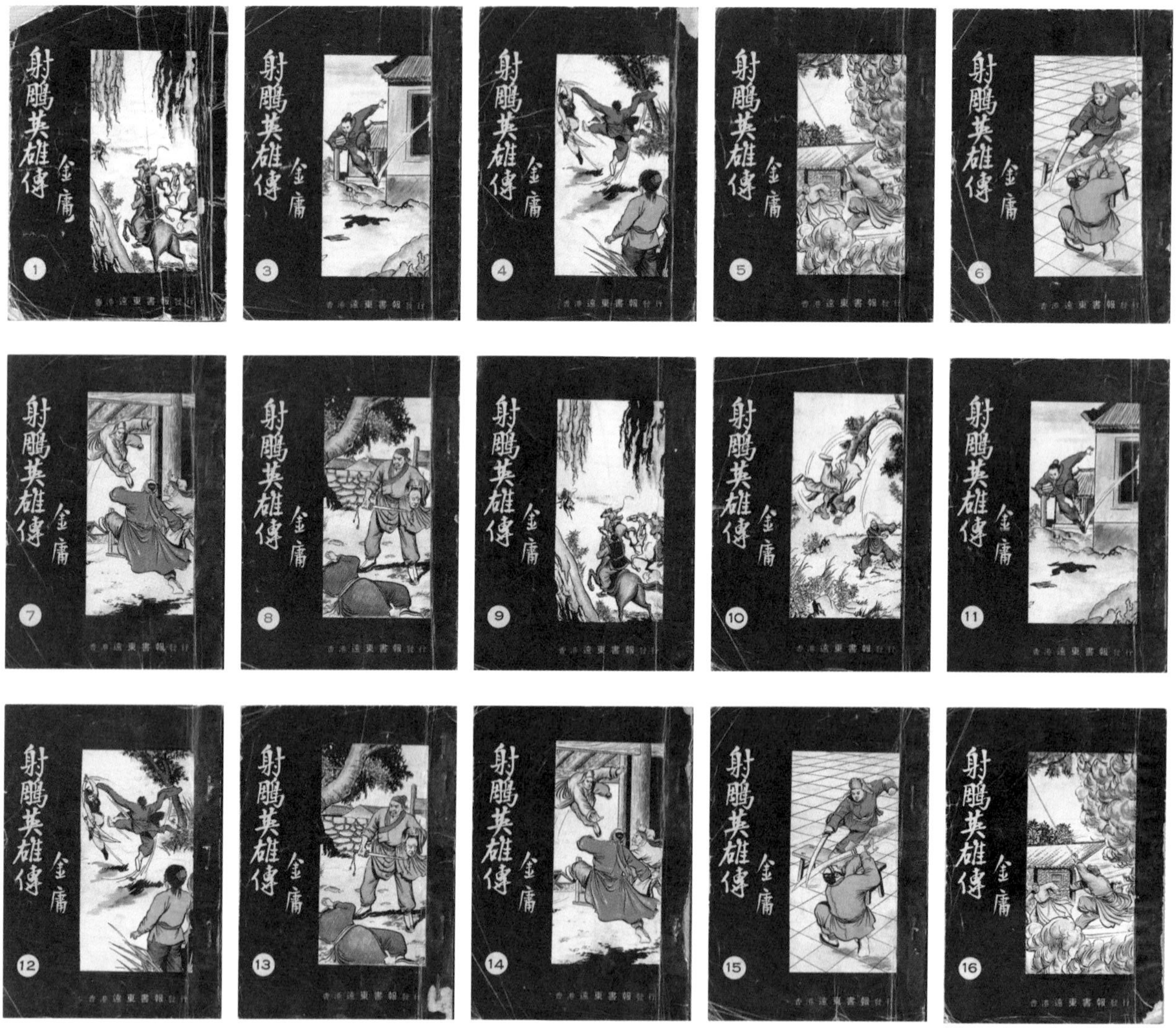

大眾黑底版《射鵰英雄傳》封面（缺第二集），封面圖反覆重用，來源不詳。

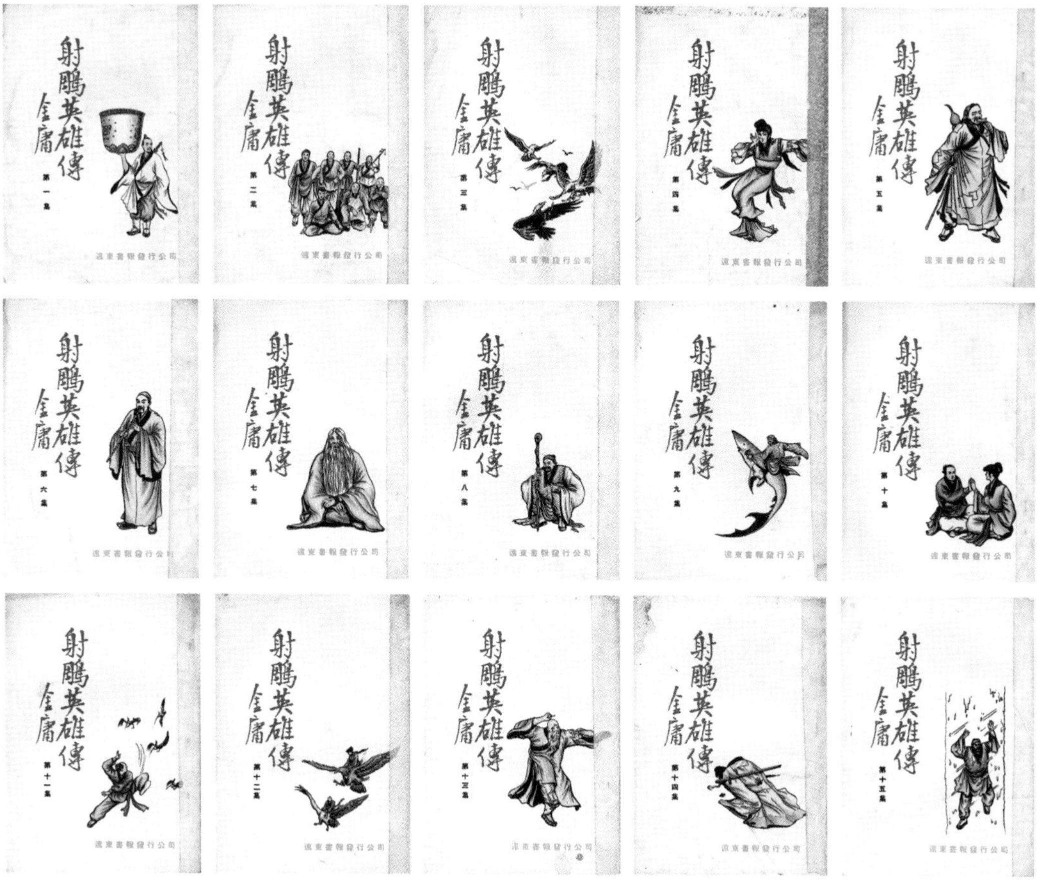

大眾白底版《射鵰英雄傳》封面，封面圖全部取自三育版，但配上顏色。

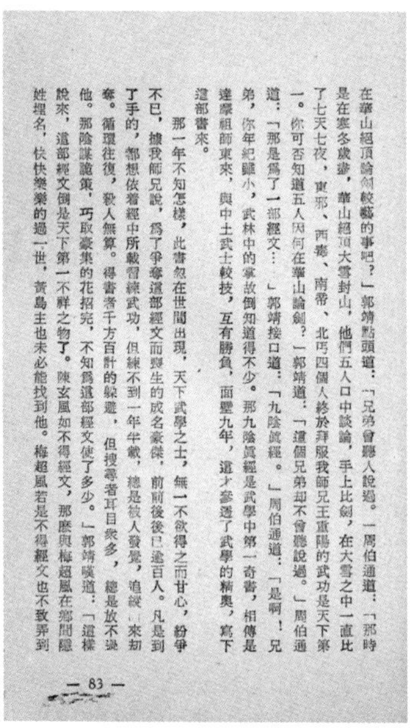

在華山絕頂論劍較藝的事吧？」郭靖點頭道：「兄弟曾聽人說過。」周伯通道：「那時是在寒冬歲盡，華山絕頂大雪封山，他們五人口中談論，手上比劍，在大雪之中一直比了七天七夜，東邪、西毒、南帝、北丐四個人終於拜服我師兄王重陽的武功是天下第一。你可否知道五人因何在華山論劍？」郭靖道：「這個兄弟卻不曾聽說過。」周伯通道：「那是爲了一部經文……」郭靖接口道：「九陰眞經。」周伯通道：「是啊！兄弟，你年紀雖小，武林中的掌故倒知道得不少。那九陰眞經是武學中第一奇書，相傳是達摩祖師東來，與中土武士較技，面壁九年，這才參透了武學的精奧，寫下這部書來。

那一年不知怎樣，此書忽在世間出現，天下武學之士，無一不欲得之而甘心，紛爭不已，據我師兄說，爲了爭奪這部經文而喪生的成名豪傑，前前後後已逾百人。凡是到了手的，都想依着經中所載習練武功，但練不到一年半載，總是被人發覺，追蹤[illegible]來劫奪。循環往復，殺人無算。得書者千方百計的躲避，但搜尋者耳目衆多，總是放不過他。那陰謀詭策，巧取豪集的花招，不知爲這部經文使了多少。」郭靖嘆道：「這樣說來，這部經文倒是天下第一不祥之物了。」陳玄風如不得經文，那麽與梅超風在鄉間隱姓埋名，快快樂樂的過一世，黃島主也未必能找到他。梅超風若是不得經文也不致弄到

— 83 —

嘆息了一聲，回頭一望，卻不見什麽，不由得毛骨悚然，心想：「難道有鬼？」緊緊摟住郭靖手臂，上半身倚偎在他懷中，低聲道：「郭大哥，誰嘆氣啊？」郭靖全神注觀血鳥，既沒聽見嘆息之聲，也沒聽見南琴的問話，一個溫香軟玉般的身子靠在他的胸前，微微發顫，他竟茫然不覺，只瞧着那血鳥在火焰中翻滾。

那鳥滾了一會，火光漸弱，牠又去啣些枝葉添在火裡，待火旺了，再展翅在火上燒炙，羽翼非但絲毫無損，經火一炙，更是熠熠生光燦爛華美。牠一邊燒，一邊用長喙在羽毛之中摩擦，竟如洗澡一般。這鳥羽翼遇火不燃，已自奇怪，而越燒香氣越濃，羣蛇聞到這般香氣，漸漸抵受不住，又亂蹦亂跳起來，再過一會，突然互相咬嚙吞噬，有的蛇兒似乎痛苦難當，竟然自咬腰尾。這千萬條毒蛇着魔中邪，翻騰盤打，聲勢實是驚人，南琴瞧得頭暈眼花，險些跌下樹去，急忙閉上眼睛，摟住郭靖身子。

衆蛇奴見情勢不妙，相互打個招呼，一齊逃出林去。那血鳥認定這些白衣人是牠仇敵，如流星般掠過林隙，追上前去。衆蛇奴知道厲害，忙用雙手掩目。血鳥一飛近，長喙猛啄手背，蛇奴吃痛不過，揮手去打，手一離面，眼珠立被啄瞎。片刻之間，衆蛇奴無一漏網，個個成了盲人。

那血鳥大獲全勝，飛回林中，又待到火上燒炙，那火卻已熄滅。血鳥雙翅猛搧，想

—1091—

大眾版《射鵰英雄傳》書影，左為白底版，右為黑底版。兩版行款一樣。

武俠版（盜版）

武俠版《射鵰英雄傳》一套六冊，封面圖取自其他武俠小說，內容由大眾黑底版原版複製而來，但重編頁碼。

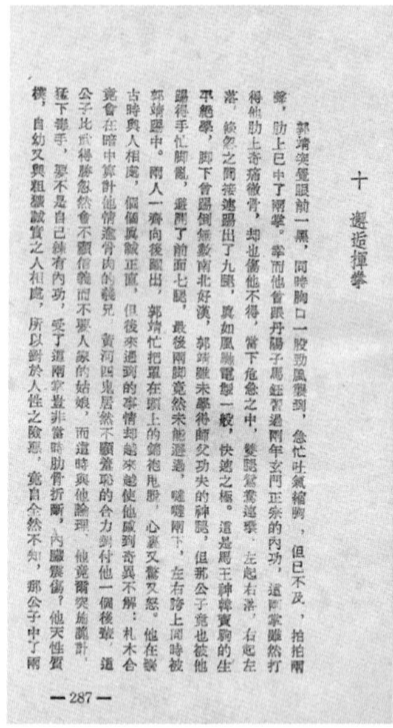

十　邂逅揮拳

郭靖突覺眼前一黑，同時胸口一股勁風襲到，急忙吐氣縮胸，但已不及，拍拍兩聲，肋上已中了兩掌。幸而他曾跟丹陽子馬鈺習過兩年玄門正宗的內功，這兩掌雖然打得他肋上奇痛徹骨，卻也傷他不得，當下危急之中，雙腿鴛鴦連環、左起右落，右起左落，倏忽之間接連踢出了九腿，眞如風馳電掣一般，快速之極。這是馬王神韓寶駒的生平絕學，腳下曾踢倒無數南北好漢，郭靖雖未學得師父功夫的神髓，但那公子竟也被他踢得手忙腳亂，避開了前面七腿，最後兩腳竟然未能避過，噠噠兩下，左右胯上同時被郭靖踢中。兩人一齊向後躍出，郭靖忙把罩在頭上的錦袍甩脫，心裏又驚又怒。他在蒙古時與人相處，個個真誠正直，但後來遇到的事情卻越來越使他感到奇異不解：札木合竟會在暗中算計他情逾骨肉的義兄，黃河四鬼居然不顧羞恥的合力對付他一個後輩，這公子比武得勝忽然會不顧信義而不娶人家的姑娘，而這時與他論理，他竟爾突施詭計，猛下毒手，要不是自己練有內功，受了這兩掌豈非當時肋骨折斷，內臟震傷？他天性質樸，自幼又與粗豪誠實之人相處，所以對於人性之險惡，竟自全然不知，那公子中了兩

— 287 —

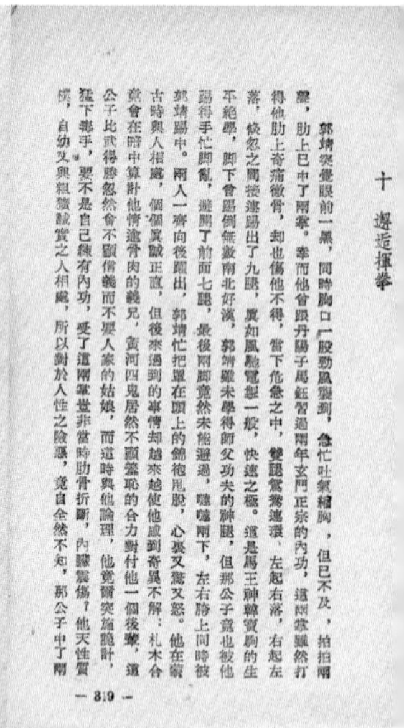

十　邂逅揮拳

郭靖突覺眼前一黑，同時胸口一股勁風襲到，急忙吐氣縮胸，但已不及，拍拍兩聲，肋上已中了兩掌。幸而他曾跟丹陽子馬鈺習過兩年玄門正宗的內功，這兩掌雖然打得他肋上奇痛徹骨，卻也傷他不得，當下危急之中，雙腿鴛鴦連環、左起右落，右起左落，倏忽之間接連踢出了九腿，眞如風馳電掣一般，快速之極。這是馬王神韓寶駒的生平絕學，腳下曾踢倒無數南北好漢，郭靖雖未學得師父功夫的神髓，但那公子竟也被他踢得手忙腳亂，避開了前面七腿，最後兩腳竟然未能避過，噠噠兩下，左右胯上同時被郭靖踢中。兩人一齊向後躍出，郭靖忙把罩在頭上的錦袍甩脫，心裏又驚又怒。他在蒙古時與人相處，個個真誠正直，但後來遇到的事情卻越來越使他感到奇異不解：札木合竟會在暗中算計他情逾骨肉的義兄，黃河四鬼居然不顧羞恥的合力對付他一個後輩，這公子比武得勝忽然會不顧信義而不娶人家的姑娘，而這時與他論理，他竟爾突施詭計，猛下毒手，要不是自己練有內功，受了這兩掌豈非當時肋骨折斷，內臟震傷？他天性質樸，自幼又與粗豪誠實之人相處，所以對於人性之險惡，竟自全然不知，那公子中了兩

— 319 —

左　武俠版《射鵰英雄傳》封面。

右　不同出版社盜印金庸小說，都會重新檢字排版。由於每家出版社使用的字模與排版方式不同，即使行款一樣，也很少會有版式相同的情況。武俠版《射鵰英雄傳》（右）與大眾黑底版（左）完全一模一樣，可見兩版版源相同。金庸小說的出版（與盜版）模式是：薄本→合訂本→厚合訂本。武俠版共六冊，大眾黑底版則有十六冊，可見大眾黑底版出版在先，武俠版乃複製大眾黑底版再重新編碼而成。

娛樂版（盜版）

十六冊本、八冊本

娛樂版十六冊本，首十五集封面圖取自三育版，首十四集內容（包括插圖）也皆取自三育版（回目與三育版相同），但文字經重新排版而成。第十五集為「混合版」，內容文字取自《香港商報》，回目由出版社自擬，封面圖與插圖則來自三育版。大抵，出版社想要搶在三育版第十五集面世前出版，但速度比不上三育版，故最終取用了三育版的封面圖與插圖。第十六集情況就不同了，三育在第十五集出版後四個月（《射鵰英雄傳》故事結束後三個月）才出版第十六集。這長達四個月的空檔時間，就讓盜版商有機可乘，紛紛搶先推出第十六集。娛樂出版社重用第十集封面圖，自擬回目，再請畫師繪製五張插圖，自行編輯成第十六集。

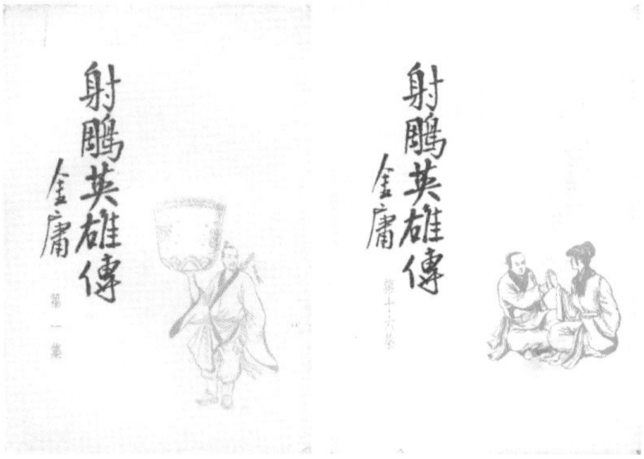

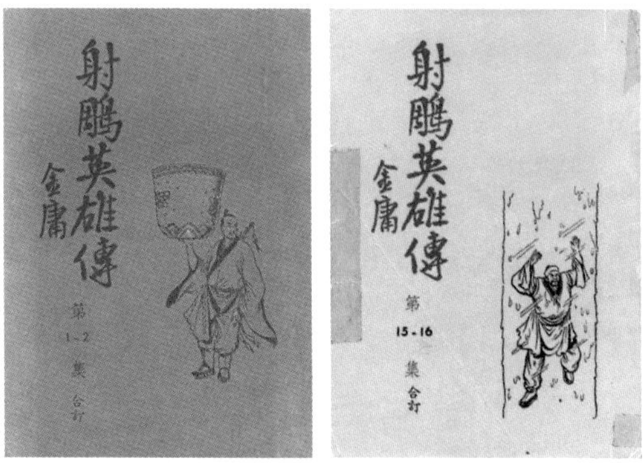

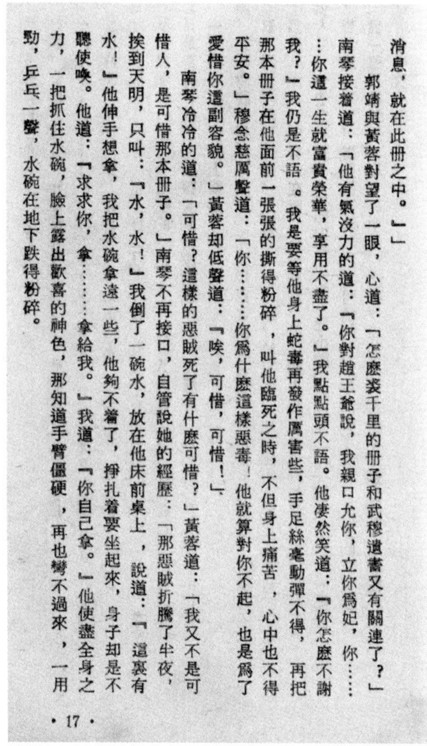

消息，就在此冊之中。』」

郭靖與黃蓉對望了一眼，心道：「怎麼裘千里的冊子和武穆遺書又有關連了？」

南琴接着道：「他有氣沒力的道：『你對趙王爺說，我親口允你，立你爲妃，你……

……你這一生就富貴榮華，享用不盡了。』我點點頭不語。他淒然笑道：『你怎麼不謝我？』我仍是不語 。我是要等他身上蛇毒再發作厲害些，手足絲毫動彈不得，再把那本冊子在他面前一張張的撕得粉碎 ，叫他臨死之時，不但身上痛苦，心中也不得平安。」穆念慈厲聲道：「你……你爲什麼這樣惡毒！他就算對你不起，也是爲了愛惜你這副容貌。」黃蓉却低聲道：『唉，可惜，可惜！』

南琴冷冷的道：「可惜？這樣的惡賊死了有什麼可惜？」黃蓉道：「我又不是可惜人，是可惜那本冊子。」南琴不再接口，自管說她的經歷：「那惡賊折騰了半夜，挨到天明，只叫：『水，水！』我倒了一碗水，放在他床前桌上，說道：『這裏有水！』他伸手想拿，我把水碗拿遠一些，他夠不着了，掙扎着要坐起來，身子却是不聽使喚。他道：『求求你，拿……拿給我。』我道：『你自己拿。』他使盡全身之力，一把抓住水碗，臉上露出歡喜的神色，那知道手臂僵硬，再也彎不過來，一用勁，乒乓一聲，水碗在地下跌得粉碎。

·17·

左上　娛樂版十六冊本《射鵰英雄傳》封面，第十六集封面圖重用三育版第十集的圖。
左下　娛樂版八冊本《射鵰英雄傳》封面。
右　娛樂版八冊本《射鵰英雄傳》書影，第七冊（13, 14集）頁17。

娛樂出版社後來再合併十六冊本而成「娛樂版八冊本」，每兩冊「十六冊本」合併為一冊。八冊本刪去十六冊本若干插圖，全套只有四十九張圖。

三友版（盜版）

十六冊本、八冊本

三友版的十六冊本，第一集至第十四集的封面圖取自三育版，但調整圖的方向與次序，以求不同於三育版，出版時間應在三育版之後。第十五、十六集乃自擬回目（不同於《香港商報》與三育版）。至於插圖，除了取自三育版外，亦會取材其他武俠小說。第十四、十五集沒有插圖，第十六集只有一張另請畫師繪畫的插圖，為了要搶在三育版第十六集面世前出版。全套十六集，共六十四張插圖。

三友出版社後來又合併十六冊本而成八冊本，除了封面與扉頁不同外，其餘地方與十六冊本一模一樣。

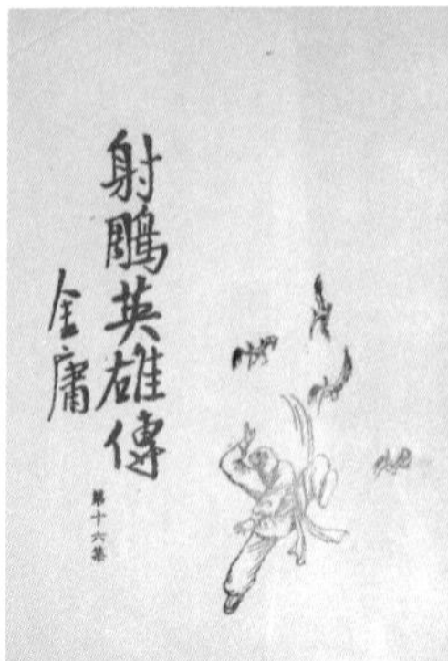
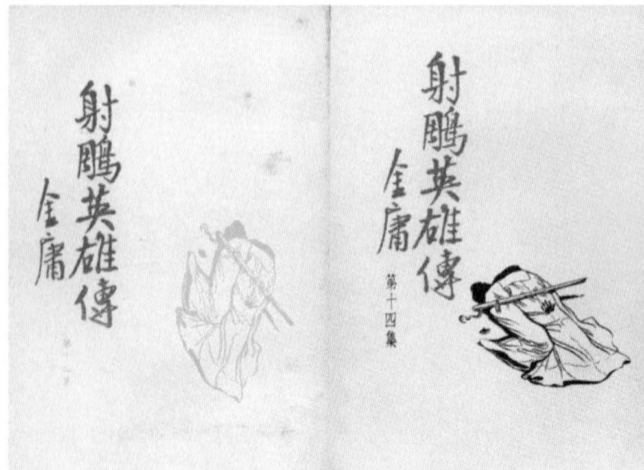

上左　三友版十六冊本《射鵰英雄傳》封面，重用三育版封面。

上右　三友版《射鵰英雄傳》第十四集封面（左）取自三育版第十四集（右），但圖的方向略為調整，以營造出不同的效果。

下　三友版八冊本《射鵰英雄傳》封面。

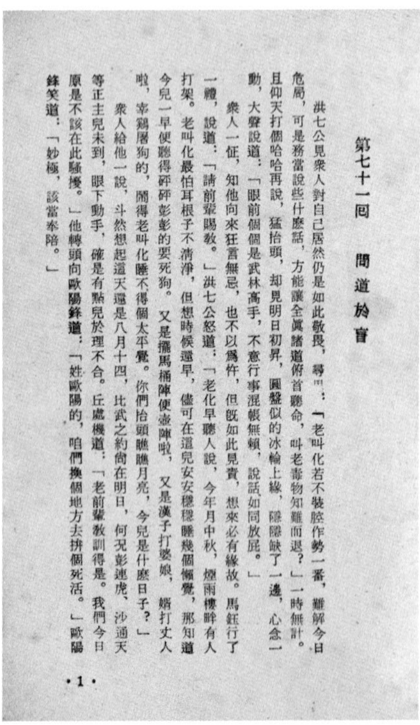

第七十一回　問道於盲

洪七公見衆人對自己居然仍是如此敬長，尋思：「老叫化若不裝腔作勢一番，難解今日危局，可是務當說些什麼話，方能讓全眞諸道俯首聽命，叫老毒物知難而退？」一時無計。且仰天打個哈哈再說，猛抬頭，却見明日初昇，圓盤似的冰輪上緣，隱隱缺了一邊，心念一動，大聲說道：「眼前個個是武林高手，不意行事混帳無賴，說話如同放屁。」

衆人一怔，知他向來狂言無忌，也不以爲忤，但既如此見責，想來必有緣故。馬鈺行了一禮，說道：「請前輩賜教。」洪七公怒道：「老化早聽人說，今年月中秋，煙雨樓畔有人打架。老叫化最怕耳根子不清淨，但想時候還早，儘可在這兒安安穩穩睡幾個懶覺，那知道今兒一早便聽得砰砰彭彭的要死狗。又是擺馬桶陣便壺陣啦，又是漢子打婆娘，婿打丈人啦，宰雞屠狗的，鬧得老叫化睡不得個太平覺。你們抬頭瞧瞧月亮，今兒是什麼日子？」

衆人給他一說，斗然想起這天還是八月十四，比武之約尚在明日，何況彭連虎、沙通天等正主兒未到，眼下動手，確是有點兒於理不合。丘處機道：「老前輩教訓得是。我們今日原是不該在此騷擾。」他轉頭向歐陽鋒道：「姓歐陽的，咱們換個地方去拚個死活。」歐陽鋒笑道：「妙極，該當奉陪。」

·1·

左　三友版八冊本《射鵰英雄傳》書影，第八集頁1。

中　三友版十六冊本《射鵰英雄傳》插圖，第八集頁41，取自其他武俠小說。

右　三友版十六冊本《射鵰英雄傳》第十六集唯一的插圖，由其他畫師所繪。

肆

雪山飛狐

在舊版書本版中，《雪山飛狐》是難解的謎題。金庸在修訂版《雪山飛狐》「後記」中這樣說：

> 「雪山飛狐」於一九五九年在報上發表後，沒有出版過作者所認可的單行本。坊間的單行本，據我所見，共有八種，有一冊本、兩冊本、三冊本、七冊本之分，都是書商擅自翻印的。總算承他們瞧得起，所以一直也未加理會。只是書中錯字很多，而翻印者強分章節，自撰回目，未必符合作者原意，有些版本所附的插圖，也非作者所喜。（花皮版《雪山飛狐》，頁247）

之所以是謎團，因為這個說法與其他文獻記載並不相同。1959年4月出版的三育版《射鵰英雄傳》第十五集，版權頁印有一段「作者鄭重啟事」，金庸說：

> 本人所撰武俠小說，全部僅「書劍恩仇錄」、「碧血劍」、「射鵰英雄傳」三種。

到了1959年8月，三育版《射鵰英雄傳》第十六集版權頁上的「作者鄭重啟事」則更新為：

> 本人所撰武俠小說，全部僅「書劍恩仇錄」、「碧血劍」、「射鵰英雄傳」、「雪山飛狐」、「神鵰俠侶」五種，均由香港三育圖書文具公司出版，此外並無其他著作。

這段文字旨在表明：三育圖書文具公司已經出版五種金庸小說。但如此一來，兩段同屬金庸所說的話，就互相抵觸了。

要讓矛盾成立，還必須有兩個條件：（1）兩段文字都是金庸寫的；（2）三育真的出版過《雪山飛狐》。

金庸說的話真的自相矛盾嗎？

關於第一點，《雪山飛狐》的「後記」肯定是金庸寫的，但三育版小說上的「作者鄭重啟事」呢？三育獲金庸授權出版單行本，理應不敢「假傳聖旨」。不過，啟事中「均由」二字又與事實不符，金庸應不會這樣說。本書【上篇】曾經提到，金庸為了打擊爬頭本，從《神鵰俠侶》開始，委託鄺拾記報局出版每週一集的普及本，以及約每月一集的合訂本。《射鵰英雄傳》第十六集在1959年8月出版，這時《明報》上的《神鵰俠侶》已經連載了兩個多月。也就是說，由鄺拾記報局出版的《神鵰俠侶》普及本至少已出版了十集，合訂本也出版了兩集。如果「均由香港三育圖書文具公司出版」是真的，那麼獲金庸授權的鄺拾記版豈不成了「書商擅自盜印」？由此看來，這段文字不一定真的出自金庸之手。

事實上，這段啟事的重點根本不在於告訴讀者三育已經「出版了」哪些金庸小說，而是金庸到底「寫了」哪些小說。《射鵰英雄傳》第十六集的廣告頁中，「金庸先生之武俠名作」之下有這麼兩行字：

插圖增訂　神鵰俠侶／排印中　不日出版

《神鵰俠侶》還在排印中，尚未出版，足已證明「均由香港三育圖書文具公司出版」不是完成式。「均由」二字要傳達的，充其量只是金庸的「意願」而不是「事實」。啟事的後半段這樣說：

市面所出售之「天池怪俠」、「江南七怪」、「洪楊豪傑傳」、「金蛇劍」等等，雖署本人姓名，實則全係不肖者冒名偽作。此外，「書劍恩仇錄」等均有盜印翻版，印刷低劣，錯誤百出。除依法查究外，謹此敬告讀者諸君，以免受欺。 金庸謹啟

兩段內容組合起來看，就非常清楚了：啟事的第一段旨在說明金庸寫了哪些書，第二段則指出金庸沒有寫哪些書。

真正與「後記」所說「沒有出版過作者所認可的單行本」產生抵觸的，其實不是啟事，而是另一條廣告宣傳資料：

插圖增訂　雪山飛狐／共分兩集　現已出齊　定價每集一元二角。

如此一來，兩段相隔十七年的文獻資料（廣告與後記）就出現矛盾了：「沒有授權任何出版社出版《雪山飛狐》」與「三育圖書文具公司獲授權出版《雪山飛狐》」，不能同

真，必有一假。

其實，還有另外一個小謎題同樣耐人尋味：為何金庸會在十七年後，特意昭告讀者，十七年前所有出版過的《雪山飛狐》，都是「書商擅自翻印的」？盜版的金庸小說何其多，傳世的舊版《鹿鼎記》也全是盜版書，為什麼別的小說金庸都沒有在「後記」中提到當年盜版、翻印的問題，而偏偏要挑《雪山飛狐》來說個明白呢？

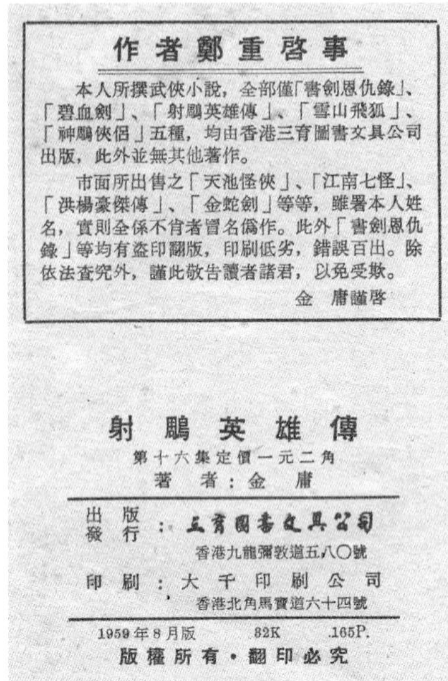

作者鄭重啓事

本人所撰武俠小說，全部僅「書劍恩仇錄」、「碧血劍」、「射鵰英雄傳」、「雪山飛狐」、「神鵰俠侶」五種，均由香港三育圖書文具公司出版，此外並無其他著作。

市面所出售之「天池怪俠」、「江南七怪」、「洪楊豪傑傳」、「金蛇劍」等等，雖署本人姓名，實則全係不肖者冒名僞作。此外「書劍恩仇錄」等均有盜印翻版，印刷低劣，錯誤百出。除依法查究外，謹此敬告讀者諸君，以免受欺。

金　庸謹啓

射鵰英雄傳

第十六集定價一元二角

著　者：金　庸

出版發行：三育圖書文具公司　香港九龍彌敦道五八〇號

印刷：大千印刷公司　香港北角馬寶道六十四號

1959年8月版　82K　.165P.

版權所有・翻印必究

三育版《射鵰英雄傳》第十六集版權頁，上方是金庸給讀者的啟事。

要為謎題找答案，除了文獻資料，還得靠「文物真本」。三育出版的金庸小說傳世的雖然為數不多，但也有一定數量，很多老讀者或收藏家都藏有三育版《書劍恩仇錄》、《碧血劍》、《射鵰英雄傳》。唯獨《雪山飛狐》與《神鵰俠侶》，前者只見第一集，而且數量稀少（已知的不超過六本），第二集更從未有人提過。至於《神鵰俠侶》，也是只聞樓梯響，從來沒有人見過「真本」。金庸在《明報》1959年7月18日連載的《神鵰俠侶》之後，回答讀者提問時也曾說：

> 「神鵰俠侶」第一集的正版本正在整理中，仍將由三育圖書公司出版。

一個月後，三育版《射鵰英雄傳》的廣告仍然說「排版中」。三育到底有沒有出版過《神鵰俠侶》？陳鎮輝在《金庸小說版本追昔》一書說：

> 我只見過「三育版」《神鵰俠侶》第一集……不禁令人懷疑「三育版」《神鵰俠侶》可能沒有出齊。[11]

這是迄今唯一記載有人看過三育版《神鵰俠侶》。不過，筆者2009年時曾聯絡陳鎮輝，他表示只看過影印資料，並沒有看過真本。如此一來，世間是否真有三育版《雪山飛狐》下冊、三育版《神鵰俠侶》第一冊，就仍然是個謎團。

三育版《雪山飛狐》第一集的秘密？

看不到的文物無從稽查，那看得到的三育版《雪山飛狐》第一集呢？又是否獲得金庸授權？【上篇】曾經提到，金庸在報紙連載後出版單行本，並非簡單地把連載內容重新檢字排版印刷，而是經過（1）重訂章節回目、（2）稍稍修改文字，和（3）配上插圖。

《新晚報》上的《雪山飛狐》共連載了一百二十九續，從1959年2月9日到6月18日。連載時，金庸並沒有設置章節，但每天都會有小標題，例如第一天至第九天的小標題為：1長空飛羽→2黃金小筆→3道是無情卻有情→4玉面狐→5上山較勁→6追命毒龍錐→7鏢客、侍衛、和尚、寡婦→8雪中陷阱→9要寶還是要命。這九天內容，組合成三育版《雪山飛狐》第一集第一回。第一集共有六回，前後收錄五十三天的連載內容，回目如下：

章節回目	收錄連載天數	起始頁碼
第一回　羣豪爭寶	9	3
第二回　白眉老僧	9	25
第三回　左右雙僮	9	47
第四回　舟中喋血	9	69
第五回　醜漢美婦	8	91
第六回　雙雄決戰	9	111

與《書劍恩仇錄》、《碧血劍》相比，三育版《雪山飛狐》第一集的回目相當平實，只是概括章節內容，或許有人因此認為不一定出自金庸手筆。然而，第五回只收錄八天而非九天的內容，則又是用心之舉。第五回「醜漢美婦」最後一小段其實來自舊版《雪山飛狐》第四四續（1959年3月24日）：

> 只有一個人走上前來，在一張桌旁坐下，從背上解下一個黃色包袱，放在桌上。燭光下看得分明，包袱上用黑絲線繡著七個字：「打遍天下無敵手。」

11 陳鎮輝：《金庸小說版本追昔》，頁70。

這個走進來的人正是苗人鳳。從1959年3月25日第四五續開始，就是寫胡一刀與苗人鳳的種種對決過程。劃分章節的人如果只是按照「平均分配」原則，大可把第四十五天的內容撥到第五回中，雖然能讓各章節長短一致，但又同時將胡苗二人的決鬥分到兩章之中，讓「雙雄決戰」不能一氣呵成地呈現。由此可見，三育版《雪山飛狐》第一集的章節與回目，並非隨意為之，而是經過深思熟慮，以求最佳的閱讀效果。劃分章節如此認真，絕非「任意妄為」的盜版書可與之比擬的。

「稍稍修改文字」方面，可以試看下表：

	《新晚報》連載（續數）	三育版《雪山飛狐》第一集（頁碼）
1	不久人人頭上冒寒（1）	不久人人頭上冒汗（4）
2	一匹白馬空身站在雪地裏（2）	一匹灰馬空身站在雪地裏（6）
3	只聽殷吉讚道（5）	殷吉讚道（11）
4	認得是北京平鏢局的總鏢頭（7）	認得是北京平通鏢局的總鏢頭（16）
5	鐵關東不避反迎（8）	鎮關東不避反迎（18）

傳世的十種舊版《雪山飛狐》書本版，撇除三育版，其餘九種可以確認為盜版。這九種盜版小說與三育版在處理《新晚報》的連載原文時，態度並不相同。以上五例中，第4與第5兩例，九種盜版中或會修改，但第1、2、3例，除了三育版，沒有任何一家盜版商將原文中的「錯誤」改正過來。詳列如下：

例4的「北京平通鏢局」，原文「北京平鏢局」漏掉一字，三民版和娛樂版仍然沿用，沒有修改，其餘七種盜版都補回「通」字。

例5的「鎮關東」，《新晚報》排版工人檢錯字模，變成了「鐵關東」。九種盜版中，只有光榮版、崑崙版發現「鐵關東」原來是「鎮關東」，其餘盜版都依照連載舊貌，仍用「鐵關東」。

第1、2、3例的情況卻不相同。例1把「冒寒」改為「冒汗」，「冒寒」一詞雖然鮮見，但誰也說不準世上沒有這個詞。因此，各種盜版書依舊作「冒寒」，沒有改動。只有金庸才知道「冒寒」其實該作「冒汗」，三育版就改了。

例2把「白馬」改為「灰馬」。1959年2月10日連載時，田青文初次出現，金庸腦袋中的畫面是白茫茫一片，白馬白衣白雪三者融合為一。一天之後，金庸想多一點「色彩」，就將白馬改作灰馬：

> 那少女……縱到灰馬身旁，一躍上馬，韁繩一提，那灰馬放開四蹄便奔。（舊版《雪山飛狐》第三續，1959年2月11日）

普天之下，大概只有金庸能夠判斷田青文所騎馬匹的顏色，其他人看到報紙上寫白色就是白色，寫灰色就是灰色。

例3刪掉「只聽」兩個字，確實能夠讓段落與段落之間銜接得更流暢，但多了也無妨。如何用字、有何效果，盜版商不會管，原作者才會管。

第1、2、3例，九種盜版《雪山飛狐》都沒有「改正」，三育版卻不同，都改過來了。由此可見，三育版《雪山飛狐》的文字確實經過相對嚴謹的修改。如果不是金庸，又會是誰來做這個工作呢？

最後是插圖。三育版《雪山飛狐》第一集有六回，共六張插圖，書裡沒有明言是雲君所畫，但觀其筆法，應是出自雲君之手。從1956年開始，雲君就為金庸的連載小說與單行本小說繪畫插圖，從不間斷，與金庸的合作關係非常良好。在這種情況下，雲君又怎敢為金庸不認可的單行本畫插圖？再從另一個角度看，三育如果真要出版盜印本，又何必花費時間、人力、物力來訂正語言、重訂章節與配上插圖呢？

三育版《雪山飛狐》第一集的六張插圖，觀其筆法，皆出於雲君手筆。

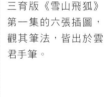

至於封面，並非由雲君操刀繪畫，而是從連環畫中截圖而來。封面圖出自內地遼寧畫報社1958年出版的《百年長恨》，由匡榮改編故事，矯玉章繪圖。光憑這一點，幾乎已經可以肯定，這本三育版《雪山飛狐》第一集，並非如日後的認知：三育出版的金庸小說，都是正版小說。

《百年長恨》內頁。

《百年長恨》連環畫封面。

三育版《雪山飛狐》的第一集著實保留了太多「金庸」的痕跡。不過，最弔詭的地方其實是扉頁。這本三育版第一集，封面與封底都沒有印上出版社名字，只有書脊清楚寫著「三育圖書文具公司」，版權資料則印在封底內頁（與之前的三育版小說並不相同）。然而，打開封面後，扉頁上赫然出現「崑崙出版社出版」七個字。情況頓時變得複雜難解：如果這本書真的是由三育出版，為何要在扉頁印上別家出版社的名字呢？如果不是三育而是崑崙的出品，又為什麼會有那麼多金庸曾經參與的影子？

真相有很多可能。在沒有辦法求證的情況下，這本三育版《雪山飛狐》第一集，就姑且命名為「類三育版」。

到底有沒有三育版《雪山飛狐》第二集？

在稍稍了解類三育版《雪山飛狐》第一集後，接下來要探討的問題是：到底（類）三育版《雪山飛狐》有沒有第二集？前面提到，傳本即使再少，也會有流傳下來的痕跡，但從來沒有人聲稱擁有過三育版《雪山飛狐》第二集。網路上倒是有流傳的照片，卻沒有明言那是三育版。只因兩個封面的設計構圖非常接近，可說是同一個系列，不免讓人自動朝三育版第二集的方向聯想。

光有圖片不會有真相，實物真本才有可能是真相。真相是：非也，非也。

這本酷似類三育版的《雪山飛狐》第二集，內容是這樣的：

（1）打開封面，第一頁是扉頁，除了作者名與書名，就是出版社名稱，寫的是「崑崙圖書公司出版」。

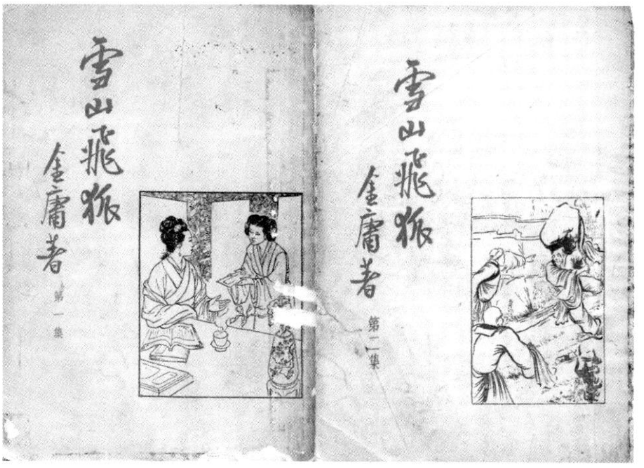

網上流傳像這樣的圖：左為類三育版第一集，右邊第二集封面構圖與類三育版封面相似，但是，那是第二集嗎？

（2）扉頁後面是「目次」，只有三回，分別為：「第七回　飛天狐狸（125）」、「第八回　武林異寶（149）」、「第九回　秘傳寶盒（173）」（括號內是頁碼）。

（3）目次之後是插圖（全書只有一張插圖），雖然出自雲君手筆，畫的卻不是《雪山飛狐》故事，而是來自三育版《射鵰英雄傳》。

（4）插圖之後是版權頁。出版發行標示為「崑崙圖書公司」。

（5）版權頁之後，就是正文。第一頁是頁107，最後一頁是頁258。

（6）而最最重要的是：書脊下方寫著「三胄圖書文具公司」（而非「崑崙圖書公司」）。

因此，果真如金庸所說，傳世的舊版《雪山飛狐》沒有一本是正版的。即使三育出版的《雪山飛狐》第一集，也非金庸認可、授權的正版小說，而所謂三育版第二集，也只是相似而已。

剩下來還有兩個問題：第一，類三育版《雪山飛狐》第一集到底是怎麼一回事？第二，「三胄圖書文具公司」這本仿三育版第二集又是怎麼一回事？

關於第一點，大抵金庸曾經同意三育圖書文具公司出版《雪山飛狐》，甚至已經重新訂正文稿與劃分章節，三育也開始籌備，包括請雲君畫插圖。只是，金庸後來不知何故，打消了出版《雪山飛狐》的念頭，三育也就不能出版「正版」的《雪山飛狐》。前面提到三育版《射鵰英雄傳》中的廣告，其實只是反映了排版當時預設的情況（預設已經出版《雪山飛狐》），而不能反映真實的出版狀況。至於三育在確定不能出版《雪山飛狐》後，如何處理那些已經準備好的「稿件」呢？既然傳世有「類三育版」，可見三育當時並沒有放棄，即使不獲授權，仍然出版。

關於第二點，就不能不提「崑崙版」了。後文有詳細說明。

舊版《雪山飛狐》版本系統

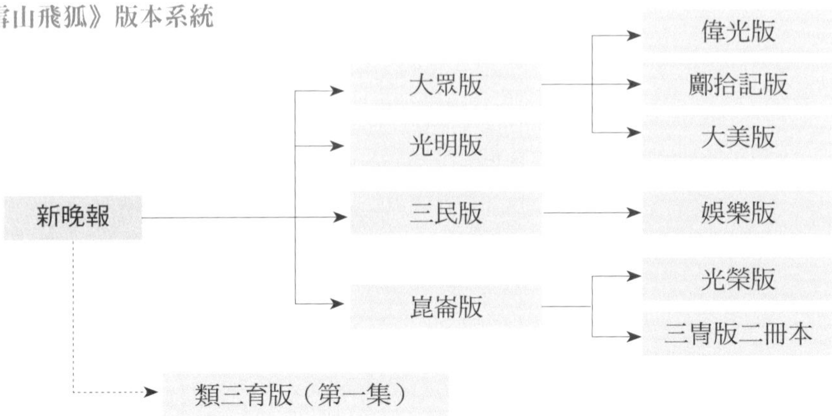

（類）三育版（盜版）

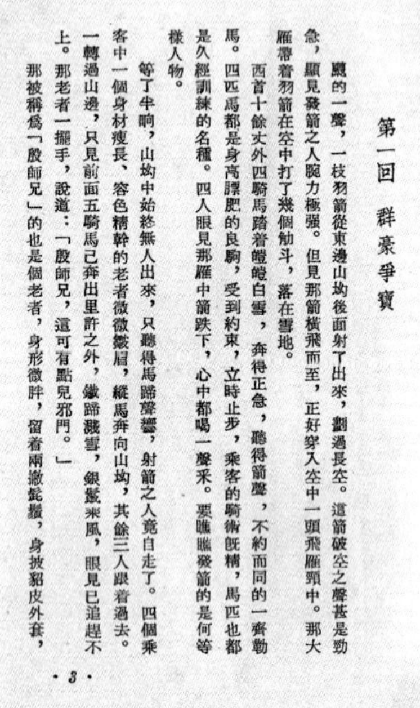
第一回　群豪爭寶

颼的一聲，一枝羽箭從東邊山坳後面射了出來，劃過長空。這箭破空之聲甚是勁急，顯見發箭之人腕力極强。但見那箭橫飛而至，正好穿入空中一頭飛雁頸中。那大雁帶着羽箭在空中打了幾個觔斗，落在雪地。

西首十餘丈外四騎馬踏着皚皚白雪，奔得正急，聽得箭聲，不約而同的一齊勒馬。四匹馬都是身高膘肥的良駒，受到約束，立時止步，乘客的騎術旣精，馬匹也都是久經訓練的名種。四人眼見那雁中箭跌下，心中都喝一聲采。要瞧瞧發箭的是何等樣人物。

等了半晌，山坳中始終無人出來，只聽得馬蹄聲響，射箭之人竟自走了。四個乘客中一個身材瘦長、容色精幹的老者微微皺眉，縱馬奔向山坳，其餘三人跟着過去。一轉過山邊，只見前面五騎馬已奔出里許之外，蹴踏濺雪，銀鬣來風，眼見已追趕不上。那老者一擺手，說道：「殷師兄，這可有點兒邪門。」

那被稱爲「殷師兄」的也是個老者，身形微胖，留着兩撇鬍鬚，身披貂皮外套，

・3・

左　類三育版《雪山飛狐》第一集封面與版權頁。
右　類三育版《雪山飛狐》第一集書影，頁3。第一集共有六回。

崑崙版（盜版）

崑崙圖書公司的舊版《雪山飛狐》共有三冊，第一集最是詭異。

第一集共有六回，回目與類三育版一樣，是傳世舊版《雪山飛狐》中唯一與類三育版回目相同的。不只回目一樣，就連每回的起迄也有部分相同：第一回至第三回，兩書開首與結束的地方都一樣；第四回，開首一樣，結束處不同；第五回，開首不同，但同樣在「『打遍天下無敵手。』」結束；第六回，開首一樣，結束卻不同。

此外，崑崙版六回收錄的六張插圖，都與類三育版的一樣。由此可見，這書是在類三育版出來後才出版的。然而，崑崙版的內文卻並非取自類三育版，而是來自《新晚報》。

左　崑崙版《雪山飛狐》封面。封面圖取自其他武俠小說，如第三集封面圖取自三育版《射鵰英雄傳》的插圖，圖中人是瑛姑。
右　三育版《射鵰英雄傳》第十三集第六十三回的插圖，崑崙版《雪山飛狐》使用了這張圖，去除背景，只保留主體人物，作為第三集封面。

前面提到的類三育版《雪山飛狐》，內文經過金庸修改的地方（特別是例1至例3），崑崙版第一集並沒有改過來，依然是「冒寒」（金庸改為「冒汗」）、「白馬」（金庸改為「灰馬」）與「只聽殷吉讚道」（金庸改為「殷吉讚道」）。

崑崙版三冊本的第一集，處處有著類三育版第一集的影子，卻又不完全相同。比較合理的推測是：崑崙圖書公司從《新晚報》取材排版後，本要推出第一冊，卻因類三育版突然在市場出現，於是立刻「變陣」，包括調整已製作好的版面，加入類三育版的回目與插圖。但由於內文早就依照《新晚報》上的連載檢字排版，因此並沒有隨類三育版的文字而修改。

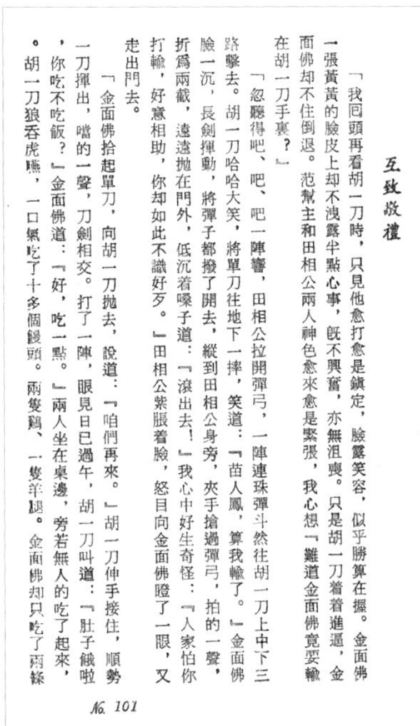
互致敬禮

「我回頭再看胡一刀時，只見他愈打愈是鎮定，臉露笑容，似乎勝算在握。金面佛一張黃黃的臉皮上却不洩露半點心事，既不興奮，亦無沮喪。只是胡一刀着着進逼，金面佛却不住倒退。范幫主和田相公兩人神色愈來愈是緊張，我心想『難道金面佛竟要輸在胡一刀手裏？』

「忽聽得吧、吧、吧一陣響，田相公拉開彈弓，一陣連珠彈斗然往胡一刀上中下三路擊去。胡一刀哈哈大笑，將單刀往地下一摔，笑道：『苗人鳳，算我輸了。』金面佛臉一沉，長劍揮動，將彈子都撥了開去，縱到田相公身旁，夾手搶過彈弓，拍的一聲，折爲兩截，遠遠拋在門外，低沉着嗓子道：『滾出去！』我心中好生奇怪：『人家怕你打輸，好意相助，你却如此不識好歹。』田相公紫脹着臉，怒目向金面佛瞪了一眼，又走出門去。

「金面佛拾起單刀，向胡一刀拋去，說道：『咱們再來。』胡一刀伸手接住，順勢一刀揮出，噹的一聲，刀劍相交。打了一陣，眼見日已過午，胡一刀叫道：『肚子餓啦，你吃不吃飯？』金面佛道：『好，吃一點。』兩人坐在桌邊，旁若無人的吃了起來。胡一刀狼吞虎嚥，一口氣吃了十多個饅頭。兩隻鷄、一隻羊腿。金面佛却只吃了兩條

№ 101

崑崙版《雪山飛狐》書影，第二集首頁（頁101）。第二集內文中有回目，但沒有算在總回數之中。

之後，崑崙為了搶在類三育版《雪山飛狐》第二集前頭出版（這個時候，誰也不知道根本不會有第二集），只好調整頁數：第一集共一百頁（頁1到100），第二集減了四分之一，只有七十二頁（頁101到172）。由於《雪山飛狐》只連載了一百二十九天，在第二集出來後，崑崙便一口氣把剩下的內容全部歸在最後一集，所以第三集共八十六頁（頁173-258）。

插圖方面，不只是封面圖，書內插圖也會借用其他武俠小說。全書共九張插圖，第一集翻用

類三育版第一集的六張圖，第二集兩張圖取自三育版《射鵰英雄傳》，第三集僅有一圖，乃是重用類三育版第五回的插圖。

回目顯示方面，可說相當混亂。第一集共六回，取自類三育版第一集（但第六回結束處與三育版不同）。第二集正文前沒有目錄，內文中卻有三個回目，但沒有標示屬第幾回。第三集的目錄頁顯示共有兩回，但內文沒有標示出第八回，讓人感覺讀來只有一回。

集數	回目	備註
第一集	一、羣豪爭寶 二、白眉老僧 三、左右雙僮 四、舟中喋血 五、醜漢美婦 六、雙雄決戰	
第二集	互致敬禮 飛天狐狸 武林異寶	沒有回數編號
第三集	七、秘傳寶盒 八、雪山飛狐	第八回只見於目錄， 不見於內文

在了解崑崙版之後，接下來的問題是：既然崑崙圖書公司有了三冊本，為什麼還會以「三胄圖書文具公司」的名義，推出另一個版本呢？這個版本，可以稱為「三胄版」。

三胄版（盜版）

所謂「三胄版」，其實就是魚目混珠版，共兩冊，描述如下：

（1）封面：第一集封面跟類三育版第一集一樣，第二集封面仿照類三育版。除了封面圖不同，兩書封面設計在外觀上完全一樣。

（2）書脊：兩書的書脊也是仿照類三育版，在書脊下方印上「三胄圖書文具公司」。「胄」字與「育」字外形相似，很容易讓人誤認為三育版。

（3）扉頁：打開封面，扉頁上寫的就是「崑崙圖書公司」，扉頁背後的版權頁資料，除了定價外，其餘與崑崙的三冊本一樣。

（4）內文：版源取自崑崙版，回目、行款、插圖跟崑崙版完全一樣，唯一不同的

三胄版《雪山飛狐》書脊的「三胄」兩字，與「三育」極易混淆。

是，第一集從頁1到頁106，第二集從頁107到頁258。就連頁碼的表達方式，也與崑崙版無異。

簡言之，「三胄版」就是「仿類三育版」。比較合理的推測是：崑崙圖書公司在出版三冊本舊版《雪山飛狐》後，眼見「類三育版」遲遲沒有出版第二集，又或是知道三育已不獲授權出版，於是心生一計，模仿「類三育版」，推出二冊本「仿類三育版」的「三胄版」《雪山飛狐》。由於書脊印上「三胄圖書文具公司」，與「三育圖書文具公司」相類似，從外觀上，讓人以為是三育出版的「正版」（其實也是盜版）。

光明版（盜版）

光明版《雪山飛狐》一套共十八冊，屬薄本。第一集到第十七集，每冊二十二頁（第十八集則有三十四頁），收錄約七至八天的報紙連載內容。《新晚報》連載時不分章節，

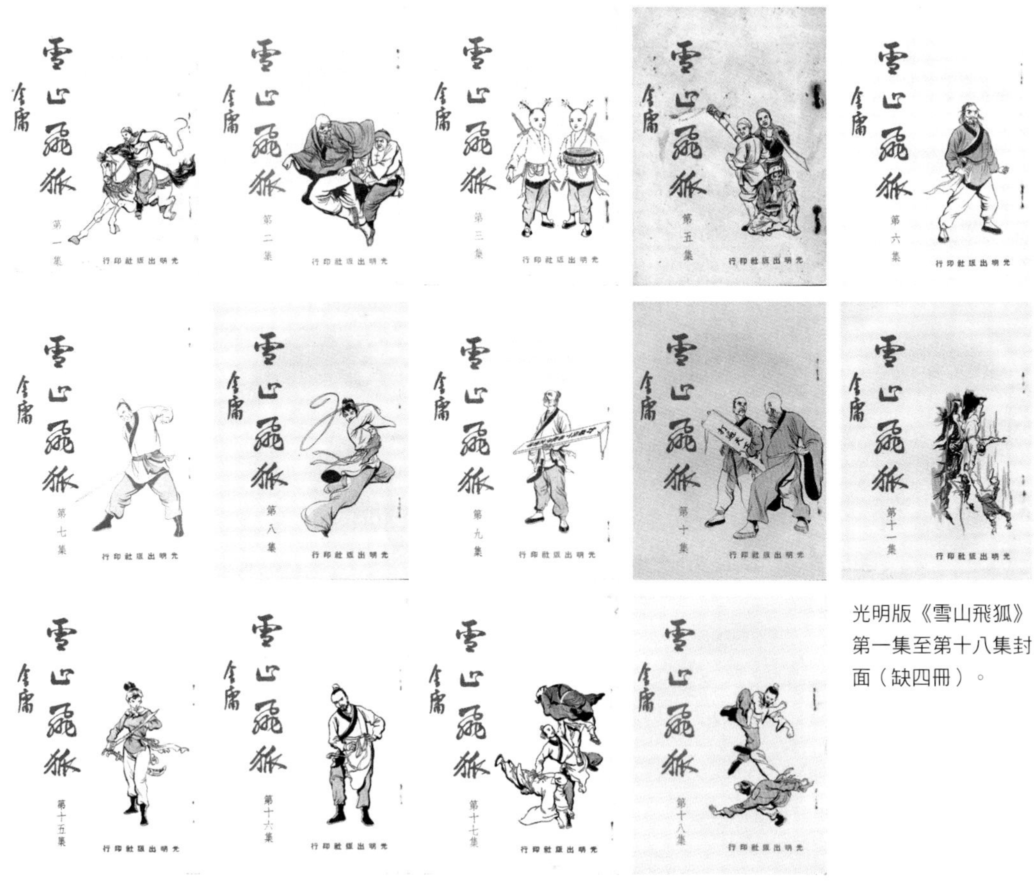

光明版《雪山飛狐》第一集至第十八集封面（缺四冊）。

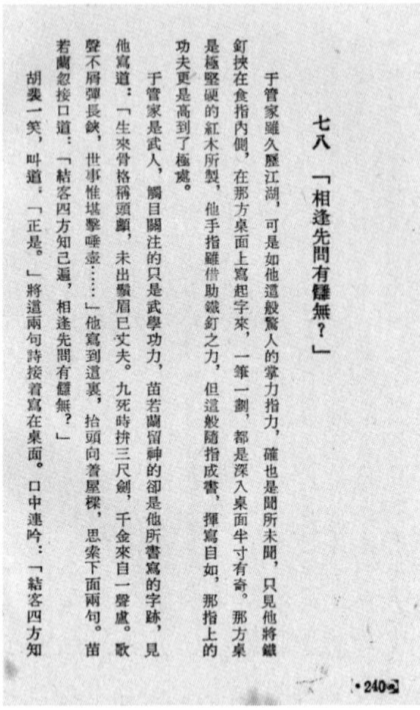

七八　「相逢先問有讎無？」

于管家雖久歷江湖，可是如他這般驚人的掌力指力，確也是聞所未聞，只見他將鐵釘挾在食指內側，在那方桌面上寫起字來，一筆一劃，都是深入桌面半寸有奇。那方桌是極堅硬的紅木所製，他手指雖借助鐵釘之力，但這般隨指成書，揮寫自如，那指上的功夫更是高到了極處。

于管家是武人，觸目關注的只是武學功力，苗若蘭留神的卻是他所書寫的字跡，見他寫道：「生來骨格稱頭顱，未出鬚眉已丈夫。九死時拚三尺劍，千金來自一聲盧。歌聲不屑彈長鋏，世事惟堪擊唾壺……」他寫到這裏，抬頭向着屋樑，思索下面兩句。苗若蘭忽接口道：「結客四方知己遍，相逢先問有讎無？」

胡斐一笑，叫道：「正是。」將這兩句詩接着寫在桌面。口中連吟：「結客四方知

•240•

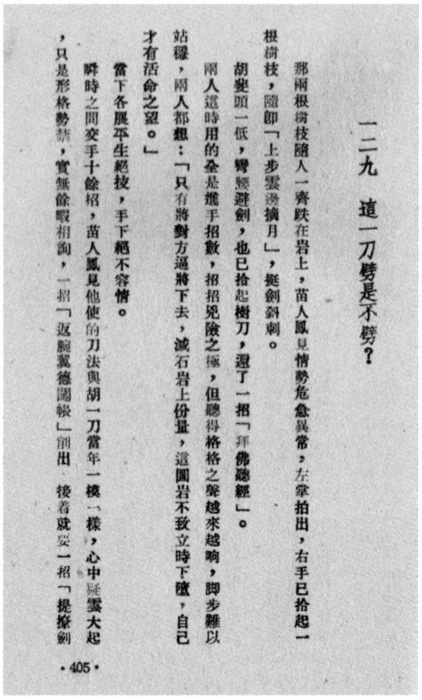

一二九　這一刀劈是不劈？

那兩根樹枝隨人一齊跌在岩上，苗人鳳見情勢危急異常，左掌拍出，右手已拾起一根樹枝，隨即「上步雲邊摘月」，挺劍斜刺。

胡斐頭一低，彎腰避劍，也已拾起樹刀，還了一招「拜佛聽經」。

兩人這時用的全是進手招數，招招兇險之極，但聽得格格之聲越來越響，腳步難以站穩，兩人都想：「只有將對方逼將下去，減石岩上份量，這圓岩不致立時下墮，自己才有活命之望。」

當下各展平生絕技，手下絕不容情。

霎時之間交手十餘招，苗人鳳見他使的刀法與胡一刀當年一模一樣，心中疑雲大起，只是形格勢禁，實無餘暇相詢，一招「返腕翼德闖帳」削出，接着就要一招「提撩劍

•405•

左　光明版《雪山飛狐》書影，第十一集頁240，和第十八集頁405。每回開始之前的數字與標題，就是《新晚報》當日連載時所用的標題。
右　光明版《雪山飛狐》第一集插圖。

每天有小標題。光明版收錄連載文字時，也把小標題保留下來。出版社另請畫師繪畫插圖，每冊收錄的插圖數量不一，有的連一張插圖也沒有，有的最多六張。

大眾版（盜版）

大眾版《雪山飛狐》分為上下兩冊，打開封面是扉頁，只是複製了封面圖與書名，並沒有印上出版社名稱。全書共分十八回，上下集各九回。每集正文前有目錄，列出九個回目。這十八回的回目如下：（1）長空飛羽→（2）盒中有箭→（3）雪山飛狐→（4）左右雙僮→（5）舟中喋血→（6）斗室密談→（7）金面佛→（8）切磋武功→（9）胡家刀法 →（10）奇珍異寶→（11）白衣男子→（12）譜牒鐵盒→（13）一張白紙→（14）釵中秘密→（15）黃金小筆→（16）金面佛上峯來→（17）但教心似金銅堅（銅，或有版本作「鋼」、「鈿」）→（18）打遍天下無敵手。

大眾版至少有兩個版次，除了封面不同，綠皮版的內文稍有缺失：如排版時上集漏掉了標示第四、第九回的編號與回目，下集漏掉了標示第十二與第十八回的編號與回目，第十七回只有數字「十七」，但沒有回目名「但教心似金銅堅」。

左　大眾藍皮版《雪山飛狐》封面。
中　大眾綠皮版《雪山飛狐》封面。
右　大眾版《雪山飛狐》書影，上集頁89。

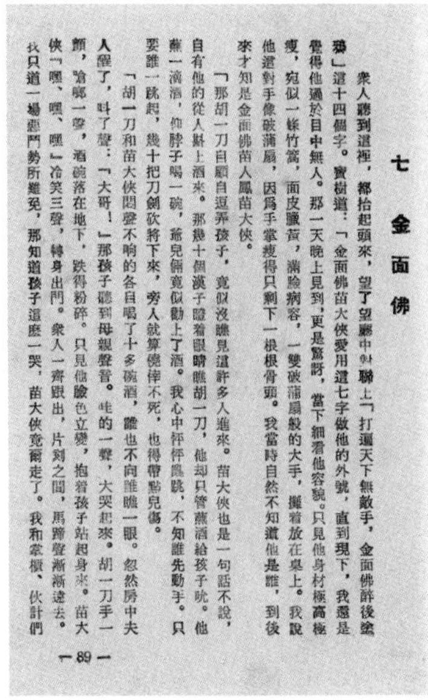

七　金面佛

眾人聽到這裡，都抬起頭來，望了望廳中對聯上「打遍天下無敵手，金面佛辭後塗掉」這十四個字。寶樹道：「金面佛苗大俠愛用這七字做他的外號，直到現下，我還是覺得他過於目中無人。那一天晚上見到，更是驚訝，當下細看他容貌。只見他身材極高極瘦，宛似一條竹篙，面皮蠟黃，滿臉病容，一雙破蒲扇般的大手，擱着放在桌上。我說他這對手像破蒲扇，因爲手掌瘦得只剩下一根根骨頭。我當時自然不知道他是誰，到後來才知是金面佛苗人鳳苗大俠。

「那胡一刀自顧自逗弄孩子，竟似沒瞧見這許多人進來。苗大俠也是一句話不說，自有他的從人斟上酒來。那幾十個漢子瞪着眼睛瞧胡一刀，他却只管蘸酒給孩子吮。他蘸一滴酒，仰脖子喝一碗，爺兒倆竟似勸上了酒。我心中怦怦亂跳，不知誰先動手。只要誰一跳起，幾十把刀劍砍將下來，旁人就算僥倖不死，也得帶點兒傷。

「胡一刀和苗大俠悶聲不響的各自喝了十多碗酒，誰也不向誰瞧一眼。忽然房中夫人醒了，叫了聲：「大哥！」那孩子聽到母親聲音，哇的一聲，大哭起來。胡一刀手一顫，噹啷一聲，酒碗落在地下，跌得粉碎。只見他臉色立變，抱着孩子站起身來。苗大俠「嘿、嘿、嘿」冷笑三聲，轉身出門。眾人一齊跟出，片刻之間，馬蹄聲漸漸遠去。我只道一場惡鬥勢所難免，那知道孩子這麼一哭，苗大俠竟爾走了。我和掌櫃、伙計們

—89—

偉光白皮版、偉光黑皮版（盜版）

偉光版《雪山飛狐》共有兩個版本，一種白底封面，叫做「白皮版」；一種黑底封面，名為「黑皮版」。兩者封面不同，內容卻一樣。

偉光版據大眾版原版複製而來，但調整了扉頁，以白皮版封面圖作扉頁圖，並印上「香港偉光書局發行」。此外，還刪去了大眾版的目錄與版權頁。另一個不同的地方是：大眾版下集從第十回開始，偉光版第二集則從第八回中段開始。偉光版整體製作相當粗糙，處處殘留原版痕跡，如書脊仍印著「遠東書報發行」，封底版權資料則標示「出

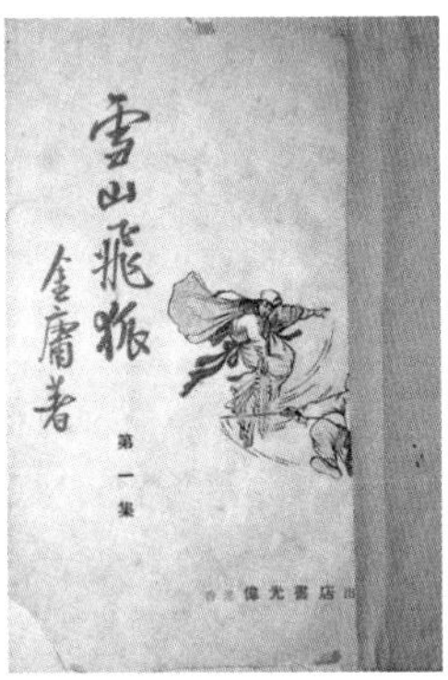

左　偉光白皮版、黑皮版《雪山飛狐》封面。
右　偉光版《雪山飛狐》書影，第一集頁91。

「胡一刀道：『唉，怎麼成？要死，咱倆死在一塊。』夫人嘆道：『早知如此，當年我不阻你南下跟金面佛挑戰倒好，那時你心無牽掛，準能勝他。』胡一刀笑道：『今日相逢，也未必敗在他手裏。他那個打遍天下無敵手的黃包袱，只怕得換換主兒。』他雖然帶笑而說，但聲音總是發顫，即是隔了一道板壁，我仍然聽得出來。

「夫人忽道：『大哥，你答應我一件事。』胡一刀道：『什麼？』夫人道：『咱們把一切跟金面佛明說了，憑他怎麼處置。他號稱大俠，難道不講公道？我甘願跪在他面前，向他求情。』胡一刀道：『我在外面一邊喝酒，一邊心中琢磨，十幾條可行的路子都細細想過了。你剛生下孩子，怎能出外？我自己去，一說就僵。倘若有個人可使，你的主意倒可行得。』夫人想了一會，道：『那個醫生人很能幹，口齒伶俐，不如煩他一行。』胡一刀道：『此人貪財，未必可靠。』夫人道：『咱們重重酬謝他就是。』哈哈，老衲年輕之時，確是好酒貪財，說出來也不怕各位笑話，我一聽『重重酬謝』四字，早就打定了主意：『就是水裏火裏，也要跟他走一遭。』

「他們夫妻倆低聲相量了幾句，胡一刀就出來叫我進房，說道：『明日一早，必有人前來送信。相煩你跟隨他去，送我的回信給金面佛苗大俠，那就是剛才來喝酒的那位黃面大爺。』我想此事何難，當下滿口答應。次日大清早，果然一個漢子騎馬送了一封信

—91—

版者：大眾出版社」和「發行者：遠東書報發行」。

偉光黑皮版扉頁用的是白皮版的扉頁，足以證明是後出的版本。

鄺拾記版（盜版）

鄺拾記版只有一冊，與偉光版屬同一個版源，內文最後一回顯示為第十六回。不過，鄺拾記版在正文開始之前有目錄頁，是以大眾版目錄重排，顯示全書共有十八回。如此一來，讀者或會以為鄺拾記版少了最後兩回內容。

鄺拾記版《雪山飛狐》封面。封面圖取自《俠客行》合訂本第五集。

光榮版（盜版）

光榮版依據崑崙版三冊本原版複製而成，合三集為一冊，另加扉頁，標示「香港光榮圖書公司出版」，並刪去所有插圖。正文前沒有目錄頁，內文回目的混亂狀況也從崑崙版三冊本延續過來。

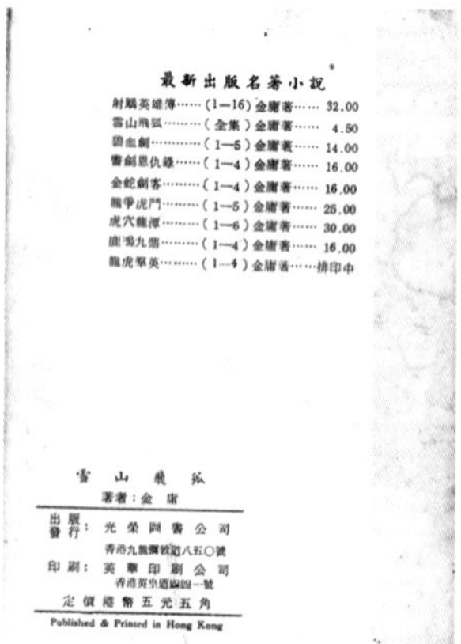

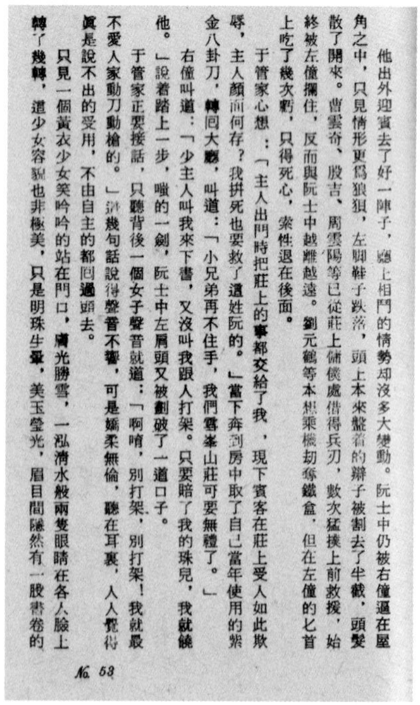

他出外迎賓去了好一陣子，廳上相鬥的情勢却沒多大變動。阮士中仍被右僮逼在屋角之中，只見情形更爲狼狽，左脚鞋子跌落，頭上本來盤着的辮子被割去了半截，頭髮散了開來。曹雲奇、殷吉、周雲陽等已從莊上儲傢處借得兵刃，數次猛撲上前救援，始終被左僮攔住，反而與阮士中越離越遠。劉元鶴等本想乘機刼奪鐵盒，但在左僮的匕首上吃了幾次虧，只得死心，索性退在後面。

于管家心想：「主人出門時把莊上的事都交給了我，現下賓客在莊上受人如此欺辱，主人顏面何存？我拼死也要救了這姓阮的。」當下奔到房中取了自己當年使用的紫金八卦刀，轉回大廳，叫道：「小兄弟再不住手，我們雪峯山莊可要無禮了。」

右僮叫道：「少主人叫我來下書，又沒叫我跟人打架。只要賠了我的珠兒，我就饒他。」說着踏上一步，嗤的一劍，阮士中左肩頭又被劃破了一道口子。

于管家正要接話，只聽背後一個女子聲音說道：「啊唷，別打架，別打架！我就最不愛人家動刀動槍的。」這幾句話說得聲音不響，可是嬌柔無倫，聽在耳裏，人人覺得眞是說不出的受用，不由自主的都回過頭去。

只見一個黃衣少女笑吟吟的站在門口，膚光勝雪，一泓清水般兩隻眼睛在各人臉上轉了幾轉，這少女容貌也非極美，只是明珠生暈，美玉瑩光，眉目間隱然有一股書卷的

No. 53

左　光榮版《雪山飛狐》封面與封底。封底所列九部金庸著作中，有五部為偽作。可見盜版書不只影響正版小說的銷售量，也直接影響讀者對正牌金庸小說的認知。

右　光榮版《雪山飛狐》書影。

三民版（盜版）

三民版《雪山飛狐》全部共四冊，第一集到第三集每集四回，每回約十八至二十頁，頁碼從頭計算；唯第四集只有兩回，頁碼則接續第三集而來。大抵，出版社當年是以文字量劃分章節，每累積到足夠文字量，就歸為一回，再擬回目；當累積到八十頁時，就出版一集。只是沒想到，第三集出來後，剩下的連載量不足以再出一冊「四回本」，只好出版只有兩回的第四集。四冊合共十四回，回目分別是：（1）羣豪爭寶、（2）白眉老僧、（3）達摩劍法、（4）子報父仇、（5）醉後塗鴉、（6）抵足而眠、（7）忽創新招、（8）救星忽降、（9）借刀殺人、（10）難逃毒手、（11）按圖索驥、（12）冰壁人影、（13）峯頂惡鬥、（14）恩仇未了。

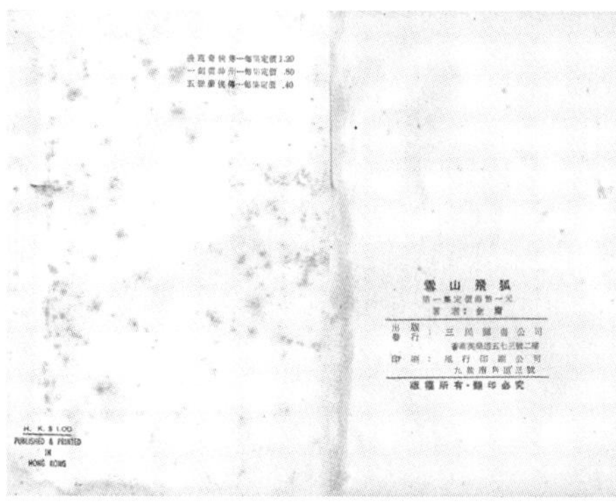

左　三民版《雪山飛狐》第一集與第三集封面。第一、第四集封面圖來源不詳，但與小說內容相關，或由畫師根據內容所繪。第二、第三集封面圖取自書內插圖。
右　三民版《雪山飛狐》第一集版權頁與封底，與三育版非常相近。

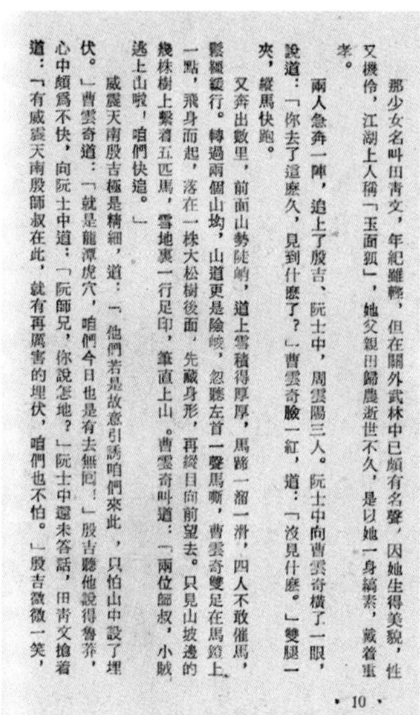
那少女名叫田青文，年紀雖輕，但在關外武林中已頗有名聲，因她生得美貌，性又機伶，江湖上人稱「玉面狐」，她父親田歸農逝世不久，是以她一身縞素，戴着重孝。

兩人急奔一陣，追上了殷吉、阮士中，周雲陽三人。阮士中向曹雲奇橫了一眼，說道：「你去了這麼久，見到什麼了？」曹雲奇臉一紅，道：「沒見什麼。」雙腿一夾，縱馬快跑。

又奔出數里，前面山勢陡峭，道上雪積得厚厚，馬蹄一溜一滑，四人不敢催馬，鬆韁緩行。轉過兩個山坳，山道更是險峻，忽聽左首一聲馬嘶，曹雲奇雙足在馬鐙上一點，飛身而起，落在一株大松樹後面，先藏身形，再縱目向前望去。只見山坡邊的幾株樹上繫着五匹馬，雪地裏一行足印，筆直上山。曹雲奇叫道：「兩位師叔，小賊逃上山啦！咱們快追。」

威震天南殷吉極是精細，道：「他們若是故意引誘咱們來此，只怕山中設了埋伏。」曹雲奇道：「就是龍潭虎穴，咱們今日也是有去無回！」殷吉聽他說得魯莽，心中頗爲不快，向阮士中道：「阮師兄，你說怎地？」阮士中還未答話，田青文搶着道：「有威震天南殷師叔在此，就有再厲害的埋伏，咱們也不怕。」殷吉微微一笑，

・10・

左　三民版《雪山飛狐》書影，第一集頁10。
右　三民版《雪山飛狐》插圖，為仿製圖（雲君原圖見本篇頁499）。

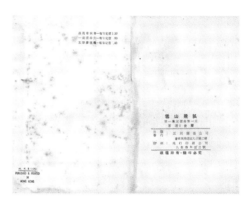

三民版的編輯方法仿效三育版，每回前有一張插圖。所有插圖皆由出版社另請畫師繪製，唯第一集兩張插圖，乃仿照三育版雲君的構圖而畫。第三、四集更標明「雲君插圖」，但觀其畫風，卻非出於雲君手筆。

娛樂版（盜版）

娛樂版《雪山飛狐》依據三民版原版複製，將四集合併為一冊。除了冊數不同，合併後的娛樂版與三民版沒有其他差別。如原三民版第一、二、三集為獨立頁碼，合併後的娛樂版沒有重編頁碼，書內也有三組頁碼。又如，原三民版每集正文之前有目錄，合併後的娛樂版每隔若干頁便有一個目錄；原三民版有十四張插圖，娛樂版也有十四張插圖。

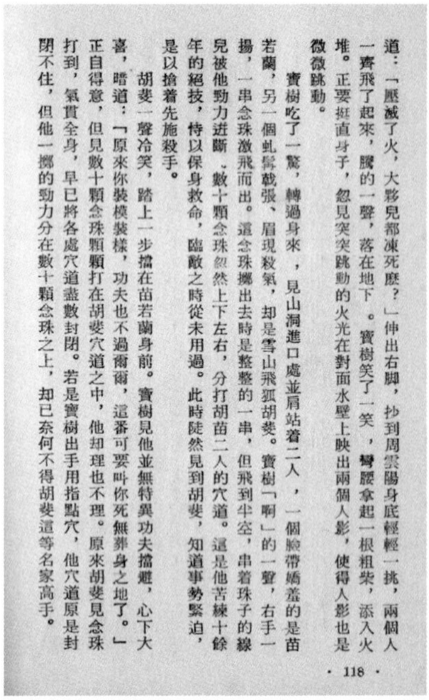

道：「壓滅了火，大夥兒都凍死麼？」伸出右脚，抄到周雲陽身底輕輕一挑，兩個人一齊飛了起來，騰的一聲，落在地下。寶樹笑了一笑，彎腰拿起一根粗柴，添入火堆。正要挺直身子，忽見突突跳動的火光在對面水壁上映出兩個人影，使得人影也是微微跳動。

寶樹吃了一驚，轉過身來，見山洞進口處並肩站着二人，一個臉帶嬌羞的是苗若蘭，另一個虬髯戟張、眉現殺氣，却是雪山飛狐胡斐。寶樹「啊」的一聲，右手一揚，一串念珠激飛而出。這念珠擲出去時是整整的一串，但飛到半空，串着珠子的線兒被他勁力迸斷，數十顆念珠忽然上下左右，分打胡苗二人的穴道。這是他苦練十餘年的絕技，恃以保身救命，臨敵之時從未用過。此時陡然見到胡斐，知道事勢緊迫，是以搶着先施殺手。

胡斐一聲冷笑，踏上一步擋在苗若蘭身前。寶樹見他並無特異功夫擋避，心下大喜，暗道：「原來你裝模裝樣，功夫也不過爾爾，這番可要叫你死無葬身之地了。」正自得意，但見數十顆念珠顆顆打在胡斐穴道之中，他却理也不理。原來胡斐見念珠打到，氣貫全身，早已將各處穴道盡數封閉。若是寶樹出手用指點穴，他穴道原是封閉不住，但他一擲的勁力分在數十顆念珠之上，却已奈何不得胡斐這等名家高手。

· 118 ·

左　娛樂版《雪山飛狐》封面。
右　娛樂版《雪山飛狐》書影。

大美版（盜版）

大美版《雪山飛狐》依據大眾版原版複製，原大眾版內文缺少第四、第九、第十二與第十八回的標示，第十七回僅見回數而不見回目，大美版也繼承過來。不過，大美版正文前的目錄，並非複製自大眾版，而是取自鄺拾記版。

大美版《雪山飛狐》封面。

伍

神鵰俠侶

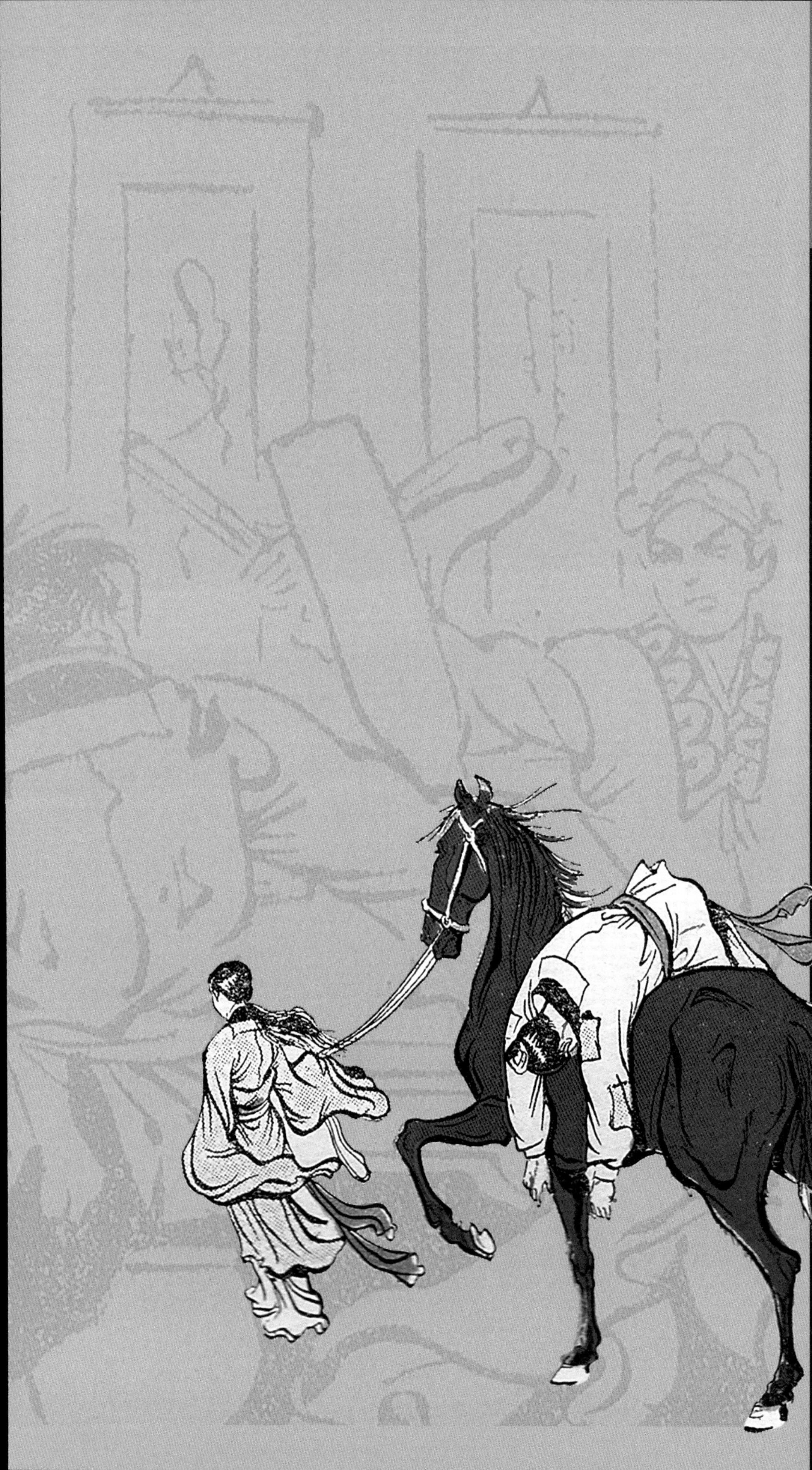

傳世的《神鵰俠侶》書冊本至少有十三個不同的版本。版本雖多，版源卻相當一致，大多來自最原始的「普及本」，情況與之前的《射鵰英雄傳》、《雪山飛狐》非常不同。

就以《射鵰英雄傳》為例，除了三育版外，其他出版社即使盜印金庸小說，都不是直接複製三育版，而是檢字重排成不同行款的版面，每回起迄與三育正版也稍有不同。《神鵰俠侶》卻不一樣，儘管有些版本並非直接複製自最原始的普及本，但基本上與普及本大同小異，往往只是重編頁碼或刪去插圖。版面與行款，章節與回目，又與普及本完全一致。也就是說，《神鵰俠侶》各種盜版，都源自最早期的普及本。

【上篇】曾提到，金庸為了徹底痛擊盜版，決定「以彼之道，還施彼身」，仿效《射鵰英雄傳》爬頭本做法（每累積七天內容就出版薄冊），在時間上搶佔先機，於報紙每七天連載的最後一天，同時出版普及本。此舉讓其他盜版商即使也是出版七日一冊的薄本，卻爬不了頭，永遠瞠乎其後。如此一來，盜版霎時間幾乎銷聲匿跡。由於無利可圖，在《神鵰俠侶》時期，出版商不再盜印金庸小說，也就不會再花錢請人檢字排版，因此除了普及本，便沒有其他版源。直到1967年下半年，鄺拾記不再獲得授權，改為複製原版，出版盜印本。

舊版《神鵰俠侶》版本系統

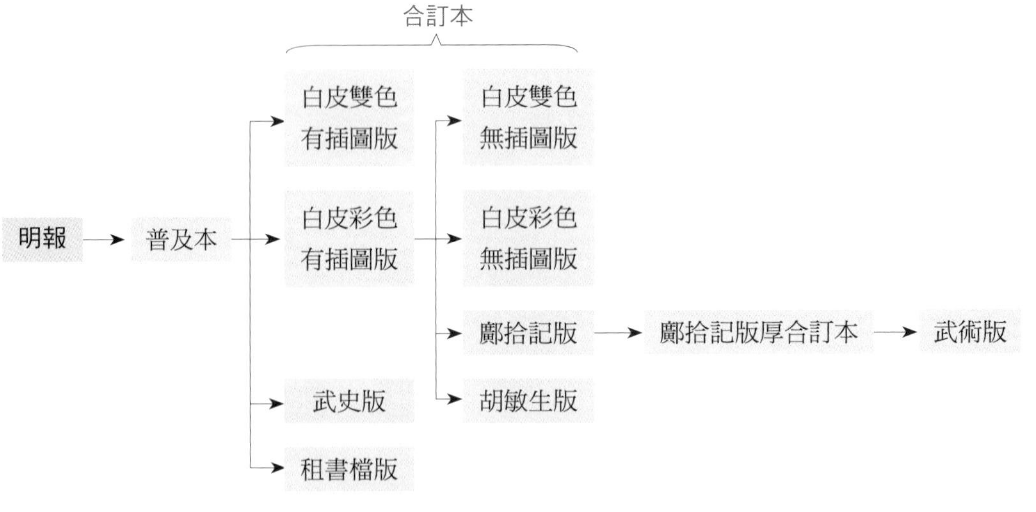

鄺拾記普及本（正版）

自《神鵰俠侶》在《明報》連載開始，金庸請鄺拾記報局結集七天連載的內容，出版每冊約三十二頁的薄本，是為普及本。《神鵰俠侶》在《明報》連載了七百七十七天，因此普及本共有一百一十一冊。

普及本的封面圖由雲君根據小說內容重新繪製，一共畫了五十九張，通常每兩期換一張圖（也有三期共用一圖，或一期一圖的）。不過，相連兩期的封面如果一模一樣，讀者在報攤買書時，或許會錯以為已經買過了。出版社為了區分兩期的不同，會稍稍調整圖的大小，並配上不同顏色，讓人感覺得出是兩個不同的封面。這種情況只在《神鵰俠侶》普及本出現，自《倚天屠龍記》之後，又有所改變。

普及本除收錄七天連載內容外，還同時收錄報上雲君的插圖。《神鵰俠侶》雖然連

鄺拾記普及本《神鵰俠侶》封面，由雲君依據小說內容重繪封面圖。一般來說，相連的兩期共用同一張圖，如第一集與第二集，圖中人物為武三通，出版社就改變圖的顏色以作區分。偶爾也會有一圖三封面或一圖一封面（如第一百一十一集）的情況。[12]

12《神鵰俠侶》一百一十一冊普及本封面，完整收錄在邱健恩：《漫筆金心——金庸小說漫畫大系》（台北：遠流，2019年），頁138-145。

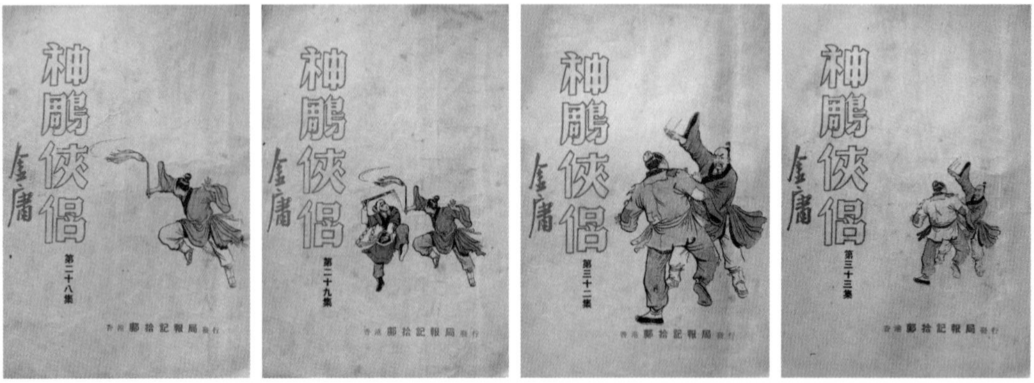

為了讓讀者容易區分期數，出版社就在雲君的圖上動手腳，除了套上不同顏色外，還有「刪減元素」（如第二十八集）和「放大縮小」（如第三十二、三十三集）。

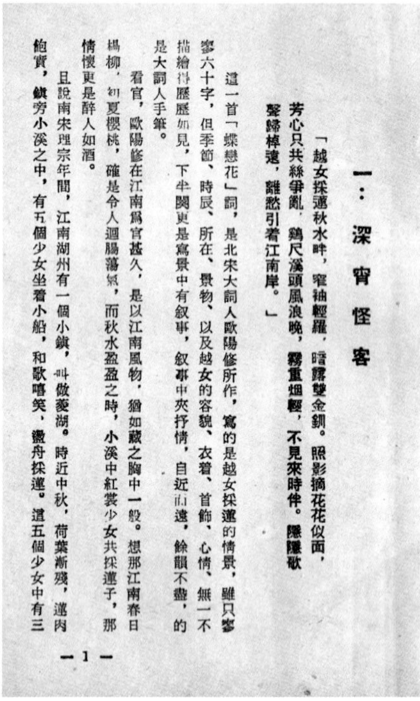

一：深宵怪客

「越女採蓮秋水畔，窄袖輕羅，暗露雙金釧。照影摘花花似面，芳心只共絲爭亂。鷄尺溪頭風浪晚，霧重烟輕，不見來時伴。隱隱歌聲歸棹遠，離愁引着江南岸。」

這一首「蝶戀花」詞，是北宋大詞人歐陽修所作，寫的是越女採蓮的情景，雖只寥寥六十字，但季節、時辰、所在、景物、以及越女的容貌、衣着、首飾、心情、無一不描繪得歷歷如見，下半闋更是寫景中有叙事，叙事中夾抒情，自近而遠，餘韻不盡，的是大詞人手筆。

看官，歐陽修在江南爲官甚久，是以江南風物，猶如藏之胸中一般。想那江南春日楊柳，初夏櫻桃，確是令人迴腸蕩氣，而秋水盈盈之時，小溪中紅裳少女共採蓮子，那情懷更是醉人如酒。

且說南宋理宗年間，江南湖州有一個小鎭，叫做菱湖。時近中秋，荷葉漸殘，蓮肉飽實，鎭旁小溪之中，有五個少女坐着小船，和歌嘻笑，盪舟採蓮。這五個少女中有三

— 1 —

鄺拾記普及本《神鵰俠侶》書影，第一集頁1。

載了七百七十七天，但實際只有七百七十一張插圖，因為（1）第二五三、二五四續共用一張圖；（2）第三七四、三七五續共用一張圖；（3）第七七二、七七三續共用一張圖，以及（4）最後三天沒有插圖。《明報》上這七百多張插圖，《神鵰俠侶》普及本全部收錄進來。

《明報》上的《神鵰俠侶》共有三十回（「尾聲」不計算在內），每回設回目，每天連載時有小標題，但回目與小標題都沒有收錄在普及本中。普及本每集正文首頁另擬標題，作為該集主題與回目。不過，由於《神鵰俠侶》的「尾聲」從第一百一十集開始，橫跨兩集，到第一百一十一集結束。前者回目是「尾聲」，後者沒有回目。因此，普及本只有一百一十個「回目／標題」。

鄺拾記白皮版合訂本（正版）

雙色有插圖版、雙色無插圖版、彩色有插圖版、彩色無插圖版

「合訂本」是金庸打擊盜版的第二招，合併四本普及本而成，約一個月出版一冊。普及本每冊一回，合訂本於正文前設置目錄，臚列四回的回目。

原則上，合訂本也同時收錄所有普及本的插圖，但有時礙於頁數不足，或廣告愈來愈多，編輯會刪去部分插圖，導致合訂本的文獻價值稍不如普及本。

傳世的白皮版合訂本共有四種：（1）白皮雙色有插圖版、（2）白皮雙色無插圖版、（3）白皮彩色有插圖版、（4）白皮彩色無插圖版。四種合訂本中，與普及本共同面世的是「白皮雙色有插圖版」。「雙色」指封面圖由黑色和另一單色系構成，這也是繼承自普及本封面的做法。

「白皮雙色有插圖版」全套二十八冊，共有二十八個封面，當中二十三個封面圖取自普及本，而第六、十四、十八、二十一與二十八集，則由雲君重新繪畫，構圖取自《明報》連載時的插圖。普及本與合訂本共用一個封面圖，雖然是省時的做法，但在當時也構成一些問題。

出版社大約每二十八天出版一冊合訂本，而合訂本封面圖取自普及本，普及本每兩集用一張圖，所以合訂本的封面圖實際上就是二選一。如此一來，問題就出現了。普及本每七天出一本，合訂本每二十八天出一本，也就是說，每隔二十八天，書報攤上就會同時出現《神鵰俠侶》的普及本與合訂本。如果合訂本選的圖，恰巧與當期普及本一樣（二選一，很容易選上的），那讀者經過報攤時，只會看到封面一樣但顏色稍有不同的兩種書，根本無法一眼分辨到底是普及本還是合訂本。雖然出版社已經調整書名字體以作區分，但顯然並不足夠。到了《倚天屠龍記》時期，合訂本的封面才來個徹底的改變，由原來的雙色套印變成了彩色封面。

「白皮雙色有插圖版」一共收錄了六百七十二張插圖，比普及本少了約一百張。

鄺拾記另有一部「白皮彩色有插圖版」，同樣是二十八冊。「彩色」指封面圖並非以雙色套印，而是配上彩色。不過，這個版本有兩個特別的地方：（1）二十八本共用一個封面圖，取自「白皮雙色有插圖版」第二十二集；（2）收錄普及本全部的插圖，總數七百七十二張。單從封面來看，「彩色版」第一集即用了「雙色版」第二十二集封面，出版時間當在「雙色版」之後。至於確切的時間點，是在「雙色有插圖版」全部推出以後？還是出到第二十二集的時候？還是其他可能？幾十年後的今天，已經無從稽考。

在「有插圖版」之後，鄺拾記又出版了「無插圖版」：「白皮雙色無插圖版」與「白皮彩色無插圖版」，同是二十八冊本。從定價來看，有插圖版與無插圖版同樣賣八角一冊。大抵，有插圖版賣了一段時間後，出版社再版時並沒有調高定價，而是刪掉所有插圖來控制成本。當然，這純是毫無根據的臆測，真相如何已不可知。

神雕侠侶
金庸
第一集
香港鄺拾記報局發行
神雕侠侶
金庸
第二集
香港鄺拾記報局發行
神雕侠侶
金庸
第三集
香港鄺拾記報局發行
神雕侠侶
金庸
第四集
香港鄺拾記報局發行
神雕侠侶
金庸
第五集
香港鄺拾記報局發行
神雕侠侶
金庸
第六集
香港鄺拾記報局發行
神雕侠侶
金庸
第七集
香港鄺拾記報局發行
神雕侠侶
金庸
第八集
香港鄺拾記報局發行
神雕侠侶
金庸
第九集
香港鄺拾記報局發行
神雕侠侶
金庸
第十集
香港鄺拾記報局發行
神雕侠侶
金庸
第十一集
香港鄺拾記報局發行
神雕侠侶
金庸
第十二集
香港鄺拾記報局發行
神雕侠侶
金庸
第十三集
香港鄺拾記報局發行
神雕侠侶
金庸
第十四集
香港鄺拾記報局發行
神雕侠侶
金庸
第十五集
香港鄺拾記報局發行
神雕侠侶
金庸
第十六集
香港鄺拾記報局發行

左頁與右頁　鄺拾記白皮版合訂本《神鵰俠侶》（雙色有插圖版）封面。雙色無插圖版的封面跟有插圖版的一模一樣，無法從封面（和封底）來分辨。

左　鄺拾記白皮版合訂本《神鵰俠侶》（雙色無插圖版）第十六集封面，與有插圖版封面完全一樣。

右　鄺拾記白皮版合訂本《神鵰俠侶》（彩色有插圖版）第七集封面。封面圖取自「雙色有插圖版」第二十二集，圖中人物配上彩色。無論是有插圖版還是無插圖版，都用同一個封面圖。正版金庸小說的封面圖都與該集內容相關，像這樣同用一個封面的情況並不多見。至於原因為何，已不可考。

武史版（正版）

《神鵰俠侶》原本由鄺拾記報局出版普及本與合訂本，後來改由武史出版社出版合訂本，依然是二十八冊。雖然改由武史出版，但仍交由鄺拾記發行。武史版收錄了普及本全部七百七十二張插圖（與鄺拾記「白皮彩色有插圖版」相同）。

武史版《神鵰俠侶》合訂本第二十二集封面。封面圖是李莫愁戰馮默風，圖的內容雖然與《神鵰俠侶》故事相關，卻跟該集內文不相配。

鄺拾記黃皮版合訂本、綠皮版合訂本、紅皮版合訂本、黃皮短版合訂本（盜版）

「皮」指封面底色，「彩皮」並非指同一個封面用了多種底色，而是指鄺拾記先後出版了幾種封面底色不同的《神鵰俠侶》合訂本。彩皮封面自《倚天屠龍記》開始，由此可見，彩皮的《神鵰俠侶》不會早於1961年8月《倚天屠龍記》合訂本面世之前。最先出版的是黃色（黃皮版）和綠色（綠皮版），之後是粉紅色（紅皮版），再之後是開本略小的黃色（黃皮短版）。這四種合訂本都沒有插圖，封底版權資料顯示由「武史出版

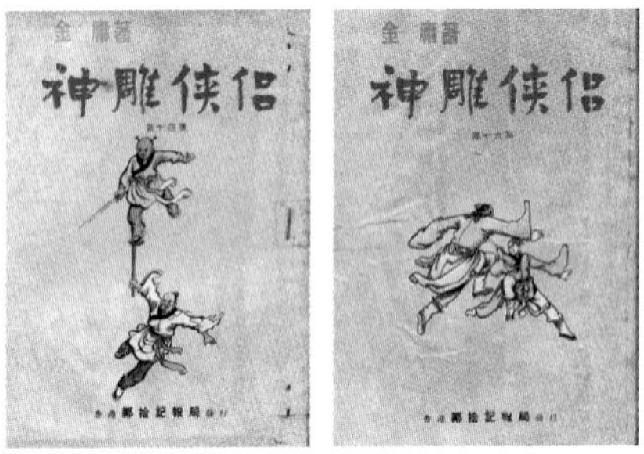

鄺拾記紅皮版合訂本《神鵰俠侶》封面。

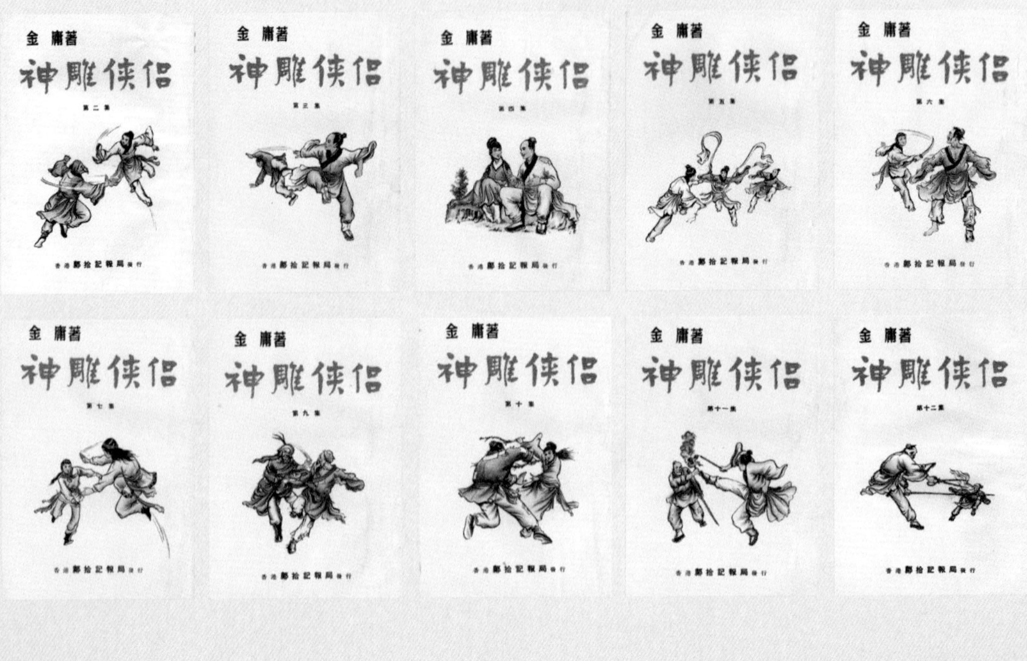

社」出版。

「黃皮版」封面圖不曾見於其他《神鵰俠侶》合訂本，部分取自普及本。「綠皮版」與「紅皮版」的封面都取自《倚天屠龍記》、《天龍八部》合訂本，而「黃皮短版」除了封面用圖與《神鵰俠侶》無關外，封面上更沒有「金庸著」三字，且開本比其他版小，可以確信為盜版，與武史出版社毫無關係。

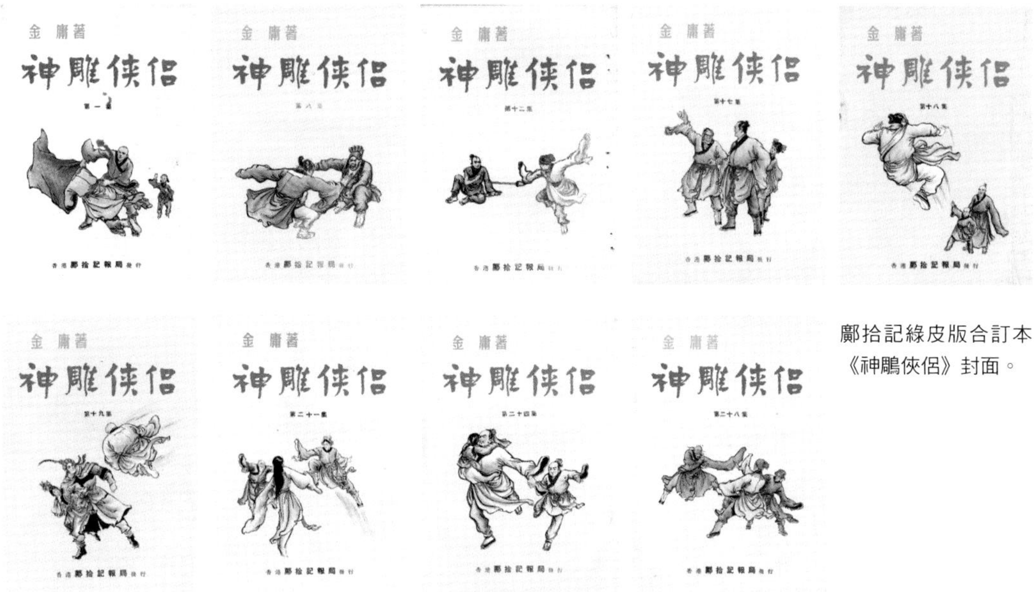

鄺拾記綠皮版合訂本《神鵰俠侶》封面。

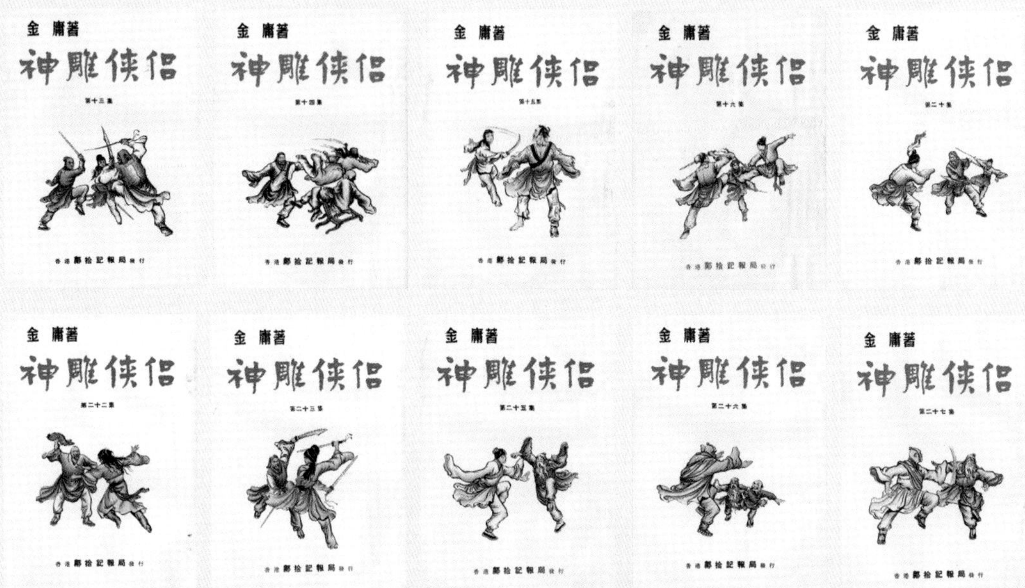

左頁與右頁　鄺拾記黃皮版合訂本《神鵰俠侶》封面。

神鵰俠侶
第一集
香港鄭拾記報局發行

神鵰俠侶
第二集
香港鄭拾記報局發行

神鵰俠侶
第三集
香港鄭拾記報局發行
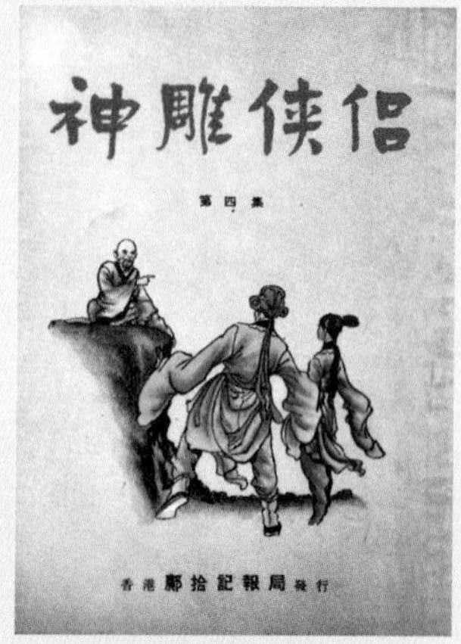
神鵰俠侶
第四集
香港鄭拾記報局發行

神鵰俠侶
第五集
香港鄭拾記報局發行

神鵰俠侶
第六集
香港鄭拾記報局發行

神鵰俠侶
第七集
香港鄭拾記報局發行

神鵰俠侶
第八集
香港鄭拾記報局發行

神鵰俠侶
第九集
香港鄭拾記報局發行

神鵰俠侶
第十集
香港鄭拾記報局發行
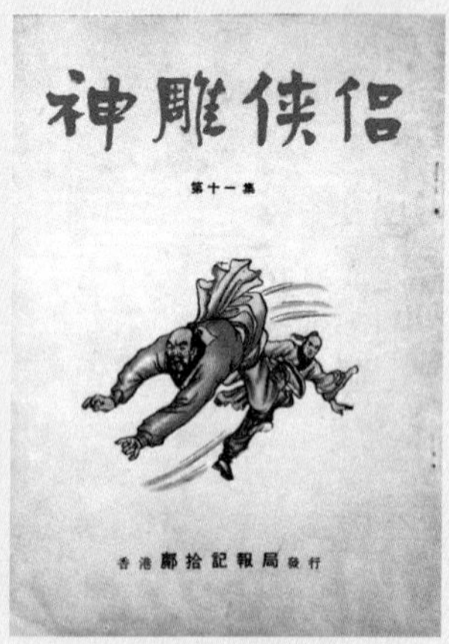
神鵰俠侶
第十一集
香港鄭拾記報局發行

神鵰俠侶
第十二集
香港鄭拾記報局發行

神鵰俠侶
第十三集
香港鄭拾記報局發行

神鵰俠侶
第十四集
香港鄭拾記報局發行
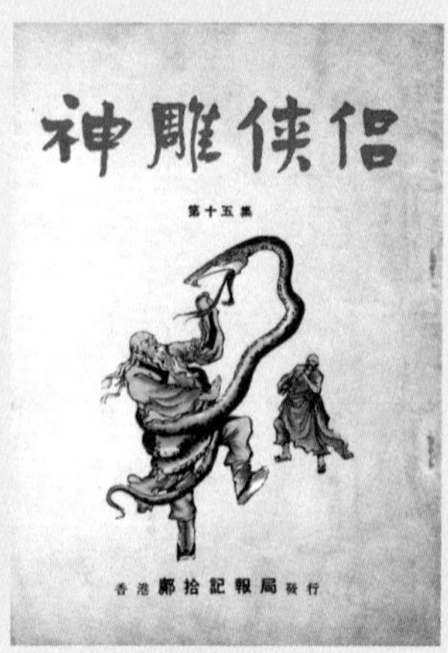
神鵰俠侶
第十五集
香港鄭拾記報局發行

神鵰俠侶
第十六集
香港鄭拾記報局發行

左頁與右頁　鄺拾記黃皮短版合訂本《神鵰俠侶》封面。封面沒有「金庸著」三字。無論是綠皮版、紅皮版還是黃皮短版，封面圖都與《神鵰俠侶》無關，大多取自《倚天屠龍記》、《天龍八部》與《俠客行》，當中又以《天龍八部》為大宗。鄺拾記在1967年以後重印金庸小說，這時《天龍八部》與《俠客行》才剛發行完不久，可以就地取材，用最容易找到的圖做封面。

胡敏生版（盜版）

「胡敏生版」指的是由胡敏生書報社發行的書，武史出版社出版。不過，觀其封面，都與《神鵰俠侶》故事無關，因此可以推斷為後期的盜版書。胡敏生版有長版與短版兩種，而短版中「第幾集」幾個字又有大字與小字的分別，由此判斷，胡敏生版至少出版了三次（重印兩次）。

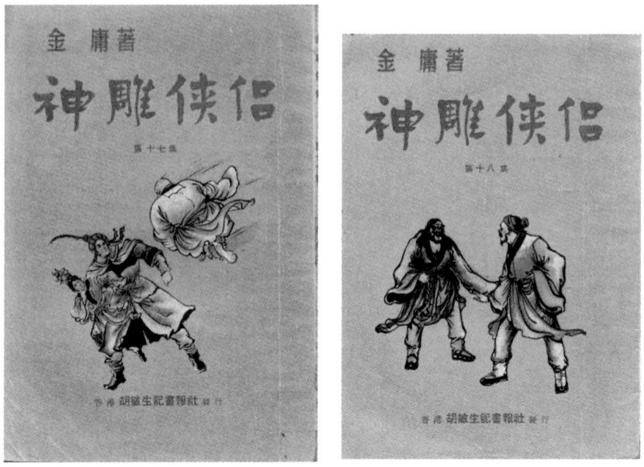

胡敏生版合訂本《神鵰俠侶》封面，有兩種不同的開本，其中一個開本略小。

鄺拾記版厚合訂本（盜版）

鄺拾記合訂本的各種版本，有非常明顯的出版規律：（1）有插圖版四回本→（2）無插圖版四回本（長版，封面有「金庸著」三字）→（3）無插圖版四回本（短版，封面一般沒有「金庸著」三字）→（4）十六回本（封面沒有「金庸著」三字）。

鄺拾記版厚合訂本《神鵰俠侶》封面。

第一種「有插圖版四回本」都是正版書。第二種「無插圖版四回本」主要看封面圖是不是與小說故事有關，如果張冠李戴，封面圖取自其他小說，則通常是盜版書。至於第三種「無插圖版四回本」與第四種「十六回本」，可以肯定是盜版書。

鄺拾記厚合訂本，是「合」四本合訂本（四回本）而來，一冊通常有十六回。全套共七冊，開本較小（12.5x17公分），沒有插圖，封面圖取自其他小說。版權頁雖然顯示由「武史出版社」出版，但與武史無關，為鄺拾記報局（或其他出版社）在60年代末至70年代初的盜版書（確切時間難以釐定）。

武術版（盜版）

武術版為十六回本的厚合訂本，一套七冊，屬盜版書。除了封面與鄺拾記厚合訂本不同外，其餘都一模一樣。

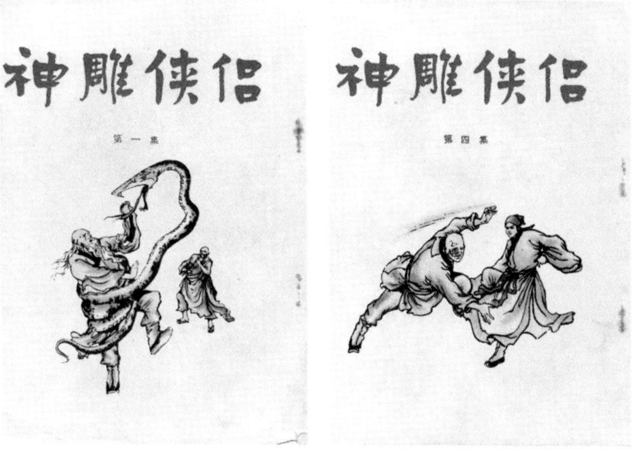

武術版《神鵰俠侶》第一集與第四集封面。從現在傳下來的舊版金庸小說來看，有幾個鄺拾記合訂本的封面圖，經常在不同的盜版書中出現。這些封面圖一般來自《倚天屠龍記》、《天龍八部》與《俠客行》。諸如《倚天屠龍記》中覺遠大師擔著兩個鐵桶、張翠山被白熊襲擊，《天龍八部》中胡僧吹笛子驅動巨蟒捲著星宿老怪等，都是盜版商愛用的圖。每次再版重印時，或會換個封面，但萬變不離其宗，都是從同一批封面圖中去找。

租書檔版（正版）

以前的社會經濟條件不好，未必人人能夠買休閒書，港台、東南亞地區華人社會都有出租書店，提供不同類型的消閒書籍給人租借閱讀。金庸小說也特別推出了《神鵰俠侶》租書檔版。

從目前流傳下來的租書檔版來看，共有三種不同的版本：（1）白皮雙色有插圖版、（2）白皮雙色無插圖版、（3）白皮彩色有插圖版。每種書的封底都會印上「翻裝封面租書檔用」八個字。租書檔版各冊的頁碼是累計的，而且收錄了普及本所有插圖（通常每冊有二十八張），而鄺拾記合訂本（雙色）並沒有收錄所有插圖。也就是說，這兩個版根本不是同一個來源，明顯與早期的合訂本不同（頁碼從頭計算、插圖不全），可見並不是印刷廠印書時，在封底多印八個字，就成了租書檔版。

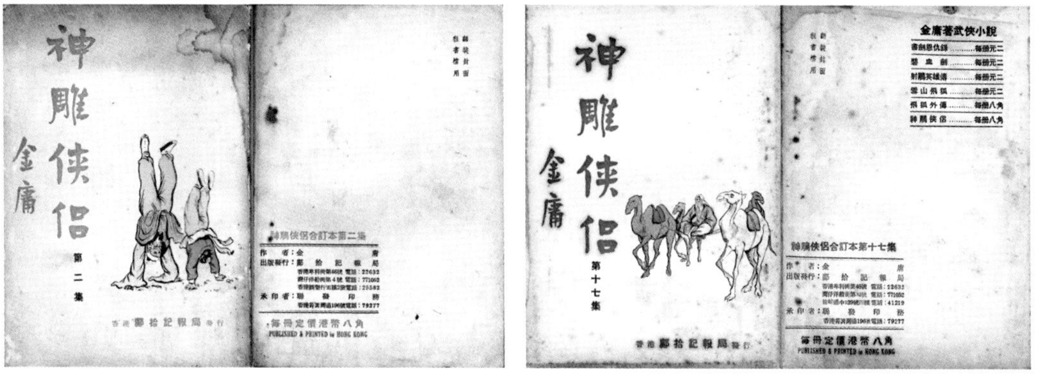

鄺拾記白皮雙色有插圖版《神鵰俠侶》合訂本封面與封底。

那麼，為什麼會有「租書檔版」呢？這就得從「翻裝封面」四個字說起。廣東話「翻」有重新的意思，「裝」就是「裝上」。也就是說，這些書原本不是這個封面（封底），而是重新裝上新的封面。大抵，普及本每個星期在報攤發售，到了下一個星期，發行商（鄺拾記報局）一邊發新書到報攤，一邊就回收還沒賣出去的書。當回收了四期普及本時，發行商就來個加工，拆掉原來封面，改換新的封面（重印或用剩下的封面），並在封底印上「翻裝封面　租書檔用」。這些新「組裝」的過期書，不會重發報攤（報攤另有合訂本賣），而是賣給租書店。

當然，以上純出於臆測，憑的是「翻裝封面」四字，並參考當時社會常見做法而有的「猜想」。真相如何？由於「文獻不足徵」，已不得而知。

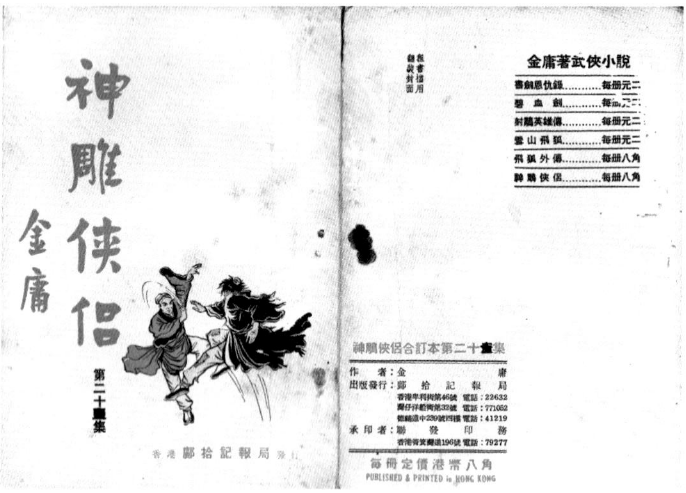

鄺拾記白皮雙色無插圖版《神鵰俠侶》合訂本第二十集封面與封底。這書用的是合訂本第二十六集的封面，出版社不知何故，把第二十六集的封面裝在出租書版第二十集上，只簡單地將「六」字塗黑，權充第二十集了事。由此可見，「租書檔版」是雞肋，志在回收與再用。

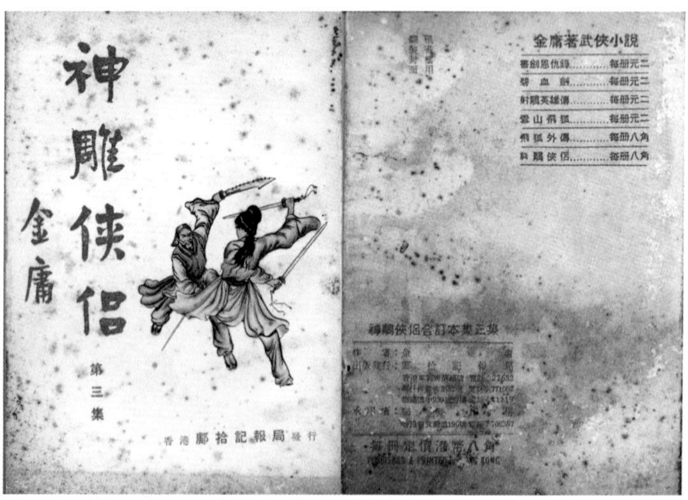

鄺拾記白皮彩色有插圖租書檔版《神鵰俠侶》合訂本的封面與封底。

陸

飛狐外傳

在金庸精心策劃下，鄺拾記版《神鵰俠侶》獲得空前成功，徹底解決了纏繞多年的盜版問題。只是，誰也沒想過，出版社開心不了多久，隨即碰到下一個要面對的「麻煩」——《飛狐外傳》的出版節奏。

舊版《飛狐外傳》版本系統

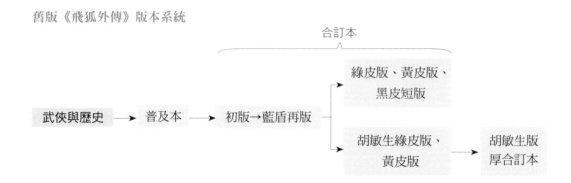

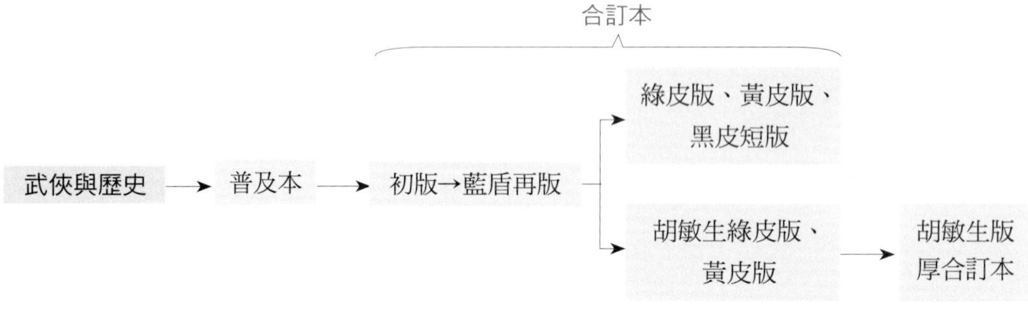

鄺拾記普及本（正版）

《飛狐外傳》由於先在《武俠與歷史》上連載，鄺拾記出版普及本與合訂本時，受到雜誌出刊的種種問題影響，而有許多非一般的「表現」。普及本一共四十八集，第一集至第三十四集，每集十六頁，收錄《武俠與歷史》一期（回）連載的文字量，約七、八千字。後來卻因為：（1）每期連載文字量不穩定（如第二十五期只有三千六百多字，第四十期只有四千八百多字）；（2）雜誌經常脫期；（3）普及本增加頁數（第三十五集開始增至二十四頁），三者環環相扣，嚴重影響普及本的出版日程。

例如，《武俠與歷史》第三十六期只有五千八百多字，不足以單獨成冊，必須與下一期合併，但第三十七期或因連載《鴛鴦刀》而停載《飛狐外傳》，必須再等到第三十八期復載《飛狐外傳》時，合兩期的文字量而成普及本第三十五集。至於普及本第三十六集，收錄了《武俠與歷史》第四十期與第四十一期的連載文字（第三十九期停載《飛狐外傳》）。問題是，《武俠與歷史》第三十九期與第四十期均嚴重脫期，嚴重程度甚至影響到金庸要以《明報》來續載《鴛鴦刀》。可想而知，《飛狐外傳》普及本第三十六集也無可避免地受到牽連。

《飛狐外傳》普及本封面也與其他普及本不同。前十六集為彩色封面（其他普及本一般為雙色套印封面），而第一至第八集封面圖與小說內容毫無關係。但從第十七集開始，封面設計回歸普及本一貫風格，包括（1）雙色套印、（2）頁面右下方有「香港鄺拾記報局發行」字句，以及（3）封面內容與小說相關。此時封面圖或由雲君重新繪製，或直接取用現有的插圖，再經加工簡化而成。

《飛狐外傳》連載時不設章節，每期一個大標題；到出版普及本時，金庸（或編輯）重擬四字回目，四十八集合共四十八回。

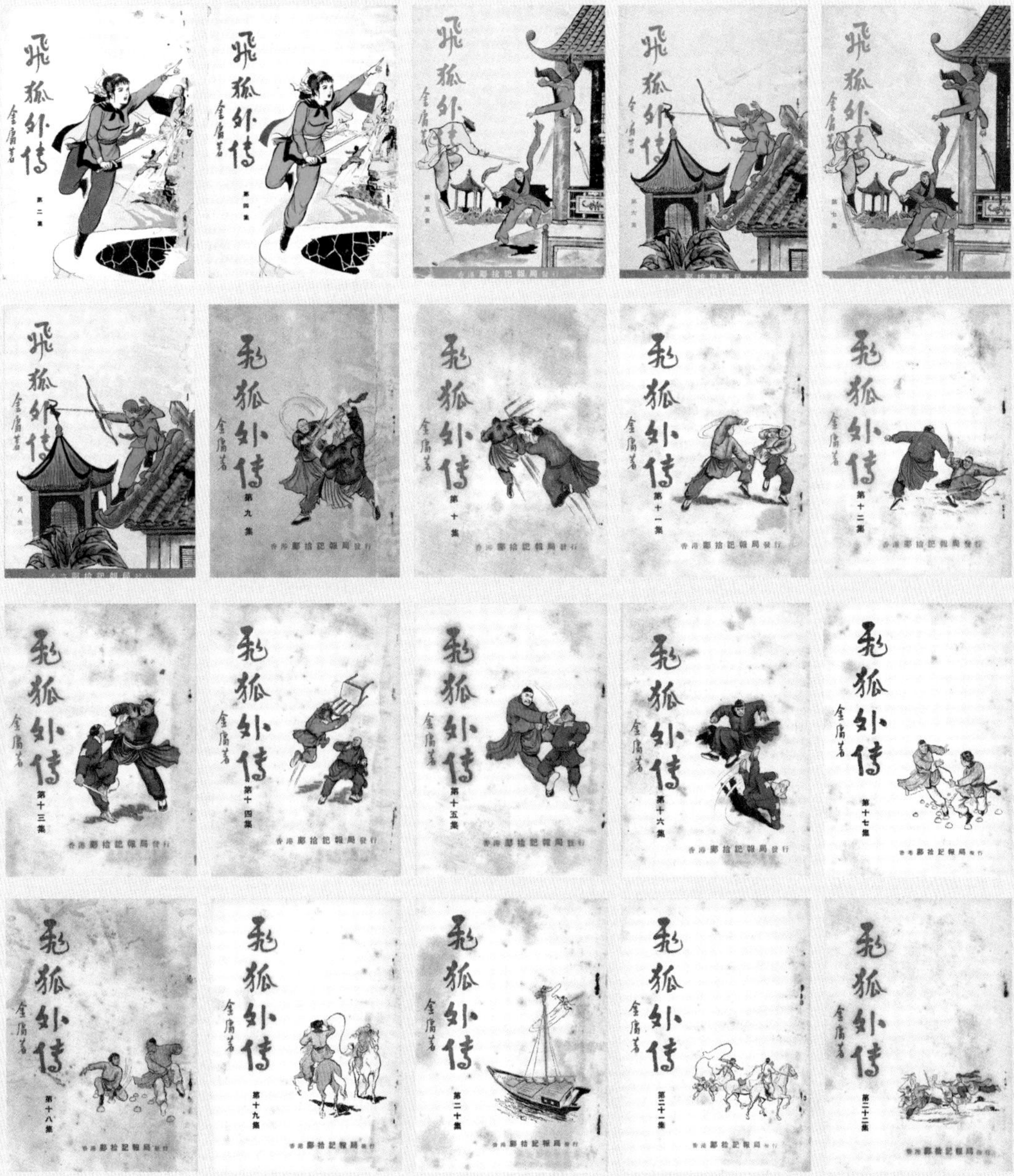

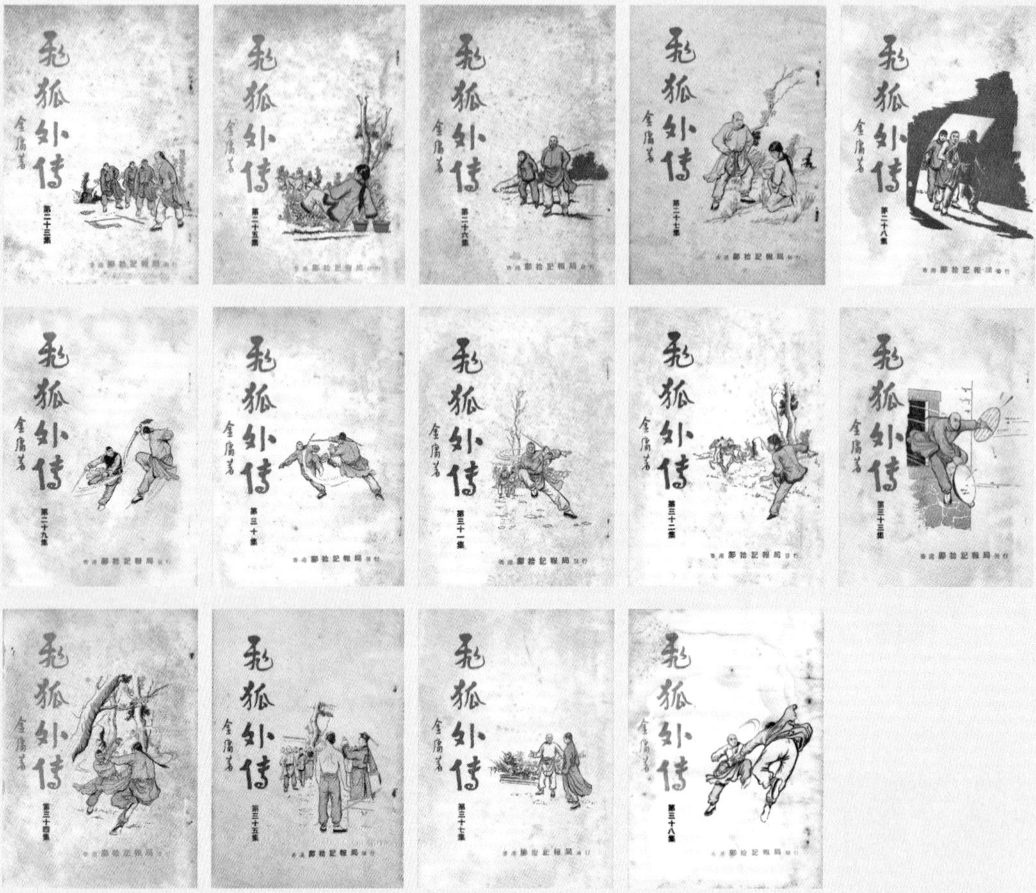

上頁與本頁　《飛狐外傳》普及本封面舉隅。從封面看，共有三個階段：第一到第八集是第一階段，彩色印刷，封面圖與小說內容無關；第九到第十六集為第二階段，彩色印刷，封面圖與小說內容有關；第十七集以後屬第三階段，回歸鄺拾記普及本雙色套印的風格。

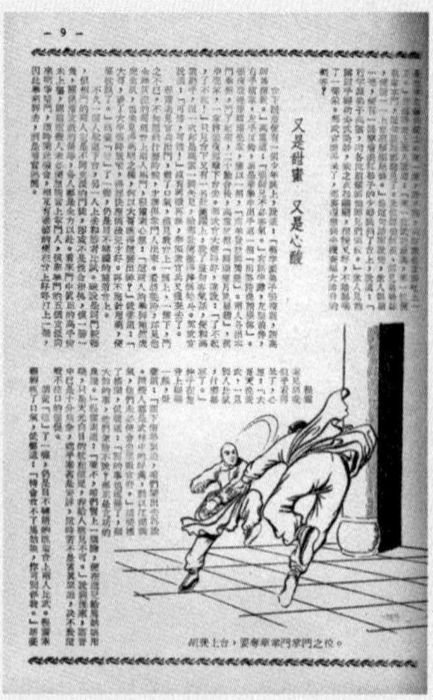

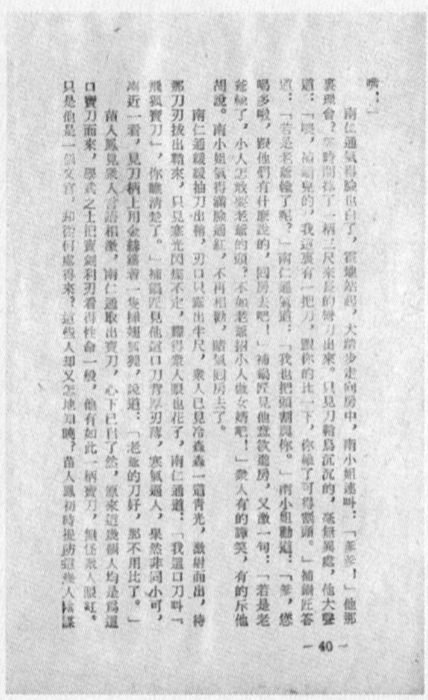

左　《武俠與歷史》第四十四期《飛狐外傳》連載內頁，插圖經加工簡化後，成為普及本第三十八集封面。

右　《飛狐外傳》普及本書影，第三集頁40。

鄺拾記合訂本（正版）

初版、藍盾再版

《飛狐外傳》的合訂本就像普及本一樣，封面樣式與插圖版式不斷在變，沒有一個固定的方向。不僅初版時頻頻改變，即使再版，也有很多地方與初版不同。

首先是封面，初版封面嘗試過幾種樣式與顏色：

（1）第1-3集　　黑底方塊圖

（2）第4-8集　　黑底盾形圖

（3）第9集　　橙底盾形圖

（4）第10集　　綠底盾形圖

（5）第11集　　紅底盾形圖（底色為粉紅色）

（6）第12-13集　　藍底盾形圖（底色為淺藍色）

藍底是初版最後使用的顏色，等到再版時，十三冊就全部統一，全都改用藍底盾形圖封面。

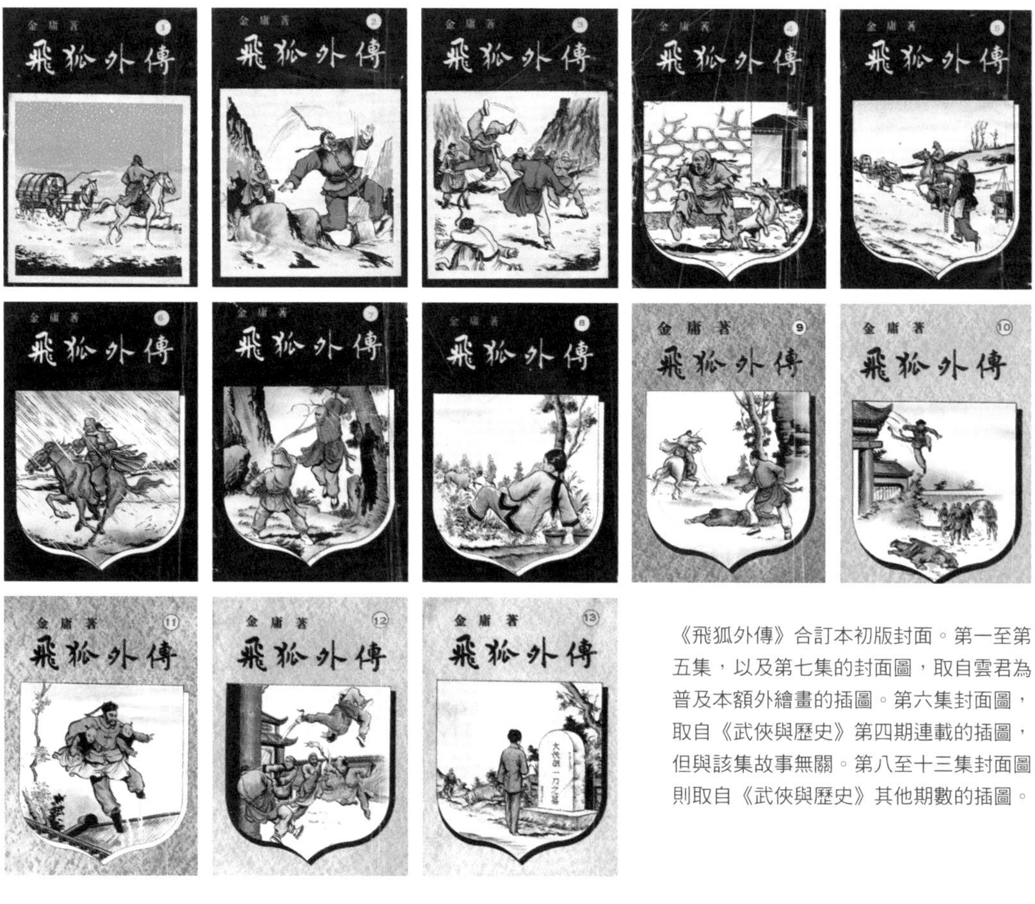

《飛狐外傳》合訂本初版封面。第一至第五集，以及第七集的封面圖，取自雲君為普及本額外繪畫的插圖。第六集封面圖，取自《武俠與歷史》第四期連載的插圖，但與該集故事無關。第八至十三集封面圖則取自《武俠與歷史》其他期數的插圖。

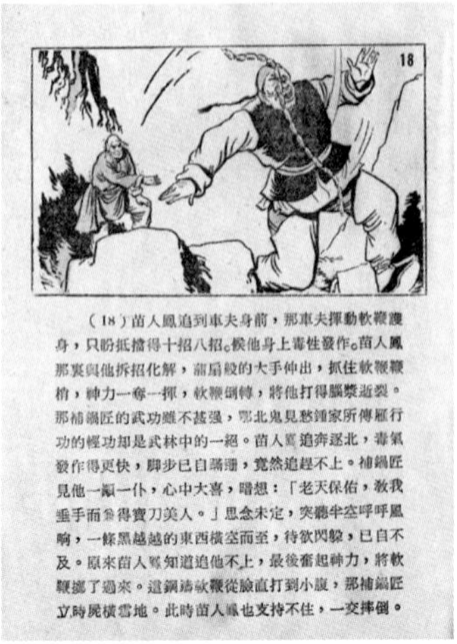
18

（18）苗人鳳追到車夫身前，那車夫揮動軟鞭護身，只盼抵擋得十招八招。候他身上毒性發作。苗人鳳那裏與他拆招化解，蒲扇般的大手伸出，抓住軟鞭鞭梢，神力一奪一揮，軟鞭倒轉，將他打得腦漿迸裂。那補鍋匠的武功雖不甚強，鄂北鬼見愁鍾家所傳雁行功的輕功卻是武林中的一絕。苗人鳳追奔逐北，毒氣發作得更快，腳步已自蹣跚，竟然追趕不上。補鍋匠見他一顛一仆，心中大喜，暗想：「老天保佑，教我垂手而得寶刀美人。」思念未定，突聽半空呼呼風響，一條黑越越的東西橫空而至，待欲閃躲，已自不及。原來苗人鳳知道追他不上，最後奮起神力，將軟鞭擲了過來。這鋼鑄軟鞭從臉直打到小腹，那補鍋匠立時屍橫雪地。此時苗人鳳也支持不住，一交摔倒。

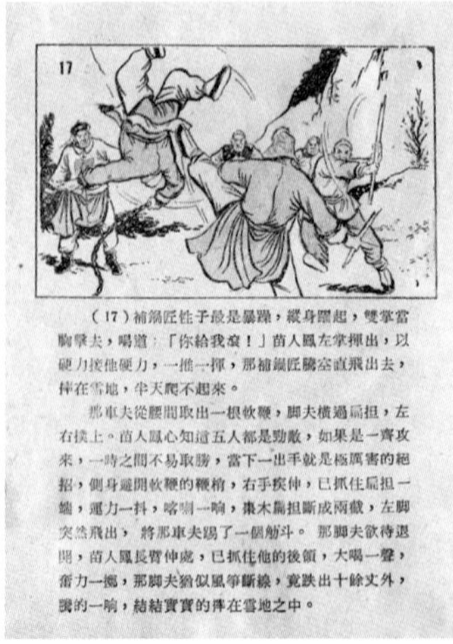
17

（17）補鍋匠性子最是暴躁，縱身躍起，雙掌當胸擊去，喝道：「你給我滾！」苗人鳳左掌揮出，以硬力接他硬力，一推一揮，那補鍋匠騰空直飛出去，摔在雪地，半天爬不起來。

那車夫從腰間取出一根軟鞭，腳夫橫過扁担，左右挾上。苗人鳳心知這五人都是勁敵，如果是一齊攻來，一時之間不易取勝，當下一出手就是極厲害的絕招，側身避開軟鞭的鞭梢，右手疾伸，已抓住扁担一端，運力一抖，喀喇一響，棗木扁担斷成兩截，左腳突然飛出，將那車夫踢了一個觔斗。那腳夫欲待退開，苗人鳳長臂伸處，已抓住他的後領，大喝一聲，奮力一擲，那腳夫猶似風箏斷線，竟跌出十餘丈外，蓬的一響，結結實實的摔在雪地之中。

左二圖　雲君新繪畫的《飛狐外傳》普及本插圖，不見於《武俠與歷史》，分別用作合訂本第二集與第三集的封面。

下三圖　《武俠與歷史》連載的《飛狐外傳》，插圖後來用作合訂本第八、第十與第十一集封面。

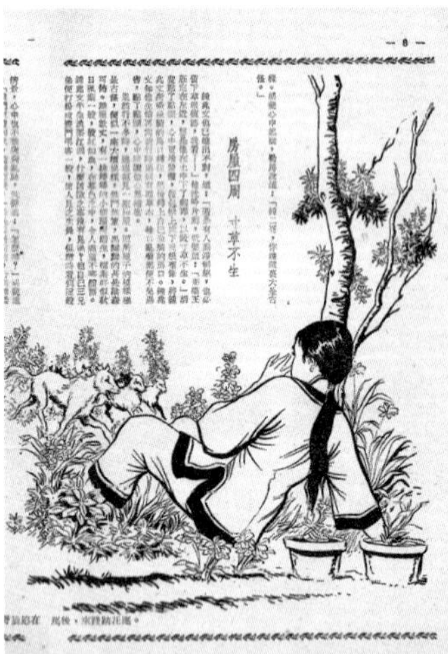

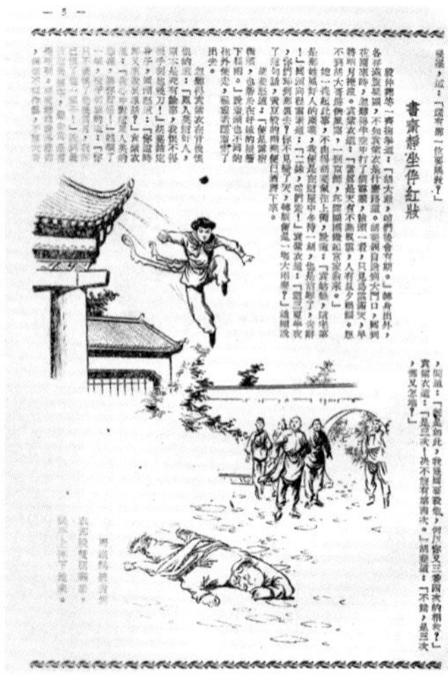

22
閻基突然背後一腿踢出，左足用勁，從窗口躍了出去，豈知商老太太如影隨形，跟着一刀砍了過去。

普及本第五集編號32的插圖（左），合訂本初版第二集編號22的插圖（右）。原插圖為扁長方形，拼合普及本為合訂本時，請畫師仿照原來構圖，把扁長方形的圖畫成高長方形。

除了封面外，插圖也經常改變。合訂本第一集是由普及本第一集到第四集拼合的，四冊普及本共二十八張插圖，合訂本第一集全部繼承過來。但從第二集開始，就與普及本分道揚鑣，於收錄插圖上另闢蹊徑，無論是處理原圖方式，還是收錄原圖編號上，合訂本都不同於普及本。因此，鄺拾記版《飛狐外傳》合訂本絕非由普及本簡單地拼合而成。

不過，《飛狐外傳》最讓人摸不著頭腦的是回目。普及本四十八冊的回目全用四字短語，但現在看到的合訂本，卻有「四字回目」與「七字回目」兩種版本。更奇怪的是，「七字回目」只出現在第一集到第六集。第七集和以後各集，無論哪一個版本，都只有四字回目，不曾見過七字回目。現將兩版回目臚列如下（括號中數字為回數）：

合訂本集數	回目版本一	回目版本二
第一集	（1）金鏢打穴	（1）胡一刀和苗人鳳
	（2）風雨追蹤	（2）苗人鳳風雨追踪
	（3）飛狐寶刀	（3）商家堡風雲迭起
	（4）寶刀柔情	（4）飛狐寶刀與柔情
第二集	（5）臥虎藏龍	（5）豪傑雖逝寶刀在
	（6）初顯身手	（6）大俠胡一刀之子
	（7）胡家刀法	（7）小胡斐鬥八卦手
	（8）千手如來	（8）千手如來趙半山
第三集	（9）耀武立威	（9）四象步破八卦掌
	（10）傳功授訣	（10）亂環訣與陽陰訣
	（11）鐵門石牆	（11）鐵門石牆商家堡
	（12）老少英雄	（12）感知遇結義金蘭
第四集	（13）北帝廟中	（13）北帝廟的悲劇
	（14）英雄典當	（14）胡斐大鬧佛山鎮
	（15）斷辮奪帽	（15）南天霸的黃金棍
	（16）爭奪掌門	（16）師兄弟爭奪掌門
第五集	（17）紫衣女郎	（17）紫衣女郎奪掌門
	（18）奪包換馬	（18）苦惱拳對柳葉掌
	（19）軟鞭奪劍	（19）袁紫衣斷八仙劍
	（20）桅頂鬥鞭	（20）銀絲鞭鬥九龍鞭

第六集	（21）雨夜古廟	（21）狹路相逢古廟中
	（22）碧玉鳳凰	（22）道是無情卻有情
	（23）江湖風波	（23）江湖間風波險惡
	（24）歸農毒計	（24）田歸農暗施毒計
第七集	（25）毒手藥王	
	（26）解毒藍花	
	（27）藥王神篇	
	（28）七心海棠	
第八集	（29）盲目授刀	
	（30）千金一諾	
	（31）金蘭兄妹	
	（32）還劍退敵	
第九集	（33）同生共死	
	（34）商堡餘情	
	（35）剪燭針線	
	（36）莽夫鬧席	
第十集	（37）茜窗紅燭	
	（38）華拳掌門	
	（39）似是而非	
第十一集	（40）勇救雙童	
	（41）爭奪四椅	
	（42）瘦小書生	
第十二集	（43）刀敗羣雄	
	（44）無影銀針	
	（45）八刀八劍	
第十三集	（46）力鬭高手	
	（47）毒手神梟	
	（48）墓中寶刀	

從傳本來看，鄺拾記發行合訂本初版時，用的是四字回目，後來再版，嘗試改為七字回目，但只改了六集（第四集第十三回回目甚至只有六字），就又用回四字回目。

之所以說七字回目合訂本（以下簡稱「七字回目版」）晚於四字回目合訂本（以下簡稱「四字回目版」），有以下佐證：

第一，四字回目版內的插圖數量遠比七字回目版多。鄺拾記其他合訂本再版時，為了減低成本以維持定價不變，通常會調整插圖數量以減省頁數，愈後期出版的書，插圖愈少，頁數也隨即下降。就以《飛狐外傳》兩版合訂本第一集為例，四字回目版有插圖二十八張，而七字回目版只有七張插圖。由此推斷，七字回目版的出版時間晚於四字回目版。

第二，四字回目版的封面圖都跟該集內容相關，但七字回目版的封面圖大多來自《飛狐外傳》後期故事（有些甚至取自金庸其他部小說，但那已經是鄺拾記盜版時期），足證七字回目版只在《飛狐外傳》後期出現。例如，四字回目版第一集封面圖是「苗人鳳冒著風雪赴滄州」，屬書內第三回的情節；但七字回目版第一集的封面圖，已改成「周鐵鷦被袁紫衣卸脫雙腿關節，從亭上摔下地來」，卻是屬於合訂本第十集第三十七回的情節。

總括而言，鄺拾記版《飛狐外傳》的普及本與合訂本，分屬兩個不同系統。兩者有時候相同，有時候不同，不能簡單地把合訂本視作由普及本拼合而成。除此之外，其他的鄺拾記合訂本，再版時主要都會依據初版樣式，鮮有再修改者，《飛狐外傳》合訂本卻不同，再版時版面又有不同編排，致使《飛狐外傳》的各種正版傳本堪稱「混亂之最」。

鄺拾記合訂本（盜版）

綠皮版、黃皮版、黑皮短版

1967年以後，鄺拾記重印《飛狐外傳》合訂本，初時還會在封面上保留「金庸著」三字。從現存的傳本來看，鄺拾記盜印的合訂本至少印了三次，每次都更換封面，後來更刪去「金庸著」。盜版的合訂本封面圖都與《飛狐外傳》故事無關，出版社只是從其他小說挪用過來。盜印本也有四字回目版與七字回目版兩種。

左　鄺拾記《飛狐外傳》綠皮版封面，封面圖來源不詳。

中　鄺拾記《飛狐外傳》黃皮版封面，封面圖來源不詳。

右　鄺拾記《飛狐外傳》黑皮短版封面，封面圖沿用合訂本初版。黑皮短版開本較小，比其他《飛狐外傳》合訂本短了約0.75公分。

胡敏生版合訂本（盜版）

綠皮版、黃皮版

胡敏生版合訂本是盜印書，版權頁寫的是「武史出版社」，封面圖取自《倚天屠龍記》、《天龍八部》和《俠客行》的合訂本，有四字回目版與七字回目版兩種。

內文根據鄺拾記藍盾版重印，藍盾版的插圖比初版少，胡敏生版為了省頁數，刪去更多插圖。不過，鄺拾記普及本第三十六集至第四十七集，由於使用了「文繞圖」方式處理插圖與文字（第四十八集本身沒有插圖），盜版商如果刪去插圖，就會連插圖周圍的內文一併刪去，而要重新排版，反會增加成本。為了減省功夫，這十二本的插圖得以保留，收入在第九集至第十三集的合訂本中。因此，無論是正版還是盜版的合訂本（包括厚合訂本），第九集至第十三集（第三十六回至第四十七回）都有插圖。

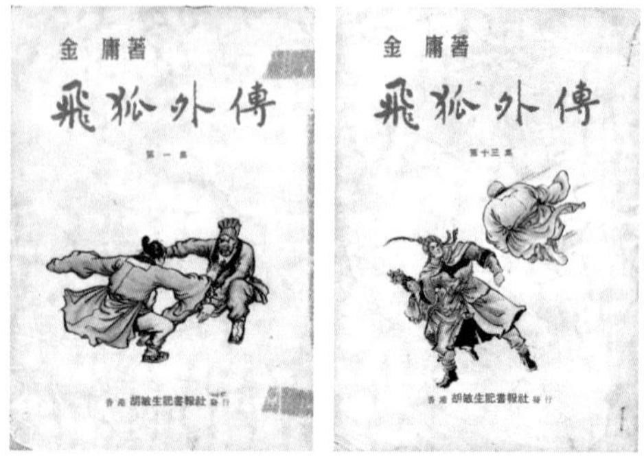

胡敏生合訂本綠皮版《飛狐外傳》封面。第一集封面圖來自《倚天屠龍記》，第十三集封面圖來自《天龍八部》。

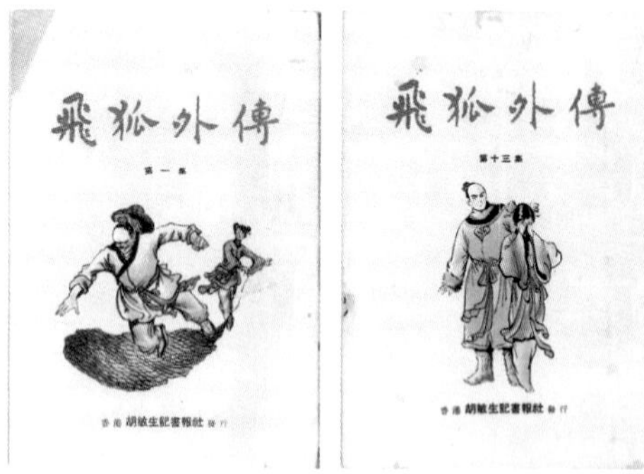

胡敏生合訂本黃皮版《飛狐外傳》封面，封面圖來自《天龍八部》合訂本（第十三集封面圖將原圖水平翻轉，原圖可參本篇頁563）。

胡敏生版厚合訂本（盜版）

無論哪一個版本，所有厚合訂本都是盜印書。版權頁雖然寫「武史出版社」，卻與武史無關（連版權頁都盜用過來）。

全書共四冊，第一集封面圖疑似與《神鵰俠侶》情節有關，但來源不詳；第二到第四集則取自《天龍八部》合訂本。

胡敏生版厚合訂本《飛狐外傳》封面。

由於《飛狐外傳》普及本前後期的頁數不同，出版社將普及本、合訂本拼為一冊厚合訂本時，往往以一冊有多少頁為考慮前提。結果是：第一集收錄普及本第一至第十八集，第二集收錄普及本第十九至第三十二集（未完），第三集收錄第三十二（接續）至第四十一集（未完），第四集收錄第四十一（接續）至第四十八集。第一集與第二集沒有插圖，第三集與第四集由於涵蓋了普及本第三十六集到第四十七集，有文繞圖的插圖。

柒

鴛鴦刀

1959年以後，金庸有三部小說並非在報紙首載，而是分別刊載於《武俠與歷史》與《東南亞周刊》。由於不像其他小說每天刊登相同的文字量，以致出版單行本時，這三部小說的做法都不同於其他各書。《飛狐外傳》普及本早期的封面便一反常態，《素心劍》只出版了普及本第一集就無以為繼。至於《鴛鴦刀》，根本沒有出版過普及本，也不是由鄺拾記報局負責出版與發行的事。

舊版《鴛鴦刀》版本系統

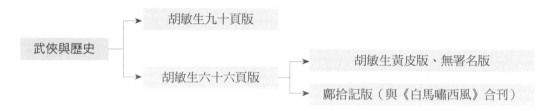

- 武俠與歷史
  - → 胡敏生九十頁版
  - → 胡敏生六十六頁版
    - → 胡敏生黃皮版、無署名版
    - → 鄺拾記版（與《白馬嘯西風》合刊）

胡敏生版（正版）

九十頁版、六十六頁版

金庸把《鴛鴦刀》交給了「胡敏生書報社」處理，而胡敏生先後出版過兩個版本的《鴛鴦刀》，先出頁數較多的「九十頁版」，後來為降低成本，再出版頁數較少的「六十六頁版」，後者差不多少了三分之一的頁數（但售價沒變）。之所以能減少這麼多頁，是因為再版時並非根據原版翻印，而是檢字重排，原來一頁約有五百三十二字（每頁

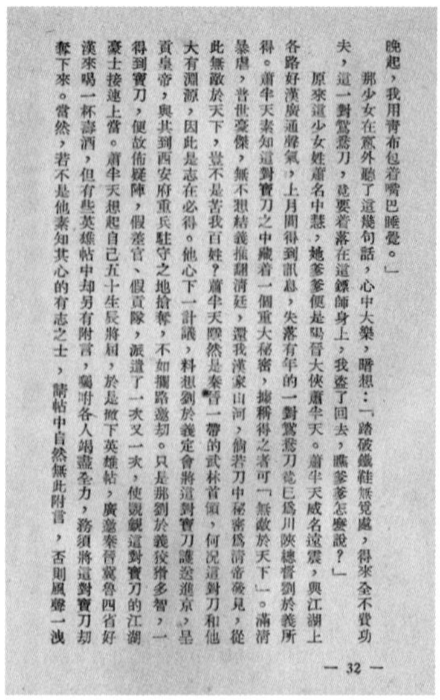

晚起，我用青布包着嘴巴睡覺。」
那少女在窗外聽了這幾句話，心中大樂，暗想：「踏破鐵鞋無覓處，得來全不費功夫，這一對鴛鴦刀，竟要着落在這鏢師身上，我盜了回去，瞧爹爹怎麼說？」
原來這少女姓蕭名中慧，她爹爹便是鳴晉大俠蕭半天。蕭半天威名遠震，與江湖上各路好漢廣通聲氣，上月間得到訊息，失落有年的一對鴛鴦刀竟已為川陝總督劉於義所得。蕭半天素知這對寶刀之中藏着一個重大秘密，據稱得之者可「無敵於天下」。滿清暴虐，普世豪傑，無不想結義推翻清廷，還我漢家山河，倘若刀中秘密為清帝發見，從此無敵於天下，豈不是苦我百姓？蕭半天隠然是秦晉一帶的武林首領，何況這對刀和他大有淵源，因此是志在必得。他心下一計議，料想劉於義定會將這對寶刀護送進京，呈貢皇帝，與其到西安府重兵駐守之地搶奪，不如攔路邀劫。只是那劉於義狡猾多智，一得到寶刀，便故佈疑陣，假差官、假貢隊，派遣了一次又一次，使覬覦這對寶刀的江湖豪士接連上當。蕭半天想起自己五十生辰將屆，於是撒下英雄帖，廣邀秦晉冀魯四省好漢來喝一杯壽酒，但有些英雄帖中却另有附言，囑咐各人竭盡全力，務須將這對寶刀刼奪下來。當然，若不是他素知其心的有志之士，請帖中自然無此附言，否則風聲一洩

— 32 —

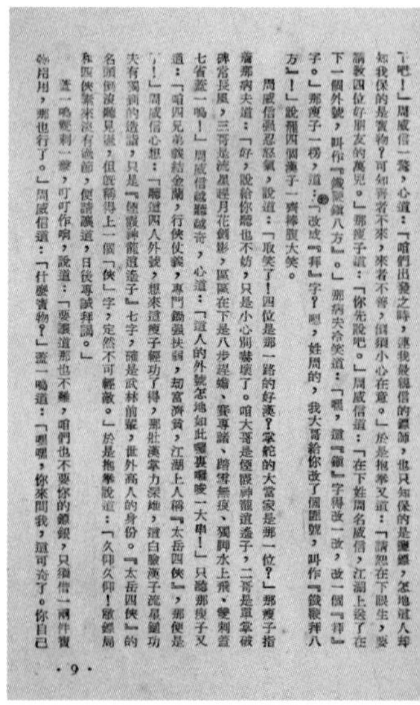

了吧！」周威信一驚，心道：「咱們出發之時，連我最親信的鏢師，也只知保的是鏢銀，怎地這人却知我保的是寶物？可知善者不來，來者不善，倒須小心在意。」於是抱拳又道：「請恕在下眼生，要請教四位好朋友的萬兒。」那瘦子道：「你先說吧。」周威信道：「在下姓周名威信，江湖上送了在下一個外號，叫作『鐵鞭鎮八方』。」那病夫冷笑道：「嘿，這『鎮』字得改一改，改一個『拜』字。」那瘦子一楞，道：「改成『拜』字？嗯，姓周的，我大哥給你改了個匪號，叫作『鐵鞭拜八方』！」說罷四個漢子一齊捧腹大笑。
周威信强忍怒氣，說道：「取笑了！四位是那一路的好漢？掌舵的大當家是那一位？」那瘦子指着那病夫道：「好，說給你聽也不妨，只是小心別嚇壞了。咱大哥是煙霞神龍逍遙子，二哥是雙掌破碑常長風，三哥是流星趕月花劍影，區區在下是八步趕蟾、賽專諸、踏雪無痕、獨脚水上飛、雙刺蓋七省蓋一鳴！」周威信越聽越奇，心道：「這人的外號怎地如此囉裏囉唆一大串！」只聽那瘦子又道：「咱四兄弟義結金蘭，行俠使義，專門鋤强扶弱，劫富濟貧，江湖上人稱『太岳四俠』，那便是了！」周威信心想：「聽這四人外號，想來這瘦子輕功了得，那壯漢掌力深雄，瞧白臉漢子流星鎚功夫有獨到的造詣，只是『煙霞神龍逍遙子』七字，確是武林前輩，世外高人的身份。『太岳四俠』的名頭倒沒聽見過，但既稱得上一個「俠」字，定然不可輕敵。」於是抱拳說道：「久仰久仰！敝鏢局和四俠素來沒有過節，便請讓道，日後專誠拜謁。」
蓋一鳴冷笑一聲，可叮作响，說道：「要讓道那也不難，咱們也不要你的鏢銀，只須借一兩件寶物使用，那也行了。」周威信道：「什麼寶物？」蓋一鳴道：「嘿嘿，你來問我，這可奇了。你自己

·9·

上　「九十頁版」封面（左）與「六十六頁版」封面（右）完全一樣。封面圖取自《武俠與歷史》第三十八期頁14-15，蕭中慧趁任飛燕替林玉龍包紮時，抱走了兩人的小孩。

右　胡敏生版《鴛鴦刀》內文書影。「九十頁版」（左）每頁十四行，每行三十八字。「六十六頁版」（右）每頁十七行，每行四十四字。

來，大聲道：「到底是什麼事？快給我爽爽快快的說了吧。」那書生道：「說便說了，四位大俠可別見怪。」
太岳四俠雖然自稱「四俠」，但武藝低微，行事古怪，只有給人作為笑柄，從來沒被人這麼大俠前，大俠後的恭敬稱呼，這時聽那書生言語之中對自己如此尊重，各人都是胸膛一挺，齊道：「快說快說，有什麼為難之事，太岳四俠定當為你擔代。」那書生團團一揖，說道：「在下江湖飄泊，道經貴地，

那書僮揭開一本書，竟是夾着無數片金葉子。

— 21 —

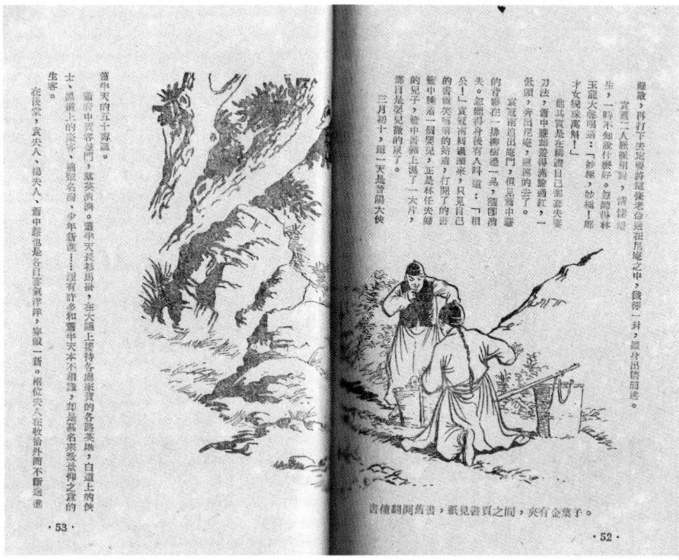
蕭半天的五十壽誕。
蕭府中賓客盈門，[illegible]濟濟。蕭半天長衫馬褂，在大廳上接待各處來賀的各路英雄，白道上的俠士、黑道上的豪客、前輩名宿、少年新進……還有許多和蕭半天本不相識，卻是慕名來[illegible]的生客。
在後堂，袁夫人、楊夫人、蕭中慧也是各自喜氣洋洋，[illegible]一新。兩位夫人在收拾外面不斷送進

·53·

難敵，再打下去定要將這條老命送在尼庵之中，錢鏢一封，縱身出牆而逃。
袁蕭二人脈脈相對，[illegible]，一時不知說什麼好。忽聽得林玉龍大聲喝道：「妙極，妙極！郎才女貌[illegible]！」
他其實是在稱讚自己夫妻[illegible]刀法，[illegible]，一[illegible]，奔出尼庵，遠遠的去了。
袁冠南追出庵門，但見[illegible]的背影在一排柳樹邊一晃，隨即消失。忽聽得身後有人叫道：「相公！」袁冠南回過頭來，只見自己的書僮[illegible]的站着，打開了的書[illegible]中[illegible]，正是林任夫婦的兒子，[illegible]了一大片，[illegible]。
三月初十，這一天是晉陽大俠

書僮翻閱舊書，祇見書頁之間，夾有金葉子。

·52·

兩版不只重排文字，就連處理插圖的方法也不同。這張「書中有金葉」的插圖，不見於《武俠與歷史》，乃雲君專為單行本新繪的。「九十頁版」（左）把插圖放在一頁中，「六十六頁版」（右）則放大為跨頁圖，兩版的圖片說明也不相同。

十四行，每行三十八字），重排後每頁暴增至約七百四十八字（每頁十七行，每行四十四字）。每頁可容納的字數多了，頁數自然減少。

《鴛鴦刀》連載時只有十張插圖，「九十頁版」全數收錄，另請雲君再多畫一張，全書合共十一張圖，但插圖次序跟連載時並不相同。「六十六頁版」只比「九十頁版」少了一張圖（缺第四十期唯一的插圖），但插圖次序跟連載時一樣。

《武俠與歷史》的《鴛鴦刀》回目依次是：（1）太岳四俠→（2）「風緊！風緊！」→（3）一顆明珠→（4）歡喜寃家→（5）一鞭斷十槍→（6）腐骨穿心膏→（7）夫妻刀法→（8）母子相逢→（9）蕭半天是誰？。「九十頁版」《鴛鴦刀》也分為九回，每回有一個回目，大體沿用連載時的回

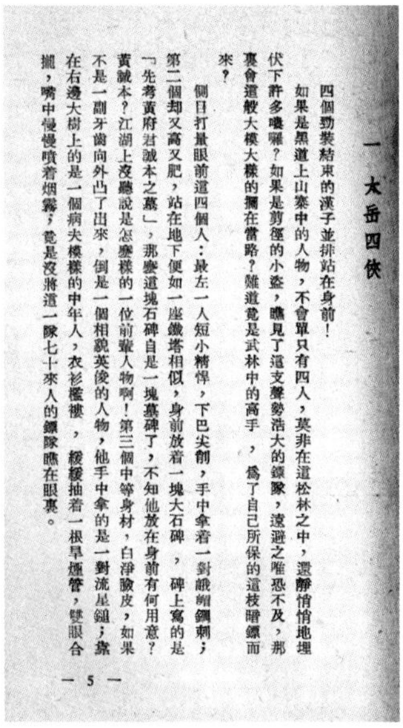
一　太岳四俠
四個勁裝結束的漢子並排站在身前！
如果是黑道上山寨中的人物，不會單只有四人，莫非在這松林之中，還靜悄悄地埋伏下許多嘍囉？如果是剪徑的小盜，瞧見了這支聲勢浩大的鏢隊，遠避之唯恐不及，那裏會這般大模大樣的攔在當路？難道竟是武林中的高手，爲了自己所保的這枝暗鏢而來？
側目打量眼前這四個人：最左一人短小精悍，下巴尖削，手中拿着一對峨嵋鋼刺；第二個却又高又肥，站在地下便如一座鐵塔相似，身前放着一塊大石碑，碑上寫的是「先考黃府君誠本之墓」，那麼這塊石碑自是一塊墓碑了，不知他放在身前有何用意？黃誠本？江湖上沒聽說是怎麼樣的一位前輩人物啊！第三個中等身材，白淨臉皮，如果不是一副牙齒向外凸了出來，倒是一個相貌英俊的人物，他手中拿的是一對流星鎚；靠在右邊大樹上的是一個病夫模樣的中年人，衣衫襤褸，緩緩抽着一根旱煙管，雙眼合攏，嘴中慢慢噴着烟霧，竟是沒將這一隊七十來人的鏢隊瞧在眼裏。

— 5 —

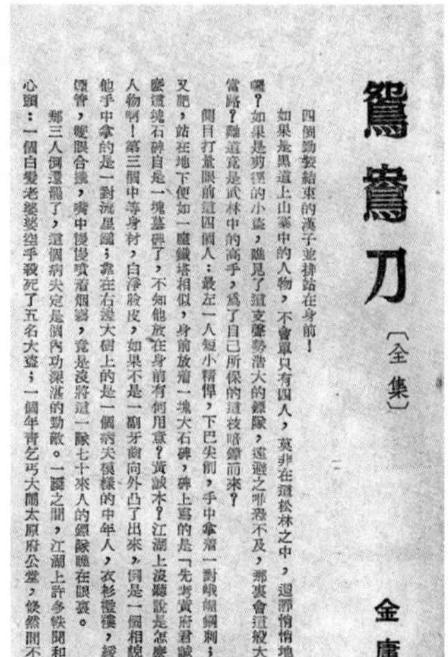
鴛鴦刀〔全集〕
金庸著
四個勁裝結束的漢子並排站在身前！
如果是黑道上山寨中的人物，不會單只有四人，莫非在這松林之中，還靜悄悄地埋伏下許多嘍囉？如果是剪徑的小盜，瞧見了這支聲勢浩大的鏢隊，遠避之唯恐不及，那裏會這般大模大樣的攔在當路？難道竟是武林中的高手，爲了自己所保的這枝暗鏢而來？
側目打量眼前這四個人：最左一人短小精悍，下巴尖削，手中拿着一對峨嵋鋼刺；第二個却又高又肥，站在地下便如一座鐵塔相似，身前放着一塊大石碑，碑上寫的是「先考黃府君諱本之墓」，那麼這塊石碑自是一塊墓碑了，不知他放在身前有何用意？黃諱本？江湖上沒聽說是怎麼樣的一位前輩人物啊！第三個中等身材，白淨臉皮，如果不是一副牙齒向外凸了出來，倒是一個相貌英俊的人物，他手中拿的是一對流星鎚；靠在右邊大樹上的是一個病夫模樣的中年人，衣衫襤褸，緩緩抽着一根旱煙管，雙眼合攏，嘴中慢慢噴着烟霧，竟是沒將這一隊七十來人的鏢隊瞧在眼裏。
那三人倒還罷了，這個病夫定是個內功深湛的勁敵。一霎之間，江湖上許多軼聞和故事都湧上了心頭：一個白髮老婆婆空手殺死了五名大盜；一個年青乞丐大鬧太原府公堂，倏然間不知去向；一個

·5·

兩版內文首頁。「九十頁版」（左）將故事分為九回，「六十六頁版」（右）則不分章節。

目名，只有第二回與第九回不同。第二回改為「少年書生」，第九回則改作「尾聲」。至於「六十六頁版」，全書不分章節，沒有回目，一氣呵成到底。

胡敏生版（盜版）

六十六頁黃皮版、無作者署名版

傳世的舊版《鴛鴦刀》書本版中，胡敏生版還有另外兩種，一種是「六十六頁黃皮版」，另一種封面沒有「金庸著」三字。兩書除了封面以外，其餘皆依據「六十六頁版」原版翻印，內文不分章節。兩書封面圖都與《鴛鴦刀》故事無關，可以判斷為盜印書。

「六十六頁黃皮版」（左）與「無作者署名版」（右）封面。

鄺拾記版（盜版）

鄺拾記版《鴛鴦刀》封底版權資料標示為「武史出版社」出版，「鄺拾記報局」發行，當是1967年以後鄺拾記的盜印書。封面沒有「金庸著」三字，開本略小。

書名雖然是《鴛鴦刀》，實際上與《白馬嘯西風》合刊，《鴛鴦刀》在前，《白馬嘯西風》在後。兩個故事頁碼獨立計算。《鴛鴦刀》以「六十六頁版」原版翻印，不分章節；《白馬嘯西風》則分為九回。

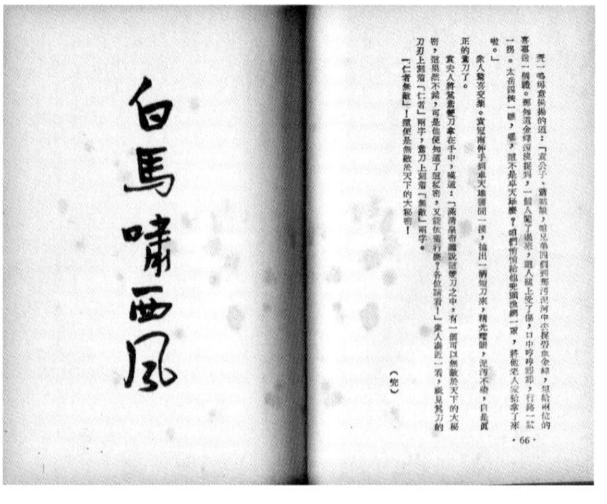

白馬嘯西風

禿一鳴得意揚揚的道：「袁公子、蕭姑娘，咱兄弟四個到那污泥河中去捉得血金蟬，想給兩位的喜事送一個禮。那知道金蟬沒捉到，一個人闖了過來，那人腿上受了傷，口中哼哼唧唧，行路一拐一拐。太岳四俠一瞧，嘿，豈不是卓天雄麼？咱們悄悄給他兜頭漁網一罩，將他老人家給拿了來啦。」

眾人驚喜交集。袁冠南伸手到卓天雄腰間一探，抽出一柄短刀來，精光耀眼，泥污不染，自是眞正的鴦刀了。

袁夫人將鴛鴦雙刀拿在手中，嘆道：「滿清皇帝聽說這雙刀之中，有一個可以無敵於天下的大秘密，這果然不錯，可是他便知道了這秘密，又豈能依着行麼？各位請看！」眾人湊近一看，祇見鴛刀的刀刃上刻着「仁者」兩字，鴦刀上刻着「無敵」兩字。

「仁者無敵」！這便是無敵於天下的大秘密！

（完）

·66·

上　鄺拾記版《鴛鴦刀》封面。
下　鄺拾記版《鴛鴦刀》書影，《白馬嘯西風》故事接續在《鴛鴦刀》之後。

捌

倚天屠龍記

舊版《倚天屠龍記》版本系統

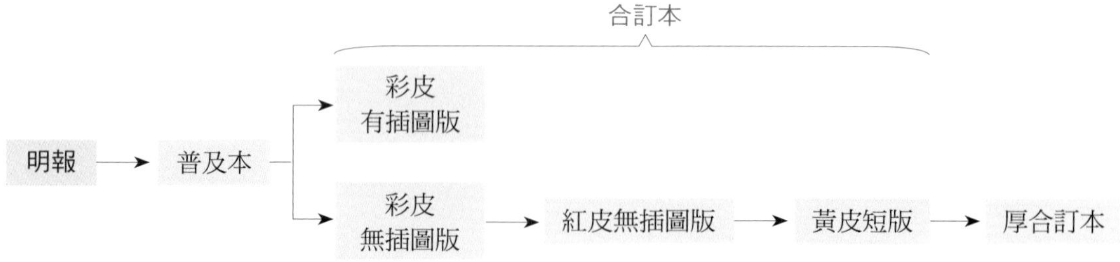

鄺拾記普及本（正版）

【上篇】提到，金庸從《神鵰俠侶》開始，以普及本與合訂本來打擊盜版。為了趕在爬頭本之前出版，收錄七天內容的普及本，跟刊載第七天故事的《明報》同時問世。不過，由於《神鵰俠侶》的普及本並沒有印上出版日期，「第七天連載與普及本同時問世」這個說法，其實是由《倚天屠龍記》的情況往前推論的。在普及本印上出版日期這個做法，始於《倚天屠龍記》。

《倚天屠龍記》普及本頭兩集，也不是在每七天的最後一日出版，而是更早——早了一天。普及本第一集「引子」在1961年7月11日出版，收錄了《明報》從1961年7月6日到7月12日七天的連載內容。也就是說，在7月11日當天買到普及本第一集的人，可以預先看到翌日（12日）的《倚天屠龍記》故事。普及本第一集雖然收錄七天故事，但只有六張插圖，第七天的插圖順延至第二集。一個星期後的第二集「崑崙三聖」在7月18日出版，收錄了《明報》7月13日到7月19日的連載內容，這一集其實只有六天半的內容，讀者能預先看到翌日（19日）的一半故事。第三集「白衣書生」收錄的範圍是《明報》7月19日到7月25日，也是只有六天半的內容，出版日期是7月25日。

普及本比《明報》更早一天面世，相信並不是金庸或出版社的無心之失，而是徹底杜絕盜版的舉措。只要讓盜版商知道，正版單行本可以隨時提早出版，因為除了金庸的武史出版社，沒有其他出版社能夠在報紙連載前就知曉小說的內容。

封面方面，鑑於《神鵰俠侶》普及本（每兩本同一個封面）容易讓人混淆的經驗，金庸出版《倚天屠龍記》普及本時，就不再重複使用同一個封面，而是每集都有新封面。不過，雲君的繪圖量並沒有加倍，除了繪製新構圖外，雲君或會依據報紙連載時的構圖再畫一次，又或是編輯直接使用報紙插圖，經減省加工而成封面圖。

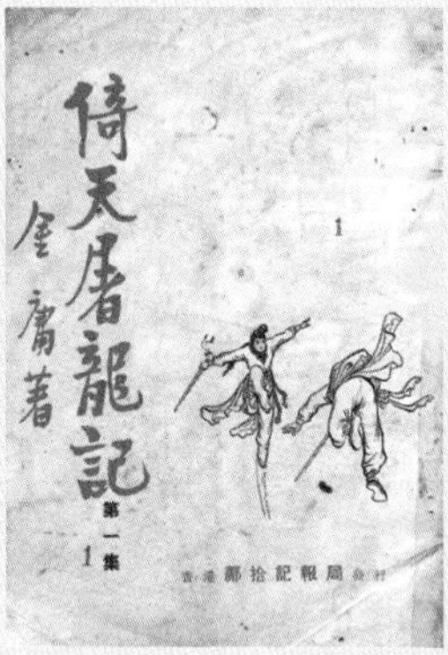

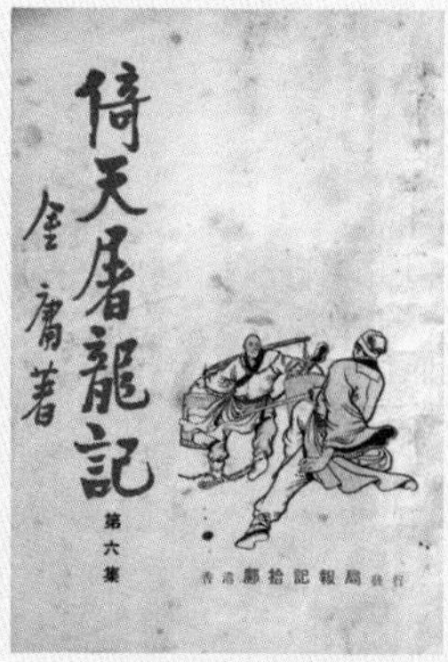

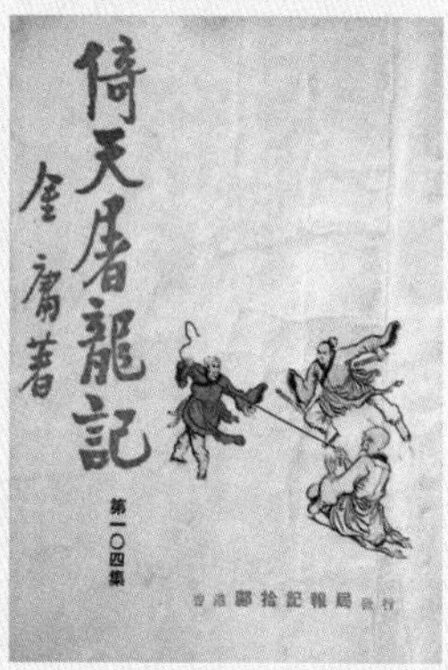

鄺拾記《倚天屠龍記》普及本封面。雲君繪畫普及本第一集封面時，應該還沒有看過小說內文，因此隨意畫了兩人在比劍。第三集收錄1961年7月19-25日的連載內容，但封面圖卻取自《明報》1961年7月9日連載的插圖：郭襄跟覺遠說話，卻被少林僧人弘明、弘緣阻止，繼而與對方打了起來。第五集封面圖是雲君新畫的，圖中兩人是崑崙三聖何足道與西域少林的方天勞，兩人對打的情節在第三集內，編輯卻放在了第五集。第六集封面圖也是新圖，畫何足道與覺遠對上，屬第四集的情節。其餘十個封面，畫的都是故事重要場面，記得《倚天屠龍記》故事的讀者，應當看一眼就能知道何人在做何事。

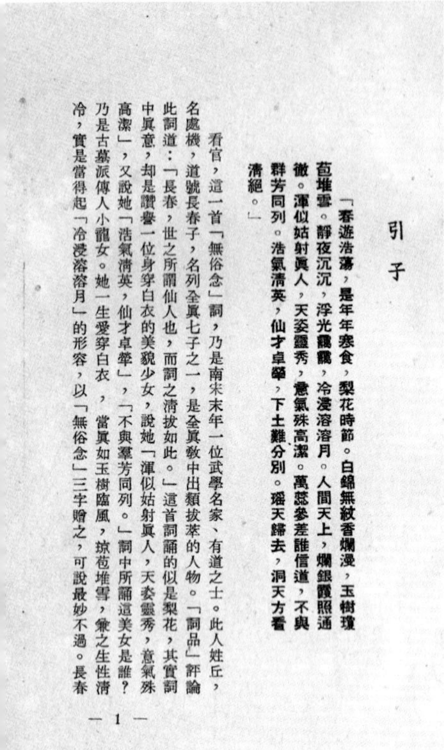

引子

「春遊浩蕩，是年年寒食，梨花時節。白錦無紋香爛漫，玉樹瓊苞堆雪。靜夜沉沉，浮光靄靄，冷浸溶溶月。人間天上，爛銀霞照通徹。渾似姑射眞人，天姿靈秀，意氣殊高潔。萬蕊參差誰信道，不與群芳同列。浩氣清英，仙才卓犖，下土難分別。瑤天歸去，洞天方看清絕。」

看官，這一首「無俗念」詞，乃是南宋末年一位武學名家、有道之士。此人姓丘，名處機，道號長春子，名列全眞七子之一，是全眞敎中出類拔萃的人物。「詞品」評論此詞道：「長春，世之所謂仙人也，而詞之淸拔如此。」這首詞誦的似是梨花，其實詞中眞意，却是讚譽一位身穿白衣的美貌少女，說她「渾似姑射眞人，天姿靈秀，意氣殊高潔」，又說她「浩氣清英，仙才卓犖」，「不與羣芳同列。」詞中所誦這美女是誰？乃是古墓派傳人小龍女。她一生愛穿白衣，當眞如玉樹臨風，瓊苞堆雪，兼之生性清冷，實是當得起「冷浸溶溶月」的形容，以「無俗念」三字贈之，可說最妙不過。長春

— 1 —

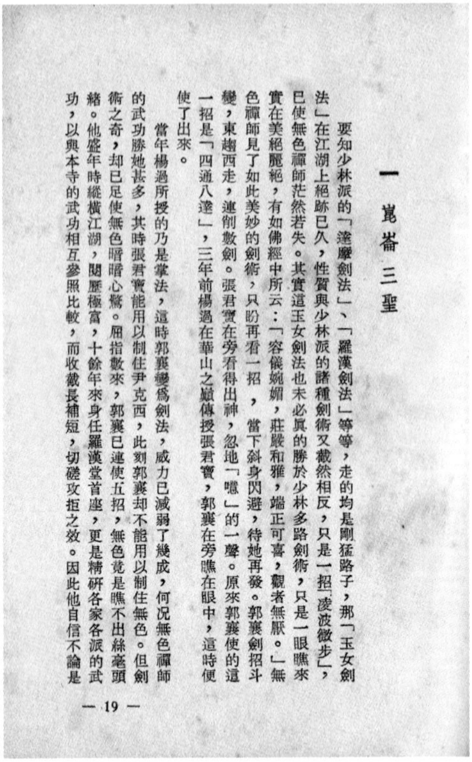

一 崑崙三聖

要知少林派的「達摩劍法」、「羅漢劍法」等等，走的均是剛猛路子，那「玉女劍法」在江湖上絕跡已久，性質與少林派的諸種劍術又截然相反，只是一招「凌波微步」，已使無色禪師茫然若失。其實這玉女劍法也未必眞的勝於少林多路劍術，只是一眼瞧來實在美絕麗絕，有如佛經中所云：「容儀婉媚，莊嚴和雅，端正可喜，觀者無厭。」無色禪師見了如此美妙的劍術，只盼再看一招，當下斜身閃避，待她再發。郭襄劍招斗變，東趨西走，連削數劍。張君寶在旁看得出神，忽地「噫」的一聲。原來郭襄使的這一招是「四通八達」，三年前楊過在華山之巔傳授張君寶，郭襄在旁瞧在眼中，這時便使了出來。

當年楊過所授的乃是掌法，這時郭襄變爲劍法，威力已減弱了幾成，何況無色禪師的武功勝她甚多，其時張君寶能用以制住尹克西，此刻郭襄却不能用以制住無色。但劍術之奇，却已足使無色暗暗心驚。屈指數來，郭襄已連使五招，無色竟是瞧不出絲毫頭緒。他盛年時縱橫江湖，閱歷極富，十餘年來身任羅漢堂首座，更是精研各家各派的武功，以與本寺的武功相互參照比較，而收截長補短，切磋攻拒之效。因此他自信不論是

— 19 —

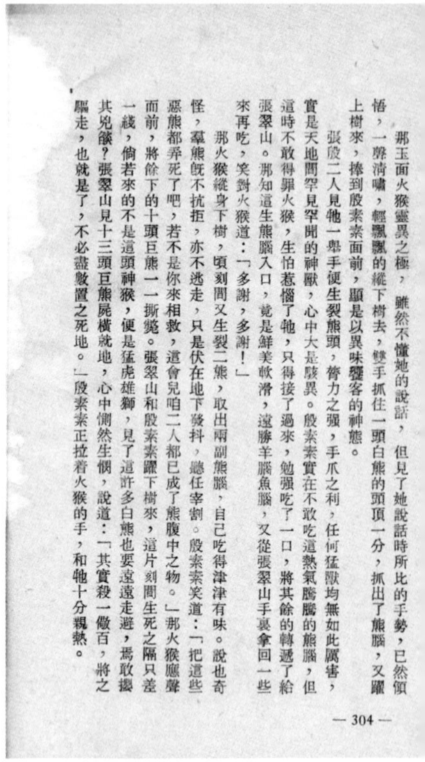

那玉面火猴靈異之極，雖然不懂她的說話，但見了她說話時所比的手勢，已然領悟，一聲清嘯，輕飄飄的縱下樹去，雙手抓住一頭白熊的頭頂一分，抓出了熊腦，又躍上樹來，捧到殷素素面前，顯是以異味饗客的神態。

張殷二人見牠一舉手便生裂熊頭，膂力之强，手爪之利，任何猛獸均無如此厲害，實是天地間罕見罕聞的神獸，心中大是駭異。殷素素實在不敢吃這熱氣騰騰的熊腦，但這時不敢得罪火猴，生怕惹惱了牠，只得接了過來，勉强吃了一口，將其餘的轉遞了給張翠山。那知這生熊腦入口，竟是鮮美軟滑，遠勝羊腦魚腦，又從張翠山手裏拿回一些來再吃，笑對火猴道：「多謝，多謝！」

那火猴縱身下樹，頃刻間又生裂二熊，取出兩副熊腦，自己吃得津津有味。說也奇怪，羣熊既不抗拒，亦不逃走，只是伏在地下發抖，聽任宰割。殷素素笑道：「把這些惡熊都弄死了吧，若不是你來相救，這會兒咱二人都已成了熊腹中之物。」那火猴應聲而前，將餘下的十頭巨熊一一撕斃。張翠山和殷素素躍下樹來，這片刻間生死之隔只差一綫，倘若來的不是這頭神猴，便是猛虎雄獅，見了這許多白熊也要遠遠走避，焉敢攖其兇鋒？張翠山見十三頭巨熊屍橫就地，心中惻然生憫，說道：「其實殺一儆百，將之驅走，也就是了，不必盡數置之死地。」殷素素正拉着火猴的手，和牠十分親熱。

— 304 —

上　鄺拾記《倚天屠龍記》普及本書影。

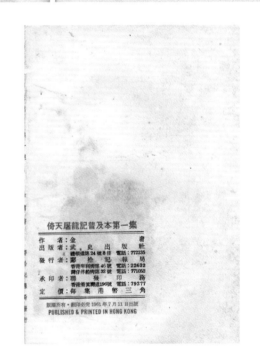

右　《倚天屠龍記》普及本第一集封底。值得一提的是，金庸原本將出版工作交給鄺拾記報局負責，《神鵰俠侶》、《飛狐外傳》都由鄺拾記出版與發行。1960年金庸籌辦《武俠與歷史》時，組織了武史出版社。一年之後，自《倚天屠龍記》開始，金庸小說的普及本與合訂本都由武史出版社負責，鄺拾記只負責發行。

倚天屠龍記普及本第一集

作　者：金　庸
出版者：武史出版社
彌敦道第24號8樓　電話：772235
發行者：鄺拾記報局
香港卑利街第46號　電話：22632
灣仔洋船街第32號　電話：771052
承印者：聯發印務
香港荷李活道196號　電話：79277
定　價：每集港幣三角

版權所有・翻印必究 1961年7月11日出版
PUBLISHED & PRINTED IN HONG KONG

報紙每天一圖，時間緊迫下，雲君有時未必能掌握每天的小說重點。相比之下，一週一冊的普及本，封面圖更能突顯當集內容重點，捕捉到情節的神髓，讓人一看就知道封面圖所要呈現的是哪段情節。

《倚天屠龍記》在《明報》共連載七百八十九續，最後一續沒有插圖，即全數七百八十八張圖。普及本原意收錄所有插圖，但由於編輯出錯（如同一張插圖重複出現，或是把不曾在《明報》出現的插圖放到普及本中），以致雖然最終仍收錄了七百八十八張圖，卻有六張連載時的圖沒有收錄在內。

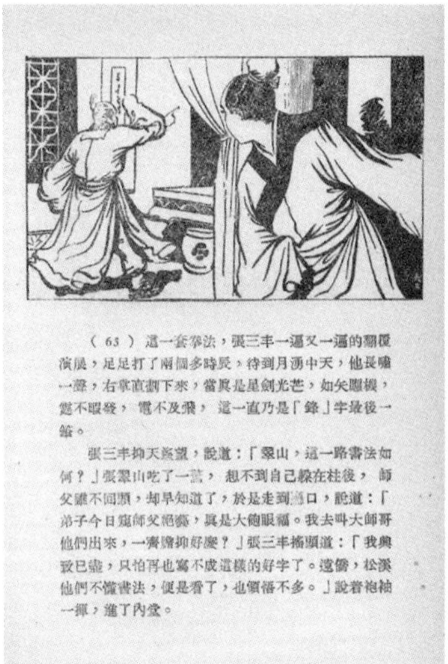

（63）這一套拳法，張三丰一遍又一遍的翻覆演展，足足打了兩個多時辰，待到月涉中天，他長嘯一聲，右掌直劃下來，當真是星劍光芒，如矢應機，霆不暇發，電不及飛，這一直乃是「鋒」字最後一筆。

張三丰抑天長望，說道：「翠山，這一路書法如何？」張翠山吃了一驚，想不到自己躲在柱後，師父雖不回頭，卻早知道了，於是走到廳口，說道：「弟子今日窺師父絕藝，真是大飽眼福。我去叫大師哥他們出來，一齊瞻仰好麼？」張三丰搖頭道：「我興致已盡，只怕再也寫不成這樣的好字了。遠僑，松溪他們不懂書法，便是看了，也領悟不多。」說着袍袖一揮，進了內堂。

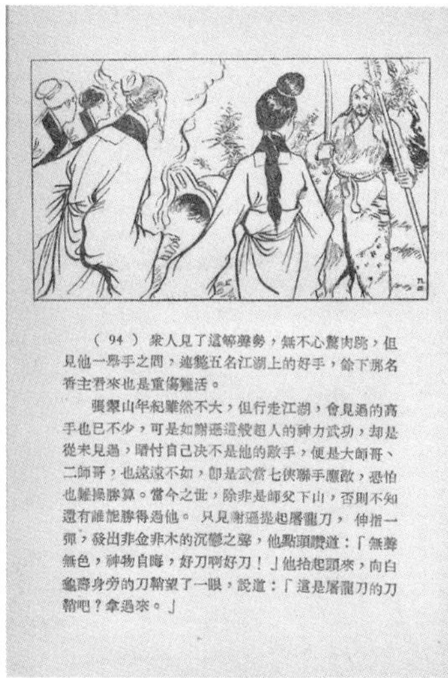

（94）衆人見了這等聲勢，無不心驚肉跳，但見他一舉手之間，連斃五名江湖上的好手，餘下那名香主看來也是重傷難活。

張翠山年紀雖然不大，但行走江湖，會見過的高手也已不少，可是如謝遜這般超人的神力武功，卻是從未見過，暗忖自己決不是他的敵手，便是大師哥、二師哥，也遠遠不如，即是武當七俠聯手應敵，恐怕也難操勝算。當今之世，除非是師父下山，否則不知還有誰能勝得過他。只見謝遜提起屠龍刀，伸指一彈，發出非金非木的沉鬱之聲，他點頭讚道：「無聲無色，神物自晦，好刀啊好刀！」他抬起頭來，向白龜壽身旁的刀鞘望了一眼，說道：「這是屠龍刀的刀鞘吧？拿過來。」

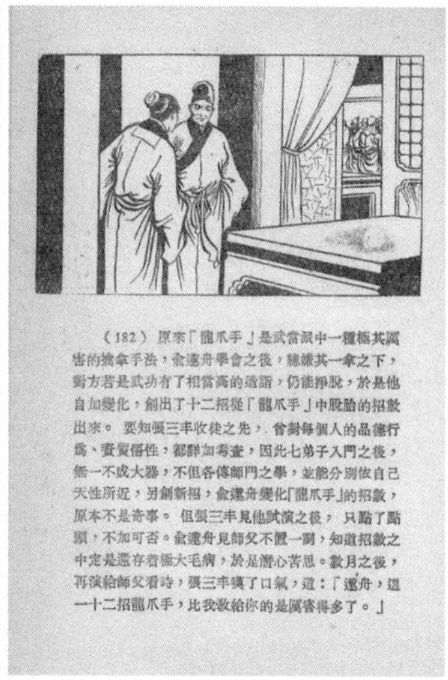

（182）原來「龍爪手」是武當派中一種極其厲害的擒拿手法，俞蓮舟學會之後，總嫌其一拿之下，對方若是武功有了相當高的造詣，仍能掙脫，於是他自加變化，創出了十二招從「龍爪手」中脫胎的招數出來。要知張三丰收徒之先，曾對每個人的品德行爲、資質悟性，都詳加考查，因此七弟子入門之後，無一不成大器，不但各傳師門之學，並能分別依自己天性所近，另創新招，俞蓮舟變化「龍爪手」的招數，原本不是奇事。但張三丰見他試演之後，只點了點頭，不加可否。俞蓮舟見師父不置一詞，知道招數之中定是還存着極大毛病，於是潛心苦思。數月之後，再演給師父看時，張三丰嘆了口氣，道：「蓮舟，這一十二招龍爪手，比我教給你的是厲害得多了。」

鄺拾記《倚天屠龍記》普及本插圖。

鄺拾記合訂本（正版）

彩皮有插圖版、彩皮無插圖版、紅皮無插圖版

《倚天屠龍記》普及本第四集在1961年8月1日出版，三天之後，收錄普及本第一到第四集的合訂本第一集在8月4日出版。第二集在9月1日，第三集在9月29日。也就是說，合訂本不是「月刊」，而是「二十八天刊」，每隔二十八天出版一集。

《神鵰俠侶》合訂本與普及本封面呈現過於接近，以致讀者難以分辨的問題，到了《倚天屠龍記》時終於得到解決，方法是：提高成本，四色印刷，以全彩人物圖，搭配不同顏色的底色。

最先出現的合訂本是「彩皮有插圖版」，一共二十八冊，九冊用普及本舊圖，十九冊用新圖，即使同一個封面圖的普及本與合訂本　同時放在報攤，由於合訂本用全彩印刷，與普及本的雙色套印完全不同，加上書名一橫排一豎排，讀者第一眼就能分辨出來。

鄺拾記為了要嚴格控制頁數，只好大幅調低所收插圖。第一集有插圖二十四張，以後各集，無論收錄多少天的文字內容，一律只有二十二張插圖。二十八集合共收錄六百一十八張插圖，比連載時少了一百七十張，文獻價值遠不如普及本。不過，《倚天屠龍記》普及本的插圖經常編排錯誤，到了合訂本時，編輯努力糾正，情況已大有改善。

合訂本沿用普及本回目，其中第二十八集卻把普及本最後一集「第一一二回　萬縷柔絲」併到「第一一一回　黑衣少女」後面，目錄上只顯示第一〇八回到第一一一回四個回

金 庸著
倚天屠龍記
第一集
香港鄺拾記報局發行

金 庸著
倚天屠龍記
第二集
香港鄺拾記報局發行

金 庸著
倚天屠龍記
第三集
香港鄺拾記報局發行

金 庸著
倚天屠龍記
第四集
香港鄺拾記報局發行

金 庸著
倚天屠龍記
第五集
香港鄺拾記報局發行

金 庸著
倚天屠龍記
第六集
香港鄺拾記報局發行

金 庸著
倚天屠龍記
第七集
香港鄺拾記報局發行

金 庸著
倚天屠龍記
第八集
香港鄺拾記報局發行

金 庸著
倚天屠龍記
第九集
香港鄺拾記報局發行

金 庸著
倚天屠龍記
第十集
香港鄺拾記報局發行

金 庸著
倚天屠龍記
第十一集
香港鄺拾記報局發行

金 庸著
倚天屠龍記
第十二集
香港鄺拾記報局發行

金 庸著
倚天屠龍記
第十三集
香港鄺拾記報局發行

金 庸著
倚天屠龍記
第十四集
香港鄺拾記報局發行

金 庸著
倚天屠龍記
第十五集
香港鄺拾記報局發行

金 庸著
倚天屠龍記
第十六集
香港鄺拾記報局發行

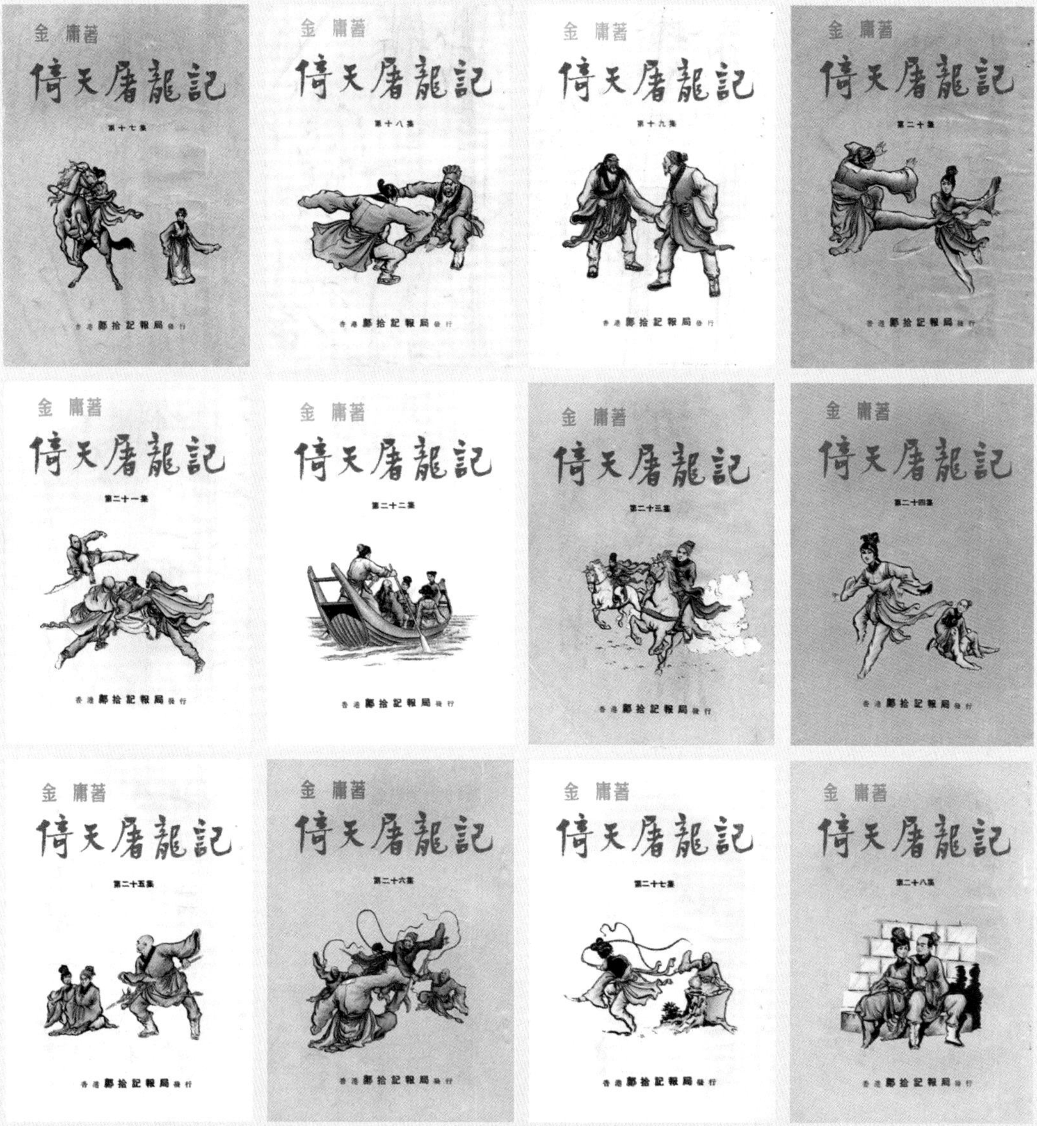

左頁與右頁　鄺拾記《倚天屠龍記》合訂本彩皮有插圖版封面。

《倚天屠龍記》彩色封面合訂本中，只有第七集與第十二集，會跟封面圖相同或相似的普及本第二十八集與第四十八集同時間在報攤出現，但由於印刷方式不同，讀者很容易辨別。

目，但實際上包含了五回的內容。

出版社後來又推出「彩皮無插圖版」，顧名思義，就是刪去合訂本內的六百一十八張圖。不過，無插圖版雖然比較晚出，但出版社仍然沿用初版時的版權頁封底，第一集依舊是1961年8月4日出版。與有插圖版相比，無插圖版有三個地方不同：（1）封面底色或有不同；（2）共有一百一十三回。第二十八集有五回，並非如有插圖版那樣，將第一一一回與一一二回併在一起；（3）以普及本做翻印版源，頁碼是累計的。

從傳本看，即使是同一集「彩皮無插圖版」，有些在正文之前有目錄，有些則沒有目錄。可見無插圖版也經過重印，不止一個版本。

《倚天屠龍記》兩種彩皮合訂本，左為有插圖版，右為無插圖版。無插圖版雖然頁數較少，售價依然不變。

「彩皮無插圖版」後期再版時，鄺拾記又出了一套統一以粉紅色為封面底色的「紅皮無插圖版」。除了封面底色與彩皮版不同外，其餘都完全一樣（出版時間也沿用初版日期），就連目錄頁也有兩種，一種有目錄，一種沒有。

從封面來看，傳世的「紅皮無插圖版」其實有兩種，另一種是封面依然用《倚天屠龍記》的圖，但（1）「第X

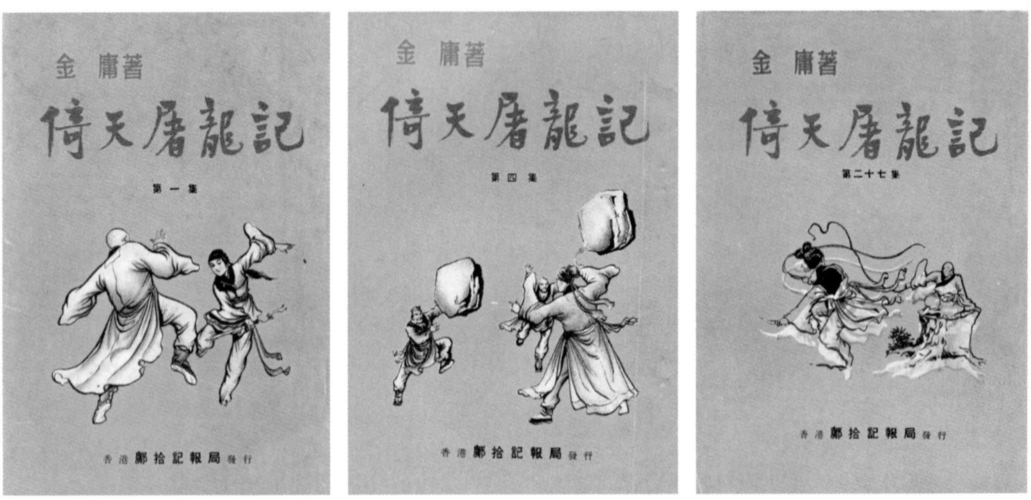

《倚天屠龍記》紅皮無插圖版封面。

《倚天屠龍記》另一種紅皮無插圖版封面（正版？盜版？）。第五集封面圖取自彩皮有插圖版第一集，第二十七集封面圖取自彩皮有插圖版第四集。

集」幾個字用深粉紅色而不是黑色；（2）打開封面後沒有扉頁；（3）封面圖的先後次序完全不同（由於傳本不多，現在不能確定有沒有重複使用）。這個版本，有著正版的特質，也有盜版的特色，由於沒有太多資料，加上傳本不足，未能確定是否為正版。

鄺拾記黃皮短版合訂本（盜版）

翻印自「彩皮無插圖版」（最後一集有「第一一二回　萬縷柔絲」）。封面以黃色為底色，其中二十六冊的封面圖取自《倚天屠龍記》、《天龍八部》與《俠客行》合訂本，另外兩張封面圖來源不詳。開本較小，沒有「金庸著」三字，封底版權頁也刪去了出版日期，雖然印著「武史出版社出版」幾個字，其實是鄺拾記在1967年之後盜印的版本。

鄺拾記黃皮短版《倚天屠龍記》合訂本封面。第一集用的是彩皮有插圖版第二集的封面圖，第二十八集的封面圖來自《天龍八部》合訂本。

鄺拾記厚合訂本（盜版）

每四冊合訂本合併成一冊「厚合訂本」，全套共七集。內頁（無插圖）、封底、開本，都與「黃皮短版合訂本」一樣。封面沒有「金庸著」三字，並非武史出版社出版，是鄺拾記在黃皮短版之後推出的版本。

鄺拾記厚合訂本《倚天屠龍記》封面。第一集用了彩皮有插圖版第二集封面圖，第七集用了《天龍八部》合訂本封面圖。

玖

白馬嘯西風

舊版《白馬嘯西風》版本系統

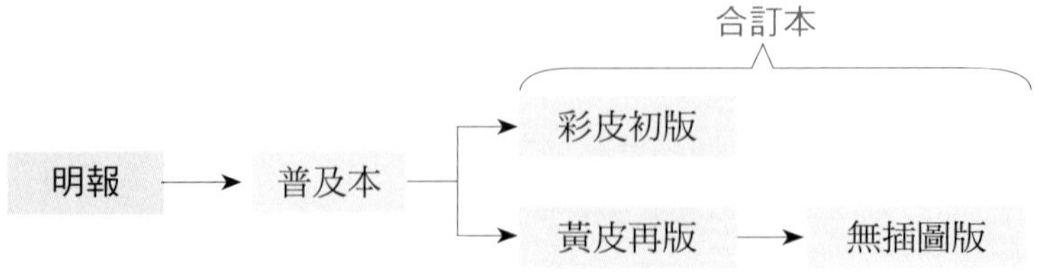

鄺拾記普及本（正版）

舊版《白馬嘯西風》每天在《明報》上連載約九百字，共連載了九十三天。每集普及本收錄十天的連載內容，最後一集則收錄十三天內容。《白馬嘯西風》普及本的封底版權資料沒有顯示出版日期，因此不能確定是否為每十天出版一冊。

除第一集封面圖取自《明報》插圖，其餘都由雲君重新繪畫，但與該集內容不一定相關。如第七集封面圖，計老人拿著染了血的手帕（迷宮圖），還有被縛住雙手的陳達玄（修訂版改名為「陳達海」），為第五集中的舊版情節，編輯卻用作第七集的封面。

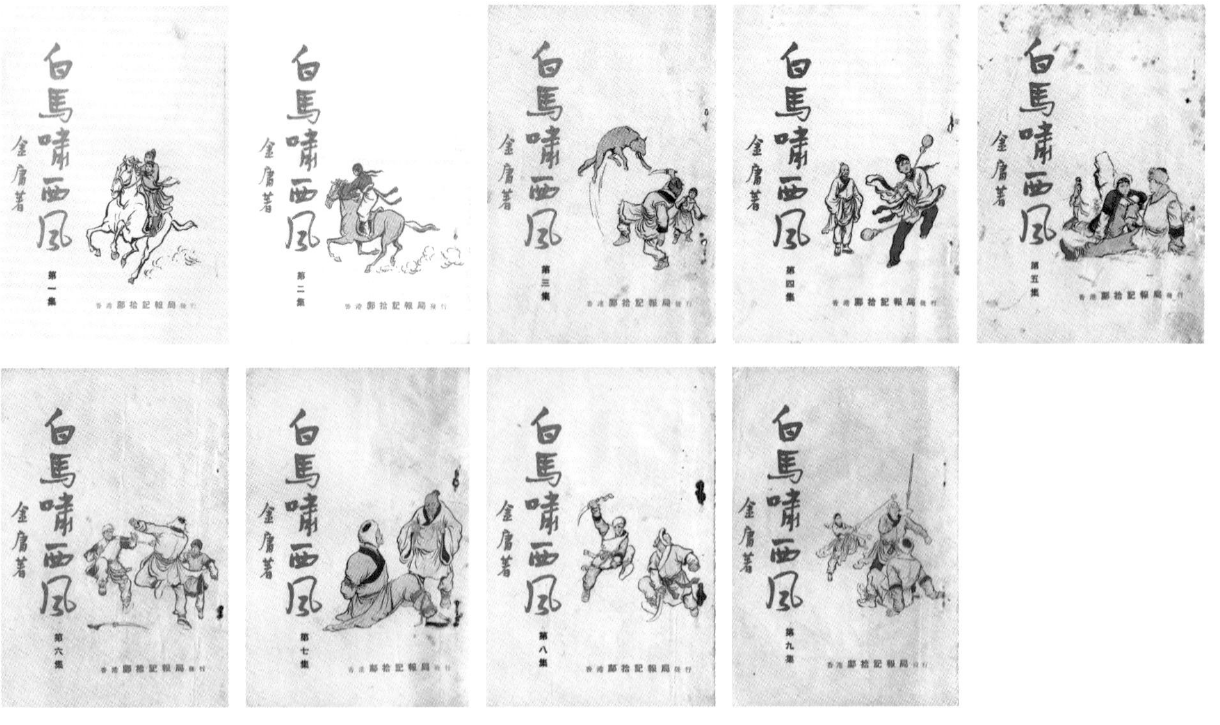

鄺拾記《白馬嘯西風》普及本封面。

《白馬嘯西風》共連載九十三天，最後一續沒有插圖，連載時又因有三天使用同一張插圖，實際只有九十張圖，普及本收錄了其中八十九張。漏掉的是1961年11月22日第四一續連載的插圖。

（10）計老人却沒聽到馬蹄的聲音，但聽蘆容說得眞切，走到窗口一看，只見原野上牛羊低頭嚼草，四下裏一片平靜，並無生人到來，剛問了一句：「那裏有人啊？」忽聽得蘆容一聲獰笑，頭頂掌風颯然，一掌猛劈下來。便在此時，計老人左手一個肘鎚，鎚中了蘆容的心口，這一鎚力道剛猛無儔，蘆容低低的哼了一聲，身子軟軟垂下，委頓在地，顯見是不活的了。計老人皺起眉頭，打量蘆容的屍身，心想：「他跟我無寃無仇，爲什麼忽下毒手？」忽聽得屋外那白馬噓溜溜一聲長嘶，計老人心中一動，到柴房中提了桶黃色染料出來。他牽過白馬，用刷子將牠自頭至尾，都刷上了黃色，又到哈薩克人的帳蓬之中，去討了一套哈薩克男孩的服裝來，叫李文秀換上了。

（27）又奔出十餘里，那白馬脚步迅捷，片刻間到了山西北方的一片山陵。那馬要找水喝，直馳入山谷。李文秀翻身下馬，一齊走到溪邊，伸手掬了些清水洗去臉上沙塵，再喝幾口，只覺溪水微帶甜味，甚是清涼可口。

突然之間，一個嘶啞的聲音說道：「你是誰？到這裏來幹麼？」說的乃是漢語 。 李文秀大吃一驚，待要轉身，那聲音又道：「你叫什麼名字？父親是誰？師父是誰？」李文秀道：「我叫李文秀，我爹爹是白馬李三，媽媽是金銀小劍三娘子。我沒有師父。」

那人「哦」的一聲， 道：「嗯， 原來金銀小劍三娘嫁了白馬李三。你爹爹媽媽？」李文秀道：「都給那些强盜害死了。他們還是殺我。」

《白馬嘯西風》普及本內頁插圖。

《明報》上的《白馬嘯西風》共分十一回，普及本則為九集九回（第九集最後幾頁為「尾聲」），全部回目如下：（1）大漠駿馬、（2）草原上的夜驚、（3）哈布迷宮、（4）星月爭輝、（5）大風雪之夜、（6）高昌古國、（7）陰謀、（8）小玉鐲、（9）師父和瘋子，以及「尾聲」。

八　小玉鐲

蘇普大是焦急，若不殺退這五個賊人，鐵柵內阿曼等人黃沙沒頂，盡數活埋。但那五個賊人武功精强，陳達玄一柄長劍上下翻飛，尤是了得，轉眼間三名哈薩克青年二死一傷，只剩下蘇普和一名青年兀自苦撐。這時鐵柵內黃沙已升到衆人胸口，各人已是轉動爲難。陳達玄順手一劍，又將那名青年刺倒，長劍一揮，將蘇普手中的鋼刀震飛，劍尖抵在他的胸口。

突然之間，門外閃進一人，一枚流星鎚飛出，拍的一響，將陳達玄手中長劍打落。其餘四名盜賊吃了一驚，各挺兵刃圍上。那人舞開流星鎚，力戰四人。陳達玄彎腰拾起流星鎚，上前夾攻，蘇普奔到牆邊，一扳機括，屋頂一塊鐵板翻上，黃沙不再瀉落。

哈薩克族衆喘了一口氣，但見那人是個相貌俊秀的少年男子，服飾打扮和那些漢人强盜一模一樣，但不知如何，竟然自行內鬨起來。但見這少年雙鎚飛舞，十餘招間，將四名强盜一一打倒，陳達玄見勢頭不對，奪門而出。蘇普又去扳動機括，想開啓鐵柵，放衆人出來。那知他一扳之下，屋頂又有黃沙傾瀉落下。衆人大叫：「不對，不對！」「快止住黃沙！」那少年搶近牆壁，扳機止沙瀉落。他在牆上細看一會，終於找到了開

— 127 —

啓鐵柵的機括，對蘇普道：「是這個！」蘇普忙去扳那機括，果然軋軋聲響，鐵柵緩緩升起。衆族人從黃沙中一湧而出，待要向那漢人少年道謝時，却已不見了他的去向。

衆族人紛紛議論，有的說：「好險，好險，若不是這位少年來救，大夥兒都已葬身在沙之中。」有的說：「原來漢人之中也有好人，不知這少年是誰？」

蘇普道：「族長，這迷宮中機關甚多，你還是把大夥召集在一起，免得中了賊人的埋伏。」族長點頭道：「不錯！」當下傳下命令，從原路退出迷宮，命號手吹起號角，令其餘三起到宮外集合。

過了一會，第三隊先出來了，接着第一隊的族衆也從宮中奔出，但第二隊諸人始終不見出來。族長命號手吹了一遍又一遍，但宮中竟是沒半點聲息。族長急道：「只怕第二隊的兄弟中了機關，大夥兒進去相救。」各人列成隊伍，正要再進迷宮，忽聽得脚步聲息，第二隊的族人三三兩兩的狼狽而出，有的兩個抬着一人，有的身上帶箭，衣衫上鮮血淋漓。

最後出來的一人是桑斯兒，他手持長刀斷後臉上也滿是血迹。族長忙問：「怎麼啦」桑斯兒道：「險些不能再見族長的面，咱們中了盜賊的機關，追進一間宮室，突然間四面八方有亂箭射出，幸好有一位少年英雄趕來殺退盜賊，破了機關。」便在此時，只見

— 128 —

那漢人少年抓着霍元龍，大踏步從宮中走出，將他摔在地上。

衆族人大聲歡呼道謝，族長上前請問姓名，那少年道：「我姓李，沒有名字，你們叫我李白馬便了。」這時蘇普和阿曼都已認出他的相貌：「這人明明是康姑娘，怎地又變成了漢人的男兒？不知他先前是男扮女裝呢？還是此刻女扮男裝？又難道康姑娘另有其人，只不過相貌跟他一模一樣？」蘇普忍不住走上前去，問道：「你……你就是康姑娘麼？」

李文秀哈哈大笑，道：「我先前扮成個哈薩克姑娘，你居然認我不出。我知道你們各位憎恨漢人，因此不敢穿了漢人的男裝在這一帶行走。」白髮族長很是慚愧，道：「咱們今日才知，漢人之中也有好人。若不是李英雄仗義援手，咱們今日盡數要死在盜賊之手。」

李文秀瞧了蘇普一眼，心想：「可惜你爹爹已經死了，不知道漢人之中也有好人。」她淡淡的道：「漢人之中有好人，也有壞人。那些壞人常常害得好人不能快活，可是壞人自己，也不能快活。」

衆人琢磨着她這句話，都是點頭贊同。

族長道：「李英雄，請你指點途徑，咱們再攻進迷宮之中，去和衆盜賊拚個死活。」

— 129 —

尾聲

李文秀噴了口氣，道：「計爺爺……嗯，該當叫你馬大叔了。馬大叔，不是你的東西，你就是想一輩子，也終是得不到的。」蘇普睜大了圓圓的眼睛望着她，心中霎時間想起了許許多多的往事。

華輝怒道：「秀兒，比人罪大惡極，你還要給他說情麼？他一身武功，全是我傳的。我帶同他來到大漠，尋訪迷宮，好容易稍有頭緒，那知他突然被財寶迷了心竅，向我贈下毒手，在我後心釘上了那三枚毒針。這數年之中，我不知受了多少痛苦，倘若不是得你相救，今日這條老命也未必在了。」李文秀道：「馬大叔，這事確是你的不對了。」

蘇普忽然道：「李姑娘，他會施展邪法，你要小心了。」李文秀道：「他不是施邪法，是放射一種極其微細見血封喉的毒針，因此死者身上沒有傷痕，他半夜裏來去之時，脚下踩了高蹺，外面用長袍罩住，因此看來身高異常，脚步既大，沙漠中又沒有留下脚印。」蘇普點頭道：「是，是。」這幾件怪事經李文秀說穿了，實在一點也不奇怪。蘇普心中想：「這些漢人鬼心眼兒眞多。」華輝冷笑道：「你用毒針射我，雖知我活不長久，可是終究心中害怕，唯恐我來找你，於是化裝成個駝背老人。哼，哼，要是

— 163 —

左　《白馬嘯西風》普及本書影。

右　《白馬嘯西風》普及本書影，第九集第九回最後幾頁，金庸劃分出「尾聲」部分。

鄺拾記合訂本（正版）

彩皮初版、黃皮再版

《白馬嘯西風》合訂本與普及本一樣，都沒有在封底標示出版日期，現在已很難確認實際出版時間。全套共兩集，第一集收錄第一至第四回，第二集收錄第五至第九回。

彩皮初版合訂本與普及本有三個不同的地方：（1）每集頁碼重新計算；（2）普及本中的「尾聲」部分，合訂本併入了第九回中；（3）所收插圖數量不同。

彩皮初版合訂本封面圖選自《明報》連載時的插圖，再配上顏色。封面跟《倚天屠龍記》合訂本一樣，以不同的顏色為底色，第一集黃色，第二集粉紅色。

《白馬嘯西風》彩皮初版封面。

《白馬嘯西風》黃皮再版封面。

插圖方面，較普及本大幅刪減：第一集收錄二十二圖，第二集收錄三十圖，全部合共五十二圖。

黃皮再版封面圖與彩皮初版相同，但底色統一用黃色。相較於彩皮初版，黃皮再版有三個不同的地方：（1）上下兩集頁碼累加計算；（2）第九回後保留原普及本的「尾聲」部分；（3）所收插圖數量不同，但較彩皮初版多，全部合共六十三圖。而兩版所收插圖有相同的，也有不同的，合共八十二張圖，只比普及本總數八十九張圖少七張。

道：「不是的，不是的，我從來沒有見過你，騙你上什麼當？」那書生厲聲道：「你要騙我帶你到哈布迷宮……」一句話未說完，突然住口，心下頗悔失言。

這「哈布迷宮」四字，李文秀幼時隨父母逃來回疆之時，空聽父親和母親在談話中提過幾次，但事隔十年，這書生忽然說及她一時想不起什麼時候似乎曾聽到人說過，茫然道：「哈布迷宮？那是什麼啊」那人見李文秀神色真誠，不似作偽，聲音緩和一些，道：「你當真不知道哈布迷宮麼？」

李文秀搖頭道：「不知道，啊，是了……」那書生厲聲道：「是了什麼？」李文秀道：「我小時候跟隨爹爹媽媽逃來回疆，曾聽他們說起過『哈布迷宮』四字。那是很好玩的地方麼？」那書生仍是疾言厲色的問道：「你爹娘還說過什麼，可不許瞞我。」李文秀然道：「但願我能夠多記得一些爹媽說過的話，便是多一個字，也是好的。就可惜再也聽不到他們的聲音了。伯伯，我常常這樣傻想，只要爹爹媽媽能活過來一天，讓我再見上一眼。唉！只要爹媽活着，便是天天不停的打我罵我，我也很快活啊。」

那書生臉色稍轉柔和，「嗯」了一聲，突然又大聲問：「那你嫁了丈夫沒有？」李文秀紅着臉搖了搖頭。那人道：「這幾年來你跟誰住在一起？」李文秀道：「跟計爺爺，」那人道：「計爺爺？他有多大年紀了？相貌怎樣！」李文秀吆喝白馬：「強盜來

— 47 —

《白馬嘯西風》黃皮再版書影。

鄺拾記無插圖版（盜版）

雖然版權頁顯示由武史出版社出版，但第一集封面圖取自《天龍八部》有插圖版合訂本，第二集封面來源不詳，加上封面沒有「金庸著」三字，實為鄺拾記後期印製的盜版書。

全書文獻價值低，像是（1）刪掉所有插圖；（2）以普及本原版翻印，但把「尾聲」部分合併至第九回下。

《白馬嘯西風》無插圖版封面。

舊版《白馬嘯西風》另有二冊本的綠皮版，封面圖與內容不符。[13]

13 筆者只在網路上看到照片，內文如何，由於不曾翻閱，無從稽考。

拾

天龍八部

《天龍八部》各種版本，內文都以普及本為源頭，盜版商（包括鄺拾記報局）只是複製原書製版，並沒有重新檢字排印。

舊版《天龍八部》版本系統

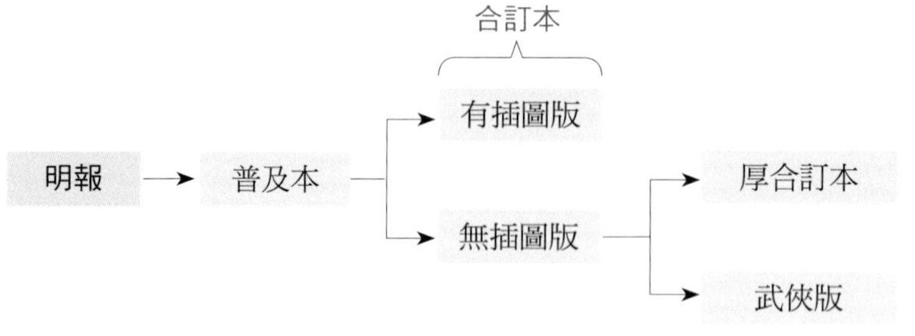

鄺拾記普及本（正版）

《天龍八部》普及本共一百四十冊。一如《神鵰俠侶》與《倚天屠龍記》，《天龍八部》在《明報》連載後，每七天出版一冊普及本。第一集在1963年9月9日出版，最後一集在1966年5月30日出版。從封底所示日期來看，《天龍八部》普及本的出版時間非常不穩定，諸如：（1）曾四次停刊，延後一週才出版（第四十一、七十三、八十一與一三七集）；（2）第四十二集延後了一天；（3）第八十八集提早兩天；（4）第一二六集提早一天；（5）甚至在1965年2月15日，同一天出版第七十四和七十五集。

普及本之所以經常改變出版時間，是因為《明報》上的《天龍八部》脫期情況多達五次，前後合共二十七天。（金庸歐遊一個月那次不算在內，因為有倪匡代寫，《明報》並未停載《天龍八部》。）

在連鎖效應下，脫期自然影響到普及本的出版時間。例如1964年6月期間，金庸要出席「國際新聞協會」會議，《天龍八部》停載多達十天，於是原應在6月15日出版的第四十一集就得順延一週，直到6月22日才出版，而原訂6月29日的第四十二集，也要順延一天才累積到足夠的文字量。

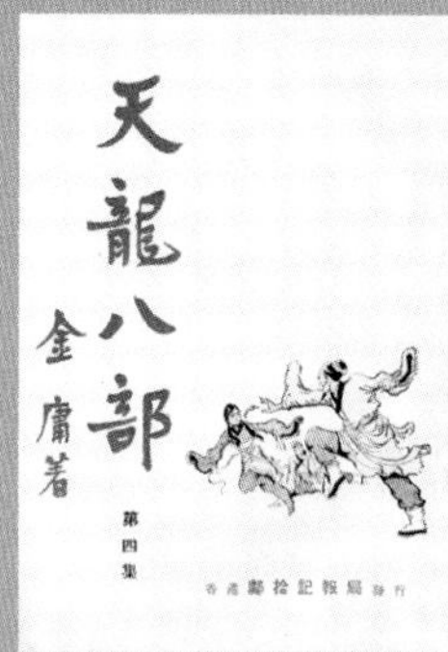

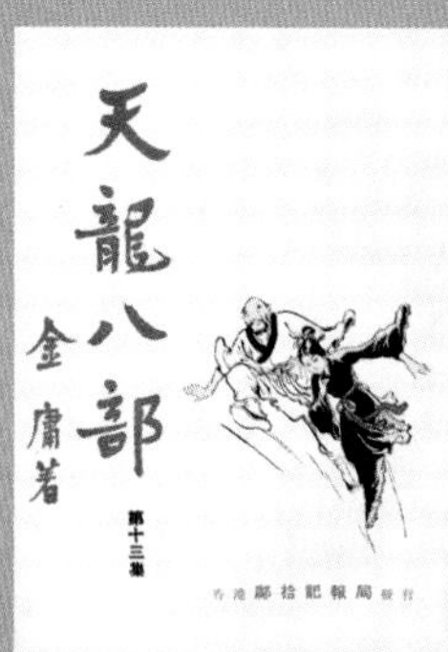

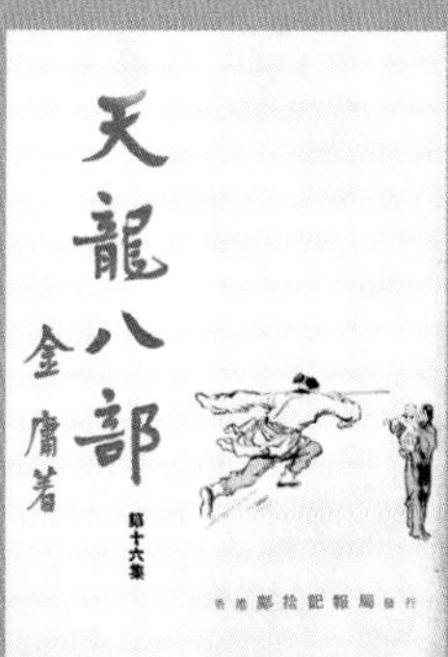

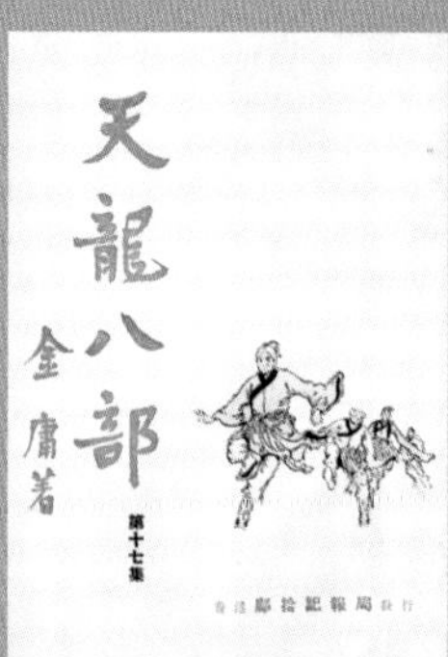

本頁與後六頁　《天龍八部》全一百四十冊普及本封面。封面圖由雲君繪畫。

天龍八部
金庸著
第二十一集
香港鄺拾記報局發行

天龍八部
金庸著
第二十二集
香港鄺拾記報局發行

天龍八部
金庸著
第二十三集
香港鄺拾記報局發行

天龍八部
金庸著
第二十四集
香港鄺拾記報局發行

天龍八部
金庸著
第二十五集
香港鄺拾記報局發行

天龍八部
金庸著
第二十六集
香港鄺拾記報局發行

天龍八部
金庸著
第二十七集
香港鄺拾記報局發行

天龍八部
金庸著
第二十八集
香港鄺拾記報局發行

天龍八部
金庸著
第二十九集
香港鄺拾記報局發行

天龍八部
金庸著
第三十集
香港鄺拾記報局發行

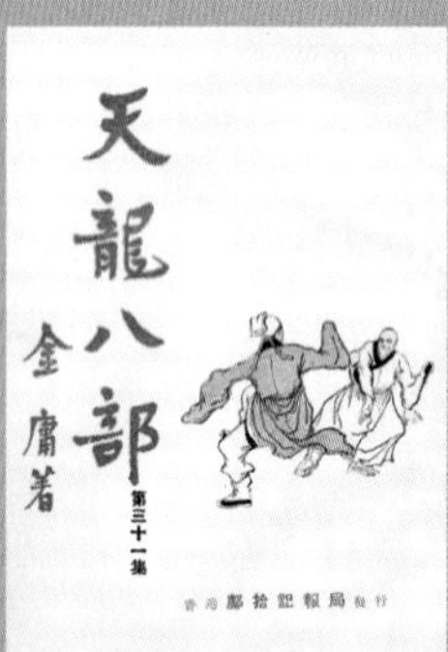
天龍八部
金庸著
第三十一集
香港鄺拾記報局發行

天龍八部
金庸著
第三十二集
香港鄺拾記報局發行

天龍八部
金庸著
第三十三集
香港鄺拾記報局發行

天龍八部
金庸著
第三十四集
香港鄺拾記報局發行

天龍八部
金庸著
第三十五集
香港鄺拾記報局發行

天龍八部
金庸著
第三十六集
香港鄺拾記報局發行

天龍八部
金庸著
第三十七集
香港鄺拾記報局發行

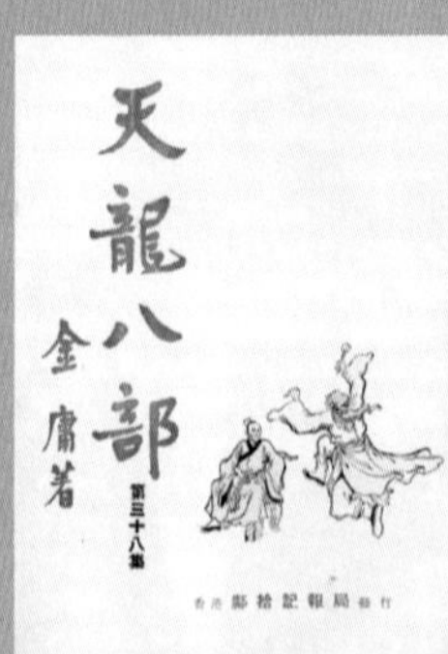
天龍八部
金庸著
第三十八集
香港鄺拾記報局發行

天龍八部
金庸著
第三十九集
香港鄺拾記報局發行

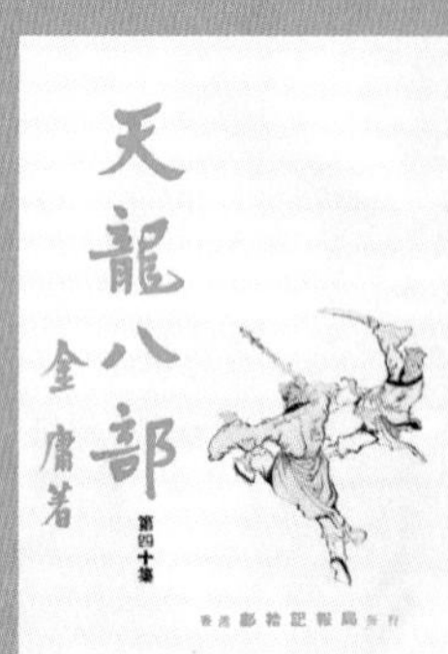
天龍八部
金庸著
第四十集
香港鄺拾記報局發行

天龍八部
金庸著
第四十一集
鄺拾記報局

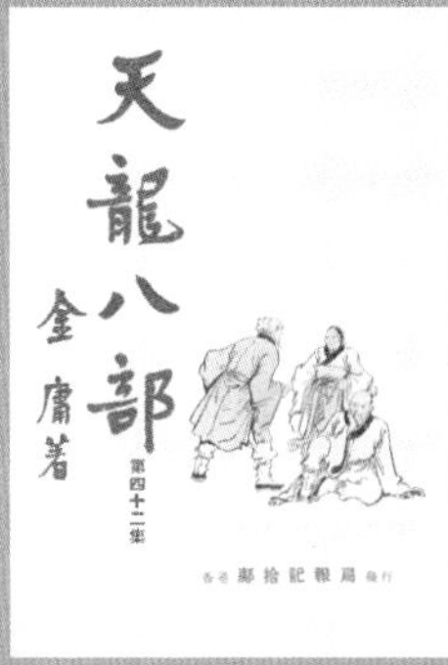
天龍八部
金庸著
第四十二集
鄺拾記報局

天龍八部
金庸著
第四十三集
鄺拾記報局

天龍八部
金庸著
第四十四集
鄺拾記報局

天龍八部
金庸著
第四十五集
鄺拾記報局

天龍八部
金庸著
第四十六集
鄺拾記報局

天龍八部
金庸著
第四十七集
鄺拾記報局

天龍八部
金庸著
第四十八集
鄺拾記報局

天龍八部
金庸著
第四十九集
鄺拾記報局

天龍八部
金庸著
第五十集
鄺拾記報局

天龍八部
金庸著
第五十一集
鄺拾記報局

天龍八部
金庸著
第五十二集
鄺拾記報局

天龍八部
金庸著
第五十三集
鄺拾記報局

天龍八部
金庸著
第五十四集
鄺拾記報局

天龍八部
金庸著
第五十五集
鄺拾記報局

天龍八部
金庸著
第五十六集
鄺拾記報局

天龍八部
金庸著
第五十七集
鄺拾記報局

天龍八部
金庸著
第五十八集
鄺拾記報局

天龍八部
金庸著
第五十九集
鄺拾記報局

天龍八部
金庸著
第六十集
鄺拾記報局

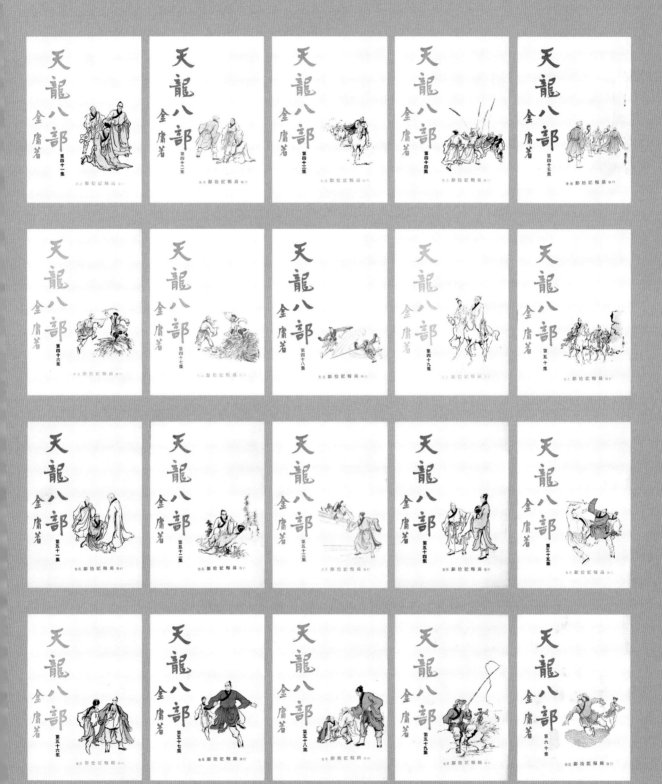

天龍八部
金庸著
第六十一集
香港 鄺拾記報局 發行

天龍八部
金庸著
第六十二集
香港 鄺拾記報局 發行

天龍八部
金庸著
第六十三集
香港 鄺拾記報局 發行

天龍八部
金庸著
第六十四集
香港 鄺拾記報局 發行

天龍八部
金庸著
第六十五集
香港 鄺拾記報局 發行

天龍八部
金庸著
第六十六集
香港 鄺拾記報局 發行

天龍八部
金庸著
第六十七集
香港 鄺拾記報局 發行

天龍八部
金庸著
第六十八集
香港 鄺拾記報局 發行

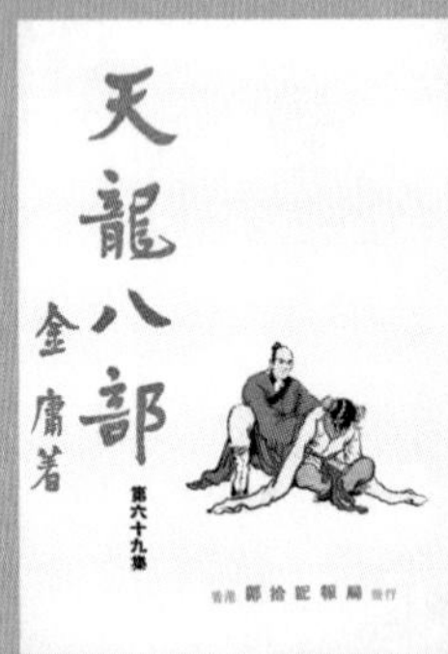
天龍八部
金庸著
第六十九集
香港 鄺拾記報局 發行

天龍八部
金庸著
第七十集
香港 鄺拾記報局 發行

天龍八部
金庸著
第七十一集
香港 鄺拾記報局 發行

天龍八部
金庸著
第七十二集
香港 鄺拾記報局 發行

天龍八部
金庸著
第七十三集
香港 鄺拾記報局 發行

天龍八部
金庸著
第七十四集
香港 鄺拾記報局 發行

天龍八部
金庸著
第七十五集
香港 鄺拾記報局 發行

天龍八部
金庸著
第七十六集
香港 鄺拾記報局 發行

天龍八部
金庸著
第七十七集
香港 鄺拾記報局 發行

天龍八部
金庸著
第七十八集
香港 鄺拾記報局 發行

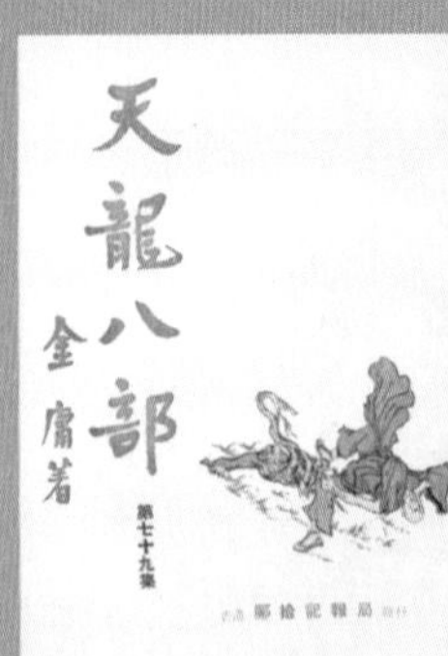
天龍八部
金庸著
第七十九集
香港 鄺拾記報局 發行

天龍八部
金庸著
第八十集
香港 鄺拾記報局 發行

天龍八部
金庸著
第八十一集
香港 鄺拾記報局 發行

天龍八部
金庸著
第八十二集
香港 鄺拾記報局 發行

天龍八部
金庸著
第八十三集
香港 鄺拾記報局 發行

天龍八部
金庸著
第八十四集
香港 鄺拾記報局 發行

天龍八部
金庸著
第八十五集
香港 鄺拾記報局 發行

天龍八部
金庸著
第八十六集
香港 鄺拾記報局 發行

天龍八部
金庸著
第八十七集
香港 鄺拾記報局 發行

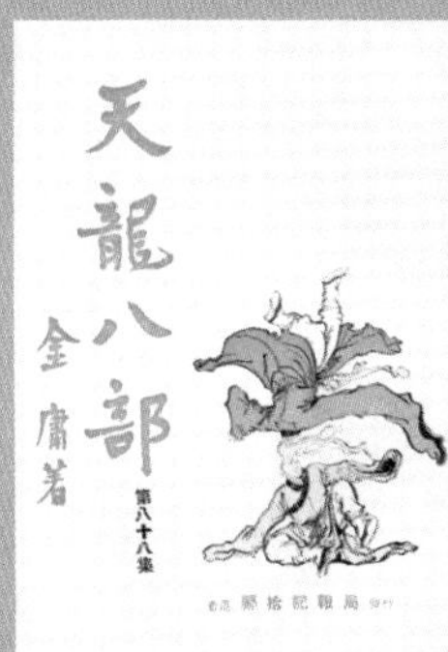
天龍八部
金庸著
第八十八集
香港 鄺拾記報局 發行

天龍八部
金庸著
第八十九集
香港 鄺拾記報局 發行

天龍八部
金庸著
第九十集
香港 鄺拾記報局 發行

天龍八部
金庸著
第九十一集
香港 鄺拾記報局 發行

天龍八部
金庸著
第九十二集
香港 鄺拾記報局 發行

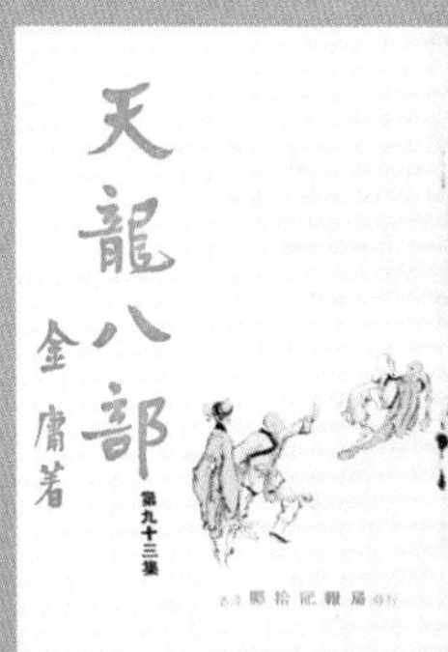
天龍八部
金庸著
第九十三集
香港 鄺拾記報局 發行

天龍八部
金庸著
第九十四集
香港 鄺拾記報局 發行

天龍八部
金庸著
第九十五集
香港 鄺拾記報局 發行

天龍八部
金庸著
第九十六集
香港 鄺拾記報局 發行

天龍八部
金庸著
第九十七集
香港 鄺拾記報局 發行

天龍八部
金庸著
第九十八集
香港 鄺拾記報局 發行

天龍八部
金庸著
第九十九集
香港 鄺拾記報局 發行

天龍八部
金庸著
第一〇〇集
香港 鄺拾記報局 發行

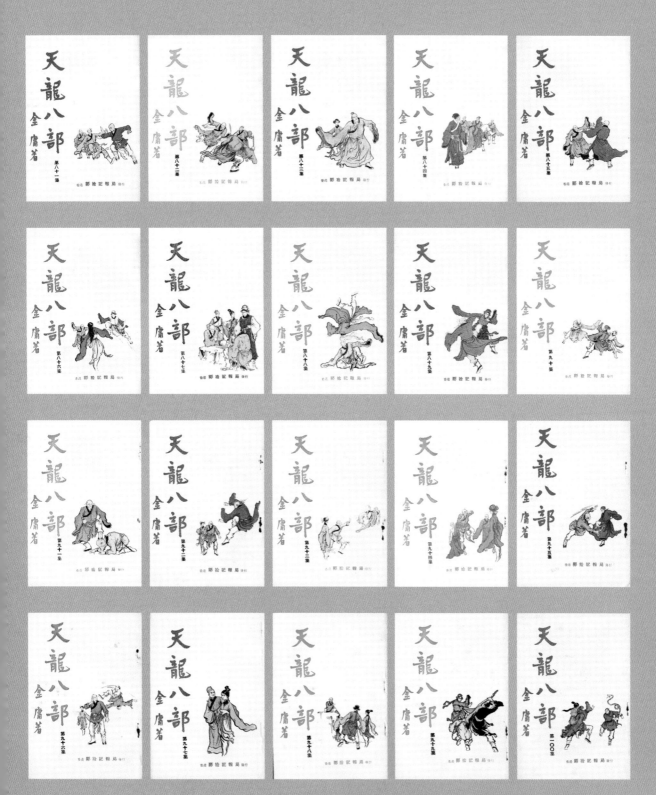

天龍八部
金庸著
第一〇一集
香港 鄺拾記報局 發行

天龍八部
金庸著
第一〇二集
香港 鄺拾記報局 發行

天龍八部
金庸著
第一〇三集
香港 鄺拾記報局 發行

天龍八部
金庸著
第一〇四集
香港 鄺拾記報局 發行

天龍八部
金庸著
第一〇五集
香港 鄺拾記報局 發行

天龍八部
金庸著
第一〇六集
香港 鄺拾記報局 發行

天龍八部
金庸著
第一〇七集
香港 鄺拾記報局 發行

天龍八部
金庸著
第一〇八集
香港 鄺拾記報局 發行

天龍八部
金庸著
第一〇九集
香港 鄺拾記報局 發行

天龍八部
金庸著
第一一〇集
香港 鄺拾記報局 發行

天龍八部
金庸著
第一一一集
香港 鄺拾記報局 發行

天龍八部
金庸著
第一一二集
香港 鄺拾記報局 發行

天龍八部
金庸著
第一一三集
香港 鄺拾記報局 發行

天龍八部
金庸著
第一一四集
香港 鄺拾記報局 發行

天龍八部
金庸著
第一一五集
香港 鄺拾記報局 發行

天龍八部
金庸著
第一一六集
香港 鄺拾記報局 發行

天龍八部
金庸著
第一一七集
香港 鄺拾記報局 發行

天龍八部
金庸著
第一一八集
香港 鄺拾記報局 發行

天龍八部
金庸著
第一一九集
香港 鄺拾記報局 發行

天龍八部
金庸著
第一二〇集
香港 鄺拾記報局 發行

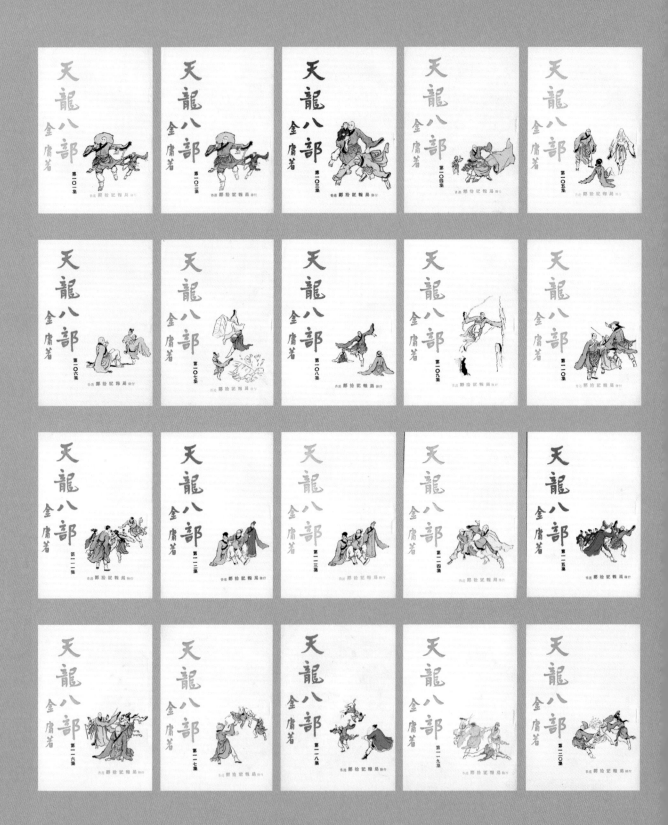

天龍八部
金庸著
第一二一集
香港鄺拾記報局發行

天龍八部
金庸著
第一二二集
香港鄺拾記報局發行

天龍八部
金庸著
第一二三集
香港鄺拾記報局發行

天龍八部
金庸著
第一二四集
香港鄺拾記報局發行

天龍八部
金庸著
第一二五集
香港鄺拾記報局發行

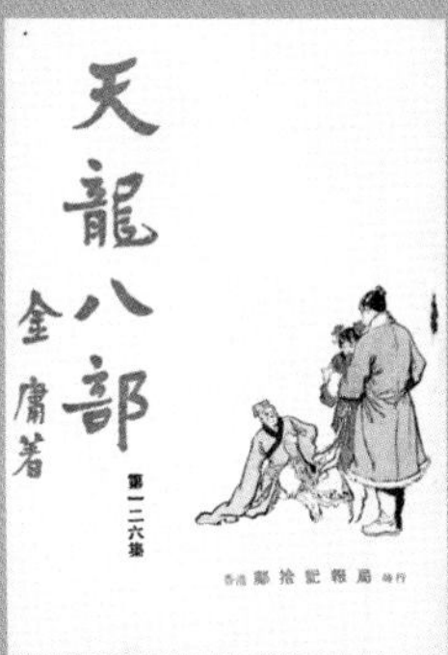
天龍八部
金庸著
第一二六集
香港鄺拾記報局發行

天龍八部
金庸著
第一二七集
香港鄺拾記報局發行

天龍八部
金庸著
第一二八集
香港鄺拾記報局發行

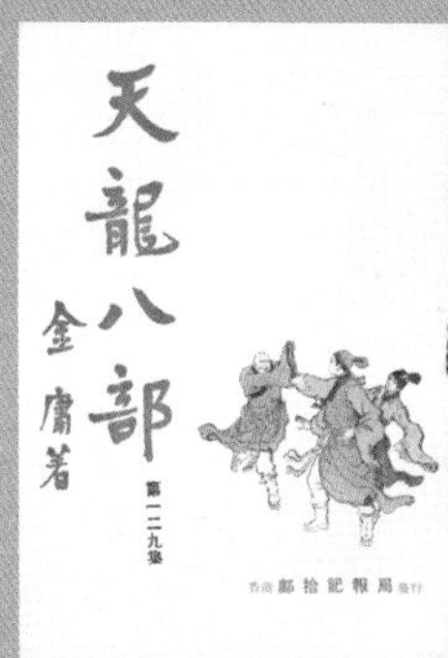
天龍八部
金庸著
第一二九集
香港鄺拾記報局發行

天龍八部
金庸著
第一三〇集
香港鄺拾記報局發行

天龍八部
金庸著
第一三一集
香港鄺拾記報局發行

天龍八部
金庸著
第一三二集
香港鄺拾記報局發行

天龍八部
金庸著
第一三三集
香港鄺拾記報局發行

天龍八部
金庸著
第一三四集
香港鄺拾記報局發行

天龍八部
金庸著
第一三五集
香港鄺拾記報局發行

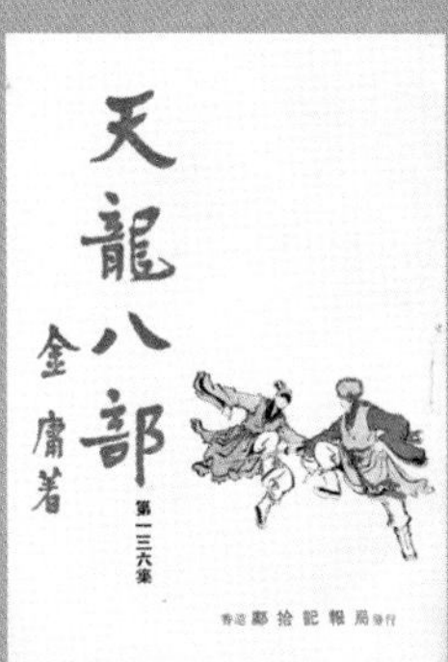
天龍八部
金庸著
第一三六集
香港鄺拾記報局發行

天龍八部
金庸著
第一三七集
鄺拾記報局

天龍八部
金庸著
第一三八集
鄺拾記報局

天龍八部
金庸著
第一三九集
香港鄺拾記報局發行

天龍八部
金庸著
第一四〇集
鄺拾記報局發行

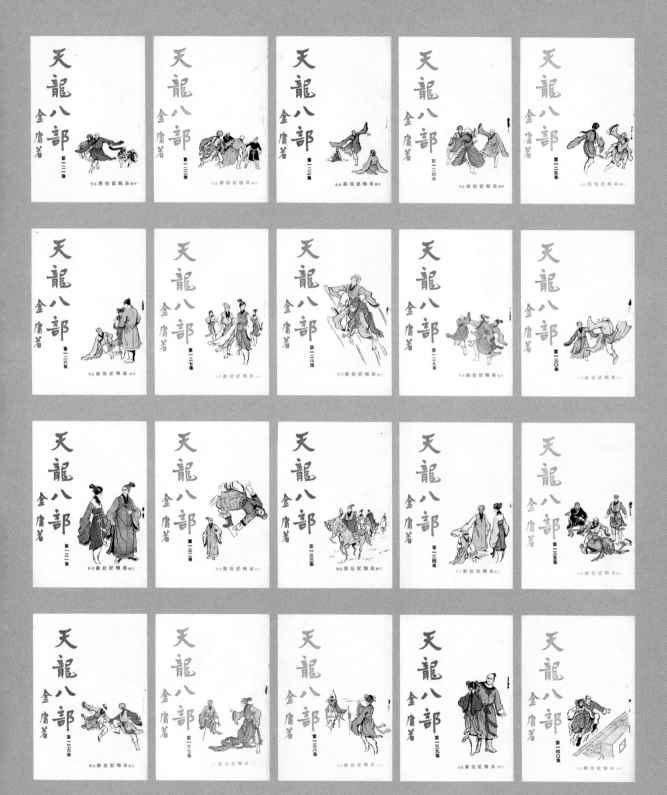

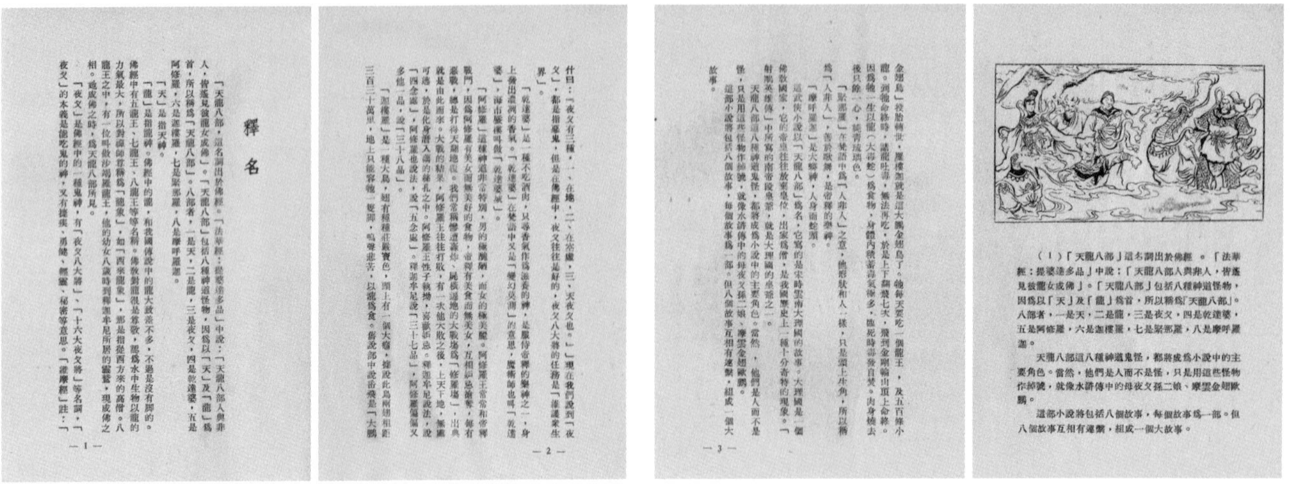

《天龍八部》普及本書影。

鄺拾記有插圖版合訂本（正版）

合訂本全套三十五冊。第一集在1963年10月4日出版，每隔二十八天推出一集，第三十五集在1966年6月3日出版完結。由於普及本時有延期，連帶牽動合訂本的出版日期，其中三集延後七天出版。

《天龍八部》合訂本放棄了彩皮封面，統一用黃色作底色，全部劃一為黃皮。每集合訂本收錄二十八天的連載內容，但只收錄二十二張插圖（第一集只有二十一張），全三十五集共有七百六十九張圖。

本頁與後二頁　《天龍八部》有插圖版合訂本封面。

金庸著
天龍八部
第五集
香港鄭拾記報局發行

金庸著
天龍八部
第六集
香港鄭拾記報局發行

金庸著
天龍八部
第七集
香港鄭拾記報局發行

金庸著
天龍八部
第八集
香港鄭拾記報局發行

金庸著
天龍八部
第九集
香港鄭拾記報局發行

金庸著
天龍八部
第十集
香港鄭拾記報局發行

金庸著
天龍八部
第十一集
香港鄭拾記報局發行

金庸著
天龍八部
第十二集
香港鄭拾記報局發行

金庸著
天龍八部
第十三集
香港鄭拾記報局發行

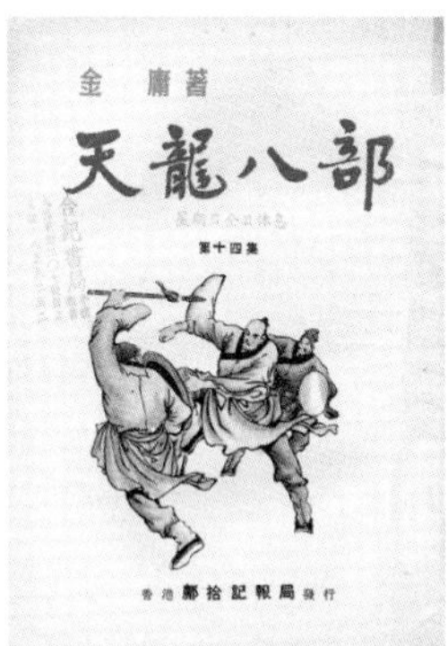
金庸著
天龍八部
第十四集
香港鄭拾記報局發行

金庸著
天龍八部
第十五集
香港鄭拾記報局發行

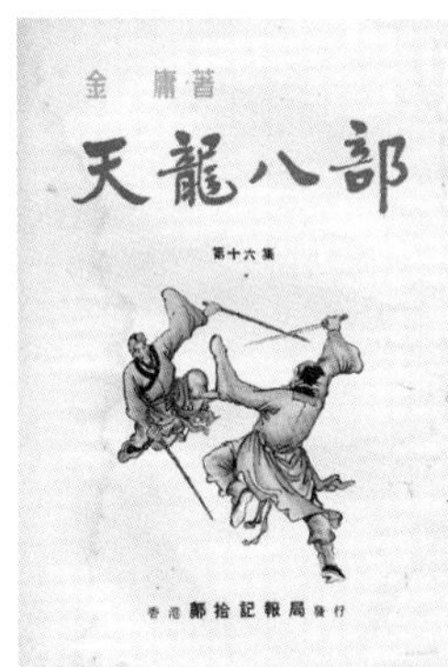
金庸著
天龍八部
第十六集
香港鄭拾記報局發行

金庸著
天龍八部
第十七集
香港鄭拾記報局發行

金庸著
天龍八部
第十八集
香港鄭拾記報局發行

金庸著
天龍八部
第十九集
香港鄭拾記報局發行

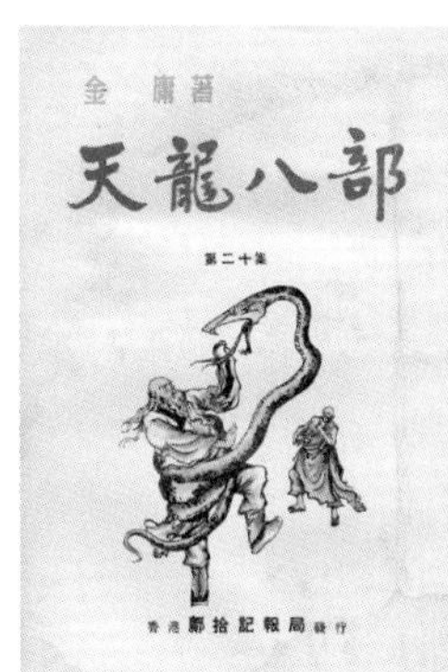
金庸著
天龍八部
第二十集
香港鄭拾記報局發行

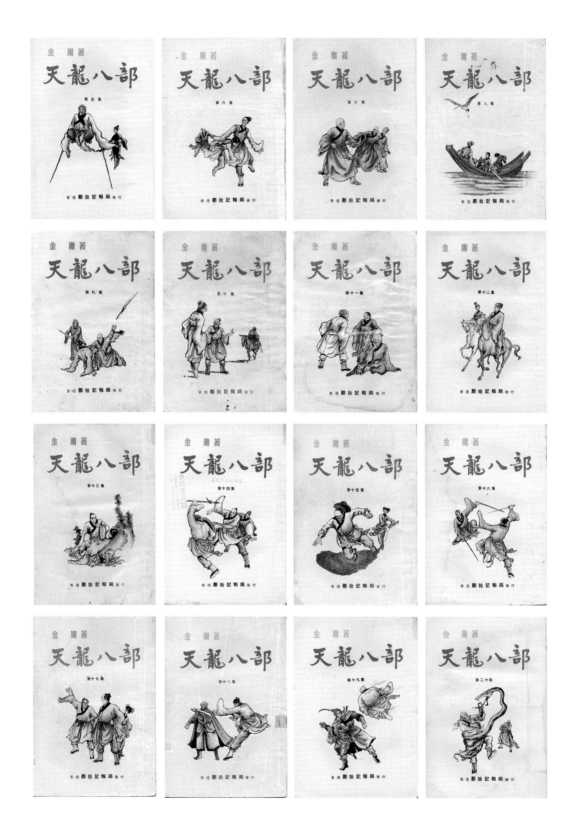

金庸著
天龍八部
第二十一集
香港鄺拾記報局發行

金庸著
天龍八部
第二十二集
香港鄺拾記報局發行

金庸著
天龍八部
第二十三集
香港鄺拾記報局發行

金庸著
天龍八部
第二十四集
香港鄺拾記報局發行

金庸著
天龍八部
第二十五集
香港鄺拾記報局發行

金庸著
天龍八部
第二十六集
香港鄺拾記報局發行

金庸著
天龍八部
第二十七集
香港鄺拾記報局發行

金庸著
天龍八部
第二十八集
香港鄺拾記報局發行

金庸著
天龍八部
第二十九集
香港鄺拾記報局發行

金庸著
天龍八部
第三十集
香港鄺拾記報局發行

金庸著
天龍八部
第三十一集
香港鄺拾記報局發行

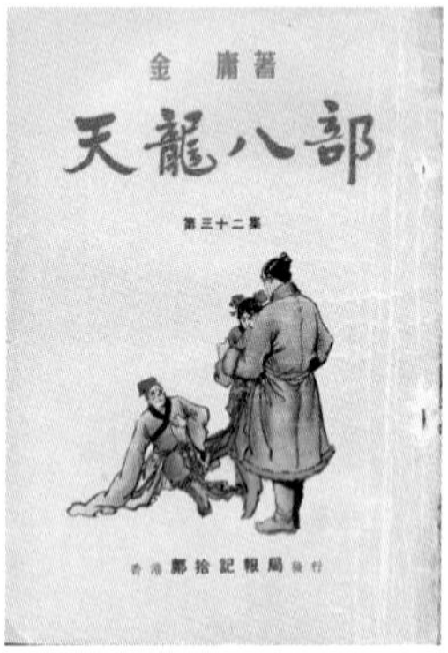
金庸著
天龍八部
第三十二集
香港鄺拾記報局發行

金庸著
天龍八部
第三十三集
香港鄺拾記報局發行

金庸著
天龍八部
第三十四集
香港鄺拾記報局發行

金庸著
天龍八部
第三十五集
香港鄺拾記報局發行

鄺拾記無插圖版合訂本（盜版）

與《神鵰俠侶》、《倚天屠龍記》一樣，《天龍八部》合訂本在「有插圖版」之外，又有「無插圖版」，全套三十五冊，開本較小。無插圖版這三十五冊有三種「情況」：（1）第一至二十集，封面沒有「金庸著」三字，封面圖取自《倚天屠龍記》和《俠客行》，也有些封面圖即使取自《天龍八部》，但次序錯亂，與該集內容無關，更刪去第一回前「釋名」三頁；（2）第二十一至三十二集，以及第三十四、三十五集，封面與封底跟有插圖版完全相同，封面有「金庸著」三字；（3）第三十三集，封面沒有「金庸著」三字，甚至漏印「第三十三集」五個字，封面圖取自《倚天屠龍記》。

就現時所見的所有無插圖版《天龍八部》合訂本來看，沒有一本超出這三種情況。也就是說，只要是第一至第二十集的無插圖版，封面肯定沒有「金庸著」三字，以此類推。這三種情況，很可能不是來自三個不同的版本，而是同一個版本有三種不同的處理方式。按照金庸其他小說的情況，如此混亂的出版方式，只會在盜版書中出現。由此可以推斷，「無插圖版《天龍八部》合訂本」實為盜版書，是鄺拾記與金庸「分手」後的未授權「產品」。

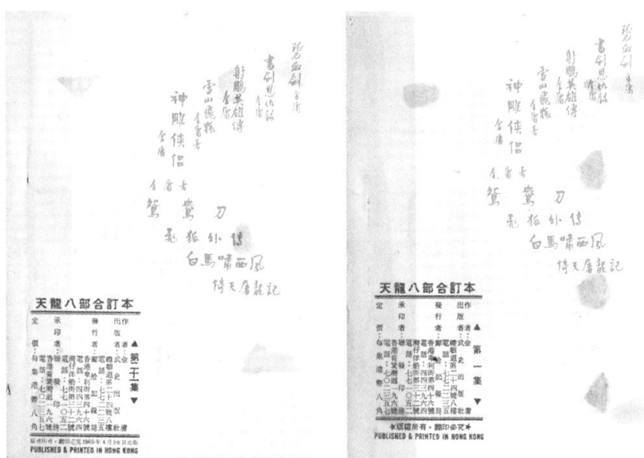

《天龍八部》無插圖版合訂本第一集與第二十一集封底。

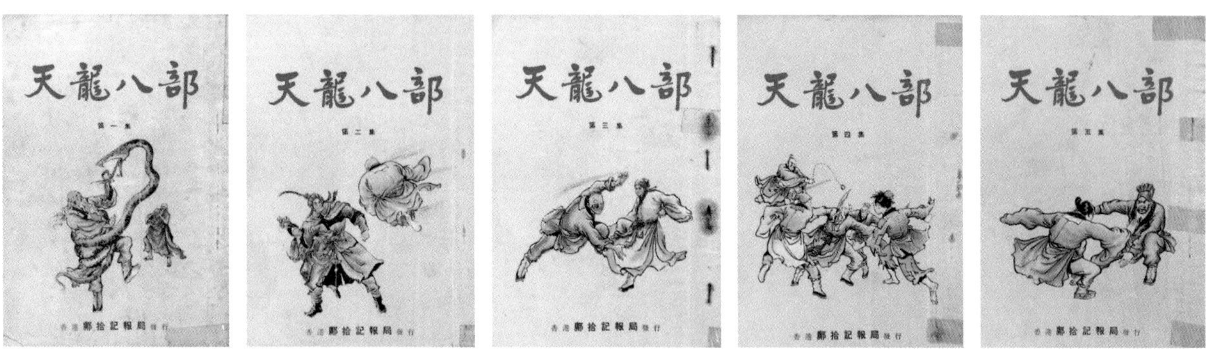

本頁與後二頁　《天龍八部》無插圖版合訂本封面。

天龍八部
第六集
香港鄺拾記報局發行

天龍八部
第七集
香港鄺拾記報局發行

天龍八部
第八集
香港鄺拾記報局發行

天龍八部
第九集
香港鄺拾記報局發行

天龍八部
第十集
香港鄺拾記報局發行

天龍八部
第十一集
香港鄺拾記報局發行

天龍八部
第十二集
香港鄺拾記報局發行

天龍八部
第十三集
香港鄺拾記報局發行

金庸著
天龍八部
第十四集
香港鄺拾記報局發行

金庸著
天龍八部
第十五集
香港鄺拾記報局發行

天龍八部
第十六集
香港鄺拾記報局發行

天龍八部
第十七集
香港鄺拾記報局發行

天龍八部
第十八集
香港鄺拾記報局發行

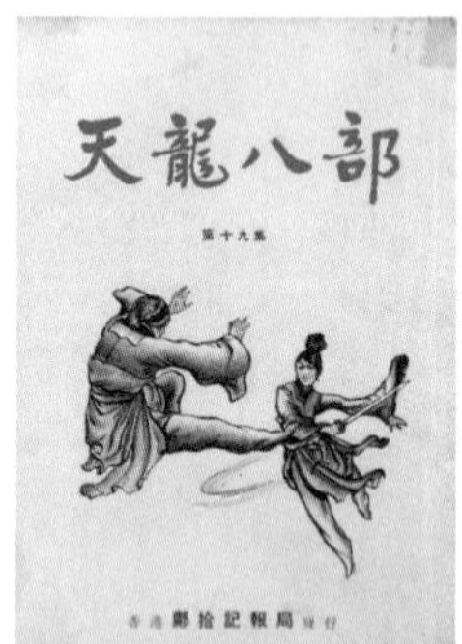
天龍八部
第十九集
香港鄺拾記報局發行

金庸著
天龍八部
第二十集
香港鄺拾記報局發行

金庸著
天龍八部
第二十一集
香港鄺拾記報局發行

金庸著
天龍八部
第二十二集
香港鄺拾記報局發行

金庸著
天龍八部
第二十三集
香港鄺拾記報局發行

金庸著
天龍八部
第二十四集
香港鄺拾記報局發行

金庸著
天龍八部
第二十五集
香港鄺拾記報局發行

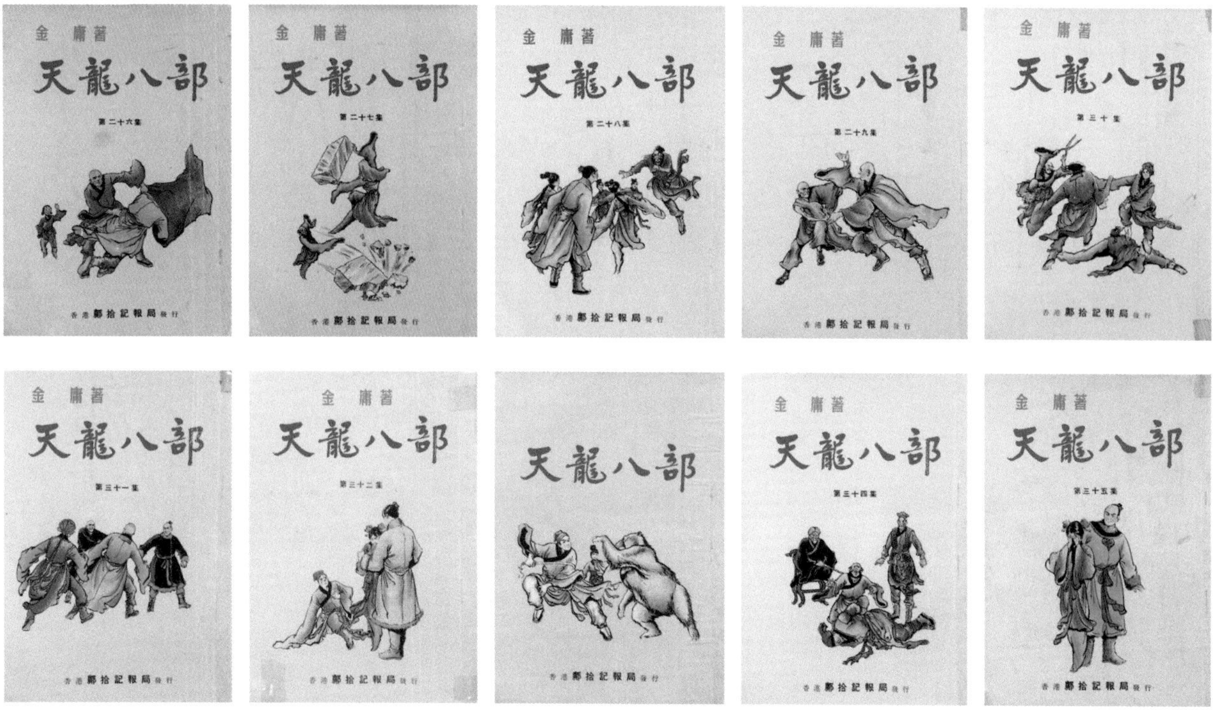

鄺拾記厚合訂本（盜版）

結合四集合訂本而成十六回本的「厚合訂本」，是鄺拾記後期（或70年代初）盜印金庸小說的常見做法。《天龍八部》厚合訂本的封面圖取自《倚天屠龍記》，也有取自《天龍八部》合訂本。厚合訂本封面無「金庸著」三字，開本較小。

厚合訂本依據「無插圖版」複製而來，第一回前刪掉了「釋名」部分。

《天龍八部》厚合訂本封面。

武俠版（盜版）

彩脊紅字版、白脊黑字版、白脊紅字版

隨著金庸不再跟鄺拾記合作，盜版市場逐漸死灰復燃。不過，之前連載的金庸小說，由於經過不斷再版，市場需求遠比不上新連載的小說，因此後期出現的「非鄺拾記」盜版書，就只有金庸最後的四部長篇著作，即《天龍八部》、《俠客行》、《笑傲江湖》與《鹿鼎記》。

武俠出版社先後出版過至少三次的盜印本《天龍八部》，將鄺拾記合訂本三十五集的內容重新平均分配為六冊，並去掉插圖。根據封面的差異，可以分為彩脊紅字版、白脊黑字版與白脊紅字版三種。三種武俠版《天龍八部》，每個版本內的各集封面都相同。此外，彩脊紅字版的封面圖與另外兩版不同，白脊黑字版與白脊紅字版封面都一樣。武俠版乃依據鄺拾記「無插圖版」複製而來，第一回前已刪掉「釋名」部分。

白脊紅字版每集的分回與另外兩版不同，彩脊紅字版和白脊黑字版第二至五集，該集結束的地方並非該回內文終結之處，同一回餘下的內文，要到下一集接續。至於白脊紅字版，每集結束之處就是一回全文完結的地方。由此可以推測：白脊紅字版是最後修正版。

上　武俠版《天龍八部》（彩脊紅字版）。
中　武俠版《天龍八部》（白脊黑字版）。
下　武俠版《天龍八部》（白脊紅字版）。

拾壹　素心劍

舊版《素心劍》版本系統

明報 → 普及本第一集

明報 → 鄺拾記版合訂本 → 鄺拾記版厚合訂本（二冊本→一冊本）

鄺拾記普及本（正版）

《素心劍》故事在《東南亞周刊》連載，每期約四千五百字，兩期合起來就有九千字，足以出版一冊普及本，成為雙週刊。不過，現在看到的《素心劍》普及本第一集收錄約一萬字，涵蓋了《東南亞周刊》第一集、第二集，以及第三集約三分之一的連載內容。《東南亞周刊》創刊於1964年1月12日，第三期在1月26日出刊，然而，普及本第一集卻要在三個半月後（5月11日）才出版。相較於金庸其他部小說，《素心劍》普及本已經失去任何能夠打擊翻版的優勢。現今流傳下來的《素心劍》普及本非常稀少，而且只得第一集。從種種跡象顯示，《素心劍》普及本極可能只出版了一集，便無疾而終。

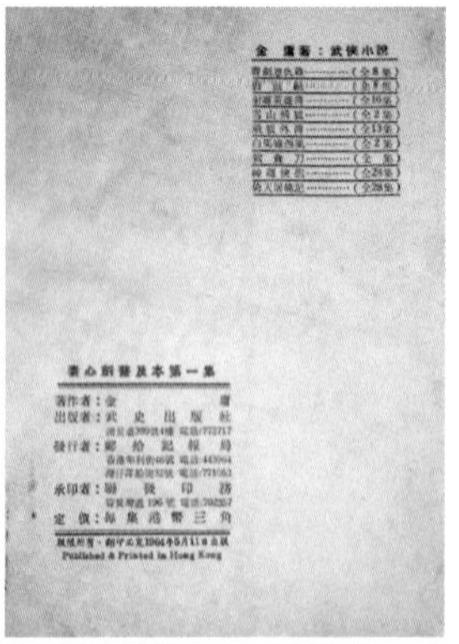

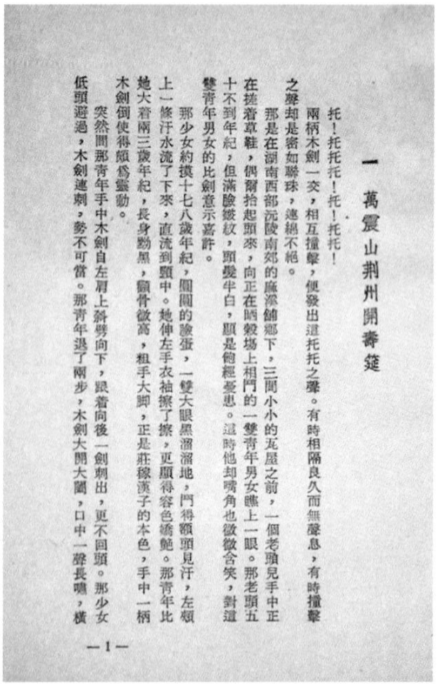

一　萬震山荊州開壽筵

托！托托托！托！托托！

兩柄木劍一交，相互撞擊，便發出這托托之聲。有時相隔良久而無聲息，有時撞擊之聲卻是密如聯珠，連綿不絕。

那是在湖南西部沅陵南郊的麻溪鋪鄉下，三間小小的瓦屋之前，一個老頭兒手中正在搓着草鞋，偶爾抬起頭來，向正在曬穀場上相鬥的一雙青年男女瞧上一眼。那老頭五十不到年紀，但滿臉皺紋，頭髮半白，顯是飽經憂患。這時他卻嘴角也微微含笑，對這雙青年男女的比劍意示嘉許。

那少女約摸十七八歲年紀，圓圓的臉蛋，一雙大眼黑溜溜地，鬥得額頭見汗，左頰上一條汗水流了下來，直流到頸中。她伸左手衣袖擦了擦，更顯得容色嬌艷。那青年比她大着兩三歲年紀，長身黝黑，顴骨微高，粗手大腳，正是莊稼漢子的本色，手中一柄木劍倒使得頗爲靈動。

突然間那青年手中木劍自左肩上斜劈向下，跟着向後一劍刺出，更不回頭。那少女低頭避過，木劍連刺，勢不可當。那青年退了兩步，木劍大開大闔，口中一聲長嘯，橫

—1—

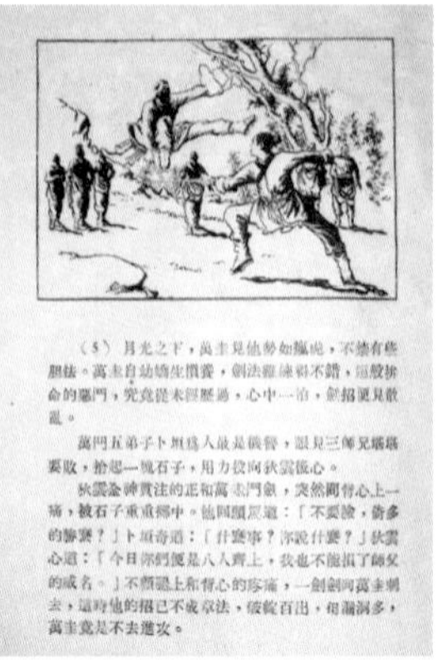

上左　《素心劍》普及本封面與封底。

上右　《素心劍》普及本書影。

下　《素心劍》普及本插圖。

普及本第一集的封面圖取自《東南亞周刊》第二期，內文則收有五張插圖。《素心劍》每期連載時，共有三張插圖，二又三分之一期的內容理應有七張圖，但普及本只收錄其中五張，在金庸小說所有普及本中收錄插圖最少，文獻價值相對最低（但由於極度稀少，收藏價值最高）。

第一集只有一個回目，取自《東南亞周刊》第一期連載的標題「萬震山荊州開壽筵」。

《東南亞周刊》第二期連載《素心劍》，插圖經簡化後，作為普及本第一集封面圖。

鄺拾記合訂本（正版）

出版社將《東南亞周刊》上的《素心劍》平均分為六部分，合訂本共六冊。封面圖皆取自《東南亞周刊》，不過，雖然是《素心劍》故事，但並非與該集內容相關。只要看看插圖來源便知道：

第一集封面圖	取自《東南亞周刊》第11期
第二集封面圖	取自《東南亞周刊》第26期
第三集封面圖	取自《東南亞周刊》第30期
第四集封面圖	取自《東南亞周刊》第28期
第五集封面圖	取自《東南亞周刊》第29期
第六集封面圖	取自《東南亞周刊》第29期

《素心劍》在《東南亞周刊》一共連載了六十期（當中兩期停載），但合訂本封面圖只取用前半部分的期數（而且幾乎集中在第26-30期），後半部分的故事完全沒有選用任何一張圖。這在金庸其他小說的合訂本中甚為罕見。

前面提到，由於傳本罕見，《素心劍》普及本疑似只出版了第一集便停刊。從合訂本的編排來看，完全沒有普及本的痕跡，似也可以作為旁證。

首先是回目。合訂本每集兩回，共十二回，回目為十四字組成的七言對句（但並不全是對偶句），而普及本第一集的回目只是照用《東南亞周刊》第一期原來的標題，兩者完全不同。《素心劍》合訂本十二回回目如下：

集數	回數	回目
第一集	第一回	劍破夜空埋恨種　血洒華堂孕仇根
	第二回	萬氏詭計誣赤子　凌公毒刑施異人
第二集	第三回	三年獄中歷苦難　始覺世間險道多
	第四回	暴雨狂雲翠菊謝　驚魂裂魄青劍寒
第三集	第五回	中巨毒寶象身死　歷苦海狄雲偷生
	第六回	淫威陡發指彈劍　義忿難平血浸刀
第四集	第七回	月影深谷血刀暖　星搖峭壁鐵槍寒
	第八回	遍染雪谷親仇血　緊縈石壑恩怨情
第五集	第九回	華屋老丐掏寶藏　萬門弟子下湘西
	第十回	嬝嬝清香燃心願　汪汪淚眼注柔情
第六集	第十一回	失劍譜萬圭疑心　見奸情戚芳驚魂
	第十二回	夢消朧月零風路　泣盡殘鐙夜雨鈴

《素心劍》合訂本封面。

第一回　劍破夜空埋恨種　血洒華堂孕仇根

托！托托托！托！托托！

兩柄木劍一交，相互撞擊，便發出這托托之聲。有時相隔良久而無聲息，有時撞擊之聲却是密如聯珠，連綿不絕。

那是在湖南西部沅陵南郊的麻溪舖鄉下，三間小小的瓦屋之前，一個老頭兒手中正在搓着草鞋，偶爾抬起頭來，向正在晒榖場上相鬥的一雙青年男女瞧上一眼。那老頭五十不到年紀，但滿臉皺紋，頭髮半白，顯是飽經憂患。這時他却嘴角也微微含笑，對這雙青年男女的比劍意示嘉許。

那少女約摸十七八歲年紀，圓圓的臉蛋，一雙大眼黑溜溜地，鬥得額頭見汗，左頰上一條汗水流了下來，直流到頸中。她伸左手衣袖擦了擦，更顯得容色嬌艷。那青年比她大着兩三歲年紀，長身黝黑，顴骨微高，粗手大脚，正是莊稼漢子的本色，手中一柄木劍倒使得頗爲靈動。

突然間那青年手中木劍自左肩上斜劈向下，跟着向後一劍刺出，更不回頭。那少女低頭避過，木劍連刺，勢不可當。那青年退了兩步，木劍大開大闔，口中一聲長嘯，横削三劍。那少女抵擋不住，突然收劍站住，竟不招架，嬌嗔道：「算你厲害，成不成？你把我砍死了吧！」

那青年沒料到她竟會突然收劍不架，這第三劍眼見便要削上她的腰間，一驚之下，急忙收招，只是去勢太强，嗤的一聲，劍鋒竟是打在自己左手手背，「啊喲」一聲，叫了出來。那少女拍手叫好，

• 3 •

《素心劍》合訂本書影。

戚長發望着那尊滿臉笑容的如來佛像，他臉上堆滿戾氣，惡狠狠地端詳半晌。

《素心劍》合訂本插圖，與普及本扁長方形的插圖完全不同。

其次是插圖。普及本第一集收錄了五張插圖，依循《神鵰俠侶》、《倚天屠龍記》普及本的插圖呈現方式，即：一頁的上半部分為扁長方形圖，下半部分為圖片說明。而《素心劍》合訂本每集只有四張插圖，每回各有兩張，一張置於該回內文前，另一張置於內文中。六集共二十四張插圖，插圖版式仿效三育版小說，一頁一大圖，為高長方形狀。

最後是行款。普及本一頁十五行，每行三十八字；合訂本一頁十六行，每行四十四字。也就是說，《素心劍》合訂本並非使用普及本的原版複製。自有金庸小說普及本與合訂本以來，這是絕無僅有的事。《鴛鴦刀》雖然曾經重排，但一則是為了縮減頁數，二則根本沒有出過普及本。如果《素心劍》已有普及本，合訂本只要依此製版即可，絕無檢字重排的需要。因此，唯一合理的解釋是：《素心劍》只出版了一冊普及本，就沒有再出下去，以致後來出版合訂本時，便無版可以複製。

以上只是從合訂本種種不合理情況來推測，真相如何，已無可考究。

鄺拾記厚合訂本（盜版）

二冊厚合訂本、一冊厚合訂本（以下簡稱二冊本、一冊本）

鄺拾記後來出版了兩種更厚的合訂本，都是盜印的。一種是將每三集合訂本合而為一的「二冊本」；另一種更厚，是將六冊十二回故事全部合併的「一冊本」。

《素心劍》一冊本封面。

「二冊本」封面圖分別取自《俠客行》與《倚天屠龍記》，並刪掉所有插圖，甚至試圖修改回目。如第一回回目「萬震山荊州開壽筵」取自普及本第一集（或《東南亞周刊》第一期）；第二回卻變成七言對句，下聯取自《東南亞周刊》第七期標題「長夜漫漫何時旦」，並另擬上聯而成「世道險險遭誣陷　長夜漫漫何時旦」；第三至十二回則又沿用鄺拾記合訂本的回目。開本也較小，封面無「金庸著」三字，可以肯定為盜版。

即使二冊本首兩回的回目不同於合訂本，但行款卻與合訂本一樣（只是改了兩回的回目），可見與之後出版的一冊本屬同一個來源。

「一冊本」依據合訂本製版印刷而來。封面圖雖然取自《素心劍》合訂本第二集，封面也有「金庸著」三字，但售價十元，較二冊本貴，當是在二冊本之後才推出的，屬鄺拾記後期盜印書。

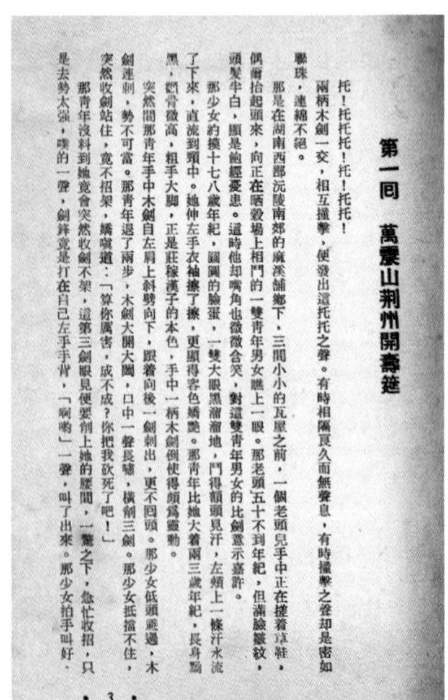

第一回　萬震山荊州開壽筵

托！托托托！托！托托！

兩柄木劍一交，相互撞擊，便發出這托托之聲。有時相隔良久而無聲息，有時撞擊之聲卻是密如聯珠，連綿不絕。

那是在湖南西部沅陵南郊的麻溪舖鄉下，三間小小的瓦屋之前，一個老頭兒手中正在搓着草鞋，偶爾抬起頭來，向正在曬穀場上相鬥的一雙青年男女瞧上一眼。那老頭五十不到年紀，但滿臉皺紋，頭髮半白，顯是飽經憂患。這時他卻嘴角也微微含笑，對這雙青年男女的比劍意示嘉許。

那少女約摸十七八歲年紀，圓圓的臉蛋，一雙大眼黑溜溜地，鬥得額頭見汗，左頰上一條汗水流了下來，直流到頸中。她伸左手衣袖擦了擦，更顯得容色嬌艷。那青年比她大着兩三歲年紀，長身黝黑，顴骨微高，粗手大腳，正是莊稼漢子的本色，手中一柄木劍倒使得頗爲靈動。

突然間那青年手中木劍自左肩上斜劈向下，跟着向後一劍刺出，更不回頭。那少女低頭避過，木劍連刺，勢不可當。那青年退了兩步，木劍大開大闔，口中一聲長嘯，橫削三劍。那少女抵擋不住，突然收劍站住，竟不招架，嬌嗔道：「算你厲害，成不成？你把我砍死了吧！」

那青年沒料到她竟會突然收劍不架，這第三劍眼見便要削上她的腰間，一驚之下，急忙收招，只是去勢太强，嗤的一聲，劍鋒竟是打在自己左手手背，「啊喲」一聲，叫了出來。那少女拍手叫好，

• 3 •

左　《素心劍》二冊本封面。

右　《素心劍》二冊本書影，首回回目雖然不同於合訂本，但行款又與合訂本相同，可見二冊本是以合訂本為版源。

拾貳

俠客行

舊版《俠客行》版本系統

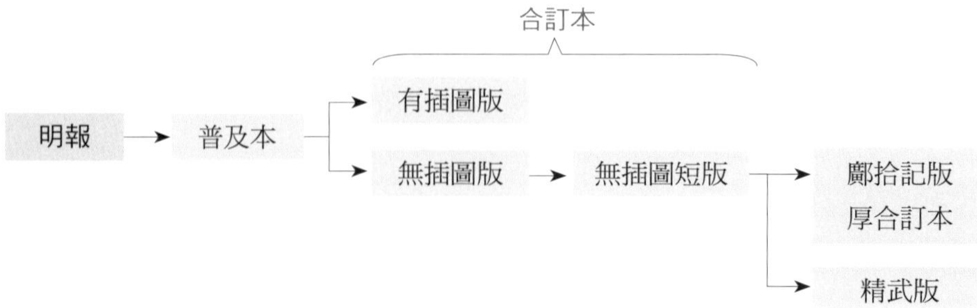

鄺拾記普及本（正版）

《俠客行》於1966年6月11日開始在《明報》連載，理論上，收錄七天內容的普及本第一集應該在6月17日（七天的最後一天）出版，但實際出版日期是1966年6月20日，比以往的「慣例」晚了三天。1966年11月15日到28日，金庸因事沒有寫故事，《明報》停載了十四天，連帶普及本的出版時間也受影響。普及本第二十二集與第二十三集的出版日期分別是11月14日與12月5日，兩者相差三個星期，正是這個原因。

每集普及本收錄《明報》七天的連載內容與雲君插圖，封面圖也仍然由雲君繪畫。

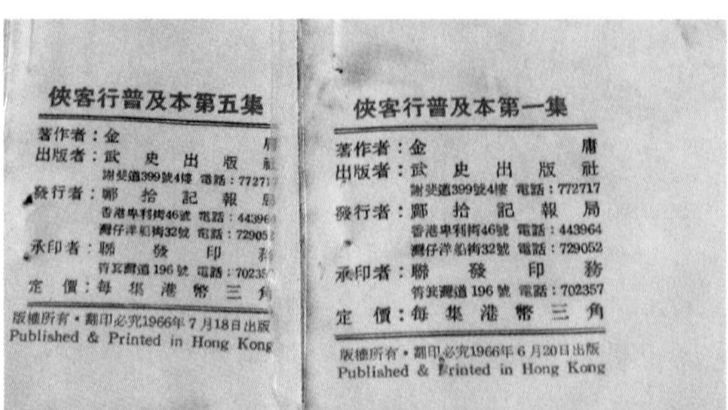
俠客行普及本第五集
著作者：金 庸
出版者：武史出版社
謝斐道399號4樓 電話：772717
發行者：鄺拾記報局
香港車利街46號 電話：443964
灣仔洋船街32號 電話：729052
承印者：聯發印務
筲箕灣道196號 電話：702357
定價：每集港幣三角
版權所有・翻印必究1966年7月18日出版
Published & Printed in Hong Kong

俠客行普及本第一集
著作者：金 庸
出版者：武史出版社
謝斐道399號4樓 電話：772717
發行者：鄺拾記報局
香港車利街46號 電話：443964
灣仔洋船街32號 電話：729052
承印者：聯發印務
筲箕灣道196號 電話：702357
定價：每集港幣三角
版權所有・翻印必究1966年6月20日出版
Published & Printed in Hong Kong

上　《俠客行》普及本封面。
下　《俠客行》普及本第一集與第五集版權資料。[14]

鄺拾記合訂本（正版／盜版）

有插圖版（正版）、無插圖版（正版）、無插圖短版（盜版）

一如以往，鄺拾記的正版合訂本先後有兩個版本，先是有插圖版，繼而是無插圖版。兩版的封面與封底完全一樣，即使出版日期不同，無插圖版仍然印著初版的日期。

合訂本共十一冊，第一至第十集各收錄二十八天的連載內容（四回），第十一集只收錄十七天，且只有兩回，頁數也較少。

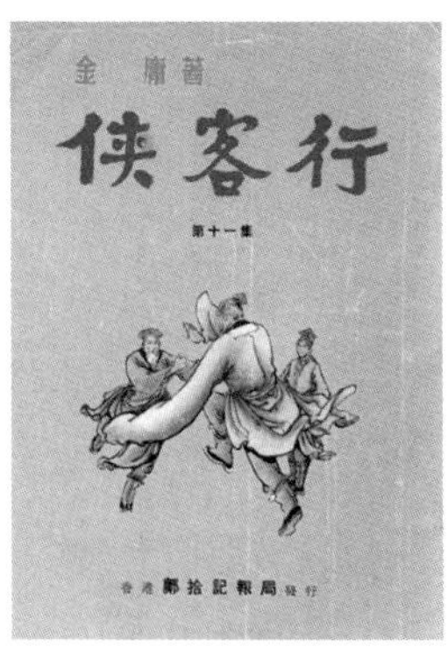

《俠客行》合訂本有插圖版與無插圖版封面相同，單從封面不能分辨出來。

14 筆者沒有《俠客行》普及本第一集。這張封底圖片是多年前在朋友家所拍攝，封面圖片已經遺失。

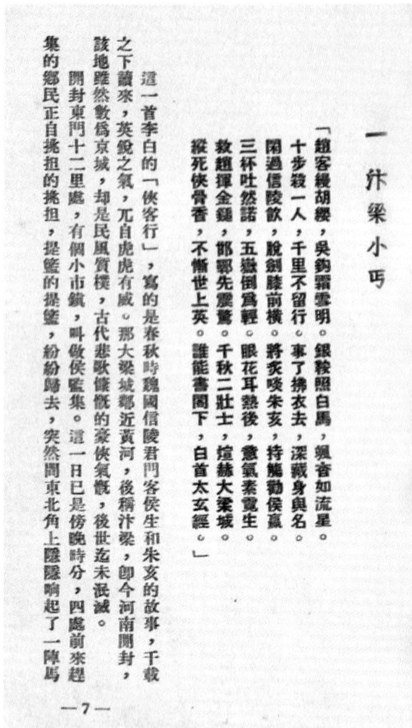

一 汴梁小丐

「趙客縵胡纓，吳鈎霜雪明。銀鞍照白馬，颯沓如流星。
十步殺一人，千里不留行。事了拂衣去，深藏身與名。
閑過信陵飲，脫劍膝前橫。將炙啖朱亥，持觴勸侯嬴。
三杯吐然諾，五嶽倒爲輕。眼花耳熱後，意氣素霓生。
救趙揮金鎚，邯鄲先震驚。千秋二壯士，煊赫大梁城。
縱死俠骨香，不慚世上英。誰能書閣下，白首太玄經。」

這一首李白的「俠客行」，寫的是春秋時魏國信陵君門客侯生和朱亥的故事，千載之下讀來，英銳之氣，兀自虎虎有威。那大梁城鄰近黃河，後稱汴梁，即今河南開封，該地雖然數爲京城，却是民風質樸，古代悲歌慷慨的豪俠氣概，後世迄未泯滅。

開封東門十二里處，有個小市鎮，叫做侯監集。這一日已是傍晚時分，四處前來趕集的鄉民正自挑担的挑担，提籃的提籃，紛紛歸去，突然間東北角上隱隱響起了一陣馬

—7—

（292）龍島主道：「難道冥冥中眞有天意，還是這位石幫主眞有天縱奇才？」木島主突然一頓足，叫道：「我懂了，我懂了，大哥原來如此！」龍島主一呆，登時也明白了。要知他二人共處數年，修爲相若，只是木島主沉默寡言，比龍島主少了一分外務，因此悟到其中關竅之時，比他早了？刻。兩人四手相握，臉上神色又是凄楚，又是苦澀，又帶了三分歡喜。木島主喟然道：「這篇『太玄經』其實也不是眞的蝌蚪古文，只不過……只不過是一些經脈穴道的路線方位而已。唉，四十年的光陰，四十年的光陰。」

《俠客行》有插圖版合訂本書影。

有插圖版（初版）在1966年7月15日發行第一集，之後每二十八天出版一冊。受到普及本延遲出版的影響，合訂本第六集順延了兩星期（由1966年12月2日延至12月16日），最後一集在1967年5月5日出版。

由於普及本傳本不多，不能肯定合訂本的封面圖是否取自普及本封面，還是由雲君重新繪畫（但肯定不是取自報紙連載時的插圖）。

《俠客行》在《明報》連載時，共有二百九十七張圖，合訂本全十一冊共收錄二百九十四張，收錄比例達百分之九十五，為所有合訂本之最，文獻價值甚高。第十、十一集部分插圖編輯錯誤，次序不當，是美中不足之處。

無插圖版（左）與無插圖短版（右），開本大小不同。

在有插圖版之後，鄺拾記又推出「無插圖版」。「無插圖版」第一至第十集都沒有插圖，第十一集因內文篇幅較少而有收錄插圖，但比「有插圖版」少兩張。因此，只要數算《俠客行》合訂本第十一集的插圖數量，就可以分辨所屬版本：有十二張圖的，屬無插圖版；有十四張圖的，則屬有插圖版。[15]

鄺拾記後來又推出了「無插圖短版」，依據之前的「無插圖版」製版重印，調整了兩個地方：（1）將開本改小；（2）為了再減省成本，除刪掉第十一集所有插圖外，每集連扉頁和目錄都沒有，打開書的首頁便是正文。

一般來說，開本較小的盜版本，封面圖都很混亂，且封面沒有「金庸著」三字，但《俠客行》無插圖短版合訂本只是開本較小而已。大抵，這是鄺拾記初期盜印的版本，封面原版猶在，就不用重新製版。到得後來，原版或已損毀，必須重新製版，便隨意找一張圖作封面。《俠客行》無插圖短版合訂本沒有扉頁，這在所有正版中絕無僅有，加上同類短版都是盜版，因此，不應視作正版。

鄺拾記厚合訂本（盜版）

與其他金庸小說一樣，鄺拾記最後會推出厚本的合訂本，開本較小，封面沒有「金庸著」三字，封面圖取自其他小說，且與故事內容無關。厚合訂本沒有插圖，其餘內容、行款、版式都與普及本、合訂本一樣，屬同一個版源。

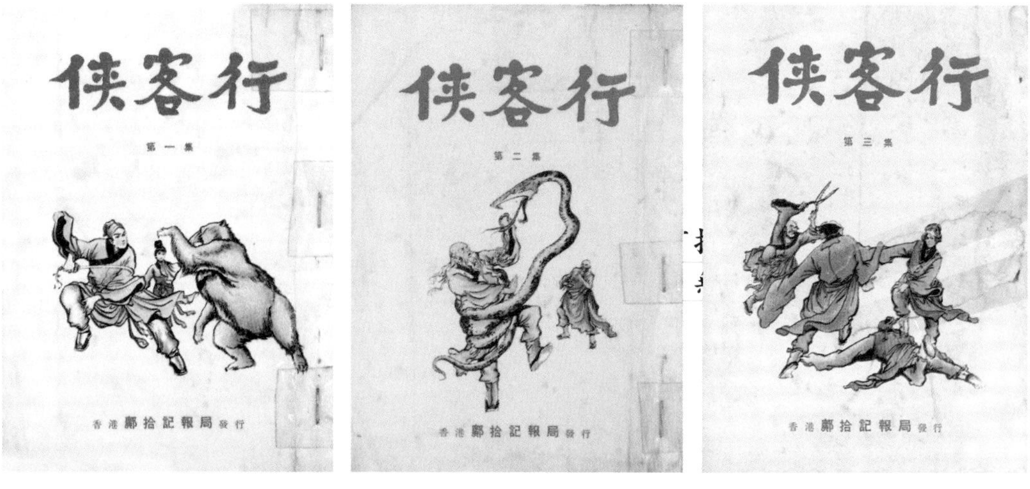

《俠客行》三冊本厚合訂本封面。第一集封面圖取自《倚天屠龍記》合訂本，第二、三集封面圖取自《天龍八部》合訂本。

15 由頁碼也可分辨，有插圖版頁碼每集獨立計算，無插圖版則是累計。

精武版（盜版）

俠士封面版、山水封面版

精武版《俠客行》依據鄺拾記厚合訂本複製而成，與普及本、合訂本同屬一個版源，但沒有插圖，目錄重新製作。精武出版社的《俠客行》最少有兩個版本，使用不同封面。一版封面為俠士持扇作武器，上下兩冊封面相同；另一版封面為山水國畫，上下兩冊封面相同，但分別以紅色和藍色作底色。兩版封面都沒有顯示冊數，只在書脊處標示「上集」、「下集」。

兩版小說都沒有出版日期，但「俠士版」兩冊定價十五元，「山水版」兩冊定價十七元。從定價推斷，俠士版早於山水版。俠士版封面由崔成安所繪（經作畫人親證），原是其他小說封面圖，被出版社挪用。原畫作於70年代，可見精武出版社盜印《俠客行》，已經是1970年以後的事了。山水版《俠客行》又更在其後。

左　精武版《俠客行》俠士版封面，上下兩集封面相同。
右　精武版《俠客行》山水版封面，紅色為上集，藍色為下集。

拾參　笑傲江湖

舊版《笑傲江湖》版本系統

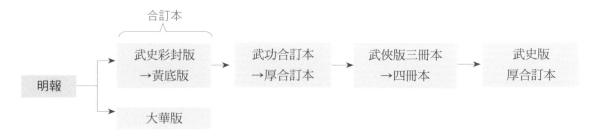

合訂本：
- 明報 → 武史彩封版→黃底版 → 武功合訂本→厚合訂本 → 武俠版三冊本→四冊本 → 武史版厚合訂本
- 明報 → 大華版

武史版合訂本（正版）

彩封版、黃底版

從《笑傲江湖》開始，《明報》上連載的金庸小說不再出版普及本，武史出版社先後出了兩次二十四冊合訂本，內容一樣，只是封面顏色不同。初版的封面圖由雲君繪畫，配上顏色，故可以名為「彩封版」；再版雖然用同樣的圖，但變成黑灰色，配以黃色做底色，故稱為「黃底版」。

武史出版社《笑傲江湖》黃底版合訂本封面。黃底版封面雖然看似比彩封版粗糙，但也糾正了彩封版的錯誤：原彩封版「第二十集」這幾個字製版時鏡反了，黃底版改正過來。

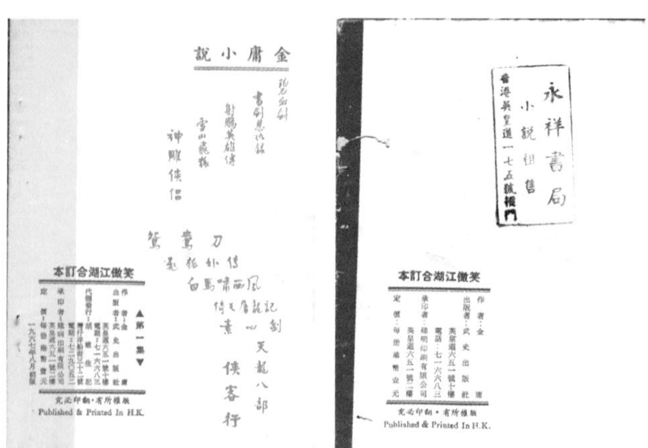

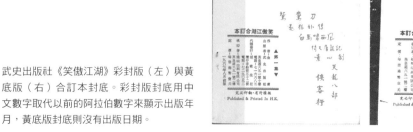

武史出版社《笑傲江湖》彩封版（左）與黃底版（右）合訂本封底。彩封版封底用中文數字取代以前的阿拉伯數字來顯示出版年月，黃底版封底則沒有出版日期。

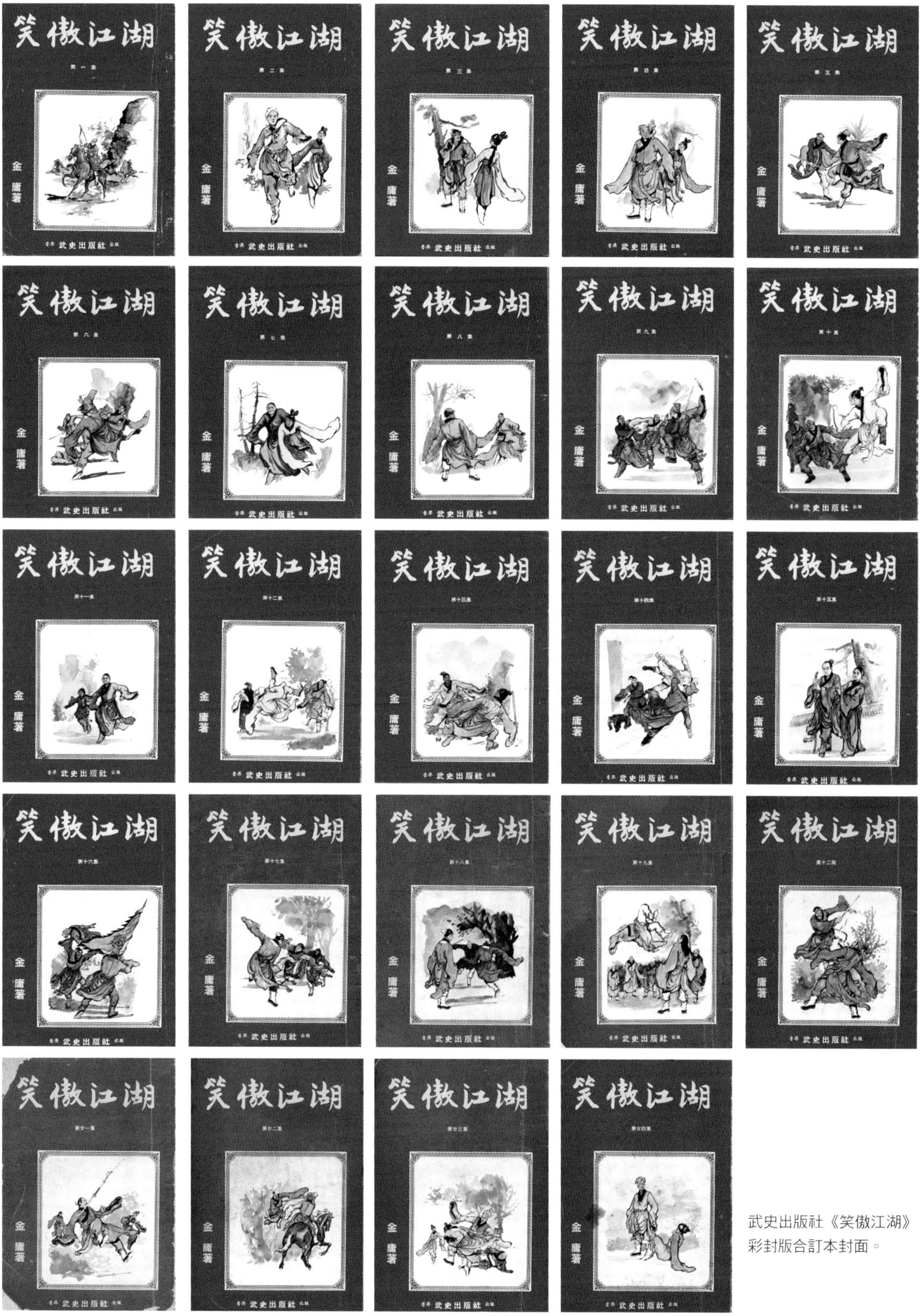

武史出版社《笑傲江湖》
彩封版合訂本封面。

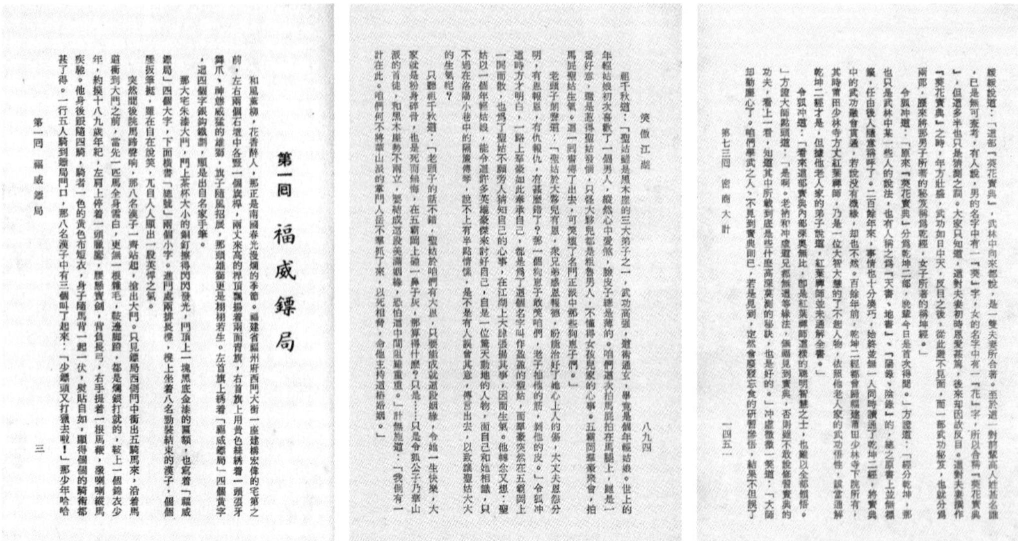

第一回　福威鏢局

和風薰柳，花香醉人，正是南國春光漫爛的季節。福建省福州府西門大街，一座建構宏偉的宅第之前，左右兩個石壇中各豎一根兩丈來高的旗桿，桿頂飄揚着兩面青旗，右首旗上用黃色絲線繡着一頭張牙舞爪、神態威猛的雄獅，旗子隨風招展，顯得雄獅更是栩栩若生。左首旗上繡着「福威鏢局」四個黃字，這四個字銀鉤鐵劃，顯是出自名家手筆。

那大宅朱漆大門，門上茶杯大小的銅釘擦得閃閃發光，門頂上一塊黑底金漆的匾額，也寫着「福威鏢局」四個大字，下面橫書「總號」兩個小字。進門處兩排長凳，凳上坐着八名勁裝結束的漢子，個個腰板筆挺，顯在自在說笑，兀自人人顯出一股英悍之氣。

突然間後院馬蹄聲響，那八名漢子一齊站起，搶出大門。只見鏢局西側門中衝出五騎馬來，沿着馬道衝到大門之前，當先一匹馬全身雪白，更無一根雜毛，鞍邊腳蹬，都是爛銀打就的，鞍上一個錦衣少年，約摸十八九歲年紀，左肩上停着一頭獵鷹，腰懸寶劍，背負長弓，右手提着一根馬鞭，潑喇喇縱馬疾馳。他身後跟隨四騎，騎者一色的黃色布短衣，身子隨馬背一起一伏，熨貼自如，顯得個個的騎術都甚了得。一行五人騎到鏢局門口，那八名漢子中有三個叫了起來：「少鏢頭又打獵去啦！」那少年哈哈

第一回　福威鏢局　三

笑傲江湖　八九四

祖千秋道：「聖姑雖是黑木崖的三大弟子之一，武功高強，道術通玄，畢竟是個年輕姑娘。世上的年輕姑娘初次喜歡了一個男人，縱然心中愛煞，臉皮子總是薄的。咱們這次拍馬屁拍在馬腿上，雖是一番好意，還是惹得聖姑發惱，只怪大夥兒都是粗魯男人，不懂得女孩兒家的心事。五霸岡羣豪聚會，拍馬屁惹聖姑生氣。這一同傳得了出去，可笑壞了名門正派中那些狗崽子們。」

老頭子朗聲道：「聖姑於大夥兒有恩，衆兄弟感恩報德，盼能治好了她心上人的傷，大丈夫恩怨分明，有恩報恩，有仇報仇，有甚麼錯了？那一個狗崽子敢笑咱們，老子抽他的筋，剝他的皮。」令狐冲這時方才明白，一路上羣豪如此奉承自己，都是為了這個名字叫作盈盈的聖姑，而羣豪突然在五霸岡上一鬨而散，也為了聖姑不願旁人猜知自己的心事，在江湖上大肆張揚其事，因而生氣。他轉念又想：聖姑以一個年輕姑娘，能令這許多英雄豪傑來討好自己，自是一位驚天動地的人物，而自己和她相識，只不過在洛陽小巷中的隔簾傳琴，說不上有半點情愫，是不是有人誤會其意，傳言出去，以致讓聖姑大大的生氣呢？

只聽祖千秋道：「老頭子的話不錯，聖姑於咱們有大恩，只要能成就這段姻緣，令她一生快樂，大家就是粉身碎骨，也是死而無悔，在五霸岡上碰一鼻子灰，那算得什麼？只是……只是令狐公子乃華山派的首徒，和黑木崖勢不兩立，要結成這段美滿姻緣，恐怕這中間阻礙重重。」計無施道：「我倒有一計在此。咱們何不將華山派的掌門人岳不羣抓了來，以死相脅，命他主持這椿婚姻。」

緩緩說道：「這部『葵花寶典』，武林中向來都說，是一雙夫妻所合著。至於這一對前輩高人姓甚名誰，已是無可查考，有人說，男的名字中有一『葵』字，女的名字中有一『花』字，所以合稱『葵花寶典』，但這多半也只是猜測之詞。大家只知道，這對夫妻初時恩愛甚篤，後來卻因故反目。這對夫妻撰作『葵花寶典』之時，年方壯盛，武功如日中天，反目之後，從此避不見面，而一部武功秘笈，也就分為兩部，原來將那男子所著的秘笈稱為乾經，女子所著的稱坤經。」

令狐冲道：「原來『葵花寶典』分為乾坤二部，晚輩今日是首次得聞。」方證道：「這分乾坤，那也只是武林中某一些人的說法，也有人稱之為『天書、地書』、『陽錄、陰錄』的，總之原書上並無標籤，任由後人隨意稱呼了。二百餘年來，事情也十分湊巧，始終並無一人同時讀通了乾坤二經，將寶典中的武功融會貫通，若說沒有機緣，卻也不然。百餘年前，乾坤二經都曾歸福建莆田少林寺下院所有，其時莆田少林寺方丈紅葉禪師，乃是一位大智大慧的了不起人物，依照他老人家的武功悟性，該當通解乾坤二經才是，但據他老人家的弟子說道，紅葉禪師並未通解全書。」

令狐冲道：「看來這部寶典內藏深奧無比，即是紅葉禪師這樣的聰明智慧之士，也難以全部領悟。」方證大師點頭道：「是啊。老衲和冲虛道兄都無這等緣法，倘若見到寶典，否則雖不敢說能習寶典的功夫，看上一看，知道其中所載到底是些什麼高深莫測的秘訣，也是好的。」冲虛微微一笑道：「大師却動塵心了。咱們學武之人，不見到寶典則已，若是見到，定然會廢寢忘食的研習參悟，結果不但誤了

第七三回　密商大計　一四五一

武史版《笑傲江湖》合訂本內文書影。每頁十五行，每行四十五字，與鄺拾記時期的小說每頁十五行、每行三十八字並不相同。鄺拾記發行時期，由於每週要出版普及本，約九千字的內容，冊子又不能太單薄，所以每頁排字不能太多。《笑傲江湖》沒有普及本的限制，每頁的文字量就可以更多。

插圖方面，全書共有一百五十張圖，皆取自《明報》。第一至十一集，每集有八至十張圖，每回有一至三圖不等，有時佔半頁（另一半為小說內文），有時佔整頁；第十二至十七集，每集有八張插圖，每回固定有兩圖，只佔半頁；第十八至二十四集則無插圖。

《明報》連載的《笑傲江湖》在1968年1月1日（第二五七續）開始改版面，插圖也由正方形變成扁長方形。這些插圖收錄在合訂本時，有時或會被裁剪，以致失去原味。

笑傲江湖

兒。唉，總算回到故鄉啦，聽着人人說這家鄉話，心裏就說不出的受用。」這時那青衣少女低着頭，托着一隻木盤，在林平之等人面前放了杯筷，將三壺酒放在桌上，又低着頭走了開去，始終不敢向客人瞧上一眼。

林平之見這少女身形婀娜，膚色却是黑黝黝地甚是粗糙，臉上似有不少痘瘢，想是她初做這賣酒勾當，舉止甚是生硬，當下也不在意。史鏢頭拿了一隻野雞，一隻黃兎，交給薩老頭，道：「洗剝乾淨了，

的「膻中穴」，跟着右手一指，點中了他的心房。方證大師身子一軟，摔倒在地。衆人大驚之下，一齊擁了上去。

左冷禪一掌向任我行後心擊到。任我行反手一擊，喝道：「好，還是第二場。」左冷禪忽拳忽掌，忽指忽抓，在一剎之間已變了十來種招數。

任我行給他這一輪急攻，一時只有守禦的份兒。原來他適才和方證大師相鬥，最後這三招雖是用智，却也使盡了平生之力，否則以少林派掌門人如此深厚的內功，如何能讓他一把抓住「膻中穴」？一指點中了心房？這幾招全力以搏，實孤注一擲之勢，左冷禪眼光何等高明，心想這是千載難逢的良機，不辭車輪戰之嫌，立即乘虛而上。

要知任我行所以勝得方證大師，純是使詐，他算準了對手心懷慈悲，自己突向余滄海痛下殺手，一來餘人相距較遠，縱欲救援也是不及，二來各派掌門與余滄海都無甚交情，決不會干冒大險，捨生相救，只有方證大師却定會

一三五九

武史版《笑傲江湖》合訂本收錄的插圖，共有正方形、高長方形與扁長方形三種不同的版式。

上　武史版《笑傲江湖》合訂本第九集第三十五回（左）與第三十六回（右）的插圖，各佔內文一整頁。這兩張插圖原是扁長方形，取自《明報》，經裁切後放入合訂本中。

下　《明報》1968年2月11日與14日連載的《笑傲江湖》第二九六續與第二九九續。

笑傲江湖　金庸　雲君圖

九、葵花寶典

師弟不是你殺的！

令狐沖道：「前輩認得劉曲二位麼？」那婆婆並不逕答，沉吟半晌，說道：「劉正風是衡山派中高手，曲洋卻是魔教長老，雙方乃是世仇，如何會合撰此曲？此中原由，令人好生難以索解。」

令狐沖未見過那婆婆之面，但聽了她彈琴吹簫之後，只覺她是個又清雅又慈和的前輩高人，絕對不會欺騙出賣了自己，聽她言及劉曲來歷，顯是武林同道，當即源源本本的將劉正風如何金盤洗手，嵩山派左盟主如何下旗令阻止，劉曲二人如何荒郊合奏，如何為大嵩陽手費彬所殺，二人臨死時如何委託自己尋覓知音傳曲等情，一一照實說了。那婆婆一言不發的傾聽。

令狐沖說完之後，那婆婆又問：「這明明是一部曲譜，那金刀王元霸卻何以說是武功秘訣？」令狐沖當下又將林震南夫婦如何為青城派及木高峯所傷，如何請其轉囑林平之，王氏兄弟如何起疑等情說了。那婆婆道：「原來如此。」她頓了一頓，說道：「此中情由，你若是跟你師父師娘說，豈不免去許多無謂的疑忌？我是個素不相識的陌生人，何以你反而對我直言無隱？」令狐沖道：「弟子自己也不明其中原因。想是聽了前輩雅奏之後，對前輩高風，大為傾慕，更無絲毫猜疑之意。」那婆婆道：「那麼你對你師父師娘，反而有猜疑之意麼？」令狐沖心中一驚，道：「弟子萬萬不敢。只是……恩師心中，對弟子卻是大有疑意，唉，這也是怪恩師不得。」那婆婆道：「我聽你說話，中氣大是不足，少年人不該如此，卻是何故？最近是生了大病呢，還是曾受重傷？」令狐沖道：「是受了極重的內傷。」

那婆婆道：「竹賢侄，你帶這位少年到我窗下，待我搭一搭脈。」綠竹翁道：「是。」引令狐沖走到左邊小舍的窗邊，命他將左手從細竹窗簾下伸將進去。那竹簾之內，又隔了一層輕紗，令狐沖只隱隱約約的見到有個人影，五官面貌卻是一點也無法見到，只覺有三根冷冰冰的手指搭到了自己腕脈之上，這三根手指的指尖卻是輕軟柔膩，不似老婦人的肌膚。那婆婆只搭得片刻，便驚「噫」了一聲，道：「奇怪之極！」過了半晌，才道：「換了右手。」

她搭完兩手脈搏後，良久無語。令狐沖微微一笑，道：「前輩不必為弟子生死担憂。弟子自知命不久長，一切早已置之度外。」那婆婆道：「你何以自知命不久長？」令狐沖道：「弟子誤殺師弟，遺失了師門的紫霞秘笈，只盼早日找回秘笈，繳奉師父，便當自殺以謝師弟。」那婆婆道：「紫霞秘笈？這也不是什麼了不起的物事。你又怎地誤殺了師弟？」令狐沖當下又將桃谷六仙如何為己治傷，如何六道眞氣在體內交戰，如何師妹盜了師門秘笈來為自己治傷，如何自己拒絕而師弟陸大有強自誦讀，自己如何將之點倒，如何下手太重而致其死命等情一一說了。

那婆婆聽完，突然說道：「你師弟不是你殺的。」令狐沖吃了一驚，道：「不是我殺的？」那婆婆道：「你眞氣不純，點那兩個穴道，決計殺不了他。你師弟是旁人殺的。」令狐沖喃喃的道：「那是誰殺了伍師弟？」那婆婆道：「偷盜秘笈之人雖然未必一定便是害你師弟之人，但二者之間，多少會有些牽連。」

令狐沖吁了口長氣，登時令他胸口移去了一大石。

（二九六）

笑傲江湖　金庸　雲君圖

九、葵花寶典

各有因緣莫羨人

他說了幾個「眞是」，再也接不下去了。

那婆婆道：「『緣』之一事，不能強求。古人道得好：『各有因緣莫羨人』，令狐少君今日雖然失意，他日未始不能另有佳耦。」

令狐沖大聲道：「弟子今生今世，是再也不娶的了。」那婆婆不再說話，琴音輕輕，奏了起來，卻便是那曲「清心普善咒」。令狐沖聽後片刻，便已昏昏欲睡。那婆婆止了琴音，說道：「自今日起，我授你此曲，大概有十日之功，便可學完。此後每日彈奏一遍，往時功力雖然不能盡復，多少總會有些好處。」令狐沖應道：「是。」那婆婆當即傳了曲譜指法，令狐沖用心記憶。

如此學了兩日，第三日上，令狐沖又欲到小巷去學琴，勞德諾忽然匆匆過來，說道：「大師哥，師父吩咐，咱們明日要走了。」令狐沖一怔，道：「明日走了？我我……」想要說「我的琴曲還沒學全呢」，這句話到得口邊，卻又縮回。勞德諾道：「師娘叫你收拾收拾，明兒一早動身。」令狐沖答應了，當下快步來到綠竹小舍，向婆婆道：「前輩，弟子明日要告辭了。」那婆婆一怔，半晌不語，隔了良久，才輕輕道：「去得這麼急！你……你這一曲還沒學全呢。」

令狐沖道：「弟子也是這麼想。只是師命難違，再說，咱們異鄉為客，也不能在人家家中久居。」那婆婆道：「那也說得是。」當下傳授曲調指法，與往日無異。令狐沖是個性情中人，與那婆婆相處多日，雖然從未見過她一面，但從琴音說話之中，知她對自己頗為關懷，無異親人。只是這婆婆生性冷淡，偶然說了一句關懷之言，立即藉以他語，顯是不欲令對方知道心意。這世上本來對令狐沖最為關心的，是岳不羣夫婦，岳靈珊與陸大有四人，現下陸大有已死，岳靈珊全心全意放在林平之身上，師父師母對他又有了疑忌之意，他覺得眞正的親人，倒是綠竹翁和那婆婆二人了。這一日幾次三番，他想跟綠竹翁陳說，要在這小巷中留居，既學琴簫，又學竹匠之藝，不再回歸華山派中，但一想到岳靈珊的倩影，終是割捨不下，心想：「小師妹就算不理我不睬我，我每日見她一面，縱然只見到她的背影，聽得她說話的聲音，也是好的。何況她又沒不睬我？」

傍晚臨別之際，對綠竹翁和那婆婆甚有依戀之情，走到婆婆窗下，跪倒拜了幾拜，依稀見竹簾之中，那婆婆卻也跪倒還禮，聽她說道：「我雖傳你琴技，但此聊報答你贈曲之德，令狐少君為何行此大禮？」令狐沖道：「今日一別，不知何日再聆前輩雅奏。令狐沖但教不死，定當再到洛陽，拜訪婆婆和竹翁。」心中忽想：「倘二人年紀老邁，不知還有幾年可活，下次我來洛陽，未必再能見到。」言下想到人生如夢如露，不由得聲音便哽咽了。那婆婆道：「令狐少君，臨別之際，我有一言相勸。」令狐沖道：「是，前輩教誨，令狐沖不敢或忘。」

但那婆婆始終不說話，過了良久良久，才輕聲說道：「江湖風波險惡，多多保重。」令狐沖道：「是。」心中一酸，躬身向綠竹翁告別，只聽得左首小舍中琴聲響起，奏的正是那「有所思」的古曲。

次日岳不羣等一行人告別了王元霸，坐舟北上。王元霸祖孫五人直送到洛水之畔，盤纏酒菜，致送得十分豐盛。

（二九九）

由於不同於以往做法，沒有「每二十八天結合四冊普及本出版一冊合訂本」的前設限制，武史出版社要推出《笑傲江湖》合訂本，有三個問題要先解決：（1）每一集出版多少內容（頁數與字數）？（2）何時出版第一集？（3）每隔多久出版一集？

第一個問題比較好解決，武史參考了以往合訂本的頁數與厚度，仍選擇一回二十頁左右、一冊有四回的做法。不過，《笑傲江湖》合訂本每頁也比以前容納更多字數（多了約百分之十八），因此，即使是同樣的頁數，收錄報紙的連載天數也變多了，如合訂本第一集就收錄了《明報》三十三天的連載內容，比以前的二十八天多了五天。

然而，第二與第三個問題不容易解決。因為早在《明報》連載《笑傲江湖》前三十三天，新加坡的《新明日報》已經率先連載。也就是說，1967年4月20日，當《明報》刊載《笑傲江湖》第一續時，武史其實已經累積足夠的內容，可以出版合訂本第一集了。不過，這時市場上已經沒有足以威脅正版的盜版行為，金庸並不急著出版合訂本。一直到1967年8月，當《明報》上的《笑傲江湖》已經連載逾一百續時，武史的合訂本終於面世，而且短短一個月內連出四集，[16]涵蓋至1967年8月30日的連載內容。也就是說，合訂本只用了短短一個月的時間，就趕上了《明報》連載的進度。

從第五集開始，《笑傲江湖》合訂本又改變了出版頻率，就像之前其他部小說的合訂本一樣，約一個月出版一集。然而，以「月刊」形式出版合訂本，事實上也只維持了四個月，直到1967年12月的第八集為止。因為從第五集開始，讀者買了合訂本，就可以比《明報》更早看到小說故事。1967年9月出版的第五集，已經收錄到《明報》1967年10月3日的連載內容，就算第五集在9月30日才出版，讀者仍可以超前讀到四天的連載內容。第六集超前六天，第七集超前十天，到了第八集，已經超前十五天。讀者買第八集，可以一口氣讀到1968年1月15日的連載內容。

合訂本之所以能夠更早刊載故事內容，完全基於兩個特定條件背景。《笑傲江湖》合訂本每頁字數較多，每集能收錄逾三十三天的內容，自然比《明報》一個月最多只有三十一天的連載內容要多。這是第一個條件。按道理，金庸每天寫、每天發表，出版社不可能比《明報》更早拿到小說文稿，合訂本又怎能「超前」出版呢？其他小說不可以，但《笑傲江湖》可以，因為出版社拿到的其實是金庸為新加坡《新明日報》寫的存稿。這是第二個條件。

事實上，由於《明報》每天出報，而《新明日報》在國定假日時會停刊，加上經常脫期，《明報》因此逐漸追上《新明日報》的進度。兩報的「黃金交叉」在1967年12月下旬。自1968年開始，《明報》上的《笑傲江湖》已經趕過《新明日報》。當第二個條件消失時，合訂本就無法再以「月刊」方式維持下去。金庸來不及寫，武史便沒有「存稿」可拿；再者，小說單行本比報紙更早披露故事，也會直接影響《明報》的銷售。所以，出版社必須再次調整合訂本的出版週期。

邁進1968年，整整四個月，武史沒有出版過合訂本。讀者要等到五月，才迎來第九集。如果按照封底版權資料來看，從1968年5月到8月，出版社每個月以驚人速度出版兩集合訂本，到8月時，已經出版到第十六集。只是版權頁（封底）上的出版日期，真的可信嗎？且看以下表格（括號內為續數）：

《笑傲江湖》合訂本集數	出版日期	收錄《明報》連載內容（續數）	
		起	迄
第九集	1968年5月	1968-01-15（270）	1968-02-19（304）
第十集	1968年5月	1968-02-19（304）	1968-03-26（339）
第十一集	1968年6月	1968-03-26（339）	1968-05-07（375）
第十二集	1968年6月	1968-05-07（375）	1968-06-13（411）
第十三集	1968年7月	1968-06-13（411）	1968-07-19（447）
第十四集	1968年7月	1968-07-19（447）	1968-08-24（483）
第十五集	1968年8月	1968-08-24（483）	1968-09-29（519）
第十六集	1968年8月	1968-09-29（519）	1968-11-13（556）

假設第十四集在1968年7月31日出版，可是收錄的內容已經到1968年8月24日，比報紙上的連載早了二十四天。在沒有「存稿」的前設條件下，這絕對不可能。更何況，1968年8月出版的第十六集，收錄的竟然是9月底到11月中的連載內容。如果金庸早在8月時已經寫完，《明報》就不會分別在1968年10月的4、7、8、10、12、14-16日這八天停載《笑傲江湖》。由此可見，從第十四集開始，合訂本上的出版日期根本不可信。至於真實的出版時間，已不得而知。

至於最後八集，版權資料是這樣寫的：1969年9月出版第十七集到第二十集，1969年11月出版第二十一集到第二十四集。如果這八集的出版日期都如版權資料所說，那代表了

16 合訂本封底的版權資料只顯示該書出版的年分與月分，因此，現在已無從稽考，當年到底是一個星期出版一集合訂本，還是每兩個星期出版兩集合訂本，抑或在8月底時一口氣出版四集合訂本。

合訂本在出完第十六集之後，隔了一年多的時間才又再出版第十七集。真相如何？也已無從查證。

以上討論行款、插圖，甚至出版時間、版權資料，無非想要指出：《笑傲江湖》合訂本與之前其他小說的合訂本相比，都顯得粗製濫造。各種線索都像在告訴讀者，武史出版社已經不能做好合訂本的品質管理。金庸大抵也體認到出版社在這方面的不足，卻已經無暇（無心？）改善，只能讓《笑傲江湖》合訂本草草收尾（最後八集索性連插圖都不選不收），對讀者有個交代。

到了1969年10月24日，《鹿鼎記》接著在《明報》登場。然而，一方面由於問題「無法」改善，一方面金庸又開始盤算如何修改小說，因此，就乾脆只連載不出版。五個月之後（1970年3月），金庸開始修訂小說，而《鹿鼎記》就成為十四個舊版故事中（超短篇《越女劍》不算在內）唯一沒有「正版」書刊流通市面的小說。

大華版（盜版）

武史版《笑傲江湖》合訂本因為不定期出版，讓讀者一直等不到正版書，正好為盜版商提供了有利的市場環境，大華版應運而生。從種種跡象來看，大華版《笑傲江湖》很有可能是爬頭本，或至少是與合訂本同期出現的盜版書。

第一，大華版將整個《笑傲江湖》故事分為一百四十三回（最後一回是「尾聲」），每回另擬四字回目，既不同於報紙連載，也相異於合訂本。如果大華版在合訂本之後才推出，大可依照合訂本的章節。大華這種做法，極像前《明報》時代的爬頭本做法，即直接從報紙連載摘取文字，重新劃分章節與擬定回目。

本頁與後二頁　大華版《笑傲江湖》全三十六集封面。

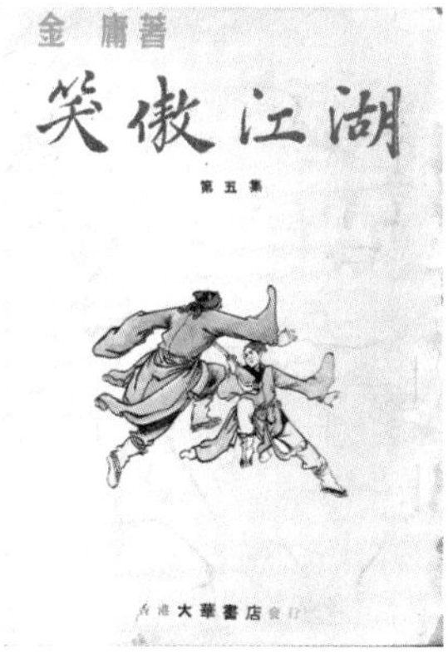
金庸著
笑傲江湖
第五集
香港大華書店發行

金庸著
笑傲江湖
第六集
香港大華書店發行

金庸著
笑傲江湖
第七集
香港大華書店發行

金庸著
笑傲江湖
第八集
香港大華書店發行

金庸著
笑傲江湖
第九集
香港大華書店發行

金庸著
笑傲江湖
第十集
香港大華書店發行

金庸著
笑傲江湖
第十一集
香港大華書店發行

金庸著
笑傲江湖
第十二集
香港大華書店發行

金庸著
笑傲江湖
第十三集
香港大華書店發行

金庸著
笑傲江湖
第十四集
香港大華書店發行

金庸著
笑傲江湖
第十五集
香港大華書店發行

金庸著
笑傲江湖
第十六集
香港大華書店發行

金庸著
笑傲江湖
第十七集
香港大華書店發行

金庸著
笑傲江湖
第十八集
香港大華書店發行

金庸著
笑傲江湖
第十九集
香港大華書店發行

金庸著
笑傲江湖
第二十集
香港大華書店發行

金庸著
笑傲江湖
第二十一集
香港大華書店發行

金庸著
笑傲江湖
第二十二集
香港大華書店發行

金庸著
笑傲江湖
第二十三集
香港大華書店發行

金庸著
笑傲江湖
第二十四集
香港大華書店發行

金庸著
笑傲江湖
第二十五集
香港大華書店發行

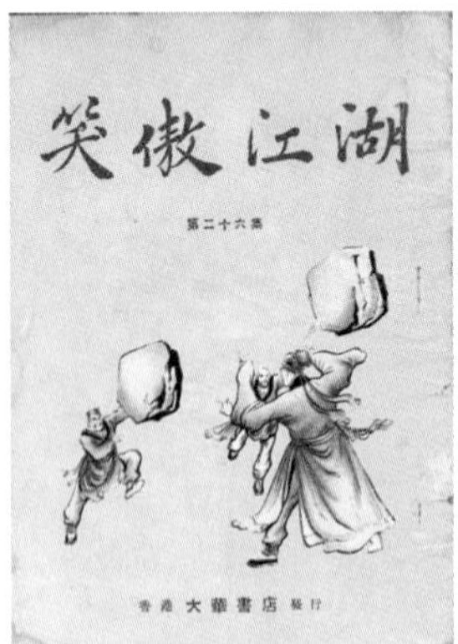
笑傲江湖
第二十六集
香港大華書店發行

笑傲江湖
第二十七集
香港大華書店發行

笑傲江湖
第二十八集
香港大華書店發行

笑傲江湖
第二十九集
香港大華書店發行

笑傲江湖
第三十集
香港大華書店發行

笑傲江湖
第三十一集
香港大華書店發行

笑傲江湖
第三十二集
香港大華書店發行

笑傲江湖
第三十三集
香港大華書店發行

笑傲江湖
第三十四集
香港大華書店發行

笑傲江湖
第三十五集
香港大華書店發行

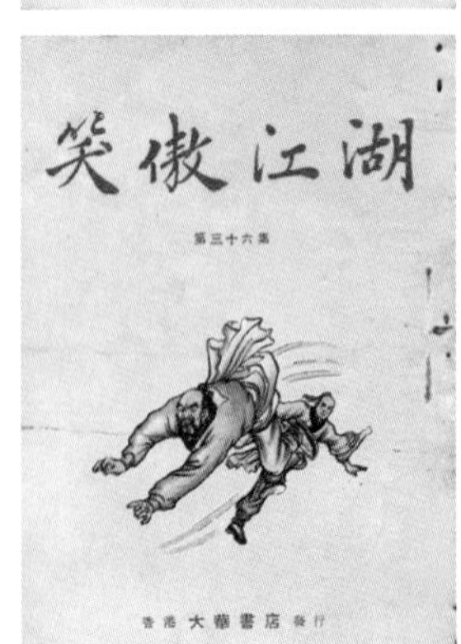
笑傲江湖
第三十六集
香港大華書店發行

第二，大華版並非根據武史版合訂本複製版面，而是重新檢字排版。這也是前《明報》時代的盜版爬頭本常見的做法。不過，由於版權頁資料沒有出版日期，更缺少其他旁證，只能存疑。

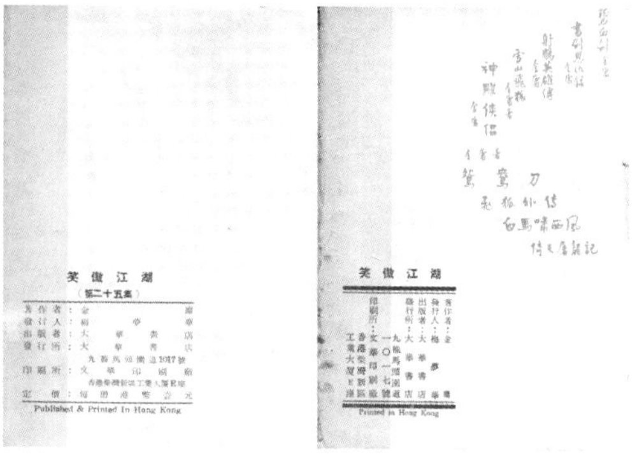
笑傲江湖
（第二十五集）
Published & Printed In Hong Kong
笑傲江湖
Printed in Hong Kong

大華版《笑傲江湖》封底。除了底色與封面圖外，封底樣式的改變也可以證明大華版有兩種設計，第一至二十五集（左）屬第一種，第二十六至三十六集（右）屬第二種。至於為何要改設計，現在已無法知曉。

大華版共三十六集，每集約七十二頁，無插圖。各集封面不同，明顯可分為兩個階段：

第一階段（第一至二十五集）：封面圖來源不詳，大抵取自其他小說的封面或插圖，都與《笑傲江湖》故事無關，主要是對打場面（只有第十一集例外），符合武俠小說主題。封面底色以綠色為主（開頭幾集曾嘗試用不同顏色作底色），有「金庸著」三字。

第二階段（第二十六至三十六集）：封面圖取自鄺拾記版《倚天屠龍記》、《天龍八部》合訂本（但仍有少量來源不詳）。封面統一以黃色作為底色，沒有「金庸著」三字。

至於為何要分為兩個階段，則無從稽考。

大華版另擬回目，雖然不是金庸原意，但也可視為另類閱讀與創作，以標題概括《笑傲江湖》的情節與人物重點。由於大華版不常見，茲將三十六冊一百四十三個回目臚列如下，一則以誌盜版時代捲土重來，二則可讓讀者「看回目聯想情節」，以考核自己對《笑傲江湖》的認識。

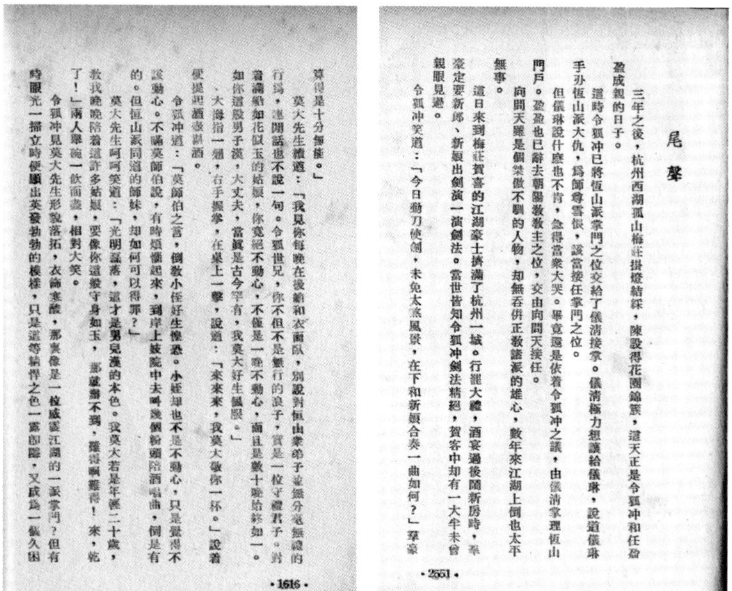
算得是十分無儀。」

莫大先生續道：「我見你每晚在後艙和衣而臥，別說對恒山眾弟子並無分毫無禮的行爲，連閒話也不說一句。令狐世兄，你不但不是無行的浪子，實是一位守禮君子。對着滿船如花似玉的姑娘，你竟絕不動心，不僅是一晚不動心，而且是數十晚始終如一。如你這般男子漢，大丈夫，當眞是古今罕有，我莫大好生佩服。」

大海指一翹，右手握拳，在桌上一擊，說道：「來來來，我莫大敬你一杯。」說着便提起酒壺斟酒。

令狐冲道：「莫師伯之言，倒教小侄好生惶恐。小侄卻也不是不動心，只是覺得不該動心。不瞞莫師伯說，有時煩惱起來，到岸上妓院中去叫幾個粉頭陪酒唱曲，倒是有的。但恒山派同道的師妹，却如何可以得罪？」

莫大先生呵呵笑道：「光明磊落，這才是男兒漢的本色。我莫大若是年輕二十歲，教我晚晚陪着這許多姑娘，要像你這般守身如玉，那就辦不到，難得啊難得！來，乾了！」兩人舉碗一飲而盡，相對大笑。

令狐冲見莫大先生形貌落拓，衣飾寒酸，那裏像是一位威震江湖的一派掌門？但有時眼光一掃立時便顯出英發勃勃的模樣，只是這等精悍之色一露即隱，又成爲一個久困

·1616·

尾聲

三年之後，杭州西湖孤山梅莊掛燈結綵，陳設得花團錦簇，這天正是令狐冲和任盈盈成親的日子。

這時令狐冲已將恒山派掌門之位交給了儀清接掌。儀清極力想讓給儀琳，說道儀琳手刃恒山派大仇，爲師尊雪恨，該當接任掌門之位。

但儀琳說什麼也不肯，急得當衆大哭。畢竟還是依着令狐冲之議，由儀清掌理恒山門戶。盈盈也已辭去朝陽教教主之位，交由向問天接任。

向問天雖是個桀傲不馴的人物，却無吞併正教諸派的雄心，數年來江湖上倒也太平無事。

這日來到梅莊賀喜的江湖豪士擠滿了杭州一城。行罷大禮，酒宴過後鬧新房時，羣豪定要新郎、新娘出劍演一演劍法。當世皆知令狐冲劍法精絕，賀客中却有一大半未曾親眼見過。

令狐冲笑道：「今日動刀使劍，未免太煞風景，在下和新娘合奏一曲如何？」羣豪

·2551·

大華版《笑傲江湖》書影，每頁十五行，每行三十八字，較武史版合訂本收錄更多文字。

大華版集數	回數與回目（數字代表回數）							
第一集	001	賣酒少女	002	川西惡鬼	003	血洗鏢局	004	青城劍客
第二集	005	英雄豪傑	006	三杯毒酒	007	金盆洗手	008	瀟湘夜雨
第三集	009	處心積慮	010	萬劍盟主	011	恒山女尼	012	萬里獨行
第四集	013	茅厠劍法	014	塞北明駝	015	百鳥朝鳳	016	青樓妓院
第五集	017	圍搜妓院	018	以大欺小	019	逃出險境	020	靈珊師妹
第六集	021	加官晉爵	022	五嶽令旗	023	百變千幻	024	笑傲江湖
第七集	025	迫死鏢頭	026	寧氏一劍	027	面壁思過	028	柔情似水
第八集	029	石壁秘洞	030	七情六慾	031	劍乎氣乎	032	故人來訪
第九集	033	遭人毒手	034	行雲流水	035	獨孤九劍	036	掌門之爭
第十集	037	桃谷六仙	038	劍宗絕招	039	命在旦夕	040	葵花寶典
第十一集	041	同命相憐	042	不戒和尚	043	華山道上	044	藥王廟外
第十二集	045	單劍揚威	046	金刀無敵	047	含冤莫白	048	竹林隱士
第十三集	049	洛水之畔	050	殺人名醫	051	開封奇遇	052	河上怪客
第十四集	053	續命八丸	054	黃河老祖	055	無計可施	056	五仙教主
第十五集	057	滑不留手	058	五霸岡上	059	命在旦夕	060	琴韻心聲
第十六集	061	少林高僧	062	以一敵四	063	貌若天仙	064	少林療傷
第十七集	065	血染茶亭	066	天王老子	067	絕崖迎敵	068	大地之力
第十八集	069	琴棋書畫	070	騰蛟起鳳	071	六丁開山	072	尚有高人

第十九集	073	高人被囚	074	身在何處	075	鐵板字紋	076	吸星大法
第二十集	077	黑木令牌	078	吸星大法	079	假扮軍官	080	峽谷救人
第二十一集	081	山坡惡鬥	082	二十八鋪	083	夜戰群豪	084	福州老宅
第二十二集	085	辟邪劍譜	086	恩情斷絕	087	連生巨變	088	龍泉劍谷
第二十三集	089	月下荒山	090	奔赴少林	091	共舉盟主	092	大張旗鼓
第二十四集	093	兩儀劍法	094	血濺少林	095	機關重重	096	逃出生天
第二十五集	097	絕世掌法	098	勝敗難分	099	師徒比武	100	雪地驚變
第二十六集	101	脫困而出	102	恒山掌門	103	四大戒律	104	深謀遠慮
第二十七集	105	龍蛇混集	106	武林怪傑	107	威震當世	108	東方教主
第二十八集	109	重登主位	110	赴會嵩山	111	嵩山之麓	112	五派結盟
第二十九集	113	真真假假	114	唇槍舌劍	115	比武奪帥	116	手下留情
第三十集	117	纏綿往事	118	一十三招	119	嵩山驚變	120	月夜尋仇
第三十一集	121	劍譜恩仇	122	趕盡殺絕	123	毒盲雙目	124	夫妻情重
第三十二集	125	重獲劍譜	126	狠心殺妻	127	翠谷療傷	128	忽施毒手
第三十三集	129	邪門劍法	130	樹吊群雄	131	傾心細訴	132	一言成讖
第三十四集	133	啞婆迫婚	134	靈龜閣上	135	重回華山	136	黑洞亡魂
第三十五集	137	華山喋血	138	官兵來到	139	千秋萬載		
第三十六集	140	恒山備戰	141	珠光寶氣	142	一統江湖		尾聲

武功版（盜版）

合訂本、厚合訂本

武功版《笑傲江湖》合訂本封面。

武功出版社先後出了兩種盜印本：合訂本與厚合訂本。合訂本完全依據武史版合訂本製版複印，除了封面和封底不同外，其餘都與武史版相同，包括行款、插圖。封面則仿效武史黃底版合訂本，封面圖取自武史版，改為白底黑線。

之後的厚合訂本，每集拼合四冊合訂本而成，共六冊。封面仿效武史彩封版，但以藍色為底色，封面。圖以彩色印刷，取自武史版第九、第十三與第十五集。內文與武史版、武功版合訂本一模一樣，保留武史版一百五十張圖。

從現今傳本來看，厚合訂本曾重印多次。可從四個方面來區分：（1）同一集封面，用圖未必相同；（2）封面設計稍稍不同，如早期版次「第幾集」三個黑字印在藍色底色上並不顯眼，後期則印在中間的方框內；（3）定價不同，早期定價四元一集，後期則賣五元一集；（4）書內其他武俠小說的廣告也不相同。

武功版《笑傲江湖》厚合訂本封面，全套六冊，封面圖取自武史版，封面底色為藍色，不同於合訂本的紫色。此外，同一集有多於一個以上封面圖，應是有不同的版次。

武俠版（盜版）

黃皮三冊本、黃皮四冊本、紅皮四冊本

舊版金庸小說單行本再版，歷來都循「先薄後厚」的路線，愈後期出版的書會愈厚。唯獨武俠版《笑傲江湖》反其道而行，是先厚後「薄」（只是沒有那麼厚而已）。

武俠出版社至少盜印了三次《笑傲江湖》，內文、行款、插圖都依據武史版合訂本原版複製，除了書內廣告換成自家書籍的廣告，其餘一模一樣。最先推出的是黃皮三冊本，

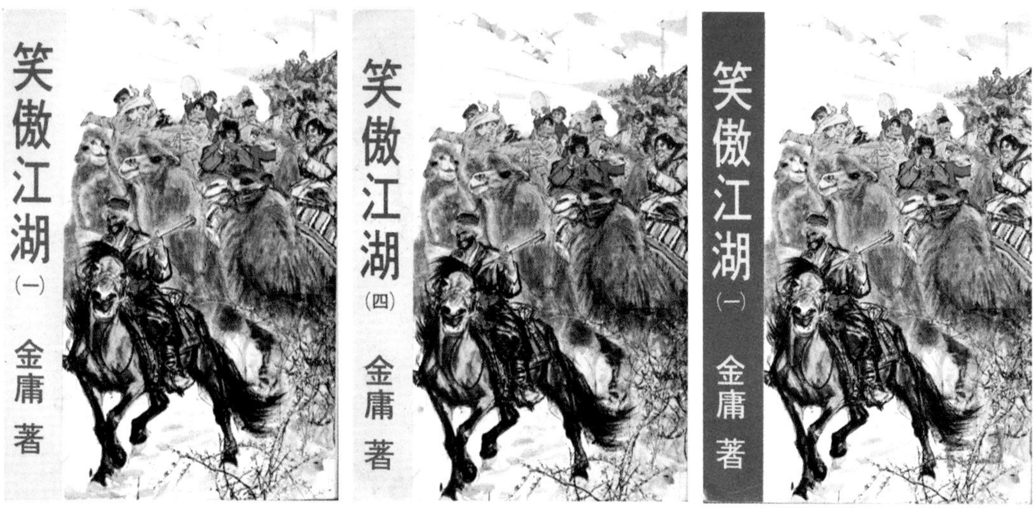

武俠版《笑傲江湖》黃皮三冊本（左）、黃皮四冊本（中）、紅皮四冊本（右）封面。黃皮兩版封面相同，只能從定價與回數區別。

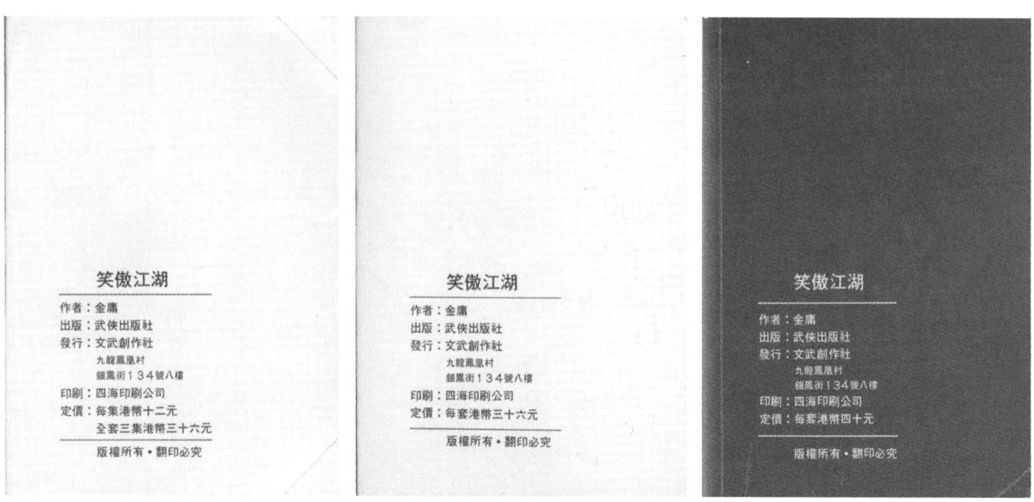

武俠版《笑傲江湖》黃皮三冊本（左）、四冊本（中）與紅皮四冊本（右）封底。可用來區分版次：可分售在先，僅全套發售在後；三十六元在前，四十元在後。

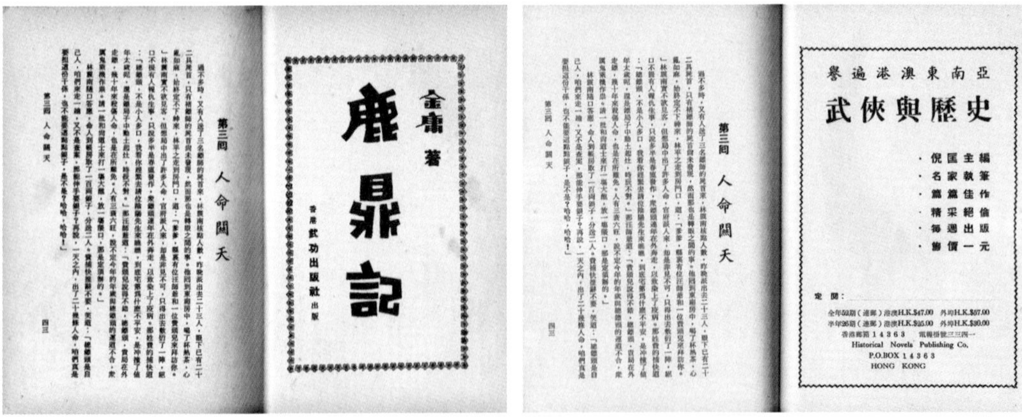

武俠版（左）與武史版（右）內頁廣告不同，為自家出版社的出版物打廣告。

封面插圖來源不詳，底色為黃色，故得名。每冊收錄八集武史版合訂本內容，故每冊有三十二回。此外，又有黃皮四冊本，封面與黃皮三冊本完全相同，只是冊數不同。四冊本每冊收錄六集武史版合訂本內容，一冊有二十四回。三冊本與四冊本同樣售價港幣三十六元（全套），但三冊本可分售，四冊本不分售，與稍後的紅皮四冊本一樣。故可知三冊本出版在前，四冊本出版在後。

黃皮四冊本之後是紅皮四冊本，兩者只有兩個地方不同：（1）底色不同。重印時，出版社將原來的黃底紅字改為紅底黃字；（2）定價不同。紅皮四冊本全套定價四十元，比黃皮四冊本貴，屬後期重印的版次。

武史版厚合訂本（盜版）

厚合訂本共四冊，每冊二十四回，四冊封面一樣，深黃色做底色，封面圖為雙鷹（鵰？）國畫。封底版權頁標示由武史出版社出版，胡敏生記書報社發行。每冊定價九元，應是後期（甚或在1970年以後）出版的盜印小說。封底臚列金庸小說書目中，偽金庸小說《射鵰英雄前傳》與《射鵰英雄後傳》亦包含在內。由此可見，此版實為坊間盜印書籍，與武史出版社無關。

武史版四冊本《笑傲江湖》封面及封底。

拾肆

鹿鼎記

舊版《鹿鼎記》並沒有出版過任何正版單行本，現在流傳下來的，都是盜版。如今看到的傳本，只有三家出版社。儘管出版社不同、冊數不同、售價不同，但所有的盜版《鹿鼎記》，其內文、版式、行款，以至插圖數目都完全一樣，應是由同一個版源不斷複製重印。

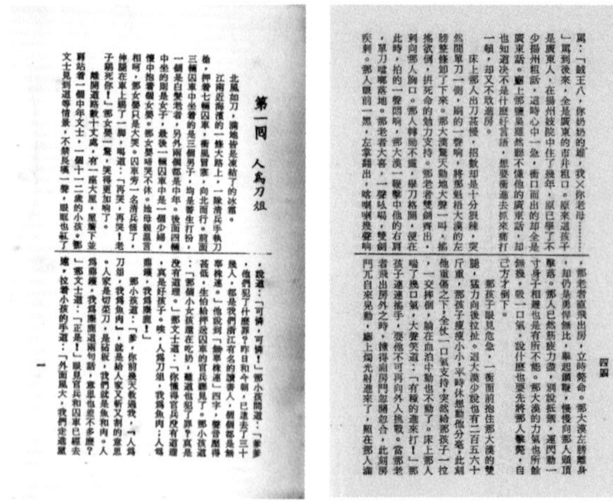

盜版《鹿鼎記》書影，各版採用同一個版源，每頁都分上下兩欄，是金庸所有舊版小說中從未有過的奇特版式。

盜版《鹿鼎記》的版式很特別，完全不同於過去任何一本金庸小說——每頁分上下兩欄。全書共收錄一百一十七張插圖，皆取自《明報》連載的《鹿鼎記》。插圖或置於內文上欄，或置於下欄，有時則會另開新頁。在金庸小說所有合訂本中，《鹿鼎記》收錄的插圖最少，文獻價值也最低。

盜版《鹿鼎記》收錄插圖的模式：或置於上欄，或置於下欄，或另開新頁。

諸版《鹿鼎記》中，以武功版藍皮本為源頭。藍皮版第一集至第四集沒有插圖，第五集有插圖六張，第六集有二十四張，第七集有八十七張。所有插圖皆集中在最後三集（第九十回至第一四六回）。之後各版輾轉複製，拼合為不同冊數，但插圖位置皆不會變更。

《鹿鼎記》在《明報》連載後，再在《武俠與歷史》做二輪連載，並設置由八個字組成的新標題。盜版《鹿鼎記》共一百四十六回，設四字回目，但並非由出版社另擬，而是取自《武俠與歷史》所用的標題。通常會採用上句，但也會因應情況而稍稍改變。如第三十二回回目「大賣人情」，該回內文出自《武俠與歷史》第四九三期，標題是「虛聲恐嚇　大賣人情」。由於第二十五回和第三十一回分別用過「虛聲恐嚇」做回目，出版社便改用第二句「大賣人情」。

武功版《鹿鼎記》一百四十六回的回目如下（以目錄頁為準）：

001 人為肉俎	002 小人毒計	003 精忠英勇	004 有福同享	005 人小胆大
006 摔跤勇士	007 詭計殺人	008 冒名頂替	009 賭錢使詐	010 潛入禁宮
011 權臣欺主	012 計智救駕	013 抄家得寶	014 瓜分贓銀	015 宮闈之中
016 奉有密諭	017 肉中下藥	018 刀劈鰲拜	019 階下之囚	020 因禍得福
021 出任香主	022 興師問罪	023 擁桂擁唐	024 豬腹藏人	025 虛聲恐嚇
026 親王宴客	027 筵前比武	028 兩小無猜	029 宮中刺客	030 栽贓嫁禍
031 拍馬有術	032 大賣人情	033 赴沐王宴	034 順水人情	035 要做英雄
036 計釋刺客	037 擊掌立誓	038 威脅不成	039 太后寢宮	040 獲悉內情
041 依依惜別	042 八部經書	043 妒火中燒	044 恩將仇報	045 鬼屋驚魂
046 人去無踪	047 一門孤孀	048 齋僧禮佛	049 夜闖禪院	050 有恃無恐
051 十八對一	052 軟玉溫香	053 偽造碑文	054 自相殘殺	055 解危言和
056 親傳武功	057 疑真疑假	058 五龍令現	059 帶兵賭錢	060 反敗為勝
061 逼供誣陷	062 少林為僧	063 武功博雜	064 喬裝下山	065 簡易招式
066 佛法無邊	067 貴賓尋仇	068 住持清涼	069 妙計脫困	070 刺客行兇
071 圖窮匕現	072 真假太后	073 解圍殺人	074 計退強敵	075 妙計殺敵
076 殺龜大會	077 無中生有	078 被迫成親	079 千方百計	080 阿諂挑撥
081 施計解危	082 偷天換日	083 毒打火燒	084 太監駙馬	085 迫問真象
086 計盜經書	087 深宵火警	088 尋死覓活	089 提審刺客	090 哀宛動人
091 往事如烟	092 互換人質	093 賭場出術	094 艷婢救主	095 同病相憐
096 當年往事	097 皇帝英明	098 奉旨祭天	099 率領水師	100 坐等捷報
101 阿諛有術	102 義婢救主	103 羅剎公主	104 獻計造反	105 安排定計
106 大臣聚議	107 不拍馬屁	108 賽馬作弊	109 擒吳應熊	110 收買人心

111	妙語解厄	112	母子重逢	113	失手成擒	114	巧語解危	115	春色滿床
116	羣雌混戰	117	有心迴護	118	移花接木	119	病漢奇能	120	施毒制人
121	為虎作倀	122	共商大計	123	密摺通風	124	巧殺欽犯	125	盡知底蘊
126	監視嚴密	127	巧計脫險	128	甫脫樊籠	129	眾叛親離	130	恩將仇報
131	薄情寡義	132	陰謀毒計	133	荒島生涯	134	諷言諷語	135	為民請命
136	出征羅剎	137	詐敗誘敵	138	獻俘報捷	139	水砲破城	140	奉旨議和
141	議和劃界	142	威武不屈	143	升官晉爵	144	奉旨監斬	145	奉旨查案
146	左右為難								

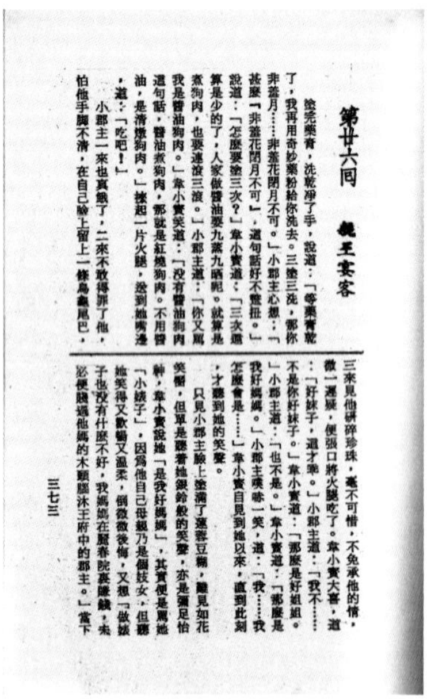
第廿六回　親王宴客

塗完藥膏，洗乾淨了手，說道：「等藥膏乾了，我再用奇妙藥粉給你洗去。三塗三洗，那你非羞月……非羞花閉月不可。」小郡主心想：「甚麼『非羞花閉月不可』，這句話好不彆扭。」說道：「怎麼要塗三次？」韋小寶道：「三次還算是少的了，人家做醬油要九蒸九晒呢。就算是煮狗肉，也要連滾三滾。」小郡主道：「你又罵我是醬油狗肉。」韋小寶笑道：「沒有醬油狗肉這句話，醬油煮狗肉，那就是紅燒狗肉。不用醬油，是清燉狗肉。」拿起一片火腿，送到她嘴邊，道：「吃吧！」

小郡主一來也真餓了，二來不敢得罪了他，怕他手腳不清，在自己臉上留上一條烏龜尾巴，三來見他研碎珍珠，毫不可惜，不免承他的情，微一遲疑，便張口將火腿吃了。韋小寶大喜，道：「好妹子，這才乖。」小郡主道：「我不……不是你好妹子。」韋小寶道：「那麼是好姐姐。」小郡主道：「也不是。」韋小寶道：「那麼是我好媽媽。」小郡主噗哧一笑，道：「我……我怎麼會是……」韋小寶自見到她以來，直到此刻，才聽到她的笑聲。

只見小郡主臉上塗滿了蓮蓉豆糊，雖見如花笑靨，但單是聽著她銀鈴般的笑聲，亦是彌足怡神，韋小寶說她「是我好媽媽」，其實便是罵她「小婊子」，因為他自己母親乃是個妓女，但聽她笑得又歡暢又溫柔，倒微微後悔，又想「做婊子也沒有什麼不好，我媽媽在麗春院裏賺錢，未必便及得他媽的木頭腦沐王府中的郡主。」當下

三七三

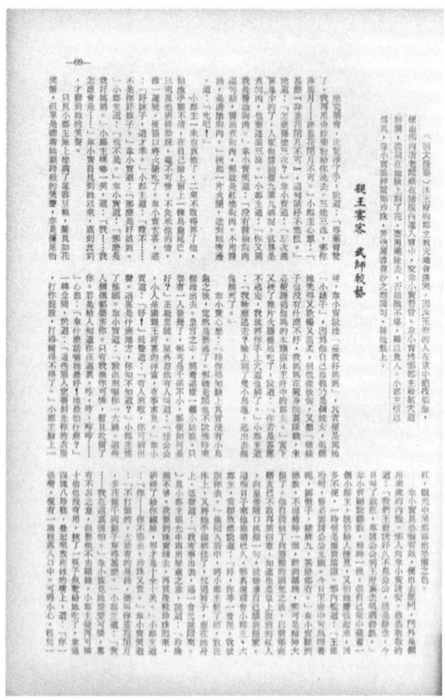

盜版《鹿鼎記》第二集頁373（左）與《武俠與歷史》第487期（右）書影。盜版《鹿鼎記》第二十六回回目，取自《武俠與歷史》的八字標題，通常只選用上句。

舊版《鹿鼎記》版本系統

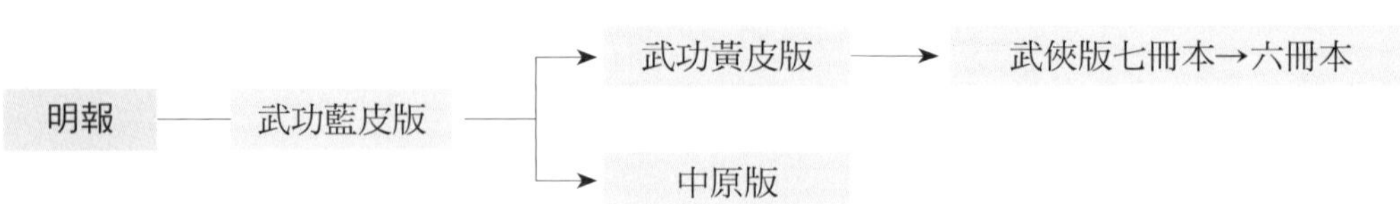

武功版（盜版）

藍皮版、黃皮版

武功出版社的藍皮版《鹿鼎記》，一套七冊，每本定價港幣四元，應是目前所有舊版《鹿鼎記》中最早出版的。封面用武功版《笑傲江湖》的設計（也就是武史版《笑傲江湖》的設計，只是底色不同），封面圖也是取自《笑傲江湖》。藍皮版曾重印多次（售價不同，初時每集四元，後來每集五元），重印時會使用不同的封面圖，版面設計也稍有不同。如果是早期版本，「第幾集」三個字印在藍色底色上，後期版本則是印在白色方框內。

左　武功藍皮版《鹿鼎記》封面。

右　武功黃皮版《鹿鼎記》封面。全套七冊，各集封面圖都一樣，全套定價港幣四十五元，比藍皮版貴（前期全套二十八元，後期全套三十五元），故必定在藍皮版之後出版。

中原版（盜版）

中原出版社與武功出版社地址一樣，應是同一家公司以不同名稱持續盜印金庸小說。中原版《鹿鼎記》全套七冊，除了封面與定價，其餘與武功藍皮版、黃皮版完全相同。全套定價四十元，出版時期或許介於武功藍皮版與黃皮版之間。

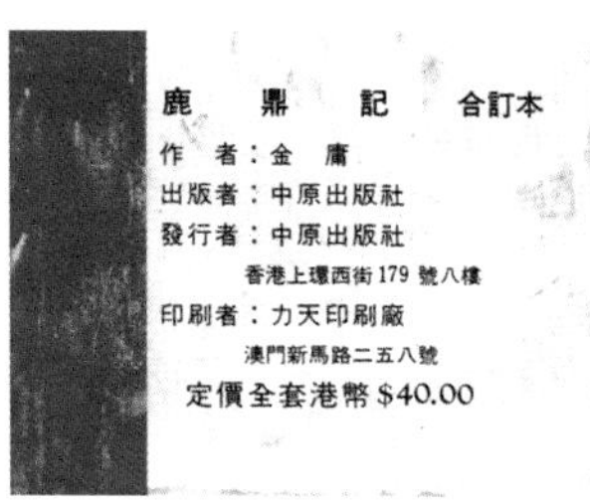

鹿鼎記 合訂本
作者：金庸
出版者：中原出版社
發行者：中原出版社
香港上環西街179號八樓
印刷者：力天印刷廠
澳門新馬路二五八號
定價全套港幣$40.00

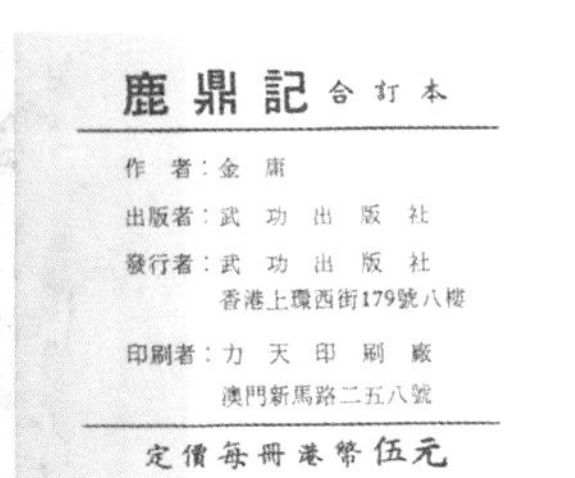

鹿鼎記 合訂本
作者：金庸
出版者：武功出版社
發行者：武功出版社
香港上環西街179號八樓
印刷者：力天印刷廠
澳門新馬路二五八號
定價每冊港幣伍元

左　中原版《鹿鼎記》封面。全套七冊，各集封面圖都一樣，封面圖來源不詳。

右　中原版（左）與武功版（右）《鹿鼎記》封底版權資料，兩家出版社地址相同，實為同一家公司。

武俠版（盜版）

七冊本、六冊本

武俠出版社的舊版《鹿鼎記》，是所有盜版《鹿鼎記》中最後出版的。這可以從兩方面推測：（1）封面印著「修訂本」三個字；（2）版權頁有「金庸作品集」五個字。金庸修訂小說雖然始於1970年，但「金庸作品集」的概念要到1974年年底出版修訂版《雪山飛狐》才出現，因此，武俠版不可能早於1974年12月。又，到了1978年9月，修訂版《鹿鼎記》在《明報晚報》開始連載，武俠版《鹿鼎記》封面以「修訂本」作招徠，當是想趁著《明報晚報》連載修訂版金庸小說時，用舊版文本搶佔先機。因此，武俠版估計約在1978年至1980年間出版。

武俠出版社先後出版過七冊本與六冊本兩種版本，都以武功版《鹿鼎記》為版源，內容與武功版無異。封面雖然有「修訂本」三字，實則為舊版內容。七冊本全套定價港幣四十四元，與武功黃皮版全套賣四十五元相若，大概是同期產品。六冊本全套定價四十八元，較七冊本為高，可證明又在七冊本之後。

武俠版六冊本將武功版《鹿鼎記》一百四十六回重新分合，歸入不同集數之中，與七冊本比較如下：

集	七冊本收錄回數	六冊本收錄回數
第一集	1-22	1-24
第二集	23-44	25-50
第三集	45-68	51-75
第四集	69-89	76-100
第五集	90-111	101-126
第六集	112-132	127-146
第七集	133-146	/

由於七冊本首四集沒有插圖（第一至八十九回），因此，六冊本頭三集沒有插圖，第四集至第六集才有插圖。

武俠版《鹿鼎記》七冊本（左）與六冊本（右）封面。各集封面一樣，雖然標示為「修訂本」，內容完全是舊版故事。

武俠版《鹿鼎記》六冊本封底與版權頁。封底除了有「金庸作品集」五個字外，更把偽金庸作品《射鵰英雄前傳》與《射鵰英雄後傳》放到「金庸作品集」名下，魚目混珠，誤導讀者。

金庸舊版小說一覽表

簡稱	出版、發行與印刷	冊數	港幣定價[1]	插圖	頁碼編排[2]	備註
書劍恩仇錄						
三育版 （正）	三育圖書文具公司 三育圖書文具公司 嘉華印刷有限公司	8	1.4[3]	有	從頭計算	1 封面：每集封面圖不同。 2 插圖：每集五回，每回開始前有一張插圖，合共四十張。 3 回目：金庸重訂章節，重擬回目，共四十個回目。 4 第一集有看劍廔主題辭，第八集有「書劍恩仇錄百人表」。 5 行款：每頁十五行，每行四十二字。
三有版 （盜）	三有出版社 / 永芪印刷廠	8	0.8	沒有	從頭計算	1 封面：第二、三、四、八集封面圖一樣，其餘封面圖不同。其中三圖取自三育版，另外兩圖來源不詳。 2 回目：第一到第六集與三育版相同，第七、八集取自《新晚報》。 3 行款：每頁二十行，每行五十字。
北風版 （盜）	北風圖書出版社 / /	16	/	沒有	混合模式	1 封面：封面圖採自三育版第一集，每集封面一樣，但底色不同。 2 兩集為一個單位，累計頁碼。單數集開新頁碼，雙數集頁碼緊接前一單數集。 3 目錄、行款：與三有版相同。
光榮版 八冊本 （盜）	光榮圖書公司 光榮圖書公司 英華印刷公司	8	1.2	有	從頭計算	1 封面、插圖、回目：與三育版相同。 2 第一集有看劍廔主題辭，第八集有「書劍恩仇錄百人表」。 3 行款：每頁十七行，每行四十四字。
光榮版 四冊本 （盜）	光榮圖書公司 光榮圖書公司 英華印刷公司	4	1.2	有	從頭計算	1 封面：選用八冊本第一、三、五、七集封面，加上「合訂本」三字。 2 翻印光榮版八冊本而成，每兩冊合為一本。 3 每集有兩組從頭計算的頁碼。
光明版 （盜）	光明出版社 / 大成印務	8	/	沒有	累積計算	1 封面、回目：與三育版相同。 2 行款：每頁二十二行，每行四十四字。
娛樂版 （盜）	娛樂出版社 / 風行印刷公司	4	4	有	從頭計算	1 封面：每集封面圖相同。 2 插圖：採用三育版三十五張插圖。 3 回目：與三育版相同。 4 第一集有看劍廔主題辭，第四集有「書劍恩仇錄百人表」。 5 行款：每頁十五行，每行四十二字。 6 每集有兩組從頭計算的頁碼。
文武版 （盜）	文武創作社 文武創作社 四海印刷公司	4	5	有	從頭計算	1 封面：每集封面相同。 2 插圖：採用三育版三十八張插圖。 3 回目、行款：，與光榮版相同。 4 每集有兩組從頭計算的頁碼。

三有版 厚本 （盜）	三有出版社 / 永芪印刷廠	2	3/5	沒有	從頭 計算	1 封面：上下兩集封面相同，封面圖取自三育版第一集封面。 2 回目、行款：與三有版相同。 3 每集有四組從頭計算的頁碼。 4 早期定價3元，後期定價5元。

簡稱	出版、發行與印刷	冊數	港幣 定價	插圖	頁碼 編排	備註
碧血劍						
三育版 （正）	三育圖書文具公司 三育圖書文具公司 僑光印務有限公司	5	1.4	有	從頭 計算	1 封面：每集封面不同。 2 插圖：每集五回，每回開始前有一張插圖，合共二十五張。 3 回目：金庸重訂章節，重擬回目，共二十五個回目。 4 早期由僑光印務有限公司印刷，之後版次由大千印刷公司印刷。 5 行款：每頁十五行，每行三十七字。
新成版 （盜）	新成出版社 / /	10	0.4	沒有	累積 計算	1 封面：每集封面相同，但底色不同。 2 回目：取自《香港商報》。 3 行款：頭五集每頁二十行；第六、七集每頁十八行；第八、九集每頁十六行；第十集前三十頁每頁十五行，最後十頁每頁十四行。每行五十字。 4 爬頭本。首七集有扉頁與目錄，其餘只有內文四十頁。
永明版 （盜）	永明出版社 / 大新印務	10	0.4	有	累積 計算	1 封面：兩種封面，一種非雲君繪畫，每集不同，另一種取自三育版。 2 插圖：第一、二集各有一張插圖，取自三育版。 3 回目：第一、二集用《香港商報》回目，第三集以後用三育版回目，全部二十四回。 4 行款：每頁二十行，每行四十六字。
大明版 （盜）	大明出版社 / /	10	/	有	累積 計算	1 封面：封面圖取自三育版。 2 插圖：每集內文開始前有一張三育版插圖，十集合共十張。 3 回目：取自《香港商報》。 3 行款：每頁二十行，每行五十字。
顯明版 （盜）	顯明出版社 / /	5	0.8	有	累積 計算	1 封面：與三育版相同。 2 插圖、回目、行款：與大明版相同。每集有兩張三育版插圖。

1 表格內數字均為單冊價格，全套價格另行註明。

2 「頁碼編排」指每集的頁碼有「從頭計算」與「累積計算」兩種，另有兩種方法混用的「混合模式」。「從頭計算」指每集的正文首頁為第1頁（有些出版社連扉頁、廣告頁、空白頁也計算在內，則正文第一頁可能是第3、第5、第7頁……）；「累積計算」指後面一集的頁碼接續前一集最後一頁的頁碼，如果第一集最後一頁為124頁，則第二集正文的第一頁為125頁。

3 三育版《書劍恩仇錄》、《碧血劍》和《射鵰英雄傳》上世紀60年代中期以後再版時，定價調整至每冊港幣二元四角。

光榮版 （盜）	光榮圖書公司 光榮圖書公司 英華印刷公司	5	1.4	有	從頭 計算	1 封面、回目：與三育版相同。 2 插圖：收錄了三育版二十四張插圖。 3 行款：每頁十五行，每行三十七字。
三民版 （盜）	三民圖書公司 / /	5	1.4	有	從頭 計算	1 封面、插圖、回目：與三育版相同。 2 行款：每頁十六行，每行三十八字。
大眾版 （盜）	大眾出版社 遠東書報 大新印廠	8	0.8	有	從頭 計算	1 封面：封面圖取自三育版插圖，配上顏色，以彩色印刷。 2 插圖、回目：與三育版相同。 3 將三育版由五冊分為八冊，第一集收錄四回，其餘各集收錄三回。 4 行款：每頁十五行，每行三十八字。
文武版 （盜）	文武創作出版社 / /	3	0.8	有	從頭 計算	1 封面：取三育版封面圖加工（加上其他人物），各集一樣。 2 插圖：每集正文之前有五張三育版插圖，全部合共十五張。 3 回目、行款：與三育版相同。 4 將三育版五冊分為三冊，第一、二集各八回，第三集七回。
娛樂版 （盜）	娛樂出版社 娛樂出版社 風行印刷公司	5	2.8	有	從頭 計算	1 封面、插圖、回目、行款：與三育版相同。 2 外加透明塑膠函，以套裝發售。
自力版 （盜）	自力圖書公司 自力圖書公司 誠興印刷公司	?	1.4	沒有	累積 計算	1 封面：每集不同，但非雲君繪畫。 2 回目：取自《香港商報》。 3 版權內頁模仿三育版，出版日期為1956年9月。 4 行款：每頁二十一行，每行五十字。
大榮版 （盜）	大榮圖書公司 大榮圖書公司 大華印刷公司	5	4			不詳

簡稱	出版、發行與印刷	冊數	港幣 定價	插圖	頁碼 編排	備註
射鵰英雄傳						
三育版 （正）	三育圖書文具公司 三育圖書文具公司 僑光印務有限公司 大千印刷公司	16	1.2	有	從頭 計算	1 封面：每集封面不同，由雲君依據書中情節與人物繪畫。 2 插圖：每集五回，每回開始前有一張插圖。十六集八十回另加「尾聲」，合共八十一張插圖。 3 回目：金庸重擬四字回目，全部八十一回。 4 行款：每頁十五行，每行三十七字。 5 第一、二集初版由僑光印務有限公司印刷，之後由大千印刷公司印刷。

宇光版薄本（盜）	宇光圖書公司 / /	81	0.4 0.3	有	累積計算	1 封面：各集封面相同，非雲君手筆。 2 插圖：共六百八十八張插圖，分為三類：（1）取自三育版；（2）請畫師模仿《香港商報》插圖，重新繪畫，共三百九十五張；（3）取自《香港商報》連載時插圖，共二百九十張。 3 回目：取自《香港商報》，共四十五回。 4 行款：每頁十五行，每行三十八字。 5 全套八十一冊一百一十九集。第一至第四十三集，一冊一集，共四十三冊。之後各冊為合集，一冊兩集，但頁數並沒有增加，內文約為二十頁。自第九十六、九十七合集（第七十冊）後，每冊減至只有十頁。 6 宇光版薄本不止一個版次，其他版次在編排上稍有不同，如刪掉插圖，封面和扉頁也不盡相同。 7 宇光版是爬頭本。第一至九十九集沒有標明售價，之後每冊定價港幣0.3元，但宇光出版社的小說廣告中，有「每冊僅售・港幣四角」八字。
僑發版（盜）	僑發出版社 / /	65	0.4	有	累積計算	1 封面：第一至第七集封面不同，之後各集封面相同。封面圖來源不詳。 2 插圖：有兩個來源：（1）取自《香港商報》；（2）另請畫師繪畫。全書插圖總數不詳。 3 回目：取自《香港商報》，共四十五回。 4 行款：每頁十四行，每行三十八字。 5 僑發版是爬頭本，小說文字內容取自《香港商報》上的連載。
光明版（盜）	光明出版社 / /	81	/	有	累積計算	1 封面：每集封面不同，封面圖與書中情節、人物有關，非雲君手筆。 2 插圖：早期請畫師模仿《香港商報》連載時的插圖，重新繪畫；後來直接取用《香港商報》插圖。全書插圖總數不詳。 3 回目：取自《香港商報》。 4 行款：前期每頁十七行，每行四十四字。後期每頁十三行，每行三十八字。 5 光明版薄本是爬頭本。
娛樂版薄本（盜）	娛樂出版社 / /	/	/	有	累積計算	1 封面：插圖來源不詳。 2 插圖：取自《香港商報》，或複製原圖，或請畫師模仿，重新繪畫。 3 回目：取自《香港商報》，但每回起迄處不同於報紙。 4 行款：每頁十四行，每行三十八字。 5 娛樂版薄本是爬頭本。
宇光版厚本（盜）	宇光圖書公司 / /	16	1.2	無	累積計算	1 封面：第十六集封面圖取自三育版第十集封面。 2 回目：取自《香港商報》。 3 行款：每頁十四行，每行三十八字。 4 根據《香港商報》連載文字重新檢字排版印刷而成。

大眾 黑底版 （盜）	大眾出版社 遠東書報 大新印刷廠	16	1.2	無	累積 計算	1 封面：每集封面不同，封面圖來源不詳。 2 回目：取自《香港商報》，共四十五回。 3 行款：每頁十五行，每行三十八字。 4 根據《香港商報》連載文字重新檢字排版印刷而成。
武俠版 （盜）	香港武俠出版公司 香港武俠出版公司 順利（信記）印務公司	6	3.5	無	累積 計算	1 封面：每集封面不同，封面圖來源不詳。 2 回目：取自《香港商報》，共四十五回。 3 內文依據大眾黑底版，但重新編排頁碼。
娛樂版 十六冊本 （盜）	娛樂出版社 娛樂出版社 風行印刷公司	16	1.2	有	從頭 計算	1 封面：每集封面不同，第一至十五集與三育版封面一樣，第十六集重用三育版第十集封面。 2 插圖：第一至十五集使用三育版插圖，共七十五張。第十六集由出版社請畫師繪畫，共五張。 3 回目：第一至十四集使用三育版回目，第十五、十六集由出版社自擬。 4 行款：每頁十五行，每行三十八字。 5 第一至十四集根據三育版內文，第十五、十六集根據《香港商報》連載文字，重新檢字排版印刷而成。
三友版 十六冊本 （盜）	三友圖書公司 三友圖書公司 信聯印務局	16	1.5	有	從頭 計算	1 封面：每集封面不同，封面圖取自三育版，但圖的次序與三育版不同，更調動了方向（例如左轉九十度）。 2 插圖：第一至十四集使用三育版插圖，並混雜其他武俠小說的插圖，圖的次序也不同於三育版，每集插圖數目不一。第十四、十五集沒有插圖，第十六集只有一張插圖，由其他畫師繪畫。全部共計六十四張。 3 回目：第一至十五集使用三育版回目，第十六集由出版社自擬。 4 行款：每頁十七行，每行四十字。 5 第一至十四集根據三育版內文，第十五、十六集根據《香港商報》連載文字，重新檢字排版印刷而成。
大眾 白底版 （盜）	大眾出版社 遠東書報 大新印刷廠	16	0.8	有	從頭 計算	1 封面：使用三育版封面圖，配上顏色，彩色印刷。 2 插圖：收錄三育版四十一張插圖。 3 回目：與三育版相同，共八十一回。 4 行款：每頁十五行，每行三十八字。
娛樂版 八冊本 （盜）	娛樂出版社 娛樂出版社 風行印刷公司	8	4	有	從頭 計算	1 封面：每集封面不同，封面圖取自三育版。 2 插圖：全書收錄三育版四十九張插圖，但每集數量不同。 3 回目、行款：與娛樂版十六冊本一樣。 4 每集有兩組從頭計算的頁碼。

三友版 八冊本 （盜）	三友圖書公司 三友圖書公司 信聯印務局	8	4	有	從頭 計算	1 由三友版十六冊本合併而成，每兩本合併成一冊（每兩期封面，選擇一個做合訂本封面）。 2 插圖、回目、行款：與三友版十六冊本相同。 3 每集有兩組從頭計算的頁碼。

簡稱	出版、發行與印刷	冊數	港幣定價	插圖	頁碼編排	備註
雪山飛狐						
類三育版 （盜）	三育圖書文具公司 三育圖書文具公司 嘉華印刷有限公司	1	1.2	有	/	1 封面：封面圖取自小人書《百年長恨》。 2 插圖：第一集共有六回，每回之前有一張插圖，共六張圖。 3 回目：第一集共有六個回目。 4 行款：每頁十五行，每行三十七字。
光明版 （盜）	光明出版社 / /	18	/	有	累積 計算	1 封面：每集封面不同，封面圖與書中情節、人物有關。 2 插圖：出版社聘請畫師繪畫插圖，每集插圖數量不一。 3 回目：以《新晚報》連載時每天的小標題做回目，共一百二十九回。 4 行款：每頁十三行，每行三十八字。 5 每冊收錄報紙連載內容六至十回不等。
大眾版 （盜）	大眾出版社 遠東書報發行公司 大新印刷廠	2	1.2	無	累積 計算	1 封面：兩集封面不同，封面圖來源不詳。 2 回目：上、下集各九回。綠皮版上下集都有目錄頁標示回數與回目，但內文沒有標示第四、九、十二、十八回。第十七回只有回數（十七）而沒有回目。 3 行款：每頁十五行，每行三十八字。 4 有藍皮版和綠皮版，封面不同，目錄檢字重排。
偉光版 （盜）	偉光書店 / 永聯印務局	2	1.2	有	累積 計算	1 封面：有白皮封面與黑皮封面兩種。上下兩集封面不同，封面圖來源不詳。 2 插圖：第一集第一回前有一張插圖，取自三育版第一集第一回。 3 回目：以大眾綠皮版原版翻印，但刪去每冊前面的目錄以及回數「十七」二字。 4 行款：每頁十五行，每行三十八字。 5 偉光版的版權資料相當混亂：（1）版權內頁顯示出版者為偉光書店，而承印者為永聯印務局；（2）封底版權資料則顯示出版者為大眾出版社，而承印者為大新印刷廠，發行者為遠東書報。 6 雖然依據大眾版原版翻印，但每集收錄回數不同。偉光版第一集收錄至第八回中段，而大眾版第一集收錄至第九回。

鄺拾記版（盜）	武史出版社 鄺拾記報局 聯發印務	1	3.6	無	/	1 封面：封面圖取自鄺拾記版合訂本《俠客行》第五集封面。 2 回目：正文前目錄取自大眾版上下兩集目錄，共十八回。 3 行款：每頁十五行，每行三十八字。 4 封面沒有「金庸著」三字，開本略小，約12.5 x 17公分。 5 以偉光版翻印。
崑崙版三冊本（盜）	崑崙圖書公司 崑崙圖書公司 大同印刷公司	3	1.2/1	有	累積計算	1 封面：封面不同，取自其他武俠小說。 2 插圖：共九張插圖，扣除重複的一張，其中六張取自三育版《雪山飛狐》，餘下兩張取自《射鵰英雄傳》。 3 回目：第一集六回取自三育版，為第一至第六回，第二集有三個沒有編號的回目。第三集從第七回開始，目錄有第八回，但內文沒有。 4 行款：每頁十五行，每行三十八字。 5 第一、二集賣一元二角，第三集一元。
三胄版（盜）	崑崙圖書公司 崑崙圖書公司 大同印刷公司	2	1.2	有	累積計算	1 封面：第一集仿「類三育版」，第二集模仿第一集封面設計。 2 插圖、目錄、回目、行款：與崑崙版三冊本相同。
光榮版（盜）	光榮圖書公司 光榮圖書公司 英華印刷公司	1	5.5	無	/	1 封面：封面圖來源不詳。 2 回目：與崑崙版相同。 3 把崑崙版三冊本拼成一冊，但刪去全部插圖。
三民版（盜）	三民圖書公司 三民圖書公司 風行印刷公司	4	1	有	混合模式	1 封面：第一、四集封面圖來源不詳，第二、三集取用書內插圖做封面。 2 插圖：每回前一張插圖，共十四張圖。雖注明由雲君繪畫，實際出於他人之手。 3 回目：出版社將全書重新分為十四回，每回擬一個四字回目。 4 第一至第三集，每集四回，頁碼重新計算。第四集有二回，頁碼接續第三集。
娛樂版（盜）	娛樂出版社 娛樂出版社 風行印刷公司	1	4.5	有	混合模式	1 封面：封面圖取自書中第十三回插圖。 2 把三民版合併為一冊，出版社並沒有重排頁碼，書中仍然看到每集前的回目。
大美版（盜）	大美出版社 / 信誠印刷所	1	3	無	/	1 封面：封面圖來源不詳。 2 回目：與大眾綠皮版相同。 3 行款：與大眾版相同。

簡稱	出版、發行與印刷	冊數	港幣定價	插圖	頁碼編排	備註
神鵰俠侶						
鄺拾記普及本（正）	鄺拾記報局 鄺拾記報局 誠泰印務公司／聯發印務	111	0.3	有	累積計算	1 封面：通常每兩集共用相同的圖做封面，但顏色不同，偶有一圖一封面或一圖三封面的情況。雲君繪畫。 2 插圖：《明報》連載時共有七百七十四張插圖，普及本收錄了七百七十二張。 3 回目：共一百一十個回目。 4 行款：每頁十五行，每行三十八字。
鄺拾記白皮版合訂本（雙色有插圖版）（正）	鄺拾記報局 鄺拾記報局 誠泰印務公司／聯發印務	28	0.8	有	從頭計算	1 封面：每集封面不同，除第六、十四、十八、二十一與二十八集封面圖，由雲君重新繪畫外，其餘各集皆取自普及本封面。 2 插圖：共收錄六百七十二張插圖。 3 回目：共一百一十個回目。 4 行款：每頁十五行，每行三十八字。
鄺拾記白皮版合訂本（雙色無插圖版）（正）	鄺拾記報局 鄺拾記報局 聯發印務	28	0.8	無	累積計算	1 封面、回目：與「白皮有插圖版合訂本」相同。 2 行款：與普及本相同。
鄺拾記白皮版合訂本（彩色有插圖版）（正）	鄺拾記報局 鄺拾記報局 聯發印務	28	0.8	有	累積計算	1 封面：每集封面相同，封面圖取自「白皮有插圖版合訂本」第二十二集。 2 插圖：共收錄七百七十二張插圖。 3 回目、行款：與普及本相同。 4 另有刪去全部插圖的「彩色無插圖版」。
武史版（正）	武史出版社 鄺拾記報局 聯發印務	28	0.8	有	累積計算	1 封面：第二十二集封面圖出自雲君手筆，但並非取自白皮版封面與小說插圖，大抵是雲君重新繪製。 2 插圖：共收錄七百七十二張插圖。 3 回目、行款：與普及本相同。
鄺拾記黃皮版合訂本（盜）	武史出版社 鄺拾記報局 聯發印務	28	0.8	無	累積計算	1 封面：每集封面不同，封面圖部分取自普及本，部分可能由雲君重新繪畫。 2 回目、行款：與普及本相同。

鄺拾記綠皮版合訂本（盜）	武史出版社 鄺拾記報局 聯發印務	28	0.8	無	累積計算	1 封面：每集封面不同，封面圖取自《倚天屠龍記》和《天龍八部》合訂本。 2 回目、行款：與普及本相同。
鄺拾記紅皮版合訂本（盜）	武史出版社 鄺拾記報局 聯發印務	28	0.8	無	累積計算	1 封面：每集封面不同，封面圖來源不詳。 2 回目、行款：與普及本相同。
鄺拾記黃皮短版合訂本（盜）	武史出版社 鄺拾記報局 聯發印務	28	0.8	無	累積計算	1 封面：每集封面不同，封面圖分別取自《神鵰俠侶》、《倚天屠龍記》、《天龍八部》、《俠客行》合訂本。 2 回目、行款：與普及本相同。 3 封面沒有「金庸著」三字，開本略小，約12.5×17公分。
胡敏生版（盜）	武史出版社 鄺拾記報局 聯發印務	28	0.8	無	累積計算	1 封面：每集封面不同，封面圖分別取自《倚天屠龍記》、《天龍八部》、《俠客行》合訂本。 2 回目、行款：與普及本相同。 3 有幾個不同版次，每個版次或有不同，包括封面「第幾集」字體大小不同，同一集不同版次封面圖不同、開本大小不同（有長版18.5公分與短版17公分兩種）。
鄺拾記厚合訂本（盜）	武史出版社 鄺拾記報局 聯發印務	7	4.8	無	累積計算	1 封面：每集封面不同，封面圖分別取自《倚天屠龍記》、《天龍八部》、《俠客行》合訂本。 2 回目、行款：與普及本相同。 3 由四冊合訂本拼合而成，合訂本一般四回一冊，故厚合訂本又可稱為「十六回本」。封面沒有「金庸著」三字，書後版權頁沒有印出版日期。開本略小：12.5×17公分。
武術版（盜）	武術出版社 武術出版社 力天印刷廠	7	4.8	無	累積計算	1 封面：每集封面不同，封面圖取自鄺拾記版《天龍八部》合訂本。 2 回目、行款：與普及本相同。 3 封面沒有「金庸著」三字。

簡稱	出版、發行與印刷	冊數	港幣定價	插圖	頁碼編排	備註
飛狐外傳						
鄺拾記 普及本 （正）	鄺拾記報局 鄺拾記報局 聯發印務	48	0.3	有	累積 計算	1 封面：第一至十六集採用四色印刷，第一至八集封面圖與內容無關，部分圖重複使用。第十七集以後採雙色印刷，頁面右下方有「香港鄺拾記報局發行」字句，封面圖依據《武俠與歷史》連載時雲君所繪插圖修改而成。 2 插圖：除收錄《武俠與歷史》連載時所用插圖外，部分為雲君新繪畫的圖，全部合共二百四十四張。 3 回目：四字回目，一集一回，共計四十八回、四十八個回目。 4 行款：每頁十五行，每行三十八字。
鄺拾記 合訂本 初版 （正）	鄺拾記報局 鄺拾記報局 聯發印務	13	0.8	有	從頭 計算	1 封面：第一至五集和第七集所用的封面圖，取自雲君為普及本新繪的插圖，其餘各集封面圖取自《武俠與歷史》連載時的插圖。封面圖呈扁長方形或盾牌形狀，底色各集不同。 2 插圖：共收錄一百五十四張插圖。 3 回目：與普及本一樣，共四十八回，四十八個四字回目。 4 行款：每頁十五行，每行三十八字。
鄺拾記 藍盾版 （正）	鄺拾記報局 鄺拾記報局 聯發印務	13	0.8	有	混合 模式	1 封面：有兩個來源，一是取自合訂本（初版）的封面，但期數不一定與初版相同，封面圖與《飛狐外傳》故事有關，但不一定與該集內容有關。二是取自《武俠與歷史》連載時的插圖再配上顏色。封面圖呈盾牌形狀，底色以藍色為主，故稱「藍盾版」。 2 插圖：藍盾版有多個版次，各版次的插圖版式與數量各不相同。 3 回目：共四十八回，第一至第六集有「四字回目」與「七字回目」兩種情況，第七至第十三集用四字回目。與普及本一樣，共四十八回，四十八個四字回目（因為有不同版次）。 4 行款：每頁十五行，每行三十八字。 5 藍盾版有不同版次，各版次都有不少差別，無論是插圖、封面、回目、行款（部分版次經過重排，非以原版翻印），難以一概而論。
鄺拾記 綠皮版、 黃皮版 （盜）	鄺拾記報局 鄺拾記報局 聯發印務	13	0.8	有	混合 模式	1 封面：每集不同，封面圖來源不詳，與故事內容無關。底色為綠色的名「綠皮版」，底色為黃色的名「黃皮版」。 2 插圖、回目、行款：與藍盾版相同，第一至第六集用七字回目。 3 根據藍盾版原版重印。從扉頁來看，可能有不同版次。有些扉頁與封面用同一張圖，有些扉頁所用的圖與封面不同。

簡稱	出版、發行與印刷	冊數	港幣定價	插圖	頁碼編排	備註
鄺拾記黑皮短版（盜）	鄺拾記報局 鄺拾記報局 聯發印務	13	0.8	有	累積計算	1 封面：翻用鄺拾記合訂本初版。 2 插圖：翻印自藍盾版早期版本，但由於藍盾版有多個版次，各版次的插圖版式不盡相同，插圖數量亦各不相同，難以一概而論。 3 回目：共四十八回，全為四字回目。 4 行款：每頁十五行，每行三十八字。 5 以早期藍盾版原版翻印。封面刪除「金庸著」三字，屬鄺拾記後期出版的金庸舊版小說，未獲授權。開本稍微短小，書高18公分（正版書的高度為18.7公分）。
胡敏生綠皮版（盜）	武史出版社 胡敏生記書報社 聯發印務	13	/	有	累積計算	1 封面：每集封面不同，封面圖分別取自鄺拾記版合訂本《倚天屠龍記》與《天龍八部》，底色為綠色。 2 插圖：與藍盾版相同，但第六、七、八集沒有插圖。 3 回目：第一至第四集用七字回目，第五至第十三集用四字回目。 4 行款：與藍盾版相同。
胡敏生黃皮版（盜）	武史出版社 胡敏生記書報社 聯發印務	13	/	有	累積計算	1 封面：每集封面不同，封面圖取自《倚天屠龍記》、《天龍八部》、《俠客行》與《神鵰俠侶》合訂本。 2 插圖、行款：以普及本原版翻印，唯第一至八集刪去全部插圖。 3 回目：全部為四字回目。 4 封面沒有「金庸著」三字，與武史出版社無關，為後期的盜印本。
胡敏生厚合訂本（盜）	武史出版社 胡敏生記書報社 聯發印務	4	4	有	累積計算	1 封面：每集封面不同，封面圖取自《神鵰俠侶》和《天龍八部》合訂本。 2 插圖、行款、回目：為「胡敏生黃皮版」的合併版本。 3 封面沒有「金庸著」三字。

簡稱	出版、發行與印刷	冊數	港幣定價	插圖	頁碼編排	備註
鴛鴦刀						
胡敏生九十頁版（正）	胡敏生書報社 胡敏生書報社 聯發印務	1	0.8	有	/	1 封面：封面圖取自《武俠與歷史》連載時的雲君插圖，配上顏色。 2 插圖：收錄《武俠與歷史》連載時所有插圖，另有一張雲君繪畫的新圖，全部合共十一張圖。 3 回目：共九個回目，稍稍不同於《武俠與歷史》、《明報》上的連載內容。 4 行款：全書九十頁，每頁十四行，每行三十八字。

胡敏生 紅皮 六十六頁版 （正）	胡敏生書報社 胡敏生書報社 聯發印務	1	0.8	有	/	1 封面：與「胡敏生九十頁版」相同。 2 插圖：收錄《武俠與歷史》連載時九張插圖，另有一張雲君繪畫的新圖，全部合共十張圖。 3 回目：不分回。 4 行款：全書六十六頁，每頁十七行，每行四十四字。
胡敏生 黃皮 六十六頁版 （盜）	胡敏生書報社 胡敏生書報社 聯發印務	1	0.8	有	/	1 封面：封面圖來源不詳。 2 插圖、回目、行款：據「胡敏生紅皮六十六頁版」原版翻印。
胡敏生 無署名版 （盜）	胡敏生書報社 胡敏生書報社 聯發印務	1	0.8	有	/	1 封面：封面圖取自《倚天屠龍記》合訂本。 2 插圖、回目、行款：據「紅皮六十六頁版」原版翻印。 3 封面無「金庸著」三字。
鄺拾記版 （盜）	武史出版社 鄺拾記報局 聯發印務	1	3.6	有	/	1 封面：封面圖取自《俠客行》合訂本。 2 插圖、回目、行款：據「紅皮六十六頁版」原版翻印。 3 封面無「金庸著」三字。開本略小，約12.5 X 17 公分。 4 與《白馬嘯西風》合為一冊。在頁66之後，接續為《白馬嘯西風》，頁碼重新計算，沒有插圖，九個回目。

簡稱	出版、發行與印刷	冊數	港幣定價	插圖	頁碼編排	備註
倚天屠龍記						
鄺拾記 普及本 （正）	武史出版社 鄺拾記報局 聯發印務	113	0.3	有	累積計算	1 封面：各集封面不同，與該集情節相關。 2 插圖：《明報》連載時共有七百八十八張插圖，普及本雖然仍有七百八十八張圖，但由於編排錯誤，部分插圖重複。 3 回目：一集一回目，第一集為「引子」，其餘共一百一十二回。 4 行款：每頁十五行，每行三十八字。
鄺拾記 彩皮 有插圖版 （正）	武史出版社 鄺拾記報局 聯發印務	28	0.8	有	從頭計算	1 封面：每集封面不同，與該集情節相關。部分封面圖由雲君重新繪畫，部分取自普及本，部分則取自《明報》連載時的插圖。封面底色每期不同。 2 插圖：每集收錄約二十二張插圖，全部合共六百一十八張。 3 回目：每集四回，首回為引子，最後一集把普及本第一一一集與第一一二集合併為第一一一回。 4 行款：與普及本相同。

鄺拾記 彩皮 無插圖版 （正）	武史出版社 鄺拾記報局 聯發印務	28	0.8	有	累積 計算	1 封面：封面圖與「彩皮有插圖版」一樣，底色每期不同。 2 回目：與普及本一樣，最前為引子，之後共一百一十二回。 3 行款：與普及本相同。 4 「彩皮無插圖版」出版時間應晚於「彩皮有插圖版」，但出版社仍然沿用初版時候的版權頁，印上初版日期。
鄺拾記 紅皮 無插圖版 （正）	武史出版社 鄺拾記報局 聯發印務	28	0.8	無	累積 計算	1 封面：封面圖與「彩皮有插圖版」相同，底色統一用粉紅色。 2 回目、行款：與普及本一樣。 3 「紅皮無插圖版」出版時間應晚於「彩皮無插圖版」，但出版社仍然沿用初版時候的版權頁，印上初版日期。 4 紅皮無插圖版有不同版次。早期版次，封面用黑色字體印「第幾集」，並有扉頁。後期版次，封面用桃紅色字體印「第幾集」，沒有扉頁和目錄。後者封面圖次序混亂。
鄺拾記 黃皮短版 （盜）	武史出版社 鄺拾記報局 聯發印務	28	0.8	無	累積 計算	1 封面：每集封面不同，封面圖取自《倚天屠龍記》、《天龍八部》、《俠客行》合訂本，另兩張圖來源不詳。底色統一用黃色。 2 回目、行款：與普及本相同。 3 封面沒有「金庸著」三字，書後版權頁沒有印出版日期。開本略小：12.5×17公分。
鄺拾記 厚合訂本 （盜）	武史出版社 鄺拾記報局 聯發印務	7	4.8	無	累積 計算	1 封面：每集封面不同，封面圖取自《倚天屠龍記》、《天龍八部》合訂本，底色統一用黃色。 2 回目、行款：與普及本相同。 3 封面沒有「金庸著」三字，書後版權頁沒有印出版日期。開本略小：12.5×17公分。

簡稱	出版、發行與印刷	冊數	港幣 定價	插圖	頁碼 編排	備註
白馬嘯西風						
鄺拾記 普及本 （正）	武史出版社 鄺拾記報局 聯發印務	9	0.3	有	累積 計算	1 封面：各集封面不同，與該集情節相關。 2 插圖：第一至八集本擬各收錄十張插圖，最後一集收錄十二張。唯第二集有兩張插圖連載時重複，普及本沒收錄，另第四集少收了一張，故全部只有八十九張。 3 回目：一集一回目，第九集除回目外，還有「尾聲」。 4 行款：每頁十五行，每行三十八字。

鄺拾記 彩皮初版 合訂本 （正）	武史出版社 鄺拾記報局 聯發印務	2	0.8	有	從頭 計算	1 封面：兩集封面不同。第一集封面圖由雲君重新繪畫，構圖取自報紙連載第一回插圖。第二集封面圖取自普及本第六集。第一集封面以黃色為底色，第二集封面以粉紅色為底色，故取名為「彩皮版」。 2 插圖：除第一集第四回收錄四張插圖外，其餘各回各收錄六張插圖，全書兩集九回，合共五十二張插圖。 3 回目：第一集四回，第二集五回（沒有「尾聲」）。 4 行款：每頁十五行，每行三十八字。
鄺拾記 黃皮再版 合訂本 （正）	武史出版社 鄺拾記報局 聯發印務	2	0.8	有	累積 計算	1 封面：封面圖與「彩皮版」一樣，但皆以黃色做底色。 2 插圖：刪掉普及本部分插圖，全部合共六十三張圖。 3 回目：與普及本一樣，有「尾聲」。 4 行款：每頁十五行，每行三十八字。
鄺拾記 無插圖版 （盜）	武史出版社 鄺拾記報局 聯發印務	2	0.8	無	累積 計算	1 封面：兩集封面圖不同，第一集重用《天龍八部》封面圖，第二集封面圖來源不詳。 2 回目：與「彩皮初版合訂本」一樣，九個回目，沒有「尾聲」。 3 行款：每頁十五行，每行三十八字。 4 封面沒有「金庸著」三字。

簡稱	出版、發行與印刷	冊數	港幣定價	插圖	頁碼編排	備註
天龍八部						
鄺拾記 普及本 （正）	武史出版社 鄺拾記報局 聯發印務	140	0.3	有	累積 計算	1 封面：各集封面不同，與該集情節相關。 2 插圖：每集收錄七張插圖。 3 回目：四字回目，一冊一回，共一百四十回。 4 行款：每頁十五行，每行三十八字。
鄺拾記 有插圖版 合訂本 （正）	武史出版社 鄺拾記報局 聯發印務	35	0.8	有	從頭 計算	1 封面：各集封面不同，與該集情節相關 。黃色底色。 2 插圖：第一集只有二十一張圖，其餘各集收錄二十二張圖，皆取自《明報》連載的插圖，三十五集合共七百六十九張圖。 3 回目：每集合訂本結合四冊普及本而成，共一百四十回。 4 行款：與普及本相同。
鄺拾記 無插圖版 合訂本 （盜）	武史出版社 鄺拾記報局 聯發印務	35	0.8	無	累積 計算	1 封面：每集封面不同，封面圖取自《俠客行》、《倚天屠龍記》、《天龍八部》合訂本。 2 回目、行款：與普及本一樣。 3 開本略小，約12.5×17公分。 4 有不同樣式，有的有「金庸著」三字和出版日期，有的沒有「金庸著」三字，也沒有出版日期。

簡稱	出版、發行與印刷	冊數	港幣定價	插圖	頁碼編排	備註
鄺拾記 厚合訂本 （盜）	武史出版社 鄺拾記報局 聯發印務	9	4.8	無	累積計算	1 封面：每集封面不同，封面圖取自《倚天屠龍記》、《天龍八部》等合訂本。 2 回目、行款：與普及本一樣。 3 封面沒有「金庸著」三字。開本略小，約12.5×17公分。
武俠版 （盜）	武俠出版社 文武出版社 四海印刷公司	6	8 全套48	無	累積計算	1 共有三個版本，依出版先後次序是：彩脊紅字版➞白脊黑字版➞白脊紅字版。 2 封面：每集封面一樣。彩脊紅字版所用封面圖不同於其餘兩版，來源不詳。 3 回目、行款：據鄺拾記無插圖版翻印，但刪去〈釋名〉。 4 每集收錄不同回數，彩脊紅字版與白脊黑字版的第二至六集，每集結尾處並非該回完結的地方（該回後半部分內容分拆到下一集）。白脊紅字版是最終版本，改善一回分開兩集的情況，每集結尾處為一回的終結。新一集開首是一回的開始。

簡稱	出版、發行與印刷	冊數	港幣定價	插圖	頁碼編排	備註
素心劍						
鄺拾記 普及本 （正）	武史出版社 鄺拾記報局 聯發印務	1	0.3	有	/	1 封面：第一集封面圖取自《東南亞周刊》第二期連載的《素心劍》。 2 插圖：第一集插圖共五張，取自《東南亞周刊》第一至第三期連載的《素心劍》。 3 回目：以《東南亞周刊》第一期標題「萬震山荊州開壽筵」為回目。 4 行款：每頁十五行，每行三十八字。 5 第一集在1964年5月11日出版。坊間從未見過第二集與以後集數，疑似只出版第一集。
鄺拾記 合訂本 （正）	武史出版社 鄺拾記報局 聯發印務	6	0.8	有	累積計算	1 封面：各集封面不同，與該集情節相關（粉紅底色）。 2 插圖：每集有四張插圖，取自《東南亞周刊》，合共二十四張圖。 3 回目：一集兩回，每回以七言聯句為回目，全部合共十二聯。 4 行款：每頁十六行，每行四十四字。

鄺拾記 二冊本 （盜）	武史出版社 鄺拾記報局 聯發印務	2	3.6	無	累積 計算	1 封面：兩集封面不同，封面圖取自《俠客行》與《倚天屠龍記》合訂本。 2 回目：第一回用普及本第一回回目，第二回為自擬回目，第三回及以後回目，用鄺拾記合訂本的七言聯句回目。 3 封面沒有「金庸著」三字。開本略小：12.5×17公分。
鄺拾記 一冊本 （盜）	武史出版社 鄺拾記報局 聯發印務	1	10	有	/	1 封面：封面圖取自鄺拾記合訂本。 2 插圖、回目、行款：與合訂本一樣。 3 封面雖有「金庸著」三字，卻與武史出版社無關。

簡稱	出版、發行與印刷	冊數	港幣 定價	插圖	頁碼 編排	備註
俠客行						
鄺拾記 普及本 （正）	武史出版社 鄺拾記報局 聯發印務	42	0.3	有	累積 計算	1 封面：各集封面不同，與該集情節相關。 2 插圖：收錄《明報》連載的插圖，數目不詳。 3 回目：一冊一個回目，共四十二回。 4 行款：每頁十五行，每行三十八字。
鄺拾記 有插圖版 合訂本 （正）	武史出版社 鄺拾記報局 聯發印務	11	1	有	從頭 計算	1 封面：各集封面不同，與該集情節相關。粉紅底色。 2 插圖：收錄《明報》連載時的插圖，共二百九十四張圖。 3 回目：與普及本回目相同。 4 行款：每頁十五行，每行三十八字。
鄺拾記 無插圖版 合訂本 （正）	武史出版社 鄺拾記報局 聯發印務	11	1	無	累積 計算	1 封面、回目、行款：與有插圖版合訂本相同。 2 插圖：第一至第十集沒有插圖，第十一集由於篇幅較少，保留部分插圖，但收錄插圖較少。 3 出版時間應晚於有插圖版，但封底仍然沿用有插圖版的出版日期。 4 無插圖版合訂本另有「短版」（盜版），與正常版的差別有三處：（1）開本較小，為13×17公分；（2）全部十一冊都沒有插圖；（3）刪掉各冊扉頁與目錄，每冊第一頁就是正文。
鄺拾記 厚合訂本 （盜）	武史出版社 鄺拾記報局 聯發印務	3	4.8	無	累積 計算	1 封面：每集封面不同，封面圖取自《倚天屠龍記》與《天龍八部》合訂本。 2 回目、行款：與普及本相同。 3 封面沒有「金庸著」三字。開本略小：12.5×17公分。
精武版 （盜）	精武出版社 / /	2	全套 15/17	無	累積 計算	1 回目、行款：與普及本相同。 2 上、下集各有二十一回。 3 早期全套賣15元，後期賣17元。

簡稱	出版、發行與印刷	冊數	港幣定價	插圖	頁碼編排	備註
笑傲江湖						
武史彩封版（正）	武史出版社 胡敏生記 建明印刷有限公司	24	1	有	累積計算	1 封面：每集封面不同，與該集情節相關，彩色印刷。 2 插圖：全部一百五十張插圖，皆為《明報》連載的插圖，第一至第十七集，每集八至十張插圖，第十八至第二十四集，沒有插圖。 3 回目：四字回目，每集收錄四回內容，四個回目，共九十六回。 4 行款：每頁十五行，每行四十五字。
武史黃底版（正）	武史出版社 / 建明印刷有限公司	24	1	有	累積計算	1 封面：每集封面與武史彩封版一樣，但改為黃底黑線圖。 2 插圖、回目、行款：與武史彩封版相同。
大華版（盜）	大華書店 大華書店 文華印刷廠	36	1	無	累積計算	1 封面：每集不同。第一至第二十五集有「金庸著」三字，封面圖來源不詳。第二十六至第三十六集沒有「金庸著」三字，封面圖取自《倚天屠龍記》、《天龍八部》合訂本。 2 回目：全部一百四十二回，另加「尾聲」，由盜版商自擬回目。 3 行款：每頁十五行，每行三十八字。
武功白底版（盜）	武功圖書公司 武功出版社 力天印刷公司	24	1	有	累積計算	1 封面：封面圖取自武史版《笑傲江湖》，黑線白底。 2 插圖、回目、行款：與武史版相同。
武功六冊本（盜）	武功出版社 武功出版社 力天印刷公司	6	4/5	有	累積計算	1 封面：每集封面不同，封面圖取自武史封彩版，彩色印刷。 2 不同版次所取封面圖或有不同，設計略有差異。 3 不同版次定價不同。 4 插圖、回目、行款：與武史版相同。
武俠三冊本（盜）	武俠出版社 文武創作社 四海印刷公司	3	12	有	累積計算	1 封面：每集封面相同，封面圖來源不詳。 2 插圖、回目、行款：與武史版相同。
武俠四冊本（盜）	武俠出版社 文武創作社 四海印刷公司	4	全套36/40	有	累積計算	1 封面：每集封面相同，封面圖與「武俠三冊版」一樣。 2 插圖、回目、行款：與武史版相同。 3 有黃色封面與紅色封面兩種，可稱「武俠黃皮四冊本」、「武俠紅皮四冊本」。 4 四冊本要全套發售，出版時間應晚於武俠三冊本。黃皮版全套36元，紅皮版全套40元。

武史版 厚合訂本 （盜）	武史出版社 胡敏生記 聯發印務	4	9	有	累積 計算	1 封面：各集封面相同，來源不詳。 2 插圖、回目、行款：與武史版相同。 3 封底有偽金庸小說書目，足證是盜版商假冒武史出版社出版。

簡稱	出版、發行與印刷	冊數	港幣定價	插圖	頁碼編排	備註
鹿鼎記						
武功 藍皮版 （盜）	武功出版社 武功出版社 力天印刷廠	7	4/5	有	累積 計算	1 插圖：第一至第四集沒有插圖，第五集有六張，第六集有二十四張，第七集有八十七張，共一百一十七張圖，全為《明報》連載時的插圖。 2 回目：四字回目，取自《武俠與歷史》二輪連載的標題，全書一百四十六回。 3 行款：每頁分上下兩欄，每欄十五行，每行二十一字。
武功 黃皮版 （盜）	武功出版社 武功出版社 力天印刷廠	7	全套45	有	累積 計算	1 封面：每集封面相同，封面圖來源不詳。 2 插圖、回目、行款：與武功藍皮版一樣。
中原版 （盜）	中原出版社 中原出版社 力天印刷廠	7	全套40	有	累積 計算	1 封面：每集封面相同，封面圖來源不詳。 2 插圖、回目、行款：與武功藍皮版一樣。 3 與武功出版社地址一樣，疑是同一家出版社用不同名稱。
武俠 七冊本 （盜）	武俠出版社 文武創作社 四海印刷公司	7	全套44	有	累積 計算	1 封面：每集封面相同，封面圖來源不詳。 2 插圖、回目、行款：與武功藍皮版一樣。 3 封面印上「修訂本」，卻是舊版內容。
武俠 六冊本 （盜）	武俠出版社 文武創作社 四海印刷公司	6	8	有	累積 計算	1 封面：每集封面相同，封面圖來源不詳。 2 插圖、回目、行款：與武功藍皮版一樣。 3 封面印上「修訂本」，卻是舊版內容。 4 由武俠七冊本重編為六冊，每冊收錄章節不同，須重編每集目錄。

流金歲月：金庸小說的原始光譜／邱健恩、
鄺啟東著. --初版. --臺北市：遠流,2023.05
面；　公分. --（金庸茶館別冊；D4606）
ISBN 978-626-361-083-5　　　　（精裝）
1.金庸 2.武俠小說 3.文學評論

857.9　　　　　　　　　　112004639

金庸茶館別冊 D4606
流金歲月 金庸小說的原始光譜

作者／邱健恩、鄺啟東
圖片提供／邱健恩、鄺啟東
封面繪圖／李志清

副總編輯／鄭祥琳
校對／邱健恩、鄺啟東、許德成
美術設計／陳春惠
行銷企劃／廖宏霖

發行人／王榮文
出版發行／遠流出版事業股份有限公司
地址／104005臺北市中山北路一段11號13樓
電話／（02）2571-0297　傳真／（02）2571-0197
郵撥／0189456-1

著作權顧問／蕭雄淋律師
2023年5月1日　初版一刷
定價／新臺幣3200元（缺頁或破損的書，請寄回更換）

ISBN　978-626-361-083-5
YL 遠流博識網 http://www.ylib.com　E-mail: ylib@ylib.com
金庸茶館粉絲團 https://www.facebook.com/jinyongteahouse